与其寻找光明
不如让自己成为一盏灯
浮石 左手写字

浮石

著

【长篇政商小说】

新青瓷

上

贵州出版集团
贵州人民出版社

图书在版编目（CIP）数据

新青瓷 / 浮石著．-- 贵阳：贵州人民出版社，
2024.6

ISBN 978-7-221-18225-8

Ⅰ．①新… Ⅱ．①浮… Ⅲ．①长篇小说－中国－当代
Ⅳ．① I247.5

中国国家版本馆 CIP 数据核字（2023）第 257088 号

新青瓷

XIN QINGCI

浮石 / 著

出 版 人	朱文迅	
责任编辑	李　康	
出版发行	贵州出版集团　贵州人民出版社	
地　　址	贵阳市观山湖区中天会展城会展东路 SOHO 公寓 A 座	
印　　刷	三河市中晟雅豪印务有限公司	
版　　次	2024 年 6 月第 1 版	
印　　次	2024 年 6 月第 1 次印刷	
开　　本	787 毫米 ×1092 毫米　1/16	
印　　张	60	
字　　数	1004 千字	
书　　号	ISBN 978-7-221-18225-8	
定　　价	128.00 元	

第一章

（一）

张仲平一大早就和徐艺出了家门。徐艺身兼双职，既是他的助理，也是他老婆唐雯的外甥。下楼时两个人都没有说话。徐艺背着一个大旅行袋走在前面，样子有点怪异。也许并不怪异，只是张仲平知道那里面装的是五十万现金而感觉有点特别罢了。

一阵低音马达的轰鸣，车库卷闸门被打开了，露出两辆轿车，一辆银灰色奔驰，一辆黑色桑塔纳。张仲平把车钥匙递给徐艺，让徐艺开他的车。徐艺接过，把旅行袋放进大奔的尾箱里，啪的一声关上，又往上拉了拉，确定已经关严，这才拍了拍手，对张仲平说："姨父，左达已经是个输得精光的赌徒，这五十万说是借，可他能还得上吗？我看难，不，几乎不可能，别的拍卖公司可都不敢借啊。"

张仲平望着徐艺一笑，道："那不正好吗？别的公司不敢和他来往，意味着咱们在胜利大厦这单业务上已经把别的对手排除在外了。这钱，说是借给左达，其实也就是给他一个尊重，一个台阶。我没指望他能还上。当然，我们也不是做慈善，是拿这钱换他手里的拍卖推荐函，懂了吗？"

"我知道，可是——"

徐艺还要说什么，被张仲平抬手制止了。

张仲平是 3D 拍卖公司的董事长兼总经理。拍卖公司是怎么做生意的？简单地说，就是中间商，先从委托方那儿拿业务，然后把它卖给客户。不过，他们赚的不是差价，而是佣金，而且佣金不低，行规是买卖双方各百分之五。打个比方，如果成交价是一百万，他们赚十万，如果成交价是一千万，他们赚一百万，如果成交价是一个亿，他们赚一千万，依此类推。按照规定，胜利大厦这单业务得由南区法院下委托，但如果有案件双方当事人的拍卖推荐函，南区法院那边只要履行一下手续就行了。而刚才提到的左达，正是胜利大厦的当事人之一，过去的开发商，现在的被执行人。

就在徐艺要把车子发动开车出库的时候，张仲平突然想起了一件事，他让徐艺等一等。

徐艺问："怎么啦，姨父？"

张仲平说："差点忘了一件大事。今天是你姨妈的生日，我忘了祝她生日快乐。"

"我可没忘，早几天我就把礼物准备好了，而且，昨天我就订好了蛋糕。"徐艺一笑，得意地朝张仲平挤一挤眼睛。

"为什么不提醒我，想看我笑话？悬，好悬啦。徐艺，我跟你说呀，别的事可以忘记，老婆的生日，千万不能忘记，否则，后果会很严重。你今后找了女朋友，结了婚，要把这个当头等大事。"

"嗯。"

徐艺见张仲平上了楼，从口袋里掏出钱包，夹层有一张女孩子的照片，他望着那张照片咧嘴一笑，忍不住亲了一下。

今天，他像张仲平一样兴奋，实际上，胜利大厦的业务一直是他在跟，如果一切顺利，这单业务做下来，公司可以赚五六百万，至于他的提成，公司有规定，他知道张仲平不会亏待他。当然，这里的前提是一切顺利。万一……，只要一想到万一，徐艺便多少有点紧张。他在感到紧张的时候，总是忍不住要看看他女朋友的照片，好像能够以此获得某种力量。哦，准确地说，到今天为止，那还不是他真正的女朋友，只是他的暗恋对象，他一直想找个机会向她表白。这单生意做成了，也许就能让他下定决心。

刚才，留在家里的唐雯多少有点失落。还好，张仲平很快反身上了楼，一边搂着她一边说了祝贺的话，她的一颗心这才放回原处。张仲平提醒她中午十二点半在枫叶咖啡厅共进午餐，让她千万别忘了。

她当然不会忘，二十来年了，她的每个生日都是这么过的。

张仲平临别之前说："哦，对了。今天我的事特多，我可能没时间来接你，你直接过去吧。"说完就要转身下楼。

唐雯喂的一声唤住了他："嗯……等等，你是不是还忘了一件事？"

"什么？"

"想一想？"

张仲平想了一下，却不知道是什么事，只好望着她摇了摇头。

唐雯嗔怪道："你为什么不祝我……讲课成功？"

张仲平哈哈一笑，道："嘿，这算什么事？怎么啦？你讲课都讲了几十年了，一门选修课怎么会搞得你这么紧张呀？"

唐雯确实有点紧张，只是自己都不敢承认，这下被张仲平点破，只好硬着头皮摇了摇头说："我紧张吗？我不紧张。有什么紧张的？"

张仲平说："是不应该紧张，是呀，有什么紧张的？老革命不会遇到新问题的。再说，你为了这门课，不是已经准备大半年了吗？没事，呀。哎，快到点了，我走了？"

见张仲平下了楼，徐艺早已从车上下来，绕过车头替他拉开了车门，把一条胳膊搭在车门上方。

这让张仲平很满意，他倒不是看重徐艺从五星级酒店门童那里学来的礼仪，而是欣赏他已经养成了这些个习惯。他们经常跟法院的人、银行资产公司的人打交道，这些看似繁文缛节的客套是免不了的，会给他们的客户或者说他们的衣食父母留下很好的印象。

张仲平下海多年，早已不把自己当成什么知识分子，他宁愿把自己定位成一个合格的生意人。什么叫合格的生意人？就是在遵纪守法的前提下获取最大利益的商人。张仲平对自己目前的生活状态很满意，那就是外面的生意做得顺风顺水，家里夫妻和睦、夫唱妇随。有那么一种中产阶级的从容自信。

做到这一点又难又不难。说难，那是需要高智商和好体力的；说不难，只要准确理解不同的身份要求并扮演好自己的角色就行了。当然，身份多了，难免会很累。但要在这个世界上出人头地，就不能怕累。张仲平是一个谋定而后动的人，已经习惯了做任何事情都权衡利弊，他觉得，只有这样，才称得上是一个真正的商人和一个真正成功的男人。

是的，一切尽在掌握之中。

这个早晨，对于另外一个男人来说将同样非常重要，甚至具有完全不同的意义。这个男人就是左达，是张仲平和徐艺拎着钱要去找的人。此时此刻，左达正在他自己开发的楼盘胜利大厦上打手机。

"喂，电视台吗？我给你们爆点猛料。"左达说到这里，短暂地停顿了一下，看一下手表，继续说，"话我只说一遍，你听好了，再过半个小时，胜利大厦将出现本市最激动人心的一幕，你们媒体不是需要特大新闻吗？最好派辆转播车马上来现场进行直播，如果你们不来，我保证你们一定会后悔……记住我的话。"

电话的另一头是省电视台社会新闻《都市时间》栏目组，大概是对方信号不太好，值班员几乎是在对着话筒喊叫："喂，你在哪里？什么？胜利大厦？是胜利大厦吗？什么，转播车现场直播？直播什么？喂，你刚才的话我没听清楚，能不能请你再说一遍？喂喂喂……"

左达却似乎有点不耐烦了，他啪的一声把手机挂断了，他抬头望着天，吐出一口长气，自言自语道："人固有一死，或重于泰山，或轻如鸿毛，老子死也要重如泰山，压死你们。"

他笑着看着手机，慢慢地把手机伸出楼的边缘，两个手指轻轻地捏着手机，好像它是一个可以与自己对话的人，他对它轻声说："所有的朋友和敌人，都将随着你……灰飞烟灭。再见了，你这个丑陋的世界。"

说完，他轻轻地张开手指，任手机从手指间下坠，在空中高速飘落。

《都市时间》栏目组接电话的值班记者是一个女孩，她一脸茫然，因为对方的手机突然断了，没有了任何声音。她自言自语道："怎么关机了？莫名其妙。"

她这话被从值班室走向里间的栏目组同事曾真听到了，她停住，问："什么情况？"

值班记者说："有个人打来电话，要我们去胜利大厦给他来一场电视直播。"

"电视直播？直播什么？"

"没听清，电话断了。根据以往的经验，十有八九是个恶作剧。现在的人都怎么啦？想出名想疯了吧？"

"是吗？你也别这么武断，说不定真有什么劲爆的新闻呢，再回拨一下电话看看。"

值班记者似乎有些不情愿地回拨电话："关机了。"

曾真不好再说什么，刚要转身，似乎想到了什么，回头看着各自忙碌的同事，思考片刻，拿起手机走出办公室，边走边打电话。

电话很快就通了："喂，徐艺，跟你打听个事儿，前几天同学聚会，你好像说过……胜利大厦的事……你告诉我，这里面是不是有什么猫腻？徐艺我可跟你说，有什么事你可不能瞒着我，哦，是这样，我们刚接了个电话，是从胜利大厦打来的，说让我们开台转播车过去……你知道是怎么回事吗？"

（二）

因为开车，徐艺的手机被摁了免提键，所以，曾真在手机里说的话两个人都听得一清二楚。张仲平的眼睛一直盯着徐艺，对着他摇了摇头。

徐艺只得讷讷地说："曾真……嗯……我跟你说，胜利大厦……只是我们正在争取的一单业务，其他的，我……我可真的什么也不知道。行，有什么情况我随时告诉你。"

徐艺把手机挂了。

张仲平问这是怎么回事？

徐艺告诉他，打电话的是他大学同班同学，名叫曾真，是电视台的出镜记者，在问胜利大厦的事。

徐艺说着，看了张仲平一眼，因为他说的这些信息，张仲平已经从电话里听到了。

张仲平两眼注视着前方，不再说话。

徐艺却忍不住要说，他想了想道："姨父，我觉得我们这样送钱过去，风险实在太大了。"

张仲平在座位上挺了挺身子，慢悠悠地说道："做生意哪有不冒风险的？做生意如果每次都有百分之百的把握，那不是随便什么人都能做了吗？"

徐艺道："我的意思是说，如果把这笔钱砸给鲁冰或者颜若水，我觉得还靠谱，把它扔给左达……"

张仲平咳嗽一声，道："我告诉你徐艺，拿它去砸你刚才提到的那两个人，风险会更大，那是一种法律上的风险，我们做生意的，冒不起。"

"可是——"

"可什么是？鲁冰是南区法院的院长，颜若水是东方资产公司的总经理，都是国家干部，拿钱砸他们，找死呀？"

"正因为他们是国家干部，他们才会讲游戏规则，他们可不敢乱来。"

"不对，对这两个人，我们是要尽可能跟他们搞好关系，但决不能拿钱去砸，甚至还要尽可能与他们保持距离，明白吗？"

"哦……"

"左达就不同了，他是生意人，我们跟他的这件事，说穿了，也只能算是民间借贷行为。知道我是怎么考虑问题的吗？第一，舍不得孩子套不着狼。任何一单生意都得过五关斩六将，可如果没有今天这一出，我们连起码的机会都没有。第二，我们把钱借给左达，就等于下本了，它可以帮我们下一个破釜沉舟的决心。左达越是不可能还钱，我们越是没退路，那就只有拿下这单业务一条路可以走。以五十万搏五六百万，值得。"

"姨父既然下了这么大的决心，那就一定能成。"

张仲平一笑，掏出手机拨了一个号码，传出电脑提示音：您好，您所拨打的电话已关机，如需回电……

张仲平把手机摁掉，在座位上欠欠身子，道："奇怪，左达怎么关机了？"

徐艺问道："你打的是他国内的手机吧？您可以试试他香港的号码。"

张仲平调出一个号码拨打过去，这次得到的回答是粤语版的电脑提示音，仍然是关机。

"出什么事了？"张仲平脱口问道，不等徐艺回答，又问："徐艺，这单业务前期一直是你在跟踪，这段时间你跟左达的接触比我还多，你估计左达到底欠了多少钱？"

"具体多少我也不知道，听说有好几千万。"

"好几千万？他想靠这五十万下赌场去翻本？"

"不知道。他跟我说，这些天，澳门那边放高利贷的追债追得很紧。这钱没准儿能救他一命。"

张仲平长叹一声，道："天作孽，犹可恕，人作孽，不可活。左达，唉，可惜了。不过，我们用不着管他那些乱七八糟的事，待会儿我把钱给他，拿了他给法院的拍卖推荐函立马走人。"

徐艺点头道："哦，对了，听说澳门那边的人已经过来了，就给了他二十四小时。他关机，可能是为了躲他们。"

"你觉得电视台的电话是他打的吗？他要躲债，干吗打那样的电话？"

"这个……我不知道。左达这个人，我不怎么喜欢他，他想干什么，真不好说。"

说话间，徐艺放缓车速，从街边往旁边一拐，慢慢地停在了胜利大厦在建工程楼下的围墙边。徐艺拎着背包先下车，张仲平也下了车，两个人顺着围墙找到了一个门洞，进入施工工地。

这是一栋二十八层的烂尾楼，脚手架因为停工显得有些陈旧，地面上横七竖八地散落着一些建筑材料，木板呀，水泥桶呀什么的。

张仲平扫视四周，又仰头往楼上看。他不禁感慨道："这就是胜利大厦。只要一拍卖，这楼马上就不姓左了。"说着要从徐艺手里拿过那个旅行包。

徐艺把包往回一缩，道："等等，姨父，我在想一个问题，左达为什么约您在屋顶上见面？"

张仲平道："做生意，有时候就是一种心理博弈。这栋楼是他开发的，他大概想在这儿找回一点儿自信心吧。"

徐艺道："不知道为什么，我还是觉得这件事有点蹊跷，要不然，我陪你上去？"

张仲平道："左达可是再三交代，只让我一个人上去。"

徐艺急了，道："不行，别说这二十八层够您爬的，万一要是有个什么闪失……"

张仲平一笑，道："光天化日之下，能有什么闪失？"

徐艺犟劲上来了，脖子一梗，道："我不能让您冒险，您不能一个人上去，不就是拿钱去换他手里的拍卖推荐函吗？我去。"

张仲平再次笑了笑，道："如果真的有什么危险，我又怎么会让你一个人上去？"

徐艺道："我没事。您忘了，上大学那会儿，我练过跆拳道。"见张仲平开始有点犹豫，徐艺又道，"要不，再等等，我们再打打他的电话。"

张仲平拨打左达的手机，仍然是关机。

徐艺道："左达跟您约的不是八点五十吗？快到时间了，还是让我上去吧。"不等张仲平说话，徐艺坚定地说，"姨父，我是不会让你上去的，万一真出个什么事，我怎么跟姨妈交代？"

张仲平心头一热，道："你呢？万一真出个什么事，我又怎么跟你姨妈交代？不行，还是我去。"

徐艺真急了，急切地说："姨父，你和姨妈从小把我拉扯大……得了得了，一大早的，用不着这么煽情吧？我上去了？"

张仲平想了想，道："好吧。拿着，这是我替左达准备的拍卖推荐函和借条，让他在上面签字画押就行了。"他顺势在徐艺胸前擂了两拳，让他注意点儿。

徐艺郑重其事地点点头，快步走进入胜利大厦，拾级而上。

张仲平又把他叫住了，紧走几步来到徐艺身边，让他看看里面有没有手机信号。

徐艺说有。

张仲平说："行，你上去吧。有什么情况，赶紧跟我打电话，我在车上等你。"

（三）

张仲平四下望了望，没有察觉什么异常。他返回汽车里，掏出手机，拨了一个手机号码，手机很快就通了。接电话的正是东方资产管理公司的总经理颜若水。张仲平告诉他，如果不出意外，他要看的东西，上午就能搞定。

没想到颜若水非常敏感，马上问张仲平说的意外是怎么回事？

张仲平连忙说没事没事，说他只是不想把话说得太满罢了。他问颜若水，他们下午开会讨论这事有没有问题。颜若水说："只要你那里没意外，我这边就没问题。"张仲平说："好的，我一拿到东西，马上给您电话，下午上会之前一准送到。"

这会儿工夫，徐艺早已爬了好几层楼，就算他年轻体健，也是越往上爬越觉得有点气喘。他想，不让姨父上来是对的，他四十多岁的人了，不爬得腿发软脚抽筋才怪。

终于，就要到顶层了，徐艺停下来，略微平息了一下呼吸，上了顶层。

胜利大厦顶层空空如也。徐艺略感意外，四下找找，不见一个人影。

徐艺忍不住高声喊叫起来："左总……左老板……左总……"

突然一道闪光吸引了徐艺的注意，那是一块手表。徐艺快步过去，靠近了楼顶的边缘，他拾起手表看看，又探头往下看着。整个城市尽收眼底。突然，地上有一个人影向他靠拢。他吃了一惊，敏捷地一回头，左达已经举起半截废钢筋，就要朝他砸下来。徐艺下意识地捂住脑袋，左达的钢筋停在半空。徐艺惊讶地看着左达，道："你要干吗？"

左达把钢筋扔掉，道："干什么？我还要问你呢，我以为你是要债的，差点把你杀了。嗯，怎么是你？我约的可是张仲平，他人呢？"

徐艺告诉左达，张仲平来了，就在下面。他走到楼顶边缘，指着张仲平的车子让左达看。

徐艺没想到的是，他刚把头缩回去，他同学曾真便出现在了胜利大厦跟前。

她骑着一辆山地车，胸前斜挎着一部很专业的照相机。她锁好车，端起相机，拍摄着胜利大厦的全景。

突然，曾真在取景框中看见了远处张仲平的奔驰车。她很快地摁下快门，眼睛离开相机，很奇怪地看着张仲平的车，思考片刻，向张仲平的车子走来。

此时车内的张仲平正把车顶上的天窗打开，伸出头朝胜利大厦楼顶上看着。今天是个好天气，他看到了平日里难得一见的蓝天白云。

他把车窗关上，打开了车载音响。巧的是电台里正好播着与胜利大厦有关的新闻：胜利大厦停工事件已经持续了半年，据有关人士透露，胜利大厦可能要进入资产拍卖程序，原来的开发商将面临巨大的损失。

张仲平关掉电台。就在这个时候，他发现远处的曾真正朝他这边走了过来，张仲平急忙放倒椅子，一边躲避着曾真，一边一动不动地观察着她。

曾真四处拍着照片，径直向张仲平的车靠近。

张仲平心想，要是被她堵在车里问这问那可不太好，便把手机贴在耳朵上从车上下来，装作打电话的样子离开自己的车。

曾真见有人从车上钻下来，赶忙扬手打招呼："喂，师傅……"

张仲平心里暗笑，敢情人家把你当司机了，他不想搭理她，用手示意曾真不要说话，然后假装打着电话："好好……那不行，行……好好。行，那不行。不是，我的意思是说……好好好，你说你说你先说……"

曾真只好耐着性子等待着张仲平把电话打完。

楼上，徐艺与左达的对话这才刚刚开始。左达仍在追问徐艺，张仲平为什么不上来？

徐艺说："不就是给你送钱吗？谁上来还不一样？"

左达说："可我有话想和他说。"

"你有什么话跟我说是一样的。"

"你……"左达不屑地一笑，摇了摇头，像是自言自语地说，"这个张仲平，他是看不起我呀。"

"没有没有，我姨父没这意思，实际上，是我不让他上来的，这二十八楼，实在是太难爬了。"

"你……你坏了我的事。刚才真该一掌把你推下去。"

"左……左老板，你……什么意思？"

"我什么意思你不知道？好吧，让我告诉你，凭我对张仲平的了解，他绝对不会站在你现在站的这个位置上。年轻人，我给你的忠告是这样，人在高处，别两边没有依靠。得防着有人从你背后下手。"

"谢谢你的忠告。"徐艺不想和左达费口舌，道："你要的东西我带来了，我要的东西呢？"

"什么东西？"

"借条和给法院的拍卖推荐函。"徐艺没想到左达会一边耸肩一边摇头，不禁问道："怎么啦？"

"我压根儿没想到张仲平会当真。"左达说，"为了拿到这幢楼的拍卖推荐函，不下十家拍卖公司找过我，我跟他们开了同样的条件，你们公司是唯一当真的。"

"为什么不能当真？"

"谁知道？也许他们拿不出这笔钱，也许，他们不愿意跟一个早就把家底输得一干二净的赌鬼打交道。"

"说实话，我们也不想跟你这样的赌鬼打交道，不过，人都有落难的时候……"

"打住，这话我不爱听。什么叫落难？搞清楚了，现在可不是他张仲平施舍我，而是你们求我，懂吗？"

"随你怎么说。你有笔吗？没有？看来你是真没想到我们会当真，好在我是有备而来的。"徐艺说着从旅行包里掏出两张纸，还有笔，递给左达，"唉，借条，拍卖推荐函，我都替你准备好了，这是笔，签字画押吧。"

左达接过纸和笔，道："做事够周全的。是你的主意，还是张仲平的主意？"

"有什么不一样吗？"

"也是。哦，等一等，把包打开，我得看看你包里装的是不是砖头或者废报纸。"

徐艺心想，你左达也太不相信人了，你以为我爬到楼顶上来是为了和你开玩笑？不过，这话他懒得跟左达说，啪的一下把旅行包扔到左达脚跟前，把拉链拉开，把五十万现金哗啦啦倒在左达眼皮底下。

左达蹲下身子，拿起一沓钞票，用大拇指把钞票一头弄弯曲，然后略一松开，让钞票像被洗的扑克牌一样翻卷着，发出一阵轻微悦耳的脆响。然后，他把跟前的百元大钞五沓一堆五沓一堆地一字排开，又一屁股坐在了脏脏的水泥屋顶上，他正要埋头签字，突然停下了，仰望着徐艺，一笑，道："要不然，咱俩赌一把？"

徐艺一愣，马上说："得了吧，我没兴趣。"

左达说："我还没说赌什么呢，你怎么就知道你没兴趣？"

徐艺扛不住突然冒出来的好奇心，盯着左达，问道："你想赌什么？"

左达并不马上回答他，说："你坐下来，要嫌地上脏，蹲下来也行。我仰着头跟你说话脖子疼。"

徐艺心存防备和疑惑地看左达一眼，然后蹲了下来，催左达快说。

左达朝他狡黠一笑，道："听我说，我不想找你借钱了。"

徐艺内心一惊，忙问："怎么啦？"

左达欣赏够了徐艺的窘态，这才慢悠悠地说道："我想把这张拍卖推荐函卖给你。"

徐艺怀疑自己听错了，追问道："卖给我？你跟我们张总是怎么说的？你是不是想变卦呀？"

左达说："不是变卦，是我突然想起来，找人借钱可不是什么好事，我悔就悔在找人借钱上，再说了，你又不是他妈的银行。"

徐艺说："这事咱俩没法商量，这钱不是我的，我可做不了主。"

左达一笑，故意激将道："哦，对了，你只是一个打工仔。"

徐艺觉得自己心头有一股小火苗朝上一蹿，但被他很快压制下去了，反问道："那又怎么样？"

"我只想问你一个问题，"左达用手指点了点那一堆钞票，眼光紧盯着徐艺的脸，问："想不想让这些钱变成你自己的？想不想？"

徐艺努力控制着自己，希望自己能做到不动声色，问道："怎么说？"

左达问："你带钱包了吗？"

徐艺回答："带了。"

左达把那张拍卖推荐函挑出来，唰唰地签好字，端详一下，凑到嘴边，吹口气，在徐艺面前抖抖，然后，伸开两只胳膊把面前的五十万现钞往徐艺面前一推，道："这钱现在还是你老板张仲平的。我……不借了。"

"左老板，你……到底什么意思？"

"你把钱包拿出来，用你自己的钱买你要的这张纸，怎么样？"

"你……你说什么？我……我不明白。"

"你是不明白还是不敢相信？你把钱包打开，看看里面有多少钱，你就用钱包里所有的钱，买我手里的这张纸——你要的拍卖推荐函。明白了吧？你还是不明白？我把拍卖推荐函卖给你，我就有钱了。你呢？就能拿着它到法院拿这栋楼的拍卖业务了。当然，我有个条件，你必须跟我赌一把。"

"怎么赌？"

"石头剪子布。就以你钱包里的钱为赌注。我输了，你带着这五十万，还有这拍卖推荐函走人。"

"要是我输了呢？"

"你一样可以走人，还是带着这五十万和这张拍卖推荐函。"

"你疯了？"

"你别管我疯没疯。你不觉得我开的条件太诱人了吗？这还用想吗？你如果赢了我，等于白白地得到了这五十万，五十万啦。"

"为什么？左老板，你为什么要这样？"

"就因为你那些同行不理睬我，而你们，却还把我当一回事。而你现在，又替张仲平爬了整整二十八层楼，嗯，既然你们……你，这么尊重我，我得给你这个发财的机会。你还不明白？好吧，不明白就不明白吧。一个人要把所有的事情都闹明白了，生活也就没他妈的什么意义了。"

"可是——"

"行了，别婆婆妈妈了。我猜你钱包里的现金不会超过五千块，五千块赌一张纸和五十万，这还需要犹豫吗？你真是个傻子呀？知道吗？天上不是每天都掉馅饼的。"

（四）

张仲平边打电话边偷看着曾真，他突然觉得自己曾经在哪儿见过她，只是一时想不起来。

曾真见张仲平的电话实在太长了，撇开他，转身向胜利大厦走去。

张仲平看了一下手机上的时间，无奈之下，只好放下电话喊住曾真："喂？对不起，你刚才是怎么叫我的？你叫我'师父'？你是我徒弟呀还是孙悟空呀？"

曾真回头等待着张仲平，见他哇啦哇啦地说了一大串，不禁有些好笑，难怪刚才一个破电话打了那么长时间。她没好气地说："你才孙悟空呢，你们全家都是孙悟空。"

张仲平没想到她还真生气了，连忙说："你不是孙悟空也用不着这么生气吧？对不起，我的电话可能是打得太长了一点儿，现在，我愿意将功赎罪，回答你的问题。"

"什么问题？对不起，我已经忘了。"

曾真冷言答道，转身要走，张仲平急忙拦住："别啊，你可千万不能把你的问题忘了，你一定得想起来，不然，我会内疚的，我会遗憾终生的。"

曾真停住了："内疚？遗憾终生？至于吗？"

张仲平道："至于，当然至于，像我们这样在这么一个有创意的地方碰上，算什么？算缘分啦。你主动开口求我点事，被我的电话打忘了，我罪过大了，求求你，你还是赶紧把那问题想起来吧，别让我难过了，好吗？"

曾真道："没什么值得你难过的，刚才我只想问问，这里……没什么特别的吧？"

张仲平环顾四周，道："据我所知，这儿除了我，还真没有什么特别的。不过，你怎么看，我就不知道了。我倒是有点儿好奇，你怎么会出现在这儿？来这儿打酱油？"

没想到这人还挺贫的，曾真可不想陪他贫，干脆说："是这样，我们接到一个电话，说这里有重大新闻，还要我们开转播车过来，据我们分析，十有八九是个无聊的疯子。"

张仲平煞有介事地点点头："嗯，你们分析得有道理，应该是个疯子，这地方连人影都没有一个，哪有什么新闻？"

曾真一笑，忍不住刺激道："你不是人吗？"

张仲平并不恼，回应一笑，道："你有点骂人，很显然，我是人。"

"明白了，你就是那个疯子？"

"啊？"

"不是，我是说，你就是那个给我们打电话的人，对不对？"

"美女，请冷静，首先，到目前为止，我都不知道你们是谁，怎么给你们打电话？请问，你的……什么的干活？"

"我是电视台的记者，如果打电话的真是你，如果你有什么事情想和我说，放心，我一定为你保密。"

"我真没给你们打电话。"

"就算你没给我们打电话，那你告诉我，你为什么会出现在这儿？"

"哦，开始穷追不舍了？凭什么？"

"就因为我是记者。"曾真掏出记者证递给张仲平，张仲平接过去，眯着眼睛看着上面笑得阳光灿烂的照片，又抬起头来看着对面的曾真，好像要审查一下她是不是假冒伪劣产品似的。曾真见他那样，一把夺过自己的记者证。

"说吧，如果你真不是那个疯子，来这儿干吗？"

这真是一个很难回答的问题。张仲平转着自己的身体，左右望望，最后把目光落在曾真的脸上，说："看来我不是疯子让你很失望。至于我为什么来这儿……"他坏坏地一笑，道，"你应该知道，人有三急，这地方……，还是比较适合出恭的。这算不算新闻？不算吧？您呀，可以回去交差了。"

曾真厌恶地皱皱眉，不再和他贫嘴，鼻子里哼的一声，失望得想原路返回。

张仲平松了一口气，再次紧张地看了一眼手机上的时间。他不知道楼上的情况到底怎么样了。他朝自己的车子走去，偶一回头，却发现曾真拿着相机回身又向胜利大厦里面走去。

"这个疯子。"张仲平叫苦不迭，转身向曾真跑去，挡在她前面："你不能进去。"

"你闪开，你不是说人有三急吗？我也到里面出一次恭，碍你的事吗？不碍，所以，请你退避三舍。"

"对不起对不起，我刚才骗了你。这哪儿是出恭的地方呀？"

"知道你在骗我，而且，当你自以为聪明的时候，也就是你露馅的时候。我开始相信这里面有料了，请让开，别影响了我工作。"

"我为我的自以为聪明向你道歉，不过，你真的不能进去，里面……太危险了。"

"有多危险？"

"非常危险。这是栋烂尾楼，对吗？已经停工大半年了。为什么停工？是不是因为偷工减料？难说。万一楼塌了，或者掉砖落瓦的，太不安全了，你没戴安全帽，我也没戴，没有安全帽谁都不能进入建筑工地，这是最起码的常识。再说，里面除了钢筋水泥，没有任何新闻价值，你为什么一定要进去呢？"

"你好像特别不希望我进去，知道吗？这些都让我更加好奇。"

"没听过好奇害死猫啊？你为了工作上的事，没必要冒生命危险吧？"

"生命危险？"

"当然，万一掉砖落瓦的，砸着你的小脑袋……不，我劝你还是别进去了。"

"告诉你一个秘密，我去过伊拉克，战地记者，懂吗？子弹横飞我都没怕过，你说我会怕掉砖掉瓦吗？请你让开。"

"不，除非你写个字据，万一出了什么事，与我无关。"

"本来就与你无关。"

"不，我还是不能让你进去。知道为什么吗？我突然被你的职业精神打动了。真的，你为了工作这么执着，真的让我感动，我决定，我要帮你完成任务。"

"嗯？"

"你不是要找有价值的新闻吗？我知道的总比里面的钢筋水泥多吧？比如胜利大厦，对你来说没什么价值，烂尾楼在你眼里不如被飞机轰炸过的一片废墟来劲，对不对？就算这里是被飞机轰炸过，你也不会对废墟感兴趣，而是对它为什么成为废墟感兴趣，是谁让它成为废墟感兴趣，对吗？我呢，我不仅知道美国人让伊拉克成为废墟，我还知道是谁让胜利大厦成为了烂尾楼。所以，人，最终才是你们新闻记者要跟踪和挖掘的对象，而不是事和物，我说的对吗？"

"有道理。"

"所以啊，任何事，都和背后的人，包括背后的人的故事有关，而你们记者的责任，就是在真实的基础上，满足观众的猎奇心理，而且，最好在事物表面之下，挖掘出人性或人文的内涵，否则，真相没有思考，新闻没有生命，思考没有真相，无法满足升华，那不等于制造了一大堆信息垃圾吗？我说的对吧？所以，我提供的故事，才是你最需要的。"

"快说，你能提供给我什么？虽然你留给我的第一印象不怎么样，没想到你对我们的工作还是有些见地的，你说吧！可有一点，不准忽悠我。"

"我从来不忽悠人，这样吧，我给你讲一个故事。一个真实的故事，一个胜利大厦背后的故事，而且，是一个人的故事。"

"不为人知的故事？"

"没错，"张仲平故作神秘地说，"甚至，是不可告人的故事。"

"那你等会儿吧，我得用录音笔记录下来。"

"这个故事很长，我到车上拿瓶水，我们慢慢说。你喝水吗？"张仲平边说边把曾真向奔驰车的方向引去，再次偷偷地看了一下手机上的时间。曾真则一边走一边从包里掏出一个小本子和录音笔，一副准备做记录的架势。

张仲平应付着曾真，心里想的却是胜利大厦楼顶上的事，他不知道徐艺办事办得怎么样了。

他怎么也不会想到，徐艺和左达已经赌上了。

两个人同时吆喝着出手，徐艺出的是布，左达出的是剪子。徐艺紧张地看着左达，左达笑着看着徐艺，说："你太紧张了，可惜，我用五十万只赢了一个钱包。"

徐艺生气地站起身，悻悻地说："我应该想到你是专业赌徒，我怎么能赢得了你呢？"

左达突然起了高腔，冲徐艺大喊一声，道："你说什么？专业赌徒？

谁是专业赌徒？"见徐艺一脸无辜的样子，语气又软了，道："唉，本来是想通过这一把把五十万还给张仲平，没想到你这么笨。对了，你还有什么值钱的东西没有？再陪我玩一把。"

徐艺不屑地说："再赌我就彻底上当了，再见。"徐艺准备离去，突然想起了什么，朝左达一伸手。

"什么？"

"钱包里的照片，还给我。"

那是曾真的照片。

左达这才注意到，翻出来看着，点点头，怪声叹气道："漂亮，美，难怪，小伙子，你这是情场得意赌场失意啊。"

"还给我。钱包可以留下，照片还给我。"

"那不行，这可是五十万赢回来的，珍贵。再说了，规矩可是事先定好的，你刚才应该想到先把照片拿出来。现在后悔……晚了，放心，照片我会保管好的。"

"乘人之危是吧？！"

"乘人之危？你没事吧？我用五十万赌你一个钱包，是我乘人之危？你这钱包加起来也不值一万吧？要不，你可以用我的借条做赌注，我奉陪到底。"

"你终于露出你的嘴脸了，你想赢回借条？"

"你看你这孩子，总把人往坏处想，别忘了，这五十万我是不会还的，你都知道借条就是一个台阶，对张仲平没有用，我这是在给你机会，否则，你没有赌注，怎么再赌下去呀？怎么赢回你心上人的照片呀？"

徐艺思考之后，从怀里掏出借条，啪的一声把它拍在左达面前："行，我就用它赌我的钱包。"

"错了，现在是我的钱包。"

"随便你说，来。听好了，这可是最后一把。"

"最后一把？好，我也就仗义一回，我还用这五十万和你赌，值吧？哎呀，五十万赢一个借条，我怎么就这么仗义呢？"

"你必须用钱包，万一我输了，我还拿什么和你赌？别来这一套。"

左达吧嗒着嘴，发出"啧啧"的声音，道："赌博为什么老想着要输呢？万一你赢了呢？如果你一把把五十万赢回去，赌注不就有了吗？你放心，只要你下注，我会陪你一直赌下去的。"他一边说着一边把五十万朝前推了推，冲徐艺一笑："来吧？五十万，还是一把机会，一半的概率。"

"我就不信你的运气这么好，来。"

徐艺脖子一梗，望着左达，准备出手。

（五）

张仲平从后备箱拿出两瓶水，递给曾真，仍然忍不住贫了一句，说她来到敝车，没什么招待的，只能请她喝水。

曾真也不客气，一把接过，拧开瓶盖，小抿一口，让他快说。

张仲平望着她，抿嘴一笑。眼前的曾真，确实让他有一种似曾相识的感觉。

他想到了夏雨。

曾真知道自己在被打量。那种男人的眼神她见多了。她微蹙着双眉，催他快说。

张仲平像是正在做梦被人叫醒了似的，他眨巴着眼睛，说："啊？说什么呀？哦，我是说，从哪说起呢？"

见曾真又要着急，张仲平扬手制止了她，说："好吧，就从胜利大厦的主人说起吧？胜利大厦的开发商叫左达，这个……我想你也知道，但你一定不知道左达到底是什么样一个人？可以说，胜利大厦的存在是因为左达，胜利大厦成为城市标志性建筑，是因为左达，但胜利大厦成为一个烂尾楼，还是因为左达，你说这个人算不算是有故事的人？"

"算，"曾真若有所思地点点头，说，"前一段时间各种媒体对胜利大厦宣传得很厉害，可突然变成了烂尾楼，我就知道这里面一定有故事，我听说发生这种突变的原因是因为左达迷上了赌博什么的，哦，对不起，我不该打断你的思路，你接着说。"

"你不会打断我的思路，因为左达的事情我太熟悉了。"

"你认识左达？"

"岂止认识，可以这么说，左达曾经是我的偶像。他出身很苦，苦到可以拍一部三四十集的电视连续剧，绝对苦情戏。他从小没有父母，被一个街头艺人收留为养子，左达就跟着这个养父开始了街头卖艺的生活，可没多久，养父就被车撞死了，左达拿着养父用命换来的赔偿金，开始做小买卖，一步步地靠着自己的努力，很快积累了事业上的第一桶金，他成家立业，有了可爱的儿子，是亲儿子哟。"

曾真觉得张仲平不那么讨厌了，边听边点头。

"左达的故事至少可以给我们两个启示，第一，在咱们中国，从贫民到千万富翁甚至亿万富翁，是完全可能的，要不了多长时间。"张仲平说到这儿有意地停顿了一下，借此看看曾真的反应，见曾真认真地记录着，便喝了一口水，继续说，"第二，在咱们中国，从千万富翁甚至亿万富翁到一贫如洗，更要不了多长时间，也许一夜之间就够了。"

曾真仰起头来，与张仲平对视着，认真地思考着他的话，她完全没有看出来，张仲平只是在东拉西扯地拖延时间。

按道理来讲，徐艺差不多要下楼了。可这会儿，却一点儿动静都没有。张仲平内心里不能不着急。

值得庆幸的是，楼上和左达打赌的徐艺，这一把赢了，左达出的是石头，徐艺出的是布。他不禁往上一蹦："哈哈，你输了。"

他刚要拿走五十万，却被左达一把按住了："怎么，你的钱包不要了？接着来啊？"

徐艺一笑："你错了，我不来了，我不会用五十万赌一个钱包的，不值得。"

"包括里面的照片？"

"照片？我再洗一张不就得了？左总，左老板，你以为就你聪明？不，这一回，你上当了。"

"哈哈哈……"左达突然放声大笑起来，"是吗？是我自以为聪明，还是你自以为聪明？，你想过没有，你的钱包在我身上，万一我死了，你怎么解释？"

"你……什么意思？"

"张仲平一定不想让很多人知道我们之间的交易吧？要债的马上要来，我是一定会和他们拼命的，万一我们同归于尽了，你的钱包可就给张仲平惹祸了。你没想到这一点吗？"

"这个……"

"所以，你必须和我赌下去。"

徐艺紧张地思考着，他不得不承认，左达说得有道理。他还真是不得不陪他玩下去。

左达反过来安慰他："小伙子，你太紧张了，赌博嘛，玩玩而已。这样吧，我不乘人之危，这钱包，作价一万，我用一万和你赌，你有五十次的机会把钱包赢回去，怎么样？我这不算欺负你吧？"

徐艺别无选择。五十比一，他不相信他的运气会那么差。他咬咬牙，从五十万里拿出一万，放在地上，直瞪着左达，道："这可是你说的，来吧。"

双方同时出手。徐艺输了。

左达一手拿着一万，一手拿着钱包，对着徐艺直摇头："你还是太紧张了，跟我第一次下赌场一下。你得放松一点儿，别老想着钱包的事。"

徐艺又拿出一万放在地上，不服气地说："我没紧张，我还有四十九次赢你的机会，来。"

左达并不急于出手，笑着摇摇头，双手分别拿着一万和钱包看着徐艺，道："现在，我的赌注加码了，两万，你还赌吗？你可要想清楚哦？"

徐艺思考一下，只好又掏出一万放在地上："你也要想清楚，只要你输一次，你就没有本钱赌了。"

左达笑得更灿烂了："没错，可我是赌徒，我坚信我会赢，来。"

两个人出手，徐艺又输了。

左达拿过徐艺面前的二万放在自己面前，盯着徐艺说："你看，我的赌注变四万了，刺激吧？这么赌下去，你的机会可越来越少了。"

"少来。"徐艺恶狠狠地拿起四万拍在地上，紧张地看着左达："来。"

左达叹口气："小伙子，从你身上，我看到了我的过去。"

徐艺针锋相对地说："我可不想从你身上看到我的未来。"

"哈哈，说得好，可你的未来比我还可怕，因为我愿赌服输，你不是。"

"少废话，接着来。"

"放心，我会奉陪到底。"

两个人继续赌了起来。

楼上楼下完全是两个不同的世界。

张仲平太会煽情了，居然把曾真说得双眼噙满泪花。不过，他说的倒也是真话，家庭破裂，妻离子散，左达被赌博害惨了。

曾真叹了一口气，道："他就没有别的办法了吗？"

别的办法？徐艺送到楼上的五十万能救他一命吗？张仲平自己都不知道，而且，这事他可不想跟曾真说。

张仲平也叹了一口气，摇了摇头，说："胜利大厦一旦落成，一定成为城市标志性建筑，左达的名字将被这座城市永远记住，而现在，对他来说，情况真的很糟糕，胜利大厦已经成了一个烂尾楼，左达负债累累，东躲西藏，连正常人的生活都过不上。唉，就算人生莫测、世事无常，这也是让人难以接受的吧？你说呢？"

"可他到底是怎么染上赌瘾的？你们男人内心里是不是都藏着一个赌神呀？"

"这个……这个，"张仲平一笑，忍不住跟曾真开玩笑，说，"你要想知道男人内心里是不是都藏着一个赌神，你就得亲自走进男人的内心，你准备从哪个男人开始呢？你觉得我怎么样？"

曾真嘴一嘟，脸居然红了。这完全出乎张仲平的意料，觉得初次见面不该开那么过分的玩笑，与此同时，他倒是增加了对曾真的好感，毕竟，现在还会脸红的女孩子可是不多了。

曾真说："我听说澳门赌场派人到处找他，而且胜利大厦就要进行拍卖了。哦，对了，拍卖对左达来说是一个机会吗？"

"拍卖成交款会拿来替左达还债，他还有没有机会翻身……还真不好说，理论上来说，还有，因为……刚才我不是说了吗？在当下的中国，确实有人正在一夜暴富，可实际上……"张仲平摇摇头，不再往下说了。

还有什么可说的？赌和毒品一样，是可以彻底摧毁一个人的，作为一个商人，他确实对左达的过去产生过敬佩，可现在，他不得不为左达染上赌博感到惋惜，深深的惋惜。

突然，张仲平拉着曾真蹲在地上。

曾真说："干什么？"

张仲平示意曾真别说话。她顺着他的眼光望去，看见两个人正穿过门洞朝胜利大厦走去。张仲平悄悄地把车后座的门拉开，轻轻地把曾真往车里推。

曾真问："怎么了？"

张仲平道："那两个人很可疑。"

那两个男人都是一身黑色西装，一边打电话一边向胜利大厦靠近。

张仲平按着曾真的头躲避着。

曾真执拗地摆动着头问："怎么，这两个人你认识？你干吗要躲他们？"

张仲平说："我不认识他们，我想，他们应该是从澳门过来找左达要债的。"

"真的？太好了，我去看看。"

张仲平一把拉住曾真："你疯了，你去找他们干吗？"

"我去采访他们呀，这多有价值啊？"

"你……我告诉你，如果他们真是来要债的，你过去会很危险。你不要命了？"

"我又没欠他们钱，他们难道会杀了我？"

"那倒不会，要债的要的是钱，不是命。可是，你何必沾上这种事情呢？"

"我可告诉你，当记者的不怕麻烦，相反，还就怕没有麻烦。放开我，我得去采访他们。"

"不行。"

"有什么不行的？哦，你担心我？简单，你陪我去呀！"

"我陪你去？别逗了，我们谁都不能去。好好好，你别犟，等我先打个电话。"

张仲平拨打的是左达的电话。他心存侥幸，希望这会儿他的电话能够接通。他失望了，左达的电话仍然接不通。

张仲平双手按着曾真的双肩，严肃地对她说："听着，情况紧急，现在真的很危险，你在车里等我，把车门锁上，我要去看看情况。"

"不，我和你一起去。"

"你不能去。"

"你都不怕，我更不怕。"

"你听我说，如果这两个人真是要债的，说明左达就在楼上，左达是个要面子的人，一定不希望这事被别人知道，尤其是记者，你去，只会害了他，你懂我的意思吗？"

"你刚才是给左达打电话？你想给他通风报信？还有什么办法能够通知到他？"

这倒提醒了张仲平，他让曾真等等，拨通了徐艺的电话。徐艺的电话响起，但他充耳不闻，沮丧地看着微笑的左达。左达面前的钱多起来了，而徐艺面前的面钱已经不多了。

左达面带微笑地望着徐艺，调侃道："知道你为什么又输了吗？因为你太想赢了，而你出手又太慢了。如果我是你，就放弃。今天你是不会赢我的，你的照片给我带来了好运。"

徐艺有些不耐烦地说："你少废话，你不是说奉陪到底吗？"

"当然，可我已经有十六万了，再输一把，你的赌注就不够了。"左达见徐艺的手机响个不停，又说，"应该是张仲平。我看……你还是带着你这些钱下去吧！别最后只剩下拍卖推荐函。说好了，我是不会让你用拍卖推荐函做赌注的，因为那是我决定送给张仲平的，你没权利用它做赌注。"

"你不用和我来心理战术，我懂这个，我不会走的，我要看着你输得身无分文。"

这话一字一句地进到左达的耳朵里，进到他的心里，他慢慢收起笑容，把所有赌注推到徐艺面前。

"话说到这个份上，我们得来个了断。这样，我们来最后一把，输赢看天命，行吗？"

徐艺并没有马上回答左达，而是紧紧地盯着左达，足足有半分钟之久。

半分钟，漫长得好像一个世纪。

徐艺决绝地说出了那个字："行。"

左达似乎有些不相信，追着道："这可是你自己选择的，要是你输了，可得认。"

"我不会输的，因为这次我要出石头，你，一定会出剪子。记住，我会出石头。"

左达并不答话，和徐艺一起大叫着："石头、剪子、布"

徐艺出的是石头，左达仍然出的是剪子，左达输了。左达和徐艺同时笑起来，徐艺最后还是被左达的笑惊呆了。左达笑着站起来张开双臂看着天空，又突然转过头来看着徐艺。

"你信命吗？"不等徐艺回答，左达接着说，"不管你信不信，我信。看来，我不能和要债的拼命，不是他们的错，这就是我的命，我是命中注定要输的，和任何人没关系。刚才这最后一把，让我知道我活着是没指望了，只有死亡能彻底让我戒赌，让我解脱。"

"左总，你说什么？"

"别插嘴，让我把话说完，徐艺，听我一句临别赠言，永远不要沾上赌博，否则，你早晚和我一样，从人生的最高处瞬间跌到地上，永远起不来。是的，永远。不过，我要谢谢你，小兄弟，是你让我明白我就是个彻底的失败者。刚才……我似乎有些留恋这个世界，但你给了我最后的勇气，你可以走了。"

"左老板……你听我说……"

左达边笑边摇头："没时间了，离开这是非之地，你转告张仲平，如果有来世，我会和他成为最好的朋友，现在，在我跳楼之前，你，快滚。"

"左总，你不能这样，你这不是害我们吗？……再说……"

"哈哈，放心，我会给你留点时间。"

"不是……，左总，你听我说。"

"滚啊，再不走，老子的血会让你一辈子洗不干净，滚。"

徐艺抱着那个装满钞票的旅行包转身朝楼梯口跑去。看到徐艺在楼梯口消失，左达转过身来，笑着靠近楼边，伸开双手，似乎想再感受一下临死前最后的空气。他听到徐艺的手机一直在响着。

（六）

张仲平真有点着急了，他不明白徐艺为什么不接电话，他边打电话边向胜利大厦走去。曾真哪里会肯待在车里？张仲平前脚刚走，她便从车上跳下来，在后面紧紧跟着。

张仲平不得不停下来，他急切地说："我告诉你，左达就在楼上，刚才进去的那两个人一定是要债的。还有，我外甥徐艺是你的同学吧？他也在上面，打电话他不接，真不知道上面出什么事了。"

"徐艺？你说徐艺在上面？"

"对，我回头和你解释，你最好待在这儿别动，当然，我觉得你可以选择报警，这里的事情已经够复杂了。"张仲平转身离去。

曾真惊呆了，看着张仲平的背影，有点不知所措。

"怎么会这样？我怎么办啊？你真的要我报警吗？"

张仲平答声"随便"，人已冲进胜利大厦。

此时此刻，徐艺正飞快下楼。他突然放慢了脚步，因为他听见楼下有人上来，他熟悉张仲平的脚步声，那不是他。而且，很显然，那也不是一个人，而是两个人。他急忙躲进一个房间，并偷偷地把手机调成震动。

幸亏徐艺闪得快，那两个黑衣人从楼梯上上来，并没有发现他，继续上楼。徐艺从房间探出头来，看着两个人黑衣人上楼的背影，刚要离开，突然看着怀里的五十万。他的脚步停了下来，思考片刻，回头看着身后的房间，把五十万放在一堆沙子里面藏好。就在这时，手机信息响起，徐艺掏出手机看着。原来是张仲平给他发来了信息，告诉他有人上来了，让他注意安全，赶紧下来。

这条信息让徐艺犹豫了一下，他还是把沙子里面的五十万拿了出来，飞快离去。他的脚步声惊动了刚刚往楼上爬的两个黑衣人，他们对视一下，以为是左达，反身向楼下追去。徐艺边跑边边给张仲平打电话，让他把车子发动好，说我们必须马上离开。

张仲平急了，忙问怎么回事。徐艺边跑边告诉他，说钱和拍卖推荐函他都拿下来了，我们得离开这是非之地，左达要跳楼自杀。

徐艺说完就把手机给挂了，他估计自己也就把楼上的两个家伙甩下了一两层楼的距离，他可不想跟他们遭遇、纠缠。

他们才不会跟他纠缠哩，一听声音不是左达，又转身朝楼顶上奔去。

下楼比上楼快多了，也就几分钟的工夫，徐艺已经冲到了大楼的裙楼上，却见张仲平在往上爬。

张仲平见到徐艺劈头就问："怎么回事？要债的已经上去了，左达没钱怎么办？你这不是要他的命吗？"

徐艺拉着张仲平往下跑，气喘吁吁地说："回去我再和你解释，好像有人在追我。"

张仲平挣脱徐艺，停下来追问道："左达为什么要自杀？你为什么不拦着他？这钱又是怎么回事？你快说。"

徐艺说："我跟左达赌了一把，这钱是我赢回来的，你相信我，我这可是为了公司的利益，姨父，五十万啊。"

张仲平突然发起火来："徐艺，你……你浑蛋……钱和命哪个更重要？"

徐艺委屈地说："可是……可是……是左达逼着我赌的。"

"你……你真是浑蛋至极，快把钱给我，现在上去，或许还来得及。"

"来不及了。"

"给我！"

张仲平夺过旅行包，推开徐艺，转身就要上楼。

正在这时，曾真气喘吁吁地跑了上来，她看了徐艺一眼，对张仲平说："我已经报警了。"又转向徐艺，问："这是怎么回事？"

徐艺刚要回答，只见一个黑影从窗口外一闪，接着是砰的一声巨响。

三个人不约而同地扑向窗口，朝外一看，左达已结结实实地趴在地上。

第二章

（一）

唐雯是江南大学人文学院的哲学系副教授，当她来到视频教室的时候，心情有点忐忑。她抬眼看去，偌大的教室里，只有最后一排坐着一男一女两个情侣似的学生。她竭力压抑着不是很好的预感，开始调试电脑，立即，大屏幕上出现了她今天要讲的课题：社会转型时期的道德重建与价值回归。

唐雯看了看手表，发现上课的时间已经过了，她环顾四周，走向坐在最后一排的两名学生。那两孩子埋着头在那儿窃窃私语，正陶醉在二人世界之中，见唐雯朝他们走来，不禁有些茫然地抬起头来望着她。

唐雯问："同学们不知道今天有我的课吗？"

男同学摇摇头。

女同学怯怯地回答："应该知道吧。"

唐雯点点头，沮丧地转身走向讲台，可当她再次回头的时候，刚才两位学生也不见了。她不禁有些发呆，半分钟以后，她似乎已经努力地控制住了情绪，竟开始对着空空的教室上起课来。

唐雯说道："同学们，上午好，我们今天要讲的题目是：社会转型时期的道德重建与价值回归。"

这真是太荒唐了。自己竟会对着空空的教室上课，我是不是疯了？

唐雯到底没有坚持下去，她的嘴唇不停地歙动着，很快便泪流满面。她突然把手里的几页讲稿抛向空中，伏在讲台上痛哭起来。

是的，她从来没有这么委屈过。作为一个高级知识分子，她既没有为金钱发愁过，也没有为感情困惑过。一个和睦的家庭，一个爱自己的老公，一个乖巧懂事的女儿，她的生活真的像铺满鲜花一样幸福。没想到打击来得如此猝不及防，而且竟然源自一个女知识分子对事业的追求。是社会进步太快了自己未能与时俱进吗？还是这个社会进步得太快以至于偏离了正常的轨道？但不管怎么样，你讲的课无人问津，是足以把唐雯这样一个以解惑答疑为职业的中年女性摧毁的。

不知道过了多久，唐雯渐渐地平息下来。她隐忍着叹了一口气，擦干脸上的泪痕，收拾好电脑，离开教室。

与此同时，刚做完笔录的张仲平和徐艺从警察局的大门口走了出来。

徐艺几次想对张仲平说什么，见他铁青着脸，终于没敢说出口。

他随着张仲平匆匆地上车。待车门关上，徐艺也终于鼓起了勇气，他急切地说："姨父，我当时只想帮着公司省下那笔钱，我没想别的。"

张仲平说："你真应该想点别的。第一，生命比什么都重要，这是人性的基本常识和道德底线；第二，左达一死，我们到手的拍卖推荐函很可能变成一张废纸；第三，你同学曾真是记者，如果她纠缠不放，很可能让我们陷入更加被动的局面。"

张仲平突然停住了，徐艺顺着张仲平的视线望去，见曾真正好从公安局里面出来，朝这边望着，很快朝他们的车子走了过来。

张仲平说："我说什么来着？她就要缠上我们了。"

徐艺看着反光镜问："那怎么办？"

张仲平说："你还愣着干吗？开车啊，难道还等着让她来采访你？"

徐艺一脚油门，车在曾真靠近的一瞬间离去。

曾真没想到徐艺他们会这样，脸上掠过诧异的表情，继而变得愤怒。她掏出手机给徐艺打电话："徐艺你怎么回事？你什么你？你听着，除非你和你姨父接受我的采访，否则，你们会后悔认识我的。"她未等徐艺答话，啪的一下把手机挂了。

岂有此理。真是岂有此理。

曾真说话声音太高，坐在徐艺旁边的张仲平不可能没听到。徐艺用余光瞥了他一眼，只见他扭头望着一闪而过的街道，沉默得像一尊石像。

直到走进公司自己的办公室，张仲平脸上的表情才慢慢松弛下来。秘书小叶及时地给他泡好了茶，悄声提醒他，今天是您太太的生日。

张仲平点点头，吩咐小叶，别让任何人来打扰他。小叶刚走，徐艺拎着装有五十万的旅行包就要进来，张仲平视而不见，狠狠地把门摔上了。那摔门的声音实在太响，惹得公司的其他人纷纷抬头，把目光投向吃了闭门羹的徐艺。

徐艺尴尬地僵在那儿，过了好久，这才走到自己的座位上。他把那个旅行包扔到桌子底下，拿脚踹了好几下。

在城市另一端的某个黄金地带，有一座气派非凡的写字楼，东方资产管理公司就在写字楼的最高几层。

颜若水的办公室很宽大，套间，外面是一个小型会议室，里面才是他的办公室。此刻，他正在上网，看财经方面的一些文章。他的大班台前面是一组真皮沙发，墙上挂着液晶电视。此刻正开着，只是音量开得很小。

余秘书拿着文件夹轻轻敲门进来，请颜若水在一份文件上签字。

"很急吗？"颜若水随口问道，并无多话。

余秘书点点头。

颜若水让她就在那儿等等，埋下头来看文件。

余秘书侧身看电视，颜若水很快看完文件并签了字，抬头递给余秘书，余秘书注意力在电视上，突然现出惊异的表情。

颜若水问："怎么啦？"

余秘书答道："哦，没什么，谢谢颜总。"

余秘书离开办公室，颜若水的目光转移到电视上，并用遥控器把音量调大了。

电视屏幕上正在播放曾真报道的时事新闻：这里是《都市时间》，今天上午十点左右，有一名男子从胜利大厦坠楼身亡。本台记者已经了解到，死者正是胜利大厦的开发商，宏达房地产开发公司的董事长左达，目前还不清楚他跳楼身亡的原因，警方已经介入调查，我们将对这一事件进行追踪报道。

颜若水关上电视，想了想，伸手刚要去拿大班台上的座机话筒，电话响了。来电话的正是他要找的张仲平。

张仲平在电话里说："颜总，您好，有件事……得向您汇报……"

颜若水不经意地从鼻子里哼了一声，道："你是说……你开始担心的意外真的出现了？"

"您已经看了新闻了？"

"嗯。说吧，左达是怎么死的？"

"跳楼自杀。"

"他死的可真是时候呀。"

"是是是，好在……东西……左达的拍卖推荐函……我已经拿到了。"

"是吗？那更要看左达是怎么死的了？"

"澳门赌场的人过来追债，左达因为无力偿还高额赌债而跳楼自杀。"

"警方定案了吗？"

"应该就是这么一回事。澳门赌场追债的人已经抓住了，只是……什么时候公布还不知道。"

"你现在在哪儿？"

"在公司，我会按照原来的计划，下午去您那儿。"

"嗯，出了这样的意外，我建议你还是早点过来，你说呢？"

"嗯……"张仲平犹豫了一下，马上说，"行，我马上过来。"

颜若水放下电话看看表，镇定了一下，若有所思。

这一边，打完电话的张仲平走出办公室，此时，他脸上的表情已像往日一样淡定，他走进徐艺的办公室，徐艺早已站起来，看着他。

张仲平说："我估计，左达跳楼的风波马上就要开始了。中午和你姨妈吃不成饭了，颜若水要见我，我现在就去见他。"

徐艺问："姨妈没手机，我去通知她吗？"

"不用了，姨妈的事情我自己顺道安排，你还是去盯鲁冰吧。徐艺，现在，每个环节都不能再出任何问题了。遇到什么事，多用脑子。"

"嗯。姨父，你是不是觉得……是我害死了左达？"

"我不这么想，你也不要这么想。一个人真的想死，谁也拦不住。对了，稳住你那个记者同学，局面已经够乱的，千万不能让她再进来搅局。千万。"

"我就说采访的事以后再说。"

"不是以后再说，是永远别提了，想办法让她彻底打消采访你我的念头。"

"那……我怎么跟她解释啊？"

"解释什么？需要解释吗？如果需要，也该是你自己来想办法。约鲁冰吃饭了吗？"

"马上约，我就说您有事，您让我代表您请他。"

"嗯，吃饭的时候，他不提，你什么也别露出来。"

张仲平说完转身离去，徐艺不禁有些懊丧。在他印象中，姨父张仲平从来没有像今天这样对他不客气过。自己做错什么了？

张仲平刚才之所以犹豫，是因为颜若水让他这会儿去他办公室的提议将打乱他的计划。二十多年来，每年的这一天，张仲平都要在一家叫枫林咖啡厅的地方为唐雯过生日，享受纯属于他们两个人的二人世界。不过，好在枫林咖啡厅就在去东方资产管理公司的路上，他可以把有些事情先安排一下，否则，还真有点麻烦。

张仲平觉得，生活中总归有太多的不如人意。人的一生不知道要遭遇多少次意外的打击。每次他都告诫自己，天没有塌下来。就是天塌下来了，只要没被当场砸死，就能找到活下去的理由与办法。所以，他越是遇到什么事，反而越是从容淡定。

张仲平在路边的花店买了花，进到枫林咖啡厅的包厢便忙开了，他用剪下来的玫瑰花摆出了一个心形，心形中间又被张仲平挖出一个小心形，然后有模有样地放上了一盏红心蜡烛，他点燃蜡烛，欣赏着自己的作品。他知道这多少有点矫情，但不这样，似乎不足以表达对唐雯的歉意。

接待张仲平的服务员一看就是一个初入社会的小黄毛丫头，她站在旁边静静地看着张仲平忙乎。张仲平忙完，还没来得及自我表扬，她在一边已经兴奋地大加赞赏了："你可真浪漫。请问，这是什么意思呀？"

"外面的九朵玫瑰叫爱你久久，中间摆出一颗心叫钟爱一生，里面的蜡烛嘛，就叫一心一意为你燃烧吧。"张仲平拍拍手，望着她一笑，问："怎么样，好看吗？"

"真好看。是为你女朋友准备的吧？"

"是我女朋友，也是我夫人。"张仲平边说边低头写下了一张纸条，递给服务员说，"我夫人姓唐，她一会儿就会来。她是大学老师，你应该一眼就能认出她来。认不出来也没关系，她会直接到这间包厢里来，到时候，请你把这张纸条交给她。"

服务员收好纸条，笑着答道："好的，没问题。"

张仲平环顾四周，满意地走出包厢，突然又回身叮嘱道："对了，别忘了把房间打扫一下。"服务员微笑着说请他放心。

（二）

如果唐雯早点来这儿，完全有可能与张仲平碰上。但她今天没坐车，想散散步，以便排遣一下心里涌起的云一般的郁闷。

她满脑子挥之不去的都是那间空荡荡的选修课教室，怎么也想不明白到底是哪儿出了差错。怎么会这样？自己精心准备了半年之久的选修课，怎么会连一个学生也没有？她不是没有预想过最糟糕的情况，可她怎么也想不到竟然会那么糟糕。

路过一家文具店门口时，唐雯无意中扫到了那块竖着的广告牌，白纸红字，上书"跳楼价大甩卖，所有商品一律三'拆'出售"。她的眼光在广告牌上停住了，犹豫了一下，还是走进了那家文具店。

刚走进文具店就窜出来一个嗑着瓜子的小姑娘，嘴里亲热地叫着阿姨，问她想买点什么。

伸手不打笑脸人，唐雯努力控制了一下自己的语气，但话说出来还是硬邦邦的："你们老板是谁？叫他出来，让他自己看看这广告牌是怎么写的。"

小姑娘见形势不对，奇怪地打量了唐雯几眼。

唐雯气不可耐地指着广告牌说道："你看看，我问你这是什么字？这是'拆'字，拆迁的'拆'，拆房子的'拆'，不是打折的'折'，打折的'折'没有一点，知道吗？你们赶紧改过来，附近就有一个小学，这样的错别字，会误人子弟的。"

小姑娘见唐雯气成这样反倒觉得好笑，忍不住奚落道："阿姨，你没事吧，一个错别字至于让你这么激动吗？"

唐雯见这小姑娘写了错别字还不以为耻，语气更加严厉了几分："你这是什么话？文具店是学生常来的地方，要是被不认识这个字的小学生看到了，会害人家一辈子当白字先生的，你跟我赶紧把广告牌换掉。"

"好好好。"小姑娘懒得跟唐雯争执，拿着大毛笔把那一竖加粗了，勉强把"拆"字的一点遮住,"这下可以了吧?您老顺心了吧?"

唐雯看了看,还是忍不住说道:"这样看着还是不怎么舒服。为什么不重写一张告示,干净清爽的多好呀?"

唐雯话还没说完,小姑娘忍不住了,声音扬起来好几度:"行了行了,差不多就行了呀。天不管地不管,你以为你是城管啊?别给脸不要脸的,故意找碴儿还是怎么的?"话音刚落,一大群围观的群众跟着哄笑起来。

唐雯脸上一红:"你个小姑娘怎么这么说话呀?我这不是为你好,为你们店里好吗?你不嫌写错别字丢人现眼呀?"

"丢人现眼?我看你才丢人现眼呢。你以为就你一个人知道这是错别字呀,别人也知道,可别人不说。那是什么?修养。你为我好,为我们店好,我还有我们店,谢谢你。你教第一遍我是不是改了?我改了。改了就可以了嘛。你还在这儿叽叽歪歪、左一句右一句的,干什么啊?阿姨,这个世界不是围着你转的,不是你觉得好才是好的。看着不清爽我也知道,可是,一张这么大的红纸要几块钱,买颜料又要几块钱,我写好重新挂起来要不要时间?要,那也是要算成本的。我们是做小本生意的,不是参加书法比赛的,这样遮一下可以了。好不好?你放过我,去教育别人好吧?我就怕没人听你瞎掰。"

小姑娘没去当演说家真是可惜了。其实也怪不了她,她刚才还在电话里和男朋友吵架哩,这会儿把气全撒唐雯身上了。她噼里啪啦说完把手里瓜子壳一丢,对围观的群众挥挥手说"散了散了",便自顾自地走进了文具店。

唐雯被小姑娘彻底击垮了,居然气得一句话也说不出来。她独自站在那儿,愣愣地看着那个扎眼的广告牌。唐雯压根儿不会想到,自己的窘态居然从一开始就一直被一部单反相机记录着。

大街上堵车,曾真在车内对准唐雯不停地咔嚓咔嚓按着快门。这姑娘,哪儿热闹往哪儿凑,算是当记者的职业病。

坐在副驾驶的同事有点不耐烦地催促曾真:"行了行了,就是普通的口角,你怎么什么事都当新闻啊?咱们还是赶紧回电视台讨论左达跳楼的跟进方案吧。"

一语点醒梦中人一般,曾真马上收拾自己的相机:"你们先回台里,我有点儿事。"说着拉开车门跳了下去。

同事问道："你去哪儿啊？"

"跟头儿说我去找线索了。"曾真边说边伸手挡了辆的士，火急火燎地打车离开了。

她有点后悔自己刚才的任性，怎么没等徐艺说一句话就把电话给挂了，她得去 3D 拍卖公司堵张仲平或徐艺。他们也太欺负人了，竟招呼都不打一个便飞车从她身边擦身而过，什么意思？

算曾真运气好，刚到 3D 拍卖公司楼下，便碰到了徐艺。徐艺可没想到曾真会追到这儿来，见她没皮没脸地对着自己笑，不禁像根木头似的杵在那儿，倒把什么都给忘了。实际上，他那会儿正一边走向自己的车子一边拨打着张仲平的电话。

张仲平这时已经到了东方资产管理公司地下车库，徐艺电话打进来，却没说话。他还以为是地下车库信号不好。他喂了好几声，见徐艺一直没应答，便把手机挂了，先拨了颜若水的电话。

这是他的习惯，每次去领导办公室拜访，他都要在楼下报告说自己已经到了，看方不方便上来。他不太愿意在领导办公室碰上别的人，尤其是他那些做拍卖生意的同行。

颜若水的电话占线。那是因为他此刻正在跟鲁冰通着电话。鲁冰是南区法院院长，分管执行局，胜利大厦的案子就是他直接管的。颜若水给他打这个电话的目的很明确：左达刚跳楼，新闻就铺天盖地而来，卫视台地方台一家接着一家报，这个声势弄得也太浩大了。颜若水不着急是不可能的。他想探探鲁冰的口气，看左达之死到底对胜利大厦的拍卖有没有什么影响。

两个人寒暄了好一阵这才扯到正题上来，鲁冰说关于这件事他也刚知道，下面怎么办要看左达的死会不会牵扯出别的什么事情来，他建议最好是先看看公安局那边怎么说。

就这会儿工夫，两辆检察院的车开进了东方资产管理公司的地下车库，就停在张仲平车子旁边不远。有个笑话，说有些贪官污吏心理压力比山还大，只要一看到检察院的车子便心发紧腿发软。张仲平绝对不会这样，但看到两辆检察院的车子，心里还是激灵了一下，立即长了一个心眼，连忙躲在车里观察起来。

检察院车上下来几个穿制服的人，径直向东方资产公司专用的电梯口走去。

张仲平确信他们进了电梯，这才把身子坐正了。他看着检察院的车，再次拨了颜若水的电话，这次倒是通了。

颜若水问他是不是到了。张仲平看着检察院的车子，故意说还没有呢，路上有点堵，不过也快了。颜若水奇怪他怎么会打这个电话，让他到了之后直接上楼。

张仲平说："我……我是说，我现在去单位见你，没什么不合适吧？"

颜若水倒奇怪了，问他有什么不合适的？

颜若水说："仲平你多虑了，左达已经跳楼了，我们公司下午要开会，那事你不急呀？你不觉得应该马上过来吗？……你等会儿。"颜若水那边可能有了什么情况，却没有挂机，他跟一个女孩的对话便清清楚楚地传到了张仲平耳朵里，"小余，你没看我正在通电话吗？

电话里传来小余的声音："颜总，您可能要马上去一下会议室，有几位重要客人要见您。"

颜若水有些不悦："什么重要的客人，也要等我把电话打完吧？"

小余说："颜总，是几位检察院的同志要见您，而且很急。"

这边，张仲平紧张地听着电话里的声音。

颜若水问："检察院的人？你等会儿……张总？喂？"

张仲平说："喂？颜总，我听着，您是不是有事要忙？"

颜若水说："哦……对对对……是这样，你还是先别来了，掉头回去。我这会儿不方便，晚上六点左右我给你打电话。"不等张仲平反应，颜若水快速挂断了电话。

张仲平一颗心不禁悬了起来。检察院的人怎么会在这个时候找颜若水？找他是为了什么事？

张仲平当然找不到答案，他看着检察院的车，把车子熄了火，掏出手机拨打徐艺的电话。他可没想到此刻的徐艺还在跟曾真周旋。

徐艺说："老同学，你别这样逼我好不好？我姨夫真的不会接受你的采访的，他对你什么也不会说。"

曾真说："他会的，我跟他聊过了。他说得很好，现在左达死了，我必须找到对左达知根知底还能理解他的人，你姨父就是。"

"你放心，我姨父一定无可奉告。"

"那不行，是他把我的兴趣提起来的，他不能把我放在空中不管，老同学，你应该了解我，我在发给你的信息里说得很明白，我不想重复我的话。"

"那你要采访什么？警方已经证实左达自杀是他自个儿的事，和我们半毛钱的关系也没有。"

"从刑事案件的角度已经撇清了与你们的干系，可是，从社会事件的角度呢？反正我是不会放过你姨父的，他刚才故意躲我，这是他不对。至少，他也太不懂礼貌了。"

"曾真，这样好不好？我请你吃大餐，替姨父向你赔不是，行不行？"

"赔礼可以，不过不是你，是你姨父。如果他拒绝，我就可以报道左达的死另有隐情，'自杀现场出现商人张仲平，背后的交易令人费解'，你觉得怎么样？"

"可是，你这是无中生有啊？我们之间哪有什么交易？没有。"

"那我不管，我是记者，记者可以合理假设，可以质疑，不是吗？"

"你？"

徐艺一时语塞，就在这个时候，张仲平的电话拨了进来。

张仲平说："徐艺，你马上到东方资产公司地下车库来，马上，我在我车上等你。"

"好，姨父您等着，我马上过来。"

徐艺听出了张仲平的着急，知道可能又有事情发生。他一刻也不耽搁地上了车，曾真以为他要开溜，以比他更快的速度拉开他另一边的车门，坐到了副驾驶的位置上。徐艺又好气又好笑，很是无奈地说："老同学，你这是干什么？我真有事。"

曾真一脸不以为然："这会儿，你的事就是我的事，我们快走吧。"徐艺还想说什么，曾真直接打断了他："行了。我不会放过你的，除非让我见你姨父。现在……你还是乖乖地开车吧！"

（三）

从3D拍卖公司到东方资产公司并不要多久，徐艺一路加足马力很快就到了。徐艺把车停在张仲平车旁边，和曾真下车向张仲平走去。

张仲平没想到徐艺会把曾真带到这儿来，有些不悦，却也只好打开车门走出去迎接。

曾真大方地先开腔问候："你好呀，张总，没想到我们这么快又见面了吧？"

张仲平说："你好。对不起，请你在徐艺车上等一会儿，我先跟徐艺说几句话。"说完拉着徐艺走开几步："你怎么把她带来了？"

徐艺说："她到公司找你，我正要把她打发走，你就来电话了，她知道我来见你，死活不肯下车。"

张仲平无奈："还真成了甩不掉的麻烦了。"

徐艺说："姨父，你先说，什么事情这么急？"

张仲平说："看见检察院的车了吗？我还没见到颜若水，就发现检察院的车来了，接着颜若水取消了我们的见面，而且电话里我听见他的秘书说到检察院的人要找他……"

"你是说？"徐艺不等张仲平说完，便急切地问到。

"别慌，我只是想知道，检察院的人是来抓人的还是来办事的，所以，让你来帮我盯着点，你得眼睛不眨地看着到底发生了什么，如果带走了什么人，马上给我打电话。徐艺，这会儿，我有一种不祥的预感。"

"你担心颜若水出事？"

"颜若水说晚上六点给我电话，我担心……，我有点担心等不到他的电话。"

"那怎么办？"

"按说他应该不会有事，可是，人们最容易犯的错误就是替别人打包票。如果……万一……"

"我明白，姨父放心，我一定盯着。可是，曾真怎么办？可别让她看见抓人的事。"

张仲平回头瞅了一眼徐艺车上的曾真，想了一会儿，对徐艺说："我本来要去见你姨妈的，看来去不成了。你说得没错，不能让她看见抓人的事，否则，这事马上就会闹得满城风雨，这对我们很不利。这样，你在这儿盯着，我负责把她引开。"

"那……请鲁冰吃饭的事呢？"

"改在明天。别忘了。"

说完，张仲平向徐艺的车子走过去，替曾真打开车门，请她下来，说："听说你急着要见我？走，我们去找个地方。"边说边不容分说地拉着曾真，打开了自己的车门，把她让进了车里。

　　曾真见他态度那么生硬，不禁有些发愣，但也不便说什么。她刚想朝外面的徐艺瘪瘪嘴，张仲平早已发动汽车，七拐八拐驶出了地下车库。

　　一路上，张仲平只顾开车，跟曾真一句话也没有说。他边开车边朝街道两边的商铺张望，终于把车停在了一家手机商城前面，他下车，也不跟曾真打招呼，好像车上没有她这么一个人似的，自顾自地大步流星朝手机商城走去。曾真没见过这样的人，只好跟着下车，她不知道张仲平来这里干什么。

　　来手机商城当然是为了买手机。一进手机商城张仲平的脸色便缓和多了。他步子慢下来，等曾真跟上，一起朝一家名牌手机专卖柜台走去，同时对曾真调侃道："刚才徐艺说你要请我吃饭？我先逛逛街运动运动，等下胃口会好一些。"

　　曾真脸上略显疑惑，她什么时候跟徐艺说过要请谁吃饭了？她不知道张仲平要搞什么鬼，望他一眼，道："别说请你吃饭，吃什么都可以，只是拜托你快一点儿，我们做记者的，常常得跟时间赛跑，希望你能理解。"说着，径直走到了另外一个柜台跟前。她不想跟他瞎扯，只希望他买好东西后走人。她已经见识过了，让他东扯西扯起来他会没完没了。

　　曾真一个转身正好挡住了张仲平的视线，在她身后，唐雯扶着电梯，很快消失在二楼。唐雯来这里当然也是为了买手机。对她来说，今天可真不是一个黄道吉日。先是上课没有一个人，然后是被文具店的小姑娘奚落，赶到与张仲平约会的地点时，见到的不是他本人，而是一张纸条。一连串的打击把她的心情弄得真是要多凄苦有多凄苦。因此，即使面对包厢里铺满一桌子的鲜艳玫瑰，她也难以展露出半点惊喜之色。

　　就在她疲惫地依靠在沙发上没多久，玫瑰花中心的蜡烛燃尽了，灭了，向上飘浮着一小缕青烟，那一会儿，她突然有一种说不出的伤感。如果张仲平在身边，她没准儿真的会扑到他怀里，依靠着他的肩膀，放肆地大哭一场。

　　她甚至无法给他打电话。长期以来，她过着从家到学校、从学校到家两点一线的生活，一切都是那样简单明了，甚至都不知道手机有什么用。

她想找张仲平倾诉，当然可以借用咖啡厅里的公用电话，可她怀疑面对旁边站着的服务员，她还能说出什么话来。她没有吃本来应该属于她们两个人的午餐，直接奔到了手机商城。

张仲平跟着曾真过来，不明白自己怎么会对一个刚认识不到半天的小姑娘态度那么生硬。他心烦是肯定的，主要原因当然是左达之死有可能把公司运作了大半年的这一单业务搅得偏离预定的轨道。另外一个原因便是曾真，除了她像蚂蟥似的黏着他，随时可能给她添乱之外，她的出现有点让他意乱情迷，因为她与他的初恋情人夏雨长得实在太像了，甚至连说话的声音都像。

理智告诉他，关于后面这一点，完全不能怪曾真，她们不过是长得像而已。

张仲平凑到曾真身边，笑笑说："不就让你请吃个便饭吗？至于这么紧张吗？没听说过有一句话叫你请客我买单呀？"

曾真说："什么呀？张总，我找你是为了工作，只要你肯接受我的采访，我赔了血本请你吃法国大餐都没问题。"

张仲平说："开玩笑呢，别当真呀？我态度是有点生硬，向你道歉。我要和你说的是，我朋友意外跳楼，我心情十分不好，这一点，还希望你能够理解。"

曾真等着张仲平的下文，结果却没了。张仲平已经开始专注于挑选柜台里的手机。

"就这些？怎么不往下说了？"曾真问。

"目前就这些，哦，对了，买手机买什么样的好？"

"我不是导购，是记者。我只想知道，对于左达的死，你难道就没有什么话要说？"

"你是以记者的身份问这问题，还是以私人的名义？"

"有区别吗？"

"当然，媒体是社会公器，记者担负着报道事实和舆论监督的神圣职责，从事的是一种特殊而光荣的社会公职。如果你以记者身份问我，我可是要想清楚以后才能回答，否则，报纸、电台、电视还有网络，都有可能把我的话变相发表出来。我呢，既不想出风头，也不想惹麻烦。"

"也就是说，你拒绝我的采访？"

"你看，记者习惯曲解人的意思，先别下结论，作为朋友，我们……完全可以坦诚相待，先告诉我，这个手机你喜欢吗？"

"你给谁买的？女朋友？"

"算是吧。"

"可我，既不知道你女朋友多大，又不知道她的性格特点，我怎么给你当参谋？"

"她……和你差不多，穿衣服的品位也差不多，所以，你说你喜欢，她一定喜欢。"

"如果是我选，我会选这个。"曾真指向身旁的一款手机。

张仲平招呼道："服务员，这个我要了。两部。"

曾真说："啊？她要不喜欢，你可别怪我？"

"我相信你的眼光，你等我，我去交钱。"

"等一等，你刚才把我们的话题转移了，现在得绕回来，如果我以私人名义和你谈一谈，可以吗？"

"不可以，必须以朋友的名义。"

"好，就以朋友的名义，请你坦诚面对我好吗？"

"可是，作为朋友，你不应该在我不方便的时候勉强我，你说呢？"

曾真觉得刚绕出来又被张仲平给绕进去了，她刚张口要反驳，这时张仲平的手机响了，上面显示着一个陌生的号码。

张仲平朝曾真竖起一根指头，然后接电话："喂，你好，请问哪位？"

里面传来唐雯的声音："是我。"

张仲平略显惊愕地说："老婆？你在用谁的手机打电话？你在哪儿呀？什么，你在手机商场？我也在啊，哎呀，说什么呢？我们可真是心有灵犀啊。"

张仲平边说边让服务员把单子改了，两部改成一部，然后去交钱。一边的曾真看着张仲平的变化，听着他一口一个老婆的，忍不住露出不屑的表情。

张仲平继续打着电话："好好好，老婆，你消失了几个小时，让我好担心，快告诉我你的准确位置，我马上来找你，好……你等我。"

张仲平挂机，走到柜台拿起手机交给曾真："拿着。"

曾真问："喂，你什么意思呀？"

张仲平已经转身准备离开："送你一个小礼物，没别的意思。请千万别拒绝。现在，我去见我老婆，咱们在这儿拉拉扯扯的，万一被她误解了……是吧？你别多心，就是感谢你。"边说边对曾真挤了挤眼，"况且，我们已经是朋友了，你懂的。"

曾真："懂什么？喂，喂，你等等……"

张仲平脚步加快，挥手道别："拜拜。"

张仲平拐过拐角，很快见到了刚从楼梯上下来的唐雯。

紧追过来的曾真也拐过拐角，却看见张仲平已经在和一个中年妇女亲亲热热地说着什么。两个人向曾真的方向走来，曾真只好装作不认识。张仲平拥着唐雯从曾真身边走过，趁唐雯没注意，再次朝曾真挤了一下眼睛。

曾真无奈地看着张仲平和唐雯离开。一想到她又被张仲平甩了，心里那个气呀，不禁对着张仲平远去的背影挥着拳头。

她只得把那气撒在徐艺身上。

徐艺这会儿正坐在车里双眼紧紧盯着东方资产公司的专用电梯，手机响了，他身子一弹，坐起来接电话："喂，曾真，我姨父够意思吧？"

曾真劈头盖脑地问："够什么意思呀？徐艺，你们到底在搞什么鬼？还想贿赂我？"

徐艺被弄得一头雾水："什么什么？什么贿赂你？"

曾真躲避着周围因为自己的大嗓门冷眼看过来的顾客，压低声音把张仲平给她买手机的事说了，然后说道："我告诉你，徐艺，本小姐很生气，后果很严重，你姨父他这样做阻止不了我要采访他的决心。你，现在，立刻，马上出现在我面前。要不，我来找你也行，你告诉我，你是不是还在东方资产公司那儿？"

徐艺看着检察院的车子，说："我……没事老待那儿干吗？我……在沿江风光带。"

曾真说："沿江风光带？在那儿吹风还是找浪漫？行，我马上去找你，不见不散，挂了。"

徐艺说："喂，曾真曾真。"

徐艺无奈地挂机，看看那两辆警车，又看看东方资产公司的大门，顺手轻轻地打了自己一嘴巴："撒什么谎呀你？"

徐艺看着手表犹豫着，最终发动汽车，开车离开了地下停车场。

（四）

张仲平对唐雯解释为什么中午不能陪她吃饭，跟她说了左达跳楼的事。唐雯虽然能想到，如果没有非常特殊的情况，张仲平是不会爽约的，但她没想到事情会那么严重，不禁唏嘘不已，问他现在是不是很麻烦。

张仲平说是有点麻烦，关键是问题一个接着一个，这边左达刚跳楼，那边东方资产公司的颜若水可能又出问题了。

"颜若水出问题和你有关系吗？"唐雯问。

张仲平很少对唐雯说公司里的事，一是生意场上的事很难三言两语说清楚，二是他整天在外面处理那些复杂的人际关系，常常弄得身心疲惫，回到家里哪还有炒剩饭的精神？但这次不一样。他必须给唐雯一个解释，他不想让她为自己担心。于是，便把左达、颜若水与这单业务的关系简明扼要地说了一下，说现在这种情况很可能会让这单业务泡汤。

"事情能解决吗？"唐雯关切地问。

"那要看颜若水能不能在六点钟左右给我打电话，如果……如果等不到他的电话，那就彻底麻烦了。"张仲平实话实说。

"要不……晚上的生日饭就别吃了吧？都怪我，你来手机商城也是帮我来买手机的吧？你的时间耽误不起，要不，我打的回家，你赶紧去找颜若水。"唐雯从来就是一个识大体的女人。

"我这个时候见不到他，他不方便。而如果晚上六点钟他不给我来电话，那就意味着，我如果要见他，可能就得去监狱里找他了。"张仲平自然不会提曾真的事，见唐雯一脸紧张，只好赶紧一笑，搂了搂她，说："你别紧张，我跟你开玩笑的，我的意思是说，就是天塌下来，我也不能一天之内把我老婆的生日给耽误两次。"

唐雯若有所思地看着张仲平："你这话才是开玩笑吧？你真的这么在乎我吗？"

张仲平道："这可不是开玩笑，我不在乎你在乎谁呀？"

说话间两个人已经走到张仲平的车跟前，张仲平抢先一步替唐雯拉开了车门，唐雯默默地上了车。她有些欲言又止。毕竟，二十多年来第一次被学生全体缺课，她有些吃不消。她进而开始担心自己是不是真的被这个世界抛弃了，是不是已经被自己所爱的人抛弃了，因为张仲平尽管解释了自己爽约的原因，却对她今天上课的事情只字未提，没有丝毫的关心。她理解他确实太忙了，可问她一句讲课的情况能花他多少时间？他不问，她也不好主动提，对他小小的不满却怎么也压抑不下去。是的，对人到中年的唐雯来说，事业上的危机已经出现，这使她在对周围的一切顿时敏感起来。

进入沿江风光带，曾真跳下的士到处找徐艺，哪里看得到他车子的影子？打电话给他，他却说他在帮她买水，让她稍等一下，他马上就到。

"买水？你还买花呢！"

曾真拿话顶徐艺。她是个急性子，根本不领他的情，她又没说要喝水，这马屁拍得真不是地方，也真不是时候。徐艺平时也不是那种搞不清状况的人，他今天是怎么啦？

没容曾真多想，她的手机又响了，原来是先她回到台里的同事打来的，说左达的妻子找到了，头儿让她马上回去。

曾真只好再次给徐艺打电话，说刚才台里来了电话，急事，得马上走。她没等徐艺说话，马上强调说，她今天无论如何要见他，晚点她会和他联系。这时正好一辆的士过来，她挂了电话，风风火火地打车走了。

徐艺说他去买水了当然是假话，他正加速向沿江风光带赶呢，接了曾真的电话他真是有苦说不出，他甚至怀疑曾真是不是故意在耍他。可是，就算她是故意耍他又怎么样？当你喜欢一个人爱一个人的时候，她的哪句话不是圣旨呀？你被差遣得屁颠屁颠的那还不是因为你乐意？她要半天不吱声，你还不是更得着急呀？

没办法，徐艺只能连忙掉头又往东方资产管理公司赶，心里急得跟火烧了屁股的猴子似的。

一进车库，就发现原来停在那里的两辆检察院的车子没了踪影。徐艺大声叫来保安问发生了什么，懵懂的保安除了摇头什么也不知道。徐艺惊呆了，六神无主地回到车上，脑子里嗡的一声又炸了，只剩下两个字"完了"。

张仲平载着唐雯进了酒楼包厢以后，便坐在沙发上翻看手机，一副心不在焉的样子。服务员进来将菜谱摆在他面前，他竟翻也没翻一下。

唐雯见状便随便点了几个菜。

张仲平跟唐雯说自己太累了，得休息一会儿。他建议唐雯也休息一会儿。唐雯摇了摇头。张仲平不再说什么，头一歪，便歪在了沙发上。

他虽然闭上了眼睛，却哪里睡得着？满脑子一会儿是左达摔下来的样子，一会儿是颜若水被戴着手铐押上检察院车子的画面。说实话，一整天，他真的一丝一毫也没想过唐雯的那堂选修课。

唐雯望着身边的丈夫，暗暗地叹了一口气。早在上选修课之前，也就是大概一个月以前吧，她的情绪便开始有点起伏不定，老觉得心里要么堵堵的，要么空落落的，她多次怀疑是不是传说中的更年期反应已经找上她了。

唐雯正想着自己的心思，包厢门被突然推开了，他们的宝贝女儿张小雨一阵风似的推门进来，妈妈，生日快乐。张仲平从沙发上起来，揉了一下张小雨的头发。张小雨问他们点菜没有？她吃了饭还得赶回学校上晚自习。唐雯出门叫服务员赶紧上菜。

张小雨突然发现了茶几上的新手机，惊呼道："哇，新手机？500万像素的，太好了，你们太客气了，给我买这么好的手机，谢谢谢谢。"

唐雯大喝一声："你给我放下。"

张仲平和张小雨被唐雯的喊声吓了一跳。

张小雨说："妈，你喊什么喊？"

唐雯拿过张小雨手里的手机："谁说是给你买的手机了？你一个学生要什么手机啊？"

张小雨挺委屈地望着张仲平，说："爸爸，你看看我妈，我们全班就我和丛珊没有手机，我凭什么不能有手机了？爸，我是不是后妈……"

张小雨经常没大没小地和张仲平唐雯乱开玩笑，这会儿见唐雯脸色不对，忙把后面的话咽了回去，朝张仲平吐吐舌头。

张仲平平时最宠的就是张小雨，便拍拍她的背劝道："小雨，这是你妈的手机，是她自己给自己买的生日礼物，你想要，回头爸爸再给你买。"

张仲平中间那句话放在平时也没什么，这时唐雯听了却特别刺耳，她不禁指责道："张仲平，孩子都是你给惯坏的，没大没小，像什么样子？什么叫回头给她买？学校有规定你不知道吗？"

张小雨说："有什么规定啊？学校只是规定上课的时候不能用手机，

现在都什么年代了？捡破烂的卖菜的都有手机，凭什么我没有？"

张仲平觉得张小雨说得对，想劝劝唐雯："老婆，你听我说——"

唐雯根本就不买账，手一挥道："你别说了，小雨马上就要高考了，不能分心。"

张仲平平时做惯了和事佬，只好又转过头来哄张小雨："小雨，妈妈说的也对，你考上大学之后，爸爸给你买更好的手机。"

张小雨说："那……这手机借我用几天行不行？就几天。"

张仲平说："我看行。说好了，就几天。"

唐雯说："张仲平，你还有没有一点儿原则？你……你这么下去……得得，我不管了，耽误孩子学习你负责。"

张仲平背着唐雯，看着张小雨直吐舌头做鬼脸。

张小雨一摆手："好了，我不借了，别因为一个手机影响你们夫妻感情，我可不想成为单亲家庭的受害者。"

唐雯说："你——"

张仲平说："好了好了，小雨你也别太瞎胡闹了。今天是你妈生日，你别气着寿星了好不好，会说话吗你？"

张小雨说："好了好了，我错了，行不行？没劲。哦，蛋糕呢？爸，你也太没劲儿了吧？妈妈过生日，你这做老公的不会连个蛋糕都没买吧？"

张仲平说："你别乱打棍子好不好，你艺哥昨天就把蛋糕订好了，放心吧，他一会儿就到。"

一不顺心看谁都不顺心，唐雯道："徐艺这孩子也是，我过生日也来这么晚。"

张仲平忙替徐艺解释："怨我，怨我，我让他去办事，应该马上就到了。"

张小雨往窗外张望了一下："不对啊，我看见他的车停在楼下。我还以为他已经上来了呢？"

张仲平："徐艺的车在楼下了？"

张小雨说："对啊，他那破车我还不认识。"说完还特意往窗外指了一指，嘀咕道："不就停在那儿吗？"

张仲平忙掏出手机，刚要拨打徐艺电话，徐艺已经拎着蛋糕走了进来。

徐艺向唐雯笑道："姨妈，祝你生日快乐。"说着，快速地看了一眼张仲平。

张小雨接过蛋糕，忙着打开，插蜡烛。

徐艺再次向唐雯赔笑脸："姨妈，没生我气吧？"

张仲平抢在唐雯面前道："不生气不生气，好好的生日生什么气呀？来，徐艺，坐我这儿，今天谁敢让寿星不高兴，我就和谁没完，重重地打他屁股，是不是小雨？"

张小雨把蜡烛插好之后，对着张仲平挤眉弄眼。

唐雯的表情有些舒缓，气氛开始好了起来。

张仲平伏在徐艺耳边说："怎么样，是不是真抓人了？"

徐艺迟疑了一下："姨父……"

张仲平紧张地问："真是颜若水？"

徐艺呐呐道："姨父，对不起，我……中间有点事出去了一下，可回来的时候，检察院的车已经不见了，我……我不知道他们是不是抓了人，也不知道是谁被抓走了。"

张仲平啪的一下拍了桌子，生气地看着徐艺："徐艺，你是干什么吃的？谁让你离开的？这么重要的事情，你……你怎么当儿戏？你今天到底是怎么了？一出接着一出，你还让不让我做生意了？啊？"

唐雯和张小雨都被吓了一跳，唐雯从桌子后面拉扯张仲平，劝道："仲平，怎么了？快坐下，好好说。"

张小雨也帮腔道："爸，谁要让我妈过不好生日，我和他没完，重重地打他屁股。"

张仲平冷静下来："也是，我这是怎么啦？对不起徐艺，我不该冲你发脾气，可是……"张仲平后面的话没说，今天，他对徐艺的表现真的十分不满，想不到盯着两辆车子这么简单的事，他居然都办不好。他今天是怎么了？还是我自己太紧张了？

徐艺赶紧把曾真要见他的事说了。

张仲平听了之后表示理解，他伸手在徐艺肩膀上拍了拍，表示歉意。又歉意地对唐雯一笑，道："对不起老婆，是我不好，我错了。好了好了，我们别再谈公事了，再大的事，也要等给你过了生日以后再说。小雨，蜡烛点好了吗？可以熄灯了吧？"

张小雨说："可以了。"转身把房间的灯关上，烛光中每个人的表情各异。

唐雯许愿后吹灭了蜡烛，掌声中大家唱起生日歌。

唐雯也是满怀歉意，张仲平的脾气虽然一晃就过去了，她却深深地理解了他的压力，再拿自己的儿女情长要求他，实在有些过分，她把刀子递给张仲平，说："你来帮我切蛋糕吧。"

张仲平接过刀子开始切蛋糕，边切边偷偷看着手表。

唐雯忍不住问："仲平，你是不是着急等那个电话？"

张仲平掩饰地一笑，道："没事，不是说好了不谈公事吗？"

徐艺提议道："姨父，要不，我们主动给颜总打个电话吧？"

张仲平停下手里的刀，说："真要有事，这个电话反倒不能主动打过去了。"

唐雯问："为什么？不就打一个电话吗？谁主动还不是一样的？"

徐艺又道："是呀姨父，我们和东方资产管理公司有业务往来，给颜总打个电话很正常。"

张仲平思考几秒后决定，与其向唐雯与徐艺一一解释，不如就打个电话吧。颜若水接了电话要是觉得他沉不住气，也只能由着他想了。张仲平掏出手机拨号，对方电话里传来已关机的电脑提示音。

"关机了？"唐雯问。

"是不是电池没电了？"徐艺也问。

"颜若水从来不关机。"张仲平说，他觉得自己的心正一点一点地往下沉。

唐雯帮忙出主意："打办公室电话看看？"

张仲平拨通了颜若水办公室的座机，没人接听。

张仲平平静了一下，换上笑脸，把手机放在唐雯面前："不想了，电话归你保管，绝不谈工作了，给我老婆过生日比什么都重要，现在，我专职负责分蛋糕"。

张仲平故作平静地把蛋糕分给大家，这时手机突然响了起来。

张仲平正用刀端着蛋糕，心中一惊："一定是他，老婆，你帮我接，沾点你的喜气，快接。"

唐雯说："如果是坏消息呢？那你是怕经受不了打击，还是算我给你带来了霉运？"

张仲平说："别乱说。让你接你就接吧，我相信一定会是好消息。"

唐雯看了一下彩屏上的显示，道："奇怪，上面怎么没显示电话号码？"

张仲平让她别管那么多，快接电话。

唐雯接电话："喂，是不是颜总？怎么不说话？喂、喂、喂……哦，对，我是她太太，对不起，他正好有点事，你等一下……"她捂着电话对张仲平说："一个女的，她说她是江法官。"

张仲平接过手机，先捂着手机，说："江法官？哎呀，我都把这事儿给忘了。"他本能地转过身去接电话，"江法官吗？您好您好，对不起对不起。没事没事，我……一小时后过来，行吗？好好好，不好意思呀。"说着挂断了电话。

唐雯忙问怎么回事？

张仲平解释说，是东区法院的江法官，本来约好了今晚打麻将的。事一多，给忘了。

唐雯盯着他看了好几秒钟，这才道："你是在答应她的时候，忘了我过生日的事，还是为了我过生日，忘了陪人打麻将的事？"

张仲平一笑，说："看你这话绕的。当然是忘了陪人打麻将的事。"

唐雯说："现在怎么办？你不吃蛋糕了？不吃饭了？"

张仲平说："吃呀，不过得稍微快点儿。"

唐雯说："等下……江法官那儿，能不能让徐艺替你去？"

张仲平摇头否定："不行。东区法院是我自己亲自管的，徐艺不认识她。对吧，徐艺？"

徐艺连忙帮腔说："对对对。姨妈，如果别人主动约我们打麻将，是好事，八成会有业务给我们做。"

唐雯说："是吧？"

张仲平："是。刚才我不该让你接电话，人家好像都有点生气了。"

唐雯说："生气？不会吧，我听她的声音挺温柔的呀。"

张仲平说："这些在场面上混的人，不会溢于言表的。你不知道，徐艺知道，这帮孙子，可难伺候了。"

徐艺又连忙说："是是是，男的都是大爷，女的都是姑奶奶。"

张仲平才吃了几口饭便说要走。"这帮人，我可怠慢不起。"张仲平故意开玩笑道，"这些姑奶奶，老婆过个生日都不得消停。徐艺，我就不管了，你负责把你姨妈送回家啊！"

徐艺点头应允。

张仲平亲了唐雯额头一下："老婆，再次对你说对不起，再次祝你生日快乐。"

张仲平走到门口又折回来对徐艺说："如果我没记错，你在市检察院有个同学吧？"

徐艺说："是，大学上下铺兄弟，叫马鸣。姨父，你是说……"

张仲平点头道："对，你最好通过他侧面了解一下东方资产管理公司到底出了什么事。"

徐艺说："我明白了。"

张仲平叮嘱道："你要注意分寸，行，我走了。"说完就离开了。

剩下的三个人仿佛都还在揣摩刚刚那个不明不白的电话，气氛不禁有些沉闷。

张小雨举杯打破了冷场，说："妈妈，再次祝你生日快乐，祝你永远长的像我姐。"

唐雯笑了："看你嘴这么甜，行，手机可以借给你几天。就三天吧。"

张小雨高兴地说："真的？谢谢妈妈……"

张小雨已经迫不及待地拿过手机，背上书包道："妈，我先走了，我去丛珊家玩玩，给她看看手机，很快就回去。"

唐雯说："你刚才不是说要急着赶回学校上晚自习吗？"

张小雨说，"这不情况起了变化吗？计划赶不上变化嘛，我爸不也是？"唐雯还要说什么，张小雨已经出门了，唐雯只得摇了摇头。

四个人的晚餐只剩下两个人，唐雯心里头不禁觉得有点怪怪的，她让徐艺去跟服务员商量一下，看看还没上的菜能不能退了。一会儿徐艺回来了，说行，这酒楼管理挺规范的。唐雯忍了半天没忍住，还是把让她纠结的问题提了出来，唐雯说："徐艺，刚才来电话的江法官，你见过吗？"

徐艺摇了摇头。

唐雯叹了口气："你看这生日过的。"

徐艺安慰道："做生意就这样，她主动跟姨父来电话，证明有戏。姨妈你想呀，拍卖公司又不止咱们一家，要不盯紧点，早没我们什么事了。姨父这是身不由己，你可别往心里去。"

<h2 style="text-align:center">（五）</h2>

张仲平刚下楼便把电话回拨了过去。给他打电话的女人当然不是什么江法官，只是因为是唐雯接的电话，胡乱给自己添了个名头而已，以向唐雯表明她找张仲平不过是为了公事。

这个名叫江小璐的女人平时很懂事知趣，一般从不在下班时间给他打电话，更不会随便冒充自己是什么法官。她这样做，一定是碰到了什么为难的事。果然，她接到他的电话，知道他已经方便了，便忍不住在电话里哭了起来："我在幸福路路口，孩子病了，可我又打不到车，呜呜呜。"

张仲平开车直奔幸福路口而去。

到了那儿，已经华灯初上，但他还是很快便看见了站在马路边上的江小璐。

江小璐上车后小心翼翼地解释道："对不起，我不知道是你老婆接的电话，我……"

张仲平摇着头说："你该直接说，就是不该说自己是法官。"

江小璐说："对不起。我……有点心虚，我是想，你们公司打交道最多的不就是法官吗？我以为……"

张仲平打断她说："不错。可你不知道，我的助手徐艺是我老婆的外甥，所有的法官他几乎都认识。"

江小璐说："呀？那……是不是你老婆怀疑你了？对不起，我是不是给你添麻烦了？可是，除了你，我真的不知道该找谁。"

张仲平见江小璐不停地自责，不好再说什么，转而安慰她，说没事没事，让她快说孩子怎么了？

江小璐说："高烧，持续两天了，吃药也不退。我妈急死了，可我实在打不到车，只能给你打电话。"

张仲平说："孩子在哪儿呢？"

"乡下，离城里四十多公里。"

张仲平下意识地重复一遍："四十多公里？"

江小璐怕张仲平为难："要不，你帮我打上车，你就别去了。"

张仲平看着手表："孩子病了我怎么能不去？发烧不能耽误，你快系上安全带……"

张仲平帮江小璐绑好安全带，一踩油门往城郊赶去。

经过收费站时，江小璐从后座上拿起一张报纸盖在脸上，从报纸下面害羞地偷看着张仲平。张仲平回望她一眼，笑一笑，没说什么。这里是江小璐上班的地方，她不想让那些同事认出来，因为这个时候孤男寡女的开车出城，可能会引起不必要的猜测。她每次和张仲平见面都是偷偷的，生怕让他不方便。

刚出收费站江小璐便把那张报纸扔了，她呆呆地望着被远光灯划破的黑夜，悠悠地说："我觉得对不起孩子，毛毛身体这样，其实是我造成的，怀他的时候心情不好，老失眠，吃了很多安眠药，大夫说，他那先天性心脏病，很可能就是受安眠药的影响，想到这些，我就后悔得要命。我当时真不该那么固执，让孩子跟着受这么多苦。"

张仲平说："你这么说，我心里很沉重。"

"对不起，我没想这么多，你也别多想。"

"能不多想吗？其实这么多年，我也一直很内疚，小璐，你听我说——"

"别说，你不欠我的，所以，你再也别提这事儿，否则，我以后永远不求你了。"

"好吧，小璐你也要记住，你的事永远是我的事，好吗？"

江小璐点头没说话，张仲平伸出右手拍了一下江小璐的手，很快想把手收回来，可是，江小璐却一把抓住了张仲平的手，看着窗外。

江小璐说："下雨了。"

张仲平说："是啊？这雨下得有点突然，还挺大。"说完顺势把手抽出来打开了雨刷。

江小璐只好尴尬地收回手，没有回头，不经意地叹了一口气，眼中泛起晶莹的泪光。

电视台的人经常时空错乱，一切都围绕着新闻事件或其他电视节目转。

被一个电话召回电视台的曾真此刻非常纠结，她那个小组拍回来的片子被剪得七零八落。她一边吃着盒饭一边指着左达跳楼的画面，忍不住跟审片的头儿争执："为什么把那段给剪掉了？"

头儿说："我还要问你呢，你让摄像师拍左达那双死人的手有什么意义？电视剧特写呀？"

曾真说："这我要加评论的，'每个人降生的时候都紧握双拳，因为他想抓住世间的一切。人死的时候两手张开，因为一切都从他手里滑落了'。这不是为了引发观众思考吗？干吗播出时把它给剪了？"

头儿说："曾真，你搞清楚了，咱们做的是时事新闻，用不着那么煽情、那么过度阐释，懂吗？"

曾真的犟脾气上来了："这是煽情吗？这是过度阐释吗？这是生活的哲理。再说了，时事新闻怎么啦？就非得一个面孔、一种腔调？还有，你不觉得吗？左达的那只手在说话？"

头儿说："一只死人的手在说话？你以为是拍恐怖电影呀？曾真，你是不是有点儿——"

曾真气不打一处来："你想说我是神经过敏还是走火入魔？"

头儿说："我可没说，这可是你自己说的。"

曾真说："头儿，你说我们怎么办，我们又不能做成法制节目，不这么说怎么办？这不，我们好不容易找到了左达的前妻，她又拒不接受采访，你说这节目还做得下去吗？"

头儿说："我们已经做了新闻报道，如果没有好的创意，结束它，然后，赶紧找下一个选题。"

曾真激动道："这么好的选题就这么放弃了？"

头儿说："除非你能说服我，反正这只死人的手，说服不了我。"说完一甩手走了。

曾真无耐地看着领导离去。

一旁的男同事忍不住插话："曾真，你让死人的手说话，的确有点吓人。"

曾真正在气头上："去。别烦我。"

曾真想，自己是绝对不会放弃这个选题的，尽管能够帮她完成选题的张仲平如此不配合也让她生气，她也还是会坚持。是的，有时候，坚持还真的就是胜利。她觉得自己有必要马上行动起来。

她打通了徐艺的电话："徐艺，我现在有时间了，你马上过来见我，半个小时以后，我们在白银世界大堂见面，不见不散，就这样。"不等徐艺表态就把电话给挂了。

那会儿徐艺正开车送唐雯回家，他知道唐雯也听到了那个电话，望着她有些不好意思地一笑。唐雯问他是不是钱包里的那个女孩。徐艺老实回答说是，又赶紧补充说，她其实只是我一大学同学，还不是女朋友。他承认自己很喜欢她，可人家心里怎么想的还不知道，因此，他只能算是单相思。

唐雯鼓励他说，单相思也是爱的一种，得赶紧找机会明说出来，你不能指望女孩子太主动了。

徐艺点点头，说："其实，我从大一就开始喜欢她了，我觉得她和别的女孩子都不一样，可是，我又怕自己配不上她，还怕被拒绝了同学都做不了啦。"

唐雯说："徐艺，你自己很优秀你不知道呀？怕什么？大胆表白，成功的概率起码有百分之五十吧？就是被拒绝，起码也知道为什么，对吧？她这么晚主动给你打电话，说不定对你也有好感呢？"

这徐艺就有点拿不准了，八成，曾真找他还是为了胜利大厦的事。

唐雯还在旁边替他加油打气："追女孩子太着急不行，太胆小就更不行，当年你姨父追我的时候，那个死缠烂打的劲儿呀。徐艺，别犹豫了。你虽然很优秀，可社会上同样优秀的男人可不止你一个。错过自己喜欢的人，可就太可惜了。"

徐艺边点头边问："姨妈，你说同学感情升华成爱情，是不是更容易一些？"

唐雯说："当然了，因为同学四年，知根知底呀。我和你姨父就是大学同学，现在过的不是挺好吗？"

徐艺下了决心似的："也是，那我就找机会表白？她说话对我很不客气，那是为什么呢？那是因为没把我当外人呀，你说是不是姨妈？"

唐雯笑了，她一直很喜欢徐艺，不仅因为他从小是孤儿，由她和张仲平拉扯大，还因为他的单纯。研究生都毕业好几年了，竟然还没正式谈过恋爱。这可不行，男孩子就得胆子大一点儿，畏首畏尾的哪能做成什么事？眼看快到家了，唐雯说："这男孩子谈恋爱呀，就一句话，胆大心细脸皮厚。别怕失败，姨妈等你的好消息。"

唐雯下车以后，徐艺就一直在想她说的那些话。不管曾真是因为什么事情约他，总之也没人规定他不能向她表白吧？这样等下去要到什么时候？她也许会拒绝自己，但这说明不了问题。哪有女孩子第一次就答应你的？那不是显得她太不矜持了吗？倒好像自己没人要似的。总之，必须有一个开始，不能再单相思下去了，起码得让她知道自己对她的那份感情。对，就这么办。

　　徐艺开车去白银世界大酒店时情绪高涨，他不时对着反光镜整理着头发，自言自语道："胆大心细脸皮厚，徐艺，看你的了。"

　　相反，唐雯下车走进自家别墅时却有点情绪低落。怀疑的小虫子一旦钻到心窝里便不会轻易死掉，它会在你不经意的时候从你心上爬过，弄得你心痒难耐。更可怕的是，它会在你完全没有心理防备的情况下狠狠地啮咬你的心，直到把你的心咬得百孔千疮。

　　唐雯觉得她替张仲平接的那个电话真是形迹可疑，她尽量控制自己不去想它。在这之前，她从来没有想过自己的老公会有男女关系方面的问题。她排遣郁闷的方式便是收拾房子，上下两层半的房子显得空荡荡的，拖地板擦家具整理内务，她希望通过体力上的支出多少能够填补一下精神上的空洞。可就在擦拭电话机时，她突然冒出了给张仲平打电话的念头。她想知道张仲平这会儿在哪里，在干什么？

　　这时的张仲平已和江小璐到了她老家。瓢泼大雨中，张仲平抱着毛毛走在前面，江小璐帮他打着伞，江母紧跟其后。

　　他的手机搁在车内，上车以后才发现有一个唐雯的未接电话。江小璐很敏感，问他是不是他老婆。他点头说："是，没准儿就是手碰到了重拨键，没事，我们先赶去医院。"

　　开车不久，手机再次响起，江小璐看着张仲平："肯定不是手碰到了重拨键，你还是先接电话吧。"

　　乡下简易公路很窄，张仲平把车停好，刚要接电话，突然，手机屏幕因为没电变成了黑屏。幸好张仲平手包里有电池，他有点手忙脚乱地把电池换上。就在这时，江小璐抱在怀里的毛毛不停地咳嗽起来。

　　唐雯没想到张仲平会不接电话，再拨，竟然关机了。

　　唐雯这一惊非同小可，她想不到张仲平怎么会这样，左手下意识地抚摸着餐桌上的花瓶。

车里的张仲平下意识地望了一眼毛毛。

江小璐说："你回电话吧，我抱着孩子下去。"

张仲平说："那怎么行？我下去打电话就是了，没事，很快的。"

张仲平拿着伞下了车，在雨中给唐雯回电话。

唐雯正望着花瓶发呆，突然电话响起，她伸手去抓花瓶旁边的电话分机，竟失手把花瓶碰到了地上，只听砰的一声，花瓶摔碎了。唐雯对着话筒道："喂……喂？仲平吗？"

"是我，你打我电话？"张仲平问。

"你在干吗？刚才为什么不接电话？"

"不是跟你说和几个法官朋友打牌吗？先是接电话不方便，紧接着手机又没电了，你找我……有事儿？"

"我……我……"

"我在卫生间呢，信号不好，有事快点说呀。"

"你……你那边在下雨吗？"

"下雨？不会吧？外面下雨了吗？我不知道，老婆快说什么事？大家都在等我呢。"

"没事，想问你什么时候结束，能不能顺便把小雨从丛林家接回来。"

"估计不行。这牌局一开，会很晚。你让她自己回吧，你先睡吧。"张仲平说着故意把手机拿开一些，对着雨中喊了一声："快了快了，替我把牌砌好，我马上就出来了。"又把手机凑在嘴边："叫我了，早点睡，晚安。"

张仲平嘘了一口长气，这才进到车里。

江小璐望着他，想说什么，最终没说。

（六）

徐艺庆幸没有塞车，使他能够比曾真先到白银世界大酒店咖啡厅，否则，让曾真等他就太不像话了。一想到今天晚上要下决心跟曾真表白，徐艺便心跳加速，有一种莫名其妙的紧张感。为了消除这种紧张感，他不停地深呼吸，在心底里默默地练习着即将与曾真见面时自己该说的话。

他太入戏了，以至曾真悄悄地走到了自己身边竟毫无察觉。

曾真见他在那儿祷告似的念念有词，不禁觉得有些好笑，啪的一声把张仲平替她买的那部新手机扔在徐艺面前。

徐艺慌忙站起来道："你……你怎么来了？不是……你怎么刚来？"

曾真道："这手机到底是怎么回事？"

徐艺说："我不知道，这不是我的意思，这是我姨父的意思，我的意思是想说，你和我同学一场……"

"同学一场你还不了解我？你，你姨父就这么对我？也太瞧不起我了吧？一个手机就想打发我了？"

"曾真，我没想用手机打你，我来这儿，是想告诉你，我……我想一辈子对你好。"

"徐艺你说什么呢？你少跟我贫嘴，这部手机可真没送好，我决定了，我绝不会放过你姨父，决不会。"

"曾真，你……你什么……意思？"

"你说什么意思？我们这种关系，你姨父用得着这么贿赂我吗？还有你，到底想掩盖什么？"

"我……我想掩盖什么？曾真，我不想再掩盖了，我喜欢你，从大一开始就喜欢了。你……你是不是也喜欢我？哪怕是一丁点儿？"

"徐艺，你等会儿，我在说手机的事，你……你在说什么，你是不是故意和我打岔呀？"

"没有，曾真，我是真的喜欢你。咱们先不谈手机好吗？我要谈的事是咱们的终身大事，比这破手机重要一千倍一万倍。真的，我真的喜欢你，马鸣可以证明。"

"行了，你就装吧，我倒要看你能装到什么时候，你拿我开心是吧？我倒要看看你的脸皮到底有多厚。"

"我没装，我说的全是真的。我就是脸皮不厚，所以才一直不敢向你表白。但我现在不能再等了……不是，我的意思是说，曾真你知道吗？我昨天晚上做了一个梦，我梦见你了，真的真的，这个梦对我影响特别大，你知道吗？不是不是，我也不仅是因为这个梦的影响，我一直就受你的影响……你明白吧？"

曾真猛地一拍徐艺的肩膀："行了，徐艺，你到底要说什么？"

"你怎么还不明白？是我没说明白，还是你故意装不明白？等等，我，徐艺，现在郑重地再说一遍，我喜欢你，我真的很喜欢你。"

"我知道你在说什么，可是，你不应该呀。徐艺，你喜欢我，我以前怎么一点儿都不知道？你要对我表白，为什么非得选今天？不，徐艺，你告诉我，这手机，包括你现在的表演，是不是你跟他——你姨父，精心设计的阴谋？"

"精心设计的阴谋？当然不是，曾真，我向你赌咒发誓，我真的很喜欢你。你为什么就不相信呢？"

"徐艺，你再这么说我就走了，你有没有一点儿正经呀？你以前不是这样的，你现在怎么变得油嘴滑舌了？你再拿我打岔我可真和你急了。"

"我怎么是打岔？我说的是真的。我要怎么说你才相信？"

"你这还不是打岔？好，如果你不是打岔，我就明明白白地告诉你，我们之间不可能，你不是我喜欢的类型，你要是还把我当老同学，就把我的事情办了，否则，我连老同学都不认。"

"曾真，我……你这些话也是真心的？"

"当然。徐艺，我们同学四年，你了解我吗？你不了解。你……你可别喜欢我，否则，你会失望的。我，可以明确地告诉你，你真不是我喜欢的类型，我说的可是真话，完全是为了你好，听明白了吗？"

徐艺刚要再开口，曾真的手机响了起来。

曾真对徐艺说声"对不起"，便开始接听手机："你到了？你在哪儿？哦，我看见你了，你往右边看，这儿……"

大堂中央一个高个子中年男人一边打手机一边朝曾真这边张望。他衣着光鲜，仪表堂堂。曾真扔下徐艺朝他跑去，竟在大庭广众之下扑到那男人身上，搂着他的脖子转了一圈。那男人掏出一个盒子递给曾真，曾真在他脸上亲了一下，示意他，自己还要有一会儿，这才向徐艺走来。

徐艺看着这一幕，简直惊呆了。

看见曾真走过来，徐艺只好故作镇定。

曾真走到徐艺面前，把首饰盒放在徐艺面前的桌子上。

曾真问："徐艺，我们说到哪儿了？"

徐艺盯着那精美的首饰盒说："不用说了，算我瞎了眼，你说得对，你真让我失望。"

曾真说："徐艺，你说什么？你把话说清楚，咱们到底是谁让谁失望呀？"

"随你的便。"徐艺从钱包里掏出两张百元大钞，往桌子上一拍："服务员，买单，不用找了。"转身就走。

曾真喝道："你站住。"

曾真的喊声引来了周围人的目光，徐艺只好站住看着曾真。

曾真拿起手机扔给徐艺，徐艺只好接住。

曾真道："这手机我看不上，拜托你带给你姨父。"

徐艺在周围人目光的注视下快步穿过旋转门。

中年男人看着徐艺离去的背影，走到曾真面前，问："他是谁呀？你们怎么吵起来了？"

曾真说："谁知道，别理他，小孩子脸，说翻就翻，我们走。"

这时服务员走过来："小姐，这是刚才那位先生的找零。"

曾真的直性子又上来了："不是说不用找了吗？废什么话。"

中年男人从服务员手里接过零钱，上前几步，把它塞进大堂角落处红十字会的募捐箱里，回过头来对曾真说："小伙子好像误解了你和我的关系。你应该把我介绍给他，告诉他，我叫胡海洋，是你的亲舅舅。"

"他误会了吗？我巴不得。他爱怎么想怎么想，我无所谓啦。"

胡海洋说曾真太任性了，说不定无意中就伤了别人。这可不好。

曾真大大咧咧一笑，说他就是我大学时一普通同学，我在他面前任什么性？只是，他是我找来的，想从他那儿挖点新闻材料，可惜了。也是见鬼了，今天跟他……还有他一个什么姨父，老搅到一块儿，说不出的别扭。

胡海洋听到一会儿同学一会儿姨父的，忙问怎么回事？

曾真说："工作上的事，我一时半会儿也跟你说不清，算了，别说这个了。我爸我妈在美国还好吗？"

胡海洋说："他们有什么不好的？就是老担心你。首饰盒里那些邮票，都是你爸给你攒的。还有你妈，她要我劝劝你，让你早点把移民手续办了。"

"我妈也真是的，我什么时候答应她去美国了？"

"不去美国也行，我就不知道美国有什么好。但你得给我一个稍微靠谱点儿的准信儿——你什么时候能把自己给嫁了。真儿，你跟舅舅说句实话，你都二十六七了，还等什么呀？"

"舅舅，你要我跟谁结婚呀，这不是还没找到合适的吗？就说刚才这同学吧，今天还在向我表白呢，可我就是来不了电，你说我有什么办法？"

"生意的最高境界是什么你知道吗？是妥协。其实，人找对象也跟做生意差不多，有时候也要善于向自己的既定目标妥协，不能要求太完美。"

"我不是要求完美，我是宁缺毋滥，总没必要为了离婚而结婚吧，你说是不是呀，舅？"

"你呀……"对这个外甥女，胡海洋真不知道该说什么。

（七）

张仲平陪江小璐带着毛毛看了急诊，毛毛一边输液一边在外婆陪伴下睡着了。张仲平要走了，江小璐送他到走廊上。

张仲平安慰道："大夫明天会安排会诊，你别担心了，明天我会早点过来，我现在必须回去了。"说着从包里拿出一大沓钱，江小璐要拒绝，被张仲平硬塞到手里，"你别推辞了，给孩子治病要紧，记住，该怎么治怎么治，听见没有？"

江小璐犹豫着收下："这钱，算我借你的。"

张仲平说："别说了，我走了。"

"等等！"江小璐注意到张仲平那双沾满泥水的鞋，"你这样回去，会让她怀疑的，这边可没下雨。你怎么解释呀？"

张仲平低头看着自己鞋上的泥，说道："给我点纸巾。"

江小璐掏出纸巾递给张仲平，张仲平仔细地擦着皮鞋。

张仲平看着鞋子干净了便站起来，笑道："看，事情没那么复杂，看不出来了吧？行了，我走了，你也注意休息。"

张仲平转身离去，江小璐一直目送着张仲平的背影上了电梯。

张仲平的脑子可消停不下来。中间隔了几个小时，一点儿颜若水的消息都没有，他不可能不着急。等坐到自己车上，他想了想，还是拨了颜若水的电话，结果还是不通。

他又拨通了徐艺的手机："徐艺，怎么样？他怎么说。"

徐艺说："别提她了，我现在不想谈她。"

张仲平没听明白："什么？你在说谁？"

徐艺说："曾真啊？"

张仲平说："曾真？我不是让你找马鸣，那个……那个……"

徐艺："马鸣？对不起，姨父，我……我给忘了。"

张仲平真是气不打一处来："你忘了？这么重要的事你给忘了？徐艺，你今天是怎么啦？你到底在瞎忙乎些什么？"

徐艺说道："姨父……"

张仲平怒道："别叫我姨父，你是我姨父，你说你还能干好什么？今天出了这么多事，颜若水联系不上，我现在急得像热锅上的蚂蚁，可你竟然还把我吩咐你的事情给忘了，办砸了一件还不算，还要砸第二件，第三件，你，你今天吃错药了是不是？"

张仲平挂了电话，将手机扔在一边。他不能不生气，徐艺平时不是这样的，他今天到底是怎么啦？还有自己，平时也不是这样的。他和唐雯把徐艺从小拉扯大，很少骂他，总是照顾着他的自尊心，可今天他却连抽他的心思都有了。有必要这样吗？徐艺毕竟不是你的亲生儿子。

张仲平本想给徐艺再打个电话，向他道个歉，安抚他一下，刚拿起电话，想想又放弃了。徐艺毕竟老大不小了，这点重话都受不了，怎么在社会上混？

时间不早了，张仲平开车朝家里驶出。

接了张仲平的电话，徐艺郁闷到了极点。他不怪张仲平生气，他是生自己的气，觉得自己一整天整个人就像梦游似的，没干对一件事，他沮丧地一拳打在方向盘上。他自己调整了好一会儿，觉得情绪平静了，这才拿起手机，开始拨马鸣的电话，凭他跟马鸣的关系，他才不管有多晚呢。

徐艺知道，他约马鸣在酒吧里谈事不是一个好主意。这里有什么？只有震耳欲聋的音乐，只有各色男女被酒精挑逗或麻醉的欲望。但今天的情况有点特殊，他需要这些东西。徐艺一个人坐在角落喝酒，马鸣走进来坐在他对面的时候，他一个人已经干掉了一大瓶红酒。

马鸣说："这么晚了，什么事这么急？"

徐艺刚要说话，这时一个白衣女人经过身边，马鸣回头一直看着女人消失在拐角处，徐艺等着马鸣回过头。

马鸣回头后点评道："看见了？大美女。"

徐艺故意装着老练地说："到这里来的，个个都是大美女，我跟你打赌，应该是人工的，怎么样，把她叫过来让你验验货？"

马鸣苦笑："我敢吗？万一有点事，怎么和老婆交代？"

徐艺凑近马鸣，压低嗓子说："好，好男人，好丈夫。嫂子嫁给你，真幸运。嗯，说正事，你们市检察院今天是不是有个大行动？"

"没有啊？就是有，也不能告诉你啊？"马鸣回答完毕，身子朝后一仰。

徐艺干脆过去搂着了马鸣的脖子："你少来，快告诉我，东方资产公司是不是出事了？"

"你消息很灵通啊？"

"抓的谁啊？"

"不知道……别这么看着我。"

"真的不能说啊？"

"又不是抓你，我有什么不能说的，真的不知道，东方资产公司的案子不是我们办的，怎么了？和你有关系？不行明天我去单位帮你打听打听，兴许有人能知道点口风。"

"不不不，我只是有点好奇罢了，不用费那劲儿。"徐艺说着放开马鸣，坐在自己位置上，拿酒杯与马鸣一碰，先喝了一口酒，道："不过，你如果方便，能问问最好，我想知道抓人了没有？抓的是谁？"

马鸣忍不住提醒徐艺："这事最好别关心，你还是躲远点，听说是省里办的案子，估计事小不了，别说老同学没提醒你。"

"我知道，放心，我不会对任何人说的。"

"哦，对了，我说你和曾真的事情怎么着了？你还没和他表白呢？等着都剩下？"

徐艺又猛灌了一口酒："别提了，刚刚被拒绝了。"

马鸣笑笑道："多挣点钱，给曾真买房买车，曾真就跟你了。"

"怎么，你认为曾真是这种人？"

"我不知道，可现在的女孩子，这种人少吗？徐艺我告诉你，这已经不是一个男人追求女人的时代，而是一个女人追求男人的时代，只不过，一切取决于你的实力，我指的是权力与金钱。你是做生意的，是混江湖的，别跟我说你不懂这个。"

徐艺瞪着马鸣半天没说话，放在平时，这话他不觉得有什么，但此时此刻却觉得特别入耳。他端起酒杯与马鸣一碰，豪情万丈地说："来，喝酒，为了你早日有权我早日有钱，今天，咱哥们儿不醉不归。"

马鸣打个响指，示意服务员再加酒。

徐艺站起来："我去下卫生间。"他得趁自己还清醒的时候给张仲平回个信儿。

张仲平还在回家的路上，立即接了徐艺的电话。

徐艺告诉他，东方资产公司真出事了，说马鸣告诉他，是抓了人，但抓的谁他也不知道。

张仲平问："你直接就问抓了谁吗？"

徐艺说："没有，是他主动说的，说他们也不知道，因为是省里直接来的人。"

张仲平问："省里来的人？"

徐艺说："对，而且还有省纪委的人一块来的，估计事很大。"

张仲平若有所思："是吗？"

徐艺说："姨父，我一会儿和马鸣喝酒，我争取再套套他的话。"

张仲平说："千万不要再问了，装作没事一样，记住了吗？"

徐艺说："记住了。"

徐艺挂断电话，正思考着，刚才马鸣一直关注的白衣女子正好从卫生间里出来，两人在过道上打了照面，徐艺没多留意，与她擦身而过。

而白衣女子却被一个男子突然拉住手臂，女子甩开男子的手，道："你弄错了，我不是你的朱丽叶，你，也不是我的罗密欧。"

白衣女子摆脱了那个男人，却一直注视着徐艺的背影。

第三章

（一）

　　胡海洋开着奔驰车带着曾真离开白银世界大酒店，途经胜利大厦的时候曾真不禁朝那黑黝黝的庞然大物看了好几眼，她告诉胡海洋，今天上午有个人就是从这儿的楼顶上跳下来的。

　　胡海洋忙问曾真到底怎么回事。

　　曾真说："这事倒简单，就是不知道为什么徐艺他们公司老是藏着掖着的，总是躲着我，而且，我那同学的姨父最可笑，为了堵住我的嘴，竟然拿着一个手机来贿赂我。你说我能不生气吗？"

　　胡海洋笑道："人家不想接受采访，总是有原因的，你犯不着生气。"

　　曾真说："他凭什么不接受我的采访？还有就是，你没看见张仲平送我手机时那副嘴脸，好像我缠着他就是为了一部破手机似的，你说我怎么能不生气？"

　　"等等，你说谁？张仲平？3D拍卖公司的老板张仲平？"胡海洋问。

　　"对啊？你认识他？"曾真惊讶道。

　　"认识呀，我那擎天柱牌的酒商标不就是在他那儿买的吗？这人不错呀，不像是你讲的那么不好打交道呀。"

　　"你跟他算不算朋友？算？那太好了。这样，回头你帮我问问他，他不接受我采访到底是怎么回事。"

　　"这事恐怕不好办，他这人很低调，不接受采访一定有他的难处，说不定还是不能跟别人说的难言之隐。我看你也不要勉强人家。"

　　"他的朋友左达跳楼死了，他难过，这我都理解……"

胡海洋听到这里，忍不住打断："你说什么？你说上午从这楼顶上跳下来的是胜利大厦的开发商左达？"

"对啊。"

"左达可是个人物，他竟然跳楼死了？看来真是世事难料呀。张仲平既然跟这事有关，那么，胜利大厦是不是要拍卖了？"

"对，胜利大厦是要拍卖了，可能因为你去了美国，所以你才不知道。"

"看到没有？这地段可太好了，左达当年是把胜利大厦当省城的标志建筑来弄的。如果真要拍卖……这样，你帮我打听一下，看看到底什么情况。"

"啊？舅，你要买胜利大厦？那没问题，我帮你问，我刚才那同学就是张仲平公司的，我回头问问他。"

胡海洋哈哈笑道："小伙子吃我醋了，还能理你？"胡海洋想了想继续说："这件事情我想让你暗中帮我打听，别太张扬。你知道，我出手的项目很多人都会注意，没成之前，我可不想给自己找那么多竞争对手，要低调。"

"明白，说吧，想去哪儿？我请你。"

"我那擎天柱酒马上就要上市了，得做做市场调查，要不，你带我到省城几家有名的酒吧转转？"

"舅舅，你还真找对人了，酒吧还真是一个释放压力的好地方，走，我带你去感受感受省城的酒吧文化。"

曾真与胡海洋走进酒吧时马鸣刚走没几分钟，他跟徐艺说不能搞得太晚，因为明天还得上班。徐艺要送马鸣，马鸣看他那副醉眼蒙眬的样子，毫不客气地拒绝了。酒吧外满大街都是抓酒驾醉驾的交警，让他送自己那不等于自找麻烦吗？

徐艺也不勉强，他不像马鸣已有家室，这会儿他不想回家。他一直住在张仲平家里，他这个时候回去，张仲平见了他这副醉醺醺的样子不知道又会怎么说他。

徐艺独酌独饮，头脑里早已腾云驾雾起来。突然，他看见曾真出现在舞池附近，旁边正是在酒店大堂里被她抱拥过的那个男人。徐艺使劲地眨巴着眼睛，费劲地从座位上站起来，急忙向舞池靠近。

那两个人正是曾真和胡海洋，他们穿过舞池，寻找着空位，因为音乐太吵，灯光太暗，两个人都没有注意到追寻而来的徐艺。

徐艺迅速跑进舞池，不小心撞到了刚才打过一次照面的白衣女人。白衣女人本能地想去搀扶徐艺，被他一把推开了，徐艺茫然地四处寻找着，边找边喊曾真的名字。突然劲爆起来的音乐和尖叫遮掩了徐艺的叫声。酒吧的灯球旋转得更加绚烂，一明一灭。白衣女人的目光一直追随着徐艺，这个喝醉了还四处乱窜的男人那憨傻的动作让她觉得非常有意思。

当徐艺失魂落魄地返回那个座位时，发现那个白衣女人正坐在自己的位置上喝酒。徐艺迷惑不解地左右看看，这才弯下腰对白衣女人说："对……对……对不起，这……好像是我……我……我的位置。"

白衣女人说："这不是两个人的位置吗？我以为……"

"是……是……是两个人的，我的朋友刚走……走……走了。"

"那太好了，这正好应验了那句话，旧的不去，新的不来。看来，我是可以坐在这里的了。"

"你随……随……随便，我也就不客客客气了。我……我可……可就坐下了。"

徐艺一屁股坐在白衣女人对面，把桌上剩下的红酒都打开了。

徐艺一口气喝下一瓶，刚要举起另外一瓶，白衣女人伸手握住了酒瓶。

白衣女人说："红酒不是这么喝的。"

徐艺掰开她的手："对不起，我……我……我们认识吗？"

白衣女人说："不认识，但我知道你在找你爱的人。"

"爱人？哪里有你……你……你爱……爱……爱的人？没……没……没有。"

"一辈子的爱人没有，一阵子的爱人，可到处都是。"

"一阵子的爱……爱……爱人？你……你……你说话真……真有意思，很深刻。好，说得好……好……好。为了你……你这句话……话，今天我……我……我请客，我们一醉方……方……方休。"

"一醉能方休吗？"

"那……那我们就不管方……方……方不方休，先喝了这……这杯再……再……再说，反……反……反正今天我……我请客，你不要跟……跟我争，我……我是男人，我有钱，我……我……我有有的是钱，我……我……我包你……。"

"你包我？"

徐艺连忙大着舌头道歉："对……对……对不起，我说我包你喝酒喝个够……对……对……对不起。"

"你紧张什么？你真有意思，跟你开玩笑的，你看你，酒都喝到衣服上了，来，我帮你擦擦。"白衣女人用纸巾帮徐艺擦着，动作温柔。

徐艺慌张地躲闪着："谢谢，我……我……我自己来。"

白衣女人说："别紧张，男人一定要从容、淡定、放松，否则没有魅力。你爱的人叫什么？"

"曾……曾……曾真。不过没……没用了，我被……被拒……拒拒绝了，你怎么了，挺……挺……挺漂亮的不会也……也……也失……失恋了吧？"

白衣女人嫣然一笑："咱能不能不说了？喝酒。"

徐艺举起酒瓶："喝酒，等等，你叫什么名字？"

"相逢何必曾相识。我叫什么名字，不重要吧？"

"重要……不重要？你不说，就算了。来，我们……干……干……干……干杯。"

说着，徐艺拿起酒瓶和白衣女人碰了一下，一口气喝了下去。

这一猛灌，徐艺彻底醉了，情绪开始不受控制地哭了起来，头伏在桌子上越哭越伤心。

白衣女人摸了摸徐艺的头："想不到这个世界上还有你这么重感情的男人，佩服，来，喝酒。"

徐艺含着眼泪，也分不清自己在做什么，只机械地往自己嘴里灌着酒。他的头突然重重地叩在吧台上。

酒店走廊上空荡荡的。

徐艺的重量全部依靠在白衣女人身上，都不知道是被她拖着还是架着进了房间的。她把这个醉鬼平摊在床上，一边香气娇喘一边俯视着那张因饮酒过量而面色发青的脸，她觉得那张脸不仅长相俊朗而且惹人怜爱。

她先把他的皮鞋脱掉，然后开始脱他的衣服，就在她要解开他的裤带时，徐艺一把抓住了她的手，"不……不……不……不要……我还没……没……没有正式向你求……求……求婚呢，我要……证……证明我……

我……我……是真……真……真的爱你。"

白衣女人一笑，温柔地依偎着他的裸体，忘情地与徐艺拥吻起来。

徐艺紧紧地搂抱着她，呢喃着说："曾真，你真好，我真的爱你，我好爱你，我……我……我真的爱……爱死你了，宝贝儿。"

白衣女人一听，生气地一把推开徐艺，她坐在床上，从手提包里拿出香烟和火机。

突然离开温柔怀抱的徐艺像个孩子一样又哭起来："曾真，你干吗？你……你……你不要离开我，不要……"然后哭着哭着，竟慢慢地睡了过去。

白衣女人看着徐艺的样子，一口一口地把嘴里的香烟喷到他的脸上。

徐艺本能地摇头躲避着那一缕一缕烟雾，眉毛鼻子嘴唇也跟着不停地抽动，竟让自己的脸更加生动起来。白衣女人怜悯地摇摇头，自言自语道："那个女孩子把你害成这样，真让人心疼。可是，这个世界又有谁心疼我呀？我费了这么大的劲儿，原来只是那个女孩子的替代品和赝品。干吗要那么痴情呢？在这个世界上，谁还这么痴情？不，这个世界只需要赝品。"她把香烟在烟灰缸里拧灭，然后把身体滑下来，重新紧紧地抱住徐艺。

就在徐艺在酒吧里买醉的时候，张仲平回到了家里。他轻手轻脚地走进家门，把鞋放进鞋柜，穿着拖鞋经过客厅。突然惊讶地发现地上被摔碎的花瓶，残渣碎落一地也没有收拾。张仲平站在那儿看着地上被打碎的花瓶，心里隐约有些不安。他蹑手蹑脚地走进主卧，发现唐雯早已睡下。他在徐艺房间的浴室里洗完澡，重新悄悄地返回了安安静静的主卧。

唐雯躺在床上一动不动。张仲平轻轻地上床，临关灯前将手机调到震动上。张仲平低声呼唤了几声唐雯，见没有回应，这才长嘘了一口气。

张仲平关灯睡觉。黑暗中，唐雯的眼睛慢慢地睁开了，两行泪水悄悄涌出，她不敢动，脑子里一片蜂鸣似的嗡嗡声，似乎在想什么，又似乎什么都没有想。

（二）

张仲平早上醒来的时候，发现唐雯已经起床了，正在厨房里准备早餐。

他急忙找自己放在床头柜上的手机，发现并没有未接电话，这意味着两件事：第一，江小璐那边没事；第二，颜若水还没有跟他联系。张仲平起身去了洗手间。

张仲平洗漱完毕，唐雯已经做好了早餐。《白麓都市报》已经送来，就放在他餐桌上，他很快翻了一下，如他所料，他找到了与左达之死有关的报道，虽然用了一整版，却并没有什么实质性的内容，他略微放下心来。

"小雨上学去了？"张仲平问。

唐雯嗯了一声。

"徐艺呢？他昨天晚上一直没回来？"

唐雯摇摇头，说她起床后给徐艺打电话没打通，关机了。

徐艺那么大了，张仲平和唐雯平时很少过问他生活上的事，但像昨天晚上彻夜不归的情况倒是并不常见，他如果不回家睡，一般会提前打招呼。

"这孩子。"张仲平埋怨一声，也就没再说什么．

唐雯很快喝完了自己杯子里的豆浆，她说："我今天要早点去学校，你能不能送我一下？"

张仲平看了一下客厅里的挂钟，说："行，老婆的事，比什么都重要。"

张仲平放下碗筷刚从椅子上站起来，旁边的唐雯突然走上前来抱住了他，张仲平不禁有些发蒙："老婆，你这是怎么了？"

唐雯松开他，一笑，道："没事，只是好久没有这样抱过你了。你是不是也不习惯了？"

张仲平忙说还好还好。

两个人各自拿上自己的东西出了门，唐雯把门反锁上，说："听说现在的小偷很厉害，像咱们家这种门，不反锁，三分钟打开，反锁，则起码需要二十五分钟。"

张仲平哦了一声。

唐雯见他不在状态，再无多话。两人走进车库，张仲平帮唐雯打开了车门。

唐雯的眼神突然停留在了车子轮胎挡雨板上，见她那样，张仲平心里一紧，因为去了趟乡下，那车轮上挡雨板上被粘上了厚厚一层泥巴。

唐雯看着张仲平："你的车怎么会这么脏？你昨天晚上不是陪人打牌去了吗？"

张仲平已经沉下心来，笑了笑，轻描淡写的说道："哦，我是在打牌，可车没闲着，下了趟乡，晚上有人借车用过，江法官一个亲戚。"

"是吗？昨晚我就问过你，看来还得问，为什么电话里有下雨的声音？张仲平，看来你老婆需要一个合情合理的解释了。"唐雯半真半假地说。

"老婆，你太紧张了吧？"

"我紧张？你能解释你车上的泥，但你解释不了下雨的声音吧？"

"我当然能解释，我就是吓死也不能被你冤枉死。"

"说吧，打麻将时电话里怎么会有下雨的声？"

"我是不是告诉你我在卫生间接你电话的？"

唐雯回忆一下："没错。"

张仲平说："那你能不能别把你老公撒尿的声音当成下雨的声音？"

本来还绷着脸的唐雯被这句话弄得忍俊不禁："你是说，你一边撒尿一边和我通电话？"

"对，对于牌桌上的人来说，时间就是金钱。那泡尿，我可是憋得太久了。"

唐雯盯着张仲平，张仲平也盯着唐雯。

张仲平说："别用那种眼神看我呀，我可没骗你哟，哦，对了，这事你还不能和别人说去，丢人。"

唐雯加重了语气道："张仲平，我和你生活快二十年了，你撒尿的声音和下雨的声音我会分不清吗？你也太把我当傻子了吧？"

张仲平站住，定定地望着唐雯，说："老婆，看来你是真的开始怀疑我了，正常情况下，你应该很容易分得清撒尿和下雨的声音。但昨天晚上情况不一样，打从接到江法官的电话开始，你便开始紧张。这种紧张让你神经过敏，你先认定我在骗你，然后才开始找理由或证据，用我们的法律术语来说，你这叫疑罪从有。"

唐雯想插话，被张仲平制止了，他继续说："你放心，我会找个机会向你证明我并没有向你撒谎。现在，你再仔细地回忆一下，你听到的真不是我撒尿的声音，而是下雨的声音吗？你肯定吗？"

张仲平的自信与坦诚会是装出来的吗？唐雯觉得不像，否则，这个与自己同床共枕了几十年的男人可就太可怕了。实际上，她是不敢怀疑他的。

不怀疑他便只有怀疑自己。"也许,真是我听错了?"唐雯说。

"你觉得我会是一个欺骗老婆的人吗?我是吗?我不是。这一点,你应该坚信不疑。"

张仲平望着唐雯,脸上一抹似笑非笑的表情。

唐雯上车,说:"好吧,我相信你,你开车吧。"

张仲平却没有开车的意思,他转头望着唐雯说:"老婆,能不能告诉我,你到底怎么了?你知道吗?从昨天开始,你好像变了一个人似的?我不知道我哪儿做得不好,但你不能不承认,你开始怀疑我了,我们之间真的已经开始信任危机了吗?我可不想这样。老婆,你如果有什么心事,一定要和我说,能解释的我一定向你解释,我不想在无意中伤害了你。"

张仲平的话真说到了唐雯的痛处,她哽咽了一下,说:"没事,只是……我过生日你第一次爽约,我……很不习惯。是的,我知道你有事,但我的情绪还是很糟糕。你知道,我这个年纪,过一次生日就意味着我又老了一岁,所以……所以……"说到这里,唐雯忍不住地哭了起来,虽然她自己都不知道为什么要哭。

张仲平伸手牵住了唐雯的手,又嫌不够似的,一把抱住了她,他想说什么,又觉得此时此刻一切言语都是多余的。

唐雯挣脱他的搂抱,抓住他的两只胳膊,有些期期艾艾地望着他,说:"你还在乎我,对吗?"

张仲平说:"当然,我永远都在乎你。"

唐雯也回握住张仲平的手:"仲平,我承认我开始多疑了。实际上,昨天夜里我一宿没睡。不,我对我说,这不是你的错,是我的问题,是我被整个社会抛弃了,我对这个社会已经没有任何价值了,所以……我开始担心你,对不起。"

张仲平说:"昨天,你碰到什么事了?哦,对了,我一直忘了问你,你昨天的课上得成功吗?"

唐雯哭着摇头:"一个学生都没来,所有的人对我的课都不感兴趣,我成了一个多余的、没用的人。也许,我该提前退休了?"

张仲平说:"对不起,我昨天就应该问问你情况的,其实,老婆,这没什么的,现在的孩子们不是不爱听你的课,是什么课都不爱听,就想玩电脑、谈恋爱,你不信?如果我去给他们讲怎么追老婆,我的课堂都能挤死人。"

唐雯听了破涕为笑，道："去你的，吹牛吧你。"

张仲平说："我真没开玩笑。现在大学里的孩子，靠父母养着，还没有感受到生存的压力，不谈恋爱干什么？我说，上课的事，千万别往心里去，我老婆这么优秀，不是时代抛弃了我老婆，是我老婆要抛弃这邪恶的时代。这个时代，每个人忙忙碌碌的，其实追求的，也就那么两个东西，升官发财。你那门选修课叫什么？好像叫价值回归与道德重建？"张仲平仰起头来，朝空中吐出一口长气，继续说，"我觉得，总会有一天用得着的，真的。"

唐雯用纸巾擦干眼泪，拍了拍张仲平的手："好了，你别安慰我了，我没事了，咱们快走吧。"

张仲平盯着唐雯看了几秒钟，见她脸上和缓下来，这才开车出库。他虽然哄好了唐雯，脑子里的烦心事却是一桩接着一桩。张仲平很快便把唐雯送到了学校。

刚才他那些安慰的话并没有完全解开唐雯的心结，选修课无人问津的打击对她来说实在太大了。她今天要去跟院领导谈停课的事。唐雯不是一个喜欢抱怨和推卸责任的人，她是这样想的，学生不喜欢上她的课，肯定是因为她的课上得不好，因此，她需要充电，需要重新念书继续深造，考研读博也许能让她弥补这些不足。她不能停下来，不能真的提前退休。

这是她用失眠一夜换来的决定，她刚才没把这事告诉张仲平，因为她还不知道院里会是什么意见，如果院里同意，她觉得他会全力支持她。在这之前，她不想给他添乱。

张仲平眼下的事还真是够乱的。他目送唐雯离开之后，掏出手机拨打了颜若水的电话。没想到居然通了。他心里的一块石头落了地，这至少说明，昨天被抓的人不是他。

但那块石头刚落下没多久却又悬了起来，因为他连拨了三次，中间间隔了差不多十分钟的时间，颜若水竟然没有接听电话。和颜若水成为哥们儿以来，他还从来没有这样过。

张仲平无法判断到底出了什么事，也许电话响着并不能证明他没有被抓。谁知道抓他的那些人有没有搞钓鱼执法？他们知道这么大的行动完全保密是不可能的，他们就是要看谁在急于和颜若水联系，以便掌握更多的线索。

　　看来，这电话还真不能随便打。张仲平又开始有点焦虑了，烦躁地把手机往副驾驶位上一丢。哦，对了，他得先去医院见江小璐。然后呢？他不想去公司，也不便去颜若水他们公司。如果有时间，也许应该到他与颜若水经常见面的青瓷茶会所去碰碰运气？

　　张仲平猜对了。颜若水此刻正在青瓷茶会所里喝茶，手机连响了三次，他三次都拿起手机看了上面的来电显示，却始终没有接听。他脸上没有任何表情。颜若水在等人，都快九点半了，他的小姨子祁雨还没在店里露面。

　　每个人都有两副以上的面孔。祁雨也是。

　　颜若水正在等着的祁雨正是昨天晚上酒吧里的白衣女人，她正式的身份是青瓷茶会所的老板。与此同时，她还是颜若水的小姨子。

　　颜若水的老婆叫葛云，两姊妹一个跟爸爸姓一个跟妈妈姓，葛云比祁雨大了十几岁，一年前带着儿子移民去了加拿大。

　　祁雨终于现身了，从穿着打扮上来看，已与昨天夜里妩媚多姿的白衣女人判若两人，此时的她显得知性端庄，却仍然风姿绰约。

　　两个人匆匆地对视了一眼。只一眼就够了，祁雨看到了颜若水失眠后的那种疲惫，颜若水则看到了祁雨被化妆品竭力掩盖的那种倦怠。可是，他们的眼神中却互相流露着对对方的关切与体贴，无法言说的关切与体贴。

　　是的，长期以来，颜若水的睡眠一直都不太好，偶尔能睡上一两个好觉，可以被他看成是上天对他的特别恩赐。在别人那里像吃喝拉撒一样正常的睡眠，对他来说完全是一种奢侈品。他看过很多中医，也尝试过各种偏方，但效果甚微。

　　祁雨的精神状态不好则与她的感情经历有关。大概五年前，她谈了一场有始无终的恋爱，结果，一个活泼开朗的阳光女孩变成了一个沉静的、不苟言笑的，甚至有点神经质的阴郁女人，就像一株生长茂盛但久未见阳光与风雨的盆栽植物，好看却缺乏一种内在的勃勃生机。一家人，包括她的父母和颜若水，从此把她当成易碎品一样小心呵护着。

　　祁雨端着一杯茶走进来，放在颜若水跟前，在他对面的位置上坐下了，很自然地拿过他的手机翻看着："张仲平？姐夫，你为什么不接他的电话？"

　　颜若水接过水雾氤氲的茶杯，抿了一口，慢悠悠地说："不知道该和他说什么。"他把茶杯放在茶几上，继续悠悠地说："出了这么多事，我不能不小心呀。我得好好想一想。"

　　"想出什么好主意了？"祁雨问。

　　"办法总比问题多。每一件事，都会涉及很多人，这些人中间，关键人物也就一两个，我必须先摸摸他们的底。"

　　听他这么说，祁雨很乖巧地把手机递给了他。颜若水把电话打给了鲁冰。他以商量的口吻对鲁冰说，如果胜利大厦让几家拍卖公司一起操作会不会好一点儿？

　　鲁冰问他是不是受了左达的影响？颜若水跟鲁冰很熟，便实话实说是，不仅是，还有另外一件事，就是他们公司的副总经理老朱昨天被省纪委和省检察院的人带走了。不，他跟胜利大厦的事没有关系，但公司现在人心惶惶的，谁都不想在胜利大厦的事情上担责任。事情不能拖，不能停，原来在他那儿挂号的几家拍卖公司，实力都差不多，他原来是担心竞争程序复杂，耽误时间。现在嘛，不如利益均沾，把各方面的关系都照顾照顾。

　　鲁冰没有马上表态，停了半分钟以后才说，具体怎么操作由颜若水公司定，他那儿给予配合。"不过，我要看到你们的拍卖推荐函。"鲁冰最后说，等于把皮球又踢给了颜若水。

　　颜若水放下电话思考了一会儿，笑了，对祁雨说："鲁冰是个老狐狸，他这么说就是让我担着责任。"

　　祁雨不以为然："既然左达是自杀，法院又只看你们公司的推荐函，你还怕什么呢？"

　　颜若水说："内部议论与社会舆论。左达跳楼死了，张仲平拿到的那张拍卖推荐函就变得神秘了。不，是诡异。"

　　"怎么，你担心那张拍卖推荐函是假的？"

　　"它可能是真的，但也可能是假的。这其实不重要。左达不死，这都不是问题，左达一死，有人就可能拿这个东西做文章，毕竟是几百万的利润。人言可畏啊！你想，左达一个要死的人，怎么还有心情把拍卖推荐函交给张仲平？如果我在会上再极力推荐张仲平，大家的各种疑虑便会指向我。"

祁雨恍然大悟:"明白,也就是说,张仲平彻底没希望了?"

颜若水摇摇头:"他想吃独食的希望没了,与人分杯羹的可能性还是有的,但这性质完全不一样了,是几百万和几十万的差别。除非⋯⋯他能堵上所有人的嘴,可是,这怎么可能呢?"

祁雨问:"你为什么不和他商量一下呢?看他怎么说嘛。"

颜若水摆摆手:"和他商量?不,我不想介入太深,这难题是他的,不是我的。明白吗?"

祁雨点点头,用一双亮晶晶的眼睛望着颜若水,颜若水低头去拿茶杯,避开了祁雨注视的目光。

(三)

一只巨大的怪鸟追逐着他,他拼命地躲避着,飞快地往山下逃去。可是,脚下的土地突然变得像沙子一样松软起来,他的腿陷进去了,使劲拔也拔不出来。那只怪鸟呼啸着朝他俯冲下来,他想他这次一定是死定了。只听啪的一声闷响,那只怪鸟摔倒在地上,却是左达。

徐艺尖叫着惊醒过来,发现自己正赤身裸体地躺在宾馆的大床上。他对自己的处境有点茫然。他下床把厚厚的窗帘拉开,明亮的阳光照射进来。转过身,他看了被扔在床头柜上的钱包,里面的银行卡和钱分文未动,枕头边却多出了一千块钱,他似乎想起了什么。

他从床上一跃而起,冲到卫生间,啪的一下把清洁桶扣在洗面台上,里面除了几张卷成一团的卫生纸,什么也没有。托盘里的两只安全套原封未动。

"他妈的,把我当鸭子了?"

徐艺望着镜子里自己的那张脸,突然使劲地闭上了眼睛,他似乎想起了与白衣女子到宾馆开房的情景。

徐艺用座机拨打电话:"喂,前台吗?我是2719房的客人,请你查一下,这间房是以谁的名字登记的?⋯⋯什么,徐艺?哦,知道了。好的,谢谢。"

徐艺放下电话,走进浴室放水洗澡。洗着洗着,他忍不住用浴室里的电话拨通了一个号码："喂，114吗？请帮我查询一下……嗯，艾滋病性病防治中心的电话号码……"他突然冲向卫生间的马桶，伏在上面使劲地呕吐起来。

省人民医院门诊大厅每天都像一个菜市场和大超市，总是摩肩接踵的。设在六楼的性病专科人倒是不多，徐艺随便在街边买了一副墨镜，戴着它在那儿就诊。

医生告诉他："艾滋病有三种主要传播途径，像您刚才讲的，不加防护的性行为，是最危险的。因为艾滋病有潜伏期，您想提前知道是否被感染，最直接的方式，就是找到您昨天晚上的性伴侣，弄清楚她是否已经感染 HIV。"

徐艺问："如果找不到呢？"

医生说："如果找不到，可以在 6 周窗口期过后再做艾滋病检测，就可以检测出抗体，判断是否感染。"

徐艺的情绪坠落到了谷底，夸张点说，他连死的想法都有了，艾滋病是绝症，他在醉酒的情况下被一个连姓名都不知道的女人剥夺了第一次倒也算了，如果因此染上艾滋病或者别的什么病，那就真冤死了。

徐艺逃也似的离开性病专科，直到进了电梯才把墨镜取下来，他把它拿在手里，神经质地快速转动着。电梯在四楼停下，没人下有人上。在电梯门开关之间，徐艺看到了张仲平。

他正背对着电梯，怀里抱着一个四五岁的小孩儿，一个面容娇好的少妇紧紧挨着他。张仲平是偶尔回头时被徐艺看到的，徐艺脑袋嗡的一声炸了一下。

电梯继续下行，徐艺略一停顿，快速地按了三楼和二楼。电梯在三楼没停下，在二楼停了，他挤出电梯，从旁边的人行通道往上跑。

他来到四楼，已经不见了张仲平的身影。他朝张仲平刚才消失的方向试探着前进，开始找起张仲平来，很显然，他也不想被张仲平看到。

徐艺蹑手蹑脚地逐个科室寻找着张仲平，终于在一个挂着"胸科专家诊室"的房间看到了。除了医生，另外只有张仲平、江小璐和毛毛三个人。张仲平仍然只是背影，抱着小毛毛，江小璐紧紧地依偎着他站着，一只手很自然地搭在他肩上。

就在这个时候，张仲平的手机响了。他把怀里的孩子递给江小璐，一边接电话一边向外走，在这之前徐艺早已闪躲到消防楼梯口。

给张仲平打来电话的正是鲁冰。他说中午的饭局他不一定去得了，因为他可能有别的事。张仲平这才想起昨天让徐艺约鲁冰中午吃饭的事。忙问鲁冰是不是怪自己没能亲自请他。鲁冰说当然不是，说我们这种关系，还能跟你摆什么谱呀？

张仲平口里一连串地说着"谢谢谢谢那是那是"，心里却免不了嘀咕。法院系统，他跟鲁冰的关系是最好的，原因是他几年前陪鲁冰去北京出过一趟差，把在最高人民法院政治部工作的大学同学叫出来和鲁冰吃过一次饭，唱过一次歌，他和鲁冰从此以后便成了哥们儿。鲁冰现在是南区法院的院长，马上要调到市中级人民法院执行局当局长，对他一直很关照，却多次叮嘱他，两个人尽量不要在公开场合碰面，吃饭呀洗脚呀，能不搞就不搞，说你要真把我当朋友就完全用不着那些繁文缛节。

鲁冰告诉他，刚才和颜若水通了电话，颜若水问他对左达跳楼的事怎么看，会不会对这个项目有什么影响？

张仲平一惊，忙问："颜总什么时候和您通的电话？"

他这是明知故问。鲁冰其实已经把话说得很清楚，也就是说，颜若水不接他的电话并非人机分离，而是有意为之，他是故意的。

鲁冰说："就刚才，我觉得这消息对你好像有点不利，你要做好思想准备啊。你也知道，我这里如果没有东方资产公司的推荐函，是什么也做不了的，这是程序规定。"

张仲平赶忙谢了鲁冰，然后感谢他为公司推荐了一个好会计。但这话刚一出口张仲平就后悔了，觉得自己真是画蛇添足。那会计姓金，是鲁冰的远房亲戚，原来在一国企上班，半年前退休了。

果然，鲁冰那边没接茬，反而匆匆挂了电话。张仲平平时很少犯这种低级错误，今天却对着鲁冰急着要邀功似的，真是太不老练了。这说明了什么？这说明自己心里开始发虚了。换了谁都会心里开始发虚。颜若水虽然没有被抓，但跟这件事一样糟糕的情况却出现了。因为当颜若水完全可以给他打电话或接他电话的时候，却没有这样做，这本身就很能说明问题——他在有意躲避和疏远自己。

张仲平一边动着这些脑筋一边回到了诊室，没两分钟，外面有人敲门，回头一看，竟是徐艺。他不禁惊讶地叫出声来："徐艺？你怎么在这里？"

江小璐急忙把手从张仲平背上滑下来。张仲平转身来到走廊上，问徐艺道："你来这里干什么？病了？"

徐艺摸摸自己的胃，说："是的，昨天晚上喝酒喝多了。"

张仲平责怪道："我不是不让你喝酒吗？你怎么……"他突然意识到这里是公共场所，便把后面的话咽了回去。

徐艺不知道自己为什么要突然现身。应该说那动机不完全是为了好奇。这一两天，他从张仲平那儿得到的指责比前几年加在一块儿的还多。他每次都想反驳，却无从辩解。当他偶然看到张仲平和一个年轻女人还有一个孩子在一起的时候，他竟然有了一种抓住别人把柄似的快感，他希望从中获得某种心理优势。

"你呢？姨父，里面那位是……"徐艺直盯着张仲平问。

"哦，我朋友。你话还没说完呢？你昨天打电话说再也不想见曾真了，是怎么回事？你跟她怎么了？"张仲平问。

"没什么，你拒绝她的采访，她拒绝我的爱情，两清了。"

"不要把爱情和工作扯在一起，我告诉你，我是不会接受她的采访的。你别让她搅和进来，已经够乱的了。"

"我知道了。姨父，我……是不是要死了？"

"徐艺，你说什么？你说话怎么莫名其妙的？你没事吧？"

"我没事。我能有什么事？我有事又怎么啦？"

"不，徐艺，你有点不对头，不，是很不对头。我跟你说，我再次告诉你，左达的死，跟我们一点儿关系都没有，那是他自找的，你听明白了吗？"

"我听明白了。"徐艺突然一阵反胃，冲到墙边的垃圾桶那儿干呕起来，张仲平跟着过去，轻轻抚摸着他的背。好一会儿，徐艺才转过身来。

"没事，姨父，我没事了。实际上，昨天颜若水没回电话，我觉得就是出事了。"徐艺说。

"颜若水没事，刚和鲁冰通过电话。但现在问题可能更严重了，因为他开机了，却不接我的电话。"张仲平说。

"他没事就太好了，胜利大厦的项目还是我们的。至于他不接电话……"

"你错了，鲁冰电话里已经提醒我要做好心理准备，颜若水那边可能有变。"

"幸好五十万拿回来了？要不就彻底泡汤了？"

"你又错了，不要再提那五十万了。我宁可那五十万打水漂，也不希望胜利大厦的业务泡汤。失去这次机会，失去的不仅是眼看就要到手的几百万利润，还有我们这几年打拼出来的行业地位和美誉度，对将来的负面影响很大，这是做公司，是经商，懂吗？"

徐艺低头沉思。

"你身体情况怎么样？"张仲平问。

"还好，不，没问题。"徐艺答道。

"我一会儿去找颜若水，你现在就去南区法院，去请鲁冰吃饭。"

"请鲁冰吃饭？为什么？"

"昨天不是约好了吗？"

"哎呀，我给忘了。"

"徐艺，这都什么时候了？还魂不守舍的？如果颜若水不配合，鲁冰的作用就关键了。这个时候，我们必须把最好的状态拿出来，你得镇定点儿。"

"好，我尽力。对不起姨父，吃饭的时候，我说什么？"

"你什么也不用说，而且越放松越好，就像什么事情都没有发生一样。"

徐艺点点头，不由自主地越过张仲平的身体看了看诊室里的江小璐母子一眼。张仲平注意到了徐艺的眼神，问他是不是还有什么问题要问，徐艺连忙摇了摇头。

（四）

曾真在电台办公室里。小组总共有四个人，一起在接受头儿的训话。

头儿说："你们怎么搞的？我原来对左达跳楼事件还很期待，可过去多少个小时了，怎么还没有一点儿进展？我们不是法制栏目，是新闻节目，必须讲究时效性，如果没有新情况，我看这选题就算了，别再跟了。"

曾真一听就急了，她说："那不行，《白麓都市报》用一整版报道了胜利大厦的事。我们怎么能就这么偃旗息鼓，总不能就这么输给其他同行吧？"

头儿说："那你说我们报道什么？除了我刚才说的时效性，还有，就是我们栏目是有品位的，我跟你说，《白麓都市报》不是我们的竞争对手，我们的竞争对手是别的电视频道。再说了,《白麓都市报》怎么做的？'赌博又毁了一条人命',我们也这么做？它们面对的是读者,可以只发文字议论,可以随便写。我们呢？我们面对的是电视观众,得有画面,可是,我们从哪儿拍画面？什么都没有。"

男同事说："没错,如果我们也发议论,就成了法制节目。真是不好弄,我也同意放弃。"

曾真转头批评他："怎么遇到点困难就缩头？有没有知难而上的斗志啊？"

男同事说："曾大记者,这不是我的意思,这是咱们头儿的意思,我只是借题发挥发挥。"

曾真说："谁让你这个时候发挥了？你这是当面拍头儿的马屁。"

头儿说："你们别吵了,曾真,除非你能找到合适的新闻点,还要找到合适的画面,否则,把精力放在下一个选题上,别耽误工夫。不过,你的工作态度和创新精神还是要鼓励的。行了,今天就到这,我先走了。"

头儿离去之后,大家同情地看着一直在一个人战斗的曾真。

女同事好心安慰她："曾真,别生气了,头儿说的不是没有道理,咱们这栏目太难做了,死人不让拍,说太血腥,可活人怎么拍呀？拍谁呀？这死不死活不活的,你说怎么办？你要是不甘心,想出点子来,我们一定支持你。"

曾真说："实际上,题目我都已经想好了,就叫'一个死者对生者的访问'。"

女同事说："啊？曾真,左达跳楼前打来的电话可是我接的。"

曾真说："这是哪跟哪儿啊？不瞒你们说,我已经有了一条线索,我相信我一定能找到一个其他媒体没有的角度。这样,我先出去一下,你们等我的消息。"

说着骑上她的山地车出了电视台。

张仲平必须尽快跟颜若水见一面。颜若水不接他的电话没关系,只要是当面逮着他了,他不至于不理他。

张仲平让江小璐带她儿子继续做各种检查,然后自己开车去了青瓷茶会所。他匆匆下车,直到迈进茶会所之前,这才深吸了一口气,同时故意放慢了脚步。

张仲平一走进茶会所，服务员便迎了上来，"先生，您好，请问您几位？是坐大厅还是要包厢？"

张仲平问："怎么？你没见过我？"

服务员说："很面熟，您应该是张总，您好像经常坐在'虞美人'包间，对吗？"

张仲平说："对，和我一起的，经常有位先生，你知道吧？"

服务员说："您是说颜总吧？"

张仲平说："是。他这两天来过没有？"

服务员说："他现在就在，也许，他这会儿正在等着您。"两人来到包厢前，服务员敲了敲门，伸头进去，道："颜总，有人找您。"

颜若水在里面回答说："是张总吗？快进来快进来。"

张仲平赶紧进去，却见颜若水端坐在自己的位置上，一个身材和面容都很娇好的女子在他对面坐着，为他冲泡着功夫茶。那女人正是祁雨。

这间包厢张仲平已来过多次。这是一个纯中式装修风格的茶搂，包厢内，靠墙有个鸡翅木的老式博古架，上面摆放着几件精致的古玩。茶几上摆着一副围棋。墙角一座老式座钟，发出十二点半报时的钟声。

颜若水放下手中的茶杯，示意张仲平在另外一张空着的椅子上坐下，道："张总不会埋怨我昨天没给你打电话吧？！"

张仲平说："怎么会？颜总运筹帷幄，掌握的是时机，打不打电话不重要。"

颜若水说："哈哈，说得好，最近出了不少事，正好想静一静，所以电话静音，谁的电话都不接。"

张仲平看了祁雨一眼，见祁雨没有回避的意思，颜若水也似乎并没有什么顾忌，便说："颜总这是任凭风浪起，稳坐钓鱼台。"

"过奖。你昨天说，已经拿到了左达的拍卖推荐函？"

"是呀，我给您带来了，请您过目。"

张仲平掏出左达留下的那张纸给颜若水看。颜若水接过来，对着灯光仔细地看着。

张仲平说："昨天下午的会……还顺利吧？"

颜若水说："昨天我们公司一副总被抓了，人心惶惶的，会议取消了。"

"明白……好在东西我们拿到了。"

"这东西……算什么？左达的绝笔？临终遗言？"

"颜总何出此言？"

"我们是彻底的唯物主义者，不会在乎这是死人留下来的东西。我的意思是说，它……不会引起别的麻烦吧？应该不会吧？啊？"

"怎么？颜总……担心它是……赝品？"

"这字是左达签的哟，可没盖章，我……我是说，它的法律效力……会不会……啊？"

"颜总该不会怀疑仲平敢在这种事情上作假吧？"

颜若水推了推眼镜，笑道："我当然不会，仲平你想哪儿去了？只是，如果我在会上提出来，万一别人这样质疑，我应该怎么解释呢？"

张仲平说："会有人提这样的问题吗？"

"嘴长在人家脸上，难说呀，一大笔利润，谁都会虎视眈眈，你说是不是呀？"

"颜总的意思是？"

"不瞒你说，为这事，我征求过鲁冰的意见，他建议咱们这一次最好引进竞争机制。"

"啊，是这样啊？颜总，我不是担心我的实力，可是，如果环节太多，是不是太麻烦了？"

"张总主要是担心利润被摊薄吧？实际上，做生意哪有每次都顺风顺水的？怕麻烦，做不了生意。你那些同行，哪个都不是省油的灯，我们无法堵上他们的嘴啊。"

"堵上他们的嘴？我们为什么要堵上他们的嘴？"

"社会舆论力量不能小视，昨天，哦，就是你给我打电话不久，我们公司的副总老朱，当着我的面，被省纪委省检察院的人戴上手铐押走了。这事，搞得整个公司人心惶惶的。张总你是不知道呀，人心叵测，很多人就等着盼着事情闹大，说不定就指望我这个头儿也出点什么事。在这种情况下，我还一言堂，你觉得合适吗？我觉得不合适。那样，社会舆论会把我们拖下水的，所以，这件事，我想，就这么定了，啊？"

张仲平勉强点点头，刚才引导张仲平进来的那个服务员悄悄进来加水。

颜若水说："下次不叫你，就别进来了。"

祁雨示意服务员退出去。

张仲平说："您说得有道理。做事不能勉强，社会舆论不能不考虑，可我，怎么说呢？颜总，您是了解我的，我不是一个轻言放弃的人，我来找您就是想向您请教，这事，该怎么解决呢？"

颜若水说："解决？我可不是诸葛亮，仲平，这事，可能得靠你自己呀。"

张仲平说："颜总，是不是一定要走竞争程序您才心里踏实？"

"我这个人做事你也知道，不该冒的险我绝对不冒，咱们毕竟是老朋友了，我想你能理解我，现在的网络呀微博呀，真是太可怕了，除了单位内部的那点小政治，好多事件，可都是社会舆论搞出来的。有的一开始根本就是捕风捉影。"

"我明白，颜总的意思是，要想拿到你们公司的拍卖推荐函，就要想办法赌上所有人的嘴，对吧？"

"可以这么说。可是，堵上所有人的嘴，能做到吗？仲平啊，胜利大厦不是最后一个项目，何必这么心急呢？是不是担心拍卖推荐函的成本啊？"

"在这件事上，我可以不惜成本。赚钱是一方面，关键在于我得维持在行业中的地位，这对我来说比赚钱更重要。做不了胜利大厦，对我们公司维持行业霸主的地位非常不利，这一点，您应该是能够理解的。"

"我当然能理解。可是，这件事，我还不能拖，真的。要不这样，看在我们多年老朋友的分儿上，我给你一天时间，最多一天时间，让你想办法，行吗？"

"什么办法？"

"不是说堵住所有人的嘴吗？"

"非得这样吗？行，我……试试吧！"

"好，时间也不早了，我们就谈到这儿吧，啊？"

"行，不再耽误您的时间了，我去买单，先走一步。"

张仲平起身离开时看了祁雨一眼，祁雨在他们两个人谈话的过程中既没有起身离开也没有插话，这让他觉得很奇怪。她在他起身与颜若水告别的时候仍然没有反应，只欠欠身对着他笑了笑，让他更加觉得奇怪。他觉得这个女人与颜若水的关系非同一般。

颜若水在张仲平的脚步声再也听不见时才再次开口说话，他说："他是担心我出事了，老朱的事，他一定是听说了。"

祁雨说："你让他想办法堵上所有人的嘴，他怎么堵呀？"

"说得是，张仲平做事的分寸我一直很欣赏，可这次，他好像有点乱。

我呢？总不该直接拒绝他吧？"

"几百万没了，谁都会乱的。"

"钱没了我也着急，但不能乱，任何时候都不能自乱方寸。宁愿放弃，也不能乱。祁雨你记住了，必须走得稳，才能走得长。"

"难为他了。堵上所有人的嘴？这几乎可以说是不可能完成的任务。"

"那就不能怪我了。"

张仲平有没有乱方寸他自己都不知道，他只知道胜利大厦的业务不到最后一刻决不能轻言放弃。结账出来坐在自己的车上，他没有着急开走，而是坐在车上反复回味了颜若水说的最后几句话。

他怎么可能堵住所有人的嘴呢？而且，颜若水只给了他一天时间。

张仲平按按自己的太阳穴，伸手调开了广播，习惯地打开天窗看着天空。

该怎么办呢？

突然，张仲平坐起来看着车载音响，脑子飞速运转着：堵上所有人的嘴？利用媒体？利用社会舆论……曾真？对，利用曾真！

张仲平思考过后拿起手机开始翻找曾真的电话。电话很快就打通了。

曾真说："张总？真是意外呀，您想好和我见面了？"

张仲平说："我听说如果我拒绝你的采访，你就会拒绝我外甥徐艺的追求？是这样吗？"

"他或者你要这么理解也可以。"

"也就是说，你是用我外甥的爱情威胁我了？"

"既然你这么认真，那我告诉你，你错了。我拒绝你外甥，和采访的事情无关，但你不接受我的采访，我的确会威胁你，因为我是记者，我熟悉狗仔队的一切工作原理，我会把你出现在左达跳楼现场的事予以曝光，只要稍微加上修饰，你知道后果是什么，这不用我说，除非你答应我。"

"你这么说我倒是有点感兴趣了。"

"是吗？你真的决定考虑接受我的采访了？"

"实际上，我一直都在考虑，只是……我不习惯被人威胁。"

"没人威胁你，我建议您把它理解为请求，我对您的请求，您觉得怎么样？"

"那就好办了，可你……要采访我什么呢？"

"这么跟您说吧？我现在真的挺难的，我们头儿认为左达的死没有跟进的必要了，可是我不这么认为，您是左达的朋友，您和我说过左达背后的故事，您不想让您的朋友死得不明不白，我们至少可以给他一个公正的评价，您说呢？"

"还是你说。"

"简单地说，我就想做一个访谈，想请您以朋友的身份，对左达的死做个评价，题目我都想好了，就叫'一个生者对死者的访问'。"

"一个生者对死者的访问？如果我答应你，你是拿着话筒的生者访问我这个死者吗？是吗？你咒我死吗？"

"哈哈，我说错了，也可以改成'一个死者对生者的访问'，你咒我，我不怕。"

"那……我可以提条件吗？"

"没问题，除了帮您外甥求爱，别的事我都可以答应。"

"是吗？你这话可别和别的男人说，否则你会失去很多。"

"您……随您怎么说，您到底答应了没有？"

"答应了。"

"真的？什么时候？"

"越快越好，这就是我的条件，采访可以安排在我们公司吗？"

"没问题，我马上安排一下，很快就能过去。"

"那好，我在公司等你。"

张仲平挂了电话，脸上露出了笑容。他接着拨通秘书小叶的电话："喂，小叶，把公司前台布置一下，我要在公司 LOGO 前接受采访……对，接受电视台的采访。"

张仲平找到了机会，要和媒体来一次近距离接触，颜若水不是担心社会舆论吗？他就要利用媒体引导社会舆论，堵上所有人的嘴。

这就是张仲平，化解危机的能力已经融入了他的血液，曾真这一次无形中将成为他利用的工具。

（五）

徐艺直接从医院去了南区法院，像膏药似的贴上了鲁冰，直到他答应和他一起吃饭。鲁冰退一步，坚持要去一家路边店，但徐艺不答应，说那样的店使用的都是地沟油，可不敢去。再说了，路边店没有包厢，被熟人同事看到了反而不好。

这时，饭局已经进入了尾声。到买单的时候，鲁冰又不安了，他跟徐艺说，下次别搞这么奢侈了，一个工作餐，实在是太浪费了。

徐艺笑笑说："我姨父关照过，不能怠慢您，没事，一会儿我打包。"

鲁冰说："都是朋友，没必要这么客气。"

徐艺不想跟鲁冰谈工作，这也是张仲平交代的。没想到鲁冰主动谈了起来，当然他也没说太多，只说东方资产公司那儿你们要抓紧。

徐艺点头称是，问是不是左达的死让东方资产公司的拍卖推荐函变得尤为重要了？鲁冰笑笑，没说是，也没说不是。

徐艺也就不再多说什么，他变戏法似的变出一个小小的精美礼品盒，摆在鲁冰面前。

"什么？"

"贝勒爷三大宝，扳指、核桃、笼中鸟。我姨父上次去北京，特意为您选了一对核桃。"他怕鲁冰拒绝，赶紧说，"您放心，这东西不贵，玩这个，跟玩健身球似的，但显得富贵，有个性。还请您笑纳。"

鲁冰问："多少钱？这……合适吗？"

"应该就几百块钱吧，我也不知道。我姨父让我跟你说，他在最高院的那同学，也玩这个。"

"哦，是吗？那行，我也不推辞了。时间不早了，我们先撤？"

徐艺示意服务员："买单。"

服务员说："好的，您一共消费 1500 元，要不要看看单子？"

徐艺一边掏钱包一边道："不用了。"

鲁冰却说："要，我看看，怎么这么贵？"鲁冰接过单子看着："这地方以后不要来了，太贵了。"

徐艺一笑，没有说话。这也是他从张仲平那儿学的，跟领导打交道，能不说话尽量不说话，但笑容一定不能没有。

徐艺掏出银行卡给服务员："刷卡。"

服务员问："有密码吗？"

徐艺说："有，我和你一起去吧。"转身对鲁冰说："贝勒爷，您坐会儿，我先去买单。"

徐艺跟着服务员刚出包厢门，便紧走几步赶上服务员，伸手拍拍她的肩膀："给我开六千的发票，多出来的税金从我卡上扣，老主顾了。"

服务员思索一下："这个……好吧。"

得到回答的徐艺转身去了厕所。

包厢里的鲁冰正看着股票，刚刚去刷卡的服务员走进来，没看见徐艺的身影，便把发票和徐艺的银行卡递给鲁冰。

服务员说："先生，这是发票和银行卡，谢谢您。"

鲁冰只好接过，鲁冰准备把银行卡和发票放在徐艺座位前，突然发现了发票上写着的金额。

鲁冰问："六千？不是一千五？……没事，你去吧。"

服务员离去，鲁冰把卡压在发票上，想了想，又把卡移动了一下，故意露出发票的数额。

他刚把这弄好，徐艺便回到了包厢里。

徐艺说："贝勒爷，走吧。还有时间，要不，我们去洗个脚？"

鲁冰说："什么贝勒爷？别搞得像清宫戏似的。哦，对了，你的发票和卡，服务员给你送来了。"

"好……"徐艺突然发现发票上的钱数露在外面，有些尴尬地偷看鲁冰。

鲁冰装作若无其事地说了一句："徐艺啊，你前途无量啊。"

"咳，全是我姨父栽培的好。"

"你这么有能力，张总一个月给你发多少工资？你可是他外甥呀！"

"也不多，五六千吧。"

"你们是亲戚，还用这么高薪养廉吗？"

"这还高？当然，我姨父不会亏待我的。"

"那就好，现在好多人工资不够花，就想着灰色收入，比如多开发票什么的，咳，够乱的。"

徐艺意识到鲁冰的话中有话："是……不过……"

"你是不会了，毕竟是你姨父的公司嘛，你说是不是？"

徐艺有点尴尬地敷衍着："那是……"

鲁冰说："我们走吧？谢谢了，你送我去院里。洗脚，就免了吧。"

徐艺知道鲁冰不高兴了，也就不再勉强。他把鲁冰送回院里，实在忍不住便给香水河酒楼打了个投诉电话，把那个买单的服务员狠狠地骂了一顿。细节是张仲平反复强调的，却总是容易被他忽略。他本来是可以跟着服务员去刷卡拿票的，无非也就忍忍尿而已嘛。现在倒好，无意中就让自己在鲁冰心目中减了分。他跟姨父关系那么好，还不知道会不会把这事说给他听。郁闷。真他妈郁闷。

张仲平已经紧张地忙碌开了。3D公司前台的位置，已经被布置成了一个访谈节目现场。一个化妆师在给张仲平化妆。

曾真拿着一张稿子走到张仲平面前："这是我给您准备的采访提纲，请您抓紧时间看看。"

张仲平说："对不起，我不习惯使用讲稿，特别是别人替我准备的讲稿，如果你信任我，让我自己说，好吗？"

曾真惊讶："你真的假的？"

张仲平说："真的，我不会让你失望的，我的条件别忘了。"

"您想要的，也是我想要的，放心吧。"

"这可是你说的。"

曾真一笑，不再说什么。她开始布置机位，调度灯光，完全是一个进入了工作状态的职业女性。张仲平望着她竟有点儿走神。

徐艺回到公司看到这副这架势，疑惑不已："曾真？你们这是干吗？"

曾真见了徐艺气不打一处来："徐艺，我真鄙视你，你不是说你姨父不可能接受采访吗？我们可是被他请来的，我说徐艺，你有必要这么对我吗？"

曾真转身离去，徐艺走到张仲平身边："姨父，这是怎么回事？"

张仲平说："我答应接受采访了。"

徐艺问："为什么？在医院里你不是还说……喂，你为什么要这么做？"

张仲平说："回头告诉你。和鲁冰吃过饭了，他怎么说？"

"你不是让我什么都不要说吗？"

徐艺的回答让张仲平觉得有点奇怪，刚想说徐艺几句，他却脖子一梗扭头走了，竟把张仲平晾在了那儿。

准备时间没有太长，采访马上正式开始，曾真坐到了张仲平对面的椅子上。

曾真对着镜头说:"这里是《都市时间》栏目,我是记者曾真,今天我们请来了 3D 拍卖公司的董事长张仲平先生,他是胜利大厦跳楼事件的知情人。左达跳楼时他在现场,据他说,左达临死之前给 3D 拍卖公司留下了一封拍卖推荐函,并且留下了遗言,现在,就让我们《都市时间》为你揭开一个死者的内心世界。"

摄像机对准了张仲平,张仲平深深地把头垂下去。摄像机视窗里只有一颗头颅。整整半分钟,张仲平一动不动。包括徐艺在内的所有人都紧张地看着他。公司里出奇地安静,安静到可以听见人们屏气凝神的呼吸声。

曾真有点着急地轻叫一声"张总"。张仲平突然抬起头来,已是泪流满面。

张仲平说:"大家好,我刚才突然在想一个问题,我是谁?我是张仲平?3D 拍卖公司的董事长兼总经理;还是左达,胜利大厦的开发商,因为欠一身赌债,而从自己盖起的大楼上跳楼自杀的人?我想明白了,我是左达,一个从 28 楼摔下来,摔得稀巴烂的人,而且,不仅是我,现在正在看电视的人中间,还有不少人,也是左达。"

现场所有人均露出疑惑不解的样子,不禁面面相觑。

张仲平说:"不要以为我受了刺激,在说疯话,现在我告诉你们,我为什么是左达,我为什么要从胜利大厦楼顶上跳下来。如果我不死,大家可能还不知道我,我曾经是一个非常成功的房地产开发商,是呀,不成功能把胜利大厦建起来吗?是的,我是个商人,以追求利润的最大化为己任。为此,我脑子里整天盘旋着今年该赚多少钱,明年又该赚多少钱,为了赚钱,我找地找钱,在外面应酬,吃饭唱歌洗脚,请客送礼拉关系,赔笑脸装孙子,凡属商人该干的事,我都干。可我最不应该干的,就是去赌博。这是我厄运的开始。从此,我走上了一条不归路,一切都变了,一切也都……完了。胜利大厦是我野心勃勃的证明,也是我自己掘下的坟墓。我决定在那儿离开这个背弃了我的世界。可是,当我爬上二十八楼楼顶,满眼高楼大厦,脚底下车流滚滚,很奇怪的,我竟然开始怀念起这个世界来,我竟然开始热爱起自己的生命来。我决定给电视台打电话,因为在临死之前,我突然有一种要跟这个世界谈谈的冲动。我想给那些像我成功时一样生活的人一个忠告,相比于亲情,相比于生活本身,钱真的不那么重要;我更想通过电视台,告诉那些参与胜利大厦建设的农民工朋友，我对不起你们，我请求得到你们的宽恕。可是，我打电话给电视台，没人理我，他们大概以为我是一个想出名想疯了的精神病人。这也没错。我是一个疯子，从我以为有了钱就有了一切的那一刻起，就已经是了。可打电话的时候，我比谁都清醒。因为那个时候我确确实实是一个人。"

曾真和同行交换了一下眼色，似乎是因为感到羞愧而低下了头。

张仲平说："朋友们，我，灵魂还阳，变成了张仲平。我是左达在临死前见过的最后一个人，我发誓，刚才我说的每一句话，全是他说的，没有半句谎言。你们告诉我，说这话的，仅仅是一个失败者吗？仅仅是一个可恨又可怜的赌徒吗？不，人之将死，其言也善。我希望大家能够好好地想想左达的话。而我，感到万分遗憾和痛心的是，左达的话，我当时并没有完全听进去，我以为他只是说说而已，否则，我一定会拦住他，一定会。因为，左达的经历，他的死，足以告诉我们，没有任何东西，比生命更重要，比生命更需要珍惜。可是，现在，说这些还有什么意义？我痛心，我真的很痛心。"

张仲平再次泪流满面，现场的人跟着流泪，曾真也早已泪花闪闪。

良久，张仲平在脸上抹了一把，同时举起了手里的拍卖推荐函。他继续说："现在，让我们说一点儿有意义的事，这张纸，是左达推荐我们3D公司拍卖胜利大厦的推荐函。如果左达不死，我跟他之间，不过是一种纯粹的商业关系；他死了，却有了另外的意义。因为左达跟我说，他最放心不下的就是欠农民工的500万工钱，它关系到两百多个家庭，真真切切的弱势群体，他们中间，有的人，在等着这笔钱，好让孩子去上学；有的人，在等着这笔钱，好替父母去治病；还有的人，在等着这笔钱，好替老婆去买一件新衣服。在这种情况下，它还仅仅是一桩简简单单的生意吗？不，它是一个死者对生者的恳求，它是一个忏悔者最后的自我救赎，它应该得到尊重。我为什么要通过电视台向全社会公布它？因为我把它看成是左达对我的一种重托，它已经成了我的一份责任。我将义不容辞地完成它，不仅是为了了却左达最后的心愿，更重要的是，胜利大厦及时、成功地拍卖，将体现我们整个社会，包括我们的政府、包括我们的法院，对广大农民工兄弟的关怀与温暖。我相信，所有看到这个电视节目的人，都会支持我们。最后我要说的一句话是，左达通过他的死告诉了我们这些活着的人一个道理，当你的一切努力都是为了自己的时候，你可能随时会觉得生活在欺骗你，社会对你不公平，你的路将只能越走越窄，你的生命将快速地枯萎凋亡。而当你无论地位高下，是否有钱，随时在考虑要为别人，要为这个社会做点儿什么的时候，你的生命才会像一滴水融入大海一样，永远生机勃发而胸怀宽广，那样才更好地说明人间正道是沧桑。谢谢大家。"

掌声雷动中，张仲平站起身结束了自己的演讲。曾真也擦去泪水，为张仲平鼓掌，此时曾真自己可能也没有意识到，她看着张仲平的目光中透露出的深深的崇拜。

采访一结束，张仲平马上把自己关在了办公室，他分别给鲁冰和颜若水编发了同一条信息："下午四点，《都市时间》栏目，请看胜利大厦的最新报道，也许它能帮我们解决社会舆论问题。"

曾真在外面敲门，竟喧宾夺主地把一杯水递给了张仲平。

曾真说："谢谢您。"

张仲平说："别客气，你答应我的事情你一定要做到。"

曾真说："您放心，下午四点，您准时会看到您的光辉形象，我走了。"

这时，徐艺冲了过来："曾真，你听我解释……曾真……"

曾真不屑地看了徐艺一眼，说："没看见我正忙着吗？"不等徐艺回答，便与她那几个同事径直离开了 3D 公司。

曾真不屑的眼光深深地刺激了徐艺，他回头看着张仲平："姨父，与左达最后见面的不是你，是我。如果要接受采访，那也应该是我。你为什么要对曾真撒谎，你为什么要对整个社会撒谎，为什么？"

张仲平说："你不知道我为什么这么做？你真不知道？"

"我不知道，请你跟我解释。"

"回头和你解释。"

徐艺不顾一切地突然大喊道："我现在就要你解释！"

张仲平惊讶地看看周围被徐艺的喊声吸引过来的公司人员的目光，砰的一声把门关上了："徐艺，你为什么这么脆弱？你为什么这么愚笨？你是不是疯了？"

徐艺说："我疯了？也许我真疯了。可我就是不明白你为什么要这么颠倒黑白？为了耍我吗？为了你，我上去和左达交易，差点死在左达手里；

为了挽回五十万损失，我背上了心理包袱；还是为了你，我得罪了曾真，失去了我的爱情。可是姨父你，却像个伪君子一样地出尽风头，你凭什么卸磨杀驴，甩开我？你还是我姨父吗？"

张仲平看着徐艺，像不认识他似的："徐艺，你说的都是一些什么乱七八糟的东西？你酒醒了没有？"

"我现在清醒得很，倒是你在装糊涂。我不管，你必须给我五十万。"

张仲平一愣，站起来走到徐艺面前："什么？给你五十万？为什么？"

徐艺破口说出那句话之后也有一点儿吃惊。从昨天到现在，他确实一次又一次地想着这件事，也确实一次又一次地不让自己想这件事、动这个念头。见张仲平以咄咄逼人之势逼视着自己，只好硬撑着说："什么也不为，就因为你是伪君子。"

张仲平一把将徐艺推到沙发上："你把话说清楚，我怎么就是伪君子了？我是你姨父，有话你说明白，否则我一分钱都不会再给你！"

徐艺转念一想，既然已经把话说了出来，不如干脆把话说透："好，说明白就说明白。这五十万，是我帮你赢回来的，你可以不领情，但你没理由埋怨我，如果我没有告诉你呢，如果我把五十万藏起来呢？这五十万不就是我的了？你还有机会埋怨我吗？换句话说，这五十万是我的，不是你的。"

张仲平忍着："徐艺……行，你接着说。"

徐艺说："就说这两天的事情吧。不是你一直要我拒绝曾真的采访吗？我一直在极力地阻止她采访你。我是为了你，为了公司，才在她面前失去信用的。你说她能喜欢我吗？你用手机贿赂她，你跟我商量过没有？你以为她是这种人吗？不是，你的举动导致她对我的误会越来越深，彻底对我失望，我就这么失去了爱情。你倒好，反而背着我接受她的采访，你到底安的什么心？我把你当姨父，你把我当外甥了吗？你没有。"

张仲平说："看来你对我成见不少，行，还有吗？你继续说。"

徐艺说："还要我说下去吗？医院里的事情你觉得有必要再说下去吗？算了吧，我已经认清你是什么人了，没必要了，我现在……我现在都不想看你。我只想要五十万，是给也好，借也好，你必须给我，否则我就把你在医院里秘密会情人的事情告诉我姨妈，让你吃不了兜着走。"

张仲平说："我在医院里会什么情人了？徐艺，你胡说八道什么？"

徐艺一咬牙，说："你可以不承认，只要你把那五十万给我，我可以装作什么都没看见。"

张仲平生气地点点头："好，说完了？该我说了？你听着，五十万我一分不会给你。"

徐艺说："那五十万本来就是我赢的，你凭什么不给我？"

"你错了，你不要认为这五十万是你赢回来的，如果没有左达的拍卖推荐函，我凭什么要给左达五十万？左达没有五十万，拿什么和你赌？左达拿着我的钱和你赌，你怎么会觉得是你赢了五十万？"

"你，好，就算你说得对，可胜利大厦的项目我也有份，我的提成也有五十万。"

"那是两回事，做成了，我给你的可能不止五十万，但绝不是这五十万，我绝不会让你认为这五十万是你的，否则就是害了你。其次，如果不是你和曾真提到过胜利大厦，曾真也许就不会在那个时候出现在胜利大厦，我也就没必要认识她，接下来当然也就没有躲着不让她采访的事，所以，曾真的事情也是你一手造成的。"

"既然你没必要接受采访，为什么又接受了？你这不是耍我吗？你这不是故意破坏我的幸福吗？"

"如果你和曾真真的有爱情，谁能破坏得了？我看你不过是单相思罢了。"

"我说不过你，我就知道出力的是我，冒风险的是我，出风头的却是你。"

"我这是在出风头吗？我是要利用曾真，堵上所有人的嘴，懂吗？"

徐艺不禁愣住："什么？你在利用曾真？你为什么要利用她？"

张仲平强忍着愤怒："颜若水已经表态，胜利大厦不会推荐我们一家了，因为左达的死，他害怕社会舆论，除非我能堵住所有人的嘴。可我怎么堵？所有人的嘴，我怎么堵？我只好利用电视台，利用媒体，利用曾真。"

徐艺稍微平静了一点儿："你……这么做有用吗？"

张仲平说："我只能这么做，颜若水担心社会舆论，担心左达的拍卖推荐函有问题有麻烦，我这个采访只要一播出，所有人就不会觉得左达的拍卖推荐函是假的，你把我的良苦用心当作出风头，我还能对你说什么？没关系，你可以不认我这个姨父，但你不能这么不懂事理。我的话说完了，结果你很快就能看到，颜若水一定会重新考虑我们公司。徐艺，我只想告诉你，我对你很失望，五十万的事情你别想了，我不会借，更不会给。"

张仲平手机响起，他按下接听键："小璐，怎么了？什么？别哭，我马上过来。"

张仲平转身对着徐艺说："还有，医院里的那位不是我的情人，是我朋友的老婆。"

徐艺站起来："朋友的老婆为什么不告诉我姨妈？朋友的老婆为什么与你勾肩搭背的？"

张仲平说："徐艺，我没必要再和你解释了，真的没必要了。"

徐艺说："那我就让你和我姨妈去解释。"

张仲平指着徐艺说道："随便，徐艺，你记住，这世界上没人能威胁我。"

张仲平摔门离去。

（六）

颜若水还在青瓷茶会所，他把收到的短信拿给祁雨看："这个张仲平，看来是疯了，他想干什么？"

祁雨笑道："也许他真的找出方法来了呢？你给他出的那个题目太难了，他要能想出办法，那一定是高招妙招。反正没几个小时了，看看电视再说吧。"

颜若水说："我当然希望他能解决问题，如果解决不了，这个人我将永远不再合作，因为他有点……用个什么词形容他好？狗急跳墙？不，应该是穷凶极恶。这样沉不住气的人，会让合作伙伴很危险的。"

祁雨又笑了一下："我倒是希望他真的能够想出高招。"

颜若水说："把电视打开吧，我们边喝茶边等着看他的节目。"

祁雨笑着打开了包间里的电视。

此时，曾真等人正在剪辑着下午四点要播出的视频。

女同事说："这个张仲平真有水平，我都快爱上他了。"

曾真一边工作着一边调侃："是吗？要不要我帮你引荐一下？"

女同事说："我哪配啊？太帅了，要不说成功有成功的道理，这样的人，没法不成功。"

头儿走进来："曾真，片子我看了。下午可以播出，我已经安排好了。不错啊，就这么干。"

曾真说："谢谢头儿。"

头儿哈哈一笑："不是谢我是谢你，这样的节目收视率一定会很好，不错，真不错。"

曾真说："还是您领导有方，要不是你逼我，我还真没这本事。"

头儿说："你们都看见了吧？曾真这叫什么，这就叫胜不骄，败不馁？大家都要好好和曾真同志学习，回头，我一定和台里，给你们申请奖金。"

大家高兴地鼓起掌来。

这时曾真的手机响了起来，曾真掏出来一看，是徐艺。

曾真说："你还有什么好说的？我要是你，我都不好意思打这个电话。"

徐艺说："是的，我是鼓足了勇气才给你打这个电话的。有句话是这么说的，你永远无法知道我是多么爱你，除非我亲眼看到你跟别人在一起。曾真，我爱你，我有几句话必须当面跟你说，这很重要，非常重要。"

"对不起徐艺，我没时间，我正要安排你姨父的采访播出。再说了，我想不出你有什么非常重要的话，非要当面跟我说不可。"

"我已经在你们电视台门口了，你下来，耽误不了你几分钟。"

"我真没时间，有什么话，你电话里说。"

徐艺说："我知道你多么喜欢你目前的职业与工作，我要告诉你的是，这个节目一旦播出，你不仅可能丢掉你的工作，甚至可能遗憾终生，因为你在替一个骗子充当帮凶。"

曾真问："徐艺，你说什么？谁是骗子？谁是帮凶？你什么意思？"

徐艺说："我的意思是说，你上当了，我姨父他只是在利用你。我就在电视台门口，如果你不想被利用，不想让媒体成为商人谋取私利的工具，不想玷污你的职业，不想丢掉你的工作，你就来见我。"徐艺说完不等曾真说话便把电话挂了。

曾真盯着手机琢磨着徐艺的话，她决定去见徐艺一面，也许这里面真的有什么隐情？是呀，张仲平的态度转变得太突然了，再说了，徐艺敢这么耍弄自己吗？

徐艺真的在电视台大门前等曾真。见她出来，忙迎上前去，让她到车里去谈。

曾真听完之后仍然不敢相信："你说的都是真的？"

徐艺说："对，那天我姨父根本就没见到左达，左达临死之前见的最后一个人是我。而且，左达也根本就没说那番话。"

"你是说，你姨父从头到尾、声泪俱下的，都是在演戏？"

"没错，他是个伪君子，他的演技欺骗了所有的人，包括你，其实，从头到尾都是我姨父设的局。"

"可是，你为什么要告诉我这些？"

"让你认清我姨父是个什么样人。你是记者，谁都可以被假象蒙骗，你不能，你的责任是还原真实，而不是利用职权，帮他骗人。"

"你姨父现在在哪儿？我要去找他。你，敢跟我一起去找他当面对质吗？我的意思是说，如果你说的是事实，我会停止节目的播出。"

"我敢跟他对质。而且，我告诉你，除了不想让你被欺骗，我还不想我姨妈被欺骗、被欺负，因为，我姨父这个伪君子，这会儿正在和他的情人一起在医院里给他的私生子看病呢。你问我为什么要告诉你这些？因为我今天终于看清了他的本来面目，我……讨厌他，恨他。"

曾真说："快点，你带我去找他。"

就在曾真被徐艺带着去找张仲平求证事实真相的时候，已赶到人民医院的张仲平，又被另外一件事揪住了心。

毛毛得的是先天性心脏病，必须马上手术。这还不算，问题是他的血型是 RH 阴型，这种血型因极其罕见而被称为熊猫血，医院里几乎没有库存。江小璐忍不住趴在张仲平肩膀上痛哭起来。

他们从医生那儿得到的消息不容乐观，由于送医院不及时已发生肺部感染等并发症，如果不及时手术恐有生命危险，而如果做手术，则需要大量的 RH 阴型血。医院已向其他兄弟医疗机构求援，但反馈回来的情况不容乐观。

张仲平第一次碰到这种情况，他有点蒙了，但又不能当着江小璐的面表现出来，他怕她会因此而崩溃。

在最后一刻，徐艺退缩了，说什么也不肯与曾真一起上楼去找张仲平。他替自己找了一个冠冕堂皇的理由，张仲平毕竟是他的亲姨父，他得给他留点面子。他对曾真赌咒发誓，他说的全是真话。

曾真不想为难他，让他在车上等着，她上去找张仲平，当面找他问个究竟。也巧，曾真刚上到四楼，一眼就看见了江小璐抱着张仲平痛哭的情形。她走到他们身边，咳嗽了一声。

张仲平没想到曾真会来这儿，而且显然是冲他来的。他在江小璐背上拍拍，放开她，示意曾真跟他一起来到楼梯口。

"你找我？"他问曾真。

"对不起，让你尴尬了。我是为我们那个节目来的。"曾真很快地望了他一眼，把眼光转到了别处。

"有什么问题吗？"

"有人告诉我，左达临死前见的最后一个人根本就不是你。"

"当然不是我，是徐艺。你不是早就知道这件事吗？"

"你……"

"你忘了？当时我阻止你上楼，徐艺从楼下跑下来，左达就摔死在我们三个人面前，你把这事给忘了？你真的忘了？"

"你……我……我确实忽略了这个致命的情节，可你，却是有计划有预谋地撒谎，弥天大谎，你想干什么？"

"利用你，利用媒体的力量，利用你做我的帮凶，来达到我个人和……两百多名农民工的目的。"

"利用我？你承认你在利用我？"

"对，我确实在利用你。"

"那你知道被人利用是什么滋味吗？你就不怕我报复你？"

"怕，但我还要再利用你一次，而且，我相信这一次你也会答应我。"

"你……你脸皮怎么这么厚？我凭什么帮你？我凭什么答应你？我凭什么被你利用一次，还得再来第二次？你是谁呀？"

"你别激动。请给我五分钟时间，我可以把这一切原原本本解释给你听。你答应了？好，我们从第二件事讲起？"

"为什么从第二件事讲起？你想拖延时间？我告诉你，如果你不给我一个合情合理的解释，我马上打电话给台里，让他们把节目撤下来。"

"我想从第二件事讲起是因为这件事人命关天。你的到来就像天使——"

"你少来。说吧说吧，快点。"

"里面有个孩子需要马上手术，医生说他是熊猫血，如果明天不能手术，孩子就有生命危险，我的意思是说，你能不能再帮我一次忙，做个节目，利用媒体的影响力，帮我找到熊猫血，费用……不管花多少钱，都算我的，行吗？"

"钱钱钱钱钱，你能不能少点铜臭气？我怎么会跟你这种人打上交道？废话少说，谁的孩子？你的？我这不废话吗？"

"你没说废话。他不是我的孩子。我真希望是，那样，我会用尽最后一滴血来救他，可惜我不是他父亲，我也不是熊猫血，没法救他，但你行，我知道你们媒体的影响力。求你再帮我一次，好吗？求求你。"

曾真的胳膊被张仲平抓住了，抓得很紧，好像她是他的救命稻草似的。他眼睛里真的满是乞求，她咳嗽一声，把他的手从自己胳膊上拿开，说："我们媒体拍节目上节目都要走程序，手续有点麻烦，不过，我听说有个组织……"

"什么组织？"

"你先别急，我打个电话……"曾真走到一边去打电话，"喂，是我，上次是不是你和我提到过熊猫血……真是你？"

张仲平见江小璐在朝这边张望，干脆招手让她过来了，江小璐急切地问："怎么样？"

张仲平示意江小璐别急："这是我朋友，记者，认识人多，好像有点眉目，别急……"

曾真边打电话边走动，江小璐焦急地看着曾真。

曾真打完电话过来，张仲平把他们两个人做了介绍，曾真说："这是一个网络上的组织，是一群熊猫血携带者自发组织的，我的朋友已经通过网络和微博发帖子了，但愿能找到他们。"

江小璐问："来得及吗？"

曾真说："网络是最快的方式，如果能找到，他们一定会尽快赶到。"

江小璐点点头："谢谢你，太谢谢你了。你找仲平还有别的事吧？你们先聊，我过去和大夫说一下情况。"

张仲平和曾真同时点点头，看着江小璐离去。

曾真说："你这个朋友很漂亮啊？"

张仲平说："准确地说，是我朋友的老婆很漂亮，他老公死了，生前是我最好的朋友，不，是兄弟。"

曾真说："好了，现在轮到你说第一件事了，你得快点。而且，你必须保证说的是真话，而不是演戏，你的演技我可是领教了。"

"在这之前，我之所以拒绝你的采访，是因为这涉及我们公司的商业机密。现在，对你已经没有保密的必要了。这样，我用一种特殊的方式来回答你的问题，你看行不行？"

"什么特殊的方式？"

"我们不妨置换一下位置，我是记者，你是老板，我负责提问，看你在这样的情况之下是不是也会采取和我类似的方式？"

"你说。"

"其实很简单，如果我不这样做，这件事完全可能被拖下来，少则一两个月，多则大半年，甚至一年两年。农民工是些什么人？是靠出卖劳动力换取基本生活费用的人，也是我们的阶级兄弟，他们靠这个活命，如果他们不能及时拿到工钱，完全有可能上访上街堵马路。我这样做，固然是为了自己公司的利益考虑，可实际上是在为政府分忧，为农民工兄弟解难，如果你是老板，这样一举三得的事，你能不做吗？"

"可是，我们是新闻类的节目，新闻的生命在于真实，因为你的撒谎，你让我和我们媒体处在了欺骗公众的境地。"

"如果是这样，那你才是元凶，因为是你在诱导我。"

"我诱导你？"

"对。采访题目可是你出的，不管是'一个生者对死者的访问'，还是'一个死者对生者的访问'，这都算不上严格意义的新闻标题，而更像一场话剧的戏名。但我劝你不要这么想。我们的节目做了什么？有摆拍吗？没有。有捏造的情节吗？没有。唯一的缺陷是我没见左达，而我说我见了。可我说出了左达的心声，你能证明我说的不是左达的心声吗？你不能。谁都不能。"

"……"

"你没话可说了吧？实际上，你把这件事夸大了，你只是遇到了一个小小的心理障碍。很简单，你只要不把它当成一个中规中矩的新闻节目，你把它当成中央电视台的《艺术人生》《实话实说》，不就行了吗？我们……我和你……没有撒谎，我们只是进行了某种程度的艺术虚构，这让我们更加接近于原本的真实，这样做，不算弥天大罪吧？"

"可是——"

"如果我还没有说服你，你当然有权力马上打电话给台里，让他们把节目撤下来。可是，你要是真的这样做了，会出现什么局面你考虑过吗？"

"什么？"

"首先，你的同事会埋怨你，题目是你出的，线索是你找的，然后你告诉他们，你被我骗了，大家忙乎一场，做的是无用功。你觉得这样光荣吗？你今后还能在栏目组说得起话吗？"

"这我倒不在乎。"

"好，说第二点。我相信你们的头儿看了视频一定很高兴，因为这个节目太有个性了，既讨好电视观众又讨好上面的领导，他正准备靠这个节目去邀功请赏都不一定。你如果在他兴头上给他泼一瓢冷水，他会是什么感觉？今后你还能在他心目中有什么地位？"

"这我也可以不在乎。"

"好，我说第三点。如果节目被你撤下来了，我的这单生意肯定做不成，因为我已经错失了时机，已经没有时间去想别的办法了。我赚不赚这几百万无所谓，由此引发的那两个问题怎么办？"

"什么问题？"

"刚才不是说了吗？农民工工资问题和社会稳定问题。"

曾真觉得他在诡辩，在拉大旗作虎皮，甚至在强词夺理。可真要反驳他，却不知道从何着手。

曾真眼里的那一丝犹豫被张仲平敏锐地捕捉到了，他决定趁热打铁，他用尽可能真诚的眼神望着她说："其实，上帝都撒谎，他只干了六天的活，却报了七天的账。在生活中，我们每个人也都免不了要撒谎。如果我们的动机是崇高的，又不损害他人，这样的谎是值得撒的，因为我们其实是在行善，是在施惠于人，那些受惠者，将会永远感激你，就像感谢天使一样。你不觉得做一件对很多人有益的事比固执地说一些真实的废话更有意义吗？"

曾真长吁一口气，不得不承认自己被眼前这个家伙给说服了。

第四章

（一）

徐艺开车从电视台来医院的路上开始慢慢冷静下来，却仍然感到十分纠结。

一方面，他觉得自己刚才的表现未免太冲动了。不错，张仲平的表演实在太差劲、太卑劣、太丑陋，不仅让他失望，还让他愤怒。他想，任何一个有良知有道德正义感的人，都会义不容辞地奋起戳穿他的弥天大谎。可是，真要这样做，他们苦心经营的这单业务就得眼睁睁地看着它泡汤，这个电视节目可是张仲平的一根救命稻草。你跟张仲平有这样的深仇大恨吗？他可是你的亲姨父，他的生意做不成，对你有什么好处？别说提成没有了，从今天开始，你恐怕就得考虑两个人该怎么面对了。你还能在姨父家里住得下去吗？你还能在姨父公司里待下去吗？在他眼里你就是一个白眼狼，他和姨妈在你父母相继离世时收留了你、供你上大学读研究生，你就是这么回报他的？

另一方面，他又替自己辩解。你要挽回这单业务，完全可以用别的方式，为什么要这么不择手段？我不知道也就算了，作为唯一的知情人，我怎么能允许你这样欺骗曾真、利用曾真。是的，我是被她拒绝了，但她那到底算是一种拒绝呢，还是一种矜持呢？毕竟，她那会儿正在生张仲平和你的气，故意讲重话讲反话刺激你是完全有可能的。至于她冲到大堂里去搂抱的那个男人，你怎么就认定她跟他是一种见不得人的暧昧关系呢？如果是一种见不得人的暧昧关系，他们怎么会那样无所顾忌地在大庭广众之下做那种亲密之举呢？不管怎么样，他对曾真的情感隐藏在内心深处已经好多年了，不是那么轻易就能割舍的，他第一次求爱就被浇了一盆冷水，看起来他心中的火苗是被浇灭了，却仍然滋滋地冒着青烟，随时准备死灰复燃。在这种情况下，他怎么能够因为顾及个人的得失，而不替曾真考虑呢？不，越是在这样的时刻越应该为了心上人而奋不顾身。是的，他不允许张仲平无耻地利用曾真，决不能。否则，他会觉得比张仲平更加罪大恶极。他从来没有那么反感过对人撒谎。不错，不撒谎办不成大事，但谎言同时是伤人的利刃，等到谎言被揭穿的那一天，失掉的将是人心。到那时，他得到的将是曾真对他的彻底鄙视。

他应该让曾真明白，为了她，他是一个可以做到大义灭亲的男人，哪怕因此弄得自己衣食无着。这种想法给了徐艺一种悲壮感，自己被自己感动了。

他可以预计曾真找到张仲平之后的结果，他一定会再次睁着眼睛说瞎话。而如果张仲平真那样厚颜无耻，他是要站在曾真一边揭穿他呢还是做他的帮凶呢？这是他最后选择退却的原因。

好在曾真没有勉强他。也就两天时间，事情怎么会变成这样？徐艺不想在车里傻待着，去医院旁边的花店买了一束花。为什么要买花？也许昨天晚上没买花是个错误，连花都没有，怎么向人求爱？那么，今天买花又是怎么回事呢？你是想以这种方式表达对曾真的安慰吗？没过多久，徐艺便看到曾真朝他的车子走了过来，他连忙举着花过去迎接。

"什么意思？"曾真望着那束花问。

"曾真，不管我姨夫承认不承认，我都要先对你表示歉意。他这样做，我事先完全不知情，更没办法阻止他，我觉得他有点儿利令智昏了。"徐艺说。这也是刚才他想好的台词，不管怎么样，他还是想修复与曾真的关系。

"你替你姨父来安慰我？完全没必要。"曾真摇着头说，"徐艺，你不会想到，你姨父一开口便完全承认了是在利用我，所以，我决定原谅他了。"

"什么？你原谅他了？你……你凭什么这么轻易地就原谅他了？"

"我不知道是他们这一代人处理问题的方式更成熟更独特，还是……还是他这个人太有魅力了。是的，徐艺，你姨父让我感觉到了一个成功男人的那种特殊的魅力。你知道吗？他不仅爽快地承认利用了我，而且还明确地说要第二次利用我。我实在无法拒绝，所以，我不仅决定原谅他，而且我还要帮助他，找到熊猫血。喂，你怎么啦？"

徐艺的表情就像要哭似的。曾真这才上去多久，怎么就像被灌了迷魂汤似的？他举着鲜花的手垂了下来，曾真看到了，很自然地伸手把那束花接了过去。

"也就是说，节目会按时播出？"徐艺急切地问。

"为什么不？徐艺，这个问题其实很简单，我们又不是在课堂上做考题，为什么要把它当成是一个中规中矩的新闻报道呢？把它当成是一个访谈节目不就行了吗？"

"可是——"

"怎么，徐艺，你难道希望这个节目播不出来？你难道希望你们这单业务做不成？徐艺，张仲平可是你姨父呀。"

"我……我怎么会……那样？不……我只是怕你受到伤害。"

"一开始我也挺生气的，不过，他跟我谈了不到五分钟，我便完全被他说服了。徐艺，你刚才真应该跟我一起上去，你姨父真棒。我不认为他是在骗人，他是在煽情，可他的动机不仅可以理解，而且还挺高尚。他这个人……怎么说呢？他就是求人，也那么有魅力。"

"他求人？他又求你干吗？你刚才说熊猫血是怎么回事？"

"为了那个孩子。那孩子是 HR 阴型血，也就是熊猫血。他马上就要做手术了。哦，你没事吧？送我回台里行不行？我得赶紧想办法替那孩子找熊猫血血源。"

"上车，我送你。你说，那孩子，是他的私生子吗？"

"他说不是。"

"你信吗？曾真，我一直很尊重我姨父，可从今天开始，我对他的感情变了，我觉得他就是一个势利小人，一个演技高超的伪君子。没错，他跟那女人关系绝对不正常，那孩子，绝对是他的私生子！"

"就是他的私生子也不能见死不救，再说，那小孩是不是他的私生子跟我有什么关系？你没看见，他求我的时候是真焦急，眼里噙着泪花，只差没给我跪下了，让人根本无法拒绝，他跟那母子俩的感情应该很深厚。至于她跟那女人的关系正不正常——"曾真说着嗅了嗅手里的鲜花，用手碰了碰徐艺，开玩笑道，"这可是你们家的家事，建议你好好查一查。"

说着朝徐艺挤了一下眼睛。

徐艺想笑没有笑出来，很郁闷地背过脸去，吐了一口长气。

节目准时播出了。就在那一刻，全市收看那个频道的电视观众，都看到了张仲平声泪俱下的表演，其中自然包括张仲平特意发了信息的颜若水和鲁冰。

在青瓷茶会所颜若水待着的那间包厢里，祁雨瘪着嘴看完了张仲平的演讲表演，她关掉电视，忍不住偷偷一笑。颜若水端起茶杯，抬眼看见了祁雨的笑，他抿了一口茶，问："怎么啦，你觉得有问题？"

祁雨说："有没有问题不重要，关键是这家伙说话还真有一套，不仅逻辑严谨，而且分寸拿捏得恰如其分。不被他感动是很难的，这个张仲平……是个好演员。"

颜若水点点头："你的评价有点冷酷，但很准确。知道我在想什么吗？我感觉如果不推荐他们公司，我的良心都会遭到谴责。"

"张仲平要的就是这个效果。实际上，我感觉，他这段话是专门对你说的。"

"不，还有鲁冰，如果我没猜错，他一定也在请鲁冰看这个节目，等等，我先探探鲁冰的口气。"

"行。我去给你准备点吃的。"祁雨说完起身出了包间。

颜若水拿起座机拨通了鲁冰的电话："喂，鲁院长，我是颜若水，看电视了吗？"

鲁冰说："看了，还真感动，没想到张仲平还有这么高的境界，一个生意人，能想着那些个农民工，不容易啊，你说呢？"

颜若水马上附和说："对对对。那，您的意思是说，如果我们不给3D拍卖公司一个机会，于情于理都说不过去？"

鲁冰笑道："哈哈，我可没这么说，不过，按照张仲平的说法，这可是一个死者的遗愿呀，人死为大，这是我们中国人的传统，你觉得呢？"

颜若水说："我？哈哈，我也这样觉得。"

颜若水挂上电话，想了一会儿，接着拨通了张仲平的手机："仲平，有时间吗？那行，我还在老地方，过来一下吧。"

张仲平等的就是这个电话。接到电话的那一刻，他心里明白，自己的危机公关应该算是成功了。

他走进青瓷会馆的时候，颜若水正和祁雨笑谈着什么，见张仲平进来，两个人便立即停止了说笑。张仲平和颜若水打完招呼，也朝祁雨躬躬身子，点点头。他今天已经是第二次见到这个女人了。很可能，她就一直在这里陪着颜若水，傻瓜都能看出来，两个人关系有点不一般。

颜若水说："仲平呀，你得向她鞠一大躬才行呀。"

听了这话，张仲平和祁雨均有些不解地望着颜若水。

颜若水继续说："我还没给你们介绍一下吧，她是这儿的老板，祁雨。这位，是张总。"

张仲平赶紧说："您好您好，祁老板，其实我早就认识您了。只是没想到您和颜总这么熟。"

颜若水说："哦，祁老板是我的小姨子，亲小姨子，刚才她跟我一起看了电视，是她建议我给你打电话的。你说，你该不该向她鞠一大躬？"

祁雨看了一眼颜若水，抿嘴一笑。

张仲平提高了一个声调："啊？当然当然，祁老板且受仲平一拜。"

祁雨说："岂敢岂敢。今后还要请张总多多关照。"

张仲平说："不，请祁老板多多关照我才对。"

祁雨说："姐夫可是多次提到你。说你跟别的拍卖公司老板不一样，说你是儒商，特别能干，特别靠谱。"

张仲平说："谢谢颜总抬爱，以前不知道这层关系，现在知道了，今后免不了常来打扰。"

祁雨笑道："求之不得。要不，你们先聊？"

祁雨出去后，颜若水示意张仲平坐下，边给他倒上茶边说道："她姐姐带着孩子去了加拿大，她能够单独把这个会所办下来，不容易呀。哦，对了，仲平，祁雨和我的这层关系，我一般是不会随便告诉别人的，你是第一个知道的人。就到你这儿了。"

张仲平双手接过颜若水递来的茶，道："那太荣幸了，请颜总放心，既然你说仲平特别靠谱，别的本事没有，这张嘴还是管得住的。"

"你今天这张嘴，可是堵住了所有人的嘴啊。"

"危机公关，见笑了。"

"哪里，你可是出尽风头啊！"

"跳梁小丑，还不是怕给您添麻烦？"

颜若水一笑，看了张仲平一眼："嗯，效果不错。"

张仲平说："那仲平就没白忙活。"

颜若水指了指围棋盘："我让祁雨准备了晚饭，别干等，怎么样？我们下一盘？"

张仲平说："好啊，好久没跟颜总手谈了，早就心痒难耐了，哈哈。"

张仲平的一颗心总算定下来了。他不会再追着颜若水谈那单业务，那会显得自己太急切太功利，他会把这个主动权让给颜若水。再说了，只要耐心把铺垫工作做好，真正谈生意的时间用不了几分钟。

这局围棋下了几个小时，收完关子，两个人非常认真地清点起目数来。颜若水一边算着自己的白子一边问道："张总下棋的时候似乎有点心绪不宁呀，不是有意放水吧？"

张仲平连忙道："哪里哪里，颜总攻势凌厉，我是穷于应付呀。"

"本来我一直很被动，可在第五十四手，在这儿，你太急切了，下了一着险棋。"

"是呀，我有点求胜心切，没想到被颜总识破，形成了大逆转。"

"所以你输了。"

张仲平算完了自己的黑子，说："三目半，颜总赢得也不轻松吧？"

"要是不服气，吃过饭我们再来一盘？"

"只要颜总有兴致，我恭敬不如从命。别的本事不敢说，愿赌服输仲平还是能做到的，对吧？"

"还是你说得对，小赌怡情小赌怡情。"

"等下我们赌什么？"

颜若水顺便看了一眼博古架："那只青瓷鸟食罐就不错，你觉得呢？"

张仲平说："行，就赌那只青瓷鸟食罐。"

颜若水说他要去方便一下，便起身去了洗手间。张仲平待颜若水离开，起身来到博古架旁边，伸手把玩着一只青花小碟和那只青瓷鸟食罐。他打开门，把头伸出门外，把附近一个服务员招了进来。然后指了指架子上的青瓷小碟和青瓷鸟食罐，说那两件东西加在一起多少钱，服务员说总共是五万八。

"五万八？"张仲平脱口问道，服务员道："您觉得贵了吗？我们这儿的东西，您是知道的……"张仲平说："贵？贵吗？五万八，不贵不贵，而且数字吉利，是个好兆头呀。这样，等下我买单的时候，顺便把它们开到茶水费里去，要正式发票。"服务员："好的。请问可以上菜了吗？"张仲平说："可以了。"

张仲平看着周围的艺术品，等着颜若水进来。刚才他确实有意输了棋，算是给了颜若水一点儿小甜头。他知道，这点小甜头，颜若水是根本看不上的，自己这么做，不过是为了让颜若水心里高兴罢了，他得让颜若水明白，自己是明事理的人。张仲平也知道，有些事光让颜若水心里高兴还不行，还得让他有点压力，没有压力就没有动力。

颜若水从卫生间里走出来。

张仲平招呼道："颜总，饭菜准备好了。要不，我们趁热吃？"

颜若水点头说好。转眼间，服务员就将已经准备好的几碟小菜和一盘煎鱼端了上来。

落座之后，颜若水道："仲平啊，我对你做事还是满欣赏的，这次你处理突发事件的能力很强，令人刮目相看呀。"

张仲平谦虚道："颜总过奖了，我这也是被逼无奈呀，一点儿小聪明，雕虫小技而已，何足挂齿呀。"

颜若水说："哈哈，你总是这么低调，好，好呀。哦，时间紧迫，还真得把推荐你们 3D 拍卖公司的事提上议事日程了。"

"颜总，那我就等着听您的好消息？"

"对了，你在电视里说的是不是真的呀？怎么还整出农民工什么的来了？真的假的呀？"

"颜总火眼金睛，真的假的您会看不出来？当然是真的，知道我为什么极力争取独家拍卖吗？因为左达还有一个债主，叫龚大鹏。"

"这我知道呀，左达不是早还钱了吗？"

"没有，诉讼官司是在市中院打的，赢了，却一直还没有到执行局立案。我想，龚大鹏一是不懂法、没经验，二嘛，估计是他太相信左达了，以为他会还钱，所以一直傻等着。左达一死，这龚大鹏肯定鸡飞狗跳地到处找人……他如果申请执行，就会成为胜利大厦的申请执行人，就会和你们东方资产管理公司一起分配拍卖成交款。打个比方，你们本来可以独得一百块，龚大鹏进来，他就得拿走几十块。"

颜若水思考了一下，道："嗯，也就是说，如果说我开会提议推荐你们公司，理由是为了和龚大鹏赶时间，我们公司内部的人，可就没有什么屁可放了，对吧？"

"颜总英明。"

"那，龚大鹏那儿，你可要想办法拖住他。"

"这个……颜总，老实说，我们可阻止不了别人要干的事呀。但是，如果我们行动迅速，绕过龚大鹏，还是有希望的。"

"如果绕不过呢？"

"我还真不知道该怎么办，真的。"

"哈哈，你这个人，有时候精明，可有时候，又太实在。这样吧，我这边一定争取时间，你呢，也别闲着，尽可能多地了解一下龚大鹏那边的情况，注意他的动向。"

"好。"

"来来来，快点吃，吃完了抓紧时间再下一盘棋，那只青瓷鸟食罐到底花落谁家，还不知道哩。"

"颜总兴致这么高，可不可以把赌注下大一点儿？"

"怎么，你赌性上来了？"

"两军交战，要赢不敢保证，要输嘛，哈哈，概率还是很大的。"

没想到颜若水一听这话，立马面露愠色，把筷子往桌上一拍："过来！服务员，这煎的什么鱼？都起黑锅巴了。"

张仲平一愣，马上接口道："该死该死，我替这儿的厨师赔罪。"

颜若水说："仲平呀，你得知道，这厨师做菜，最重要的就是火候，火候掌握不好，怎么能做好厨师呢？"

张仲平说："是是是，我这就让厨师改，必须改。"张仲平起身端起那盘鱼，递给服务员，服务员埋头瞅着那盘鱼，转身离去。张仲平趁着没坐下朝颜若水躬身道："厨师火候没掌握好，责任在我，您可别往心里去。"

颜若水示意张仲平坐下，道："仲平，我是农村里长大的孩子，家里很穷，却也人丁兴旺。我爷爷的规矩特别多，谁要是吃饭的时候乱说话，可是要打手板心的。"

张仲平说："真是该打，真是该打。"

颜若水说："这种家教很封建，有一次，我就因为在外面玩儿疯了，在饭桌上还得意忘形，说了不得体的话，结果是又打手板心又罚站，又不给饭吃。可是，却从此长了记性。"

张仲平心中汗颜，嘴上却只能说："爷爷……教导得对，还真对。"

颜若水说："现在想起来还觉得很可笑，不过，想想也是为了我好，很温馨，你说是不是？"

张仲平说："是是是，太是了。"

颜若水说："仲平，别愣着了。来来来，开吃开吃。"

这边端着鱼下桌到厨房的服务员仔细地看着盘子里的鱼，忍不住说："这鱼哪里起黑锅巴了？明明金黄金黄的呀，这两个人……神经病吧？"

另一个服务员急忙小声制止："妹妹，你新来的，在这里打工，除了多长个心眼儿，你还得管好自己的嘴。记住了吗？"

（二）

周运年是从郊县县长任上荣升省城香水河市副市长的，他工作差不多三个月以后才搬家。其中有两个原因，一是他得避开原来那些同事没完没了的欢送宴请，二是他得先在省城找好房子。后面一个问题本来不是什么难事，交给老婆去办就可以。但周运年的妻子已经死了很多年了，到现在他还是单身，这事就得他亲力亲为。后来还是在市政府办公厅的帮助下找了套别人出售的市公务员小区二手房，这才请了半天假偷偷地选了个下午搬家，他不想惊动现在的同事，怕的是大家都来祝贺他的乔迁之喜。这套四室两厅的房子花掉了他几乎大半辈子的积蓄。

搬家公司的人走后，周运年和女儿周辛然正忙着整理家具和内务。这时门铃响了。周运年正在主卧里把十几年前的结婚照往墙上挂，听到门铃响，以为是送快餐的来了，便让在另外一间房里忙乎的周辛然快去开门。

辛然正在给她的宠物狗吉娃娃一哥吹头发，忙应承着抱着小狗从卫生间出来，往大门口走去，她打开门，却发现来人不是送盒饭的，而是一个收购废品的。问她有没有废报纸卖？辛然有些不耐烦地说："你也真是的，才搬的新家哪有废报纸？"

辛然正要关门，那只小狗从她怀里跳下来，飞快地朝楼下跑去。辛然一边一哥一哥地叫着，和里面的周运年打了声招呼，拨开站在门口收购废品的，关上门，朝楼下跑去。

小狗一哥是辛然才买的，还没带熟。它四条小腿跑得很快，一下子就冲出了市公务员小区，冲到了大马路上，辛然在后面追赶，生怕它被滚滚车轮给压死了。小狗一哥穿过马路，跑进了香水河风光带。

徐艺此刻正呆呆地坐在香水河风光带的长椅上。在这之前，唐雯打电话问他回不回家吃饭，他说公司有应酬，不回去了。他当然是在撒谎，这个谎言还很容易被揭穿，唐雯只要问张仲平一声就会知道。他不想回家，不知道面对唐雯该说什么。如果张仲平在，他更不知道该说什么。这两天，事情一桩接一桩，搞得他的神经像搭错了似了，越是想做对事做好事，越是做不对做不好事。他得好好想一想，这到底是怎么啦？

小狗一哥也许是跑累了，在他身边停了下来，围着他摇尾乞怜，嗅他的脚。徐艺弯下腰来抚摸小狗一哥，忍不住小声道，你怎么这么丑？难怪也是一只没人要、没人爱的丧家之犬。

辛然气喘吁吁地穿过街道，跑进香水河风光带，一边叫着一哥，一边四处张望。徐艺抱着小狗站起来，看着朝自己跑近的辛然。

徐艺说："你叫我？你认识我？"

辛然说："谁叫你？我叫我的小狗，给我。"说着就要过来抱小狗。

徐艺侧身躲开了，"凭什么给你？它是你的吗？它脑门上写了你的名字吗？"

"它脑门上没有写我的名字，可也没有写你的名字吧，嗯，等等，你是徐艺？呀，真的是你呀？"辛然兴奋地跳起来："徐艺，你怎么在这里？"

徐艺有些茫然地望着辛然，他显然没有认出她来。

"你不认识我？我可认识你，你比我高三届，是校学生会主席。对吧？"辛然说。

"那行，看来小狗真是你丢的。你抱回去了，别让它再丢了。"徐艺把那只小狗递给辛然，转身要走。

"你帮我找到了一哥，我得感谢你。"

"不用了。"徐艺没再多看辛然一眼，走向自己停在路边的车子，竟开车走了。

辛然没有见过这样的，一路走回家时仍然想着徐艺那木木讷讷的样子，她一会儿埋怨他：这个傻瓜，他为什么不找我要电话号码？她一会儿又埋怨自己：你才傻瓜呢，你为什么不找他要电话号码？是的，你更傻，你甚至没向他做自我介绍。

唐雯早已习惯了经常一个人在家里吃晚饭。但今天的情况有点特别，第一，院里基本上同意了她报考博士生的事，她得跟张仲平好好地沟通一下；第二，她在电视里看到了张仲平的那个节目，这才知道他在外面做生意原来面临着那么大的压力，也才知道平时对他的支持实在是太少了，这让她有点自责；还有一点，就是她越是想要忘记生日晚餐上的那个电话，那个电话越是在脑子里萦绕不去，那个电话引发的一些事令人疑惑丛生。实际上，她今天下午甚至做了一件有点不太光明正大的事，用报刊亭的电话往东区法院办公室打了一个电话，说是找江法官，里面一个男的很不客气地告诉她没这个人，而且在话筒离开嘴边时还低声骂了一句神经病。唐雯知道那个电话打错了，不是说不该打，而是应该打给执行局。张仲平和徐艺在家里免不了谈工作，她知道他们交往最多的就是执行局。她又鼓起勇气拨打114问号码，结果是执行局的号码没登记。唐雯真担心自己被弄成神经病。

她是一个很固执的人，她觉得避免自己被弄成神经病的最好办法，就是查清楚那个自称是江法官的女人到底什么路数。她决定去找丛林。她担心电话里说不清楚，决定登门拜访。

丛林和张仲平是大学同班同学，一二十年来两家一直来往密切，巧的是他们的女儿张小雨和丛珊同学的时间更长，从幼儿园到高中一直在一个班。丛林是市中级人民法院民二庭庭长，他对下面区法院的法官应该是很熟悉的吧？

在丛林看来，女人真是一种奇怪的动物，结婚前与结婚后甚至可以判若两人。就拿老婆华媚来说，他追她时最喜欢的就是她那一低头的温柔，像一朵水莲花不胜凉风的娇羞，那感觉还真是像徐志摩的诗一样。结婚以后华媚整个人都变了。当然也不是一下子变的，从生孩子到停薪留职专职炒股再到自己开店做服装生意，几年一个台阶，华媚在丛林眼皮子底下无可阻挡地变成了一个小市民。丛林每天工作很忙，平时很少能够按时回家吃饭睡觉。华媚对他的不满就是从他不能按时回来吃饭睡觉开始的，到现在，已经发展到三天一小吵五天一大吵的程度，似乎吵架成了两口子练习肺活量的必修课。

今天丛林刚从外地出差回来。准备回来吃晚饭，华媚却已经吃过了。像唐雯一样，华媚吃晚饭经常也是一个人。但和唐雯不一样的是，唐雯一个人在家里对付，华媚却经常在麻将馆里吃盒饭。

丛林回到家看见冷火秋烟的，一个电话把华媚叫了回来。华媚的一张嘴很讨厌，一边进厨房忙乎一边怪丛林没早点打电话通知她。两个人你一句我一句地顶嘴竟一下子当起真来，发展到最后两个人都摔桌打椅起来。

唐雯却正好这时候来到了丛林家。唐雯走进屋，看了看这乱七八糟的客厅，顿时明白了是怎么回事。唐雯见华媚一个人负气地站在客厅里，走过去拉了一下她的手，轻声问她这是怎么啦。这一问，华媚便忍不住就哭了起来。

丛林看华媚还真哭出了阵势，气愤道："你哭什么？你让唐雯以为是我欺负你了？"

因为张仲平比丛林大月份，他一直管唐雯叫嫂子。唐雯也就倚老卖老，让丛林少说两句。一个劲儿地把手放在身后摇着，让丛林先进屋里回避。然后拉着华媚在客厅的沙发上坐下。

华媚的嘴像水闸似的拉开了，说的还是老三篇，无非就是回忆当年丛林是怎么追她的。唐雯几乎每年都要劝他们两口子一回两回的，对那段历史早已滚瓜烂熟，却也只能静静地听着。等到华媚正要换口气，连忙插嘴问今天到底是怎么回事？

华媚一愣，说也没什么事，就是心里直窝心，平时不回家吃饭惯了，偶尔回家吃顿饭，恨不得别人要像皇帝老子似的伺候着。"唐雯你说，这世界上还有这样的男人，你说，这么下去我还能活吗？非得给他气成神经病不可。"

唐雯一听又好气又好笑，敢情等着成神经病的女人还真不少。俗话说十年修得同船渡，百年修得共枕眠。两口子在一个屋檐下生活，干吗要搞得像冤家仇敌似的？唐雯是一个内敛的女人，从来没跟同事吵过架，也从来没跟张仲平意气用事。这一次是怎么啦？是不是也错怪他了？

就在这个时候，门铃再次响了起来。华媚凶巴巴地冲门口喊道："家里没人！谁这么讨厌？偏偏这个时候来？"她可能突然意识到自己这么说不妥，忙加了一句，"唐雯，我没有说你的意思。"

唐雯一笑："我知道。"

华媚说："我懒得起身，你去帮我看看是谁。别看他官不大，平时找上门来的倒不少。你替我把人打发走，就说家里死人了。"

唐雯拍拍华媚的手："看你这张臭嘴，行，我去。"

唐雯走到门口，打开门。龚大鹏和何宝拎了一个好大的编织袋站在门外。

唐雯问："你们是？"

龚大鹏对着唐雯憨憨地笑着："嫂子，我是丛哥的兄弟，我叫龚大鹏，丛哥在吗？"

唐雯看了沙发上的华媚一眼，道："哦……你等等。"又冲着卧室门喊丛林，说有人找他。

华媚起身瞄了龚大鹏和他手里的编织袋一眼，生气地走进卧室："什么狐朋狗友？你出来，给我把人赶走，否则，别怪我不给你面子。"

丛林从房间里走出来，看着门口的龚大鹏说："龚大鹏？你怎么来了？"

龚大鹏说："丛哥，能不能让我进屋说话？"

丛林挡了挡："不好意思。屋里太乱了。"

龚大鹏不以为然："能乱到哪儿去，农村人，不怕乱。"说着，龚大鹏已经绕过丛林挤了进来，看着屋子里一片狼藉，不禁愣在那儿，"哎呀，来的还真不是时候。"

丛林说："有什么事？你说。"

龚大鹏说："丛法官，你可要给我做主，死人了。"

丛林说："啊？谁死了？"

龚大鹏说："左达死了，你不知道啊？"

丛林皱皱眉头道："是这样，哦，昨天晚上刚从外地出差回来。这会儿，家里实在是不方便，要不，你明天上午上班时到我办公室去说。这东西……你别搁下，拿走。"

"拿走拿走。我们家可有一个比海瑞还大的清官。"

华媚挤到门口，把龚大鹏和何宝往门外直推，砰的一声把门摔上了。

"华媚，你能不能注意点形象，给我留一点面子呀？！"

来拜访丛林的龚大鹏正是胜利大厦的建筑承包人，也就是包工头。他看了张仲平的那个电视节目，这才知道左达跳楼死了。这下他可急了，便来找当初的主审法官丛林。

在青瓷茶会所吃过晚饭之后，颜若水答应张仲平，他明天下午找时间开个临时总经理办公会，把推荐 3D 拍卖公司的事过一下。张仲平点头感谢。两个人接下来那盘棋下的是快棋。张仲平输了七目半。他跟颜若水说晚上还有点事，得先走。然后在吧台刷卡买单，两件青瓷小古玩共五万八。包厢消费颜若水执意要买单，张仲平也不客气，买完单便匆匆向门口走去，心里头比来的时候爽气多了。

祁雨突然从里面出来追上了张仲平。她左右看看，见没人，便对张仲平说是姐夫让她追出来的，说要把自己赢的那个鸟食罐送给张总。见张仲平似乎一下子没明白颜若水的意思，祁雨说："他说了，张总要是喜欢瓷器，那我们以后可就有生意可做了。他说今后生意上的事，让你直接跟我谈。"

张仲平这才恍然大悟，笑道："当然当然，一起发财，一起发财。"边说边不客气地接过那件青瓷鸟食罐。他与祁雨告别，上车后把玩着那个小玩意儿，把它随便扔到了副驾驶座位上，开车朝省人民医院而去。

这个时候，唐雯正好从丛林家出来。她让丛林送送她，劝说丛林道："这婚姻就是搭伙过日子，你呀，得大度一点。华媚毕竟是女人，有时候找你的碴儿，可能是怪你太冷落她了。"

丛林点点头，他不一定是觉得唐雯说得对，只是不想讨论这个问题。

唐雯正在犹豫着要不要问东区法院有没有一个姓江的女法官，丛林的电话进来了。他接电话之前看了一眼唐雯，告诉她是张仲平来的，唐雯对着丛林直摇头。

张仲平问他出差回来没有？最近是不是见过龚大鹏。丛林一一说了，约了明天上午在办公室见个面。丛林顺便问他在哪儿，他随口答道在医院，便挂了电话。

唐雯和丛林分开以后突然想给张仲平打个电话。张仲平没等丛林问他在医院干什么便挂了电话，这让她很担心。不管怎么样，医院都不是一个正常人该去的地方，他这么晚了跑到那儿去干什么？

正好不远处有个还没关门的报刊亭，唐雯快步走过去，很快拨通了那个熟悉的电话号码。唐雯急切地问张仲平好不好？张仲平说好呀，怎么啦？唐雯问你在哪儿？张仲平说，我在一茶馆里跟朋友喝茶。

唐雯简直不敢相信自己。张仲平是蜘蛛侠吗？他怎么能在两三分钟内从医院跑到茶馆？他为什么要撒谎？为什么呀？！

唐雯毫不犹豫地拦了一辆的士，打车朝医院奔去。刚从出租车上下来，就发现了张仲平的那辆车子。车子里面有人，正是张仲平和江小璐。

爱到底是个什么东西？人们总是在寻爱找爱，有时候我们以为找到了，我们便像孩子和傻子一样幸福快乐。可是，爱有时候又像病毒，它来到谁心里就恨不得把谁折腾得半死不活。最可怕的是一边爱着却一边怀疑着，或者说一边怀疑着一边渴望着，它侵蚀的是一个人的五脏六腑。

唐雯在把张仲平和江小璐堵在车里的那一刻，觉得自己简直就要崩溃了，觉得无数支吸管插入自己体内在一瞬间吸走了全身的力气，差一点儿瘫倒在车子跟前。

张仲平和江小璐赶紧从车里跳下来，张仲平更是一把扶住了唐雯。他将江小璐与唐雯做了介绍，然后让江小璐去病房里等他。

唐雯不愿意坐刚才江小璐坐过的副驾驶位置，拉开车门坐在后座上。她觉得自己开始头疼了，甚至想喊想叫，却还是维持着应有的涵养，她压低声音甚至是温柔得好像在询问一般："你为什么要撒谎？你整天忙呀忙的，原来就是忙这些？"

张仲平说："唐雯你冷静点，你听我慢慢解释。"

"你当然得给我一个解释，最好想清楚了再说，免得出现漏洞、不能自圆其说。"

"她叫江小璐。"

"刚才介绍了，可她不是法官，我就想知道为什么一个收费员要撒谎说自己是法官？"

"不是怕你误会吗？"

"没事怕我误会什么？"

"你能不能听我说完，记得我公司几年前喝酒喝死的那个邓大伟吗？江小璐就是老邓的老婆。"

"啊，刚才你为什么不说？"

"我怕说了尴尬，一个死去的人，一个对我有恩的人，家里出了这么大的事情，我还提她死去的老公，我有点不忍心。"

"邓大伟对你有什么恩？"

"我原来又抽烟又喝酒，因为生小雨，我把烟戒了；因为做生意，我把酒戒了。可是,不喝酒怎么做生意？这就全靠邓大伟。那时公司刚成立,开拓市场不容易。怎样开拓市场？就是找关系、拉关系,做'三陪'先生,陪吃陪喝陪玩儿,邓大伟是个实实在在的老实人,为了保护我,总是替我挡酒,别人喝一杯,他喝两杯。他有肝炎,其实是不能喝酒的。可他从来不跟我说,我也就不知道。直到有一天,为了跟另外一个拍卖公司抢一笔业务,拼上了酒。八个人,整整喝了二十四瓶白酒。邓大伟烂醉如泥,再也没有醒过来。你知道吗？邓大伟是替我死的,我对他有负罪感。那时,他老婆江小璐刚生下孩子,生活很困难,可她硬是没有向公司提半点要求。唐雯你说,这人情我是不是得欠一辈子？我,又怎么可能会对我兄弟的老婆下手,跟她弄出不明不白的男女关系来？"

"这些事你完全可以早点对我说,我可以跟你一起帮助她。"

"是的,我曾经也是这么想的。但是,负罪感毕竟不是什么好东西,我不想让你沾边。"

"那你有没有想过,瞒着我和她交往,可能也不是一个好的选择？"

"平时也没什么交往,这次要不是她儿子生病了,她也不会求到我头上。相信我,我没有欺骗你的意思。"

"可是,我老公是这么优秀的一个人,你可以不对她心存异念,你难道不怕她对你日久生情吗？"

"怎么会？"

"总之,如果你们心里没鬼,没必要瞒着我。"

"是,我是不该瞒着你,可是,老婆,知道我为什么不敢告诉你吗？怕你多疑？老婆,你别生气,最近你……真的开始多疑了。我不想给咱们这个家添乱,真的不想。"

唐雯觉得自己的头比先前更疼了。张仲平的解释并没有让她心情好一点儿。她以为自己终于可以证明自己的怀疑是有根据的,而当这些根据被印证之后却被张仲平的三言两语给化解了。他说的是真的吗？他说的如果是真的,那她自己岂不是一个生性多疑、不识大体且不停给丈夫添乱的妻子？

唐雯觉得一切都变得飘忽了，不真实了。她没有理由跟张仲平闹，可在内心深处，却时不时地受到一阵一阵的拉扯。

（三）

街灯亮了，城市入夜，街道流光溢彩，建筑物上霓虹灯闪烁。

徐艺在街边店随便对付了一顿，不知道接下来该往哪儿去，该干什么。他突然想到了性病专科医院那位专家对他说的那些话："因为艾滋病有潜伏期，您想提前知道是否被感染，最直接的方式，就是找到您昨天晚上的性伴侣。"他决定去酒吧碰碰运气。

酒吧里人头攒动，徐艺举着一杯洋酒，在酒吧里蹿来蹿去，好像在找什么人，由于灯光昏暗，他不得不角度怪异地盯着一些女孩子看，这令那些女孩子的男伴面露不屑与不满。

辛然抱着那只狗从外面进入酒吧。徐艺没有看到辛然。辛然却看到了徐艺，她眼睛一亮，朝徐艺这边挤过来。徐艺继续找人。他看到了一个一袭白衣的女孩子的背影，连忙走过去，拍了一下她的肩膀，她回头，举在手里的杯子一晃，红酒洒在白裙子上。她不是徐艺要找的无名白衣女郎。

徐艺连忙说声对不起。那女孩子的男伴，一个长得比徐艺高大健壮很多的男孩子插在徐艺和那女孩子中间，问："怎么一回事呀？"徐艺说："对不起，我认错人了。实在对不起。"那男孩不依不饶地说："你把人家小妹妹的裙子弄湿了，说声对不起就行了？"徐艺脖子一梗，问他："那你说怎么办？"那男孩问旁边的女孩："宝宝，你说怎么办？"女孩说："飞哥，我这裙子是今天才买的，两千多块呢，也不知道能不能洗得掉。"

被叫着飞哥的男孩子说："听到了吧，人家小妹妹的裙子是今天刚买的，两千多块呢，你一声对不起，值两千多呀？"

徐艺说："哥们儿，那你说怎么办？"

"事情是你犯下的，你说怎么办吧。"

"事情是我犯下的，可要让小姐满意，还是让她自己说吧。"

"小姐？你乱叫什么？我女朋友不是小姐。"

"哦，宝宝。"

"宝宝是你叫的吗？"

女孩子刚才一直在低头整理衣服，这会儿又哇地叫了起来："呀，这么大一片，怎么办怎么办啦？"

徐艺说："你别着急。我认错人了，是我不对，我拍你肩膀也是我不对，你的手一晃，自个儿把酒洒裙子上了，更是我不对。你说，该怎么赔你，我认。"

飞哥说："兄弟这话说得就难听了，什么叫你自个儿把酒洒裙子上了？听你这口气，你好像还挺冤的？"

"不冤。"

"不冤？那好，你就赔两千八吧！"

"两千八？为什么是两千八？"

"你话还挺多，是不服还是没那么多钱呀？"

"你既然这么问，那我告许你，我觉得你的要求好像有点儿过分。"

"过分？你自己看看，这衣服还能穿吗？我们进酒吧，可是找乐子来的，哥们儿，第一眼瞅你我就不顺眼，你给大家伙添堵了你知道吗？没让你赔精神损失费，算对你很客气了。"

"闹了半天，你是想讹人呐？"

"讹人？你算什么人呀？"

"喂，说事就说事，别骂人。"

"骂人？"飞哥环顾了一下他身上三四个同伴，说，"我骂人了吗？"

他的同伴很快乐地起哄："没有没有……没听见没听见。"

飞哥说："听见没有？没人骂你，快点掏钱，掏完钱快点闪。"

徐艺说："钱我有，可我不能这么掏钱，凭你这个态度，我们可真得把道理讲清楚了。"

飞哥同伴甲说："你要不拍人家肩膀哪来那么多事？我要是你，乖乖掏钱得了。是男人，就痛快点嘛。"

徐艺说："我当然是男人，可惜我不是你。"

飞哥同伴乙说："那你是谁呀？你以为你是谁呀？

飞哥说："哥儿几个别跟他废话，我看你是不清醒！"他突然端起一杯洋酒朝徐艺劈头盖脸地泼过来，"我让你清醒清醒！"

徐艺说："好，太好了，这可是你先动的手。"说着抡起拳头就要朝对方砸去，这时辛然正好挤了过来，没站稳，怀里的小狗往地上一跳。辛然喊叫一声"一哥"，蹲下身子去找狗。

徐艺本能地停住动作，下巴上重重地挨了一拳，顿时鼻血直流。

徐艺抹了一把鼻子，道："小子，你下手也太狠了，既然你先动手了，老子马上让你知道大爷我是谁。"徐艺快速出击，他在大学里练了三年跆拳道，马上以专业的动作以一对三，酒吧里顿时一片混乱。

很快，几个当事人都被警察带到了派出所办公室。候审的时候，飞哥等人不停地拨电话。一个警官走进来："先把手机交出来。别想着托什么关系，没用，把事情说清楚比什么都强，都站起来，谁和谁一伙的，都站一边，一伙的站一边，站好了。"

众人分开，徐艺一个人站在一边。警官奇怪地看着徐艺，又看看比徐艺还惨的飞哥等人，笑道："这架打的有点意思啊？你就一个人？行，先问你。跟我来。"徐艺跟着彭警官过去。

辛然拿着徐艺的手机等在派出所门外，找到"姨妈"的号码拨了过去："喂，您好，请问您是徐艺的姨妈吗？什么？你是她妹妹？你哥哥出事了，被抓到派出所里来了，哪个派出所？我……不知道，喂喂喂……怎么关键时刻还没电了？"

辛然只好掏出自己的手机打通了周运年的电话。周运年问她什么时候回来？辛然说她暂时回不去了，因为她男朋友被抓到派出所里来了。

周运年一听就着急了，免不了责怪辛然，不明白她刚到这儿，怎么会和街头小混混混在一起。辛然辩解说她不可能那么没眼光，打架不是他的错。见一时半会儿说不清楚，只好对周运年撒娇，让他找公安局的肖叔叔帮忙捞人。

问询室里，彭警官还在给徐艺录口供。

彭警官问："就这些？"

徐艺说："就这些，我是学法律的，我是正当防卫，所以，请赶紧放我走。"

彭警官说："学法律的更应该知道，防卫不能过当，你看你把他们打的，出手狠点了吧？再说，谁能证明你是正当防卫？你就一个人，人家可不会这么认为，如果你不说出你的单位和家人，谁也不能放你走。"

徐艺说："我没单位，我是孤儿，没父没母，你不放我也行，那你安排我住下，今天晚上我正好没地方去。"

彭警官说："你这是什么态度？你等着吧。"说完把徐艺一个人留在了问询室。

这些年，周运年又当爹又当娘，把辛然宠得不行。没想到她刚到省城就给他惹出了麻烦，好在市公安局局长肖长根是部队的战友与部下，只好给他打电话，托他早点把这件事了啦。

周运年跟肖长根说："先了解一下情况，如果没什么大事，也要先教育再放人。哎呀，刚到市里就给同志们添麻烦，太不好意思了，改天我请大家。"

没过五分钟，肖长根便回了电话，说没大事，也就一般的打架斗殴，已经打过招呼了，让领导放心。周运年谢了，放下肖长根的电话又拨通了辛然的电话，边拨电话边叨叨："辛然啊辛然，你可给我开了个好头啊！喂……辛然，听着，你进去找他们值班的警官，说你叫周辛然，不过你记住，一定要客客气气的，这种案子双方情绪都很容易过激，你们虽然有理，也不能强势压人家，再有理也不行，要好好跟他们解释清楚，听见了没有？好，去吧，回来我和你算账。"

在公安局外等了半天的辛然见事情有了眉目，也就有心情开玩笑了："老爸放心，我绝对不会强势压人，我会像老爸一样低调。"

辛然放下电话，向着派出所走去。

上面打了招呼，再加上事儿确实也不大，彭警官三下五除二就把这案子结了。飞哥那拨人知道自己理亏，也不敢胡搅蛮缠，怕缠下去被刑事拘留，乖乖地在调解书上签完字走了。彭警官把徐艺留下，有点想和他套近乎。他说："你女朋友证明你是正当防卫，可我提醒你，你也是有文化的人，别和小混混一般见识，老丈人是领导干部，别给他老人家丢人是不是？走吧，当我什么也没说。你女朋友在外面等你，别让人家等久了。"

徐艺在派出所外面见到了辛然。

辛然歪着头，调皮地望着他："干吗这么看着我？你是不是不相信奇迹呀？"

徐艺问："什么奇迹？"

"在完全没有预约的情况下，我们一天两次见面，难道不算奇迹吗？不要问我怎么去酒吧的，因为我也不知道，所以我称之为奇迹。"

"哦。"

"下午我忘了自我介绍，现在补上，我姓周，叫辛然，研究生刚毕业，准备到这座陌生的城市寻找工作和真命天子。以前是低你三届的师妹，现在嘛，是你传说中的女朋友。"

"你是我女朋友？不，我做不了你男朋友，我是一个坏人。"

"你是坏人？不，坏人从来不承认自己是坏人。你说自己是坏人，恰恰证明你不是坏人。"

"这是谁的逻辑？"

"这是我的逻辑。"

"你这么单纯，怎么在社会上混呀？不管怎么样，谢谢你救了我，哪天我请你吃饭吧。"说着，徐艺转身要走。

"别动。你是我在这座城市碰到的第一个熟人，而且还与我的小狗同名。你已经从我身边溜走一次了，你以为我会轻易让你第二次溜走吗？"

"你难道就不怕我把你给卖了，还让你替人家点钞票？"

"根据你打架动作很帅这一点判断，你点钞票的动作可能更帅，有本事你就把我卖了，不过，你得卖给一个像你一样的帅哥。"

"别开玩笑了。"

"我没跟你开玩笑。怎么，你是不是名'草'有主了？"

"没有。"

"那你就是嫌我长得太丑了？"

"你很漂亮。"

"那你干吗……用这种奇怪的眼神看着我？"

"我的眼神很奇怪吗？哦，可能是我惊魂未定吧。要不是你，我是不是得先拘留、再逮捕，再被处以三年以下有期徒刑、拘役或者管制？"

"哈哈，你真搞笑，没那么严重吧？是不是刚才那警官吓着你了？"

"没有，他对我挺好的。我只是很奇怪，你是从哪儿掉下来的？"

"林妹妹才会从天上掉下来呢，我又不是林妹妹。我再说一遍，我姓周，叫辛然。以前是低你三届的师妹，现在是你传说中的女朋友。我本来只是到外面去遛一会儿狗的，却去了酒吧，正好赶上你跟人家打架。"

"停。那时我还没跟人打架，我只是在跟他们理论，然后我听到有人叫我，我一扭头，结果我的下巴被人打了一拳，我这才跟他们打起来。"

"我没叫你，我叫的是它，一哥。"

"看来跟狗有一个差不多的名字还真不是一件好事。"

"听你的口气，你还是有点怪我。不过，你们俩同名，纯属巧合呀，你千万不能怪我呀。"

"好了，我不怪你，我感到很荣幸，可以了吧？刚才，我只是想让你和我自个儿把这件事的前因后果先理清楚，这是经过正规法学训练的人应该具备的基本思维方式。"

"换句话说，你只是不想欠我的，对吧？"

"完全正确。你不仅长得很漂亮，而且冰雪聪明。"

"长得漂亮，而且冰雪聪明，这是你找女朋友的标准吗？"

"我可以不回答这个问题吗？"

"嗯，短时间可以，时间长了不行。现在，你跟我走吧。"

"去哪儿？"

"把你捞出来的不是我，实际上是我爸，你是不是应该去当面感谢一下他呀？"

徐艺这边没事了，张仲平和唐雯可吓得不轻。他们接了张小雨的电话，既不知道徐艺犯了什么事儿，也不知道他被逮到了哪个派出所。多方打听，才找到处理这事的那个派出所，可等他们赶到，彭警官却告诉他们，徐艺被他女朋友接走了。

两个人莫名其妙，不知道徐艺怎么会突然之间有了一个女朋友。那天晚上他们以为会等到徐艺的电话，却一直没有等到。辛然倒是提醒过徐艺，但徐艺装作没听见，他不知道应该对唐雯说什么，也不想对张仲平说什么。

唐雯很快就知道了，至少曾真不是徐艺的女朋友，因为她给张仲平来了电话，说已经找到了几个熊猫血血友，明天一早就能赶过来，张仲平问起徐艺打架被抓的事，她竟茫然不知。

张仲平要打电话把找到了熊猫血血友的消息告诉江小璐，唐雯不同意，说不如干脆再去一趟医院，说刚才接了小雨的告急电话，没来得及跟江小璐打招呼。事情既然说开了，她得跟江小璐表个态，今后她有什么困难，自己会和张仲平一起帮助她。

张仲平心想这样也好，便和唐雯开车赶往医院。

（四）

丛珊刚出家门便发现自己忘了带数学作业本。她返回家里拿，走到门口，发现丛林与华媚又吵上了。她不敢也不想进屋，倒想听听他们到底在吵些什么。

主要是华媚那像放鞭炮一样的声音："忙忙忙，你就知道忙，一年三百六十五天，你有六十五天好好待在家里没有？就是回家了又怎么样？要么倒头就睡，要么拿张报纸啃，厨房里的酱油瓶倒了你扶过吗？珊珊的学习情况你问过吗？你自己算一算，你都有多久没碰过我了？我一说气话，你就说这日子没法过，你就要离婚，你要是外面没有情况，你会这样小题大做？你是嫌弃我了，这个家有没有反正无所谓，你这个没有良心的阴险小人。"

丛林说："你说话要有根据。我外面有情况？我外面有什么情况？"

"我一个家庭妇女，我能抓住你什么把柄？可你……可你尽到做老公的责任了吗？这是过日子的样子吗？"

"随你怎么说。反正我在外面辛辛苦苦，都是为了工作，都是为了这个家。"

"得了吧你，你还好意思说这种话？就算你在外面累得贼死又怎么样？你问问你自己，一个屁庭长你都当了多少年了？还好意思说在外面辛辛苦苦？你整天在外面不归家也可以，倒是也弄个副院长干干呀？"

"这是一回事吗？"

"你说呢？"

"我跟你这种没文化的人说不清楚。我给你一句话，你要再这么一大早就找碴儿瞎折腾，这日子没法过了，我们真的只有离。"

"离就离，丛林，你今天要是不离，你就是我孙子。"

只听得咣当一声，又有什么东西被打碎的声音传了出来。站在门外的丛珊再也听不下去，转身急急忙忙地离开了。等她紧赶慢赶赶到学校，上课铃声已经响过了，校园里显得十分安静。

张小雨、丛珊所在班级的班主任是个女的，姓赵，教地理的。一般来说高三的班主任都是主科老师，她们班原来教语文的刘老师一个月前移民去了英国，这才由赵老师补上。今天正好是赵老师在上课。

张小雨坐在第一排正中，她右边一组最后一排的位置空着，那正是丛珊的座位。

赵老师今天讲的是地球上最热的地方。她问大家地球上最热的地方在哪里？它的最高温度可以达到多少度？谁能回答这个问题？

教室里一片沉默。实际上真听课的没几个人，大家都忙着做数学题或背英语单词，高考得靠它们拿分。

赵老师的眼光落在丛珊的空位上，但还是跳了过去。张小雨也没认真听课，偷偷摸出手机玩着。

赵老师说："看来我们班的同学都有一个优良的品质，就是懂得沉默是金的道理。不过，我希望高考的时候，大家不要这样，如果有问而没有答，那就只会吃鸭蛋。"

教室里被她目光扫到的少数几个同学只好附和着一笑。赵老师继续说："很多人以为赤道是世界上最热的地方，其实，沙漠才是最热的地方。就像我国的戈壁沙漠，白天最高温度也可以达到45℃。刚才说到鸭蛋，如果在戈壁沙漠，想吃熟的鸭蛋很容易，把它埋在沙里，一会儿就能烫熟。也许有同学要问，那么热的地方，人怎么受得了？我告诉你们，人可不怕，为什么呢？因为大伙都是熟人。"这次教室里笑的人多了一点儿。

张小雨仍然在玩手机，见赵老师又朝自己这边望过来，一慌，手指头碰着了录像功能键。就在这时，教室门被轻轻推开了，丛珊出现在门口，她把门推开，喊了一声"报告"，便低头快速地朝自己座位走去。

赵老师低声喝道："站住，我批准你进来了吗？"

丛珊停住脚步很无所谓地问道："需要我退到外面，再喊一次报告，然后等您批准后再进来吗？"

赵老师很窝火，又不好发作，皱着眉头望着丛珊，说："不用了。快坐下吧。"

坐在前排的张小雨一直扭头盯着丛珊，看她在教室后排的座位上坐下。

赵老师继续讲课："那么，我们现在看看，地球上都有哪些著名的沙漠呢？"说着转过身去在黑板上画起世界地图来。

张小雨朝丛珊做了个鬼脸。丛珊摇摇头。

张小雨从课桌抽屉里找出纸和笔，快速地打了一个问号，把纸条揉成一团，抬头看了一眼赵老师，把纸条扔给丛珊。

纸条落在丛珊脚边，她用脚把它勾过来，捡起来展开看了，在背面快速地写了几个字，揉成团，冲着张小雨的方向丢过来。没想到由于用力过猛，纸团儿不偏不倚地正好砸到正在写黑板字的赵老师后脑勺上，弹吧弹吧几下掉在了讲台正中央。

吓了一跳的赵老师面带怒容地回头低吼道："谁？是谁扔的？"教室里鸦雀无声。

赵老师猛地一拍讲台："到底是谁！"

这时她注意到了讲台上的纸条团，捡起来把它扒拉开，看了一眼，扫视教室："是谁扔的？站起来。"

教室里安静得可怕。赵老师很自然地念出了纸条上写的字："我爸我妈又吵架了，他们要离婚，他们——"

赵老师还要往下念，只见丛珊不知何时已经冲到了她的面前，一把抢过了她手里的纸条，把她吓了一跳。

赵老师冲丛珊吼道："你干吗？快点把纸条给我交出来！"

丛珊没有交出纸条，她愤怒地注视着赵老师，把纸条撕成了碎片。

赵老师生气地上前去拽丛珊的胳膊："你这是什么学生！上课迟到，目无师长，居然用纸条攻击老师，还撕毁证据。你以为你在纸条上随便写一点煽情的话，就算砸着我的头我也不会把你怎么样是不是？那你就错了！"

丛珊一直努力挣脱赵老师的拉扯，丛珊挣脱了一只手，赵老师就再抓另一只手，两个人没完没了地扭抓着。

赵老师说："那你就错了！啊！父母离婚有什么了不起啊？父母离婚你就可以随便乱丢东西砸老师的脑袋是不是？"

听了赵老师说的话，丛珊突然把两手往赵老师胸上一推，大声说："离婚有什么了不起？那你也离婚试试看！"

丛珊话音刚落，啪的一声，赵老师的巴掌响亮地扇在了她的脸上。

刚刚议论纷纷随时准备着拉架的学生们顿时安静无比。丛珊二话没说转身就从后门冲出了教室。张小雨毫不犹豫地起身拔腿就追了出去。好不容易追上了，张小雨问丛珊今天怎么啦？丛珊把她爸爸妈妈吵架的事说了。她说她不明白他们为什么老是吵，她总觉得她爸挺可怜的。

张小雨说："那你是怪你妈了？我觉得你爸不错，你妈也挺好的，又能干，又有女人味。"

丛珊说："我妈年轻的时候是远近闻名的美女，我爸追她可没少下功夫。这两年也不知道怎么啦，动不动就吵架。"

张小雨说："我说句话你别生气哟，你说你妈会不会是进入更年期了？听说女人一到这个年龄就特别神经质，动不动就会莫名其妙地发脾气。"

"你妈跟我妈年纪差不多，你妈怎么就不发脾气？"

"我妈？我再说句话你别生气哈，我妈是大学教授，事儿挺多的。不像你妈，整天打麻将。

"我爸我妈文化差异是挺大的。我感觉他们之间根本就没有什么共同语言。"

"大人的事儿我们也管不了那么多。不管怎么样，一个是你妈，一个是你爸，他们其实都挺好的，又都疼你。"

"那倒是。"

"喂，还有一节课，咱们赶紧回教室吧。"

"我不想回教室。那个死变态，她凭什么把我的隐私当着全班同学的面念出来？她还打我，老师打学生，她算什么老师？不行，要我上课，除非她当着全班同学的面给我道歉。"

丛林和华媚没吵完架就甩门走了。路上堵车，他错过了与龚大鹏约定的时间。

龚大鹏没傻等丛林，和何宝两个人去了刘副院长办公室。这龚大鹏在市中级人民法院的名声可不小，听说当初打官司的时候整天缠着刘副院长，上班跟着下班也跟着，法院大门有法警把守，进出都要登记，也不知道他想了什么办法，总之几乎每次都可以长驱直入。有一次更绝，他找到了刘副院长家，用篓子给他家送了好多螃蟹、蟮鱼和泥鳅，刚进门篓子底就穿了，搞得那些生猛河鲜满屋子乱爬，刘副院长还不好跟他发火。

刘副院长见识过龚大鹏的磨功，也知道他的案子，见他不约而至，放下手头的工作，让他们两人坐。

龚大鹏说："领导坐，我们不坐。"刘副院长说："坐吧。你们站着，我坐着，我不舒服呀。"龚大鹏说："为了让领导舒服，那我们就坐了？"刘副院长说："坐吧坐吧。"

他边说边绕过办公桌，把龚大鹏和何宝两人让到墙边的沙发上，又问他们要不要喝茶？

龚大鹏马上吩咐何宝给刘副院长泡茶。刘副院长连忙说别别别，我喝茶我自己会泡，我是问你们要不要喝茶。龚大鹏说茶就不喝了，不过，您能不能帮我打个电话？刘副院长问给谁打电话？龚大鹏说丛林和执行局。

龚大鹏接着把左达跳楼的事和他还没在执行局立案的事跟刘副院长说了。这小子记忆力好，把张仲平在电视里说的那些话，鹦鹉学舌地跟刘副院长说了一遍，边说还边抹眼泪。

刘副院长让他放心，他一定过问这事，但也要看执行局立案的时效过了没有。

龚大鹏一听又急了，一定要刘副院长当着他的面给丛林和执行局打电话。他说："我相信他们会依法执行，可是，您给他们打个电话总没有什么坏处吧？这个案子可是我的一大心病，胜利大厦的案子现在到了关键时刻，我得一个环节一个环节地盯着。要是出了什么差错，我就是想活也活不下去了，只能'学习左达好榜样'。不过，胜利大厦太高了，二十八层，爬上去可真够呛，我看我还是在咱们中院跳楼算了。刘副院长您别不高兴，一句话，等这案子结了，我一定给您送面大锦旗。"

刘副院长先给丛林打了电话，通了，没接。又给执行局打电话，也是没人接。他向龚大鹏保证，他会先问清情况，只要还在申请立案的规定时间以内，一定特事特办。

龚大鹏从刘副院长办公室出来，来到丛林的办公室，丛林已经到了。他并没有和丛林提已经见了刘副院长的事，只是躬身站在丛林旁边，向他请教自己该怎么办？这龚大鹏还就是佩服丛林。整个案子打下来，不仅赢了官司，丛林更是连一根烟都没抽他的，连一口水都没喝他的。

丛林说："你这个案子，关键是执行，我就不明白，审理终结这么久了，你为什么不到执行局去立案？"

龚大鹏说："左达他答应还钱给我的，欠债还钱，理所当然的事，谁知道这王八蛋竟然会跳楼！"

丛林说："人都死了，你还骂他，有什么用？"

"他该骂？好死不如赖活着，跳楼干吗？"

"到执行局立案涉及法律程序，不是想当然的事。你呀，自己不懂没关系，好歹找个律师问一问呀。"

"是，我这还派人盯着他，就这两天没注意，就让他跳下去了。"

"自己又不懂法，还在那儿瞎折腾，我提醒你，左达欠东方资产公司五六千万，他们的案子马上就要执行、马上就要拍卖了。"

"那不行，胜利大厦如果马上拍卖，我会连一个子儿都拿不到。我来这儿就是跟您说，不能让他们拍卖，丛法官，我大小也算农民工，你得帮我跟执行局的法官说一说。"

丛林觉得他这话无知得好笑，说："法院又不是我开的，我怎么说？再说，这又不是拖欠农民工工资，你垫资也是变相做生意，要说拖欠工资，工人也是找你要。"

龚大鹏说："不对吧，人家张仲平都说了，拍卖主要是为了解决农民工工资问题。"

"张仲平？"丛林说，"你认识他？"

"不认识。"龚大鹏摇着头说，"他可是在电视里说的。"

"还在电视里说的？怎么回事？"

龚大鹏见丛林不是装的，把刚才向刘副院长说的那番话又向丛林说了一遍，说完扑通一声就朝丛林跪下了："丛哥，救人救到底，你可要帮帮我，我给你跪下。"

丛林连忙拉住他："别，快起来，你这是干什么？这不是哪个人说了算的，得走程序。你赶紧去执行局立案吧。"

龚大鹏说："找他们有用吗？再说拍卖的事情我一点儿也不懂，我总觉得像过家家。"

丛林说："什么叫程序？程序是不能绕过去的。你呀，都不知道你这老板是怎么当的。这样吧，你刚才不是提到叫张仲平吗？他是我大学同学，是 3D 拍卖公司的老板，我把他的电话给你，拍卖方面的事，你去问他。"

龚大鹏说："这电话……还是你打吧，你不能指望我能把里面的弯弯绕绕给说明白。"

丛林说："我欠你的是怎么的？"

丛林嘴上这么说，还是把电话打给了张仲平，但他没在电话里说什么事，只说方便的时候见个面。

龚大鹏在旁边干着急，一个劲儿地向丛林做着吃饭的动作。丛林放下电话，劈头就说龚大鹏，吃什么饭？这年头，谁家没饭吃呀？

龚大鹏说："不是不是，你得给我一个机会，让我能够略表寸心。我们也不去高档酒店和宾馆，我请你和张总到我们农村里去吃土菜，丛哥，你一定得答应我，丛哥。"

丛林说："行了行了，你别把时间耗在我这儿了，你们先去执行局，我上去找一下刘院长。"

（五）

毛毛的手术不仅按计划进行，而且很顺利。江小璐和张仲平悬着的心总算落了地。江小璐觉得应该好好感谢一下曾真，她跟张仲平商量，问他有什么好主意，是打个红包，还是请她吃个饭，或者给她买个礼物什么的。

这事倒让张仲平为难了。跟生意场上的人打交道他倒是有一套，请客送礼，对方看中的无非两个东西，一个是不是给他面子，二是他能得到多少实惠。对曾真他心里可就没底了，一是对她算不上了解，第二嘛，现在的"80后"，讲究的是个性与自我，她帮你忙也许就因为她乐意，而不见得是图你什么。贸然给她送个什么东西，反而搞得庸俗了。他给她的那个手机好像就没送好。

当然，这些话张仲平不会跟江小璐说。这个世界上没有理所当然的事，曾真帮了这么大的忙，江小璐感谢她是应该的，那叫知恩图报。至于在什么时机用什么方式，他得好好想一想，一切由他来安排。

无论如何，他得先把胜利大厦的事落实了。如果不出意外，东方资产管理公司下午就会开总经理办公会，颜若水会把推荐他们3D拍卖公司的公函开出来。

正应验了好事多磨那句话，也正应验了怕什么来什么那句话。胜利大厦的拍卖会起了波折。张仲平没想到的是，这个波折会跟他大学同学丛林有关。

丛林离开自己办公室之后，在走廊上又给张仲平打了个电话，详细问了一下胜利大厦的拍卖情况。张仲平说的和龚大鹏说的大同小异。丛林听后内心里叫苦不迭，如果龚大鹏的事情解决了，张仲平的业务可就悬了。张仲平很敏感，一个劲儿地问他龚大鹏是不是在中院活动了，丛林不想在电话里跟他说那么多，只说随便问一问，有事见面再说。实际上他已经拿定了主意，如果龚大鹏能在执行局立案，他绝对不会阻拦。至于会不会影响张仲平的生意，他不会考虑。当然，他相信张仲平能理解。

刘副院长在龚大鹏走后，马上打了执行局赵副局长的电话，确认龚大鹏的案子还没有过申请执行的期限，并有了一个初步意见，就是把南区法院的案子调上来并案执行。这样做还有一个好处，就是鲁冰马上就要到市中院执行局任局长了，到时候申请执行费会交到市中院执行局，也算是给了他一个顺水人情。

丛林来找刘副院长要谈的也是这件事，两个人很快统一了意见。刘副院长与丛林还有一层关系，就是他与丛林是校友，晚丛林毕业两届，提升庭长却比丛林早一年，半年前升为副院长，更是成了丛林的顶头上司。

丛林说完了事就要走，刘副院长叫住了他，起身把门关了，压低了声音说："丛林，你是我师兄，我们关起门来说几句体己话。再过几个月，老院长就退休了，院里班子肯定要动，你的资历最老，连续几年的优秀党员、先进工作者，你得好好争取一下。"

丛林没想到刘副院长会跟他说这个。刘副院长很会来事，是一个可以把中央红头文件念得鬼鬼祟祟的人，但这个人人品并不坏，丛林对他也还尊重。见他这么说，一笑，说："上不上是组织考虑的问题，我负责把本职工作做好吧。"丛林不是唱高调，他内心里就是这么想的。

刘副院长说："工作做好是最重要的，但对这件事，你的心态也可以放积极一点儿。我们师兄弟好说话，我这一票，一定会投给你，你放心。"

丛林不想多说什么，只是说："谢谢刘副院长。"

刘副院长又说："另外，南区法院院长鲁冰调咱们院执行局任局长的事，人大已经通过了，马上就要到位。"

丛林哦了一声。

刘副院长说："你怎么没点反应？我可给你提个醒，鲁冰从南区法院院长到咱们执行局，是平级调动，他的条件与你相当，今后要上副院长，是你最强有力的竞争对手。"

丛林说："无欲则刚，有容乃大。刘副院长你是知道我的，我对自己的要求很简单，能把本职工作完成好，让当事人满意，让领导满意，我就心满意足了。至于当不当官，我真没有想过那么多。"

刘副院长说："我知道我知道，你这个人就是太实在、太正统、太古板。话说回来，这也是我最欣赏你、最钦佩你的地方。你呀，可以适当地转变转变观念，个人进步，当官，并没有什么不对。官升一级，等于可以在更高的平台上更好地为人民服务嘛，对不对？"

丛林说："顺其自然吧。"

就在丛林和刘副院长谈话那会儿，张仲平直接从医院里来到了鲁冰办公室。

他进鲁冰办公室还没三分钟，鲁冰就接到了刘副院长亲自打来的电话，说的正是通知南区法院把胜利大厦的案子往市中院调的事。鲁冰跟张仲平很熟，马上把电话内容告诉了他，张仲平早有思想准备，听了心里还是不免一惊。

鲁冰是看过张仲平电视节目的，觉得这样没什么不好，甚至还跟张仲平打趣，说他的影响力已经可以影响到市中级人民法院办案了。

张仲平只好以笑相对。紧赶慢赶、机关算尽，到底还是迟了一步。他告别鲁冰，急匆匆地赶到了丛林办公室。

丛林说的市中院这边的情况对张仲平来说已经是旧闻了。丛林问他，现在多了一个申请执行人，情况复杂了，是不是有点麻烦？张仲平说是呀，这个案子原来由南区法院执行、拍卖，我只要拿到左达、东方资产管理公司的拍卖推荐函就成，现在龚大鹏介入了，调到你们市中院来执行，意味着我得为这个案子重新找人、重新找关系，你说麻烦不麻烦？

丛林说："仲平……龚大鹏的事，是我跟刘副院长商量着办的，不为别的，就为他后面跟着好几百个农民工兄弟，你不怪我吧？"

张仲平说："你还真信。不过，怪你又怎么样？我还能把你给吃了？我想明白了，我前面的功夫也没白费，只是我要做的事多出了两件，第一，找龚大鹏拿到拍卖推荐函；第二，尽快和中院执行局的本案执行员拉上关系，对吧？"丛林点点头。

张仲平说："第一件事，龚大鹏那边你得给我安排一下，我要和他马上见面。"

丛林说："你这说法不妥当，怎么叫我给你安排？不过你放心，他也想见你。"

张仲平说："他急着见我？那就好。他既然急着找我，我反而不用着急，先拿拿架子，拖几天，给他来个欲擒故纵。"

丛林说："张仲平，你是越来越像个商人了。我跟你说，你那架子端得差不多就行了，他可是申请执行人，他有推荐拍卖公司的权力，你要明白，不是他求你，而是你求他。"

张仲平："明白，我自有分寸。说第二件事，你们院里执行局还会派谁来承办这个案子？人选定了吗？"

丛林说："这可是组织原则。"

张仲平说："得了吧，这也算组织原则？我迟早还不是要知道，再说了，我又不会跟他搞行贿受贿那一套。我找他通过正常渠道申请，行了吧？"

丛林说："定了侯昌平法官，他是一个快退休的老头儿，人有点怪，朋友不多。"

张仲平说："哦，怪不怕，只要他是个地球人，不是从火星上来的，就有办法。我得走了。"

丛林说："你去哪儿？"

张仲平说："赶紧离开你这办公室，现在就要开始避嫌了。"

丛林说："你少来，避不避嫌，你在我们院里的事儿，我都不会帮忙，也帮不上忙。"

张仲平说："我就知道你会这么说。我也不指望你帮我，你能给我透透信儿，在必要时引荐引荐就行了，老同学我也就指望这一点了，我不能让你违反原则。没问题吧？"

丛林说："没问题，还是你理解我，要不我们的朋友关系维持得这么久呢。我们永远是大学同学，我是丛林，你是张仲平，我不是法官，你也不是董事长兼总经理。"

张仲平说："明白明白，没幽默感。哦，对了，昨天听唐雯说，你跟华媚又吵架了？我说你呀，有什么好吵的？女人顺一顺、哄一哄不就行了？"

丛林说："顺一顺、哄一哄？你也得有那个耐心呀？哦，对了，唐雯昨天可在找我调查你。问我北区法院是不是有个姓江的女法官，你怎么回事呀？"

张仲平说："哦，没事，唐雯误会了，这事已经解决了。"

丛林说："刚才刘院长给我透了个消息，有个副院长就要退休了，院领导班子要动，我是候选人之一。另一个候选人是你的老朋友鲁冰。"

张仲平说："在我心目中，鲁冰和你孰轻孰重，不用我说吧？我觉得，华媚跟你吵架，这也是个原因，她觉得你在工作上的付出太多，回报太少。我跟你说，现在当不当官从来不是你一个人的事，而是关系到你的家庭。"

丛林说："有这么严重？"

张仲平说："你还别不信。行，我走了，回头电话吧。"

张仲平走后，丛林还在想他后面说的那几句话。

第五章

（一）

昨天晚上辛然把徐艺捞出来之后，两人又去了酒吧。迷离的灯光加上酒精的刺激，两个人很快便喝得差不多了。从酒吧里出来的时候，徐艺的意识已经处在清醒与模糊的边缘，他告诫自己必须做好两件事：第一，不能自己开车；第二，必须把辛然完好无缺地送到家里，交给她的爸爸妈妈。

实际上他低估了辛然的酒量，别说那点红酒，就是半斤八两白酒也灌不倒她。酒量是可以遗传的，周运年就很能喝。酒量大的人血液中乙醇醛化酶的含量高于常人，能把所喝的酒中的乙醇立即氧化成乙醛。但酒不醉人人自醉，辛然很享受被徐艺凝视、照顾的那种感觉。而且，尽管徐艺醉眼看人的样子深情极了，让她的心不禁怦怦直跳，他对她却没有一点儿孟浪的举动，让她对他又增加了不少好感。所以，当徐艺把佯装醉酒的自己送回家之后，她便留下他不让他离开，她舍不得他，也怕他一个人上街会出事。实际上，那时的徐艺就是想走也走不了啦，他是真醉了。有的人醉酒是要发酒疯的，徐艺却是倒头就睡。

这时已是早晨，辛然洗漱打扮完毕，来到徐艺睡的那间客房，坐在床沿上，看着酣睡中的徐艺。没多久，准备去上班的周运年来到了门边，在虚掩着的门上轻轻敲了两三下，把门推开了。

辛然把一根手指头竖在噘起的嘴唇上，边"嘘"边轻手轻脚地退回客厅，把徐艺房间的门掩上了。

周运年问："他就是你捡回来的宝贝？"

辛然说："您能不能轻点儿？什么叫捡回来的宝贝？他可是我心目中正宗的白马王子，很可能还是您未来的乘龙快婿。"

"白马王子？你们网络上不是说，骑白马的不一定是王子，也可能是唐僧吗？我的乘龙快婿就更不靠谱了。从昨天晚上到现在，你可是让我正眼瞅他一眼的机会都没给我，不行，我得看看我女儿心目中正宗的白马王子，到底长得是什么'马'样。"

"得了爸爸，您先让他好好儿睡一觉行不行？您怕以后还没机会看他？"

"人家都说讨了媳妇忘了娘，你倒好，还只是个男朋友，就把你老爸在你心目中的位置一点儿不剩地全占了。失败，我感到很失败呀。"

"您别感到失败了，赶紧上班去吧，在单位，哪个见了您不得点头哈腰？您只要一到办公室，我保证，那种成功的感觉，立马就油然而生。"

"可是，我跟你说老实话，这家伙，给我的第一印象可不怎么好。不会喝酒的男人算什么男人？起码不能喝醉。酒量还没你的大，将来怎么保护你呀？现在提拔干部，没有酒量可不行。好好好，我不说了，我走我走。最后说一句，你可是答应我今天把房间收拾好的。"

"没问题。"

"还有，今天中午的饭局可别忘记了。"

"呀？爸，可不可以不去呀？"

"不行，一定得去。今天见面的都是我以前部队上的老战友，你的那些叔叔伯伯。你小时候他们都为你把过屎把过尿，他们都想看看你都长成什么样了。我嘛，就你这么一个宝贝儿，让他们见识见识，也满足一下我的虚荣心嘛。"

"可是，他怎么办？我……能不能带他去呀？"

"你真的那么喜欢他？"

"那当然。"

"那他……是不是也像你喜欢他那样的喜欢你呀？"

"嗯……这个……目前还不确定。"

"还不确定？那这事……是不是有点儿悬？"

"不是有点儿悬，是很悬。不过，爸爸你是知道我的，如果我想得到什么，我一定要得到。"

"这样可不行。辛然，不是所有的人都会像你老爸一样疼你宠你的。"

"我对他好，他也一定会对我好的。"

"在感情上，那可不一定。"

"行了老爸，你上班去吧。"

辛然说着把周运年推出了门，自己开始收拾起房间来。

不久，躺在床上的徐艺脸上现出痛苦的表情。昨天在他梦中出现的那只怪鸟又来了，呼啸着朝他俯冲下来。他拼命朝前跑着，却怎么也跑不动。那只怪鸟越飞越低，越来越近，它的嘴巴一歙一歙地动着，好像在宣判着什么。怪鸟突然变成了一个警察，掏出一副手铐，怪笑着朝他伸过来。徐艺哇的一声大叫，嘴里说着："不是我不是我，是他先动的手，你该去抓他。"

惊醒过来的徐艺对自己的处境有点茫然。马上，他听到清脆的脚步声快速地朝自己待着的房间逼近。虚掩着的门被推开了，辛然阳光灿烂的笑脸出现在他面前。

辛然说："你醒了？你叫我呀？喂，干吗那样奇怪地看着我？该不会要我再做一次自我介绍吧？"

徐艺在头上挠了几下，说："不用不用，我知道你叫辛然。这是你家呀？可是……我怎么在这儿？等一等，让我想一想……"

辛然说："行，你慢慢想吧。我给你准备了毛巾和牙刷，你去洗脸，我去帮你准备早餐。你是吃豆浆油条还是吃油条豆浆？"

徐艺一笑，说："除了这个，是不是只有油条豆浆了？"

"除了这个，可能得早餐中餐一起吃了。本来我会煎鸡蛋，可是，这会儿我们家的冰箱是空的，没有鸡蛋，而现在，已经过了买早餐的时间。而且，你还得快点，因为我已经答应我老爸了，今天无论如何得把房间收拾好，你得帮忙。"

"你爸？他人呢？等等，现在几点了？我得去上班了，我……只是别人的打工仔。"

"你可以请一天假呀。"

"我昨天上班没有？好像也没去。我有点浑浑噩噩了。等等，我干吗要请一天假？"

"因为你要帮我收拾房间呀。"

"我为什么要帮你收拾房间呀？"

"因为你帮我收拾房间，可以更好地了解我呀。请别急着回答这个问题，你想不想更好地了解我？"

徐艺已经回忆起了跟辛然交往的一切，他一笑，算是默认了她的说法。他突然在几个口袋里找起来，他没有找到他的手机。

辛然知道他在找什么，让他等一等，小跑着去了另一个房间，又小跑回来，把手里的手机递给徐艺。徐艺开机，彩屏上是辛然的照片。徐艺不解地望着她，"这是怎么回事？"

辛然说："你女朋友的照片呀，哇噻，是不是很漂亮？"

"老实说……"

"停，你要是想让我高兴，就别老实说，说假话。"

"你为什么要听假话？"

"因为我长得不好看，可我喜欢听人家说我长得漂亮。"

"你长得不漂亮，但很可爱。"

"我知道了，你说的第一句话是假话，第二句是真话。"

"聪明。可是，不管怎么样，你用我的手机，总得先征得我的同意吧？"

"你觉得不公平是不是？我给你用我的手机照张相，做我的彩屏，这样就公平了。来，笑一笑。"

徐艺呆呆地望着辛然，辛然不停地摁着手机照相键。徐艺发现了很多未接来电，都是公司打来的，他想了想，索性把手机关了。

辛然问："是单位来的电话吧？怎么啦？你已经决定不上班了？也不打算请假了？"

徐艺说："你不是让我给你打一天工吗？"

"你自己当老板也行呀。"

"自己当老板？什么意思呀？"

"就是……就是……喂，你不会没谈过恋爱吧？一个女孩子让你当老板，你真不知道是什么意思？"

徐艺再笨也知道辛然是什么意思，即使他不理解或不敢相信她话中的双关含义，她那双羞怯而热情的眼睛也已经向他透露了一切。那双眼睛他不敢面对，这两天他屡屡犯错、情绪低落，自卑到极点。

他讷讷地说："我自己当老板？辛然，你知道吗，我不过是一个一无所有、一无是处，没人要、没有爱的丧家之犬，就像你的宠物狗，不，我连一哥都不如。"

辛然躬下身子，从下往上看着低着头的徐艺的眼睛："你怎么啦？谁不要你，谁不爱你了？你失恋了？"

"我……没有……我……我……我只是这么说说而已。"

"为什么这么说？你突然那么沮丧，可真是把我吓了一跳。你不是真的受了什么伤害吧？什么？你只是……有点自卑？我没听错吧？你有什么理由自卑？论文，你当过学生会主席，已经证明了你的组织协调能力和个人影响力；论武，你昨天把那几个小混混打得屁滚尿流，样子真是帅呆了，在我眼里，你是最棒的。只要你愿意，你完全可以做任何一个女孩子的老板。我没开玩笑。我说的是真的。现在，我……我我就要你给我当老板……兼清洁工、保镖、提款机，还有……喂，你还会做什么？"

"毕业以后，我一直在做拍卖。拍卖公司，你懂吗？"徐艺故意把辛然的话岔开。

辛然撇了撇嘴，脸上不禁现出失望的神情，但很快一扫而光，她嘻嘻一笑，说："你是说你想做拍卖公司的老板？这也太简单了，跟我爸说一声就是了。"

"你爸？你爸是干什么的？"

"你猜呀。"

"我怎么猜得到？"

"随便猜嘛。"

"我猜不到。你直接告诉我不就得了吗？"

"徐艺，你不会真没谈过恋爱吧？跟女孩子说话，你能指望听到几句直接说的话？不过，我跟那些女孩子不一样，我就直接跟你说吧。我爸……大小算个官儿吧，在市里，不算大，也不算小。是这样，我研究生毕业以后一直在考虑该找份什么样的工作，我爸从小把我当男孩子带，他希望我去当兵。我对当兵没兴趣。你知道我想干什么吗？我想自己当老板，可我爸说，女孩子最好别当老板。他说当老板太累了，尤其是女孩子。"

"你爸说得对。"

"不过，我倒有个主意，不如我们一起开家公司吧。"

"你跟我一起开公司？别开玩笑了，辛然，我跟你说过，我真的什么都没有，什么都不是。"

"如果你当上了老板，你就有了一家公司，还有了一个像我这样的……股东。我不是在跟你开玩笑，真的，你如果想自己当老板，我是真的可以帮你。"

"条件是……"

"条件是……你不能随便跟我谈条件。"

"也就是说，我得无条件听你的？"

辛然略为夸张地点点头："差不多吧。"

"你要是把我卖了呢？"

"徐艺，我是这么考虑问题的，如果你很好很好，我就会舍不得卖了你；如果你很坏很坏，我也不能卖给别人让你去危害社会。"

徐艺知道辛然在和他开玩笑，也就撇嘴一笑，道："也就是说，我将一辈子都逃不出你的小魔掌？"

"我有那么恐怖吗？"

"不，你很可爱。真的，你真的很可爱。可是，我……我我我也真的是一个一个……很差劲很糟糕的人，一个坏人，一个浑蛋。"

"那我现在就不让你到外面去危害社会。为了考验你，你先吃了早餐，然后开始干活。"

徐艺很乖，胡乱地吃了早餐，就在辛然的指挥下开始收拾房子，小狗一哥在他脚边穿来穿去，倒像他是它的老朋友似的。徐艺从来没有养过狗，那吉娃娃初看丑陋得要死，多看几眼却觉得蛮可爱。

收拾到辛然闺房里的时候，徐艺心里突然涌出一阵异样的感觉。这里那里到处都是卡通装饰品，而且大多是黄色和红色，给人一种很温暖很活泼的感觉。

房间里有五六个纸箱子，徐艺每次试图打开它，都被辛然挡住。这让徐艺好奇心大增，忙问里面都是一些什么金银财宝？辛然说是女孩子的东西，你不会感兴趣的。徐艺说，你怎么知道我不感兴趣？你不是希望我更好地了解你吗？你真这么想，你就打开它们让我看看。

徐艺没想到，第一个纸箱里全是女鞋，第二个、第三个……也都是各种各样的女鞋，有平跟的、坡跟的、高跟的，也有凉鞋、皮鞋和长统靴，但一律都是红色。红色的女鞋马上把整个房间的每一个角落都占据了。

徐艺惊诧地站在一大堆女鞋中间，不禁有点头晕。他这才注意到辛然脚上的拖鞋也是红色的。他有点茫然地望着辛然。

辛然望着他一笑，说："不准问为什么，因为我也不知道为什么偏偏对红色女鞋着迷，也许，我有轻度的精神心理疾病？你害怕吗？"

徐艺再次很认真地看了辛然一眼，仍然撇嘴一笑，道："不害怕，因为我会跆拳道。"

快到中午的时候，辛然的手机响了。是周运年打来的，让他们赶紧动身。辛然拉了徐艺的手就走。徐艺问去哪儿？辛然说，今天我不是你的老板吗？你跟着老板走就行了。

（二）

曾真在频道里报了一个选题，就是关于替江小璐的儿子毛毛找熊猫血的事。头儿很快就批了，让她一定要抓住，不仅要抓住，而且还要往深里做。头儿说，谁说现在的人一心只想着升官发财、男欢女爱？像这种自发的善行与爱心奉献正是我们这个社会所需要的，也是我们媒体要大力弘扬的。

曾真怎么也没有想到，当她把这个想法跟江小璐交流的时候，会被她一口拒绝。这让曾真很不爽，她甚至对江小璐的人品产生了怀疑。当初可是她自己哭哭啼啼求人的，我不图你千恩万谢，总不能这么过河拆桥吧？曾真进而迁怒于张仲平，都是他，要不然也不会惹出来这么多事。这两个人的关系肯定不一般，瞧瞧江小璐当初抱着张仲平哭泣的样子，她像是他朋友的老婆吗？德行。好吧，你们什么关系我可以不管，但解铃还须系铃人，你得帮我去做江小璐的工作。

曾真电话打进来的时候张仲平刚到办公室，他正烦着呢。胜利大厦的事看来还得拖一阵子了，就是不知道这中间会不会有别的拍卖公司插一杠子。这徐艺也是，已经两天没有回家也没有来公司上班了，搞得唐雯老问他，可他问谁去？

"你是不是在医院里？"曾真劈头就问。

"没有呀。怎么，查我的岗呀？"张仲平反问。

"查你的岗？没资格，没兴趣，没那么无聊。是这样，我们栏目想为毛毛小朋友网上找熊猫血的事做个节目，可他妈妈不同意。"

"好事呀，她为什么不同意呀？"

"不知道。所以，想通过你做做她的工作。你不会推辞吧？"

"通过我做工作，为什么呀？我跟她也就是普通朋友关系，你为她儿子的事出过那么大的力，她说还要好好谢谢你，如果她不同意，我可能也没有办法，真的。"

"喂，你什么态度呀？你试都没试怎么就知道不行？算我求你请你帮个忙行吗？"

"好好好，你别发飙，我试试我试试。哎呀，难怪社会上的人都说，要防火防盗防记者。"

"你说什么？有本事你再说一遍。胜利大厦的事别说没完，就是了啦，我就不信你这一辈子再没有事撞到我枪口上。"

张仲平倒独自笑了，这姑娘说话怎么这么硬邦邦的呀，也太不把自己当外人了。有点意思。他这样想着，心情反而好了起来，有了和她开玩笑的心思，便说："听你这意思，你是准备一辈子惦记上我了？为了不辜负你的这片心意，好好好，我马上跟她联系。"

"不是跟她联系，你得保证完成我交给你的任务。我等你的消息。"曾真说完挂了电话。

但江小璐还是拒绝了张仲平。江小璐说："你放心，我不是一个不懂得知恩图报的人，那些好心人为我们母子做的一切，我都会记在心里，永生永世都不会忘记。至于上电视，我已经回绝过曾记者了，她干吗要找你做说客呀？"

"我也想知道，你为什么要拒绝她。"

"很简单，我不想我和毛毛被打扰。我要为他将来考虑。他毕竟是没有父亲的孩子，如果他知道自己的血液和所有的人都不一样，他会孤独的，也会自卑的，他甚至会觉得自己不属于这个世界，这太可怕了，你不觉得吗？"

"可是，如果这件事在电视上报道出来，那些做了好事的人的善心，是可以得到弘扬的。我们社会需要这种温暖的、人性的力量。"

"可它也可能让我们母子成为新闻人物，要么被指指点点，要么让我们处于被同情被怜悯的境地，仲平，我真的不想这样。你难道这都理解不了吗？"

"可是，如果你只是担心这个，在技术上很好处理，比如说在你和毛毛脸上打上马赛克……"

"不，不要。仲平，曾记者让你来做说客是不是让你挺有压力的？你就把责任往我身上推。我知道我对不起她，你替我对她表示歉意。不过，她不知道，你是知道的呀，我是一个很固执的人。我愿意用别的方式对那些好心人表示感谢，请你不要再说了，好吗？"

"可是——"

"你真的不要再说了，没用了。那些给毛毛输血的人是天底下最好最好的好心人，他们不是为了贪图那种廉价的表扬与宣传，完全是因为相同的血型而把彼此当作亲人，可能是曾真已经跟他们说了什么吧，他们正准备离开，你别操心了哦。"

张仲平还要说什么，江小璐那边已经把电话给挂了。张仲平摇摇头，吐出一口长气。

没过多久，张仲平的手机响了，一看是曾真的号码，便犹豫着没有接，因为他不知道该怎么跟曾真说，他得先想一想怎么说才能帮她打消那个念头。

曾真等了半天无人接听，放下手机，有点窝火地小声骂道："是不是又开始躲我了？这人怎么回事？怎么这么不靠谱呀？"

刚骂完手机又响起，她还以后是张仲平回拨过来了，原来却是胡海洋。而且正好说的是跟张仲平有关的事，说张仲平这会儿正在 3D 拍卖公司等他，问她有没有时间一起去，关于他竞买胜利大厦的事，还得请她帮忙盯着。曾真说没问题，让胡海洋来台里接她。她又给张仲平打了两个电话，他一个也没接。曾真这才知道他还真是有意躲她，心说巧了，等我当面逮着了你看你怎么说。

到了车上，曾真问胡海洋张仲平这人怎么样，为什么她会觉得这人不地道。

胡海洋说："他不接你电话很正常，两边都是他的朋友，他肯定有难言之隐。"

曾真说："也许吧。问题是你们男人哪有那么多难言之隐？累不累呀？不能跟人说的事不做，不能做的事不想，事情不就简单了吗？你把真实情况告诉我不就行了吗？说几句真话有那么难吗？"

胡海洋说："社会上的人和事要都像你说的这样，那可就真的简单了。可更多的时候，人会被无数种说不清道不明的力量挟裹着往前走。这就是所谓的人在江湖，身不由己。"

"舅，您在跟我谈人生的哲理，客观上却在替张仲平辩护。"

"我干吗替他辩护？没有。我只是觉得有点儿奇怪。"

"你也觉得奇怪？"

"不是，我是奇怪你似乎挺在乎他。"

"我在乎他干吗？谈不上。只是我觉得这个人似乎挺让人捉摸不透的。说他奸诈吧，他似乎又挺诚实，说他耍滑头吧，又似乎挺实在的。反正我觉得这人挺复杂的。"

"打住了，曾真。不要把心思花在揣摩一个成功的已婚中年男人身上，那会很危险。当你对他的兴趣越来越大的时候，你可能会欲罢不能。"

"什么呀，舅舅，你怕我会看上张仲平？那也太不靠谱了。"

"反正我提醒过你。一个成功的已婚中年男人，对你们'80后'的女性，是最有杀伤力的。"

"我有免疫力，放心。嗯，舅舅，你这也是经验之谈吧。小心我到舅妈那儿去告状。"

"哈哈，那我倒不怕。我就不信你这小胳膊肘会朝外拐，那这二十多年我不就白疼你了？"

"那可不一定哟。你要知道，我的原则性可是很强的。"

在另外一条大街上，唐雯也在往张仲平公司这边过来。她炖了鸡汤，正要给江小璐的儿子毛毛送去，顺便也给张仲平送点过来。

就快到办么楼停车场了，曾真的手机响了。原来是台里的同事病了，有个采访任务想让曾真去顶替一趟。胡海洋问清了情况，让她赶紧回去。

曾真说："我不想去。那个采访任务没什么特别的，就是报道一下今年的高考政策，没有任何个人发挥的余地。我打个电话，让实习生去。我更想去见张仲平。我得看看他到底为什么不接我电话。哦，顺便也想看看胜利大厦里面到底有多少秘密。我怀疑他不一定跟你说真话。"

胡海洋说："你呀，还是要以工作为重。我看这样吧，见张仲平不着急，他要没安排，我们中午一起吃饭，你先去替你同事代班，完了赶过来。

要了解胜利大厦的情况，我一个人去找他效果可能更好。为什么呢？第一，我是买家，拍卖公司有义务向我说明胜利大厦的瑕疵；第二，我不是记者，张仲平不会设防，也不会有心理障碍。"

曾真说："你这么说倒是有道理。那，我下车，打的回台里。"

这时，唐雯乘坐的士到了。唐雯下车，曾真看了唐雯手上拎的东西一眼，上了唐雯刚才坐的车，的士开车离去。

唐雯很少来张仲平办公室，但秘书小叶是认识她的，否则，她这秘书也当得太不够格了，见了唐雯，忙引着她去了张仲平办公室。她前脚刚进，胡海洋搬着满满一箱酒也到了公司门口。张仲平的部门经理许达山见状小跑过来，搭一把手，和胡海洋抬着那一箱酒说笑着也进了张仲平的办公室。

胡海洋和唐雯刚才在电梯里打过了照面，在张仲平办公室见面之后不禁一笑。张仲平忙介绍他们认识。胡海洋感慨说："你们家真是黄金组合，一个在海里，一个在岸上；一个吃皇粮，一个搞市场经济，社会主义的优越性和资产主义的优越性，全让你们家给占了。"

张仲平是一个会讨老婆欢心的人，说："这不算什么，我要向你隆重推荐的是我老婆炖的鸡汤，那才真的叫——一招鲜，吃遍天。"

唐雯说："去你的。来来来，胡总一起尝尝。"

胡海洋说："好好好。真是来得早不如来得巧呀。张总你看看，我给你带什么来了？"说着从公文包里拿出两瓶青花瓶的擎天柱酒，张仲平的眼睛为之一亮，说："擎天柱保健酒。胡总做事真是雷厉风行，这么快就把产品弄出来了。"

胡海洋说："我早年做股票证券的时候养成了一个习惯，要么不做，一旦决定要做的事情，下手就得快。我不喜欢做事拖泥带水的。我给你送酒，一是表示感谢，二嘛，我知道你应酬多，希望你能在你的朋友中多宣传宣传。口耳相传，比什么广告都实用。"

唐雯称赞那瓶子好漂亮。胡海洋说是他自个儿设计的。唐雯说："真不错。"张仲平也跟着说："不错，古朴、典雅、脱俗、有个性、有品位。"他拿起来把玩着，爱不释手的样子，好半天才把它放在了博古架上。胡海洋说："金玉其外，琼浆其中，这酒的味道更不错，怎么样，开一瓶试一试？"张仲平忙说："不了不了，我欣赏欣赏就行了，喝就免了。"胡海洋说:"怎么,教授不让喝呀?"唐雯说:"我哪里会管他这个?是他自己几年前发过毒誓,说这一辈子滴酒不沾了。胡总就不要让他为难了。"胡海洋说:"羡慕,羡慕呀,张总,什么叫幸福?夫唱妇随、琴瑟调和,这就叫幸福。不过,拍卖行业是服务行业,张总不抽烟不喝酒,能行吗?"张仲平说:"倒也没什么。我们做拍卖的,虽然是从别人嘴里讨饭吃,但人跟人交往,最重要的是互相理解、互相尊重,我是先让自己努力这样做,别人自然也就不会故意为难我。"胡海洋说:"难得。"张仲平说:"胡总见笑了。"胡海洋说:"哪里哪里,了解一个人最简单的方式,就是跟他做一笔生意。一个人对利益的态度,会在做生意的过程中暴露无遗,嘴里说得天花乱坠都没用。上次拍卖这个酒的商标,我就已经了解了张总的为人处世,我觉得张总是一个可以当朋友交往的人。"张仲平再次感谢胡总看得起。

胡海洋说:"我今天来还有一个目的,就是想了解一下你们公司最近还有什么东西要拍卖。比如说有什么好的房地产项目没有?土地也行,烂尾楼也行。"

张仲平刚要说什么,手机响起,张仲平看了一下号码,发现又是曾真,他对胡海洋说声"对不起",走到里间去接电话。

唐雯好奇地看着他。

张仲平说:"曾真呀,我哪里敢不接你的电话?为你的事,我特意来找江小璐了。我在哪儿?在医院呀。确切地说,是在医院的停车场。对不起,不好意思,我没能做通江小璐的工作。她不想让自己和她孩子在电视上曝光,怕她孩子在心灵上受到伤害,曾真……喂……曾真……"

那边的曾真却已经把电话挂了。张仲平不理解她怎么会这样,但也不想深究,摇摇头出了里间。

张仲平是个稳重的人,在胜利大厦的拍卖委托没有正式拿到之前,不会把它作为自己的业务。他从里间出来之后对胡海洋说他会替他留心,一有好项目一定第一时间通知他,然后问他什么时候走,晚上能不能一起吃个饭?胡海洋说晚上不行,他下午得回擎天柱,中午倒是可以。张仲平只好连忙道歉,说中午不行了,已经有了安排。

说到擎天柱,唐雯有机会插话了,她说她和张仲平在那儿下过放,当过知识青年,是从那儿直接考上大学的。胡海洋大叫缘分呀,告诉唐雯现在那儿开发成国家级旅游区了，欢迎他们两口子有机会故地重游。唐雯连说："好呀好呀。"

胡海洋要走，张仲平一直把他送到了电梯口。唐雯注意到张仲平搁在办公桌上的手机。等他送人回来，问他刚才打电话给他的是谁。

张仲平说："哦，是曾真。她想采访小璐，可小璐不同意，想通过我做她的工作。要么，一会儿你再跟小璐说说？"

唐雯说："是吗？这电话又不是什么商业秘密，干吗背着人打？鬼鬼祟祟的。"

张仲平诧异地望着唐雯，说："胡总不会在乎这个。中午丛林替我约了两个朋友一起吃饭，要不，我先送你去小璐那儿？"

唐雯突然把碗重重地摔放在办公桌上："我说你能不能别张口闭口小璐小璐的，她叫江小璐。"

张仲平惊讶地看着唐雯："老婆，你……"

唐雯意识到自己的失控，忙埋头收拾起碗筷来。

对张仲平不满的还有曾真。她挂他的电话是因为他在明目张胆地撒谎。因为当她从胡海洋的车上下来时明明就看到了他的车，那时他已经约好了和胡海洋见面，怎么可能在医院里？她不明白他为什么老撒谎呢？我又不是你老婆，有这必要吗？

（三）

别看龚大鹏现在落难了，但生意场上的基本规矩还是懂的，比如说请人吃饭，就必须提前到，先把那儿的环境和菜谱熟悉了，以便到时候向客人介绍和推荐。请客的酒楼不过是自家饭堂的延伸，如果落在客人后面，就像客人到你家里来拜访却吃了闭门羹一样，那是大不敬的。所以，龚大鹏和何宝早早地来到了黔川酒楼，订了一个包厢，坐在沙发上看电视。一个小时以后，他们听到了外面轻轻的敲门声，紧接着，待迎宾小姐把丛林和张仲平让进来，龚大鹏马上跳了起来，一副热情洋溢的样子。

龚大鹏说："张总吧，久仰大名久仰大名，今天总算见到活人了。"说着伸过手来握张仲平的手，力气大得让人一下子就感到他是一个体力劳动者，有的是力气。

张仲平没见过这样的，连忙把手抽出来，甩了甩，又往脑门前扬了扬，说："你好你好。"

龚大鹏腾出手来，边递名片边自我介绍："小弟龚大鹏，龙共龚，大鹏展翅的鹏。名字是我爷爷取的，大概希望我鲲鹏展翅九万里，疑似那个……银河落九天。他肯定没想到几十年过去了，大鹏早已变成了洞庭湖的麻雀。"

丛林说："你是洞庭湖的老麻雀，也是见过风浪的。好了，老龚就别谦虚了，坐坐坐。"

龚大鹏说："叫小龚，叫小龚。"

丛林说："龚老板就别客气了，随便一点儿，你比我和张总都大三岁，怎么说也该叫你老龚了。"

龚大鹏说："老龚就老龚，今天我坐东。林哥，您看吃点什么？鲍鱼还是龙虾？哦，这个是我的侄儿兼助理何宝。"

何宝一直躬身在旁边等着被介绍，这时忙说："丛庭长好，张总好。"边说边学龚大鹏的样儿，把手伸过来要跟人握，张仲平双手举起来，赶紧抱拳拱了拱，道："你好你好。"

丛林说："老龚呀，你怎么搞得这么隆重？我不是一直说要到你们乡里去吃农家菜吗？进这种酒楼已经破例了，随便点几个家常菜就行了。"

龚大鹏说："那怎么行？不行的。小姐，你过来，你们这里都有些什么招牌菜？"

服务员说："除了鲍鱼和龙虾，我们这里的招牌菜叫'黔驴技穷'，客人反应不错，要不要来一份？

丛林对这菜名有兴趣，随口问道："那是一道什么菜？"

服务员说："就是红辣椒爆炒驴肝肺和牛鞭。正宗的黔川风味。"

黔川风味是什么风味？恐怕是酒店的老板教服务员胡扯的。张仲平心里想笑，嘴上却说："这菜名有点黑色幽默。天上龙肉地下驴肉。驴肝肺那是什么？弄得不好，就是好心呀。好心当成驴肝肺。还怕不够劲道，还要牛鞭来帮一把，有点意思。"

龚大鹏说："哎呀，文化人就是文化人，张总说起话来一套一套的。何宝，你学着点儿，这都是文化。"

丛林说："我觉得这名字并不好，什么黔驴技穷？不就是无计可施、束手无策的意思吗？总给人一种添堵的感觉，不好不好。"

龚大鹏弯拐得快，说："听丛哥这么一说，还真有道理。是呀，吃顿饭，把个菜名搞得那么文绉绉的干什么？还没讨个好彩头，是不好，是不好。这菜不要了，再推荐一个。"

服务员说："那……疑似熊掌怎么样？"

龚大鹏说："熊掌？"

何宝说："这个我知道，鱼和熊掌不可兼得。"

龚大鹏说："就是他说的这个熊掌？"

服务员说："不是。他说的是熊的爪子，那是真正的熊掌，是野生保护动物，是不能随便吃的。我们这里的疑似熊掌，其实是牛蹄。"

张仲平问："牛蹄？说说看。"

服务员说："那我们得从红军二万五千里长征说起。大家一定听过红军战士吃皮带的故事。一般来说，牛皮带是煮不烂的，煮不烂就消化不了。但是，这事到了我们老板的爷爷的手里就没什么了……"

龚大鹏说："长话短说长话短说，说你们那个熊掌。"

服务员说："把整只牛蹄切好，先用文火蒸七七四十九个小时，不能用自来水，也不能用矿泉水，得用青山寺山脚下化龙池里清晨五点钟的清泉水……"

龚大鹏不耐烦地说："行了，行了，你就说多少钱一份吧。"

服务员说："不贵不贵，一份二百九十八元。"

丛林说："苦不苦，想想红军两万五。龚老板算了，太贵。"

龚大鹏说："不贵不贵。那就点一份。谁说鱼和熊掌不可兼得？我们点了熊掌，偏偏还要点一份鱼，小姐，你们这里最贵的鱼多少钱一份？"

服务员说："我们这里最贵的鱼是鲍鱼，您是要六头的还有十二头的？"

张仲平出面制止道："小姐你打住，鲍鱼那是鱼吗？那是一种原始的海洋贝类，单壳软体动物，属于海鲜。老龚，海鲜就免了，丛法官皮肤过敏，等于花钱找罪受。"

龚大鹏说："张总您熟悉丛哥的口味，要不这点菜的活儿，请您代劳得了。"

张仲平说："要我点？我可是只点贵的，不点对的。"

龚大鹏说："贵的就贵的，没问题。"

张仲平说："开玩笑开玩笑，你跟丛林是朋友，就听他的，点俩家常菜就行了。"

龚大鹏说："不行不行，请您和丛哥不容易，得上档次。"

丛林说："什么叫上档次？吃龙虾吃鲍鱼就叫上档次？只点贵的，不点对的，那叫没文化，别说你现在经济方面还很困难，就是有钱，也没必要这么糟蹋。"

龚大鹏连说"是是是"。

丛林说："朋友聚会，吃什么不重要，关键是大家聚在一块儿，有话可说。张总是拍卖方面的专家，你不是有问题要问吗？快把菜点了，你们好谈事。"

听到这话，张仲平一二三四五点了几个菜，让服务员赶紧下单。龚大鹏则把椅子往张仲平这边挪了挪，说："哎呀，张总您是不知道，干我们这一行的，真的无异于刀口舔血。建筑公司那么多，你要是不垫资，根本就揽不到工程。我悔就悔在不该跟私人老板合作。跟公家做就好多了，安全。"

张仲平附和道："你说得对。我的经验也是这样，公家跟公家的生意不好做，私人跟私人的生意也不好做，私人跟公家的生意就好做多了。嗯，你继续往下说。"

龚大鹏说："不过，这话又说回来，安全是安全，工程做完了，要想拿到钱，也不容易。那些搞验收的，搞结算的，胃口也不小，像拧不干的抹布。真的是条条蛇都咬人。帮了你一次忙，就像是你的祖宗，就得供着。俗话说，小鬼难缠，一点儿都没错。"

张仲平点点头说："那是因为到了具体管事的人那儿，他们公私不分了。"

龚大鹏说："他小姨妈的，说起这个我就烦，算了算了，不说这个了。"

张仲平叹了一口气，又点点头说："是呀，现在干哪一行都难。"

龚大鹏说："我原来也承包过左达的一些小工程，挺好的，原指望跟他一起做大做强，谁知道胜利大厦没做完，他先变成了一个赌博佬。这左达也是他小姨妈的昏头了，黄赌毒，那怎么能沾呢？那是死也不能沾的嘛。"

张仲平点点头。何宝一直注意着张仲平，也跟着直点头。

龚大鹏说："我那些垫的钱，可都是找亲戚朋友借的，都是血汗钱。原来指望左达还能开工，他这一死，等于撒手不管呀。我怎么办？我有时候真的连杀人的想法都有了，还得想办法骗那些把钱借给我的亲戚朋友，要不然，他们也会把我撕了。"

张仲平同情地望着龚大鹏，伸手在他胳膊上轻轻拍了拍。从某种程度上来说，正是龚大鹏的事搅了自己的生意；但自己情急之下接受曾真采访时说的那番话，基本出发点就是站在农民工立场上说话，龚大鹏中间插进来便在情理之中，也是大势所趋。也许，事情本来就应该是这种状态。

龚大鹏不知道张仲平的这些心理活动，殷勤地望着他说："事到如今，我只能靠政府了，我只能靠法律了，我只能靠丛哥和张总了。张总可一定得帮助我啊。"

张仲平说："我们能在一张桌子上吃饭，那是什么？缘分哪。你我通过丛林，已经是朋友了，龚老板放心，只要我们好好配合，我想结果大家一定都会满意的，你说是不是？"

龚大鹏说："是是是，张总这个朋友我交定了。"

菜很快就上齐了，龚大鹏要上酒，丛林不同意，说下午还得上班。

也因为没喝酒，大家吃得都比较快。见丛林和张仲平前后放下了筷子，龚大鹏说："这餐饭没吃好，走，我们干点别的去。"一边招呼来服务员来买单。

张仲平一把拉住龚大鹏要买单的手："不劳龚老板，来之前我和丛林说好的，这单我来买，而且已经买过了。"

龚大鹏立即大嚷起来："张总你怎么能这样？看不起我这个朋友是不是？"

张仲平笑笑，说："没那么严重，我有这里的金卡，可以打折。再说了，这是我的地盘，我的地盘我做主。"

龚大鹏执意要把掏出来的钱往张仲平怀里塞："不行不行，说好了我请客，张总抢着买单，那不等于打我的脸吗？"

丛林凑过来说："张总既然已经把单买了，龚老板你就算了吧，下次再到你们那里去吃农家菜。"

龚大鹏说："你看看，你看看。抢单都这么有水平，不愧是做大事的人。

张总，我服你。那行，我们赶紧去黄金大酒店，我请两位洗桑拿。"

丛林说："看来你还是不了解我，要去你自己去，我可从来不去那种地方。"

龚大鹏说："洗桑拿没什么呀？洗桑拿才能体现人人平等，大家光着身子，你看着我，我看着你，多好，想说什么就说什么？都光着，又不怕有窃听器。"

张仲平笑道："洗桑拿是没什么，关键现在的桑拿，洗不好越洗越脏，是不是丛法官？"

丛林说："说不去就是不去，哪里来那么多废话？"

龚大鹏说："丛哥您别生气。"

丛林说："我没生气。这样吧，我很忙，得先走了。你跟张总也认识了，以后你们有什么事，直接联系，我就不用夹在中间了。"

龚大鹏说："丛哥您真的没生气？"

丛林说："没有。"

龚大鹏说："张总您看这……"

张仲平说："恭敬不如从命，你就依了丛法官吧。"

龚大鹏说："好好好。"

丛说林："要不，你们继续谈，我还有事，打个的先走。"

龚大鹏说："那不行，丛哥，我送你，我打的送你。"

丛林说："算了，我自己打的走。"

张仲平说："龚老板，我们已经认识了，我们随时可以再联系。要不，还是我送丛法官？"

龚大鹏见状，以为他们两个还要去办别的事或说别的话，自己夹在中间不方便，便说："好好好，改天我到您公司去拜访。"

张仲平说："欢迎欢迎。那就这样？"

丛林上了张仲平的车，没坐一会儿就忍不住数落起了张仲平："你今天有点过分啊，为什么不把事情敲定了？龚大鹏毕竟是个粗人，你可别把这事情给故意耽误了，他可什么事情都做得出来，你就不怕他病急乱投医？"

张仲平说："龚大鹏虽然是个粗人，却一点儿不傻，我太主动了，他一定会顺着竿子往上爬。放心吧，我有分寸的，等我见了侯昌平，我会主动和龚大鹏联系。我相信他不会不给你面子。"

丛林说:"这事跟我可没关系啊。"见张仲平一笑没说话,又问:"你约了侯昌平了?"

张仲平说:"不能约,一约准约不上,我得直接上门去碰他。"

丛林说:"你不能把他当我一样,说上门就上门,小心吃闭门羹。还有,你得注意了,侯昌平是老革命,又快退休了,可别拉人下水啊。"

张仲平说:"你这叫什么话,我拉谁下过水了?你别戴着有色眼镜看我们这些生意人,我张仲平像奸商吗?你知道现在做生意有多难吗?除了做市场,还得做关系,而且归根结底最终还得做到关系上去。但做关系不止权钱交易一种吧?学问深了。最主要的是把握分寸,这太重要了,多一点儿,可能违法乱纪,少一点儿,也就算打擦边球。我是不会把自己变成一个拉拢腐蚀国家干部的罪犯的,更不想哪天被你亲自审办,放心吧,啊。"

说话间车子已开到了中院大门口,但张仲平并没有停车,而是拐过一条街在一家超市门口停了。他知道,丛林要注意影响,要是让他那些同事看到,没准儿会猜测他是被当事人请去喝酒了,那可是法院明令禁止的,在这方面两个人还是很有默契的。

丛林下车以后张仲平并没有马上把车开走,他给徐艺打了一个电话,没想到他的手机仍然没开。这小子在干什么?他觉得自己应该好好跟徐艺谈谈了。

(四)

徐艺在中午吃饭之前和辛然一起去了野猪林生态动物园。一路上他老在问,他们这是去哪儿?会去见一些什么样的人?

辛然故意搞得神神秘秘的,不停地摇头,但每摇一次头都要乘机看上徐艺一眼,脸上的笑容灿烂如桃花,眼波荡漾得更像是清澈水塘里的光波。还有她身上香水的味道,若隐若现,让徐艺一阵一阵心悸。他突然感觉到辛然身上透出一种活泼亲切的女人味道,似乎伸手就可以把握。她不像曾真那样是一本读不懂的书,而是简单、快乐、明了,让徐艺充满了作为男人的自信。他想,也许该找个机会偷偷把钱包里曾真的照片拿掉了，说不定辛然在他酣睡的时候已经看到了，自己也是烧包，剃头担子一头热，放她照片干吗？

周运年比辛然徐艺先到，四个人已经开始打扑克了，是那种很老的打法双百分，输了钻桌子。另外三个人一个是市公安局的副局长肖长根，一个是市国资委的胡刚，还有一个却是鲁冰。野猪林生态动物园的莫老板亲自在旁边端茶递水搞服务。

一开始，莫老板提议玩点小钱，赌资他提供，输赢是次要的，主要是怕钻桌子不小心伤了老胳膊老腿。周运年一口回绝了，并由此引申开去，说了一番大道理。他说，要保持过去部队上的那种兄弟情谊，半毛钱的经济关系都不要有，一有就可能出问题。他现在越来越清醒地认识到，党给我们这些老兵的权力，就是在和平时期为人民搞好服务。他提了一个倡议，就把今天的日子定下来，以后每年都在这里聚一次，目的很简单，就是希望每年大家都能来这里一起回回炉，就像搞体检似的。他不希望在座的各位有任何一个人掉队。

周运年刚说完，鲁冰第一个附议，说："这个主意好，说起来咱们这几个人都有点小权，平时不检点，都有可能成大贪。"肖长根也表示赞同，说："老领导真是用心良苦，其实这些年，我一直在政法战线工作，眼看着多少人败下阵来了，没有顶住敌人的糖衣炮弹，我们得以此为鉴。"胡刚也说："指导员，这么多年您还是没变啊！说话我们听着就亲切。是呀是呀，平安是福，大家平平安安聚在这里，多好啊，要珍惜呀。"莫老板最后也表态，说："我现在不在你们的圈子里，申请当裁判，谁犯事先关谁的禁闭。"

这时响起汽车行驶过来的声音，徐艺的车子由远而近，一直开到了屋子跟前。周运年说可能是然然来了，大家一起丢了手上的扑克牌出来迎接，正好碰上辛然和徐艺从车里下来。

周运年把几位一一给辛然做了介绍，大家都欣喜地夸赞，辛然一下子长成了一个美丽的大姑娘，完了都用探寻的目光盯着徐艺。

辛然马上向周运年和各位叔叔介绍徐艺，说这是我的男性朋友，简称男朋友。

大家边笑边点头，鲁冰在徐艺胸前擂了一拳，说："你小子潜伏得很深呀，怎么不早说？"周运年问："怎么，你们认识呀？"鲁冰说："认识好几年了，这小子不错。"

牌局就这样散了，人来齐了，大家让莫老板带着参观一下野猪林动物园。鲁冰和辛然聊着天，故意避开众人走在后面。

鲁冰问辛然："你和徐艺关系已经定了吗？你爸爸同意了？"辛然说："关系定不定，我爸说了不算，你还不了解我们家的格局？我老大，我爸老二。"鲁冰指着辛然笑了笑："这孩子，你们刚搬来，以前一直是异地恋爱吗？"辛然只好老实告诉鲁冰，说："其实我也不知道我们是怎么恋爱的，反正，我喜欢他很久了。"鲁冰说："这样看来你还不是很了解他，我可是和他认识很多年了，我可能了解的比你多。你不想从我这里刺探一点儿情报吗？"辛然说："要呀要呀，鲁叔叔，你跟我说说，他这人到底怎么样？"

鲁冰想了想，谈了对徐艺的整体印象，最后还是把那次吃饭虚开发票的事跟辛然说了。他也没忘替徐艺找原因，比如说公司合理避税，公司财务冲账什么的。最后他让辛然先别把这事跟徐艺说，自己心里有个数就行了。但不管怎么样，找男朋友，还是要注重人品。这一点自己一定要把握好，说得辛然直点头。

走在前面的肖长根跟徐艺聊开了，问昨天晚上到底是怎么回事，有没有吃亏？徐艺免不了替自己辩解，表示了对肖长根的感谢。肖长根让他别见外，别客气，说："以后遇见这种事情，千万别冲动，现在都什么社会了，谁还打架？有事你直接打我手机，通过治安程序，多大的事情，都能解决。幸好老领导的电话及时，不然你这做晚辈的，还以为我这当长辈的没有把社会治安搞好。毕竟这么大了，要真把你关起来，也丢我们的脸面。"

徐艺不停地点头，再次对肖长根表示感谢。

肖长根见徐艺左一个肖叔叔右一个肖叔叔地叫着，心里蛮受用，却故意板着脸让徐艺一定不能欺负辛然："不然我们这些做长辈的可不会饶了你。"徐艺连忙说不敢不敢："辛然不欺负我就不错了。"肖长根打着哈哈说："你这话我信，她妈妈死得早，别说你，连我们老领导都怕她。"徐艺赔着笑，心里忍不住地欣喜和吃惊，他回头看了笑脸盈盈的辛然一眼，几天来积郁在内心里的郁闷一扫而光，觉得辛然一定是上天赐给他的贵人，是真的能让他大富大贵的人。

辛然向徐艺招手，徐艺跟肖长根说声对不起，回头走到辛然和鲁冰身边，三个人在鳄鱼池边停下来，一边观赏鳄鱼，一边聊天。

徐艺问鲁冰："我们公司争取胜利大厦的拍卖业务会不会有什么问题？"鲁冰说："应该只是时间问题吧。不过，凡事不能想得太满，你做生意也不是两天了，这生意场上的事，是随时都有可能发生变化的。"徐艺说："听说东方资产管理公司有个副总被双规了，估计胜利大厦拍卖的事儿可能得耽误一阵子。"鲁冰点头说是："还有个情况你姨父已经知道了，就是与这个案子相关的，又多出了一个叫龚大鹏的申请执行人，案子要从南区法院调到市中级人民法院合并执行，这都需要时间，而且，这中间很可能会出现很多新情况。所以，你和你姨父，也得一颗红心两手准备呀。"

徐艺说："是呀，司法拍卖资源是一种公用资源，没有理所当然地归哪家拍卖公司之说。我想问的是，鲁叔叔，你估计这件事大概要拖多久？"

鲁冰说："快则一个月以内，慢，也就两三个月吧。"

徐艺若有所思地点了点头。

进入大型动物区必须开车，可以在车上近距离地观察狮子呀东北虎呀之类的野生动物。徐艺和辛然一辆车，他紧贴着窗户望着外面，似乎对在离他们车子不远处打盹儿的东北虎、美洲狮入了迷。辛然紧挨着徐艺的肩膀，问："你好像对动物比对人有兴趣呀，在想什么呢？"

徐艺回过头来说："辛然，你看到那些老虎狮子了吗？你不觉得它们没精打采、一副病恹恹的样子吗？它们被圈养的时间长了，就会失去野性、血性和生存能力。只能等着别人给它们喂食。"说到这里徐艺停顿了一下，望着辛然说："我还想问你，你上午在你家说的话是不是真的？"辛然说："我们上午说了那么多话，你指的是哪一句呀？"徐艺说："就是帮助我办公司的事。"辛然说："当然了，我可不希望我男朋友永远给别人打工。"

徐艺说："辛然，刚才我一直在想这件事，你知道吗？开拍卖公司其实很简单，不需要大的资金投入，只要能拿到业务，真的就能做到槌子一响，黄金万两。我……还有你，我们也许真的可以开一家拍卖公司，你说得没错，我为什么不自己当老板呢？我总不能一辈子给人家当打工仔吧？你说呢，辛然？"

"好呀，年轻人有志气，我支持你。不过，我们真要开公司，我可能还得和我爸说一说。关于我就业的事，我爸希望我考公务员。他不同意我开公司，如果跟你一起开，由你来牵头，我当然是最愿意的，就怕……就怕我爸还是不同意。"

"你爸是市里新上任的副市长，你肖叔叔、胡叔叔、鲁叔叔又分别在公安局、国资委和法院工作，有这么多资源，开拍卖公司是最好的。我估计，我们真要办公司，要不了多久，就会做得红红火火。"

"我爸就是怕我做生意时把业务上的事和他的行政资源搅到一块儿。"

"是吗？那你爸真是……一个难得一见的……"

"什么？"

"我也不知道怎么说。"徐艺低下头去，不经意地叹了一口气。

"徐艺，不管我爸的态度怎么样，我都支持你。男人的魅力是跟他的奋斗精神、他的事业心成正比的。"

徐艺笑笑，点点头。他知道，所有当官的嘴里都会那么说，都会唱高调。可是，真到了那一步，情况却可能是另外一回事。徐艺知道他姨父张仲平是怎么干到现在的，那就是，他太会经营各种关系了。辛然或者直接说作为省会城市副市长的辛然她爸爸的关系，是他姨父做梦都没想过的大资源。他觉得，只要把这些关系利用好经营好，要不了多长时间就可以超过张仲平。

当然，他不会把这些话一下子讲给辛然听。她的出现，对他来说简直就像一个梦，她才是他梦中的天使。对于天使，他只要仰慕和热爱就行了，用不着把凡间鸡零狗碎的俗事一下子全部端到她面前，她现在急切渴望的应该是两个人的激情。

这是他能够给她的。但是，他不能太主动，尤其是在他刚刚提了那个要求之后。傻瓜都看得出来，辛然对他一往情深。但看得出来还不够，还得让她说出来做出来。

辛然见徐艺情绪似乎有些低落，心里有点不是滋味，她用胳膊肘蹭了蹭他。徐艺抬头望着她。她的眼睛满含秋水，令徐艺的心怦怦直跳。

"我有个问题要问你，你必须老老实实地回答。"辛然说这话是眼睛一眨不眨地望着徐艺。

"什么？"徐艺问。

"我把你当男朋友，你呢？会把我当你的女朋友吗？"

这就是徐艺要的效果，他转过身来，面对面地望着辛然，突然抓住了她的手，急切地说："你知道那天看见我是因为什么吗？"见辛然摇摇头，徐艺更加深情地看着她，说："那天发生了很多很多事，让我对这个世界包括我最亲的亲人彻底失望了，不，是彻底彻底绝望。什么事？以后有机会我会慢慢告诉你。总之，如果我们那天没有遇见，可能我们就永远见不到了，很可能，我会从这个世界上消失。辛然，你知道吗？我觉得是上帝把你带到我身边的，你的出现就是为了告诉我，世界其实是美好的。你不仅拯救了我，你的青春美丽与笑容对我是一剂良药，让我充满了男人的自信，我觉得你向我展示了一个崭新的美好的世界。不是我会不会把你当女朋友的问题，我是怕我不配，真的。你是真的喜欢我吗？你是真的愿意和我在一起，使我成为天底下最幸福的人吗？是真的吗？"

辛然早已听得泪流满面，她不停地点头，张开双臂抱着徐艺狂吻起来。

（五）

徐艺像打了鸡血似的兴奋，他一刻也不想等待了，决定先行动起来，尽快迈出关键性的第一步，因为只有这样，才会自己断了自己的退路。

什么是第一步？就是找房子注册公司。找房子包括住所和经营场所。既然准备自立门户，再寄住在姨妈姨父家显然不合适。住在辛然家更不合适，那会给周运年留下一个很不好的印象。经营场所徐艺决定找最好的写字楼，要做就做大公司，办公场地太寒碜了是不行的。好在现在房屋中介公司满大街都是，只要有钱这事半天就搞定了。他大致估算了一下，包括租房、公司注册、三个月的流动资金在内，二十万块钱足够了，他这几年积攒下的钱已经到了这个数。注册公司更简单，工商行政管理局旁边有很多代办注册的公司，只要找好了经营场所，交上一笔手续费，它可以从名称核准到准备各种文件、验资、刻章、领取执照，什么都帮你搞定定。

徐艺觉得这事宜早不宜迟，他已经有两天没去公司了，离开时和张仲平说了那么多带情绪的话，继续关机回避不见面显然不是办法，于情于理他都要对姨妈姨父有个交代。另外，他还有个小心机，他虽然开始喜欢辛然了，但决不能让鲁冰和周运年觉得他办公司的想法是在认识辛然之后产生的，那样，他们很可能会怀疑他跟辛然交往的动机。

徐艺和辛然一开始就产生了分歧，辛然觉得新开的公司没必要用那么豪华那么大的面积。徐艺努力说服她："没有钱的人必须撑门面，拍卖行干的是一锤子买卖，如果委托方看不到我们的实力就不会给我们机会，甚至担心我们会卷了拍卖款潜逃。回头我找机会和你几个叔叔照个照片，都给它挂墙上，客户看见了，就知道我们是有背景的公司，我们的生意就会很好。"徐艺这话说快了，辛然马上问他："你和我在一起，不是因为我爸爸对吗？"

徐艺说："当然不是，在见到你爸爸之前，我已经和你约会了。不是吗？"

辛然说："我支持你办公司，但没想到你会这么急，我突然有一种很奇怪很不踏实的感觉，具体是什么，我也说不上来。"

徐艺想了想说："我知道是什么原因，一句话，男女有别。女孩子做事总是优柔寡断，恨不得事先把所有的可能全部都想透，实际上哪有这样的事？在男人看来，行动比思考更重要。我告诉你我为什么这么急，因为我要尽快向你爸爸证明，我和你在一起，不是一个吃软饭的人，我有能力给你安全感，让你过上幸福美好的生活。"

徐艺也没想到自己还会这么说甜言蜜语，而且说得那么自然。是呀，马鸣就曾经说过，真正的甜言蜜语不是情呀爱，而是一遍一遍地发誓要给爱的女孩子以安全感和幸福美好的生活。女孩子对感情的渴望与需要总是虚实结合的，男孩心目中的好女孩，现实的渴望与需要只要通过一束鲜花就能解决，虚幻的渴望与需要只要通过甜言蜜语与空头支票就能解决。辛然就是这样的好女孩，她太好哄了，听徐艺这么说，马上就张开双臂抱住了他的腰。

徐艺自己知道为什么要这么着急的真实原因，那是因为胜利大厦一直是他在跟，由于阴错阳差，它的拍卖委托才被拖延下来。对他来说，这简直就是天上掉下来的机会。他只要抓住了这次机会，就完全可以奠定他在拍卖业的地位，为将来打下坚实的基础，而这单生意，根据鲁冰的说法，剩下的时间已经不多了。

他这是准备要跟张仲平抢生意了吗？徐艺并不这么看，首先，这还不能算是张仲平的生意，还属于公共资源；其次，既然现在张仲平还没拿到委托，那么，要说抢，出手的就不是他一个人，别人能出手他为什么不能？他为什么不能有一个均等的机会？这算是对张仲平的背叛吗？当然不算。最多只能算不再维护他的利益。每个人都有自己的利益，这几天张仲平对他的态度让他一下子拉开了两个人的心理距离，是他张仲平先做得太过分了。

这些话当然不能一下子都告诉辛然，因为目前条件还不成熟，他甚至都不知道能不能来得及，他不想在辛然面前放空炮。

辛然一直抱着徐艺的腰没松开，她说："我好幸福，本来我是一厢情愿，现在好像是一见钟情了，你会永远对我好的是不是？"徐艺连忙说是。辛然仰起脸看着他说："如果你对我不好，我会死的，我会借你的怀抱一用，死在你怀里。"她说着闭上了眼睛，眼角甚至有泪花闪烁。徐艺连忙搂过辛然保证道："我会对你好的，一定会的。"

徐艺知道现在不是抒情的时候，他该做的事情太多了。比如说，他很想知道鲁冰对自己办公司的态度，这太重要了。

鲁冰曾和辛然单独聊过天，聊的内容徐艺早已从辛然嘴里套出来了，无非是他对徐艺的基本印象和他了解的徐艺的一些基本情况。毫无疑问，在辛然出现之前，鲁冰跟张仲平的关系要强于他跟自己的关系。有了辛然，他有信心把自己和鲁冰的关系做铁做到位，但在离开 3D 公司这件事上，他不希望鲁冰对他有什么不好的看法。这件事有点敏感。

辛然也想到了这个问题，她离开徐艺的怀抱，仰起脸问徐艺："鲁叔叔说你现在工作的公司是你姨父开的，如果你要出来开公司，你姨父会同意吗？"

徐艺轻轻叹了一口气，才说："是呀，我跟 3D 拍卖公司的关系太特殊了，先别说我姨父同意不同意，就是我自己，也多多少少有点心理障碍。"

辛然马上问道："是吗？那怎么办？"

徐艺说："可我又一想，这亲兄弟大了不也得分家吗？如果我们单独成立一家自己的拍卖公司，锅里不碰到碗里碰到，说不定就会跟我姨父抢生意，今后的关系可能会有点不好相处呀，在这件事上，我倒有个主意，就怕……有点委屈你。"

"什么？"

"如果办拍卖公司最先是你的主意呢？这样……不管是在鲁叔叔那儿，还是在我姨父那儿，是不是好说一点儿？实际上，我产生办拍卖公司的想法，还真是受了你的启发。"

"你要觉得这样好说，没问题。不过，如果你觉得跟你姨父做同一行业的生意今后不好相处，不然我们成立一家律师事务所得了。你觉得呢？"

"不行。我只熟悉拍卖行的业务,成立律师事务所还得先考律师资格证,那得等到猴年马月才行。其实,这个问题我也想过了,现在拍卖公司这么多,我不跟他抢生意,别人也会跟他抢生意。相反,如果我也有一家拍卖公司,两家公司还可以相互照应,不管我和他谁抢到,都是肥水不流外人田,等于多了一半成功的概率。你说呢?"

"嗯,你这样说似乎也是道理。但是,徐艺,怎么说呢?我这边亲人不多,你也是,我不希望今后为了一单业务,让你跟你姨父的关系搞得亲人变仇人,要是那样的话,成立公司还有什么意义呢?赚钱还有什么意义呢?"

"辛然,你真是一个善良的姑娘。你放心吧。你的担心是多余的,因为我会永远把姨父当成把我拉扯大的人感激,我永远不会做白眼狼,不会。至于鲁叔叔那儿,我们应该把我们的决定告诉他,越早越好。"

"为什么?"

"因为鲁冰叔叔可能对我有成见,我必须提前告诉他,否则,我在他心中永远会有阴影。"

"你怎么得罪他了?"

"我没得罪他,有一次我请他吃饭,因为公司财务做账方面的问题,多开了点发票,他可能对我的举动很不满。本来我要跟他解释的,可是,每个公司都有它的商业秘密,可是,那公司是我姨父的,不是我的,我还不好这么说……"

"哦,这事呀,鲁冰叔叔已经跟我说了。我呢,也替你解释了。"

"你替我解释了?你替我怎么解释的?"

"跟你说的一样呀,你说,我们是不是很默契?"

"嗯,真乖。这样看来,为了你,开公司的事情我们真的必须早点告诉他。"

"为了我?"

"当然,如果是我一个人开公司,他一定会认为我是想利用你爸爸的关系。可如果是我们一起,而且,这事是你先提议的,他一定会支持,你觉得呢?"

辛然越听越感动,因为她觉得徐艺事事处处都在替她考虑,这带给她一种略微晕眩的幸福之感。作为一个单纯的姑娘,她在享受幸福时便失去了把事情想得过于复杂的能力。

分开才几个小时，徐艺和辛然便登门拜访，这让鲁冰备感意外。听了辛然说明的来意，却是望着徐艺直摇头。

辛然有点急了，赶紧说："鲁叔叔，这是我的主意，这真是我的主意。研究生毕业之后，我本来就要做点什么，既然徐艺有这方面的经验，我们何不自己开一家拍卖公司呢？徐艺总不能在他姨父的公司打一辈子工吧？"徐艺点点头，并不说话。

鲁冰再次摇摇头："辛然，哦，徐艺，你们想过没有？如果你们真要成立一家拍卖公司，必然会跟3D拍卖公司产生竞争关系，这也是你们要面对的第一个难题。徐艺，你们老说商场如战场，你告诉我，将来哪一天，你是要和你姨父公平竞争呢，还是拔刀相见呢？"

辛然抢着说："鲁叔叔，徐艺已经说了，他姨父对他有恩，我们的公司主要以艺术品拍卖为主，不会造成3D公司的损失，这一点您放心。"

鲁冰说："是吗？徐艺，你和你姨父已经说过了吗？"

徐艺说："还没有，今天晚上我就会去见他，我会把我的想法告诉他，我相信他会支持我的。"

鲁冰又问："辛然，你征求过你爸爸的意见了？他同意？"

辛然说："爸爸的工作我来做，我想，我爸爸肯定会同意，他也不希望我未来的丈夫是个打工仔吧？"

鲁冰问："还是尽快和他说吧。辛然，你能不能让我和徐艺单独谈两分钟话。"

辛然说："可以，徐艺，我在外面等你，谈完之后你到车上找我，我走了，鲁叔叔再见。"

当辛然离开之后，鲁冰便一直盯着徐艺，徐艺一笑，把目光挪开了一下，又回来望着鲁冰说："鲁叔叔，我知道您要说什么。这事可能让您感到突然。实际上，我跟辛然不是心血来潮，已经策划很久了。您放心，我不会做对不起辛然的事，这是其一；其二，我不会对不起我姨父，我会让他理解我支持我。"

鲁冰说："好小子，已经管我叫鲁叔叔了，我还能说什么？我还敢说什么？我只是想明确地告诉你，你们的事情，辛然的父亲必须知道，我这话是对你负责，也是对辛然负责。"

徐艺说："我知道。"

鲁冰说："你不知道，周副市长刚刚调来本市，你们这么做会让很多人无法面对，特别是我，你让我以后怎么面对你，是帮你还是不帮你？"

徐艺说："鲁叔叔，能帮的您就帮，不能帮的您可以不帮。"

鲁冰说："你这话有用吗？什么叫能帮？什么叫不能帮？你能替我分辨得一清二楚吗？"

徐艺说："您放心，我和辛然都是学法律的，遵纪守法应该是我们的本分，我不会给长辈找麻烦。"

鲁冰说："徐艺，我记住你这句话，你和你姨夫的关系，你自己处理好，我可什么都不知道。"

徐艺说："我会的，胜利大厦的事情我不会中途不管的，这一点请您放心，但我的新公司一旦成立，我会专门请鲁叔叔吃饭，当然，周伯父最好也能在。"

鲁冰笑着看着徐艺："嗯，再说吧。"

鲁冰的态度让徐艺基本满意，他知道，鲁冰支不支持自己，其实取决于周运年。而周运年是谁？他可是辛然的亲爸。

出了鲁冰的办公室，徐艺给唐雯打了个电话，被唐雯好一阵埋怨，说他两天没回家也不给个电话，让她和他姨父好担心。徐艺眼窝子里一热差点掉泪。唐雯在他心目中早已取代了自己的亲妈，他发誓一辈子都要好好报答她，而报答她最好的方式是得先让自己有出息。他打这个电话的目的其实是看张仲平这会儿在不在家，他觉得自己离开公司的事，还是先单独给姨妈唐雯说一下比较好。

唐雯对徐艺和辛然的到来感到十分欣喜。特别是辛然，一见着就喜欢，要不是徐艺抢着介绍，她差点犯个错误，以为她是徐艺提到过的曾真。

辛然也很乖巧，一会儿夸唐雯好有亲和力，就像自己的老师一样，一会儿夸唐雯做菜做得好，说姨父和徐艺真有口福，让她多教教自己。

唐雯说："是吗？好，以后常回家来吃饭，徐艺就像我的孩子一样。"

辛然说："我知道，徐艺告诉我了，我来和您见面，就有种丑媳妇见公婆的感觉，您不会给我打分太低吧？"

唐雯笑了："哪里会？给你打满分。"

徐艺趁着唐雯高兴，赶紧和她说了自己开公司的事情。

唐雯一听，愣了好一会儿才开口，她说："徐艺，是不是出什么事了？你怎么突然有这个想法，你姨父对你不好吗？"

辛然刚准备说什么，被徐艺拉住了，他让她先到他的房间里待一会儿，出来之后跟唐雯说："姨妈，我就知道您会这么说，姨父对我像父亲一样，我怎么会是因为姨父对我不好呢？您真的误会我了，其实我早就想单干了，我在姨父的公司学到了不少东西，而且姨父就像座高山，一直是我的后盾，一直是我的偶像，真的。"

唐雯说："是呀，你姨父前两天还说，让你再磨炼两年，就把公司交给你打理，你干吗非要自己成立公司呢？"

徐艺说："姨妈，大树底下好乘凉，大树底下能遮雨挡风，可大树底下也有阴影，男人得成家立业，我不能永远活在姨父的阴影里面。辛然……也希望我靠自己的力量成就自己的事业。"

唐雯说："徐艺，你是说……这是辛然的意思？这个辛然……到底是什么来头？"

徐艺说："姨妈，应该说是我和辛然两个人的意思。我知道，这些年，您和姨父对我恩重如山，就像对待亲生儿子一样，你们的恩情我会报答的，在这件事情上，我已经下了决心，希望得到您和姨父的理解与支持。"

唐雯见徐艺已经把这话说到这个份上，也不好再说什么，只说公司的事一直是张仲平在管，回来她先跟他说一说。

徐艺本来打算今天把家也给搬了的，反正东西也不多，打个包往汽车尾箱里一塞就行。但他怕那样做显得太绝情了，心想过段时间再搬也好，免得唐雯太伤感。

张仲平工作不分白天和黑夜。他一直在琢磨怎样去拜访执行局法官侯昌平，胡海洋送的那箱酒让他有了主意。

当张仲平搬着那箱酒去侯昌平家的时候，他要找的侯昌平正在老法院两幢旧房子之间的路灯下和几个退休职工打牌。他头上戴着顶草帽，脸上贴满了纸条。因为旁边围了一堆人，张仲平上楼时他们互相之间并没有发现。

张仲平气喘吁吁地爬上七楼，确认了一下门牌号码，略匀匀气，敲了敲侯昌平家的门。门内传来渐近的脚步声，门开了，出现在门后面的是一位中老年妇女，上下打量着张仲平。

张仲平问："请问侯哥……侯昌平法官是住这儿吗？"

那位中老年妇女点点头。

张仲平问："那……能不能让我先进来？哦，我是侯哥……侯昌平法官的朋友、老乡，我叫张仲平，你让开一点点，让我先进来，行吗？"

那位中老年妇女说："人可以进来，东西不行，这是老侯定的规矩。"

张仲平说："您一定是嫂夫人了，我这带来的……不是什么值钱的好东西，是酒，一箱没有上市的酒，您看……您还是让我先搬进来吧？啊？"

"要么你人先进来，要么，你把东西先搬回去，这是老侯定的规矩。"

"老侯他在家吧？能不能请他出来？"

侯昌平的老婆摇了摇头，不再说话。张仲平倒纳闷儿了，不知道是侯昌平在家她不愿意去叫，还是他真不在家。他不想僵在那儿，躬身把那一箱酒往墙旮旯里挪了挪，自己先进了门。张仲平进门之后环顾侯家，其贫寒的家境状况让他有一点发愣。

侯昌平的老婆很麻利地泡了一杯茶，请他在一张近似文物的人造革沙发上坐下。她告诉张仲平侯昌平在楼底下打牌，她马上叫他上来。

张仲平来之前已经对侯昌平的情况进行了了解，知道他的绰号叫"猴头"，是一个很怪的小老头。这倒没错，看来不仅他本人怪，他老婆也挺怪。侯昌平是从部队转业的，一直在市中级人民法院执行局做执行员。老婆原来在水泵厂工作，四十多岁时才怀上孩子，两口子金贵得不得了，就把工作辞了，到现在算是当了十几年的家庭妇女。

侯昌平老婆推开窗户喊侯昌平，那伙人打牌正打得热火朝天。侯昌平一仰头，头上草帽直往下掉，他连忙伸手按住。还不忘回应："知道了！"喊完就放下草帽站起来说："得，老家来人了，谁来接我的手？"其他三位让他打完这一盘。侯昌平不答应，说："不啦不啦，得回去，不然，待会儿又得河东狮吼了。"说完甩下牌快步上楼去了。

这会儿工夫，张仲平还在观察房间里的一切，他的目光落在了贴在墙上的几幅毛笔字上。他站起身，发现毛笔字的落款是侯小平。那应该就是他们的宝贝儿子。

能走进侯昌平的家，只是张仲平的第一步。这第一步走得看起来有点艰难，而且还不能说已经走完了。但墙上的几幅毛笔字，让张仲平有了主意。

第六章

（一）

"怎么是你？"

侯昌平和张仲平在法院里打过照面，只是没有打过交道，两个人既不算熟人也不算陌生人，匆匆上楼的侯昌平见他出现在自己家里，不免有些奇怪。

张仲平笑笑，说侯哥忘了？我们算是一个地区的老乡。他怕侯昌平继续追问，连忙对侯小平的字点评起来，说这字写得还真不错，很大气，有那么一点风骨。侯昌平刚才多少有点审视张仲平的意思，听了这话，不禁咧嘴笑了笑。张仲平受了鼓舞似的继续侃道，当年颜真卿当过十七郡的盟主，官位坐到了太子太师。太子太师是什么职务？那是未来皇帝的老师呀。可颜真卿却是一个行得端、坐得正的君子，他的书法把篆籀方法融入楷书，端庄雄伟，气势磅礴，自成一家。这幅字虽然笔法有点稚嫩，但结构架式很稳，应该是贵公子的作品吧？嗯，不错，还真有那么一点儿意思。

这番话很有效果，侯昌平听完之后连忙招呼张仲平坐下，说："想不到张总还是个行家，有学问。"

张仲平自然是谦虚，说："哪里哪里，班门弄斧、班门弄斧。"

侯昌平说："有学问是好事，有学问的人做事有后劲。世界是你们的呀。"

张仲平一笑，一直略为紧张的心情舒缓下来，也跟侯昌平开玩笑："这话现在他们是这样说的，世界是你们的，也是我们的，但归根结底是那帮孙子的。"

侯昌平仰着脖子哈哈大笑："有意思。你等着，我把我儿子的获奖证书给你拿来看看，这小子，我没白疼他，真给我争气，你等着。"

趁这工夫，张仲平也赶紧起身，把门外面那箱酒悄悄地搬了进来。

侯昌平从里屋出来，手里多了许多的奖章奖状："看看，都是这小子的成绩，不简单吧？"张仲平接过一一看了，说："哎哟，全国少儿书法大赛，金奖、银奖、铜奖，不错。好好培养一下，说不定将来就是一位大书法家。"

侯昌平说："唉，穷人家的孩子，学不起钢琴之类的洋玩意儿，好在小家伙对练字还上心。现在城里的孩子都这样，除了学好功课，还总得学点什么。练字成本低，也算是一种国粹。现在的孩子整天上网玩游戏，真正能把汉字写好的没有几个，我儿子行不行，还要看他的造化。为生这个儿子，他妈连工作都辞了。你看看我这家，这家具、这沙发，可都是上个世纪的文物，钱全花在小家伙身上了，他可真是我们家的希望工程，要改变我们家一穷二白的面貌，可全指望他了。"

这真是老婆是别人的好，儿子是自己的好，侯昌平谈到儿子竟滔滔不绝起来。张仲平点点头说："这孩子写字有灵气，我看没问题。不过，现在外面美术班书法班不少，同样是练字，跟的老师不一样，打下的基础呀，艺术见识呀和写字的后劲呀，完全不一样，如果侯哥信得过我，为这孩子找个大家当老师，我是绝对能做到的。"

侯昌平马上朝张仲平侧转身说："是吗？你能给找到好老师？"

张仲平说："早几年我做艺术品拍卖，认识省里不少名家、大家，这事包在我身上。哎呀，时间不早了，我不打扰了。"

就像来得奇怪一样，张仲平提出要走也很突然，侯昌平说："等等，不对呀，你来找我应该有事吧？事还没说你怎么就要走了？"

张仲平起身说："还真没什么事，就是来认认老乡的门。"

侯昌平一边嘴里说着"是吗？"一边跟着起身，眼睛一扫发现了门旁边的那箱酒，说："这是你的东西吧？别忘了。"

张仲平说："你看，光说孩子的字了，哦，是这样，我有个朋友办了个酒厂，送给我的，可我滴酒不沾，只好借花献佛，让老乡尝尝。这酒的产地是擎天柱，我在那儿下过放。算是我们那儿的土特产吧。这是一种保健酒，活血安神。我拿它来拜访您，就跟拎两斤苹果一样的。"

侯昌平说："是吗？那你等等，多少钱一瓶？我去给你拿钱。是东西，就得给钱。"

张仲平说："侯哥，这钱还真不好给，为什么呢？第一，它是别人送我的，我这算转送，你要给钱，那不变成我做生意了吗？而且还是上门推销。再说，这酒虽然是专利产品，但还没有上市，也还没有核价，这钱就不好给是吧？您放心，这酒您不算白喝，您得把喝完酒之后的感受告诉我，我这算是替我那朋友做市场调查，您呀，就算是试喝。"

"你小子，这番话说得滴水不漏，我是不收也得收呀。给钱，给多少都不合适。少了，不如不给。多了，我心里不痛快，你可是有点送货上门、强卖强买的意思啊。我不收，你还得搬下去，显得我不人道。可我要是收了，也就欠了你的人情，是人情迟早得还，对不对？"

"侯哥开玩笑，侯哥开玩笑，哪有这么复杂？"

"复杂不复杂得看怎么发展，俗话说，无功不受禄，你找我，应该有什么事吧？"

"没有没有。今后就是有，您答不答应还不是在您？我跟侯哥没有直接打过交道，时间长了您就会知道，我不是一个强人所难的人。"

"你的为人处世我还是有所耳闻，说你不会轻易开口，一开口就难以拒绝。"

"是不是呀？这是夸我呢还是损我呢？我倒是不想因为这箱酒让侯哥对我产生不好的想法。侯哥说得对，您要真不收，让我再搬到楼下去，那也太残忍了不是？那不等于打我的脸吗，是不是？"

侯昌平说："好，这酒我收下。有来无往非礼也。我这儿有两罐龙井，你也得收下。"

"这个……好好好，我依了侯哥。"

"孩子的事情……你要方便，请你多费心，啊？"

"会的会的，那……我走了，不送了，别吵到邻居。"张仲平朝门里的侯昌平扬扬手，顺势把门轻轻关上了。

张仲平下楼坐进自己车里，长嘘一口气，脸上露出了轻松的表情。他知道，他之所以没被侯昌平赶出来，起作用的不是酒，而是对侯小平写的字的赞扬和表现出来的关切，如果自己不懂书法，今天的结果完全可能是另外一副样子。下一步，他得好好想一想如何利用侯小平的字来温暖侯昌平的心。实际上，他费这么大的劲儿，并不是想拉拢腐蚀侯昌平，让他违背原则替自己做什么，而是希望他能秉公办事，以便让自己的公司凭实力拿下胜利大厦的拍卖业务。他要是不跟侯昌平接触并迅速熟悉起来，心里会很不踏实。侯昌平对他的态度让他放心不少。

就在这个时候，徐艺带着辛然也离开了张仲平家。

徐艺不想在那儿待得太久，因为那很可能会让他碰到张仲平，他不想这样，他得让姨妈在张仲平那儿先吹吹枕边风，让张仲平对他出来办公司的想法有个消化的过程，否则，一见面就把话说满了反而不好。

刚到车上，马鸣便打来了电话，说他晚上约了曾真，让他去酒吧聚聚。这个马鸣还真够哥们儿，他一直在撮合自己与曾真。

徐艺看了看旁边的辛然一眼，暗自把她与曾真做了飞快的比较。很奇怪，前几天为了曾真还死去活来的自己，现在却似乎已经痊愈了。难道真像别人说的，男人忘记一段感情只需要三天？徐艺觉得自己好像经历了一场快速的成长，瞬间领悟了很多道理。辛然即使不比曾真长得美，起码也算不相上下，可她却比曾真温柔可爱多了，更重要的是，她爱他。更加重要的是，她拥有很多很多别人无法拥有的资源。徐艺自我膨胀得几乎感觉到整个世界都将属于自己，至于曾真，已经成了被他轻易翻过去的历史。

所以，当徐艺拉着辛然的手，精神焕发地出现在马鸣和曾真面前的时候，后面两个人不禁暗暗有些吃惊。徐艺很满意他们的好奇，一把搂过辛然给他们做介绍，说她是他的女朋友。曾真起身拍了一下愣住的马鸣："怎么样，替他瞎操心了吧？"辛然则一边鞠躬一边甜甜地叫师姐好师哥好。

马鸣说："行呀，徐艺。才两天不见，长本事了？"徐艺嘿嘿一笑。辛然大方地朝他们两个伸出手，自我介绍说："我姓周，叫辛然，是你们的师妹，请多关照，至少，不要欺负我。"曾真说："谁欺负你那不是找打吗？嗯，徐艺，听说你和人打架了，没吃亏吧？"徐艺说："你怎么知道的？不会是我姨父告诉你的吧？"曾真说："还就是。"徐艺说："谢谢你和他的关心。我没有吃亏，一个对五个，算是小胜。不过，那天的事让我的小心脏到现在还不舒服。"辛然说："真的吗？来来来，我帮你揉揉。"

马鸣做出喝了醋似的表情道："哎哎，能不能别在这儿秀恩爱了。见过偶像没见过这样的'呕相'，这酒还没开始喝呢。"曾真说："我还真没见过，接着秀你们的恩爱好不好？拜托了。"辛然说："师姐，你长得还是那么好看，当年的校花名不虚传呀。"曾真说："真的吗？我怎么不知道我有这名声？我当年可是'白骨精'，是不是呀，马鸣同学？"

马鸣打了徐艺一下："臭小子，肯定是你说的，别人根本不知道我给曾真起了这绰号。"

曾真说："得了，我又没怪你，不早了，看见徐艺有了归宿，我这老同学也就放心了，我还有事，得先走一步，小师妹，你得把徐艺管好了，拜拜。"

大家都留她，却没留住。曾真走后，三人的小聚会没一会儿也就散了，因为马鸣不想当电灯泡。

在送辛然回家的路上，辛然问徐艺："今天是不是不该跟你来？"徐艺问："怎么啦？"辛然说："我怎么觉得曾真怪怪的？你跟她，没什么关系吧？"徐艺说："有关系呀，同学关系呀。"辛然哦了一声，没再说话。后来她说："我觉得你的钱包太旧了，应该换个新的了。我送个新的给你好不好？"徐艺腾出右手抓住辛然的左手，说："好呀。我也要送给你一个礼物，说吧，你想要什么？"辛然说："这个不许问我，你应该自己想。"徐艺望着她一笑，拉起她的手放在嘴边亲了一下。

徐艺暗自叹了一口气，如果曾真真的有什么变化，那将会让他找到作为一个成功者战胜爱情和女人的快感。其实男人经历女人就是经历成熟，女人经历男人就是经历苍老。这一点，徐艺似乎明白了。人明白了这一点，那道心里的坎儿也就迈过去了。第一次和辛然接吻后，辛然对他说："一遇见你我就傻了，知道我问你在想什么的时候我在想什么吗？我在想，在你面前，我怎么变得像个花痴似的？"徐艺当然不会把辛然当傻子当花痴，她为什么要给他买钱包？大有深意呀。他会把曾真的照片处理掉，对辛然，他会爱她、疼她、宠她，因为是她拯救了他，给了他男人的自信，点燃了他男人的野心，作为回报，他要让她活得越来越美丽滋润。

车到辛然家楼下，徐艺叮嘱道："回家如果你爸爸问起你，就说我早就想自己开公司了，你是强行要加入的。"辛然说："我知道，不然我爸爸肯定不会同意。"徐艺说："鲁冰叔叔还是担心我和我姨父的关系，你爸爸这关一过，我们请你爸爸和鲁冰叔叔一起吃个饭，你看行不行？"辛然说："行。那有什么不行的？怎么，你不陪我上去了？"徐艺说："我当然想上去，非常想，可是我不能给你爸爸留下一个我是一个不负责任的男孩的坏印象，他们这辈人，是很在意这些的，你说呢？"辛然甩开本来牵着的徐艺的手，说："不理你了。"没几秒钟，又扑到他身上，与他深情地亲吻起来。

张仲平从侯昌平家出来之后便开车回家了。他走进房间的时候，唐雯正在书房的电脑上查看着什么。见张仲平回来了，连忙出来帮他挂好衣服，并倒了一杯水。张仲平没有说话，刚要走进洗手间，唐雯从后面一把抱住了张仲平。张仲平转身有点奇怪地看着她，问她怎么了？

唐雯和张仲平说了要报考母校博士的事情。张仲平这下真有点奇怪了："你要考博士？为什么？"

唐雯说："你不知道，现在我们学院，连小资料员都是硕士，你说我要连个博士文凭都没有，怎么在大学里混呀？真回家当家庭妇女呀？"

"那你也不能太苦了自己，否则，你老公会心痛的。"

"你是心痛还是怕我熬成黄脸婆？"

"说什么呢？我是紧张。你没听人说吗？现在的博导就招四种人：一是当官的有权的，解决社会关系问题；二是商人、企业家，解决买单问题；三是年轻漂亮的，解决情人问题；第四，才是认真做学问的，解决衣钵传承问题。从你的条件来看，属于第三种人，年轻漂亮的，所以我才紧张呀。"

"得了得了，瞧你这张嘴，油嘴滑舌的。"

"我说的可是真话，我是真担心你考上。你也不想想，你想去北京读博士，如果真的去了，小雨怎么办？我怎么办？"

"真考博士，也是明年的事。这事好办，小雨马上就要考大学了，说不定也能去北京。至于你，给你两三年自由，不是很好吗？有个段子，说你们男人有三大幸事，升官、发财、老婆出差。我要真去北京读书，相当于长期出差，你心里不知道多高兴吧？"

"这可是你说的，我要是给你弄个小三回来，你可别怪我。"

"我不怪你。张仲平，你要有本事真动这念头，最好先征求一下小雨的意见，你得问她愿不愿意要个后妈。"

"得了得了，说得像真的似的。"

"你别紧张，跟你开玩笑哩。实际上，我准备考博士完全是为了这个家。"

"什么……意思……你？你是说我养不了这个家了？"

"不是不是，仲平，我嫁给你，是我一生最大的幸福，我不想破坏这个幸福，可我现在不知道什么原因，开始怀疑你，这可能和你在外面的表现没有任何关系，可我控制不了自己。我想，这可能是我在事业上已经没有了追求，把全部心思都放在了你身上的缘故。甚至你赚钱越多我越紧张，越恐惧，不是说男人有钱就变坏吗？我老是在想，你为什么就能不变坏呢？你是不是已经变坏了而只是我还不知道呢？"

"你这想法可真是有点奇怪呀，我还不知道该怎么说你。"

唐雯自己先笑了："是呀，光靠逻辑推理便认定自己老公已经变坏了，这确实很可笑。实际上，那堂选修课给我的打击很大。我一度相信，我已经被社会抛弃了，所以开始自卑了，开始怀疑周围的一切，我恨我自己怎么会变成这样，太可怕了，我必须改，我不能毁了这个家，毁了你和小雨的幸福，因为你们就是我的一切，所以，我要考博士，离开你们一段时间，不仅是要证明我的价值，也是要用一个全新的自己去爱你，你明白吗？"

张仲平说："明白，可是，我和小雨怎么办？离开你，我们怎么活？我们没法活呀，真的，我不是开玩笑。"

唐雯笑道："可我听着怎么一点儿正经都没有？你听我说，我们还有时间，我们会做好心理准备的，你一定会支持我的，对吗？"

张仲平说："你已经上升到毁灭家庭的高度，我敢不支持吗？可是——"

"等等。"唐雯一把紧紧抱住了张仲平，好像自己这样就能紧紧抓住什么似的，她见张仲平疑惑地望着她，下了决心似的说："这事就这么定了，好吗？能不能去，还要看能不能考上。不过，除了这件事，还有另外一件事，你得先有个思想准备……"

"什么？"

"徐艺今天晚上回家了，还带来了他的女朋友……"

"曾真？"

"不是，是辛然，周辛然。我要说的不是这个，我要说的是，你跟徐艺之间发生什么事了？你是不是对徐艺不好了，不满意了？"

"到底怎么啦？你快说。"

"徐艺说他要离开你的公司，要和你分家，他要出去自己成立公司。"

张仲平这下真的疑惑了："他要出去自己成立公司？他什么意思？"

唐雯说："我也一直在想这个问题。这孩子，心事重。他让我先跟你吹吹风，一开始我想不通，可我又一想，他也老大不小了，想成家立业，也很正常。"

张仲平说："正常？他在公司干，就不能成家立业了？你还支持他？"

唐雯说："不是支持，是理解。"

张仲平说："理解？不是，徐艺怎么回事？我对他像亲生儿子一样，从来没把他当外人看，我还跟你说过，我准备过两年把公司完全交给他打理，你说，我什么时候亏待过他？他有什么必要……嗯，你说，你说呀？"

唐雯说："仲平，我在想，咱们虽然对徐艺不错，但他毕竟不是我们的儿子，他如果觉得翅膀硬了，想单飞，恐怕我们还得支持他。"

张仲平说："问题是，他为什么早不出去晚不出去，偏偏这个时候出去？他是不是有什么别的想法不想告诉我们？这事必须问清楚。"

唐雯说："这我就不知道了，不过，他说他不会和你抢生意，因为我们是他的恩人，他永远不会忘记这一点。"

张仲平说："他是这么说的？"

唐雯点点头。可正是这句话，反倒让张仲平警觉起来。有人问徐艺这个问题了吗？没有。他成立公司八字还没一撇，有和自己抢生意的实力吗？没有。可他为什么要这么说？他失踪的这两天到底发生了什么？不管发生了什么，徐艺在为自己的利益考虑和筹划了，这是肯定的。徐艺当然可以为自己的利益考虑和筹划，可问题是，这么多年以来，他真的把他当亲生儿子一样养着教着，包括这几天他对他的训斥，只有把他当自己家里人才会那么急不择言、不讲情面，徐艺连这一点都会想不到吗？

如果他真的把新公司开起来，自己将如何处理两个人之间的关系？是亲属，还是同事？还是对手，或者是敌人？

（二）

辛然回家的时候，周运年正在书房里练字，听她说了要和徐艺一起做生意的事，并没有把手里的笔放下来。辛然有一个感觉，鲁冰可能已经就这事和周运年通过气了。

周运年说："然然，你跟徐艺认识才几天，怎么就决定一起做生意了？太草率了吧？"辛然说："爸爸，认识一个人要花多长时间，有标准答案吗？好像没有吧？有些人，见一面就能互相理解；有些人，就是相处一辈子也非常陌生。我跟他，好像就是第一种情况。"周运年说："你呀……怎么就这么轻易地相信一个人？就因为他长得帅吗？"辛然说："不是轻易地相信一个人，是相信我自己对他的感觉。爸爸，我们这一辈人跟你们那一辈人最大的不同，就是不想把生活搞得那么复杂、那么沉重，跟他在一起，我很开心。"周运年说："我当然希望你开心，就是怕你找的人不对，只会开心一刻，不会开心一生。"辛然说："这谁能保证呀？开心的时间是长还是短，不是得一直相处下去才知道吗？"

周运年听了这话，放下笔，用手指点了点辛然的鼻子，说："你呀，学法律别的没学会，诡辩水平倒是不低。那你告诉我，关于开公司的事，是你们谁的主意呀？"

辛然说："我们一起的主意呀。"

"一起的主意？总有一个谁提议谁附议的问题吧？"

"这重要吗？"

"这重要，这很重要。"

"等一等，我想一想。好像是他先提的，哦，不对，应该是我。到底他还是我？哎呀，我也记不清了。爸，这个真的很重要吗？我们两个心有灵犀，不是更好吗？"

"可是，然然，你是知道我的态度的，我并不希望你做生意。我觉得你更适合做公务员。一个女孩子，应该找一份待遇过得去、相对稳定、不需要瞎折腾的工作，公务员是最好的选择。我看你还是打消这个念头，好好地准备参加公务员考试。"

"我不。爸爸，我不想我的生活被安排，再说了，公务员那种按部就班的生活我也受不了。"

"可是，开公司做生意，不是你这种女孩子干的。"

"可是我喜欢呀，你怎么知道我不适合？"

"爸爸了解你，你太单纯了。做生意，说得好听点，需要整天算计这个算计那个，说得不好听，那是一个充满了尔虞我诈的场合。爸爸不希望你在那样的染缸里混，最后变得人不人，鬼不鬼的。"

"爸爸，我不同意你的这种说法。我觉得，作为家长，你应该尊重子女本人的意见。说句话您别不高兴，要是妈妈还在，她一定会全力支持我。"

"你这孩子。"

辛然见周运年蓦然之间脸色大变，咬着嘴唇，委屈地出了书房。周运年看着女儿毫无城府的背影，忧虑地摇了摇头。他想了想，从书房回到了卧室，坐在自己的床沿上，默默地望着前妻的照片。然后起身轻轻地把门闩上，用手机打通了鲁冰的电话。

周运年说："老鲁呀，这么晚了，说话方便吗？好，我想再向你打听一下徐艺的个人情况，你一定得给我说真话……"

对于张仲平和唐雯两口子来说，这必定也是一个不眠之夜。躺在床上，张仲平睁着眼睛思考着，久久不能睡去。唐雯转过身小声问道："你还在想徐艺的事？"

张仲平说："是呀，怎么能不想呢？做生意不仅要靠头脑，还要靠朋友，靠关系，这些年我把徐艺当成家里人一样的信任，我把我所有的朋友圈子都介绍给他，就是希望有朝一日把这副担子交给他，我是怎么也没想到他会跟我来这么一出呀。"

唐雯说："看来你还是感情上一时接受不了。你换个角度来想，别说徐艺只是我的外甥，就算他是我们的亲生儿子，人长大了，不也有可能想分家、想自己独闯一番天地吗？"

张仲平说："关键是他怎么可能闯出一番什么天地？你是不知道，现在的拍卖生意越来越难做了，这个行业的竞争已经非常激烈，利润被摊薄，风险在增大，恰恰徐艺还很不成熟。"

唐雯说："哦，你不是说他挺能干的，帮了你很多忙吗？"

张仲平说：是的，徐艺确实很能干，是帮了我很多忙，但他做的那些事全是部门经理的事，只是一些局部的工作，他现在要出来，是要当老大的，可我跟你说，他根本就不知道，老大可不是那么好当的。不行，徐艺遇事不冷静，容易冲动，有时候又太聪明，这些毛病不改掉，当不了一个好老板。"

唐雯说："可是，他既然已经动了这个念头，恐怕也不怎么好说服他吧？"

张仲平说："不行，我得给他打电话说说他。"

唐雯连忙制止他："你看几点了，算了吧。这小子，也没说回来，也没说不回来，我看，你们还是明天见面以后再说吧。"

张仲平没想到第二天早晨等来的不是徐艺而是鲁冰，他上午十点钟左右走进公司时，秘书小叶告诉他，鲁院长已经在他办公室等着了。

张仲平急忙走进办公室："哎呀，鲁院长？怎么会是您？您怎么会过来？"

鲁冰说："怎么，许你张总随便去我办公室，我就不能来你办公室？"

张仲平说："不是不是，我是说，鲁院长您要有什么吩咐，打个电话就是，哪能劳您的大驾亲自跑过来？"

鲁冰示意张仲平掩上门，这才说："我一直犹豫该不该来，怕我自己在管人家的闲事、家事，所以，也就没有事先给你打电话。"

张仲平说："哎哟，您这么郑重其事，看来一定不是什么闲事，您先请坐，好，您说。"

鲁冰说："我们是老朋友了，说话就不曲里拐弯了，徐艺想出来自己单干，这事情你知道了吗？"

张仲平一愣："我也是昨天晚上刚知道，怎么，这事把您也给惊动了？"

鲁冰说："昨天下午他去找过我，我这不一大早就来找你了吗？"

张仲平说："这小子，也太不懂事了，这事和我说不就行了，还用得着劳您的大驾？"

鲁冰说："你误会了，我来不是帮徐艺当说客的；相反，我来是求你，能不能不让徐艺出来单干？"

张仲平看着鲁冰："鲁院长，您的意思……？"

"他是你外甥，为什么非出来不可呢？如果只是待遇呀利益分配呀什么的不满意，你们完全可以好好商量嘛。"

"怎么，徐艺和您说是这个理由吗？"

"不不不，这是我的假设，他可没这么说。"

"鲁院长，跟您这么说吧，像我们这种小公司，怎样用人还真是个比较棘手的问题，容易留住的人不能干，误事。能干的招不来，招来了也得跳槽，没有人会永远对待遇满意，总是认为自己付出多回报少，这也算是人的本性吧。不过，徐艺应该不是因为待遇，我都想将来把公司交给他打理了，甚至可以考虑把股份赠送给他一部分，所以，昨天晚上乍一听这件事，也觉得挺突然的。"

"嗯，这样看来，他还是因为认识了辛然。"

"辛然？"

"张总，我们是老朋友，也算好朋友。我来找你是因为我有难处，你知道这个辛然是谁？她是我一个战友的女儿，这个战友不仅是我的老领导，而且对我有救命之恩，如果徐艺和他的女儿办公司，一、会给我这位老领导带来很大的不方便，可我这位老领导情况特殊，不好直接地、强硬地回绝自己的女儿；二、今后我也不知道该怎么面对你。比如说，假设在条件对等的情况下，你说我该怎么办？我们如果不是朋友，我什么也不说，可毕竟这么多年的关系了，是吧？你明白我的意思吗？"

"明白。"

"你不一定真明白了，我还是再说明白一点吧，徐艺毕竟是孩子，在我看来，还很不成熟，我不想因为帮他，把他毁了，也把大家搞得不尴不尬。这里面的意思，你悟得到吧？他毕竟是我战友女儿的未婚夫。这小子，给我出了道难题呀。"

"没那么严重吧？现在年轻人谈恋爱，有今天没明天的……"

"你可能想得太简单了，我相信徐艺死也不愿意和辛然分开的，否则他就不是徐艺了。"

"这个辛然到底是干什么的？你的战友……"

"你别问了，我是一个很在乎战友情谊的人，我希望你做做工作，看看能不能阻止徐艺出来单干。"

"这当然是最好的，说实话，徐艺已经跟我老婆说了这件事，还没有跟我说。我自认为对他不薄，从未想过他会有自立门户的想法。既然鲁院长也不支持他出来，这工作就好做了，我马上跟他谈，马上给他一点儿股份。"

"嗯，让他持有一定股份固然也是一个办法，但你也不能太乐观。为什么呢？因为股东毕竟不是老板。咱们中国人，皇权思想根深蒂固，发展到现在，就是从政的想当一把手，经商的想自己当老板。张总当初不也是这样干出来的吗？徐艺既然动了这个念头，而且话已经说出来了，恐怕也不那么好改变吧？所以，你要引起高度重视。"

张仲平点点头，表示一定会把这个问题处理好的。

张仲平不会想到，徐艺早已经风风火火地干起来了。一大早，他便开车去辛然家楼下接她，他很想知道昨天夜里辛然和周运年谈话的情况。

辛然上车以后别的不说就问徐艺："咱们是不是真的、一定、非得自己办公司不可？"徐艺一惊，忙问："怎么啦？你爸爸不同意吗？"辛然也不回答，只让他先回答她的问题。

对徐艺来说，这已经不亚于一盆冷水，但他告诫自己，一定得先沉住气，于是望着辛然一笑，说："也不一定呀。"

"不一定？真的不一定？"辛然倒奇怪了。

"是呀，虽然我已经和姨妈说了，虽然我已经在外面租了房子，虽然我们在工商代办公司交了钱，如果你觉得没必要开公司，或者你爸爸坚决反对，也可以不开呀。我可以厚着脸皮回我姨父公司上班，我说过的话就像是吹了一个气泡一样，不，就像放了一个屁一样。"徐艺说完一笑。

辛然望着他，好像在判断他说的话是真是假。她叹了一口气说："我没想到我爸的思想会那么僵化，他一门心事只想让我考公务员，不同意我办公司。"

徐艺问她是不是她和她爸爸吵架了，辛然说："差不多吧。"徐艺一下子抓住她的胳膊道："辛然，我也不希望你因为我们开公司的事跟你爸闹矛盾。那有什么意思呀？"

辛然倒是急了："你什么意思呀？你一直雄心勃勃、热情似火的，怎么一下子蔫了？你这弯也拐得太快了吧？"

"不是不是。辛然你听我说，原本我也没觉得什么，后来见到了你，事情有了一点儿变化。我们是怎么谈到办公司的事的？好像是你先提出来的吧？我突然觉得自己蛰伏了很多年的热情和梦想，一下子被惊醒了，再看这几年那种寄人篱下的生活，觉得真是受不了。我为什么要办拍卖公司你知道吗？这几年，经济纠纷多，又遇到银行清理不良资产、国有企业改制，多数情况下都要求通过拍卖来处理，你知道拍卖公司是怎么收佣金的吗？成交额的百分之五，而且是买卖双方各百分之五。如果是艺术品拍卖，甚至可以收到百分之十、百分之十五，想一想，除了拍卖，还有哪门正当生意，几乎不需要投入什么本钱，只要有本事拿到业务，就能够让你一下子赚几万、几十万、几百万甚至几千万的？"

"确实让人兴奋。但是，徐艺，艺哥，我们丑话说到前头，我觉得，我们不能光想着发财，发财不是目的，发财是追求事业的副产品。"

"哎呀，你的思想境界蛮高的嘛。当一个人说他的人生梦想是升官发财、搞遍天下美女的时候，所有的人都会鄙视他，当他说他要为了事业自强不息、奋斗不止，为了爱情宁愿上刀山下火海的时候，他将获得尊重与钦佩，可是，这两者之间难道有什么本质上的差别吗？"

"你说什么呀？这两者之间当然有本质上的差别。"

"好好好，我说错了。两者是有本质上的差别。不过，我们现在暂时不讨论这个，这不公司还没成立吗？我要自己办公司不是说姨妈姨父对我不好，他们对我太好了，那是另外一种感觉，辛然，你明白我的心情吗？我是想趁着自己年轻，赶紧做出一番事业，刚才我说我要是能挣多少钱就干吗干吗那是开玩笑，我其实更看重那种精神上的独立。我从小没爹没妈，能够自立于这个社会，对我来说太重要了。"

"我明白，我明白。我从小就失去了妈妈，我知道那种感觉。我想，你的感觉可能比我还要强烈一倍，因为你连爸爸也失去了。可是，我刚才听了你的话，怎么觉得你像是突然泄了气似的？你什么意思呀？"

"我的意思说，你还有个爸爸，这多好呀。你可不能跟他怄气，你呀，就听你爸的话，安心去考公务员，公司嘛，我一个人开。你不做股东，专心专意做我女朋友也很好呀。"

"不，要开公司，一定是我跟你一起开。我要每天每时每刻每分每秒都要和你在这一起。你别着急，对付我爸，我有办法。"

"什么办法？"

"拗。我爸拗不过我，到最后，都是他投降。不过，我倒是想，你到底是不是真的想要利用我爸爸的关系？"

"辛然，你应该了解我，我只是一个孤儿，从小没人疼没人爱，更没有什么社会关系。如果你没有这样一个爸爸，我的压力反而没有这么大，可如果让你爸爸能真正看得起我，我必须付出比别人多几倍的努力，我对你的心，我希望你能真正的明白。"

"人的心是最难懂的，除非用小刀在你这儿，滋——地拉一条口子。"说完还在徐艺胸口上比画了一下。

徐艺一把抓住辛然的手："要那么简单就好了，其实你不用担心，可能没有人有机会和你说，我有，在我眼里，你真的很美。"

"你是情人眼里出西施。"

"而且，你不仅长得美，心也好，从来没有人这么对我，只有你。"

"感动吧？过来，让我看看你的泪花。"

"没有泪花，只有口水，你要不要来点儿？"

"讨厌。好了，别闹了，你告诉我，如果我们的公司办下来了，你要争取的第一单业务是什么？"

"艺术品。"

"艺术品？你不是说艺术品拍卖会完全有可能只会赔本赚吆喝吗？"

"是的，省一级的艺术品拍卖会是很难赚到钱的。我姨父的 3D 公司两年前就不做这种业务了。但我不信这个邪。我姨父也说过，同样一件事情，不同的人去做，会有完全不同的效果。辛然你等着，我一定让你爸爸、我姨父，包括……所有的人，对我刮目相看。"

"好，我就喜欢你这种斗志，和你在学校时一样。"

"我在想，如果我们在没有得到你爸爸任何帮助的情况下，就能把第一场拍卖会做得风生水起，将彻底打消你爸爸对我们能力的怀疑，也就是说，我们办公司不是要利用他的权力与社会关系，凭我们自己的能力就行。"

徐艺的话说得辛然直点头。徐艺其实已经想好了退路，或者说，他觉得只要和辛然保持恋爱关系，自己一个人办公司说不定反而更好。他无须周运年事先给他承诺，他不相信事到临头，周运年真的会对他和辛然撒手不管。不管怎样，他都必须成功，希望所有的人对他刮目相看，当然也包括曾真。徐艺知道，在自己心中悄然生长了那么多年的那份情感，不会那么快地被斩草除根，很可能会成为自己隐蔽在心中永远的痛，而唯一能够减轻那份疼痛的，是自己的不断成功，因为那将不断证明，曾真对他的忽视是一种多么严重的错误。

（三）

赵老师打丛珊的事在班上闹得沸沸扬扬，不少人期待着能够再出一点什么事，以便给紧张枯燥的高考复习带来一点新鲜刺激。但两三天过去了，事情大有偃旗息鼓之势，看来学校是准备冷处理这件事了。

丛珊不乐意了，她不能就这么白挨一顿打。张小雨完全站在丛珊一边，向校长汇报情况就是她的主意。

刘校长听了她们两个讲的情况后说："学校对你们两个反映的情况很重视，在这之前，我已经找赵老师谈过话了，赵老师做了自我批评，承认在班上念了丛珊同学给张小雨同学扔的纸条，却不承认打了丛珊。此外，我和你们年级组长还找了班上的同学了解了情况，他们说当时听课太认真了，只看到赵老师和丛珊同学推推搡搡，没看见赵老师打过丛珊同学一耳光。这和你们反映的情况有出入，考虑到你们两个是当事人，这个……这个……"

丛珊说："校长的意思是说我们在诬陷赵老师？"

刘校长说："我并没有这么说，我的意思是说，学校只能根据已经证实的情况进行处理。"

张小雨说："怎么处理？"

刘校长说："丛珊同学上课迟到不对，张小雨同学和丛珊同学上课递纸条也不对。老师管教学生没什么不对，但赵老师的方式方法也存在一定的问题。这一点，我已经批评过她了，赵老师也承认了错误。你们来了，就让我对你们说几句心里话，现在高考这么紧张，已经进入倒计时了，别的同学都在争分夺秒，你们也要把主要精力放在学习上才行。至于你们跟赵老师的矛盾，我希望大事化小，小事化了。"

丛珊说："学生应该遵守纪律，没错。老师管学生也没错。但老师打人就是不对，赵老师明明打了我，为什么就不能勇于承认呢？"

刘校长说："你说赵老师打了你，赵老师不承认，你说学校听谁的？毕竟，赵老师管你也是对你负责任、对全班同学负责任嘛，是不是？我的意思，是不是就不要纠缠这些细节了？一切为高考让路，好吗？"

丛珊说："赵老师不承认，那是因为她以为我们没有证据，如果我们能拿出证据来呢？"

刘校长说："你们有什么证据？"

张小雨说："我用手机录了视频。"

刘校长说："你……好，你把手机先放我这儿，你们先回到班上去。我们先看看，再研究研究，完了再给你们答复，好吗？"

丛珊说："好，我没有别的要求，就是希望赵老师在班上给我道个歉。她既然有打人的勇气，更应该有道歉的勇气。"

丛珊与张小雨从刘校长办公室出来，两个人并肩走向所在班级。走着走着丛珊停下来了，说："我不相信刘校长，你注意到没有，他跟我们说话的时候，根本不敢正眼看我们。还有，赵老师根本就是他的绯闻女友，他根本就是在袒护她。"

张小雨说："呀？赵老师真的是刘校长的女朋友呀？你听谁说的？"

"这事绝对没错。另外，他为什么要你把手机留在他那儿？他是想毁灭证据。可是他没想到，我可是本市最著名的法官的女儿。我爸爸常说，办案其实很简单，就是以事实为依据，以法律为准绳。刘校长一定没想到我们会把录像备份。"丛珊说着拿出一个 U 盘在张小雨面前一晃。

"行啊，丛珊，我都有点儿佩服你了。"

"我觉得，我们在刘校长这儿告状告不响，我们得去电视台。你跟我一起去吗？"

"去电视台啊，不好吧？丛珊你想清楚没有？真那样，赵老师可就一点儿退路也没有了。所以，我觉得，我们是不是给刘校长一点儿时间，看他怎么处理，你说呢？"

"张小雨，你对校长抱有幻想。我看，他不是让你把手机搁他那儿，而是没收。"

"没收？他要是敢没收我的手机，我跟他没完。那可是我妈的手机，是我爸给我妈的定情之物。哦，不，应该是……爱心礼物。"

"你先别煽情。我希望你有思想准备，因为校规规定中学生不准在校园内使用手机。种种迹象表明，指望刘校长公正处理赵老师打我的事，很不现实，反正我是不抱幻想。再说，为了个人荣誉，我是一分钟也不愿意等了。你陪不陪我去？"

"那……好吧。可是，没有老师的批条，我们出不去呀。"

"我有一个办法，我知道有个地方的围墙很矮。"

这会儿，曾真正和同事商量事。她们问她熊猫血的节目有进展没有。曾真摇摇头说："没有当事人的视频，这新闻怎么做呀？唉，看来我们只能放弃这个选题了。"同事说："又放弃？我们已经做了这么多准备了，中途放弃不是太可惜了吗？"曾真说："准备再多也没用，关键是孩子他妈的采访。"同事乐了，说："曾真这回看来是真没辙了，连人都骂上了。"曾真说："谁骂人了？我是说关键是孩子……他妈妈的……采访，你别成心气我行不行？"同事说："别生气，逗你开心的。曾真，你说这世界上还有这样的人哟，按说你帮了孩子，孩子的妈妈应该答应你啊？"曾真说："是呀，可人家就是不答应，我怎么办？又不是我妈？"同事说："那人不是你朋友吗？曾真说我怎么可能有这样的朋友，是我朋友的朋友。"同事说："那你朋友也太不靠谱，他应该帮你和他朋友说说啊，这可是慈善行为，我们应该弘扬的，你朋友怎么也得配合一下吧？"

曾真开始还没觉得什么，经同事这么一说，竟越想越生气。没错，她觉得张仲平太不给力了。她得给他再打个电话，不能太便宜他了。

张仲平昨天晚上老想着徐艺的事，没怎么睡好，起晚了。曾真的电话打进来的时候正在饭厅里和唐雯一起吃早餐。唐雯问是不是徐艺的电话？张仲平说不是，是那个记者，曾真，估计是问江小璐接受采访的事情，说着便接了曾真的电话。

曾真说："怎么这么久才接电话？是不想接呀还是不方便呀？"

张仲平说："都不是，都不是，我在家里，有什么吩咐，你尽管说。"

曾真说："好，那你听着，我现在是正式恳求你，这也许是我最后一次求你，因为我已经帮你朋友家的孩子找到了爱心血源，而且救活了你朋友的孩子，所以，台里要求我必须跟踪报道，如果你朋友不答应我的采访，我就可能被单位炒鱿鱼，这件事情对我十二万分的重要，我已经没有退路了，你必须帮助我，让你的朋友接受我的采访，而且要快，播出时间已经定下来了。"

张仲平说："你听我解释，我已经和她商量过了，人家提出的理由是为了孩子的将来考虑，我也没办法，曾真，曾大记者，恐怕我真的帮不上你了。"

曾真说："孩子的未来？没有命了还有什么未来？你不靠谱，你的朋友比你还不靠谱，我告诉你，这件事情你帮也得帮，不帮也得帮。你这次帮了我，你下次让我干什么都行，听明白了吗？"

张仲平说："曾真，你听我说，刚才从你的话里我已经知道问题的严重性了，可我必须告诉你，这件事情不由我说了算。我也想帮你，可人家不同意，我怎么办？要不，你还是抓紧和台里领导汇报，赶紧把节目撤下来，行吗？"

曾真因为着急而生气，一时无语。

张仲平说："喂，你听见我的话了吗？"

曾真说："听见了，你听着，张仲平，我觉得这事不怪江小璐，就怪你，至于原因，我已经跟你说过一次了，不想再重复。你不帮我可以，从今以后，你千万别又有什么事情找我，我永远不会再见你，你给我记住，我没有你这个朋友。"

曾真挂上电话生气地哭了。

这边的张仲平有点发蒙："喂……喂……"

唐雯看着张仲平愣神，一笑，说："这女孩子是不是对你有意思啊？"

张仲平说："什么？什么意思？"

唐雯说："这也不是你能说了算的事情，她凭什么挂你的电话？语气还那么冲。这不像普通朋友干的事啊。"

张仲平说："哎呀，你是不知道，现在的年轻人，总是不把自己当外人。看来这次把她彻底得罪了。"

唐雯说："你担心吗？"

张仲平说："我担心？我担心什么？怎么会？一个记者，能把我怎么着？"

张仲平很快就会知道，他这话说得太满了。

丛珊和张小雨真的翻越围墙打的来到了电视台，她们不知道电视台是不可能让人随便进的，刚到大门口就被门卫拦住了。

张小雨跟门卫说她们是来上访的，也是来爆料的。门卫问他们上什么访？丛珊说我们被老师给打了，我们应该找谁呀？门卫说应该得找公安局吧？

张小雨说："我们是上访、是爆料，不是报案，你们这里不是有记者吗？"

这时，正好曾真背着背包，骑着漂亮的自行车走过来，门卫叫住了她，说这里有人要找记者，你快过来。

张小雨和丛珊马上迎上去，七嘴八舌地把丛珊挨打的事说了，让她给她们申冤、伸张正义。曾真问真的假的？丛珊说当然是真的，我们有视频资料。

曾真帮她们办了出入证，在她电脑上看了那段录像，马上给头儿做了口头汇报，不容曾真多说什么，头儿马上说做，连同熊猫血的选题一起做，这两个选题太好了，一正一负，相信收视率嗖的一下会猛地往上蹿。

一个小时以后，唐雯便接到了张小雨她们校长亲自打来的电话。唐雯这一惊非同小可，马上把电话打给刚出门没多久的张仲平，让他赶紧回来，一起去张小雨她们学校。

刘校长对张仲平和唐雯说："这件事情，赵老师是有责任的，也是有错误的。学校也从来没有说过不处理。但是，学校内部能处理的事情，捅到社会上去，捅到媒体上去，就不好了。不仅对学校的声誉是个很大的影响，而且势必使整个教学工作都会受到干扰和影响。学校今年有五六百学生参加高考，这意味着什么？这意味着后面跟着五六百个家庭，如果他们把考生没考好的怨气发泄到肇事者头上，会是一种什么局面？我可真不敢想象呀。"

唐雯本能地觉得刘校长使用肇事者这词有点不当，忍不住指了出来。

刘校长说："我的用词不重要。当务之急，是赶紧找到电视台的那个记者，让她把节目撤下来。学生和赵老师之间的事情，好处理。这件事情，当事人主要是那个……丛珊，你们家张小雨，是协从。我本来也想给丛珊的家长打电话的，考虑到唐教授也是老师，老师还是容易理解老师一些，所以就先给你打了电话。"

唐雯还想说什么，被张仲平拦住了。张仲平点头赔笑道："是是是。校长您看需要我们做什么？我们一定尽量配合。"刘校长说："我刚才说了，当务之急，是赶紧找到电视台的那个记者，让她把节目撤下来。一刻也不能停了。万一播出，后果不堪设想。"张仲平问："您是说，这件事主要是靠我们去做工作？"刘校长说："学校也会去找门路找关系，但主要还是靠家长。哎，这是那个记者的名片。"说着，递给张仲平一张名片。

张仲平接过一看，不禁叫苦不迭，真是冤家路窄，那是曾真的名片。

从刘校长办公室出来，唐雯说："这个刘校长，什么水平？怎么能说丛珊和小雨是肇事者呢？我想反驳他，你还不让。"张仲平说："这个刘校长，水平才高呢，说起话来，夹枪带棒的。可是，跟他吵有什么意义呀？现在珊珊和小雨都在这学校，又快高考了，事情闹大了，对俩孩子有什么好呀？"唐雯："也就是你，偏要自作主张，把手机借给她，看，惹出事来了？"

张仲平说："这跟借不借手机——好好好，你别急你别躁，这事我来处理。"唐雯说："你来处理？你怎么处理？哦，你去找曾真？你不是已经把她得罪了吗？她还会买你的面子？再说了，电视台的节目是说下就下的吗？"

张仲平说："不要着急，不要着急。你听我说，你别看刘校长把处理这件事儿的责任往我们身上推，他其实早就有把这件事摆平的把握了。我凭什么知道？凭分析判断。这是什么学校？百年老校，桃李满天下，从这里毕业的学生，政府哪个部门没有一大堆？把这件事摆平，也就是他打一两个电话的事。你以为他真的全指望我们？那也太看扁他了，他也冒不起这个险。"

唐雯吐出一口长气，说："听你这么说，好像还真是这么回事。那你说，我们现在怎么安排？"

张仲平说："刘校长让我们来，是先给我们一顿杀威棒，目的是让我们先稳住丛珊和小雨。你觉得呢？"

"嗯，我现在最担心的，也是丛珊和小雨，这俩孩子，胆子也太大了。"

"是呀，这种火烧眉目的时候，真的和班主任唱起对台戏来，可不是什么好事。"

"你有点原则好不好？这事即使有丛珊和小雨的责任，主要责任还是在赵老师身上，老师是干什么的？是教书育人的，不是打人骂人的。"

"好了好了，我们俩就别争了。老师也是人，也有七情六欲，也是优点毛病一大堆，关键是出了问题怎么处理，其实，刘校长讲得也不错，这种关键时候，就是要息事宁人，大事化小，小事化了。这个道理我们懂，可孩子不一定懂呀。什么事情都要分个青红皂白、大是大非，人会累死的。"

"你是在批评我吧，我就是一个有精神洁癖的人，你怎么办呢？"

"凉拌。要冷静，一定要冷处理。不能再在孩子身上火上浇油。我们俩分一下工，你去找珊珊和小雨，我去找曾真。"

"你不是说刘校长一两个电话就可以摆平这件事吗？你还要去找她？你不是自讨没趣吗？"

"这你就不懂了，刘校长找的关系在上层，县官不如现管，曾真是第一线的记者，她要是不同意，也很麻烦。"

"你有把握做通她的工作吗？"

"没把握，但这件事情必须摆平，你想，咱们的孩子在他们手里，这件事一定会对小雨的高考造成影响，再说，这毕竟是我们市的重点中学，出这样的事情影响会很坏，而且是我们家的孩子，这要是传扬出去，你觉得我们还能待在这个城市吗？说不定，我那些生意伙伴，都会对我敬而远之。"

"有那么严重吗？那你……怎么说服曾真？

"先找到她，对她动之以情，晓之以理，也许就能说服她。"

"那你快去呀。哦，对了，这事我们要不要先告诉丛林和华媚？"

"丛林工作太忙了，别分他的心，华媚呀，整天惦记着打她的麻将，可能也帮不上什么忙，要不，等处理完了再告诉他们吧。"

（四）

张仲平办理完登记手续，收好身证份，在传达室等着。不一会儿，曾真从里面出来，张仲平起身相迎。

曾真说："怎么是你？"张仲平说："无事不登三宝殿，我今天可是有事求到曾大记者头上来。"曾真说："你求到我头上？我怎么说的？你没想到这么快就会撞到我枪口上吧？等等，不对，你应该又是来利用我的，对吧？"

张仲平说："是是是，哦，不对。你看，我心里着急，有点语无伦次。是这样，嗯，能不能请曾大记者屈尊到我车上说几句话？"

曾真说："这儿说不一样吗？"

"曾大记者不会是担心我把你卖了吧？"

"点将不如激将。你行呀，张总，给你五分钟，不，三分钟，我很忙的。"

两个人朝外面走去，张仲平赶在曾真前面替她打开副驾驶这边的门，把她让进自己的车子里。曾真看他绕着车头拉开车门进来，扭头冷冷地看着他。

张仲平说："别这么一副公事公办的架势好不好，我真是来求你的，决没有冒犯您老人家的意思，就是再给我两个胆子，我也不敢冒犯您老人家。"

曾真说："张仲平你什么意思，左一个您老人家，右一个您老人家，我有多老了？"

"不不不，我不是这个意思。你看你看，见到你我真是太紧张了，连话都不会说了。你给我一点儿时间，让我放松一下、放松一下。"张仲平做深呼吸状，曾真偷偷一笑。

张仲平说："你对我有成见，我先把毛毛的事当面给你解释一下，那天我没接你的电话，原因是电话不在身边。当时我在做江小璐的工作，手机忘在车上了。"

曾真鼻子里哼了一声，说："我是需要解释，但要的不是你为了解释而公然撒谎。"

张仲平说："撒谎？没有呀，我干吗要撒谎？你不知道，我这人有个毛病，就是一撒谎浑身都红，都能红成印第安人。撒谎？没有。我干吗要撒谎呢？"

曾真说："这正是我要问你的。同一件事情，撒一次谎还可以原谅，撒两次谎，就一定有见不得人的目的。说吧，你跟江小璐到底是什么关系？也许，她不愿意接受采访，压根儿就是你的主意吧？"

"这话从何说起？"

"很简单呀，因为……因为你怕暴露你跟她的真实关系，不是吗？"

"曾大记者，你的想象力也太丰富了。你要这样想，可就真的冤枉我了。"

"冤枉你了？那你到底为什么要撒谎呢？看来，我不揭穿你，你还是会心存侥幸。这可是你逼我的，别怪我不给你留面子。你听好了，那天，接我电话的时候，你根本不是在医院的停车场，而是在你办公室，当时总共有三个人在你办公室，你和一个叫胡海洋的人在喝你老婆熬的鸡汤。"

张仲平不禁一愣，睁大眼睛看着曾真。

曾真说："当时你的车子就停在办公楼下，你说你去医院做江小璐的工作，根本就是在敷衍我，就是在撒谎。"

张仲平说："听了你前面的话，以为你简直就是神仙妹妹，听了你后面的话才知道你还是人。告诉我，胡海洋是你什么人？

曾真说："你似乎应该先告诉我，江小璐为什么不愿意接受采访？你和她到底是什么关系？"

张仲平说："好吧，我告诉你，江小璐是我恩人的老婆，我有责任帮助他们甚至保护他们，你看，我没变颜色吧，真的没骗你。"

曾真略一思索，道："我信了。"

张仲平倒奇怪了："你怎么这么容易又信了？"

"因为你老婆的鸡汤。如果你和江小璐真有什么别的关系，你老婆会给他儿子熬鸡汤吗？"

"聪明。物以类聚，人以群分，谁叫我们是朋友呢。鉴于我们是朋友，你又在指责我不该撒谎，我还是解释一下，那不是因为存心要欺骗你，而是出于一种习惯，出于一种想尽快结束那个话题的习惯。如果你要是进一步追究，嘿嘿嘿嘿，那也是你的责任。"

"我的责任？"

"是呀，因为我内心深处存了一个念头，就是想讨好你，找你邀功请赏。"

"可是，你并没有说服她，也并没有帮到我。"

"但我毕竟在替你跑腿呀。"

"你跑腿了吗？你没有呀。"

"那会儿没有，之前有呀。我想你应该知道，为了这件事，我有多难。我来找你，本来是要和你诉苦的，你知道，我和江小璐谈了很久，可最后，我是被江小璐的话感动了。她的理由是，她一直接受我的施舍，她不想让孩子将来永远让人施舍，那孩子多可怜你知道吗？他现在还小，可他将来懂事之后，知道自己身体里流淌的是一种和别人都不一样的血，而且最能给他输血的父亲也不在了，他会怎么想？他还能好好面对自己的人生吗？可以说，不是江小璐说服了我，而是孩子的命运让我放弃了劝说她的念头。而这些，我怕跟你在电话里说不清楚，所以，才说了假话。也不算假话，我只是让时空稍微错了一点点位而已。"

"你还穿越呢。这么说，我如果继续坚持做那个节目，反而太残忍了？"

"也不能这么说。不，实际上，你很善良，没有你，孩子活不了，江小璐就跟我说过，你是孩子的恩人。可是，你的报道会让孩子永远面临一个事实，那就是他要靠着别人的血活着，他是孩子，他还不懂什么是面对现实。"

"怎么搞的，我似乎又被你说服了？好吧，我放弃。我会永远替这个孩子保守秘密，永远。好在我已经找到了新的选题，不过，你可欠我一个人情。"

"只要我还有机会，我一定还。我今天来找你，一是为了说这个，另外，我想再欠你一个人情。"

"说吧，趁着我还在感动着，快说，什么事？"

"把你的新选题也撤下来。"

"什么？你说什么？"

"你要报道老师打人的事，对吧？"

"是呀，怎么啦？"

"这个报道，会影响我孩子的人生，因为……我，是张小雨的父亲。"

曾真看着张仲平愣住："天哪？你能告诉我，我为什么要认识你吗？胜利大厦，多好的新闻题材，别的媒体做得轰轰烈烈的，我们电视台呢？偃旗息鼓。我是没跟你说，为这事，我们头儿没少训我。江小璐她儿子的事，题材也算是浪费了，我还得想办法怎么跟头儿解释。好，现在轮到你女儿了，哼，又是这样。张仲平，你说，我是不是上辈子欠你的呀？"

"没那么严重吧？就算有那么严重，那说明了什么？说明了我们之间起码有三世情缘啦。你上辈子欠我的，为什么呢？是因为上上辈子我欠你的呀。你这辈子还我，我下辈子还不得还你呀？"

"别跟我绕来绕去了。就节目本身来说吧，你女儿张小雨和她同学丛珊并没做错什么；相反，我们的教师，我们的学校，包括整个社会，都要好好反思反思。因此，我不认为报道出来对她们两个有什么负面影响。"

"张小雨和丛珊上课时递纸条毕竟违反了校纪，扰乱了班风，也是有错的，关键是马上就要高考了，能够大事化小、小事化了的事情，为什么要搞得世人皆知呢？我们可以预测，你的节目将会成为社会事件，将会影响整所学校的孩子。"

"照你这么说，我们的新闻节目就不要做了？"

"老师打学生毕竟是个案，学校内部是可以处理好的。可是，如果一旦在电视上报道出来，就会把学校和两个孩子推上风口浪尖，我不敢想象这将对我女儿今后的生活产生怎样不利的影响，所以，必须无条件地制止。"

"张仲平，你这是在求我吗？你这是对我下命令，凭什么？"

"对不起对不起，我太急了。"

"对不起有用吗？对不起有用还要警察干吗？"

"咱们这事跟警察没关系吧？这是一个父亲为了心爱的女儿向你求情，你会忍心拒绝吗？作为补偿，我可以给你提供更劲爆的新闻线索，比如说一只金刚鹦鹉吃掉了一只猫，猫的肚子里还有一枚戴比尔斯钻戒。"

"别说了。你少跟我贫嘴，这次没用了。"

"怎么啦？你不会真的生气了吧？"

"我就是真的生气了。"

曾真突然开门离去，张仲平追了出去，拉住曾真说："对不起对不起。如果我刚才说得不好，我重新说，你原谅我。"

曾真说："你放手，别让我的同事看见，免得误会，我还要嫁人呢。"

曾真的手机响了，她接起电话，一边说"来了来了"，一边小跑着从传达室里消失了。

张仲平回到车里，很烦躁地一拍方向盘。他的手机也响了，是丛林打来的电话，"喂？丛林，你也知道了？是，是，我正在想办法，我知道，我也没想到事情会这么严重，我一定想办法阻止，好的，你暂时不用出面，我来。行，我们保持联系。"

张仲平挂上电话，开始找号码拨电话："哥们儿，十万火急，认识市电视台领导吗？越大越好，总监、节目组制片人都行。什么？一个都不认识？好好好，我们改天再聚。"

张仲平又拨通一个电话："喂，兄弟，市电视台有熟人吗？要领导。没有呀？那广电局呢？市委、省委宣传部也行呀，好，你帮我找找，要快，好，我等你电话。什么事？回头跟你说。麻烦你快点儿，兄弟，改天我请你吃饭。"

俗话说书到用时方恨少，没想到人到用时更恨少。张仲平心想这样找人也不是办法，解铃还须系铃人，他还得找曾真。他想了想，从手机上调出曾真的号码，拨了过去。

曾真刚走到栏目组，张仲平的电话便追来了，这让她不胜其烦，摁下手机说了一句："别打了，再打我把你拉入黑名单。"曾真的声音太高了，惹得同事都朝她看。

刚才给她打电话的那个女同事走过来，在她背上安抚地拍了拍："曾真，头儿刚才来过，让我们把你的选题撤下来。"

曾真问："为什么？"

同事说："应该是觉得不合适吧？"

曾真说："不合适？我跟他汇报的时候他兴奋着呢，你说，是不是什么人托了关系让撤的呀？"

同事说："不知道，托关系也没那么快吧，应该是头儿自己的意思，你不知道吧？头儿上面的领导，我们台里的头儿，就是那所中学毕业的。"

曾真说："这都是什么事啊？这工作还让不让干了？"

曾真的电话又响起来，还是张仲平，曾真没接，电话断掉，又响起，仍然是张仲平，曾真还是让它又断掉了。

同事说："曾真，可别因为工作影响到私人感情，快接吧，手机都快打爆了。"

曾真说："头儿真的没说什么理由？"

同事说："说了，说这新闻有点不够爆料。"

曾真说："借口。老师打学生还不够爆料？难道学生打老师就够爆料？"

同事说："那肯定够……曾真，头儿说得也没错，老师打学生自古就有，现在是不多了，可你想，现在的老师其实也不容易，真要是爆出来，这老师以后就得除名了。"

曾真说："她还出名了呢？"

同事说："又不是偶像，你让他出名干什么？没必要。反正领导也知道我们努力了，也没再提熊猫血的事情，我看算了。"

曾真吐了一口气。电话再次响起，曾真拿起手机，看着张仲平的名字。她突然笑了。她从办公室返回停车场，敲敲张仲平的车窗，让他下来，说："你真要我撤回那个报道？"

张仲平说："当然，请您老……大小姐高抬贵手。"曾真说："条件是……"张仲平说："您说。"曾真说："我说？我开什么条件你都答应？"张仲平说："对。"曾真说："说话可得算数。"张仲平说："我是一个有身份……证的男人，一言既出，汽车难追。"

曾真上下打量了一下张仲平，说："是这样，节目下不下，不是我一个人说了算的，我得请我的同事吃冰激凌，哈根达斯，现在就想吃，你马上跟我去买。"

张仲平略为惊讶地望着她，说："你就这个条件？可以，太可以了。我这就去。"

"等一等。我还没说怎么去买呢。"

"怎么去买？开车去呀。"

"不，你必须以裸奔的方式去哈根达斯店，然后再裸奔着回来。"

"啊？"

"嗯，考虑到市容市貌问题，你可以保留一条内裤。给你……嗯……十四分半钟的时间，超过半分钟，我们之间的约定，无效。"

"喂，曾真……"

"现在开始倒计时。"

张仲平愣了一下，开始脱上衣。曾真望着他，幸灾乐祸地微笑着。张仲平直瞪着她，脱了上衣，把它们扔到车里。

张仲平把衬衫从裤腰带里扯出来，扔到车里，他突然停下："你为什么还不喊停？"

曾真眉毛一挑道："我为什么要喊停？"

"因为你如果不喊停，我就会执行你的命令，那么，只需要半分钟，我就会全身赤裸裸地出现在你面前。可这是哪儿？是你工作的单位，你马上就会成为这一非常事件的女主角，人们立即会对你议论纷纷。女儿是父亲的前世小情人，为了她，我可以做一切事情，可你，是不是已经做好了成为话题女王的心理准备呢？"

"你……"

"曾真，我不是在逼你。实际上，我在替自己考虑，也在替你考虑，你喊继续，我们双输，你如果现在喊停，我会认为你是一个知道急流勇退的乖女孩。为了不让你丢面子，我们各退一步，我愿意就这么跑着去买冰激凌，怎么样，是继续还是停？"

曾真闭上眼睛说："好吧……停。"

张仲平说："谢谢你。曾真你太好了。你等着，我一定会在十四分半钟以内回来。"

张仲平说完跳跃着直奔大街而去，他的脚好像被扭了一下。曾真望着他一扭一扭的背影，不禁摇了摇头，她想，这个人可真是的。

（五）

唐雯在班上找到了张小雨和丛珊。

两个孩子很敏感，追问她是不是刘校长找她告她们的状了？

唐雯说："那不叫告状，叫大家一起做工作。珊珊，唐阿姨也是当老师的，可能更了解当老师的心情。老师只希望班上班风好学风好，学生每个人都勤奋好学，将来有出息。老师不会恨学生，但老师也可能会犯错误。"

丛珊说："唐阿姨，我们从来没把老师当圣人。老师犯错误我们可以原谅，但老师犯了错误也得承认，不能因为她是老师就什么都是对的，她也得尊重人。"

唐雯说："珊珊你说得很对，互相尊重是人与人相处的首要条件。但是，我们在社会上生活，要想事事处处公平，也是不可能的，有时候，也要学会忍让，要受得了委屈，知道吗？"

张小雨说："凭什么让我们受委屈？让她道个歉就那么难吗？"

唐雯说："小雨你闭嘴，别跟着火上浇油了，把事情闹大了有什么好呀？直接受影响的是你们两个，知道吗？"

张小雨说："那我们也是被逼的。"

丛珊说："唐阿姨，我跟赵老师的事，我爸我妈还不知道吧？"

唐雯说："还不知道。珊珊很懂道理，是不会让你爸你妈替你操心的，对吧？"

丛珊说："让你操心了，唐阿姨。"

唐雯说："没事。你跟小雨要努力学习，不要让别的事情分散精力。这节骨眼儿上，时间多宝贵呀。"

张小雨说："那赵老师还道不道歉了？"

唐雯叹了一口气，说："道不道歉那么重要吗？你们要知道，你们是在为自己的前途学习，不是为别人，没必要赌这口气。"

张小雨还要说什么，被丛珊制止了。实际上，唐雯也有点纠结，这赵老师也是的，为人师表，自己做错了却连道个歉都不肯，让她受点教训也好。但这话她可不能随便对两个孩子说，得先压压她们，否则，她们只怕会闹得更起劲儿。

唐雯不知道张仲平去找曾真的情况怎么样了。她把两个孩子安抚好了，决定去一趟丛林家，找华媚好好聊一聊。

唐雯在小区麻将室找到了华媚，来到家里，华媚没等唐雯说完便哭了起来。她埋怨自己命不好，一个劲儿地数落丛林，说这日子真没法过了，说他整天不着家，对丛珊不管不教的，真不知道还会折腾出什么事来。

唐雯说："我家仲平也一样，男人都这样，窝在家里能有出息吗？男人要干事业，还不都是不着家吗？"

华媚说："那你家仲平毕竟是赚到钱了，丛林呢，钱钱赚不到，官官当不大，能一样吗？"

唐雯说："人不就是图个踏实嘛？升官发财到头来还不是一样过日子？"

华媚说："问题是我过得不踏实呀。你是什么都有了，你才这么说，你要是什么都没有，你还会这么说吗？"

唐雯见很难再谈下去，便转移话题，说一会儿丛珊回来，可千万不能激动，孩子有孩子的难处，咱们得理解她们。华媚说她有什么难处？这孩子和她爸爸一个德行，倔强得要命。

唐雯正要接话，传来开门的声音，原来是丛珊走了进来，见了唐雯马上礼貌地打招呼。

华媚没等唐雯说话，拿起一个杯子便扔了过去，杯子砸在墙上摔得粉碎："你不是很有本事吗？都会打老师了，你还回来干吗？"

丛珊望着那一大堆玻璃碴，委屈得大叫："你干吗？你别和我发疯，我不是我爸，我可不吃你那一套。"

华媚说："你还顶嘴，你辱骂老师、旷课、诬陷老师，你还犟嘴，今天你看我怎么收拾你。"

唐雯急忙拦住华媚，让她别错怪了丛珊，有什么话好好说。

丛珊倔强地站在原地："我怎么诬陷她了？她就是打了我，你打我骂我还不够，别人打我骂我你也不管，有你这么当妈的吗？我告诉你，这件事情没完，如果赵老师不道歉，我就去告她，我一定让她当不成老师。"

说完哭着跑了出去。

"丛珊……丛珊……你回来。"唐雯边喊边要去追，被华媚一把拉住："别管她，让她去告，总以为家里有个芝麻大点的法官，就动不动要告这个告那个。唐雯你看到了，这一个个犟得像驴似的，这日子有法儿过吗？等丛林回来，我马上和他离。"

唐雯不知道该怎么劝华媚，只得不停地摇头。

话分两头说。张仲平从电视台直接去了市中级人民法院丛林办公室，两人坐在双人沙发上，张仲平把丛珊的事儿原原本本地跟丛林说了。

丛林听完以后问："你确定那个电视报道百分之一百不会播出来了吗？"

张仲平说："应该没问题。这不全是我的功劳，我估计，学校也找了电视台里的领导，放心吧，已经摆平了。"

"珊珊和小雨还不知道吧？"

"应该还不知道。我让唐雯找她俩谈话，估计这会儿还在做工作，放心吧，不是什么大事。"

"那就好。唉，这几天我思来想去，对离婚有点犹豫了。"

"这就对了嘛，这种时髦也是我们赶的？"

"有时候我也反省自己，我这样长年累月在外面跑，华媚有意见也很正常，换了别人，一样受不了。"

"这又对了嘛。这夫妻相处，有两个法宝。第一，批评之前先自我批评；第二，自我表扬之前先表扬对方。你信不信？不信你试一试。你呀，是得找机会跟华媚心平气和地谈谈了。你对她不满，她对你也不满，那些陈年老账，像河床上的淤泥似的，越积越厚，如果不及时清掉，下一点点雨，就会水漫金山。"

"我主要是觉得对不起珊珊，这么多年以来，我们生了孩子，给他们吃好的、给他们穿好的、给他们买这买那、尽量满足他们的各种物质要求、带他们上各种补习班，可是，我们又花了多少时间真正陪他们？和他们一起聊天、一起玩儿、一起感受这个世界、一起认识这个社会？我太少参与珊珊的成长了，我不是一个合格的父亲。"

"你也别太自责了。现在我们这些当爸当妈的都太忙了。可话说回来，咱们为什么忙？很大程度上还不是为了孩子？"

"先拼命挣钱，把身体搞垮了，再花钱买药吃。这就是现代人的怪圈。我觉得我们的教育也是这样，我们因为要在社会上打拼而顾不上孩子，等孩子出现问题了，再花更多的时间和精力去纠正。可是，孩子不是积木，不是我们想搁哪儿就会在哪儿老老实实待着的，我真的为此忧心忡忡。"

这时，座机响了，丛林起身接电话，对着话筒说了几声好好好。他放下话筒对张仲平说，我又得出差，你要是没别的事，送我回家拿行李，我们在车上聊。

丛林这次出差是为了香水河公司的案子。那是一家国有企业，据说土地储备不少。

张仲平对这种信息很敏感，问最后有没有可能拍卖？

丛林说："你还是把胜利大厦的事情做好再说吧，我真后悔和你说，你肯定又盯上了。你呀，怎么像棺材铺老板似的，尽盼着死人？唯恐天下不乱。"

张仲平说："你这话有点难听，可一针见血，看来香水河的项目我真得留意了。"

丛林说："我可什么都没跟你说哟。"

张仲平说："我也什么都没听见啊。"

在车上，张仲平跟丛林谈了徐艺要自立门户的事。

丛林说："如果他股东都不愿意当，你还有什么办法？我看你就认了吧。"

张仲平说："认了？"

"是呀，现在毕竟是市场经济，员工对单位的忠诚度和依附性越来越弱，择业和用人都是双向选择，你要炒一个人的鱿鱼很容易，员工要炒你的鱿鱼也不难。对徐艺，你别老想着是唐雯的外甥，把他就当一普通员工，这事就容易接受了。"

"我也不是不能接受。徐艺他真要出去，我就让他出去，看他能折腾出什么名堂。我有点想不明白的是，鲁冰怎么会主动找到我说那番话？他到底是什么意思呀？"

"看来在你眼里，鲁冰比徐艺还重要。"

"从业务的角度来讲，当然是这样。"

"是呀，鲁冰马上就要到我们中院执行局当局长了，手头的拍卖业务会很多。"

"你说，鲁冰有没有可能是徐艺的后台老板？他们俩勾结在一起，一个在明处一个在暗处？徐艺只是在替鲁冰抛头露面？"

"难说，否则，他干吗要跑到你那里去跟你说那番话？"

"不不不，那岂不是欲盖弥彰？我觉得鲁冰应该不会是这个意思。"

"那是什么意思呢？摸你的底？让你理解他？得了得了，这琢磨人的事，我还真不习惯。"

"要是鲁冰跟徐艺真是那种关系，会很危险，我不怀疑他们会拿到很多业务，可是，成也萧何，败也萧何，那是迟早要出问题的。不，那是一定会出问题的。这个徐艺。不行，这样看来，我还真得阻止他。"

"你怎么阻止他？你阻止不了。你阻止他，只会提前把你们之间的关系搞僵。"

"那怎么办？就眼睁睁地看着他往火坑里跳？"

"有那么可怕吗？眼下有那么多拍卖公司，包括你们公司，行贿受贿了吗？不是也做得不错吗？"

"那不一样。我是做了这么多年了，有了根基，也有了品牌。徐艺他新成立一个公司有什么？要业绩没业绩，要知名度没名度，他怎么做业务呀？"

"他既然想到了要自己开公司，这些事他也一定早就考虑好了。你不要替他操心。"

"你没明白我的意思。在咱们这个社会，任何一个行业，只要赚钱，就有很多人跟风，跟风的人一多，这个行业就会超常规发展，一超常规发展，就乱。"

"一管就死，一放就乱。这是中国特色之一。不过，也没什么可怕的，天下大乱，达到天下大治。"

"没你说的那么轻松。丛林你是不知道，我们做拍卖的，可以说处处是机会，也可以说处处是陷阱。我要是稍微动一点儿歪脑筋，今天就不能跟你这样闲庭信步地聊天了。你知道这些年我是怎么过来的？踩钢丝、找平衡、如履薄冰。可是，如果徐艺出来干，他能抵挡住种种诱惑吗？他能掌握好个中分寸吗？"

"问题是，你真的阻止不了他。我觉得，现在你与其考虑怎么让他不出来，不如先考虑考虑他出来以后，一旦挖你的墙脚，你怎么办？"

"你觉得徐艺……会挖我的墙脚？"

"害人之心不可有，防人之心不可无。"

"即使我是他姨父？"

"赌场无父子。除非，他不是赌徒。我得提醒你，胜利大厦的事你得抓紧了。我有个预感，徐艺这个时候出来，很有可能是冲着这一单业务来的，五六千万，做成了他可以拿五六百万的佣金。他不可能不动心。他要是真跟鲁冰联手，会成为你的强劲对手。"

"奇怪的是鲁冰，居然主动跑到我办公室谈徐艺的事情。你知道我是怎么想的吗？他说他是为了战友的女儿，可我觉得是为他自己。"

"我还是觉得这不符合逻辑，如果你是担心鲁冰成为徐艺的后台，他为什么还要你阻止徐艺单干呢？难道……他会傻到掩耳盗铃的程度？"

"我也没想明白，我跟你说这件事是让你心里有个底，我听说，市中院执行局只是鲁冰的跳板，他是想升副院长。"

"他想升他去升，跟我有什么关系？跟你好像也没什么关系吧？"

"你这个人呀，还是那句话，你升不升副院长，跟你与华媚的婚姻质量关系重大，这是我的感觉。"

"瞎操心。"丛林说完扭头望着窗外，不再搭理张仲平。

回到家里，唐雯听说张仲平说服了曾真，免不了好一顿表扬。硬让他说是怎么摆平的？

张仲平轻描淡写地说："不就是按照你的教导，动之以情，晓之以理吗？"唐雯说："就一句话这么简单？说过程。"张仲平说："没什么过程，我跟你说，凭你老公这智商这张嘴，对付一记者，小菜一碟，比对付我生意上的事简单多了。这样，接下来可就交给你了，丛珊和小雨可不能再出事了，否则，神仙也帮不上忙了。"

唐雯说："下面的事还得跟进。电视台不播了，还得老师答应给丛珊道歉才行呀。还有，我今天去丛林家，华媚可是把丛珊好一顿骂。"

张仲平说："这个时候骂丛珊干什么？这华媚也真是。唉，这事儿又复杂了，偏偏今天丛林又要出差去了。"

唐雯说："巧了，下午我也得乘飞机去北京。"

张仲平这才注意到，唐雯正在往箱子里塞衣物行李，问道："怎么突然要去北京了？""导师来了电话，说今年报考他博士生的人特别多，想跟我当面交流一下。"

"当面交流？有这必要吗？我觉得这事有点不对啊。"

"有什么不对？不是早就准备好了要去拜访他的吗？

"那不一样。你去拜访他是礼节，是去和他拉关系，这太正常了。他主动约你，性质就变了，那算怎么回事？老家伙会不会谋图不轨呀？"

"说什么呢？你老婆都四十好几的人了，人老色衰，哪个还看得上？"

"你这个说法更有问题了。按照你的说法，你是因为自己人老色衰老头子看不上，所以才没有危险，对不对？如果你不是人老色衰呢？那是不是就有危险了？人老色衰的标准是什么？我就不认为你人老色衰，你那个破导师，年龄不会比我小吧？也一定不会认为你人老色衰。"

"去去去，说什么呢？几十岁的人了，还老没正经。"

"我这是在乎你呢。说吧，你要去几天？"

"来回也就三四天吧，你照顾好小雨。哦，对了，我们刚才说什么来着？不是说丛珊的事吗？我和丛林都不在家，华媚又是那副样子，你一个人，搞得定吗？"

"你还忘了徐艺的事情，真是没有一个是省油的灯呀。不过你放心，你老公虽然没有三头六臂，智商和口才还是可以的，我办事，你放心。"

"最关键的还是电视台的事情，那个曾真，不会变卦吧？"

"应该不会。"

"这事可千万马虎不得，你最好现在给曾真再打个电话，把事情敲死了。"

张仲平觉得有道理，他从手机里调出曾真的号码，拨号，通了。

曾真开口就在电话里问："什么事呀？亲爱的？"

唐雯听得一愣，张仲平也是一愣，他快速看了唐雯一眼，索性按下免提键，说："曾大记者，你好你好，我是张仲平。我想问一下，关于丛珊和张小雨的那个电视报道，一定不会播出了吧？"

曾真说："不会了，放心吧，你那衣服不会白脱的。"

听了这话，张仲平和唐雯同时惊呆了。

第七章

（一）

"怎么回事？"唐雯把手里的衣物往箱子里一扔，说话声音都变了。

张仲平不得不先装傻："什么怎么回事？"唐雯终于忍不住了："张仲平你装什么傻呀？一会儿是'亲爱的'，一会儿是'衣服没白脱'，你跟这个曾真到底什么关系？你整天在外面都搞些什么鬼？"

张仲平把自己的脑袋摇得像拨浪鼓似的："哎呀，老婆、夫人，你误会了，你听我慢慢跟你解释。首先，这亲爱的，是现在社会上的流行称呼，外面的人一张口都这么叫。原来称男的为'师傅'，那是工人阶级领导一切的时代；后来称男的为'先生'，那是知识分子吃香的时代。女的呢？原来称'阿姨'，那是为了跟师傅相配；后来称'女士'，那是为了跟'先生'相配；再后来，男的叫'帅哥'，女的叫'小姐'。可是这几年，叫小姐等于骂人，所以，现在不管男的女的，都兴叫'亲爱的'，相当于'喂'的意思。你不信？不信……不信你可以去问小雨。"

唐雯将信将疑："真的？"

"真的。"

"行，就算是这样，那衣服没白脱又是怎么回事？"

"听说过裸奔吗？为了毛毛的事她报复我，让我裸奔去给她买冰激淋，不然一切免谈。"

"啊？她居然想让你裸奔？她怎么能这样？"

"'80后'就这么疯狂，跟我们这代人的思维方式完全不一样，不按常理出牌，很有个性。不过，后来我也理解了，你想，已经定了的选题，一次两次三次地被撤下来，能不窝火吗？我能怎么办？只好牺牲我自己，成全所有人了。"

唐雯听到这里总算暗暗舒了一口气，感慨道："这曾真也太强悍了。徐艺为她动过心，幸亏找的是辛然，如果是她，徐艺哪是她的对手呀？"

张仲平边点头边"嗯"了一声。

没想到他这一声"嗯"反而又引起了唐雯的注意："曾真真是这样的人吗？徐艺不会这么没眼光吧？张仲平，这故事有点离奇呀，不会是你编的吧？"

张仲平有点儿恼火了，道："你怎么这么疑神疑鬼呀？我要跟她有什么事，我会当着你的面直接给她打电话？我打电话的时候会把电话免提开着，让你听得一清二楚？得了得了，你把机票退了，我带你去见她，让你自己去见识见识。"

"真的？"

"真的。"

张仲平一脸严肃，倒让唐雯放下心来，她一笑，说："好了好了，我能不相信你吗？不过，听你这么一说，这记者还真不能得罪，你干脆再约她一下，问她到底要什么？想干吗？你就放点血，就当是花钱买平安吧。"张仲平点点头，他不想再谈曾真的事，怕一句话说得不对又被唐雯揪住不放。

唐雯说："还有，丛林今天出差了，我明天去北京，这俩孩子怎么办？"

"你是怎么想的？"

"明天是周末，华媚没日没夜地在外面打牌，珊珊回家如果见不着爸也见不着妈，会挺失落的。要不，你把她接咱们家来，辛苦一下，给她们做顿好吃的。再跟她们好好谈一谈，你口才好，我很有信心，行不行？"

张仲平说："行行行，我也是这么想的。我想晚上再去找下刘校长，给他送点东西，跟他再沟通一下，托他在丛珊、小雨和赵老师之间做做和事佬，顺便把被他没收的手机拿回来。你在外面出差，没手机不行。"

唐雯说："就是你，都说了中学生不准用手机，就你惯着她，惯出事来了吧？"

张仲平说："两码事，而且两者之间没有因果关系。"

唐雯说："没有因果关系也有别的关系，小雨要是没手机，不就摄不了像吗？"

张仲平说："好了好了，你都要出远门了，咱们就别争这个了。另外，既然是去拜访导师，礼物还是要准备的，我一并买了。"

唐雯说好。张仲平吃了饭出门，购物、找校长沟通拿手机，几件事顺顺当当地办了，一夜无话。

第二天上午，张小雨还得去学校上半天课，唐雯让她一定找丛珊过来吃午饭，张小雨听说是张仲平亲自下厨，高兴得一蹦老高，让唐雯心里好一阵发酸。

张仲平驾车送唐雯去机场，经过收费站，打开车窗，伸手接过递过来的收费卡，发现收费员正是江小璐。江小璐忙打招呼："呀，张总。哦，嫂子。"

张仲平和唐雯忙说："你好你好。"唐雯问她："怎么就上班了？毛毛出院了吗？"江小璐说："没有，我妈照顾着，你们这是去机场吗？"张仲平说："是呀，送你嫂子去趟北京。"江小璐说："那行，请你们系好安全带。"

提醒别人系好安全带是江小璐的一个习惯。

等张仲平驾车经过收费站，上了高速公路，唐雯说："小孩刚做手术就上班了，这江小璐，也够不容易的。"

张仲平说："是呀。"

唐雯说："她老公叫邓大伟吧？好像也死了三四年了吧？干吗还不找人嫁了呀？"

张仲平说："是呀。"

唐雯说："什么是呀是呀？你是不是走神了？"

张仲平说："是呀……哦哦哦，昨天晚上我一直在想徐艺的事。如果他执意要走，我强行留着他，是不是也不太好？"

"你的思维倒是跳得快。徐艺是我外甥，我知道这么多年你一直没把他当外人，已经很不容易了，该尽的责任也尽到了。"

"是呀，他要是下了非走不可的决心，我要不同意，他反而会怨恨我，怪我挡了他的财路。"

"他会这么想吗？"

"我没想到他要跳槽，他不是也在跳槽吗？这件事情让我想了很多，人心隔肚皮，你对别人好，他会怎么想，你还真不知道。"

"看来，这事对你打击不小，至少……你挺在意的。"

"怎么可能一点儿都不在意呢？但也不全是。还是那句话，徐艺尽管也做了几年拍卖，我看他是真的不知道这水有多深。不过，我又一想，尽管江湖险恶，也许还得让他亲自去闯一闯。闯出来了，是他的造化，闯不出来，他回来，我再收留他也不迟，他反而也会安心安意。相反，如果我硬留着他，他心里总以为我不给他机会，会很有芥蒂，我跟他相处起来，也会别别扭扭。再说了，徐艺这孩子性格犟，他要做什么事，拦也拦不住。"

"是呀，你这姨父当的……真不容易，谢谢你了。"

"我可不是为了讨你的谢。"

"知道知道。我到机场后给他打电话，让他赶紧找你谈。"

"好吧。"

虽然是周末，徐艺和辛然却也没有休息，他们用公司名称核准单在人才市场报了名，租了个摊位，徐艺说他得挑一批业务员。现在工作不好找，每个摊位上都围着一大群人，没多久他们就收了一大摞报名表。两人没等招聘会开完便回到了新公司。

徐艺让辛然把男的和年龄大的扔到一边，把那些年轻漂亮女孩的报名表留下来。辛然觉得奇怪，问："你要招那么多女孩子干吗？开夜总会呀？"

徐艺说："谁开夜总会呀？我是让她们做业务员。辛然，你以为把拍卖公司的牌子往门口一挂，拍卖业务就会自己找上门来呀？拍卖公司属于中介服务机构，是联通买卖双方的桥梁，对我们来说，卖方更重要，也就是说得先有业务。业务是怎么来的？是从天上掉下来的吗？不是，是拉来的，我们要招的女孩子，就是干这个的。"

辛然说："拉业务也不一定要全挑这些长得像妖精一样的女孩子吧？太妖媚了吧？"

徐艺说："不是妖精，是气质。现在社会经济的最大特点是什么？是注意力，是眼球经济。想一想，想一想。什么，你想不出来？这么简单的道理你怎么会想不出来？那我问你，现在当官的、有钱的，是男的多还是女的多？"

"那还用说，当然男的多。"

"那……男的都喜欢什么？我是问他们……都……喜欢什么？共性的东西？"

"徐艺，别跟我藏着掖着了，我知道你想干什么，你是想组建一个红粉兵团，说雅一点是公关小姐，说俗一点儿你是投男人之所好，搞性贿赂。"

"别说得那么难听，我没那个意思。我怎么会有这个意思呢？一个公司得有形象、有气质，我们公司的名字叫什么？叫时代阳光，因此，它的形象它的气质就应该充满阳光，有时代气息。我找的女孩子都是阳光的、清纯的，能让客人眼睛一亮的。根据我的经验，这样的女孩子到外面去办事，一定会所向披靡，会比男的吃香、顶事。"

"根据你的经验？你有多少经验呀？"

"不是不是，我是说，辛然，我们说得俗一点儿吧，这个社会，有点声色犬马的意思。有个段子怎么说的，说男人不流氓，生理不正常，女人不犯贱，身体有缺陷。这既是一种人性，也是一种社会流行病，咱们做生意，就得利用人的本性。"

"徐艺，我就是怕你搞歪门邪道。"

"怎么会？我只是在招聘业务员，我会给她们任务，完成了任务再给她们高额奖金和提成，至于她们怎么完成任务，跟不跟别人一边谈人生理想一边搞潜规则，我不管。那是她们八小时以外的事，我甚至可以下发文件明令禁止她们这样做。"

"可是——"

"可是什么？没什么可是的。辛然，我只是一个穷小子，我们为开公司凑到的钱只够维持几个月，在这几个月里我要是赚不到钱，我们就得从这栋气派的写字楼里滚蛋，我就会成为一个彻头彻尾的失败者。如果你爸爸肯帮我，我们自然用不着费尽心思到外面去找业务、找生意，业务、生意会排着队找我们。现在是这种情况吗？不是。我得完全靠我的本事取得成功，否则，我怕你爸真的会看不起我。"

这番话是徐艺想了好久才说的，公司只能有一个灵魂，那就是他自己，他指望的是辛然背后的社会关系，而不是她具体在公司做什么事，更不是对他指手画脚。他比辛然更清楚，开公司可不是过家家，商场是残酷的，一切有用的手段都用上还不一定成功，如果不用，那肯定会失败，他得让辛然有这个心理准备。

辛然本能地觉得徐艺说的话有点味道不对，却不知道该怎样反驳。徐艺的话还没有说完，他说："辛然，其实我是一个很自卑的人，我觉得我配不上你。因为你条件太好了，你天生就是过那种养尊处优生活的人，这次我是奋力一搏，如果我失败了，我可能将没有脸面跟你在一起，现在你告诉我，你想让我成为失败者吗？"

辛然说："徐艺你听我说，我认为你完全没必要自卑，你很优秀你知道吗？至于成功还是失败，每个人的标准并不一样。听了你这番话，我倒是觉得，对于办公司这件事，我们……是不是得重新考虑一下？"

"考虑什么？"

"我从你的话里听出了一种赌性，我们……要不要这么去赌呀？"

"辛然你怎么啦？你现在赶紧告诉我，你……是不是退缩了？"

"不是。"

"辛然你听我说，如果你没拿定主意，你得早点告诉我。你不能一边鼓励我，一边自己打退堂鼓。否则，我就是想回头，也回不了啦。"

"不是不是。一开始，你跟我说，开拍卖公司很简单，你在外面拿业务，我负责管理内务，有什么事商商量量的，一年不开张，开张吃三年。你知道吗？睡觉睡到自然醒，数钱数到手抽筋，这是很多人理想的生活。我也不能免俗，我也想。"

"只要我们努力，这样的生活指日可待。可是，有些事情，我不想让你出面。而且，公司要做大，总不能开成夫妻店吧？我们得找人帮我们赚钱，你说呢？"

"这当然没问题。我担心的是，你们男人的赌性都这么大吧？

"这我可不知道。但我想，一点儿赌性都没有的男人，一定是一个平庸的男人。你会爱一个平庸的人吗？你难道不希望我成功，不希望我发财吗？"

"我都希望数钱数到手抽筋，我能不希望你发财吗？问题是，发财要看怎么个发法。如果发财的方式不对，我们就是赚到了再多的钱，也是不会幸福的。这可能也是我爸爸担心的。"

"这我同意，你也不要把我徐艺看成是一个为了发财不择手段的人。但是，另外一方面，开公司不是过家家，必须以盈利为目的。对于一个办公司的人来说，如果成功不是发财，那是什么？我觉得这个问题没必要再争了，业务员是一定要进的。我们需要帮手。"

"关键是你要找怎样的帮手。徐艺，别的事儿都可以依你，这件事……我们得好好商量商量。"

"为什么？"

"因为……因为……徐艺，你非得让我把话说出来以显得我小气是吧？好吧，那我告诉你，那是因为人家不放心你嘛。你长得这么帅，你找的那些丫头，又一个比一个漂亮，你不惹她们，她们也会惹你，你让我拿你怎么办？你让我拿那些白骨精怎么办？"

"你把我当成什么人了？我找她们是让她们替我赚钱的，不会像那些没素质的老板，总是先聘后妍，连兔崽子都不如，尽吃窝边草。"

"不，我不同意，我不能冒这个险。"

"傻瓜，我整天在你眼皮底下，我即使有那个贼心，有那个贼胆，我也没那个机会呀，你就放心吧。"

"我不。"

徐艺见辛然把女孩子的小性子都使出来了，嘟着嘴背过身去，一副不理人的样子，觉得真是又好气又好笑，他既不想跟她闹僵，又不想被她牵着鼻子，便笑笑说："你这么在乎我，我当然很高兴，要不这样，我们不要争了，就听你的，这些女孩子暂时不招了，第一场拍卖会，先从礼仪公司请人。"

"对呀，你如果用得顺手，可以把她们从礼仪公司挖过来嘛，还不用每月付工资，要给你省多少成本呀。"

"这是个办法，但是，那个张小洁，我可一定要进，她是学美术的，我们搞艺术品拍卖，需要这么一个人。"

"可是，她也是这里面最漂亮的。"

"漂亮有什么不好呀？在眼球经济时代，女员工的漂亮程度，跟公司的实力是成正比的。"

"你这是什么奇谈怪论？"

"辛然，我爱你，我已经让步了。你不会让我一个人都不招吧？你难道真的要开夫妻店呀？我跟你说，我们这种新公司，如果不是在最好的写字楼里，如果连员工都没有几个，谁敢把几百万几千万的业务给你做？

人家说不定还怕你携款潜逃呢。"

"啊，你一直跟我说是搞艺术品拍卖，其实你心里惦记着的还是法院和资产公司的业务，对不对？"

"没必要瞒你，如果我不做法院和资产公司的业务，我那么急着出来干吗？实话跟你说吧，如果我们把宝押在艺术品拍卖会上，我们就是在赌博。但是，如果我们下定决心要做法院和资产公司的业务，我真敢跟你打赌，用不了一年，也许只要半年、两三个月，我们只要抓住一个大单，就会一夜暴富，真让你数钱数到手抽筋。"

"既然如此，那我们何必还要做艺术品拍卖呢？干脆一开始就一门心思做法院和资产公司的业务不行吗？"

"这个我想过了，不行。这做生意呀，就像打仗一样，必须真真假假、虚虚实实。做艺术品拍卖最大的好处，就是可以在最短的时间以内，把场面做大，把声势做大，就相当于花钱打广告，一场拍卖会下来，我们就有品牌了，就有知名度了，就可以向法院和资产公司进军了。"

"嗯，听你这么一说，我觉得你办公司还真不是一时冲动，有板有眼的，嗯，小伙子，我对你越来越有信心了。"

"什么时候你爸要这么说就好了。辛然，你知道吗？办公司，我离不开你的支持和帮助。这样吧，不如我们简单分一下工，你主要负责艺术品拍卖，我呢，还得把主要精力放在法院和资产管理公司。你现在就打电话给张小洁，让她过来面试。由你来面试，你总该放心了吧？"

"你也太急了吧？公司执照不是还没办下来吗？"

"执照一下来我就要开第一场拍卖会了，在这之前，我要把一切准备工作统统做好。"

"你认为你姨父一定会放你走？"

"辛然，你的支持，会给我无穷无尽的力量。至于我姨父，我想不会有问题。你想呀，我的办公场地租好了，我的人找好了，我的执照……很快就要办好了，我的生米都煮成熟饭了，他能不同意吗？他不同意有用吗？没用。因为我跟他之间不存在人身依附关系。放心吧，亲爱的老板娘，历史车轮必将滚滚向前，谁也阻挡不了。辛然和徐艺的黄金组合，必将开启拍卖行业的新时代。"

"徐艺，我喜欢你现在这种朝气蓬勃的样子。你说，我们要不要打开窗户，向全世界大声宣布这个伟大的消息？"

"嘘，低调低调。低调求生存，闷声发大财。"

"那，为了庆祝这个伟大的时刻，至少，你得亲我一下。"

"没问题，十下都没问题。"

徐艺的手机响了，是唐雯打来的，她说她去北京了，说张仲平中午会在家里为小雨做饭，让他抓紧时间去跟他谈谈开公司的事。等徐艺挂了电话，辛然说："是呀，我们这儿紧锣密鼓的，再不跟姨父说，太说不过去了。"

徐艺说："姨妈这个安排用了心思，在家里谈事比在办公室里谈气氛好多了，我估计，姨妈已经做通了姨父的工作。这样，我们先统一一下口径，就说我们办拍卖公司就是为了做艺术品拍卖，没别的。千万不能说漏了嘴。"

"你姨父会相信吗？他会跟你说，如果只是想做艺术品拍卖，你犯不着自立门户，完全可以用 3D 拍卖公司的牌子做，最多让你单独核算就是了。"

"他不会这么说的。凭我对他的了解，他知道自己阻止不了我，一定会做这个顺水人情。我那样说，只是给他面子。这人哪，都是这样，你给他面子，他就会给你台阶，你放心吧，我觉得不会有问题。"

"那就好。我们先面试张小洁，再去见你姨父。"

(二)

早自习刚完，赵老师便来到了班上，讲了这个星期班上存在的几个问题，最后一个问题说的是这个月年级评优的事，说咱们班落选让她很痛心，作为班主任，她负有不可推卸的责任，要向同学们道歉。可是，我们班的个别同学，是不是也有责任呢？遇到一点点小事，恨不得闹得沸沸扬扬、满城风雨，生怕别人不知道。试问，这样的同学，还有没有一点点集体荣誉感呀？！

说着还有意无意地扫了丛珊几眼，惹得其他同学也朝她看。张小雨和丛珊期待的道歉不仅没有等到，反而等来了一顿没点名的批评，这让两个孩子很是愤愤不平。其实这事得怪刘校长，昨天他已经答应了张仲平，说一早就去做赵老师的工作，不承想他和张仲平分手后就去和电视台的朋友喝酒去了，这酒喝得时间有点长，量有点高，第二天起晚了，没来得及与赵老师沟通。

赵老师走后，丛珊对张小雨说："你听听，那个死变态都说了些什么？她打人的事可是一个字都没提，反而在班上含沙射影，说我没有集体荣誉感，这样的人配做老师吗？真是气死我了。"

张小雨附和说："是呀，她怎么能这样？"

丛珊说："不行，我咽不下这口气，难道那一巴掌我就让她白打了？"

张小雨说："那你想怎么办？"

丛珊说："节目为什么还没播出来？我给那记者……曾真……打电话，她老不接，我得去电视台找她，问她到底是怎么回事，你陪不陪我去？"

张小雨说："这叫什么话？当然去了。我们上午不上课了，这就去，完了去我家吃午饭。"

确实，从昨天晚上开始，丛珊一直就在给曾真打电话，曾真开始不知道是谁，接了，跟丛珊解释说，她们负责做节目，能不能安排播出是总编室的事。丛珊不依不饶，让她去催总编室。她只好答应，没想到今天早晨她又来电话催，曾真真不知道该怎么跟她说，又不好直接回绝她，怕伤害了她。另外一方面，这事要是处理得不太好，现在这帮小屁孩，可不是吃素的，说不定就给你弄点什么别的事出来。

张仲平刚把唐雯送走，开车行驶在返城的高速公路上，手机响了，是曾真。他把车子停在临时泊车区，油滑地说道："喂，曾真呀，真是奇了怪了，怎么每次我准备给你打电话的时候，你的电话就进来了呢？"

曾真昨天吃了他买的冰激凌，已经觉得他不那么讨厌了，便说："是吗？怎么证明你正准备给我打电话呢？"

张仲平说："如果我们心里都有一头大大的灵敏的犀牛，那就什么都不用说了。"

曾真说："滑头。说吧，你找我什么事儿？"

"你先说。"

"你先说。"

"还是你先说吧，因为我要跟你说的事，太惊险、太刺激，只有当着你的面说才能绘声绘色出效果。现在你说吧，找我什么事儿？"

"好吧，我先说，还是那件事，那个丛珊，一直在给我打电话，那架势有点不依不饶的。我得提醒你，别惹出什么事情来。"

"我也一直在考虑这事儿，这孩子是有点特别，比一般的孩子要叛逆，她要是认为自己有道理，我怕她会一条道走到黑，怎么办？你有什么好主意没有？要不然，你帮忙帮到底，今天中午我会在家里给那两个小祖宗做午饭，可不可以请你也过来，我们一起做她俩的工作？"

"好呀，可是，我去你们家？这不合适吧？"

"没什么不合适的，别把自己当外人行吗？你可是帮我大忙的人，我请你吃饭怎么就不行？我看谁敢说什么？"

"哈哈，这么说来，请我到你家里吃饭，级别还不低啊？"

"待遇也不低，是我亲自下厨，我可告诉你，我做的菜不是一般的好吃，是非常非常好吃，怎么样，算我求你了？"

"这态度还差不多。好吧，我来你们家。我们要先告诉她们两个吗？"

"你来的事儿还是先别说吧。你在台里还是在家里？在台里？好。这样，我先去买菜，然后去台里接你。"

张仲平从江小璐上班的收费站出高速公路的时候，朝她上班的窗口张望了一下，没有发现她，心想她可能下班了。外面响起轰隆隆的雷声，天空中乌云密布，看样子要下雨了。

没想到刚出收费站不久，张仲平便发现江小璐站在马路边上，朝来车的方向张望，当她终于看到张仲平的车子时，不停地朝他挥手拦车。张仲平看见了，放慢车速，靠边停在她身边，江小璐开门上车。

张仲平问："你怎么在这儿？"

江小璐说："等你呀。"

"有事啊？"

"是呀，请你捎我回城。"

"几点了？"

"怎么？今天是周末，你还有别的事儿呀？"

"对呀，不过没关系，我可以先送你，是去医院还是去你家？"

"去我家吧。"

张仲平开车进入江小璐住的小区，外面暴雨如注。张仲平找了个露天车位把车停了，他没有熄火，雨刮器快速地刮着车窗。张仲平望了一眼江小璐，江小璐迎着他的目光，望着他，张仲平把目光收回，望着前方。他是希望她下车的，见她没动，也不好催她，便说："哎呀，这么大的雨。"

江小璐说："是呀，这雨不知道要下多久，你车上不是有伞吗？你送我一下吧。"

张仲平说："我把伞送给你就是了。"

江小璐说："你等下不是要去办事吗？没有伞怎么行？怎么，你不敢送我还是不愿意送我？"

张仲平说："哪儿的话？等一等。"他把车子熄了火，拿伞先了下车，绕到江小璐这一边，拉开车门，替她打着伞，快步向宿舍楼走去，他和她隔得挺开的。

上楼，江小璐把房间门打开，张仲平拎着湿淋淋的雨伞站在门外说："我得走了。"江小璐说："等一等，我拿条毛巾给你擦擦。"江小璐把张仲平拉进屋，顺势关上了门，从里屋拿出一条干干净净的毛巾，说："你看你，头和大半边身子都淋湿了。"张仲平说："没事儿没事儿，我走了啊。"江小璐说："你急什么呀？"张仲平说："我还有事。"江小璐说："我知道你有事，可是，事情是办不完的，我……我我不想让你这么快就走。"江小璐用手试探性地去碰张仲平的胳膊，张仲平侧身躲开了。

江小璐有些尴尬，没话找话说："你说怪不怪，我们每次见面都下雨。"

张仲平说："是吗？我倒没注意。"

"而且，每次都弄得你一身湿漉漉的，你这人呀，光知道照顾我，你就不能让我……也湿一次身吗？"

"小璐，你说什么呀？哦，对不起，我真的要走了。"

没想到江小璐从后背把转身离开的张仲平紧紧地抱住了。

张仲平吃了一惊："小璐……"

江小璐说："我不让你走。"

"别闹别闹。"

"你干吗要这么心急火燎地离开？你害怕我是不是？"

"我怕你什么呀？"

"你怕我勾引你，你怕我缠着你。"

"小璐你说什么呀？没有的事儿。"

"你还不承认，你都不敢面对我。你转过来面对着我说。"

张仲平费力地扳开江小璐的手，转过身子，望着她，说："我们……怎么可能？根本不可能。"

"为什么不可能？现在都什么社会、什么时代了，谁在乎这个？"

"我在乎。我不能做对不起邓大伟的事。"

"邓大伟邓大伟，邓大伟已经死了，已经死了三四年了。他是一个好人，他自己上了天堂，难道希望他的老婆独守空房、孤枕难眠？"

"不，我们不能这么做。"

"为什么不能？你不是一直觉得欠他的吗？你把欠他的还给他，由我来代收，行吗？不行？为什么不行？我知道你心理有个坎，这个坎迈过去就是了。我知道这样做会对不起……教授、嫂子，但我们可以小心一点儿，不让她知道，不伤着她。"

"别说了，小璐。"

"我不说你怎么明白我的心思？这些年，你一直默默地关心着我，把我对你最初的怨恨慢慢地化解掉，到最后，我才发现，我是那样地依赖你，有什么事，只要跟你说，心里就踏实。你不讲任何价钱地帮助我，你敢说仅仅只是还邓大伟的账而求得心理的平衡吗？你一点儿也不喜欢我？"

"小璐，我……"

"我知道你是一个有责任心的男人，我没想到过要破坏你的家庭，我只是想报答你。"

"我不需要你的报答。"

"张仲平，你是根木头呀？你还要我怎么说？我是一个女人，一个有血有肉的女人，我也有需要。这几年，也有人追求我，也有人骚扰我，我从来没有动过心，我就喜欢你，我把这身子给你留着，你要把它怎么样就怎么样，除此之外，我不会找你要任何东西，不要你的钱、不要的物、不要你的家庭，什么都不要，只要你。"

"小璐小璐，这太疯狂了，可疯狂的背后却常常是毁灭。我们必须克制我们贪婪的欲望，因为它会破坏很多美好的东西，你……你这样，我都不敢见你了……"

"你是不是觉得我太贱，太没有廉耻了？"

"不是，怎么会？"

"你就是这样想我也不管，我管不了那么多了。你就让我不顾廉耻地贱一回，行不行？仲平、仲平……"

张仲平口袋里的手机突然响了起来，他推开江小璐接电话。电话是曾真打来的，她说："喂，你到哪儿了？"张仲平有点结舌地说："我……我……"曾真说："你在外面办事吧？要不然，你别来接我了，你把你们家的地址发给我，我直接打的去吧。"张仲平说好的好的，连忙挂了手机。

江小璐用一种委屈、怨艾的眼神望着张仲平，沮丧地说："原来你在外面已经有人了？她是谁？！"

（三）

丛珊和张小雨从雨中跑到传达室，拿着曾真的名片跟传达员说话。传达员说你们找曾真呀？她不在台里，刚出去了，没走多久。丛珊说那……能不能麻烦你帮忙给她打个电话？传达员说他这里只有内线电话，帮不了这个忙。

张小雨对丛珊说："要不，还是先去我们家吧。我妈说我爸在家里给我们做饭，哇，好久没吃过我爸做的菜了，想起来就口水直流。"见丛珊皱着眉头不说话，张小雨说："丛珊，别闷闷不乐了，回去我们再给曾记者打电话，先约好时间，行吗？"见丛珊没吱声，张小雨一边拉她往外走一边说："我告诉你，我爸做的菜可好吃了。我妈做的菜就不行，难吃死了。不过，我爸不让我说。"丛珊说："那你爸挺虚伪的。"张小雨说："我爸虚伪？才不呢。我爸说会不会做菜是天生的，他说做菜要有想象力，还要有爱心，我基本上同意他的观点。"丛珊说："你这个小变态，你怕是有恋父情结吧？"张小雨说："恋父情结就恋父情结，难道你不爱你老爸呀？喂，要不然，咱们把这事跟我爸说说吧，他也许能帮到我们。"丛珊说："是吗？讨厌，这雨怎么越下越大啦？要不，我们打个的吧，你带钱没有？"张小雨说："带了，走吧。"

两个人冲到大街上挥手拦的士，全是满载，好不容易开过来一辆，突然从后边蹿出三四个成年人，抢在他们前面挤上了车，开了车就走。丛珊朝远去的的士做一个污辱的手势，大喊："什么素质呀？"张小雨连忙拉着她去一个临街的铺面避雨。

张仲平从江小璐家里出来以后，就近在她那个小区的菜市场买了菜，刚到家里不久，门铃响了。张仲平过去开门，原来是曾真已经到了。

曾真问："怎么，你一个人在家？"

张仲平说："是呀，你不敢进来呀？"

曾真说："有什么不敢的？难不成你会吃了我？"

也就前后脚的工夫，徐艺开着车进入了张仲平家的小区。辛然问："你姨父怎么样，是不是像你姨妈一样好打交道？"徐艺说："还行吧，你马上就会知道。"辛然说："真的不用先跟他打个电话吗？"徐艺说："不用，他在家里，那是他的车。我有钥匙，到目前为止，我应该还算是回家吧。"

徐艺停好车，拿伞、下车、绕过车头，到另一边接辛然。

外面暴雨如注，张仲平和曾真在厨房里一边准备饭菜一边聊天。张仲平说："昨天你电话里说的那两句话，真的就像扔了两颗炸弹，把我们两个一下就炸蒙了。"

曾真说："呀？不会吧？真是对不起，我平时说话一直口无遮拦的，我也没想到那会儿你在家里。不过，那应该也没有什么可大惊小怪的吧？你要说的惊险刺激的事，就是这个？"

"嗯。"

"我觉得这事挺无聊的，有损我在你老婆心目中的形象。你要是在电话里说了这事，我绝对不会来你家。要是碰上她，那会多尴尬呀。"

"对不起对不起。可能是我刚才没表述清楚，我……我从内心里来讲，没有任何批评你的意思。"

"你只是太害怕你老婆大人误会了，为此，你不惜让我背黑锅，对不对？"

"没有呀，我怎么会让你背黑锅？没有没有。曾真，其实，我……我一直……"

"好了好了，不说这个了。谈正经事吧，我不想接丛珊的电话，是因为我一直没想好怎么跟她说。第一，我不想敷衍她，她也不好敷衍；第二，我怕如果告诉她我们台播不了，她会找别的台，或者干脆把那段视频挂到网上去。现在微博的力量，并不比随便哪家电视台差。"

"对对对，我觉得，咱们中国就应该把网络给关喽，太不安全了。"

"对坏人不安全，对好人就不一样了，如果不是网络，毛毛的病怎么办？"

"也是噢。"

"丛珊的事情很简单，她们的心结还没有解开。我倒觉得她俩挺可爱的。孩子其实没错，是咱们的教育出了问题，总想在教室里把孩子管得规规矩矩，然后让他们到社会上开拓创新。现在的学生只能永远对老师说'Yes'，不能说'No'，这本身就是咱们传统教育的偏颇，学校和社会老是脱节是不行的。还有你们家长……喂，你看着我干吗？"

"听教育部长讲话啊。"

"得了，我不说了。"

"说吧说吧，没看见我正如饥似渴地洗耳恭听吗？"

"那你……不准那样直瞪瞪地看着我。"

"这个很难。嗯，好吧好吧，我用三分之一的眼光看着你，唉，这样……这样……行吗？"说着张仲平转过头故意滑稽地用斜视看曾真。曾真被他逗笑了，憋都憋不住："讨厌。你还想不想让人家说呀？"

张仲平说："好好好，你说你说，小家伙们应该快来了。"

曾真说："我觉得，你们对孩子不能说不用心，但恕我直言，用得有点不是地方，干涉太多，不是放下家长的架子与她们平等沟通，而是自觉或不自觉地站在校方的立场对其实行管教，就想使用强制力逼其就范，顺着你们为他们设计好的路子走。你们这样搞，我担心她们会产生严重的逆反心理。"

"嗯。"

"这件事情的核心问题得先分清谁是谁非，不能让丛珊觉得受了委屈，她要是想不通，我真的怕她会寻找别的渠道去发泄。"

张仲平点点头说："嗯，这也是我最担心的。你还别说，我觉得你看问题还挺深刻的。我是这样想的，你跟她们年龄很接近，应该更容易理解她们，你看这样好不好？等她们来了，以你为主，我敲边鼓，咱们平等地、开诚布公地跟她们好好聊聊，怎么样？"

"这么相信我？"

"疑人不用，用人不疑。"

"那我就试试吧。我觉得，这人呀，关键是要被尊重，特别是她们这个年龄段的孩子，是最要面子的。"

"有道理有道理。哦，现在我要炒菜了，你先到客厅里去看看电视。"

"怎么，你怕我偷学你的手艺呀？"

"不是，炒菜时油烟味很重的，我怕你受不了。"

"如果我想看看张大老板在厨房里居家男人的风采呢？也不行呀？"

"那就更不行了。"

"为什么？"

"我怕你会爱上我。"

曾真一愣，但很快回嘴道："我爱上你？下辈子吧。"

张仲平说："你要赖着不走也行，我得帮你围上围裙。"张仲平说着拿起一个围裙帮曾真围着。他没料到，就在这当口，徐艺和辛然开门走了进来，正巧看见这一幕，张仲平的手好巧不巧正环绕在曾真腰上。

张仲平没觉得什么，跟徐艺和辛然打了个招呼，便退回到厨房里去忙了，让曾真到客厅里去休息。

徐艺阴阳怪气地对从厨房里出来的曾真说道："对不起，好像我们来的不是时候。"辛然拉了一下徐艺，对曾真一笑，说："师姐，没想到会在这儿碰到你。"徐艺说："更没想到是这种场面。"

曾真有点哭笑不得地说："我想……你们可能误会了。"

徐艺说："误会？误会什么？我们什么都没有说呀。"

曾真说："是这样，丛珊和张小雨出了点状况，你姨父请我来给她们做做思想工作，我不想一个人在客厅里待着，想在厨房里给你姨父帮点忙，他给我系围裙，然后你们就进来了，就这样。"

徐艺说："是的是的，曾真你别太敏感了，也无须解释。"

就在这个时候，曾真的手机响了，原来是台里的同事，说有任务，要她马上回台里。曾真说好的好的，挂了电话便朝门外走去。

徐艺说："别走呀，曾真，你不等丛珊和张小雨回来做思想工作了？喂，曾真……喂，姨父，曾真她要走了……"

张仲平从厨房里出来，不知道发生了什么，问道："怎么啦？徐艺，曾真去哪儿了？你跟她说什么了？"没等徐艺回答，便拉开门，朝楼下去追曾真。

曾真急匆匆地下楼，冲到雨中，这才想起没跟张仲平打招呼，觉得自己有点没礼貌，又觉得这事有点滑稽，一时呆立在雨中，走也不是，不走也不是。张仲平紧跟着急匆匆地下楼，见曾真杵在雨中，忙冲到她身边把雨伞撑到她头顶上。张仲平问她怎么回事，曾真说台里来了电话，得赶回去，顺便把徐艺的误会也说了。张仲平说："不行，你不能就这么走了。"曾真说："是的，我猛然想到，我是不能就这么走了，否则，这黑锅就算是背上了。雨就是下得再大，也洗不清。"张仲平说："先别说那么多，赶紧回屋吧。瞧你，浑身都湿透了，这会生病的。"

一辆的士朝他们站的地方驶过来。张仲平本能地扭头望了一眼，看不清里面坐的是什么人。张仲平一手举着伞，一手紧搂着曾真往回走。的士里面坐着的是江小璐。张仲平从她那儿走掉之后，她内心的小火苗并没有熄灭，她越来越想知道张仲平外面的那个女人到底是谁，她在家里怎么也待不住了，她心里有个声音对自己说，不到他家看个究竟她死不了心。当她真的看到张仲平与曾真在一起的时候，竟一下子怔住了。

的士司机问道："是这里吧？"江小璐呆呆地望着张仲平和曾真紧靠在一起的背影，似乎没有听见的士司机的话。的士司机望一眼江小璐，又望一眼张仲平和曾真紧靠在一起上楼的背影，忍不住多嘴多舌道："怎么，你老公呀？"江小璐道："闭嘴，你不说话没人把你当哑巴。"的士司机讨了个没趣，有点同情也有点幸灾乐祸地说："不是，我是问你，你干吗不跟着冲进去？"江小璐说："叫你闭嘴你没听见呀，放心，我会付你双倍的钱。"

张仲平刚下楼，留在屋里的辛然便忍不住埋怨徐艺："我说让你先打个招呼吧？你不听。"徐艺说："谁想到会在这里碰到曾真呀？再说了，我们实在是没有说什么呀？她这人怎么能……我是说……她也太敏感了吧？"辛然问："现在怎么办？"徐艺说："我们有什么怎么办的？是看他们怎么办。不过，也好呀……"辛然问："好什么？"徐艺说："哼，你不觉得，这时跟姨父谈我出去的事，他将不得不同意吗？"辛然问："嗯，你什么意思呀？"

两个人同时听到了外面的脚步声，徐艺把一个指头竖在嘴上，两个人转身朝向虚掩着的门。很快，张仲平和曾真从外面进来了。张仲平对曾真说："快点，去把头发吹干，我给你找套干净衣服换上。"曾真说："不用了。"张仲平说："听话。你要是病了，我怎么跟你舅交代？"说着把曾真推进主卧室，他找了一套唐雯的衣服给曾真，回到厨房洗了一大块生姜，切了用砂锅熬着。

徐艺望望厨房又望望关上了门的主卧，压低嗓子问辛然："曾真他舅是谁？"辛然说："你不知道，我就更不知道了。听口气，应该是你姨父的好朋友。"徐艺说："不可能，他们两个还是通过我认识的，而且认识还没几天。"

不久，曾真穿着一身唐雯的衣服从主卧出来了。

辛然望着曾真笑笑，说："真合适，师姐，你穿什么衣服都好看。"曾真回应一笑，道："小师妹，这个时候这么表扬我，不合适吧？你觉得呢，徐艺？"徐艺也一笑，道："合适合适，是挺好看的。"

曾真收起笑容，在徐艺和辛然脸上扫了一眼，说："我不怕多此一举，是这样，我带了录音笔，现在，我们三人六面，哦，不，还有张总……"她把张仲平从厨房里请了出来，继续说，"我们四人，锣对锣鼓对鼓地把刚才的事情解释清楚，你们两位，要有什么疑问，尽管当面提，我一五一十地给你们做解释，然后，我希望这件事到此为止，就此了结。"

徐艺说："曾真，你这是何必？我们……我和辛然，其实什么也没有看见，对吧，辛然？"

辛然一边点头一边说："对对对。"

张仲平说："我同意曾真的意见，徐艺呀，你姨妈今天刚去北京，我希望这会儿就把这件事说清楚，也就是说，我不希望今后还要因为这件事，再向你姨妈做什么解释。"

徐艺说："姨父，你就放心吧，这件事，我不会跟姨妈提一个字，辛然也是，对吧，辛然？"

曾真说："不是向你姨妈说不说的问题，而是……我跟你姨父压根儿就没什么事儿。"

徐艺说："是没什么事儿呀，你说，咱们这几个人，谁说有事了？辛然说了吗？没有。我说了吗？也没有。这不就齐了吗？你还要三人六面四人八面地说什么呀？还要录音？"

"那你心里到底是怎么想的？"

"我心里怎么想的，嘴里就是怎么说的，曾真，我们同学了四年，你不能冤枉我，说我是个口是心非的人吧？你这样做，真有点小题大做了。"

"话说到这个份儿上，那好，既然大家都这么说、都这么想，这件事就这样算了。"她的手机再次响起，原来是台里的同事在催她。曾真挂了电话，对众人说："不好意思，台里临时有任务，我得赶回去。"

徐艺说："你不在这儿吃饭了吗？"

曾真说："不了。张总，丛珊和张小雨的事，要不……我们再约吧？"

张仲平说："还是一起吃饭吧，饭菜很快能做好，丛珊和小雨应该也快回来了。"

曾真说："真的没时间了。哦，借你太太的衣服，我洗好以后再还给你。"说完就要朝外走，张仲平一把拉住她的胳膊："等等，我给你熬了姜汤，你得喝了以后再走。"曾真说："不用了。"张仲平说："不行，你必须喝了以后才能走。"徐艺说："这个时候打不到的士，要不然，我开车送你去。"辛然说："是呀，我跟徐艺一起送你。"曾真说："那好吧。姜汤应该好了吧？"张仲平说："差不多了。"说罢转身欲进厨房，这时门铃响起，张仲平说："一定是小雨回来了，这家伙，又忘了带钥匙。徐艺，你开下门。"

徐艺上前几步把门打开，却是江小璐。

大家都望着她。

江小璐说："呀，家里这么多客人呀？"

张仲平问："小璐？你……你怎么来了？"

江小璐说："你刚才把伞拉在我那儿了，我特意给你送过来。哦，曾记者，你也在这儿呀？"

曾真说："是呀，不过，我马上就要走了。"

江小璐说："哦，是吗？"

曾真说："是的。张总，姜汤熬好了吗？"

张仲平说："应该好了，你进来喝吧。"

曾真跟着张仲平进了厨房，想想，还是把门给虚掩上了。张仲平把熬好的姜汤倒在碗里，端在嘴边轻轻地吹着。说："你淋了雨，得驱驱寒气。"

曾真接过那碗汤，望着张仲平，忍不住笑了。张仲平说："望着我干吗？还笑得这么诡异，你是不是有话要问我？"

曾真说："是呀。是有话要问你，不过，这可是一个很八卦的问题哟。"

张仲平说："没事，你问吧。"

曾真说："那是一把什么珍贵的伞呀？害得人家冒着倾盆大雨帮你送过来？"

张仲平说:"这个……有时间我再慢慢跟你说,现在,你赶快趁热把汤喝了吧。"

(四)

北京没下雨,天气晴朗。

唐雯夹杂在旅客中间向出口走去,突然被人从后面拍了一下肩膀,她回头一看,竟是黎教授,不禁惊喜道:"啊,黎教授,怎么会是您呀?您不会是……"黎教授笑眯眯地望着她说:"对,我当然是专程来接你的,不过,我可没买花。本来想买的,可是,我有点害羞,哈哈,机场的人实在太多了。"唐雯说:"这……这怎么好意思?这太不好意思了。"黎教授要去拉唐雯的行李箱,被唐雯挡住了,但黎教授执拗地坚持着,唐雯便把行李箱交给了他。

黎教授带着唐雯向停车场走去,笑着对她说:"时间过得真快呀,我们有一年没见面了吧?刚才我一直担心是不是还能认出你来,没想到你风采依然,不,应该说更有魅力了。"

唐雯说:"黎教授您过奖了,学生实在不敢当。"她犹豫着要不要把带来的礼物先交给他。

上车之后黎教授说:"好呀好呀,小唐,上次在上海开会,你给我留下了非常美好的印象,从那以后,我可是经常跟你……神交呀,告诉我,你想不想成为我的学生呀?"

唐雯说:"想,当然想了。"

黎教授说:"有多想?哦,一般情况下,我的博士研究生是很难考的,但你不同,你只要答应我一个条件,其他的事情你不用管,一切由我来运作。"

"哦?什么条件呀?"

"我们都是有身份、有地位、有理智的成年人,我们就不拐弯抹角了。我的条件是……"黎教授把一个精美的信封放在唐雯手上。唐雯打开信封,里面是一把钥匙:"黎教授,您……这是……什么意思呀?"

"这是我家的钥匙,我夫人出国了,你……明白我的意思了吧?"

"不,我不明白。"

"在你上学期间，只要你能和我住在一起，你只要在考试时走走过场，就能成为我的学生，我在教委有好几个选题，我们可以共同研究。"

"不，黎教授，你可能找错人了。我不能接受您这样的条件。"

"不能接受？为什么？"

"是的，我想读您的博士，非常非常想。但我决不会以这种潜规则的方式成为您的弟子和情人，我觉得这是对我们两个人的共同污辱。"

"可是，我们通了那么多邮件，我很欣赏你，我真的以为我们神交已久。"

"在那些邮件里，我表达了对您的尊重与敬仰，如果被您误解为那是一种儿女私情的抒发，我只能表示遗憾。我想，我没必要进城了，您还是靠边把我放下，我自己打车回机场吧。"

"这是什么话？要回机场也是我开车送你。可是，你确定吗？"

"当然确定。非常确定。"

"唉，怎么会这样？你知道，在高速公路上想掉头，也不容易。"

"所以，一开始就不能搭错车、选错路。"

"不，小唐，我不是一个固执的人，我会尊重你的选择。但我确实不甘心，我原以为我给你带来的是一份惊喜。要知道，如果我跟二十多岁的小姑娘提同样的条件，她们不知道该多么欢呼雀跃。可我就喜欢你，喜欢你的气质和学术素养。告诉我，是不是我这种方式太愚蠢了？你一下子接受不了？要不然，我们慢慢来？"

"不，恰恰相反，我很感谢您的坦率。如果慢慢来，情况可能更糟糕，说不定会搞得大家都下不了台。"

"可是……现在这种事情也不算什么吧？我知道你老公是商人，听说做得还很成功，我不是挑拨你们夫妻间的关系哟，你有多相信他不是那种一有钱就变坏的男人？不是那种家里红旗不倒、外面彩旗飘飘的人？"

"是的，我相信他不是那样的人。或者说，我愿意相信他不是那样的人。当然，他是不是真的就不是那样的人，可能也很难说。"

"对呀，我们周围这样的人还少吗？如果……我是说如果他是那样的人，你有必要坚持吗？那不是太吃亏了吗？"

"但做人要有原则，为了这个原则，就是吃亏，我也认了。"

"可是——"

"您不用再跟我说了。飞机上那份免费的午餐让我有点不舒服，我希望在我呕吐之前，您能让我下车，免得把您的车弄脏了。"

黎教授还是坚持着把唐雯送到了机场，他问唐雯："我是不是太让你失望了？"唐雯懒得说话，摇了摇头，她没想到事情会这样。黎教授又问："你不会把我当成是一个坏人吧？"

唐雯再次摇了摇头，她心想，你是好人还是坏人跟我有什么关系呢？是的，已经没有关系了。她突然想马上回到家里。但今天的票已经没有了，她买了明天最早的航班机票，准备在机场酒店住下后再给张仲平打电话。

喝完了姜汤，曾真急着要走，徐艺要开车送她，辛然说要跟徐艺一起送。只有江小璐最尴尬，那个送伞的理由显得幼稚而可笑，她如果赖在张仲平家，毫无疑问将继续成为在场几个人内心里取笑的对象，说不定还会引起张仲平的反感，于是提出能不能请徐艺顺道也送她一下。张仲平出来留她吃了饭再走，江小璐说："不了。"她只当他是客气，她说她要急着去医院看孩子，改下次吧。

辛然坐在徐艺旁边，后排坐着曾真和江小璐，大家都不怎么说话。车子在城市中穿行，雨慢慢地小了。还是江小璐先打破了沉默，说："曾记者，小孩输血的事我还没好好感谢你呢，哪天我坐东，请您和张总。"曾真说："不用了，要感谢，你就好好感谢张总吧。"江小璐说："那是一定要请的，徐艺、辛然，到时候你们也一起来呀。"徐艺和辛然互相之间望一眼，笑笑说："别客气，到时候再说吧。"江小璐说："我们就这么说定了呀，我快到了，我就在这儿下车吧。"曾真说："要不然，我也在这儿下吧？"徐艺不同意，说："曾真你等一下，我……我们不可能把你扔到半路上，再说，我还有件事要求你呢。"

江小璐下车之后，徐艺继续开车送曾真，把自己要出来办公司的事情说了，并告诉她，他开业时将举办一场艺术品拍卖会，问她到时候能不能在电视上做下宣传。

徐艺跟曾真说这些不无夸耀之意，曾真却很认真地听了，她说："你要做的艺术品拍卖会如果是纯商业性质的，我们栏目是不怎么好报道的，除非能够跟公益事业或者某个社会事件挂起钩来。"

徐艺点点头，说："这我得好好想一想，你也可以帮我出出主意呀。"

曾真说："老同学的事，没问题。另外，你如果要做广告，我可以帮你约广告部主任，看能不能给你最大的折扣。"

徐艺说："好呀，太好了。"

曾真下车以后徐艺说："你发现没有，今天曾真跟我说话，再也不像原来那么傲气了。"

辛然说："是吗？这我可发现不了，因为我没见过她原来和你说话的样子。"

徐艺看了她一眼，说："也是。你在想什么呢？"

"我在想，曾真跟你姨父、还有江小璐，他们到底是怎么一回事。你觉得他们的关系正常吗？"

"从我姨妈的立场上来说，我希望他们的关系正常。可是，怎么说呢？也许我们亲眼看到的不一定就是真相，而我们没有看到的，也不一定就不存在。"

"这话说得有点玄，基本上等于什么也没说。我是问你，如果你姨父跟她们中的一个或者两个都有关系，你会认为正常吗？"

"喂，我们干吗要讨论这个问题呀？烦人，真无聊。"

辛然奇怪地看了徐艺一眼，问："你怎么啦？有点反应过激吧？"

徐艺说："哦，现在我满脑子都是新公司的事。这场雨下得好呀，我知道该跟姨父怎么谈了。我想他会接受我的一切条件。"

徐艺和辛然重新回到家里的时候，张小雨和丛珊已经到了，正在在客厅里看电视，徐艺把辛然跟她们两个做了介绍，自己进到了厨房里，想利用这个机会跟张仲平谈一谈。

张仲平一边忙乎一边对徐艺说："这几天发生的事情太多了，我有点着急，对你态度也不是很好，你的事，你姨妈已经跟我说了，我只问你一句话，如果我把公司百分之四十九的股份无偿赠送给你，你愿意留下来吗？"

"姨父，我……值不了那个价。"徐艺说着，把厨房里的门关上，继续说："出来办公司，实际上，是辛然的意思，我……不好拒绝她。"

"明白了。从公司的发展角度来看，我需要你，应该把你留下，但你想谋求个人事业的发展，而且似乎已经下了决心，我也就不强留你了。"

"谢谢您。"

"不用谢我，要谢就谢你姨妈。"

"谢谢您，也谢谢姨妈。"

这时张仲平的手机响了，看一下号码，说："巧了，你姨妈的电话。"他摁下通话键接电话："老婆，怎么样，到了？你安顿下来了？见着导师了吗？"

唐雯犹豫再三还是先撒了谎："没……没有……还没有。飞机晚点了，先给你报个平安，你在干吗？跟珊珊、小雨谈过了吗？"

张仲平说："还没呢。我现在还在做饭，准备下午带小雨、珊珊去做做拓展运动，跟她们边玩边聊吧。哎呀，周末嘛，就让他们放松放松。哦，对了，我现在正跟徐艺谈。"

唐雯说："徐艺已经不是孩子了，你们好好谈吧。"

张仲平吧："你放心吧，他要走的事，我已经同意了，他现在就在我旁边，你要不要跟他说话？"

唐雯说："我就不说了，你们的事情我也不懂。"

张仲平说："那好，办完了事，你在北京好好玩几天，家里的事你就放心吧，有我呢。"

唐雯说："那就辛苦你了。"

张仲平挂完电话，看着徐艺说："徐艺，我能这么爽快地让你走，真跟你姨妈有关。这点你务必要记住。"

徐艺说："姨妈那儿我知道该怎么做，姨父，您就放心吧。"

张仲平说："我没什么不放心的。再怎么说我还是你姨父，能帮你我一定会帮你，这样吧，只要你保证不挖公司的墙脚……"

"不，姨父，这您不用担心，我怎么会做那种事？不会，当然不会，绝对不会，您放心。"

"那就好。哦，顺便问一下，你跟辛然认识多久了？"

"这个……也可以说认识很久了，也可以说刚认识。"

"那她……父亲母亲是干什么的？"

"她妈妈已经去世了，她爸爸……好像，其实我也不是很清楚，怎么啦？"

"你的事把鲁冰都惊动了，他特意找到我，希望我做你的工作，让你不要从公司出来，说是为了辛然。"

"啊？有这事？"

"嗯。不管辛然跟鲁冰是什么关系，有一点我还是要提醒你，跟咱们打交道的……一些人……可都是一把把双刃剑，水能载舟也能覆舟呀，明白吗？"

徐艺应声得干脆："我明白。"

张仲平说："明白就好。好了，别的就不用说了。从今天开始，咱们就是同行了。你开业的时候一定要告诉我，我去给你捧场送花篮。"

徐艺说："我们公司的主营业务是做艺术品拍卖，我准备把开业典礼和第一场艺术品拍卖会放在一起做，到时候我亲自给您给姨妈送请帖。"

"好呀，艺术品拍卖不好做，但真做起来了也是前途无量，不像拍法院的东西、资产公司的东西那么复杂，你要有什么困难，直接跟我说，看能不能一起想办法。"

"好的。"

"那行，星期一你去公司办手续吧。"

"好的。"

这时，张小雨在客厅里叫："爸，好了没有哇？肚子都饿瘪了。"她起身冲到厨房，先是哇的一声，然后叫道："好香呀。"

张仲平说："别哇了，端菜，准备碗筷吃饭了。"

张小雨说："艺哥，端菜，准备碗筷吃饭了。"

徐艺忙说："好好好，我来我来。"

（五）

在台里加了一下午的班，换来了一个晚上的轻闲。曾真宅在家里在电脑上看电视剧，手机放在电脑旁边。她的眼睛虽然盯着屏幕，却老是不能被带着入戏。她的思绪飘忽着，满脑子竟都是跟张仲平有关的一切。

最刺激的还是买冰激凌的事，他真的就那样半裸着气喘吁吁地跑了大半条街，提前半分钟把一大袋冰激凌交到了她手里。最近的便是给她熬姜汤的事。父母早年去了美国，这么多年以来，很少有人这样对她嘘寒问暖。

曾真看了看放在电脑旁边的手机，没有任何动静。她这是在等他的电话吗？临别之前倒是说了再联系的，但并没有约定具体的时间。曾真没有意识到自己在暗中期盼着他的电话，她鼻子里哼一声，嗔怪道："还心里有大大的灵敏的犀牛呢？怎么不来电话？我再给你五分钟，不，三分钟。"

她按快进键，电脑屏幕上的韩剧快速往前闪动。又突然停住。可惜的是，放在电脑旁边的手机还是没有任何动静。她对自己不满了，你这是怎么啦？他小孩的事，他不着急，你着什么急呀？

一晚上没有等到张仲平电话的曾真睡得晚起得早，新的一天被一种莫名的烦躁情绪控制着，一大早来到电视台栏目组，赶紧找选题想让自己忙起来，她让她的同伴一起去香水河文物一条街。

同事一边整理着采访器材一边问她："怎么突然又对文物感兴趣了？"

曾真说："现在艺术品收藏是热点，股市靠不住，很多人转入艺术品投资，关注度一定很高。"

对文物关注度很高的还有颜若水和祁雨。

那是昨天晚上的事，颜若水一边看着青瓷茶会所里摆设的东西，一边随意地翻着一本过期的香港某拍卖行的宣传册，突然产生了某种灵感，他对祁雨说："明天早晨我们去一趟香水河文物市场，看在那儿能不能找到一点儿有用的东西。"

祁雨撇嘴说："文物市场没什么真东西。"

颜若水说："什么叫真的？什么叫假的？由谁说了算？"

祁雨不解地望着他。

颜若水说："我是说，你这会所里摆的东西，张仲平也许看不上了，我要帮他准备一两件了。"

祁雨说："你是说，我这里的东西都是假的？那你还让我卖这么贵？"

颜若水说："我可没说你这里的东西都是假的，我只是说，咱们得替张仲平准备一点儿值钱的东西了，这个，与真假无关，明白吗？"

颜若水也没管祁雨是否明白，拍拍祁雨的头笑着离去了，只让她明天早起。

祁雨看着颜若水的背影居然有几分痴迷。小姨子是姐夫的半边天，作为颜若水的小姨子，祁雨心里想做他的整边天，人是一种情感复杂的动物。祁雨当然是爱自己姐姐的，爱得深了，甚至有点爱屋及乌，更何况姐姐远在万里之遥的加拿大？她甚至时常有一种代替姐姐替她在颜若水那里做一些什么的冲动，只可惜颜若水是个谦谦君子，她没有勇气在他面前造次，对她来说，这是一种无奈，也是一种悲哀。

文物市场上熙熙攘攘。

颜若水和祁雨夹杂在人群之中，颜若水不时蹲下来看看、问问，又摆摆手起身离开。

与此同时，曾真和她的几个同事也正在文化市场的二楼正逮着人采访。曾真问："老板请问一下，你卖的这些东西是真的吗？"

地摊老板说："当然是真的。"

"那……再请问一下，你这些东西都是从哪儿来的？"

"有些是祖上传下来的，有些嘛，是地底下挖出来的。"

"这些都是文物吗？"

"是文物是文物。"

曾真谢过，又找了一个买家模样的老先生。曾真问："老先生您好，您常来这儿吗？"

老先生说："是呀，没事就来转转。"

"那您觉得这儿的东西怎么样？"

"真东西不多，不如以前了。"

"是吗？可是，我看这里这么多人，看起来买卖蛮兴旺的呀。"

"有一句俗话，叫世人买假不买真。"

"呀，不会吧，还有人知假买假？"

"是呀，知假卖假和知假买假，在古玩市场是最常见不过的事。"

"这怎么讲呀？你能不能说得具体一点儿？"

老先生很健谈，他把曾真从挡路的过道拉到一边，说："跟你这么说吧，古玩古玩，有人重一个古字，有人重一个玩字，对后面一种人来说，不管真的假的，中意、好玩、喜欢，就行。"

曾真说："可是，假的当真的卖，那不是骗人吗？"

"骗人？在这个行当里，被人骗叫吃药。有骗人的就有被骗的，你今天被骗了，明天就不会被骗了，不仅不会被骗，还会去骗别人。你要是一次又一次地被骗，算你活该，为什么呢？你傻呀，你不长记性呀。"

"那……这样骗来骗去的，有什么意思？"

"太有意思了。俗话说，无利不早起。俗话还说，天下熙熙，皆为利来，天下攘攘，皆为利往。这古玩市场呀，就是咱们这社会的缩影。咱们这社会，有偷的、有抢的、有巧取豪夺的、有坑蒙拐骗的。你说是不是呀？"

"那……这样的市场，不是太乱七八糟了吗？"

"非也，就说这骗吧，骗得到算人家有本事，你有本事你也可以不上当呀。"

"老先生，你说话……挺有意思的，谢谢你哟。"

这时候颜若水和祁雨正好从三楼转到了二楼。一边的男同事见曾真愣在那儿，催促道："发什么愣呀，曾真？走呀。"

曾真说："我突然觉得一点儿意思都没有，特郁闷。"

女同事说："有什么郁闷的？你也太多愁善感了吧？"

男同事说："有什么不开心的事，说出来让我们开心开心。"

曾真说："讨厌。"

曾真一行往前走，看到了颜若水，递过话筒，颜若水摆摆手，离开了。他有点失望，径直从二楼下到一楼，很快便从文物市场出来了，在大街上走着。

有个河南老头儿蹿了上来，超出颜若水小半步，半退着跟着他朝前走。河南人冲他笑笑，道："老板老板，你好老板，我注意老板很久了。我看老板像个会家子，我那里有几件好东西，不知道老板肯不肯赏光去看一下？"

颜若水摇头道："没兴趣。"

河南老头儿说："老板看都没看怎么会没兴趣？东西就在对面招待所。老板去看一下嘛，就当是散步，去看一下嘛。"

颜若水问："在对面招待所？"

河南老头儿说："是呀，老板开车来的吧？车就停在招待所的院子里吧？耽误不了老板几分钟。"

祁雨说："对面招待所里经常能出点惊喜，去看看吧！"

颜若水和祁雨跟着那个老头儿往招待所方向走去。

河南老头儿的房间在招待所的一楼。三人间，一张铺空着，另外一张铺的被子没有叠，还有一张铺上躺着一个人，河南老头儿说："我儿子，留在房里看东西，怕不安全。"

颜若水没说话，河南老头儿一巴掌把他儿子拍了起来。儿子一边揉眼睛一边撅着屁股趴在床底下窸窸窣窣地翻东西。颜若水看着他们小心翼翼地拖出了一个纸箱，箱子的空隙处塞满了废报纸和马粪纸。他们要给颜若水看的东西用一块薄薄的毛毯裹着。河南老头儿慢慢地把它打开，小心地拎着，往颜若水怀里塞。

祁雨一把挡住颜若水的手："别动，他往你怀里塞，你一伸手，他再故意把手一松，东西摔了算谁的？"

河南老头儿摇头笑着说："我们乡下人没那么不厚道。不过，这越加证明我看人的眼光不错，你们夫妻二人肯定都是行家，常来是吧？没关系，我把东西搁在茶几上行吧？不怕您不识货。"

河南老头儿把手里的东西摆在茶几上，放稳，是一尊青瓷莲花尊，颜若水眼看着确实搁稳了，再凑过去，慢慢地看。

颜若水仔细端详着这青瓷莲花尊，想起了昨天晚上在青瓷茶会所翻阅到的香港拍卖会的图录，你说巧不巧，画册里面那一尊青瓷莲花尊跟这尊几乎一模一样，但见它造型典雅、形态优美，用来装饰的莲瓣纹，与器形巧妙结合，融为一体，釉色葱翠，釉层均匀，浑厚滋润，如冰似玉。颜若水记得很清楚，画册上标的参考价可是五百万港币。

颜若水更加认真地看着，最后抬头看了祁雨一眼。祁雨趁那河南老头儿不注意，朝颜若水点了点头。

河南老头儿说："怎么样？真正的越窑青瓷，祖上传下来的旧东西。"

颜若水抬起身，鼻子里哼了一声，对那莲花尊再也没有望上一眼，他说："你就这么个东西？还有没有别的？"

儿子看了他父亲一眼，河南老头儿赶紧把他拨到一边："没有了，不瞒您说，我们又不是专门做这一行的，要不是家里遇到了一点急事……"

颜若水装模作样地对祁雨说："我们走吧。"

河南老头儿急了，道："等等，老板，是还有件东西，只是——"

颜若水说："怎么？担心品相不好，拿不出手吧？"

河南老头儿说："老板哪里话？本来不是行家，我是懒得拿出来，我看老板您真是行家，这件东西，肯定跟您有缘。"

河南老头儿边说边把东西拿了出来，颜若水发现那是一副五言对联，用薄薄的塑料纸裹着。河南老头儿展开对联，只见上联是"岂能尽如人意"，下联是"但求无愧我心"没有上款，落款是石庵。

颜若水仔细地看着，脸上不露声色，心里却思量着，装裱的绫子是旧的，屋漏痕也不像是做出来的，这纸张也是自然陈旧的那种灰白，不像茶叶水染的，也不像烟熏的，好像还是原裱，心里不禁有些激动。但他还是把自己的两只手轻轻地一松，让那副对联自己卷了起来，仍然躺在那张空着的床铺上。

　　河南老头儿凑近他道："怎么样？不错吧？百分之百的旧东西。"

　　颜若水说："不是你们祖传的了？"

　　河南老头儿嘿嘿一笑，摸着脑袋说："这个不是，但这个作者是我们河南的一个得道高僧，听说跟少林寺还有点渊源。"

　　颜若水好像没有听到他的话，他抬起右手的食指，不经意地指了指那一尊莲花尊，说："还是给这个开个价吧？"

　　河南父子对视了一眼，然后，做爹的两眼直瞪瞪地望着颜若水伸出了一只手掌："五万。"

　　颜若水往门口走了半步。

　　祁雨说："你也真敢开价。"

　　河南老头儿嘿嘿一笑："请行家还价。"

　　颜若水指着青瓷莲花尊："这个，加上那副对联，我出三千。"

　　儿子忍不住叫道："三千？不可能啰。"

　　颜若水并不看他，斜视着河南老头儿说："怎么样？出手吗？"

　　河南老头儿也是一个劲地摇头："太便宜了，我要六千。"

　　祁雨摇了摇头。

　　河南老头儿说："四千。"

　　祁雨说："三千二百元。一口价，要不我们马上走。"

　　儿子又嚷起来："三千二百元？亏血本了。"

　　颜若水只看着河南老头儿说："中，就打包，不中，你刚才说的缘分也就只能到这儿了。"

　　父子俩再次对望一眼，好像下了天大的决心："中中中，哎呀老板，俺赔血本了，跳楼价了。"

　　颜若水说："你们以前是卖菜的吧？帮我包好。"

　　颜若水指点着他们将东西包好，然后示意祁雨买单，祁雨掏出钱包，将百元大钞一张一张点给他们。河南老头儿接过钱，大拇指放到嘴边呸地吐一口，又把钱点了一遍。颜若水问："是不是假钱呀？"

河南老头儿说："老板开玩笑。"

颜若水说："做生意的时候我从来不开玩笑。我说，你还是看清楚了，等我们一出这个门，咱们双方可就谁也不认识谁了。"

河南老头儿就真的把钱拿出来，对着光一张一张地照了一遍，嘿嘿一笑："不错不错。"

颜若水对河南老头儿的儿子说："帮我拿到院子里去。"河南老头儿的儿子说"行"，此外不再多说一句话，他把那尊青瓷莲花尊仍旧用旧毯子、马粪纸和废报纸包着，塞回到那只纸箱子里去，把它放进了汽车后备箱。

颜若水手里拿着那副对联，刚要和祁雨上车，看着走进去的河南老头儿的儿子，小声对祁雨说："我刚才瞟了床底下一眼，下面好像还有一只纸箱子，我担心……"

祁雨说："明白，我去办。"

祁雨转身进了刚才那个房间，曲起一根手指在门上敲了敲，两父子正用河南话说着什么，看到祁雨转身回来，不禁愣住了。

祁雨径直走到床边，翘翘一只脚，指着床底下说："里面那个纸箱里，是不是还有一件青瓷莲花尊呀？拿出来看看吧。"

河南老头儿说："没有了没有了。"

祁雨说："既然你知道我们是行家，就别跟我藏着掖着了，叫你拿你就拿吧。"

河南老头儿把手里的钞票放进包里，不解地望着祁雨："老板娘您这是？"

祁雨说："放心吧，拿出来，如果是，我买了，一千块钱，一口价。"

河南老头儿看着儿子。

祁雨说："你别担心，刚才已经两清了，你还怕我反悔不成？"

河南人老头儿他儿子从床下拉出纸箱，真的掏出了一个一模一样的青瓷莲花尊，他疑惑不解地看着祁雨。祁雨看都没看，便数了一千块钱递给他。他收好钱，殷勤地说："老板娘，我是帮你放在茶几上，还是放车里？"

祁雨说："不用了。"

祁雨拿起青瓷莲花尊，捧在手里看着，有点爱不释手的样子，她最后摇摇头，走到卫生间，一松手，青瓷莲花尊跌落在地上，砰的一下摔得粉碎。

河南老头儿捂着自己的钱包惊讶地看着祁雨。

祁雨说："这种一模一样的东西，不会有第三只了吧？"

河南老头儿拼命地摇头："真没了，多少钱都没了。"

祁雨说："别紧张，我只是希望我买的那尊青瓷是唯一的，明白我的意思吗？"

祁雨弯下腰捡起一块瓷片，将瓷片拿给河南老头儿看看，然后又将它扔回到那一堆碎片中间，说："这也是你们祖上传下来的旧东西？"

两个河南人茫然地看着他。

祁雨说："把服务员叫来，让她打扫一下，你不是说家里有急事吗？赶紧回去，记住我刚才说的话，忘记刚才被摔碎的那只花瓶，明白了吗？"

两个河南人小鸡啄米似的直点头。

祁雨说："让你当回行家，那副对联的作者叫石庵，可不是什么得道高僧，也不是什么武林高手，他叫刘墉。宰相刘罗锅，电视里跟和珅斗来斗去的那个，知道了吧？"

河南老头儿："哦，是他呀。我知道我知道，电视里见过。"他讨好地对祁雨笑笑，道："不知道老板娘能不能赏一张名片？"

祁雨说："不能，记住了，我没有从你这儿买过任何东西，咱们不认识，明白我的意思吗？"

两个河南人只好互相望着笑笑，连声说："是是是。"

祁雨从房间里出来向停车场的小车走去，开车离去。

河南儿子从窗户看着祁雨离去："这俩人，明知道是假的，为什么还要买？"

河南老头儿说："城里人弯弯绕绕多，谁整得明白？"

第八章

（一）

"张仲平！"

一阵尖锐的叫声把张仲平从梦中惊醒了。竟然是唐雯的叫声。他从床上一跃而起，冲到唐雯发出声音的浴室，只见她拎着昨天中午曾真换下来的衣服望着出现在门口的他，脸色要多难看有多难看。

张仲平的一丝睡意被赶到了爪哇国，心里叫苦不迭，他压根儿没想到唐雯会提前回来，所以，当他昨晚睡前发现曾真遗忘在浴室里的衣服时，便没有及时收拾。

"这是怎么回事？"唐雯咄咄逼人地问道。

"这是……这是曾真的衣服，你别着急，我找徐艺来跟你解释。"张仲平这时已经情绪稳定下来了，他动了个心眼，觉得这事由徐艺来解释更有说服力。因为当自己被唐雯怀疑的时候，自己亲外甥的话将无疑更有说服力，而且，徐艺只会就事说事，应该不会把江小璐来家里的事扯进来，否则，他真怕自己说不清楚，只怕会越描越黑。他拨通了徐艺的手机，跟他说唐雯回来了，请他向她解释一下曾真的衣服为什么会落在这儿，说完把手机递给唐雯。

徐艺三言两语就把这事说清楚了。唐雯长出一口气。

张仲平却不能不觉得奇怪，一是唐雯说好了要去三四天的，怎么这么快就回来了？一是提前回来怎么不打个招呼，让他去机场接她？她这分明是搞突击检查嘛。

张仲平拿定主意不主动提这件事，且看唐雯怎么说。唐雯一脸疲惫，从浴室出来坐在床沿上，说："我知道你在想什么，我没通知你我回来的时间，就是怕你去机场接我，今天是周末，想让你在家里多睡一会儿。"她说着，起身抱住了张仲平，继续说："乍一看到陌生女人的东西，我真是又气又急，刚才那一下子，我觉得我的心都快停止了跳动，简直都蒙掉了。"

张仲平手臂使使劲，把唐雯朝自己这边搂了搂，说："嗯，不错，这充分证明你是在乎我的，是爱我的，应该鼓励一下。"他在她背上轻轻拍了拍，然后把她松开一点儿，望着她，问："哦，对了，你怎么提前回来了？"

唐雯目光朝下一沉，躲开张仲平的眼睛，说："没事。"

"没事？没事是怎么一回事？等一等，快点告诉我，是不是我预计的事情发生了？你遇见了那个教授真是个禽兽？"

唐雯惊讶地看着张仲平，点了点头，一五一十地把和黎教授见面的情况说了。

张仲平先骂了一句"这个狗娘养的"，然后劝慰到："你别难过，他又没把你怎么着，安全脱离虎口就好。至于读博士的事，咱们再从长计议，能在本市高校解决最好，可以事业家庭两不误。"

唐雯说："这件事情倒没什么，但通过这件事情却让我想到了很多问题，仲平你告诉我，你们有点钱、有点权、有点身份地位的男人，是不是在外面都这样呀？是个女的就想插一杠子？"

"啊？这我可不知道。"

"你不知道？你整天在外面混怎么会不知道？那你说，你周围就没有这样的人吗？还是你要为你们男人保守什么共同的秘密？"

"林子大了什么鸟都有。但我真不知道林子里到底有些什么样的鸟。我只知道我自己的情况，我相信你也只是关心这个，而不是关心别的男人。我的情况是这样，第一，我是赚了一些钱，可这些钱我都一五一十地交给你了，而且从来不私设小金库；第二，我有权吗？没有。在外面，我得伺候那些有权有势的人，得全心全意为他们服务。在家里，小雨和你并列第一，我排名第三，没权吧；至于身份地位就更谈不上了……"

"我是相信你的，但我有时候也不自信。怎么说呢？黎教授的表现虽然让我很恶心，仔细一想，却也能理解。不是说孩子是自己的好，老婆是别人的好吗？你老婆，对你来说是老的，对别人来说可是新的。"

"嗯，你说这话什么意思呀？"

"我的意思是说，像我们俩，结婚快二十年了，不可能不产生审美疲劳。可是，仲平，你明白我要说的意思吗？从到擎天柱下放当知青开始，从我爱上你开始，这种爱，就从来没有改变过……"

"知道知道。"

"你知道什么？我最重要的话还没说出来呢。"

"好好好，你说你说。"

"我是说，现在外面那么多女孩子，你难道就从来没经受过诱惑？没有动过心思？"

"怎么没有？当然有了。"

"啊？"

"别呀。我的意思是说，打个比如吧，购物中心，好东西、让人动心的东西，多不多？多了去了。你都能够据为己有？不可能吧？对于像你老公这么高素质的男人来说，那是宁要鲜桃一颗，不要烂杏一筐。"

"任何比如都是蹩脚的，都是似是而非的，你这种说法根本站不住脚，因为这根本就不是一回事。"

"是不是一回事，可道理是一样的。老婆我跟你说，我最大的愿望，一辈子的奋斗目标，就是让你让小雨过上幸福美满的生活。"

"这我信。可是，除了最大的愿望，你还有没有别的第二第三愿望？比如像黎教授那样的？"

"喂，你不能这么考虑问题吧？你那黎教授，压根儿就是个王八蛋。你没去北京之前我怎么说他的？他还没撅屁股呢，我就知道他要拉什么屎。你不能拿我跟他比吧？你不能因为碰到了一个乌龟王八蛋就认为世界上所有的男人都那样吧？他是个案，他好色泡女人，说不定是因为他老婆先给他戴绿帽子呢。"

唐雯似乎被张仲平说服了，但还是忍不住埋怨道："你也是，明知道他要拉什么屎，你还让我去？"

张仲平摇摇头说："那不一样，首先，你要求进步，我总不能泼你的冷水吧？其次，你不去见他，就不会知道他到底是个什么样的人，我说什么都没用。我只是希望，当你知道黎教授是个狗屁之后，不要以为天下的男人都是狗屁，便因此而冤枉你伟大的英明的光荣的正确的好老公。"

一番话说得唐雯忍不住笑了，她说："好了好了，我相信你，就像相信'伟光正'，行了吧？"

张仲平说："行。我希望你不仅落实在口头上，还要落实在行动上。哦，对了，你累不累？如果不累，现在去叫两个小家伙起床吧，我们今天也给自己放一下假，陪他们好好玩一下。你说呢？"

徐艺和唐雯通完电话后有点发愣。他很奇怪，三言两语就能说清楚的事，张仲平为什么不自己跟姨妈说？他什么意思呀？他百思不得其解，但他知道，从现在开始，他要学会揣摩张仲平，从内心深处，他已经把自己的姨父当成了最强大的对手。

他特意在自己办公室的墙上挂了一块大大的白板，在上面写上鲁冰、颜若水、龚大鹏、侯昌平、张仲平几个人的名字。他这段时间可没闲着，把一些横七竖八的关系都摸透了。他知道，要顺利拿下胜利大厦项目，需要几个环节，换句话说，就是白板上的这几个人。在张仲平手下工作的这些年，他多少积攒了一些经验，知道自己要打赢这场仗，必须知己知彼，这些人都是张仲平要经过的关口，也是自己必须经过的关口，所以，他必须和张仲平争夺时间，必须把这些人串起来，像蜘蛛织网一样的串起来。

辛然一直在外面布置办公室，在墙上张贴公司口号、竞买人须知之类的。她走进来，看着白板上的人名，又见徐艺歪着头对着白板发呆，便问他怎么回事。

徐艺说："从现在开始，我们就和打仗一样了，这就是我们第一张战略部署图。"他指点着除了张仲平以外的几个人名说，"这些人，都是咱们打赢这场战争需要的将军与士兵。"

辛然问："怎么说？"

徐艺拉着辛然坐下，说："辛然，一句话说不明白，就说鲁冰叔叔吧，他似乎并不同意我出来单独办公司，我们呢？则不仅要让他同意，还必须让他帮助我们。"

"你有什么办法让鲁冰叔叔听我们指挥？"

"用策略，辛然你看能不能这样，你爸不是经常和他的几个战友在野猪林野生动物园聚会吗？能不能请你爸爸跟鲁冰叔叔联系一下，邀他一起去玩儿，也不要你爸跟他打什么招呼，我们自个儿跟他去说？”

“不就是一起玩吗？没问题。不过，你得把你的想法及时和我沟通，我们千万不能让我爸和他的战友为难。”

“那当然，辛然，这一点你尽管放心。我只是觉得，我们的时间太紧了，这个时候我们不能再犹豫。因为，拿下胜利大厦太难，得过五关斩六将。”

“那……你先排一排，看有哪五关要过，哪六将要斩？”

“第一关，赶紧把公司注册下来，但公司注册是没有问题的，这一关可以跳过去。然后呢？就是我姨父，我必须赶在他前面把这些人变成我的人。”

“啊，你已经是和他抢生意了？他只是口头同意你出来了，你还没办手续呢，你不怕其中有变？”

“不怕，对离开他的公司这一点，我一直有绝对的把握。给你说个小故事，大概半年前吧，市拍卖行有个人也是想出来单干，单位不同意，还在报上登了个启事，直接把他除名了。有来无往非礼也，那个人则把在单位知道的一些内幕，全都抖了出来。搞得市拍卖行很难堪。”

“怎么，你是说如果你姨父不同意，你就去威胁他？”

“用不着，我姨父也不是一个怕别人威胁的人。可是，巴尔扎克说过，每一笔巨额财富的后面都有深重的罪恶。我姨父说过，任何一个成功者，总在某一方面有所顾忌。所以，我根本用不着威胁我姨父，他是聪明人，他知道自己该怎么做。”

“徐艺，这话听起来让我觉得有点怪怪的。”

“不会吧？这只是我对形势的分析与判断，不会真的吓着你吧？商场如战场，这还没开始呢。你想不想我说下一关？对，下一关便是颜若水，他是我姨父的老关系，在这个人身上，我们一定得下大功夫，我估计这是块硬骨头。然后就是这个龚大鹏，他是胜利大厦的建筑商，也叫包工头，是胜利大厦的债权人，我姨父一直对他很重视，所以也是我们要对付的人。对付他，就要用上鲁冰叔叔，因为龚大鹏的案子在中院，马上要落到鲁冰叔叔手里，所以，他不会不听你鲁冰叔叔的话。至于鲁冰叔叔，我反而心里没底，甚至觉得他会是我们最大的障碍，我需要你的帮助，通过你爸爸把他约出来。”

"你想过鲁冰叔叔为什么要阻止你离开你姨父的公司吗？"

"也许，他只是不想我们给他添麻烦。"

"那……怎么办？"

"我很犹豫，在这种情况下，如果我对他逼得太急，我怕他对我会很反感。可是，鲁冰叔叔对我们来说又至关重要，是的，他对我们来说，实在太重要了。"

辛然想了一下说："好吧，这事交给我。"

"你？"

"对呀。你想呀，鲁叔叔是怎么知道你要从你姨父那儿出来的？你没告诉他吧？我也没告诉过他。那么，他是怎么知道的？谁？我爸。他去找你姨父一定是受人之托，谁？还是我爸。既然他是受我爸之托，他的态度便取决于我爸的态度。我的分析有道理吗？"

"有，太有了。"

"那，你看这样好不好，我们今天下午就让我爸把鲁叔叔拖到野猪林去，你别出面，我来和他谈。"

"辛然……你太棒了，只要你肯帮助我，我就有信心和时间赛跑。嗯，我们算到第几关了？哦，第五关，中院执行局的承办法官，就是这个人，侯昌平，我打听过，他好像跟你鲁冰叔叔是一个部队的。"

"那和我爸也是战友了？"

"但我们不能通过你爸爸，那会让你爸爸反感，只要把你鲁叔叔的思想政治工作做通了，侯昌平的问题应该就能迎刃而解。"

"那个侯法官会听鲁冰叔叔的安排吗？"

"你想呀，只要鲁冰叔叔肯真心实意地帮我们，这侯昌平怎么会故意和他的顶头上司、同时也是他的战友拧着干呢？"

"听你这么说，这事好像还真点靠谱了。"

"不是有点靠谱，是非常靠谱，作为美丽温柔、冰清玉洁的辛然的男朋友，我怎么能做不靠谱的事呢？不过，做这件事不能太张扬，我们必须把文章在艺术品拍卖上做足。成语怎么说的？明修栈道，暗渡陈仓。"

"徐艺，这可是个贬义词呀。我担心——"

"你就别担心了，开弓没有回头箭，我这人是这样的，要么不动念头，一旦动了念头，就一定会义无反顾，努力做到。辛然，你刚才那样子，很有大将之风，我很喜欢。我们要抓住那种感觉。做公司，可不能婆婆妈妈的，我们两个人，一定要步调一致，你明白吗？"

"我尽量吧，我只是被你搞得有点紧张。"

"你那不是紧张，是兴奋才对，只要我们每一关都顺利，我们就能打败一个人，这个人就是我姨父，我要在不知不觉中，把胜利大厦变成我们公司名利双收的项目，该怎么说呢？里程碑。"

（二）

徐艺接到了望江楼派出所彭警官的电话，问他有没有时间过去一趟，不是关于打架斗殴的事，而是胜利大厦的事，徐艺说有啊，当然有。

见面之后彭警官告诉徐艺："让你来是想告诉你，你们报的那个案子已经侦查终结。死者是宏达房地产开发公司的董事长、法人代表左达，那两个在楼顶上被抓住的人正是替澳门赌场收高利贷的。"徐艺点头说："这跟我们当初的判断完全一样。"彭警官说："对，这个案子本身并不复杂，只是核查那两个人的身份耗了点时间。"徐艺问："这个案子要不要向社会公布？"彭警官说："当然要。这算是一个大案，案发时已经有很多家媒体做过报道，我们必须给公众一个交代。"

徐艺说："明白。那么，东方资产管理公司要拍卖那栋楼，是不是就没有障碍了？"

彭警官说："这就不属于我们公安部门的管辖范围了。仅从刑事侦查的角度来讲，既然已经结案，我估计应该不存在什么障碍了吧？"

徐艺看还有时间，便问彭警官能不能一起吃个便饭？彭警官说："别客气，我们也算是朋友了，说不定下次还有什么事要求到你头上，吃饭就免了，没时间。这儿没外人，你要有什么事，可以直接跟我说。"徐艺见他说话诚恳，算是可交之人，便问他能不能晚几天公布这个消息？彭警官先笑再摇头，说："一般情况下不行，考虑到这是周末，也许可以通融。不过，这不是我个人能决定的事。情况我们已经上报到市局去了，你如果想把消息压两天，可能得给局长打招呼。"

两个人到了车上，徐艺问辛然能不能让她爸给公安局的肖长根叔叔打个招呼？左达案件的调查结果能拖一天是一天。辛然说："这不太好吧？

你不是说咱们在做第一场拍卖会之前，尽量少动用我爸的关系吗？"徐艺马上说："对，说得也是呀，这件事对我们来说，意义也不是特别直接。但是，我就想试一试你在你爸心目中的地位，你对他的影响力。"辛然说："这没的说。不过，我不同意你的意见，一件事情，如果本身意义不大，又会让我爸为难，我们为什么还要去做呢？"徐艺说："很有道理。这样看来，我未来的岳父还是一个纪律严明的事业型官员。"辛然说："那当然。"徐艺轻轻叹了一口气说："要不然，肖长根叔叔那儿就算了，鲁冰叔叔我们一定得抓住。不如我们先把野猪林的那场戏演好。"辛然说："好呀，我现在就给我爸打电话，让他们一起动身。"徐艺说："电话可以打，我们还是得先上你家，在你家会合，一起吃午饭一起出发，我觉得，你爸喜欢那种被簇拥的感觉。"

在下面的小饭店里吃过了中午饭，鲁冰开车拉着周运年，徐艺开车拉着辛然，两辆车一前一后地行驶在出城的高速公路上。

徐艺问辛然："我们要不要把跟鲁叔叔说的话再彩排一次？"辛然说："不用了吧？我爸这几位战友中，鲁冰叔叔跟他关系最铁。我知道该怎么说。其实，最大的障碍还是我爸那儿，昨天晚上他可是对我使出了最后的撒手锏……"

"怎么说？"

"他说，他算是市里的领导干部，对领导干部的配偶、子女从事商业经营活动，上面有严格的限制。他说，我要办公司，就是逼他犯错误。"

"你怎么说的？"

"我也不知道怎么说，我爸是非常讲原则的人，这种事情我不能太顶撞他，我想，最后有个办法，可以让我爸无话可说。公司你来办，我不当股东，你聘用我，我就可以光明正大地支持你。但这样做对我有一个巨大的风险，就是——如果我们结婚了，你就还算是我爸的亲属，所以我们就不能很快地结婚，可不结婚，等公司做起来了，你又帅又有钱，你会不会变坏？对别的妹妹移情别恋？"

"怎么会呢？我说过了，对我来说，你就是我的天使。可是，你刚才那话的意思，是只要我们结婚，你爸爸就永远不会同意我或者我们一起办公司，对吗？"

"应该是。但我能感到我爸的纠结，因为他同时又希望我找个好人，有个好的归宿。徐艺，你别担心，我觉得，鲁叔叔今天既然来了，就应该没什么问题。"

"但愿吧。"

鲁冰的车已经进入收费站。江小璐当班，打开窗户，把收费卡递给前车的鲁冰。旁边的周运年不由自主地扭头看了一眼江小璐。鲁冰顺着周运年的目光也望了一眼江小璐。

江小璐说："对不起，两位先生，请系好安全带。"周运年笑笑，马上照做。鲁冰开车通过收费站，问："怎么，你认识？"周运年说："不认识，我只是觉得这个收费员不错，她的工作就是发卡，提醒司机和乘客系安全带不是她的责任，她这样做，一天要多说好多句重复的话呀，却让人觉得很温馨。这就是细节。我们的一些干部，缺乏的就是这种细节和人文关怀。"鲁冰笑笑点点头，心里却免不了有点嘀咕，他不是嫌周运年小题大做，而是觉得他有点婆婆妈妈。这与年龄一天天大起来有没有关系呢？还是……他该找个老伴了？

江小璐把收费卡交给徐艺的时候一眼就认出了他和旁边的辛然，她说："你好，哎呀，是你们啊？"

徐艺说："你好，原来你在这儿上班啊？"

江小璐说："是呀？你们出去玩吗？对了，请系好安全带。"

徐艺谢了，辛然也冲她一笑，扬了扬手。车子通过关卡，徐艺用一只手系安全带，辛然连忙帮忙，乘机在他腰上胳肢了一下。

辛然说："你觉得奇怪吗，我老觉得这江小璐挺有亲和力的，好像是个认识了很久的熟人似的。"

徐艺说："所以啊，我姨父对她才那么好。这个女人是挺有风韵的。"

辛然说："你觉得你姨父跟她真有关系吗？"

徐艺叹了一口气，又摇摇头，说："搞不懂。"

中午吃饭之后半小时以内总有点犯困。周运年怕鲁冰开车打盹儿，便不停地跟他聊天，谈的自然是辛然，他说："然然她妈妈死得早，我呢，事又太多，对她的照顾太少了。从小到大，连一次公园都没陪她去过，连一场电影都没陪她看过。"

鲁冰说："好在然然已经长大成人了，而且还是一个挺不错的孩子。"

"是呀，可我这心里头，总觉得对不起她，总觉得欠了她太多太多的东西。老鲁你说，我这心态是不是有点怪？"

"怪什么？人之常情。"

"也是，我老想把她妈妈没能给她的东西都给她。你是不知道，这些年，真是不容易呀。"

"现在好了，你算是熬出头了，接下来，是不是该花一点儿精力想想自己的个人问题了？家里长期没个女主人，也不是个事呀。你就说中午吧，在酒店里吃饭，哪比得上在家里吃呀，是不是呀？"

"这事，得看缘分。新到一个岗位，工作千头万绪，哎，再说吧。"

"别再说了。这事，要只争朝夕。一方面是工作，一方面是小日子，只有这样，我们这些老战友才放心呀。至于然然，她大了，有她自己的想法，不会什么都听你的，你想管也管不了，不如干脆无为而治。"

"这也太难了。辛然是我女儿，将来要和徐艺结婚，这公司就是我直系亲属的公司，那和我这位置发生关系的几率就太大了。所以这两天我老睡不好觉，总想找个万全之策。"

"该劝的劝了，该做的工作也做了，她要坚持自己的主张，你还能有什么办法？他们这不还没结婚吗？依我看，你也不要想那么多，就让他们先去闯一闯。"

"闯得好就好，要是闯得不好呢？不行，对然然放任自流，我做不到。否则，这大周末的，我也不会麻烦你呀。"

"老领导说这话就见外了。我这儿没什么麻烦不麻烦的，你别把这事放在心上。"

"然然这孩子拗得很。对她，我是严父慈母集于一身，没办法，心就是硬不起来。你不同，你不要顾及我的面子，该怎么办就怎么办，该说重话就说重话，不能什么都依着她。孩子嘛，一味娇宠是不行的，我呀，想得到，说得到，就是做不到。一个女孩子，你还指望她赚一座金山银山回来呀？我可不希望她成为什么女强人。"

"是呀是呀。"

"照理说，我们在部队干过那么多年，哪能这么婆婆妈妈的？可对这孩子，我这心里头，就是软乎乎的，生怕她在外面受一点儿委屈、被人欺负。"

"你放心吧，能帮他们，我会帮的。"

"我不是这个意思。说句心里话，这就是我挣扎的地方。有时候，我也想让她自己在社会上去摸爬滚打，哪怕因此碰得头破血流。有首歌儿怎么唱的？不经历风雨，哪能见彩虹？可是，然然这孩子真的跟别人不一样，别看她大大咧咧、上大学读研究生，一路走来顺风顺水的，我老觉得她内心里其实是很孤独的，似乎有一种无法排遣的不安全感，她总想努力去抓住什么东西，否则，她会很失落，甚至会影响到对自己人生的看法。"

"老领导，别的事情我不敢说，中院执行局拍卖的事，我也不敢说一定能罩着她，我只能请您放心，该尽力的地方，我会尽力。"

"这是我挣扎的另外一个地方，我本人，我的……几个战友，你们，可千万千万不能因为孩子的事，违反原则。有些事情，是没有回头路可以走的呀。你明白吗？"

"我明白。老领导你就放心吧，我知道该怎么做。"

"其实说来说去，还是对徐艺不了解。你说说，这小伙子，到底是个什么样的人呀？"

"现在的人呀，都挺复杂的。徐艺跟我倒是打过一些交道，挺机灵、挺能干，人品嘛，讲实在的，不好说，应该……也还可以吧。"

"这人哪，还是得走正道，一定得品行端正。有才有德是正品，有德无才是次品，有才无德，那可是危险品呀。"

"是呀是呀。可是，我以前跟他只是泛泛之交，也看不出他的品行到底是好是坏。"

"是呀，不经过非常之事，看不出一个人的品行高下。老鲁，我一直在琢磨，你说，我们能不能做一个局、搞一次军事演习，考验考验徐艺？"

"老领导的意思是……"

车上明明只有他们两个人，周运年却像车上装了窃听器似的，凑在鲁冰耳朵边上低声说了自己的计划，鲁冰不时地摇摇头又不时点点头，问："这个……行吗？"

周运年说："我看行。不过，这事，千万千万……不能让辛然知道一点儿风声。"

鲁冰说："我明白，我来安排吧。"

周运年说："不，这事你别插手，我想好了，让老莫来弄。"

（三）

　　鲁冰、徐艺和辛然簇拥着周运年，在鳄鱼池边观赏鳄鱼，莫老板从远处坐了电瓶车过来，和大家一一打过招呼，对周运年说："老大，茶早就煮好了，笔墨也早就准备好了，是不是请您先过去挥挥毫？"周运年说："好呀好呀，一天不动笔，还真是手痒。香茶嫩芽清心骨，此怀无处不超然。莫老板，你这地方，可真是不错呀。"莫老板说："这里离城里不远，踩一脚油就到，你要喜欢，欢迎随时过来。"周运年说："那是自然。然然，你们不是要找鲁叔叔谈什么事吗？我和莫叔叔先过去了。你们谈完以后也赶紧过来。"辛然说："好的，爸爸。"

　　看着周运年和莫老板乘电瓶车走远，徐艺望着鲁冰笑笑，说："本来不想打扰鲁叔叔的，没想到——"不等徐艺说完，鲁冰把手一挥，说："谈不上打扰，只是这几天太忙了。吃饭、喝酒、唱歌，连轴转，都有点成负担了。一个平级调动，哪里来那么多欢送欢迎的？可是，都是同事或朋友，也不好推，唉，烦都烦死了，辛然他爸叫我，正好过来放松一下。"

　　辛然也望着鲁冰笑笑，乖巧地挎着鲁冰的胳膊，三个人漫无目的地朝前散着步，鲁冰说："咱们是自己人，就不要那么讲究了。说吧，是不是有什么事需要我帮忙？"

　　徐艺说："也没什么具体的事，就是想就这段时间的思想情况，跟鲁叔叔汇报一下。"

　　鲁冰停住，故意瞪了徐艺一眼，说："这话听着别扭，我又不是你的什么领导，有什么可汇报的？有什么事，直接说，用不着拐弯抹角的。"

　　徐艺嘿嘿笑道，靠近鲁冰半步，说："我听说鲁叔叔去中院只是过渡，下半年就得当副院长了？"

　　鲁冰扭头望了辛然一眼，说："辛然，你帮我问问他，他都是打哪儿听来的这些小道消息？"

　　辛然说："鲁叔叔当副院长是迟早的事，要论资历、论水平，早就够了。"

　　鲁冰仰头哈哈一笑，说："你们两个，也开始学习怎么拍马屁了？"徐艺连忙否认，说："没有没有，我们说的可全是真心话。"鲁冰说："你们说真话说假话都没用。除非你们一个是组织部长，一个是人大主任，否则，我还是先安安心心地当我的执行局局长吧。"徐艺说："执行局长好，执行局长好呀。"鲁冰望着徐艺一笑，没有说话。这话题，也就是暖场，谁都不会太当真。徐艺看气氛还融洽，便偷偷地望一眼辛然。辛然意会，马上说："嗯，我的手机呢？艺哥，看到我的手机没有？"徐艺说："没有呀。"辛然说："是不是忘在车上了？快帮我去找找呀。"徐艺说："好好好。鲁叔叔，那我先去了。"鲁冰说："好，你去吧。"

等徐艺离开之后，辛然从口袋里掏出一个红包递给鲁冰，说："鲁叔叔，这几天您忙，也没顾得上见面，祝贺祝贺。"

鲁冰急忙把辛然的胳膊甩开，说："辛然，你这是干什么？赶紧收起来。"

辛然说："这个……"

"什么这个那个？！你这孩子，你难道不知道我跟你爸是什么关系？你怎么能把社会上那一套带到我们之间的关系里来？"

"不是……鲁叔叔……"

"不是什么？等等，你是说这不是你的意思？告诉我，这是不是徐艺的主意？"

"不是不是，鲁叔叔，我们没别的意思，就是表示一下心意。"

"真的？"

"真的。"

"那好，你的心意，你们的心意，我领了，红包你赶紧收起来。辛然呀，你知道你爸为什么不想让你开公司吗？趁着徐艺不在，我单独跟你说几句，你爸爸呀，就是怕你沾染上商人生意人的不良习气，变得利欲熏心、唯利是图。我不是说商人生意人不好，社会分工不同而已。可是，一般情况下，这商人呀，生意人呀，每时每刻都在盘算投入产出的账，每时每刻都在进行利弊权衡，如果养成了这种作风、这种习惯，势必会变得人情淡漠。可是，要是一个人连人情味都没有了，他活着还有什么意义呢？"

说得辛然直点头。鲁冰回头朝徐艺离开的方向看了看，问辛然道："嗯，这徐艺怎么还不来，有些话，我要跟你们俩一起说。"辛然道："他去帮我找手机了。没事，鲁叔叔您先跟我说也是一样的。"

鲁冰说："徐艺的姨父张仲平你见过了吧？这个人为人处世还是不错的，实际上，如果徐艺继续在那儿打工，他姨父绝对不会亏待他，我甚至听说他都要赠送一部分股份给他，你看，这是多好的事呀。这样，你爸爸，包括我，也就完全没有压力了。可是，我听说你们两个很坚决，我和你爸都不理解，可也不好再说什么。严格地说，你们要办公司做生意，也没什么不可以，但办公司有不同的办法，做生意也有不同的做法。刚才来的路上，我和你爸还在交换意见，归纳起来一句话，绝对不会无原则地帮你们。这一点，你……尤其是徐艺，一定要有充分的思想准备。"

　　辛然说："这点请鲁叔叔放心，我是学法律的，胆儿小，不会乱来的。"

　　鲁冰说："那徐艺呢？他会不会乱来呀？"

　　辛然说："我想，他也不可能为了一己私利，让您、让我爸、让大家把前途和命运都搭进去吧？哦，他来了。艺哥，我的手机找到了吗？"

　　徐艺把手里的手机扬了扬，说："找到了，你自己忘车上了。"

　　鲁冰说："徐艺，你来得正好。你呀，要有什么话，别通过辛然传，直接跟我说。"见徐艺不停地点头，鲁冰继续说："你跟法院打交道的时间也不短了，你也知道，法院执行难是个老问题，新官上任三把火，我的第一把火，就准备拿拍卖委托开刀。你刚才不在，我可是跟辛然说了，作为市中院执行局的局长，我不可能一屁股坐到你们公司，明白吗？"

　　徐艺飞快地朝辛然瞥了一眼，点点头说："明白明白。"

　　鲁冰说："唉，现在法官的个人权力很大，不适当限制、不规范法官的个人行为是不行的。趁你们俩都在，我就跟你们多说几句，也好让你心里有个底。我的意思，必须严格制度和纪律，限制和监督法官的个人权力。我先给你们打个招呼，你们就是成立了公司，我也不会直接把业务给你们做的，你们要想在中院做事，必须按中院的新规矩办事。"

　　徐艺和辛然互相交换了一下眼色，徐艺朝辛然挤了一下眼，辛然问道："新规矩？什么新规矩呀，鲁叔叔？"

　　鲁冰说："我正在让他们起草文件，规范司法拍卖的程序。"

　　徐艺马上说："好呀，这是好事呀。您新任执行局局长，当然不能走原来局长的老路，是得有新格局、新气象。鲁叔叔，我也给您表个态，只要给我们机会，我们一切听您的。"

　　鲁冰说："你错了，不是听我的，是我们大家都得按新的规章制度办事。"

徐艺说："对对对，是按规章制度办事。我就想问一下，这新的制度，主要内容是什么？"

辛然帮腔道："是呀，鲁叔叔，您能不能先给我们透露点内部消息呀？"

鲁冰说："这不算内部消息，真是内部消息可不会随便跟你们说。简单地说，就是拍卖公司想做中院的拍卖业务，必须先入围。"

辛然问："怎么个入围法？"

徐艺问："要不要征求拍卖公司的意见？"

鲁冰问徐艺："你觉得呢？"

徐艺说："最好不要。为什么呢？因为市里省里拍卖公司虽然不少，但目前能在市中院插得上手的就那么几家，您征求哪些拍卖公司的意见？已经在做的，希望保住自己的既得利益，只会尽量不让新的公司插进来；原来没做的，如果把他们的希望挑逗起来，又难免僧多粥少，到时候，只怕会打破脑袋。"

鲁冰说："这你放心，我们会制定严格的、公平的准入条件。现在的问题是，你们这些新公司怎么办？"

辛然说："是呀，我们新公司在条件方面肯定不如老公司，就像一个刚出生的婴儿不如成年人，可孩子却代表着未来。"

鲁冰说："那没办法，除非你们能快速地成长起来。徐艺，我不这么做不行，现在能办拍卖公司的，哪个没有点关系？到时候，你打招呼，他批条子，我的工作就不好办了。"

鲁冰的消息让徐艺心里一凉，严格地说，他们现在连新公司都还算不上，只能算还在准备成立新公司的过程当中。可是，如果他们赶不上这趟车，入不了围，那就一切都完了。想到这里，徐艺急切地说："鲁叔叔，在具体业务上我们可以不麻烦您，但您在制定政策的时候，如果一开始故意给我们这些新近成立的公司设置过不去的关卡，利用所谓的'条件'把我们排斥在外，也不妥当吧？"

鲁冰说："没有什么不妥当的。法院当然有权力设定一些硬性条件只让一小部分拍卖公司入围。再说了，新的规章制度不会由我一个人定，它最终将由中院审判委员会讨论通过。"

徐艺说："也就是说，如果由审判委员会集体讨论通过，您也就避开了嫌疑，对吧？"

鲁冰说："徐艺，你这小子，脑袋瓜倒是转得挺快的。"

徐艺说："我是因为跟着辛然喊您鲁叔叔，才敢这样大胆放肆的。辛然你说对吧？"

辛然说："对对对。鲁叔叔，徐艺要是有什么话说得不对，您打他屁股。我要是有什么话说得不对，您也打他屁股。"

鲁冰被辛然逗笑了，他哈哈一笑说："你们两个小鬼，一唱一和的，配合倒蛮默契。"

这给徐艺壮了胆，觉得再不抓住这个机会可就真的悬了，便说："鲁叔叔，那我就再斗胆说几句，您在区法院当院长时就分管执行，拍卖您是行家。但是，智者千虑，难免一失。如果您还担心出现考虑不周到的情况，或者说，您如果又信任我们，我和辛然倒是可以帮您提提建议。"

鲁冰脸色一正，道："如果这样，你……你们不就成了游戏规则的参与制订者了吗？我岂不是从源头上就开始帮你们了？"

徐艺说："哪里哪里，您刚才不是说了吗？新的规章制度最终将由中院审判委员会讨论通过，不是吗？"

鲁冰沉吟片刻，没有接着徐艺的话说，而是说了另外一番话："徐艺，你后生可畏。有些话，说一次就够了。有些话，得不断地说，比如说，辛然可是个好姑娘，你可要善待她。"

辛然拿手戳了一下徐艺的胳膊，说："鲁叔叔这个话说得千真万确、情深意切，徐艺，你听到了吗？你可得记到心里去，记到心尖尖上去。"

徐艺说："听到了记住了。鲁叔叔这您就放心吧。辛然，你也放心。我徐艺可不是一个知恩不图报的人。就拿我跟我姨父的关系来说，我一直都很尊重他。"

辛然说："这倒是真的，像跳槽这种事，老板不会高兴，可他姨父就很支持他。"

徐艺朝鲁冰一笑，说："是呀，关于拍卖公司怎么入围的事，我突然想到了一个段子，说有个七十岁的老板娶了一个二十岁的妙龄女郎为妻。朋友问他是怎么找到的，老板说，谎报了年龄。朋友说，你说自己只有五十岁？老板说，不，我说我已经九十岁了。"

辛然不解，问徐艺这个段子是什么意思。

鲁冰说:"他的意思是说,为什么有人弄虚作假?因为他总是能够从中受益。"

徐艺说:"对。但我还有一层意思,就是决不能允许拍卖公司在上报材料的时候弄虚作假。我了解那些拍卖公司,除了在税务部门交税的时候会特别谦虚,在其他场合,尤其是在委托人那里,为了证明自己多么厉害,总是难免夸大其词。对此,你们可要严格审查,一旦发现上报的材料中有水分和虚假材料,马上一票否决。跟法院做业务,如果最基本的诚信都没有,谈什么公平、公正?"

鲁冰说:"嗯,你这想法还不错。世界上怕就怕认真二字,共产党就最讲认真。这话是毛主席说的。"

辛然说:"可是,作为新公司——"

徐艺忙打断辛然说:"作为新公司,我们会注重社会责任感和社会影响力。除此以外,我们还会做到让我们公司在某一方面的硬件条件上非常突出。比如说国家注册拍卖师的人数,一般的公司也就一两个,如果我们准备三个,是不是可以作为破格入围的条件?"

辛然朝鲁冰仰着脸问:"鲁叔叔,您觉得呢?"

鲁冰说:"这个……怎么说呢?一个企业,注重社会责任感和社会影响力,这是对的。但注重社会责任感和社会影响力,应该成为企业文化的血脉,而不仅是为了作秀,明白吗?"

徐艺说:"明白,谢谢鲁叔叔的指示。"

鲁冰说:"这不算什么指示?徐艺,辛然,你们怎么做公司,是你们的事,我可以拭目以待,但我不会给你们任何承诺,徐艺,你要理解这一点,辛然,你也要理解这一点。"

辛然和徐艺一左一右围着鲁冰,忙点头,说:"理解理解。"鲁冰说:"那就这样?辛然,你爸爸在里面写字,现在,我们一起过去吧?"辛然说:"好呀。"徐艺对辛然说:"要不,你陪鲁叔叔先去,我马上就过来。"鲁冰说:"也好。"

徐艺望着鲁冰和辛然离开,下决心似的朝天空中伸着拳头,很快又像是怕被人看到了似的收敛起来。鲁冰没有生硬地拒绝他,这已经超出了他的想象。他对不远处的管理员喊道:"能不能拿两只小鸡来?"管理员快速拿来两只小鸡,徐艺接过,往鳄鱼池里一扔。小鸡在水面上扑腾着惊动了鳄鱼，鳄鱼张开大嘴吞下了小鸡。浪花翻滚，又很快归于平静，水面上漂荡着几片鸡毛。

（四）

野猪林野生动物园内有很多平房，青砖翠瓦，既显得简单平实，又与周围的环境完全融为一体。此时，在某间平房里，周运年正在长长的画案上挥毫泼墨，莫老板、鲁冰、徐艺和辛然左右围观着。

辛然轻轻念出周运年写的对联："何须魏帝一丸药，且尽卢仝七碗茶。爸爸，这是谁的诗呀？"

周运年说："你不知道呀？你们有谁知道呀？"

莫老板和鲁冰分别摇了摇头。

周运年说："徐艺，你知道吗？"

徐艺说："我不是很确定。好像是苏东坡的诗吧？对，我想起来了，是苏东坡的诗。苏东坡在杭州任通判的时候，有一天病了，他独游了杭州附近的几座寺庙，僧友拿出好茶招待他，连饮七杯茶，结果病不治而愈，且自觉身轻体爽，于是写下这首诗夸赞饮茶之妙用。"

周运年说："还有呢？魏帝丸药的典故是怎么回事，你是不是也知道？"

徐艺说："知道。传说魏文帝曾得到仙人赠予的仙丹，他写诗赞美说，那颗仙丸五颜六色，服下四五天之后，身体上居然长出了有羽毛的翅膀。"

周运年点点头说："嗯，不错。然然，好好向徐艺学学，要多看书，看书使人进步啊。"

辛然说："可是，我有一个问题耶。身上长出有羽毛的翅膀，那不是鸟人吗？"

说得大家都笑了。鲁冰说："哈哈，辛然，你得替我们好好管住徐艺，让他好好飞，别到处瞎扑腾。"辛然问徐艺："听见没有？"徐艺赶紧说："听见了听见了。"辛然说："爸爸，我们……哦，徐艺的拍卖公司第一场拍卖会准备做艺术品，能不能把您的字拿到拍卖会上去拍一拍呀？"周运年说："不行。"辛然说："为什么？"周运年说："不行就是不行，哪来那么多为什么？"吓得辛然背着周运年朝大家直吐舌头。

后面辛然和徐艺在外面散步，辛然说："你好棒哟，居然受到了我爸的表扬，我可告诉你，我爸很少表扬人的。"徐艺说："是吗？这没什么，碰巧前几天翻了几本杂书而已。而且，还是在你爸书房里看到的。"辛然说："原来如此。那……也说明你运气好呀。喂，你觉得我爸的字写得怎么样？"徐艺说："很好呀，挺棒的。"辛然说："真心话？那他为什么不同意拿出来拍卖？替你捧捧场，不好吗？"

"他要同意我巴不得。"徐艺说，"可是，这事你爸是对的。你想呀，真的把他的作品拿到拍卖会上去，结果会怎么样呢？不认识他的人，不会出太高的价。而低价位成交，会让你爸觉得没面子。如果是知道他的人，比如说他的那些下级，倒是很可能趋之若鹜，花高价去买它们，因为那等于变相地拍你爸的马屁，给你爸送红包，真这样，那不成了你爸变相地敛财了吗？那会影响你爸的形象的，你爸怎么向组织交代呀？"

"我爸才不会做这种事呢。"辛然说。

"我们也不需要赚这种小钱。从你爸一口回绝这件事来看，你爸是个明白人，道德品质应该还可以。"

"开玩笑。我跟你说，我爸从来都是站得直行得正，如果全中国只剩下一个清官，那就是我爸，你信不信？"

"信信信，我哪敢不信？"

"喂，我们跟鲁叔叔的谈话，你觉得达到目的了吗？他可是没有收我们的红包哟。"

"他要是收那才怪了。但明知道他不会收，我们却不能不送，那会显得我们很不懂事。到目前为止，我感觉还好，最多也只能到这种程度了。我始终认为，只要我们真的把公司做起来，你鲁叔叔，还有你爸，是不会不管的。哦，对了，我看你爸待在这儿的兴致很高，吃了饭，我们是不是先回城。不是我急，我们有两件事要马上做：第一，得从我姨父公司借调一个拍卖师；第二，我们要攻关的对象，跟我姨父要攻关的对象，是一拨人。我们得抢在他前面，要是被他事事处处抢了先，我们还有戏吗？直接歇菜吧。"

"你是说，周末你姨父也不会闲着？那你猜猜看，他这会儿在干吗？"

"哈哈，我看啦，要不了多久，你也会被笼罩在他的阴影之下。你也会忍不住不停地问，他在干吗？他会怎么样考虑这个问题那个问题？"

"这不好吗？"

"这很好。就像那个谁说的，知己知彼，才能百战不殆。"

"徐艺，对你姨父，你是把他当老师还是当敌人？"

"辛然，你怎么问这个问题？这个问题会考倒我的。"

张仲平这个周末倒是过得挺清闲，他和唐雯带着张小雨、丛珊参加拓展训练营的活动，四个人不分大小，攀岩、爬天梯、做野战排实战训练，玩得大呼小叫的，不时发出快乐的笑声。

吃过了野餐，张仲平先把唐雯送回家，再送张小雨、丛珊回学校。

张仲平说："怎么样，我安排的活动还可以吧？"丛珊说："很好。谢谢张伯伯。"

张小雨也说："我也觉得不错。爸爸，下周你能不能再陪我们去玩一次？不过，我估计是白想了，你没看我妈妈那样子，嘴上都能挂酱油瓶了，她不会同意我们老是这样到外面疯的。"

张仲平说："还好吧？你妈妈是怕你们高考复习的时间不够用，她可是为你们好。"张小雨说："知道知道。"张仲平说："这样吧，你妈妈的工作我来做，只要你们两个把时间安排好就行了。不过，你们俩的学习可真得抓紧哟，别的事，先放一放。包括丛珊跟赵老师的事，先别管谁是谁非，这人呀，就得受得了挫折，受得了委屈。时间不等人，高考才是你们目前的重中之重。你说呢，珊珊？"丛珊说："嗯。"

快到学校大门口的时候，张仲平的手机响了。手机放在驾驶室的手机袋里，坐在副驾驶位上的张小雨拿起电话，说："我帮你看一下是谁打来的，曾真？爸爸你认识她？"

张仲平略一犹豫，望了张小雨一眼，说："认识呀，怎么啦？她是你艺哥的大学同学。你帮我接吧，看她什么事。"

张小雨说："喂，你好，曾真记者，我是张小雨，我爸正在开车，他问你找他有什么事？嗯，好的，我让我爸等下打给你。"

丛珊和张小雨从张仲平车上下来后，两个人走进学校，丛珊说："小雨，你说曾真找你爸干吗？是不是你爸爸让电视台的曾记者不要播那个节目的？"

张小雨说："不会吧？你怀疑我爸？我爸有那个能耐吗？"

丛珊说："那你说，他跟曾记者到底是什么关系？"

张小雨说："我爸不是说了吗？曾真是我艺哥的大学同学，他俩认识很正常。喂，丛珊，你跟我说心里话，你该不会是怪我爸吧？"

丛珊说："我哪里会怪你爸？即使真是他不让曾记者播我们那个节目，你爸也是为我们好。可是，一想到赵老师在班会上讲话的那个态度，我心里就特委屈、特郁闷。现在，我一看到她就讨厌。我都不想上课了，你说我该怎么办呢？"

张小雨叹了一口气，摇了摇头。

曾真找张仲平是为了那个艺术品投资的节目，她想请他做嘉宾。张仲平把张小雨、丛珊送回学校之后和曾真见了面。

张仲平说："做这样的节目你还是请鉴定专家和收藏家比较好，我是外行，不合适。"曾真说："你是不是又想闪了？我听说你以前做过很多年的艺术品拍卖，说不懂说不过去吧。除非你有什么难言之隐。没有？没有就好。没有你就别谦虚了，我可是诚心诚意地向你请教呀。"张仲平说："不敢不敢。"曾真说："不瞒你说，为了策划这个项目，我还真做了点功课，想不想听听？"张仲平说："你说呀。"

"现在老百姓的日子好过了，手里有几个闲钱的人很多，可是，好的投资渠道却不多，银行存款利息低，还要交利息所得税。股票吧，一赚二平七亏损，弄不好就血本无归。投资铺面地产倒是不错，可那是大投资，一般人可玩不起。关键的问题是，这种投资，第一，要求很专业，第二，纯属逐利行为。不像收藏古玩，又是投资，又能附庸风雅，那叫什么？那叫精神文明物质文明一起抓，受政府扶持的。"

"嗯，往下说。"

"问题是，如果古玩市场上卖的东西大部分都是假货，是赝品。这社会还有什么诚信可言呢？"

"这个我不敢苟同。古玩古玩，玩的是什么？主要是眼光，什么叫鱼龙混杂？那可是哪儿都有的现象。你想过没有，正因为有假货和赝品，古玩市场才魅力无穷。为什么呢？因为如果所有的东西都是真的，就不存在鉴定家、收藏家一说了。因为那样一来，只要比谁的钱多就可以了。现在多好，固然可能花大钱买药吃，但同样也有可能捡漏，花小钱淘到真货和精品。俗话说，乱世黄金，盛世古玩。古玩市场越发达，越证明咱们这个社会国泰民安、太平盛世呀。还有，就是俗话说的，饱暖思淫欲。

老百姓解决了温饱问题，就得想点别的。现在的男女关系很随便，就是这么来的。可是，男女关系太随便了，跟咱们社会传统观念是有冲突的。玩古玩、搞收藏就不一样了，不仅可以提高文化素质，还能保值增值，一举多得。"

"你这么解释好像也有点道理。其实，古玩收藏不是什么新鲜玩意儿，但它从来不是一桩简单的事，历朝历代，古玩、名人字画、高档艺术品，甚至是国宝，常常被当作上贡的礼品，沦为一种非常流行的送礼方式。"

曾真说到这点，张仲平不禁一愣，马上觉得自己刚才的话说多了，他看一眼曾真，想打断她，终于还是忍住了，打个手势鼓励她往下说。

曾真继续说："比如说，清朝末年的时候，京城中'雅贿'之风就很盛行，当时北京琉璃厂多数古玩店便已沦为行贿受贿的掮客，而官员们则把自家文物放在古玩店由其代售，送礼者掏大价钱买了再送给官员。双方不提一个钱字，大把黄金白银却源源不断地通过古玩店流进官员腰包。"

张仲平忍不住了，赶紧插嘴说："等一等，你是不是……有点跑题了？"

"没有呀。"

"你的节目真的打算往行贿受贿的方面做？"

"完全有可能，怎么，有什么不妥吗？"

"有些事情，做得说不得，有些事情，说得做不得。"

"有意思。什么事情做得说不得？什么事情说得做不得？"

"这个……"

"这个得请你说得再具体一点儿。"

"这个还真不好说。"

"是不好说，还是你不愿意说？我们做社会新闻民生类电视节目，必须密切联系社会现实，必须用直截了当的语言告诉观众事实真相。云蒸雾遮、顾左右而言他，不是我们这档节目的风格。"

"不不不，你讲的我都同意。只是……我是怕你费力不讨好。"

"怎么说？"

"利用古玩行贿受贿，确实在我们的现实生活中有发生，但这种搞法已经背离了古玩收藏最原始的功能，同时也更复杂，因此也更容易刺激别人的神经，我怕你在节目审查的时候通不过。嗯，你干吗瞪着我？"

"我发现你开始从我工作的角度来考虑问题了，这很好，值得表扬。没事，节目能不能通过是我的事，你继续往下说。"

"哈哈，你提醒我了，我真的不能再往下说了。"

"为什么？你还没有谈到核心问题，怎么就停下来了？"

"不不不，我刚才的表述错了，我对这个事情的了解仅此而已，可以说非常肤浅，我真的没有资格高谈阔论。"

"张总，你可真不够意思。你可答应过我，你要是再撞到我枪口上，你再闪，我就把你打成筛子。你听我把话说完，据我所知，你做过很多年的艺术品拍卖，对古玩市场、古玩交易以及其中的行业内幕、潜规则，不可能不了解，恰恰相反，你应该很有发言权，除非你有所顾忌，不愿意说。"

"我能有什么顾忌？没有没有。这不，你一召唤，我不就来了吗？"

"那是不是我让你有压力了？还是……你自己太敏感了？"

"都没有都没有，要不，你还是先把你的想法说完吧。"

"那好。通过做功课我发现，古玩送礼，有的以假充真，有的以真当假，不同目的，不同方式，各有各的道。而它最大的特色是，隐蔽安全、附庸风雅、充满温情。"

"看来你的功课做得还挺扎实。"

"你这个时候表扬我，说明我说的话基本正确，对吧？你先别急着否认，等我把话说完。我发现'雅贿'，也就是所谓'高雅的行贿受贿'，需要一个复杂的链条来支撑。在这个链条里，古玩字画本身只是一个个道具，只是一个个'隐形的翅膀'，而我就想曝光这一个个道具、一个个隐形的翅膀，所以才请你帮忙。"

张仲平不禁倒抽了一口冷气，他暗下决心，不仅不能接受曾真的采访，还得想办法让她打消做这个节目的念头。他说："曾真，我首先得说，这些天你帮了我不少忙，我欠你太多。可是，关于这个节目，这个……你可真的找错人了。别急，你也听我把话说完。第一，我对你说的这种通过古玩字画送礼的方式，真的一点儿都不了解；第二，就算我真的有所耳闻，你想，我作为行业中人，能说吗？那还不会惹得那些同行及那些做古玩字画生意的人对我口诛笔伐，弄得我像过街老鼠似的人人喊打？"

"换一种方式来说，你不会为了我的一个电视节目而甘愿成为众矢之的，对吧？"

"这是另外一回事，我只是觉得，你完全没有必要为了你的一个电视节目，而不惜让自己和你的朋友成为众矢之的，真的没必要，真的。这个市场……真是太烂了，这么跟你说吧，两年前我就不做艺术品拍卖业务了。为什么？因为假画假货太多，假拍假成交也太多，艺术品拍卖，充满着做局、陷阱和阴险狡诈。可是，却有人乐在其中。你会惹得很多人不高兴的。"

"我不在乎，我觉得，社会中的每一个公民，都应该有起码的社会良知和职业操守，如果能够通过你和我自己的小小牺牲，换来行业经营环境的净化，不也是一件很有意义的事吗？你完全可以成为这个行业的清道夫。"

张仲平想笑，他为什么要去蹚那种地雷？他可以离开那样的市场，但不愿意成为舍身成仁的人。成为行业的清道夫？那他也太傻太天真了。

张仲平正准备说什么，手机响了，他看了一下上面的号码，摁掉不接，曾真看他一眼。

张仲平接上曾真的话，说："曾真，你这是在强加于人，你知道那天徐艺和辛然去找我是干什么吗？"

曾真说："你说。"

"徐艺向我提出来要辞职了，他要自己办拍卖公司。"

"哦，这事他跟我说了，他说他们公司的主营业务就是艺术品拍卖，还希望我能帮他宣传宣传。"

"这可以成为我拒绝你的一个很好的、富有人情味的理由。你不明白？那你想一想，如果这个时候由我来揭秘所谓的假画、假古董，艺术品拍卖中的所谓'内幕、潜规则'，徐艺会怎么想？他会不会认为我是在背后拆他的台？"

张仲平手机再次响了，他看了一下上面的号码，再次摁掉不接，曾真也再次看了他一眼。她不得不承认，他找的理由似乎无懈可击，至少让她一时无话可说。

张仲平怕她不能理解似的，继续道："可是你知道吗？我不仅不能拆徐艺的台，我还得帮他，我得让他在这个领域里做得轰轰烈烈的。"

"我理解。你倒是提醒了我，如果我在这个时候做这个节目，确实有可能会被徐艺觉得不地道。可是……我的节目怎么办？又半途而废吗？"

"不是还有更好的题材吗？何必一棵树上吊死？"

"如果都是你这种想法，那就没有一个题材做得下去。你知道吗？我们做记者的，多少有些人格分裂。在别人看来，我们似乎很喜欢突发事件，甚至自然灾害，好像我们真是一批唯恐天下不乱的人。确实，当突发事件或自然灾害来临的时候，职业神经总是让我们无比兴奋，跃跃欲试，恨不得马上能够去追问真相、去质疑错失，去记录直达心灵的瞬间，可是，人们往往会忘记我们记者的感受，对于社会上发生的种种事情，我们可能也会或忧心忡忡，或愤世厌俗，或悲伤哀愁，总之，那些负面的情绪总是堵在胸口，总是搞得我们自己挺郁闷的。"

"曾真，我不是记者，但你说的这些，我完全能够理解。可我，真的不能掺和这件事，我希望你也能理解。"

曾真望着张仲平，一直兴奋着的情绪像被泼了一瓢冷水似的慢慢凉了下来。她应该理解他吗？烦人。

张仲平手机再次响了，他看了一下上面的号码，再次摁掉不接。

曾真道："你干吗不接电话呀？你是不是有这习惯？"张仲平知道她在提他曾经不接她电话的事，只好一笑，并不回答她。曾真好像来了兴趣似的，揪着那个电话："谁呀，这么执着？应该不是你老婆吧？"张仲平问："为什么？"曾真说："因为……你才不敢这么怠慢她呢。我发现，你是一个特别怕老婆的人。"

"是吗？怕老婆不好吗？"

"当然好啦，一般来说，有文化、有素质的男士，都怕老婆。广东有句俗话，怕老婆，会发达。"

"谢谢夸奖。"

"先别谢，我还有一个一般来说，一般来说，怕老婆的男性比不怕老婆的男性，外遇指数要高出好几个百分点。"

"你这是什么奇谈怪论？"

"信不信由你。我猜，这个打电话的人是江小璐。"

"告诉我，你是怎么猜到的？"

"很简单，我说我要猜猜这个给你打电话的人，你并没有拒绝，这说明这个人是我们共同的熟人，如果是徐艺，你没必要摁掉他的电话，因此只能是江小璐。"

"聪明。"

"当着我的面，你是不是不方便跟她通电话？要不要我回避一下？"

"不用了。我可不可以问你一个问题？"

"什么？"

"你觉得我算不算一个很有魅力的男人？"

"干吗问这个问题？"

"你先别管，照实说。"

"哎哟，我还真没有仔细想过。不行，你还是先说吧，怎么突然问这个问题？"

"是的，你说得没错，打电话的正是江小璐，她最近……陷到里面去了，有点拐不过弯来，而我，并不想那样，这让我跟她相处时非常别扭，我都不知道该怎么办才好了。"

"哼，你也有不知道该怎么办才好的时候？"

（五）

祁雨指挥服务员把颜若水买来的对联挂在他常用的那个包厢里，然后，又让那些服务员把那尊青瓷莲花尊放进大堂正中央一个玻璃罩内，然后把射灯打开，退后几步看着，只见那尊青瓷莲花尊的釉色被照得熠熠生辉，竟使整个大堂明亮了不少。

见颜若水从外面悠闲地进来，祁雨挥手让服务员离开。颜若水拿起搁在底座上面的那本香港拍卖公司的图录，对照着欣赏着，见服务员走远，笑着对祁雨挤了一下眼。祁雨朝他身边靠靠，对他耳语说："姐夫，你还别说，还真像。"颜若水压低嗓子说："什么叫真像？就是。"祁雨说："知道了，反正张仲平也不会计较。"颜若水说："不，他会计较，他会很计较，即使他口头上不说。"祁雨说："是吧？那，标多少钱合适？"

颜若水朝周围看看，向祁雨伸出一只手。祁雨问："五万？"颜若水摇摇头。祁雨问："五十万？"颜若水再次摇摇头。祁雨问："五百万？"颜若水抿嘴一笑，说："把价格标签写好了，放进玻璃罩内。放心吧，张仲平会过来欣赏这些东西的，我等下就约他一下，不是看这东西，是下棋。你让人去泡壶好茶。"

这时的张仲平正在跟曾真解释他跟江小璐的关系，无非是把跟唐雯说过的那些话再说了一遍，完了以后他说："我跟她的关系就是这样。我觉得她挺不容易的，我有责任照顾她，也愿意帮助她，可在感情上，我真的没动过别的念头。"

曾真望着他直笑。

张仲平说："怎么，你不相信？"

"也不是，我只是觉得奇怪，你干吗跟我说这些？实际上，我倒觉得你们俩其实挺般配的，你看，她又漂亮，又不要你负责任，这不是你们男人打着灯笼都难找的好事吗？"

"什么呀？"

"我是说，现在社会上，像你这样的成功男士，不都在追求家里红旗不倒、外面彩旗不倒的境界吗？别告诉我你是什么忠实老婆和家庭的绝世好男人。"

"忠实老婆和家庭不是已婚男人最基本的责任吗？怎么就成绝世好男人了？我身边好多朋友外面都没有任何情况，我们也都没有觉得这有什么奇怪的。你干吗斜看眼睛看着我？我说的完全是真话。"

"没有钱没有闲，总之没有条件在外面寻花问柳的，做到对老婆专一并不难，像你这样的……可能只是还没有碰到合适的吧？"

"嗯，有可能。这种事，还是得看感觉。"

"你想要什么样的感觉？"

"这个……也不好说。你呢？你……清楚那种感觉吗？"

"我？说你呢，怎么说到我身上了？哦，对了，你这样不接她的电话，也不是什么好办法吧？"

"你有什么好主意？"

"我想想啊……第一，你跟她交往的时候，尽可能带上你老婆；第二，给她介绍一个条件好点的男朋友。"

"嗯，有道理。"

"我还有一个问题，你跟你老婆结婚多久了？少说也有十几二十年了吧？你真的从来就没有过外遇，没有出过轨？"

"这个，还真没有。"

"对老婆几十年如一日，你算是超级模范丈夫了。做到这一点，挺不容易的吧？"

"也没觉得有多难呀。"

"我以前在电台做过情感类聊天节目，一般来说，夫妻感情超稳定的情况，通常会有两种原因，第一种，夫妻双方知根知底、感情基础牢固，而且能够共同进步、日新月异，这可是百分之九十九的女性向往的理想婚姻。"

"第二种呢？"

"你追问另外一种情况，证明你不是第一种情况。"

"曾真，跟你谈话真是压力不小。不，我只是有点好奇，想听听你说的另外一种原因。"

"第二种情况是说，夫妻之间有一方，可能是男方，也可能是女方，经历过一场惊心动魄、刻骨铭心的爱情却没有修成正果，他或者她从此把感情埋在最深处，轻易不再去碰触，只要后来的配偶条件相当，便很容易做到举案齐眉、相敬如宾、和平相处。"

张仲平望着曾真，一时不知道该说什么。

曾真回看他一眼，说："你为什么不说话？还斜着眼睛看着我？我是说错了还是说对了？"

张仲平正要开口，手机又响了，他看了一下号码，竖起左手食指在嘴巴前面"嘘"了一声，接了唐雯的电话。唐雯问他回不回家吃饭，他说不了，他说他这会儿正在跟客户谈点事。说着便挂了机。曾真说："你老婆？盯你盯得挺紧的。"张仲平说："没有呀，就是问我回不回家吃饭。"

曾真说："是吧，那你呢？为什么对她撒谎？"张仲平说："撒谎？没有呀。"

曾真紧逼着问他："那你说，我算是你哪方面的客户？"

张仲平说："潜在的买家呀，你舅胡海洋不是对胜利大厦感兴趣吗？他不是委托你盯着这件事吗？"

曾真说："哦，真的，我都差点把这事忘了，怎么样了？有进展吗？"

"中间出了一些状况，主要是程序方面的，应该快了吧。"

"有确切消息及时告诉我。哦，对了，我们说到哪儿了？"

张仲平不想再和曾真聊江小璐的事，他必须把他准备做"雅贿"电视节目的那个念头彻底扭过来，于是便说："我们一开始是在说古玩收藏的事，其实，这个节目也不是完全不能做，但我建议你还是回到古玩最初的功能上去，就是投资与收藏。现在人们最关心的就是那种一夜暴富的投资神话，你可以告诉你的观众，有人去年花几百块钱买了件什么什么东西，今天卖了几千块、几万块、甚至几十万块，相信我，他们太喜欢听这样的故事了。"

曾真说："嗯，中央电视台好像就有一个类似的节目，收视率还蛮不错的。"

张仲平说："是呀，你就说收藏吧，收藏可不就是一个寻寻觅觅、为伊消得人憔悴、踏破铁鞋无觅处、得来全不费工夫、蓦然回首那东西却在灯火阑珊处的过程吗？"

"是吗？"

"是呀。那是一种缘，一种物缘，跟男女之间的姻缘、情缘有很多的相似之处，你完全可以在你的节目里玩感情。"

"是煽情而不是玩感情吧？"

"对对对，其实，每一件古玩都附着着一个又一个故事，凝视它抚摸它可以穿越时空，让你的思绪轻舞飞扬，永远没有审美疲劳、永远充满了新鲜感，你会觉得人生有目标、有追求、有期盼是一件多么美妙的事。你干吗又斜着眼睛看着我？我说得不对吗？"

"你年轻的时候是不是写过诗？不知不觉的，你的书面语言都出来了，而且很有文采、神采飞扬。"

"你连这个也看出来了？那你还不快点闪？"

"为什么要闪呀？"

"你就不怕自己会真的爱上我吗？"

"为什么是我爱上你而不是你爱上我？"

"谁说不可能？完全有这个可能。那你不是应该更快一点儿闪吗？"

"什么？"

张仲平手机又响了，他看了一下号码，竟又是唐雯。他转过身去接电话，问唐雯什么事？唐雯说曾真的衣服顺便帮她洗了，哪天方便给她们俩换过来。张仲平说好，挂机之后转过身来望着曾真，吐吐舌头。

"又是她？"曾真问，不等张仲平回答自己倒先笑了；"那句话用到她身上倒是挺合适，你和她心里倒是真的有一头大大的灵敏的犀牛。可是，你不觉得她这电话来得……"

曾真话未说完，同事打来了电话，说他们发现了一个好地方，让她赶紧回台里，大家一起去看看。丛林也给张仲平打来了电话，说他出差回来了，问他有没有时间见个面，张仲平说好呀，便跟曾真分开了。

江小璐今天不上班，在医院里和她妈妈一起照顾躺在病床上的毛毛。她觉得自己有点莫名其妙，不知道自己又没什么具体的事干吗要给张仲平打电话，而且是没完没了地一个接一个。他在她脑子里挥之不去，她想听他的声音，哪怕是他骂她神经病都好。她没料到张仲平会不接自己的电话，一个劲儿地拿人机分离替他开脱，她觉得自己差不多真的离神经病不远了。

江母从外面进来，发现床头柜上的盒饭动都没动，早已冰凉了，忍不住唠叨，问她怎么不吃点？"你不吃点东西怎么行呀？"江小璐说她不想吃，说："妈，你就别管了，你先憩一会儿。"江母这些天一直操劳着，确实挺困的，可她刚爬到床的另一头想打个盹儿，毛毛醒了。毛毛一醒来就喊喝水。江母要起来喂毛毛喝水，江小璐让她别动，先安心憩一会儿，她来。

毛毛手术后恢复得不错，越来越依恋江小璐，刚喝完水就缠着江小璐讲故事。江小璐身心疲惫，对毛毛说："妈妈的故事都已经讲完了，你还要我讲什么呢？"

毛毛说："小老鼠，妈妈讲小老鼠的故事。"

江小璐说："小老鼠小老鼠，我们已经讲了几十遍了，妈妈今天不想讲了。"

毛毛委屈地哭起来。

江母赶紧爬起来，轻声说江小璐："哎呀，你干什么？你就给他再讲一遍嘛。"

江小璐心里是最疼这孩子的，也觉得不该把气撒在他身上，就说："好了好了，毛毛别哭了，妈妈给你讲好吧？从前，有一只小老鼠，它没有家，每当天黑下来之后，它就钻到一个硬硬的垃圾箱里，望着路边那些透着温暖灯光的窗户发呆，它在想什么呢？它在想，要是自己也有一个家，那该多好呀，要是再有盘花生米，那就更好了，它可以吃了一粒又一粒，吃了一粒又一粒……"

毛毛问："后来呢？"

江小璐说:"后来,小老鼠把花生米全部吃掉了,然后躺在床上睡觉,不一会儿,就睡着了。"

毛毛问:"后来呢?"

江小璐说:"后来……后来……它一直就在睡觉呀,睡呀睡呀……"

毛毛眨巴着眼睛要睡觉,江小璐也不禁打起了呵欠。等毛毛又睡着了,江母心痛地对江小璐说:"你呀,一副没精打采的样子,昨天晚上是不是又没有休息好?"江小璐说:"我没事,妈,你再休息一会儿吧。"江母说:"你脸色不好,孩子,你可不能病呀。"江小璐说:"没事,我撑得住。"江母说:"唉,大伟都走了三四年了,你……你就没碰到一个合适的?那个张总……你总不能什么事儿都麻烦人家吧?"江小璐说:"妈,你提他干吗?你再休息一会儿吧,我出去一趟。"江母说:"你这么累?还要去哪儿呀?"江小璐说:"我已经好久没看儿童故事书了,我想买点书,以后好给毛毛讲故事。"说着起身离去,江母望着她的背影无奈地摇摇头。

丛林拎着旅行包从外面开门进来,发现家里就像往常一样显得零乱不堪,他摇摇头,顺手把旅行袋扔到沙发上。他几间屋子都看过了,哪里有华媚的影子?他还没吃饭,打开冰箱想找点剩菜剩饭吃,没想到什么都没找到,他到厨房里打开储物柜,翻出一包方便面,准备泡着吃,开水瓶里连水也没了,丛林只好临时烧水。

水还没烧开,门铃响了。丛林知道是张仲平,急急忙忙把客厅收拾了一下,替张仲平开了门。张仲平把给丛珊做思想工作的情况和丛林说了,告诉他两个孩子的情绪基本上已经稳定了,不过,一个巴掌拍不响,赵老师那里你可能得去一下,拜访一下,替孩子赔个不是,看赵老师能不能也在孩子面前摆摆姿态。

水开了,丛林一边泡方便面一边说:"辛苦你了,好,我晚上去。"

张仲平问:"你怎么去?"

丛林说:"坐公共汽车啊,打的也行。"

张仲平直摇头,说:"我问的不是这个。我问的是,你准备在赵老师那儿……怎么表示一下?"

丛林说:"表示什么?请她吃饭?给她送东西?"

"嗯,我说,我怎么感觉你像个愤青?"

"你看到了,这华媚整天不归家,就知道在外面打牌,我能不愤青吗?

哦，不说她，我是说，她赵老师可是打了珊珊，我不追究她是因为我心里还有着起码的师道尊严。我是去和她平等沟通的，交换一下观点，看看我们应该怎样做老师，怎样做学生，怎样做家长，难道你还要我请她吃饭、给她送东西？张仲平，你这心里面到底还有没有一点点是非观念？"

"感情你是去学校讲理呀？那你还不如不去，我跟你说丛林，你去只有一个目的，就是去修复赵老师和珊珊的关系，懂吗？赵老师，你……你跟她有什么理可讲的？"

"这我可不同意，她既然是老师，就应该懂道理、讲道理。这事不让上电视是对的，但私底下，一定要把道理掰开了讲清楚。珊珊上课递纸条，顶撞老师当然不对，可老师出手打人，更不对。大家得把心结解开，该自我批评的自我批评，不就可以了吗？"

"理想主义，绝对的理想主义。你还希望赵老师和珊珊能够批评和自我批评？你太理想主义了。这样，我替你买了部手机，你送给赵老师，只要她对丛珊略为地表示一下态度，这事就算了。我告诉你，离高考可没几个月了，这事，能模糊处理就模糊处理。你记住了，你在赵老师面前，不是法官，是家长，是丛珊的爸爸，懂不懂？"

张仲平拿的那部手机正是曾真退回来的，现在也用不着。赵老师比曾真大不了几岁，应该会喜欢。

丛林却不要，他说："我不跟你讲道理了，你有你的做人原则，我有我的，就是该给她送礼，也得我来买。"

张仲平说："我这不是已经买了吗？你我之间要分那么清楚吗？再说了，这事小雨不也有份吗？"

"你别在这儿忽悠我，没用。"

这时张仲平的手机响了，竟然是颜若水，问他周末在干吗？有没有时间到老地方去喝茶？张仲平连忙答应，说这就动身。

丛林见他要走，也不留他，说："这两天，龚大鹏给我打了好几个电话，他已经在执行局办好了手续，现在是恨不得马上拍卖胜利大厦，以便早点分钱。你别停，抓紧跟龚大鹏联系。"

"我难道不着急吗？刚才这电话，就跟这事有关。鲁冰新官上任，掌管执行局，听说要改革，建立拍卖公司的入围制度，我怕具体案子会拖一拖，你说呢？"

"这我哪儿知道？我只知道，上次和龚大鹏吃饭，你主动买了单，给他留下了很好的印象，你去找他，让他把拍卖推荐函早点开给你。"

"好。"

丛林把张仲平扔在沙发上的手机拿起来，递给他，说："仲平，你别总是自信你办事的套路。有些时候，对一些人，它不灵。"

"我的套路怎么了？"

"你的套路不就是先把感情基础打牢，再表现你超强的运作能力，最后，让对方相信与你合作绝对安全吗？我分析得没错吧？"

"你揣摩我蛮透呀，把这心思用在你们领导身上，不早就爬上去了吗？"

"你还得意？我都搞不懂，你那感情……是真的吗？"

"这个……丛林，你要这么问下去，这人活着可就真的累了呀。"

"好好好，且放你一马。但我跟你说，侯昌平是个好人，临到退休了，你可别让人家晚节不保。"

"喂，你都把我看成什么人了？在你眼里，我真的成了拉拢腐蚀革命干部的奸商了？我跟你说吧，相比于刚才给我打电话的这位，侯昌平好打交道多了。我完全有把握在最短的时间内，跟他混成哥们儿，包括成为他儿子、他老婆最好的朋友。"

"知道知道，可我，作为老同学，我就是希望你能既把生意做大，又能洁身自好。"

"这可是有点难啊。想把生意做大这没的说，可谁又能保证自己能够完全洁身自好？你可以洁身自好，可你要是碰到那些不洁身自好的人，他又有权决定你的生意能不能做成，你怎么办？"

"有时我真替你担心，你们一些同行，包括一些律师，为了拉业务，为了一己私利，简直无所不用其极。累，我看着你都累。"

"累？我不觉得呀。要说累，在这社会上混的人谁不累？你不累呀？我看你也够累的。"

"先别扯上我。不瞒你说，听了你刚才一番话，我都在怀疑，你还是我的大学同学张仲平吗？"

"我也就跟你在一块儿才有机会说点人话。我怎么啦？大学毕业都二十年了，这个社会已经发生了翻天覆地的变化，你还要我像年轻的时候一个样，动不动还写上几首诗？这也太不现实了吧？你只说我们这些生意人、律师带坏了你们法官，你知道我们一些同行、包括一些律师，又是怎么看你们一些法官的吗？我这么跟你说吧，如果有大路可走，哪怕是有小路可走，谁愿意走水路？可是，如果这个掌握了你生意生杀予夺大权的人，已经在水里了，你要把事情办成，怎么也绕不开他，你怎么办？你怎么办？！你不是也得下水吗？这个社会，有时候就是在逼良为娼。"

"太过激了吧。我不像你那么悲观。好了，你也不要跟我抱怨了，没用。你自己掌握分寸。"

"我争取吧。"

"什么叫争取啊？什么事情都有个原则，不要到头来害人害己。"

"真按原则办，你就不该帮我和龚大鹏穿针引线。"

"你这家伙，将我的军是吧？你不想在龚大鹏那儿拿拍卖推荐函了？我知道你在故意气我。我的意思是，做人做事不能不择手段，别老惦记着你是生意人，你还是知识分子呢，这个社会可是我们每个人的社会，我们有责任让它越来越公平美好。我为什么愿意帮龚大鹏，那是为了他身后的农民工，替这些人做事，至少良心不会吃亏。"

张仲平笑笑说："好好好，我不跟你理论，就让我们不欢而散吧。"

张仲平紧赶慢赶赶到青瓷茶会所，敲门进来的时候，颜若水正手里拿着一本围棋棋谱投入地钻研着，见他进来，竟起身躬了躬，说："嗬，今天张总红光满面的，遇到什么喜事了？"

张仲平说："喜事倒没什么喜事，要说我红光满面，只能是因为见到了颜总，有些兴奋。"

"过了。几天不见，张总怎么突然变成了小伙子似的？"

"颜总是夸我变年轻了，还是说我变毛糙了？"

颜若水笑着摇头，先不说话，亲自替张仲平斟了一杯茶，问："是不是有点着急了？"

张仲平说："不着急是假的，没有你这张纸，左达的那张推荐函等于一张废纸呀。"颜若水说："可我，还要看看火候，看看天气啊。"

张仲平："怎么，立夏已过，天气回暖，您那儿，气候还没正常吗？"

颜若水说："前一阵子，是刮了点儿小风，下了点小雨，但整个生态环境还不错，所以，应该说气候一直还算正常。"

"那就好，我那儿可是天干地旱，日夜盼着您的及时雨呢。"

"棋如其人，张总的棋风总是谋定后动、胸有城府，你这种人，做起事情当然也会讲究天时地利人和，该沉住气的时候就得沉住气，对吧？"

"对，不过，我这人也是贱，也就一个劳碌命，总想多拉快跑。为什么呢？一是这做生意呀，就像上了一个轮盘，想停都停不下来；二呢，也是上有老、下有小呀，我得为大家伙谋福利呀。"

"张总是劳动模范，你的刻苦勤劳，在业内也是有口皆碑呀，哈哈，没关系，人民会记得你的。"

"人民是我的衣食父母，任何时候我都会心里装着人民。"

"我是准备来和张总手谈的，没想到，你原来是想找我借东风。"

"也手谈，也借东风。俗话怎么说的？有借有还，再借不难。颜总是真正的银行家出身，对我这样的客户，在信用评级上……啊……这个……应该算一级信用吧？"

"张总放心吧，我相信你的信誉。所以，只要你万事俱备了，我这东风，一定借给你。"

"也就是说，如果我把龚大鹏那儿和法院那儿的事都安排好了，您这东风，自然也就刮过来了。是吧？"

"张总，我们认识不是一天两天了，颜某什么时候误过张总的事？"

"好，要的就是您这句话。我们还等什么？先杀一盘？"

"行。不过，先说清楚了，今天只能下一盘，晚上还有会。"

"好，一盘定胜负。今天来什么？架子上的，您挑。"

颜若水扫一眼博古架上各类青瓷摆件，眼光落在那副新挂上的对联上，正是他在古玩市场买的那一副对联，嘴里却说："还是随张总的意思吧。"

张仲平起身看了看那副对联的标价，竟高达八万六千元，说："我看这副对联就不错，怎么样？就它了？"颜若水说："好，岂能尽如人意，但求无愧我心，这句话我喜欢。哦，忘了告诉你，我们公司的老朱被正式逮捕了，可能马上就要进入司法程序。"张仲平说："是吗？那他可够惨的了。怎么样，没殃及池鱼吧？"颜若水摇摇头说："这个人平时看起来很精明，实际上真是蠢得要死。本来，组织部门的意思是考察他，准备把他调到北京去，之前不是找他谈话吗？也巧了，考察组成员中有一位是他的大学同学，跟他开玩笑，说你要对组织上说真话、说实话，只有把事情一五一十地说清楚，才是你唯一的出路。就这几句话，把他给害了。他以为是组织上查他，一紧张，把自己干的那些乌七八糟的事，全说了。他那同学当时就愣住了，还给他打眼色，他硬是没收住。你说，这世界上还有这么愚蠢的人，什么心理素质呀？"张仲平听得都忘了下棋，呵呵一笑，问："嗬，真的？"颜若水说："我都不知道这算不算笑话。组织上便开始查了，真是不查都是孔繁森，一查全是王宝森。先是他违反计划生育政策，多生了一个儿子，而且是非婚生的儿子，他给那女的买了房买了车，这就出问题了。他又不是做生意的，靠他那份工资，哪来那么多钱？于是马上开始查他的经济问题，听说数额不小。贪腐贪腐，贪污腐化，真是一对孪生兄弟呀。"张仲平听得入了迷，说："看来这真话实话，还不能随便说，哈哈，有意思。"颜若水说："他的经济问题是两三年以前在银行工作时的事，到我们公司以后，倒没什么问题。不像有些单位，拔出萝卜带出泥，一查就是一窝。"张仲平说："那……这件事就有颜总您一份功劳啦，证明你们单位廉政建设抓得好。"颜若水说："那是，廉政建设不抓不行呀。抓，就是保护干部，不抓，就是害了干部。党和国家培养一个干部，不容易呀。出了这样的事等于给单位敲了警钟，我们要自查自纠，防患于未然。晚上开会，就是这事。要不，我们还是闲话少说，专心下棋？"张仲平说："我听颜总的。"

就在两个人的围棋还没下到一半的时候，曾真和她的同事来到了青瓷茶会所。同事告诉曾真，这座茶馆和别的茶馆不一样，里面的艺术品非常多，说我们做艺术品的节目，就得多了解它的经营模式。

曾真在停车场里发现了张仲平的车，不禁一愣。

同事问怎么了？曾真说没事，好像是一朋友的车。说着三个人进到了青瓷茶会所。

张仲平边下棋边向颜若水提了另外一件事，说有个朋友的儿子，应该是初中生吧，字写得不错，想请颜若水引荐引荐，能不能请祁老爷子，祁家轩，也就是颜若水的岳父大人，指点指点？

颜若水头都没抬，说："你不是已经跟祁雨认识了吗？这事，你直接去找她，她是老爷子的经纪人。至于我们之间的关系，越简单越好，明白吗？"

张仲平说："我明白了。"

张仲平心领神会，也埋着头开始专心致志地下棋，没想到搁在棋盘边上的手机响了，一看，竟是曾真，他对颜若水说声"对不起"，接通了曾真的电话。

曾真说："你在青瓷茶会所？我看见你的车了，你人在哪里？是不是在包厢里？来见你方便吗？"张仲平问："你在哪儿？"曾真说："我来这儿找做节目的素材，现在就在大厅里。"

张仲平看了看盯着棋盘的颜若水一眼，料定手机里的声音他没有听到，便说："哦，是吗？老婆你别着急，你千万别着急，我这会正有事……是吗？那好，我尽快我尽快，老婆，你千万别着急啊。"张仲平没等曾真说话，挂断了电话。

颜若水抬起头来问："怎么，家里有事？"

张仲平说："对，家里出了点急事，不管她，咱们先下棋。"张仲平故意走了一步臭棋，颜若水奇怪地看着他，把手里把玩着的几粒围棋子扔到了棋罐里，说："如果你心里有事还敢和我博弈，我胜了，叫胜之不武，要是还输了，不是更没有面子吗？我看，你还是早点走吧，家里有事别耽误了，这心里有事呀，你的棋风可就不稳了。"

张仲平起身看了看那副对联，说："我最怕下棋半途而废了，就像做爱有前戏没高潮似的。这副对联我实在喜欢，要不……你先跟祁雨说说，对联我先要了，这棋嘛，我们下次再赌点别的，怎么样？"

"行，这副对联我让祁雨给你留着，让她给你打个折。"

张仲平再次说了对不起，然后又谢过，赶紧往外面走。

曾真听了张仲平电话里的那些话只觉得莫名其妙，又不好打电话过去问他，便在大堂里左看看右看看，她相信张仲平很快就会出来。同事并没有发现曾真的异样，说："你来看，这里面的艺术品种类很全，这个老板一定是内行。"曾真这才回过神来，来到那尊青瓷莲花尊跟前，一看价格标签惊呆了："这么贵？"同事说："那可能就是真的呗。"曾真说："是呀，不是真的他敢这么标价吗？你想办法认识这儿的老板，要是能请到他做我们的顾问就好了，我们做节目，不能做皮毛，要做就做得专业一点，内行看门道，咱们得好好琢磨琢磨这件事。"

张仲平从包厢里面出来，一眼就看到了曾真，曾真刚要和他打招呼，张仲平示意她不要作声，曾真只好装作不认识，让张仲平目不斜视地径直走出青瓷茶会所。

同事说："曾真你在想什么呢？你来看这个。"

曾真走到同事身边，说："你们先看看，我有事，先走了。"

同事说："你去哪儿？"

曾真说："回来跟你们说。"

曾真小跑着离开了青瓷茶会所，来到停车场，果然发现张仲平正在车上等着她，她拉开车门坐了进去。

曾真说："怎么了？谁是你老婆了？电话里面说什么宇宙语呀？一句话都听不懂。现在给你个机会，说人话。"

张仲平说："你怎么找到这儿来了？这店可是我朋友开的，他只想低调做生意，不想高调上电视。这也是我对你的请求，为此，哪怕你让我再裸奔一次。"

曾真说："有这么严重？"

张仲平很严肃地点了点头。

曾真说："我是不是真的上半辈子欠你的呀？你干吗硬要往我枪口上撞呢？真恨不得把你当成筛子。"

"谢谢你，太谢谢你了。"

"谢谢我？我没说不做这节目。"

"你真要下决心做这个节目？你不会是对我怨恨交加吧？"

"你……"曾真气得说不出话来。

张仲平一时也不知道该说些什么。

曾真把头扭向一边，她真的不想理身边这位跟自己半毛钱关系都没有的男人了。两个人僵持了两三分钟，还是张仲平打破了沉默，他说："这样吧，我陪你去个书店，帮你推荐点和艺术品鉴赏、收藏有关的书，我……这样跟你说吧，你这个选题确实很好，完全没必要半途而废。但你必须改变思路。揭露阴暗面是我们社会需要的，但弘扬真善美更是我们社会需要的。我给你出个主意，你看看，能不能将徐艺的艺术品拍卖会，跟某个公益呀慈善事业呀挂起钩来呀？"

曾真眼睛一亮，她当初就是这样替徐艺出主意的。但她不想马上表现出自己已经释然，她望着张仲平，四五秒钟以后，这才点了点头。

第九章

（一）

　　在开车去书店的路上，曾真的嘴可没闲着，问了很多关于青瓷茶会所的问题，主要是那里面的古玩字画标价奇高，也不知道是真的还是假的？张仲平告诉她："青瓷茶会所的主营业务是茶，靠此可以赚取茶楼正常的利润，维持正常的开销。古玩或艺术品生意应该是兼做的，这种生意，不像手机等电子产品，也不像其他的工业产品，可以很容易算出人工、原材料等生产成本，古玩或艺术品因为不是生活必需品，又因为往往具有稀缺性或唯一性，便跟买家是否喜欢有直接的关系，能不能成交，以什么价位成交，大抵上是愿打愿挨的，如果我们不想买它们，就不好对它们评头论足。"

　　曾真马上说他在偷换概念，她说："我只是在问你，以你的眼光来看，这些东西到底是真的还是假的？没让你说那么多。"张仲平呵呵一笑说："你嫌我饶舌了？你让我以我的眼光来看？我跟你说过，我在这方面没什么眼光。不过，一般来说，坐店经营要比那些摆地摊的小商小贩更讲产品质量和信誉，道理很简单，要让生意长期做下去、越做越好，必须依赖口碑和回头客，不讲产品质量和信誉是不行的，人家买了假货是可以找上门来的呀。"

　　曾真说："你呀……怎么说呢？你可能真的不是一个好的电视节目嘉宾。你说话滴水不漏，给我的感觉却似乎总是在掩饰什么，在用什么东西包裹自己，让别人很难走到你内心里去。"

　　张仲平快速看了曾真一眼，一笑，说："停停停，我问你一个比较严肃的问题好吗？你是什么时候开始想到要走到我内心里来的？"

曾真急了，说："什么呀？你又在偷换概念，我说的是……"张仲平手机响了起来，他又看了曾真一眼，曾真说："你先接电话吧，不会又是江小璐吧？"

张仲平说："不是，是徐艺。"然后他摁了通话键，对徐艺说："你找我？非得现在吗？你先等一等，我过一会儿给你电话。"张仲平挂机后又看了曾真一眼，说："怎么样，这回猜错了吧？"

曾真说："你让徐艺过来呀，我们先不买书，回青瓷茶会所讨论一下他第一场拍卖会的事。你摇什么头呀？你是不想让他知道我们在一起，还是不想让他知道青瓷茶会所？"

张仲平说："都不想。"

"为什么？"

"第一个问题就不说吧？至于第二个问题，嗯，好吧，我跟你说实话吧，免得你瞎猜疑。那个地方是我和一个朋友经常见面的地方，我不想让徐艺知道，因为从现在开始，徐艺就已经不是我的员工了，而是我的同行，我生意上的事，得开始对他保密了。"

"这我理解，可你为什么不想我在那儿出现呢？跟你在那儿见面的那个人是谁？你能透露吗？"

"你舅是我的买家，你要替你舅搜集胜利大厦的情报，我理当告诉你。他是我的一个委托方，也就是我的衣食父母，不过，这个人……怎么说呢？有点谨言慎行。这么跟你说吧，从来我都是跟他单独见面的，他从来不痛痛快快地说是，也从来不痛痛快快地说不是，因此我得随时猜测他话里话外的意思，他有意不让你知道自己下一步会怎么出牌，跟他交往，既要像下围棋一样精于算计，还得像摸着石头过河一样地小心翼翼。跟他谈生意，一百句话中间可能有九十九句话跟生意无关，为了套出他那唯一一句有用的话，我得使出浑身解数，把所有的铺垫文章做足做扎实，还老担心说错话、做错事，如果他一旦知道是我把你招惹到那儿去的，他会怎么想？他不仅觉得我是个弱智，还会觉得我太不懂游戏规则，甚至——我跟他的关系会因此玩完儿。"

"这就是你那么心急火燎地把我引开的原因？"

"曾真……实在对不起，要不然，我——"

"是请我吃饭呀，还是主动要求裸奔呀？你没必要跟我道歉。商人嘛，不就是做生意的吗？我还能指望你为了我的节目毁掉自个儿的生意呀？你是我什么人呀？"

"曾真……你生气了？"

"我是应该生气，可是，听了你刚才那番话，我心里竟挺不是滋味的，原来你做生意这么不容易。等等……不对呀，怎么回事？我凭什么同情你呀？我是不是又被你忽悠了？"

"没有，这证明你是一个善良的、富有同情心的好姑娘，我会把你对我的感情铭刻在心。哦哦哦，你别皱眉头别生气，我说错了，不是你对我的感情，是你对我的恩情。"

"讨厌，你怎么这么讨厌呀？"

新华书店到了，张仲平停好车，与曾真两个人双双进到店里。

两个人有商有量地挑选着书籍。出来的时候，张仲平发现在收银处有个文具柜，灵机一动，过去买了几本书法字帖和几刀宣纸。曾真手机响了，她给张仲平做了个手势，快步走到柜台外面人少的地方接电话。

张仲平掏钱买单。收银员问他："是现金还是刷卡？"张仲平说："是现金。"收银员说："一共是一千四百九十五元，收您一千五百元，应该找您五元，用一支玫瑰花或两支口香糖代替行吗？"张仲平说："行呀，你们挺会做生意的。"收银员一笑，问："您是要玫瑰花还是口香糖？"张仲平说："玫瑰花吧。"

张仲平拿着东西与曾真会合，顺手把玫瑰花递给曾真，她顺手接了，一边摇着它一边接电话。挂完电话才知道手里拿的是一支玫瑰，她问张仲平什么意思呀？

张仲平说："哦，刚才收银台没零钱，找的。"

曾真说："哦，我还以为……"

"什么？"

"没什么。"

"哦，是这样，我在口香糖和玫瑰花之间选了玫瑰花。"

"你想让我说什么？说你够浪漫的？"

"浪漫？没有没有。把玫瑰花跟浪漫画等号，那只能说这种浪漫太廉价了，如果我要送你玫瑰花，我会给你买上一千朵一万朵。"

"是吗？"

"是的。听说玫瑰花是一种能够让女人晕眩的东西，前提是它必须足够多，多得能够把那个女人的身心淹没。"

"听说？你听谁说的？"

张仲平说："这也要问呀，你只要问这种说法靠不靠谱就行了。"

曾真说："我偏要问，就要问，怎么啦？"

"那我也没办法，我又不能堵住你的嘴。"

"就是。"

两个人一边说一边从卖场内的扶梯下楼。他们没有想到，在他们后面不远，给毛毛买好了故事书的江小璐也正在下楼，正好看见一起说笑的张仲平和曾真。江小璐迟疑了一下，拿出手机拨号。

很快，张仲平的手机响了，他看着上面的号码，犹豫着该不该接电话。

曾真说："干吗不接电话？这回该是江小璐了吧？"张仲平凑在曾真耳朵根上说："这回真被你猜着了。"

曾真说："你这样躲着她不是办法，接电话吧，说不定她找你真有什么事呢。"

张仲平点点头，摁下通话键。

江小璐从扶梯上跨步下来，说："在哪儿呀？"

张仲平说："哦，小璐呀，你上午打我电话了？对不起，刚看到。我这会儿在重庆，你说，有什么事吗？"

江小璐说："是吗？我没听错吧，你真在重庆？"

张仲平说："是呀，这会儿正在解放碑这儿呢，你有什么事吗？"

江小璐挂掉电话。

张仲平略感疑惑，摇摇头，把手机放入口袋。

后面的江小璐快步超过张仲平和曾真，与张仲平擦肩而过时，故意一撒手让手里的书哗啦啦掉到地上。张仲平和曾真停下了，惊诧地望着她。

曾真见状，说："你们谈，我去打个电话。"她跟江小璐点了一下头，快步走到稍远处打电话去了。

张仲平说："小璐，你怎么也在这儿？你听我解释。"

江小璐说："你不用解释，我也没有权力让你做什么解释。我原来以为你是一个正人君子，你不是。你只是看不起我。"

"我没有。"

"你听我把话说完。对于一个女人来说，没有什么比自己送上门去人家都不要更大的羞辱了，我可真是一个傻瓜，一个彻头彻尾的傻瓜。"

"不是这样的，小璐，我只是不想伤害你，你听我说——"

"你什么都不用说了，你跟她说，她替毛毛做的事，我从心里感激她。她跟你的事，我羡慕她，但是，我跟你说句心里话，你们……你们也不要太张扬了。今天看到你们在一起的是我，如果是教授，是嫂子，你怎么办？"

"小璐，你真的误会了。"

"误会也好，不误会也好，我就像被你扇了一记耳光似的，突然醒了。你放心吧，我不会再骚扰你了，我会努力让自己忘了你。我走了，替我跟她打个招呼。"说完，江小璐头也不回急匆匆地离开了。

张仲平在后面叫道："小璐！"惹得周围的人都奇怪地看着他。

曾真也不知道是真打电话还是假打电话，她走过来，没心没肺地笑着望着张仲平，说："看来你没跟她解释清楚。"

张仲平说："她根本就不听我解释。"

曾真说："唉，又一个可怜的女人。"

"谁呀？"

"我呀，我不又得替你背黑锅了？你也是的，老老实实说你在书店不就行了吗？干吗说自己在外地呀？还重庆解放碑呢。"

"我不就是张口随便说的吗？"

"张口随便说的？看来你真是撒谎成性呀。"

"不是。"

"还不是。好了，张仲平同学，这个故事告诉我们，谎是不能随便撒的，你要是撒了一个谎，就得准备十个谎、一百个谎，去圆那一个谎，那会把人累死的。你不觉得吗？"

"谢谢你的谆谆教诲。可是，亲爱的曾真同学，你敢说你从来不撒谎吗？好了，我得给徐艺回电话了。我跟他说今天没时间，不算撒谎吧？"

"不算。反正你说话我再也不信了。"

"我说话你再也不信了？不至于吧？"

"谁叫你动不动撒谎？得了，我得走了。刚才接了台里的电话，要去公安局参加胜利大厦左达跳楼自杀案的新闻发布会。"

"现在？行，我送你去。我给徐艺去个电话，让他明天去公司找我。"

徐艺摁掉张仲平的电话，指点着那张联络图，像是对辛然又像是自言自语地说，侯昌平、颜若水、龚大鹏，我该先去找谁呢？辛然摇摇头说："你别问我，我可不知道。"徐艺说："那你说，如果我是我姨父，会把工作的重点放在谁身上？"不等辛然回答，徐艺一拳砸在侯昌平的名字上，说："一定是他，侯昌平，因为他是承办法官，他能够影响到颜若水和龚大鹏，而我现在还不认识他。"辛然说："你准备怎么去认识他？"

徐艺说："直接上门，就当是火力侦察。先跟他认识，再创造条件，寻找机会。根据我了解的情况，这个人快退休了，一定会抓住最后的机会大捞一把，我断定，搞定他应该不难。"

辛然说："凭什么这么有信心？"

徐艺说："因为我姨父经常跟我说，不要担心跟别人搞不好关系，除非你找不到他的兴趣爱好和需要。"

辛然说："徐艺，我们可不能——"

徐艺说："知道知道，辛然，你就放心吧，我不会乱来的。哦，张小洁是明天上班吧，艺术品拍卖的事，你得多操心了。"

辛然说："没问题。"

(二)

公安局的新闻发布会很快就开完了，张仲平看见曾真走过来，在车内朝右倾斜着身子替她开了车门，待她坐定，很快拧开矿泉水瓶递给她，让她喝水。曾真接过去喝了一小口。张仲平这才问她什么情况？曾真说："公安局侦查终结，通报了一下自杀身亡者左达的身份，就这样。"张仲平若有所思地点点头，说也就是说，马上，通过你们这些媒体的报道，胜利大厦即将拍卖的事将会世人皆知，我那些拍卖公司的同行，马上就会一窝蜂似的闻风而动。

曾真说："看来是这样。我明白当初你为什么不愿意接受我的采访了。当时，你是想利用信息不对称，最大限度地掌握主动权，你想在别人还没有醒悟过来的时候，就能够把拍卖委托权牢牢地抓到手里。"

张仲平一笑，说："回答正确，希望你当一辈子记者。"

"为什么？"

"因为你如果从商，特别是你如果也做拍卖生意，会是一个很厉害的竞争对手。"

"你放心吧，我对嫁作商人妇都没兴趣，更别说是亲自经商了。告诉我，当初我那样锲而不舍地缠着你采访，是不是让你特讨厌？"

张仲平扭头望着曾真一笑，伸手在她胳膊上碰了碰，说："你别自责，这事怪不了你。"曾真说："现在，你的工作难度是不是大大地增加了？"张仲平点点头说："应该是。"曾真说："需要我帮什么忙吗？"见张仲平眼睛盯着自己，曾真一笑说："你放心吧，我不是一个动不动就给人添乱的人。"

张仲平说："我可没这么说过你哟。"

曾真说："我的意思是说，我舅胡海洋是个想干什么事就必须把那件事干成的人，他既然对胜利大厦感兴趣，就不会轻易放过。看来，于公于私，我们都要并肩战斗一阵子了。你那边工作进展怎么样？真不需要我帮忙吗？"

张仲平说："这个案子我们公司介入得最早，前期一直是徐艺在跟踪。"

曾真说："你是说徐艺要自立门户，很可能就是冲着这单业务来的？"

张仲平点点头道："完全有可能。"

曾真说："徐艺这个人……怎么说呢？我跟他同学四年，说完全不了解他吧，不是。可你要想三言两语把他说清楚，也不容易。我经常有一种莫名其妙的感觉，觉得他内心里隐隐约约老有一种跟别人不一样的力量，有点怪，似乎有那么一股邪乎劲儿……"

"这就是你拒绝他追求的原因吗？"

"也许吧。我是想提醒你，师傅别被徒弟打了。"

"哼，这我倒不怕，确实，如果徐艺真是冲胜利大厦来的，会比别的竞争对手更难缠，因为他仓促上阵，手忙脚乱中很容易不按常理出牌。不过，天要下雨，娘要嫁人。我们不能阻止别人发财的念头和作为，但我们可以小心应对，先做到让自己不出差错。我既然答应了支持他，就不怕他一条嫩泥鳅能在江湖上翻起多大的波浪。"

"嗯。不过，你留点心，总不是坏事。"

曾真的话很平常，却让张仲平听了很舒坦，一是她说话的语调已经完全没有了作为职业女性的那种棱角，倒好像一个温柔体贴的妻子。张仲平知道也可能是自己想多了，曾真不过是对过去为了采访而穷追不舍表示歉意而已。

曾真问他这会儿去哪里？张仲平反问她这会有事没有，如果没事就待在车上，他要去见两个人，完了就没事了，就可以请她吃饭了。曾真说："你想请我吃什么？"张仲平说："吃什么都可以，除了法国大餐，因为我一直没有学会使用刀叉，从骨子里来说我是一个农民。"曾真说："农民好呀，锄禾日当午，你挑水来我浇园，多好呀。"张仲平看了曾真一眼，好像在判断她是否听过那个锄禾日当午的段子。曾真应该没听说过，她说："好吧，这会儿台里没什么事，我好好想想怎么宰你吧。"

张仲平给龚大鹏打电话，问清了他在哪儿，说马上过来找他。

龚大鹏正在麻将馆里打牌，就是那种街头麻将馆，里面吵吵嚷嚷、烟雾缭绕的，何宝忠实地站在龚大鹏身后。一圈下来，龚大鹏和了。他异常兴奋，扭头对何宝说："大半天没开和，张仲平电话一来，和了，看来他真是我的福星。何宝，你说我是不是要开始转运了？"何宝说："老大，照我说，你早就该转运了。"龚大鹏自言自语地说："等等，这个张仲平，哼……哈……"

曾真突然觉得有点奇怪，你坐在他车上就是为了让他请自己吃饭？你真的这么无聊？是不是该找个借口下车算了？

龚大鹏说的那个地方很快就到了，张仲平停好车，让曾真从里面把车锁好，要累了，就小憩一会儿。她点点头，说："好吧。"问他："你去干吗？"张仲平说："去找龚大鹏拿拍卖推荐函。"

曾真打开车载音响，里面正好在放许巍的《蓝莲花》。音乐真的有一股神奇的力量，竟让她突然有了一种又唱又跳的冲动："没有什么能够阻挡，你对自由的向往，天马行空的生涯，你的心了无牵挂……"

她不由地注视着张仲平走后空出来的座位，待了一小会儿，然后对着车内的小镜子理了理刘海。

歌唱完了，她忍不住按了重播键。就在许巍第二次要把那首歌唱完的时候，她看到张仲平从街头麻将馆里出来，低头朝车子这边走来。走近了才发现，他完全是一副沮丧的表情。曾真忙把音响关了，问："怎么啦，没搞定？"张仲平叹一口气说："是呀，没想到这小子这么难伺候。这个王八蛋。"曾真问："那怎么办？"张仲平说："我真恨不得派个人过来把他宰了。"曾真呀了一声。张仲平说："别紧张，对商人来说，宰人的事和被宰的事是经常发生的，你说，我是要他的小命，还是只要他一条胳膊或者一条腿？"曾真不禁伸手抓住张仲平的胳膊，说你到底怎么啦？张仲平说："什么怎么啦？快说，是要他的小命，还是要他一条胳膊或者一条腿？快说。"曾真说："等等等等，你冷静一下，你是不是被那个龚大鹏气糊涂了呀？"张仲平说："我糊涂？你才糊涂哩。你们全家都糊涂。你你你你是谁呀？你怎么会在我车上？说呀。"

曾真说："张仲平，仲平……"张仲平终于憋不住，哈哈大笑，边笑边说："傻瓜，逗你玩的，看，这是什么？拍卖委托书，耶。"曾真松开抓住张仲平胳膊的手，使劲地推了她一下说："你……你这人怎么这么讨厌？"

张仲平说："我讨厌吗？你不是说我说话你再也不信了吗？我只是想试一试看能不能骗到你。"

真正碰了一鼻子灰的是徐艺。他去侯昌平家拜访，侯昌平不在，他拿了个红包给侯昌平的老婆，被她挥着扫帚直接赶了出来。他不甘心地用一只手推着门说："这个……阿姨……这个……你听我说……"

侯妻使劲地在里面关着门："出去出去，你找错人了。"

徐艺说："没错呀，您刚才不也说您是侯法官的爱人吗？"

侯妻说："可是，你要找的是下半辈子要坐牢的侯法官，我们家老侯不是，所以请你出去。"说着把徐艺送的那只大大的红包从门缝里扔到了徐艺脚下，使劲地把门撞上了。

徐艺捡起红包，想再次敲门，手在半空中停下了，他自言自语地说："这种人，怪不得这么穷，是从火星上来的吗？居然连红包都不要？真是的。"

徐艺悻悻然地往楼下走，突然听到了从楼下传来的脚步声。他停下了，觉得那脚步声很熟，犹豫了一下，开始轻轻地倒着身体往楼上退，一直退到侯昌平家的上一层。

从楼下上来的正是张仲平，他扛着几刀宣纸，拿着几本字帖，一层一层地往上爬，敲响了侯昌平家的门。

侯妻在里面叫道："别敲了，家里没人，死了。"

张仲平一笑，再次敲了敲侯昌平家的门："大嫂，是我，我是张仲平呀，前两天来过的。"

门开了。侯妻望着张仲平："呀，张总，怎么是您？"

张仲平说："怎么，有人来过了？谁惹您生这么大的气？"

侯妻说："哦，没有没有，是推销保险的，我说不买，他还死缠，世界上还有这种人。哦，您这会儿怎么来了？"

张仲平说："我肯定不卖保险，您能不能让我进门说话呀？"

侯妻说："哦，好的好的。"她让张仲平进来，伸出大半个身子朝楼上楼下望了望，没看见徐艺，迅速把门关上了。

隔了一分钟，徐艺见周围已经安静下来，便从上一层楼上蹑手蹑脚地下来。他把耳朵贴在门上，但什么也听不见。

张仲平一进门便把纸和字帖放在了沙发上，说给小平买了两刀纸和几本字帖，正好路过，顺便送来。侯妻问他，这事和老侯说了吗？

张仲平说："这事太不算什么了，我还没跟他说，嫂子您别在意，别看一大堆，值不了几个钱。"

侯妻说："可是，如果不先跟老侯说，我真的不敢收，他要骂人的。跟了他这么多年，我可是一卷手纸都不敢收。"

"不会不会，我保证不会，你就说是我硬要丢在这儿的，他要骂人，就让他骂我好了。"

"不不不，张总，这样要不得，真的要不得。"

"嫂子就别跟我客气了。"

"张总家又不产纸、又不印书，这些东西肯定是花钱买的，小平怎么好花您的钱？要么，您把东西拿回去，要么，您现在给老侯打电话。"

"这个……好好好……我现在就给老侯打电话，好吧？"便很快拨通了侯昌平的电话，"侯哥，是我，我是张仲平。我现在在你家里。哦，是这样，祁家轩，祁家轩老先生你知道吗？对，他是我们省里上一届书法家协会的主席，是我的忘年交、铁哥们儿。对对对。哦，是这样，前两天我碰到了祁主席，跟他说了咱们小平学书法的事。他说……他说想先看看咱们小平的作品，我呢，到文具店给咱们小平买了几本字帖和两刀宣纸，我给您搁家里了。什么？哦，没多少钱，要不，您下次再给我？什么？我没什么事，您让我在您家里等你？行呀行呀。"

张仲平挂机后冲侯妻一笑，说侯哥让我在家里等他。侯妻说："那好，张总您请坐，我去帮您泡杯茶。"

门外的徐艺没看清张仲平大包小包的扛的都是些什么东西，但他很想知道，张仲平是会把东西送出去，还是像自己一样被赶出来。过了一会儿，见里面没有动静，徐艺又想，姨父厉害呀，他没被赶出来证明他跟这一家子都混熟了。如果他突然出来看到我怎么办？那不是太尴尬了吗？嗯，与其他出来时被他看到，不如在楼下找个地方悄悄盯着，反正他得搞清楚这个问题。想到这儿，他蹑手蹑脚地下了一层楼，然后才放开脚步往下走。

徐艺刚从宿舍楼里出来就被曾真看到了。张仲平的车子正好停在徐艺的必经之路上，她心想糟糕，觉得不能让他发现自己在张仲平车里，她一边本能地往座位下缩着自己的身体，一边尽量把座位放斜。似乎还不放心，她一边侧身一边拿本杂志挡住了自己的脸。

徐艺很自然便发现了张仲平的车，右边前车窗还开着一条缝，这让他径直走了过来。到了车边，徐艺回头望了望刚才出来的门洞，凑近车窗往里面看，他看到了一个蜷曲在座位上的女孩的身体。

曾真心想，他的车子不是贴了太阳膜吗？外面能不能看到里面？徐艺，你最好别过来，最好快点走开。徐艺的行为可不受她的意志控制，他开始拍打着车窗玻璃。曾真又想，我躲什么呀？我做坏事了吗？别敲了，再敲，本姑娘就要现身了。徐艺更加用力地拍打着车窗玻璃。

曾真脑袋一动弹，让那本杂志从脸上滑落了下来，装出一副刚睡醒的样子，摁下窗户："徐艺？怎么是你？"

徐艺惊异地说："曾真？真是你？这话应该我问你吧？你怎么会在我姨父的车上？"

曾真说："我怎么就不能在你姨父的车上？"

徐艺坏坏地一笑，说："也是呀。"

曾真说："徐艺，你别想歪了。我恰好碰到了你姨父，上次我不是在他家换了一套你姨妈的衣服吗？我想拿给他。他呢？说要在这儿去见个什么人，我就在车上等他，就这样。刚才，我睡着了，所以没看到你。我可不是躲你哟。"

"是呀，你完全没有必要躲我，也完全没有必要骗我，所以，这是一个非常完美的理由。"

"徐艺！是的，你说对了，我完全没有必要骗你，我要做什么事，也不要给你什么理由。"

"更不用撒谎，我姨父刚上楼没五分钟，你就在车上睡着了？厉害呀。"

"徐艺，我更没必要对你撒谎。我告诉你，我是在青瓷茶会所跟你姨父恰好碰上的……"曾真突然想起张仲平叮嘱过她，让她不要对徐艺提及那个地方，忙把后面的话咽了回去。

但说出去的话就像泼出去的水，再也收不回来了，曾真的话已经引起了徐艺的注意："青瓷茶会所？那是一个什么样的风水宝地呀？是适合邂逅呀，还是适合出轨呀？嗯，有机会，我得去好好看看。"

"徐艺你……"

"怎么，你准备陪我去？"

"我懒得理你。"

"可以理解，因为我让你不爽了。我应该请求你原谅，我不是故意的。要怪，只能怪这世界上充满了太多的巧合。"徐艺说着，不由自主地时不时扭头看看门洞，他真不想在这儿被张仲平看到，因为自己还有很多事求助于他。

"你刚才没碰到你姨父？你不想让他知道你在这儿？"

"嗬，反攻为守了。对了，曾真，这才是你的风格，也是我喜欢的风格，敏锐聪明，能很快抓住别人的小辫子。你说对了，别告诉我姨父在这儿碰到我了。"

"为什么？"

"不为什么。作为回报或者交换条件，我对你在我姨父车上的事，绝口不提，尤其是在我姨妈那儿。"

"爱提不提，那是你的事。"

"我不要你当面答应我，但我请求你冷静地考虑一下我的提议，好好地权衡一下利弊。现在，我走了，沙扬娜拉。"

望着徐艺转身离开，曾真心里升腾起一股无名之火，却不知道该对着谁发泄。烦躁，真是烦躁死了。我今天是怎么啦？没事我不知道回家睡觉呀？干吗要跟他腻在一起？还一泡就是大半天？得了，赶紧把他老婆的衣服拿给他，今后少跟他黏糊。这徐艺也真是的，他来这儿干吗？他为什么不想让他姨父知道他来过这儿？他想瞒着他姨父搞什么名堂？

与此同时，楼上的张仲平正端着茶杯，站在墙壁前面，望着墙上侯小平的作品和侯妻谈话，他说："小平这字真不错，我要不帮他联系一个好老师，太埋没他了。"

侯妻说："字的事我不懂，小平的字，真的有那么好吗？"

"当然是真的，你看，这横、这竖、这撇、这点，这布局、这力度，哪像一个初中孩子写的？嫂子您放心，我一定要让祁老先生答应收咱们小平为他的关门弟子。"

"关门弟子？什么是关门弟子？"

"关门弟子指老师所收的最后一名弟子，此后则收山，不再收直传弟子了，而由徒弟去收徒孙，也就是再传弟子。一般地，关门弟子是老师最钟爱的弟子，因此在众弟子中地位特殊。如果是在帮会组织中，关门弟子就是'小老大'，这可是很难得很难得的事呀。"

"是吗？那……那得花不少钱吧。"

"这个……得这么看，首先，得看咱们小平的慧根，就是看咱们小平能不能入得了祁老先生的法眼，如果他老人家觉得咱们小平有培养前途，将来可以继承他的衣钵，老先生一高兴，根本就不会收你一分钱。当然，还有另外一种情况，那就是看关系，凭我跟他的关系，嫂子您放心，也花不了几个钱。"

"那就好那就好，那就麻烦拜托张总费心了。"

"我尽力，我一定尽力。嫂子，您别陪我了，您去忙吧。"

"没事没事。"

"要不这样，估计侯哥一时还回不来，我的车子在下面，还有个朋友在车上，我去车上等侯哥，他回家了，让他给我打个电话，我再上来，好吗？"

张仲平从门洞里出来，一上车就问曾真："休息了没有？"曾真生硬地回答说："没有。"张仲平说："怎么啦，说话这么冲？"

曾真也不解释，过了一会儿，问："你怎么还不开车？"

张仲平说："我找的人不在家，但马上就会回来。我怕你一个人待在车上无聊，下来陪陪你。"

"那好。这儿离我家不远，我去取了你老婆的衣服还你。"

"干吗那么急？她又不等着衣服穿。"

"等不等着穿是她的事。再说,你说得也不对,她今天不是还在问吗?"

"那好,我先开车送你回家。"

一路上,曾真固执地沉默着,直到张仲平把车子开到她宿舍楼下,两个人竟然没有说一句话,张仲平心里直打鼓,不知道什么地方惹这姑奶奶生气了。

曾真一边拉开车门一边说:"你等着,我马上把衣服给你送下来。"

张仲平说:"要不然,我上去拿吧?"

曾真说:"谁请你上去了?"

张仲平被呛得无话可说,等她下了车,这才按下车窗,喊了她一句。她停下脚步,却连头也没有回。张仲平问:"曾真,你没事吧?"

曾真仍然没有回头:"你希望我出什么事?"

"不是。我是看你这半天都没说一句话,有点儿不对劲儿。"

"你想我说什么?"

"我……那行,你先去拿衣服,我在这儿等你。"张仲平望着曾真的背影,独自摇了摇头。

直到开门进家,曾真这才发现手里拿着张仲平在书店里送给她的那支玫瑰,她把它插在桌子上那只空了好久的花瓶里,那只玫瑰插在里面后反而显得更加孤零零了。

如果我要送你玫瑰花,我会给你买上一千朵一万朵。听说玫瑰花是一种能够让女人晕眩的东西,前提是它必须足够多,多得能够把那个女人的身心淹没。曾真很奇怪自己为什么想起他这两句话。

唐雯的衣服早就洗好晾干折叠好了,就放在衣柜里。她拿着衣服准备出门,到了门口又忍不住退回到房间里,往那花瓶里加了一些水。她走到窗户边上,撩开窗帘,往下看到了张仲平的车子。

再次出门之后她又对自己不满了,她告诫自己说,曾真,你可不能晕眩。所以,你连那支玫瑰花都得扔掉,因为下面车里的那个人跟你没关系没关系没关系……

张仲平在曾真上楼以后接了两个电话。一个是唐雯打来的,问他回不回家吃饭。他觉得有点奇怪,因为唐雯已经问过他这个问题了,他也告诉过她自己不回家吃饭了,她怎么还会问?但他没有把这事点破,只说:"应该不回,你一个人吃吧。"

另一个电话是侯昌平来的，说自己到家了，问他在哪儿。他解释说自己刚去办了点事，马上回来，说咱们待会儿见。

这时正好曾真来到他车边，把衣服递给他，说："谢谢你老婆。"张仲平接过，顺手把衣服扔在旁边的座位上，望着她一笑，说："你应该谢我吧？"曾真并没有回应他的一笑，也没有接他的话茬，反而扭头看了一下天。张仲平问她："怎么还不上车，我还得回到刚才那儿去，要不我办完了事马上过来，请你去吃饭。你想好怎么宰我没有？"

曾真回过头来说："不必了。你如果办完了事，就早点回家吧。"

张仲平问："怎么啦，曾真？到底怎么啦？"

"不怎么，再见。"不容张仲平回答，曾真反身上楼。望着她的背影，张仲平百思不得其解，直到她走进门洞看不见了，这才开车离去。

（三）

张仲平没想到，他替侯小平买的宣纸和字帖会送不掉。

侯昌平说："一是一，二是二，这字帖，这宣纸，多少钱，我付了，完了我们再谈替小平请书法老师的事。"

张仲平说："侯哥，您这是何必呢？"

侯昌平说："张总，你要是看得起我，就别跟我讲道理。在这件事情上，没有道理可讲。你就说多少钱买的吧。"

"好好好，字帖是打了价的，宣纸是最便宜的，总共是四百九十五块钱。"张仲平有意省了一千块钱，说，"不不不，侯哥，侯哥您听我说……"

侯昌平不听，他让正在厨房里忙碌的老婆出来，两个人进了里屋。侯昌平问她手里还有多少现金？侯妻说这不刚交了水费电费吗？现金也就不到两百了。侯昌平让她把折子给他，他去一趟银行。

侯昌平出来以后让张仲平先坐一下，他下去有点事，买包烟。

张仲平说："侯哥，您不抽烟，我也不抽烟。您下去买哪门子烟？算了吧，您和嫂子在里屋说的话我都听到了。这样吧，这纸这字帖，我拿回去。"

侯昌平说："张总……"

张仲平说："您怕我看不起您，我也怕您看不起我呀。关于小平找老师的事，我跟嫂子说过了，我先带几张小平的作品给祁老先生去看看，祁老先生要是觉得咱小平有慧根，是块练字的料，将来可以继承他的衣钵，这学费兴许就免了。万一……万一不行，这事我也就不提了，行吗？"

侯昌平过来拉住张仲平的手说："人穷志短，马瘦毛长，张总，你先听我的，我再听你的。"

如果说有一项运动是可以让人一坐几小时而且持续兴奋的，那么很多中国人会告诉你，那是搓麻将。两三个小时之前，华媚终于约上了一桌人，她抑制不住兴奋地说："春光无限好，赢钱要趁早。快说快说，咱姐们儿今天来几圈？"麻友张姐是个有三层下巴的胖女人，她说："华妹，这阵子你手气不好，我们还是悠着点儿吧。"麻友小冯说："华姐还要你操心？输钱怪手气，赢钱靠技术，华姐技术一流，扳本赢钱指日可待，到时候，只怕是我们求华姐手下留情。"华媚说："不敢说不敢说，这段时间也确实有点邪门，算下来，我已经连输八场了。输得我都心里发虚了。"麻友彭姐说："俗话说，情场得意，赌场失意。反过来说，赌场失意，情场得意。说不定呀，华姐马上就要走桃花运，进入第二春了。"

华媚说："胡扯。我一个没工作的家庭妇女，还能走什么桃花运？能走到哪儿去？要真能穿越，我不想去清宫，能回到二十一二岁就够了，想当年……"

麻友张姐说："想当年没用，我们这个年龄，快到青春的尾巴梢了。不求自己走桃花运，只求老公不走桃花运就烧高香了。"

麻友小冯说："这个我倒不担心，瞧我老公那点出息，他要是能走桃花运，我敲锣打鼓给他开庆祝会。"

麻友彭姐说："你是年轻，长得好身材好，不怕你老公出轨。要说老公走桃花运，在座的，就华媚她老公可能性最大。为什么呢？人家是法院的庭长呀，要权有权，要势有势，要钱……这个咱们不说，总之，那是有很多人求的呀。华媚，你可千万注意了，别怪姐们儿没提醒过你。"

华媚说："喂，我说你们今天是怎么啦？打牌就打牌，哪来那么多废话呀？"

实际上她今天高兴着呢，今天她一吃三。等她又和了一把牌，便伸伸懒腰说："哎呀，不行了不行了，得散场了。我老公今天出差回来，家里米呀菜呀什么都没有了。"

麻友张姐说："不会吧，华姐，平时没见你着急，今天你不能赢了钱就这样走人吧？"

麻友小冯说："是呀，按约定，还有两圈儿哩。"

麻友彭姐说："按规矩，提前走得由输家说了算，是吧，华姐？"

华媚说："好吧好吧，我们抓紧时间，快点快点。"

丛林买米买菜回来，开门，还是不见华媚的踪影。他进厨房淘米煮饭，洗菜切肉。

这活儿他确实干得少，所以动作很生疏，一不小心，刀切到了手指头，他在伤口上抹了点盐，用水冲了，找了片创口贴贴上，继续回厨房做饭菜。

牌桌上的华媚却开始走背运了，连放了几个大炮，开始不停往外面掏钱，她说："邪门儿了邪门儿了，我说你怎么打三万和三万？"

麻友小冯说："不和庄家不是行家，谁让你是庄家呢？"

华媚说："好好好，算你狠？再加两圈儿？"

麻友彭姐说："怎么，不急着回去给老公做饭了？"

华媚说："晚了晚了，反正已经是晚了。也不知道他是不是在外面吃了，他没来电话，应该是外面有饭局。怎么样，敢不敢应战呀？"

麻友张姐说："东风吹，战鼓擂，这个世界上究竟谁怕谁？干吗来两圈儿呀？来就来五圈儿，怎么样？"

华媚说："行，老板，订盒饭。我就不信这手气一直就这么背下去。"

曾真上楼后的第一件事就是跑到窗口看张仲平走了没有，她跟自己打了一个小赌，如果他在，如果他在五分钟以内打电话过来再次邀请她去吃饭，她会像什么时都没有发生似的答应他。

她没看到他的车，她也没接到他的电话，她觉得有点失落，又马上对自己的失落进行了无情的批评与嘲讽，她让自己明白，他跟自己真的半毛钱的关系都没有。

却一直静不下心来做事情，她对着电脑不知道该干什么。她把那支玫瑰拿在手上，剔除着上面发蔫的花瓣。她忘了自己该吃饭了。一个小时之后，当她放在电脑旁边的手机响起的时候，她抓起来一看见真是张仲平，便把手机用两只手握住，让它连响了三次，又让它三次都断掉了。

那三个电话都是张仲平从侯昌平家里出来以后打的，他没想到她不接，更加搞不清楚到底出了什么事，是不是跟他有关系。他有点无奈地开车走人。

今天的事倒是办完了，那就先回家吧。直到汽车入库，张仲平还惦记着曾真的情绪，是担心她会不会把青瓷茶会所做到她的节目里去，还是仅仅担心她的情绪？他分得不是很清楚，但仍然心存侥幸地再次拨打了她的手机，仍然是通了，也仍然是无人接听。

张仲平在车上等了差不多三分钟，看曾真会不会把电话回拨过来。没有。他才知道，她是在故意不理他。他摇摇头，从车上下来，把唐雯的那套衣服忘在了车上。

他的回家倒让唐雯觉得奇怪，忙从书房里迎出来，说："今天怎么这么早？你是不是还没吃饭？"张仲平有些机械地回答说："是呀，怎么，你吃过了？"唐雯说："你不是说你不回家吃饭吗？"张仲平说："哦哦哦，我都忘了。你吃了没有？吃了？那好。有剩菜剩饭吗？要不别忙了，下碗面吃得了。"唐雯说："也只能下面了。你先休息一下吧，我马上就好，嗯？你精神好像有点恍惚，一脸疲惫的样子，是不是很忙？"张仲平说："是呀，是够忙的。"唐雯说："见曾真了吗？"张仲平："曾真？没有没有，没事我见她干吗？怎么啦？"唐雯说："没什么，随便问问。"

下课之前赵老师讲了一件事情，说有同学向我反映，周末的卫生大扫除，有两位同学没有参加。哪两位？相信他们本人心里很清楚，这里我就不点名了。我希望下课以后，这两位同学能积极主动一点儿，把教室里几个窗台的卫生做一下。

她这几天很郁闷很烦躁，一是心里就像总害怕发生什么事似的令人坐立不安；一是同一学校的老公对她和刘校长的事好像有了耳闻，她总觉得他看她的眼神、跟她说的话都有点儿不对，好像总是在含沙射影；最后一个原因就是丛珊，她从这个学生眼里看到的简直就是仇恨，她不理解现在的小孩都怎么啦。俗话说一日为师，终身为父，做父母的骂你几声打你几下又怎么啦？

丛林来学校找赵老师的时候她正被自己的情绪困扰着，跟丛林谈话的时候那情绪便有所流露。赵老师说："我当班主任之后几乎所有的家长都来找过我，和我交流过，你是最后一位。听说你是法官？是不是只要沾上一个官字，这架子就大了？"

丛林说："对不起，平时我太忙了，有劳赵老师操心了。"

"我一直在寻思，丛珊的爸爸是法官，应该懂道理，应该不会觉得，只要把孩子交给学校，就可以什么都不用管了吧？"

"当然不是。其实，我没来学校，没来见赵老师，除了因为工作实在太忙以外，就是对学校的工作、对赵老师的工作绝对支持、绝对放心。现在班上多少学生？五六十个吧？您真是太操心了。"

"你真不愧是当法官的，这话乍一听是慰问我，其实是在辩解。我不是一个受不了委屈的人，别的家长可都知道，做老师不容易，升学压力，对每个学生来说就一份，对老师来说，尤其对班主任老师来说，就是五六十份，那是可以把人压垮的。"

"是是是，赵老师您辛苦。这次，我来，就是……就是替丛珊来赔不是的。"

"丛珊吧，本来是个很不错的孩子，成绩不错，也还听话，可最近这几周，就像换了个人似的，很叛逆。那件事就不说了。有什么说的？我跟她之间总不是什么阶级矛盾敌我矛盾吧？她就那么不依不饶的？咱不说这个了。就说今天吧，她跟张小雨没有参加班里的周末卫生打扫除，我在班上不点名地提了一下，希望她俩能把窗台的卫生做一下。人家张小雨挺乖的，下了课就干开了。丛珊就不。我问她怎么回事，你猜她怎么说？"

"她怎么说？"

"她说，她说窗台上堆满了同学的书，她去擦，同学不会乐意。我说谁不乐意你告诉我。你猜她又怎么说？"

"她又怎么说？"

"她说，'你要我打小报告？我才没那么缺德呢。再说了，告诉你有用吗？你是不是还准备打人呀？'把我气得。"

"这孩子，怎么能这样？"

"我也不知道。你今天要不来呀，我还准备给你打电话呢。我想呀，我跟她的关系这么僵下去总不是个办法，要么，我不当这班主任了，要么，可能就只有让她转班了。"

"赵老师，那可不行。冤家宜解不宜结，何况你们哪儿是冤家呀？您不要跟她一般见识，拜托您了，您得好好管教管教她。"

"管教是应该的，家长呀老师呀，还不就是为了学生好吗？你也别着急，我再找她个别谈谈。"

"好的好的，真是太感谢了。您有我的电话吧？要是有什么情况，您随时给我电话。"

见赵老师点头答应，丛林忙把手里拎着的一套化妆品递给她，说："赵老师，您太辛苦了，我为您准备了一点礼物，请您一定要收下。"赵老师把那礼品袋像炸弹似的往外一推，说："你这是干什么？丛法官，你太不了解我们老师了，你太不尊重我们老师了。"

"我了解，我尊重，我当然了解，我当然尊重。"

"不，你不了解，你不尊重。没错，现在的学校也不是一方净土，选个学校，排个座位，当个班干部、学生会干部，都要给老师买礼物送东西，可是，老师也不都是这样的，起码我就不是这样的。"

"赵老师，我没别的意思。"

"没别的意思最好，我希望你们做家长的，不要把社会上那些乌七八糟的东西带到学校里来。"

"是是是，赵老师批评得对。要不然，我先走了，我先走了。"

下晚自习的铃声响起，同学们起身离开教室。丛珊走到张小雨跟前，说你跟我来，我跟你说点事。两个人到了一僻静处，丛珊说："我爸今天晚上来了。"

张小雨说："什么时候？我怎么不知道？"

"四十分钟以前吧，他在窗户外面看我，我一扭头，看到了，我爸还躲呢。"

"是吗？你没看错吧？"

"你会把你爸认错吗？小雨我跟你说，肯定是那个死变态又告我的状了。她怎么能这样？"

"丛珊，这都是你想象的。我觉得吧，赵老师也不至于。"

"女人心，海底针，你怎么知道她不至于？我爸从来没到学校里来看过我，为什么偏偏今天晚上来了？"

"也许，你爸就是想你了？给你送东西来了？"

"那他躲什么呀？不对，我觉得一定是这死变态老揪着我不放，她要干吗呀？她以为她打人的事就这么完了是不是？信不信我真把它挂到网上去，让她成一网络红人？惹急了，我真这么干，还没完没了她。"

和赵老师的谈话搞得丛林心里很是悲愤，却不知道该对谁发泄。他回到家里，见华媚仍然没有回来，忍不住就想砸东西，但他还是忍住了。他顺手把那套化妆品往沙发上一扔，便到浴室里洗澡去了。

　　华媚打牌输了个精光，回到家里，见丛林已经回家，不禁有些歉意。看到沙发上的那套化妆品，心里又不免有点窃喜，心想他总算有了点进步，知道出差回来给老婆买礼物了。

　　她拎着化妆品轻轻推开了浴室的门，倒把刚洗完澡正在穿衣服的丛林吓了一跳。她笑笑说："谢谢你啊。"丛林冷言道："谢什么？又不是给你买的。"华媚见丛林不是开玩笑，问他是给谁买的？丛林成心刺激她道："不是给你买的，当然是给别的女人买的。"

　　华媚悻悻地退回到客厅里，把那套化妆品往沙发上一砸，河东狮吼道："丛林你不是人。"

　　丛林道："你是人。打牌打牌，就知道打牌，你知道珊珊在学校的情况吗？"

　　"什么情况？你去学校了？有什么事快点告诉我呀。"

　　"告诉你告诉你，告诉你有用吗？整天就顾着打牌，对珊珊的事情不管不顾的，你像个当妈的吗？"

　　"我不管？你管呀。你又管了多少？你还别跟我说你很忙，就算你在外面累得贼死又怎么样？你们院里的刘鹏，他可是你的师弟，人家早就是副院长了，你呢？你问问你自己，一个屁庭长你都当了多少年了？还好意思说在外面辛辛苦苦？你整天在外面不归家也可以，倒是也弄个副院长干干呀？"

　　"华媚你胡搅蛮缠，我告诉你，珊珊这次要是考不上大学，跟你一样没文化，我跟你没完。"

　　"你才胡搅蛮缠呢，说珊珊的事，怎么扯到我有没有文化上来了？我没文化？我当初就没文化，是谁死皮赖脸追我的？"

　　"我当初瞎了眼。"

　　"你当初瞎了眼？我跟你都快二十年了，跟你生儿育女，我可是把最美好的青春年华都给了你，你现在眼睛不瞎了？我看你是嫌弃我了，要甩开我了。"

　　"你这样子，屡教不改，是个男人都会要甩开你的。"

"我什么样子了？我偷人了吗？"

"就差没偷人了。"

"我看你是在借机找碴儿。丛林，你早就嫌弃我了吧？你有种你就告诉我，你是不是在外面有人了？"

"你这样想最好。"

"不行。你一定要亲口把这事说出来。这套化妆品是不是就是给她买的？你是故意气我呀丛林。你还真是嫌弃我了。你要离婚是吧？我看不用了，我今天就死给你看，免得你办手续麻烦。"

华媚突然朝窗口冲过去，啪的推开窗户，纵身跃上了窗台。丛林冷笑一声，说："一吵架就一哭二闹三上吊，你觉得这样有意思吗？你倒是跳呀，你倒是跳呀。"华媚说："你这个没良心的，原来你巴不得我死，我死了你就清静了，你就自由了，你就潇洒了，我偏不，我……"

没想到华媚脚下一滑，身子朝外一倾，想用手拼命抓住窗户框，却没能抓住，竟真的摔了下去。

这一下把丛林的魂都差点吓掉了，大叫一声"华媚"，便朝窗户飞扑过去……

（四）

张仲平已经洗好澡躺在床上了，搁在卧室梳妆台上的手机响了起来。他一惊，不知道是不是曾真回电话了？不会是哪壶不开提哪壶吧？她要跟他谈个什么具体的事还好说，如果跟他讨论情绪方面的事该怎么说呀？

唐雯正好从浴室里洗漱完出来，问他："谁呀？"张仲平说："不知道，要不，你去帮我接一下吧。要是业务上的事，就说我睡了。"

唐雯接了电话，才听对方说了两句话，脸色一下子就变了："什么……什么？好，我马上跟他说。"她挂断电话，对张仲平说："华媚从楼上摔下去了，丛林让我们去一趟医院。"

张仲平从床上一跃而起，迅速穿好衣服，便和唐雯一起出了门。他突然想起唐雯的衣服还在车上。她刚才问他今天跟曾真有没有联系，他已经矢口否认了，这会儿叫他怎么自圆其说呀？怎么办？怎么办呀？

两人已走到车边，唐雯的手已搭在车门拉手上。张仲平说："等等。"

唐雯问："怎么啦？"张仲平问："家里有现金吗？"唐雯说："有。"张仲平说："你去拿点现金。"唐雯说："不用了，我带了银行卡。"张仲平说："那不一样，银行卡丛林拿着不好用，现在去银行取钱又不方便，还是带现金吧，多带点儿。"唐雯说："好吧，多少？五万够不够？"张仲平说："应该够了，你快去。"

唐雯转身上楼。张仲平直等到唐雯在楼梯口消失，赶紧打开车门，把副驾驶座位上的衣服拿出来，藏到车子后备箱里，这才嘘了一口气。

穿着法官制服的丛林正在医院手术室前面的走廊上焦急地踱来踱去，看到张仲平和唐雯赶到，赶紧迎了上去。张仲平问："怎么啦这是？"丛林说："华媚寻死觅活地要跳楼，爬到窗台上，没站稳，自己摔下去了。"唐雯说："怎么会这样？"

丛林说："一言难尽。我们家住三楼，幸亏被二楼的遮雨棚挡了一下，否则，她这次恐怕连命都没了。"

唐雯说："唉，你们俩呀，吵呀闹呀，都成必修课了，看，搞出大事来了吧？"

张仲平对唐雯说："你就别说了。都伤哪儿了？没……那个什么吧？"

丛林说："头、肋骨、右胳膊，还有右腿。倒是没什么生命危险，唉，这种事，真他妈的丢人。"

正说着，电梯门又开了，从里面出来几个人，正是电视台《都市时间》栏目组曾真的同事，他们一齐朝丛林、张仲平、唐雯他们走来。丛林蒙了，问："怎么回事？"

一个记者模样的女孩子问："我们接到了报料，说有个法官的妻子跳楼自杀被送到了这里，请问你就是那位法官吧？"

唐雯说："你们这些记者也真是的，也不看看这是什么时候、这是什么地方？求求你们就别添乱了行不行？"

另一个扛摄像机的记者说："我们记者的职责就是……"

张仲平瞥一眼"都市时间"的徽标，走到走廊的另一头，给曾真打电话，通了，却仍然没有接听。他心里不禁念道，这个小祖宗，今天到底是怎么啦？她不接电话他也没办法，只好马上改给她发信息："人命关天，速回电话。"

很快，张仲平的手机响了，正是曾真，他把丛林这边的情况简单地说了，问她能不能跟她的同事说一说，让他们撤了？曾真犹豫了一下，说："好吧，你把电话给那拿话筒的。"张仲平忙举着电话朝丛林他们走过去，拍拍曾真同事的肩膀，把手机交给了她。

张仲平看到曾真同事走到稍远处接电话。过了一会儿，她过来把手机交还给张仲平，笑笑，又对同事说："好吧，我们撤。"张仲平说："谢谢了小妹妹，谢谢了哥们儿，改天请你们吃饭。"拿话筒的小姑娘说："张总不记得我了？我们采访过你，好说好说。"

唐雯和丛林眼看着那几个记者离开，又双双把目光落在张仲平脸上。丛林说："这帮讨厌的家伙，被你就这样打发走了？"张仲平说："我哪有那能耐？正好认识他们一同事，就让他们回去了。"唐雯说："他们是曾真一伙的？"张仲平点点头。唐雯说："那你很有面子呀，都能遥控指挥了？"张仲平说："这种靠新闻热线得到的线索，又不是什么硬性任务，本来就是可拍可不拍的，碰到熟人，还不就做个顺水人情？"丛林说："要是电视台一播，这丑可就丢大了。谢谢你了，仲平。"张仲平说："没事没事。"

上了电视台的车子，曾真的几个同事喊喊喳喳地议论开了，拿话筒的女记者说："你们认出来没有，刚才找我的就是那个什么拍卖公司的张总，我们帮他做过节目，他是不是曾真的男朋友呀？"扛摄像机的记者说："给曾真打电话，让他们两个请客，咱们几个好好宰他们一顿。"拿话筒的女记者说："人家已经说了要请我们，我给曾真打电话，让她落实一下。"

电话很快就通了，拿话筒的女记者说："喂，曾真，我们今天可是卖你面子了，你那朋友很懂套路，一定要请我们的客，你看这事……"曾真说："我说你们几个，有点出息行不行？八辈子没吃过饭了？"拿话筒的女记者说："嘿，曾真，这么替人家省钱呀？那是你什么人？真是男朋友呀？"

曾真说："谁是我男朋友？我会找他这样的人做男朋友？我说你们都什么狗屁眼光呀？"

拿话筒的女记者说："不是就不是嘛，发什么火呀？"

曾真说："叫你们嚼舌头，胡说八道，挂了。"

曾真真的挂了机。她把手机往桌子上一扔，盯着手机看，心里说，讨厌。这个人，怎么躲都躲不掉呀？曾真拿起手机给张仲平写信息："讨厌讨厌讨厌。"写完了，却又犹豫着要不要发给他。

走廊上安静下来了，丛林对张仲平和唐雯说："有件事我得求你们。"

唐雯说："是不是钱的事？"丛林说："还就是钱的事，刚才要做手术，我把银行卡上的钱全刷完了，做完手术得住院，还得花钱。"张仲平说："没事没事，唐雯已经替你准备了五万，如果还不够，随时跟我说。"丛林先点头谢了，然后问唐雯带了纸和笔没有？

张仲平问："你干吗？"

丛林说："给你打个借条。"

"打什么借条呀？算了，丛林。"

"不行。这借条一定要打，而且你必须向我保证，你得把这张借条存在公司财务部，先挂账，等我有了钱，我再把借条赎回来。"

"你这是何必呢？"

"行不行？不行我找别人。"

唐雯说："丛林，我们家的条件比你们家稍微好一点儿，你和仲平都认识二十多年了，这点钱，你就别太较真了。"

丛林说："嫂子，我先谢谢你。但我不想因为这五万块钱改变我跟仲平关系的性质。仲平，咱们亲兄弟明算账，你也不要让我为了这区区五万块钱，违反我做人的原则，好不好？"

张仲平说："好了好了，就依你。可有一点你得听我的，这钱借归借，你可别往心里去，有钱再还，没钱，就一直让它在我公司账上挂着，行吗？"

丛林点点头说："行。"

把钱和借条交接了，唐雯说："你们夫妻俩也真是的，早些年不是一直挺好的吗？这几年到底怎么回事呀？"丛林说："她这会儿在做手术，我真不想说她。早几年她炒股不是赚了点钱吗？不听我的，非要把职给辞了，要做什么专职股民。这两年股票大跌，好嘛，原形毕露，什么毛病都出来了。"张仲平说："炒股赌性太重了是不行的，再说了，中国股市是政策市机构市，散户哪里玩得赢庄家？你知不知道，华媚她总共亏了多少钱？"丛林说："家里的钱归她管，这些年的积蓄，全砸在里面了。听说还找她妈那边的亲戚借了一些。"唐雯说："这华媚也是，哪有这么炒股的？"丛林说："她没把房子抵押出去就不错了。怎么说的？辛辛苦苦几十年，一夜回到解放前。打从这个时候开始，就没消停过，炒股没本钱了，改打麻将。我跟你们说，家有赌徒万事衰，人要迷上了这个，你就别再指望太太平平地过日子。"张仲平说："怎么，华媚打牌打得很大吗？"丛林说："大倒不是很大，但经不起以此为职业吧？"唐雯说："唉，家家都有本难念的经。"

张仲平手机响，拿出来一看，是曾真的信息："讨厌讨厌讨厌。"张仲平急忙把信息删除了。唐雯注意到了他的动作，问他谁呀？

张仲平说："哦，香港的六合彩。嗯，赌博确实害人，丛林你继续说。"

丛林说："我说到哪儿了？哦，我一个大男人，在外面总得有我的事业吧？回到家里就想清静一会儿，她倒好，要是当天输了钱，可有你脸色看的。要是赢了钱呢？非得扯着你说牌经，她可以把整把牌跟你复述一遍，吹嘘自己如何如何神机妙算。仲平你说说，这样的家你想回吗？烦都烦死了。"

唐雯忍不住叹了一口气，说："恶性循环，你老不回家，她又没别的事干，就只好去打麻将。"

丛林说："别说庭里的事忙不过来，有时候就是没事，我也不想回家。"

唐雯说："你这感受跟她谈过吗？"

丛林说："这还用谈？她做老婆的，连这点道理都不明白呀？"

唐雯说："你不跟她谈，没准儿她可能真的就不明白。我跟你说呀，这男女有别，夫妻关系最大的挑战，就是如何处理彼此的差异，解决双方的矛盾。我看呀，你们两个还是平时沟通得太少了。"

丛林说："我觉得还是人的素质问题。她的时间都花在牌桌上，她的情绪受打牌输赢的控制，你叫我怎么跟她沟通？"

唐雯说："丛林，这可能就是你不对了。华媚整天打麻将是不好，可你替她想过没有？她要不打麻将，她干什么呀？我看她就是因为没事做，太无聊了。人不怕忙，就怕闲，一闲就空虚寂寞。我看，你还是给她找份工作吧。要不这样，等她这次出院以后，让她到仲平公司去做事。你说呢，仲平？"

张仲平说："啊？"

唐雯说："你怎么半天不吭声呀？还在想那条六合彩的信息？"

张仲平说："说什么呢？我觉得你的提议很好，真的，丛林，我看就照唐雯说的办。"

丛林说："仲平，嫂子，你们千万别动这个念头，我一个人消受就够了，不能让她去害朋友。"

唐雯说："丛林，你也别把华媚说得一无是处。华媚我了解，很简单的一个人，平时多陪陪她、哄哄她就行了。"

丛林说："也不是没陪过她没哄过她，是她不识大体，她要有嫂子你一半儿，怎么会这样？"

唐雯说："你这话又不对哟。第一，她可不是别人硬塞给你的，当初可是你死乞白赖追的人家；第二，你不高兴她拿你跟别人比，你自己不也拿她跟别人比吗？让我说呀，这夫妻关系，讲究的是互动，一个巴掌拍不响，华媚是你什么人呀？是你老婆，我就不信，你对她好一点儿、让着她一点儿，你会吃什么亏？"

张仲平说："得了得了，我的教授老婆，别一二三四五、甲乙丙丁戊了。来来来，别老站着，你先坐下歇会儿。"

唐雯说："我不坐。这医院里的椅子多脏呀。珊珊呢？没让孩子知道吧？先别告诉她。再有几个月就要高考了，可别分她的心。唉，你看你们闹的，可千万别影响了孩子。"

丛林说："就是呀。说起来，今天这事我也有责任，晚上我不是去找赵老师了吗？好家伙，我可真是怄了一肚子气。"说着就把见赵老师的情况说了。

唐雯不免迁怒于曾真，说要不是她们媒体插一杠子，事情不会闹得这么复杂。张仲平觉得唐雯的说法好没道理，却也不想替曾真辩解，因为那等于惹火烧身。唐雯跟丛林谈了很多夫妻相处的艺术，张仲平内心里并不认同，反而觉得他们两口子闹别扭丛林该负主要责任，他做什么事都太较真了，而在夫妻关系中是最不该较真的，尤其是男人。女人为什么喜欢男人具有包容性？因为她是你老婆她就希望你一辈子把她呵护着哄着。那个孔老二不是说唯小人与女人难养吗？你如果把她当小人——永远长不大的孩子养着，就一点儿也不难养。有时候装傻装得好就成了包容。

离开医院回到车上后，唐雯又把话题引到了曾真身上，这回是表扬，说："想不到曾真还可以嘛，挺愿意帮忙的。"张仲平不知道这话里有没有陷阱，反正就是不接茬，主动做自我批评说："不该怂恿丛林去送礼，这种事也太难为他了。这几天得抽空去一趟学校。"他最后总结性发言说："唉，就像你说的，家家都有本难念的经。"

唐雯说："我们家的经也还好念吧？"

张仲平说："那还不主要是你的功劳？识大体，讲道理，温柔贤良，连丛林都快成你粉丝了。"

唐雯搞不清张仲平是在哄她还是真的从内心里给她下评语，反正就觉得那帽子戴起来挺舒服，她的可爱之处是独乐乐不如众乐乐，便也表扬起张仲平来，说："你也不错，表现挺好的，希望你不骄不躁、继续努力。"张仲平一副宣誓的庄严表情，说："好的。家和万事兴，这道理我懂。"唐雯不禁朝他伏身过来，说："我觉得自己好幸福，要是像以前那样评五好家庭，我们够不够条件？"张仲平说："去掉小雨那个最高分，去掉张仲平那个最低分，保留你这个九十九点九九分，我看差不多吧。"

另一方面，张仲平确实在想曾真，一直没弄清她今天怎么会突然晴天转多云，也一直在想她给他发的那条信息到底是什么意思。回家以后他进了卫生间，一屁股坐在合上的马桶盖上，掏出手机给曾真写信息，说谢谢夸奖，因为讨厌就是讨人喜欢、百看不厌的意思，是不是想见我了？张仲平想了想，觉得这条信息有点轻佻，并把它删掉了，然后对着手机空屏，打出一个问号。就在要发的时候，他又犹豫了，想了想，把上面刚才打的问号也删掉了。

唐雯在外面敲门，说仲平你没事吧？张仲平说："哦，有点拉肚子。"唐雯问："要不要紧呀？"

张仲平说没事没事，马上就好了。他放弃了给曾真回信息的念头，收起手机，起身，按下了抽水马桶的开关。

与此同时，在城市的另一头，曾真已经躺在床上睡着了，拿在手里的手机一直静悄悄的。

（五）

张仲平一大早就去了青瓷茶会所那间熟悉的包厢，他进店之后便让服务员给祁雨做了通报，果然，没等多久祁雨便轻轻敲门进来了。

祁雨朝他笑笑，说："张总，怎么这么早？你可是我们店里的第一位客人。"

张仲平说："对于这样的客人，祁老板是不是有什么特别的奖励措施呀？"

祁雨说："恰恰相反，我们总是对每天的第一位客人在消费额度上寄予厚望，因为他关系到每天的开门生意。"

张仲平心想，这个女人真是太精明了，连口头上的亏都不愿意吃，脸上却挂着笑，说："今天肯定生意兴隆，颜总跟你说了吧？这副对联我看上了，这会儿想提货，怎么样，算个好兆头吧？"

祁雨说："当然算呀，张总是个好顾客。我姐夫说了，让我给你打个折。"

张仲平说："你姐夫的话不用每句都听，真的，既然是今天的开门生意，折就不用打了。另外，我还有件特别重要的事要求你。"

祁雨说："张总别客气，有什么事直说，看我能不能出上力。"

张仲平从口袋里拿出两张侯小平的书法作品，摊在茶几上，说："你先看看这两张作品，怎么样？"

祁雨说："你想放在我这儿代销？"

张仲平说："你先说，这字写得怎么样？"

祁雨这才低下头认真地看起来："侯小平十二岁书，十二岁，才读初中吧？对于没练过字的初中生来说，这字还算不错。不过，恕我直言，像青少年宫书法班，还有社会上的书法培训学校，能写出这种字的孩子，太多了，可以说一抓一大把。"

张仲平点头道："这个我也知道，所以才一大早赶来求你。名师出高徒，我想请你爸爸收他为关门弟子。"

祁雨说："这个……"

张仲平说："学费不是问题，我付双倍的价。"

祁雨说："张总真是一个又认真又爽快的人，价格无所谓啦，我主要是怕我爸累着。"

张仲平说："可以理解，但是，带带学生，跟孩子接触，也有好处，可以让心态变得年轻，你说是不是？要不，我们就这么说定了，就按市场上双倍的价格付学费，好吧？当然，我也有个小小的条件，你得让你爸爸当着这个学生家长的面，夸夸这孩子，当着他和他家长的面，只说是免费收的徒弟，怎么样？"

祁雨问："哦？这又是为什么呢？"

张仲平笑而不答，他并不觉得这个问题是祁雨非知道不可的问题，也并不觉得这个问题是自己非回答不可的问题。

祁雨很快就和她爸爸联系上了，张仲平马不停蹄地拉了侯昌平侯小平父子俩去拜访。

祁家轩老两口住着五室两厅的大房子。他的工作室是两间打通了的客房改的，很大，弄了各种兰花，差不多十来盆，墙上悬挂着自己的书法作品，装裱精美。

祁家轩有点仙风道骨的意思，一一与张仲平、侯昌平、侯小平握了手，然后把侯小平写的字铺在画案上，开始点评起来，说："不错，小伙子悟性很高呀。写字跟画画一样，都要有悟性。没有悟性，傻写傻练，最多也就练成个工匠。本来，我早就不带学生了的，今天我高兴，就破个例，免费收了你这个学生。"

侯昌平欣喜地看了一眼张仲平，张仲平回报一笑，在侯小平头上摸了一下，说："还不快谢谢爷爷？"侯小平忙说谢谢爷爷。侯昌平说："小平呀，你得行大礼呀。"张仲平说："是的是的，你知道吗？祁老是咱们省书法界的泰斗，第一支笔，从今天开始，你可就是祁老的关门弟子了。"侯小平说："哦，是不是要叩头呀？"

祁家轩呵呵一笑，说："不兴这个不兴这个，咱们能结成师生之缘，也是我的幸事呀。"

张仲平说："今后小平要是成器了，这牵线搭桥的功劳得算我的。这样吧，叩拜之礼可免，拜师宴不能免。我看也快到吃饭的时候了，我请大家在海外海鲜酒楼随便聚一聚。"侯昌平说："该我请该我请。"祁家轩赶紧摇头，说："算了算了，拜师宴也是繁文缛节，也免了。中国人就是这样，不管什么事儿，最后总离不了一起吃饭，我们要脱这个俗。"张仲平说："跟祁老比，我们可不就是凡夫俗子吗？"祁家轩说："还是免了还是免了。我可是最怕到外面吃饭了，山珍海味的，一点儿都不符合饮食科学。这样吧，小平呀，你以后每个周末都来，两次，上午可以下午也可以。"

侯小平忙点头答应。侯昌平也赶紧道谢，说："谢谢谢谢，真是太谢谢了。"祁家轩说："别谢我别谢我，要谢你就谢张总。"侯昌平伸手在张仲平肩膀上拍了拍。

张仲平说："侯哥，你看祁老又不愿意到外面去吃饭，要不，我们也就不打扰祁老了，怎么样，我们这就先行告辞？"

侯昌平说："行行行，惊扰祁老了惊扰祁老了，我们这就走这就走。"

侯小平说："爷爷再见。"

张仲平说："应该叫先生吧？不，应该叫恩师，叫恩师。"

侯小平说："恩师爷爷，再见。"

祁家轩又是呵呵一笑，说："嗯，小伙子很乖巧呀。其实，叫什么都一样的，最好叫家轩。"

侯昌平说："哪里敢哪里敢？走走走，真的惊扰了。"

祁老夫人一直把大伙送到门口。张仲平把车钥匙递给侯昌平，说："侯哥，我好像忘了件东西在祁老书房里了，你带小平下去，在车上等我。"侯昌平接过钥匙，与侯小平一起下楼去了。

祁家轩说："什么东西呀？来来来，跟我一起来找找。"边说边与张仲平返回客厅。张仲平说："祁老，是这样的，刚才这两位是我亲戚，也算是有恩于我吧，他一直非常仰慕您，他知道我和祁雨熟，和您熟，死缠乱打求着我，一定要让他儿子拜在您门下。这是他为您准备的见面礼，又不敢拿出来，特委托我代交，真的不好意思。"

祁家轩说："不行不行。钱的事你已经和小女祁雨办好了，我怎么能重复收你的钱？不行不行，绝对不行。"

张仲平说："学费是学费，礼节是礼节。您看，我们进门连水果都没买，这就当是我给二老买的一点儿水果。"

"你这红包里装的，少说也有两万吧？买水果？那可以买多少水果？张总，这小伙子不错，你放心，我会倾其所学，好好教他，你就放心吧。"

"我知道祁老清神爽气，不是俗人，可我们是俗人啊，您要是不将就我们，我们会心理不安的。所以，这份见面薄礼，您一定要收下。"

"薄礼？礼是不薄了，可我还看不上。你是知道我的润格的呀？人家请我写招牌，一个字就是一万。当然啦，我这个价格，在市里在省里，不是最高的，比不上这个长那个长的，人家题个字多少钱？几十万上百万，可那还是润笔费吗？那是打着幌子给这个长那个长送钱，那是要出事的，一出事好了，那些建筑物上的字还得戳下来。"

"是是是，咱们跟他们可不一样。"

"所以，我们不能那么俗。做人可以俗一点儿，要在这个社会上生存，你不食人间烟火，那怎么可能呢？不现实嘛。但是，搞艺术，就必须尽可能地超凡脱俗，这个这个……啊，一个艺术家的人品、德行，决定他的作品的格调，对于艺术家来说，格调可是个重要的东西。"

"对对对。祁老说得对。所以，我才没有当着孩子的面，把这份薄礼拿出来。祁老，您看这样行不行，您呢，让孩子学做艺术家，您让我做人，做一个俗人，好吧？您一定得给我这机会，您总不能让我没法做人吧？我可以没有脸面来见您，但我不能没有脸面去见祁雨、去见颜总呀。"

"张总呀张总，你们做生意的，可真是会说话呀。这钱，我要是不收下，倒成了我的不是了？"

"您就别把这当一回事儿，就当是成全我，好吧？完了，您要是方便，给祁雨、颜总去个电话，让他们两个人觉得，我，张仲平，也还会做人，您看呢？"

"没问题没问题。你一走，我就给他们两个打电话。"

"那就太谢谢了。"张仲平边说边把那个红包顺手往一只瓷罐里塞。祁家轩一见，忙上前阻拦："哎呀，可别硌着了，这可是我的宝贝。这是……青瓷将军罐呀，唐代的东西。是祁雨帮我淘的，早十年，才几万，搁到现在，起码上百万了。"

张仲平不由得多看了几眼，说："是吗？"

祁家轩说："乱世黄金盛世古玩，张总你是儒商，你要有兴趣，不妨涉猎涉猎。"

张仲平说："好呀，到时候，免不了来向祁老请教。"

祁家轩说："这方面，我是半拉子，小女祁雨比我懂，你可以找她。"

张仲平告辞出来，在开车送侯小平回学校的路上，还在谈论祁家轩的身价。这话题是侯昌平挑起来的，他说："张总，我听说祁老替人写招牌可是一个字一万块？"

张仲平说："是呀。这还是几年前的价格。"

侯昌平说："那我们刚才空手上他家，是不是太没礼貌了？"

张仲平说："这个……这个……没事，我都安排好了。"

侯昌平说："你都安排好了？你刚才留在祁老家里就是安排这件事？"

张仲平说："哦，没有没有。侯哥，祁老很看好小平，我也很看好。祁老愿意破例收他做关门弟子，就不是为了钱，咱们不谈这个了，好吧？

小平呀，很多人对你有殷切希望呀，你得加油哟。"

侯小平点头说："嗯。"

张仲平说："侯哥，要不，我们去找个地方吃饭？"

侯昌平说："算了算了，送小平去学校吧，他只请了半天假。"

车子开到中学门口，侯小平和张仲平、侯昌平打了招呼后下车。侯昌平请张仲平送他到法院里去，张仲平说快到吃饭的时候，不如先找个地方去吃饭，侯昌平并不答话，只是摇了摇头，他扭头望着街上那些一闪而过的招牌，突然回过头来盯着张仲平，说："张总，现在小平已经下车了，你跟我说实话，你到底有没有送钱给祁老？"

张仲平说："没有。"

侯昌平说："真的没有？"

张仲平说："侯哥，这件事我没必要骗您吧？我要是替您送了钱还不告诉你，那我不是太傻了吗？"

侯昌平说："傻？你傻？你才不傻呢，你是大智若愚。"

张仲平说："侯哥，夸我呀？我就想给小平找个好老师，没想别的，否则，埋没了孩子，真的太可惜了。您呀，也别把事情想复杂了。您没看祁老爷子，那谈吐，那风采，是能拿钱打动得了的吗？"

侯昌平说："这话我信。可越是这样，我反而越弄不明白小平怎么会有这么好的运气。嗯，不管怎么样，我得谢谢你。"

张仲平说："不用不用，我们还是找个地方吃饭？就找个小店，怎么样？"

侯昌平说："饭就不吃了，仲平老弟，仲平，张仲平，你给我听好了，我可不想欠你太多。"

张仲平听着侯昌平将他的称呼一连改了三次，知道他在纠结，便在心底里称赞自己这事干得不赖，他可不敢喜形于色，相反，他正了正声说："没问题没问题，侯哥您放心，您不欠我的，我也不会让您欠我的。"

第十章

（一）

当已经几天没来上班的徐艺走进 3D 拍卖公司的时候，不免感到有点异样，不是公司的变化，而是他自己的心境，包括他和前台小叶打招呼的方式以及小叶微笑的方式。他想，关于他要跳槽自办公司的传闻肯定正以某种隐秘的方式在员工中流传着。这一刻，他多少生出了一种对张仲平的负疚之感。当然，他不会让这种感情持续多久，今天他来公司除了办离职手续，还有一个主要的任务，就是得让张仲平把他扶上马再送一程。

张仲平却没在公司，这倒并没有让他紧张。任何一个做老板的，他的时间都并不完全属于自己，常常会被他的客户分割得支离破碎。他唯一担心的，是不知道曾真会不会把在侯昌平楼下遇见他的事告诉张仲平。他觉得可能性比较小，因为对曾真来说那算是一件尴尬的事，再说了，她就是想说也没什么可说的，不怕。徐艺决定先把自己办公室的东西收拾收拾。

张仲平送完侯昌平才回公司，小叶迎上来，告诉他徐艺在等他。他奇怪地看了一眼小叶，因为小叶原来一直是叫徐艺为徐经理的。他没说什么，让小叶通知徐艺到他办公室来。

他走进财务室，把丛林昨天晚上的借条交给金会计，让她把这笔借支挂在账上。刚走进自己办公室不久，徐艺便穿过员工办公区敲门进来了。他问徐艺来了？徐艺嗯了一声，乖巧地为他泡上了茶。张仲平谢了，请徐艺坐。两个男人隔着大办公桌互相看着对方。还是徐艺先把目光挪开，他叫了一声姨父，说我来办离职手续。

张仲平说："徐艺，我知道你这些天都在想这件事，但我还想最后挽留你一次，我跟你说过，如果我赠送给你……上次我说的是百分之四十九的公司股份，如果我把股份增加到百分之五十五左右，让你控股，你愿意再考虑考虑吗？"

徐艺不禁心头一热，说："姨父，我……您这样说让我很感动，同时也更有压力，我也说过，我……真的值不了这个价。我……我怕我会让您失望，所以……"

张仲平竖起一只手，让徐艺别再说下去了，他说："好，我明白了，人各有志，我不再强留，你去把手续办了吧。我让小叶过来。"张仲平说着拿起内线电话，徐艺起身阻拦："等一等，姨父……"

"你还有事？"

"是是是，除了对姨父表示感谢，我还有几件小事想请姨父帮忙……"

"你说。"

"第一，我想要个人，哦，不，是借个人，也不，是借个拍卖师资格证。就借半年，我按照市场行情付钱。哦，我想让公司显得有实力一点儿。您应该懂的。"

"明白。好，我把许达山的拍卖师资格证借给你，半年时间够了吗？"

"够了。那钱的事？"

"既然外面有行情，你恐怕就得付钱。否则，公司其他的人会有误解，还以为咱3D公司鼓励自立门户。这些年，一直是公司在炒员工的鱿鱼，从来没有人主动要求离开公司，你是第一个，老实说，徐艺，你这个头没带好呀。"

"嗯嗯嗯，对不起，姨父。哦，钱我都准备好了，就按您说的办。姨父，怎么说呢？真的添麻烦了。"

"是呀，是很麻烦的。外面不了解情况的，还不知道我是怎么剥削你的。你这一走，对内，可能会让公司人心不稳；对外，可能会让公司形象受损。等你自己做了老板以后你就会知道，这老板也不是那么好当的呀。"

"我知道，我有心理准备。"

"那就好。还有什么需要我帮忙的吗？"

"还有，那部车子能不能留给我用……一段时间？"

"没问题，你就一直用着吧，哪天有空，把户过了，算我送给你的。还有吗？"

"我准备以艺术品拍卖为主业，咱们公司以前不是也做过艺术品拍卖吗？我想找您要委托人和竞买人两份名单。"

"没问题。还有吗？"

"拍卖前我想请你和曾真帮我好好策划一下。"

"没问题。还有吗？"

"拍卖会我想请你帮我主持一下，不是全场，全场太辛苦了，是前面三五十幅。您是全省第一槌，我要请您帮我压压阵角。"

"没问题。还有吗？"

"没有了。再次从心底里感谢姨父，太谢谢了。"

"不用了，你先去财务部把手续办了吧。"

"好的。"

财务部门口贴着"财务重地，闲人免进"的告示，徐艺从张仲平办公室来到财务部，敲敲门进去，和金会计点头打了个招呼，后者正整理财务单据，一双眼睛从厚厚的眼镜镜片后面抬起来，直直地望着他。徐艺略显尴尬，眼光在那些单据上游弋了一下，还是返回了张仲平办公室，说："姨父，新来的金会计是不是还不知道这件事？要不然，我把她叫来您跟她说一下？"

张仲平说："行啊。"徐艺又回到了财务部，说："金会计，张总叫你去一趟。"金会计说："那你……"徐艺说："我在这儿等你，不碍事吧？"金会计说："肯定碍事，我得把东西收捡一下。"说着，金会计把保险柜锁上，顺手拿本杂志覆盖在了那些财务凭证上，这才出门进入张仲平的房间。

就像有些男人会因为女人下意识地整理领口而注意她的胸口一样，正是金会计最后一个动作让徐艺本能地一愣。他把目光投到那些被杂志盖住的财务单据上，向门口望了一下，拿开杂志，恰巧看到了丛林写的那张借款条，他听到金会计的脚步声，连忙把杂志放下，快速蹿到窗边，做出好像一直在望着窗外风景的样子。

手续很快就办完了，徐艺赶回公司，将从张仲平那儿拿来的那份"艺术品拍卖委托人名单"交给辛然，让她一个一个地给他们打电话，向他们征集拍品。

说干就干，辛然按照那份名单，开始一个一个地给那些书画家收藏家打电话，第一个电话就打给了祁家轩："喂，您好，请问是祁家轩先生吗？您好您好，我们是时代阳光拍卖公司，对，我们公司是新成立的，我们最近要举办一次艺术品拍卖会，您在我省书法界非常有影响，我们想向您征集拍卖品，不知您意下如何？哦，好好，谢谢，太谢谢了。"

几个电话下来，辛然兴冲冲地跑到徐艺办公室对他说："绝大部分画家、书法家都有参与意向，我感觉征集作品不是问题，主要是要能够吸引到有实力的买家参加拍卖会。"

徐艺说："你说得对。一方面，我们按我姨父提供的竞买人名单发图录发请柬，另一方面，我们要把媒体炒作功夫做足。现在的人有钱，省里很久没做艺术品拍卖会了，我感觉这次能成。哦，对了，乖，你得休息一会儿了，同时也要考虑，不要在别人吃饭、午睡的时间打电话。"

"嗯，你那边的情况怎么样？"

"上次在侯昌平那儿碰了个软钉子，后来我反思了一下，可能我做得太鲁莽了，那个红包，既送得太突然也太没有理由。是呀，如果一个陌生人，突然找到你，说要送钱给你，你不也会戒备吗？我猜你也不敢要，因为你不知道他想干什么，拿钱对你来说，不知道是祸是福。"

"嗯，你分析得有道理。"

"所以，我想好了，要搞好跟侯昌平的关系，还得从鲁冰叔叔身上下手。我姨父曾经跟我说过，要把陌生人做成熟人，最经济实用的办法，就是找到这个人的熟人或领导，由他牵线搭桥。因为，你要找的那个人可以不搭理你，却不可能不给自己的熟人或领导面子。"

"问题是，鲁叔叔会不会做这种事？"

"我们现在跟鲁叔叔的关系，更多的是长辈和晚辈的关系，在这种情况下，鲁叔叔在情感上跟我们还是有距离的，会有尊卑、上下之分。我要跟他多接触，要在最短的时间内跟他混成朋友和哥们儿。如果关系到了这一步，一切就都好办了。"

"你准备怎么做？"

"有个段子是这样说的，与其给领导做一百件好事，不如跟领导一起做一件坏事，因为只要跟领导一起做了一件坏事，将会有一百件好事等着你。"

"呀，你要跟鲁叔叔一起做什么坏事？"

"哎呀，你怎么这么敏感？我说的坏事，并不是真的坏事，而是……而是在说一个道理。什么道理？那就是，我相信，人心是可以被打动的。我可以采取一种润物细无声的方式跟鲁叔叔接触，让他把在我面前端着的架子放下来。"

"你吓我一跳。"

"嗯，我约了龚大鹏，他怎么还没来？"

"要不要打电话问一问？"

"用不着，咱们得沉住气。做生意，有时候得懂点心理博弈，明明是求人的人，装也要装出一副无所谓的样子来。"

"这也是姨父教你的？"

"不是，这是我悟出来的。"

实际上，龚大鹏就快要到了，他在电梯里遇到了徐艺他们公司新招的员工张小洁。

张小洁今天一大早就到了时代阳光拍卖公司，她没有钥匙，只能在门口等着。她引起了同一层写字楼里其他公司员工的注目，因为她长得实在太漂亮了。

照道理来讲，张小洁应该很好找工作。这是不错的，但同样不错的是她很少能在一个公司干满一个月，因为那些企业的老板总是免不了对她产生非分之想、动手动脚。幸亏徐艺是让辛然对张小洁进行的面试，否则，她可能真没有勇气留下来。

她很珍惜这份工作，或者说她很珍惜任何一份仅需要她付出正常的劳动便能拿到薪酬的工作，因为她不仅需要钱吃饭租房买衣服，过上其他女孩子一样的正常生活，而且还要省下一部分钱补贴家用，供养两个弟弟上小学和中学。她来自本省很偏远的农村，家里条件不好，她面试时讲的经历打动了辛然，第一次见面便姐妹相称起来。

为此，徐艺还批评过辛然，说未来的老板娘怎么可能与员工平起平坐呢？咱们给她发工资是要让她给公司挣钱的，你跟她弄成了闺密那是不利于公司管理的。以后公司做大做强了，都跟他们发展成哥们儿姐们儿，我还怎么忍心剥削他们呀？

这会儿，张小洁正两手拎着新买的文具走进电梯。稍远处，龚大鹏和何宝快步朝电梯口跑来，眼看电梯要关上，龚大鹏伸出一只脚，把门拦开，他和何宝进入电梯。

电梯间就三个人。龚大鹏朝张小洁傻笑。张小洁只好把头扭向一边。见张小洁双手拎满东西，龚大鹏马上献殷勤，说："来来来，我帮你我帮你。"张小洁警惕地望着他，摇头拒绝。龚大鹏见张小洁已经按了二十六楼，涎着脸说："你也去二十六楼呀？咱们同路。来嘛来嘛，路远着哩，给兄弟我一个做男子汉的机会嘛。"张小洁说："你干吗？跟你说了我不需要，你这人怎么回事？"龚大鹏说："小妹，别把我当坏人，我只是响应毛主席的号召，向雷锋同志学习。你不给我可以，给我这位小兄弟，好吧？他比我长得帅，也不是坏人，也想学雷锋。愣着干吗，何宝？快帮帮这位小妹。"

何宝说："是，老大。小姐……"

龚大鹏说："叫小妹。"

何宝说："是，小妹。"不由分说，把张小洁手里的东西分去了一大半。龚大鹏不满意地说："全部全部。"何宝连拉带拽把张小洁手里剩下的东西拿光了。

二十六楼很快到了，张小洁先走出电梯，说："谢谢谢谢，我到了。"龚大鹏说："送到家送到家。没有好事做一半的，兄弟我这辈子最恨的就是半拉子工程。"张小洁无奈地摇摇头，说："好好好，这边请这边请。"三个人朝时代阳光拍卖公司走去。

很快到了，只见门口的招牌上盖着一块红布，龚大鹏凑上去想掀开来看看。张小洁喊住他："你干吗？你别动。"龚大鹏说："我找时代阳光拍卖公司，想看看是不是。"张小洁说："这儿就是呀。"龚大鹏兴奋得直跳，说："哎呀，缘分哪。"

张小洁问："请问你找谁呀？"

龚大鹏说："找你们老板。"

张小洁说："请问你……有预约吗？"

龚大鹏："预什么约？我可是他请来的。怎么，不相信呀？你们老板姓徐，叫徐艺，对吧？哎呀，这个徐艺不怎么样呀，怎么能这样剥削你呀？采购这么多东西，那是两个人干的活儿呀。"

张小洁说："嘘。现在工作不好找，别让我把饭碗砸了。哦，你贵姓？"

龚大鹏说："我姓龚，叫我老龚就可以了。"

张小洁问："老龚？"

龚大鹏说："对对对，老龚老龚，是那个老龚，不是那个老公。不过，你可以随便叫。小妹，你也贵姓呀？"

张小洁说："免贵，姓张，张小洁。"

龚大鹏说："这个名字好，这个名字真好，小洁……小妹，能不能给我一张名片？"

张小洁说："不能。"

龚大鹏说："为什么？还把我当坏人？"

张小洁说："不是，是因为公司刚成立，我也是新来的，名片还没印好。"

龚大鹏说："没关系，这里我会经常来，你记得下次补我一张。"

张小洁说："行。哦，请你们先在外面等一下，我去通报徐总。"

张小洁转身离开，龚大鹏目光追随着她，又咳嗽一声，碰碰旁边的何宝，问："怎么样？"

何宝说："漂亮。"

龚大鹏说："何止是漂亮，简直是漂亮。嗯，这公司豪华气派，看到没有，这个徐老板，会摆谱，架子蛮大哟。"

（二）

徐艺和龚大鹏并排坐在沙发上聊天，何宝站在龚大鹏旁边。

徐艺说："不好意思呀，龚老板，本来，应该我去拜访龚老板，为什么改请龚老板来敝公司呢？就是让龚老板对敝公司有一个初步的了解，看咱们以后有没有合作的机会。"

龚大鹏把头往后仰仰，笑笑，说："好说好说。"

徐艺继续肉麻地吹捧着："龚老板是我们公司的第一位贵宾，这个，是要载入史册的。我听说……龚老板曾经也是地产界响当当的人物？"

"哪里哪里，这个高帽子兄弟我可戴不起。"

"龚老板谦虚，美德呀。我还听说，即将成为我们这座城市的标志性建筑的胜利大厦，就是你的杰作？"

"你说的是那烂尾楼？兄弟我就一包工头，哦哦哦，也叫建筑商，那句话怎么说的？为他人做……做……做裁缝？"

"哈哈，龚老板真幽默。为他人做裁缝，跟为他人做嫁衣差不多，差不多。我还听说——"

"等等，徐老板听说的东西还不少，你原来在哪儿高就呀？"

"我一直做拍卖，原来在 3D 拍卖公司。"

"3D 拍卖公司？你原来是张总的手下？"

"3D 拍卖公司的张仲平是我姨父，怎么，你认识他？"

何宝突然插嘴说："我们前不久刚……"

龚大鹏一巴掌打过去："多嘴。"

徐艺一笑说："没关系。张总要想拿到这单拍卖业务，肯定要找龚总，这很正常。对龚老板来说，朋友还怕多吗？多个朋友多条路嘛，对不对？"

龚大鹏说："那是。"

徐艺说："拍卖行业是服务行业，你们是我们的衣食父母，我们是替你们服务的，谁家的服务好，又价廉又物美，龚老板可以货比三家嘛。"

龚大鹏说："那是。"

徐艺说："我跟龚老板表个态，只要龚老板给我们一个机会，我们一定能够还你一个惊喜，一个大大的惊喜。"

徐艺话音刚落，响起三声轻轻的敲门声，张小洁端着两杯茶进来了。

徐艺注意着龚大鹏的眼神，叫住转身离开的张小洁，说："小洁，你帮我在下面的酒楼订个包房。这位你还不认识吧，他可是咱们省城地产界的精英，龚大鹏，龚老板。今天，我们要用最高的规格宴请他。"

龚大鹏说："徐总客气。"

徐艺说："小洁，等下你也一起参加。"

张小洁说："好的。"

龚大鹏把一张脸笑得像菊花一样，眼光则像胶水似的黏在了张小洁身上，直到她飘然而出，他才使劲地吸吸鼻子，好像这样便可以捕捉到张小洁遗留在空气中的气味似的。徐艺冷眼瞅着他，不禁暗自一笑。这时，徐艺的手机响了，他看一下号码，对龚大鹏说声对不起，我接个电话，便转身进了里屋。

龚大鹏回过神来，小声对何宝说："这个徐艺，居然背叛自己的姨父自立门户，跟他打交道，我们得小心一点儿。"见何宝一个劲地点头，龚大鹏又说："不过，这小子挺给我面子，很会捧人，却又不错，我喜欢。"

徐艺很快接完了电话，他出来以后对龚大鹏说："对不起对不起，我一朋友。中院执行局新上任的局长鲁冰，龚老板应该认识吧？"

龚大鹏说："兄弟我知道鲁局长，鲁局长不一定知道我。怎么，徐总跟鲁局长很熟吗？"

徐艺说："我未婚妻喊他叔叔，我不知道这个关系算不算很熟，你说呢？"

龚大鹏说："真的？"

徐艺笑而不答，只把手里的手机调出通话记录给龚大鹏看，在已接来电上，显示的正好是"鲁冰叔叔"四个字。

龚大鹏眼睛一亮，拍拍徐艺的肩膀，说："到时候，免不了请徐总引见引见。"

徐艺一笑："好说，方便的时候大家一起聚一聚。"

张小洁在龚大鹏和何宝走后找了一个和辛然谈话的机会，她问辛然，这姓龚的怎么这样啊？辛然也早已把龚大鹏对张小洁的一举一动看在眼里，就算张小洁本人不觉得讨厌她都觉得讨厌。她本来想搂着她说话，想起徐艺并不希望她与员工打成一片，没有了尊卑之分，便只是用胳膊肘碰了碰张小洁，说："没关系，你放心，等下次龚大鹏过来，我和他谈谈，我就不信这人胆子这么大，敢在人家公司里泡妞。"

张小洁说："辛然姐，本来我到这儿工作，有你保护我，我特踏实，你对我好，徐总对我也很好，我挺珍惜这份工作的，可是，龚大鹏对公司这么重要，我怕……"

辛然说："这有什么可怕的？有我呢，有我保护你，谅他龚大鹏也不敢太放肆。"

张小洁说："辛然姐，你说我是不是特别招男人啊？"

辛然说："这倒是的，你这张小脸，你那眼神，男人除非是瞎子，否则，哪个不想多看你几眼呀？但这事怪不了你，你也完全没必要自责，招男人喜欢是好事，女人这辈子，不是早晚得嫁人吗？"

张小洁问："嫁人？嫁给龚大鹏这样的人？"

辛然说："不是不是，是嫁给你爱的人，对你好的人。"

后来辛然和徐艺谈起了这件事，问他看出来没有，说："我觉得张小洁在咱们公司，咱们就有保护她的责任。"徐艺说："龚大鹏对张小洁那么肆无忌惮，傻瓜都看得出来。我们当然得保护张小洁，因为公司的员工是公司资源的重要组成部分。"

辛然说："可是张小洁并不喜欢龚大鹏啊。"

徐艺说："现在不喜欢并不意味着将来不会喜欢，这是第一；第二，我没说让张小洁现在或者将来喜欢龚大鹏，那是她的私事，但我们对张小洁应该有一个基本的态度，那就是，不能因为自己的私事而耽误了工作。"

辛然说："你这话有点绕了，你的意思是不是为了工作，张小洁可以不考虑自己的感受？徐艺，我觉得工作和爱情是两回事。"

徐艺说："对于张小洁来说，这是一回事，我给她钱，她就要对公司的业务负责，现在龚大鹏掌握着我们需要的拍卖推荐函，如果因为张小洁，龚大鹏不给我们推荐函，你说张小洁还有什么用？不仅没用，反而误了我们的大事，因为龚大鹏完全可能因为对张小洁心生不满而迁怒于我们公司，从而不给我们机会。"

辛然说："我们怎么能这么对待张小洁？张小洁有选择的自由，我们不应该逼她啊！"

徐艺说："我们当然不能去逼她，但我们可以开导她，影响她。你不是和张小洁谈过了吗？告诉我，你们具体是怎么谈的？"

辛然说："我说我会保护她，决不会让龚大鹏乱来。"

徐艺说："你保护她？你这是保护她吗？你这是害她。"

辛然说："我害她？"

徐艺说："对啊。你想想，我们能管她一辈子吗？你能保证将来张小洁找到的老公就比龚大鹏强吗？我看不一定。"

辛然说："那……张小洁至少要找一个条件差不多，在别人看来也还般配的吧？龚大鹏的年龄、形象，和张小洁的差别也太大了。"

徐艺说："我并不这么看。这件事，我是这么看的，首先，龚大鹏有喜欢、爱任何一个女人的权利；第二，你刚才说的不配，都是外在的，正因为这样，龚大鹏才有可能对张小洁好，他会对张小洁加倍珍惜，如果龚大鹏年龄、相貌像我这样，能保证对她好吗？"

辛然说："徐艺，你露馅了吧？快说，你对我好是不是真心的？"

徐艺说："不是不是，不不不，辛然，我对你当然是真心的，她张小洁能和你比吗？"

辛然说："那你……是不是觉得我是世界上最好的？"

徐艺说："不仅是最好的，而且是唯一的，不可取代的。但是，生活是现实的，现实是残酷的，一个人有什么样的条件，有什么样的出身背景，决定了他只能过怎样的生活。当然了，每个人都有每个人的想法和活法，我告诉你辛然，我反而觉得张小洁跟龚大鹏挺般配的，你看龚大鹏，农民出身，可农民朴实忠厚啊，他要对人好，一定真心好。张小洁呢？长得是不错，可家里困难啊，她可以给别人当二奶，拿青春赌明天，可她没有，这证明她还是想找一个真心实意能够对她好、能够娶她的人的。可这样的人好找吗？不好找呀，有实力的男人，因为机会多多，可能很难一辈子守着一个女人，不花心不出轨。不不不，你别着急，我是个例外。你静下来听我把话说完。没实力的，对她家里的困难又没有帮助，张小洁该怎么选择？如果我是张小洁，我会很认真地考虑和龚大鹏的关系。像鲜花一样的女人，大抵有两种命运，一是插在牛粪上，一是插在花瓶里。插在花瓶里，光鲜几天然后被人扔掉；插在牛粪上，可以吸收营养，越活越滋润。张小洁真要跟龚大鹏好，于公，为公司做了贡献；于私，可以得到一辈子的安全保障，这不是两全其美的吗？"

辛然说："嗯，怎么挺别扭的一件事，被你说得好像挺有点道理了？"

徐艺得意地一笑，说："这证明我说的不是道理是真理，爱情是需要面包的，龚大鹏只要拿下胜利大厦的分配款，也算一个成功人士了吧？形象怎么了？女人早晚会老，现在'剩女'这么多，为什么剩下？有些人是别人剩下的，有些人是心气太高自己把自己剩下的，张小洁不能心太高，你也不能怂恿她随便放弃一个机会，万一张小洁剩下了，或者万一和龚大鹏好上了，你反而两面不是人，懂吗？"

辛然点点头，说："那我再和她聊聊。"

徐艺说："等等，还是我和她聊吧，你让张小洁进来。"

张小洁进来以后徐艺问了问她对公司的感受，张小洁点了点头，说："感觉蛮好的。"徐艺说："男怕入错行，女怕嫁错郎，我说话喜欢开门见山，龚大鹏对你好，喜欢你，我和辛然都看在眼里，你现在跟我说实话，对这件事，你到底是怎么想的？说实话。"

张小洁说："我怎么想的？我没怎么想呀，怎么啦？徐总？"

徐艺说："其实，这是你的私事，公司本来可以不管，但龚大鹏这个人对公司来说实在太重要了，所以，我得先跟你好好聊聊。龚大鹏这人我了解，他没老婆，是个钻石王老五，或者说，即将成为钻石级的王老五。他能看上你，喜欢你，对你来说也算是个机会吧。我知道，你换过很多单位，原因就是老板对你的骚扰，这证明，你做人是有原则的，是有底线的，可以说是个好姑娘。你长得很漂亮，算是颇有姿色，但你要明白，女人的姿色是靠不住的，最重要的是要找一个对你好的。有句话说得好，长得好干得好不如嫁得好。你听说过这句话吗？"

张小洁说："这个，也得看运气吧？"

徐艺说："所以说你的运气来了不是？你找工作、来到咱们公司，是为了什么？是为了挣钱，如果一个男人不仅能为你带来滚滚财源还能成为你的老公，那是不是一举两得的事呢？"

张小洁说："徐总，我有点不太明白你的意思。"

徐艺说："我再跟你说一件一举两得的事，我知道你家里经济条件不好，生活很困难，我们公司呢？是从一百个人中间挑的你，而且给你的工资不低，我相信对于这么一份其他九十九个人都想得到的工作，你一定会很珍惜，如果你能找到一个如意郎君，又能对公司做出卓越的贡献，我想，你应该知道该怎么做吧？"

张小洁说："徐总，你能不能再把话说得更直接更明白一点？"

徐艺说："可以。龚大鹏是一个可以为公司带来超额利润的客户，他也可以把这个超额利润带到别的公司，而我，显然不希望他走后面这一条路，他将怎么选择，与你对他的态度至关重要。"

张小洁说："徐总是要我……跟龚大鹏……？不，这也太不靠谱了吧？"

徐艺说："话说到这个份上，说明公司确实需要你做出选择，我不是让你嫁给他，我没有这个权力，我也不是逼着你去跟他谈情说爱，我也没有这个权力。我只是希望你不讨厌他，不拒绝他，不得罪他。在一段时间以内，让他觉得追上你是有希望的。"

张小洁说："徐总，你的话我现在明白了，可是，龚大鹏如果认真起来，我怕将来掌握不好分寸，给公司添麻烦。"

徐艺说："你这种态度就对了，一边想自己的事一边想公司的事。你放心，龚大鹏如果要想娶你，就不会伤害你，只会对你好，如果你感觉到有什么不对劲儿，马上告诉我，好吧？"

张小洁点点头。

徐艺说："小洁呀，我们能在一起工作也是缘分，我是真心希望你好。你要知道，这个世界光有爱情是不行的，人活着是要吃饭、穿衣、睡觉的，这些都需要钱，别说你家里有困难，就是没困难，也得为自己的将来考虑。抛开公司的业务不说，我从男人的角度，从一个比你年长几岁的大哥哥的角度，看待你和龚大鹏的问题，我是觉得，你能和龚大鹏走在一起，其实是你的福气。不要看外表，要看一个男人对你的那颗心。"

张小洁又点点头。

徐艺说："退一步来讲，你也可以找个爱自己的人做老公，找个自己爱的人做情人嘛，是不是？好了，该说的我都说了，你好自为之吧。"

（三）

鲁冰不让徐艺去他的办公室，徐艺给他打了好几个电话，他这才同意利用中午休息的时间在中院附近的一家洗脚城见个面。鲁冰新官上任，确实很忙，一进门就问徐艺："什么事？"徐艺说："也没什么事，就想让这里最好的技师给您放松一下。要说真有什么事，也就是想告诉您，公司注册的事已经办好了，可以开张营业的。"

鲁冰说："那好呀，还真有你的，祝贺祝贺。可是，如果只是为了告诉我这件事，打个电话不就行了吗？哦，我听辛然说，艺术品拍卖会的拍品也已经征集得差不多了？"

徐艺说："是呀。艺术品拍卖会主要是辛然和一个新招的员工在弄，我嘛，主要的任务就是陪您。"

鲁冰说："胡说八道，我需要你陪什么？帮辛然好好看着你还差不多。"

徐艺挨了骂并不生气，反而笑着说："是是是，鲁叔叔，我是有些小毛病，但总体上来说，我还算是一个要求上进的好青年吧？我总是不断地告诫自己，我要对得起辛然，我也不能辜负鲁叔叔的培养。"

鲁冰说："越说越离谱了，谁培养你了？徐艺我可跟你说清楚了，在外面，你不准把我跟你的关系挂在嘴上，否则，以后碰到你的事，我可真的会绕着走，不管。"

徐艺说："明白明白，如果外人都知道我们关系非同一般，您反而不好帮我了，对吧？"

"嘴巴少说，脑子多想，腿脚勤跑，明白吗？"

"明白明白。"

"做事不要'等靠要'。什么意思呢？第一，想好了要做的事，就赶紧行动，不要拖、不要等；第二，做事不能一味依靠别人，要充分发挥自己的主观能动性；第三，做事不能强加于人，求别人办事，先替别人找好帮你的理由，说话办事都要有技术含量。"

"鲁叔叔这番话真的很精辟，我一定好好记在脑子里，不，我一定好好记在心窝窝里。"

"我观察你姨父很久了，我说的第三点，他做得最好，本来是他求别人的事，他会先帮你铺路搭桥，让你不帮他都不行，你呀，要好好学学。"

"是。"

"你姨父人不错，别把跟他的关系搞僵了。"

"不会不会，他很支持我，我的第一场拍卖会，就由他主持。"

"是吗？"

"是呀，到时候请您参加？"

"我就不去了。明白吗？"

"哦，我尊重您的意见。"

技师进来以后，鲁冰就不说话了，扯了一个哈欠，竟躺在沙发上慢慢睡着了。徐艺把电视机关掉，吩咐给鲁冰洗脚的技师手法稍微轻一点，让客人好好休息一下。

一个钟用完，技师问要不要再加钟，徐艺摇了摇头，让他们先走。过了十几分钟，鲁冰这才醒过来，徐艺也才逮着与鲁冰重新说话的机会。他让鲁冰多喝水，说做过足底按摩以后一定要多喝水，以便排毒。徐艺又问鲁冰感觉怎么样，鲁冰说还行，不错。

徐艺说："别看现在的洗脚城比饭店酒楼还多，但真正洗得好的可没有几家，这家算好的，尤其是刚才跟您洗脚的 98 号，是这里的老师傅，穴位捏得很准。"见鲁冰没接话，徐艺继续说："听辛然他爸爸说，您的外侧坐骨神经受过伤，多洗脚有好处。依照经络学理论，按摩足部可以通经络、行气血、调节脏腑，改善不适症状，具有增强健康的功能。"

鲁冰这才一笑，说："你怎么给洗脚城做起广告来了？你在这里有股份呀？"

徐艺说："没有没有，我只是希望您能多注意一下自己的身体，多来这里做做足浴，哪怕是来这里睡个午觉也好，这里离中院近，我已经替您买了这儿的贵宾卡。"

"你搞什么名堂？"鲁冰一下子从躺着的沙发上坐起来，正色道。

"我没搞什么名堂，他们这儿的贵宾卡是限量发售的，价格却不贵，也就两千来块钱，我买了两张，一张给了辛然他爸，另一张就是为您准备的。要不然，我哪知道您外侧坐骨神经受过伤？"

"行呀，徐艺，你还真开始动脑筋了，你送我红包我不要，你就改送卡，你是不是觉得卡不如红包那么敏感呀？你还了解了我的身体情况，这显得你对我多么关心、多有温情呀。"

"这个这个……应该的应该的。"

"这还不算，你还把辛然他爸爸抬出来。你的潜台词是什么？你是想告诉我，人家周副市长都拿了卡，你好意思不拿吗？"

"鲁叔叔，不就一张卡吗？没您想得那么复杂吧？"

"你听我说完，周副市长拿卡没问题，你是他的准女婿，你送给他卡，算是辛然和你对他的孝敬，送给我，算什么？"

"也是孝敬也是孝敬。其实，卡是不记名的，您拿不拿无所谓，我不会那么傻，买那种记名卡，您每次来报我手机号码的最后六位数就可以了。"

鲁冰望着徐艺，想说什么，终于没有再说什么，端起水杯，把里面的水全部喝完了。

徐艺说："鲁叔叔，要不您先走，我过五分钟再走，我猜您不想让别人看到我们在一起。"

鲁冰说："你小子。我让你动脑筋，不是动歪脑筋，是让你多想想工作上的事。好了，我先走了。"

曾真昨天夜里四五点钟就醒了，醒来之后看了一下手机，里面既没有未接电话也没有新信息，她似乎有点失望，又马上因为自己的失望情绪而生自己的气。

她本来是一个乐观开朗的人，从那天晚上或者凌晨开始，她似乎有了自己的心事。

一上班，她就和同事们争论起来。

曾真说："你们不要什么事都等着我靠着我，是不是离开我你们就不活了？什么叫我没有选题，大家一起想的事情，凭什么要我一个人扛着？"

女同事说："曾大小姐，你这话就不对了，咱们什么时候埋怨过你？不是一直都是你出创意定选题，大家配合你的吗？"

曾真说："大家都为了一个栏目服务，别每次都指望我，我也有才思枯竭、无能为力的时候。"

男同事说："问题是我们大家都习惯了以你为中心呀，还是你出创意定选题吧，你是思想者，我们是执行者，你指挥，我们配合。"

曾真说："配合？我不要你们配合，你们也让我配合你们一次，行不行？"

男同事和女同事说："我……我们……这不是想不出来吗？"

曾真的电话响起，曾真看都没看便把它挂掉了，她说："想不出来就别埋怨。我是你们的出气筒呀我？"

女同事说："大家也没埋怨你，是你先急的。"

男同事说："就是，你定了几个选题，最后都没有做成，大家也都没说你什么吧？"

曾真说："哦，听你这话，没做成就全是我的责任了？"

男同事说："今天谁追究谁的责任了？大家这不是在商量怎么办吗？平时不也是这样的吗？"

曾真说："每次商量，结果都是我担着，事情最后还是落在我头上，做不成，又全是我的责任。"

男同事说："你一直是咱们小组的灵魂，一直就是你说什么我们就做什么，你指哪儿，我们打哪儿。左达跳楼、熊猫血、艺术品拍卖，这些，哪次大家没配合？哪个又最后做好过？"

曾真说："行了行了，今天语境不对，不谈了。"说着站起来走出了栏目组。

女同事说："今天这人是曾真吗？她怎么啦这是？"

男同事说:"谁知道怎么了?我估计,两种可能:第一,想不出来选题,着急了;第二,该找男朋友了。"

女同事说:"你闭嘴,有你这么背后嚼舌头的吗?我跟你说,你以后别老和曾真犟嘴。"

男同事说:"谁犟嘴了?"

张仲平昨天夜里也没有睡好。

没有睡好的原因有两个:一是他很顺利地拿到了龚大鹏的拍卖推荐函,帮侯昌平的儿子找好了书法老师,这两件事办妥了等于离拿到正式的拍卖委托书又近了一步,这不能不让他感到兴奋;另外一个原因便与曾真有关了,一方面,他始终猜不出曾真的情绪突然变得那么糟糕,对他爱搭理不搭理的原因,另一方面,这些天他与曾真频繁接触,他觉得她越来越像夏雨,不仅长相,不仅笑容,也不仅声音,还包括她在举手投足之间表现出的味道,他觉得尘封已久的青春记忆突然复活了。

当然,理智告诉他,曾真不是夏雨,他也不可能做出什么对不起唐雯的事。唐雯除了是他的结发夫妻,还是他最宠爱的女儿张小雨的妈妈。

他与曾真能有什么事呢?什么事都不会发生,也什么事都不能发生。

所以,昨天夜里他才坚持着没有给她回信息。

但他还是希望她能开开心心的。

除此之外,他也还是很享受她给他带来的回到如花年少时的那种温馨的、甜美的、偶尔激情飞扬的感觉。

上班以后,他第一次连看报纸的兴趣都没有了。他犹豫了很久,也想了很久,最后还是用座机拨了曾真的电话号码。电话通了,但很快又被她摁掉了。这让他多少有点失落,也让他莫名其妙地烦躁起来。看来,他昨天没有给她回信息,真让她生气了。他放下电话,一会儿坐在沙发上端起茶杯喝茶,一会儿又起身走到窗户旁边朝外面张望,内心里空空荡荡的,希望能有什么东西把它填满。

突然响起的座机铃声吓了他一跳,他急忙回到大班椅上接电话。一看,正是曾真的号码。他马上把话筒抓到手里,里面却安安静静地没有一点儿声音。

电话那一头当然是曾真,她已经下决心不再理他了,真看到他打来的电话,她的心却异样地跳了一下,恨不得马上把电话给他打过去,又立即骂自己没出息，为一个根本不可能发生什么关系的男人瞎操心，临了却还是没忍住回拨了他的电话，等电话通了，却傻傻地愣着不知道该说什么。

张仲平快速地动了一下脑筋，觉得这个时候不能太严肃认真，否则，两个人都会掉进那种尴尬的语境，他于是模仿电脑提示音说："您好，这里是3D拍卖公司，董事长兼总经理张仲平请求与你通话。"

这并没有把曾真逗笑，她语气冷冷地说："打我电话干吗？有事吗？"

张仲平换上正常的声音说："有事有事，当然有事，非常重要的事，告诉我你在哪儿？我马上过来找你。"

曾真说："我在家里，你来接我吧。"

实际上她刚离开台里不久。她突然想回家换身衣服。一跟同事吵完她就后悔了，不就是节目没做好有点压力吗？现在谁没压力呀？烦躁能解决什么问题呢？一个连自己情绪都控制不了的人能做成什么事呢？至于昨天夜里给他发的那条信息，不过是烦那些同事把自己跟他联系在一起罢了。所有的事情都是你张仲平惹出来的，我不讨厌你我讨厌谁呀？

曾真轻易地说服了自己，觉得换成别人也会骂他讨厌的。至于他不回信息，也许是他觉得她骂得对吧？这个解释虽然有点牵强，但不管怎么样，你完全没必要把这件事放在心上，你得坚信你不会与他的生活有任何的交集。既然如此，那就坦坦荡荡地与他交往吧。他是商人，他曾经说过，所谓商人就是凡事都可以商量的人，跟他谈谈节目上的事，他也许能帮忙出出主意。还有，就是昨天在车上被徐艺逮着的事也许应该告诉他，不讲，这事就得自己承受着，讲了，等于把负担甩给了别人。就是嘛，这本来就是一件跟自己毫不相干的事，干吗让它来影响自己的情绪呢？你傻不傻呀？

张仲平听说曾真让他去她家接她，却多少感到有点意外。当然，他还不清楚她说的"家"是指她住的那个小区还是她住的那套房子，这是有天壤之别的。他不会在电话里找她落实这件事，而只会到了她住的宿舍楼下面之后才打她的电话。否则，倒显得自己有了花花肠子。

不是上下班高峰，张仲平开车很快就到了曾真宿舍楼楼下，这时电话响了，正是曾真，她说："你到了吗？那行，你等一下吧，我马上就下来。"

他觉得这样最好，最自然。一路开车过来的时候他已经冷静下来了，是的，曾真不是夏雨，她可以唤醒你的青春回忆，但你怎么可能与她重温青春的温馨、甜美与激情呢？你没有资格，你也无法预计重新体验那种感觉的成本。

当曾真从楼上下来朝他的车子走过来的时候，他还是有了一种惊艳的感觉，因为以前他们见面时她总是一身职业装，这次穿的却是便服，显得飘逸而风韵十足。

直到她拉开车门上车，他仍然有点发蒙。但当他瞅一眼她的脸色之后，原先准备跟她说的话却一句也说不出来了，因为她紧绷着脸，一副拒人于千里之外的神情。

张仲平问："你怎么啦？"

曾真说："说吧，找我什么事？"

张仲平说："你先告诉我，你怎么啦？"

曾真说："我没怎么啦。再说了，我怎么啦对你来说很重要吗？"

这是一个令张仲平根本无法回答的问题，他如果说重要，很可能让两个人一下子掉入儿女私情的暧昧境地；他如果说不重要，第一，这与事实不符，第二，他很可能就伤到了曾真。别看张仲平平时油嘴滑舌惯了，碰到这种情况，也未免有点不知道该怎么应对。

曾真也没料到自己会蹦出那么两句话来，刚才不是已经想清楚与他的关系定位了吗？怎么一见面一说话就带了情绪呢？

一时间两个人都僵在了那儿。

曾真说："开车吧。"

张仲平说："好，去哪儿？"

曾真说："你说去哪儿？"

这话仍然有情绪，但张仲平却听出了其中的潜台词，就是你说去哪儿就去哪儿。他决定开车去西郊公园，一是那儿离城里不远，二是爬到白鹿山上可以看到山脚下的香水河。他想，避开城市的喧嚣，也许能让两个人的情绪舒缓下来。他决定闭口不谈那条信息的事，就像她从来没有发过那条信息，他也从来没有收到过那条信息一样。

他觉得她今天穿一身便服挺奇怪的，觉得应该表扬她一下。为了打破僵局，他先对着她嘿嘿傻笑两声，然后问："这么好看的衣服在哪里买的？"

曾真说："平时伶牙俐齿的张总今天是怎么啦？想讨好我？那你不该

说我衣服好看，那是哄无知少女的套路。接下来，你是不是该说人比衣服更好看了？有点俗，太没创意。"

张仲平又是嘿嘿一笑。

曾真说："笑什么笑？一脸坏笑，非奸即盗。"

张仲平笑得更起劲了。

曾真说："你到底怎么啦？有病呀？"

张仲平说："这可是你说的。"

曾真说："我说的怎么啦？我就说，你有病，你们全家都有病。"

张仲平说："看来我真的是把你老……小人家给得罪了，我谨代表我自己包括我们全家向你道歉，但我有一个小小的问题要问你，你说，这车里可就我们两个人，你说我奸什么偷什么？"

曾真愣了一下，突然扭着身子朝他挥拳打来，一边打一边大叫："讨厌讨厌讨厌……"

张仲平毫无防备，方向盘不由得朝左边一打，差点跟左边车道上的一辆中巴车擦上，中巴车司机摇下车窗，大骂道："你丫有病呀？会不会开车呀？"

张仲平受了惊吓，长嘘一口气，说："看到没有？随便打人随便骂人是有可能出车祸的。"

曾真第一次展露出笑容，轻轻摇晃着脑袋说："可我，打过人骂过人之后心里舒坦了。"

张仲平点头道："好好好，你心里舒坦比什么都重要。"

曾真也长出了一口气，道："是啊，这一段时间，我做的选题都黄了，大家都等米下锅地看着我，我都有点上火了。"

张仲平说："对不起对不起，这事我要承担很大一部分责任。不过，以我的经验，越急的时候，越要学会放松，虽然，我不太懂做节目，可是，我知道做节目要学会找灵感，怎么找？要从广阔的生活中去找，你们那几个同事整天待在办公室，闭门造车，能想出什么好点子来？"

"谁说我们闭门造车，我们天天有人搜索网络新闻，有人收听广播新闻，还有报纸，我们的触角几乎是无孔不入的。"

"你们这样找到的新闻其实也是旧闻，是别人嚼过的馍馍，根本就不是第一手货。我觉得，你们要彻底放弃目前的模式，深入生活，自己从生活中发现的新闻才是真正的新闻，才能打动人心。"

"我，我们就那么点生活圈子，能发现什么？"

"生活圈子是根据眼界和视角来的，现在，我们已经很难静下心来观察周围的细微之处，更不要说放眼世界了，所以，抬头看天看累了，也可以低头看看脚下的草，兴许就能带给你灵感，而且是绿色的灵感。"

"你在暗示我们目光太短浅？"

"我可不敢这么说，但新闻有时候不一定是猎奇，平淡之间也能透出辉煌，比如我，徐艺，你舅舅、你身边的同事，每个人都会有你们要的东西，只是被你们忽略了。"

"别说你啦，你给我掉的链子够多的了。"

"我只是在打个比方。我的意思是说，生活中缺少的不是新闻，而是敏锐的眼睛，只要用心感受，就能发现别人看不到的东西。比如说，我们谈到过徐艺的艺术品拍卖会，就可以好好地做成一个系列节目。"

"徐艺也跟我说过，我也答应过帮他的忙，可是，我又犹豫了。知道为什么吗？我怕他利用我们为他做宣传，打着公益与慈善的幌子替自己赚钱。"

"如果他有意做公益与慈善，你们完全可以不管他的动机是什么。主观上为自己，客观上为别人，这没有什么不好的，如果他通过做公益与慈善替自己赚到了钱，是不是会让他更热衷于做公益与慈善呢？"

"我不同意你的观点……"

"等等，我的观点肯定有人同意有人不同意，同样，你的观点肯定也是有人同意有人不同意，说不定还有别的观点，这多好呀，如果通过一场艺术品拍卖会，能够引发观众关于公益与慈善的讨论，甚至关于人生观价值观的讨论，那你做节目的思路不就一下子打开了吗？"

"对呀，你说的还真有点道理，一个很小的切入点，延伸出一个社会性的话题，还能与观众互动，这太好了。哎呀？我怎么就没想到呢？可是，徐艺……"

"徐艺公司新成立，最重要的是建立知名度和美誉度，做公益、慈善拍卖其实是个捷径。据我所知，这在本市还是第一次，符合你们新闻节目的基本要求。"

"有一个问题，这个问题与我的节目无关，与你有关。昨天，当你上楼去侯法官家不久，徐艺从另一栋楼里出来了，在车里堵住了我，他要求我为这件事保密。"

"真的？"

曾真点了点头。

张仲平正凝神思考着，手机响了，他先看了一眼来电显示，又看了曾真一眼。曾真一笑，说："别告诉我又是江小璐。"张仲平说："还真是她。"曾真说："看来你还真得给她介绍一个男朋友了，先接电话吧，别说你在重庆解放碑。"

张仲平接了电话，江小璐在电话里没有吱声，张仲平对着手机喂了好一阵，这才从里面传来她的抽泣声。张仲平忙问她怎么啦？江小璐又抽泣了一会儿，竟把电话挂了。张仲平觉得有点奇怪。

曾真说："一个女人该有多么爱一个男人，才会在想哭泣的时候便打电话给他呀？"

张仲平说："别瞎说。让我想一想是怎么回事？今天几号？糟糕，江小璐她儿子今天出院，她肯定是缺钱了。"

曾真说："接下来你该说，对不起曾真，我不能陪你爬白鹿山了，因为我得过去一趟。"

张仲平说："你说得很对，对不起曾真，我不能陪你爬白鹿山了，因为我真的得过去一趟。对不起了。"

曾真说："没事，对你的对不起，我已经习惯了。你把我扔哪儿？还是把我带到医院里去？算了，不凑这个热闹了，你送我去台里吧。"

（四）

龚大鹏端着一小盆仙人球走出电梯，径直走到时代阳光拍卖公司的前台，张小洁站起来，朝他笑笑，她本来想笑得职业一点儿，但因为与辛然和徐艺谈起过他，便不免觉得有点别扭，她说："您好，龚老板。"

看得出来，龚大鹏经过了一番修饰，但笑起来的时候两边嘴角还是扯得很开，他目光炯炯地盯着张小洁，摇着头说："嗯，叫老龚。"

"老龚，哦，不。我还是叫您龚总吧。您又忘了预约。"

"跟谁预约？"

"徐总呀，他不在，没来办公室，直接去办事了。"

"你怎么知道我是来找他的？他在我还不来呢。"

"那您是？"

"我是专门来找你的。你看，我连跟班都没带。"

"真的？"

"当然是真的。我人都站在你面前了，那还有假？你要是不信，你可以摸摸？"

"龚总真会开玩笑。"

"没开玩笑。我真是来找你的。哦，听说这仙人球可以防辐射，特意给你买了送来的，放在你电脑旁边。"

"这个……好吧，我谢谢龚总，龚总是有什么事求我们徐总吧？"

"我求他？是他求我吧？别看我现在虎落平川，想当年，兄弟我大小也算个人物。"

"龚总现在也是个人物。"

"是吗？你真是这么想的吗？"

"是呀。"

"那好，你准备嫁给我吧。"

"龚总您真会开玩笑。"

"开玩笑？不开玩笑，他们都说我是一个没有幽默感的人。我是认真的。"

"龚总年纪多大了？好像不小了吧？您既然大小也算个人物，应该不至于是个钻石王老五吧？"

"钻石王老五谈不上，没有老婆是真的。这有什么奇怪的吗？实际情况是我结过婚，后来离了。为什么结婚呢？因为年纪大了总是要结婚的呀。又为什么离婚呢？因为我老婆，哦，不是，是前妻，看不上我了。为什么看不上我了呢？因为我没钱了。"

"龚总真会说笑话。"

"我真没跟你说笑话。我怕你不相信，把离婚证都带来了，专门拿给你看的。我跟你说，我说的话从头到尾都是真的，所以，我只是让你准备嫁给我，而没有让你现在就嫁给我。"

"怎么说？"

"就像他们说的，年龄不是问题，身高不是距离，剩下来的就只有……就只有……"

"钱了？"

"哇，你不仅漂亮、聪明，而且还很坦率。什么时候，我东山再起了，不差钱了，我就正式向你求婚。"

"什么叫……不差钱？"

"不差钱就是……等等，这件事由你说了算。你准备找我要多少彩礼？"

他们两个人聊天的时间太长声音太大，惹得辛然从里面出来了，一见是龚大鹏，便把他请到了徐艺办公室。徐艺不在，辛然有模有样地坐在大班椅上，对龚大鹏说："龚总，我们公司和您合作的事，一直是徐总在负责，我想和您谈谈您个人的事。"

龚大鹏倒觉得有点奇怪，说："你跟我谈个我人的事？我个人的什么事呀？"

辛然说："你是不是想追我们公司的张小洁？"

"怎么啦？辛总，你什么意思？是不是张小洁说我坏话了？"

"那倒是没有，张小洁和我像姐妹，我们无话不谈，她对你倒没说什么，是我想和你聊聊，你觉得你想好了和张小洁的关系了吗？"

"哦，辛总问这事，我想好了，从第一眼看见张小洁，我就想好了。"

"这我信。看得出，你年龄好像不小了，是可以考虑谈婚论嫁了。张小洁既然认了我这个姐姐，我就算是她的娘家人。我说实话，龚老板可不准生气，从外在条件来看，张小洁可是很优秀的，可以说非常优秀。当然，龚老板也是很有潜力的，不过，虽然说爱情来了挡都挡不住，根据你目前的情况，我还是希望你能够以事业为重，至于个人的情感问题，先放一放，可以处处看看，多了解对方，优点缺点都要了解，不能马虎，张小洁是个很重情感的人，我不希望你最后伤害她的情感，你明白我的意思吗？"

"我明白，我太明白了，辛总的意思是希望我先全心全意地和贵公司把胜利大厦的事做好，对不对？你放心，我不是一个不懂套路不懂规矩的人，只要你敬我一尺，我一定敬你一丈。"

"啊，我说的是这个意思吗？"

"不管怎么说，你这些话我听着心里热乎乎的、暖洋洋的，你对我的关怀，就像是我妈……哦，不，我岳母……也不是，总之，我觉得你对张小洁真好，你对张小洁好，就是对我好，因为张小洁是我将来的老婆，是要陪我过一辈子的女人，所以，为了你对我的女人好，我谢谢你。"龚大鹏不停地对辛然鞠躬，搞得辛然莫名其妙。

龚大鹏倒是心情愉快，几乎是脚不沾地地离开了时代阳光拍卖公司，何宝一直在楼下的大堂里等他，见他下来马上迎上前去，问他和徐总的老婆都谈了些什么。龚大鹏说："谈什么？当然是谈你未来的婶子。"何宝说："谁是我未来的婶子？张小洁？"龚大鹏说："不然还有谁？徐艺这个老婆，看起来单纯得很，其实蛮有心机。她让我以事业为重，先把爱情放一放。"何宝说："她凭什么干涉你的隐私？"龚大鹏一笑，说："何宝你进步了，还挺能甩词，我有什么隐私？我喜欢张小洁，傻子都能看出来，人家是为了张小洁好，怕我欺负张小洁。"何宝说："那他们也太拿你不当回事了吧？"龚大鹏说："何宝你记住了，你要想让别人把你当一回事，你得先让自己是那么一回事。等你让自己是那么一回事之后，别人才不敢把你不当一回事，你也就有了资格不把别人当一回事，懂吗？"何宝说："不懂。"龚大鹏说："你真是个宝，这么跟你说吧，我们先把这单业务做好，明年我结婚，后年，解决你的问题。"何宝说："我的什么问题？"龚大鹏拍了拍何宝的头说："娶老婆呀，难道你不想娶老婆呀？"何宝说："谁说不想？做梦都想。"

张仲平赶到医院，才知道江小璐找他还真是为了毛毛出院费的事。张仲平很快帮她交了钱，办完了手续，并把他们三个人送回了家。

张仲平转身要走，江小璐让他先等一等，转身让她妈妈先带毛毛到里屋去玩，她说她要跟张总说几句话。等江母真把毛毛带去里屋后，江小璐说了一句"谢谢你"，就再也忍不住了，双泪直流。

张仲平不知道该怎么办才好，他让她别哭，说有什么话别憋在心里，说出来就没事了。

江小璐把脸上的眼泪擦干了，说："有什么可说的？我想跟你说的是，你替毛毛花的钱，我记了个总数，我会还你的，只是不知道什么时候。"

张仲平说："你不要提这件事行不行？我一直把毛毛当成是自己的孩子，当成是我的亲人，你这样说，我心里挺不是滋味的，真的。"

"好吧，那我就什么都不说了，你也什么都别说了。钱我是一定要还你的，我还不上，还有毛毛，我们不需要别人的施舍。你别急，听我把话说完，你如果真心实意想帮我，就给我找个男朋友吧。这样，我就可以不用烦你了。"

"我什么时候觉得烦了？"

"我替你烦，行不行？张仲平，我再也撑不下去了，帮帮我，结束这段感情。"

"可是，我们之间根本就没有什么呀。"

"这更糟糕，我送给你，你都不要。你知道我什么感觉吗？你让我觉得自己很贱，一点儿自信心与廉耻心都没有。得了，我们不讨论这个问题了。真的，如果你想摆脱我……"

"我没想过要摆脱你什么。"

"那好吧，换一种说法，如果你想清静、不想让我再缠着你，你就替我找个人。我现在的生活圈子太小了，在那里我找不到合适的对象，也许你能。"

"找对象的事，还得你自己拿主意。"

"你是不想帮我？"

"当然不是，我是说……等等，过几天有个会，来的人非富即贵，也许……"

"你要我去开会？什么会？"

"一场拍卖会，具体情况，到时候我再告诉你。唐雯也会去，如果运气好，她也许能帮你当当参谋。"

张仲平和曾真分手之前曾经约定，由她先约徐艺，如果约上了，她再打电话给他，三个人找个地方好好谈一下徐艺首场拍卖会的事。曾真说："我答应过徐艺，不把在侯法官那儿碰到他的事告诉你。"张仲平说："我答应你，不把你告诉我的事告诉他。"

三个人在一家茶楼见了面。

张仲平说："国内艺术品拍卖最大的问题是真伪问题，特别是名家字画，假东西太多了。张大千、徐悲鸿、齐白石，这些都是大家、名家，他们一生能画多少幅画？总有个限度吧？而且，不是所有的真迹都会拿到拍卖会上来卖的。如果真是赝品，卖掉了，坑了消费者。卖不掉，费力不讨好。无论卖掉卖不掉，都会影响到拍卖公司的声誉和形象。所以，徐艺呀，我建议你在拍品方面严格把关。"

徐艺说："姨父放心，我们这场拍卖会是保真拍卖，全部是本省书画名家的作品，除此以外，还有一些刚刚从省市领导岗位上退下来的老同志的作品，假一罚十。"

曾真点头说："嗯，这倒是很有特色。"

徐艺说："关于拍品问题，你们尽管放心，我是绝对不会拿假画砸自己公司的牌子的。"

曾真说："嗯，为了你们公司的知名度和信誉度，我建议你做公益和慈善拍卖。"

徐艺说："怎么说？"

曾真说："你上次跟我说过之后我帮你打听了一下，现在，我们台里对这种企业行为的报道越来越严格，如果单纯的宣传，这是占用公共媒体资源，带有明显的广告嫌疑。如果买广告时段呢？我帮你算了算，现在我们台里的广告价是 1000 元 15 秒，一分钟 4000 元，你这期节目怎么也要 45 分钟，这样一共就是 18 万，我再给你重播几次，你看，光广告费就是几十万。但是，如果你能把拍卖佣金全部拿出来，捐助给英雄警察杨建国，也许，我就能说服台里，全部帮你免单。"

徐艺想了想说："如果你们电视台能做，那其他电台、报纸是不是也能做？"

曾真说："我可以帮你联络。如果真行的话，你们公司通过这一场拍卖会便可以成为明星企业，这就是媒体的力量。"

三天之后，电视台、电台和报纸，都在发布消息：将于本月十八日下午一点零八分在天都国际会所五星级酒店由时代阳光拍卖有限公司举办一场特殊的艺术品拍卖会。连足不出户的唐雯都知道了。有一天在睡觉之前她对张仲平说："这个徐艺，拍卖会的宣传做得这么大，也不知道要花多少钱？"

张仲平说："这一次，徐艺把所有的媒体，包括报纸、电台、电视、手机、互联网、户外广告通通用上了。现在，社会各界不知道时代阳光拍卖公司的人，可能真不多了。他今后要到外面去办事，会很方便。这小子，挺能耐的，起码这次拍卖会的宣传工作就做得相当不错，很到位。

而且，几乎没花什么钱？"

"没花什么钱？这么大的声势，怎么可能呢？"唐雯问道。

"曾真帮他做的策划。"张仲平淡淡地答道。

"曾真？"唐雯又问。

"是呀，他们毕竟是大学同学嘛。这一次，徐艺做的是公益慈善拍卖，他也没指望通过这场拍卖会赚钱，他是醉翁之意不在酒呀。"张仲平仍然语气平淡。

"什么意思？"唐雯听出张仲平话里有话，再次问道。

"现在还不好说，到时候自然就知道了。"张仲平显然不想谈这个问题。

"不管怎么样，还是希望他能成功才好呀。"唐雯说。

<h1 style="text-align:center">（五）</h1>

很快，时代阳光拍卖公司艺术品拍卖会的日子就要到了。徐艺、辛然、张小洁，拍卖师许达山，以及张仲平从自己公司派来的五六位员工，包括从礼仪公司请来的员工，均统一着装，摆出了一副迎接客人的姿态。

徐艺把辛然拉到一边说话，问："等一下，你爸爸一定会来吧？"

辛然说："什么'你爸爸''你爸爸'？爸爸都不会叫呀？"

"轻点，我好多年没叫过爸爸了，都不习惯了。"

"那你不会叫岳父？"

"好好好，叫岳父。"

"岳父是那么好叫的吗？你还没向我求婚呢，喂，你什么时候向我求婚呀？"

"这不因为忙吗？你总得先让我把买钻戒的钱挣到手吧？"

"好了好了，倒像我在逼婚似的。我爸爸说了，他今天一定会来，和莫叔叔一起来。"

"莫叔叔会花多少钱买画？"

"那我就不知道了。徐艺，你是不是太紧张了？"

"是呀，第一场拍卖会，可不能砸了。"

"别紧张，来，让我张开温暖的小怀抱，抱抱你。"

"别别别，不看看什么场合？"

徐艺的担心是多余的，周运年今天是一定会来的。昨天晚上，不，差不多一个月以前，他就跟莫老板策划好了，为了辛然的终身大事，他们必须用军事演习的方式对徐艺进行一次全面的考察，他和莫老板负责佯攻，莫老板安排两支神秘的小分队主攻。那将是一种小型的秘密战，尤其是主攻手，隐藏得越深越好。

周运年的心情一直很复杂，不知道自己到底在希望着什么，是打败徐艺呢，还是期盼他顺利过关。

十二点半左右，三三两两的竞买人开始办理竞买登记手续，进入会场就坐。会议厅大门入口处两边摆满了花篮，徐艺衣着光鲜地站在那儿迎宾，不时点头、哈腰、握手，辛然和张小洁一左一右地站在他旁边。

张仲平和唐雯也早早地离开了家，一路上，唐雯还老忍不住唠叨，说："是不是去得太晚了？"

张仲平说："不会，离拍卖会还有一个多小时呢，你别担心，我感觉徐艺这场拍卖会应该不会差到哪儿去。"唐雯说："那就好那就好。"

话音刚落，唐雯的手机响了。一接电话，居然是她妈："妈，是您呀。有事吗？什么？您来了？您来我这儿怎么也不先打个电话呀？欢迎欢迎，我自己的妈，我能不欢迎吗？好的好的，您就在家门口等着，我马上回来给您开门。"

张仲平问："怎么回事？"

唐雯说："我妈，你丈母娘，来咱们家了。"

张仲平说："嘿，这老太太，怎么不事先言语一声啊？这几百公里呢，她一个人来的？"

唐雯说："我哪儿知道？你把车靠边，我得赶回家去。"

张仲平说："你这一去，徐艺的拍卖会可就赶不上啦。"

唐雯说："那怎么办？难道把你丈母娘一个人扔到家门口？徐艺那儿不是还有你吗？反正我去也帮不上什么忙。你跟他说明情况，他外婆来了，他高兴还来不及呢。"

张仲平说："要不我跟你一起回去，把她接到会场上来？"

唐雯说："算了吧？七老八十的了，让她到会场上来，那不是折腾她吗？你不心疼我还心疼呢。"

张仲平说："我哪儿敢不心疼了？好好好，依你依你。拍卖会前有个电视报道，你陪她看看。嘿，强悍，我这岳母娘大人，可真是太强悍了。"

唐雯说："等徐艺忙完了，让他赶紧过来看外婆，让他带上辛然。"

张仲平说："好嘞。"

这一边，周运年和莫老板已经出现在拍卖会大厅，徐艺兴奋地迎上前去，辛然更是一左一右地挎着了周运年和莫老板的胳膊："莫叔叔您好，爸爸您好。"

周运年说："好好好，然然，你带莫叔叔去办手续，我跟徐艺说几句话。"

辛然说好呀，便挎着莫老板的胳膊去登记处交验身份证明和押金、领取竞买号牌。周运年一直看着，这才回头拍拍徐艺的肩膀，说这段时间辛苦了，徐艺赶紧笑着说还好还好。

周运年说："辛然怎么样呀？"

徐艺说："很好呀，这些天多亏了她。"

周运年说："你知道，我本来是想让她考公务员的，她不干，非要和你一起做拍卖，觉得挺好玩儿。她不懂事，又被我惯坏了，你可得让着她点儿呀。"

徐艺说："周叔叔您放心，辛然挺懂事的，帮了我不少忙。"

辛然一边陪莫老板办手续，一边朝徐艺、周运年这边观望。

周运年说："辛然很单纯，没有什么社会经验。做艺术品拍卖还好，如果做法院、做资产管理公司的业务，情况会很复杂，有些事情，能不让她参加就别让她参加。"

徐艺说："我尽量吧。"

周运年说："不是尽量，而是……应该怎么说？"

徐艺说："周叔叔，您是让我向您保证，不让辛然沾法院和资产管理公司业务的边？"

周运年点点头。

徐艺说："周叔叔，我还是只能说，我尽量。辛然是我女朋友、未婚妻，您觉得我的事应该瞒着她吗？"

周运年说："你……哈哈，你还挺有个性。好吧，你说得也不是没有道理，辛然既然是你的女朋友、未婚妻，你就要尽量照顾她、保护她。这是你要向我保证的，没问题吧？"

徐艺说："这个没问题，周叔叔您放心。"

周运年说："怎么样，你对今天的拍卖会有什么预计？"

徐艺说："应该还可以吧。哦，正确答案应该是这样，我们已经尽了最大的努力，已经没有遗憾了，至于最终结果怎么样，就不是我们能够控制的了。"

周运年说："嗯，你这心态还不错。做生意就像打仗，什么情况都可能出现呀。有心理准备吗？"

徐艺说："有。"

周运年说："那就好。"

曾真一行出现在拍卖会大厅，她正指挥着摄像拍摄竞买人办理手续的情况。徐艺见状，安排周运年在会场里坐下，来到辛然身边，邀了她去跟曾真他们打招呼。曾真说："没事，你别管我们，先去招待客人，等一下再来采访你。"

辛然把徐艺拉到一边，问他："我爸刚才找你干吗？他都对你说什么了？"徐艺笑而不答。辛然让他快说。一副就要过来胳肢他的架势。

徐艺拿手挡了，正声道："你爸爸，也就是我未来的岳父，他说……我做生意的时候，不一定要把所有的情况都告诉你。"

辛然说："胡说，我爸爸怎么会对你说这种话？"

徐艺说："你可以去问他。"

辛然说："我爸说这话是什么意思？"

徐艺说："我估计，他始终认为，江湖险恶，希望你能离多远就离多远。还有，就是怕你累着。他也不想一想，我能让你累着吗？他不心疼我还心疼呢。"

辛然一笑说："去你的。"

谁都没有想到龚大鹏也会来凑热闹，不过，他刚到酒店大堂门口就被门童挡住了，因为他手里提着两个饭盒。门童左手靠在后背，右手平伸过去，说："对不起先生，您不能进去。"

龚大鹏双眼圆睁："为什么？"

"因为我们酒店是不允许送快餐的人进来的。"门童解释说。

"我是送快餐的吗？你也太狗眼看人低了吧？"龚大鹏本来想笑，却忍不住爆了粗口。

"先生，你可以骂人，但我就是不能让你进，因为你手里拎的就是快餐盒饭。"

"如果我非要进呢？"

"如果你不拎快餐，你是可以进来的，你如果要拎着快餐进来，除非你能证明你是本酒店的客人，比如说出示房卡，或者由住在本酒店的客人下来接你。"

"这是哪里的规矩？"

"这自然是我们酒店的规矩。"

"规矩是死的，人是活的。做人要会通融，不能太死板不能那么笨，否则，你就只会当一辈子门童。"

"我就愿意当一辈子门童。先生，请你不要为难我。"

这时，张仲平在另一个门童的指挥下，把车停在酒店大堂前面的泊车位上，下车看到龚大鹏一副要跟门童吵架打架的架势，奇怪地问道："龚老板？你在这儿干什么？"

龚大鹏对张仲平挤挤眼睛说："张总，我……我我不是来找你的吗？这小子，居然不让我进去。"

张仲平对刚才指挥他停车的门童说："他是我朋友，也是你们酒店胡总的朋友，让他进来吧。"

门童这才放行。

两个人朝电梯口走去，张仲平碰碰龚大鹏的胳膊道："龚老板，你怎么搞得像个送盒饭的？"

龚大鹏嘿嘿直笑，并不回答张仲平，一出电梯，马上撇开张仲平朝拍卖会大厅外面的张小洁小跑过去。

张仲平看着他向张小洁献殷勤，微微一笑。突然，他肩膀上被拍了一下，回头一看，是曾真，她说："发什么呆呀？"

张仲平说："嘿，你看到没有？有这么追小姑娘的吗？"

曾真顺着他的眼光看过去，一笑，说："怎么不行了？盒饭比玫瑰实惠，我觉得挺好的呀。"

"盒饭比玫瑰管用？这是我本年度听到的最有创意的话。"

"怎么没用？如果有个男人这样对我，我没准儿也会动心。"

"真的？"

"真的又怎么样？假的又怎么样？难道你也学人家的样子给我送

盒饭？"

"我？你是说我……和你？"

"我说什么了？我什么都没说。我跟你讨论这事干吗？无聊不无聊呀？你有讨论这个话题的资格吗？"

"说得也是，我就是想送盒饭，送给谁呀？"

这边张仲平正与曾真斗嘴哩，一旁的徐艺和辛然也看到了正在向张小洁献殷勤的龚大鹏。

徐艺说："这个龚大鹏，跑到这儿丢人现眼来了。你去跟张小洁说一下，让他俩找个旮旯里去秀恩爱，别在这大庭广众的腻歪，有损形象。"

辛然说："是呀，好像我们不会给张小洁饭吃似的。哎呀，真的徐艺，我们都还没吃中午饭呢。"

徐艺说："我不饿。你是不是饿了？"

辛然说："本来还不觉得，看到张小洁吃东西，还真有点饿了。你看看你，还不如龚大鹏呢。"

徐艺说："我不如他？然然我跟你说，这干大事的人，有时候会不拘小节。要不，你先忍一忍吧，完了我请你去华悦酒店吃大餐，那儿的牛肉汤可真是好吃。哦，姨父来了，我得过去了，你快让张小洁找个隐蔽的地方去吃盒饭。"

徐艺过来跟张仲平和曾真打招呼，问张仲平姨妈怎么没有跟他一起来。

张仲平说："哦，你外婆来了。本来你姨妈跟我都走到一半儿了，接到了你外婆的电话，你姨妈只好赶紧回家去了。她让你这里忙完以后带辛然去见外婆。"

徐艺说："好呀好呀。"

张仲平说："徐艺，那边那个龚老板，也是你的客人吗？"

徐艺说："来的都是客，不过，他目前的首要任务，好像是在追求我们公司的一位新员工。不过，我觉得这事有点不靠谱。"

张仲平笑一笑，摇摇头，没有说话。

徐艺说："张小洁那么年轻漂亮，龚老板年纪那么大，我看他是剃头担子，一头热。"

张仲平说："不见得吧，我看能成，不信我跟你打个赌。"

徐艺刚要说什么，却见辛然在向他招手，便对张仲平说声抱歉，和她去了周运年和莫老板旁边。

曾真问张仲平："你跟徐艺赌什么呀？你觉得你会赢吗？"

张仲平说："徐艺迟早会撮合他们，我现在开始担忧，徐艺开公司真正的目的，也许就是冲着胜利大厦来的。"

"你是说，为了龚大鹏的推荐信，徐艺会利用美色？"

"瞎子都能看到这一点，傻子都能想到这一点。你看，我在找侯昌平，他在找。我在找龚大鹏，龚大鹏就在跟他的女员工黏糊。这还不能说明问题？我担心的，不是徐艺跟我抢生意，省里这么多拍卖公司，他不抢别人也会抢，我是担心他会不择手段，不讲游戏规则。"

"那……你打算怎么办？"

"目前还不知道，只能见招拆招了。算了，不谈这个了，谈点愉快的吧，你觉得我……我和你，会不会被人误会？就像龚大鹏和张小洁一样？"

"切。"

"切什么切？切瓜切菜呀？说实话，我是有点担心，因为我们真的太有缘分了。"

"喂，你还真来劲儿了？"

"我可不是随便说的，你瞧。"

张仲平伸出两根手指头，在他和曾真之间划了一个来回。曾真朝张仲平和自己看看，不禁也笑了，原来他俩都是一身唐装，而且，都是咖啡色的。

张仲平说："情侣装。你说，我们都默契成什么样子了？你再看，这里近一百号人，除了你和我，还有另外一个穿唐装的吗？没有。面对此情此景，我不禁要从心灵深处大声呼喊，哇……鼻子有点痒。"

"哈哈……你是得传染病了吧？看到别人谈情说爱，浮想联翩？"

"不，是心潮澎湃、蠢蠢欲动，老夫聊发少年狂……"

"接着说……"

"说什么？"

"你不是挺有词的吗？"

"没词了没词了，已经激动得说不出话来了。"

"讨厌。"

"谢谢。"

"谢什么？"

"谢你呀，因为你终于给了我一个口头回复你某年某月某一天某一条信息的机会，因为讨厌就是讨人喜欢，百看不厌的意思，这证明……这证明……"

"证明什么？快说呀。"

"这证明……我……曾真……嘿，笨蛋。"

"笨蛋？你骂我？"

"哦，不不不，我在骂我自己。"

"你……你也别骂自己了。有些问题，是不需要证明的。你想证明什么，只会自寻烦恼，你想和别人一起来证明，只会让别人跟你一起烦恼，人不能太自私，是不是？"

"是，大人……老师……从小就是这样教导我们的，可是……"

"停。好了，实际上，那天给你发信息之后，我也一直在想……"

张仲平见曾真停下，催促道："想什么？"

"我在想……我为什么会给你发那条信息，我为什么老想骂你讨厌。"

"是呀，为什么呀？"

"因为……喂，那边……有人在看你。"

张仲平抬眼望去，只见江小璐正一边办手续，一边朝张仲平这边张望。

第十一章

（一）

张仲平告诉曾真，江小璐是他让她来的。他看上了两幅字，请她帮忙买回来，当然，这只是表面上的原因，实际情况是，今天来到拍卖会场上的人，要么是有钱的，要么是有权的，没准儿这里面就有钻石王老五，能不能钓到金龟婿，就看她的运气了。

曾真说："你真的那么急着替她找男朋友？"

张仲平说："对呀，你不是也让我给她找个男朋友吗？"

曾真说："你就这么听话？"

张仲平说："我觉得你说得有道理，她似乎也想早点结束单身生活了，我也觉得她一个人带个孩子挺辛苦的，也该找个人嫁了。不管怎么样，看她的运气吧。"

"你可真有办法呀，什么时候你也帮帮我呀？"

"帮你什么？"

"找男朋友呀？你就眼看着我剩下？"

"这个……这个任务实在太伟大、太光荣、太甜蜜了，行，交给我，绝对没问题。"

"你真有办法？"

"我将为你赴汤蹈火，至死不辞，如果这样还没找到，我还有最后一招。"

"什么？"

"挺身而出、毛遂自荐。"

"你……有点正经没有？拿我开心是吧？"

这时，曾真的同事招呼她赶紧过去，曾真对张仲平说："你怎么这么讨厌？行，你继续做你的春秋大梦吧，我得工作了。"张仲平笑着看着她离开，然后又把目光转向江小璐，看着她办完手续，向里面的座位走去。

徐艺自然也发现了江小璐，未免觉得有点奇怪，他走到她身边，对她的到来表示欢迎："谢谢您来给我捧场，怎么？您也要买点东西？"

江小璐看着手里的号牌有些紧张地说："对，我……我对这方面挺感兴趣的。"

徐艺说："是吗？那太好了，来，我来帮你找个位置。"他发现周运年和莫老板前面正好有个空位置，便把她安排在了那儿。

周运年正和莫老板小声地说着什么，见徐艺引领着江小璐过来了，不由自主地抬头看了一眼，一看便愣住了，因为他一眼就认出了江小璐。

莫老板看着周运年的表情问："怎么了？你们认识？"周运年说："不认识，最多只能算一面之交。"莫老板穷追不舍地说道："一面之交那就算认识，怎么样，要不要叫她过来坐坐？"周运年说："不用，她可能还不认识我，因为我是在过收费站的时候见过她一面，没说过话。而她，每天不知道要见多少人，所以，可以肯定她不认识我。"莫老板若有所思地说："在收费站见过她一面还能这么记忆深刻，您不会是喜欢上她了吧？要不要我当红娘？你看，你喜欢写字，她热爱艺术，你们起码有共同语言。"周运年伸出右手抓住莫老板的左手，使劲抓着，低声说："别胡闹，别忘了今天我们是来干什么的。"

俗话说，亲人相见分外高兴，唐雯和她妈妈相见那是分外眼热，因为她赶到家里的时候竟然发现唐母就坐着家门口的楼梯上。她连忙把她搀扶着进屋，忍不住心疼地埋怨道："妈，你这大老远地过来，怎么也不事先打个招呼？这要是家里没人，您可怎么办呢？"

唐母用一只手反过去捶着自己的腰道："你不在家，不是还有仲平吗？仲平不在家，不是还有小艺子吗？小艺子，他人呢？"

唐雯说："他呀，搬走了。"

唐母说："搬走了？你们家里这么大的房子容不下他？你们把他赶走了？你们把他赶哪儿去了？"

"哎呀，妈，谁赶他走了？是他自个儿搬走的。他现在也自己当老板了。这事我们稍后再说，现在您告诉我，您怎么一声不吭地就过来了？"

"还不是都怪那老不死的。"

"我爸？我爸他怎么欺负你了？"

"唐雯，我可跟你说，你爸……你爸……他出轨了，他有外遇了。"

"出轨？外遇？我爸跟谁搞外遇呀？"

"我要是抓住他了，有他的好果子吃？他呀，《潜伏》看得好，隐藏得深着呢。"

"我就猜着是怎么回事。你呀，怀疑我爸都怀疑几十年了，有什么呀？到头来，还不都是些捕风捉影的事儿？"

"这回是真的，要不……要不我会离家出走吗？"

唐雯烧了开水，给唐母泡了一杯菊花茶，两人坐着沙发上，她一边给妈妈捶背一边陪着她聊天。唐雯说："妈，您到我这里来，我爸知道吗？"

唐母说："我要让他知道，那还是离家出走吗？不是，那就成走亲戚了。"

"妈，那你不是成心让我爸着急吗？不行，我得给他打个电话。"

"你可千万别，我就是要让他回家以后见不着我，急死他个老东西。"

"妈。"

"你别劝我，你可千万别劝我。"

"妈。"

"我们不说那个老东西了，添堵。说徐艺吧，你说他现在自己当老板了是怎么回事？"

"哦，您不说我还差点忘了。他现在可出息了，不仅自己当老板了，今天还要上电视呢，来，让我把电视开了，看他在干什么。"

唐雯打开电视，正好赶上曾真采访徐艺。

曾真说："观众朋友们，这里是时代阳光拍卖公司的拍卖会现场，这场拍卖会与其说是一场纯粹的商业活动，不如说是年轻企业家爱的奉献。"

唐雯平时很少看电视，这是她第一次见曾真，看到之后不禁有些发蒙，差一点儿叫出声来，天哪，她怎么那么像夏雨？像，真是太像了。

电视屏幕里曾真还在说话："我们知道，就在前不久，人民的好警察杨建国，为追捕歹徒，保护人民群众的生命安全，不幸英勇牺牲。时代阳光拍卖公司的董事长徐艺先生，被这种英雄行为所感动，毅然决定，将把这场拍卖会竞买人交纳的拍卖佣金全部捐献给杨建国的家属，现在，我们有请徐艺先生为我们说几句话。"

镜头转到了徐艺身上，他说："观众朋友们，下午好，我说三点。第一点，我们公司是一家诚信、讲信誉的公司，我保证，我们的拍品绝对真实、绝无赝品；第二点，我保证我们决不设托儿，并邀请公证处对拍卖会的过程与结果予以公证；第三点，也就是刚才曾真记者谈到的，我们将按照现场成交价，把竞买人交纳的拍卖佣金，全部捐献给杨建国的家属，以表达我们对英雄的敬意。"

看到这里，唐母早已忍不住从沙发上站起来，在客厅里手舞足蹈起来，她说："嘿，我的小艺子，这个家伙，有模有样的，真不错，像个做大事的样子，唐雯你发现没有，小艺子长得可真像他外公。"

唐雯一时没有回过神来，说："哦哦哦。妈，你说我爸出轨、搞婚外情，到底是怎么一回事呀？"

这时电视节目已经换了，唐母也回到唐雯的问题上来了，她说："都说少年夫妻老来伴，我和你爸这么大一把年纪，我图他什么？不就希望他能多陪陪我吗？他倒好，嫌我话多，可以整天不归家，一整天跟我也说不上三句话。"

"这个……恐怕算不上他出轨的直接证据吧？"

"这是家庭冷暴力。你想一想，你都已经不归家了，回到家里见我像见到空气似的，这正常吗？你什么意思呀？就是住旅馆你见到服务员也还得打个招呼吧？你爸以前可不是这样的，那时的他，是多么英俊潇洒、口若悬河呀。"

"我明白了。"

"你明白什么啦？我还没说你就明白了？"

唐雯笑了笑，并不答腔。唐母说："你爸，整个一个野人。"

唐雯笑道："什么？野人？什么野人？"

唐母说："他把家当旅馆，一大早去出，大半夜才回来。"

"这倒是有点奇怪，他整天都忙些什么呀？"

"忙些什么？我告诉你他都忙些什么，早晨遛鸟，白天钓鱼，晚上跳舞，跟他跳舞的那些个老太太，那叫一个妖艳。"

"我爸性格外向，他喜欢运动，所以身体才那么好。妈，你倒是说说，除了这个，你说他出轨、搞婚外情，可有什么真凭实据？"

"我了解男人，他们都是一些得意忘形的动物，男人不外遇，母猪都上树。至于真凭实据，他能让我抓到吗？总而言之，你别指望他们会安份守己，你得看住他。"

"看住他？怎么看？你跟我爸结婚几十年了，你看住他了吗？"

"这就是我感到失败的地方，唐雯我跟你说，我这一辈子算是船到码头车到站了，但是，这样的悲剧再也不能在你身上重演了，我决不允许。你说，你那老公，我那女婿，他这会在干吗？他整天是不是也是早出晚归？他每天晚上都什么时候回来？"

"妈。"唐雯叫道，很想早点结束这个话题。

这时的张仲平正站在拍卖台上主持，在拍卖会上看到龚大鹏之后，他才清楚地意识到自己可能已经犯了两个小小的错误：第一，他不该把侯昌平儿子侯小平的两幅书法作品亲自送给徐艺，让他安排拍卖；第二，他不该安排江小璐来参加今天的拍卖会，让她买回那两幅书法作品。徐艺头脑好使，用脚趾都能沿着这条思路想清楚他跟侯昌平的关系。

但有些事情就是这样，即使你已经发现那是一个错误，你也无法阻止它进一步向前发展。张仲平马上就要开始拍卖侯小平的作品了，他希望能够匆匆而过。他没想到的是，今天竟买人众多，任何一幅作品只要一亮相便有三四个竞买人竞相叫价。

侯小平的书法作品《鹏程万里》，起拍价四百元，每次加价二百元，很快，四百元有了，六百元有了，跟着有了八百元，紧接着是一千元。张仲平给了江小璐四千元，要求她以每幅两千元的单价把它们买回来。五千元是个很敏感的数字，四千元就没什么问题，这是张仲平事先盘算好了的。

台下，手持18号牌的江小璐和手持26号的一个大胖子轮番举牌叫价。

张仲平说："小姐出价一千二百元，有加价的吗？刚才那位先生怎么样？好，26号出价一千四百元。"

周运年碰碰莫老板，莫老板看了周运年一眼，确认了他的意思，突然举起手里的21号牌，同时竖起两根手指，做出"胜利"的手势。

张仲平说："多少？两千？好的，第一次举牌的21号出价两千元。还有加价的吗？18号？26号？好，两千元第一次，两千元第二次，两千元第三次，成交！"张仲平抬着掌心向上的左手指向 21 号莫老板，右手敲响了手里的拍卖槌。

江小璐扭头，眼光很快地从周运年和莫老板脸上扫过。曾真站在摄像旁边，紧盯着张仲平。徐艺则盯着江小璐，朝旁边的辛然嘀咕着什么。

张仲平继续拍卖第十三号拍品，也是侯小平的另外一幅书法作品《大展宏图》，起拍价也是四百元，每次加价二百元。

这次，周运年伏在莫老板耳朵边上嘀咕了几句，后者赶紧毫不犹豫地举牌，同时竖价两根手指，仍然做出"胜利"的手势。

张仲平说："多少？两千？好的，刚才的买受人 21 号出价两千元，还有加价的吗？"

江小璐手头有四千块钱，而她要的字只剩下一幅，她略一迟疑，举起了手里的号牌。

张仲平报价："两千二百，18 号出价两千二百元。"

周运年碰一下莫老板，后者再次举牌。

张仲平报价："两千四，21 号出价两千四百元，还有加价的吗？"

他看了江小璐一眼，恨不得拉住她的手，让她别再加价了，但江小璐显然错会了他的意思，竟然再次举起了号牌。

张仲平道："18 号，你确定你是举牌，而不是用手掠一下你美丽的秀发吗？"

会场上响起轻微的笑声，很多人扭头望着江小璐，她于是坚定地举起了号牌。

张仲平报价："好的，18 号出价两千六百元。"

周运年又和莫老板耳语了一下，怕他没听见似的，向他伸出了四根手指头，莫老板于是再次举牌，同时口头报出了四千元的价位。

江小璐回过头来看，周运年面无表情地迎着她的目光，与她对视着。

张仲平语速略为加快地说："四千元第一次，四千元第二次，四千元第三次，成交！"他抬着掌心向上的左手指向手持 21 号的莫老板，右手敲响了手里的拍卖槌。

拍卖会继续进行，江小璐没有拍到那两幅作品，于是就弓着身子悄悄退了场。

曾真、周运年分别注视着退场的江小璐。曾真的两个同事也要走，曾真跟他们交代着什么，同事离开。曾真在后面找了个空位置坐了下来。

拍卖席上张仲平已友情客串完毕。他说："女士们先生们，我主持拍卖的时间到此结束，下面的拍品由国家注册拍卖师、时代阳光拍卖有限公司的许达山先生为大家主持，请大家欢迎。"他引领着台下的竞买人纷纷鼓掌。许达山微笑着走上台去。

（二）

曾真见张仲平下来，起身来到会场外面的走廊上，目光迎着他。

张仲平快步上前，问他感觉怎么样？曾真反问他什么感觉？

张仲平问："当然是本人的风采呀。"

曾真说："大型超市前面经常有像你这样叫卖的，当然，你比他们要专业一点点。"

张仲平愣了一下，马上笑了，还朝曾真鞠了一躬："谢谢夸奖。"

曾真说："别太关心自己在他人心目中的形象了。说说你对今天拍卖会的感觉吧，你觉得怎么样？"

张仲平说："人情旺盛。不过，你发现没有，只要竞价超过五千，最后的买家，基本上都是那两个电话委托的竞买者。"

曾真说："你是说，这里面有假？那两个电话委托竞买者，是徐艺安排的托儿？"

张仲平说："不像。如果徐艺真要安排托儿，他会让他们坐在现场，这样效果可能会更逼真、更好。"

曾真说："那……这里面到底是怎么一回事？"

张仲平说："现在还很难说。"

曾真说："我们要不要提醒一下徐艺？"

张仲平说："没有用。拍卖会一开始，拍卖公司也好，拍卖师也好，便都左右不了买家了。"

曾真说："那……我们是留在这儿，还是现在就走？"

张仲平说："去哪儿？"

曾真说："上次说到的那个古玩投资收藏节目，我不想让它黄了，可以按你的创意来做，你有两个选择，一是出镜，跟观众朋友说说你对古玩投资收藏的认识和了解，当然，如果你觉得'雅贿'的主题太敏感，你可以回避，不说；还有一个选择，就是你不出镜，帮我把这个节目策划得更专业一些。"

张仲平说："如果二选一，我愿意当幕后英雄。"

曾真说："我猜到你会这样，所以我才留下来等你，请你去台里帮我们挑一些素材。另外，如果你顺便请我和我的同事吃一顿冰激凌，我也并不反对。"

张仲平一笑，说："只要不是带裸奔的那种，没问题。"

此时，江小璐正坐在咖啡厅最里面的一个角落里，她要等张仲平，以便把那没买到书法作品的四千块钱退给他，没想到却看到张仲平和曾真两个人从扶梯上下来，双双说笑着离开了酒店。

江小璐内心像有瓶醋被打翻了似的酸得难受，她对自己说，你自己的心情不是已经平静了吗？你不是以为可以面对他们两个人了吗？你怎么会这么难受？原来你只是在自己欺骗自己，你怎么这么没出息？他也是，干吗要在我面前这样秀恩爱？干吗要我来这里丢人现眼？他不是说唐雯也要来的吗？她人呢？这个张仲平，他到底什么意思呀？

正在江小璐心上心下的时候，莫老板悄悄地走了过来，对她一躬身："小姐您好，很冒昧地打扰你一下……"

江小璐吓了一跳，茫然地望着莫老板，一时回不过神来。过来片刻才说："请问你有什么事？"

莫老板说："小姐是第一次参加拍卖会？"

"怎么啦？"

"你举牌很猛呀。"

"有什么不对吗？我猜，您要跟我谈的不是这个吧？"

"也是也不是。我有个朋友，就是刚才坐在我旁边的那一位，有件礼物想送给你。如果你不介意，我现在就请他过来。"

"也许您或者他有随便送人礼物的习惯，但我没有随便接受别人礼物的习惯，所以……我想……还是不用了。"

"你别着急，我刚才话没说清楚，我的意思是说，刚才在拍卖会上多有得罪，我和我的朋友都想给你赔个罪。"

"那就更没必要了，拍卖会提倡公平竞争，你比我肯出价，出价高，东西当然归你。"

"是是是，可是，君子不夺人之美。你虽然出价没有我高，也许喜欢它的程度超过了我，所以，我……还有我朋友心里，实在有点过意不去。能不能……请你等一等，我那朋友正在为你准备那份礼物。"

"您说的是侯小平的那两幅字？不，这礼物太贵重了，六千块呢，不好意思，我恐怕接受不了。对不起，我还有点事，先告辞了。"

等周运年办完结算手续赶到的时候，江小璐已经走了。莫老板把刚才两个人的对话复述给周运年听，周运年点点头，道："看来，她不是一个随便的女子，我们是不是太轻浮胡闹了？我们甚至都还没有搞清楚她的婚姻状况。再说了，她这么傲气，老莫，要不，我看还是算了，萍水相逢，就当什么事都没有发生吧。"

莫老板笑道："有一种可能，她把自己当最好的苹果了。"

"嗯？什么意思？"

"因为最好的苹果总是长在最高的树梢头，要让你跳起来才够得着。我了解你，这么多年以来，你是第一次对一个女人感兴趣，不要轻言放弃。"

"奇怪的是，她这样一个引人注目的女人，怎么会一个人来参加拍卖会？这里面一定有些蹊跷。她在高速公路收费站上班，属于工薪阶层，应该不大可能花这么大的代价买这两幅字。"

"你说得有道理。现场的所有竞买人，都会先办理参加拍卖会的登记手续，也就是说，会在徐艺那儿留下身份证复印件和电话号码，等下我就去找徐艺，先弄到她的住址和电话号码，再安排人去查一查，了解一下她的婚姻状况和人品，你说呢？"

"嗯……好吧。你千万注意，暂时别让辛然知道。"

实际上，莫老板和周运年的离场已经引起了辛然和徐艺的注意。辛然问徐艺："我爸怎么走了？"徐艺说："没走，他和你莫叔叔只是中途离场。他们中途离场可不是去上卫生间，而是要去追一个人。"辛然问："谁？"徐艺说："江小璐。"辛然问："嗯？真的？"徐艺："这只是我的推测，不过，应该八九不离十。也许，你马上就要有一个年轻的后妈了。"辛然说："徐艺！"徐艺："辛然，这是好事，可惜的是，我为什么没有早点想到？辛然你先别着急，你听我说，我们对你爸爸的关心太少了，真的。"

辛然奇怪地望着徐艺，没有说话。

徐艺说:"人生的舞台,有时候就在我们旁边,有时候就在我们对面。"

辛然说:"你这话挺有哲学意味的,什么意思?"

徐艺说:"我们站在会场外面,看着拍卖台,看着竞买席,你不觉得那其实是别人的人生舞台吗?我的意思是说,作为观众,你难道没注意到在你爸爸和你莫叔叔中途离场之前,还有两个人也同时离开了吗?"

辛然说:"你说的是你姨父和曾真?"

徐艺说:"对。我想不通的是,他们两个人的胆子怎么会这么大?"

实际上,张仲平和曾真两个人一起离开之后马上就觉得有点不妥,主要是目标太大了,他跟曾真当然没什么关系,但他不能保证徐艺会怎么看他跟曾真的关系,他不想把事情搞得太复杂了。好在哈根达斯店离天都国际会所五星级酒店并不太远,但决定请曾真在那儿吃完冰激凌之后就赶回去,最好在拍卖会结束之前。

令张仲平没有想到的是,因为是周末,城里唯一的哈根达斯店竟然会人满为患,而且大部分是一对一对的小情侣,他和曾真夹杂其中,未免显得有点别扭。是的,由于把自己贴上了永恒的情感标签,哈根达斯从没有为销售伤过脑筋。对于那些忠实的"粉丝"来说,吃哈根达斯和送玫瑰一样,关心的只是爱情。张仲平频频地看了曾真好几眼,犹豫着要不要提议打包到车上去吃,但终于还是没有说出口,因为曾真在来的路上便说了,哈根达斯冰激凌的口味其实也就一般,消费者更看重的是享受那种浪漫的情景与气氛。

曾真要了一款甜品套餐,"融情心语"冰激凌火锅,她几次怂恿张仲平尝尝,张仲平都摇了摇头。曾真问:"你真的一点儿都不吃?"张仲平说:"看你吃就挺好呀。"

曾真说:"不准你老看着我。"

张仲平说:"怎么啦?"

"没怎么,就是觉得怪别扭的。"

"没事,习惯了就好了。"

"什么叫习惯了就好?你是不是准备天天请我吃冰激凌?"

"这个……"

"好了,看你一副心疼人民币的样子,饶了你。哦,对了,这是我第一次参加拍卖会,没想到还挺有意思。"

"是呀，男人要是早出生几百年更有意思，那时要是看上了心爱的姑娘，很简单，参加拍卖会就是了。"

"你说的是拍卖新娘还是拍卖女奴？我好像在一部美国的电视剧里看到过。"

"还有拍卖皇冠的，皇冠到手，人头落地。想不想听极其精彩、极其刺激的故事？"

"好呀。"

张仲平的口才终于派上了用场，他讲的那些奇闻轶事不时逗得曾真开心地微笑。她问他可不可以做一期这样的节目，张仲平说应该没什么不可以的。趁着气氛融洽，他说："哦，对了，我突然想起来，今天可能不能跟你去台里了。"

曾真问："怎么啦？不想请我那些同事了？"

"请客没问题，但我人得赶紧去徐艺那儿。"

"有事？"

"没事也得去，你想呀，我们在他们眼皮底下双双离开，如果一直不露面，徐艺会怎么想？"

"有道理。我快吃完了。要不，我还是跟你一起去徐艺那儿吧，我得找他要钱。"

"找他要钱？找他要什么钱？拿红包？"

"不是。他不是公开承诺要把拍卖成交的买家佣金全部捐给杨建国的家属吗？"

"呀？徐艺这么说了？"

"是呀，我们的电视都播出去了。"

张仲平刚要说话，手机响，他看一下号码，朝曾真看一眼，这才开始接电话："你好老婆大人，俺那岳母大人到底怎么回事？好好好，回家再说回家再说。什么？曾真？你看到曾真了？在哪儿？在电视里？你觉得她像……我说，这事也等我回家以后再说好吧？"

唐雯说："你现在在哪儿呀？"

张仲平本能地四下望望，说："我在外面。"

唐雯说："在哪个外面？你不是应该在拍卖会现场吗？"

张仲平说："就在酒店大堂的咖啡厅，正跟一客户谈事呢。有什么事，回家再说吧。徐艺的拍卖会情况？还行，不错，应该蛮好吧。给他开个庆祝会？好呀，我争取早点回来。行，我挂机了。"

张仲平挂了电话，对空中吐出一口长气。

曾真笑道："你这撒谎的水平，可是越来越炉火纯青了。"

张仲平也一笑，说："逼的。一张口就问你在哪儿呀？你在干吗呀？能问出什么名堂？我要不想说，那不就只得撒谎吗？"

曾真说："你就不怕她真到酒店大堂的咖啡厅去逮你？"

张仲平说："至少这会儿她不会去。知道为什么吗？我亲爱的岳母娘大人来了，这老太太，可是我们家一宝，几十年以来，似乎就干了一件事，就是怀疑自己的老公在外面出轨、搞婚外恋。"

曾真说："是吗？"

张仲平说："你知道我这一辈子最佩服的人是哪两个吗？一是毛主席，另外一个，就是我的岳父大人。佩服毛主席好理解，他领导我们走向光明，他是我们的大救星呀。可我为什么佩服我的岳父大人呢？因为他硬是没给老太太整成神经病，我真是服了他了。"

听了这话，曾真笑得花枝乱颤："有趣有趣，太有趣了。你太太是不是也有点遗传？"

张仲平说："怪就怪在她没这毛病。"

曾真说："不对吧？我怎么觉得我每次跟你在一起，她都要给你打电话？刚才不就是？好了，剩下最后一个严肃的问题，你太太觉得我长得像谁？"

（三）

辛然对着一本拍卖图录，不停地按着计算器。她突然把拍卖图录兴奋地一摔，抱着徐艺，在办公室里跳来跳去："徐艺，艺哥，老公，我们成功了我们成功了。"

徐艺问："成交额是多少？"

"三百九十多万，差不多四百万。"

"呀，才三百九十多万？"

"艺哥，你太贪心了吧？两边佣金一交，我们有将近八十万呢。我觉得已经算成功了，起码证明你出来自己干是对的。还有……还有就是你有钱了，可以买戒指向我求婚了。"

"辛然你别急着兴奋，先听我说，这三百九十多万只是落槌价，是表面的，实际上到底成交多少，还要扣除两部分，一是托儿买回来的东西，一是看那些买家是不是真的付款。"

"什么？你安排托儿了？你不是宣布不安排托儿吗？你什么时候安排的？我怎么一点儿都不知道？"

"嘘，小声点儿。哪场拍卖会不安排托儿？如果没有托儿，拍卖会现场上能那么热闹吗？那些成交的东西能卖那么高的价吗？"

"可是，这事我怎么一点儿都不知道？"

"安排托儿就是做戏，知道的人多了，这戏就做得不像了。辛然，我没别的意思，就是怕你太单纯，如果事先让你知道，你肯定会不让我做。"

"你说得对，如果我事先知道，我一定不会让你这么做，安排托儿就不叫诚信经营，有操纵拍卖会的嫌疑，对那些竞买人也是不公正、不公平的。徐艺，我觉得你这件事真没做好。"

"辛然，理论上你是对的，可实际上，这是拍卖行业的潜规则，大家都是这么做的。而且，你也知道，第一场拍卖会，对我们来说太重要了，我们不能有任何闪失，必须保证绝对成功。"

"可是——"

"别可是了。仅此一次，下不为例，辛然我向你保证，今后再也不这么做，相信我，好吗？"

徐艺心想，真是知女莫如父，辛然他爸说得对，辛然太单纯了，今后生意上的事，还真不能让她知道得太多。

辛然说："那我问你，你安排的托儿，拍回来多少？"

徐艺说："我初步估算了一下，大概一半吧。"

"一半？这么多？"

"辛然，对这场拍卖会，我看中的是它的社会效益，这已经很成功了。在经济上，能够不亏就行了。"

"嗯，那我问你，举了牌不付款又是怎么回事？"

"这又分两种情况，第一种，是举牌的时候很冲动，成交价明显高于一开始自己设定的心理底价，冷静下来以后反悔了。"

"那怎么办？"

"那就看我们拍卖公司和拍品委托人追不追究，如果一定要追究，是可以跟他打官司的。"

"哦，还有一种情况呢？"

"买受人一开始就拿定了主意，就是不能让别人买走东西。怎么办？他自己先买下，然后又不付款。"

"还有这种事？"

"当然有呀。前不久在巴黎佳士得拍卖会上，中国商人拍得圆明园鼠首和兔首，不是到现在还没付款吗？买下东西不付款，宁愿承担违约责任，这种事时有发生。"

"为什么要这样呀？"

"这里面的原因就复杂了，一下子讲不清楚。"

"那……你估计咱们这场拍卖两种情况各占多少？"

"这还真不好说，现在我最担心的是那两个电话竞买人，你发现没有，只要超过五千，最后的买家就一定是这两个人。"

"我也发现这个问题了。等等，我得算一下，他们两个人一共成交了多少。"

辛然把那本扔掉的拍卖图录捡回来，在计算机上重新计算着。

这时有人敲门。两人对视一眼，徐艺让辛然先把要算的账用报纸遮盖起来，然后去开门，却发现原来是张仲平和曾真。

大家相互之间打过招呼，张仲平关切地问："成交情况怎么样？"徐艺含糊其词地说："还可以吧。"曾真说："徐艺，你承诺捐献给杨建国家属的钱，不会有问题吧？"

徐艺说："当然没问题，不过，得等到买家结账以后。"

曾真说："需要等多久？"

徐艺说："一个星期左右吧，得等买家结完账以后。到时候我跟你联系。"

曾真说："我也会追着你的。辛然，总成交价还没算出来吗？"

辛然说："我我我，我比较笨，还在算还在算。"

张仲平说："不要紧，慢慢算。曾真你也别着急，徐艺请了公证处公证，他们那儿有成交价。"

徐艺说："对对对。"

外面再次有人轻轻敲门，徐艺打开门一看，原来是莫老板。他抱着两幅立轴进来，与屋里的人互相点头。

辛然说："莫叔叔，我爸爸呢？"

莫老板说："你爸爸有事先走了，我来是想跟徐艺说几句话。"

张仲平见状说："那好，徐艺，有事你先忙，我走了。你……还有辛然，忙完以后赶紧回家一趟，你外婆急着见到你。我让你姨妈准备一下，在家里为你开个庆祝会。"

徐艺点点头，说："好的，我们过会儿就到。"

曾真说："我也走了，徐艺我们再约。"

徐艺说："好好好，辛苦两位了。"

张仲平和曾真又与莫老板和辛然打过招呼，然后一起离开了。到了电梯口那儿，张仲平见周围没人，便问曾真："你发现没有，徐艺的脸色有点不对？"曾真说："这我倒没注意，怎么啦？"张仲平说："他真不该公开承诺捐款的事。"曾真说："怎么啦？有什么问题吗？"

张仲平说："拍卖落槌价跟最后实际结算的价格相比，往往会有很大的水分。如果他承诺以落槌价为基数捐款，他就必须垫钱；如果以实际结算价为基数，就必须向公众说明实际结算价与落槌价之间为什么会有差别，而这可能就要涉及一些拍卖行业潜规则的事，这是会有损一个新公司形象的，总之，我的感觉是，徐艺可能有麻烦了。"

曾真说："我没听明白你的意思。"

"这么跟你说吧，如果落槌价是一百万，而实际上这个买家再也找不到了，情况会怎样？首先，徐艺要拿十万块钱出来捐给杨建国的家属，否则，他就是诈捐。其次，委托方还要找他要钱，要多少？扣除百分之十的佣金，还要九十万。买家的成本是多少呢？当初交的拍卖保证金，最多一万块钱。徐艺老鼠进风箱，两头受气。"

"你这说法有个漏洞，如果真是这样，过错在买家不在徐艺，他完全可以向公众说明真相。"

"对。我刚才的说法是一种极端的情况，也是对徐艺最有杀伤力的情况，那就是，也许他能找到真相，却不能向公众公布。"

"为什么？"

"我也不知道。但愿这仅仅是我的一种假设与担心。"

莫老板来找徐艺是为了打听江小璐的情况，这证实了徐艺的判断。他让辛然在外面算账，把他知道的江小璐的情况有选择地告诉了莫老板，完全过滤掉了她与张仲平的瓜葛。他觉得，在这件事情上他应该助周运年一臂之力，包括撮合他与江小璐的关系，包括做辛然的思想工作。他对莫老板表达了这个意思，让莫老板颇感意外与欣慰，对他增加了几分好感。当徐艺知道莫老板是要江小璐家的地址，以便把那两幅字送给她时，他建议这事由他去做，顺便探探江小璐的口风，如果万一被拒绝，也不至于让莫老板和叔叔丢面子。莫老板觉得这主意不错，临出门之前，拍了拍徐艺的肩膀，先代表周运年对他表示了感谢。徐艺一笑，说一家人不说两家话。

徐艺面临的问题还是刚刚搞完的那场拍卖会。等莫老板一走，他便和辛然很快把账算清楚了：拍卖会总成交三百九十二万，他自己安排的托儿买回来一百六十万，两个电话委托人成交一百八十万，真正的买家实际成交五十二万，如果这些实际成交的买家全部交钱，他们可以收到买卖双方的佣金总共十万四千元，他们将要捐出去的钱按落槌价算，将是三十九万二千元。

徐艺催辛然，让她赶紧给那两个电话竞买人打电话，问他们什么时候有时间，说拍卖公司可以提供上门服务。

辛然有点沮丧地摇了摇头，说她已经打过电话了，两个都是空号。

徐艺问："空号？"

辛然说："不信我可以当着你的面再打一次。"

辛然使用座机，按照竞买人登记表上的电话号码打电话，得到的是电脑提示：您所拨打的电话是空号，请查证后再拨。

徐艺说："另外一个呢？"他抢过辛然手上的竞买人登记表，按照另外一个电话号码打过去，得到的同样是电脑提示音：您所拨打的电话是空号，请查证后再拨。

徐艺把电话一摔："我被人算计了，这里面有阴谋。"

徐艺像被人当胸打了一拳似的一屁股坐在沙发上，辛然陪他坐着，紧紧地握住他的手，两个人一时都不说话。好半天之后，辛然首先打破了沉默："不行，不能这么憋着，徐艺，你得开口说句话。"

徐艺把埋在双手里的头抬起来，说："我在想，我们都得罪谁了？到底是谁在我背后放冷箭？"

"你想出一点儿眉目来了吗？"

"一点儿眉目都没有。辛然，不是我说你，当初那两个人来办电话委托竞买手续的时候，你怎么不好好地审查一下他们的有效证件？这身份证复印件，这工商执照，一看就是假的。"

"这事情是怪我，我看他们穿得西装革履的，又交了保证金，哪里会想到他会举牌不买单呢？他们这是干吗呀？完全是损人不利己呀。"

"问题是，他们为什么要干这种损人不利己的事呢？把我当猴耍吗？"

"你仔细想一想，你到底得罪谁了？"

"我没有，我真的没有。这段时间，唯一有点不爽气的，可能只有我姨父。难道真是他？"

"你怀疑姨父？不会吧，他对咱们这场拍卖会，不是挺支持、挺热情的吗？"

"问题是，他和曾真对我们这场拍卖会是不是热心过头了？"

"姨父干吗要这样做呀？不可能，我认为不可能。"

"我也不是怀疑他，可是，这个对我背后放冷箭的人，似乎对拍卖程序很了解，而且，他既然肯交拍卖保证金做这件事情，就不可能没有他的目的，只是，我们暂时还不了解这一点。"

"但愿这两个电话买家只是偶然换了电话。"

"他们约好了似的同时换电话？辛然，你也太天真了。与其相信奇迹，不如赶紧想想我们下一步该怎么办？"

"归根结底，在于你不该承诺以那种方式捐款，你为什么要这样做？"

"你不知道吗？"

"我当然知道，你是想让公司具有良好的社会形象，对，这不错。可是，当时你应该把话说清楚。"

"你开始怪我了？"

"我不是怪你，我只是说，如果当时你把话说清楚了，我们就不至于这么被动，我们至少可以做到收支基本平衡。现在，我们要么捐掉三十多万四十万，要么就只能宣布我们被人骗了、拍卖会砸了。"

"我们当然不能这么做。"

"那就得捐钱，可是，要捐钱，我们哪里去弄这笔钱？"

"要是承认这场拍卖会砸了，情况会更糟糕，等于判了我们公司的死刑，谁知道什么时候才能起死回生？不，我不甘心，我决不甘心。"

莫老板从时代阳光拍卖公司出来以后很快就与周运年会面了，周运年其实没走，一直在莫老板的车里等着。两个人谈了两个问题，第一是关于他们称之为军事演习的事。莫老板说："老大，我手下的人统计了一下，他们共成交了一百八十万。我担心，我们的军事演习，是不是做得太过了一点儿？"

周运年说："不。这点你别担心。什么是生存能力？就是当所有的人都认为只有死路一条的时候，他还能有办法起死回生，他必须善于找到创造性的方法，解决那些看起来似乎不可能解决的问题，迎难而上，愈挫愈勇。这是我对徐艺的起码希望与要求，他如果连这一点都做不到，就不配做我的女婿。"

莫老板说："这次演习将使徐艺赔钱，而且数额还不少。他第一次做生意就赔钱，我怕他挺不住啊？徐艺……毕竟还很年轻呀。"

周运年说："如果一棍子就能把他打趴下，这样的女婿将来怎么能面对错综复杂的社会与生意场？我又怎么能放心把辛然交给他呢？"

莫老板说："你这样想当然也有道理，可是——"

周运年说："老莫，你就放心吧，我会把握分寸的。"

第二件事自然是关于江小璐的，莫老板说徐艺对这件事比较热心，从这一点上来看，他应该是一个有善心、会孝敬长辈的孩子。周运年听了以后点头笑了笑，说但愿如此吧。

徐艺转身抱了抱辛然，对辛然说："我们不能心存幻想，事到如今，只能想办法看怎么样跨过这个坎了。首先，我们得统一一下口径。"

辛然问："统一什么口径？"

"如果你爸，我姨父，还有曾真，问起拍卖会的情况，你觉得我们应该怎么说？把真实情况告诉他们吗？"

"你的意思呢？"

"问你呢？"

"我还没想清楚这件事，还是你先说吧。"

"我觉得，如果一开始就告诉他们，就等于承认我们失败了，认输了。

这样的话，你爸，很有可能会看不起我。而我姨父，说不定也会从内心里嘲笑我。还有曾真……"

"你姨父怎么会嘲笑你？不会吧？他应该是乐观其成的。徐艺，你老把你姨父当成一个假想敌，让我有点担心。"

"你担心什么？"

"你对人性的基本假设似乎是负面的。"

"你是说我在以小人之心度君子之腹？不是的，我从姨父那儿出来，无疑已经把他给得罪了，你以为他真的会那么高尚，眼看着我一步一步地强大起来吗？"

"我觉得会。我想，我爸，你姨父，甚至包括曾真，都是希望我们取得成功的，没有理由想看我们的笑话。既然如此，我们为什么不一开始就把真实情况告诉他们呢？也许他们还能帮我们一起想办法。"

"不不不。辛然你不了解我，我希望成功，但我更不愿意轻言失败。"

"徐艺，你别激动。"

"我没激动。我只是想告诉你，也告诉我自己，我可没那么容易被打败。我也不能轻易服输，一场艺术品拍卖的失败算什么？亏损三五十万算什么？就是砸锅卖铁，就是卖身借钱，我也要维护这场拍卖会取得了空前成功的假象，因为只有这样，才能向他们证明，我从姨父那儿出来是对的，我也才有机会去争取胜利大厦的拍卖委托，你知道那个标的有多大？六千三百万，只要拿到手，我就可以赚五六百万，五六百万呀，想一想，辛然，啊？"

"你说'只要拿到手'，可是，世界上没有百分之百的事，万一拿不到手呢？"

"在这件事上，没有什么万一。"

"任何事情都有万一。徐艺，我一直不想打击你，这个时候更不想，可是，你仔细想过没有？对于我们来说，要拿到这单业务，是不是也太难了？"

"谁拿到这单业务不难？我姨父不难吗？辛然，我告诉你，谁都难。而现在，我跟他是在同一起跑线上。对他来说，也许就是一单普通业务，对我来说，意义完全不一样。我已经没有退路了，我必须成功，不成功，便成仁。"

"可是——"

"辛然。这个时候，你可不能犹豫，你可不能拖我的后腿，你得支持我，给我打气，懂吗？因为对我来说，这才是真正的生死一搏，除了赢，我别无选择。我需要你的支持。"

"我当然会支持你。"

"好，你支持就好。"

"可是，我也不知道能不能想出更好的办法。"

"你别担心，办法总是人想出来的。有一个永恒的命题，到底是问题多还是办法多，我的回答是，办法比问题多。"

"你这么回答，证明你精神状态还不错。"

"那当然。不过，我们好像已经饿了两顿了。怎么样？你是不是已经饿坏了？"

"你也饿了吧？"

"我已经打电话订了盒饭，你再打电话催一下他们，让他们快点. 我们先垫垫肚子，等下去我姨父家见我外婆，我们得精神抖擞的。"

（四）

每当家里有重要的宴请，一般都是张仲平进厨房掌勺，唐雯只配给他打下手。岳母娘来了当然是大事，张仲平更是当仁不让。他回得晚，但唐雯已经把洗菜、切菜的准备工作全部做完了，这会儿在厨房里陪着他。

张仲平说："你看到没有，老太太眼睛在电视机上，心思可是在电话机上。"

唐雯说："是呀，她一直在等我爸的电话。"

"那你打呀，你给你爸打电话没有？"

"我要打，我妈不让。所以，要打只能偷偷地打。可是……你还别说，为这事，我都犹豫大半天了，不打吧，怕我爸担心。打吧，我爸倒是放心了，可他这个人也很犟，他一放心，如果电话也不来一个，我妈心里肯定不好受。你说怎么办？"

"我估计，你爸这会儿还没回家，应该还不知道你妈已经离家出走了。所以，这会儿还谈不上担心着急，至于你妈，我的意思……"张仲平说到这里故意停下，望着唐雯笑了。

唐雯说："你笑什么？有话快说，别卖关子了。"

"我的意思是说，让她先难受一会儿也好，老太太也太孩子气了吧？这几百公里呢，说来就来，万一路上出个什么状况，这不是给你我添乱吗？我们怎么向老爷子交代？她胆儿也够大的，都敢一个人坐高铁。"

"这事我已经批评过她了，你在她面前，可千万不能流露出什么不满情绪。"

"知道知道。我呀，什么人都不怵，对这位岳母娘大人，可不敢惹。我跟你说，本来晚上还有个饭局的，我推了，赶回来亲自下厨，我呀，不仅不能让她对我不满，还得想法子让她老人家高兴。"

"我知道你会做人。你跟我比，局外一点儿，你倒是说说，我妈说我爸的那些事，到底是真的还是假的呀？"

"纠结了吧？挣扎了吧？你是不是经不起老太太唠叨，有点将信将疑了？"

"所以才问你呀。"

"有事没事我也不知道，我想，我们的态度呀，应该是宁可信其无，不可信其有。"

"怎么说？"

"手心手背都是肉呀。你不是说，自打结婚开始，老太太就把主要精力放在老爷子身上，比我党的纪检监察干部还尽职吗？结果呢？发现什么真凭实据没有？没有呀。我看啦，这一次，也跟前几次一样，纯属老太太日子过腻味了，瞎折腾。"

"但愿如此，否则，那叫什么事呀？"

"反正呀，我们不能跟着瞎起哄，与其推波助澜，不如息事宁人。"

"嗯。"

"老太太既然来了，咱们就好吃好喝地伺候着，你呢，带她到周围散散心，等她这心里头不堵了、舒坦了，赶紧送她回去。两口子一起生活将近五十年了，相互之间的关系像什么？像左手跟右手呀。"

"怎么说？"

"因为已经习惯成自然了，平时不觉得对方多么重要，等到对方不在，自己感到不方便的时候，自然会想起对方的好来，离开了彼此还就不行。"

"有道理。好，这事不说了，说说徐艺的事吧，拍卖会到底做得怎么样？"

张仲平正准备说，唐母门也不敲直接把门推开了。唐雯忙问她是不是饿了？唐母说："不饿不饿，我来看看你们。"张仲平跟唐雯说："要不，你还是先给妈盛碗鸡汤吧。"

唐母坚决不同意，说："我说了我不饿。我是问你们，给徐艺打电话没有？他怎么还没来？还有我那外孙媳妇，还有小雨，怎么都还不回来呀？这让人等得多焦心呀！"

张仲平说："妈，徐艺今天刚开了个拍卖会，事多，应该要晚些时候才能到。"

唐雯说："小雨来不了，得到周末。她现在准备高考，时间紧，像打仗似的。"

唐母说："人不来，电话也不来，什么意思呀？"

张仲平飞快地看了唐雯一眼，说："妈，饭菜还有三五分钟就能好，他们不来，我们先吃，边吃边等他们。"

话音刚落，门铃响了。张仲平说应该是徐艺他们来了，唐雯，你去开下门。唐母说你们忙着，我去我去。唐雯说妈您悠着点儿，掩上门，说："还是给我爸打个电话吧，瞧我妈，坐立不安的。"

张仲平说："也不急这一会儿，还是等徐艺他们走了以后再说吧。是他们吗？"

唐雯说："是。"

张仲平说："赶紧准备吃饭。"

唐雯说："好吧。"马上与张仲平一起端菜出来。客厅里，唐母则一手拉着徐艺一手拉着辛然，不停地问这问那。唐雯招呼他们赶紧洗了手上桌吃饭。

张仲平说："我准备了一瓶正宗的法国金夏纳红酒，一是欢迎妈妈来我们家做客，二嘛，就是庆贺徐艺新公司第一场拍卖会取得圆满成功。"

唐母纠正道："我来闺女家，不算做客。"

张仲平马上笑道："对对对，您不是客人，是主人。那我们就专门庆贺徐艺新公司第一场拍卖会取得圆满成功，好吧？"

徐艺和辛然连忙点头致谢，徐艺更是从张仲平手里抢过开瓶器，帮着开红酒。

唐雯问道："听你姨父说，拍卖会很成功？"

徐艺忙点头道："是是是，很成功很成功。"

唐母拉着辛然的手，问辛然叫什么名字，辛然乖巧地说了，外婆外婆地叫个不停。

张仲平从厨房里洗了高脚杯出来，正要给大家倒红酒，口袋里的手机响了，他掏出手机看了一下手机上的号码，转身去书房接电话。唐母示意唐雯跟着进去。

张仲平见唐雯跟来，示意她掩上门，这才开始接电话："哦，你好，曾大记者，什么……明天什么时候？好，好呀，那就这样，明天我先上你家接你。"说完挂了电话，就要走出书房，被唐雯拦住了。唐雯问："又是曾真？"张仲平说："是呀，怎么啦？"

唐雯说："她找你干吗？"

张仲平说："找我借车。"

"找你借车？她干吗找你借车呀？她们台里没车吗？"

"哦，是这样，曾真她舅，明天要陪一个从韩国首尔回来的重要客人，想找部好点的车去接一下飞机，而我正好有生意上的事找他谈。"

"你在跟曾真的舅舅做什么生意呀？我怎么从来没听你说过？"

"她舅舅原来在我们公司拍卖过东西，现在又对胜利大厦感兴趣，是我的客户。哦，对了，你见过他，他还喝过你的鸡汤。"

"你说的是胡……"

"胡海洋。"

"胡海洋是曾真的舅舅？"

"是呀。"

"这么巧呀？"

"我也是不久以前才知道的。"

"你说你去过曾真家？"

"没有，没有呀。"

"你刚才打电话的时候不是说……"

"我明天先接上她，再去机场，至于她住哪儿，明天出门时再问她不迟。嗯，不对呀？我打电话你怎么跟着进来了？还像审讯犯人似的审讯我？这不是你的风格呀？"

"躲在书房里打电话，好像也不是你的风格吧？"

"唐雯，你不会是真的怀疑我什么了吧？这不家里有客人吗？对，你妈不是外人，徐艺呢？他现在可是我的同行，不久的将来，他完全可能跟我抢同一单生意。"

"我没怀疑你，是我妈让我跟着进来的，她可能以为是老爷子来的电话。"

"嗯，这理由也说得过去。"

"不过，我要怀疑你，也是正常的，证明我很在乎你呀。今天，我在电视里看到曾真了，你不觉得她长得太像夏雨了吗？"

"那又怎么样？唐雯，你不觉得我们应该赶紧出去了吗？"

"再等一等。这些天，我可没少听到你跟曾真有关的事，十处打鼓九处在场，你是不是跟她走得很近？"

"你要是开奔驰上街，你会发现满大街都是奔驰，这在心理学上叫……什么来着？你就放心吧，我跟曾真真的是再正常不过的交往。"

"真的？"

"真的。"

"好吧，先出去吃饭吧。你要不放心，以后回家以后，我手机让你保管，怎么样呀？"

"算了算了，你付我多少保管费呀，我操那份闲心。"

张仲平一笑，不再坚持，顺手把手机放在书桌上，替唐雯拉开门，两个人回到餐桌上。

张仲平说："徐艺，怎么还不把酒倒上呀？"

徐艺说："哦，我光顾着跟外婆说话了。"

张仲平说："没事没事，我来，我来。"

张仲平放在书桌上的手机又响了。他望唐母一眼，让唐雯帮他去接一下。唐雯进书房接了，一会儿出来，对张仲平说是颜总，他请你待会儿给他回个电话。张仲平说好。徐艺不露声色，却忍不住看了辛然一眼。

饭后，在回家的路上徐艺对辛然说："看来，颜若水跟姨父的关系确实非同一般。否则，他不会在下班以后还给姨父打电话。"

辛然对此表示赞同，他说："是呀，像你跟鲁叔叔的关系也是这样，如果是一般的关系，这么晚了，你刚才给他打电话，他根本就不会答应出来。"

徐艺说："这是第一点，第二点，说明胜利大厦项目的运作，可能已经迫在眉睫。这样，我们分下工，我先送你回家，你去见你爸，我去见鲁叔叔。"

辛然说："你确定不要我陪你去见鲁叔叔吗？"

"你爸肯定也很关心今天拍卖会的情况，照理说我们早就应该跟他通报的，这是对他的基本尊重问题。你回家去，按我们开始商量的口径跟他说，让他也好放心。"

"好。在姨父家里吃饭的时候，我抽空又给那两个买家打了电话，还是打不通，空号。"

"我是早就不抱希望了。这两个人，摆明了是成心跟我们作对的，你没看他们的手机号码？都是随便在移动、联通营业点就能买到的那种，根本不需要身份证。"

"是呀，情况真的不妙。你打算怎么办？"

"最伤脑筋的是，我们在明处，他们在暗处，我们既不知道他们这样做的动机是什么，也不知道他们还会采取什么措施，接下来，得特别小心谨慎才是。"

"徐艺，你觉得我们能够渡过这个难关吗？"

"渡不过也得渡，渡得过也得渡。辛然，你也别太紧张了，我仔细想了想，这件事，唯一不该瞒的只有鲁叔叔，我得摸摸他的底，看我们在中院入围的事，到底有多大的希望。"

"这是两回事吧？你是怎么想的？"

"这两件事密切相关，你想呀，如果我们公司入围有望，那意味着什么？意味着我们掉进了一个金窝银窝，这次艺术品拍卖会的失败，就不算什么，完全有可能堤内损失堤外补。如果入不了围呢？那我们前面的所有努力，很可能前功尽弃，要是那样，那两个电话竞买人，就是化成灰，我也要把他们扒拉出来，不，我决不会轻易放过他们。"

"你想怎么样？"

"动用一切手段找到他们，包括向公安局报案。"

听说徐艺准备向公安局报案，鲁冰眉头一皱，抬手让徐艺说说他的想法。

徐艺说："也许只有报案，才有可能查明真相，给公众一个交代，否则，别人暗箭伤人，不仅不能受到惩罚，我还要为他的卑鄙行为买单，天底下哪有这样的事？如果我息事宁人，那个躲在背后的家伙还以为我软弱可欺，说不定还会得寸进尺，那我成什么了？不就成了任人宰割的羔羊吗？我不能那么窝囊。"

鲁冰点点头说："你有这个想法倒也很正常，跟辛然他爸爸讨论过了吗？"

"还没有，我特意让辛然暂时不要跟她爸爸说。而且，我要真的报案，可能还得瞒着他。"

"哦？为什么？"

"周叔叔是市政府领导，如果他下指令来查这件事，小儿科一件，一定会很快水落石出，可是，这样做却可能让周叔叔落下一个把柄，就是公权私用，将权力用于自身或为亲属谋取利益，这就有可能对他的形象产生不好的影响。"

"哦？你真是这么想的？"

"鲁叔叔，您不一直就是这样教导我的吗？其实，我既然要跟辛然谈恋爱，就得有这个境界，该主动回避时就得主动回避。"

"嗯，不错。"

"还有，周叔叔对于辛然跟我一起开拍卖公司的事好像不是很支持，我也实在不好意思去麻烦他，他要是知道我们第一场拍卖会就砸了，只怕会对我更加没有信心。所以，这事，还得请鲁叔叔暂时替我在周叔叔那儿保密。"

"嗯。你呀，也不容易。"

"是呀，这确实是对我的一种考验。我想，我一定要通过自己的努力把这些事情处理好。"

"嗯。有把握吗？"

"说实话，我也不知道，只能硬着头皮往前走了。"

"徐艺，报案的事，我建议你……晚几天。"

"怎么，您还指望那两个买家最后会来买单？"

"这不是我考虑的问题。我的意思是说，中院过几天就要讨论拍卖公司入围的事，如果这个时候报案，消息又传到中院领导的耳朵里，难免会引起争议。是的，争议。比如说，如果是我，我就会觉得你们公司操作经验欠缺，程序上存在严重的漏洞。相反，如果你当什么事情都没有发生，把向社会承诺的捐款兑现了，这对你们公司是可以加很多分的。"

"可是，这也意味着我要平白无故多付几十万块钱。"

"是呀，对你来说，这确实是个两难选择。"

"鲁叔叔，您的意思是说，只要我付了那几十万块钱，我在市中院入围的事情就基本上没有悬念了，对吗？"

"不不不，我可没这么说。明确一下，在这件事上，我刚才给你的建议，仅仅是像朋友似的聊天而已，你完全可以不听。我们刚才对你们公司在中院入围的预测，你也千万不要当成我对你的承诺。说实话，我可真没那个权力。你想好了怎么办，就怎么办，也就是说，没有人会对你自己的决定负责，除了你自己。"

"我知道。"

"当然，我要提醒你的是，我，还有辛然的爸爸和他的那些战友，都希望你成为一个诚实的商人，而不是一个赌徒，特别是在身处困境的时候。"

"我知道，我尽量吧。"

（五）

辛然回到家里，轻轻敲开了书房的门。周运年正在手抄《三国演义》。见辛然回来，忙放下笔问她："徐艺的情况还好吗？"

辛然忙打起精神说："还好呀。"话题一转，说："爸，你抄《三国演义》快两年了吧，快抄完了吧？"

周运年说："快了快了。嗯，辛然，你今天情绪好像不是很高呀？是太累了还是跟徐艺吵嘴了？"

辛然说："都没有呀，爸，你是不是太敏感了？"

"你就别掩饰了，我是你爸，我还不知道你？说说看，拍卖会怎么样？"

"不错呀。"

"不错？那你告诉我，那两个打电话的买家来买单了吗？"

"爸，你怎么知道这件事？"

"你爸在现场，这点门道都看不出来？那两个买家，不买对的，只买贵的。不管是字也好，画也好，也不管是山水画还是人物画，只要超过五千，他们都在叫价，你难道没注意到吗？徐艺也没注意到吗？"

"我们当然注意到了。"

"这两个人买不买单，关系到你们整场拍卖会的成败．我说得没错吧？"

"没错，爸，我累了，要不，我先洗澡休息？"

"好的，徐艺要是有什么特殊表现，你早点告诉我。"

"特殊表现？他会有什么特殊表现？爸，你什么意思？"

"哦，我也就说说而已。"

辛然疑惑地望着周运年，这时，他搁在画案上的手机响了，他拿起来，看了一下号码，捂着手机对辛然说："你先去吧，好好休息。爸爸接个电话。"说着把辛然送出门，又把门掩上，这才接电话。

电话是鲁冰打来的，他把徐艺见他的情况一五一十地告诉了周运年。周运年听后说："关键是看他下一步怎么凑钱。人们常说，要了解一个人，必须听其言、观其行，我认为，要了解一个人，最好的途径就是看他对利益或者说对金钱的态度，是的，一个人的本性是最容易在这一方面暴露的。"

周运年挂机之后拿起笔继续练字，却怎么也静不下心来，他放下笔，又拨通了鲁冰的电话，让他继续跟徐艺接触，在关键时刻，再狠狠地打击他一次，千万不要心慈手软。

张仲平在徐艺和辛然告辞离开不久也出了门，直奔青瓷茶会所和颜若水下棋聊天。颜若水先表示不好意思，说："真不该这么晚了还约你。"张仲平说："没事没事，哪个整天待在家里发得了财的。"颜若水问："刚才接电话的是不是你太太？"张仲平说："是。"颜若水说："管得挺严的呀。"张仲平连忙说："没有没有，正好家里来了客人，岳母娘，我那会儿正张罗着开酒上菜，她就帮我接了颜总您的电话。"

颜若水说："那就更不好意思了。我呢，当时也是在岳母娘家，跟老爷子谈起你，一高兴，顺便就给你打了个电话。"

张仲平说："是吗？感谢老爷子的惦记。"

颜若水说："是呀，没想到老爷子对你评价那么高，说你世事洞明皆学问，人情练达即文章，说你是可交之友呀。"

张仲平说："惭愧惭愧，老爷子是高人，对我可是谬赞了。"

"我与老爷子的感觉差不多，也觉得你是可交之友呀。"颜若水停了停，又说，"我这个人，没什么业余爱好，老婆孩子去加拿大以后，闲下来的时间倒是多了，没别的爱好，也就下下棋。没想到对手还不好找，只好骚扰你了。"

"何谈骚扰，承蒙颜总看得起，我可是求之不得。"张仲平连忙说。

"别客气别客气，你说，我们一起下棋也有好几年了吧？"

"是呀，差不多五六年了。"

"五六年，一百盘棋总有了吧？张总，你说说，这围棋的精髓到底是什么？"

"按照棋圣吴清源先生的理解，围棋的最高境界就是一个字——和。天圆地方，六合之棋，求天地东南西北之调和也。"

颜若水微笑着摇头，说："可惜呀，大多数人对此并不认同，他们认为围棋的最高境界也是一个字，不是和，而是争。争夺、夺取，占有。"

"怎么说呢？这种理解也对。围棋是一种博弈，是博弈，当然就得讲输赢。"

"通过争夺、夺取，占有权力、财富甚至还有美色，在占有中感到强大、满足、安全与快乐。可是，我们不要忘了，我们来到这个世界上的时候，可是赤身裸体、了无牵挂的，当我们离开这个世界的时候，我们又能带走什么？"

"颜总今天何以发这番感慨呀？"

"我们单位那个……那个被双规的副总，在看守所自杀，没死成。我一直在想，他这是为什么呀？当一个人总是想占有很多很多东西的时候，他会变得很贪婪，可当一个人越来越贪婪的时候，是不是反而离一无所有已经不远了？"

"可惜的是，很少有人想到这一点。人生如棋，只要我们在这天圆地方之间落子，这心头涌动着的第一个欲望，就是怎么样才能占有更多的地盘。"

"人生不如棋的地方在于，下棋得守规矩，这个规矩都是你我共知和必须共同遵守的，人生却不同，总是有人想走捷径抄近道，也总是有人想走夜路走水路。"

"哈哈，颜总这几句话说得真够精辟。"

"我还没说完，当一个人想走捷径抄近道，想走夜路走水路的时候，他是不怕打湿鞋的，他是不怕碰见鬼的。而且实际上也是这样，走捷径抄近道的、走夜路走水路的人，往往能占到便宜，能抓住机会，成为既得利益者。"

"所以俗话才说，撑死胆大的，饿死胆小的。"

"反正是个死，与其做个饿死鬼，不如酒足饭饱，娱乐至死，享受至死。"

"对对对。"

"不对，这说明什么？这说明我们现在的人，没有崇高的理想和精神追求呀！这和行尸走肉有什么不同呀？"

"颜总这话说得在理。"

"张总，你不要随便附和我行不行？我这话在理吗？在理，可在理有用吗？没用。这个道理应该这么说……算了算了，不说了不说了，下棋就下棋，哪里来那么多理不理的？黑先白后，我先来。"

张仲平不动声色地看了一眼颜若水，似有似无地一笑，看着他把夹在指间的云子轻轻落在棋盘上。

在张仲平家里，都快十二点了，母女俩还在聊天。唐母问："唐雯，都这么晚了，张仲平怎么还没回来？"唐雯说："做生意不都得在外面应酬吗？约他的是颜总，一个重要客户，找他下棋去了。这棋一下，还不得大半夜呀？"

唐母摇头道："他说他去下棋，你就相信了？"

唐雯说："颜总的电话是我接的，后来他又当着我的面跟颜总约的时间和地点，我为什么不相信他呀？"

"你呀，难道他就不会先下一会儿棋再去干别的？再说了，那个颜总你了解吗？他们两个难道不会联合起来骗家里的老婆？"

"妈，要像你这样疑神疑鬼的，这日子还有的过呀？"

"什么？我疑神疑鬼？我以前还不相信你爸呀？现在呢？别的不说，

他在乎我吗？你不看看这都什么时候了，他来个电话没有？这个没良心的。"

"哎呀，我都忘了给我爸打电话了，我现在打。"

"你可千万别。好像我多在乎他似的，这个老不死的。"

对于很多人来说，今天晚上将是一个不眠之夜，比如说辛然。

她回到自己卧室以后马上就想给徐艺打电话，问他跟鲁冰叔叔谈得怎么样了。但她最终还是忍住了，她怕徐艺那时还没和鲁冰分开，她会打扰了他们。第一次做生意就遇到这么多的麻烦，这让她很郁闷，如果不是徐艺，她没准儿真会听她爸爸的话，回头去考公务员。现在当然不行了，她得与徐艺并肩战斗、同甘共苦。

此外，她还想到了张小洁和龚大鹏，让她百思不解的是，他们两个的关系竟然像坐上了火箭似的飞速发展。

徐艺则差不多是一夜无眠，与鲁冰分手之后，他躺在出租屋的大床上，把拍卖会的事从头到尾想了一遍，实在不知道哪里出现了明显的漏洞。唯一形迹可疑的两个人，只有张仲平和曾真，但连他自己都不相信，他们两个人会联合起来对他痛下杀手。

他做了决定，明天一大早就得做两件事，第一是去拜访江小璐。江小璐已经不是传说中他姨父的绯闻女友了，她是他准岳父周运年看中的女人。他觉得，只要向江小璐亮明周运年的身份，这事便不会有什么悬念。而一旦周运年和江小璐结婚，那么，他跟江小璐的关系将变得非常重要，因为，她将成为可以向周运年吹枕边风的人。

第二件事，他必须做通曾真的工作，无论如何得把捐款的时间往后拖一拖，因为他需要时间从别的地方凑到那笔捐款。款是肯定要捐的，跟鲁冰的谈话，使他有了充分的信心。

听到门铃响，江小璐前来开门，她先对着门上的猫眼看了一眼，这才把门打开，发现徐艺正拿着两幅立轴站在门外。江小璐不禁感到有点奇怪："徐艺？你怎么找到我家里来的？"

徐艺说："你在我那里办了竞买登记手续，留下了身份证的复印件，所以，我很容易就能找到你。"

"你有事？"

"当然，能不能请我进去坐坐？"

江小璐只好让徐艺进来。徐艺打开那两幅立轴让江小璐看看，正是侯小平的那两幅字，待江小璐看过了，又把它们卷起来，放在自己坐的沙发的另一端，说："这是你在拍卖会上喜欢的那两幅字，有人托我转交给你。"

江小璐眉毛一挑，问道："这是什么意思？"

徐艺一笑，说："我想，送你这两幅字的人，应该是对你有好感吧。他想以字为媒，与你交个朋友。"

江小璐不好意思地笑了笑，说："我出现在贵公司的拍卖会上，不过是受人之托，我……"

"受人之托？谁？我姨父？"

"这个……"

"这个，你要为难，可以不用说。我要说的是，这个托我转送这两幅字的人，可不是一般的人，他是我们这个市的副市长。"

"你说什么？副市长？"

"还是我未来的岳父。"

"啊？你未来的岳父？"

"我今天来，是想表达两个意思。第一，我衷心地希望我们能够成为一家人，真的；第二，我知道，你曾经跟我姨父……我是说我曾经多少误会过你和我姨父的关系，我向你保证，这种误会从来只在我心里，不会有另外一个人知道。而且，这个误会，从今天开始，再也不会存在了。"

"我想你还是误会了，我跟你姨父，我……我怎么会爱上一个有家的人？"

"我姨父……怎么说呢？他当然是个非常有魅力的男人，但我们这会儿不谈他。我想说的是，我未来的岳父，也就是辛然的爸爸，是个单身了差不多十年的人，相信我，他是真的看上你了，他是认真的，请给他一个机会，也给你自己一个机会，好吗？"

"徐艺，你来给你未来的岳父做媒？我觉得你简直疯了。"

徐艺从江小璐家里出来的时候倒是一点儿也不沮丧。确切地说，江小璐的这种态度他也不是完全没有想到。他不认为那是她在拒绝，最多只能算是一种矜持。对于撮合他们，他非常有信心。

倒是去见曾真的时候，他在心里预演了很多遍，那就是千万不能让她看出破绽。否则，她真的会从骨子里看不起自己。但徐艺怎么也没有想到，曾真会提出一起去看看杨建国的母亲，他还不好拒绝，因为曾真说这是连续报道之一，是为了更好地宣传他和他公司的善行。

徐艺老老实实地告诉曾真，他的钱还有没准备好。

曾真说："没关系，先买点生活用品就行，听说杨建国唯一的亲人就是他的母亲，我们这时候去看看老人家，对英雄的母亲会是一种安慰。"

这是一个并不富裕的家。墙上挂着英雄杨建国的遗像，杨建国的妈妈双目失明，一手拉着曾真，一手拉着徐艺，说："孩子，谢谢你们，谢谢政府，谢谢党。"

徐艺被一种久违的温暖感动着，说话都有点哽咽了，他说："大妈，党和政府都应该谢谢您，因为是您为这个社会培养了一个这么好的儿子。"

曾真说："大妈，我们徐总非常敬佩杨建国警官，以后会像儿子一样对您的。他这次来还给您带来了好多生活用品，米啊、油啊，还有床单被罩什么的。"

杨建国的妈妈说："好孩子，大妈高兴，高兴啊。"

徐艺说："大妈，我从小是孤儿，以后您就把我当孩子，有什么需要，随时告诉我，我们两个会经常过来看您。"

杨建国的妈妈连连点头，鼻子里抽抽泣泣，一会儿哭一会儿笑的："好好好，孩子，你们两个有孩子了吗？多大了？"

徐艺说："我们还年轻，还没有孩子呢。"

杨建国的妈妈说："你们是好人，好人有好报呀。那……你们一定是夫妻吧？"

徐艺笑着看着曾真，曾真急忙解释。曾真说："大妈，您误会了，我们……"

杨建国的妈妈没有听清曾真在说什么，握着两个人的手，把它们放在一起，絮絮叨叨地说："好人应该在一起，这个世道，好人多了，坏人就少了。那些该天杀的坏人……"说着又想哭，但还是忍住了，继续说："你们一定是一对，要好好相爱，早点结婚成家，早点生一个大胖小子呀。"

曾真生气地看着徐艺，想要抽回手，徐艺示意不要伤了大妈的心，反而乘机抓住曾真的手，对杨建国的妈妈说："大妈，我会尽快把钱给您送来的，我发誓。"

曾真说："是的，大妈，建国不在了，还有我们，您别心疼钱，只要您生活得好，才是对英雄最大的安慰。"

徐艺连连点头，说："是是是，我们一定不能让英雄流血，让英雄的妈妈流泪。大妈，从今以后，我们俩就是您的亲儿子和亲闺女。"

徐艺的几句话已经感动得杨建国的妈妈热泪盈眶，曾真也感动得泪花闪闪，急忙掏出纸巾为杨母擦拭眼泪。

节目播出的时候，辛然一个劲儿地责怪徐艺，为什么不带她去？还把曾真的手抓得那么紧。徐艺觉得好笑，说："辛然你理解我的心情吗？一方面，我当时确实很感动，因为做善事心里有一种被净化的感觉；另一方面，我还得为那笔钱操心，你没发现我连笑模样都没有吗？同时，我还觉得被曾真给骗了，我去了才知道，这件事成全了曾真，我心里当时挺恨她的，我那是抓她的手吗？我那是在使劲地捏她，她也不是真哭，是疼的。"

见面之后的打情骂俏是两个人的必修课。从昨天夜里分开到现在已经差不多十几个小时了，自然要闹得久一点儿，辛然说不过徐艺，最后以掐他一阵宣告阶段性的结束。

完了徐艺问辛然："昨天晚上到今天上午大半天的，怎么也不来个电话？"辛然说："昨天太累了，我洗完澡，一躺在床上就睡着了。"徐艺说："我估计也是，所以也不敢给你打电话，怕吵醒了你。嗯，咱爸怎么说？"辛然说："你不知道，一想到要跟我爸说假话，我就紧张，又怕露馅，所以，也没怎么说。"徐艺说："你呀，你要做生意，要学会的第一件事，就是说假话，你没见我姨父，假话张嘴就来？"辛然说："可是，我从未跟我爸说过假话，这本事我可真学不来。哦，对了，鲁叔叔呢？你跟他谈话的情况怎么样？"徐艺说："我感觉他对我的态度不像原来那么生硬了。如果我们把捐款交了，入围应该很有希望。"辛然说："可是我们从哪儿去弄那么多钱？"徐艺说："我想了想，可能还得找我姨父。"辛然说："他会借钱给你吗？"徐艺说："他不借也得借，否则我怎么办？等死呀？"

第十二章

（一）

外面的天空中不时传来飞机起飞降落的轰鸣声，机场内人头攒动，背着包推着车的往来旅客熙熙攘攘的。张仲平和曾真赶到一楼大厅的时候，正赶上广播里播着接机信息："迎接旅客的朋友请注意，从韩国首尔飞来本站的航班已经到站……"

十来分钟之后，夹杂在迎接的人群中的张仲平和曾真，这才看到胡海洋露面，曾真马上扬手打招呼，在他走过出口通道时，张仲平也走上前去打招呼。

胡海洋多少有点吃惊："张总，真是太不好意思了。嗯，曾真，你……你怎么让张总给你当司机了？张总这……这怎么敢当呀？"

张仲平说："没什么不敢当的，这话应该这么说，只要知道是给胡总接机，就算不是曾真吩咐，我也得来，您可是我的 VIP 客户；还有一种说法，即使不是给胡总接机，只要是曾真吩咐，我也得来，因为这段时间，我可欠了曾真不少人情。"

胡海洋呵呵一笑，道："是吗？这话倒像是准备好了的，我要再客气，都找不到词儿了。"

曾真说："本来嘛。舅，你不是说时间紧，要急着赶回擎天柱晚上请客吗？我让张总来，就是想让你们在车上谈谈胜利大厦的事。"

胡海洋点点头说："哦，是这样呀？那我得表扬你这个安排了，嗯，不错。"

曾真说："我的安排能有错？嗯，舅，你不是说还有一位重要的客人吗？人呢？"

胡海洋说："上洗手间去了，应该马上就出来了。"张仲平和曾真见他回过头张望，也朝他身后望去，只见一个矮个子男人正拄着拐杖，一瘸一瘸地走了过来。这次轮到张仲平多少有点吃惊了，他走上前去，叫道："覃山洼。"

覃山洼快走几步出来，站住，用腋下夹着拐杖，朝张仲平伸过手来："仲平，张大老板。"

胡海洋问："怎么，你们认识？"

张仲平说："认识？我们都已经认识好几十年了。"

胡海洋说："是吗？"

覃山洼说："是呀，我们之间的事可有的说。"

曾真说："先别说，走走走，我们先上车吧。"

覃山洼说："张大老板，怎么也不介绍一下？这位是你的小秘……书？贵姓呀？"

张仲平说："你别胡说八道，这可是胡总的外甥女，电视台的曾真大记者。"

覃山洼说："不好意思不好意思，得罪了得罪了。"

曾真说："没关系，不知者不为过，我们走吧。"

一行人到了停车场，张仲平安放好两个人的行李，又给每人递了一瓶水，这才上车开车，曾真坐在他旁边，胡海洋和覃山洼两个人都坐在后排。

覃山洼再次看了看曾真说："仲平，你不觉得曾真长得……"见张仲平急忙咳嗽，覃山洼改口倒是挺快，说："哦，我是说曾真小姐长得可真漂亮。"

曾真先看了一眼张仲平，又扭头看了一眼覃山洼说："谢谢。"

胡海装作若无其事的样子说："喂，顺便征求一下你们两位的意见，我准备让曾真替擎天柱生态别墅项目做形象代言人，你们觉得怎么样？"

覃山洼说："好呀，太好了，这样，我们就可以从广告牌上天天看到曾真小姐了。"

曾真说："我也觉得太好了，挺不错。不过，舅，你准备付我多少代言费？"

胡海洋笑道："钱不是问题。随便你开价。娘亲舅亲，舅舅还怕你宰我不成？"曾真说："那可不一定哟。"胡海洋说："行啊，那你得先把你的小刀子磨快了。"曾真说："那是自然。"张仲平插嘴问胡海洋："这次去韩国，是不是参加省里组团的招商会？"胡海洋说："是的，我们的项目很受欢迎，超出了预期。实践再一次证明，只要项目好，钱真的不是问题。"

曾真说："您一直让我关注胜利大厦的事，是不是也快做决定了？"

胡海洋说："是呀，我让你约张总就是想了解一下这件事的进展。张总，我跟你表个态，如果产权关系明晰，没有别的纠纷，当然，还有就是价格合适，我希望能够尽快买下胜利大厦。"

张仲平说："好呀，太好了。"

胡海洋说："告诉我，你那边的情况怎么样了？拍卖委托到手了吗？什么时候能够拍卖？我也好准备一下资金。"

张仲平说："昨天晚上我还跟这个项目的委托人之——颜总见了面，他也想马上进行运作。我想，如果不出别的意外，应该在一个月以内吧。"

胡海洋说："那就好。"

车上谈话总是有一搭没一搭的，当张仲平开车就要经过高速公路进城的收费站时，曾真变得兴奋起来，她伸长脖子朝几个收费窗口望望，回头跟张仲平开玩笑说："张总，你这会儿要不要先吃两粒速效救心丸？"张仲平一下没反应过来，问她怎么啦？曾真说："我估计此时此刻你的心情肯定特激动呀。"张仲平已经知道她要说什么了，但到了这个份上，也只能装傻了，他说："激动什么？有什么可激动的？"曾真下了决心要把玩笑开下去，便说："因为有可能马上见到你的老朋友了呀？"张仲平一笑说："这么多条通道，你知道她在哪个窗口上班？"曾真说："那就要看你的运气了，我们要不要打赌啊？"张仲平继续一笑说："你还真有点烦。"

胡海洋说："喂，你们两个说什么呀？"

曾真说："没什么没什么。喂，张总，走三号通道。"

张仲平拐上三号通道，一看，窗口收费的正是江小璐，张仲平递卡，说："你好，上班呀？"

江小璐说："嗯，是你们？"同时电脑提示："请交费 10 元。"

曾真忙说："我这里有零钱。"张仲平接过，递给江小璐，江小璐接过，说好走。张仲平点点头，开车经过收费站。

曾真轻轻拍了拍张仲平的肩膀，说："怎么样怎么样？"

胡海洋说："曾真你干？怎么兴奋得像打了鸡血似的？"

曾真说："我打赌赢了呀。怎么样呀，张总，该你请客了吧？"

张仲平说："好好好，我请客，吃饭带洗脚，怎么样？"

曾真说："好呀。舅，我这小胳膊肘儿没往外拐吧？帮你把今天的饭钱给省了。"

胡海洋说："刚才那人……谁呀？"

曾真说："张总的老情人。"

张仲平说："谁说是我的老情人了？你可别乱八卦。"

覃山洼说："呀，张仲平，你怎么也不先说一声，让我们也好好看一看？"

张仲平说："你听她胡说八道。"

曾真说："谁胡说八道了？谁胡说八道了？还不好意思呢。"

胡海洋看曾真这样闹下去有点不像话，便说："好了，曾真。"

正好这时曾真的手机响了，她这才停止打闹，准备接电话。电话是徐艺来的，曾真先对大家嘘了一声，这才说："喂，徐艺呀，什么事呀？又约我见面？杨建国捐款的事？你等等。"曾真捂着手机跟胡海洋说道："舅，你不是想让我今天去擎天柱吗？有什么变化没有？"

胡海洋说："没有呀，你去考察一下我的项目，如果同意做形象代言人，我们今天就签合同。"曾真说："太好了，我们什么时候走？"胡海洋说："我们最好别吃饭了，我取了车就动身。"覃山洼说："张总，你也得去一趟了，要不然一起去。"张仲平说："再说吧。"覃山洼说："别再说了，我有很重要的事跟你谈。"曾真说："去吧去吧，我正好搭你的便车回来。"覃山洼说："是呀，反正又不远，高速公路，这会儿去，吃完晚饭就能赶回来。"张仲平说："那好吧。"胡海洋说："张总要能去，正好请你看看我们的项目，指教指教。"张仲平说："指教谈不上，我跟覃山洼也约了好久了，那就一起去吧。"

曾真把捂着手机的手拿开，继续给徐艺打电话："徐艺，不好意思。今天可能不行了，我得去一趟擎天柱。行，我回来就跟你联系。"

等曾真挂了手机，张仲平问她："徐艺捐款的事怎么样了？"曾真说："上午又替他们做了一次节目，我跟他一起去看了杨建国的妈妈，效果蛮好的。徐艺找我具体什么事,没说。"张仲平哦了一声。覃山洼说:"你呢,张总,要不要请唐雯一起过去?"张仲平说:"我们的事先别跟她讲,以后再说吧。再说,她也去不成,她妈来了。"覃山洼说:"那你要不要跟她请个假?听说你们城里男人都怕老婆。"张仲平一笑说:"我在外面工作,无缘无故请什么假?"

张仲平开车去了天都国际会所大酒店,胡海洋在那儿有长包房,他的车子就停在那儿。覃山洼仍然坐张仲平的车,曾真上了胡海洋的车,两辆车穿过城市,过香水河三大桥,一直朝擎天柱开去。

前面一辆是胡海洋和曾真,等上了高速公路,胡海洋对曾真说:"你跟张仲平很熟吗?你跟他说话是不是太随便了?"

曾真说:"我跟他也就是因为胜利大厦的事才认识的,怎么啦?很随便吗?我没觉得呀。"

"不仅随便,好像还有点撒娇的味儿。"

"啊?不会吧?怎么会?我跟他撒什么娇呀?不会,绝对不会。"

"不会就对了。希望是我神经过敏。曾真我跟你说,像我们这种年纪的已婚男人,你可千万不要去碰。"

"舅,你以为你们是谁呀?谁挑着拣着要碰你们了?"

"话不中听,你还得给我听着。"

"好吧好吧,就听听你的金玉良言,说吧,像你们这种年纪的已婚男人,怎么就千万不要碰了?"

"像我们这个年龄的人,没熬出来的,已经沉到社会底层了,成草根了。那些混出来的,不说都是人精,起码算得上功成名就,又成熟又多金又善解人意又睿智又有幽默感又有包容性,几乎具备男人所有的优良品质,是很容易成为你们这些女孩子的杀手的。"

"切。"

"你别打岔,听我把话说完。可是,只要你一不小心中了标,你就将会凤凰变乌鸦,你就会不得不为他放弃尊严、完整、正常的生活。我跟你说吧,我们这一号的,既好像下午一两点钟的太阳,又好像深水区的水雷,可千万碰不得呀,否则,不是把你烧死,就是把你炸死,而且,会死得很难看,死无全尸。"

"呀,有这么恐怖?"

"别人跟你讲这些话，你可以不以为然。我是你亲舅，讲这样的话，你可不能左耳朵进右耳朵出。"

"我知道，你呀，就把不少凤凰变成了乌鸦，残害了不少小姑娘。"

"所以，不能说男人没有一个好东西，但他要是结了婚，还吃着锅里的想着碗里的，心里还惦记着锅里的，他就是天底下最大的浑蛋，包括你舅我。明白吗？"

在张仲平车上，覃山洼跟他也在谈论曾真。覃山洼说："你跟胡总的外甥女，关系非同一般吧？"张仲平说："这事你真不能乱说，人家还要嫁人呢。"覃山洼说："知道知道，我又不会在外面胡说八道。乍一见她，我就一愣，那个曾真，太像夏雨了。嗯，你怎么不让我说？"张仲平说："说什么？有什么好说的？"覃山洼说："你要是跟她关系正常，这有什么不能说的？"

张仲平说："好啦好啦，你就别八卦了，说正经事吧。"

覃山洼说："两件事。第一件事，你捐的那所学校，已经开始建了，第一笔款打了地基买了建材，用得差不多了，你得准备后续资金了。"

"嗯，没问题。我会让后续资金尽快到位。"

"第二件事，胡老板的别墅项目要建在我们村上，夏雨的坟，得迁，我们得给她另外找个地方。"见张仲平没吭声，覃山洼扭头看了他一眼，说："你听到我说话没有？"

张仲平说："我在听呢。在新建的学校附近，能找到合适的地方吗？"

"现在的地，都分到村民手里了，要到村里新征坟地，可不容易。当然，如果能找胡总多要点钱，可能会好办一点。"

"钱钱钱，你一开口就是钱。"

"没有钱怎么办事呀？"

"我在想，要不然，坟就不迁了。"

"不迁了？"

"我们给夏雨在学校大门口塑一座雕像。"

"雕像？这倒也是个主意。我觉得，如果没有夏雨的照片，按曾真的模样儿塑像就行。呕呕呕，你和曾真不会忌讳这个吧？不忌讳就好。不过，这又得多花钱呀。"

"你先做个预算，看大概要增加多少钱，我来想办法。"

（二）

胡海洋的公司在一幢连排别墅里，一楼被打通了，用作房地产项目的沙盘展示。几个人围着沙盘，由胡海洋向张仲平、曾真、覃山洼介绍擎天柱房地产项目情况。他们的项目离核心风景区不远，是一个几千亩的林场，有山有水有原始森林，胡海洋要做的不是一个纯房地产项目，而是主题地产，一个产权式生态别墅酒店，一个鸟语花香的世外桃源。他们的项目除了那个林场，还有一半土地属于覃山洼管的那个村。张仲平直到这时这才明白胡海洋为什么会和覃山洼走得那么近。他们俩，一个是土地爷、地头蛇，一个是财神爷、强龙，算是强强联手。

曾真对这个项目表示有点疑问，就是项目做起来以后会不会破坏这儿的生态环境？胡海洋让她不用担心，因为他们的项目将尽可能地保留原生态，是一种保护性的开发，胡海洋对曾真说："等下我把所有的审批资料全部提供给你，你记住了，我挑你做这个项目的形象代言人，不仅因为你健康漂亮，还因为我相信你会把我们这个项目的品牌看得和你自己的品牌一样重要。你明白我说的话吗？"

曾真笑笑，郑重其事地点点头，说："我明白，我不会辜负了舅舅的期望。"

张仲平听着胡海洋的介绍，突然想到了丛林跟他提到过的香水河国营物资公司，那是一家国有企业，原来是个畜牧农场，靠近西郊公园，也是有山有水。他觉得胡海洋的概念很好，又有实力，如果他能把他的产权式生态别墅酒店项目做到省城里去，那就意味着他又替香水河国营物资公司找到了买家，他就又比别的拍卖公司有了更强大的竞争力。

张仲平把胡海洋叫到一间空着的办公室，把香水河国营物资公司的情况简单地介绍了一下，没想到胡海洋立即眼睛一亮，说他关注那块地其实已经很久了，忙问："怎么，它要被拍卖了吗？"张仲平说："目前已进入司法程序，拍卖应该是早晚的事。我没把胡总当外人，才把这个信息透露给你。"胡海洋说："这我知道。张总放心，我不会辜负你对我的信任。"张仲平说："这我相信，因为在现阶段，保密符合我们的共同利益，如果胡总做了决定，希望能够在第一时间告诉我，我们一起好好运作一下。"

胡海洋承诺他不会去找别的拍卖公司，以免把事情搞得复杂化。两人相视一笑，不约而同地伸出手掌相击：成交。

胡海洋的助理小丁从另外一间办公室进来，来到胡海洋身边，凑在他耳朵旁边小声说着什么。胡海洋点头，表示已经知道，他和张仲平从办公室出来，进入房地产项目展示厅。

张仲平见状赶紧说："胡总要有什么事先去忙，别管我们。"

胡海洋说："是呀，我还真不能陪你们了，刚才接到市规划局的通知，我得去一趟。"

张仲平说："去吧去吧。我和覃村长正好还有点别的事要办。"

胡海洋说："好的。那，晚上争取一起吃饭？"

张仲平说："看情况吧，我们再联系。"

胡海洋说："好的，你呢？曾真，你怎么办？"

曾真说："我不知道。张总，听说你在这里当过小学老师，那你一定知道哪些地方好玩儿，你给推荐一下呀。"

覃山洼急不可待地说："我们这儿，好玩的地方多了。"

曾真说："张总，你是不是要故地重游？我跟你们去好不好？"

张仲平："嗯，这个……这个……"

见张仲平一副为难的样子，胡海洋连忙替他解围，说："曾真，你就别给张总添乱了。要不然，我给你派辆车，让你在周围好好转一转？"

曾真说："算了算了，要不，我还是去酒店吧，你给我的这些资料，包括我们之间的合同，我得好好看看。"

张仲平说："要不，我们送你去酒店吧？"

曾真说："好吧。"

胡海洋说："不好意思，没有好好陪你们。说好了，晚上一起吃饭哟？"

张仲平说："再联系吧，说不定我一会儿就回省城了。"

曾真上了张仲平的车子以后一直没有说话，直到车子在覃山洼的指挥下驶进了酒店的停车场。曾真才开口，她说："我怎么觉得你好像怕我黏着你似的？你们两个准备搞什么秘密勾当？"覃山洼望了张仲平一眼，说："没有没有，哪有什么秘密勾当？"张仲平说："我要去的那个地方，很远很偏，你不会感兴趣的。"曾真说："你又不是我，怎么知道我不会感兴趣？"张仲平说："因为……因为……因为没有人会对那种地方感兴趣。"曾真说："那你为什么去？"张仲平说："我……我不得不去。"覃山洼说："要不，你就让她跟着去？"张仲平说："那怎么行？不行。"

曾真赌气地跳下车，直奔酒店大堂而去。张仲平没想到她会这样，把车子熄了火，下车追着叫她。曾真不予理睬，头也不回地走进大堂。

覃山洼腿虽然不方便，但也还是下了车，对张仲平挤挤眼睛，说："瞧你，把人家得罪了吧？"

张仲平说："我怎么得罪她了？那地方是她能去的吗？你也是，跟着起什么哄呀？"

覃山洼说："我不是起哄，是给你打圆场。你难道没看出来，这小丫头想黏你，你不让，她觉得很没面子。"

张仲平说："你别胡说，没有的事。"

覃山洼说："我胡说？我是旁观者清。你呀，最好下去哄哄人家。"

张仲平说："山洼我跟你说，我跟她还真不是你想的那种关系。你这嘴可得紧点儿，要是有什么话传到唐雯耳朵里，我就是浑身长满了嘴也说不清了。"

覃山洼一笑说："得了得了，我替你操哪门子心？关我什么事？"

跑到大堂登记处的曾真要到了最后一个单间。她问房间为什么这么紧张，服务员告诉她："我们这儿是新开发的旅游区，我们这所宾馆也是这儿唯一的一家，求大于供，房间一般都得提前预订。"

曾真开好房间，走向楼梯口，来到328号房，开门，把资料扔到床上。她挑起窗帘朝停车场张望，发现张仲平正开车离开。

曾真怎么也压抑不住自己的好奇心，急急忙忙地夺门而出，她下电梯，穿过大堂，几乎是小跑着坐上了等在门口的的士。

张仲平和覃山洼没想到曾真会跟上来。他们的车子在乡村公路上行驶着，好半天才在一座正在动工兴建的学校校舍工地前停下来，两个人下车，向工地靠近，覃山洼向张仲平介绍着什么，张仲平不时地点点头。张仲平说："质量，千万得注意质量，山洼你得亲自盯，盯紧了，可不能偷工减料。"

覃山洼点点头："这点不要你叮嘱，我以脑袋担保，一定对娃儿们的生命负责。"

两个人边说边返回到车边，覃山洼说："车子还能往前开一段，停在旧学校那里。我说，二十多年了，你还记得上山的路吗？你一个人上山？

真的不要我陪吗？"

张仲平说："山洼，你怎么变得这么婆婆妈妈的了？我可以忘了世间的一切，这条上山的路，我永远记得。你呀，净说便宜话，我说我想让你陪，你陪得了吗？算了，还是我一个人去吧。"

覃山洼抬头看看天说："今天这天气闷的，要下大雨了，你快去快回。"

张仲平点头答应。覃山洼扬手让张仲平上车，看着他开车离去。他回头，见一辆的士远远地朝这边开来。他想了想，还是转身进了施工工地。那辆的士从工地边开过，追随张仲平的车子而去。

路越来越难走，张仲平把车开到旧小学的操场上，停车，下车。穿过小学后面一条小河，顺着小路上山。

不到两三分钟，曾真乘坐的的士也开到了小学的操场上，在张仲平车旁边停下。的士司机问曾真要不要他在这里等她，曾真说："谢谢，不用了，你可以走了。"的士司机看了看她的脚说："小姐，你穿这样的鞋子是不能上山的。"曾真说："没事没事，你走吧走吧。"的士司机在后面喊道："还有啊小姐，马上就要下大雨了，你最好不要上山啦。"

曾真不再跟的士司机啰唆，几乎是小跑着沿着张仲平刚才走过的路过河、上山。的士司机望着曾真的背影，一个劲地摇头。

上山的小路像扔在山上的一根草绳，弯弯绕绕地直通山顶。张仲平一边有些费劲地朝山上爬着，一边四下望望，寻找着过去的记忆。

那个时候多么年轻呀，上山不是爬，而是小跑。他永远记得漫山遍野的野菊花，金黄灿烂。偶尔他会跑在夏雨前面，更多的时候，他会让夏雨跑在前面，他用一条腿跳跃着在后面追，夏雨快乐地笑着，发出铜铃般的笑声。离得远了，她会故意慢下来让他追上，或者躲在一棵大树后面，等着她靠近，再突然哇的一声大叫着朝他扑过来。

他们总是在向阳的山坡草地上打滚亲吻，或者静静地眺望着远山。夏雨总是喜欢枕在张仲平的大腿上，张仲平则总是喜欢拿一支狗尾巴草撩搔着她的脖子。两个人尽情地闹过之后便会沉静下来，夏雨躺在张仲平怀里，听他吹奏那只从不离身的口琴。每一次，夏雨总是被感动得泪花闪闪。她问他，想家吗？他说，想。她说，我也想，尽管家里已经没有一个亲人了，我还是想。你知道我的家在哪儿吗？他说，和我一样，在省城。她说，也对也不对。我的老家是在省城，但也在这儿，在山下面的学校，在你在的任何地方，仲平，我爱你，我真的好爱你，我会永远地好好爱你。你爱我吗？你会永远地好好儿地爱我吗？他说，会，我会永远地好好儿地爱你。她说，这儿真美，我要永远留在这儿。

张仲平的背影从岔路消失，曾真悄悄地跟了上去，走到张仲平消失的路口，发现原来这里已经没有路了。她有些紧张，想喊，却还是忍住了，她查看了一下地上的脚印，犹豫着，向树林深处走去。

此时，张仲平正站在那面向阳的山坡上，面前是一座坟茔，他扒开墓碑上的泥土，露出"山村女教师夏雨之墓"几个字。他坐在墓地上，头轻轻地抵靠着墓碑。

一语成谶，夏雨真的永远留在这儿了。那是在一次暴风骤雨之后，发生了泥石流。

当时夏雨正在上课，好像是从天的那一边滚过来了一阵闷闷的雷声，老校长大叫一声："快跑，泥石流来了，快点离开教室！"

几个小孩尖叫着奔出教室，但一切都来不及了，泥石流顷刻之间把破旧的小学校摧垮了、淹没了。一个小孩子尖叫道："夏老师！夏老师还在里面。"

从宿舍奔过来的张仲平试图奋力冲向已经倒坍的房屋，被唐雯死死抱住一条腿，唐雯被拖到地上。张仲平声嘶力竭地叫道："唐雯，你放开我放开我！"唐雯说："不，你要干什么张仲平？你救不了她！"张仲平说："夏雨夏雨！"几个小孩尖叫着大声哭泣。覃山洼跑过来，大叫道："往后跑往后跑，快点往后跑，唐雯、张仲平，你们这是干什么？这里危险，快点往后跑。"唐雯说："覃老师，快来帮我拉住张仲平，你快点过来呀。"覃山洼转身过来，对着张仲平挥去一拳，把他打昏在地。覃山洼说："孩子们，快往后跑，快点。"他和唐雯一边一人架着张仲平往后撤，突然一股泥石流朝他们袭过来……

在那次泥石流灾害中，山村女教师夏雨永远地留在了擎天柱，擎天柱回乡知青覃山洼失掉了一条腿。

后来呢？

后来，全村男女老少都来为夏雨送行。

后来，所有送葬的人都陆续下山了，除了张仲平。他的眼泪已经流干了，仍就木然地跪在夏雨的墓碑前。

后来，一只女人的手试探着搭在他肩上，他没有回头，伸出一只手把它拨拉下去。

后来，那只女人的手再次试探着搭在他肩上，他仍然没有回头，伸出一只手把它拨拉下去。

后来，那只女人的手第三次试探着搭在他肩上，他还是没有回头，她放弃了努力，靠着墓碑坐下来，与他依偎在一块儿，她是唐雯……

张仲平起身，拔掉了夏雨坟头上的杂草。他似乎听到了响声，猛一回头，却发现曾真正好奇地注视着他。

一道闪电把半边天空撕开了一道裂缝，雷声滚滚，风起云涌，完全一副山雨欲来的样子。

张仲平道："你怎么跟来了？你来干什么？"

曾真走过来，说："我也不知道，算是鬼使神差吧，就想看看你一个人到这山上来干吗。"说完，曾真躬下腰看了看墓碑，念出声道："山村女教师夏雨之墓。"然后直起身："哦，我明白了。"

张仲平说："你想变得可爱变得迷人，你所需要做的全部事情就是赶紧离开这儿，或者站在那儿别动，什么也别说，这里没人把你当傻瓜。"

曾真说："你凶什么呀？"

又一声霹雳，张仲平仰头望天："走，快点走，要不然我们下不了山了。"说着过来拽曾真，曾真突然一个趔趄，哎哟一声叫唤起来，痛得蹲下了身子。

张仲平说："怎么了？"

曾真说："我的脚……崴了。"

张仲平说："谁让你穿高跟鞋上山了？"

曾真说："我没打算上山的，我……"

张仲平说："好了，别说了，能不能走？"

曾真说："我不知道。"她试着迈了一步，脚踝钻心地疼，"哎约，不行，好痛。"

张仲平抬头看了看天，抓着曾真一条胳膊说："来，我扶着你再试一试。"他让曾真的左胳膊横跨在他脖子上，他左手抓着她的左手，右手揽着她的腰，说："我们必须赶紧下山，雷电、山洪，还有泥石流，太危险了。说不定会要了我们两个的命。"

上山容易下山难，何况已经开始下雨了。那可不是初春的绵绵细雨，而是初夏的暴雨，雨水很快就把脚下的泥土打湿了，稍不留神，脚下一滑就会摔跤。张仲平搀扶着曾真，又要稳住自己，又要照顾她那只受了伤的脚，两个人真是举步维艰。

"不行，咱们这样下不了山，等一等，你先站稳了。"张仲平慢慢放开曾真，跑到不远处折了一根树枝，试一试，看能不能当拐杖使用。他走过来，对曾真说："来，我来背你。这样会快一点儿。"

"不，穿高跟鞋不行，我把鞋脱了，还是我自己走。"

"你别逞能了，没见这地上全是碎碎的小石头？你的脚不想要了？"

"可是，一个人下山都难，何况是你背我？要不然，你再去弄一根树枝吧，我们互相搀扶着往下走。"

"不行，太慢了，马上就要天黑了，等山洪下来，那条小河我们就过不去了，会被困在山里。这山里有野猪，有熊，算了，不跟你说了，你现在赶紧爬到我背上来，快点。"

（三）

虽然只隔了不到一百公里，省城的天气却好得很。下午五点左右，唐母看了半天电视，起身来到书房里，对正在看书的唐雯说今天她来做饭。唐雯看了一下墙上的挂钟，说："还早呢，再过半小时咱们一起做。"唐母说："你看书你看书，我慢慢准备。"

她从书房进到饭厅厨房，拉开冰箱，把冰冻肉端出来放在桌子上，准备淘米煮饭，想了想，又停下来，回到书房，问唐雯："仲平回不回来吃饭？"唐雯说："我打电话问他一下吧。"唐雯回到客厅里打电话，先拨手机，无法接通。又拨了他办公室的座机，这回通了，却没人接听。

唐母往唐雯跟前凑凑，关切地问："怎么，联系不上呀？"

唐雯说："是呀，手机没法接通，办公室没人接电话。"

唐母说："我要不要煮他的饭？"

唐雯说："煮吧。他要不回家吃饭，会打电话的。"

跟张仲平联系不上的还有胡海洋。这会儿，他的助理小丁正帮他打着雨伞，从市规划局大门走向停车场。他晚上有个宴请，已让规划局的王局长他们直接去了。小丁提醒他说："你不是还有几个朋友吗？要不要叫上他们？"胡海洋说："好，你赶快在隔壁再订个包厢，我打电话通知他们。"胡海洋上车后捋了捋被雨水打湿的头发，开始给曾真打电话。得到的却是电脑提示音："您所拨叫的用户现在无法接通。"他调出张仲平的号码，拨过去，得到的也是电脑提示音："您所拨叫的用户现在无法接通。"

胡海洋心里愣了一下：怎么两个人的电话都无法接通了？他马上又拨打了覃山洼的号码，这回很快就通了。胡海洋说："覃村长，张总和曾真是不是跟你在一起？什么，没有呀？那……你在哪儿？我派人过来接你吃饭？"

覃山洼说，我就不过来了，人有两张嘴，不能只顾了上面的，不顾下面的。这些天，可把小兄弟憋坏了，正闹着情绪呢，得找人去解决一下。

胡海洋听懂了他的痞话，笑笑说："随你随你，我不能坏了你的好事，我再跟他们联系吧。"

张仲平和曾真连滚带爬地来到山脚下时，天色已晚。来到原来的小河边，更是傻眼了，因为已经涨满了水，河面比原来宽了两三倍，黄浊的洪水，夹杂着枯枝败叶滚滚而下，发出野蛮的咆哮声。

张仲平看了蹲在地上的曾真一眼，说："你得站起来，千万别松懈了，我们得赶紧过河。"

曾真站起来，把全身重量都撑在那根树枝上，朝那条河探了探头，说："可是，这么急的水，怎么过呀？"

"没有办法，要想不在山里过夜，就得赶紧过去。"

"这上下游都没有桥吗？你是说我们得蹚水过河？行不行呀？"

"我们那会儿没有桥，现在有没有不知道，但我们已经没有时间去找了。你站好了，把树枝给我，我先去探探路。"

"这也太危险了吧？等一等，看雨会不会停，要是雨停了，水位就会下降吧？"

"这雨一时半会儿停不了，再等下去，山上的水都往下流，河水还会往上涨，那时想过都过不了啦。"

突然又是一个炸雷。

张仲平从曾真手里拿过树枝，在河边把鞋蹬掉，拎在手上，试探着蹚水过河。曾真焦急地注视着他。没多久，张仲平便过了河，又很快从河那边过来了。

张仲平说："水才齐腰深，还不是很急，来，赶紧下来。"

曾真也学张仲平的样儿，把鞋脱掉，拎在手里。张仲平见了，抢过去，一只一只扔到河那边，这才搀扶着曾真走到河边。他抓过曾真的一只手，把它插到自己裤子里面，说："抓住我的皮带，死死抓住，来，来，往前走。对，很好……看河对岸，别看下面的水。"

两个人已经到了河中央，曾真却一直忍不住看下面的水，她突然看见一条蛇跟着漂浮的杂草与树枝树叶一起，朝她游过来，不禁大声尖叫，紧紧抱住张仲平。

张仲平显然也看到了那条蛇，他把她反抱着移到自己身后，等那条蛇游到身边，捞起它扔到了对面山上。曾真尖叫一声，望着他，惊魂未定。

张仲平说："好玩吗？"

曾真拼命摇头。

张仲平："还去过伊拉克呢，吓傻了吧？"

曾真拼命点头。

张仲平说："还不快点谢谢我？"

曾真撮起嘴唇，在张仲平脖子上亲了一下。

张仲平叫道："蛇。"

曾真更大声地尖叫着，更紧地抱着张仲平。

张仲平笑道："好了好了，骗你的都听不出来呀？"

曾真哭出声来，抡起两只拳头打张仲平。

张仲平说："好了好了，不是让你死死抓紧我的裤腰带吗？你小命攥在你自己手里呢，不想要了？"

"你乘人之危。"

"那还不是你自找的？"

"是你，是你，是你。都是你，都怪你，你是个坏人。"

"好了好了，快点过河。"

两个人浑身湿漉漉地爬上汽车，张仲平把车发动起来，打开空调暖风，曾真仍然冷得直打战。张仲平说："这样不行，你赶紧把衣服脱了，我车上有条空调被，你先裹上对付一下，要不然，会冻病的。"曾真说："没事没事。"张仲平说："你是怕我看到吧？我一个老男人，什么没见过？好好好，我下车，你快点。"

张仲平说完下车，关上了车门。曾真犹豫一下，反锁车门，开始脱起衣服来。

张仲平站在车外的雨中，背对着车子。车内响起喇叭声，张仲平转身开门上车，曾真已经按他的吩咐把那条被裹在了身上。张仲平说："现在得检查你的脚了，还疼吗？"曾真说："好像不疼了。"张仲平说："你把鞋子袜子脱了，让我看看。"曾真说："你会看吗？"张仲平说："会呀，我在这里教过书，还当过赤脚医生。快点脱快点脱。"

曾真老老实实地把满是泥水的袜子鞋子脱了，把脚伸给张仲平。

张仲平把车内的灯开了，仔细看了看，说："还好，没有肿，应该没伤到骨头。刚扭伤的时候，以在血肿处做持续的按压为好，就像这样，疼吗？"曾真点点头，皱眉撇嘴地忍着。

张仲平说："你听好了，先只能按，不能揉，24小时后才能使用揉法，以肿处为中心，向周围各个方向擦揉。如果有条件，先冷敷，两天以后再热敷，另外，在扭伤初期，如果肿胀和疼痛逐渐加重，应停止活动，抬高受伤的那条下肢。待病情趋于稳定后，只要不是很痛，可逐步加大足踝部的活动。听明白了吗？"

曾真再次点点头："听明白了，可是，你怎么什么都懂呀？"

张仲平说："崇拜吧？好，你把座位往后调，把脚搁在这上面，让脚上的血液往下流。现在，我得开车了。咱们赶紧回酒店。"

张仲平挂挡开车，发现车子突然颠簸得很厉害，心说，糟糕，不会是轮胎坏了吧？他赶紧下车，围着车子转了一圈儿，发现右前胎瘪了。

曾真问："呀，怎么会这样？怎么办？"

张仲平说："下午去过一个建筑工地，也许是钉子扎的。没办法，只能换备胎。你是不是很冷？要不然，我先到覃村长家里去帮你弄一套干净衣服？"

"有了这空调被我好多了，你呢？你会冷吧？覃村长家离这儿多远？你去他家的意思就是把我一个人扔在这里呀？那也太恐怖了吧？要不然，还是先换胎吧，换好轮胎，咱们早点回酒店。"

张仲平想想觉得有道理，也突然想起应该给家里打个电话，从裤子口袋里掏出手机一看，却已经是黑屏，也不知道是被水淋的还是过河时弄的，反正是手机进水了，不能用了。曾真见状也掏出手机来看，也是因为进水而黑屏了。

曾真说："我舅还约我们吃晚饭呢，怎么办？也和他联系不上了。"

张仲平说："没被洪水冲走算你命大，还惦记着吃饭？把暖气开大点。我下车换胎去了。"

曾真问："要我帮忙吗？"

张仲平说："你帮忙？那还不是越帮越忙？求求你，你就乖乖地在车里好好儿地待着吧！"

曾真说："喂，轮胎坏了你不能赖在我身上吧？"

张仲平没理她，下车打开后备箱，拿出工具开始换轮胎。曾真蜷曲在车上，脸朝右边侧着，隔着玻璃看着他忙碌着。

此时的张仲平家里，唐母已经做好了一桌饭菜。唐雯看了一下墙上的挂钟，也早已指向晚上七点。她表面上不动声色，心里却早已忍不住烦躁起来。这段时间，她每隔十多分钟给张仲平的手机和座机轮换着打电话，座机一直没人接，手机得到的回答一直就是"您所拨叫的用户现在无法接通……"

唐母问："怎么，还联系不上？"

唐雯说："是呀，这人也真是的，也不来个电话。到底干吗去了？"

唐母又问："也没在办公室？"

唐雯说："是呀，办公室电话没人接，手机一直打不通，该不会出什么事吧？算了，不管他了，我们先吃饭。"

外面的雨渐渐小了，张仲平已经把那个坏了的轮胎卸下，正在安装备胎，远处出现了一个打手电筒的人，朝他们这边渐渐靠近。曾真摇下窗户对张仲平说，有人来了，不会是来打劫的吧？张仲平有意急她，说谁知道？这里很穷的，别说我们下放那会儿，就是早几年，这里一家几口人，可能只有一条裤子，兄弟几个共娶一个老婆。曾真惊异道，呀，不会吧？

张仲平说："我骗你干吗？不信你下次去问你舅。"曾真说："来的如果真是打劫的，怎么办？"

张仲平说："我怎么知道呢？看你还跟不跟别人乱跑。我建议你快点躲起来，这里民风彪悍，解放前后还闹过土匪的。不仅劫财，还可能劫色。"曾真说："真的呀？你呢？你不保护我呀？"张仲平说："我怎么保护你呀？我又打不赢人家。"

远处传来覃山洼的叫唤："张老板，张仲平。"

曾真说："是覃村长。好你个张仲平，你为什么骗我？"

覃山洼不让他们直接回酒店，一定要拉他们上到家里去，换身衣服，熬点姜汤喝。到了他家，覃山洼从衣柜里清出两套衣服，跟张仲平交代几句，自己又出门了。

曾真嗅了嗅那衣服上的味道，犹豫着要不要换上，张仲平接过去看了看说："也还干净，换上吧，我在堂屋里烧盘火，你赶紧把自个儿的衣服烤干了。"曾真穿着覃山洼的衣服，显得很宽大，是那种家织布，倒也挺贴身挺舒服。

张仲平把厨房灶里的火也生上了，木柴噼里啪啦地燃烧着。曾真望着他笑，他奇怪地看了她一眼，问她笑什么？曾真说："看不出，你倒真像个农民，喂，你看我，像不像农妇呀？"

张仲平说："现在觉得好玩儿了？"

曾真问他："刚才覃村长跟你说什么了？他去哪里了？"张仲平说："他说去找块腊肉来，他要给我们做饭吃。"曾真说："他没老婆吗？一村之长，村里最大的官儿，他应该过得很滋润才对吧？"张仲平笑笑说："你这会儿不是记者，别问那么多。"曾真说："为什么不能问那么多？"张仲平说："因为你问我我也不知道。"曾真说："张仲平同学，你今天火气好大哟，为什么？"张仲平说："我……我火气大吗？没有吧？"曾真说："就有。喂，那个夏雨是什么人呀？"张仲平说："我说你能不能少问那么多问题？"曾真说："为什么？"张仲平说："不为什么。来，姜汤熬好了，我们一个人一大碗，趁热喝，祛寒，快点快点。"曾真说："要是我没记错，这是我第二次喝你熬的姜汤了。"张仲平说："是不是特感动？"曾真说："至于吗？"

最重要的是，曾真总算尝到了张仲平亲自炒的菜，用一句俗透了的广告词来说，那真是味道好极了。

吃完晚饭，两个人开车赶回酒店，张仲平搀扶着曾真下车，又搀扶着她走进酒店大堂。他把她扶在沙发上坐下，问她订房间没有？她点了点头。他走到前台，想订个房间，服务员抱歉地对他笑笑，说："对不起先生，已经客满了。"

张仲平简直不敢相信："客满了？"

服务员答："对。"

"能不能想想办法？"

"对不起，客人一般得明天才能退房，请问您需要预订明天的房间吗？"

"不需要。请问，这附边还有别的酒店吗？"

"没有了。我们这儿是新开发的风景区，就我们一家酒店。"

张仲平沮丧地回到曾真身边。

曾真问："怎么啦？"

张仲平说："没房间了。我先送你去房间。"

曾真问："然后呢？"

张仲平说："然后借你房间的座机打个电话，借你房间的卫生间洗个澡。"

说着，扶着曾真进入了 328 号客房。

张仲平说："啊，房间这么小呀？"

曾真说："我这是最后一间。"

"你知道？"

"嗯。"

"算你运气好。喂，你要不要先给你舅舅打个电话？"

"嗯……算了吧，太晚了，他可能已经睡觉了。"

"那……我得给家里打个电话。"

"你是让我到走廊里去回避？还是要我屏住呼吸、一声不吭？"

张仲平一笑，并不回答。他拨通了家里的电话，电话里很快传来唐雯的声音："喂，您好。"

张仲平说："是我。我在擎天柱。"

唐雯说："你怎么跑那儿去了？也不先说一声，你自个儿的电话也打不通。"

"对不起，出了点事。我来这儿是为了和胡老板谈生意，他刚走。本来下午要赶回去的，谁知道……车子坏了，还差点被淹死。"

"啊，到底是怎么回事？"

"说来话长，不过现在已经没事了，详细情况我回来再跟你说。"

"你真的没事了？人没受伤吧？"

"真的没事了。本来要赶回来的，但太晚了，找不到补轮胎的地方，要不，你先休息吧。"

"好的。"

张仲平放下电话。曾真则一直怔怔地望着他。

张仲平觉得奇怪，问："怎么啦？有什么问题吗？"曾真说："我发现你很喜欢撒谎。"她学着张仲平的腔调说："我来这儿是为了和胡老板谈生意，他刚走。你这谎，撒得可不怎样呀。"

张仲平说："那你觉得我应该怎么说？我是不是应该这样说，各位观众，现在是晚上十一点钟，3D拍卖公司总经理张仲平正和电视台记者曾真在酒店的单人房里……嗯，我们这会儿在干吗？"曾真不耐烦地打断他说："一点儿也不幽默，你快点洗澡，洗完澡后马上滚蛋。"

座机突然响了，把两个人吓了一跳，不禁面面相觑。

曾真问："谁的电话？是你老婆还是我舅？"

张仲平说："快看来电显示。"

曾真说："没有。这是什么破座机呀？"

张仲平说："那……我们谁来接电话？"

曾真说："你接。如果是我舅，你就说我把房间让给你住了，而我，已经在去他家的路上了。如果是你老婆，不要我教你怎么说吧？"

张仲平一笑，向曾真竖起大拇指，然后拎起话筒接电话，很快，电话里传来一个嗲得出水的女人的声音："先生，要不要做按摩呀？"

张仲平说："不要。"马上扔了电话。

曾真哈哈大笑。张仲平问她笑什么？她说没什么没什么。却仍然笑个不停。

曾真笑够了，望着张仲平道："我真的很想知道，关于今天有惊无险的故事，你回去以后怎么向老婆大人汇报？"

张仲平说："你有什么好建议？"

"我哪儿知道？我只是有那么一点儿好奇心。"

"对你来说，这很重要吗？"

"很重要，也不是不重要，就是有那么一点儿好奇心。比如说，我很想知道乡村女教师夏雨是谁？"

"这问题你已经问过了。"

"是呀，可我还是想知道她是谁？跟你什么关系？是不是你的初恋女友呀？"

"是。"

"你老婆认识夏雨吗？"

"认识。当时我们三个是下放到这里的知识青年，覃村长覃山洼是回乡知识青年。"

"夏雨是怎么死的？"

"她是小学老师，也是像今天这样的天气，发生了泥石流，小学被摧垮了，她为了救当时上课的学生，自己被埋在了里面。"

这么一件惊心动魄的事，从张仲平嘴里说出来，却显得那么平淡，这让曾真感到有点意外。她叹了一口气，道："对不起，我不该问这件事。"

张仲平淡淡一笑，说："其实也没什么关系，毕竟，都过去二十多年了。"

曾真说："你自己，还有覃村长，都说我长得像一个人，谁呀？是不是就是夏雨？"

张仲平点点头。

曾真说："这要是写到小说里，是不是就落了俗套？"

张仲平仍然是淡淡一笑："这要看我们之间会不会发生什么故事。"

曾真大胆地瞪视着他："你觉得我们之间会不会发生什么故事？"

张仲平迎着她的目光，一秒钟、两秒钟……大概十五秒钟之后，他把头扭开了，摇了摇头，声音低沉地说："我不知道。"

"你不知道？我知道。结论是……不会。"

"哦？你确定？"

"应该吧，根据我对你的了解，你，要么是一个超级理智的人，要么……"

"怎么说？"

"要么……你别生气，你就是一个纯粹的商人，因为我觉得你做任何事，似乎总是在权衡付出与得到之间的平衡关系。"

"你真这么想的？"

"是呀。你知道今天在来擎天柱的路上，我舅都对我说了些什么吗？"

（四）

唐雯呆呆地对着电话机出神。

最近一段时间以来，她觉得张仲平开始变得有点怪异了。也许没什么怪异的，而是她自己的感觉出了问题。当她第一次从电视里看到曾真之后，她便开始越来越频繁地回忆过去，对她来说，过去远非"美好"两个字能够简单概括。当她发现他似乎总是在一些事情上交集在一起的时候，她的心便忐忑不安起来，甚至感到了某种不可言状的危险。

有一点却始终毋庸置疑，她爱张仲平，二十多年以来，她对他的感情已经由炽热的爱情变成了渗透到日常生活中的无微不至、水乳交融、同甘共苦的亲情。她从来没有想过她的人生能够离开他而单独假设与存在。可是，他是不是也这样想的呢？

他去了擎天柱。也许这说明不了什么问题。问题是擎天柱是埋葬夏雨的地方。都说婚姻是爱情的坟墓，那么，有没有可能她得到了他给予她的婚姻，而他，却将自己的爱永远地留在了夏雨的坟墓之中？否则，怎么解释他去擎天柱为什么不提前跟她言语一下呢？唐雯压抑着叹了一口气，犹豫再三，终于拿起电话反拨了过去。

电话很快就通了，里面传来酒店接线员训练有素的声音："您好，这里是擎天柱酒店，请问有什么事可以帮您？"

唐雯镇静了一下自己，说："哦，我刚才接了一个电话，我想知道是从哪个房间里打出来的。"

酒店接线员说："我帮您转前台好吗？"

"好的。"唐雯等着转接电话，通了，说："喂，您好，请帮我查一下，有个叫张仲平的先生住几号房？"

酒店前台服务员说："好的，请稍等……对不起，您要找的客人确定是张仲平先生吗？我们这里没有他的入住记录。"

唐雯说："没有他的入住记录？怎么可能？我刚才还接到了他从你们酒店打出的电话。我是把电话回拨过来的。"

酒店前台服务员说："有可能他是以别人的名义开的房。"

唐雯说："是吗？那……等等，请再帮忙查一查，有没有一个叫胡海洋的先生入住。"

酒店前台服务员说："好的，请稍等……对不起，也没有。是的，请问还有什么事可以帮您？"

唐雯说："没有了，谢谢。"

如果说唐雯刚才给酒店打的那个电话还多少有点鬼使神差，那么，酒店方面的回话却不得不让她疑窦丛生。张仲平来电话明明说是跟胡海洋在一起，怎么在酒店里登记房间的既不是他也不是胡海洋？当然，这件事也不是完全不能解释，张仲平既然是去找胡海洋的，胡海洋完全可能派他公司的人替他订好房间，这个具体办事的人自然查不到。

但唐雯的神情已经慌了，所以，理智分析的力量便显得非常渺小。而要彻底平复自己的情绪，除非完全知晓张仲平今天下午和晚上到底在干什么。

唐雯想了想，拿起电话，拨通了徐艺的号码："徐艺，我是你姨妈，你能不能帮我一个忙？请你找一下曾真，找她要一下胡海洋的电话号码。哦，胡海洋是曾真的舅舅。对，我有件事要找胡总。好，我等你的电话。"

唐雯放下电话，静静地等着。电话很快就响了，唐雯连忙抓起电话，正是徐艺。

徐艺说："姨妈，曾真的电话打不通。我想起来了，我下午本来想约她，她告诉我，她要去擎天柱。"

唐雯也想起来了，昨天夜里曾真跟张仲平来电话借车，接的就是胡海洋。原来他们一起去了擎天柱。

曾真。夏雨。夏雨。曾真。与其说她从夏雨手里抢过了张仲平，不如说死神帮了她。唐雯躺在床上辗转反侧，根本无法入睡。她干脆坐起来，也不开灯，望着窗外。窗帘飘动，泛着月亮的光影，把她的回忆带到了二十多年前。也是一样的月光。张仲平木然地跪在夏雨的墓碑前。唐雯坐在新坟的泥土里，默默地陪着他。她全神贯注地注意着他的一举一动，而他，似乎完全感受不到她的存在。她试图把手搭在他肩上，被他拨拉下来。她试图抓住他的手，也被他甩掉了。最后她说："你这是何苦？我是夏雨最好的朋友，她希望你这样吗？不，如果她在天有灵，她只会希望你振作起来，好好儿地活着。你只有好好儿地活，才对得起夏雨对你的爱……"

唐雯不知不觉间早已泪流满面，从床上一跃而起，从书房里找出张仲平的一个旧电话本，终于查到了覃山洼的号码，她回到卧室，锁好门，用手机打了覃山洼的电话，通了，却无人接听。

有些人一旦动了某个念头，如果不采取相应的行动是会憋得很难受的，恰恰唐雯就是这样的人，她才不管人家睡觉没睡觉呢，她此刻简直就把覃山洼当作救命稻草了，不把他吵醒是不会罢休的。

覃山洼这会儿真的正在睡觉，而且不是一个人，是与一个叫芬儿的少妇，手机就在床头柜上，两个人都不去接，任它响个不停。因为两个人这时正忙着，忙得黑汗水流。

到底是芬儿没忍住，她从覃山洼身上爬下来，因为没尽兴而忍不住唠唠叨叨："讨厌讨厌，也不看看什么时候了，也不看看人家正在干什么，有这么霸蛮打电话的吗？又是你哪个相好吧？"

覃山洼咧嘴一笑，懒得与她理论，伸手在她的光屁股上拍了一把，说："把手机给我。"芬儿把手机拿给覃山洼，凑在他耳朵边上酸不拉唧地说："我要听听，看看到底是哪个骚狐狸精，你说，到底是谁呀？"覃山洼说："谁呀谁呀？我知道是谁呀？说不定是你老公，快把电话给我。"

芬儿说："不用我老公找你，全村随便哪个堂客的老公要找你，你就麻烦了，等着被打断另外一条腿吧，你给我小心一点儿。"覃山洼从村妇手里一把抢过手机接电话。

覃山洼说："喂，哪个？你是唐雯？"覃山洼一把把贴着自己的芬儿推开，快速调匀了一下自己的呼吸，接着说："你找张仲平？你男人今天可惨了，掉河里了，对，手机打不通，车子也坏了。这会儿回酒店了。和谁？没没没……没和谁，就他一个人。好好好，有时间你也到我们乡下来看看呀，好的，你就好好睡吧，没事了。"

覃山洼挂机。芬儿说："不是找你的是找她自己老公的？你这埋伏打得蛮好的嘛。你们男人，在外面是不是都这么互相打掩护帮着骗老婆呀？"

覃山洼说："不然怎么说？说你老公带着人家小姑娘回宾馆睡觉去了？那时候被打断腿的可能就不是我，而是我们的张大老板了。他被打断腿没关系，村里正在建的小学校怎么办？我那些娃儿怎么办？你们这些女人呀，就是头发长见识短，二十一世纪，什么最重要？和谐。和谐你懂不懂？"

芬儿一个劲儿地点头，说："我懂我懂，电视里天天演着，我咋不懂呢？"

覃山洼早已从床上爬起来，他在屋里兜了一个圈儿，像对芬儿又像是对自己说："他老婆那里我可以帮他糊弄，他自己……不行，我不能让他们这么干，起码不能在我的地盘上这么干。要出个什么事，那就太不和谐了。"

芬儿说:"你呀,就别管闲事瞎操心了。这种事是你管得了的吗?你不问问自己,管得了自己的这条狗卵吗?还不是一有机会就到处乱插?我跟你说,你这叫……那句话是怎么说的?只准州官那个放火,不准百姓那个那个偷人。"

覃山洼说:"说你没读过书吧,那不叫偷人,叫点灯。"

芬儿说:"还拉灯哩,偷人点什么灯呀?"

覃山洼说:"你给我少啰唆,老老实实给我在这床上睡着,等我回来,再接着收拾你。现在,我……我得到宾馆去一趟,不能让他们那么干。"

芬儿说:"你那两条腿,啊,不对,你那一条腿跑得过人家的四个汽车轮子?他们从这儿离开都多久了?等你一瘸一瘸地赶到,人家早就生米煮成熟饭了。"

覃山洼叹了一口气,道:"这事你不懂,至少,我得先打个电话。不能出事,千万不能出事呀。要和谐,和谐是个好东西。"

和覃山洼的通话不仅没有让唐雯的情绪平复下来,反而让她更加焦虑了,因为她觉得覃山洼在电话里面似乎在有意地遮掩什么。唐雯心绪难平,她给徐艺打了个电话,让他赶紧到家里来一下,她决定去一趟擎天柱。

她穿戴整齐,突然感到口干舌燥,拉开卧室的门准备去倒杯水喝,却没想她妈妈正伏在卧室门外偷听,后者躲闪不及,被她撞见了:"妈,你怎么在这儿?你吓我一跳。"唐母不好意思地笑笑:"你房里有灯,妈想看看你在干吗?"唐雯说:"我我我起来喝水。"

唐母摇了摇头,又叹了口气,说:"你起来喝水,用得着穿得这么齐整整的?这深更半夜的,仲平他……他还没有回来?"唐雯点了点头。

唐母问:"仲平是不是常这样?"

唐雯说:"也不。妈,你就别管了,回屋去睡觉吧。"

"我闺女和我女婿的事,我怎么能不管?告诉我,你这是准备去哪儿?去找他?"

"我……我到外面去走走。"

"在妈面前,你就不要硬撑了。这男人,有时候就像牛,哪儿水草肥美,就奔哪儿去。这做老婆的,可不能由着他的性子,该去找的时候,就得把他找回来。你得牵着他的牛鼻子,把他拴牢了。"

"妈。"

"去吧去吧，赶紧去吧，你的牛，兴许还没跑远，趁着他的性子还没变野，动动脑筋，趁早把他拉回来。"

"妈。"

"我没事。你赶紧去，自个儿注意点。"

覃山洼还真把这事当一回事了，他在屋子里一瘸一瘸地转着圈儿，思来想去，觉得这事还是得告诉胡海洋一声。

胡海洋正在歌厅里陪客人卡拉 OK，躲到卫生间接了电话，开始吓了一大跳，因为覃山洼说张仲平和他外甥女到山上去了，遇到了山洪暴发。那场雨他是亲眼所见，还以为他们两个人双双遇难了。搞了半天才听清，原来不是双双遇难而是双双去了宾馆。覃山洼说："这事我不好出面，你看要不要管一管？"

即便是这样，胡海洋的心也还是凉了半截，他知道曾真可是家里的小祖宗，任性胆大，自我意识强烈得很，碰到的又是张仲平这一号的，两个人要弄出点什么事真是再正常不过，作为商人，他太了解外面的男女关系是怎么回事了。但也正因为这样，他用脚趾一想就知道，他们真要有什么事，最终受伤或受伤最深的只能是曾真，而这是他最不能允许的。

他从卫生间出来，跟几个客人一一地请了假，又把小丁叫出来吩咐了一番，这才急急忙忙地从卡拉 OK 娱乐城出来，打开车门上车。边上车便拨打了曾真的电话，仍然是无法接通。又拨打张仲平的号码，也仍然是无法接通。胡海洋发动汽车，消失在夜幕中。

徐艺已经接上了唐雯，两个人早已从省城出发向擎天柱驶去。

唐雯一开始只说让徐艺送她去哪里，此外并没有说别的话。徐艺从外婆的只言片语中感觉到事情确实比较严重，心里更是着急，等到了车上，才问唐雯到底出了什么事？

唐雯仍然不想说，只说她现在脑子里很乱，先让她静一静，让徐艺专心地开他的车。

擎天柱酒店房间很小，装修风格却是按情侣度假定的位，很时尚，比如说浴室与卧室之间的隔断便不是砖混实墙，而是毛玻璃，而且没有封顶。曾真先洗完澡，在房间里吹头发，张仲平在玻璃隔断后面洗澡，两个人仍然可以很方便地聊天。

曾真说："你回家以后，跟你老婆讲今天经历的时候，曾真小姐是不是会作为女一号出现在里面？"

张仲平说："我想应该不会吧。"

"我想也是，可我还是想听听你是怎么想的。"

"这种事情，本来就没有什么事，却有可能越说越让人起歧义，起疑心，所以，干脆不如不说。"

"最刺激的应该是那条蛇，现在想起来，我浑身还起鸡皮疙瘩。"

"起鸡皮疙瘩是身体本能的应激反应。你知道那是一条什么蛇吗？五步蛇，剧毒。你要是真被咬到，可能早就没命了。"

"这么说你是救了我一命？你当时不怕呀？"

"当然怕，可是，我总不能看着它游过来咬你一口吧？"

"谢谢你。"

"你已经谢过了，是不是还想谢一次？我可不嫌多。"

"对。我想，我的意思是说，你不用去汽车里睡觉了。你就在沙发上睡吧，在地板上睡也可以，总比在汽车里睡强吧。"

"你……你就不怕你的救命恩人对你图谋不轨？"

"你说什么？我听不见。"

"算了，待会儿出来再说吧。"

"行，我困了，我先睡了。"

等到张仲平系着浴巾从浴室里出来的时候，曾真已经睡了。客房里大灯已经关掉，床头灯柔和地照着曾真朝墙壁而睡的卧姿。

沙发上放着被子，枕头。张仲平走到床边，俯身望着曾真，轻轻地叫唤了她一声。曾真无应答。张仲平一笑，这家伙，这么快就睡着了？他走到沙发边，打开被子，仰躺在沙发上。想了想，起身把床头灯拧熄了。

外面，雨过天晴，如水月光映照在窗帘上，轻纱飘忽，像一个精灵的仙子在那儿轻歌曼舞。张仲平睡回到沙发上，仰天躺着，慢慢地闭上眼睛。他脑子里涌现出似真似幻的画面，漫山遍野的野菊花，夏雨一边发出铜铃般的笑声一边朝山坡上跑，他在后面追赶着，身体里像鼓满了风的帆似的有一种绷紧到膨胀的感觉，他想对着绵延起伏的群山扯着嗓子吼叫，他想顺着山坡往下奔跑，一直不停，遇到沟壑，他可以一跃而过，遇到深渊，他可以纵身跳下，至少，在触地的那一瞬间，他会感觉到自己在飞。

还是不要那么激越吧。好吧，他和夏雨坐在山坡的草地上，眺望着远山。天高云淡，望断南飞雁。阳光洒在人身上，暖洋洋的。周围是那样的平和安静，只有满心头的思绪像柳絮像蒲公英的种子漫天飞舞。她枕在他大腿上，拿一支狗尾巴草撩搔着他的脖子，他躲着逃避着，直到无处可躲无处可避，他会反过来逮住她，拥住她，埋下头与她深情地接吻……

此时此刻，张仲平又怎能安然入睡？他分明听到夏雨温柔甜美的声音在他耳畔像音乐般飘荡，你想家吗想家吗想家吗……

想。是的，我想家我想家我想家……

我也想，尽管家里已经没有一个亲人了，我还是想。你知道我的家在哪儿吗？是在省城。可也在这儿，在山下面的学校，在你在的任何地方，仲平，我爱你，我真的好爱你，我会永远地好好爱你。你爱我吗？你会永远地好好儿地爱我吗？

会。我会永远地好好儿地爱你。

呀，这儿真美，我要永远留在这儿。

不，这儿是很美，可我还是要离开这儿。我一定要离开这儿。

你离开的时候，会带着我吗？

当然会，我会永远带着你。对我来说，你就像空气，像氧气，夏雨，我是一时一刻也不会离开你的。

我也会永远跟着你的。我喜欢你把我比如成空气、比如成氧气，真的好喜欢。现在，你负责想怎么离开这儿，我负责睡觉觉。

夏雨变换成婴儿的姿势，躺在张仲平的怀抱里睡觉。

张仲平被曾真一阵轻声的咳嗽声拉回到现实之中，他从沙发上跳起来，拧开壁灯，俯身蹲在床边，望着曾真，惊异地发现她睡觉的姿势竟也是婴儿式的。

一瞬间，他竟有一种时空穿越的感觉。

下午和黄昏经历的一切真是太惊心动魄了，现在想来真有点后怕，他简直不敢相信自己会一直背着曾真从山坡上下来，那可是三四里下山的路呀，他甚至来不及感到腰酸背痛也没有考虑怎样涉水过河。

实际上，一切都来不及仔细考虑，所以，接下来发生的一切甚至都不像是真的。

那是真的吗？你怎么会抓过曾真的一只手，把它插到自己裤子里面？放在平时，这可是要引起大大的歧义的，而她，竟然那么乖乖地一动不动。

他仿佛再次听到自己对她说："抓住我的皮带，死死抓住，来，来，往前走。对，很好……看河对岸，别看下面的水。"

他更是仿佛再次看到了两个人用脚摸着石头过河的样子。他看到他们颤颤巍巍地来到了河中间，他知道最危险的时刻已经过去，竟会产生希望那条河不要一下子过完的想法，尽管河水冲击着自己的身体是那样冰凉刺骨，他没想到曾真一直忍不住看下面的河水。他是比曾真先看见那条五步蛇的还是一起看到的还是在她之后看见的？它跟漂浮的杂草与树枝树叶一起朝他们漂来，带着一种死亡的威胁，就在她大声尖叫紧紧抱住他的那一刻，他以他那个年龄少有的敏捷，一把将她反抱着移到了自己身后，以闪电般快速的动作，捞起那条蛇把它扔到了对面的山上。那一刻，她把他抱得那么紧，两具活生生的肉体贴得十分紧密。

他舍不得把她分开，但他不知道趁她惊魂未定时那样紧紧地搂着她算不算不地道，他只是希望时间在那一刻停滞、凝固。

"好玩吗？"

他问她的那一句话似乎化解了两人仍然搂抱着的尴尬。

她拼命摇头，趁机让自己的身体离他稍微远一点点。

"还去过伊拉克呢，吓傻了吧？"

他这么说是为了保持对她的心理优势吗？相比之下，曾真拼命点头，倒显得一点儿也不矫揉造作。

"还不快点谢谢我？"

那一刻，他多么希望能够得到她的感激，他是救美的英雄，他需要享受凯旋的荣耀与崇高。而所有的一切都在他的期待之下，曾真撮起嘴唇，在他脖子上亲了一下。为什么不是紧紧地拥抱？他于是大叫一声"蛇"。他得到了她更加大声的尖叫和更加紧密的拥抱。

她是可以紧紧拥抱他的，他却不能。为什么？因为她是女人，而他是男人。还因为她是孩子而他是比她大了十几二十多岁的大人，所以，他只能笑着对她说："好了好了，骗你的都听不出来呀？"而她却哭了，抡起两只拳头打他，而她是有权力打他的。他可以让她打，却不能不替自己辩解，他说："好了好了，不是要你死死抓紧我的裤腰带吗？你小命攥在你自己手里呢，不想要了？"

曾真换了个姿势继续睡觉。她怎么会在这儿？睡在这儿的应该是夏雨："仲平，我爱你，我真的好爱你，我会永远地好好爱你。你爱我吗？你会永远地好好地爱我吗？"

可是，夏雨是不可能在这儿的，二十多年以前，他心目中无可取代的女人夏雨，便已永远地离开了这个世界，睡在这儿的只能是曾真："是你，是你，是你。都怪你，你是个坏人，你是个坏人，你是个坏人……"

张仲平扑通一下双膝跪在了床边，他伸出两只手，向曾真摸索过去，却突然停留在了半空中，在离曾真的脸颊和身体一寸远的地方，悬空来回抚摸，像进入了梦游状态。

他想干什么？是为了触摸实实在在的梦境，还是为了把握虚虚幻幻的现实？

就在这个时候，胡海洋开车驶进了酒店停车场。他将车子熄火，似乎不愿意马上从驾驶室里出来。他点燃一支烟，吸了两口，摁掉，下了决心似的拉开车门下车。他一眼就发现了张仲平的车子，他走过去，围着它绕了一圈儿，凑近玻璃朝里面张望着，发现里面空空如也。他走进酒店大堂，找前台服务员问到了曾真的房间号码，转身走进电梯，很快便来到了328号客房门外。

就在他举手敲门的那一刻，他突然犹豫了，紧握成拳头的那只手停留在离那扇门两三寸的地方。他叹了一口气，头抵在墙上，足足想了两三分钟，觉得还是用手指摁门铃比较好，但在他就要触碰到门铃开关的那一刻，他又犹豫了，他发现自己一路过来原来脑子里一片空白，他居然什么都没想，他不知道，当门铃按下之后接下来会出现什么情况。如果从门里出来的是曾真或者是张仲平或者是他们两个，他该说什么。

他侧着身子，把耳朵贴在门上倾听着。他什么也没有听到。他在门口犹豫着。他终于懊恼地转身离开了328号房间门口。他打开车门，坐进去，点燃了先前摁掉的那半支烟。

张仲平内心里真的如翻江倒海，他觉得自己心跳如鼓，两颊被自己体内奔涌的热血烧得发烫。奇怪的是，他的两只手仍然在离曾真脸颊和身体一寸远的地方，悬空来回抚摸，像是进入了梦游状态。

她的脸颊和身体仿佛是个临界点，只要轻轻地一碰，顿时就会有东西消失与粉碎。那消失与粉碎的东西，可能是梦，也可能是现实。

张仲平，你有足够的勇气让梦或现实消失与粉碎吗？我没有。他不得不沮丧地承认这一点，是的，他没有足够的勇气让梦或现实消失与粉碎。想到这一点，他腾地起身，快速地回到沙发上，躺下。

可是，如果梦或现实消失与粉碎了，会不会变成一个新的东西，一个将梦与现实揉成一团的东西，夏雨的生命在曾真的身体里神奇地复活与延续？而他，将重新体验青春激情的燃烧与怒放？是呀，为什么不可能？否则，你怎么解释曾真在你生活中的出现？

他掀掉被子，从沙发上一跃而起，突然冲到床边……

曾真又一次发出了轻声的咳嗽。

曾真。夏雨。

夏雨。曾真。

他觉得口干舌燥，头脑像飞进了一大群蜜蜂似的嗡嗡作响，他必须咬紧牙关才能控制住瑟瑟发抖的身体。

还是那个问题，她的身体是个临界点，与她的接触会让梦或现实消失与粉碎，而是否能够浴火重生，他不知道，谁都不知道。

曾真婴儿般的睡姿。他蹑手蹑脚地替她盖上被掀掉的被子。他退回到沙发上，身体像打摆子似的抖个不停。他觉得自己会被突然澎湃起来的情欲烧成灰烬，如果不立刻离开这儿的话。是的，情欲。曾真不是夏雨，这是肯定的。

张仲平望着睡眠中的曾真发呆。你跟她有关系吗？你跟她能发生超越熟人、朋友的关系吗？虽然他刚才已经洗过澡了，但还是跑到浴室把头伸到水龙头底下，用冷水浇了浇头。

这让他清醒多了。他回到卧室里，给曾真掖掖被她掀掉的被子，抱起沙发上的被子，关灯，然后轻声出了门。他轻轻地把门带上，反推了一下，确认已经关上，这才沿着铺有厚厚羊绒地毯的走廊，来到电梯口，乘电梯下楼。

张仲平刚出酒店大堂就被胡海洋看到了，他凑近车窗玻璃，看到抱着被子的张仲平上了他自己的车。胡海洋摁掉烟，吐出一口长气。他打通了覃山洼的电话："覃村长，睡觉了吧？不打扰你，只跟你说一句话，我遵照你的指示，见到了张仲平，在车上睡觉呢，根本就没发生你担心的事儿。这家伙，够朋友。记住，这事情不能再乱说了。否则，我一定会跟你翻脸。好，挂了。"挂完电话，胡海洋开车走了。歌厅里还有一大拨人等着他呢。

这个电话让覃山洼将信将疑，他当然希望什么事都没有。可是，看那小姑娘瞧张仲平的眼神，怎么可能没事呢？这个胡海洋，不过是怕家丑外扬吧？我就不信，他张仲平是个不吃腥的猫，会连到了嘴边的肉都不吃？他有病呀？

被电话吵醒的芬儿不乐意了："哎呀，这都什么时候了？还让不让睡呀？都半夜了，还折腾什么呀？"

覃山洼一把把被子掀开，骑到她身上："折腾什么折腾什么，老子就折腾你……"

想睡不容易，想装睡也不容易。待张仲平刚离开，曾真便从床上爬了起来，她没有开灯，摸索着走到窗户边，撩起窗帘朝停车场看，正好看到张仲平打开车门进去。她靠在窗边，呆呆地望着那辆车。

回到床上，她更加睡不着了，干脆拥着被子坐在床头，她想了很多，又似乎什么都没有想。

胡海洋开车离开十来分钟的样子，徐艺开车驶进了擎天柱酒店停车场。徐艺将车子熄了火，一直假装睡着了的唐雯假装惊醒过来："到了？"

徐艺说："到了，姨妈，您还一直没有告诉我，咱们来这儿，是干什么呀？"

唐雯说："你要我说什么？徐艺，你别问。能说的时候，我会说的。哦，对了，我看你也太累了，我有个请求，你……你能不能抓紧时间在车上休息一会儿？"

"姨妈，我不累。"

"累不累，都待在驾驶室里别出来，抓紧时间休息，闭上眼睛，能睡多久算多久，听我的话，行不行？"

"这个……行。姨妈您放心，我不离开驾驶室。"

唐雯拍拍徐艺的肩膀，下车。她一眼就看到了张仲平的车子。她朝那辆车子走过去，飞起一脚恨不得好好地踹它两下，终于还是忍住了。

徐艺在车内紧紧地盯着唐雯的一举一动。

唐雯看到了更换上去的备胎，她凑上去，隔着车窗玻璃看到了蜷伏在后座上的张仲平。他显然已经睡着了。唐雯想伸手敲玻璃，突然停住了，把头使劲地仰起来，好久好久。她从张仲平的车子旁边离开，朝徐艺的车子走过来。徐艺连忙斜躺在椅子上假睡。唐雯敲敲徐艺的车窗。徐艺开门，唐雯上车。

唐雯问："车上有纸巾吗？"

徐艺说："有。您拿着。"

"我好像有点感冒了。"

"不要紧吧？要不要去买点药吃？"

"不用不用。没事，就是有一点点鼻塞。我问你，你刚才……睡了一下吗？"

"睡了……半分钟。"

"开车回省城没问题吧？"

"怎么，我们马上就要走吗？"

"对。"

"那就走吧，我没有问题。"

"我有一个问题。告诉我，徐艺，这是……哪儿呀？"

"这是……姨妈，这不是擎天柱吗？"

"你来过擎天柱？"

"以前没来过。"

"你什么时候来过？你今天来过吗？徐艺，别以为我在说胡话，我告诉你，现在，我比什么时候都清醒。你告诉我，你什么时候来过擎天柱？"

"姨妈，您说的是擎天柱吗？那个地方，我还从来没去过呢。"

"真的？"

"真的。"

"徐艺，你告诉我，你这会儿也不是在说胡话，你这会儿可比什么时候都清醒，是不是？"

"是的，姨妈，我是真的从来没有来过擎天柱。"

"也就是说，今天，我好像也没来擎天柱，是不是？"

"是的，姨妈，你今天当然没来擎天柱。"

第十三章

（一）

　　第二天一大早，张仲平就近找了一家汽车修理厂补好了轮胎，谁的招呼都没打，直接开车回了省城。

　　上午十点多钟，他开门回家，却见唐雯和她妈妈两个人坐在沙发上聊着什么，见他进来，又都同时不说话了，双双诡异地看着他笑着。

　　问清了张仲平还没吃饭，唐母向唐雯示意，自己起身到厨房准备中饭去了。唐雯把张仲平拉到卧室，问他要不要洗个澡睡个回笼觉？张仲平说："不用了，公司还有好多事要处理，我吃过了饭，换套衣服就得走。"他心里等着唐雯问他昨天晚上都干什么去了，到底出了什么事，以便把想好的说辞说给她听，谁知她对昨天的事却一个字也没提，只是趁机抱了抱他，又对他笑了笑。张仲平奇怪地问道："你怎么啦？笑得这么诡异，让我心里直发毛。告诉我，是不是我岳母娘大人又出什么妖蛾子了？"

　　唐雯笑得更灿烂了，道："真是知岳母娘者，张仲平也。"

　　张仲平惊道："还真是呀？她想干吗？"

　　唐雯拿手在张仲平胸口处顺了顺，说："你别着急，先听我慢慢说。这一回，我爸和我妈算是杠上了。昨天我打电话给我爸，求他老人家好歹打个电话问候一下我妈，我爸死活不干，说不能由着她的性子来，说要是大家伙这么顺着她，她迟早有一天会上房揭瓦，那还有消停的时候？可这话我能跟我妈说吗？她呢，其实早想回去了，就是没台阶下，拉不下那个脸儿。"

　　"你要我干吗？去一趟老爷子那儿，做通他的思想政治工作，让他弄个八抬大轿来接老太太？"

"要是这样倒简单了。早两天你不是要我陪老太太去散散心、旅旅游吗？我跟她提了，她呀，死活不肯。说到外面去玩，那是花钱找罪受。"

"她这是心病，得找心理医生。"

"我觉得也是，可你倒是让她去呀？你敢提？我可不敢，她不把我骂死才怪。可是，让她这么闷在家里，整天围着我说这个说那个，我不被弄出精神病来才怪。今天早晨她一起来，你猜她说什么？她说她要到你公司里去上班。"

"什么什么？她要到我公司去上班？快点告诉我，我是不是耳朵出毛病听错了？"

"你没听错，她就是要到你公司里去上班。"

"这老太太，还真是创意无极限了？她能到我那儿去上什么班？你该不会答应她了吧？"

"我这不跟你商量吗？"

"商量什么？这有什么可商量的？不瞎胡闹吗？她怎么不去她外孙徐艺那儿上班呀？"

"不瞒你说，她昨天上午已经去过了。可她觉得徐艺公司人太少，没味儿。"

"这老太太，她的兴趣爱好也太怪异了吧？对不起唐雯，这事，我真的不能答应。你饶了我，好吗？"

"没那么严重，你怕她真的是要到你公司上班呀？她能干什么？她也就闲得无聊，想见见新鲜人，跟外面人聊聊天罢了，你要真让她去，她没准儿半天就腻味了。"

"你妈那唠叨劲儿，只有一种人受得了，哪种人？聋子。她要真往公司里一坐，好嘛，我那些员工还能工作呀？要是有什么客户上门，更不得了，不把人吓走才怪。不行不行，闹着玩儿也不是这么闹的。"

"你说得都对，我自个的妈我还不知道吗？实话跟你说，我妈在我耳边不停地说呀说呀，说得我都快崩溃了。我真怕跟她吵起来。你呀，脾气比我好，会哄人，今天下午，你就让她跟你出去，就算替我松半天绑，行不行？"

"如果我晚上有应酬呢？也带着她？那成什么了？我马上就会成为同

行的笑柄。"

"你要真有推不掉的应酬，你给我打电话，我去公司接她。趁这工夫，我再给我爸打打电话，让他把老太太早点接回去。"

"唐雯，你跟我说实话，你是不是早就答应她了？"

"跟你说了别当一回事，就当是小孩闹着玩儿，行吗？岳母娘疼女婿，天经地义，我妈，话多点，心还是很善良的，你就放心吧，她就是给你添乱也添不到哪儿去。"

"喂，我说唐雯……"

"好了好了，别说了，辛苦你辛苦你，拜托你拜托你。"

张仲平马上就感到了岳母娘聊功了得，开车不久，她先问他在外面做生意是不是挺难的？张仲平说也还好，都习惯了。她说："这钱啦是挣不完的，生不带来，死不带去，你也快五十岁的人了，还是要多注意身体呀。"张仲平说："没事，您老人家放心。"她说："你这身体可不是你一个人的，你是家里的顶梁柱，顶梁柱倒了，家里的房子就得塌，这一点，你得向你爸学习。"张仲平知道，岳母娘嘴里的爸可不是他自个儿的父亲，而是唐雯的父亲，也就是岳母娘的老公。说到他，老太太可有话可说了："他可心疼自己的身体了，退休工资都买保健品了，又喜欢运动，整天不归家，也不知道在外面疯个啥，我看他都忘了自己已经七老八十了，还以为自己是愣头青小伙子哩，他居然还喜欢穿花衬衫，你说他是不是心眼儿花了？这个老不死的。"

聊到这里张仲平就挺尴尬，既不能随便附和又不能轻易反驳，随便附和等于背后开老爷子的批斗会，很不地道；轻易反驳很可能更加激发起老太太的谈兴，不把陈谷子烂芝麻的事给你翻出来晒一遍不会善罢甘休。

还好，老太太这次没由着性子往下说，又把话题转到了张仲平的身体上，说就像昨天，大半夜的，你自个儿累着不说，害得唐雯三更半夜的还……还睡不着觉，你说，要是你们两口子的身体都拖垮了，挣钱再多，又有什么意思？

张仲平顿时警醒起来，不知道唐雯三更半夜的是不是只是没有睡着觉。她没睡着觉岳母娘是怎么知道的？奇怪的是，今天上午看到的唐雯完全一副神清气爽的样子，根本不像是一夜孤枕难眠的样子，这又是为什么呢？

还好，自己昨天夜里总算是理智的，没有由着自己的冲动做出对不起唐雯的事。出轨这件事就像泄洪的闸门，拉开容易，要想关上闸门恐怕就不那么容易。也像脱缰的野马，纵情狂奔倒是容易，要想回归恬静温馨的家园，恐怕就不那么容易，而人，是不能由着性子瞎折腾的。

张仲平不可能不想到曾真，今天一大早离开擎天柱简直就像一次逃亡，他根本没有与曾真见面打招呼的勇气，倒好像昨天夜里已经做了伤害她的事似的。他也没有跟胡海洋和覃山洼告别的勇气，他怕他们问起曾真的事，因为他不知道一旦他们问起，他该怎么说。

可是，不辞而别总有一种落荒而逃的意思，至少显得不那么光明磊落。这让他不得不一路上老是想着两个问题：今后还会跟曾真见面吗？你将怎样面对她？

那会儿曾真也已经回到了省城，正在小区外面的街道边拄着拐杖等的士。脚有点痛，她踩不了山地车，正好从舅舅胡海洋那儿拿了几十万元的代言费，她想不如去买辆车吧，几年前她就考了驾照，买了车就能开着走，她伤的是左脚，开车不碍事。

的士总是满载，偶尔停过来一辆，又被别人抢了先。有车就是方便，有人接就更好了。她首先想到的就是张仲平。等她拨完电话才猛然想起，这电话打得有点掉价：他都不理我了，我干吗还要缠着他？他是你什么人呀？

电话响了一下就断了，张仲平拿起手机，一看是曾真，心里头不禁涌上一股奇怪的味道，似乎有点酸又有点甜。她怎么不说话就把电话给挂了？她找我是有什么事吗？还是一不小心碰到了拨号键？

"谁呀？"唐母盯着他问。

"哦，一个朋友。"张仲平答道。

"怎么不说话电话就挂了？他找你是有什么事吧？你不打过去问一问？"唐母问。

"她真要有什么事会再打的，妈，您就别操心了。"张仲平道。

"我看你还是打电话给问问吧，你要开车不方便，我帮你打？"

"好好好，我来我来。"

正好在等红绿灯，张仲平拿过手机把曾真的电话回拨了过去："你好，你找我？"

曾真见他说话客客气气的，与平日判若两人，第一个感觉是他旁边有人，说话不方便，便也客客气气地说："你上次说在汽车4S店有熟人，我想问你有没有时间，去陪我看看车？"

张仲平犹豫道："这个……"

唐母说："仲平，你不要担心我，我可以跟你一起去的。"

张仲平对曾真说："时间像海绵，挤一挤总是有的。这样吧，我晚点给你打电话。"

等张仲平挂了机，唐母说："你朋友要买车呀？"张仲平点点头。唐母说："听声音好像是个女的，而且年龄还不大？"张仲平又点点头，说："有什么问题吗？"唐母说："没问题没问题，妈只是奇怪，你又不是卖车的，她买车为什么要找你呀？"张仲平一笑道："现如今呀，做什么事都要讲关系，刚才您不是听到了吗？我在汽车4S店有熟人，可以帮她打折。哦，妈，要不这样，我们还是先去公司吧。"

张仲平和曾真见面之后，绘声绘色地讲了怎样摆脱老太太的事，他说："我先是偷偷地给法院的同学丛林发了个信息，让他打我办公室的座机。我故意让老太太接电话，由她告诉我是谁在找我、有什么事儿。当然是很重要很急的事儿——得马上去法院。老太太问我：'你不是答应人家帮人家看车吗？不去了？'我说去不了啦。然后，我安排公司小叶带她去看花鼓戏，这才得以脱身。"

曾真听得直乐，说："这老太太真是太有意思了，她怎么就这么乖乖地听你的安排，而没有要求跟你一起去法院？"

张仲平说："看来你比老太太还难对付呀。你不知道，我这岳母娘是花鼓戏迷，每次看戏都要哭得稀里哗啦的，看戏的诱惑还是比跟着我上法院的诱惑大。"

曾真说："真是道高一尺，魔高一丈。人家都说童叟无欺，你连老太太都骗，今后得对你多长个心眼。"

张仲平本来想说那还不是为了你？可话到嘴边还是忍住了。一方面，他跟曾真在一起不由得有一种身心愉悦的感觉；另一方面，他又似乎在惧怕着两个人走得太亲太近。

等到真的和张仲平见了面，曾真对买车的事又有点犹豫了，她还是觉得骑山地车挺好的，又环保又时尚，还不塞车。张仲平劝她还是买了吧，山地车是挺环保挺时尚的，但晴天吃灰雨天淋雨，还是很招人疼的。曾真说招谁疼呀？你吗？

张仲平嘿嘿笑笑，问她的脚怎么样了？好点没有？曾真说："应该没伤到筋骨，昨天你帮我揉了之后好多了，现在主要是不太受力，走路有点痛。"张仲平说："我有个偏方，等下去泡点药酒，再每天帮你揉一揉，会好得很快。"曾真说："你每天帮我揉一揉？你有时间吗？"张仲平说："平时上班倒是可以，周末可能不行，一般我得待在家里。"曾真听了这话没有吱声，张仲平心里一紧，不知道自己说错了什么话，他发现自己跟她说话有点谨小慎微了。

过了一会儿，曾真停下来，与张仲平相对站着，望着他说："有句话我不知道该不该说？"

张仲平知道，当对方问这话时肯定不是真的犹豫什么话该不该说，而是在给你打预防针，让你提前对她要说的话有个心理准备。张仲平本能地朝周围望望，这才冲曾真点了点头。

曾真说："你答应了我才说的，你可不能怪我，我觉得老太太的举动过于怪异，你想过没有，会不会是你太太安排她来监视你的？"

张仲平矢口否认，边摇头边说："肯定不是，应该不是，怎么会呢？她怎么会做这种事？她应该不会做这种事吧？不，她肯定不会做这种事，再说了，我有什么值得她监视的？"

曾真一笑，说："算我没说。"她把眼睛往下一顺，缓步朝另外一款车走去，继续道："你太太就那么相信你？"

张仲平说："我有什么值得她怀疑的东西吗？"

曾真停下，偏着头望着他："你说呢？"

张仲平正想着怎样把这话题绕过去，曾真的手机响了，他示意她先接电话。

曾真对手机说："哦，对不起，我都忘了这事。我在……我在看车呢。你来找我？现在吗？要不……"曾真瞥一眼张仲平，见他一副若无其事的样子，便说："是的，我在4S店看车，要不，你过来吧。"

曾真挂机，问张仲平道："你也不问问是谁？"

"谁呀？"张仲平顺口问道。

"徐艺。"曾真答道。

"徐艺？他要来这儿呀？"

"是呀，他说关于艺术品拍卖捐款的事，急着跟我商量。他昨天就在约我，我都把这事忘了，实际上台里也要我盯紧这事，他不找我，我还要找他呢。你⋯⋯怎么啦？是不是害怕让徐艺知道你和我在一起？"

"嗯⋯⋯哦，我怕什么呀？"

"我想也应该不是。否则，那不是说明你心里有鬼吗？"

"我心里能有什么鬼呀？"

"我哪知道？你还真不能这会儿就走了。"

"嗯？"

"如果我真决定买车，肯定得试驾，谁扶我上车下车？要没个熟人在旁边，我会心里发慌的。"

"我什么时候说要走了？"

"那好。喂，你看这款车怎么样？⋯⋯喂喂喂，问你呢，你怎么走神了？在想什么呀？"

"我⋯⋯哦，我看你这款手机，可有年头了。你那部手机昨天泡在水里肯定废掉了，上次我买的那部手机，可是你自己挑的，我一直留着，我刚才在想，它应该物归原主了⋯⋯我的意思是说，放着也是放着，要么⋯⋯算我送给你的一个小礼物，要么⋯⋯作为二手机便宜卖给你，怎么样？"

"不怎么样。第一，我凭什么接受你的礼物？第二，在你眼里，我是一个爱占小便宜的人吗？"

"曾真，能不能别这样咄咄逼人？"

"咄咄逼人怎么啦？担心我嫁不出去呀？好了好了，你就别担心了。跟你闹着玩儿的。那部手机是不是都成你心病了？其实这事很简单的，你应该这样对我说，'曾真，我有块心病，求求你，行行好，开开恩，你就把我的心病给治了，行吗？'"

（二）

徐艺开车载着辛然朝 4S 店开去，辛然说："你原来不是说艺术品拍卖会的真相不能告诉曾真吗？咱们这会儿去找她该怎么说呀？"徐艺说：

"曾真上次拉我去看杨建国的妈妈，节目播出后效果很好，替公司赢得了很好的口碑，可也增加了我的压力，逼得我不得不把好事做下去。而要把好事做下去，就必须得到曾真的帮助。想要得到曾真的帮助，就不能不跟她说真话。我一直在想那两个电话竞买人的事，我们本来是受害者，吃了亏不说，我们不仅是哑巴还是傻瓜？干吗要这样？我想清楚了，别的事我们可以守口如瓶，这件事，不仅可以跟曾真说，而且还要说服她在电视上曝光。"辛然说："是呀，如果能把这部分成交额去掉，我们的压力会小很多。"徐艺说："对对对，人们最容易犯的错误莫过于死要面子活受罪。"辛然说："那我们还要不要报案？"徐艺说："报案是最后一招，报案不一定就能很快把这件事查个水落石出。最主要的是，我跟你说过，鲁冰叔叔似乎并不赞同我们这么做，因为他担心对我们公司在中院的入围会产生负面影响。这说明了什么？这说明，别看他嘴上说得很严厉，他其实还是愿意暗中帮我们的，你觉得呢？"辛然点点头说："我觉得你的分析很有道理，你真棒。"

徐艺开车进入汽车 4S 店停车场，他把车子熄了火，并没有急着下车走进 4S 店内，而是留在车上继续对辛然说："我们要尽快把艺术品拍卖的扫尾工作做好，特别是捐款的事，要做得大张旗鼓，让那些愿意帮助我们的人，能够理直气壮、明目张胆。"

见辛然点点头，徐艺说："我姨父总是说做事要顺势而为，现在的声势对我们最有利不过。我还要让曾真再做一次节目，你争取在节目播出时能和你爸爸说一说，让他跟鲁冰叔叔打打招呼，最后推一把力。我觉得，如果能这样，这件事应该就成了，你觉得呢？"辛然说："我没你那么乐观，那几十万要捐的款压在我头上让我透不过气来。我本来是没有勇气向我爸爸提公司的事的，在这种情况下怎么办？我也只能勉为其难，硬着头皮上了。"

听了这话，徐艺多少有点感动，本来想鼓励一下辛然，又觉得说什么都是多余的，便伸手把她揽过来抱了抱。

两个人一下车便看到了曾真和张仲平。互相之间打过了招呼，徐艺把曾真拉到一边把自己的事说了。曾真说："做节目要有亮点，而且这亮点要越来越亮，充分体现人间的温暖与真情。拍卖会中出现的这个插曲真是比较棘手，徐艺你告诉我，你不会放空炮、光打雷不下雨吧？要那样，我们对观众对社会可都没法交代。"徐艺赌咒发誓说："男子汉大丈夫，一言既出，驷马难追。我们公司刚成立，信誉比生命还重要，你不会以为我会拿这件事开玩笑吧？你要不相信，可以缓点时间买车吗？你把钱借给我，我先捐一部分钱，怎么样？"

曾真没想到徐艺会这样将她的军。她倒是不怕他将她的军，真发生了上面担心的事，对她来说也就是选题没选好的问题，甚至都算不上假新闻，更不存在有意的欺诈，因为真追究起责任来，可不得由徐艺负全部责任吗？徐艺说得也在理，他吃饱了没事干呀？干吗要这样搬起石头砸自己的脚呀？

曾真从来没为钱的事发愁过，对钱也从来就没什么概念。徐艺本来是很随便的一句话，她却当真了，觉得那个主意也不错，反正她对买车也正犹豫着。

徐艺一直在观察曾真，她那些心理活动全写在脸上，见这事有希望，便凑近曾真道："我的事正在节骨眼上，老同学可得帮我一把，帮我就是帮杨建国他妈，那可是积功德的事。"

曾真心头一热，说："行。"徐艺压根儿没想到会有这样的好事，恨不得把曾真抱过来好好亲一口，他当然不会真那样，而是表情严肃地朝曾真点了点头。另外，他叮嘱曾真，这事千万不能告诉他姨父张仲平。曾真问为什么？徐艺说："我怕在他面前丢了面子，希望老同学能理解。"曾真点了点头。

后来，到了车上之后辛然问徐艺："他们两个人为什么老是在一起呀？姨父就不怕姨妈不高兴呀？"徐艺说："有件事，我已经答应了替姨妈保密，可是，我还是想告诉你。你不是老问昨天晚上我干什么去了吗？现在我告诉你，我跟姨妈折腾了差不多一个通宵，去了一趟擎天柱。"

辛然问："你们去那儿干吗？"

徐艺说："因为曾真和我姨父同时去了擎天柱。"

"你是说，姨妈也在怀疑他们，而且想去抓现场？"

"你听我说，我们找到了他们住的酒店，姨妈没让我下车，她围着姨父的车子转了一圈儿，然后……我们原路返回。"

"原路返回？不会吧，你是说你们在擎天柱只待了几分钟？"

"不到三分钟。"

"奇怪。"

"我也觉得奇怪。姨妈一路上什么都没有跟我说，她只是再三交代我，不要告诉任何人，我们去过擎天柱。"

"那……去过擎天柱之后，姨妈的情堵怎么样？"

"好像挺不错。不，给我的感觉是如释重负。"

"如果姨妈如释重负，那就是说，在她看来，姨父和曾真的关系是正常的。"

"这我可不敢说。如果真是这样，曾真干吗要借钱给我？现在这个社会，谁敢轻易借钱给别人？"

"不对，曾真借钱给你一定有别的原因。你想呀，如果他们之间真有什么事，他最怕的是什么？就是被人发现，我们来之前给曾真打了电话，姨父完全有机会避开。"

"你说得也不能说没有道理。但这只能说明他们的过去和现在，如果任其发展下去，谁敢保证他们不会日久生情？"

"那倒也是。"

"所以，我很犹豫，不知道该不该把今天的事告诉姨妈。"

"当然不要。夫妻关系是最复杂的，它最需要的就是彼此的信任。如果一方一旦开始猜忌，会很容易疑人偷斧，那不是会搞得姨妈家鸡犬不宁吗？"

"是呀。"

"所以，我们千万不能见到风就是雨，在姨妈那儿煽风点火。"

"是呀。"

"更何况我们又没有掌握什么过硬的证据，我看咱们还是睁一只眼闭一只眼吧，你说呢？"

"嗯。"

"第一笔捐款什么时候启动？"

"我希望越快越好，市中院挑选拍卖公司的事可不会等人。现在的问题是，即使加上曾真借我的十万块钱，捐完款以后，资金仍然会非常紧张。"

"那怎么办？"

"我其实一直在想，我们何不找姨父借点钱。"

"找姨父借钱？"

"中院入围的事，还有，如果我们真想拿到胜利大厦的拍卖委托，没有大把大把的公关费，恐怕是不行的。"

　　"你想找姨父借多少钱？"

　　"我以前做人做事总是羞羞答答的，其实完全没必要。能够做成大事的人，应该是不拘小节的人，应该是不怕给别人添麻烦的人。我是找他借钱，又不是找他化缘。我想，这一次，要么不开口，要是下了决心开口，就借五十万吧。"

　　张仲平没想到曾真与徐艺见过一面后便打消了买车的念头，问她为什么，她只说："我干吗要因为崴脚这样的小事故改变我的生活方式呢？有你这个江湖郎中每天揉脚，我不是会好得很快吗？"

　　张仲平不便问得太多，只问她去哪儿，他送她。他还惦记着老太太的事。

　　果然，快到电视台的时候，小叶给他来了电话，说已经看完戏了，问他怎么办？张仲平说："我这会儿还在外面办事，你带老太太逛逛街也可以，回公司也可以。我办完事以后就回公司接她。"

　　等张仲平接完了电话，曾真问他："张师傅，你在外面办什么事呀？"张仲平一笑说："要不然怎么说？说我在陪曾大记者买车、开车？老太太就在小叶旁边，那还不让她全部听了去？没有必要自己给自己找麻烦吧？"

　　曾真说："刚才我一直在想，我是不是已经给你添麻烦了？"

　　张仲平说："没事没事，能够给你当司机，是我的荣幸。"

　　"我说的不是这个。你看，你骗你岳母，说你去法院见丛林了。可在汽车4S店，徐艺和辛然明明看到你和我在一起，如果你岳母和徐艺同时把信息汇总到你老婆那里，你将怎么自圆其说呢？"

　　"嗯……我就说先见了丛林，然后才来陪你看车的。"

　　"你老婆会信吗？她要问你为什么会陪我看车，你怎么说，你以为你真的是汽车司机呀？"

　　"我……"

　　"我有点自责，干吗要给你添麻烦？对不起哟。"

　　"没事没事。一件事，你要刻意隐瞒、生怕别人知道，那叫秘密，叫心里有鬼。咱们要是自个儿不避人，那就不叫秘密，最多叫闲事。我想，徐艺还不至于那么无聊，他不会跟唐雯说的，他就是说了，我也解释得清楚，你别往心里去。"

"是吗？"

张仲平可能大意了，当他在公司接了唐母开车回家的时候，她的嘴巴一直就没闲着。她对张仲平说："都好半天了，怎么一声不吭呀？陪妈说说话。"张仲平只好问她今天的戏好不好看。唐母把头摇得像拨浪鼓，说："一点儿都不好看。"张仲平说："怎么会不好看？您不就喜欢看花鼓戏吗？"唐母说："戏是好戏，就是没演好。"张仲平说："这是全省社区选拔出来的优秀剧目，可能还是不如专业团体演的，下次有机会，我陪您去看。"唐母说："你那么忙，我哪敢让你陪呀？哦，后来你陪那个女孩子去买车了吗？"张仲平说："去了。"

唐母特意扭头看了看他，说："去了？你还是去了？"

张仲平说："是呀。怎么啦，妈？"

"仲平，我一直把你当亲儿子，有个问题我还是很好奇，我忍了好久忍不住，我想问你，你不会怪妈多嘴多舌吧？"

"妈，瞧您说的，我怎么会怪您多嘴多舌呢？您是不是想问我，这个女孩子跟我是什么关系？她为什么非要逮着我去看车，对吗？"

"对呀对呀。"

"妈，是这样，除了我已经跟您说过的，汽车4S店有我的朋友，我可以帮她打折，还有一个重要的原因，她舅舅是我生意上的合作伙伴，实际上，让我陪她去买车，就是她舅舅的托付，毕竟，我开了这么多年的车，算是老司机了。"

"真的？"

"妈，您总不至于认为我是在拿假话骗您吧？而且，这个女孩子，是徐艺的大学同学，今天徐艺和辛然也去了汽车4S店，大家一起见了面。还有，就是唐雯也知道这个人。"

"真的？"

"您要是不相信我，您可以自个儿去问她。"

"仲平，这话可就说重了，我怎么会不相信你呢？我怎么会把在你车上听到的只言片语说给唐雯听呢？这做父母的，难道不希望子女家庭和睦、夫妻恩爱？你妈我嘴巴是多了一点儿，但还没有老糊涂，总不至于会挑拨你们的夫妻关系，放心放心，这事到此打住，我向你保证。"

"所以我一直把您当亲妈孝敬着。"

这件事算是告一段落了，其他的事却没那么简单。张仲平和唐雯洗漱完，穿着睡衣躺在床上之后还进行了一场对话。唐雯说："我妈要到你公司去上班，你却安排她去看戏。仲平，你岳母娘好像对你的安排不是很满意呀。"张仲平说："这事我知道，她已经跟我说了，说那场戏演得不好。"唐雯说："她那是客气的，她对我说你在忽悠她。"张仲平说："不管忽悠不忽悠，至少另外一个目的已经达到了。"唐雯问："什么目的？"张仲平说："解放你呀，不是让你消停了大半天吗？"

唐雯说："今天是过去了，明天呢？"

张仲平警惕起来，忙问："你什么意思？不会是又在打什么主意吧？"

唐雯嘻嘻一笑，说："我能打什么主意，是妈，她——"

"打住打住。我今天难得这么早回家，你让我好好睡一觉行不行？"

"这不还早吗？你就不能听我把话说完？"

"好好好，你说你说。"

"不是我说，是我妈说。"

"好好好，不是你说，是你妈说。她说什么？"

"她说她到你那儿上班你得给她安排点具体的活儿，她说她退休之前做了几十年的会计，她想……她想帮你去做做内部审计。"

"什么内部审计？她不就是要查我的账吗？"

"怎么样？"

"不怎么样。我们公司的账一直是注册会计师在做，没有问题，让你妈放一百二十个心。"

"我知道我知道，我还不知道你吗？"

"你真知道？这不就行了吗？"

"是妈不放心，她不是对你不放心，是对你公司的财务人员不放心。她跟我说，现在外面做生意的，都是大进大出的，怎样做账很有技巧，要是万一在账目上有个什么闪失，那就太吃亏了。"

"你妈不放心，你就让她放心。你告诉她，我们公司的账做得好好的，每年税务检查，都是一次过关，就不麻烦她老人家了。"

"仲平你先别着急，先听我说，我今天又给我爸打电话了，他也犟起来了，就是不理老太太的茬。我知道你的账目是清楚的，我知道你把赚的钱都拿回家交给我了，我知道你作风严谨，从不偷税漏税。你不怕查。可老太太要没事干，她自己非憋出病来不可，她要是在我这耳朵根上唠叨，我真的会被她搞成精神病。"

"你就不怕我被她搞成精神病？"

"怎么会呢？你是见过大世面的人，你的心理承受能力是很好的。这一点，我充分相信。"

"得了得了，我用不着你给我戴高帽子。"

"这么说，你同意了？"

"我同意什么了？我同意什么了？唐雯，你这几天是怎么啦？我怎么感觉是你在给我下套呀？"

（三）

在家庭生活中是没有那么多道理可讲的，谁要想息事宁人，谁就得率先忍让。

许多家庭矛盾都是由一个"钱"字引起的，恰恰张仲平在这件事上处理得很好，公司是自己的，除了必要的流动资金，赚的钱均一五一十地交给了唐雯，因此，他并不怕岳母娘查他的账；相反，如果他不同意，倒好像他在背地里搞什么鬼似的，他倒要看看她能折腾出什么名堂来。

第二天上午十点，张仲平目不斜视，带着唐母走进了公司，小叶因为昨天已经跟老太太熟了，便微笑着迎上来跟她打招呼，别的员工则纷纷抬起头来朝她张望，同时却又怕被张仲平看到。

张仲平把唐母带到办公室，打开里间的电视让她看。小叶早已经替唐母泡好了茶，轻轻敲门端了进来。

张仲平说："妈，您先看会儿电视，我去跟财务部的金会计说一下，让她密切配合你。"

张仲平刚走出办公室，却被唐母大呼小叫地叫了回来，原来是她调台调出了徐艺捐款的画面，兴奋得大呼小叫，手舞足蹈："徐艺、小艺子，上电视了。"

电视里正播着徐艺给杨建国妈妈捐款的画面。

张仲平说："哦，这事我知道。"

唐母说："出息，我这外孙，真有出息。静一静，听听我的小艺子都说些什么。"

电视里，徐艺正对着镜头说话："我觉得，诚信是企业的生命，我们时代阳光拍卖公司虽然成立不久，实力还不是很强，但只要是我们承诺的事情，就必须不打一丝折扣地予以兑现。今天我们捐的是第一笔款，在不久的将来，我们还要捐第二笔、第三笔。如果条件允许，我们今后还会坚持这样做。"

唐母啧啧道："不错，小艺子，真不错。"

张仲平说："是不错。妈，我去财务部找金会计了。"

这时徐艺的那个节目也已经播完了，唐母回过神来，说："我听说金会计也是注册会计师？查账的事那就好办了。哦，对了，仲平，你今天都有些什么安排呀？"

张仲平说："我什么安排？妈，这会儿我还真不好说，说不定接个电话就得往外走。"

张仲平把门掩上，心里直嘀咕，这老太太想干吗？这账还没查上，是不是想得寸进尺，搞垂帘听政啊？这也太"可口可乐"了吧？

这世界上为钱操心的人还真不少。徐艺公司目前唯一的员工张小洁正在前台打电话，她说："爸，我也刚参加工作……上周寄的钱……好的好的，爸您别着急，我想办法我想办法。"

张小洁放下电话，愣愣地发着呆，连龚大鹏走过来都没有发现，直到他伸出手掌在张小洁面前晃了晃，她这才起身和他打了个招呼。

龚大鹏问："小洁，发什么呆呀？哦，我知道了，又在想我，对不对？"

张小洁说："龚老板就别拿我开心了。你找徐总吧？他不在，捐款去了。"

"捐款去了？他捐什么款呀？"

"你没看电视，也没看报纸呀？"

"哦哦哦，我不是来找他的，是专门来找你的。"

"找我？什么事儿呀？"

"借我五块钱吧。"

"干吗？"

"买份盒饭吃。你看，这不快到吃中餐的时候了吗？你吃中餐没有？"

"没有，不想吃，没胃口。"

"不想吃？你不是想减肥吧？我跟你说，你身材这么好，千万不要做那种傻事。要不这样，你干脆借我十块钱吧，我请你吃盒饭。"

"喏，这是十块钱，够你吃中餐和晚餐了，拿着钱走吧，别来找我了。"

"怎么啦？你怎么突然变脸了？听不出我在和你开玩笑呀？这么没有幽默感。"

"我是没有幽默感。得了，龚老板，我得告诉你，我们之间是不可能的，你以为靠请我吃吃盒饭真的就能打动我？"

"那你说，怎么样才能打动你？"

"说什么？有什么用？"

"你说都没说，怎么知道没用？"

"我就知道没用。我的事，你不用管。"

"我跟你打赌，保险有用。"

"好吧，我今天就跟你说实话，也好让你早点死了那条心。龚老板，你说你喜欢我，可你了解我吗？你了解我的家庭吗？我跟你说吧，我有两个妹妹、一个弟弟，我父母亲在一个小县城里做小买卖，生意一直要死不活的，还经常被城管撵来撵去的。为了我上大学，我两个妹妹都辍学了，这两天……"

张小洁说着说着突然哭了，似乎再也说不下去了。

龚大鹏急了，说："小洁你别哭，你别哭呀小洁，你快点告诉我，到底出什么事了？"

张小洁说："我爸买六合彩，亏了十几万，他借了高利贷，现在……现在那些债主天天逼他，扬言要卸他的胳膊卸他的腿。"张小洁说着又哭了。

龚大鹏说："小洁，不是我说你爸，他怎么能这样？这六合彩是人玩的吗？"

张小洁说："现在说这话有什么用？"

"也是……也是不能怪他，有多少人买彩票，就有多少人在做一夜暴富的梦。"

"我爸老给我打电话，我都怕了。我知道，我欠她们的，得还她们，可我……我怎么还呀？"

"你真是一个乖孩子，可是，靠你一个人，你还真还不了。"

"我算看明白了，现在这个社会，光是上大学，好不容易找个工作，改变不了命运。"

"你别这么说呀，多读点书总是好的。我吃亏，就是因为书读得太少了。"

"读书有什么用呀？女人要改变命运，靠嫁个好人，再不济，给人当小三也可以。而你，既不是我要嫁的人，也不是有能力包养我的人，你明白了吧？"

"我还就不明白了。小洁，你现在看不起我，是因为你对我不了解。我可以明确地告诉你，你就是我要娶的人。你说得没错，钱可以改变一个人的命运。我现在是没有钱，但我马上会有钱，我会赚很多很多钱。"

"还不仅是钱的问题。"

"对，我很矮，长得丑，又不温柔，比你起码大二十岁，还结过一次婚，但是，我会对你好。好得你都不敢相信那会是真的。"

"如果我都不敢相信那是真的，那就一定不是真的，龚老板，你还是走吧。我说了你帮不了我。"

"什么叫帮不了你？不就是你爸欠了人家十几万吗？咱别玩虚的，这债，我替他还了。三天以内，我准备二十万彩礼，上你们家提亲。"

即使在徐艺面对镜头侃侃而谈的时候，辛然仍然在想一个问题：把钱捐了，公司账上还有多少钱？

回到公司在电梯里，只有徐艺和辛然两个人。辛然到底还是没有忍住，终于向徐艺提了那个问题。

徐艺把食指放在嘴唇上，朝辛然"嘘"了一声，说："辛然你记住，永远不要在外面随便讨论公司流动资金紧张的事。"

辛然说："我是担心。再说，这不就咱俩吗？"

徐艺说："你放心吧，这几天吃饭的钱还有。辛然你别有压力，我一定会在短时间内赚大钱，相信我。节目晚上会重播，你要陪你爸看，记住我跟你说过的话。"

辛然点点头，一出电梯便挎着徐艺的胳膊。两个人朝公司走来，正好看到张小洁和龚大鹏两个头挨在一起说话。徐艺马上装出一副笑脸跟龚大鹏打招呼。龚大鹏反应也快，说："徐总，我可是等你大半天了。"

徐艺把龚大鹏请到了自己的办公室，让他在沙发上坐下，这才说："龚老板跟小洁很聊得来呀，可是，我看小洁的眼睛，怎么红红的？怎么回事？龚老板你跟我说，你是不是欺负人家小姑娘了？"

龚大鹏挠着头皮，嘿嘿一笑，说："我哪儿敢？"

"真没有？"

"真没有。"

"那好吧，到吃饭的时间了，我请你。"

"不吃。"

"不吃？怎么，龚老板莫非真的得了相思病，为小洁茶饭不思了？"

"徐总哪里话？大丈夫就怕没有钱，哪里怕没有妞泡？"

"龚老板嘴硬，我们哥们儿之间还用得着客套？有什么不能说的？是不是在张小洁那儿碰钉子了？这女孩子呀，有时候也是会拿拿架子的。你好眼光，慢慢来呀。"

"眼光好有什么用？关键是实力，实力产生魅力。"

"龚老板高见。"

"我算是看明白了，一个没有魅力的男人只配打光棍。"

"龚老板何出此言？我可是真心觉得你是一个很有魅力的男人。"

"真的？徐总倒是说说，兄弟我魅力何在？有多大？"

"按照龚老板刚才的逻辑，男人只要有实力就一定有魅力，有没有钱，是有没有实力的硬指标。龚老板曾经很有钱，在不久的将来，又会赚很多钱，这还用我说吗？"

"不久的将来，我将赚很多钱，我还是有这个自信的。问题是，我想现在就有很多钱，徐总，你得帮我。"

"哦，说说看，我怎么帮你？"

"很简单，你先借给我一点儿钱。"

"你找我借钱？你怎么知道我有钱借？"

"这还用说吗？徐总的拍卖会不是取得了空前的成功吗？"

"那……你又怎么知道我会借钱给你？"

"嘿嘿，徐总是明知故问。"

"怎么说？"

"徐老板不是有求于我吗？"

"我有求于你？"

"明人不说暗话，徐总敢说不想承揽胜利大厦的拍卖业务？"

"哦，原来龚老板在跟我谈交换条件。"

"徐总，你搞清楚了，我只是找你借钱，不是找你要钱，这钱是要还的。再说了，我可没说要把胜利大厦的拍卖业务委托给你。"

"嗯，龚老板，您什么意思？"

"你如果对承揽胜利大厦的拍卖业务没兴趣，那自然就算了，算我什么话都没说。你要是有兴趣，我会把拍卖推荐函开给张小洁，她替你拿来了业务，你得给她提成，对吧？"

"哈哈。没想到龚老板不仅懂行，还想两头吃，还挺怜香惜玉。"

"我不是随便玩的，是要娶她做老婆的。"

"龚老板这算盘打得精呀。你娶张小洁做老婆，这样，你花到她身上的钱，还是会流到你的口袋里。左口袋出，右口袋进。龚老板，可真有你的呀。"

"徐总，这话听起来这么不舒服？我有这么……我应该用什么词呢？是阴险还是卑鄙？"

"哈哈，这两个词都可以。"

"是吗？那借钱的事儿？"

"你要借多少钱？"

"一分不多，一毫不少，二十万。我给你三天时间，怎么样？先告辞，我等你电话。"

龚大鹏走之前还丢下了另外一句话，说得居然很有文艺范儿，他说："我发誓我对张小洁的爱是真的，它将是我人生中的最后一场恋爱，如果我追不上她，我将从此不再相信爱情。"

这话落在徐艺耳朵里却怎么听怎么像是对他的威胁。所以，当辛然问他是不是真的要借钱给龚大鹏的时候，他只能很悲壮地点了点头。没有人喜欢被威胁，但当你没有实力没有能力没有影响力的时候，你就得忍着别人在你头上拉屎，哪怕这个人是你压根儿就瞧不上眼的土包子。

"为什么？"辛然急了。

"因为要想拿到胜利大厦的委托，必须过他这一关。"

"即使过了他这一关，如果别的关过不了呢？"

"问题是，如果他这一关过不了，我们就没法往前走。辛然，我现在面临的情况，和我姨父当初面临的情况几乎一样。你知道我姨父是怎么做的，毫不犹豫地选择了借钱给左达。这一把，我得赌。"

"徐艺你听我说，我们把钱捐出去算不算赌？算赌。现在还不知道结果怎么样，你又要把钱借给龚大鹏，这又算不算赌？更是赌。徐艺，做生意可不是赌博呀。"

"不，辛然你错了。不仅做生意是一场赌博，连人生都是一场赌博。我跟你说过我和左达打赌的事，结果怎么样？我赢了。我为什么会赢？因为他失掉了理智，而我，始终沉着冷静。辛然，你相信我，我不是一个盲目冲动的人，不错，这是一个赌局，借钱给龚大鹏，只是加大了赌注的砝码。"

"好，就算你有借钱给龚大鹏的理由，可是，钱呢？钱在哪里？"

"钱，就在姨父公司的账上，现在看来，我们必须从他那儿借到钱。我得先搞定我姨妈，只要我姨妈同意，我姨父就会同意。再说了，我们不是还有最后一张王牌吗？别忘了这个世界上最疼爱我的外婆。我姨父为了家里的稳定，会同意借钱的。"

"可是，我觉得这事……"

"辛然，我做事不喜欢犹犹豫豫。如果我们借到了钱，龚大鹏的问题就算解决了，我们就得主攻东方资产公司，而只要再把它拿下，哈哈……时间紧急，我不吃饭了，去一趟东方资产公司，你呢？帮我想一想跟姨妈和外婆怎么说。反正，姨父的五十万，我是借定了。"

（四）

徐艺赶到东方资产公司的时候，差不多到了中午下班时间，颜若水的秘书余小姐接待了他，问他跟颜总有没有预约。徐艺先是老老实实地回答说没有，然后冲余小姐一笑，问她："我现在预约行不行？"

余秘书查看了一下电脑，说："对不起，颜总这个星期和下个星期的时间都已经安排满了。"

徐艺心头一紧，说："是吗？那太遗憾了。"见余秘书正准备去忙别的，赶紧找她要了一张名片。

余秘书把名片递给他的时候，徐艺朝她微微躬着身子，笑着问她："能不能赏光请你吃个便饭？"

余秘书回敬一笑，说："你别客气，不用了。"

大概一刻钟以后，徐艺又回到了东方资产公司，余秘书见是他，奇怪地问："怎么又是你？"

徐艺先左右望望，见周围没人，便说："哦，我想起我忘了送一张名片给你。"

余秘书接过，看了一下，说："你拿错了，这好像不是你的名片。"

徐艺一笑，说："没错。瑜伽健身会所的年卡，翻过来，上面是你的名字，会所就在你们这栋楼的三楼，听说这是省城最顶级的瑜伽会所。我还听说请人吃饭不如请人出汗，希望你不要拒绝。"

"这个——"

"你放心，我不会要求你现在就替我安排约见颜总的。"

"你……可以想办法先认识一个人。"

"哦？谁呀？"

"祁雨，青瓷茶会所的老板。"

"她跟颜总是什么关系？"

"你不能再问了，而且，我建议你赶紧去那儿。哦，这张瑜伽健身会所的年卡，你还是收回去吧。"

"千万别。我们这不已经是熟人了吗？哦，这是我的名片。"

徐艺要找的颜若水此刻正在青瓷茶会所那间专用包厢里与张仲平对弈。张仲平手持一枚云子，却迟迟落不下来。颜若水惊异道："一直以来，我觉得张总厚实行棋，坚实无比，今天怎么有点反常呀？"张仲平把目光从棋盘移到颜若水脸上，一笑，问："怎么说？"颜若水说："你不仅在序盘主动挑战，构思布局也有点勉强，而且行棋飘忽，似有心神不定之感……"张仲平哈哈一笑道："颜总不仅棋艺精湛，而且知人识物见微知著，真要有什么事，那是很难瞒过颜总的。其实，也没什么事，前天去了一趟以前当知青的地方，睹物思人，有点没休息好。"颜若水点头附和道："哦，那一定是想起了美丽而残酷的青春岁月，可以理解呀。要不，我们还是继续？该你了。"

张仲平今天还没接到曾真的电话或信息，他不知道是不是该主动给她电话或信息，可他是答应过她的，要不是周末，他得给她揉揉脚。张仲平有点看不懂自己了，不知道为什么对曾真的事会那么上心。不，这是不应该的。他尽量使自己平静了下来，开始和颜若水两个人你来我往地静静下棋。

就在这个时候，徐艺走进了青瓷茶会所，他问迎宾小姐有没有小包厢？迎宾说有，请问先生几位？徐艺说应该是两位，请问你们老板祁雨在吗？我想见她，这是我的名片。迎宾接过名片瞅了一眼，说："先生这边请，我看祁总在不在。"

张仲平和颜若水已经下完了棋，两人把棋子捡到棋钵里。

颜若水轻轻拍拍手掌说："承让，承让呀。"

张仲平起身扭了扭腰，道："哪里哪里，还是颜总技高一筹呀。"

"哦，张总你坐，向你透露一点儿消息，今天是周末，下周一，我准备把胜利大厦拍卖委托的事，正式拿到总经理办公会上讨论一下。"

"哦？好呀。"

"你们那些同行，哟，厉害呀，已经有好几家拍卖公司托关系在我这里打招呼了。有些电话和条子，还是从北京过来的。"

"是呀，要是没有钻山打洞搞关系的本领，谁都不敢做拍卖生意呀。"

"是吗？张总你是知道的，我懒得跟那些半生不熟的人打交道，我也不想搅到那些七扯八扯的关系里面去，到时候，帮了一家的忙，还不知道得罪多少人，所以，干脆一家都不帮，就找实力最强的。"

"比如像咱们 3D 公司这样的？"

"我跟张总，不是早就亦兄亦友了吗？"

"承蒙颜总看得起。"

"就这么点屁事，都快弄成胡子工程了。要怪就怪朱副总，要不是他，胜利大厦的拍卖，恐怕早就由你张总做完，落袋为安了。"

"是呀是呀，真是人算不如天算呀。"

"不过，慢一点儿也好。凡事不能勉强，一定得顺风顺水才行。"

"好在风头已经过去了。"

"你等我的消息吧。"

"谢谢颜总。"

"不不不，还不到谢的时候，虽然总经理办公会由我主持，也就走走过场，但是，参加会议的人也有十来个，也是什么事都有可能发生呀。"

"我知道。"

"要不然，接下来一段时间，我们还是把这棋瘾先戒戒吧。能不见面就不见面，免得别人看到了说闲话。"

"明白。我听颜总的。那……我结了账先走？"

"你等等，我还有最后一句话要跟你说。"

就在这时，迎宾小姐领着徐艺走进隔壁的包厢。

这边，颜若水压低声音在跟张仲平说话。

颜若水说："你注意到没有？祁雨店里新添了一件青瓷莲花尊，就是摆在大堂玻璃柜里的那一尊，很不错，我建议你收下。"

张仲平说："哦，我注意到了。看起来真是不错，只是不知道……价格怎么样？"

颜若水说："价格的事我不管，你先考虑考虑，考虑好了，直接和祁雨谈。别拖，就这两天。"

张仲平说："好的。"

颜若水说："我知道张总是很规矩的商人，但这一次，嗯，我建议……你先付点定金，这事……那事……就算是定下来了。花钱买个安心，你说呢？好东西，可是人人想要的啊。"

张仲平点点头："明白。我先去准备，随时等颜总……哦，不，祁老板的召唤。"

颜若水抿嘴一笑，不再说什么，低头自个儿给自个儿冲泡功夫茶。张仲平起身，静静地开门，悄悄儿地离开。

隔壁包厢里的徐艺听到了张仲平的声音，将包厢的门拉开一条缝，看着他悄然离去的背影。他走到窗户边，等了一会儿，便从窗帘后面看到了走出青瓷茶会所的张仲平，直到他开车远去，这才慢慢走回到自己的座位上。

祁雨手里拿着徐艺的名片敲开了徐艺那个包厢的门。

俊朗的脸，玉树临风的身材。

祁雨看着徐艺惊呆了，她没想到酒吧里那个为情所困的男人竟会主动找上门来。他会认出自己来吗？

徐艺乍一见祁雨不禁一愣。

祁雨先镇定下来，她问："您就是徐总？您找我？"

徐艺说："我……我们是不是在哪儿见过？"

祁雨说："很有可能，也许您以前来过我们这儿？"

"哦，不是。不好意思，我……认错人了，应该不是你，不过，太像了。"

"这证明我长了一张很大众的脸，没关系，认错人的，您不是第一个。"

"您真是太谦虚了。实际上，您刚才进来的一瞬间，真是把我镇住了。"

"怎么说？"

"您不仅长相甜美，而且气质竟然如此高雅、清新脱俗。"

"说漂亮话不用上税，所以，您倒是一点儿都不吝啬。"

"是漂亮话，也是真心话。哎呀，在我们这座城市里，居然还有这么一间身居闹市又远离尘嚣的茶坊，真是难得呀。我呢，又是遗憾又是庆幸。"

"先生遗憾什么又庆幸什么？"

"遗憾的是我孤陋寡闻，在此之前竟浑然不知；庆幸的是，今天终于有缘造访。"

"你这番感慨真让人愉快，您就是时代阳光拍卖公司的徐总？"

"正是。"

"您说的有缘，我倒是真有同感，因为……我正好有件事要问你。不久前，你们公司举办了一场艺术品拍卖会，我爸爸刚好在您那儿拍掉了两幅字。可不知道为什么，我们的拍卖成交款至今还没有收到。"

"令尊是？"

"祁家轩。"

"哦，您是祁主席的千金？您说的事，容我先去查一下，如果是真的，我会让财务马上付款。请祁总务必放心。来，咱们都别站着了，请坐。俗话说，借花献佛。我不懂茶，到了祁老板的地盘，可否请祁老板推荐一款？我唯一的要求是，不买对的，只买贵的……"

"哈哈，徐总可真会捧场，其实，对的和贵的完全可以合二为一。"

"那就太好了。不知道为什么，我乍一见到祁总，竟有一种见到了熟人似的亲近之感，跟您谈话，更是如沐春风，如饮甘饴。"

"徐总，您手边有纸巾，请您先把您嘴上的蜜擦掉了以后我们再说话，行吗？"

徐艺斜着眼睛望着对面的祁雨，不禁眉毛一挑，紧接着一笑。应该说，他不是完全在拍马屁，只是，他也没想到两个人初次见面，他竟然能够如此大胆地说出自己内心的感受。

祁雨此时也是内心春意盎然，她一方面庆幸他没能真正认出她来，一方面却忍不住感慨这世界如此之小，如此之奇怪。

徐艺手机响了，他对祁雨说："对不起，我得接个电话。"祁雨手一扬，笑着示意可以。

电话是辛然来的，她告诉他，她爸刚给她打了电话，说看到他捐款的电视了。徐艺问："你爸，哦，咱爸……他说什么了吗？"辛然说："他没说，只说他看到了你捐款的电视，然后就挂了电话。"徐艺说："好呀，宝贝儿，努力，加油。我现在在外面，回来就去姨妈那儿。"

徐艺接电话的时候并没有回避祁雨，祁雨听到了他跟辛然的每一句对话。她刚才春心荡漾的心情很快平复下来了，甚至连一点点小小的伤感都没有。

不管怎么样，曾经与自己有过肌肤相亲的男人就坐在自己面前，他甚至比那次在酒吧与酒店客房里的样子还要英俊帅气，至少显得真实很多。她忍不住想他电话那一头的女孩子是谁，是曾经抛弃他又跟他缠绵在一起的旧爱，还是他分手以后找到的新欢？

徐艺挂上电话，抬眼望去，却发现祁雨正眯缝着眼睛看着自己，她的眼睛清澈明亮，却氤氲着一缕似有似无的雾气，显得多少有点乖戾而深不可测。

星期六上午十一点钟，张仲平被唐雯从床上叫了起来。她告诉他，徐艺和辛然一大早就来了，来找他借钱。

张仲平一愣，道："徐艺找我借钱？"

唐雯说："你轻点。是这样，徐艺跟辛然的事定下来了，他想买套房子，还差点钱。"

张仲平说："是吗？就这么简单？他刚举办了一场拍卖会，还在媒体面前闹得风风光光的，他应该不差钱才对呀？他怎么想起找我借钱来了？他要借多少？哦，五十万。为什么偏偏是五十万？唐雯，你知道五十万是什么概念？按眼前的房价，不用按揭，可以买一百平方米，他这不是要借钱吧，是想让我们送他一套房子啊？"

"应该不是，他说了是借，还硬要给我们打欠条……嗯？仲平，你在想什么？"

"哦，我在想，这钱，我们不能借给他。"

"啊？"

"说实话，他离开公司我是有点不高兴，但他大学毕业以后跟我干的这些年，一直是兢兢业业的，他现在要成家立业，我们可不能亏待了他。你我不是说一直把徐艺当亲生儿子吗？这话不能光表现在口头上，还得落实在行动上。要不然，我们就买套房子送给他吧。"

"这个当然好。就怕小雨……"

"小雨不会有想法的。这样，房子由他们看，钱由我们出，只是，别买现房，买按揭房，分期付款。"

"那行，我先出去跟徐艺说说。"

唐雯从卧室出来，把张仲平的意思跟徐艺和辛然说了，没想到徐艺直摇头，说："姨妈，我不要买期房，就要买现房。我也不要姨妈姨父送房子给我，姨妈姨父已经对我恩重如山了，我不能不知好歹，我就想借50万的现金。"

唐雯说："徐艺，你这孩子也是的，你姨父都已经说了要送套房子给你，你又何必固执呢？"

徐艺说："不，姨妈，我需要现金。外婆，你是做会计的，买按揭房要多付不少利息呢，是吧，咱们何必把钱付给银行呀？"

唐母说："要不然，等下你姨父出来了，你亲自跟他说。我帮你敲边鼓。"

徐艺说："不，外婆。哦，姨妈，我怎么跟姨父开口啊，还是您跟他商量，反正您就帮外甥这次忙嘛，我肯定最快的时间把钱还上，就应应急，姨妈，我求您了。"

唐雯说："这不是求不求、还不还钱的问题……"

唐母说："哎呀，你就进去再跟仲平说说嘛，快去快去。多大的事儿，这是？"

唐雯说："妈。"

徐艺说："姨妈。"

唐雯说："好好，我跟他说。哎，你们呀。"

唐雯反身走进卧室，张仲平正在浴室里洗脸刷牙。

唐雯说："仲平，咱们还是把钱借给徐艺吧。这孩子也是，自尊心特强，不想白要咱们一套房子。再说了，我妈也帮着说。再说了，我之前也同意借给他了。"

张仲平说："你的嘴张得倒是挺快的。五十万，你也得先问问我，公司有没有这笔钱吧？"

唐雯说："这事都怪我，我不该同意我妈去你公司搞什么内部审计，要不然，她也不知道你公司账上还有一百多万。"

张仲平急了，说："那一百多万是……"话刚要出口，张仲平忍住了，涉及公司与人交往的一些敏感费用，决不向唐雯透露半个字，这是他给自己定下来的铁的规矩。另外，他刚才用冷水浇过了头，这会儿已没有了一丝睡意，完全清醒了，不禁对徐艺借钱的真实用途产生了怀疑。想到这里，他说："这个徐艺，为什么送给他房子不要呢？他那么急着要那笔现金干什么？"

唐雯说："他就是自尊心强，你要不同意，我怎么跟我妈说？她呀，最疼徐艺了，最宠徐艺了。"

真是一物降一物。唐雯不提她妈还好，一提，他就有了情绪。这事还得归到她帮忙查公司的账上去。金会计是鲁冰的亲戚，也是很有个性很有能力的一个人，她虽然很配合唐母，对她有关会计记账的说辞却不敢苟同，已经开始闹情绪了。这事张仲平还没来得及跟唐雯说呢，听到唐雯又说她妈，不禁感到心里有一团小火苗直往上冒。他说："我让她不疼徐艺了吗？她想怎么疼他都可以，干吗扯上我呀？"

唐雯说："仲平，你别急呀，我这不是跟你商量吗？"

"商量？商量什么？听你这话，你们不是都已经安排好了吗？这钱我要是不借，我是不是就成为家庭公敌了？"

"仲平，你怎么这么说话？"

"那你告诉我，我应该怎么说话？"

"你别生气，又没人强迫你。你要硬是不同意借，回掉徐艺就是了。"

"是我不同意借？我都愿意送给他一套房子了，你还说我不愿意借？再说了，你要想回掉，为什么不直接回掉？跑进来问我干吗？"

"还不是我妈。"

"你妈你妈，什么都是你那宝贝妈。我可跟你讲唐雯，她到公司的这两天，可没少给我添乱，只差闹得鸡飞狗跳了。好，你们娘儿俩，还有徐艺，你们就好好儿合计吧，我出去了。"

"今天是周末，你出去干吗？"

"我知道今天是周末，我本来想在家里清静清静，可我清静得了吗？"

张仲平拂袖而去，穿过客厅，唐母、徐艺和辛然眼睁睁地看着他，一时都有点儿傻了。

唐雯从卧室里追出来，在后面"仲平仲平"地叫着，张仲平早已拉开大门，砰的一声又把大门带上了。

唐母一怔："这是怎么啦这是？"

唐雯长叹一口气，一屁股坐在客厅的沙发上。

徐艺说："怎么啦，姨妈？姨父是不是不愿意借钱给我呀？"

辛然说："姨妈，如果实在有困难，就不要为难姨父了，我们……我们再想办法。"

徐艺皱着眉头看了一眼辛然。

唐母说："唐雯，我可把话跟你说清楚了，你爸你妈有退休工资有养老保险有医疗保险，不要你们操太多的心。有可能需要你们帮助的，也就徐艺这么一个人了。徐艺这孩子，你又不是不知道，命苦呀。"

唐雯说："妈，我也没说不帮他呀，仲平……他也还没说不同意呀。"

唐母说："那他拉脸摔门的给谁看呢？不错，仲平是个好人，可我告诉你，他公司里女孩子可不少。除了公司里的，外面的女孩子就更多了。我告诉你……嗯，现在的俗话怎么说的？男人有钱就变坏。你不能老是大大咧咧的，得想办法把钱抓到自己手上，你让他把那么多闲钱搁在账上，现在没事，说不定哪天就给你惹出事来，你还别不信。"

唐雯突然抽了抽鼻子，叫道："一股什么味儿呀？妈，你是不是忘了关火了？"

（五）

张仲平跳上车便一脚油门把车开出了车库，他啪的一声打开车载音响，里面正播放着狂躁的音乐，倒是跟他现在的心境配合得不错。

一把车开到大街上，张仲平便渐渐地平静了下来，他调了一个台，仍然在播放音乐，但已经柔缓了很多。

他对自己刚才的表现多少感到奇怪，不知道自己为什么要生气。这是他与唐雯第一次因为钱的事吵架。仅仅是因为钱吗？不，今天，或者说这几天，他对唐雯感到莫名其妙的烦躁，既不想好好儿地看她，也不想好好儿地跟她说话。

难道，那是因为自己心里已经有了另外一个人吗？难道，在潜意识中，你是在试图通过找唐雯碴儿的方式，来为自己某种不敢正视的情感寻找理由吗？

红灯亮了，张仲平视而不见，直到车身完全越过驻车线，这才醒悟过来。可就在这时，后面的车子已经紧紧地跟了上来，堵住了他的退路。接着，他看见不远处的交警朝他这边走了过来。

交警敲敲他的车窗，向他敬礼，示意他摇下车窗、出示证件。这时绿灯亮了，交警示意他把车开到路边，接受处罚。张仲平心里烦躁得要命，却不得不忍着。

此时的曾真也很烦躁。频道高总监正带着她和台里几个美女一起陪广告客户丁老板在华悦酒店吃饭。

无酒不成宴，今天这酒喝得有点闷，丁老板一脸不爽气的表情："高总监，我们好说歹说，曾真大记者硬是不端杯，你说，这酒怎么喝呀？"

曾真说："丁老板，实在不好意思，我这两天身体有点不舒服，等下次我身体好了，我一定陪你喝。"

丁老板说："哦，原来是这样呀。我可是一个怜香惜玉的人，你告诉我哪儿不舒服，也让我有个机会嘘寒问暖呀。"

曾真说："我……我前几天崴了脚。"

丁老板说："曾真大记者，你这借口找得有点勉强，干脆就是不给我面子嘛。你难道需要用脚喝酒吗？"

曾真本来想回敬他，你才用脚喝酒呢。想想还是忍住了，她耐着性子说："我说我的脚不方便，是因为你刚才跟我几位同事喝的什么大交杯，什么空中加油，我做不来。"

丁老板说："哦，这事好办。只要你肯端杯，我们来个小交杯就成。我只有一个小小的条件，你得把这杯里的酒一口干了，感情深，一口闷。"

曾真说："对不起，我没心情。"

丁老板说:"说到底,还是曾真大记者不给我这样的小老板面子。高总监,既然这样,我们公司准备投放的八百万广告费,恐怕就只好换台了。现在电视频道不止你们一家吧?"

高总监说:"丁老板您别着急,您先请坐您先请坐。曾真、曾真,丁老板对你可是仰慕已久,这酒……"

曾真说:"高总,我说了不来,你非得让我来。一开始我就说了,我只是台里的出镜记者,不是陪酒的。"

高总监赶紧起身走到曾真旁边,轻轻拍了拍她的肩膀说:"曾真,打住了,不就是一杯酒吗?别说得那么难听。来,你起身,和我一起陪丁总喝了。"

曾真平时跟高总监关系不错,见他这样,也不好太不给他面子,想了一下,起身道:"对不起,丁总,怪我不会说话,我自罚三杯。"

丁老板说:"自罚三杯?这可是你说的!"

高总监知道曾真不能喝酒,犹豫着要不要阻止她,却见曾真把几个女同事的空杯子拿过来,哗啦啦倒满了三杯酒,咣当咣当咣当,一口气没歇连着把那三杯酒仰着脖子灌到了喉咙里。

曾真将手里的酒杯往桌子上重重地一拍,道:"对不起高总监,我喝多了,留在这里,我怕扫了大家的兴,先告辞了。"说完,转身拄着拐杖就走了。高总监急忙劝阻,却哪里劝阻得住?其他人看着都傻了。

丁老板哈哈一乐:"平日我喝酒最怕三种人,一是长头发的,二是声明自己不会喝酒的,三是既是长头发又声明自己不会喝酒的。像今天这一号,我还是头一次碰到,高总监,你们台里可真是藏龙卧虎呀。"

张仲平打开办公室的门,穿过空荡荡的员工办公区,走进自己的办公室,把身子往沙发上一摔。正是吃中午饭的时候,他却连早餐都还没有吃。一边是肚子里呱呱直叫,一边却毫无食欲。他的手机响了,一看,正是唐雯的手机号码。他懒得接,顺手把手机往沙发上一扔。

没过半分钟,座机响起,还是唐雯,张仲平想了想,拎起了话筒:"喂,干吗?星期六就不能来办公室了?我倒是想待在家里,可我待得下去吗?"张仲平怕说出更难听的话来,忙把电话挂了,一屁股坐在椅子上,用双手支撑着头。

没过多久却传来了门铃声。是唐雯追过来了?看来躲都难得躲掉呀。

张仲平叹了一口气，拖着两条腿走到门边，把门拉开，没想到站在门外的，却是挂着拐杖的曾真，她的脸颊烧得绯红，竟泪流满面。

像一颗小小的鞭炮在胸腔里爆炸了似的，张仲平觉得自己的心脏突然热得发烫："曾真？怎么是你？你怎么啦？"

曾真咬着嘴唇的牙齿不停地颤抖着，她突然扔掉拐杖向张仲平扑过来，那只受伤的脚却被门口的地毯绊了一下，张仲平眼疾手快，将差点倒在地上的曾真一把抱住。曾真趴在张仲平身上，抱着他狂吻起来。

饭厅里的唐雯失手打碎了一只碗，唐母忧郁而略带不满地看着她。

唐雯说："仲平去公司了，他肯定还没吃饭，我得准备点饭菜给他送去，徐艺，你送我一下。"

徐艺默默地点点头，他没想到会是这样。周末中午的街道上车辆并不是很多，徐艺一路上开得很快。

大家都没说话，还是辛然打破了沉默："姨妈，今天都怪我们，我们不该……艺哥，要不然，我们……"

徐艺固执地沉默着，看都不看辛然一眼，脸上没有半点表情。

唐雯连忙说："不，辛然，你……你们别自责，我感觉，今天……不是钱的事。辛然，你不知道，徐艺知道，你姨父不是那种小气的人。徐艺，我告诉过你没有？你姨父多次跟我说过，要把公司交给你做，还要给你股份。"

徐艺说："我知道。姨父还跟我说过，我要是在外面混不下去，随时可以回公司。他……他是希望我在外面混不下去呀。"

辛然说："艺哥，徐艺，你说什么呀？"

唐雯说："不管怎么样，徐艺，你得理解你姨父。唉，我也不知道他今天怎么会那样，也许，是我跟他提这件事的时间、方式错了。"

徐艺说："姨妈，真是难为你了。"

辛然说："是呀姨妈。也怪徐艺，其实，我是可以求我爸爸的，我爸朋友多，我们只要向他张嘴，他肯定有办法，可艺哥就是不让。"

徐艺说："我当然不让，你爸爸本来就不同意我们开公司，我们去找他，只会让他更加看不起我。"

唐雯说："好了，我相信我能做通你姨父的工作，万一不行，我借给你们，行吗？这些年，你姨父赚的钱，都交给我了。你们就放心吧。"

辛然为了活跃气氛，说："艺哥，听见没有？"

徐艺说："什么呀？"

辛然说："姨妈刚才说，姨父赚的钱，都交给姨妈了。在这方面，你可要好好向姨父学习。"

赚钱是门技术活，颜若水恨不得把这门技术活一下子全部教给祁雨。他和她站在罩在玻璃罩里面的青瓷莲花尊跟前，向她面授机宜，他慢条斯理地说："价格的事，得你和张仲平谈。"他习惯地四下望望，见周围没人，又蹦出一句，"收点定金。"

祁雨说："多少？"

颜若水说："太少了没意义。"他向她竖起一根指头，说："就这个数吧。"

祁雨说："他……会答应吗？"

颜若水说："他有钱。他们这生意，无本买卖，槌子一响，黄金万两。放心吧，他会很乐意交这笔定金。你赶紧给他打电话，现在就打。"

张仲平的手机响起来的时候，他正让曾真靠着自己，在给她喂茶水。很显然，她这会儿正处在大脑被酒精麻醉了的状态。

刚才的亲吻是出于她在清醒意识支配下的行为吗？

有一点可以肯定，那一通持续了不到十秒钟的深吻，似乎耗尽了她全部的力气。她很快松开他，一头倒在了沙发上。

曾真朦朦胧胧中感觉有人在动她，挣扎着一把把张仲平推开："滚开，你别碰我。"

茶水溅了张仲平一身，张仲平一笑："这叫什么事？"

张仲平回头一看，曾真已经一头倒在沙发上睡着了。

张仲平的手机已经是第二次响起了，他以为又是唐雯，不想接。一想不对，如果真是唐雯，她会打办公室的电话。拿起来一看，却是祁雨。

祁雨问他方便不方便，能不能现在就来一趟青瓷茶会所？

张仲平昨天刚与颜若水见了面，知道祁雨这个时候找他是什么意思，忙说："行，我马上过去。"

张仲平估计曾真需要好好休息一下，便把她扶到自己办公室内间休息室的床上躺下了。他替她脱了鞋，盖好被子，便轻轻退出来，关上门，离开了公司。

几乎是同时，徐艺已经开车到了张仲平公司楼下，唐雯拎着饭盒从车上下来，挥手和徐艺告别，然后转身，正好看到刚从电梯里走出来，就要走出写字楼大堂的张仲平。

张仲平吃了一惊："唐雯？你……你怎么来了？你来怎么也不打个电话？"

唐雯说："我估计你没吃饭，给你送饭来了。"

"我要你送什么饭？我已经吃过了。"

"吃过了没关系。嗯，你这衣服怎么湿了？"

"哦，刚才喝水洒的。"

"喝水洒的？你三岁孩子啊？嗯，你这身上怎么一股酒味儿？你喝酒了？"

"哎呀，你别唠叨了行不行？"

"好好好。仲平，刚才怪我没把话说清楚，我们能不能好好谈一谈？"

"可以，但现在不行，我跟人约好了，得去办事。"

"那好吧，你先去办事，我昨天晚上没休息好。要不，你把钥匙给我，我到你办公室去休息一会儿。"

"什么，你去我办公室休息？"

"是呀，我在办公室等你，你晚上要没事，我们就一起回家。怎么？不方便呀？仲平，你没在办公室金屋藏娇吧？"

"你开什么玩笑？你去吧你去吧。"

张仲平把办公室的钥匙取下来交给唐雯。他转身离去，急忙上了停在大堂不远处的车。

唐雯还没走到电梯口，突然听到了一阵急促的汽车报警声，她急忙转身，发现张仲平的车子已经和停在旁边的一辆车子撞到了一起……

第十四章

（一）

　　唐雯急急忙忙冲到张仲平车子旁边，发现他那边的车门被撞得凹陷进去，都已经打不开了。她打开副驾驶这边的车门，提醒他赶紧熄火，连拉带拽地帮他从车子里出来了，围着他前后上下左右看看，见他人没受伤，忍不住埋怨，你这是怎么啦？张仲平挠挠头，又向唐雯摇了摇手，一副惊魂未定的样子。

　　这时，写字楼的当班保安也冲过来，问道："怎么啦，你撞人家车了？"

　　张仲平连忙说："是是是，全是我的责任，这是我的身份证，我是二十一楼3D拍卖公司的，我得去办点事，得赶快走。这是我太太，她不走，车也不走，都留在这里。你联系车主，该怎么赔我们怎么赔，好吧？"

　　保安说"好吧"，开了对讲机，哇哩哇啦地跟他的领导汇报。

　　张仲平把车钥匙递给唐雯，说："你先把钥匙拿着，赶紧打电话给保险公司，处理完之后联系修理厂修车，我得走了。"张仲平假装走到街边去拦车，又像是突然想起什么似的走回到唐雯身边说："你还是把公司的钥匙给我吧，我不知道等下还要不要回办公室取什么文件。"

　　唐雯把一直在手里拿着的公司的钥匙递给了他。张仲平觉得自己挺阴险的，但他使出这一招也是事出无奈，否则，让唐雯开门进到办公室，看到曾真醉醺醺地躺在自己平时午睡的床上，他如何解释得清楚？

　　张仲平行色匆匆地赶到青瓷茶会所，直奔祁雨办公室。因为已经是老熟人了，祁雨并不跟他过多客套，只问他："大堂里的那件青瓷莲花尊看到了没有？怎么样，不错吧？"

这种问题就像是师生共同作弊，答案是准备好了的，张仲平点点头说："真是好东西。"

祁雨说："不瞒你说，已经有好几个人在问价了。不过，姐夫说这东西跟你有缘，不用管别人，就给你留着。"

张仲平继续配合着演戏，说："是是是，我从内心里感谢颜总，祁老板你放心，这东西我要定了。你看我们是不是把定金的事商量着定下来？你说个数，我也好准备准备。"

祁雨说："照道理来讲，这定金嘛，也就表示一下双方的买卖诚意，有个意思就行了。"

张仲平说："对对对，祁老板是做大买卖的人，知道套路。但是，话是这么说，也还是要请祁老板具体说个数才好呀。"

祁雨笑笑，朝张仲平竖起一根手指头，说："要不，您给个整数就行了。"

张仲平心里一愣。定金一百万本来在他的心理承受范围之内，但上午出了徐艺借钱的事以后，他有点犹豫了，因为公司账上也就留了一百万多一点点，全付了，他就没有了腾挪的余地。想到这里，张仲平冲祁雨笑笑，伸出一只手，把它摊到祁雨面前，道："我觉得，这个……应该足以体现我的诚意了。"

祁雨也一笑，再次朝张仲平竖起一根手指头，道："我觉得，这个……更能体现您的决心，嗯哼？"

这算是张仲平第一次跟祁雨打生意上的交道，不得不佩服这个女人机敏、聪慧而且犀利。更重要的是，他不知道这是她的意思还是颜若水的意思。

就在张仲平犹豫之时，祁雨道："张总是不是还需要再考虑一下？"

再考虑什么？是再考虑做不做这笔生意还是再考虑付多少定金？这话绵里藏针，意味着已经把张仲平讨价还价的余地一下子全堵死了。他心里有点不爽，脸上却不敢有丝毫的流露，反而又是一笑，忙道："不用再考虑了，一切听颜总的。"

祁雨道："张总您错了，这是你我之间的事，跟颜总没什么关系。"

张仲平点头道："对对对。那我就听祁老板的，请容我稍微准备一下，行吗？"

祁雨道："行。"

从唐雯下车，到进入公司办公室，徐艺一直没说话。直到把自己的身子斜摔在沙发上，这才感叹地说："姨父这着棋高明呀，辛然，你知道他为什么不愿意借钱给我，反而愿意给我们买按揭房吗？因为他不需要一次性投多少资金，却能长时间地控制我。"

这话让辛然有点吃惊，说："你说姨父想长期控制你？徐艺，这是你的想象吧？姨父干吗要这样呀？"

徐艺从沙发上坐正了身子，摇了摇头说："凭他的智商，他不会猜不到，我们找他借钱不是为了买房而是为了在中院入围，是为了胜利大厦，所以，让他借钱给我，相当于让我买枪打他。"

辛然说："徐艺，艺哥，你这说法也太极端太恐怖了吧？什么枪呀杀的，你知道吗，我一直都在担心你跟姨父的关系，你们是同行，会不会因为竞争胜利大厦而把关系搞僵呀？"

"现在说这事还为时过早，我现在跟他根本不在一条起跑线上。他太强大了，我拿什么跟他叫板呀？你看，这钱不都还没着落吗？该付的钱倒是不少。"徐艺说着从沙发上起来，拿出拍卖图录，指着祁家轩的两副对联对辛然说："喏，你先查一下这两幅作品的成交情况。"

辛然翻出拍卖成交凭证，说："一副四万二，一副四万五，总成交是八万七千元。"

"这么高呀！又是那两个电话买家？"

"对。"

"别的委托人可以先缓一缓，这祁家轩的拍卖成交款可不能不付，而且得马上付。"

"为什么？"

"祁家轩的女儿叫祁雨，是青瓷茶会所的老板，跟颜若水的关系非同一般，我不仅不能得罪她，还要通过她接近颜若水。"

"可是，这钱我们已经付不出来了。"

"付不出来了？付不出来了也得付呀，我已经答应了她要马上解决的。"

"要不，还是跟我爸说说吧，请他帮我们想想办法。"

"是呀，你爸要是肯帮我们，那就什么问题都没有了。可是，不行。我说过了，在你爸还没有完全认可我之前，我们不能向他开口，这是一条铁律。我们不能轻易地去求他，千万不能。"

"那钱的事情怎么办？"

"所以，我们别无选择，只能从姨父那里想办法。他准备借给左达的钱，是我替他省下来的。找他借钱，我理直气壮。"

张仲平从青瓷茶会所出来，才发现自己已经饥肠辘辘。他就近走进一家米粉店，想吃碗米粉先垫垫肚子。老板问他是吃圆的还是吃扁的，他说吃肉丝的。老板说："我晓得你要的是肉丝米粉，我问你是吃圆的还是吃扁的？"张仲平说："随便随便，快点快点。哦，干脆你给我来两碗，一碗圆的，一碗扁的。"

直到一碗米粉下肚，张仲平这才开始感到后怕。一方面，如果唐雯早上楼五分钟，她将正好把他和曾真堵在办公室里。他无法想象，那会是一种什么样的局面。另外一方面，他虽然一直竭力控制着对曾真的感情，可是，当他发现曾真似乎对他也有了某种特殊的感情时，他对原来的坚守有了动摇。他会跟唐雯离婚吗？当然不会。他会娶曾真吗？当然也不会。可是，在你周围，不到处都是在两个女人之间玩平衡木的男人吗？

张仲平吃完米粉，来到大街上，漫无目的地朝前走着。他不敢回公司，因为他不知道唐雯还在不在公司楼下，曾真肯定还没走，唐雯要是跟他一起上办公室，那可怎么办呢？他这才清醒地意识到，该如何撒谎哄人、兼顾两头的日子可能马上就要开始了。就比如说现在吧，他理应先跟唐雯联系，第一，他得问问她车子弄到修理厂去了没有；第二，祁雨要一百万保金证，偏偏唐雯她妈妈知道公司账上有这笔钱，那么，接下来的问题是，徐艺要借钱的事怎么办？先去见曾真也有一二三四条理由，她酒醒了没有？她饿了吗？要不要买点吃的东西给她带上去？这样说来，他还真不能去见唐雯，因为如果见了她之后可能便一时难以脱身了，那样，你等于把处于醉酒状态的曾真一个人丢在了办公室里，那也太不像话了吧？

龚大鹏和何宝迎面走来，一眼就看到了张仲平。张仲平还沉浸在自己的思想中，竟对他们视而不见。龚大鹏叫住了他："张总？你怎么会在这儿？你今天怎么会这么轻闲呀？怎么没开车呢？"张仲平反应过来说："哦哦哦，还好还好。车子在做保养，你们这是去哪儿？"龚大鹏说："我们没事，不就瞎逛呗。张总，我正要问你，胜利大厦拍卖的事怎么样了？

我可是等着分钱呢。"张仲平说:"分钱?分钱好,分钱好呀。"这时手机响起,他对龚大鹏示意一下,开始接听电话:"唐雯啊,我在哪儿?我……正和朋友喝茶呢。你在哪儿啊……"张仲平似乎已经忘记龚大鹏的存在,竟一边打着手机一边径直离开了。

龚大鹏倒是奇怪了,嘿,这个张仲平,怎么这么没礼貌?该不会是躲着我吧?他不是在大街上走着吗?怎么说是和朋友喝茶呢?

唐雯告诉张仲平,她已经把汽车送到修理厂来了,他们说得过两天才能取车。她先回家了,让他没事也早点回家吧。她说他今天脸色不好,要好好休息休息。今天可是周末。

说实话,唐雯的一席话并不算啰唆,张仲平听了却有点心不在焉,但也不想刺激她,便叹了一口气道:"我也想回家休息了,可我是商人啊,商人不就得白加黑、五加二吗?"唐雯一下没听明白,问什么白加黑、五加二?张仲平解释说:"白加黑就是白天加黑夜,五加二,就是一个星期,五个工作日,再加两天周末。意思就是说,挣钱不分白天和黑夜,每周工作七个整天。"唐雯说:"仲平我们得好好谈谈了,我说你能不能不那么累呀?你这样我很心疼。"

张仲平本来想顶撞她,说我不累行吗?徐艺表面上是找我借钱,我看其实是想掐住我的脖子。这话到嘴边又咽了回去。唐雯最后一句话肯定是心里话,哪有老婆不疼老公的?便缓了缓语气,说:"好了好了,我这会儿正谈事呢,今天晚上估计不能回家吃饭了,还得晚点才能回家。好好好,没事挂了。"

张仲平这是在替等一下去见曾真打伏笔。他一直在想她给他的那个吻,她那柔软而有力的舌头,带着清澈而馥郁的酒香。

当张仲平手捧鲜花走进他自己办公室里面的休息室时,曾真还在酣睡,整个身体蜷曲着,就像一个婴儿。他把那一束花摆放在她枕头边,希望她醒来的时候睁开眼睛就能看到,可转念一想,似乎又觉得不妥。花是用来看的、闻的,她要是一个翻身把它压坏了呢?那是有可能弄脏和划坏她的脸的。他赶紧把花收拾起来,转身想找个地方重新摆放。

曾真翻了一个身,吧嗒着嘴说:"水……"

张仲平连忙到外面饮水机里去倒水,进来,躬身在床边,问:"你醒了?"

曾真睁开了眼睛，本能地把被子往自己身上拉，半撑着身子，睁大眼睛望着他："呀，我这是在哪儿啊？我……你怎么在这里？"

　　张仲平把杯子里的水递给她，让她伸手接了，自己顺便拉过一张椅子坐下，说："你喝了酒，自个儿跑到我办公室里来了。"

　　曾真眨巴着眼睛，若有所思地点点头，说："对，我想起来了，我是喝了酒。不是我要喝的，是我们头儿逼着我喝的，我连喝了三杯，扔下他们自个儿跑了。我的第一个念头就是要见到你，我跟自己打赌，一定会在你的公司里见到你。"

　　张仲平点点头，却不敢望着曾真的眼睛，而是盯着她那圆圆的、翘翘的小下巴，用一种平时没有的梦幻般游离的声音说："我本来不想来公司的，实际上，周末我从来不来公司，今天是个意外，也是……也是一种天意。"

　　曾真没有吱声，这让张仲平觉得有点奇怪，他眼光上移望着她的眼睛，却见她微微皱着眉头，直瞪着他。

　　张仲平突然觉得自己的心狂跳了起来，喉咙紧紧的，似乎呼吸都变得不那么顺畅了。他使劲地咽了咽口水，声音抖抖地说："你怎么啦？是不是……头痛？要不要我帮你……按一按？"

　　曾真摇着头，眼光垂下来道："不，我在想你刚才说的话，你说……这……真的是天意？"

　　她突然抬起头，已是泪流满面："知道我为什么一心就想着要见到你吗？因为……因为……我想你抱紧我。"

　　张仲平起身朝床前一冲，一把将曾真紧紧地揽在怀里。

　　曾真几乎用了和他一样的力气回抱他："知道我为什么想要你抱紧我吗？因为……因为……我想我是爱上你了。我不想这样，可是……可是我无力抗拒，你知道你有多坏多讨厌吗？"

　　"我不知道。可是，既然你这么说，那我就一定是个坏透了顶也让人讨厌得不得了的人。"

　　"那你……觉得我是不是也是一个坏透了顶也让人讨厌得不得了的人？"

　　"不。恰恰相反，曾真，你是一个……你是一个……曾真你听我说……"

　　都到这个份儿上了，还有什么可说的？张仲平只觉得脑子里一片空白，不知道是被铺天盖地奔涌而至的激情烧灼了还是惊吓住了。他浑身抖个不停，又似乎因为那种发抖而羞愧难当，他应该再使劲搂抱她亲吻她把她扑倒在自己身子底下吗？还是……还是……还是就那样像个傻子似的呆立在她面前，或者说一些不知所云的傻话、疯话？

如果他们两个人都给自己定义成坏人，那他们是不是什么事都能干了呀？是，还是不是？

这场挣扎经过了可怕的几秒钟，却好像一个世纪那么漫长。他听到了两个人的心跳像战鼓一样被擂得咚咚震响，又突然像停止了跳动似的一片寂静。不，这样不行。这样下去，鲜血会凝结不动的，心脏会跳跃得把心房撑破的。是死亡还是新生？他想起了他和她共同经历的那场暴风雨，既然那场暴风雨并没有夺走他们的生命，那为何不让这场看不见真的风真的雨的暴风雨来得更猛烈一些？

是的，不管了，什么都不管了。管那么多干什么呢？暴风雨来得更猛烈些又怎么样？洪水滔天又怎么样？

（二）

两个人完全没有想到，他们竟然会相拥着入眠。

一开始，他们或许只是在激情消退后不知所措，不知道该说什么该干什么而已，慢慢地，极度的松软伴随着疲惫，侵略了他们，使他们渐渐地进入了梦乡。那是真正的黑甜之乡，深沉、温暖而甜美。

张仲平先醒了，却不敢动，因为曾真枕在他的胳膊上，他怕一动会把她吵醒。他没想到的是，她其实在他醒来之前十来秒的时候就已经醒了，也是不敢动，怕一动会把他吵醒了。

他鼻子痒，只是轻轻地抽了一下，她便立即转过身来，先快速地望了他一眼，然后把头埋下去，在他胸膛上蹭了蹭，又突然伸出手来，紧紧地抓住了他的两条胳膊，用一双泪眼望着他，说："我们做了什么？我们为什么要这样做？"

他答非所问地回答道："我爱你，是的，我爱你，我非常非常爱你，我觉得我已经爱你爱了一万年了。"

她笑一笑，又摇了摇头，说："爱是一种多么美好的感情，爱……是不问青红皂白的吗？爱如果是不问青红皂白的，它是不是就可以不顾一切？那它是不是具有威力无限的杀伤力和破坏力？"

"爱是有杀伤力，是有破坏力，对，你说得对，爱会让人不顾一切。可是——"他捧着她的脸，深情地望着她，说："可是，我该怎么办？我们应该怎么办？"

"我该怎么办？我们应该怎么办？是呀，张仲平……仲平，你是男人，你比我年纪大，你说我们该怎么办？我们应该怎么办？"

"曾真，我爱你，如果……我是说如果，我们……把今天的见面看作是一种天意，我……我们……其实是没有选择的，你……不怪我吧？"

曾真说："怪你？为什么呀？"

张仲平再次紧紧地拥抱曾真，两个人热烈地亲吻。突然，张仲平口袋里的手机响了。他不管它，仍然紧紧地拥抱着曾真，与她热烈地亲吻着。手机断掉，又响起。又断掉，又响起。曾真推开他，让他先接电话。

张仲平有些无奈地起身，见是龚大鹏来的，忙接了，不等他开口说话便说："龚老板我这会正在有事，晚点打给你吧。"不由分说便挂了，顺便把手机往床上一扔，又把它捡起来，把它调成静音。

当张仲平试图再次拥抱曾真时，被曾真伸手挡住了。她说："我们是不是太冲动了？是的，爱是有杀伤力和破坏力的，仲平，你想毁掉一切吗？"

张仲平说："我……我不知道。"

曾真说："要让爱成为一种美好的感情，就不得不想到与爱形影相随的东西——责任。对，爱……也是一种责任。"

"责任？"

丁零零的电话铃声响起，两个人不禁一愣，因为这次是座机。张仲平先抓起手机，一看，已有两个唐雯的未接电话，他到办公室去看座机的来电显示，发现还是唐雯。他没接电话，任它响着，轻手轻脚地走了回来，好像脚步声大了，会被电话那一头的唐雯听见似的。

"是她？"曾真问，有点哀怨地望着他。张仲平点点头。

"你给她打过去吧。用手机，等座机停了之后。"曾真对似乎有点发蒙的张仲平说。

张仲平等隔壁的座机断了，用手机给唐雯打了电话："回不回家吃饭？不是已经跟你说了不回家吃饭吗？你怎么回事呀你？再说，这都什么时候了？行了，我在谈事呢，挂了啊。"

等他返回休息室的时候，曾真已经起床开始穿衣服了。她呆呆地望着张仲平，半晌，这才幽幽地说："这……是不是也是天意？对，这确实也是一种天意。它提醒我，也提醒你自己，你是有家的人。"

"曾真，对不起。"

"没有什么对不起的，我们刚才……真是太冲动了。是的，我爱你，我不应该爱你，可我恐怕已经真的爱上你了，她的电话提醒了我，你是有家有室的人，因此，我们……也许只能到此为止，不能再往前走了。"

"曾真……"

"你刚才打电话多么不耐烦，那是你对她心有愧疚感的表示，却让我的心跟着痛了一下。我……我们，有什么资格伤害她？"

"曾真……"

"你别着急，先听我把话说完，这个电话，突然让我清醒了。我们之间不能有爱，除非……除非……"

"除非怎么样？"

"除非有一天，你和她不是因为我，而是因为你们自己的原因，不能再相处下去了，我和你，能够理直气壮、光明正大地在一起。"

"曾真……"

"不，你别误会，我不是逼你离婚，不是，最多……最多算是一种假设，一种不需要你做出任何选择的约定，因为，对我来说，我要的爱情，可以不完美，但必须完整。我爱你，必须完全彻底地拥有你，光明磊落，坦坦荡荡，无须偷，无须抢。我想，这也是对大家，你、我还有她，最起码的尊重，也算是一种最起码的公平，你说呢？"张仲平站在她面前，望着她，无言以对。

没想到曾真竟然扑哧一笑，说："别发傻了，刚才我被泪水蒙住了双眼，还不知道是不是看清了你的真面目呢。你……我说句话你别生气啊，我不知道怎么会这样，也许因为爱情就像喝醉了酒，头脑明明是清楚的，但行为就是不受控制，有些事明明知道不该做，却还是做了。好讨厌。"

张仲平仍然不知道该怎么说。可以在爱字前面或后面加上很多形容词，比如说爱如潮水，张信哲就唱过这样一首歌。但潮水是有涨有落的。

激情确实可以让人去干很多平时想都不敢想的事情，乃至于犯罪，因为人不可能听任激情在胸腔中膨胀得五脏六腑楚楚生痛，那是一种除了死亡之外最难以对付的状态，也像发高烧，明知道可以把人的脑子烧坏，有时候却无能为力。当然，高烧的结果有两种，要么烧坏，要么退热，而一旦理智回到身体与大脑之中，人就得回归平淡的、日常的生活，有时候甚至不得不收拾残局。

是的，爱确实具有强大的杀伤力和破坏力，张仲平不可能不知道，一种不可能见光的感情，最终将伤害到与此有关的每一个人，而且将伤得伤痕累累、心力憔悴。这样的人和事他见得太多了，这也是他在这之前一直保留着对唐雯的忠诚的原因之一。就像一个段子说的，偷情人人有，不被发现是高手，有时候男人不是不想出轨，是不敢。

想到这儿，张仲平隐忍着叹了一口气，坐在床边，拉着曾真的手道："曾真，你说得对，爱既是一种激情，也是一种责任，好在，我们无法预测明年、明天，甚至下一个小时，究竟会发生什么。有人说，有情不必终老，暗香浮动恰好，无情未必就是决绝。我觉得，爱上一个人，就像硬币的两面，无论你选择正面还是反面，可能最后都得照单全收。也许，我们需要等待的只是时间，要么让激情消退，要么让感情更加浓烈。有一点可以肯定，我不想伤害你，也不想……是的，我也不想伤害她。你问我该怎么办，我真的不知道，但也许时间能给我们一个稍微靠谱一点儿的答案，你说呢？"

曾真问："你这是要我等你吗？"

张仲平一愣，不知道是该点头还是摇头。如果点头，会不会被曾真理解为一种承诺？接下来，她会不会问你，你准备要我等多久？如果摇头，她会不会认为你在敷衍她？

两个人都不说话，空气似乎慢慢地凝固了起来。

没想到曾真又是一笑，看着他，也不说话，好像他那窘迫的样子实在有趣而好笑。张仲平觉得那转瞬即逝的笑容里似乎隐藏着某种东西，让他的心不由得一揪。终于，曾真伸手轻轻地抱了抱他，说："你知道吗？你现在这样子真的好傻好可爱。你就放心吧，我是不会逼你娶我的。我们这一代人，不求天长地久，但求曾经拥有。对我来说，真要找人嫁出去，你也稍微老了一点儿。"

张仲平很机械地问道："真的？"

曾真说："可能真是哟。傻瓜，我是不想让你太紧张。对她，我们已经有罪恶感了，我愿意保持这种罪恶感，因为它将使我们不至于太疯狂太忘乎所以。而我和你，应该放轻松。有个段子是这样说的，女人跟你在一起，不一定是喜欢你，喜欢你不一定是爱你，爱你不一定要嫁给你，嫁给你不一定要给你生孩子，生了孩子，孩子他爹不一定就是你。其实，我一直在想，让你娶我是一件太不靠谱的事，忠于家庭与爱上别的女人，在男人心目中不仅是合情合理的，而且是天经地义的，离婚再婚对男人来说工程量太大了，他会怕麻烦，会觉得何其荒唐。我不要你给我一个家，但我会要求你跟我在一起时，一定要真心实意，一定要爱我、宠我。我不会勉强你，你什么时候对我没感觉了、腻味了，你可以选择离开。我也一样，我会真心实意对你，会爱你、照顾你、陪你，但是，什么时候我想离开了，你可不能阻拦我。怎么样，我是不是很通情达理？"

曾真的话一字一句地落在张仲平耳朵里，一直萦绕在他心头的压迫感顿时烟消云散，他不由得连连点头。

曾真继续说道："你该松一口气了吧？我觉得应该是。是呀，白捡了一个这么大的便宜，还不给你添一丝一毫麻烦。这样的傻妞一百年才出一个，怎么就让你碰上了呢？"

张仲平紧紧地抱了抱曾真："我确实很庆幸，内心里充满了对你的感激。宝贝儿，我会爱你、疼你、真心实意对你，让你觉得生活是如此美好，让你一辈子也不忍心把我一脚踢开。而当你在动把我踢开的念头时，我虽然心里会绞痛、会流血，但我仍然会面带微笑，在第一时间从你视线中滚蛋。"

曾真说："你说这话时应该举拳过肩吧？嘻嘻，跟你开玩笑的。我不想你和我把神经绷得那么紧。这个社会很复杂，而我，只想做一个单纯的人。能够爱和被爱，对我来说已经心满意足了。所以，我也要感谢你，能够被我爱上，其实，我一直是很讨厌你的。"

张仲平厚着脸皮说："现在不讨厌了吧？"

曾真说："现在更讨厌了。"

张仲平哈哈一笑："真是男女有别呀，男人要觉得哪个女人好，会直接赞美她，把她夸得跟花儿、宝贝一样；女人正相反，对自己喜欢的人爱的人，不说好反而要说讨厌要说坏，这是为什么呢？"

曾真说："你就嘚瑟吧。可我直到这会儿也没见着你说我好呀。"

张仲平说："那是因为你已经好得无法形容、无法言表了。你看，这是我给你买的花。曾真你知道吗？我恨不得把全世界所有的鲜花，全部献给你。"

曾真又一笑说："为什么男人喜欢吹牛皮？因为他说大话的时候会显得有那么一点点可爱。把全世界的鲜花都献给我？那得花多少钱？你就不怕把我闷死……哈哈，别变脸，跟你开玩笑的，傻瓜。好了，你的心意我领了，但我没那么贪婪，能偶尔……比如说一个星期，你能给我送一次花，一次只要一支，我就会感到很满意、很幸福，真的。"

他们一直没有开灯，但外面的霓虹灯早就亮了，照着他们的脸，闪闪烁烁、似真似幻。见曾真早已穿戴停当，正在撕扯床单，张仲平随手把灯打开了。他于是看到了床单上鲜红鲜红的斑斑血迹。他一把夺过床单，惊异地望着她，瞠目结舌地说："怎么，你……是第一次？"曾真又把那床单一把夺了过去，说："你以为！你说，我是不是该咬你？"

张仲平突然感到一阵眩晕。他没有想到自己会眩晕。他没有想到这会是她的第一次。是真的没有想到。其实他的眩晕不是因为怀疑，是因为惊喜，意外的惊喜。她给他的。他对她重新泛起一种感激之情，夹杂着骄傲与荣耀。天呢，他竟然是她的第一个男人。

他张开双臂一把抱住她，咬着她的耳朵呢喃着说："曾真，我最最亲爱的宝贝儿，你叫我对你说什么才好哇？"

曾真任他搂得越来越紧，直到她的腰被箍抱得酸酸的、痛痛的，这才双手反在腰际，掰开他的手。待他双手松开，她用双手吊着他的脖子，也咬着他的耳朵说："你应该对我说，宝贝儿，你是不是饿了？我带你去吃麻辣烫。"

张仲平说："这个没问题。曾真……宝贝儿，我爱你，我真的爱你。"

唐母准备好了饭菜，见唐雯去了书房一直没出来，觉得很奇怪，推门进去却见唐雯正拿着手机在那儿发呆。唐母问她怎么啦？唐雯回过神来，说："没什么，只是觉得这心里空落落的，好像有什么事要发生了似的。"唐母连忙往地上吐口水说："呸呸呸，你这乌鸦嘴。"又说："仲平还没回来呀？要不要再等他一下？"唐雯说："没事，给他打过电话了，他说晚上有应酬，让我们先吃。"

两个人刚上桌，唐雯搁在书房里的手机响了，她赶紧起身去接电话，示意唐母先等一等，以为张仲平的安排起了变化，可以回家吃饭了。

原来不是那么一回事，而是学校打来的，班主任赵老师说，张小雨和丛珊两个人同时不见了，让她赶紧去学校。

唐雯随便扒了几口饭要赶去学校，唐母不愿意待在家里，心里也着急，一定要跟着一起去。

等见了唐雯和唐母，赵老师的话才多了起来，说女学生理短发是学校的规定，全班同学都遵照执行了，唯独丛珊、张小雨顶着。丛珊上午就没来上课，下午，张小雨也不见了，两个人又都没有请假。唐雯问两个孩子去了哪儿？赵老师摇头说："不知道，但可以肯定的是，她们不是通过学校大门出去的，很有可能是爬的围墙。"唐母一听急了，说："爬围墙？她们是武侠电视看多了吧？你们学校也是，干吗逼着女孩子理运动头呀？那多难看呀？"赵老师弄清了唐母的身份，并不对着她说话，而是接着对唐雯说："当然，这也是我的猜测。我请示了学校领导，我们领导很重视，只说了两个字——找人。我们觉得应该及时通知家长，所以，就叫你来了。最近这段时间，丛珊晚自习时经常跑到网吧里去上网，但愿她们这次也只是去上网了。"唐母说："现在社会上和网上那么复杂，两个孩子，万一碰上坏人怎么办？"赵老师说："所以，现在最关键的问题，是必须先找到她们两个人，学生安全是最重要的。我同时通知了丛珊家长，丛珊爸爸在外地出差，她妈妈听说是前不久摔伤了，但还是会马上赶过来了。"唐雯说："我也给丛珊妈妈打了电话，我们在这儿等等她，先一起商量一下，看怎么找人。"

华媚很快一瘸一拐地来了，见了唐雯忍不住就骂人，说："你说这两个小祖宗，课不上，都跑哪儿去疯了？"唐雯让她别着急，说："高考压力大，你看教室里那些学生，两边堆的参考书就像两座大山一样，也许她们就是想出去放放风。"

唐母插嘴道："唐雯，你这是在自我安慰，我看哪，得赶紧通知仲平，让他也过来。"

唐雯把手机掏出来又放回到了袋子里，说："仲平在外面办事，太辛苦了，我们先别惊动他，免得他分心。我们几个人，还是到附近的网吧里先去找找看吧。"

唐母说："我们三个人，老弱病残的，怎么找？要不然，还是把徐艺和辛然他们叫过来吧，也多个帮手。"

唐雯点头同意，掏出手机给徐艺打了电话。

华媚叹口气道："丛林更不像话，我这副样子，他不管，孩子的事他也不管，又出差了。"

唐雯让她少说两句。她们分了一下工，唐雯和华媚一组，唐雯妈妈一个人一组，从街道两边一直往前搜索过去，不要漏掉任何一家网吧。

半个小时以后，徐艺和辛然赶到了，加入唐母一组，展开了拉网式的搜查。

华媚行动不便，没多久便累得气喘吁吁了。几个人在一家网吧外面碰了面，互相之间望着，都失望地摇了摇头。华媚沉不住气道："这样找，等于瞎猫拿死老鼠，找得到才怪。"唐雯说："别躁，她们只要真在上网，就一定能找到。要不然，你陪我妈在徐艺车上休息，我们三个人去找。"华媚摇头道："不行不行，那样傻等更难受，我能行，让你妈休息吧。"唐母不愿意休息，叹息道："这两个小祖宗，到底干什么去了？"辛然问："有她们的QQ号没有？"唐雯和华媚均摇摇头。唐母说："唉，瞧你们俩这妈当的！然然，告诉外婆，这QQ号是什么？"辛然说："是上网聊天的编号，类似于手机号码。如果我们知道她们的QQ号，起码知道她们是在上网，也就可以放心了。"徐艺补充说："而且，通过IP，就能查到她们在哪个网吧。"唐母说："这么神奇？"徐艺和辛然点了点头。

不知道她们的QQ号，就只有一家一家地硬找。老太太似乎比谁都急，拉着徐艺、辛然又进入了一家网吧。唐雯搀扶着华媚朝前走，华媚也不嫌累，仍然唠叨个不停，她说："都怪丛林，都说女孩子亲近爸爸，他要是能跟珊珊多沟通，也不会出这些事。"唐雯说："怎么又埋怨起丛林来了？两个人的孩子，分什么你的我的，还不是谁有时间谁管。要说多呀少的，我说句话你别不高兴，丛林在外面那么忙，这家里的事孩子的事，你就得多管一点儿。"

听了这话，华媚还真的不高兴了，她不是不想，是管不好管不了。丛林动不动就说她没文化，丛珊呢，也是动不动就发犟脾气。倒好像她上辈子欠他们两个的。

华媚不高兴还得忍着，毕竟人家唐雯是为了她好，而且，他们一大家子，这不都在帮着一起找人吗？

华媚说："唐雯你说，这男人在外面疯整天不归家，到底是怎么回事？要这么讨厌家，当初求着缠着跟我们结婚干什么呀？好不容易回趟家吧，也是半天崩不出一个闷屁，我就不知道他整天都在想些什么。唐雯，你告诉我，张仲平是不是也这样？"

唐雯努力地笑笑说："没有呀，我们有话可说呀，也许……只是个性不同吧？"

华媚惊讶道："什么，你的意思是说，张仲平整天想什么，你都知道？你们两口子真的就那么一直无话不说、恩恩爱爱？"

唐雯再次笑笑："他想什么我怎么可能全知道呢？当然不可能。但是，怎么说呢？总归不会太离谱吧。"

华媚撇嘴摇头："我不信。我怎么都不相信，你怎么可能就那么相信自己，那么相信张仲平呢？没有道理呀。唐雯，你跟我说真话，你放心，我不和别人说。"

"华媚，我跟你说的就是真话。这么跟你说吧，不管怎么样，张仲平跟丛林一样，心是善良的，对家庭最基本的责任心也是有的，这一点，我绝对相信他。"

"但愿他值得你相信。"

"你话里好像有话？"

"没有。我只是突然有一种好奇心，想帮你试一试张仲平。"

"怎么试？"

"比如说，你这个时候打电话给他，问他在哪儿、在干吗，然后我们俩一起杀过去，看他是不是在撒谎，怎么样？"

"不怎么样，你怎么会动这种念头？"

"动这种念头不是很正常吗？如果你这样试他几次，他都没有骗你，才能证明他确确实实值得你信赖，难道不是这样吗？"

"不，我觉得你这个念头很怪异。相信一个人，就不要轻易地去怀疑他。"

"相信一个人，那他就要经得起怀疑。人活着要诚实，我不能骗自己，我怀疑了就是怀疑了，我就要证实，否则，难受的是我，你说，你连怀疑老公的勇气都没有，你不是很窝囊很难受吗？"

"这是没事找事，对仲平，我……从来没有怀疑过。"

"是吗？这话我可不信，要么，你就是缺心眼。最后吃亏上当的可是你。"

听了这话，唐雯仍然是以微笑回应。她松开华媚的胳膊，让她在外面休息一下，自己一个人进了一家网吧。

网吧里一片吵闹之声，有人在玩游戏，有人在上 QQ，有人在看电影，有些小隔断的卡座只用一张布帘子挡着，里面常常有小情侣卿卿我我。这是最让唐雯难为情的，但她每一间都不敢放过，虽然常常惹得里面的人对她怒目而视。

网吧里没有发现张小雨和丛珊。唐雯拿出手机，犹豫了一下，又把它放回了包里，她在前台上发现了一部公用电话，问服务员电话能不能用。服务员说可以用，不过要收费。唐雯说没问题。她本能地向外面望了望，看不到华媚的身影，眼睛望着门外，很熟练地拨出了一个号码。

(三)

在这之前，张仲平正一手拿着那束鲜花，一手搀扶着曾真，走到了曾真家门口。

曾真说："进门之前，你得做一下深呼吸，还得有足够的思想准备。"张仲平说："为什么呀？你屋里是不是藏了一个猿猴，我是不是还要跟他打架呀？"曾真说："张仲平你有点正经好不好？想要我收拾你了吧？"张仲平说："还真是，我就等着你收拾了。"

张仲平进去之后还是忍不住惊叹了起来："告诉我，你这是闺房，而不是你的工作室？"

曾真家里的墙上贴满了她在大街上拍的照片。好像嫌房间的墙壁不够用似的，墙与墙之间横着扯了好几道铁丝，上面也挂着一些照片。

曾真说："我已经提醒过你了，所以，你不准笑话我。"张仲平说："没有没有，我其实想说的是，我真的一点儿都没有陌生感，就像回到了自己家里一样。"曾真说："是吗？你……们家，应该比这儿大好多倍吧？"

张仲平觉得自己挺傻的，干吗有事无事地提什么家不家的呀？他低下头，以便穿过一道铁丝，说："那不一样的。"曾真说："你过来，就这样站在我面前。别动别动，我要你对着我的眼睛说话。"张仲平说："这样呀？这样呀？这样我还要说话吗？不，我要干活了。"他把曾真抱起来，直朝她那张单人床移去。他突然停住了，因为他在离床不远的一个角落里看到了唐雯的相片，他放下曾真，惊讶地问她这是怎么回事。

曾真一下子就想起了那天在文具店的事，三言两语地把当时的场景说了，刚说完，似乎意识到了什么，正要问张仲平，他的手机响了。

曾真转而问另外一个问题："谁呀？"

张仲平看了一下手机上的号码，摇头说不知道，随之接了电话："喂，您好，请问哪位？"张仲平没想到里面会传出唐雯的声音，她说："是我，你在哪儿呀？"张仲平迅速地看了曾真一眼，用手指头点点唐雯的照片说："我……我在洗脚。"唐雯说："你在西郊？在西郊干吗？"张仲平说："不是西郊是洗脚。"唐雯说："瞧你那普通话说的。嗯，你说话怎么声音都变了？"张仲平故意哦哦哦地叫唤了几声，说："正在按背呢，有什么事吗？"唐雯不说有什么事，反问他在哪个洗脚城，要不要请我过来一起洗呀？张仲平说："可以呀，你过来吧，我在……小姐，你们店叫什么名字？"

曾真吓得瞪着张仲平。

没等曾真回答，唐雯倒在电话里先笑了，说："傻瓜，逗你的，我哪里有时间？我告诉你吧，小雨和珊珊下午没上课，晚自习也没上，我和华媚，还有我妈、徐艺、辛然他们，正到处找呢。"

张仲平说："是吗？你们在哪儿？嗯……嗯，行，我马上过来。"张仲平放下电话看着曾真。

曾真说："她也是叫'傻瓜'的？"张仲平只好点点头。

曾真说："你刚才干吗？她要是追问下去，要是真的追过来，怎么办？"

张仲平一笑，说："在这种情况下，你应该报出离你住的地方不远的一家洗脚城的名字，然后，我直奔那儿，在那儿候着她。什么叫机灵？这就叫机灵。"

曾真说："嫌我傻是吧？我还就不喜欢你刚才那机灵劲儿。张仲平，你太会骗人了，跟你在一起，怎么样才会有安全感呀？"张仲平嘿嘿一笑。

曾真说："这会儿倒会傻笑了。行了行了，别磨蹭了，女儿都逃学了，快去找吧。"说着把张仲平推了出去。她站在门后，听着他的脚步声远去，这才回过身来，把那一大捧玫瑰花插到艺术花瓶里。她双手托着腮，望着那些鲜艳夺目的花朵出神，不知道它们为什么盛开，也不知道它们会在何时凋谢。

然后呢？这当然是个想不清的问题。"那就别想了吧，"曾真说，"就让时间给出答案吧。"

唐雯从网吧里出来，犹豫着要不要把刚才给张仲平打电话的事告诉华媚，她决定还是要说，不过得变换另外一种方式。

唐雯定了定神，望着华媚说："刚才张仲平给我来了个电话，说他在外面洗脚，我忍不住说了丛珊和小雨的事，他急了，脚都不洗了，说马上就过来。"

华媚听了这话只望着唐雯一笑，让唐雯觉得很不舒服，倒好像自己撒谎被识破了似的。她沉不住气，问华媚有什么不对吗？华媚说："我不知道你知不知道，这洗脚可有不同的洗法，他是哪一种？"

唐雯说："这我还真不知道。这洗脚都有哪些个讲究？我从来没洗过脚。"

华媚说："这个倒很简单，看发票就是。光洗脚，也就是一般的洗脚，四五十块钱，除了洗脚还带色的，有特殊服务的，翻十倍。"

唐雯说："洗个脚有这么复杂吗？不对呀，华媚，你这不是怂恿我没事找事吗？"

华媚说："我可没逼你给张仲平打电话，是你自己主动给他打的电话吗？也不是。我只是告诉你男人在外面洗脚到底是怎么回事，你说你从来不怀疑张仲平，我是怕你吃亏，可不是挑拨你们之间的夫妻关系。我提醒你，你要了解真相，可以通过看发票的方式进行，你可千万不要认为是我在怂恿你去查他。有些悲剧的发生就是因为我们女人太傻、太天真。还是那句话，如果你试他几次，他都经受住了考验，你再相信他不迟。你说呢？"

唐雯鼻子里哼的一声笑了，她不知道自己笑得自然不自然，好在大街上光线暗淡，华媚应该不至于看出来。就在这时，唐雯接到了赵老师的电话，说张小雨和丛珊她们自己回学校了，便把她们为什么外出的事说了。华媚也凑在唐雯耳朵边听到了赵老师的电话，忍不住又好气又好笑地说："这俩孩子，把我们折腾了半天，她们倒好，学雷锋做好事去了。"唐雯忙给张仲平打电话，让他直接回家。

等张仲平赶到家里的时候，徐艺和辛然已经走了，老太太因为走了不少路，躲在她自己房里揉脚捶腿的。张仲平见了唐雯之后心怦怦直跳，好像一个刚学架子鼓的小孩在那里胡乱敲打似的，生怕被唐雯看出了破绽。但唐雯的注意力仍在两个孩子身上，把赵老师的电话向张仲平重复了一遍。张仲平听了之后说："怎么会那么巧？丛珊出校门买水喝，恰好就碰到了被摩托车撞倒在地上的老大爷？然后，小雨去找丛珊，一找就找到了医院？"

唐雯说："怎么，你怀疑他们说的话？"

张仲平说："不是怀疑，是这说辞有漏洞，但越有漏洞的说辞有时候反而是真的，越是完美的说辞反而是假的，因为经过了精心加工与编造。总之，孩子说的话就得信，你要是让她觉得你不相信她，她可能从此以后就不再跟你说真话，甚至干脆不说话。因为她觉得自己说什么你都不相信。尤其是青春期的孩子。"

唐雯说："可按你刚才的说法，你明明是在怀疑她们的说法。"

"我的意思是说，有时候，她们即使撒谎，也是为了维护自己在家长和老师心目中的好形象。"张仲平见唐雯一脸茫然，继续说："怎么，不懂？这有什么不懂的？小孩子，有时候撒谎就是撒娇。也就是说，即使她们真的撒了谎，也一定有她们撒谎的理由。"

"问题是，她们已经不是小孩子了。再说了，有理由就可以撒谎了？"

"如果出于高尚的、善意的目的，撒谎也是必要的。就像人们常说的，善意的谎言。"

"这不对。如果她们没有救人，没有去医院，就是去干别的事去了。在我们不知道她们到底去干了什么事的情况下，我们怎么知道她们的目的是高尚的和善意的？"

"她们自己能够判断。我们只能相信她们不会去干什么坏事。也就是说，就算她们没有救人，没有去医院，如果她们去干的事根本不想让你知道，你一味地追问，她们就只能编一些瞎话来蒙你。"

"张仲平，你这个逻辑有问题。她们如果没有去干坏事，完全可以直说，也应该直说，而不应该撒谎。人为什么要撒谎？要么是为了不当得利，要么是为了避免惩罚。如果她们撒了谎而我们不闻不问，是我们太不负责任了，就是一种纵容。如果我们问她们，她们却拿假话敷衍，证明她们在做人方面出现了原则问题。她们编瞎话，也得你信呀。如果她们说假话你也信，她们今后会百无禁忌，因为哪怕是做了坏事，只要撒撒谎就能糊弄过去，而无须支付任何成本。"

"人有时撒谎，就是因为怕麻烦。她们两个小孩子，能做什么坏事？"

"所以要问清楚了。"

"你问清楚了吗？你是不是准备去调查？"

"如果有必要，是可以去调查。调查三要素，时间、地点、人物。要弄清楚她们是不是在撒谎，其实并不难。"

"你累不累呀？"

"这不是累不累的问题，是如何教育孩子的问题。"

"好好好，你说得对，你可以去调查。今天我可是有点累了，早点洗洗睡吧。"

等到张仲平想息事宁人的时候，已经有些晚了，他已经惹火烧身了，或者说，他已经在不知不觉中落入了唐雯为他预设的一个小圈套。

果然，唐雯见张仲平略感风寒，为他准备了姜汁洗脚水，替他脱了袜子，让他试试水温泡脚，然后直起腰来，站在他对面，把一只手搭在他肩膀上，问："有件事，我不知道该不该问你？"

泡脚水有点烫，张仲平嘴巴里呼哧呼哧地抽着气，道："你说这话，不等于说话已经到了嘴边吗？咽回去多难受，问吧？"

唐雯带点撒娇的意思说："你可不准生气。"

"你要真怕我生气，你就不会问。可是，你要不问，憋在心里又实在难受，是不是？"见唐雯点点头，张仲平伸手在唐雯仍然搭在自己肩上的手背上拍拍，道："作为你的好老公，我怎么能眼看着你难受呢？所以，你还是赶紧问吧。"

"嗯，那……我就说了？"

"再憋着，你那问题不知道又会生出多少小崽子来，说吧说吧。"

"在家里洗脚跟在外面洗脚不一样吧？"

“当然不一样，家里是爱心牌，谢谢你呀。这就是你要问的问题？”

“当然不是。刚才华媚还跟我开玩笑，让我找你看看今天洗脚的发票。她说，普通的洗脚四五十元，带色的，翻十倍。你们洗的是哪一种？”

“这个华媚。”

“怎么，你不会拿不出发票吧？”

“华媚对外面的事一知半解，开发票的事很复杂，现在开饭店的、开洗脚城的，常常开不出发票，或者故意不开发票，一是为了偷税漏税，二是为了招揽回头客，你要他开发票，他就说正好用完了，下次一起开给你。”

“这次……正好就是这样？”

“是呀，这次你如果找我要看发票，我还真的拿不出，为什么呢？因为今天是别人请我洗脚，龚大鹏龚老板，胜利大厦的建筑商。”

“这么巧？平时不都你请别人吗？”

“今天不一样，这个龚老板，虽然没读过什么书，人可精明得很。他拍丛林的马屁，丛林不吃他那一套，只好把马屁拍到我身上。”

“丛林也跟你们一起洗脚了？”

这明显是个圈套，张仲平当然不会去钻。也许每个人都免不了要撒谎，但撒谎有高明与拙劣之分，高明的谎言不仅总是有效而且很难被揭穿，这可是个技术活儿。越成功的人越习惯于撒谎，撒谎撒到最高境界，就成了信仰与宗教。张仲平要对付唐雯的诘问，以前那是小菜一碟，但今天不一样，他和曾真的故事已经开始了，所以，他每说一句话都得小心谨慎、如履薄冰。不仅要在逻辑上经得起推敲，还得在神情语调上自然而然。他见唐雯下的套儿如此小儿科，当下心里好笑，却不表露出来，道：“你这不明知故问吗？当然没有。丛林不是出差了吗？华媚没告诉你呀？龚老板为什么要请我洗脚，因为他不仅有求于丛林，还有求于我，懂了吧？还有，有时候，我们也会让店家虚开发票，只要替他们交税，他们为了留住回头客，也乐意做这个人情。”

“为什么要虚开发票？”

“因为做生意有时候要给别人送钱，多开发票，是为了冲账。你坐过高铁，出口处还有人花钱买废票呢。超市也是这样，收发票送红酒。都是为了拿票去做假账。所以，华媚自以为聪明，其实看不看发票，根本说明不了什么问题。"

"是这样呀？"

"是呀，这下你明白了吧？不过，也幸亏你跟我说了，要不然，闷在心里不说，一方面又在想我是不是在外面做了什么坏事，这样的情绪积攒到一定的程度，两口子的心情就会不知不觉地受到伤害。"

"你说得有板有眼的，好像真是那么回事。"

"实际情况就是这样。怎么样，你对我的审查是不是通过了？"

唐雯摇摇头，做出一副高深莫测的表情，把另外一只手也搭在了他肩上，说："谁要审查你了？就是审查你，也不过是走走过场。如果真要审查，你可不一定那么容易过关。"

张仲平心里一紧，不知道唐雯是否发现了他和曾真之间的什么蛛丝马迹。他对着房门望了一眼，知道这会儿可不能太激动，便暗中调匀好呼吸，尽量玩笑道："什么？是不是我亲爱的岳母娘大人传给你什么锦囊妙计或传家宝了？"

唐雯其实也挺紧张的，也只能故作镇静地一笑，道："那倒没有。刚才不是说了吗？一件事情如果确实已经发生过，必须同时具备三个条件，时间、地点和人物。时间不用说了，地点你说了，但没法证明。和谁在一起你也说了，可真实性如何？你是不是还得向我证明一下呢？"

张仲平松了一口气，知道唐雯可能不过是受了华媚的挑拨或刺激。谢天谢地，他今天不仅见了龚大鹏，后来又接了他的电话，这让他圆谎的事变得容易了。张仲平是这方面的高手，知道谎言有两种，一种是彻头彻尾的谎言，通篇只有撒谎者的勇气，没有一句真话。这种谎言没有任何技术含量，一戳就破。一种是真假参半的谎言，以枝蔓之真掩饰实质内容之假，即使遭到质疑也可以把对方引到对自己有利的所谓真凭实据上去，从而打消对自己的质疑。张仲平对消除唐雯的疑虑早已成竹在胸，便故意板着脸说："你要我怎么向你证明？让你自己打电话给龚大鹏？到时候，你是不是又要说我跟他早已统一了口径？"

唐雯说："我当然不会给他打电话，你在外面做生意，也算是有头有脸的人物，那不是成心让你很没有面子吗？"

张仲平说："你还算识大体，知道这个道理，没让我在外人面前丢人。"

唐雯说："你先别给我戴高帽子，你可是一开始就答应了不生气的。"

张仲平说:"我没生气。"

唐雯说:"那好,那我就继续说。其实,要证明你确实是跟龚大鹏在一起洗脚也不难,比如说,他请你洗脚,起码应该和你电话联系过,对吧?"

张仲平觉得反攻倒算的时候到了,故意不露声色道:"这能证明什么?你的意思是说,如果我手机里没有和龚大鹏的通话记录,那我今天是不是就跳进黄河也洗不清了?"

唐雯说:"是的,通话记录确实不能证明你跟他在一起洗脚,但如果你连跟他联系过的事也证明不了,那你就真的是跳进黄河也洗不清了。"

张仲平觉得该以守为攻了,否则,不仅这事会没完没了,以后成了习惯,那日子还怎么过呀?所以,一定要压下唐雯的这个苗头。想到这里,他把唐雯的两只手拨下来,拿毛巾把脚擦了,道:"唐雯,对这件事,你还真的揪住不放呀?你不是要查我有没有和龚大鹏通过电话吗?你查呀你查呀!"

他掏出手机往床上一扔,自己转身拎着水桶进了卫生间。他没有急着把水倒掉,而是把门反锁着,贴着门听外面的动静。唐雯觉得张仲平的表现倒是很正常,不像是虚张声势。是呀,谁被无端怀疑不会生气呢?她眼盯着床上的那部手机,不知道该不该翻看。最后她决定还是翻看一下,为的是让自己心里踏实。

她很快在通话记录中看到了龚大鹏的来电。她多长了个心眼,利用这个机会看了他手机里的信息箱,居然没有一条暧昧短信,她心里的一块石头算是落了地。

她走到卫生间门口,先侧耳倾听了一下,然后轻轻地敲了敲门。

听到敲门声,张仲平轻轻离开卫生间门口,放水,然后慢慢出来,对唐雯冷言道:"检查过了?"

唐雯伸出双臂搂住他的腰,说:"你呀,还真生气了?好了好了,算我瞎琢磨的,行了吧?我不也是因为在乎你吗?"

张仲平说:"我还就怕你太在乎我,像你老妈在乎你老爸似的。我跟你说,她这么玩,这么不给你老爸生活空间,说不定真的逼着你老爸做出什么事来。"

唐雯说:"你这是在暗示我吧?"

张仲平说："不是暗示，是明示。"这句话说完，张仲平的语气软和了下来，"唐雯，你得记住，我在外面做生意，可比你教书育人复杂一百倍一千倍。但我不可能什么事都向你解释，这样很累，也会增加你的精神负担，会让你跟着累。所以，我特别需要得到你的信任，明白吗？"

唐雯说："换句话说，我对你的事，最好睁一只眼闭一只眼，尽量少问。我问了，你也不一定说，或不一定说真话，对吗？"

张仲平说："我们做夫妻差不多二三十年了，你得相信我。别跟华媚一样，她什么素质，你什么素质？"

唐雯说："我知道。是呀，世上本无事，庸人自扰之。你在外面做生意真不容易，确实太累了。"

张仲平说："劳心劳力，能不累吗？"

唐雯说："也不要把自己搞得太疲于奔命。再怎么说，我们也算是小康之家了，你完全可以悠着点儿。哦，对了，还有一件事，就是徐艺借钱的事……他今天也来帮着找小雨、丛珊了，这孩子，除了咱们，也没有一个人能帮他。"

张仲平对唐雯有了深深的愧疚之感，就想着能有个什么事能多少弥补一下，见她提起这事，便说："别说了，我同意。上午我情绪不好，还得请你原谅。不过，公司最近资金有点紧张，账上的那一百多万，我得派别的用场。要不然，先从你的存款里出，好不好？"

唐雯说："好。我先替徐艺感谢你，你这姨父当得不容易，难为你了。"

张仲平接过手机，说："一家人不说两家话，实际上，我觉得我做得最好的还是老公。"

唐雯说："正因为这样，我希望你不要太累了。你如果能挑千斤重担，不要想着去挑一千零一百，挑个七八百斤就好。生活不是举重比赛，得悠着点儿。"说着把手机递给了张仲平。

张仲平从唐雯手里接过了手机。这个动作后来被张仲平认为是一种运气，因为不久以后曾真将会给他发来信息。

张仲平说："别的事可以悠着点儿，挣钱的事没法悠着。因为你只要一闭上眼睛，就能看见一沓一沓的钞票向你纷至沓来，好像只要你伸手就能抓到怀里，可那钱上又没写名字，你不去挣，可就被别人捞去了，你说，谁能做到悠着点儿呀？"

唐雯心疼地说："那也不要把身体累垮了。否则，钱再多，又有什么用？总不能像别人说的，先拼命挣钱，再拿钱去治病养身体吧？"

张仲平笑笑，点点头，说："也是。"

就在这个时候，张仲平放到口袋里的手机响起了接收信息的声音。

唐雯直瞪瞪地望着张仲平，问："这么晚了，谁呀？"张仲平壮起胆子说："哦，应该又是香港六合彩，你是不是又要审查？"唐雯一笑，摇摇头。张仲平心里没底，又怕唐雯反悔，突然哎哟一声，说肚子不舒服，马上去到了厕所里。他把门掩上，用一只脚抵着门，掏出手机，于是便看到了曾真发来的那条信息。那条信息没有一个字，只有一个省略号，这让他一下子生出无限感慨。

他在这之前是把曾真的名字输到了通信录中的，要是让唐雯看到了，同样免不了一番解释。他立即把它删掉了。他想给她回条信息，又怕她收到之后再次发过来，想想还是免了。

张仲平盯视着镜子里的自己，仰头望着天花板，重重地叹了一口气。

（四）

星期天，照例是周运年和他的几位战友在莫老板的野猪林野生动物园小聚的日子。大家围着周运年看他挥毫泼墨也往往是传统的保留节目。

在某个特定的场合，级别最高者往往不苟言笑，惜字如金，这叫不怒自威；下面的人则是话多笑容多。前者并非嘴拙词穷面部神经麻痹，他面对上级时，一样会口吐蜜语笑容如花。周运年与他们虽然是多年的战友和朋友，他自己不觉得，但下面的人总存了一份吹捧与逢迎之心。比如说鲁冰，没等周运年在宣纸上写几个字，便不停地点头，说："指导员这字写得……好，越来越炉火纯青了。"见他这么说，莫老板也不停地点头，说："真是不错。"

周运年说："得了得了，你们两个就别给我戴高帽子了。哦，对了，我正想问你们，徐艺的事情怎么样了？"

鲁冰说："听说这次老莫对徐艺下手够狠的。看他处理艺术品拍卖会之后的一些事，倒是有条不紊、有模有样的。"

莫老板说："按照指导员的指示，军事演习的目的是考验一下徐艺，一是看他承受压力的能力，二是面对压力会不会露出想要依靠辛然的社会关系，从而知道是否是真心对待辛然。我觉得，从目前的情况来看，徐艺基本上算是经受住了考验，第一次出手就表面风光暗地亏钱，可是他并没有惊慌失措自乱阵脚，而且，面对压力，也没有向你这个准岳父求救，我看还行。"

鲁冰说："是呀，这孩子能力不错，最主要是冷静、果断，他能在这么恶劣的条件下，让新公司的知名度和美誉度都得到提升，真的很棒，尤其他搞的那个捐款活动，产生了相当不错的社会影响，在拍卖行业内部有很大的震动。"

周运年放下笔，看看鲁冰，又看看莫老板，呵呵一笑，说："真没想到，一次演习能让你们这么认可他。"

鲁冰说："为了整顿拍卖秩序，最近我们院里讨论了拍卖公司入围的事，我特意把入围的门槛定得比较高，一般公司是无法进来的，鉴于徐艺他们公司是一个具有强烈社会责任感的企业，初审就让他们公司通过了，在行业内部也没有任何异议。"

周运年板着脸说："老莫和我这边刚给徐艺打了个巴掌，你马上就给了他一个甜枣，你行啊。"

鲁冰说："那倒不是，能让徐艺的新公司入围，主要是对拍卖公司社会责任心的一种倡导，当然，客观上对他也的确是一种鼓励，否则，刚赔了钱，再没有翻身的机会，对徐艺可就有点不公平了，你说呢老莫？"

莫老板说："我同意，军事演习嘛，比画比画就行了，何况他成绩不俗，是吧？"

周运年摇了摇头："看来你们对我的军事演习还不够重视啊？老莫，我们不是说好了，要在徐艺还没有缓过劲儿来的时候，怎么样再重重地给他一击吗？"

鲁冰说："我有不同意见，真那样，对徐艺太不公平。试想，如果他不是辛然的男朋友，他该受这样的磨难吗？不该吧？如果不让他们公司入围，这个打击将是顶格的，足以把他打趴下。他要想翻身，可就太难了。指导员，我是这么想的，考察一个年轻人要两方面同时进行，一是考察他经受挫折是不是气馁，二是要考察他成功时候会不会浮躁、张狂。缺一不可，否则会很片面。"

周运年盯着鲁冰说:"在拍卖公司入围的事情上,你真没给他开小灶、搞特殊化?"

鲁冰说:"指导员你就放心吧。我新官上任,敢违反原则?对徐艺,我巴不得对他严格一点儿。威怕先松后紧。就拿入围的事来说,目前的局面可以说完全是徐艺争取来的,如果强行把他拉下来,对他说,是另外一种不公平。古人说,举贤不避亲嘛。"

莫老板说:"是呀是呀,他要是哪天听到口风,知道是我们几个家伙背后在捣腾,我怕反而会影响他跟辛然的感情。"

周运年说:"也就是说,你们两人的意思是……"

鲁冰和莫老板异口同声地说:"我们觉得,还是顺其自然的好。"

周运年先是叹了一口气,然后又笑了,说:"我这当爹的难呀,对他们宽了,怕骄纵了他们;对他们严了,连你们都会觉得我做得不对。可是,我始终觉得,开始不严点,将来就难办了。"

鲁冰也笑了,说:"这你就放心吧,毕竟,权力的运用,不在他手上。徐艺就是孙悟空,也翻不出你的如来神掌吧。"

周运年说:"老鲁这话有点过了。我们这有个一官半职的,不仅要管好自己,也得管好家人才行呀。"

鲁冰连说"是是是",他岔开话题,问莫老板:"听说你在给指导员当红娘,情况怎么样了?"

莫老板望了周运年一眼,道:"我已经委托花店给她送了差不多一个月的鲜花。这个江小璐……似乎有点封闭自己,一直没有明确表态。"

周运年说:"老莫,做事要顺其自然,可千万不能强人所难呀。"

莫老板点头道:"留得五湖明月在,不愁无处下金钩。这两天,我再去一趟,我想……应该没什么问题吧?"

真是人逢喜事精神爽,徐艺在楼下银行接到了鲁冰打给他的电话,他兴冲冲地直奔公司,一进门就抱着辛然亲吻起来。辛然直等到逮着了一个喘息的机会,这才问他怎么啦?徐艺在办公室一蹦老高,说:"双喜临门。我们公司在中院已经入围了;另外,找姨妈借的五十万,也已经到账了。"辛然说:"那我再告诉你一喜,那两个电话买家,今天来电话了,说这两天就会来公司付款提货。"徐艺一愣,问:"真的?等等,辛然,这么多好事接二连三,这里面……不会有什么问题吧?"辛然说:"这不都是你一直努力的结果吗？艺哥，这充分说明，我们的运气到了，门板都挡不住。"徐艺说："可我，怎么老觉得这好运气是你带给我的？"辛然嘻嘻笑着说："艺哥，你是说我旺夫吧？嗯，这话我爱听。为了奖励你，来，再亲我一下。"徐艺刚凑近，却被辛然挡住了，她手一伸："拿来。"徐艺问："什么？哦，你说的是订婚钻戒？等等，再等等，亲爱的，宝贝儿，革命尚未成功，同志仍须努力。先通知龚大鹏，让他拿拍卖推荐函来换钱。"

电话一打，龚大鹏就来了，好像他专门就在等这个电话似的。龚大鹏当着徐艺的面签了拍卖推荐函，徐艺则找银行的熟人为他提了二十万现金。龚大鹏对徐艺说你好事做到底，干脆把车借我用一天得了。徐艺说行，谁叫我今天看你这么顺眼呢？

何宝用一只蛇皮口袋装着那二十万元，一直把那袋子紧紧地抱在怀里。两个人上了徐艺的车，龚大鹏却开始嫌弃那车不行，让他不够有面子。

何宝说："老大你就知足吧，我觉得徐总人不错，不仅把钱借给了你，还把车借给了你，你得感激他才对。"

龚大鹏说："我凭什么感激他？这可是我用拍卖推荐函换来的。何宝，你给我记住了，在生意场上，别人对你差点，那很正常，没关系，别往心里去；相反，当别人对你好得不得了的时候，你反而得警惕了。"

何宝傻愣愣地瞪着龚大鹏："为什么呀？"

龚大鹏说："因为……算了算了，跟你说你也不懂。"

何宝说："我不懂？那是因为你说不清楚。"他把那蛇皮口袋打开，伸手进去，拿出一捆钱嗅嗅，陶醉道："哇，好香啊。要是用这钱来当枕头，不知道是什么滋味？"

龚大鹏说："包起来，瞧你那点出息。你在外面的时候，别把那袋子抱在胸前，要随便拎着，就好像袋子里装的是几坨狗屎似的，那才防偷防抢哩。瞧你那样，没见过钱啊？"

何宝不服气地说："见过。人民币谁没见过？可是，老大，你真的要把这些钱给张小洁她们家送去啊？"

龚大鹏说："废话，不送去我找徐艺借车干吗？当然是真的呀。"

何宝说："可是，这些钱，能打动张小洁的心吗？"

龚大鹏说："能打动她的心的，不是这些钱，而是送这些钱的人，是我，懂吗？"

何宝说："这……有区别吗？"

龚大鹏说："怎么会没区别？当然有区别啦，而且区别大了。原来我不知道她家里那么困难，现在我知道了，就得替她做点事。有钱人做点好事并不难，难的是没有钱借了钱去做好事，你想一想，小洁能不感动吗？"

何宝说："可是，咱们刚从徐艺手上拿到钱，还没焐热，立马就给张小洁家送去，这个……"

龚大鹏恨铁不成钢地说："何宝你给我记住了，所有决定了要做的事情，绝不要拖，今天能做的就今天做，不要等到明天。"

何宝说："可是，如果你送了钱，张小洁还是不答应你呢？"

龚大鹏伸手在何宝头上拍了一巴掌，说："她凭什么不答应？你说她找我会吃什么亏？我会让她吃亏吗？放心，我是不会让她吃亏的。"

何宝摸着被打了一巴掌的头说："你不是说凡事都有万一吗？这事就没有万一呀？"

龚大鹏说："万一？万什么一呀？你这乌鸦嘴。何宝，你这脑子是用来干什么的？是用来动的。我告诉你吧，早几年揽工程的时候，我可没少往人家家里送钱，也是拿编织袋装的，一袋一袋地往人家家里拎。我的经验是，只要他们收钱，工程就是我的了。如果他不想把工程给我，钱会一分不少地退给我。懂了吗？"

何宝脑袋动了动，开窍道："懂了。也就是说，如果张小洁家里收了你这笔钱，张小洁就会做你的老婆；反过来说，她要是不肯做你老婆，你其实也用不着花一分钱，对吧？"

龚大鹏说："对。对什么对？这话从你嘴巴里说出来，怎么成这个味儿了？"

何宝说："嘿嘿，味道不一样，道理一样。老大，我佩服你，我真的佩服你。"

龚大鹏说："把钱包好了，扔座位底下，人坐好，我要开车了。"

何宝说："等等，老大，你不是一直没考驾照吗？"

龚大鹏说："会开车就行，要等有了驾照才开车，那搞得成事？何宝你给我记住了，社会在进步，一个人不讲规矩，那是办不成事的。但是，如果一个人什么时候什么场合都规规矩矩，那也是办不成事的。"

何宝说："不讲规矩办不成事。完全讲规矩，也办不成事。什么意思？老大，你可是把我绕糊涂了。"

龚大鹏说："你就慢慢绕吧。我们得快点走，今天还得赶回来。"

就在龚大鹏不厌其烦地跟他的侄儿何宝讲生意经和人生大道理时，徐艺让辛然把祁家轩两幅字的拍卖成交单据找出来了，让她别扣佣金了，直接按成交价把钱准备好，他要亲自给祁老爷子送过去。辛然问他为什么不扣佣金？徐艺说："我觉得，一个人不管多么伟大都是爱占小便宜的，拍卖佣金不多，却可能让我给他留下一个好印象。我不是说他会多么看重那万把块钱，我会让他觉得我是多么尊重他，我会送给他一顶很舒服的高帽子，让他在他小女儿和大女婿面前夸我，明白吗？"辛然摇了摇头，说："不明白。"徐艺抱着她亲了一下她的脖子，说："辛然你不明白比明白还让我高兴，我喜欢你的单纯。"

龚大鹏开车上路之后对何宝说："哎，其实，这钱我更应该找张仲平借。可是，这个张仲平，这几天有点怪。前天我们碰到他了吧？那天晚上我还等他电话呢，结果怎么样？到现在也没给我回一个。"

何宝说："他自己老没时间，那就不能怪你了吧？"

龚大鹏说："我一直在想，我跟徐艺的事，怎么样也应该跟他说一声。我这样做，是不是有点不地道？"

何宝说："是呀，你当时给他签拍卖推荐函的时候，怎么没想到找他借钱呢？"

龚大鹏说："那时不是还不认识张小洁吗？何宝，你给我记住了，做生意，能不找人借钱就不找人借钱，无债一身轻呀。"

何宝说："那，咱们给张总签的拍卖推荐函，是不是要收回来？"

龚大鹏说："干吗要收回来？"

何宝说："可是，刚才你不是又给徐总签了吗？"

龚大鹏说："是签了，可徐艺新办的公司，没经验，给他做，我不放心。"

何宝说："我也觉得。"

龚大鹏说："可我又不能不给他，我这不是在跟小洁谈恋爱吗？不给徐艺拍卖推荐函，他会把钱借给我？"

何宝说："我也觉得。"

龚大鹏说："可是，张仲平才是老江湖，他只要愿意帮我，一定会把事情办得熨熨贴贴的。"

何宝说："我也觉得。"

龚大鹏说："什么我也觉得？你知道我该怎么做？"

何宝说："我在想，老大，我在替你想呢。"

龚大鹏说："你在替我想？想明白了吗？"

何宝说："这会儿还没有。"

龚大鹏说："笨。我可是早就想明白了。徐艺新办的公司，没经验，但他有张小洁。张仲平没有张小洁，但他有能力有水平，所以，我们为什么不让他们一起来做呢？"

何宝恍然大悟道："对，对呀，咱们这叫一女嫁二夫。这个主意好，老大，这个主意真是好呀。"

龚大鹏说："什么叫一女嫁二夫？这叫左手徐艺，右手张仲平，我让两个公司替我服务。怎么样，高明吧？"

何宝说："我也觉得。老大，我佩服你，我真的佩服你，你真的有很多东西值得我好好学习。"

龚大鹏说："哼，我也觉得。"

昨天晚上发生了太多太多的事，张仲平彻底忘了曾经答应给龚大鹏回电话的事，但对于要付给祁雨的定金却不敢怠慢。他后来想了想，决定还是不跟祁雨讲价了，直接把那一百万付给她算了。女人心海底针，她要是觉得张仲平不爽快，再到颜若水那儿嚼舌头就不好了。星期一一上班，他便让金会计开好转账支票，放在了自己的钱包里，早早地来到了青瓷茶会所。他要在这儿等颜若水的消息。

张仲平对祁雨说，我等下把定金一交，那东西就应该算是我的了。可不可以把它从大堂里移到祁老板的办公室来？祁雨说当然可以，我这就安排他们去搬。

这事一会儿就做好了。祁雨情绪不错，动了好为人师的念头，同时心里也在想，人家花那么多钱，总得让他知道买的到底是个什么东西，便从那尊青瓷莲花尊上讲了起来，说它是典型的南北朝时期的器物，那时崇尚佛教，莲花缸和莲花尊最多。

祁雨用手指轻轻地弹了弹，说："你听这声音。"张仲平老老实实地摇了摇头，说："听不出。我对字画还懂点皮毛，对瓷器，我还真是外行，早就想找个机会向祁老板请教，我觉得古董瓷器的鉴定，学问真的很深。不知道有什么快速入门的诀窍没有？"

祁雨说："鉴定的方法很多，有分类法、比较法、甄别法。就说甄别法吧，要看造型、看胎釉、看工艺、还要看纹饰、看彩料、看款式等等，门道还真是不少。要想快速入门的诀窍，那是没有的。不过，一般初学的人，可以从'望闻问切'入手，这一点，跟中医看病倒有类似之处。"

张仲平来了兴趣："什么？中医看病？有点意思。"

这时祁雨的手机响了，她并不避讳张仲平，直接接了电话："哦，徐总，你好，是的，我在店里呀。什么，你要把钱亲自给我爸送去？你去吧，我爸应该在家，好的，我这就给他打电话，让他在家等你。"

张仲平看着祁雨，想说什么，终于还是止住了。祁雨又当着张仲平的面给祁家轩打了电话，说等下有个拍卖公司的徐总会给他送拍卖成交款来。张仲平听了这话，庆幸刚才的话没有问。

祁雨的谈兴仍然很浓，继续给张仲平讲瓷器鉴定知识，说："这'望闻问切'的'望'是指会识光。先看品相，东西是给别人看的，所以要有美感。正因为人们喜欢它，就会经常抚摸，经常把玩，年深日久，器物表面自然生出一层包浆，发出一种内敛的宝光，令人一见生爱。"祁雨突然停住，看着张仲平说："刚才给我打电话的徐总，徐艺，张总认识吗？"

张仲平一笑，说："徐艺？刚才是徐艺？我岂止认识，他是我老婆的外甥，是从我那儿出去的，一个多月以前，还在我那儿上班。"

祁雨说："是吗？那真是太巧了。这个徐总，人怎么样呀？"

张仲平说："你想了解徐艺哪方面的情况？"

祁雨说："哦，随便问问。"

张仲平说："整体上来说，还是不错的。"

祁雨说："整体上来说不错，那分开来说呢？哦，张总你别误会，现在社会上的人都复杂得很，虚情假意的。我们女人，不管是在生活上还是在生意上，总是担心上当受骗，也就免不了打听这个打听那个。"见张仲平点了点头，祁雨继续说："刚才你也听到了，徐总替家父拍掉了两幅字，说要把成交款亲自送过去。能做到这一点，挺不错的，张总你觉得呢？"张仲平一时不知道该怎么说才好。

祁雨一笑，说："徐总是你的亲戚，现在又是你的同行，张总是不是觉得不好怎么说呀？那好吧，咱们就不管他了。咱们说到哪儿了？哦，咱们刚才讲了什么是'望'？现在讲'闻'。什么是'闻'？新做的东西有贼光，除贼光常用的方法是用酸浸，或者用茶水加少量碱，这样，器物表面看起来斑驳陆离、古色古香，但仔细用鼻子嗅一嗅，就能闻到酸碱之气。就像做人一样，你发现没有，有些人心怀鬼胎，你即使不知道他在打什么鬼主意，可总感到哪儿味道不正。"张仲平笑笑，又点了点头。

祁雨继续说："相对来说，'问'就简单了，就是询问器物的来龙去脉，从物主的回答中寻找蛛丝马迹，用甄选法来进行分析，从中求得接近真实状况的判断。"

张仲平想了想，鼓起勇气来说："要把假的说成真的，就离不开语言，要掩饰一个错误可能又会露出另外的破绽，这就是言多必失的道理。"

祁雨马上接口道："所以人们才说沉默是金，有些事情，大家心知肚明就行了。那种自以为聪明、夸夸其谈的人，那种把什么都挂到嘴上的人，是不能合作的，也是成不了大事的。"

张仲平连连点头道："哎呀，听祁老板一席话，真是胜读十年书。你说得太对了，鉴别古瓷器跟做人识人还真有相似之处。好在在生意人眼里，什么真的假的，其实是一个相对的概念，而且往往就是一个道具。"

祁雨说："张总这话怎么说？"

张仲平觉得跟祁雨说话太需要斗智斗勇了，他觉得自己可以装傻，但不能真的被人当成傻子，便说："就拿这件东西来说，我查过资料，它应该是南北朝的器物。放在地摊上，叫价三五千的，作为现代工艺品，那是真的，硬要说成是文物，就假了。可是，即便是假的，要真上了拍卖会，叫价三五百万的，谁又敢轻易地说它是假的？唬都先把人给唬住了。"

听到张仲平这么说，祁雨并不与他较真，反倒一笑，说："张总这话有道理。一切以时间、地点、条件为转移。不过，真的假的也还是有客观标准的。所谓假的真不了，真的假不了。像馆藏文物鉴定、考古发掘，当然要讲真伪、断代，否则，就太不严肃了。但进入市场之后就不同了。市场有市场的特点。讲究公平交易，愿打愿挨，对吧？真假反而成了第二位的东西，对吧？"

张仲平觉得该说的话已经说了，见祁雨话中暗藏锋芒，却并不接招，只是点点头，说："对对对，祁老板说得太对了。"

侯小平马上要参加一个全国性的中学生书法比赛，特意请了半天假来向祁家轩请教。知识分子最常犯的错误就是死要面子活受罪，祁家轩既然收了侯小平为徒，如果参加比赛不能拿个名次回来，那丢的可就是他的脸，所以，也就很乐意帮他临阵磨磨枪。

时间紧迫，祁家轩知道教侯小平具体的书法招式意义不大，不如教他一些理念，让他自己去揣摩，他一向认为依样画葫芦的学生不是好学生，学字学画最好在似与不似之间，这就需要学生自己用心体会。因此，他决定今天只给侯小平讲讲书法中的精气神。他先问侯小平知不知道什么是书法中的精气神。侯小平歪头想了想，说："好像知道一点点，又好像不知道该怎么说。"祁家轩说："'知之为知之，不知为不知，是知也。'精气神跟中医理论有关。我们不谈那么深，就说说它的字面意思。精，就是精神、精气、灵魂。你知道不少成语吧？说几个。"

侯小平说："养精蓄锐、精力充沛、精神倍增……"

祁家轩说："对对对，还有好多呢。人要有精神，人没有精神怎么样？没精打采，病恹恹的，像《红楼梦》里的林黛玉，有人说那是一种病态美，我不这么看。美一定是阳光的、健康的。女孩子写字可以娟秀、阴柔，男孩子、男子汉，一定要有阳刚之气，写出来的字得有精神，这样才会显得健康、有力、顶天立地，对不对？"边说边在宣纸上写了"精气神"三个字，搁下笔，手腕悬空着，比画着让侯小平看。

祁家轩说："什么是气？气就是气韵，就是元气。俗话怎么说的？树活一张皮，人活一口气。人没有气就死掉了。字没有气，就会呆板、死气，跟要死的人差不多，有什么美感？一个五大三粗的人，要是没有一点儿灵气，那叫四肢发达、头脑简单。可不可爱？不可爱。可亲不可亲？也不可亲。学写字，先要学做人，做一个心胸开阔的人，有气派。做一个底气很足的人，不惹事，也不怕事，叫大气；堂堂正正的，叫正气。气要养，架子要练。如果没有气，架子是虚的。怎么说的？花架子、空架子，虚张声势，都不行。要有气势。你看，气势气势，气在势前面，气比势重要，对不对？"侯小平说"对"，一个劲地点头。

祁家轩说："我们再说神，这个神就有点玄乎了，精神、神奇、神来之笔，读书破万卷，下笔如有神，神是一种境界。什么境界？痴迷的境界，超越自我的境界，随心所欲的境界。古时候的文人写文章，老师是不打分的，不像现在，六十分、八十分、九十分、一百分，没这种搞法。而是分档次，几个档次？下品、中品、上品、逸品、神品。神品是最高境界，可遇不可求，可意会不可言传，不是一般的人能够达到的。偶尔达到过的人，也不能吹牛皮，说自己想什么时候来神就什么时候来神，那不成神经了？"侯小平边点头边笑。

祁家轩继续说："来，你先把'精气神'这三个字好好练练，记住了，字为心迹，学写字，先学做人。如果人做不好，一切都是浮云。"他让侯小平先把那三个字默记了一小会儿，然后把那三个字拿掉，让侯小平自己练。

侯小平学了祁家轩写字的姿势，慢慢练开了。

祁雨的妈妈去市场上买菜未回，祁家轩冲了一杯大红袍回来，见了侯小平写的字连夸不错，说："你这字，笔墨端庄雄伟，已有那么一点儿颜真卿的味道了。不过，这个神字有点歪，应该这么写，你看好了。"说着从侯小平手里拿过那支狼毫笔。

这时门铃响了，祁家轩写到兴头上，对侯小平说："应该是拍卖公司的人给我送拍卖成交款来了，小伙子，你去开一下门。"他写到得意处，不禁唱起梅兰芳《霸王别姬》中的唱段："劝君王饮酒听虞歌，解君忧闷舞婆娑……"

祁家轩是京剧票友，这时想做一个亮相动作，却突然一个趔趄倒在了地上。这一幕，却正好被侯小平领进门的徐艺看到。

在东方资产公司会议室里，颜若水主持召开的总经理办公会议正要讨论胜利大厦拍卖推荐函的事。颜若水说，市中院向我们推荐了几家拍卖公司，我们得定一家。这话刚说完，秘书小余敲门进来，伏在颜若水耳边说了几句，颜若水脸色一变，他突然起身，把屁股底下的椅子都给带倒了。他边收拾桌前的资料边说："对不起，岳父突发脑出血，我得请假去医院。段副总，你看这会……"

段副总是从下面银行新调上来的，忙说："这是最后一个议题，我看，会议先散了吧。选择胜利大厦拍卖公司的事很重要，还得您亲自把关才行。"

颜若水说："也好，那就散会吧，我得先走一步了。"

段副总跟小余交代，让她陪颜总上医院，有任何需要赶紧给他来电话。

祁雨接到的电话正是徐艺打来的，张仲平见她脸色大变，忙问怎么回事。祁雨一边匆匆下楼，一边把祁家轩突发脑出血的情况说了。张仲平陪着她下楼，说："我的车子还在修理厂，我坐你的车去。"祁雨说："要不，你事也多，还是别去了？"张仲平说："那怎么行，我跟颜总亲如兄弟，我既然知道你爸爸病了，又怎么能不去呢？"

这时，张仲平的手机响了，一看，却是曾真。他不好跟着祁雨上车接曾真的电话，也不好把曾真的电话挂了，只好对祁雨说："对不起，我接个电话。"

张仲平本来想离开祁雨的车子远一点儿去接电话，马上觉得不妥，祁雨心急火燎地等着赶往医院，怎么好耽误她的宝贵时间呢？他让曾真稍等一下，转身对已把车子发动了的祁雨说："对不起祁老板，出了点急事，我……要不，我晚点去医院？"祁雨斜着看了他一眼，说："没事，我先走，你忙你忙。"

只要是上班时间，各大医院总是比超市的人还多。祁雨急匆匆地从电梯里挤出来，发现徐艺早在电梯口等着她了，两个人朝急救室快步走去。祁雨忍不住抓住徐艺的手说："谢谢你，徐总真是太谢谢你了。"

徐艺直感到祁雨的手绵若无骨、柔嫩光滑，心里不禁一动，却也不敢想得太多，忙道："不用谢我，我只是碰巧碰上了。你别紧张，祁老福大命大，应该没事的。"

祁雨说："我爸本来就有高血压，没想到今天出了这种事。"

徐艺说："祁老板，你自己得先稳住了。"他见祁雨声音都在发颤，忙从口袋里掏出一包纸巾递给她，让她接过擦拭眼泪。

电梯铃响，颜若水和秘书小余出了另外一部电梯，朝祁雨和徐艺这边走来。

祁雨见自己一直抓着徐艺的手，慌忙甩开，急急地朝颜若水扑过去，轻轻地叫了他一声姐夫。颜若水很自然地把她抱住，问她情况怎么样？

是不是很严重?

祁雨说:"我也刚到,爸爸刚进手术室抢救。这一次多亏了徐总,是徐总叫的救护车、安排的急救手术。"

颜若水放开祁雨,伸手和徐艺握了握,说:"哦,徐总是吧?真是太谢谢你了。"

徐艺说:"不用谢,我只是赶巧碰上了。"

颜若水说:"那也还是要谢,这种病,早一分钟抢救,效果都有可能完全不一样。对了,徐总是做哪一行的?"

徐艺说:"哦,我是做拍卖的,这是我的名片。"

颜若水接过徐艺的名片,迅速看了一眼,抬头望着他道:"你是做拍卖的?"

徐艺正趁颜若水低头看名片的工夫跟小余交换眼神,这下全被颜若水看在眼里。颜若水不经意地说:"这里暂时没什么事,小余,要不,你还是先回公司吧。"

余秘书说:"好的,我回去以后马上跟段副总汇报。您有什么事,尽管打我电话。"

颜若水点点头,说:"嗯,你去吧。"他看着小余进了电梯,这才回过头来再次对徐艺点点头表示了谢意。

徐艺是个很敏感的人,自然能感觉出他那种客气中夹带着的冷漠,只好说"不用不用"。他向颜若水送上一张笑脸,说:"我一直想认识颜总,没想到是在这种场合。"这话一说,便立即觉得这时面带微笑可能不妥当,马上换了一副凝重的表情。

颜若水说:"是吧。徐总,我的意思是,抢救病人,也不是一时半会儿的事,要不,你有事先去忙,就不用陪在这儿了。你看呢?"

听了这话,徐艺求救似的望祁雨一眼,说:"我没事。我刚才给公司打了个电话,我们新招了一个女大学毕业生,人灵活,手脚也勤快。我让她过来帮忙。"

颜若水说:"不不不,那太不好意思了。祁雨,千万不能再麻烦徐总了。像派人这种事,还是从茶会所里调人吧。徐总,我和祁雨还有点家务事要商量,要不然……"

这已经类似于下逐客令了,为避免尴尬,徐艺忙说他还有点事要去处理，先离开一下。颜若水对他第三次表示感谢，又一次主动伸手和他握了握。

祁雨似乎有点不高兴了，问颜若水为什么非得把徐艺赶走？颜若水反问她，他是你朋友？

祁雨道："也算不上，我跟他刚认识不久，也没打过几次交道。只是这一次，我从内心里真的很感谢他。手术后住院的事也是他帮着联系的。"

颜若水说："我觉得他这会儿已经没有必要陪在这儿了。祁雨，我是一个交友很慎重的人，如果他不是做拍卖的，我不反对你跟他交往。可是，你知道吗？我突然想起我听说过他，他原来是张仲平的手下，好像还是他的什么亲戚，现在却自立门户开公司，小雨，他是一个变节者，我不喜欢这种人。"

祁雨说："这有什么？难道因为他是张仲平的亲戚就得替他打一辈子工？"

颜若水说："还有，关于他做艺术品拍卖的事我也有耳闻，做艺术品拍卖你就老老实实地做吧，他可是搞尽了名堂，为了吸引客人，又是送彩票，又是送香吻，太低俗化了。后来还搞了一个公益的捐赠活动，动静闹得还蛮大。"

祁雨说："对这件事，我倒是有不同的看法，我觉得他那些营销手段蛮有创意，很吸引眼球。至于后面的捐赠活动，就更没的说了，不管他出于什么目标，他捐了几十万真金白银也是实实在在的。"

颜若水说："好了小雨，我们不争这个了。你知道，我不喜欢行事高调、太过张扬的人。说到张仲平，我问你，他今天找你了吗？"

祁雨四下里望望，说："还说呢，我本来跟他在一块儿，听说我爸住医院了，临时找个借口溜了。"

颜若水摇摇头道："不，这不是张仲平的风格，他一定是碰到了什么要紧事。再说了，君子之交，不拘小节，张仲平绝对不会像徐艺似的在这里晃来荡去。"

祁雨说："姐夫，你没跟徐艺打过交道，对他的成见却很深，今天要不是他……"

颜若水说："好了，小雨，别说了。我不是一个不知好歹的人，徐艺为爸爸做的一切，我们该怎么感谢他就怎么感谢他。但是，我也请你相信我看人的眼光。其他的，就不说了，好吗？"

祁雨点了点头。颜若水和祁雨接着谈了一些家务事。颜若水说："妈一个人在家不行，得安排一个人去陪她老人家。"

祁雨让他放心，说她给会所的店面经理阿蓉打了电话，已经让她过去了。她说她现在最担心爸，希望他能挺过去。又问要不要通知姐姐？颜若水抬腕看了看手表说："加拿大这会儿正好是大半夜，要不然，还是等爸的情况明了以后再说吧。"祁雨说："你总是这么体贴我姐。"颜若水说："这是应该的。他们母子两人在那边坐移民监，也不容易。"

过了一会儿，颜若水主动谈起了祁雨的个人问题，说："你年纪也不小了。以前那个谁，都多少年了，早点忘了吧。趁着年轻，再找一个，你得开始新的生活。"祁雨说："'曾经沧海难为水，除却巫山不是云。'人们常说，想要忘记一段感情，方法有两个，一个是时间，一个是新欢。要是时间和新欢还不能让你忘记一段感情，原因只能是时间不够长和新欢不够好。"

颜若水望着祁雨，隐隐地看到了老婆葛云的影子，在她那姣好的面容上，似乎隐藏着无尽的沧桑，他低下头抓住她的胳膊，说："别怪姐夫八卦，对那个徐总，你是把他当生意伙伴，还是朋友，还是新欢？"

祁雨眉毛一扬，短暂一笑道："我把他当新欢？怎么可能？我比他大了差不多一轮，而且，他已经有女朋友了，再谈一场无疾而终的恋爱，我玩不起。"

颜若水更紧地抓着祁雨的胳膊，说："等老爷子康复了，你呀，还是陪他们二老一起出去。"

祁雨说："姐夫，你就别为我的事操心了。这些年，你给我开了一间茶坊，让我赚钱买了房子买了车子，我已经很知足了，我得感谢你。"

颜若水说："一家人，我要你感谢什么？这些年，委屈你了。"

祁雨说："我不觉得有什么委屈的。如果我对那家伙念念不忘，也不是因为爱，而是因为恨，他把我骗得太惨了。我咽不下那口气，要我彻底解脱，除非他死了，或者，我离开这儿，离开这个国家。可是，我又怎么能离开？父母在，不远游呀。"

颜若水说："小雨，说到这事，我跟你姐，算是欠你的。"

祁雨说："是吗？姐夫，你也不用这么想，这个世界，谁欠谁的呀？"

颜若水摇摇头说："不，小雨，你听我把话说完……"

颜若水要说的话还没开始说，电梯铃响，徐艺和张小洁从电梯口走了出来，两个人像商量好了似的，分别朝颜若水、祁雨弯弯腰，笑笑。

颜若水连忙起身道："徐总，你……怎么又来了？"

徐艺说："颜总，这就是我说的那个大学毕业生，张小洁，我想了想，您这儿说不定就有很多零零碎碎的事要处理，算是给你们添个人手。"

颜若水说："这个……这个太大材小用了。现在情况怎么样还不知道，真要照顾病人，医院里随时可以请到陪护。"

徐艺说："有陪护没关系，那就让张小洁做监工吧，你说呢，祁老板？"

祁雨说："姐夫，要不，就让她先留下来吧，啊？"

我们对着一群人唱歌
为的是打动其中的某一个人

爱无专宠写字

浮石——

著

【长篇政商小说】

新青瓷

下

贵州出版集团
贵州人民出版社

第十五章

（一）

张仲平没能很快尾随祁雨去医院是因为曾真给他来了电话。他不敢问她什么事，他知道她今天休息，她也许就是想他了。

昨天夜里他少有地失眠了，想得最多的就是曾真。他脑子里一遍一遍地回味着跟她在一起的样子，感觉自己就像回到了三十年前一样，青春勃发，几乎充满了无限的神力。他也少有地回望了一下这些年的生活，觉得是那样慵懒而黯淡，每个毛孔里仿佛都是无以言表的疲惫，而他还必须强撑着今天重复着昨天，明天重复着今天。是呀，他怎么能不累呢？做生意当然是很累的，回到家里也是很累的，原来还不觉得，当唐雯要求他把令她生疑的一切都解释给她听的时候，他能不觉得累吗？可他那么累，为的又是什么呢？

曾真让他的生活豁然开朗，他感到风正从海的那一面徐徐地吹来，阳光透过厚厚的云层照射到大地之上。他于是有了一种很舒展地绽放自我的冲动，他想在生机勃勃的大地上欢快地奔跑、飞翔并且歌唱，用自己内在的力量感染万物，让幸福的花儿遍地开放。他不知道他和她有没有未来，他只知道跟她在一起的每时每刻、每分每秒都是良辰美景。

他知道自己已经是快五十岁的人了，他知道自己这是老夫聊发少年狂，可是，他愿意这样，或者说，没有什么能够阻挡他对快乐与幸福的向往。

在快要天亮的时候，他才有了回到地面的感觉，企图用世俗的眼光考量他和曾真的关系。

据说男人真爱一个女人的衡量标准是成本。因为男人是利益的动物，付出得越多，就表明爱得越多。当然，金钱和时间是最直接的成本，但不是全部的成本。金钱成本最容易让两个人的关系物质化、庸俗化。时间成本则与收益成正比，因为两个相爱的人总是希望花尽可能多的时间腻歪在一起，以便从彼此身上获得轻松愉快乃至于貌似幸福的感觉。

张仲平很清楚，作为一个已婚男人，自己最重要的成本是他的家庭。对于后面一个问题，他是无论如何也不会去碰的，因为他并不觉得他跟唐雯的婚姻是一个烂透了的苹果，没有必要为了和另外一个人建立一种亲密的关系而把大家弄得头破血流、伤痕累累。庆幸的是，曾真理解这一点。

张仲平进屋之后发现她已经把横扎在屋子里的铁丝弄掉了，这使他可以在屋子里自由地穿行。改变当然不止这一点，她早已经把屋子收拾得干干净净，完完全全是一个女孩子的闺房了。

实际上，他一进去就被穿着棉质睡衣的曾真两条绵软的胳膊箍住了脖子，让他觉得昨天夜里那种想欢快地奔跑、飞翔并且歌唱的感觉原来那么真实。他深情地拥吻她，她则甩掉拖鞋，把两只光光的脚丫子踩在他厚实的脚背上，配合着他的步伐朝睡床移动。被子是昨天刚刚晒过的，保留着太阳的味道和她的体香，他像摆放一件精致的易碎品似的把她铺陈在床上，不知道是该对她顶礼膜拜还是任自己心痴神迷。

张仲平享受了那灵魂出窍般的终极快乐之后躺下来休息，把去医院的事给忘了。也不是忘了，而是不想马上离开他的安乐窝。直到两个人又缠绵了好一会儿，曾真爬起来去浴室洗澡之后，他才给祁雨打了个电话，说了暂时不能上医院的事，说他会找个时间再来。祁雨自然说没事没事，张总你先忙着。

他还想给颜若水打同样的电话，想一想有点刻意，便没有打。他想祁雨应该会把他的电话转述给颜若水听。

张仲平没有马上去医院还有一个隐秘的理由，他怕在医院里碰上徐艺。既然是徐艺给祁雨打电话报的信，那他一定会在医院里张罗着，他不会放过这个机会。

江小璐今天轮休，门铃响起的时候她正在给毛毛讲故事，打开门一看，却是在拍卖会上认识的莫老板，他手里正捧着花站在门外。

最近一个月，江小璐每隔一天就会收到花店里送来的花篮。这不能不让她有所触动，但她搞不清楚一个堂堂的副市长怎么会看上她这么一个高速公路的收费员。

江小璐的妈妈及时地为莫老板泡了一杯茶，然后带着毛毛进了里屋。

莫老板环顾四周，发现江小璐家里靠着墙壁摆了一溜花篮，简直有点开花店的意思。

江小璐说："这些都是你安排送的吧？你来了，正好告诉你，以后，请不要再费心了，我实在不值得他这样。"

莫老板说："值不值得他这样，由他做判断。但据我所知，他不这样看。他的情况我也给你做过介绍，他现在就想知道你的一个问题，你的无名指的大小分寸。"

江小璐问："他想娶我？"

莫老板笑笑说："应该就是这个意思。"

江小璐也笑笑说："巧了，这些天，我也正在想是不是该改嫁了。一个寡妇带着一个有病的儿子，日子会过得很艰难。可是，我在网上看到，有三种男人是不能随便托付终身的。"

莫老板问："是吗？请问是哪三种男人？"

江小璐说："首先，就是当官的，这种人哪怕是自己不想怎么样，也会受到很多诱惑。就算你不想，别人也会变着法子贿赂你，包括钱诱、色诱等等，各种各样。你能抵抗一个人的诱惑，你能抵抗一种诱惑，你能抵抗一千人的一千种诱惑吗？那他就不是人而是神了；第二种人便是有钱的商人，商人以追求利润为己任，为了挣到更多的钱或者为了自己的什么利益，是什么事都可以干得出来的。在咱们这个社会，要发财，难免去求那些当官的，做生意的和当官的是很容易勾结在一起的，甚至很难说是做生意的投当官的所好、拉其下水，还是当官的本来就好那一口，反正他们常常在一起吃喝玩乐、花天酒地，久而久之，这样的人会爱家顾家吗？女人在他们眼里该利用时就利用，该甩时就甩，大不了给钱了事；至于第三种人，是那些搞艺术的，大都行为放荡、怪癖，总是像小孩子似的长不大，他们往往非常自我、非常自私，很少会顾及别人的感受。"

莫老板说："江小姐这是一竹竿打翻一船人呀，你要是这么说，岂不等于说男人没几个好东西了吗？这对男人来说是不是也太不公平了？毕竟，人跟人还是不一样的吧，你说呢？"

江小璐说："你说得对。我也不是要打击一大片，我是说，我跟他的差别太大了，我不敢高攀。"

莫老板叹了口气，说："你怎么会这么固执？你难道真的不想成就一份好姻缘吗？"

　　莫老板没有想到，最后还是徐艺出马说服了江小璐。徐艺找到江小璐家里，直截了当地跟她说："我们必须学会把感情和生活分开。有的人，一辈子只能存在心里，这个人，未必就是现实生活中的那个人，很可能不过就是你自个儿的想象。他是虚的，不能代替我们吃饭睡觉。"

　　江小璐本能地想辩解，徐艺说："我刚才说的不是你而是我自己，我只是从内心里觉得你是一个好女人，一个辛然她爸爸需要而且会好好珍惜的好女人。"

　　江小璐惊呆了，她没想到周运年是辛然的父亲，她更没想到徐艺会出面为他未来的岳父做媒。她问徐艺："这是为什么？"

　　徐艺说："很简单，因为我是一个孤儿，辛然从小没有妈妈，毛毛从小没有爸爸，周副市长单身已经很多年，而你也是。更重要的是，我们都是心地善良的人，我们都希望有个完整的家。我们都希望早点体验久违了的家的温暖，我想我们都会珍惜这种组合。"

　　江小璐被徐艺的一席话打动了，她说："你能这么有心，我很感激你。"

　　徐艺说："其实我更应该感激你，你比我大不了几岁，但我知道……你……是一个很看重感情的人，你生活艰辛，活得却很有尊严，我相信你能像亲妈一样对待我和辛然，所以，我一点也不怀疑，你能给辛然她爸带来幸福，你也能给我和辛然一个完整的家。"

　　江小璐说："可是，周副市长就因为在收费站见过我一面便喜欢上我了？这么大年纪的人，能这么浪漫，我真的担心他的为人。"

　　徐艺说："你应该这么考虑问题，如果只是为了找个女朋友，他应该有的是机会，可是，在这方面，他的口碑很好，如果他不是非常非常喜欢你，他不会下这么大的决心。而且，你们还有共同语言，你看，他喜欢书法，你呢？也喜欢，不是吗？"江小璐摇了摇头。

　　徐艺说："不是？那我也就不多问了。我的意思是说，其实，什么都是假的，和爱你的男人过日子，那才是真的。"

　　江小璐点点头说："是呀，你说的还真是这个道理。年轻的时候，因为年轻，因为不懂事，也许不怕那种血雨腥风的爱情，到了我这个年纪，只能承受那种润物细无声的爱情了，对，就是你说的，过日子。"

　　徐艺说："我不想背后说别人的坏话，但是，凭我对周副市长的了解，他并不比……另外那个人……不，应该是不比随便哪个男人差。时间长了，你一定会同意我的看法，我可以跟你打赌。"

徐艺走后，江小璐突然产生了要给张仲平打个电话的念头。她并不十分清楚为什么要打那个电话，只是朦朦胧胧地觉得，她跟他之间的那种千丝万缕的联系，应该有个割舍与了断。她要像做大扫除似的，把他从自己心底里彻底扫地出门。怎么样才能做到这一点？她不知道。也许该劈头盖脸地把他骂个狗血喷头？

江小璐很快拨通了张仲平的手机，她怕再多等一会儿就失掉了勇气。

江小璐说："喂？你说话方便吗？"

张仲平那时正在给曾真揉脚，他看了她一眼，说："方便呀，什么事你说吧。"

曾真坏笑着靠近听筒。

江小璐说："你不肯要我，是不是因为我没嫁人，怕给你惹什么麻烦？"

张仲平说："你说什么呀？"

江小璐说："你不知道我在说什么吗？我一直以为你是一个正人君子，你不是，你是一个伪君子。我讨厌你，张仲平，我非常非常讨厌你。"

曾真捏着张仲平的鼻子无声地笑了起来。

张仲平说："你怎么了小璐？干吗说这种没头没尾的话？我怎么得罪你了？"

江小璐说："你没怎么得罪我，我就是想骂你，就是想把你骂得狗血淋头。这样我痛快，我很痛快。同时我谢谢你，因为你的帮助，我在拍卖会上找到了一个愿意娶我的人，我很快就会把自己嫁出去，我不会骚扰你了，你就放心吧！"

江小璐挂断电话，曾真不笑了，坐起来看着张仲平，说："你为什么不得罪人家呀？这样，她就不会这样骂你了。现在傻了吧？弄得人家多伤心呀！"

张仲平说："我还真有点傻了，她这是为什么呀？"

曾真说："偏不告诉你为什么，免得你嘚瑟。"

张仲平说："这就是传说中的好人难做吧？难道你们女人真的喜欢坏男人？"

曾真"哼"了一声说："你就装吧。你老实说，你到底对人家做了什么，让她这么对你爱之深恨之切的？张仲平，你真得告诉我，免得我像她那样，

483

那样，我可就惨了。"

张仲平无辜地说："我真没有啊！我就把她当一普通朋友，也不是，是朋友之妻，朋友妻不可欺。我跟你说过的。"

曾真说："那她就是单相思，那她更可怜。"

张仲平说："不管怎么样，她这次算是解脱了。她说有人要娶她，会是谁呢？"

曾真说："你在想什么？"

张仲平说："我在想徐艺。"

曾真奇怪地说："你在想徐艺？你这思维跳得可真快，怎么又想到徐艺了？徐艺跟江小璐嫁人有关系？"

张仲平说："不是。不，这我可不知道。我在想生意上的事，我来你这儿之前，颜若水的岳父得了脑溢血，而徐艺正好去看望他，我在想，这会儿徐艺也许正在医院里鞍前马后地张罗着，颜若水又是对胜利大厦拍卖起到关键作用的人，我担心徐艺开始为胜利大厦做铺垫了。"

曾真问："徐艺有能力和你抢胜利大厦的业务吗？"

张仲平说："原来没有，现在不同了，太多的巧合证明徐艺就是冲着胜利大厦来的。你看，龚大鹏和胜利大厦有关，徐艺公司就出现了一个龚大鹏喜欢的女人，颜若水和胜利大厦有关，今天他就见到了颜若水的岳父，他还认识颜若水的小姨子。徐艺的公司是新成立的，照道理来讲，他是不可能在市中级人民法院入围的，因为鲁冰设定的门槛很高，可结果呢？徐艺的公司竟然入围了，这说明了什么？这一切都充分说明，徐艺，就是冲着胜利大厦来的。"

曾真说："那你怎么办？找他谈谈？"

张仲平说："没有用。我怎么跟他谈，我说，徐艺，这财只有我能发，你不能。他会听？在利益面前很多人是不会接受劝告的，徐艺更不会。我担心的不是这个。我担心的是，徐艺是怎么做到这一点的，我怕他在入围的事情上和在承揽拍卖业务的过程中搞歪门邪道。你知道吗？前几天，他找唐雯借了五十万块钱。"

曾真说："呀，他找我也借了十万块钱。"

张仲平说："真的？没道理呀，他借这么多钱干什么？"

曾真说："有个事情，他希望我替他保密，他那场拍卖会，实际上拍得很糟糕，那两个电话买家根本就没来买单。"

张仲平点了点头说："这证实了我的某种预感。可是，徐艺却把这件事对外瞒着，把该捐的钱都捐了。这个徐艺，我还真没看出来呀。做慈善要量力而行，他投下这么大的本钱，一定有慈善之外的目的，徐艺呀徐艺……"

曾真说："你担心什么？"

张仲平想了想，却摇了摇头说："这会儿我还说不清楚。"

实际上，他也不是完全说不清楚，而是不方便跟曾真一下子说得太清楚、太透彻。比如说，他能把自己和颜若水之间的复杂关系告诉曾真吗？当然不能。

按照颜若水的性格，应该不会轻易和徐艺交朋友。但祁雨是个变数。他钱包里的那张支票既然还没有交到她手上，就还不能说他已经搞定了颜若水。出了他岳父的事，颜若水这会儿最需要什么样的帮助呢？他需要请全省最顶级的专家给他岳父会诊，让老爷子享受最顶级的医疗服务，还要替他把费用降下来。

而他张仲平恰恰能够做到这一点。因为省人民医院院长的儿子，正是他老婆唐雯的学生，他现在必须迅速行动起来，搞定这件事。

当然，除此之外，就是赶紧把那张支票交到祁雨手上。这样做有风险，因为如果不是为了换回那张颜若水公司的拍卖推荐函，他才不会去买那尊不知道真假的青瓷莲花尊呢！

可祁雨心里有数。她不仅心里有数，而且在程序设计上与他从颜若水公司拿拍卖推荐函的事完完全全撇清了关系。

他呢？不仅要乖乖地捧上支票，这会儿还怕她不收呢。这些，都跟徐艺或多或少有关系。他又怎么能跟曾真说呢？

（二）

徐艺把见江小璐的情况跟辛然说了，辛然两眼直瞪瞪地望着他，望得他心里直发毛，忙拿手掌在她眼前晃了晃，问她怎么啦？辛然说："你对这事怎么这么上心？"徐艺说："我为什么不上心？你不希望你爸爸早日找到属于他的幸福吗？"辛然说："我当然希望他幸福，可是，我还是忍不住想起我妈妈。"徐艺把辛然揽到怀里说："你妈妈要是在天有灵，也会希望你爸爸和你过得幸福。如果说我在这个事情上也有私心，那是因为我是个孤儿，我也希望有一个健全的家。而且，你看，如果我们业务做得好，马上就得考虑结婚生孩子的问题，总得有个人帮着带吧，是不是？你一个人带孩子，我会很心疼的。"徐艺最后一句话把辛然逗笑了，她在徐艺胸前拱了拱，说："一个宝宝我搞得定，可我想生两个，没个帮手还真不行。"徐艺说："那是。"辛然掰着他的胳膊说："我们先别扯远了，你比较了解江小璐，你觉得她真的适合我爸爸吗？"

徐艺知道这对辛然来说是个心理上的坎，要帮她迈个这个坎可能必须把江小璐与张仲平的关系摆在桌面上来谈。问题是他对这事底气不足，自己都拿不准她与张仲平到底是一种什么样的关系。如果在这方面过于纠缠，反而会搞得大家心存芥蒂。想到这里，徐艺说："你是不是怀疑江小璐跟我姨父之间真有什么事？这个问题我是这么看的，谁最在乎这个问题？我姨妈。可我姨妈后来跟江小璐的关系相处得很好，从这一点看，他们的关系应该不是太出格。再者说了，人的感情无所谓对与错，就算江小璐对我姨父动过感情，也不能证明她是一个水性杨花的坏女人。最后一点，也是最重要的，在我眼里，你爸爸比我姨父优秀多了、强多了，他能看上江小璐，其实是她的福分，她应该会很珍惜。"

徐艺这番话不仅说得入情入理，还很有逻辑性，由不得辛然心里不服，她吁了一口气道："只要江小璐真心对我爸爸好就行。"

徐艺说："你放心，我感觉江小璐能超出我们的想象，会做得更好，我现在想的是，你爸爸到底会怎么感谢我这个大媒人。"

辛然说："我是我爸爸最疼爱的人，他能同意把我交到你手里就是最大的感谢，怎么，你还不满意呀？"

徐艺说："开玩笑开玩笑，纯属开玩笑。莫叔叔找江小璐花了一个多月的时间，她一直没松口，我做她的工作，让她同意了，我不是为了图表扬，是觉得我们应该尽快告诉你爸爸，让他趁热打铁，你觉得呢？"

辛然点头道："如果是好事，就让它早点来，我们一起回家和爸爸说吧！放心，我会让我爸知道，这是你的功劳，你是一个孝顺的好女婿。"

这件事让周运年对徐艺的印象加分不少，觉得他心地倒是挺善良的。当然，他把这话闷在了心里，暂时还没有对他们两人说。

辛然对周运年说："爸爸，这种事情，我们只能撮合，求婚的事情，还得你亲自出马。"

徐艺说："是呀周伯伯，我们只能做一些外围的工作，我想你们还是应该尽快安排见个面，再当面沟通一下。"

周运年说："好，什么时间，什么地点，你们安排吧。"

等到两个人见了面，周运年和江小璐多少有些尴尬，周运年呵呵笑了几声，说："孩子们非要我亲口对你说，是不是你心里对我不是很信任呀？"

江小璐说："是呀，我们也没见过几次，我怕你是一时冲动。"

周运年说："人的感情是很奇妙的，我从第一次看见你的时候开始，就有一种很强烈的亲近感。"

江小璐说："你的职务对我来说太高了，我们是两个世界的人。可是，徐艺的一番话打动了我，他说，我们都是失去过亲人的人，可能都特别想要一个家。是呀，我听说过孩子给父母做媒的，可还没过门的女婿给未来的老丈人做媒，我还是第一次听说，我想，这证明你是一个好父亲。"

周运年说："做一个好父亲并不难，难的是做一个好丈夫，特别是好公仆。你是不是觉得我在说官话？不是的。辛然的母亲去世很多年了，我一直没有再婚，有两个原因：第一，我怕替辛然找的后妈没找好，委屈了孩子；第二，我怕别人看中的不是我本人，而是我屁股下的位置。"

江小璐说："我呢，正好相反，莫老板向我提起这事的时候，我确实很犹豫。再婚的女人都有点患得患失，我有个生病的孩子，我当然希望通过再婚改善我的生活，可是，我又怕这个成为别人的负担。我内心里很清楚，我不能图别的，只能图对方人好。因为我这人其实没别的长处，只会被别人的善良感动，只会用善心待人。"

周运年说："是呀，这个社会到处都是人不人、鬼不鬼的人，要找一个简单的人，一个能够把目的直白地说出来的人都很难。你能这样，我很高兴。徐艺把你的情况也都告诉我了，我是军人出身，说话可能比较直接，我真的挺喜欢你的。我也喜欢孩子，所以你放心，你的孩子就是我的孩子，我会像对待辛然一样的对待你的儿子，对了，他是叫毛毛吧？"

江小璐说："对。我不会说漂亮话，我也表个态，我可能很难像辛然亲妈妈一样对待辛然，但我会尽我的一切努力，对得起你们大家对我的期待。"

周运年有些感动地说："你真是一个实在的人，我很喜欢。如果你没意见，我希望你能嫁给我。"

江小璐说："你这算是求婚吗？"

周运年说："我……不算正式求婚，在这之前，我会替你准备婚戒，这是必须的。另外，我会把我的财产状况如实地告诉你，并要求进行财产公证。"

江小璐笑了，说："没想到现在当官的人里面，还有你这种实在人。我同意你的安排，我想，你是一个能给你妻子以安全感的人。跟你交往，我心里特别踏实。"

周运年说："谢谢，太谢谢了。我相信你一定是个好女人。"

江小璐说："是不是好女人，嫁给你后你自然就知道了。"

就在徐艺安排张小洁照顾祁家轩的当天晚上，从张小洁家里提亲回来的龚大鹏，略带怒气地来找到了徐艺，质问他怎么能派小洁去伺候病人？龚大鹏说："张小洁可是你公司的白领，不是来你公司打扫卫生的。"

徐艺不等龚大鹏把话说完便道："龚老板，你为这事找我发火太没道理了吧？你我虽然是朋友，我怎么安排公司员工的工作，也不需要向你请示吧？"

龚大鹏说："你既然把我当朋友，就应该照顾照顾我的情绪。"

徐艺说："我还要怎么照顾你的情绪？我让你泡我公司的妞，我借钱给你，借车给你，还不够呀？你还想要我怎么样？"

龚大鹏大手一挥道："这是两码事。"

徐艺说："好，既然是两码事，就有个情理之分。我且问你，你知道那病床上躺着的是谁吗？他是东方资产公司颜若水的老丈人。我能不能拿到胜利大厦的拍卖业务，跟他有直接关系。我让张小洁出马，是为了我的生意，你不会想教我怎么做生意吧？"

龚大鹏说："有什么了不起？颜若水跟我一样，还不都是债权人？"

徐艺说："所以，我对你也不错呀！"

龚大鹏说："你那叫对我不错？徐艺我告诉你，以前，你怎么安排张小洁的工作我没意见，从今天开始，不行了。因为她已经是我的未婚妻了，是我心爱的女人。一个男人，最重要的是必须心疼自己的女人，你却安排我心爱的女人去伺候别人，你这叫把我当朋友？做人要将心比心，不能这样的。徐艺呀徐艺，我真替你担心，真怕你把事情搞砸了。"

徐艺说："你什么意思？"

龚大鹏说："你想过没有，颜若水的老丈人住院期间，会有多少人去看他？我说的不是他会收到多少红包，我是说，那些去看病人的人，很可能就包括你的同行，那些拍卖公司的老板。你有必要把你跟颜若水的关系搞得人人都知道吗？"

徐艺说："张小洁如果不说，别人怎么会知道她是我们公司的人？"

龚大鹏说："问题是，你靠这种手段打动不了颜若水。你以为颜若水会领你的情？他会把张小洁看成是你派出的卧底，懂吗？即使不是这样，你充其量不过帮他解决了医院陪护的问题，而且还很不专业。你说，你是不是拍马屁拍到马腿上了？知道那后果是什么吗？他可能会拿马腿踹你。"

徐艺想起颜若水对他的态度，不得不有所领悟，但仍然嘴硬道："你怎么知道颜若水会这样想？你认识他？"

龚大鹏说："不用认识，这是很简单的道理。你别不相信，兄弟我虽然没读过什么书，但也是在江湖上混过来的。你别生气，也别不服气，同样的事情，如果是张仲平来做，会比你做得漂亮得多。"

徐艺冷笑说："我还真不服气。鸡有鸡道，蛇有蛇路。我姨父跟颜若水是老关系，是多少年积攒下来的人脉，我要是东施效颦，黄花菜早就凉了。对颜若水，我必须打感情牌，以情动人。"

龚大鹏说："你就别嘴硬了，我跟你说这个，完全是为了你好。"

徐艺说："为了我好，我谢谢你。可是，龚老板，每个人都有自己做人的原则。有些话何必要说破呢？你说你完全是为了我好，那我问你，你把拍卖推荐函签给我姨父，也是为了我好？你别告诉我，他也借钱给你了。"

龚大鹏说："这事你知道了？既然你知道了，我们就把这事摊开了谈。第一，我没找他借钱；第二，我给张仲平签拍卖推荐函在先，给你签在后，你要是有意见，我可以把签给你的收回来。你要是心疼那二十万，我就把那钱退给你，是的，我没钱，但你刚才不是提醒我了吗？我可以找张仲平借呀！"

徐艺的情绪被龚大鹏挑逗上来了，说："龚老板你得了便宜卖乖是吧？你到底什么意思？"

龚大鹏说："我的意思是说，做人要有自知之明。看你做事，明显没经验。说实话，张仲平可比你老练多了，你跟他根本不在一个级别。他的根基也比你深。胜利大厦拍卖业务，张仲平可以一个人做，你……很难。"

徐艺从鼻子里哼了一声："是吗？"

龚大鹏说："你别不服气。这单业务，你最好不要想着吃独食，你吃不下。我已经替你掐指算过了，你能够挤进去，从你姨父那儿分一杯羹，就已经很不错了。"

徐艺说："你真这么想？"

龚大鹏说："是呀，建房子，要先打好地基。你的公司才开张没几天，这个时候，你拿什么跟张仲平去争去抢？做事要顺势而为，不能勉强，兄弟我在建胜利大厦的时候，就吃过这方面的亏。心急吃不了热豆腐，你还年轻，今后有的是机会，听兄弟我的，没错。"

徐艺见龚大鹏不像一开始那样咄咄逼人了，也就叹了一口气道："龚老板，你是只知其一，不知其二。这单业务本来是我一直在跟，包括在左达那儿拿拍卖推荐函，也是我爬到楼顶上去拿的，我跟你说，我是冒了生命危险的。当时的电视你看了吧？多危险。左达像疯了似的，我要是从楼顶上晚下来几分钟，黄泉路上可能就多了一个人陪他。生死风险是我在冒，这会儿，我姨父他凭什么轻轻松松地下山摘桃子？"

龚大鹏摇了摇头说："徐艺，你不能这样想，那时候，你的公司不是还没有成立吗？你不是还在帮张仲平打工吗？凭什么把功劳算在你头上？为人不能太贪心。根据我对形势的分析判断，你想踢掉你姨父，基本上不可能。相反，你得赶快去跟他好好儿谈谈，看他愿不愿分一半业务给你。如果你能跟他一起做，你就烧高香吧。如果能这样，我呢？既放心，也好做人。听兄弟我的，没错。"

龚大鹏的话让徐艺脑袋里灵光一闪。这么多天以来，他无时无刻不在想胜利大厦的事，可究竟怎样拿下这单业务，怎么处理和张仲平的关系，他一直就没想清楚。如果能单独拿下这单业务，他也许可以做到不顾一切。但最可怕的是，他不顾一切了，却可能连业务的边都没碰到，那可就叫腥没吃上倒惹一身骚了。

龚大鹏见徐艺不说话，又道："你姨父能在社会上混到这个程度，必定有他的过人之处。你呢？就算真的有本事把他打败了，也会在为人处事上丢分。这个世界上谁怕谁呀？你想搞得别人没肉吃，别人一定会搞得你没汤喝，你还别不信。"

徐艺说："龚老板你别乱讲，我可从来没有这个想法。"

龚大鹏说："其实有这想法也没什么不正常，关键要看你做不做得到。哦，对了，我替张小洁向你请个假。"

徐艺说："今天不行，明天吧。我刚把她送到医院里去，我不能出尔反尔。"

龚大鹏不客气地说："徐总，有些事情，不是拍马屁拍得来的，你那样想讨好颜若水，为什么不让辛然去？"

徐艺在龚大鹏那儿受了委屈，忍不住朝辛然抱怨，说他一土包子，倒好像成了他们公司的二老板了。辛然说她倒不那么看，说这个龚大鹏粗中有细，是个人才，你看，他跟张小洁外在条件差别那么大，却三下五除二就把人家给搞定了。徐艺不以为然，这有什么？能够用钱搞定的事，是最简单的。何况他这钱还是找我借的。

不过，徐艺不得不承认龚大鹏启发了他，给他出了个好主意。是呀，如果他真的能够与张仲平联手拍卖胜利大厦，他等于搭上了3D拍卖公司的顺风车，也等于让张仲平不仅把他扶上了马而且还送了他一程。

辛然也觉得这是一个好主意。她说："原来我心里一直有个坎，就是担心你把跟姨父的关系搞僵，而且，凭你现在的实力，你不是姨父的对手，肯定搞不赢他。"

徐艺叹了口气道："我何尝不知道。可是我，就是不甘心。"

辛然说："你有什么不甘心的呀？你跟姨父有仇呀？徐艺，我一直想跟你说，办公司当然要赚钱，但人不能把赚钱当着唯一的目的，否则，为了赚钱就会什么都去做。我觉得，钱要赚，亲情也要有，我尤其不希望你一开始就跟姨父搞得剑拔弩张、你死我活的。"

徐艺说："你以为我神经病非要跟姨父过不去呀？可是，你想过没有，如果真像你和龚大鹏想的那样，姨父已经对拿下胜利大厦业务十拿九稳了，我要挤进去，他同样也会不高兴。"

辛然说："问题是，如果你取胜的希望只有百分之一，却不惜搞得你死我活，恐怕也太不理性了吧？我觉得，你应该主动与姨父携起手来，实现双赢，这才是王道。"

徐艺说："这几天，我发现了姨父一个秘密。我们的拍卖会上有个情节你还记得吗？你爸爸买的那两幅小孩的字，江小璐一直参与举牌。那两幅字是我姨父送来参拍的。你知道我姨父为什么要送那两幅字上拍卖会，又为什么让江小璐把那两幅字抬到那么高的价？因为那两幅字是侯小平写的，而侯小平是侯昌平法官的儿子。"

辛然听到这里不禁"呀"了一声。

徐艺说："怎么样才能让我姨父同意让我跟他一起做这单业务，心甘情愿地分我一杯羹？我不能去求他，也不能把这事搞得太别扭，否则，他要么觉得我没出息，还得赖着他，从他嘴里讨食吃；要么觉得我忘恩负义，刚出来没几天就跟他抢生意。现在好了，我可以理直气壮地去找他了，我要让他觉得甩不开我。"

辛然说："怎么说？"

徐艺不禁一笑，在屋子里兴奋地转来越去，说："什么叫见者有份？既然我在胜利大厦这件事上出过力，我就有权利要求回报。既然我不能吃独食，那就谁也不要想，包括我姨父。"

辛然问："你不会是要去找姨父摊牌吧？"

徐艺说："我是要去找他，但我不会带上什么牌不牌的，而是带上一把剑。"

辛然说："剑？什么剑？徐艺，你要干什么？"

徐艺哈哈一笑，说："辛然，你这么紧张干什么？你以为我会去和姨父打架呀？霍布斯说过，不带剑的契约不过是一纸空文，它毫无力量保障一个人的安全。你知道霍布斯是谁吗？他可是英国最有名的哲学家。"

辛然说："不不不，徐艺，艺哥，我完全被你弄糊涂了，你到底什么意思？"

徐艺说："你呀，到底是傻呀还是天真呀还是单纯呢？打个比方，对于快到别人手里的苹果，你要是想用武力抢过来，别人可能会跟你拼命。可是，你要是一边拿着一把剑当打狗棒，一边要求别人把那个苹果分一半给你，别人没准还真会同意，或者说，还真不敢不同意。明白了吧？"

辛然说："这不等于巧取豪夺吗？艺哥，至少，这有点像强盗加流氓的作风呀！"

徐艺说："我不觉得。辛然，这个社会没有理所当然的事，一切都必须靠自己去争取。这些年，我太知道姨父是怎么做生意的了。正因为他跟侯昌平的关系见不得人，我才能够理直气壮地要求搭这趟顺风车。他一个人干吗要霸占那么宽的座儿？挪挪屁股让我也挤一挤嘛。"

辛然摇摇头，不禁叹了一口气。

徐艺说："辛然，对别人进行道德审判是很容易的。但在利益面前，又有几个是谦谦君子？这个道理龚大鹏都懂。你知道他曾经跟我说过一句什么话吗？他说，你想搞得别人没肉吃，别人会搞得你没汤喝。他这话什么意思？他的意思是说，在利益面前，每个人都想把自己变成狼而不是羊。在我看来，人类的历史或者说文明史，不过是吃肉喝汤的历史，区别在于，你是那个吃喝的货，还是那个被吃被喝的货。"辛然刚准备张口说话，被徐艺伸手拦住了，他说："讨论道德的高下毫无意义。辛然，你也别光在一边看着了，我们刚替你爸办了那么大一件事，你能不能趁他高兴，让他跟鲁叔叔说说咱们的事？"

（三）

当张仲平拎着一些水果走进侯昌平家的时候，他正在睡觉，侯妻先为张仲平做了通报，等到她为他泡好茶，侯昌平这才穿着一件大棉袄从里屋出来。

坐在沙发上的张仲平忙着要起身，被侯昌平止住了，他也没有与张仲平坐在一张沙发上，而是顺手拖过一把椅子坐得远远的，特意保持着与张仲平的距离，好像是防止把感冒传给他似的。

张仲平欠欠身道："我听说侯哥病了，特地来看看。"

侯昌平隐忍着咳嗽了几声，道："我这算什么病？就是一点小感冒，头疼脑热的。没事，多喝点开水，睡一觉就好了。"张仲平笑笑："那也得好好调养一下，小病不养成大患呀！"

侯昌平说："哈哈，我当兵出身，身体没那么金贵。"张仲平道："那真不好意思，想来看看侯哥，结果反而打扰了。"侯昌平摆手道："张总太客气。"

张仲平朝侯昌平把自己的身体往前倾了倾道："其实，我找侯哥还有一件事，小事。我把钱给小平送来了。"

侯昌平差点没在椅子上坐稳："什么什么？什么钱？"

张仲平说："嫂子知道这件事，前些天我不是拿了几幅小平的作品吗？我装裱了两幅，送到拍卖会上玩一玩，没想到都拍掉了。"

侯昌平笑道："都拍掉了？拍了多少钱？"

张仲平说："一幅两千元，一幅四千元，总共六千元。"

侯昌平坐不住了，起身把屁股下的椅子带翻了，正声道："张总，你开什么玩笑？"

张仲平跟着起身，说："不是开玩笑，这是小平作品目前的市场价格。"

侯昌平突然起了高腔道："扯淡！一个刚学写字没两年的中学生，鬼画桃符的两幅字，能卖这么高的价？鬼才相信。张总，你老老实实地告诉我，这是不是你运作的？"

"没有没有。"张仲平连忙说，"拍卖会不是我们3D公司做的，是一个叫时代阳光的拍卖公司做的，我怎么运作？喏，我怕你不相信，把拍卖成交确认书、财务结算单，时代阳光拍卖公司的拍卖目录，都给您带来了，您看您看。"

"这些东西我不要看。"侯昌平大手一挥，"怎么可能？两张小孩子的习作，正常情况下怎么可能卖这么多钱？"

"这个……我也没想到，您看图录上的标价，也就四百元，可是，侯哥，拍卖会是一个产生奇迹的地方，同一件东西，只要有两个以上的买家喜欢，一较劲儿，互不相让，价格噌的一下就上去了，这很正常。"

"是吗？"

"侯哥您放心，我真没搞鬼，我连百分之十的拍卖佣金都替小平扣了。这完全是侯小平同学的合法所得，经得起查。"

张仲平把那个信封放到电视柜里面，顺便把侯昌平扶着在沙发上坐下，又替他把倒下的椅子扶了起来，靠墙壁摆好，自己并不坐，站着对侯昌平说："侯哥，打扰您休息了，要不，我先走？"

侯昌平抬头盯视着他，道："这事还没完呢，走什么走？信封你拿下来，揣兜里。你别急，听我把话说完，别人说我怪，没错，我就是怪，因为我从这里往外轰过不少人，都是像你这样的，都是你们这些人在外面没见过的。"

张仲平说："侯哥，我……我跟那些人还是不一样吧？侯哥，您听我说，这事说到哪里去都过得了硬，也就帮小平卖了两幅字而已。"

侯昌平说："小平的字，我这里有两百幅、两千幅，你能帮我按照这个价格都卖了？"

张仲平说："两百幅……我……可以考虑。"

侯昌平说："张总，张仲平，你如果需要，我可以让小平再写两万幅、二十万幅，你也都按这个价格卖了？"侯昌平说着又咳嗽起来。他老婆正在厨房里忙着，听到他的咳嗽声，忙出来问他怎么了。

侯昌平对她吼道："没你什么事，你给我进去。"

侯妻看一眼张仲平，悻悻地返回厨房。

张仲平当然知道这脾气是冲他来的，便小声道："侯哥，我真没有别的意思。"

侯昌平说："你有没有别的意思你自己心里最清楚。反正这钱我是不会要的。五千四百元，够立案了。"

张仲平说："侯哥开玩笑。您也太认真了吧？"

侯昌平说："张总，我可以明明白白地告诉你，用各种名目到我这里送钱的人，你不是第一个，也不是最后一个。我琢磨着，除非我退休，否则，一时半会儿还清静不了。是我跟钱有仇吗？不是，是这钱扎手。"

张仲平说："侯哥，我不知道别人给您送钱都是一些什么情况，咱们今天的情况跟他们压根儿不是一回事。"

侯昌平说："张总，你非得让我把话揭开了说吗？自从我从部队转业到法院工作以来，不存非分之想，不捞意外之财，这是我给自己立的规矩，我坚持下来了，几十年啦，我得说，还真不容易。我把你当朋友，没想到你希望我晚节不保。"

张仲平说："侯哥，这话可有点重了。"

侯昌平说："一点不重。五千多块，比我一个月的工资还高，算不算一笔意外之财？算。你七拐八拐的，好像让这笔收入合法化了，可是，你想过没有，我如果一旦把家庭的用度开支寄托在意外之财上，做了初一做十五，成了习惯，今后只要有机会，就会想办法到外面去捞，这是会坏大事的。你想帮我，到头来是害了我。"

张仲平说："侯哥说的这些，我还真没想到。拿小平的字去拍卖，就是图个好玩，我也没想到会拍到这么高的价。这钱，确确实实就是小平卖字的钱，总不能归我拿吧？"

侯昌平说："小平的字既然送给你了，你是拿来擦屁股还是送去拍卖公司，随你的便。张总，我真要想着捞钱，用不着等到现在。好好好，我的话你既然不听，我就不跟你讲了。老婆老婆，你出来送下客。"说罢，竟独自回里屋去了。

张仲平一时僵在那儿。侯妻从厨房里出来，把张仲平送到门口，道："张总，你别往心里去，他呀，就这么个怪脾气。不过，他在家里倒是经常念叨，说是感谢你替小平找了个好老师。"

张仲平说："哦，那没什么。我估计，祁老一时半会儿恢复不了，可能教不了小平啦，您放心，我再给小平换个好老师。"

张仲平直接回了曾真那儿，把去找侯昌平的情况说了，忍不住一个劲儿地摇头。曾真问他是不是很失望？他说不是，是钦佩，由衷地钦佩。他说，守得住清贫、耐得住寂寞、挡得住诱惑，这样的法官越多，这样的干部越多，我们这个社会才越有希望，我们的生意才越好做。曾真倒替他担心起来，说："等一等，侯昌平不收你的钱，是不是嫌少了？是不是意味着他不会替你办事呀？他的屁股是不是已经坐到别的拍卖公司一边去了？"

张仲平一边替曾真揉脚一边说："看样子不像。曾真你知道吗？有时候我们送人情拉关系，倒不一定是要拉对方下水，帮我们违法乱纪，搞什么非法勾当，而是希望他们能够做事公平公正就行了。你看，我们的要求并不高。"

曾真说："古代的人只知道商人妇不好做，没想到商人也不好做。但愿侯昌平真是一个干干净净的人，不是故意刁难你。"

张仲平说："我们公司的实力摆在那儿，他要刁难我，也不那么容易。"

曾真说："也是。那……你准备拿那笔钱怎么办？"

张仲平说："保险公司有一种分红派息的保险，我准备拿那笔钱去给他老婆和孩子买几份，等到他正式退休了，我不需要求他了，再交给他，你觉得怎么样？"

曾真说："我觉得可以。你今天还有什么安排吗？"

张仲平早把下午的时间做了安排，他得去一趟青瓷茶会所，把那张支票交给祁雨。胜利大厦拍卖委托的事，到了最后的冲刺阶段，他得把颜若水那边的事情搞定。他太清楚了，生意上的事很难说，随时都有可能发生变化。他要把发生变化的概率减少到最低限度。而这恰恰是跟曾真不能说的。见曾真问起，便说他得去公司处理点事，晚上会买点菜回来，他做饭给她吃。

曾真高兴得直跳，一跳脚又痛了起来，但她还是挺高兴的，说："好呀，你老吹嘘你的饭菜做得好吃，真要好吃，那就每周罚你做一次。"张仲平说："你要是吃成了一个大胖子，那就更加嫁不出去了。"曾真说："谁说我嫁不出去了？再胡说八道，每天罚你做饭，你信不信？"

徐艺在准备出门见张仲平之前突然犹豫了，他觉得还是先去见侯昌平和祁雨比较好，如果这两个人的关系通了，张仲平起码不好拿东方资产公司和市中院执行法官的意见来压他。

辛然还是有些担心，说："你不是说上次被侯昌平的老婆给轰出来了吗？你还去呀？"徐艺说："我宁愿做坚持不懈的傻瓜，也不愿意做知难而退的懦夫。姨父前几天把侯小平的拍卖成交款结了，我估计，他会把那钱给侯昌平送去。我姨父比我高明呀，你看看，通过这种方式送钱，真是合理又合法。我真是不得不佩服姨父，他做事总是很有技术含量。不过，这也告诉了我一个信息，侯昌平绝不是一个无缝的鸡蛋。你知道我准备怎么敲开侯昌平家的大门吗？很简单，向姨父学习，直截了当花六千块钱买侯小平的两幅字，姨父的成功是可以复制的。"辛然说："这个……不太好吧？我觉得显得太唐突了。"徐艺说："不是不太好，是太好了。我只说要买字，不用我说别的，侯昌平马上就会明白是怎么一回事，他甚至都想不到该用什么办法来拒绝我。"

侯昌平并没有直接拒绝徐艺，他听了徐艺的来意，让站在自己身后的老婆去侯小平房间里把他写的那一大捆字全部抱了出来，让徐艺清点一下，总共多少张。徐艺不解地望着他。侯昌平说："你不是说侯小平的字就值这个价吗？我打五折卖给你你要不要？不错，一个小时以前，张仲平是给我送来了拍卖成交款，可是，我没收。这一层，你难道就没有想到？"

徐艺不禁茫然地摇了摇头。

侯昌平说："徐艺，徐总，你年纪也不大，怎么会有这么重的江湖气？电视上给杨建国的妈妈捐款的是你吧？是？那你今天的做法为什么会与之前判若两人？老实说，你的这个举动，可真的不怎么样呀！"

徐艺不停地点头道："侯哥批评得对。可是，人是复杂的呀！我们公司新成立，我也是入乡随俗、入行随俗，其实呢，我也没有别的意思，就是想到您这里来走动走动，拜拜码头。"

侯昌平说："我看你就是有别的意思。徐艺你听好了，我只是市中级人民法院执行局的一个普通法官，不是什么江湖老大，不需要别人拜什么码头。"

徐艺说："不不不，侯哥您误会了，我的意思就是想请您多多关照，给我们新公司一个机会。"

侯昌平说："你给我送钱我就给你机会，那别的拍卖公司呢？如果他们送的钱比你的还多呢？你的机会是不是就失掉了？那你这钱是不是就白送了？你是不是还没听明白？我就不明白了，你们做生意的，为什么一碰到什么事，就想着拿钱去解决呢？难怪人们说，地上本没有路，铺的钱多了，就有了路。可是，徐艺呀，钱确实能解决很多问题，但不能解决所有的问题。

这件事，在我这儿，就不行。"

徐艺说："侯哥，您听我说……"

侯昌平打断了他："徐艺，你年轻，你的人生道路还很长，所以，你还是听我说。这钱呀，是个好东西，人人都爱。但怎么赚钱、怎么花钱，基本上决定了一个人的品德高下。一个人如果没有正确的金钱观、价值观，不仅得不到人生的快乐幸福，甚至会在人生的中途夭折。这话听起来有点空、有点假、有点大，但我觉得是大实话。"

徐艺说："我听您这话，还真是受益匪浅，侯哥，您的境界还真是高。"

侯昌平说："高什么高？不知道院里好多人都叫我怪人吗？我为什么怪？因为我一看到别人给我戴高帽子我浑身就起鸡皮疙瘩。得了，我有点不舒服，想休息了。要么，你拿钱走人；要么，我把它交给市中级人民法院纪律检查委员会。你选吧！"

徐艺说："侯哥，我不知道您生病了，这空手进门的，实在不好意思，这钱……"

侯昌平说："徐总，你也太小看我了，我可以非常明确地告诉你，我的清白和名声，不止这个价。老婆，送客。"

侯昌平老婆在徐艺背上轻轻推了推，说："徐总，你别说了，就听老侯的话吧，他真做得出来。"

徐艺只好把钱收回来，道："侯哥，我年轻，不懂事，您千万别生气。"

侯昌平说："社会风气如此，我也犯不着生你的气。徐艺呀，你想拿拍卖业务，我理解。局里不是有了新的规定吗？接正常渠道办吧。"

辛然一直在侯昌平家楼下停车场里等徐艺，见他从宿舍楼出来，忙从车里下来迎着他，问情况怎么样？徐艺说："被他教训了一顿，好好儿地上了一堂政治课。"辛然说："我就知道会这样。"徐艺说："侯昌平说他拒绝了姨父送来的拍卖成交款。"辛然说："是吗？嘿，这个侯昌平，还可以嘛。"徐艺奇怪地看了辛然一眼说："你乐什么？他这里针插不进、水泼不进，我可就难弄了。在这种形势下，颜若水的态度将变得格外重要，不行，不能再耽搁了，我得赶紧去找祁雨。"辛然说："好呀，我跟你一起去。听说她是个大美女，我想见识见识。"

徐艺和辛然双双上了车，徐艺跟辛然说："你不能和我一起去见她，知道为什么吗？祁雨是做生意的，自然有生意人的思维方式，如果我希望由她去搞定颜若水，我跟她之间必然会有一些敏感的问题要讨论，你去，会很不方便。"

辛然说："徐艺，你不会真的让祁雨介绍贿赂吧？"

徐艺说："辛然，说话别那么难听。别说侯昌平刚刚给我上了一课，就凭我是学法律的，这违法乱纪的事，我能做吗？"

辛然说："那你准备怎么做？"

徐艺说："辛然，我们在浪费资源你懂吗？我无数次地想告诉那些和我打交道的人，我是副市长周运年的女婿，我相信，只要他们知道这一点，他们立即会对我刮目相看，我呢？也不会像无头苍蝇似的到处乱窜。可是，你爸爸反复交代过我们，不能在外面打他的招牌，对你爸爸，我是又敬又怕。当然，我也想先自个儿在市场上闯一闯，看自己到底有几斤几两。你问我怎么样去通过祁雨搞定颜若水，我还真不知道。逼急了，我就去献身，你觉得怎么样？"

辛然说："你敢？你就不怕我咬死你？"

就在徐艺开车前往青瓷茶会所的路上，张仲平已经与祁雨在她的办公室里见了面。

祁雨接过支票习惯性地对着灯光照了照，又用手指轻轻地敲了敲青瓷莲花尊，说："定金一交，这件东西就算是你的了，我们要不要再说一下规矩？"

张仲平说："你说。"

祁雨用铅笔在酒水单上写下一串数字，递给张仲平，说："这是总价。"

张仲平接过，仔细看一眼，说："行。"随手把纸条捏皱，扔到烟灰缸里。祁雨则绕过去，从烟灰缸里用手指尖拎起那个纸团，用打火机点着了，让它化成灰烬，又用茶壶里的水把余火浇灭了，然后说："张总，等那边的事情全部搞完，该你赚的钱到账，你就得把剩下的款给付了。"

张仲平点头道："明白，本来，应该是在颜总把那张纸给我的同时，我才付定金，我可是先付了，这应该足以表明我的诚意。"

祁雨说："张总确实很有诚意，不是那种不见兔子不撒鹰的人，你要的东西，下午应该就能拿到。"

张仲平问道："颜总他们开过会了？"

祁雨忙制止道："张总，按规矩，我们不应该讨论瓷器买卖以外的任何问题。不是吗？"

张仲平说："是是是，对不起对不起。为免嫌疑，我还是先撤吧！"

祁雨点点头，朝他莞尔一笑。

张仲平刚走没十分钟，徐艺就进了祁雨办公室，一进门就问祁家轩的情况怎么样了？一提这事，祁雨便眼圈泛红，不由得再次感谢他，说她爸爸手术及时，到今天早晨，意识已经恢复，危险期已经过去了。

徐艺说："那就好那就好。我本来一大早就要上你这儿来的，又怕太早了，影响你休息。"

祁雨心想，这家伙倒是很体贴人的。实际上，每次见到他，她都有点止不住心跳，也不知道自己会不会脸红，却总是忍不住要低一下头。她调匀了一下自己的呼吸，抬起头来望着他，问："你找我有事？"

徐艺说："也不是什么急事。是这样，除了字画拍卖，我们公司还想涉足瓷器与古玩的拍卖，据我所知，你是这方面的专家，我不揣冒昧，想聘请你为我们公司的鉴定顾问，为我们的拍品把把关、掌掌眼。"

祁雨大学学的是文博专业，在省文物商店工作过很多年，见徐艺这么说，便道："这几年搞收藏的人倒是越来越多了，都成潮流了。怎么说呢？知道文物这个词的不少，真懂文物的不多。你想做这方面的拍卖，我们还真有共同语言。不过，徐总，也许这是你今天找我的原因，但应该不是最主要的原因吧？"

徐艺说："哦，为什么这么说？"

祁雨说："女人的直觉。你对我还不太了解，我可以告诉你，我不是一个说话办事喜欢兜圈子的人。这会儿，你的神情似乎并不安定，你找我应该是有什么急事。我们认识时间虽然不长，但我觉得我们完全可以成为很好的朋友。有什么事，你就直接说吧！"

徐艺说："你能这样说我太高兴了。我确实有件事情急着向你讨主意。颜总是你姐夫，胜利大厦的事你一定听说过吧？"

祁雨虽然对徐艺颇有好感，但也不可能把什么都告诉他，她笑笑说："颜总有时候到这里喝茶，我在旁边听个只言片语也是可能的，不过，我姐夫是个把公事和私事分得很清楚的人。如果不是你救过我爸，你的事，我还真的不想去关心。"

徐艺说："我明白。如果不是被逼急了，我也不会来麻烦你。"接着，便把与胜利大厦有关的一切三言两语地跟祁雨说了一遍。祁雨凝神想了想说："徐总的公司刚注册不久，非得要赶这趟车吗？"徐艺说："祁老板有所不知，对我来说，这个机会实在是太难得了。我不想放弃。"祁雨说："要怪只能怪我们认识得太晚了。现在时间这么紧，我觉得腾挪运作的空间已经不会太大了。"徐艺说："你的意思是说，我们只能见缝插针？"祁雨笑着摇了摇头："我可没这么说。徐总，做生意得看运气，我觉得你这次……运气好像差了一点。"徐艺说："我不是一个轻言放弃的人。运气好不好，就看能不能在关键时刻遇到贵人。我觉得，祁老板就是我的贵人。"祁雨笑得更灿烂了，嘴里却说："我是你哪门子贵人？"徐艺说："你当然是。我跟你不同，你相信直觉，我不相信。我相信理性，我觉得，你一定可以帮到我。除此之外，我不惜用非常之计，哪怕是需要我付出额外的成本，我也在所不惜。"

徐艺那种霸蛮的劲头就像一个不听规劝的坏孩子，这再次让祁雨心里一动。但是，他实在是来得有点晚了，如果他再快半个小时，哪怕是二十分钟，能够赶在张仲平交支票之前，情况会怎么样？对不起徐艺，你得承认你的运气确实差了点儿。

辛然一看到徐艺从青瓷茶会所出来的样子就知道，他跟祁雨的谈判应该没有任何实质性的进展。看到他困兽犹斗的样子，她真是忍不住地心疼。看着徐艺脸色凝重的样子，辛然都不敢开口问他情况怎么样了。

徐艺什么也不想说，形势明摆着，姨父张仲平拿下这单业务的可能性很大，也许只需要市中院执行局最后确定了，他原来想去找他的理由因为侯昌平的廉洁而不复存在。他现在真是很被动，如果拿不到胜利大厦的委托，那将意味着他捐给杨建国母亲的几十万和借给龚大鹏的二十万，都没有产生应有的效益，他这些天的所有努力将变成有勇无谋的莽汉之举。

不，他绝不能接受这样的现实。可是，事到如今还有什么回天之术吗？

涉及到根本利益的任何一件事情，都存在至少两方相互博弈的力量，并由此构成背后错综复杂的人际关系。但无论事情多么错综复杂，总存在那么一个核心人物，这个核心的倾向性意见，将决定博弈的最终结果。

在胜利大厦拍卖业务上，这个核心人物其实是鲁冰。因为，无论是龚大鹏的拍卖推荐函，还是东方资产公司的拍卖推荐函，甚至已经跳楼死了的左达的拍卖推荐函，最后都要汇总到市中级人民法院执行局，由市中级人民法院执行局向拍卖公司下正式的拍卖委托，而鲁冰是市中级人民法院执行局局长。

鲁冰能够直接影响到张仲平。而能够直接影响到鲁冰的是辛然的爸爸周运年。

胜利大厦反正是要拍卖，但谁也没有硬性规定这单业务只能由一家拍卖公司做，而不能由两家拍卖公司一起做。不管怎么样，他们可是拿到了其中一个债权人——龚大鹏拍卖推荐函的公司，如果鲁冰让他们公司参与进去，并非完全没有理由。有理由就不是一件为难的事。既然对鲁冰来说是顺水人情，那么，对于周运年来说也就不存在违反纪律的问题了。

问题是，这些想法完全可能只是徐艺的一厢情愿。怎么样才能让周运年对鲁冰施加影响呢？开诚布公地谈显然是行不通的，或者说风险太大，因为到现在为止，周运年从未表过态会对他们时代阳光拍卖公司予以支持，如果他一如既往地坚持公事公办的原则，那就意味着徐艺的事情可能彻底泡汤。

有没有一种办法不让周运年表态而让鲁冰以为周运年已经表了态呢？徐艺上车以后一直缄默不语就是因为在想这件事，无论如何，他不会轻易放弃这个最后的机会。有一个计谋已经来到了他的脑子里，这个计谋有点铤而走险。可是，除此之外还有更好的办法没有？没有。这个计谋是不能拿出来跟辛然商量的，没用，因为他完全想得到辛然会怎么说，他决定瞒着她去单打独斗。

（四）

徐艺到市政府来找周运年的时候心情十分忐忑，门岗把电话打到周运年办公室，周运年让门岗转告徐艺就在那儿等着，他正好要到外面去办事。

徐艺眼睛眨都不眨地盯着电梯口，见周运年出来，将早已调出来的鲁冰的电话号码拨了出去，电话很快通了，但在鲁冰接电话之前徐艺把手机挂掉了。

徐艺迎着周运年走过去，两个人一起朝停车场走去。

周运年问徐艺怎么来了，辛然呢？徐艺说："我在附近办点事，顺便来看看您。"周运年说："是吗？看我不会回家看呀？你应该是特意来的吧？真没什么事？"徐艺嘿嘿一笑，刚要回答，手机响起，正是鲁冰，他忙接了电话："鲁冰叔叔，您好您好，我在周叔叔这儿，想请您和周叔叔吃个便饭，我这还没跟他说呢，您的电话就来了。要不，您跟周叔叔说？"徐艺说着把手机递给了周运年。

周运年接过手机说："老鲁啊？对，我刚跟他碰上。吃饭我可没时间。哦，是这样，我和小江的事还多亏了徐艺牵线搭桥，是呀，他是挺有心的。他来找我，估计是想找你。有什么事，你们谈，我不夹在中间，好吧？"周运年说完把手机还给了徐艺，说，"你吃饭是假，有事麻烦鲁冰叔叔是真，对吧？他刚到一个新单位，可不准给他添麻烦。"

徐艺忙点头道："我知道我知道。"

周运年说："你走吧，他在办公室等你。记住我的话，啊？"

周运年匆匆离开办公室是为了和江小璐在公证处办理财产公证手续，两个人在公证处见了面，周运年把江小璐拉到一边，说："我开了个单子，上面这些财产是我工作几十年的全部所得，除了留给辛然的那套房子，可以说所剩无几，我不说自己是个清官，起码是个贫官，你……要不要再考虑一下？"

江小璐说："你知道我为什么答应你的求婚吗？我看中的是你在晚辈心目中的口碑，是你对婚姻关系严肃认真的态度。说句难听的话，如果你有很多很多钱，我心里反而会不踏实，因为我不清楚你的钱是从哪里来的，我很害怕今天跟你在一起，到了明天，却不得不分开。我经不起折腾，也不想折腾。"

周运年说："小璐，你这话说得很朴实，我很喜欢。我觉得没有看错你。如果你愿意，我想尽快把婚礼给办了。"

江小璐说："我听你的安排。"

周运年说："还有一件事我得事先跟你说明一下，我知道，女人很看重婚礼仪式，可我恰恰不想把婚礼搞得太隆重。因为……我大小是个官，太张扬了，总归不太好。"

江小璐说："我明白。我不想要那种一时的风光，我要的是一辈子的互敬互爱，平平淡淡地过日子。"

周运年说："这没问题。可我总怕会不会……有些委屈你？"

江小璐说："不会。我已经过了讲虚荣和排场的年龄。"

周运年说："那太好了，这证明你真是一个很识大体的女人，小璐，相信我，我会好好珍惜你的。"

江小璐说："谢谢你。"

周运年笑了："哈哈，我们之间好像太客气了。"

江小璐说："我觉得蛮好呀！要不，我们还是抓紧时间把财产公证手续给办了？"

婚前财产公证很快就办完了。因为今天是办私事，周运年也就没叫司机。从公证处出来，两个人很快便走到了周运年的车子旁边。周运年赶在江小璐前面拉开车门，让她先上车，自己绕过车头进了驾驶室，里面的江小璐看着他，说："请系好安全带。"

周运年说："哈哈，我们第一次见面，你就是这样提醒我的，这话，你一天要说多少遍？几十遍、几百遍？但我还是被你这句话打动了。"

江小璐歪着头看着周运年，一笑，说："这话我一天要说几十遍、几百遍，为什么偏偏你被打动了？"

周运年说："这个问题问得好，我想，这应该就是缘分吧？提起收费站，我还想和你商量一件事，我觉得你在收费站上班太辛苦了，整天像关在鸟笼子里似的，我战友老莫提出来，让你去他那儿工作，他事多，平时经常国内国外两边跑，需要一个信得过的人帮着打点，你看呢？"

江小璐说："我行吗？"

周运年说："你没意见就行，老莫也算是我最好的朋友，他那儿也需要你这么一个人，当然，去他那儿工资也会比现在高，工作也算轻闲，这样我也会很放心。他是外资老板，我这也不算以权谋私。"

江小璐点头说："你觉得好就行。"

周运年说："我们两人第一次见面是在拍卖会上，我很奇怪，你怎么会对那两幅小孩子的书法作品感兴趣，可以说吗？"

这让江小璐一下子想到了张仲平。她沉默着，不知道该如何回答周运年。

周运年奇怪地看了她一眼，呵呵一笑，说："是不是我问了不该问的话？如果不方便说，就当我没问。"

江小璐说："没什么不该问的。只是，要我买那两幅字的朋友希望我保密，我已经答应过他了，你别介意。这事……怎么说呢？是不是让你误以为我也是个书法爱好者了？"

周运年仍然乐呵呵地一笑，说："那倒没有。我很严肃地问你一句，磨墨洗笔你总该会吧？"

江小璐说："那倒没问题。你要是不嫌我笨，愿意教我写字，我会更乐意。"

周运年说："那更没问题，我连你和毛毛一起教。等我们结了婚，就把你妈和毛毛都接过来，我喜欢热闹。"

江小璐说："嗯。"边说边朝周运年身边靠了过去，周运年伸出右手，搭在了江小璐左手上，江小璐抓着他的手，搭在方向盘上，朝他嫣然一笑。

周运年叹口气道："我现在担心的反而是徐艺开的那家拍卖公司，不是说开拍卖公司赚不了钱，恰恰是因为拍卖公司能够在短时间内赚大钱。我怕他和然然在大钱面前轻易地失掉了自我，迷失了方向。"

江小璐说："我觉得也不用太担心。他们两个人还很年轻，就是摔点跟头也没什么了不起的，社会经验是摔打和锤炼出来的，只要他们能够始终保持纯良的本性就可以了，你觉得呢？"

周运年说："是呀，年轻人要在社会上立足不容易，做父母的，既希望他们早点在人格与经济上独立，又怕他们利欲熏心、为了生存不择手段。"

江小璐说："你说得有道理，但做人是一辈子的事，他们的路总归还得他们自己走。"

张仲平在菜市场买好了菜准备去曾真那儿时，接到了两个电话。一个是东方资产管理公司办公室的电话，让他派个人去他们那儿取拍卖推荐函，他马上让秘书小叶去办了。不管怎么样，他算是松了一口气，为的是这些天与颜若水斡旋，总算有了实质性的结果。

另外一个电话是鲁冰打来的，让他去市中院，快到时给他电话，他下来，说完这话便把电话挂了。对鲁冰张仲平哪敢怠慢？只好掉转车头朝市中院奔去，心里免不了七上八下的，不知道是凶是吉。他不敢给鲁冰打电话问个明白，只好给丛林打电话，看能不能从侧面了解点什么情况，丛林说他现在在外面出差，晚上才回，方便的话到时候见个面。张仲平说好。实际上他晚上见丛林已经没有了多少必要，因为鲁冰见他所为何事，他等下就会知道。

没想到鲁冰找他是为了约他去水库边钓鱼。这个提议让张仲平觉得匪夷所思。他知道鲁冰喜欢钓鱼，但这会儿时间不对。真钓鱼应该选择周末上午出发，还得提前一天准备鱼吃的鱼饵、人吃的干粮喝的水什么的。可这会儿是什么时候？上班时间，而且已经是下午。

张仲平问鲁冰："怎么会有这种雅兴？"鲁冰笑笑，说："到了水库以后再说。"他在座椅上扭了几下屁股说："这几天够累的，你要不介意，我先打个盹儿，到了再叫我。"张仲平知道，鲁冰这是暗示他，这时不该问这问那。张仲平越发忐忑了。

直到他们到了钓过鱼的水库，打了窝子下了鱼竿，鲁冰的话这才慢慢多起来。他问张仲平，知道为什么不去农家乐钓鱼而来水库里钓吗？不等张仲平回答，自己便揭晓了答案，说那是因为水库里的水很深，是钓大鱼的地方。

张仲平赔笑道："那是，只是可能要耗时间。"

"窝子撒下去，要一定的时间才能把鱼儿吸引过来。"鲁冰眼睛望着波光粼粼的水面，不紧不慢地说，"风平浪静最能考验垂钓者的耐心。好在，我们志不在鱼，在乎山水也。"

"难得鲁局有这样的闲情逸致。"张仲平附和说。

"我倒真不在乎。不像张总，你们商人的价值，是按一小时赚多少钱算的吧？"

"鲁局这是在笑话我，我可不想成为不食人间烟火的赚钱机器。人生在世，钱要赚，也得要享受生活呀！"

"那我们既来之则安之，是不是就不挪窝了？"

接着，鲁冰跟张仲平讲了钓水库里的鱼和钓鱼塘里的鱼会有很大的不同。在自然水域或水库里钓鱼，需要观察季节天气，选择地形做窝，对水情、鱼情、钓具、钓技、饵料等方面，需要有更多的了解和技术含量，这种地方的鱼，因为是野生的，轻易不会咬扔到嘴边的鱼饵，钓者和鱼之间有一种精神与智力的较量。而鱼塘里的鱼就完全不一样了，它们是喂养的，智力严重退化，钩子一撒下去就知道一口吞下，钓这种鱼，一点成就感都没有。

张仲平问："此外，家鱼和野鱼在口感上是不是也完全不一样？"

鲁冰忍不住打趣道："家花跟野花能一样吗？当然不一样。在这方面，张总应该很有经验吧？"

张仲平知道鲁冰说这些废话不过是开场白，却不得不耐着性子配合，边笑边说："惭愧惭愧。"他同时想是不是该给曾真打个电话或发个信息？又想，鲁冰已经提到了这类事，再打电话或发信息实在是太不方便了。

鲁冰却并不放过他，追问道："是因为经验太丰富了惭愧，还是因为毫无经验惭愧？仲平要是觉得我们的谈话太私密了，你我何不都把手机关了？"

张仲平连忙应允。他知道，两个人的正式谈话就要开始了，马上掏出手机关了。

鲁冰说："我们下面的谈话，天知地知，你知我知，但天和地不会说，你要说，我可以不认账。"

张仲平努力一笑，道："我听鲁局的，不仅关了机，而且把电板也卸了。"

鲁冰说："好，太好了。喏，我不仅也关了机，而且把电板也卸了。现在，我们可以开诚布公地谈事了。你知道吗？关于胜利大厦拍卖的事，侯昌平是承办法官，他已经把材料报到我那儿了。"

张仲平点了点头，表示听到了。

鲁冰说："我们尊重申请执行人和被执行人的选择，按照市中院关于司法拍卖的最新规定，我们将委托你们公司进行拍卖。"

张仲平暗暗吐出一口气，连声说"谢谢、谢谢"。

鲁冰说："先别谢，在拍卖委托书正式开给你们公司之前，我还有一个条件。"

张仲平的心又一次被吊了起来："鲁局请讲。"

鲁冰的眼睛始终盯着水面上的浮标，仍然是不紧不忙的语气，神情更像是入定的老僧，说："那你应该算过了吧，把胜利大厦拍卖掉以后，你们公司将得到多少拍卖佣金呀？"

张仲平说："这要看你们给我们公司定的佣金比例，还要看具体的成交价，正常情况下，应该有四五百万吧？"

鲁冰说："跟我预计的差不多。你们可真的是槌子一响，黄金万两呀。四五百万，像我这种级别的法官，光靠拿工资，不吃不喝，得攒差不多一百年。一百年呀，什么概念？"

"鲁局的意思是……"张仲平紧盯着鲁冰那张铁板一块的脸，问道。

"如果我开口找你索要两百万的回扣，你会答应给吗？"

"您向我索要回扣？而且是……两百万？"

"你感到很奇怪？"

"是有点，这与我以前认识的鲁局太不一样了。我想问一下鲁局，我有得选吗？"

"你当然有得选。明摆着,四五百万的佣金,我们按四百万元,你要么赚一半;要么,一分钱都赚不到。"

"您让我选择,可这是选择吗?我怎么觉得更像是一种威胁呢?"

"那就要看张总怎么理解了,你认为我能不能做到这一点呢?"

"东方资产管理公司、龚大鹏,包括已经死掉了的左达,他们对拍卖公司的选择建议,最终需要你们中院执行局确认,你们才是合法的、唯一的委托人,而你是一局之长,你如果要一手遮天,完全可能。"

"直面这个问题,你现在告诉我,你怎么选择?"

"兵临城下,我能怎么选择?鲁局,感谢你的开门见山,我也跟你说几句真话。面对这种情况,一般的生意人,当然会做出第一种选择。可是,鲁局,你想过没有,你是执法者,我也算是知法懂法的人,如果我做出第一种选择,对我来说,是行贿,对您来说,就是索贿受贿,搞得不好,我们都得坐牢呀!"

"搞得不好得坐牢,那如果搞得好呢?行贿和受贿,不是还有一个是否被抓住的问题吗?张总,你敢说你赚的每一分钱都是干净的吗?"

"如果我赚的每一分钱都是不干净的,那么,那就只能说明,这个社会已经没有一个干净的人,已经没有一块干净的地方了,你认为是这样吗?"

"张总,你不应该把问题抛给我,而应该正面回答我的问题。"

"那是因为您的问题很难正面回答,好在这会儿,您的身份不是法官。"

"不,你错了。我是法官,同时也是向你索贿的人。我问你,对于我的这个要求,你真的感到突唐、一点也不理解?"

"马克思说,资本如果有百分之五十的利润,它就会铤而走险;如果有百分之百的利润,它就敢践踏人间一切法律;如果有百分之三百的利润,它就敢犯下任何罪行,甚至甘冒被绞死的危险。"

"也就是说,你并不奇怪,而且,算是答应了?"

"鲁局,您可真给我出了一道难题。不答应您,我赚不到这笔钱。如果答应您,这单业务就成了蹚浑水,刀口舔血,赚的这笔钱,最终完全可能毁了您和我自己。"

"赚钱是眼前的、实在的,你所说的风险,是远期的,只有百分之零点一的可能性,而且这百分之零点一的可能性,也可以通过我们的密切配合、小心操作而不存在。除非……你傻、你小气,不打算跟我合作。"

"我想跟您合作，在咱们这个社会做企业，要想做大做强，如果不依靠政府或资源分配部门，是很难想象的。这就是人们常说的权力寻租、官商勾结。不错，哪个国家都有官商关系，它并不必然导致腐败，问题出在少数当权者的身上。他们是这个社会的腐败分子、毒瘤。"

"比如说像我这样的？"

"您倒是很坦率。"

"说这些没用。你只要把你的选择告诉我就行了，而且，留给你的时间不多。"

"说实话，我很挣扎。您的提议太突然，真的跟我以前认识的鲁冰完全不一样。当然，人是会变的。这也没什么可说的，不过，这一次，您下手可是又狠又准呀，我几乎没有任何思想准备……"

"仲平呀仲平，你还是太书生意气了。我作为法官都不怕，你怕什么？"

"在别人贪婪的时候恐惧，在别人恐惧的时候贪婪，这是股神巴菲特的投资心得，我也经常有这种心态。我想问您一句，鲁冰局长，您难道就一点儿也不感到恐惧吗？"

"我贪婪还是恐惧，跟你无关，你就告诉我，你将做何选择，说。"

张仲平没想到鲁冰会这么明目张胆、咄咄逼人，他似乎有点沉不住气了，回过脸来紧盯着他，而张仲平在他说出了那个要求之后反而从容了，他把眼光投向水面，注视着一动不动的浮标，内心里默默地从一数到了六十，这才回过脸来，望着鲁冰，一字一句地说："我不想在这种情况下做任何选择。如果鲁局愿意，我们倒是可以赌一把。"

鲁冰眉毛一挑，略感惊讶道："赌？你跟我赌什么？"

张仲平说："半个小时以内，您先把鱼钓上来，我听您的。我先把鱼钓上来，您听我的。"

"如果同时钓上来呢？"

"您听我的。"

"如果都没有钓上来呢？"

"您也得听我的。"

"张总，张仲平，你这是对赌吗？不，你这是在向我叫板呀！"

张仲平从折叠小马扎上站起来，居高临下地望着鲁冰说："您答应，我留下来；您不答应，我收拾家伙走人。怎么样？"

鲁冰也站起来，与张仲平对视着，说："你的意思是惹不起躲得起是吧？行，就依你。"他取下手腕上的手表，很认真地看了一下，继续说："现在是下午五点过五分，我们五点三十五分见分晓。"说着把手表搁在了两个人小马扎之间的草地上。

张仲平坐下，说："好。让我们看看这世界上还有没有天理。"

第十六章

（一）

曾真以前的生活就像打仗一样，总是风风火火的，以为从栏目组到电视台乃至整个地球，离了她还不知道回怎么样呢。没想到请假的这几天，上上网、看看电视连续剧，那日子过得倒也挺惬意。

张仲平从她那儿离开之后，她一直窝在沙发上看韩剧，被弄得一会儿哭一会儿笑的，四五集过去了，五脏六腑像是做了按摩似的舒服。她按了暂停键，起身做了几下伸展运动，发现肚子叽里咕噜直响，竟感到有些饿了。

也该饿了，因为桌子上的卡通小闹钟已经指向了下午五点二十。张仲平不是说好了来做饭的吗？怎么这会儿还没来？曾真给他打了个电话，电话不通，关机了。曾真有点纳闷了，怎么关机了？是手机没电了还是在干什么坏事？她进厨房淘了米，用电饭煲煮上饭，再打他的电话，仍然关着机。

曾真想到他以前躲闪的斑斑劣迹，不禁又好笑又好气。他该不是老毛病又犯了吧？张仲平你听好了，这次你要是真敢再给我做言而无信的事，看我怎么收拾你。除此之外，她当然也有一些担心，就是怕他出了什么事，因为她实在想不通他的手机为什么会关着。

这会儿的张仲平仍然与鲁冰并排坐在水库边上钓鱼。他真是又紧张又兴奋。因为再过几分钟，如果他和鲁冰均无斩获，赢的仍然是他。

日薄西山，微风吹拂下的水面波光粼粼，两个人的鱼漂随着水波摇摆着，没有一丝一毫被鱼咬钩的动静，张仲平斜睨了一下地上的手表，又忍不住看了鲁冰一眼。

鲁冰咧嘴一笑："仲平老弟，你先别得意，不是还有最后……五分钟吗？"

张仲平说："我有什么得意的？该紧张的应该是你吧？"

鲁冰又是一笑，摇了摇头，突然眉毛一跳，整个人一下子从小马扎上站了起来："请你看看我的浮标。"

果然，鲁冰的鱼漂开始上下浮动，鲁冰早已轻轻地拿起鱼竿，躬着腰，待浮标完全沉入水底，很熟练地一抖手一挥杆，水面顿时泛起一股波峰，他放线收线，再放线收线，很快把那条上了钩的鱼带到了水库边上，右手将渔兜伸到水里，把那条鱼捞上岸来。鲁冰这一系列动作一气呵成，看得张仲平都有点呆了。

鲁冰用地上的毛巾擦了擦手，拿起手表，把它伸到张仲平跟前："你看，我节约了二十秒钟。张总，你还有什么话说？"

张仲平对着天空吐出一口浊气道："我还有什么话说？"

鲁冰向他靠拢几步，伸手拍了拍他的肩膀说："仲平，别那么沮丧，不就两百万吗？对你来说，那还不是小菜一碟？说不定，有了这一次，我们完全可以建立起战略合作伙伴关系，可以一起打伙求财，玩大的，你说呢？"张仲平一笑，别过脸去，说："再说吧。"

鲁冰说："别把我当成抢劫犯。你如果把它当成必须支付的成本，心里会好受很多。你想一想，你一场拍卖会下来，运作成本，什么招商费、广告费、场租费，能花几个钱？只要有拍卖的机会，你不是赚大了吗？"

张仲平回过头来望着鲁冰："您以为我是心疼这笔钱？算了，跟您说这些有什么意义，我认了，不管这是天理还是……天意。"

鲁冰说："张仲平呀张仲平，你可真是迂商呀！迂腐的迂。喏，这条鱼归你，野鱼跟家鱼的味道会有很大的不同，你可以煲一锅好汤。"

张仲平一笑："鲁局可真是慷慨。"

鲁冰戴上手表，突然哈哈大笑起来。

"您笑什么？"张仲平惊异道。

"我笑什么？"鲁冰上去擂了张仲平一拳，"因为这本身就是一个玩笑。"

"玩笑？"

"怎么，你真的一点也没有看出来？刚才，我不过是在试探你。"

"什么？您只是在试探我？"

"我当然只是在试探你。这个社会最大的危机是什么？是没有精神信仰。没有精神信仰，必将物欲横流，人无敬畏之心，必定胆大妄为。而我，到今天为止，还是想做一个有敬畏之心、有那么一点精神信仰的人的。"

"鲁局，我还是有点不明白您的意思。"

"还不明白？今天下午，从头到尾，我都在和你开玩笑，我是不会找你要一分钱的。"

"鲁局……"

鲁冰摆摆手，说："我不是没事干才跟你开这种玩笑的。今天这事，事出有因。怎么说呢？仲平呀，我们是多年的老朋友了，我还是以前的那个鲁冰。不见得多么好，但起码不会贪赃枉法、见财起心。可我，也是一个俗人呀，有件事，我还得跟你商量。"

张仲平说："有什么事，鲁局尽管吩咐。"

"还不是关于徐艺的事。"鲁冰说，好像这事他也有点难以启齿似的。

"徐艺的事？"张仲平脱口问道。

"我知道你为什么会感到奇怪。照道理讲，你应该比我更关照他，毕竟，他是你老婆的亲外甥嘛。他是我什么人？什么人都不是。但他找的女朋友辛然，却跟我有很大关系。辛然她爸是我的战友，救过我的命，他现在就在咱们市里工作。嗯，我上次跟你说过没有？"

"您说过，但没说他是谁。"

"徐艺也从来没有跟你说过辛然他爸是谁？"

"没有。辛然他爸到底是谁？"

"周运年，新调到咱们市里的副市长。不过，开手机之前我们还得把话说清楚，这事，也可以说跟周副市长没有什么关系。怎么说呢？徐艺要插进来也不是完全没有理由，他不是也取得了龚大鹏的拍卖推荐函吗？徐艺的公司新成立，我看，你就帮他这一次，怎么样？毕竟，这钱是赚不完的嘛。"

张仲平本来要请鲁冰一起吃饭的，但鲁冰摇头拒绝了，说现在外面地沟油太多了，还是回家吃放心。张仲平猜想他也许急着要和徐艺见面，他自己也惦记着给曾真做饭的事，也就没怎么坚持。他把鲁冰送到市中院，等他下车之后才开手机。几个未接电话都是曾真来的，唐雯反而没给他打电话。后面的情况倒是不奇怪，因为他与唐雯有了新的约定，以前是回家吃饭得在五点以前给家里打电话，现在是不回家吃饭不用打电话，因为张仲平跟唐雯说最近会比较忙，在家吃饭的机会将会越来越少。

张仲平给曾真打电话道了歉，说他马上就到。一进屋张仲平便系着围裙在厨房里忙乎开了，曾真一瘸一瘸地进来，突然从后面抱住了他。张仲平心里激动着，举着脏脏的双手回过身来与她亲热。

曾真说："姓张的，怎么办？我发现我真的有一点点爱上你了。"

张仲平贫嘴说道："那我是该高兴呢还是该高兴呢？告诉我，怎么才一点点呀？"

曾真说："别爱那么多，只爱一点点。这词是李敖写的，我怕多了你消化不了。"

"也是哟。那你说，你是怎么有这么一个伟大的发现的？"

"我给你电话，你关机，我突然好紧张。现在你老实告诉我，你干吗关机呀？是不是在做坏事？"

"这不是钓鱼去了吗？看到这条鱼没有？知道这是条什么鱼吗？贵鱼。"

"你骗人，这是什么鳜鱼呀？明明是鲫鱼呀。"

"我说的是昂贵的贵，不是鳜鱼，知道吗？它值两百万。"

"两百万？"

"这条鱼是鲁冰钓的。他给徐艺当说客，胜利大厦拍卖的事，非要让徐艺插进来不可。"

"你答应了？"

"他让我选择，是答应他的索贿，还是把业务分一半给徐艺，我是两害相权取其轻。"

"这会儿，你心里是不是特不是滋味？"

张仲平想了想说："怎么说呢？也还好吧。至少，徐艺想干什么，我总算是明白了。要不，你还是继续去看电视吧，我在这儿壁虎爬窗户——露一小手。对于这么贵的鱼，要是不做得极鲜极香，那也太亏待它了。"

待饭菜弄好后端上桌，曾真每道菜都尝了一下，然后"啪"地放下筷子，扑过来吊着了张仲平的脖子，说："真的很合我的口味，我怕我真的会越来越爱上你，怎么办？"

张仲平说："凉拌，好好吃饭哟！"

曾真噘着嘴，退回到了自己的座位上，想了一下，又说："放点音乐吧！"说着便在电脑上放起了音乐，是小柯和老狼的歌，"想把我唱给你听，趁现在年少如花，花儿尽情的开吧，装点你的岁月我的枝芽……"

张仲平经常到KTV唱歌，这首歌也是他的保留曲目之一。这会儿听起来却完全是另外一种心境，因为有了与曾真的关系，而让他有了一点纠结。毫无疑问，自己已经不年轻了。是的，就像歌中唱的，每个人都应该有快乐的、幸福的、晴朗的时光。可他，能够无所顾忌地用炽热的感情感动她吗？他能够尽情地爱她吗？

不，不能再继续这样纠结下去，他跟她之间，该发生的事不是已经发生了吗？

张仲平的手机响了，是丛林。丛林告诉他自己出差回来了，想跟他见一面。张仲平说行，我一会儿就过来。

曾真见张仲平狼吞虎咽的，提醒他慢点，可别噎着。张仲平只好说："对不起，你慢慢吃，我得先走。"曾真说："干吗那么急？这可是你的'贵鱼'汤。"张仲平一笑说："回来再喝吧。"曾真："那我也等你回来再喝。"张仲平说："你别傻了，先喝，别管我，这汤冷了就不鲜了。"曾真说："那是我傻还是你傻呢？"张仲平只好笑笑。曾真又问他："什么时候回来？"张仲平说："不知道呀。"曾真说："你等一等。"说罢从抽屉里找出一把钥匙交给他，说："这是我房间的钥匙，你拿着，我要是不在家，你自己热了汤喝。"张仲平犹豫了一下，还是接了，问她："怎么啦，晚上还要出去呀？"曾真说："不知道，我的脚已经不碍事了，该上班了，台里随时有可能打电话来。我看你太辛苦了，吃顿饭都不消停，你拿把钥匙，不管什么时候，只要有空，就可以来这儿休息。"

张仲平忍不住叫了曾真一声，却不知道该说什么才好。曾真说："是不是很感动呀？这个时候要能洒点自来水效果就更好了。好了，不跟你开玩笑了。可有一样，钥匙……你可千万不能丢了。"张仲平说："放心吧，人在钥匙在。"曾真一笑，说："别搞得那么悲壮，人当然比钥匙重要，没必要拿命去捍卫，只是……你要是真把钥匙丢了，我可就再也不会配给你了，明白？"张仲平点点头，免不了与她拥吻一番。

张仲平下了楼，开了车门，却不知道拿曾真给的那把钥匙怎么办。拴在自己的钥匙扣上显然不合适，只能把它放在杂物箱里。再一想，又觉得不妥，便把它拿出来，把脚垫掀开，把那把钥匙藏在了脚垫下面。

张仲平这次见丛林掌握了一个重要的消息，就是香水河国营物资公司的所有财产都已经被法院冻结了，最值钱的是西郊公园旁边的一块地。据丛林估计，最后肯定会走拍卖程序，巧的是，申请执行人仍然是东方资产管理公司。

张仲平不由得暗自兴奋起来，因为那块地按照现在的市值，起码值两个多亿，而他跟颜若水的关系，将通过胜利大厦的拍卖而越来越好、越来越铁。他得赶紧腾出手来好好运作这件事。他问丛林："这个消息会不会很快散布出去？"

丛林说："你觉得现在还有什么事保得了密吗？法院查封是第一步，是进入资产重组、破产程序，还是强制拍卖，涉及到很多方面的利益，会很复杂。当然，一旦最后进入拍卖程序，关键还是要有买家。"

张仲平说："买家倒是有一个，而且实力雄厚。他们公司有个楼盘明天奠基，邀请我去，我再去考察一下。"丛林说："我帮你也就到此打住了，案子一审完就会交到执行局。"

张仲平点了点头，他并不想把今天下午和鲁冰钓鱼的事告诉丛林，那说不定会在无意中把关系搞复杂了。没想到丛林却主动提到了鲁冰，说："院里最近要提拔一个副院长，候选人有两个，我和鲁冰。"张仲平不禁"哦"了一声，停顿了一下说："凭你的水平、能力、资历，早就该当副院长了，可一直没升上去，你嘴里说不在乎，心里其实是在乎的，总有那么一点怨天尤人的情绪……"

丛林把手一挥说："我有情绪？我有怨天尤人的情绪？你别胡说八道。"

张仲平说："你别不承认，你不仅有情绪，而且还总想找机会释放，我觉得，你跟华媚关系紧张，很可能与你潜意识中把她当作发泄对象有关。"

丛林说："越说越离谱了，我跟你说心里话，我真没在乎过那个副院长。"

张仲平说："即使你不在乎，可华媚在乎呀，在她眼里，官升一级，那就是成功，那就叫混出了个人样，她就会把你当英雄似的捧着。为什么呢？因为你如果是副院长，她会觉得脸上有光呀，这光是谁给她增上去的？你呀！"

丛林说："好吧，就算官升一级可以改善夫妻关系，这副院长，也不是我想当就当的，也不是你想让我当就能当的，你是市政法委书记呀？你是市委组织部长呀？"听了这话，张仲平不禁一愣。

丛林问他怎么了？张仲平忙说："没什么，祝你升官，祝你好运。"丛林说："这话听着怎么这么别扭呀？"

张仲平回到曾真那儿后把自己好一顿骂，让她说实话："你是不是觉得我特不是东西？"曾真问他："到底出什么事了？这才出去一趟，怎么一下子变得这么看不起自己了？"张仲平说："丛林跟我说了一件事，让我明白鲁冰为什么要给徐艺当说客了。辛然的爸爸周运年是副市长，鲁冰想当副院长，就得拍周运年的马屁，他帮徐艺，不是为了钱，而是为了自己往上爬。"

曾真说："人心不一定像你想的这么险恶吧？有时候，人情关也是很难过的。鲁冰肯定是被徐艺缠的。"

张仲平摇头说："没那么简单，这是明摆着的事，而我，在充当他的棋子和帮凶。你想呀，如果我不答应鲁冰，他想拍周运年的马屁就拍不成，客观上不就对丛林有利了吗？"

曾真说："你别太自责了，你不是也才刚刚知道这件事吗？"

张仲平说："我还是太自私了。我本来想把鲁冰和周运年的关系告诉丛林的，可话到了嘴边，我还是没说。我刚才一直在想，我为什么不对丛林说呢？大概是怕他误会我跟鲁冰的关系吧。反正，我就觉得特别对不起丛林。"

曾真见张仲平一副郁闷的样子，想了想说："有一层关系不知道能不能帮上他。我外公，也就是我舅他爸，曾经是省委组织部部长。"

张仲平道："真的？"

曾真点了点头："这层关系，我和我舅很少跟人家说，你觉得能帮上丛林吗？"

张仲平说："那当然。省委组织部那些处长们，市委组织部那些部长副部长们，有些就是你外公提上来的，应该会买你外公的账。不过，丛林这个人清高得很，我们可以在背后帮他运作，但千万不能让他知道半点风声。"

曾真说："替他做事，还不让他知道，你算是他的真朋友。"

张仲平说："我跟丛林认识三十多年了，关系太铁了。我得先谢谢你，没想到电视台美丽能干的出镜记者曾真，还有这么好的家世背景。"

曾真说："打住打住，我可是通过公开招聘进电视台的，我的简历里也从来没有体现过这层关系，连台里的头儿都不知道。真的，长这么大，我从来没有想过要沾外公的光。"

张仲平说："所以我更要好好地谢谢你，因为你是在为我破戒。"

曾真说："你准备怎么好好地谢我？"

张仲平说："我……也不知道，但我会把你的好牢牢铭记在心里。哦，对了，还有一件事，明天，我陪你一起去参加你舅的楼盘奠基典礼。"

曾真说："算是对我的奖励？"

张仲平说："算是护花使者吧！"

曾真说："你不是一直怕我舅误会我们的关系吗？"

张仲平说："这次还真不怕，我正好有件事要找他。"

曾真说："噢。我还以为你真是专程陪我去的呢，白感动了。"

（二）

侯昌平的办公室在鲁冰楼下，鲁冰回到办公室的时候，大部分同事都已经下班走了，他本来想给侯昌平办公室打个电话，看他在不在，想一想，觉得还是亲自下去一趟比较好。

侯昌平真还没走，见敲门进来的是鲁冰，忙把他让到沙发上，自己也在旁边坐下了，问鲁局有什么指示。鲁冰把特意带来的一饼湖南黑茶递给侯昌平，说是上次去湖南出差，那边法院的朋友送的。侯昌平嗜茶在局里是很有名的，不客气地收了，说感谢鲁局。

鲁冰说："老侯，我们是战友，你算是我的前辈，不要鲁局鲁局的，叫我鲁冰就行了。"侯昌平点头说："好的，鲁局。"鲁冰说："你看你看。哦，有件事要跟您商量，你报上来的胜利大厦拍卖的材料，我已经看了。案件双方当事人，公司、龚大鹏，包括已经死了的左达，都推荐了3D拍卖公司，这个公司也是我们中院的入围单位，我看我们就委托他们拍卖，你看呢？"侯昌平说他没意见。鲁冰说："实际上，龚大鹏还推荐了时代阳光拍卖公司，我征求过3D拍卖公司董事长张仲平的意见，他同意时代阳光拍卖公司加入进来一起做，你的意见呢？"

侯昌平说："只要不增加执行成本，不增加案件双方当事人的负担，两家一起做也有好处，就是可以加强招商力度，把拍卖标的物卖个高价，所以，我也没有意见。"鲁冰说："那好，那就这样定了，你尽快给他们下拍卖委托手续。"

找过鲁冰之后，徐艺一个下午都坐立不安，都已经下班了，仍坐在电脑前打游戏。他明显有点心不在焉，不知道鲁冰能不能说服张仲平。

辛然不知道徐艺今天是怎么了，竟然会这么轻闲，而且似乎打游戏上了瘾，连喊几次一起去吃饭就像没有听见似的。辛然耐不住饿，自己跑到楼下吃东西去了。

徐艺终于等来了鲁冰的电话。徐艺在洗脚城包厢里与鲁冰见面之后，趁技师未到，对他千恩万谢的，说等这件事做成了，他一定好好儿地感谢鲁叔叔。

鲁冰板着脸说："你可千万别动这念头。如果是为了得到感谢，我会找张仲平，不会找你。徐艺你听好了，我这么做，可能是第一次，也可能是最后一次。至于为什么，我想你心里应该明白。你放心，我不会从你和张仲平那收取任何好处费，我不会跟你们这些做生意的发生一分钱的经济往来。"

徐艺说："我知道，我不会拉您下水的，鲁叔叔，其实在我心里，一直都非常尊重您。"

鲁冰说："虚的别再说了，我只有一个要求，跟你姨父好好配合，把这单拍卖业务做好，我决不允许你出半点差错。"

徐艺说："鲁叔叔尽管放心，我们不会砸公司的牌子。不过，说到胜利大厦拍卖的事，我还有一个小小的请求，只是……不知道当讲不当讲？"

鲁冰说："讲。"

徐艺说："能不能换个承办法官？现在那个……侯昌平，我有些担心。"

鲁冰不高兴地说："侯昌平怎么了？他可是我们局里最棒的法官，我很尊重他。你别告诉我侯昌平不好打交道。徐艺我提醒你，尽量少节外生枝，懂吗？我可跟你把丑话说在前头，这事要办砸了，我唯你是问。好了，看看技师来了没有？"

真开始洗脚之后，鲁冰像上次那样躺在沙发上很快就睡着了。

张仲平开门回到家里，唐雯笑嘻嘻地从书房里出来迎接他。张仲平觉得奇怪，问她："你是不是中福利彩票了？"

唐雯说："没有，徐艺来看你了，托人从香港给你带来了几大盒蜂胶和深海鱼油。辛然那小姑娘也乖巧得很，嘴甜得不得了，哄得老太太好开心的。"

张仲平心里直想冷笑，徐艺要看他，却连电话也不给他打一个，而是直接就奔家里来了。这是来看他吗？分明是提前来安抚唐雯的，你看她那高兴的劲头，还以为徐艺真有多孝顺呢！见张仲平板着脸，一点笑容也没有，唐雯倒有些急了，问："怎么啦，徐艺他们来看你你不高兴呀？"

张仲平说："高兴，我能不高兴吗？知道为什么吗？徐艺出息了，知道从我碗里抢食吃了。"

唐雯真有点急了，忙问："怎么回事？仲平你别激动，有话慢慢说。"

"我能不激动吗？你知道徐艺这些天正在运作什么事吗？胜利大厦的拍卖委托都已经到我手里了，徐艺硬生生地插了进来，非要跟我一起做。"

"啊，有这事？"

"我巴不得没这事。我今天还真得好好儿地跟你谈一谈这事。"

"没问题没问题，我们好好儿谈谈，我是他姨妈，也是你老婆呀！等等，我们去书房，老太太刚睡下，我们别吵了她。哦，你先去，我帮你拿点冰西瓜。"

到了书房，唐雯轻轻地把门关上，让张仲平继续说。

张仲平说："本来，他找我们借钱我就觉得奇怪，这么多天了，他去买房了吗？没有，一点动静也没有。那他拿钱干什么去了呢？徐艺他不会说。他不说，就只能由着我猜。不错，他抢我的生意我是不舒服，但我最担心的，还是怕他拿着从我们这儿借的钱去砸人。"

唐雯问："那……他到底拿钱去砸人没有？"

张仲平摇头说不知道，他咬了两口唐雯递过来的西瓜，又用纸巾擦了擦嘴，说："拍卖生意难做，难在哪儿？难就在跟那些掌握了拍卖委托权的人打交道。他们看到你一下子轻轻松松地赚几十万、几百万，要他们心如止水，那也太难了，很多人会把手中的权力当成用来变现的资源。"

"拿手中的权力做生意，这也太吓人了。"

"要不是徐艺，有些话我是不会跟你说的。可事情已经到了这个节骨眼上，不说不行了。今天出面跟我谈这些事的是鲁冰，鲁冰是辛然她爸爸周运年的战友，周运年的来头更大，是我们这个市的副市长。我不知道鲁冰会不会开口找徐艺要钱，但这么盘根错节的关系搅到一块儿，难免有各种利益的交换。徐艺身处其间，将会非常危险，我要是跟他一起做业务，也很难不被牵扯。"

"那……仲平，我先想问你一个问题，你必须老老实实地回答，你给别人送过钱没有？"

"没有。知道为什么吗？因为你真要给别人送钱，光财务上的账就不好做。你妈做了一辈会计，她应该知道，要把账做平，要么隐瞒收入，要么增加支出，都不好办，很容易留下蛛丝马迹，追究起来，偷税漏税是最轻的罪名，要是有人跟你过不去，顺藤摸瓜地查下去，说不定就会惹出大麻烦。我的账你妈查过，有问题吗？没有。因此，所以，我没给别人送过钱。这一点，你尽管放心。"

"你说得这么轻描淡写的，我还是不放心。"

"怎么，你就这么不相信你老公吗？"

"相信，可我更不希望我老公出事。"

"你放心，违法乱纪的事，我是坚决不会干的。再说了，我是学法律的，怎么样让事情合法化，是我的强项。"

"问题是，跟你打交道的人社会交际广，你能保证你跟他不出事，你怎么能保证他不会在别的地方出事？"

"如果我和他们没有权钱交易的事，他们出不出事就和我没关系。你可能不知道，但我知道，那些想拿钱的人，胆子还特别大。可是，一有风吹草动，又吐得比谁都快。很多贪官污吏，收了别人的钱根本就不敢花，想尽千奇百怪的办法把钱藏在家里，那些钱完全成了他们的心理负担。"

"这样看来，钱还真不是个好东西。"

"钱本身并无好坏之分，关键要看挣钱的方式是否光明正大、是否合理合法。总之一句话，这单业务，本来我一个人很好对付，徐艺硬要加进来，事情将会变得非常复杂、不好把控。你知道吗？开车的司机有个特点，驾龄越长越胆小。我就是这样。可徐艺不一样，他……他以为他已经搞懂这个社会了，以为能够驾驭各种社会关系了，我跟你说，他还嫩着呢！他太急于赚钱了。我就怕他事事想走捷径。"

"既然这样，你明天就约徐艺一次，跟他把道理说清楚。"

"恐怕说不清楚，他不会放弃胜利大厦的，说句你不想听的话，他办公司就是冲着胜利大厦来的。你说我怎么去说服他？没用，我的话他不会再听了，说了，只会让他防着我。"

"唉，这钱呀，已经让你们之间的关系，变得没有人情味了。你们俩的关系，千万不要弄僵了才好。"

"我可没变，我跟你交个底：第一，是请你放心，我会百分之一百地把安全放在第一位，有风险的事，我绝不会去做，不该赚的钱，我也绝对不去赚。具体怎么做，我不会告诉你，但你一定要相信我。第二，这一次我会帮徐艺。他不是削尖了脑袋就想挤进来做这笔业务吗？我成全他，就让他进来一起做。我想好了，他也就挂个名，什么都不用管，到时候我把利润分一半给他，让他在这个行业里站稳脚跟，完成资本的原始积累。"

"你这姨父当得真不错，仲平，徐艺他不懂事，我替他谢谢你。"

"不然怎么办？不过，我会让他明白，这是第一次，也是最后一次。什么叫扶上马送一程？这一程，我就送到这里了。"

"真的是难为你了。我刚才的话还没有说完，既然你不给人送钱也能把生意做好。那……关于怎么样跟那些当官的打交道的技巧，你……能不能也教教他？"

"你真是天真。别说我没有什么放之四海而皆准的操作秘诀，就是有，我能教给他吗？他现在可是我的同行。哦，对了，我明天要去一趟擎天柱，胡总是我的买家，我得去和他好好谈一谈。"

"你要不要带徐艺去？"

"带他去干吗？不带。他不就是急着想挣钱吗？我不让他费吹灰之力就能挣到钱，还不行呀？"

第二天是个难得的好天气。车载音响里播放着欢快的音乐。张仲平开着车载着曾真已经进入了擎天柱风景区。张仲平把车速放慢下来，他说他看到了世界上最美丽的风景。曾真把头扭向张仲平看的方向，问他在哪儿？张仲平朝公路边上的巨幅广告牌努了努嘴，那上面是胡海洋的房地产项目广告，作为形象代言人的曾真做幸福陶醉状：爱她就给她一个家。

张仲平说："我说得没错吧？听说那广告词是你写的？"

曾真说："是呀，家对女人来说太重要了，相对于家来说，别的都是浮云。"

张仲平被噎住了似的，一时不知道该说什么才好。

曾真见他那样儿倒笑了，说："你是不是压力山大了？我说的是女人，不是我。哦，更正一下，我说的是其他女人，不是说的我自己。我知道你给不了我承诺，所以我不会找你要。星云大师说，我们执着什么，往往就会被什么所骗；我们执着谁，常常就会被谁所伤害。所以我们要学会放下，凡事看淡一些，不牵挂、不计较，是是非非无所谓。无论失去什么，都不要失去好心情。把握住自己的心，让心境清净、洁白、安静。仲平，知道你爱我，我已经很满足了。"

张仲平左手握着方向盘，用右手紧紧地抓住了曾真的手。

曾真说："我们还是说点别的吧，你知道吗？最近我舅对佛学超感兴趣，你说，他不会哪天出家当和尚吧？"张仲平想了想说："说实话，我看你舅不像信佛之人。"曾真说："那你说，什么人才像信佛之人？"张仲平说："信佛之人无欲无求，色即是空，空即是色。《金刚经》上说，一切有为法，如梦幻泡影，如露亦如电……嗯，你怎么不说话了？"

曾真说："我在想我们的关系，好像很真实，又好像很虚幻，是不是也如梦幻泡影，就像露水和闪电？"

张仲平说："曾真，你怎么啦？我们这不是在聊天吗？"他本来还想说不要把什么事都往我们之间的关系上想——这其实也是他想对自己说的，终于没有勇气说出口。曾真如果真那样，只能说明她真的太痴情了。他呢？则会一边受用一边歉疚，结果反而是不知道该怎么办才好，因为他既不能鼓励她也不忍伤害她。

曾真转过身来，眼睛一眨不眨地盯着他，先嘻嘻一笑，然后才说："仲平我问你一个问题，如果我哪天死了，你会不会哭呀？"

张仲平回看她一眼，很快望着前方的公路，说："越说越不像话了，好好的怎么说这种话？"

"我也不知道。"曾真说，"昨天晚上你走以后，我突然觉得房子里空落落的，我想给你打电话，想知道你在干什么，但我知道我不能打，你知道吗？有一阵子，我又想你又恨你，真恨不得把你痛打一顿，真恨不得逮着你一顿乱咬。"

"不会吧？你这么恨我？还打我还咬我，你是属小狗的呀？"

"不属狗就不能咬你呀？我已经想好了，你要是敢欺负我，我就告诉我舅。"

"干吗？"

"你说干吗？让他好好揍你一顿呗！打这儿，打这儿，还有这儿。"

"别闹别闹，正开车呢。告诉我，要是哪一天，你舅真的和我打起架来，你会怎么办？"

"嗯——还是别问这种没有答案的问题吧。唉，怎么说呢？我老觉得最近的心情像风铃一样，一阵一阵的。"

"都怪我。"

"就是。"

不久便到了擎天柱生态别墅开工典礼现场，迎宾小姐发给他俩每人一朵胸花，要给张仲平戴上，曾真从迎宾小姐手里接过，代劳了。张仲平嗅到了从她发间散发出来的清香，趁机在她胳膊上轻轻地捏了一下。

前来祝贺的人络绎不绝。胡海洋和公司一干人西装革履地接待各方来宾。鼓乐齐鸣，烟花爆竹声不绝于耳。

张仲平和曾真走上前去向胡海洋表示祝贺。张仲平说："恭喜恭喜。"胡海洋说："同喜同喜。"又对曾真说："你替我招呼好张总。"张仲平说："没事没事，你忙你忙。"说着走到一边去了，似乎有意给他们两人一个单独说话的机会。胡海洋凑近曾真说："你怎么整天跟他成双成对地在一块儿？"曾真说："哪有整天？哪有成双成对？在这儿，除了你，他就认识我，我就认识他，能不在一起吗？舅，我知道你想说什么，我要真跟他有事，会这么张扬、招摇吗？"

待胡海洋走开，张仲平又踱了过来，问刚才胡海洋都跟她说什么悄悄话了？"是不是提醒你说咱们别太张扬、太招摇了？"曾真说："还真是。"张仲平好一会儿没说话。曾真说："听说等下还要宰牛，还要做法事，太血腥了吧？"张仲平说："我说他不信佛吧？做法事是道士干的活。这一带，只要破土动工，都信这个。"曾真说："我忘了你曾经在这儿扎过根。"张仲平说："可惜根短了，没扎住。"曾真说："讨厌。你怎么这么讨厌呀？"她扬手想打张仲平，又紧急刹住了。两个人暧昧地对望一笑。

稍远处临时搭建起来的主席台上，胡海洋正主持仪式，他说："各位领导、各位来宾、女士们、先生们、朋友们，今天是个阳光明媚、天气晴朗的好日子，也是我们公司擎天柱生态别墅开工典礼的大好日子……"

曾真凑近张仲平小声说："这次你要陪我在擎天柱好好儿地玩一下了吧？"张仲平说："好呀，你想去哪儿？"曾真说："我对这儿又不熟，当然听你的。只是，这次应该不会遇到暴风雨了吧？"张仲平说："不会，我估计这次会遇到人贩子，我得想一想，要把你卖多少钱才有得赚呢？"曾真说："你肚子里怎么这么多坏水呀？难怪肠胃不好。"

两个人正打情骂俏，覃山洼一瘸一拐地走了过来。他找张仲平要钱来了。张仲平这才想起，这些天光忙着胜利大厦的事，把这边建小学的事给耽误了。他心里盘算了一下，后续资金恐怕只有等胜利大厦拍卖完了之后才能腾挪出来。

覃山洼就怕他拖，一个劲地催他快点，说："这几年你们城里的房价像坐了火箭似的往上蹿，钢材、水泥、人工都在跟着涨，再往后拖，年前做的预算可就不够了。"

曾真在旁边听了他们的谈话，忍不住道："张总，你要是资金紧张，何不通过我们电视台搞一次捐款活动？"

张仲平连忙摇头说："不，这事……我不想声张，我就想一个人把学校建起来。"

曾真问："她……唐教授……也不知道吗？"

张仲平说："是，她不知道，我不想让她知道。"

（三）

最先知道徐艺想做主拍单位的是张小洁。张小洁每天总是第一个来公司上班。偏偏今天徐艺来得也挺早的，张小洁替他泡好茶，端到他到办公室的时候，正好听到他在给鲁冰打电话。

徐艺因为借了二十万给龚大鹏，见他和张小洁两个人快要修成正果，便以他们的功臣与媒人自居，说话做事对张小洁并不避讳，听凭她在他办公室搞卫生，自己继续打电话。他对鲁冰说："鲁叔叔我一定不辜负您的希望，竭尽全力把胜利大厦拍好。另外，我还有一小小的请求，就是……你们中院在下拍卖委托书的时候，能不能明确我们公司为主拍单位？我知道我知道，后面有我姨父把关，我想冲到前面锻炼锻炼，行，我去征求当事人和我姨父的意见，好的好的，谢谢您了鲁叔叔。"

中午和龚大鹏、何宝吃饭的时候，张小洁把这事告诉了龚大鹏，龚大鹏一听就急了，大声嚷道："什么？徐艺真的想做主拍单位？他自己唱主角，让张仲平给他当配角？"张小洁左右两边看看，说："你说话轻点。反正他电话里是这么说的。他跟鲁冰应该很熟，左一个鲁叔叔，右一个鲁叔叔的。"龚大鹏把碗筷一放，把头摇得跟拨浪鼓似的："不行不行。徐艺哪有张仲平老练？这法院到底是怎么搞的？不行不行，我得跟张仲平说，让他阻止这件事。"说着掏出手机马上就要给张仲平打电话，张小洁急忙挡住了他。

张小洁说："等一等，你这电话一打，不是把我给暴露了吗？徐艺要是知道我什么话都告诉你，说不定马上就会炒我的鱿鱼。"

龚大鹏说："他炒你的鱿鱼？是你炒他的鱿鱼吧？我的事情要是做得起来，我还会让你去给别人打工？"

张小洁说："你的事情不是还没做起来吗？你得考虑我怎么在徐艺面前做人吧？"

龚大鹏说："你说得也对。不过，小洁呀，这件事情事关重大，徐艺很明显是通过关系挤进来的，拍卖的事如果由他为主来做，我怕会出差错呀，这里面可是有我……有咱们的钱啊！"

张小洁说："那你也得先沉住气，就当作什么都不知道。徐艺不是要找你吗？等他找你的时候，他肯定会提这事，到时候你再说。总之，你不能把我给坑了。"

龚大鹏忍不住捅了捅张小洁胳膊说："小洁，你不仅长得漂亮，还聪明能干，我要是娶了你，肯定如虎如虎……"

何宝说："添翼。如虎添翼。"

龚大鹏摸一把何宝的头："嘿，小子，出息了。还知道如虎添翼了。小洁，徐艺那儿我可以等他来找我，张仲平那儿，我还是得先跟他见个面，我让他别说是我说的就行。他把我当朋友，我也得让他心里先有个底，你看怎么样？"

张小洁说："那……好吧，你看张总能不能早点想办法。"

远在擎天柱的张仲平，这时正在参加胡海洋公司擎天柱生态别墅开工典礼的午宴。曾真坐他左边，覃山洼坐他右边，桌上的其他人大家都不认识。胡海洋带着公司一干人过来敬酒。胡海洋说："感谢感谢，感谢各位。嗯，张总，你怎么没喝酒？曾真，替张总把酒倒上。"

张仲平忙说："不了不了，胡总，恭贺你项目开工，希望你的楼盘大卖、财源滚滚。但是，这酒，还是不能喝。"

胡海洋说："为什么？"

曾真说："他戒酒已经好多年了。"见胡海洋和覃山洼不约而同地盯着自己看，曾真忙补充道："噢，张总，上次你是这么说吧？"

张仲平说："确实确实。"

胡海洋说："今天情况特殊，张总，你得替我开开戒。开了戒，我们有的是生意做。不喝酒怎么做生意呀？"

覃山洼说："胡总说得对，不喝酒，怎么做生意？曾真，你给他满上，让他喝。你不知道，他以前是喝酒的，酒量大得很。没少干偷鸡摸狗，还有偷菜的事。"

曾真说："好玩儿，你那时就会偷菜了？你今天不急着回去吧？要不，你就开戒喝点儿？"

张仲平说："好，人生得意须尽欢，莫使金樽空对月。这酒戒我开了，不过，仅限于今天，怎么样？"

胡海洋说："好。"

曾真试着给张仲平倒了半杯酒，张仲平让她满上，端起来与胡海洋碰杯，一饮而尽。大家全都喝彩。覃山洼乘兴也要跟他喝。张仲平来者不拒，爽快地答应了。就在曾真给他倒酒的功夫，张仲平接到了龚大鹏打来的电话："噢，老龚呀，你想约我见面？今天不行，我在擎天柱呢。明天怎么样？好，明天我给你电话。"

胡海洋正在给同桌的其他人敬酒。曾真问张仲平："是不是胜利大厦的事？"张仲平说："应该是。"曾真说："你跟我舅说了吗？"张仲平说："已经说了。"胡海洋回过身来说："我看了张总带来的资料，胜利大厦，我们公司买定了，张总，正式刊登拍卖公告以后，你打电话通知我。"张仲平说："好的，没问题。"覃山洼插话道："这单生意做下来，建学校的钱，是不是就有着落了？"张仲平说："放心吧，误不了你的事。"覃山洼说："好，来，我敬你。"

龚大鹏问张小洁下午徐艺干吗。张小洁说辛然的爸爸要结婚了，徐总正帮着到处看房子呢。龚大鹏不免露出向往的表情说："结婚好结婚好，再过几个月，我们是不是也要结婚了？"张小洁说："你想得美。"龚大鹏说："生活为什么美好？就是先想一桩美好的事，再为了这件事作死地搞，这就是人生的意义。"何宝说："老大，这单业务做完，我们能拿多少钱？"龚大鹏说："起码能把债还清吧？"何宝说："光是还债不行吧？马无夜草不肥，咱们得想点办法。"

听了这话，龚大鹏把头低了，好一阵没说话，半晌，这才抬起头来，对张小洁说："徐总那儿你可得帮我盯紧了，不管他是唱主角还是唱配角，对于那些报了名的竞买人，你一定得把电话给我留下来，我先跟他们谈一谈。"张小洁问他干吗？龚大鹏说："除了到法院分配拍卖成交款，我还想接着把胜利大厦的工程做完，我得先把跟买家的关系搞好了。你不会为难吧？"张小雨说："当然为难。你这分明是让我当间谍嘛！不过，谁让我一不小心就上了贼船呢？"龚大鹏说："上床好上床好。"张小洁说："什么上床？是上贼船。"龚大鹏说："一样一样的，来，何宝，给小洁，你未来的婶子满上。我们一家子干了。"

离市政府不远的一家酒楼里，周运年、江小璐、徐艺、辛然，加上莫老板，也正准备一起吃饭。周运年最先站起来说话，他一说话便让饭局有了某种仪式感。

周运年说："来来来，我给大家正式介绍一下。这是江小璐，是我的未婚妻。这是周辛然，我的女儿。这是徐艺，是辛然的男朋友，也是我未来的女婿。这位是莫大华，我的战友，野生动物园的莫老板。其实大家相互之间都见过面，也都认识。为什么还要郑重其事地介绍一遍呢？因为除了大华，我们四个，在不久的将来将要组成一个新的家庭。"

莫老板说："喜事喜事。"

周运年说："是喜事。也是不容易的事，因为……我们四个人，还有一个共同的特点，那就是，我们都曾失去过亲人。辛然的妈妈，徐艺的爸爸妈妈，我的妻子，江小璐的丈夫，都不幸早早地离开了我们。我为什么要提这件事？因为失去亲人曾经使我们非常痛苦，曾经使我们的生命与生活不完整，现在，是缘分让我们走到了一起，以前的不完整将重新变得完整，所以，我们要倍加珍惜。你们说，是不是？"

徐艺早已跟着站了起来，一直看着周运年说话，待他话音一落，马上说："周叔叔真是说出了我的心里话，说得太好了，您放心，我一定会好好对待辛然。"

辛然说："还要好好对待我爸爸，还有……还有江……江阿姨。"

徐艺说："嗯。那当然。"

江小璐说："我也表个态。我比辛然、比徐艺大不了几岁，但我既然准备嫁给你们的父亲，我就会把心思全部用到这个家里，让运年……觉得他做的这个决定是对的。我不会说话，我先用这杯酒，敬我们家的第一个客人，莫先生。我刚才的话，也请您做个见证。"

大家齐声说好，一齐鼓掌。

莫老板说："来来来，我给你们这个崭新的家庭拍张全家福，祝你们家和万事兴，互敬互信互爱。"说着拿着相机对准了大家。

正式开始吃饭以后，周运年顺口问了一下徐艺最近的生意情况。徐艺说："还不错，马上要做一个比较大的单，如果顺利，应该可以赚两百多万。"江小璐平时是拿工资的，而且工资并不高，忍不住看了徐艺一眼。莫老板随口问徐艺准备拍卖的是什么东西。徐艺简单地把胜利大厦的情况说了。没想到莫老板来了兴趣，说："我有个朋友正好托我在这边买楼，你有这个项目的资料没有？"徐艺说："有呀！"然后看了辛然一眼，辛然反应很快，接过徐艺的话头说："我这就打电话给公司的人，让她送套资料过来。"

不一会儿，张小洁便在服务员的引导下进入了包厢。周运年是一家之主，问她吃饭没有？要不一起吃？张小洁说她已经吃过了。周运年说吃过了没关系，再喝点汤，便安排她坐在了莫老板旁边。

这工夫，莫老板已经很快速地把资料浏览了一遍，问徐艺什么时候拍卖？徐艺说："这两天可能就要刊登拍卖公告了，莫叔叔如果感兴趣，我可以……替你运作一下。"

周运年本来正小声地和江小璐说着什么，听到徐艺这话很敏感地抬起了头说："你说什么？运作？拍卖要求公开、公平、公正，你怎么运作？"

徐艺一时未明了周运年的意思，说："这个……我们有办法。"

周运年正声道："徐艺，你们做拍卖生意我本来是反对的，但你们执意要做，我也只好同意。做生意，想赚钱，本身没错，关键是一定要守法经营，不要搞歪门邪道。你莫叔叔是我最好的朋友，他们在国外已经习惯了诚信经营、按规矩办事，他如果看上你拍的那栋楼，一定要走正常程序，听到了吗？"

莫老板说："对对对，你爸爸说得对，为了省点小钱，没必要去冒道德和法律的风险。"

徐艺连忙改口，说："是是是。我说的运作，就是这个意思。"

张小洁也乘机说："莫老板哪天有时间，我们可以带您到那栋楼里去实地考察一下啊！"

莫老板说："好呀！"

张小洁很快地看了徐艺一眼，对莫老板说："那……我可不可以跟莫老板交换一下名片？有什么事，也好直接和您联系。"

莫老板说："好呀，好呀。"

吃过饭之后，徐艺带着辛然和张小洁回到了公司，他让辛然跟他一起进了自己的办公室，掩上门后，徐艺对她说："我们一定要成为主拍单位，这对我们来说实在是太重要了。"辛然说："艺哥，你能不能消停一会儿？我怎么觉得你有点得寸进尺呀！"徐艺奇怪地看着辛然，问她怎么这么说。辛然说："我觉得我们能参与到这个项目里面来就已经很不错了，由姨父他们公司为主，我们跟着学，不是很好吗？"

徐艺伸出一根手指头在辛然面前晃了晃，说："你不懂。辛然，你得知道，做生意，争取的就是对事情的掌控能力，话语权，懂吗？"

辛然说："我是不懂，可是，艺哥你想过没有？这是我们在法院拿的第一单生意，如果……我是说，万一做不好，可怎么办呀？"

徐艺说："你这担心完全是多余的，拍卖其实很简单，如果莫叔叔真对胜利大厦感兴趣，就更简单了。辛然你知道吗？如果以我们为主把这单业务做好了，我们就有了专业上的品牌，所以，我们一定要好好争取一番。"

辛然说："还有，你知道我爸最担心什么吗？他是怕我们做业务的时候不按规矩来。"

徐艺说："辛然，你老实告诉我，我是一个邪乎的、忘乎所以的人吗？我告诉你，不是。你爸爸的这种担心完全是多余的。我们尽快安排莫叔叔去看楼。我感觉，他根本不是在替朋友物色，而是他自己想买。你这个莫叔叔，很有实力，他如果真想要，拍卖会也就走个过场，操作程序并不复杂，再说了，我又不是什么新手，分分钟就能把事情搞定。"

辛然问："是吗？真那么简单？艺哥，你是不是太自信了？"

徐艺说："我很冷静，也很理智。这次，鲁冰叔叔帮了我们的大忙，也让我见识了权力的无穷力量。鲁冰叔叔发话了，他说这事儿可以征求案件当事人的意见，也就是说，谁做主拍单位谁做协拍单位，不是理所当然的，而是可以运作的。我觉得，我们可以从龚大鹏那儿下手，争取他的支持。"

辛然说："你觉得龚大鹏会支持咱们？"

徐艺说："如果莫叔叔买下了胜利大厦，我们不就可以向他推荐龚大鹏继续做他的建筑商了吗？我估计，这对龚大鹏会很有吸引力，我完全可以跟他谈条件。"

辛然说："那……颜若水那儿呢？"

徐艺说："我这就去找祁雨。我救了她爸，她应该还我一个人情。"

经徐艺这么一说，辛然觉得这事还真有点靠谱了。她觉得自己真的很爱他，因为她总是觉得他做什么事都有道理，而她也很乐意被他说服。当然，这件事还有最后一个环节，就是说服徐艺的姨父张仲平。不知道为什么，辛然总觉得对张仲平心有愧疚。

徐艺再次竖起一根手指头在辛然面前晃了晃，说："辛然，你不会觉得我这人太自私了吧？你完全没必要这么想。我告诉你，为自己的利益考虑不叫自私，叫一种本能。为了自己的利益不惜伤害别人的利益，那才叫自私，那才叫不厚道。我觉得，姨父不见得会看中这个主拍单位的虚衔，再说了，他不需要花心思动脑筋，就能得到他该得的利益，不会少他一分钱，他为什么不同意？"

（四）

张仲平虽然戒酒多年，但酒量却不见减少。加上跟同桌的其他人毕竟不熟，拼酒的场面始终没有出现，最多也就三分微醺的样子。

他和曾真离开饭桌之后便开车进山了。山路断了，他们把车停在那儿，没走多远便来到了一处瀑布前。张仲平指指点点，曾真拿出随身携带的相机一会儿拍瀑布，一会儿拍张仲平，一会儿又让张仲平拍她自己。

张仲平告诉她，这处瀑布共有九级，当地叫它九仙女，传说是玉皇大帝最宠爱的女儿，有一次她来凡间游玩，在这里碰上了南海龙王，疯狂地爱上了他……

曾真忙打断他说："讲到这儿就可以了，我可不想听什么凄美的、俗套的爱情故事。哇，这潭里的水好清呀，深不深？"

张仲平问："你想干吗？"曾真说："游泳呀！"张仲平说："你带泳衣了？"曾真说："没有呀。我们来一次天体浴不行呀？"张仲平说："当然不行，这里虽然还没有被开发，但说不定就会有人闯进来，你不怕被人看见呀？"曾真说："我才不怕。看得见，摸不着。如果真有人闯进来，你和我会成为风景的一部分。"张仲平说："啊？你要我和你一起下水呀？"曾真说："这不是很为难的事吧？"

此时已是初夏，午后的太阳当头照着，倒是一点都不冷。曾真边说边褪了衣裤，想想还是留了内裤与文胸，在潭边随便活动几下便跳到了水里。

张仲平想拦却哪里拦得住。

曾真从小在青少年宫学过游泳。她跳到水潭里，很快在水潭里侧泳了几个来回，她踩着水，对岸上的张仲平说："哇，好舒服，我有一种变成了鱼的感觉。仲平，快下来，你快下来呀！"张仲平说："等等，好像有人来了。你快上来。"曾真说："不，不是我上来，而是你下来。张仲平，你别磨磨蹭蹭了。你说，你到底下不下来？你要敢说一个'不'字，我这一辈子都不再理你。"

张仲平还在东张西望，曾真用手掌朝他泼水，山谷里响起她快乐的笑声。

城里的徐艺这会儿已经赶到了青瓷茶会所，要了一个两人的小包厢。他把一些包装精美的茶叶搁在茶几上。祁雨看着他的动作，眉毛一挑，露出不解的神情。

徐艺说："我知道，你这儿最不缺的就是茶叶，可我，给你送的偏偏就是茶叶，名媛瑰宝，花水女人茶。史书上说，'媚娘饮之，七日气盈，十日色复红润，复若仙子'。"

祁雨说："怎么，你想跟我做生意？"

徐艺笑眯眯地望着他，说："不是不是，我是专门买了送给你的。"

祁雨浅笑嫣然："哦，你是不是觉得我很老了？"

徐艺说："不不不，我哪里敢？这种茶，听说保健功能相当不错。而且，包装也不错，这茶叶罐，是青瓷做的吧？"

祁雨点点头，说："想不到你倒是挺用心的。"说着，祁雨把偷偷蹬掉了鞋子的脚从茶几底下朝徐艺伸了过去。徐艺的脚一退。祁雨再伸，徐艺不再退，祁雨把自己的脚压在徐艺脚上。徐艺抬头，看到了祁雨那双火辣辣的眼睛。祁雨说："我在想，也许……你是一个很好的伙伴，生意上的，还有……"

徐艺心里不禁有些慌乱，他说："祁老板，祁雨姐……"

祁雨偏着头望着徐艺，暧昧地摇摇头，说："既然这茶的功效这么好，我喝了它，你是不是就不用叫我姐了？"她没想到徐艺的脸居然慢慢地涨红了，心下更是喜欢。她把压在徐艺脚上的那只脚的脚趾钩了钩，眯缝起眼睛望着徐艺，柔声地说："你过来，我有几句悄悄话要跟你说。"

傍晚时分，祁雨去了医院，正在和陪护一起帮祁家轩翻身时，颜若水也正好赶来了，忙放下公文包伸手帮忙。祁雨说："医生说的，得经常给得脑溢血的病人翻翻身，免得长褥疮。"颜若水看了看病床上的祁家轩，说："好像好点了。"祁雨说："是呀，精神好多了。我刚才喊他，有反应，眼珠子转向我，一动不动的。爸爸心里明白，只是还不会说话。"颜若水叹了口气说："希望他能早日康复才好。"祁雨说："我爸意志力非常坚强，应该没问题。"颜若水说："那就好。"他在祁雨背上轻轻拍了拍说："小雨呀，你店里医院两头跑，真为难你了。"祁雨说："姐夫你是不是心疼了？他是我爸呀！"颜若水嘴里哦哦哦着。祁雨看了陪护一眼，陪护知趣地离开了，祁雨随手关上门，先低头一笑，然后望着颜若水说："姐夫，我有个事，想跟你说一下……徐艺你见过，他可是救过我爸的人，他们公司拿到了胜利大厦的拍卖业务，是跟张仲平的公司一起做，他想做主拍单位。他找到我，想让我跟你说说。"

颜若水想都没想便摇了摇头，说："据我所知，徐艺他们公司能挤进来做这笔业务已经很勉强了，他有那个能力吗？再说，有些事情……会很不好操作。"

祁雨说："他说他已经找到了买家。跟张仲平一样，我们跟他也是单线联系。"

颜若水不容商量地说："不，不行。做这种事，就像谈恋爱，两个人尚且难得琴瑟和鸣、白头偕老，何况还出现了一个第三者？不，不行，绝对不行。"

祁雨说："可是，我已经答应他了。"

颜若水说："你……小雨，你怎么能这样？你从前不是这样的。"

祁雨说："姐夫，我不是想插手你们公司的事，也不是成心给你添乱，可徐艺是爸爸的救命恩人，我，我实在不好意思回绝他。"

颜若水说："做人不能太贪婪。不，小雨，我说的不是你，是徐艺，他怎么就不知足呢？他一个新手，争着做主拍单位干什么？小雨，这事真不行，我怕他会惹出什么不必要的麻烦。"

得到了祁雨的承诺，徐艺已经忙开了。他让张小洁打电话叫来了龚大鹏。龚大鹏刚推门进来，徐艺便当胸给了他一拳，告诉他说好运气来了。

龚大鹏说："是吗？兄弟我每天烧香拜佛，是不是菩萨今天显灵了？快说，什么好运气？"

徐艺说："我替你找了一个买家。"

龚大鹏说："什么？你替我找了一个买家？什么意思？"

徐艺说："什么意思你不明白？已经有人对胜利大厦感兴趣了。"

龚大鹏说："是吗？是不是辛然他爸爸的朋友，莫老板？"

徐艺说："嘿，这张小洁的嘴可够快的呀！"

龚大鹏说："不怪她，怪兄弟我，是兄弟我的嘴快。"

徐艺说："好了好了，今天我高兴，你俩我谁都不怪。我已经带莫老板看过楼了，他很满意。这个莫老板，很有实力，如果他买下了胜利大厦，你知道意味着什么？那将意味着我有把握让他继续找你做他的建筑商，包括整栋楼的内外装修。你说，这消息让不让人振奋？"

龚大鹏说："真的？"

徐艺说："我干吗骗你？骗你有财发吗？"

龚大鹏说："那兄弟我要怎么感谢你？"

徐艺说："我不要你感谢，你找我借的二十万块钱，我都不要你还。"

龚大鹏说："徐总，你这句话一说，兄弟我明白了，你是在跟兄弟我开玩笑。"

徐艺说："跟你开玩笑有财发吗？我特意把你叫过来，可不是为了跟你开玩笑。"

龚大鹏说："你真的不是跟我开玩笑？徐总，兄弟我愚昧，不明白徐总的意思。"

徐艺说："我的意思是说……"他起身把门关上，回到办公椅上坐好，示意龚大鹏向他靠拢，在他耳边耳语了一番。龚大鹏的脸开始茫然，继而领悟，到后来竟闪闪发光了。他的头小鸡啄米似的不停地点着。

徐艺问龚大鹏："怎么样？"龚大鹏朝他竖起大拇指，说："高家庄，高，实在是高。兄弟我佩服的人没几个，徐总你算一个。"徐艺说："是吗？我怎么看不出呀？跟你开玩笑。这件事情，可千万千万不能让一个人知道。谁？当然是我姨父张仲平。为什么？这都要问为什么？你好好琢磨琢磨吧！"

龚大鹏嘿嘿傻笑，说："兄弟我没读过什么书，是个粗人，这些弯弯拐拐的事，兄弟我还真不擅长。"

徐艺说："龚老板就别谦虚了，谁都知道，你是老江湖。说到拍卖，那是一种公开的市场行为，拍卖公告一见报，全城的人可就都知道了。公告上会留我们两家公司的电话，买家会打谁的电话，谁也不知道。我呢？只能影响莫老板。我姨父做拍卖可是好多年了，有实力的客户，他手里可是一大把，如果他另外找一个买家来跟莫老板一起竞价，我刚才跟你策划的这件事情，就可能落在别人的手里，那个人会听我们的话吗？当然不会听。对你来说，你要尽可能想办法摸清张总那边的招商情况，我这边的情况，特别是关于莫老板的情况，也要尽量向他封锁，具体怎么做，你跟张小洁好好商量一下。"

龚大鹏摸了一下鼻子，又咳嗽了一下："这样做，是不是有点不太地道？"

徐艺说："你没听明白？我跟你说，要想使你的利益最大化，非这样做才行。你放心，这事对我姨父来说其实也没什么坏处，至少是影响不大。只是，为了免得节外生枝，我们没必要跟他说，得瞒着他。明白了吧？"

龚大鹏点头说："你这么说兄弟我就明白了。"

徐艺说："明白了就好，还有，跟莫老板谈价的事，也只能由你出面。"

龚大鹏说："为什么？"

徐艺说："因为我跟他太熟了。虽然这是对你、对我、对他都有利的事，但辛然他爸爸对这件事很在意，再三提醒我不能搞暗箱操作，所以，这事我出面会很不合适。你就不同了，你和他谈，是替他省钱呀，一定会给他留下一个好印象，他对你印象好了，你们后面的事不就好办多了吗？"

龚大鹏想了想，掰着手指头说："张仲平那边的工作要我做，莫老板的工作也要我来做……如果是这样，兄弟我得到的好处似乎比你少多了。"

徐艺说："龚老板，我没有想到你会跟我计较。你别忘了，这是谁的主意？莫老板又是谁的关系？再说了，你得到的好处也不少了，做人不能太贪婪了吧？"

龚大鹏嘿嘿一笑道："兄弟我还不是你教的？"

徐艺笑道："胡说八道，我怎么没看出你是盏省油的灯呀？"

和徐艺分手后，龚大鹏问何宝觉得怎么样？何宝摇了摇头说："我可不知道，老大你自己拿主意。"龚大鹏自言自语地说："赚钱事小，把工程继续做完的机会难得，我得抓住了。"

张仲平接到颜若水的电话之后就没有心思再待在擎天柱了。颜若水说情况紧急，必须跟他面谈。

经过收费站时曾真忍不住跟张仲平开玩笑，让他别东张西望了，说："你的前女友不是马上就要成为周副市长的美娇妻了吗？怎么还会在这里上班？"张仲平说她胡说八道，让她帮他给颜若水打个电话。没想到颜若水的手机关了。

颜若水以前是从来不关机的，即使晚上睡觉也只是把手机调到静音。这是颜若水亲口对张仲平说的。但自从左达跳楼那次颜若水关过机之后，张仲平有点不敢太相信他了。问题是，明明是他主动打来的电话，临了却联系不上，这不是让人干着急吗？

曾真说："你是不是急着要跟他见面？"张仲平说："应该是他急着要跟我见面。他要不催我，我们今天不就待在擎天柱了吗？但颜若水一向很沉得住气，他主动打电话找我，一定有什么急事。"曾真说："跟你说个笑话，你知道现在的妻子是怎么叫老公起床的吗？她们会对着老公说要去看他的手机信息，老公不管睡得多沉，都会从床上一跃而起，据说有效率超过百分之八十。"张仲平笑了，说："你说这个笑话是什么意思呀？"曾真说："据不完全统计，如果一个领导干部或政府公职人员大白天关手机，百分之八十的可能性是……被'双规'了。"

张仲平知道曾真说得很有道理，却也不想这样说颜若水，便摇了摇头说："颜若水处事缜密如履薄冰，是不会出问题的。现在的关键问题是，他电话里没说什么事，让我有点焦心。可也没有办法。这样吧，我们先去找地方吃饭，一边吃饭，一边跟他联系。但愿他只是手机没电了。"他问曾真想吃什么？曾真张口说："就想吃你。"张仲平拿起她的手握了握说："你是火气大呢还是想那个了呢？"曾真说："真想打你咬你。"张仲平说："今天从擎天柱提前回来，算是意外，下次我一定陪你再去一趟，让你玩个够。"曾真说："这可是你说的？好吧，趁现在没进城，我们到西郊公园那边去吃土菜怎么样？"张仲平说："这个主意好，来，让我亲你一下。"曾真说："这个主意为什么好？因为去郊外就难得碰到熟人，对吧？"张仲平不敢说对，只能笑一笑。

曾真一声叹息，说："这就是爱上已婚男人的代价，做什么都像做贼。"

西郊公园边上到处都是吃土菜的馆子，他们找了一家名叫"人间烟火"的店，曾真和张仲平两个人同时看上了靠墙的一张小桌子，两个人点了菜，手伸到桌子底下，紧紧地握在一起，你一句我一句地打趣着，不时还撩拨对方一下。

不久，一行人从包厢里出来，其中竟有丛林。他无意中回头，看到了埋着头说悄悄话的张仲平和曾真。他们两个人沉浸在自己的小世界里，没有发现丛林向他们投过来的目光。

丛林随着人群离开。同行的人分别上了几辆停在院子里的车。丛林一个人上了一辆车，他等那些车一辆一辆地开走了，掏出手机拨号，打通了张仲平的电话："你回过头来，往院子里看，我在车上，打应急灯的那辆，你过来吧，一个人。"

张仲平很快出来上了丛林的车，望着他一笑，丛林瞅都不瞅他一眼，把自己那张脸板得像一块铁板似的，他说："我还以为我看错人了，没想到还真是你。出息了呀？"

张仲平说："丛林，你听我解释。"

丛林说："解释什么？我有什么资格让你解释？你俩什么关系，傻瓜都看得出来。张仲平，你……你让我怎么说你？"

张仲平心虚得不行，却不能不强撑着："不行，你还真得听我解释。"

丛林这才回过头来望他，冲他点点头说："好呀，你要解释是吗？我就给你一个机会，你说，说呀。"

张仲平说："我跟她……我……我们，一开始，这只是个意外，我挣扎了很久……"

丛林说："然后呢？还是掉进去了？"

张仲平突然烦躁起来："丛林，我们不谈这个行不行？"

丛林说："行。是呀，这个社会上，有多少男人，像你这样的所谓'成功人士'在找女朋友、找情人？是呀，有什么可谈的？这不是一件很正常的事吗？可是，张仲平，你不一样。"

张仲平说："要说不一样，是我跟她……刚才那位，情况特殊，关系不一样。"

丛林说："什么情况特殊？什么关系不一样？不就是一个已婚男人遇到了一个所谓的红颜知己吗？不就是非正常的男女关系吗？"

张仲平说："瞧你瞧你，一副审判犯罪嫌疑人的法官面孔。这话还谈得下去？"

丛林说："好好好，现在你从头招来，她是谁呀？干吗的？"

张仲平说："她是记者，电视台的。"

丛林说："嗬，还是位公众人物。"

张仲平说："我跟她还真的是情况特殊，不是简单的那种那种……男女关系。我们……很谈得来，我们……互相感觉都很好。"

丛林说："我就问你一个问题，她知道你有老婆孩子吗？"

张仲平说："知道。"

丛林说："知道你有老婆孩子还跟你在一起，那她就是第三者。你不会告诉我，你准备为了她跟唐雯离婚吧？还有，你跟她在一块儿多久了？"

张仲平说："等等，你刚才说只问一个问题的。"

丛林说："你少来，你回答我，你是不是准备为了她跟唐雯离婚？回答是或者不是。"

张仲平说："不是。我没想过要离婚。中国有句成语，叫十全十美，我没那么贪婪，只要两全其美，行不行？"

丛林说："跟我玩文字游戏是吧？仲平我告诉你，在这种事情上，你做不到两全其美。你知道现在的俗话是怎么说的吗？没有拆不散的家庭，只有不努力的小三。在她和唐雯之间，你只能二选一。"

张仲平哈哈一笑，摇头说："丛林你 OUT 了。你以为现在'80 后'的女孩，会拼死拼活地嫁给我们这种年近半百的小老头子吗？不会的。她亲口跟我说过，不求天长地久，但求曾经拥有。"

丛林说："也许我真是落伍了，没能与时俱进。我想不通的是，她为什么要跟你在一起？她的动机何在？"

张仲平暗暗地叹了一口气，说："这个问题我也想过，说实话，我不知道她的动机何在。也许……喂，丛林，你不觉得你的同班同学张仲平是个很有魅力的男人吗？更何况，爱是不需要理由的。"

丛林脖子一扭，从鼻子里"哼"了一声："得了吧，你。"

张仲平开始觉得离开曾真太久了，这有点不像话，他想早点结束跟丛林的谈话，说："好了好了，其实，不需要你来对我进行道德审判，我自己也会觉得不该这样做，也会觉得对不起唐雯。可是，丛林，我只是一个普普通通的男人，不是什么圣人，如果……我是说如果……我跟她的关系，超脱了世俗的算计，还能做到心灵相通、水乳交融呢？那会是一种什么境界？"

丛林不耐烦地说："我不知道，也不想知道。如果你俩是单身男女，你俩爱怎么着怎么着，作为老同学我会给你祝福，可是，你不一样，你是有家室的人。"

张仲平说："我当然知道我是有家室的人，我还知道这个家对我来说多么重要。可是，丛林，你也要知道，我，我们这些在外面做生意的人，扩而大之，男人，所有在外面打拼的男人，都很累，身体累、心累。不错，家庭是心灵的港湾；不错，唐雯是个贤妻良母；不错，我的家庭看起来简直完美无缺、令人羡慕。这都不错，问题是，如果这一切都能维持不变，上帝又另外给了我一个人，让我青春勃发，我怎么办？我能硬着心肠拒绝吗？我为什么不能把她当成生活给我的奖赏？"

丛林说："你痴人说梦。你这种心理，跟那些贪官没什么两样。几乎所有的贪官在开始贪的时候，都心存侥幸，以为抓不到自己。可是，一旦开始贪，理论上就存在随时随地被抓的可能。"

张仲平说："你说的没错，可是，理论上有被抓的可能性和现实中是否真的被抓，还是有差距的。你的话可以有另外一种解读，因为古今中外从来没有把贪官抓尽过，所以总是有人铤而走险、'前腐后继'。"

丛林说："你别绕那么远。我只问你，唐雯对你多好？小雨多乖？你得多想想拿她们怎么办。"

张仲平说："喂，是你自己先绕的。唐雯好不好，我比你更清楚。谁还没有个家长里短、鸡毛蒜皮？丛林，我和那位……跟家里的事，可以做到井水不犯河水。已经很晚了，你那些同事都已经走了好远了，咱们今天别说这事了行不行？"

丛林说："别人的事请我管我也不会管，你不行。我把你当朋友，这事我就得管。我问你，你难道不知道婚外情是什么？那是玩火呀！你自己都说过，这不是我们玩得起的游戏，你忘了？"

张仲平说："我……什么时候说过这话？"

丛林说："我看你是忘乎所以了。要说出轨，我比你更有理由出轨。因为我跟华媚根本就没有共同语言。"

张仲平说："哎呀，出轨这种事情，不是想出就能出，不想出就能不出的。就像SARS、禽流感，你知道它什么时候来？你严防死守防守得住吗？"

丛林说："你别跟我扯这么多，你这是在替自己找借口。我只是提醒你，这次看到你俩在一起的幸亏是我，如果是唐雯，你怎么办？你怎么办？！"

张仲平说："她这会儿只会待在家里，怎么会看得到？我知道唐雯的活动半径，小心避开就是了。"

丛林说："有这么简单？我倒是听说，若要人不知，除非己莫为。你要是在外面有了情况，唐雯怎么会没察觉？她会不想方设法查出真相？你如果还在乎唐雯，你如果不想伤害小雨，赶紧想办法跟那位断了，啊？"

挨了丛林一顿训斥，张仲平情绪免不了有点低落，但他知道，去见曾真的时候还得情绪高涨。

他回到那张小桌子上，菜早就已经上齐了。他冲曾真笑笑，问她怎么没吃？曾真说："告诉我，谁呀？"张仲平说："哦，一个朋友，我的大学同学，丛林，在市中级人民法院当法官。"曾真点头道："就是我们准备帮他升副院长的那个？丛珊的爸爸？"张仲平说："对对对。"

曾真替张仲平打了饭递给他，问："你怎么去了这么久？菜都凉了。你们俩都说什么了？"

张仲平替曾真夹了些菜，说："也没说什么，就瞎聊了一会儿。"

"没说什么还去这么久？"曾真娇嗔地望着他说，"你就不怕别人把我拐走了呀？"

"不怕，因为你不是那么容易被人拐走的人。"见她仍盯着自己不放，张仲平伸手在她膝盖上碰了碰，说："哦，还说了一些生意上的事儿。快吃快吃，菜一会儿真的凉了。"

"不对吧？我怎么觉得你像刚跟人吵过架似的？告诉我，我们亲亲热热的，被别人看到了，是不是让你很紧张？他是不是说你什么了？"

"没有没有，我为什么要紧张呀？有什么紧张的？他会管别人这种闲事呀？"

"我看你好像有点紧张，至于为什么，我就不知道了。张仲平同学，你没做什么坏事吧？"

"没有吧？你看我像做了坏事的样子吗？好了，现在开始吃饭，食不言，寝不语，乖。"

第十七章

（一）

"我们这是在哪儿？"

"怎么问这个问题？这不是在你家里吗？哦，我应该回答，这是我们的安乐窝。"

"那……你能不能想象一下，我们还在擎天柱？"

张仲平一听这话便明白了，曾真这是希望他今天晚上就待在她这儿。他心里说这恐怕不行。上午去擎天柱的时候，他并没有跟唐雯说要在那儿过夜，这时候跟她说，她免不了要问这问那。胡海洋和覃山洼她都认识，她只要随便给他们打个电话，事情便有可能穿帮。再说了，刚才他不是跟丛林见过面了吗？他也有可能说漏嘴。还有，高速公路的收费票上，也有时间记录。他当然想留下来，但与其提心吊胆地留下来弄得情绪不稳定，还不如回到常规的生活轨迹上去吧！曾真或者说无论哪个身处爱恋中的女人，都是希望能与恋人整天腻歪在一起的，不会喜欢那种来去匆匆，情人就像一个临时工的感觉。可是，他有什么办法呢？他已经有了对唐雯的负罪感，更不能让她有所怀疑，否则，他和曾真的关系将难以为继。他虽然对丛林说他可以在唐雯与曾真身上做到两全其美，但他内心里其实很清楚，这不过是他的一种美好愿望，鱼与熊掌，真的难以兼得，他能做的，只有在与曾真的事情上小心再小心，小心驶得万年船。

张仲平抱了抱她说："对不起宝贝，这个……这个我也想，可是……"

实际上，曾真把那话一说出口就有些后悔了，她心里很清楚，她不能跟他提任何要求，不能给他施加任何压力。这既有悖于自己的自尊，也会把跟他的关系弄得有点紧张。外表坚强的人，往往都有一颗柔软的心，就像贝类，它只有觉得周围的环境令它感到安全、舒适的时候，才会向你打开心扉，可这也恰恰是它最容易受伤的时候，有一点风吹草动，便会让它城门紧闭。她可不想这样。她爱这个男人，对他怀着一腔柔情。因为正是这个坏蛋、这个讨厌鬼，第一次为她开辟了一个全新而美好的世界。而它的唯一不足是它的私密性，可既然私密性与美好共生，她也就只能小心呵护了。

她在他脸颊上轻轻地啄了一下，笑着说："我的意思是说，今天在擎天柱我太开心了，我想我会永远记住这一天。"

张仲平知道她在替自己拐弯下台阶，心里不禁泛起一股感激之情，便更紧地抱住了她，与她深情地亲吻起来，直到他的手机响了起来。他松开曾真，看一下号码，说是她，便走开两步接电话："怎么，有事呀？徐艺在咱们家？他怎么不直接给我打电话？我在外面有事。他有什么事，不能电话里说吗？那……你让他等着，我办完事以后就回来。"

张仲平挂机，一脸的烦躁。

曾真问："徐艺找你什么事呀？"

张仲平说："她没说，但肯定不是什么好事，他只要有求于我，一准跑我家里去，动不动就把唐雯搬出来。现在好了，他还多了个外婆。我呀，算是上辈子欠他的。这个徐艺，我开始有点烦他了。"

曾真说："别烦，不准烦，我要你开开心心的。你们本来就是亲戚，能帮他的，你就帮帮他。你帮他，证明你有能耐，他离不开你。"

张仲平勉强笑笑，说："我算是被他赖上了，想摆脱还不那么容易。嗯，对了，颜若水找我，估计也是胜利大厦的事，我先看看他开机没有。"

拨号过去，颜若水的手机仍然关着，张仲平心里奇怪，不知道他为什么还没开机。又一想，他没开机证明事情并没有那么重要，不如先回家去看看，看徐艺怎么说。

徐艺说他特意过来就是为了对他表示感谢，张仲平说："你不是已经表示感谢过了吗？要有什么事，打个电话不就行了？"

徐艺坚持说他内心里真是对姨父充满感谢。他的拍卖委托虽然由中院下，姨父要是不同意，会很不顺利。张仲平拿手在空中挥了两下，笑着说："这事你心里明白就行了，不用老挂在嘴上。"

徐艺却一脸严肃地说："我曾经说过，姨父教我的东西让我终生受益。

不不不，这不是拍您的马屁，是真心话。这么些年，我跟着您，真的学了不少东西，其中就包括一招非常实用的思考问题和解决问题的方式……"

张仲平见他一本正经的，示意一起去书房。两个人进去以后，张仲平把书房门掩上了，这才问他那是什么？徐艺说："像商人一样思考问题解决问题。"

张仲平奇怪地问："我说过这种话或者类似的话吗？怎么听起来好像我是一个很势利的小人似的？"

徐艺说："我这样说绝没有别的意思，我是说，如果我们抛开我们之间的亲戚关系，如果我们抛开我们之间的公司关系，只用商人的眼光去看待人和事，往往会很透彻，处理问题也就会有很大的灵活性。"

张仲平说："徐艺，我是你姨父，有什么话，直截了当地说，别拐弯抹角的，好吧？"

徐艺毕恭毕敬地点点头，说："对对对，毕竟，我们身处的就是一个经济时代，商品社会嘛。藏着掖着，说不定会让我们走上歪门邪道。"

"徐艺，你直接说，到底什么事？"张仲平有点不耐烦了，但努力控制着。

"我的意思是说，只有先使复杂的问题简单化，相关的问题才能迎刃而解，你说呢？"徐艺直瞪着张仲平说。

"到底什么问题？到底有多复杂？你简单点说。"

"简单点说就是，我希望姨父能够同意以我为主来做胜利大厦的拍卖。"

"这我倒没有想到。你为什么要这样做？我让你挂名，你什么也不用做，到时候从我这里分走一半的利润，这样的美事，大概也只有我才能给你。你还不领情？"

"不不不，姨父你误会了。我不是不领情，是我不想吃嗟来之食。如果这一单能够以我为主来做，我能从头到尾单独操作一次，姨父您只在背后替我把关，我想，我就能够很快地得到煅炼，而不至于事事处处总是依赖姨父。您不是也希望我能够尽快单独做生意吗？"

"原来你是这么想的？"

"是呀！反过来说，我也只让您挂名，您什么也不用做，到时候就可以从我这里分走一半的利润，对您来说，应该也算一件美事吧？"

这话有点难听了。张仲平本来想反驳他，想一想还是忍住了，他盯着徐艺看了好几秒钟，这才说："徐艺，就像你说的，抛开我们之间的亲戚关系，抛开我们之间的公司关系，我们能不能像男人似的达成一个君子协议？"

徐艺说:"姨父,您说。"

张仲平说:"我们的合作,这是第一次,也是最后一次。从此以后,你做你的,我做我的。我们尽量做到井水不犯河水,行吗?"

徐艺略一思索,连忙答应道:"行。姨父,我们在商言商,就这么办。另外,我最后补充一句,我不知道您怎么看我,反正,我会一如既往地尊敬你。"

颜若水的电话来的正是时候,张仲平拿起电话望着徐艺,后者知趣地从书房里离开了。

张仲平接完电话之后把唐雯叫了进来,让她看了一下手机上的通话记录,说他还得出去一趟。唐雯瞟了一眼说:"你不跟徐艺多聊会儿?"张仲平说:"该聊的已经聊了,这颜若水我可不敢得罪。"

颜若水找他正是为了提醒他让他注意徐艺,张仲平替徐艺辩解,说:"这孩子心眼多一点、急功近利一点,除此之外本质还是好的,这一次,不如就让他做主拍单位算了。"

这倒让颜若水没想到,笑道:"你怎么会反过来帮徐艺做我的工作?他们公司有那个能力吗?"

张仲平说:"徐艺个人能力并不差,只要他认真做事,应该差不多,没问题。"见颜若水无声地摇摇头,张仲平问:"颜总是不是担心……"

颜若水挥手制止他,再次无声地摇摇头,说:"我是给人民打工的,深感责任重大,最重要的一点,就是必须把事情做好,不能出任何差错。至于其他的事情……嗯……"

张仲平知道颜若水担心什么,趁他没说出口,赶紧说:"至于其他的事情,请颜总放心。我跟徐艺虽然是亲戚,一定会做到河水就是河水,井水就是井水,两不相犯,互不混淆。"

颜若水无声地一笑说:"仲平,我们是老朋友了,要说我一点也不担心这个,那是假的。我在想,因为你要把一半利润分出去,这就意味着……在某一方面,你的担子变重了,你真的没想过把一部分负担……也分出去?"

张仲平说:"颜总,我也跟您说实话吧,我是有苦说不出呀!我当然想让徐艺承担一部分负担,可是,如果真这样做,那就违背了我做事的原则,我怕会出乱子。所以,我绝对不会那样去做。这一点,请颜总放一百二十个心。"

颜若水如释重负地一笑:"那就好。仲平,这是我最欣赏你的地方。古人说,吃亏是福。你是吃得起亏的人,大手笔,大福气。这句话,你记住了。"

张仲平说："记住了，那我就……提前谢谢颜总。"

颜若水伸手与张仲平手掌相击："一切尽在不言中。"稍过片刻，颜若水在他那梳理得一丝不乱的大背头上捋了捋道："可是，不知道为什么，我还是有一个很不好的预感，总觉得这次的拍卖会，哪个环节会出状况。我就怕这徐艺心眼儿太多了。"

张仲平说："颜总放心，我会仔细盯着。"

几天之后，连侯昌平也开始担心起来了。他翻阅着《白鹿都市报》，在第十二版一个很不起眼的角落看到了徐艺打的拍卖公告，也就巴掌大一块。但市中院对拍卖公告并没有具体的尺寸要求，所以他也不好说什么。但还是用座机给时代阳光拍卖公司打了个电话。

时代阳光拍卖有限公司今天只有张小洁在值班，徐艺和辛然上北京去了。公司的门没开，是龚大鹏关的。侯昌平的电话进来的时候，他正坐在徐艺的大班椅上和张小洁打情骂俏。

侯昌平问胜利大厦是由你们那儿拍卖吧？张小洁一边挡着龚大鹏在她身上乱摸的手，一边说："是。"侯昌平问："如果我想看一下那栋大楼，怎么看呀？"张小洁一巴掌把龚大鹏偷袭到她身上的那只手打掉，让他别闹，回答侯昌平说："你想看楼呀？可以呀，你留下电话，到时候通知你，统一去看。"侯昌平从电话里听到对方情况不对，忙把电话挂断了。

龚大鹏说："买得起那栋楼的可都是大老板，你呀，别太热情了。"张小洁委屈地说："我这还叫热情呀？徐总要知道我让你来了公司，不骂我才怪。"龚大鹏说："徐艺才不会骂你呢，他恨不得一个电话都没有。"张小洁说："莫老板是不是真的看中那栋楼了？到时候可别扁担无钩——两头失误。"龚大鹏说："应该不会吧，徐艺说得很肯定。他还让我临拍卖的那几天去找他谈价呢！不过，你倒是提醒了我，没必要等到那时候，我看我还是陪我去一趟。"张小洁说："不行不行，我去了谁接电话？这边没人接电话，不就打到3D拍卖公司去了吗？"龚大鹏说："也是，徐艺再三交代，你们公司的人先不要出面。"

侯昌平打来的第一个电话张仲平并没有接着，因为他以前都是上午十点来钟才去公司，在这之前，会把手机调成静音在家里睡觉。和曾真好上以后，他每天八点多就出门了，跟唐雯说胜利大厦业务得亲自盯，事多，其实是直接去了曾真那儿。曾真第一次爱上一个人，也像完全换了一个人似的,对张仲平黏得不行。她的脚伤早就好了,却总是借故三天两头地请假,为的就是能和他整天腻歪在一块儿。

两个人熟悉了各自的身体,似乎脸皮也变厚了。尤其是曾真,在张仲平面前什么话都敢说,今天他一来便告诉他,说昨天夜里梦见跟他在一起,居然达到了高潮。张仲平说:"真的吗?这种事我还真没听说过,你在网上查一下,看是不是肌肉也有记忆?"曾真说:"我查过了,真是这样。不过,人体肌肉获得记忆的速度十分缓慢,但一旦获得,其遗忘的速度也十分缓慢。所以,你要想让我永远爱你,就得不停地帮我加深记忆。"

这让张仲平"性趣盎然",早餐也顾不上吃,便开始哼哧哼哧地帮她加深记忆。

等到张仲平给侯昌平回电话过去的时候,后者已经有点烦躁了,劈头就说:"张总,你们拍卖公司就是这样做生意的呀?"张仲平忙问怎么回事,说:"侯哥您别着急,有话您慢慢说。"侯昌平问他:"你看到拍卖公告了吗?你知道徐艺他们公司是怎样接待客户咨询的吗?你们也太不当一回事了吧?"

张仲平不停地赔罪,总算让侯昌平先冷静了下来,他说:"这是我退休前的最后一个案子,我不想出任何差错,现在,我发现起码有两个问题:第一,拍卖公告打得太小了,几千万的标的,打那么小一个公告,好像生怕别人看到似的,这能招来有实力的买家吗?第二,我以买家的名义打了三个电话给时代阳光拍卖公司,接电话的是个女孩子,爱搭理不搭理的,既不热情也不主动,有你们这样做生意的吗?"

张仲平替自己辩解道:"按照法院给我们的委托,时代阳光拍卖公司是主拍单位,我们是协拍单位,您刚才说的情况我还不知道。但我会马上去了解,完了以后立即向您汇报。"

张仲平惊出一身冷汗,他可是向颜若水做过保证的,要是颜若水也发现了这些情况,从而对他不满起来,可就更麻烦了。

侯昌平说:"你最好先把情况搞清楚。那个什么时代阳光拍卖公司是新成立的,怎么拿到的这单业务,你我都知道,咱们就不用说了。可是,他们这个工作态度,由他们主拍,我真有点不放心,张总,你可不能当甩手掌柜的,要严肃认真地把这件事情做好。"

张仲平说:"好的好的,我一定全力投入,等有了情况,马上向您汇报。"

张仲平挂机之后吐出一口长气。曾真问:"怎么啦?"张仲平说:"法院认为我们的招商工作做得太不认真了。这次拍卖以徐艺为主，他是怎么搞的？我得赶紧去看看。"边说边起床穿衣服。

曾真问："通知我舅没有？"

张仲平说："通知了，他会在拍卖会的那一天亲自带现金过来交保证金。"

曾真问："不会有问题吧？"

张仲平说："你是指你舅成交有没有问题？这取决于两点：第一，也是最关键的，便是底价，买家会根据底价衡量性价比，但底价是保密的，只有在拍卖会开始之后才会知道，如果你舅认为价格合适，成交就不会有问题；第二，就要看有没有人跟他竞争，以及竞争到什么程度，不过，这个项目你舅已经跟踪很久了，他应该有个心理价位。"

曾真说："我舅的事要不要跟徐艺先说一下？"

张仲平说："无所谓，说一下也行。"

曾真说："那……是你来说还是我来说？"

张仲平说："你说吧。"

曾真说："好的。"

曾真拿出手机给徐艺打电话，没想到他没开手机。张仲平觉得奇怪，这小子，登拍卖公告后是最忙的时候，他怎么能不开机呢？他忙什么去了？难怪侯昌平发脾气。

（二）

龚大鹏去野猪林野生动物园找莫老板，接待他的是江小璐。江小璐问："刚才打电话的是你吧？"龚大鹏说："是。"江小璐说："莫老板临时有点急事，昨天下午回新西兰了。"龚大鹏不知道新西兰，问新西兰在哪儿。江小璐学过地理，知道新西兰在太平洋的西南部，便告诉了他。龚大鹏急了："什么？他回新西兰得漂洋过海？那他……没有十天半月能回来？"

江小璐说："他具体回来的日期我不知道，不过，莫老板临走之前跟我有个交代，他不在的时候，有些事情我是可以做主的，所以，你有什么话，尽管跟我说。"

龚大鹏说："哪些事情你是可以做主的？"

江小璐说："你可以说说看。"

龚大鹏说："胜利大厦拍卖的事，他跟你说了吗？"

江小璐鼓励道："你可以跟我说说看。"

龚大鹏说："钱的事，你能替他做主吗？"

江小璐问："钱？什么钱？"

龚大鹏说："看来这事还不好跟你怎么说。"

江小璐说："你是不相信我吧？"

龚大鹏说："不是不相信你，我是怕跟你说不清楚。不过，他如果真要十天半个月回来，我也只能先跟你说了。是这样，我是胜利大厦的建筑商，也是这个案子的申请执行人，现在胜利大厦要拍卖了，我听说莫老板对那栋楼感兴趣，你知道这件事吗？"

江小璐说："知道。"

龚大鹏说："我今天来本来是想跟莫老板说，如果他真想要那栋楼，也许我能帮上忙。"

江小璐说："好呀，请问你能帮上什么忙？你能不能说具体点。"

龚大鹏说："我能帮他省钱，我能想办法让他以最低的价格把胜利大厦买下来。"

江小璐说："不会吧？你刚才说，你是胜利大厦的建筑商，也是这个案子的申请执行人，你这样做，岂不是会损害自己的利益吗？"

龚大鹏说："这就是我要跟莫老板面谈的事，我当然不会白帮他的忙。我也有事情要求他，也要请他帮忙。"

江小璐说："是这样呀，你讲的这个情况，莫老板可能还不知道，我还真不好替他做主，要不然，如果莫老板来电话，我跟他说说。你方便留个名片吗？"

莫老板其实没有去新西兰。龚大鹏打到办公室的电话就是江小璐接的，他当时就觉得有点奇怪，才决定让江小璐先接待他，摸摸他的来意。龚大鹏跟江小璐的谈话，他躲在里屋全听见了，等龚大鹏走了，便从里屋出来，问江小璐觉得这事怎么样？江小璐说："我说不好，他是为胜利大厦拍卖的事来的，他说徐艺可以想办法按底价卖给你。"莫老板说："不对呀，徐艺他自己不来跟我谈具体怎么做，却派一个包工头来和我讨价还价，什么意思呀？"江小璐摇摇头说："我也没想明白，不好说。"莫老板嘀咕说："这个徐艺，在搞什么鬼？"

龚大鹏庆幸自己来了一趟野猪林野生动物园，他从莫老板办公室出来，心里不禁忐忑起来，急忙给徐艺打了个电话，问他在哪儿。

徐艺说："我不是跟你说我要来北京吗？刚下飞机。"

龚大鹏说："我找不到莫老板呀！"

徐艺说："怎么啦？你说清楚一点。"

龚大鹏说："莫老板回新西兰了，人不在。徐艺，你跟我说的事，不会有什么问题吧？我怎么觉得有点不靠谱呀？"

徐艺说："应该不会有问题。龚老板你不要着急，我让辛然问问她爸爸，让她爸爸找莫老板落实一下。再说了，离拍卖不是还有好几天吗？你沉住气，先等等再说。"

张仲平离开曾真房间之前便给小叶打了电话，让她通知所有的部门经理在会议室等，他会马上过来给大家开个会。

张仲平在会上说："大家已经知道了，胜利大厦的拍卖由我们和徐艺他们的时代阳光拍卖公司联合主办，他们主拍，我们协助。但是，协助并不是不作为，不是等着徐艺他们拍完了，我们去分钱；相反，这一次的责任可能更加重大，更应该引起高度重视。一句话，我们不能等客上门，除了在报纸上、电台、电视台打广告以外，还得通过各种渠道把拍卖信息发布出去。"

许达山的拍卖师资格证虽然挂到了徐艺那边，可人还是在这边上班，他说："我们这些年积攒下来的大客户，可以一家一家地给他们发传真、打电话。"张仲平说："好，这事由招商部落实。"企宣部廖部长说："我们部已经在公司的网站上发布了拍卖消息。"另一个部门经理说："我有一些做房地产、开酒店的朋友，也可以向他们推荐一下。"办公室季主任说："我们可以准备一点资料，到几家高档的写字楼去发一发，广泛撒网，重点收获。"张仲平说："都可以，总之，为胜利大厦找买家，是这段时间的主要工作，请大家予以重视、继续努力。"

张仲平在自己公司这边布置完了任务，便直奔时代时光拍卖公司而去，他特意没给徐艺打电话，想把他堵在办公室，看他到底是一种什么样的工作状况。

没想到徐艺公司的门是掩着的，并未完全打开。推门进去，偌大的办公室显得空荡、安静。张小洁正在看时尚杂志，听见门响，忙起身出来迎接。张仲平问："你们徐总呢？"张小洁说："徐总跟辛然姐去北京了。"张仲平说："什么，去北京了？他们怎么会挑这个时候去北京？"张小洁说："我不知道。"张仲平问："什么时候去的？"张小洁说："今天早上。"张仲平又问："什么时候回来？"张小洁说："不知道，徐总他没说。"

张小洁毕竟不是自己公司的员工，即使一问三不知，张仲平也不好说什么，但什么都不说，心里实在憋得难受，便道："这么大一个拍卖标的，你们徐总就留你一个人在办公室守株待兔，他是怎么想的呀？拍卖公告见报以后有人来电话吗？"

张小洁说："有两三个电话，但好像都不是很有诚意，可能是标的物太大了吧？"

张仲平说："这是你们徐总说的？"

张小洁说："没有没有，是我在瞎琢磨，让张总笑话了。"

张仲平说："你带我去徐总办公室，我得给他打个电话。"

徐艺这时正在北京金融街购物中心陪辛然买鞋，手里已经拎了好几个购物袋，他压抑着不耐烦道："我的姑奶奶，我们别看鞋了，买点别的行不行？"

辛然说："好了好了，这是最后一双。"

徐艺说："你是不是忘记了，这话你都说过两三遍了。"

"怎么啦，徐艺？"辛然停止试鞋，望着徐艺说，"你是不是不耐烦了？这个时候你就开始不耐烦了？我要是真嫁给你了，怎么办？"

"我不是不耐烦，是不理解。"徐艺说，"辛然，你听我说，你的鞋子已经够多的了。你又不是千足虫，你买那么多鞋子干什么？"

"艺哥，我得严肃地跟你谈谈这个问题。你得知道，如果一个女人买一双鞋子，那是为了穿，如果买上很多双鞋子，那是为了收藏。"

"收藏？有收藏鞋子的吗？你是为了保值呢，还是为了增值呢？"

"我就喜欢，行不行？"

"真搞不懂你。"

"其实，我也搞不懂自己，不过，鞋子买得越多，我这心里就越踏实、越爽气。艺哥，你麻烦了，你的未婚妻可能有强迫症啊！"

徐艺刚要回答，手机响起，一看是公司的电话，马上接了。没想到却是张仲平，徐艺说："喂，姨父，怎么是您呀？我……是是是，我在北京。为什么来北京？算是公私兼顾吧。是这样，我准备再做一次艺术品大拍，想在这里找一家拍卖公司合作，另外，我和辛然准备结婚了，陪她来这里购物……胜利大厦的拍卖……我重视呀，我不是一直派张小洁在公司里盯着吗？行行行，我尽快回来。"

辛然问："姨父去公司了？他好像在怪你。"

徐艺说："是呀。我说那个侯昌平讨厌吧，他到处告状，说我们不重视胜利大厦的拍卖。当时真应该坚持让鲁冰叔叔把他换下来。"

"艺哥，侯法官这是对工作尽职尽责，可不能怪他。"辛然说，"你能陪我来北京，我挺高兴的，但我觉得，咱们来的好像还真不是时候。这可是咱们在法院做的第一笔业务，不要出什么差错才好。"

"能出什么差错？"徐艺说，"不是让你给你爸打电话找你莫叔叔落实了吗？他不会骗你爸吧？他既然要买，拍掉就没有问题，至于能不能多赚钱，也只能看运气了。"

"什么意思？什么叫能不能多赚钱？"

"这个……呀，我刚才说什么了？"

"徐艺，你说话吞吞吐吐的，没什么事瞒着我吧？"

"我有事瞒着你？哪有呀？没有没有。"

"可我总感觉这几天你有点怪，与那个龚老板神神秘秘的。艺哥，我觉得，咱们做生意还是要规规矩矩的好，莫叔叔的钱，我们可不能赚。"

"我没想着去赚他的钱，相反，我们是在想办法为他节约成本。我为什么让龚大鹏跟他去谈？谈成了，好处咱们有份，谈不成，跟咱们一点关系没有。"

"我就觉得这样子不好，做生意，还是踏踏实实比较好，老老实实做人，踏踏实实做生意。"

"做人可以老实，做生意不行，因为没有哪个老实人做生意能赚得了钱。辛然，这不是一个人人遵守游戏规则的社会。五十年后，也许老实人也能赚钱，现在？不行。"

"那龚老板给你来电话没有？他跟莫叔叔谈得怎么样？"

"他去找过莫叔叔，听说莫叔叔回新西兰了，只派了江小璐接待他。"

"如果莫叔叔真的看中了胜利大厦，怎么会在这么关键的时候回新西兰？"

"也许是调资金去了吧？谁知道。"

"徐艺，我看咱们还是早点回去得了。"

"就凭姨父一个电话？将在外，君命有所不受。何况我现在已经不是他的什么将了。怎么说也得把跟北京拍卖公司的合作意向先签订吧！"

"那行，我们快去。"

"那这鞋子？"

"要呀。快去买单。"

张仲平给徐艺打完电话之后马上联系上了龚大鹏，没想到龚大鹏执意要把见面的地点定在胜利大厦顶层。他不容张仲平犹豫，让他就当作爬山了。

到了胜利大厦顶层平台上，龚大鹏沿着四周走了走，说："兄弟我对这栋楼还是很有感情的，做梦都想着怎么样接着把它干完。"

张仲平四下眺望，觉得眼界开阔了很多，接口道："你可以帮着一起找买家呀，如果是你找的买家，你又是申请执行人，跟人家说说，把这些扫尾工程、装修工程继续做完，应该不会有什么问题吧？"

龚大鹏摇摇头道："现在的包工头难做，一般都要求垫资进场，兄弟我最近混得不好，没钱呀，没钱就没有竞争力。"

张仲平说："拍卖完了你不就有钱了吗？一起帮忙多找几个买家，对大家都有好处，尤其是你，拍卖成交的价格上来了，你分的钱不也就多了吗？"

龚大鹏说："那是那是，众人拾柴火焰高，如果能多找几个买家，兄弟我当然是求之不得的。"

张仲平和龚大鹏谈话的时候，何宝闲得无聊地在楼顶边缘东张西望，龚大鹏失声叫道："何宝，别那么靠边，你想摔死呀？"

何宝嘻嘻一笑说："想死的时候不一定死得了，不想死的时候不一定活得成。"

龚大鹏说："说什么呢？乱七八糟的。快点给我退回来。"招呼好了何宝，他继续对张仲平说："嗯，张总，如果兄弟我帮你们拍卖公司找了买家，你们会不会给我什么奖励？"

张仲平说："我请你吃饭。"

龚大鹏说："就吃吃饭？"

张仲平说："适当的奖励也可以，但只能是象征性的。就像如果我把你介绍给买家，让你继续把这栋楼的工程做完，你不也就请我吃吃饭，最多给我一个红包？"

龚大鹏说："哦，是这样呀！"

张仲平说："龚老板，你怎么看起来有点失望？这单生意我们是捆在一块儿的，但我们只能各取所得。你拿回砸到里面的钱，我跟徐艺赚拍卖佣金。

咱们的财路不同。"

龚大鹏说："那……就不能想办法赚点额外的钱？"

张仲平说："赚点额外的钱？你指的是什么？"

龚大鹏说："我在这个项目里面一共砸了五百万，拍卖得的钱由东方资产管理公司和我两家分，他们占大头，我只占小头。法院那边还要交执行费，扣除你们的佣金，加上这些年的资金成本，再还掉我的欠账，最后能到我手里的，估计就没几个子了。"

张仲平说："那也没有办法，你只能认亏。你还得庆幸你毕竟还有钱往回拿。不过，手上有了钱就有了机会，堤内损失堤外补，想办法在别的项目上赚回来就是了。如果你指望从我和徐艺的拍卖佣金里获得高额提成，那是不现实的。如果真这样，我们之间就会有利益上的冲突，我们可能就会各有各的想法，我出钱给你，我和徐艺的利润就会减少，这对招商是不利的，你说呢？"

龚大鹏说："我跟你的看法还是有点不一样。我们做包工头的，习惯了拿钱开路，有时候不送钱给别人，心里还真不踏实，这世界毕竟没有免费的午餐。"

张仲平说："可是，如果人与人之间的关系，都得靠钱开路，钱来钱往，那有什么意思？"

龚大鹏说："张总你是站着说话不腰疼呀！"

张仲平说："龚老板，你好像话里有话？实际上，各行有各行的难处，你别看我们的佣金那么高，其实，最后能落到我们口袋里的，也少得可怜。不过，如果龚老板盯着我们的拍卖佣金不放，你可以先跟徐艺谈。徐艺是主拍单位，他要给你提成，你叫他来和我商量。"

龚大鹏摇头道："张总你误会了我的意思，你们赚钱也不容易，从你们的佣金里挖一块给我，我不忍心，也没什么意思，不过，除此之外，能不能从买家那里弄点钱？"

张仲平说："从买家那里弄点钱？买家的钱不就是拍卖成交款吗？龚老板你究竟在打什么主意？"

龚大鹏说："没什么没什么，对拍卖我不懂，也就瞎问一些问题。"

张仲平说："那你告诉我，你手里头是不是已经有买家了？"

龚大鹏说："没有没有，真的没有。"

张仲平说："是吗？我找龚老板，是因为你对建筑行业熟，认识的朋友多，希望你看在这场拍卖会关系到你切身利益的份儿上，多介绍几个朋友来参加拍卖会。为了表示感谢，只要今后有机会，有朋友要做工程，我一定把你龚老板隆重推出，而且绝对免费。"

龚大鹏说："谢谢张总，张总够朋友。张总……"

张仲平说："嗯？有什么话你就直接说吧！"

龚大鹏说："噢，没什么，真的没什么。"

张仲平见他欲言又止的样子，猜想他一定有话要说，却也不好老缠着他追问。

龚大鹏想说没说的话到底是什么呢？

（三）

张仲平回到曾真那儿的时候发现她已经把饭菜做好了，这让他有点小感动。他一直不太想带着曾真到外面吃饭，就怕碰到熟人。曾真也算是公众人物，要是有什么流言蜚语传出去，对大家都不好。还有一点，就是现在"80后""90后"的小孩，都是抱大宠大的一代，从小饭来张口衣来伸手，哪个女孩子真要下厨替你做饭，证明她可能真的对你动了感情，想通过拴住你的胃拴住你的心。

张仲平喝汤的时候，曾真把脖子伸着殷勤地看着他，他刚喝了一小口，便急不可待地问他味道怎么样？张仲平说："好喝，你这手艺进步得太快了，完全可以开汤店了，名字就叫阿二靓汤。"曾真伸手在他胳膊上使劲拧了一下，问他什么意思？张仲平倒懵了，说："怎么啦？我这不是表扬你吗？"曾真说："可你知道阿二是什么意思吗？过去广东人称小老婆为'阿二'，阿二靓汤就是小老婆煲的好汤，谁愿意给你当小老婆？"张仲平说："该死该死，我只知道华程酒店一楼有一家这样的店，我可不知道阿二是什么意思。嗯，这汤真好喝，快点告诉我，你是怎么煲出来的？"曾真说："别转移话题，你得道歉。"张仲平说："好了好了，我不是已经跟你赔不是了吗？你告诉我，我下次也煲汤给你喝。"

曾真也不是真生气，见他一副讨好卖乖的样儿，自然也就放过了他，说："这还差不多。听好了，我买了两条小鲫鱼，放了两粒红枣、十粒枸杞、一小把薏仁、六朵香菇、一个西红柿，一根葱和两片生姜，当然还要放盐。"

张仲平知道曾真家里原来是没有一件餐具的，现在锅碗瓢盆、柴米油盐可是全都置备齐了，完全一副过小日子的架势，整个人也大有从职业女性演变成居家小女人的趋势，不由得不令他内心里感慨爱情的神奇。他朝她一笑，鼓励她继续说。

曾真说："这做法我是从网上学的。先将鲫鱼、生姜冷水洗净放入紫砂锅中，水开后除去汤面上的泡沫，红枣去核，枸杞等材料洗净，番茄切小后放入锅中，然后把紫砂锅电源设自动一档，就开始煲呀煲呀，到你回来的时候，这一锅香浓营养的汤就等着你了。"

张仲平忍不住叫了曾真一声，伸出两只手把她的右手拉过来，握住，轻轻揉捏着，柔声道："别对我太好了。"

曾真说："怎么啦？你是不是怕我对你太好了，你离不开我？"

张仲平说："我是不知道自己前世是不是积了很多德、行了很多善，才修来这么好的福气？"

曾真说："瞧你多自私，宁愿感谢上辈子的自己，也不愿意感谢眼前替你煲汤的人。"

张仲平说："不是不是。我是说，你为了煲这个汤，实在太用心了。搞得我……不知道应该怎样感谢你。"

曾真说："感动吧？嗯哼，要的就是这个效果。如果你实在想感谢我，我倒有个建议，你赶紧喝汤赶紧吃饭，完了我们一起加深加深记忆。"

曾真虽然用的是两个人都懂的暗语，但脸颊上还是泛起了两朵红云。张仲平哪里受得了这个，猛地起身准备抱吻曾真，却被曾真躲开了。她咯咯笑着，故作深沉地说："淡定淡定。做做样子就可以了，一嘴的汤。"张仲平说："不行，我要亲你。"曾真说："不让，就不让。"张仲平说："那……好吧。哦，对了，你后来跟徐艺打通电话没有？"

曾真说："什么？"

张仲平说："不是让你打电话给他说你舅准备买胜利大厦的事吗？"

曾真说："哦，我都忘了。仲平，我是不是被你毁了？因为整天整天，我满脑子都是你，别的什么事都忘了，打不起精神，包括我原来那么喜欢的工作，我觉得我简直变成了另外一个人，怎么办？"

张仲平说："那不是毁了，那是幸福，我也很幸福，因为我满脑子也都是你，真的，我爱你，宝贝儿，我要感谢你为我做的这一切。"

张仲平揽过曾真，深情地亲吻她。曾真回应着他，享受着他的温存。两三分钟后，她还是从他怀抱中轻轻挣脱了，她说："我得赶紧跟徐艺打电话，要不然，等一会儿又忘记了。"

曾真打过去的电话被辛然接了，她当时正在宾馆里大包小包地收拾东西，徐艺在卫生间洗澡，手机就扔在床上。辛然拿过手机一看，见是曾真，便看了一眼浴室的门，走到靠窗户的地方，犹豫着接了电话，问曾真："找徐艺有什么事？能跟我说吗？"曾真也犹豫了一下说："辛然呀，我还是跟他说吧，你让他方便的时候给我打一个电话。"

正是曾真的那一下犹豫让辛然起了疑心，她自言自语地说："有什么不能跟我说的？难道你跟徐艺之间还有什么秘密？什么叫方便的时候给你打电话？"

徐艺从浴室里伸出头来，问她是谁来的电话，辛然一慌，说："没什么，电信公司的，问你要不要开通手机报业务。"

这谎一撒便让辛然小看自己了，倒好像自己是个捕风捉影的小气鬼似的。她又不想向徐艺解释，怕他看轻了自己，等徐艺缩回头去之后，便把来电号码删除了，她不觉得曾真找徐艺会有什么火烧眉毛的事。

曾真把和辛然通电话的情况告诉了张仲平说："我已让她转告徐艺，让他给我打过来。"张仲平摇头说："这个徐艺真是脑子里进水了，丢下这么大的事不管，却跑到北京去了。他也太不知道轻重缓急了。"曾真说："要不我过会儿再给他打个电话？"张仲平："算了，这事倒没有太大的关系，先不跟他说也好，招不到商，看他急不急。你记着这个事，到时候直接带你舅去拍卖会现场。"两个人重新坐下来吃饭喝汤。

曾真说："想不到这个徐艺，还真把拍卖公司做起来了。"

张仲平说："徐艺是挺能干的，基本素质不错。不过，我总觉得他有点急功近利。做生意，小财靠勤，中财靠德，大财靠命，心急吃不了热豆腐，得把基础打牢了。什么是打基础？就是诚实做人，人做好了，生意自然也就来了，也就顺了。这就是商道即人道的道理。"

曾真说："我的感觉和你一样，我觉得徐艺有点邪乎，他内心里似乎潜伏着一种野性的力量，让人心里觉得不踏实，有时候甚至觉得有那么一点点可怕。"

张仲平说："所以，当年面对他的追求，你始终心如止水？"

曾真说："人的感情真的很难说，你说，谁会想到我会碰到了一个更坏更坏的坏蛋？"

张仲平说："谁呀？不是说我吧？"

曾真说："不是你是谁？快点吃，吃完了以后，让我好好收拾你。"

张仲平说："你收拾我？还不知道谁收拾谁呢？更正一下，现在人们一般不说收拾了，说加深记忆。"

曾真说："张仲平，你怎么这么讨厌呀？"

两个人忍不住又戳戳撩撩起来，张仲平的手机响了，又是唐雯，问张仲平在哪儿？在干吗？张仲平说："我在陪法院的朋友吃饭。什么？丛林和华媚去我们家了？你让丛林接电话。喂，丛林呀，去我家怎么也不事先跟我说一声？我家的门又不是衙门，好进。我？你又不是不知道，我们这些做生意的，还不就是在外面吃吃饭、洗洗脚、唱唱歌、打打牌、钓钓鱼吗？你那些同事，我得小心伺候着呀。什么？唐雯在你旁边叽叽歪歪说什么？"

丛林说："嫂子在向我告你的状呢，说你最近很少在家里吃饭。晚上回来得也是越来越晚。"

张仲平看了曾真一眼，对手机里的丛林说："最近太忙了呀！"

丛林说："我知道你都在忙什么。仲平呀，嫂子做的菜好吃，可别在外面把嘴吃叼了。外面的菜，地沟油，口味重，时间长了会出问题的。"

张仲平说："没办法，人总有身不由己的时候吧？"

丛林说："好，不跟你说了，嫂子问你吃过饭以后干什么？能不能抽空回家一趟？"

张仲平说："嗯……现在还不知道，等下电话联系吧！"

张仲平挂机以后待在那儿半天没吭声，曾真问他怎么了？张仲平说："你知道刚才接电话的是谁吗？丛林，就是前几天在农家乐吃饭把我叫出去的那位。"

曾真说："那又怎么样？你怕他乱说？"

张仲平说："照道理讲，他不会，可他是跟他老婆一起去的，说是去看唐雯她妈。他那老婆，可不怎么样，她那张嘴没遮没拦的。我担心……要不，等下我还是过去看看吧，你说呢？"

曾真说："这种事，别征求我的意见，你自己定就行了。不过，我得弱弱地提醒你一下，你知道吗？刚才，你好像已经露馅了。"

张仲平说："什么？我露馅了？我怎么露馅了？"

曾真说："看把你吓的。我是说，你跟丛林打电话说你跟法院的朋友在一块儿，可是，你如果真的是跟法院的人在一块儿，有些话你会说吗？"

张仲平说："我哪些话不会说？"

曾真说："你说，'你那些同事，我得小心伺候着呀'，这种话，你会当着那些法官的面说吗？"

张仲平说："你提醒得也有道理。可是，这事也好解释，为什么呢？因为人是活的呀。丛林会认为我接电话的时候走到一边去了。你呀，还是记者呢，学一招吧，知道什么叫移动通信了吧？"

曾真嘴一噘说："你好讨厌，不理你了，害得我白替你操心了。"

张仲平说："别生气别生气，逗你玩呢。再次谢谢你的提醒呀，你真是一个细心的乖孩子。"

曾真说："少来。赶紧回去吧，别后院起火了，我可不想成为纵火犯。"

张仲平说："没事没事，真后院起火了，那我也是主犯，没从犯。"边说边抓紧吃饭。曾真心疼道："你慢点吃，没人跟你抢。真要起火了，你就是赶过去又怎么样？还来得及扑救吗？"

事情没有张仲平和曾真想的那么严重。丛林出差回到家里，听华媚说丛珊坐公交车的时候把钱包给丢了，两个人便一起去给她送了点钱和水果。张仲平家离学校不远，顺便来看看唐雯的妈妈。

午饭是唐雯和华媚一起做的，张仲平回到家里时他们已经吃过饭了。五个人分成两拨，张仲平和丛林在书房里谈话，唐雯、华媚和唐母在客厅里边看电视边聊天。

张仲平顺便把书房的门关上了，问了问珊珊的情况。丛林说："还好吧，没多久就要高考了，她跟赵老师那件事，总算是平息了。唉，现在的孩子，挺累的，高考压力太大，看她那样子，像梦游似的，跟我和她妈说话，都一副心不在焉的样子。"张仲平说："等高考完了就好了，假期让她和小雨好好去旅游一趟。"丛林说："考试考学生，录取考家长，你我还有一大关要过呢！"张仲平说："是呀是呀，中国人就是这样，差不多全部心思都在孩子身上，等孩子大学毕业了，成家立业了，自己也老了。"

丛林扭头望了一眼关紧的房门，说："所以，有的人就及时行乐了？"

张仲平说："你这概括不准确啊。怎么样，跟华媚的关系好像好点了？"

丛林说："我俩又没有什么大事，就是待在一起烦，互相看着不顺眼。其实只要一分开，倒能想起对方好处来。倒是你……喂，不是我要说你啊，你到底怎么回事呀？"

"咱们不说这事好不好？起码别在我家里说，行吗？"张仲平恨不得给丛林叩头作揖了。

"怎么啦？怕了？"丛林压低了嗓子说，"我是真替你担心。你说，这事要是被唐雯发现，你怎么办？你难道真的什么都没有想过？"

"哪能不想？可是……这么跟你说吧，丛林，有些事情它要来的时候，是抵挡不住的。我跟你说过我的初恋，现在的这个人，叫曾真，跟我初恋女友夏雨长得太像了，不仅长得像，我有时候有一种时空穿梭的感觉，把她们当成一个人，跟她在一起，我有一种幸福感。幸福感，你知道吗？我没说我要放弃目前拥有的一切，我也没打算伤害唐雯，可是，为了这种幸福感，我愿意铤而走险。毕竟，被唐雯发现，只是一种可能性，为了一种完全可以避免的可能性，放弃真真切切、实实在在的幸福，有必要吗？跟你说实话，我也做不到。"

"问题是纸包不住火，你是瞒不了多久的。"

"你的观念要改变，要与时俱进。什么叫纸包不住火？纸怎么就包不住火呢？灯笼不就是用纸包住了火吗？关键在于纸和火之间要有一个相对安全的距离。"

"你这根本就是狡辩。"

"算了算了，你别劝我了，俗话说，劝赌不劝嫖，男女关系的事情，不是做政治思想工作能够解决问题的，这种事，就像鸦片，除非一口不吸，只要吸一口，保证你上瘾。丛林你知道吗？人是要有激情的，这些天，我觉得我真的越来越年轻了。"

"那是你吸食鸦片后的幻觉。鸦片，那是害人的东西，知道是鸦片，还不赶紧戒了？"

"得了得了，我求你，别说这件事了行不行？说说香水河国营物资公司的事吧，有新的进展没有？"

"省国资委希望他们能够进行资产重组，现在看来，难度很大。拍卖的可能性始终存在。"

"东方资产管理公司是他们的主要债权人，如果要拍卖，可以由他们公司直接委托吗？"

"那要看什么情况，也不是没有这种可能。"

"那就拜托你给我盯住了，如果能把这一单拿到手，今年我就可以不想事了。"

"还是那句话，我不掺和你的生意，我只是你的朋友，永远不会成为你的生意伙伴。"

"我知道。你跟我走近了，怕我把你拉下水，你倒是说句实话，我像坏人吗？"

"你怎么做生意我不知道，也不管，但凭你对待唐雯的态度，你就是个浑蛋，是个彻头彻尾、不知道好歹的浑蛋。"

"是那天碰巧被你碰上了，你才知道这事的，你才这样骂我的。唐雯现在可不是这么看我的。我跟你说，婚外情不是什么洪水猛兽。任何事物都有两面性，婚外情也是。我跟曾真在一起以后，要说对唐雯没有一点愧疚感，那是不可能的，所以，我会自觉不自觉地对唐雯好很多，你等下去观察她一下，看她的自我感觉是不是越来越好了？"

"哼，你这是什么歪理？"

"你跟华媚好了也就算了。本来我还想劝你的，这两口子之间，还真要有点距离。"

"要多少距离？那距离是不是要宽得足以让第三只脚插进来？"

"你看你看，又来了又来了。别说得那么难听，对于唐雯来说，她不知道的事，就是不存在的事，还能从我这里得到更多的关怀、更多的体贴，何乐而不为？这种结构就像什么你知道吗？就像立体交叉桥，只要在时间上、空间上错开，就不会撞车。"

"得了得了，别向我描绘你那虚幻的世外桃源的美丽景象了，你能做到这一点，不过是建立在对唐雯的欺骗之上，你骗得了她一时，骗不了她一世。你那立体交叉桥，总有一天要垮掉，到时候我看你怎么收拾残局。"

"小心一点，也许不会吧？"

"我把话搁这儿，除非你不撒谎，只要你说谎，就总有被揭穿的一天。你别昏了头，想一想你的谎言被揭穿之后可能出现的情况吧。"

唐雯在书房外敲门，张仲平和丛林赶紧停止说话，一齐看着推门进来的她。

唐雯说："我没打扰你们吧？"丛林说："没有没有。嫂子这可是你家，算是我们打扰了。"唐雯说："你这么说就见外了。华媚让我来跟你说，她急着要走。"张仲平说："难得出来一趟，怎么又急着要走了？"

华媚也跟着进来了，说："我们赖在这儿怕影响了你看书。"丛林打趣道："我看你是怕影响了自己的牌局吧？也好，走吧走吧，我也要去法院了。"张仲平说："行行行，那我送你们。"丛林说："不用送了。"张仲平说："没事儿，我正好要到你们院侯昌平那儿去。"唐雯说："那你晚上回家吃饭吗？"张仲平说："现在不知道，很有可能不会回来。这段时间太忙了，等忙完这一阵，我再好好陪陪你。"

张仲平说着很自然地当着丛林和华媚的面搂了搂唐雯，他的头搁在唐雯肩膀上，趁机朝丛林挤了挤眼睛。唐雯说："去去去，老没正经。"

虽然是骂，唐雯的语气中却透着掩饰不住的幸福与甜蜜。

（四）

莫老板陪着周运年和江小璐在看野猪林野生动物园的一栋房子，这是一栋一层的平房，红砖青瓦，掩藏在一片夹竹桃中，前面还有一口水塘，绿荷红莲，煞是好看。

周运年对江小璐说："本来想在市政府附近租套房子的，看了不少，都不中意。小璐，如果拿这平房做我们的新房，会不会有点委屈你了？"

江小璐望着他一笑，说："没有呀。挺好的。"

周运年说："像我这种年龄，不喜欢城市的喧嚣，就喜欢过那种简朴的、农家田园式的生活，可我又怕委屈了你。"

江小璐说："家离不开房子，但房子不是家，关键要看跟谁住在一起，还有，就是他们是否感到幸福。"

莫老板说："小璐这话说得好。一人一半，是伴；一人两口，是侣，也就是每天一起吃饭的两个人。爱，不是每分每秒的缠绵，而是一个人习惯了另一个人的存在。爱，就是一种平淡的幸福。"

周运年笑道："好呀老莫，你什么时候成诗人了，说话这么有文采？"

莫老板也笑道："我这是从网上看来的，现学现卖。说真话，小璐，你觉得怎么样？"

江小璐说："当然好了。是真的好，而且，住在这儿我上班也方便。"

周运年说："那，老莫，就麻烦你派人把这房子简单地收拾一下。钱我出。"

莫老板说："好的，装修和新房布置的事，都交给我。到时候，还是要搞个仪式吧？"

周运年说："仪式还是要搞的，但规模不要大，两边的亲戚朋友要请，你们这帮战友，也要请，你看呢，小璐？"

江小璐说："好呀，这样安排挺好的。"

周运年说："我想，等这房子装修好了，先把你儿子和你妈妈一起接过来。我们住在一起。反正房子多，够住。"

江小璐说："就怕吵了你。"

周运年说："那不是吵，是热闹，我本来是一个喜欢清静的人，但我愿意为你而改变。大家住在一起，相互之间也好有个照顾，免得你心挂两头。"

江小璐说："谢谢你替我考虑这么多。"

周运年说："也不全是替你考虑，你能高兴就是我的快乐。再说了，我把城里的房子留给了辛然，心里对你总有那么一点歉意。"

江小璐说："你快别这么说，那套房子本来就是你的，当然应该留给辛然。再说了，等咱们结了婚，我不就是她的长辈了吗？我怎么会跟她去争你过去的家产呢？"

周运年说："这真是我的幸运，你不仅年轻漂亮，心地还这么好。"

莫老板说："照我看，你们应该抓紧时间把婚礼办了，小璐这么年轻，还可以生个小宝宝。"

周运年说："是呀是呀，给小毛毛生个小弟弟或者小妹妹，让他们从小有个伴儿，小璐，你愿意吗？"

江小璐说："我听你的。"

周运年说："那好，我马上向组织上打报告。"

回到莫老板的办公室，周运年和莫老板谈到了胜利大厦的事。周运年问莫老板："到底是你想要还是你朋友想要？"莫老板说："我自己想要。"周运年说："那你怎么还没有一点动作？你是不是该跟徐艺好好谈一谈了？"莫老板说："有动作，我已经在派人做项目的可行性论证，应该说这个项目性价比很高。"周运年说："资金呢？"莫老板说："资金也不是问题。至于徐艺……"莫老板说到这儿停住了,见周运年探询似的望着他,这才酌字酌句地说:"这小伙子,我不知道是他做事太毛糙了,还是……"

周运年说:"老莫,你怎么变得吞吞吐吐了?有话你就直说。你也知道,我一直在考察他,如果我要下决心把辛然交给他,我一定得对他有个客观的、全面的了解。"

莫老板说:"我理解你作为父亲对辛然的复杂感情。你是既想让她找个好丈夫,有个好归宿,又怕她遇人不淑,受尽委屈吃尽苦头呀。"

周运年说:"是呀,都说女儿是爸爸前世的小情人,内心里总是抵御另外一个男人把她从自己身心里夺走,我不至于那么变态,但起码对徐艺要有一个准确的判断。我怕我不客观,很想听听你对他的看法。"

莫老板说:"别的我不敢说,就说胜利大厦这件事吧,他似乎应该主动地跟我来谈,有什么想法,也可以直接跟我来说,可是,过两天就要开拍卖会了,他却连电话都不跟我打一个,这有悖常理呀!年轻人做事没经验,要想不到这一层倒也罢了,问题是,他分明是想到了的,他曾经派那个案子的申请执行人龚大鹏来找过我,我派小璐把他挡了回去。我老在想,徐艺他干吗要躲在幕后不出面呢?他究竟想干什么呢?"

周运年说:"从一个人怎么做生意,不仅可以看出他为人处事的方式,还可以看出他的人品。因为一个人在利益面前的态度,不管他怎么掩饰、怎么伪装,最终都会暴露无遗。"

莫老板说:"是呀,这件事说简单简单、说复杂复杂,徐艺怎么出牌,大致可以看出他今后会怎么对待辛然。一个人如果把利益看得高于一切,很容易变得利欲熏心,这心要是不纯洁了,我怕……当然,也许我有点夸大其词了。"

周运年沉默了一会儿,自己拿杯子在饮水机上倒了一杯水,喝了一口,问:"胜利大厦的事,你做决定了吗?"

莫老板说:"项目本身没问题,剩下来的是战术问题。回国内做生意之后,我参加过很多场拍卖会,对其中的规律多少有些了解。一般来说,像这种大宗的标的,又是法院委托的,第一次拍掉的可能性很小。但法院的执行案子是有期限的,如果拍不掉,会在第二次拍卖适当降价。"

周运年说:"可是,真等到第二次降价以后,如果多出几个买家,价格是不是反而会因为互相之间的抬价冲上去呢?"

莫老板说："完全有这种可能性，因为价格取决于供求关系，这是一个简单的经济学原理。至于那个主动找上门来的龚大鹏，我觉得有点来路不正。他是申请执行人，希望把拍卖价格弄上去才对，他却跑来给我抛绣球，说能帮我低价收购胜利大厦，这事有些蹊跷。"

周运年点点头。

莫老板继续说："再说了，龚大鹏左右不了拍卖会，徐艺倒有可能。但徐艺除了带我看了那幢楼以外，一直没有再与我联系。我在想，他去北京是不是为了避开我？因为他可能既想从我这里赚钱，又有点不好意思，所以，才派那个龚大鹏来和我交涉。"

周运年说："你的分析不无道理。这事有点复杂，如果徐艺真要通过你赚钱，这是不正当交易。"

莫老板说："对。其实，徐艺也不是想从我这里赚钱，他一定以为他能操控拍卖会，帮我把拍卖成交价压下来，从而从我这里获得补偿，真正吃亏的只有东方资产管理公司。说句老实话，指导员，如果没有你，这单生意我稳赚，但徐艺和辛然的关系、我和你的关系，不会没人知道，我可不想因为我赚点钱，给指导员留下不好的名声，哪怕是流言蜚语都不能有。"

周运年说："有没有一种可能性，就是徐艺只是为了帮你，而不会找你要回报与补偿？"

莫老板摇摇头说："可能性不是很大。而且，客观效果是一样的，条件不好、价格太高，我不会出手。条件太好、价格太低，别人一样会有非议。"

周运年点点头："如果你做不成，你心里会埋怨吗？"

莫老板说："作为商人，我会争取我的利益。作为朋友，我不会为了我的利益，而使你陷于不明不白的境地。我们都是当过兵的人，我知道什么能做，什么不能做。当然，这一切都只是我的猜测，所以，我会先交上拍卖保证金，如果中途发现问题，我会在拍卖会上静观其变。"

周运年点头道："好。"

就在周运年与莫老板谈话的同时，张仲平走进了侯昌平的办公室。当时他正在打电话，便示意张仲平坐下，让自己把电话打完。

侯昌平对着话筒说："你把材料带过来，如果拍卖公司真的在程序上出现了差错，我们可以裁定拍卖无效。行，那就这样。"

侯昌平放下电话后还忍不住发牢骚说："张总呀，你们有些同行，简直乱弹琴，一场拍卖会就一个买家，拍卖会也照样开。一个买家形成不了竞价，那还叫拍卖吗？我看不能，那只能叫变卖，你说呢？"

张仲平说："这个问题在拍卖行业中有争议，有人认为……"侯昌平不等张仲平说完就说："我不管拍卖行业的行规，为了避免今后惹麻烦，胜利大厦拍卖的时候，一定要有两个以上的买家。如果只有一个买家，法院组织变卖就行了，何必要拍卖呢？"

张仲平说："行，我们一定按侯哥的指示办。我来是专门向侯哥汇报拍卖的招商工作的。这几天，我们会加大宣传力度，到目前为止，已经有一个买家表示要来，但也还没有办手续。这几天电话咨询的人倒是不少，我们再进一步落实一下，争取能有两个以上的竞买人参加拍卖会。"

侯昌平说："这样很好，不过，我还得再啰唆一句，司法拍卖，一定要程序合法。我们老说法律是社会正义的底线，这话不能只挂在嘴上，它要求我们在办每一件案子的时候，都不能让老百姓对法院的公正性产生怀疑。"

张仲平点头称是。

侯昌平说："做到这一点，对你们拍卖公司也是有利的。否则，一旦在一笔业务上出了问题，不仅在那一家法院失去信用，可能在整个法院系统都会被打入黑名单，最后会落得谁也不敢把业务给你们做。"

张仲平说："侯哥说得对。做生意也要有科学发展观，要可持续发展，不能杀鸡取卵。你放心，我会一个环节一个环节地盯着，保证不出程序上的问题。"

侯昌平说："拍卖会我得参加，到时候你来接我。"

张仲平说："好，没问题。"

<h2 style="text-align:center">（五）</h2>

徐艺从北京回来之后见的第一个人就是龚大鹏，因为是中午休息时间，徐艺让张小洁把外面的门给关了，他跟龚大鹏在里面办公室谈事，辛然和张小洁在外面办公室聊辛然新买的那些鞋子和首饰。

徐艺问龚大鹏："后来跟莫老板联系上了没有"龚大鹏说："联系上了，他说他在新西兰，让我有什么事直接和江小璐联系。江小璐说她明天上午会替莫老板来交拍卖保证金，办理竞买登记手续，莫老板会赶回来参加拍卖会。"

徐艺问:"那你的事呢,谈了吗?"

龚大鹏说:"我的事?不是我的事,是我们的事吧?我怀疑莫老板是不是真的去了新西兰,但他坚持不露面,我跟不跟江小璐谈,还得先跟你商量,这事我一个人可不好做主。"

徐艺朝外面的辛然和张小洁望了望,说:"可是如果不谈,莫老板对我们来说就是一个普普通通的买家,我们就不能从他身上赚到别的钱。"

龚大鹏说:"徐总,这几天你不在,我反反复复想了这件事。对我来说,胜利大厦顺利拍卖掉是最重要的,其他的钱,能赚最好,万一赚不到,也是个命。"

"怎么,你打退堂鼓了?"徐艺用手指点着龚大鹏说,"龚老板,你要知道,申请执行人可不止你一个,还有东方资产管理公司,而且他们是大头,你是小头。胜利大厦拍卖掉以后你能从中分到几个钱?你难道不想利用这次机会实现利润的最大化?"

龚大鹏说:"这个不用说,能多赚钱当然是好事,可是,别人可不是傻瓜,我们要想多赚钱,别人就得多出钱,也怕没么容易吧?"

徐艺说:"所以我们要策划好,要让他多出了钱还以为捡了一个大便宜。"

龚大鹏说:"拍卖行的水真有这么深?能有这样的事?"

徐艺不想跟龚大鹏说得太多,又不能不说,便给他打气道:"吃不穷,穿不穷,算计不到一世穷。这件事,只要策划得好,执行得到位,就有这样的事。龚老板你要搞清楚,我做这些事,可是为咱俩考虑。这个时候,你可不能犹豫,你得听我的安排。"

龚大鹏摸摸脑袋说:"人穷志短,马瘦毛长。你不知道,我跟那些有钱人打交道,心里老发毛,加上我又没读过多少书,我怕我说服不了人家。"

徐艺问:"你什么意思?"

龚大鹏说:"我的意思是说,你能不能直接跟莫老板约一下,见个面?他要不在,你约江小璐也行呀!我觉得,在这件事上,你没必要遮遮掩掩的,完全可以锣对锣、鼓对鼓地跟他们当面说,你赚多少钱是你的本事,他只要把自己的账算清楚不就可以了吗?你出面,比我有权威。再说,那江小璐,不是马上就要成为你的丈母娘了吗?"

一听这话,徐艺恨不得骂龚大鹏的娘。他怎么这么愚?如果这件事我自个儿能够跟莫老板或者江小璐谈，还有你龚大鹏什么事呀？徐艺忍了忍，说："他有钱怎么啦？会无缘无故地给你一个子儿吗？不会。龚老板，你得千万记住了，你不是去找他讨钱的，是去给他送钱的，没有人会跟钱过不去。我再跟你说一遍，也是大实话，这事我不方便出面，否则，我不会给你这个机会，听明白了吗？"

龚大鹏点头说："明白。"他找个机会从徐艺那儿脱身，拉着张小洁走了。

辛然把外面的东西收拾好了，进来对徐艺说："你和龚老板说的那番话，我可是一字不落地听到耳朵里去了。"徐艺说："哪番话呀？我本来就没想要瞒着你。"辛然说："可我老觉得你这样算计莫叔叔，真的有点不太好。"徐艺因为龚大鹏斗志不高已经有点烦了，见辛然这么说，便忍不住要替自己辩解说："我再浑也不会算计他。你没做过拍卖你不知道，胜利大厦的拍卖底价，有可能低于评估价的百分之七十。如果我能让莫叔叔按底价成交，他可是捡了一个多大的便宜呀，说实话，如果我把这个机会给另外一个买家，我让他喊我爷爷他都会干。"辛然说："如果莫叔叔不给你另外的费用，该他捡的便宜还不是一样捡吗？"徐艺说："你幼稚呀辛然，如果他不给另外的好处费，我难道不会想方设法把价格炒上去？辛然，这事你就别操心了，唉，怎么说呢？也许我就没赚那么多钱的命。我让龚大鹏去找他谈，他不是一直回避着吗？退一万步来说，就算我想算计他，他不是还没上钩吗？"辛然说："莫叔叔在商界浸淫多年，是不是已经对你有所怀疑了？"徐艺摇头道："我们什么都还没有跟他谈，他怀疑什么？辛然，你别怪我急着赚钱，因为我想要买房。"辛然说："我爸不是把房子留给我们了吗？"徐艺说："那是你爸的一片心意，也算是你爸给你的嫁妆。可是，如果我们结婚住的是我们自己挣钱买的房，那种感觉是完全不一样的。再说了，你还怕钱多了扎手呀？"辛然说："能赚钱当然是好事，我只是希望咱们赚的钱，每一笔都来路正当。如果挣的钱不光明正大，不赚也罢。做人做事，得讲规矩。"

徐艺盯着辛然说："你说我做人做事不光明正大、不讲规矩？这我就要好好地跟你说说了，你先告诉我，什么叫光明正大，什么叫不光明正大？标准谁定的？谁来当裁判？我相信你一下子答不出来。再说讲规矩，中国人讲规矩，是选择性地讲规矩，只选择对自己有利的规矩。真正说起来，讲规矩应该有三个层次：一是得先定规矩，所谓'没有规矩，不成方圆'；二是得宣扬规矩，以使大家都知道什么叫规矩，知道该怎么玩儿，以及坏了规矩以后将得到怎样的处罚；三是遵守规矩，这是一个践行与落实的问题，得利吃亏都得照办。可实际的情况呢？现在大家讲规矩只停留在口头上，或者只要求别人讲规矩而自己讲变通，或者各自讲各自的规矩，公说公有理婆说婆有理，你说，这规矩该怎么讲？"

辛然说："我觉得没你说的那么复杂。既然你要一个标准，那也很简单，能够在公开场合直接说的事，就是光明正大的事，就是讲规矩的事，否则，就值得怀疑。"

徐艺说："辛然呀，让我语重心长地告诉你吧，这社会、这人，都没有你想的那么简单。做生意是这样的，我赚多少钱你别管，你把你自己的账算清楚就行了。至于怎么赚，那就是鸡有鸡道，蛇有蛇路了。但有一点可以肯定，做生意，有时候跟玩政治是一样的，往往要利用信息不对称赚钱或控制他人，什么都摆到桌面上谈，那是幼儿园的老师教小朋友。就这个道理人人都懂，龚大鹏都懂，就你不懂。辛然我跟你说，如果我们收了莫叔叔的钱，我们就得替他做事，替他省钱。比如说，不让别的买家跟他竞价，让他以底价买到那栋楼，否则，只要有人跟他抬一次价，一次，他起码就要多付两百万，你明白了吗？"

辛然说："可是，莫叔叔要是省了钱，东方资产管理公司不就要亏钱了吗？"

徐艺说："做生意，有时候是先把蛋糕做大，再考虑怎么分；有时候是知道蛋糕有多大，再考虑多少人分和每个人分多少。东方资产管理公司是国有企业，要亏钱也是亏国家的钱，可咱们的国家多么伟大呀，还怕亏呀？"

辛然惊诧地望着徐艺说："徐艺，我真不敢相信这是你说的话。"

徐艺撇嘴一笑说："这有什么？辛然，你睁眼看看周围，有几个人不是在千方百计想尽办法把国家的钱变成自己的钱？庄子同学就说过，'彼窃钩者诛，窃国者为诸侯，诸侯之门而仁义存焉。'你一个小女子，忧国忧民，你忧得过来吗？"

辛然正要反驳，徐艺的手机响了，他一看是张仲平，马上打手势要辛然别往下说了，打开手机开始接电话。张仲平问他从北京回来没有？徐艺说已经回来了。张仲平又问情况怎么样？徐艺说还可以，已经有一个人报了名，明天上午打拍卖保证金。

但接下来张仲平在电话里说的话却让徐艺有点发蒙，挂了手机之后竟一时没有回过神来。辛然问他怎么了？他半天才说："姨父那边也找了一个买家。"辛然说:"那不是好事吗?"徐艺说:"好什么好呀,这样的话,我们跟莫叔叔还怎么谈呀?不行,我得去找龚大鹏。"辛然说:"我跟你去。"徐艺说:"不用了,辛然,你替我担心,其实,我更替你担心。我跟你说,国家吃亏,下面那些替国家管钱的人,可不会让自己吃亏,你要是对这种事情不理解,你会很郁闷的,不,说不定你会得精神病。我明白上次开拍卖会的时候,你爸为什么跟我说让你尽量不要掺和这些事了,他是怕你受伤。所以,我建议你就在公司里守着,没事就在网上看看韩剧,生意上的麻烦事,就交给我吧。"

徐艺和龚大鹏在香水河沿江风光带见了面,龚大鹏劝徐艺:"算了,做生意就像谈恋爱,强扭的瓜不甜。"徐艺最烦做事半途而废,说:"现在什么瓜都不甜,要么是催熟的,要么是打了糖精水的。"不等龚大鹏反驳,徐艺决绝地说:"还有一个破釜沉舟的办法,让我姨父找的那个买家,不能按时在拍卖会场上出现。"

龚大鹏瞪大了眼睛说:"徐艺,你别玩大了。你知道那买家是谁吗?腿生在别人身上,你怎么能阻止人家来参加拍卖会?你绑架他?你找个骑单车的人在他楼下去撞他的车?"

徐艺眼睛里绿光一闪,道:"胆子再大一点,把事情再闹大点,我们要让明天的拍卖会开不成。"

龚大鹏从坐着的青石凳上跳起来,说:"你疯了?你知道我为了这场拍卖会花了多少精力?徐艺,你可别乱来,我可不陪你这么玩儿。"

徐艺说:"你慌什么?我们只是暂时让拍卖会开不了,过几天一样拍,这么久你都等了,还在乎这几天?"

龚大鹏说:"不不不,这事不能冒险。还有一个问题,你怎么能保证你姨父找的那个下次不会来?我告诉你,这事不能拖,再等下次,说不定还会冒出第三个第四个买家出来。"

徐艺说:"我要是这个都想不到,我还敢开拍卖公司?如果等到下次再冒出第三个第四个买家出来,对我们是天大的好事,就算场上只有四个买家,每人举一次牌,成交价就能往上涨四百万,如果举两次三次呢?小学生都能算出来我们会多赚多少钱。相反,如果我们把明天的事办好,也许就能把我姨父找的那个买家吓回去。我们得把宝押在莫老板身上。龚老板你听我说,明天的拍卖会莫老板肯定会亲自到场,我们先让他买不成,再板上钉钉地跟他把条件谈死。事到如今，我只能赌了，相信我的运气。"

龚大鹏问："行吗？你有几分把握？"

徐艺说："怎么不行？我看行。至于说有几分把握，说一分把握和九分把握都是空的，要把钱赚到口袋里了才算数。这样吧，多赚的钱，我们一人一半，怎么样？"

龚大鹏说："我就是怕到时候会不会偷鸡不成蚀把米？"

徐艺说："别说不吉利的话，如果能从莫老板那儿多赚一百万，我们一人就是五十万，龚老板，不是每个人都能说赚五十万就赚五十万的，想想吧！"

龚大鹏举头望着灰蒙蒙的天空，说："搁几年前，兄弟我对五十万看都不会多看一眼，可这几年，我是很久没有享受过赚钱的滋味了。"

徐艺伸手按在龚大鹏肩上，好像武侠小说里说的要把某种内力灌输到他体内似的，说："只要你听我的，你马上就能享受到赚钱的滋味了。条件是，你必须听我的，对我坚信不疑。"

天空中突然响起了沉闷的雷声。龚大鹏把一只手掌朝天空中摊着，说："好像要下雨了。水为财，是个好兆头。好吧，就这么定了。"

第二天早上 8 点 30 分，3D 拍卖公司的部门经理许达山、办公室秘书小叶、财务部金会计及其他工作人员来到了拍卖会现场，他们统一着装、戴着胸卡，有的摆放着指示牌、桌椅，有的调试着音响和电子显示屏，看得出拍卖会的准备工作已接近尾声，辛然和张小洁均穿着便装，倒好像是临时请来打杂的。

在这之前，张仲平早已把车子开到了侯昌平楼下。侯昌平当过兵，很有时间观念，八点半刚到便从楼里出来了，张仲平忙从车里出来迎接。

张仲平说："侯哥早上好，侯哥挺精神的呀。"侯昌平说："是吗？我哪天不是这样？我老婆总是说我，说这法官制服都快成我的第二张皮了。"张仲平说："很好很好，侯哥吃过早餐没有？"侯昌平说："吃过了。这个时间对你们这些当老板的来说可能还早，对我们来说，早是上班的时候了。拍卖会是 10 点钟开吧？那我们还等什么？快走吧。"

就在张仲平替侯昌平拉开车门，侯昌平准备躬身上车的时候，一个老太太匆匆从院门口进来，她一边"老侯老侯"地叫，一边朝他频频地举着手里一个装了菜的塑料袋。侯昌平从车里退身出来问："怎么回事呀李大妈？"老太太说："不得了啦不得了啦，你老婆被菜市场的墙给砸了。"

侯昌平和张仲平愣了一下，同时朝外面跑去。

一路上，已有不少人朝菜市场的方向赶。巷子两边的人或三五成群地议论，或望着他们指指点点。不远的地方已经传来急救车鸣笛的声音。很多人在抢救被围墙压倒的人员，更多的人在围观。

原来昨天下了一场大雨，菜市场的围墙年久失修，经雨水冲泡，竟然倒了。

侯昌平碰到熟人就问看到他老婆没有，听到有人喊老侯，侯昌平连忙过去，只见他老婆正坐在马路边上呻吟，左腿裤管上尽是血。好几个人围着她，张仲平挤开人群紧跟着进去了。

侯昌平蹲着身子，他老婆一看是他，扑在他身上放肆地叫唤起来。侯昌平问伤在哪儿了？他老婆说腿，围墙一倒，屋顶上的梁滑下来砸的。

张仲平也赶紧弓下腰去，和侯昌平一左一右地架着他老婆上了旁边不远的救护车。

侯昌平说："看来我去不了拍卖会场了。这是拍卖底价，你交给工商局现场监拍的人，你赶紧去，要好好把关，这是我退休前的最后一单业务，拜托你了。"

张仲平接过那个密封的信封，把它揣在裤子口袋里，说："侯哥放心，我这就去。侯哥身上带钱没有？要不，你先把我的钱包带上？"

侯昌平说："不用了，你赶紧去会场吧！"

张仲平小跑着回到了老法院宿舍，一上车便给徐艺打电话，问他会场准备好了没有？他告诉徐艺，等下颜若水会自己开车过来，如果他先到，要派人好好接待一下。徐艺一一答应了。正是上班高峰期，一路上走走停停的，张仲平卡着时间，希望自己能提前十几二十分钟赶到。没想到开上建国路，马路上开始堵车了。

徐艺走进拍卖会场的时候，一眼就看到了正陪着胡海洋办理竞买登记手续的曾真，他忙着上前打招呼："老同学，怎么是你？这位……就是我姨父说的那位买家？"

曾真说："是呀。怎么，不像吗？"

"等等。"徐艺把曾真拉到一边，问："你怎么也不先打个招呼？"

"还说呢？"曾真不满地说，"给你打了好几个电话，你也不接。"

"不可能，你什么时候打过我的电话？我怎么会不接你的电话呢？"

"这要问你自己呀。我心里还犯嘀咕呢，心想，你徐艺真牛呀，老板当大了，连老同学都不认了。"

"天地良心，我可真没接到你的电话。"

"不用去移动公司查通话记录吧？我跟你说我总共给你打了两次电话，一次关机了。听说你去北京了，估计是在飞机上。一次是辛然接的，我让她转告你，也没见你打电话过来。"

"我确实去北京了。可辛然接了你的电话，没道理不告诉我呀？行，我回头好好问问她，她怎么敢这么怠慢我同学呀？"

"你还是别问了，别搞出你们小两口的矛盾来。"

"我一定得问。请问这位是……"

"哦，胡总，我舅，我亲舅。那天你不是见过吗？"

"啊？是你舅舅啊？"

"啊什么啊？上次在酒店大堂里。"

"他真是你舅？"

"怎么啦徐艺？等下你好好看看，看看我们两个是不是长得像？"

"这……他怎么会是你舅？我我我……"

这时，胡海洋已经填完了登记表，转过身来，朝徐艺笑笑，点点头。

曾真说："舅，我给您介绍一下，这是这家拍卖公司的老总徐艺，我大学同学。"

徐艺连忙向胡海洋伸过手去："胡总您好。"

胡海洋说："徐总你好，咱们见过面，见面的时候你好像情绪不好，像要跟人打架似的，还记得吗？"

曾真嗔怪说："舅，别乱说话行不行？"

胡海洋哈哈一笑："好，不乱说不乱说，徐总，请多关照哦！"

徐艺说："哪里，是胡总关照我。拍卖会还有一会儿，能不能请胡总到我办公室去坐坐？"

胡海洋说："好的，谢谢。"

三个人刚到徐艺办公室，张小洁便急匆匆地进来了，她望了曾真和胡海洋一眼，对徐艺欲言而止的。

徐艺问："怎么啦，小洁？有话快说。"

张小洁说："是，徐总。好像出事了。"

第十八章

（一）

建国路是这个城市的一条交通主干道，在平时也是车水马龙，拥挤不堪，这会儿更是被堵得水泄不通。靠近胜利大厦工地的路段上，二三十个人打着标语横幅将双向的车道都占了。正是上下班的高峰期，两边来往的车流无法通行，很快就排成了两条巨大的长龙。不少性急的司机按响了喇叭，有些更是从车上下来探寻发生了什么事，看热闹的群众也纷纷驻足围观，场面混乱不堪。

张仲平也急得不行，把头伸出车窗外往这边眺望。一时交警到了，开始驱散人群，那几十个堵路人员却进入了旁边的胜利大厦，有些甚至爬到了楼上，扯开了白布红字和白布黑字的条幅标语。标语就两条，白布红字写的是："还我血汗钱"，白布黑字写的是："我们要吃饭"。

张仲平把头缩回车内，拨通了徐艺的电话："徐艺，是不是出什么事了？你赶紧派个人到胜利大厦来看看。"

徐艺在电话里问怎么了。

"怎么了？一大帮人堵马路了，现在……"张仲平又抬头看了一眼，"现在已经爬到胜利大厦上去了，打着条幅讨要什么血汗钱呢！"

徐艺说："啊？姨父，你还是先赶到我这里来吧，这里也有人在闹事。"

张仲平说："怎么搞的？好，我马上过来。"他挂了电话，想了想，又拨通了一个电话："喂，小叶，你让彭经理拿着公司的摄像机，赶紧到胜利大厦这里来，有人在胜利大厦上示威。对，你让他把全部过程都拍摄下来。"

时代阳光拍卖公司所在大厦的大堂内，同样也聚集了近百号人。他们三五成群，穿着白T恤，上面也写着"还我血汗钱""我们要吃饭"等标语。这些农民工模样的人在大堂里蹿来蹿去地令人瞩目，七八个大厦保安远远地看着他们，并无人上来阻拦。

张仲平快步走进大厦，见此情景停顿了一下，便穿过人群直接向电梯口走去。没想到那里也有两个同样装束的人，手里还拿着厚厚的复印资料，见张仲平过来，一个人问道："先生是来参加拍卖会的吗？"张仲平回答："是呀。"那人迅速将一份资料塞到了他的手中。

张仲平径直走进了徐艺办公室里面的小房间，反手将门撞上，正在里面等他的徐艺站起来，张仲平不等他开腔，劈头就问："怎么闹成这个样子？"

徐艺一脸无辜："我也不知道是怎么搞的。"

"你不知道？你怎么会不知道？"张仲平更是搂不住火。

徐艺的声音也高起来："我怎么就应该知道？我刚从北京回来没两天。"

张仲平说："你可是主拍单位，而且，你压根儿就不该在这个时候去北京。"

徐艺说："现在说这个有什么用？我们得想办法看应该怎么应对。您不是去接侯法官了吗？人呢？"

张仲平呼出了一口气，说："他老婆在菜市场被倒塌的围墙砸伤了，来不了。"

徐艺说："要不要把这边的情况跟他说一下？"

张仲平说："先等等。颜若水到了吗？"

徐艺说："还没有。"

张仲平又问："竞买人呢？竞买人的情况怎么样？"

徐艺说："有一个竞买人刚报了名，是胡总。"

张仲平说："我知道，不是我打电话告诉你的吗？"

徐艺却说："您只说有个买家，没说他是曾真的舅舅。"

张仲平看了他一眼，说："那又怎么样？"

徐艺淡淡地说："也没怎么样。哦，还有个竞买人，是辛然她爸爸的战友，他昨天就报了名。"

张仲平点点头："既然有了两个竞买人，就符合法定人数，侯昌平就没什么可担心的了，拍卖会也就可以开了。"

徐艺说："现在的问题是，会议室里也挤满了穿T恤衫的人，很明显，他们来这儿，就是为了阻止拍卖会。如果我们坚持开拍卖会，事情会不会闹得更大？"

张仲平盯着徐艺，问："怎么？你害怕了？"

徐艺把眼光挪开，摇头道："我不知道。"

张仲平仍然盯着徐艺，又问："那你知不知道这些人是从哪里冒出来的？"

徐艺很快看一眼张仲平，又摇头道："我也不知道。"

张仲平说："那你估计呢？"

徐艺说："谁跟这次拍卖会最有关系、并且他的利益最可能受到影响，就可能是谁。"

张仲平说："你是说龚大鹏？"

徐艺说："龚大鹏？我没说呀！"

张仲平在房间里踱了两步，说："左达不可能，因为他已经死了。东方资产管理公司也不可能，因为他们是替公家办事，完全没有必要采取这种非常规的手段。剩下的还有谁？不就只有龚大鹏了吗？"

徐艺说："龚大鹏要等着从拍卖成交款中分钱，他闹事，这也不太可能吧？"

张仲平停下踱步，看着徐艺问道："那还有谁？你还是我？"

徐艺笑了一下："我？我干吗要让拍卖会开不成？"

张仲平说："龚大鹏人呢？你找他谈过了吗？"

徐艺说："我没跟他谈过，也不知道他人在什么地方。"

外面有人敲门，徐艺看了张仲平一眼，张仲平不说话，徐艺过去开门，却是曾真和胡海洋。

胡海洋跟张仲平握了手，说："张总、徐总，怎么会这样？这个胜利大厦是不是还有别的产权纠纷呀？"

徐艺忙说："没有没有，绝没有别的产权纠纷。"

张仲平请胡海洋坐，说道："我在外面收到了他们的传单，上面只有一些恫吓竞买人的口号，根本看不出他们想干什么。"

胡海洋皱眉说："那……这些闹事的人到底是从哪里来的？"

徐艺说："这个，我们正在调查。"

外面又有人敲门，徐艺去开门，这次却是江小璐和莫老板，他请他们进来。

徐艺给大家简单做了一下介绍，胡海洋站起来跟莫老板热情地握了手，互道仰慕，又恭维江小璐美丽大方，气质出众。江小璐浅浅一笑说："胡总太会捧人了，哪里哪里。"眼睛却有意无意地扫了张仲平一眼。张仲平微微向她点了点头。曾真把这一切看在眼里，没有说话。

寒暄过后，莫老板将手里的复印资料拿给徐艺看，问："今天的拍卖会还开吗？这些传单是怎么回事？"

徐艺说："抱歉，我们正在调查。辛然，辛然！"

辛然从外面进来，徐艺说："你先领这几位客人到贵宾休息室去休息。"辛然扫了一眼曾真和他旁边的胡海洋，分别点头打招呼，然后就要领着江小璐、莫老板、胡海洋、曾真离开。

正在这时曾真手机响了，她接了电话，回头对大家说："抱歉，电视台让我赶快回去，说胜利大厦有情况。"她看了一眼张仲平，转身离开。这个看似不经意的眼神却被徐艺捕捉到了。

办公室只剩下徐艺和张仲平。两个人一时都不知道说什么。过了半晌张仲平才说："你不觉得这事有点莫名其妙吗？"

徐艺用试探的语气问张仲平："要不然，先把拍卖会中止了？"

张仲平说："你是装不懂还是真不懂？拍卖会不是你我说中止就能中止的，得听委托法院的。"

徐艺说："那……我们给侯法官或者鲁局打个电话？"

张仲平说："法院也不能随便中止拍卖，因为既然有人按照拍卖公告交了保证金，单方面地中止拍卖会，就是一种违约行为，除非出现了必须中止拍卖的法定情形。不是说拍就拍，说不拍就不拍那么随便的事。什么是法定情形？这就要看到底出了什么事，以及法院怎么认定。这些你都不知道吗？"徐艺沉默。

张仲平放缓了语气，说："刚才我为什么再三问你，知不知道到底是怎么一回事。我没有责怪你的意思，因为这是我们不能回避的问题，必须如实向法院汇报，以便他们正确判断和认定。"

徐艺微微涨红了脸，说："可是，我是真的一点都不知道。"

张仲平说："问题是，法院要问这到底是怎么一回事，我们怎么说？也说不知道？徐艺我可跟你说，法院可以给我们委托，但这不是铁板钉钉的事，如果出了什么差错，他们完全可以马上撤回委托。"

徐艺一愣："不会吧？"

张仲平白了他一眼，说："怎么不会？我们虽然是法院的被委托方，但我们跟法院之间并没有形成真正的契约关系。别的拍卖公司不仅等着看我们的笑话，而且随时准备取而代之。"

这时外面砰砰地又有人敲门，徐艺打开门，是张小洁，后面还跟着两个穿制服的警察。

张小洁说："徐总……"

徐艺问："怎么回事？"

一名警察掏出工作证在他面前晃了一下，说："我们是辖区派出所的，有人给我们打电话，说这栋写字楼的大堂里聚集了很多人，说跟你们的拍卖会有关，怎么回事？"

徐艺说："那些人不是我们请的，我们也不知道怎么回事。我们巴不得他们散了呢！"

警察说："你这是什么话？你这是什么态度？你知不知道，拍卖是一种聚众性的活动，拍卖公司对拍卖会会场有维持秩序的责任，对由拍卖活动引发的不稳定态势，一是要及时向我们报告，一是要尽可能想办法消除。"

徐艺不满地说："我们怎么消除？拍卖会如果开不了，我们也是受害者。他们要捣乱，你们警察可以抓人嘛。"

张仲平赶紧拉了徐艺一把，又对两个警察笑笑，说："我是这场拍卖会协拍单位的负责人，这事把二位惊动了真是不好意思，我们马上跟大厦的保安部门联系，防止事态进一步恶化，另外，我们也在查找他们聚集的原因，已经有一点眉目了。"

两个警察本来要跟徐艺理论，听张仲平这么一说，情绪也就下去了，说："刚才这位要我们抓人，怎么抓？他们又没有搞打砸抢。如果我们没有接到举报电话，我们可以不管，接到了电话就不能不管，否则，真要出了什么事，我们就是不作为，会吃不了兜着走，我们这身警服就别想再穿了。"

张仲平说："现在看来，事情确实是由拍卖会引起的，真要闹大了闹开了，我们当然脱不了关系。能不能给我们半个小时时间，让我们把这事给处理了，也请两位千万别走，就在公司休息室里坐镇指挥，万一有什么状况，也好第一时间采取行动。"

两个警察简单地商量了一下，点头同意了。

张仲平说："小洁，请你带两位警察叔叔去接待室。"

徐艺却拦住了，说："还是我带他们去吧！"

徐艺将警察领到了接待室，却并没有回到办公室，而是把正在贵宾休息室陪客人的辛然叫到了另一间房里。

徐艺说："辛然，能不能跟你爸爸或者跟公安局的肖叔叔打个电话？"

辛然奇怪地说："干吗？"

徐艺说："警察找上门了，问我们那些穿 T 恤的人聚在这里怎么回事。你让他们把来公司的两个警察撤走。他们在这儿，给我心里添堵。"

辛然说："还说呢，我爸已经给我来电话了。"

徐艺一惊："啊？他说什么？"

辛然说："他问我胜利大厦有人堵路是怎么回事，是不是跟我们的拍卖会有关。"

徐艺说："你怎么说？"

辛然说："我怎么说？我只能如实告诉他。"

徐艺急道："你爸又怎么说？"

辛然说："我爸很着急。现在是稳定压倒一切，我爸刚到省城工作，这事又与我们有关，这会给他造成极为不利的影响，他能不着急吗？"

徐艺小声道："糟糕，我怎么没想到这一层？"

辛然问："什么？你说什么？"

徐艺忙说："哦，没什么，你去陪莫叔叔和江小璐。"

辛然说："你呢？你去哪儿？"

这时徐艺的手机响了，他看了看屏幕，说鲁冰叔叔来电话了，肯定也是这事。你快去陪客人吧。他一边"喂喂"着，一边匆忙离开了。

刚才徐艺在撒谎，给他打电话的不是鲁冰，而是龚大鹏。这会儿，他正在徐艺公司所在大厦的天台上。

徐艺上到天台时，龚大鹏正悠闲地倚着栏杆，饶有兴致地俯瞰楼下如蚁的人流和像甲虫一般爬行的汽车。听到身后已近的脚步声，龚大鹏并未回头，而是说："徐总，你看，站在高处看景致，这种感觉就是不一样。一时间好像跳出了世外，看着下面这些渺小的人，他们忙忙碌碌地来去，无非就是像虫蚁一样，为了一口吃食而已。"

徐艺"哼"了一声，冷冷说道："想不到龚老板还有这样的闲情逸致。站在高处的人也未必就是上帝。要知道，左达就是从最高处跳下去的。"

龚大鹏回过头，见徐艺一脸的不善，奇怪地说道："怎么了徐总？情绪不佳呀。今天兄弟我可是按你的吩咐，将戏做足了。"

徐艺质问道："你做的什么戏？干吗把场面搞这么大？"

龚大鹏说："不是你说的场面越大越好吗？"

徐艺怒道："好个屁，你在酒店里演演戏也就算了，干吗让人去堵马路呀？你知道吗？警察来公司了，等着抓人呢。"

龚大鹏惊道："啊？那怎么办？"

徐艺说："赶紧把人撤了。"

龚大鹏说："撤了？撤不了。"

徐艺问："为什么？"

龚大鹏说："人是何宝弄来的，除了他，谁都叫不动。"

徐艺说："怎么会这样？"

龚大鹏说："这还不好理解？我是有身份地位的人，不可能直接抛头露面。我这还是跟你学的呢。你知道躲在幕后，我就不会呀？"

徐艺气结，说："好好好，算你狠！何宝他人呢？"

龚大鹏说："他在胜利大厦那边。"

徐艺说："赶紧把他叫过来呀！"

龚大鹏迟疑地说："那……我们原来商量的事儿怎么办？"

徐艺说："你还提那事儿？再闹下去，拍卖会可就开不成了。"

龚大鹏不解地说："开不成好呀，你不就是想着开不成吗？"

徐艺说："情况起了变化。如果这次开不成，法院说不定会把拍卖委托收回去。"

"啊？真的？"龚大鹏眼睛瞪圆了望着徐艺。

徐艺避开龚大鹏犀利的眼神，说："法院可以给你，当然也可以收回去。你敢跟法院讨价还价？"

这回轮到龚大鹏气急了，他嘴唇嚅动了半天，最后说："徐艺，你可真行呀！叫我怎么说你？嘴上无毛，办事不牢。你这不害人害己吗？"

徐艺说："好了，我们也不要互相埋怨了。既然出了事，我们俩就一起担下来吧！"

龚大鹏指着徐艺吼道："凭什么要我担？这事都是你他妈没事找事惹出来的，一开始我就觉得挺别扭的。我劝过你没有？我劝过。我干吗和你一起担，你付钱呀？"

（二）

颜若水这个时候也已经到了时代阳光拍卖公司，他坐在徐艺办公室的沙发上，而张仲平则斜坐在他的旁边。

"这是怎么回事？怎么会搞成这个样子？"颜若水问。

张仲平说："不瞒你说，这事很蹊跷，也很窝囊。事先没有一点迹象，到现在，我和主拍单位都还不知道那些闹事的人是哪路来的神仙。"

颜若水说："不会出什么大事吧？"

张仲平说："我从大堂上楼来的时候，看到了那些人，不像很有情绪的样子，倒像是被人花钱请来的，所以，我估计，应该不会出什么大事。"

颜若水若有所思地点了点头，说："是吗？要不出大事才好呀！"

这时张仲平手机响了，他看了一下屏幕，立刻接听电话。"你看清楚了，带头的真是何宝？行，你不要离开，继续在那儿拍摄。"他挂了机，转头对颜若水说："有眉目了。"

颜若水还没说话，张仲平的手机又响了，这次是曾真打来的，她说："我给你发了条彩信，接收一下。"很快信息提示铃声响，张仲平的手机彩屏上出现了何宝的头像。

张仲平对颜若水说："基本上可以确定了。"

颜若水"哦"了一声，道："你快说。"

张仲平正要开口，徐艺推门进来，后面跟着颜若水的秘书小余。徐艺快步走向颜若水，伸出手来道："颜总您好。"

颜若水站起来跟他握了握手，似笑非笑地说："你好呀徐总。你这里很热闹呀，要是每次拍卖会都来这么一下子，恐怕没几个人受得了吧？"徐艺干笑着，一时不知道怎么说，张仲平在一旁解围道："嗯，这事我有责任。徐总第一次组织这么大标的的拍卖会，出点小插曲在所难免。"他又转头对徐艺说："我已经大概知道是怎么回事了。"

徐艺愕然："您已经知道是怎么回事了？"

张仲平说："对，时间不等人，要不然，我来负责处理？"

徐艺愣了一下，机械地说："啊？你来负责处理？好好好。"

张仲平说："那我们就请幕后主角上场。"他按下徐艺办公桌上座机的免提键，拨通了龚大鹏的手机号码。

"嘟——嘟——嘟"地响了三声，电话通了，张仲平没吭气，龚大鹏的大嗓门好像要从里面直冲而出："又有什么事？"

张仲平这才接腔："龚老板，你好大的嗓门儿呀，我是张仲平呀！"

龚大鹏在电话里一顿，马上热情地说："是张总呀，我还以为是……那个……谁呢。张总找我有事吗？"

张仲平回头看着颜若水和徐艺笑笑，又对电话说："能请龚老板到徐总办公室来一下吗？好，我等你。"

这时有人敲门，徐艺开门，两个穿工商制服的干部出现在门口。徐艺"啊"了一声，连声说："王科长、马副科长，请进请进，请坐请坐。"

王科长摆了摆手，说："徐总，你们在工商局备案的开会时间是上午十点，拍卖公告上打的时间也是上午十点，现在这种情况，能按时开吗？"马副科长也说："如果不能按时开，拍卖会可能要被取消的。"

张仲平走过去说："我们将尽最大的努力争取准时开会。"他把那个信封拿出来，说："喏，这是法院给的拍卖底价，还没开封。"

王科长说："那好。听说大堂里、会场上到处都是人，时间不多了，你们能做到吗？"

张仲平点头说："差不多吧！"

龚大鹏装作行色匆匆地赶来，一到就故作惊讶的样子，他把张仲平拉到一边，说这个事他完全不知道，但事关他自己的利益，他有义务配合张总将这些人劝离。张仲平也不与他争辩，眼下当务之急是赶紧恢复秩序，使拍卖会能够按时举行，至于别的事，会后再理论也不迟。他拉着龚大鹏的胳膊朝聚集在拍卖会场门前的人群走过去，好言好语劝大家离开。

龚大鹏更是对着那群"讨债民工"打躬作揖："父老乡亲们、兄弟们，俗话说，冤有头债有主，大家有什么事，跟兄弟我说。"

一个头上留着青茬的年轻人瞥了他一眼，说："你是谁呀？"

龚大鹏呵呵笑着："兄弟我是鹏程房地产建筑公司的董事长，请各位兄弟卖我一个面子，大家伙散了吧。"

另一个人接腔道："我们不认识你，凭什么听你的？你多大的面子呀？"

张仲平没想到龚大鹏说话居然不起作用，他皱了皱眉，走上前来说："大家听我说……"话刚出口就被那留着一头青茬的年轻人打断了,"你说个鸟啊,谁认识你?不还我们的血汗钱,你们就别想把楼卖了!"

又一个"民工"慢悠悠地说:"拿人钱财替人消灾,老板让我们在这里坚守一天,我们就坚守一天。除了他,我们谁的话也不听。"

张仲平盯住他,问:"那你告诉我,你们老板是谁?我直接跟他说。"

那人呵呵一笑说:"你想知道吗?"

张仲平点头道:"对。"

那人说:"就不告诉你。大家伙说,对不对呀?"

一帮人嬉笑着起哄:"对。就他妈不告诉他。"

张仲平不再说话,他拉着龚大鹏走到一边,对他说:"龚老板,现在这个局面,你必须想办法解决了呀。"

龚大鹏苦着脸说:"张总,我是很想解决啊。可……这些人是何宝叫来的,他们只听何宝的。"

"何宝在哪儿?赶紧叫他来呀。唉,他就是赶过来也来不及了。现在你跟我说实话,你到底想干什么?你知道不知道,这不是闹着玩的,警方完全可以涉嫌扰乱生产和社会秩序进行处理,完全可以采取拘留等措施。"

"啊,真的可以抓人呀?"

"当然是真的。龚老板,你有什么话不可以好好说,干吗要用这一损招?"

龚大鹏嗫嚅着:"又不是我的主意。"

张仲平追着问:"那是谁的主意?"

"这个……这个……嗯……"张仲平不动声色地逼视着他,龚大鹏吭哧了半天,终于说:"徐艺。"

张仲平说:"徐艺?徐艺他学法律的,他应该知道事情的严重性呀!"

"所以,他自己不出面,让我冲到前面。"

"真是这样?"

"兄弟我对朋友从来不说假话,这真是他的主意。"

张仲平接着问:"他想干吗?"

龚大鹏又开始吭哧了:"这个……嗯……这个……"

张仲平叹了一口气,贴心贴肺地说道:"龚老板,老龚,你是做生意的,不能像鞭炮似的一点就着,否则,那成什么了?炮灰呀?"

龚大鹏想了想,说:"好,张总,我干脆什么都跟你说了吧。徐艺想跟莫老板达成交易，他按拍卖底价把胜利大厦卖给莫老板，作为交换条件，他另外从莫老板那儿收一百万，他说这一百万由我和他平分。"

张仲平说："莫老板同意了？"

龚大鹏说："徐艺说他自己不方便出面，让我去谈，可人家莫老板根本就不愿意跟我见面。"

张仲平大脑飞快地运转着，似乎有些明白了，忙问："今天又是怎么回事？"

龚大鹏说："徐艺想让今天的拍卖会开不成，让我再找机会跟莫老板接触。"

张仲平说："你说的真是……真的？"

龚大鹏说："兄弟我可以发誓，绝没有半句假话。"

尽管张仲平原本对徐艺在背后神神秘秘的动作有过怀疑和揣测，心理上也做了相应的准备，但现在从龚大鹏口里得到了证实，他的心中还是被震了一下。张仲平恨恨地说："这个徐艺，简直利令智昏，这么蠢的主意也想得出来。"

龚大鹏问："张总，现在怎么办？"

张仲平沉吟半晌，问龚大鹏："何宝请这些人，每个人给了多少钱？"

龚大鹏说："一百。"

张仲平说："我这里带了两万块钱，一人两百，你去……让他们先散了。"

龚大鹏说："可是……"

张仲平不耐烦地说："还可是什么？别再磨蹭了，这些人如果散晚了，只要一过十点，你就是想开拍卖会，工商局的也不会让你开。"

贵宾休息室里，胡海洋坐在房子的一端玩手机。张小洁进来续水，胡海洋看了看手机上的时间，却什么也没有问她，反而跟她聊起了闲篇。而另一端江小璐和莫老板坐在一起说悄悄话。江小璐看了看正谈得热烈的胡海洋和张小洁，侧身轻轻地问莫老板："要不要打电话把这边的情况告诉运年？"莫老板抬眼看了看胡海洋和张小洁，低声说："要。你找个没人的地方去打电话。"

真是有钱能使鬼推磨，龚大鹏再次来到拍卖会场前面的人群前，把那个留着青茬的年轻人拉到一边，先塞给他几百块钱，又把何宝的名字说了，让他跟自己一起发钱把那些"讨债民工"遣散了。那年轻人没想到有这等好事，很快便把人遣散了。

拍卖会宣布按时进行，工作人员、工商监拍人员进入各自指定位置。而胡海洋独自坐在一边，江小璐和莫老板坐在另外一边。张仲平则陪着颜若水和小余、龚大鹏坐在一起。

台上，许达山开始主持拍卖会："女士们先生们，上午好，由时代阳光拍卖公司和3D拍卖公司联合举办的胜利大厦拍卖会，现在开始……"

莫老板很认真地听许达山宣读拍卖会规则、介绍拍卖标的。当许达山宣布拍卖起拍价时，他不禁"哦"的一声，侧身小声对江小璐说："起拍价只有评估价的七折，太诱人了。"

江小璐说："可是，运年在电话里让我们放弃。"

莫老板稍稍犹豫了一下，点头说："我们听老大的，只是……便宜了那边那位。"说着他望了胡海洋那边一眼。胡海洋正襟危坐，气定神闲。

拍卖会已经正式开始，许达山报价："起拍价四千二百万元，有意者请举牌。"

胡海洋举起八号牌。

许达山将手向胡海洋这边示意："8号出价四千二百万元，每次加价一百万元，有出价四千三百万元的吗……四千二百万元第一次，四千二百万元第二次，四千二百万元第三次，成交！"他将槌子敲了下去，"恭喜8号以底价买到了胜利大厦，恭喜。"

颜若水一言不发，起身拂袖而去，小余紧随其后。

张仲平忙起身追赶："颜总，颜总……"

快走到门口的颜若水忽然止步，回头淡淡地说道："张总，我有事先走一步，我们换个时间再聊，好吧？"张仲平只好尴尬地停下，说道："那……好吧！"

拍卖会全部结束，徐艺、辛然送走工商局的干部，很快回到会场，莫老板、江小璐还没有离开。徐艺问："莫老板怎么没举牌？"莫老板说："这个这个……我们回国内做生意，最讲究的就是平安，今天这个阵势，老实说，把我吓着了。"徐艺眉毛一挑，说："是吗？我可真没想到。"莫老板遗憾地说："徐总，我虽然不知道到底发生了什么事，但你们做拍卖公司的，要多替竞买人考虑，应该把所有的隐患都消灭在萌芽状态。如果运作得好，我估计，多出一两千万不成问题，可惜了。"江小璐说："徐总、辛然，你们去招呼别的客人吧，我们先走了。"辛然拉住她说："要不然，一起吃饭了再走？"江小璐摇头说："不用了，时间还早，我们先走了。"她又感叹道："没想到这么大一宗标的，不到五分钟就拍完了。"辛然说："那好吧！嗯……我爸爸……麻烦你照顾了。"江小璐笑笑，拍了拍她的手背："他很好，你放心，我们会互相照顾的。"

胡海洋自然是兴高采烈，能这么顺利，而且是以底价拿到胜利大厦，确实出乎了他的意料，他笑呵呵地走过来说："没想到，真没想到呀。张总、徐总，把你们两家拍卖公司所有的工作人员都留下来，我请客。"徐艺说："那怎么行，应该是我们请胡总。"

胡海洋手一挥说："该我请该我请。你知道吗？我给自己设定的心理价位是六千万，今天上午我等于赚了一千八百万啦，我得好好请请你们。"徐艺抱歉说："刚开完会，公司有不少事要做，要不，就请张总，我姨父代表我们公司参加算了？"胡海洋问："徐总是不是还有别的安排？"徐艺点头说："是。"胡海洋遗憾地说："那……就不勉为其难了。"

龚大鹏也没有走，他见张仲平和胡海洋在一起，便慢慢蹭了过来，呵呵笑着唤了一声张总。张仲平回头看是他，像想起了什么似的，连连招手道："来来来，我给你们介绍一下，这位是胡总，这位是龚老板。"

龚大鹏忙向胡海洋伸出手："胡总您好。小姓龚，胡总真是令人仰慕呀！"

张仲平说："龚老板是这件案子的申请执行人，也是胜利大厦的建筑承包商。"

胡海洋握了握龚大鹏的手："好好好，一起吃饭一起吃饭。"

这时龚大鹏的手机响了，他接了电话，脸色一下变了："什么什么？你再说一遍！何宝……何宝他到底怎么啦？啊？快说，你快说呀！"

（三）

莫老板和江小璐离开时代阳光拍卖公司，直接回了野猪林野生动物园。

周运年独自一人在莫老板给他专设的那间书画室内运笔挥毫，写的是李清照词中的一句："九万里风鹏正举，风休住，蓬舟吹取三山去。"字体酣畅奔放。莫老板和江小璐进来，周运年并未抬头，直到将"去"字收笔，方退后一步，审视良久，说道："李易安性子柔中带刚，因此她的词既有'莫道不销魂，帘卷西风，人比黄花瘦'的小女人姿态，也有'九万里风鹏正举，风休住，蓬舟吹取三山去'的阔大意境和浪漫豪情。嘿，可惜想要超脱那个醒醒醒的社会去到自由的仙山，只能是词人一种不切实际的想象罢了。"

莫老板赞道："老领导的字是越发的见功力了。九万里风鹏正举，好！指导员如今来到省城，正是大鹏御风扶摇上啊！"周运年不答，搁笔擦手，然后端起画案上的温茶抿了一口，分别看了江小璐和莫老板一眼："拍卖会怎么样？"

莫老板冲江小璐一仰头，让她说。江小璐说："拍卖起拍价是四千二百万。按照你的意见，我们并没有举牌。胜利大厦被另一个买家以底价拍到了。"

周运年点点头，说："不参加举牌是对的，那栋楼太邪乎了，我刚得到消息，今天上午又摔死了一个人，他去扯挂在脚手架上的标语，一脚踩空了。加上跳楼的左达，短短几个月时间，已经出了两条人命了。"

江小璐说："今天上午那些闹事的人都不知道是从哪里冒出来的，现在死了人，到底怎么回事，应该会查个水落石出吧？"

莫老板迟疑了一下，说："要跟徐艺没有关系才好。"

周运年说："嗯？你怎么会有这种感觉？"

莫老板说："死人的事我刚才也听说了，听说是龚大鹏的手下，这个龚大鹏，徐艺曾派他找过我，我让小璐接待的。我始终不明白，徐艺如果要找我，为什么不直接跟我联系。哎，我真担心他跟那个死人有牵扯。"

"那几天他跟辛然去了北京。"周运年沉吟道，"他这个时候去北京还真是蹊跷。而且，凭你们这么熟的关系，他完全可以直接给你打电话。难道说……"

莫老板斟词酌句地说："不，目前我不敢肯定说徐艺有什么别的企图，不过我有个直觉，觉得徐艺这小伙子似乎……心机太重，我怕辛然跟他……但愿我多虑了。"

周运年问："小璐，你觉得呢？"

江小璐眼睛一低："我……我说不好。"

周运年不禁陷入了沉思。

与此同时，胡海洋在徐艺公司所在大厦一层的酒楼定了一个大包间，请张仲平、曾真及 3D 公司的员工一起吃饭。曾真刚刚在胜利大厦做完采访，跟台里同事交代完毕后便匆匆赶了过来。现在饭桌上的话题自然是她的"新闻播报"，末了她对胡海洋说："大家都下来了，以为没事了，那个领头的……叫何宝，却莫名其妙地从楼上摔了下来。舅，你说，那栋楼，会不会不吉利呀？"

胡海洋说："真正的唯物主义者是无所畏惧的。封建迷信的东西，信则有，不信则无。也许正是这些鬼鬼神神的东西，让别的买家打了退堂鼓，让我省了一两千万呢，对不对呀，张总？"

张仲平心事重重的，见胡海洋问起，便点头说："我也不相信有什么鬼鬼神神的东西，即使有，也要看碰到谁，要是碰到钟馗，那些牛鬼蛇神也没办法。曾大记者，你就放心吧，你舅充满阳刚之气，不怕什么妖魔鬼怪。"

胡海洋说："说得好。不过，传统文化中的风水学，也是有道理的，也是要讲究的。没事，到时候我再请香港的大师过来看一看，化解化解。"

张仲平叹了一口气道："但愿今天这事纯属意外。"

胡海洋想起如此顺利拿下胜利大厦，兴奋之情依然不减，说："管他意外不意外，今天，我是志在必得。我早就把'擎天柱'酒带来了，服务员，给我们满上。"

张仲平率先举杯："今天是胡总的喜事，我再开一次戒。祝胡总生意兴隆、财源滚滚。"胡海洋高兴地说："好，够朋友。来，大家一起干。"

省人民医院太平间门口的走廊上，徐艺和龚大鹏两人吵成了一团。龚大鹏接了电话赶去胜利大厦，谁知警察和急救车早已赶到，现场拉起了警戒线。何宝已经被拉去医院，医生做过检查，明确宣布何宝在到达医院之前就已经死亡了。龚大鹏在赶往医院的路上便给徐艺打了电话。徐艺大吃一惊，他知道这件事情自己脱不了干系，连忙也赶了过来。

何宝高中未毕业就一直跟着这个叔叔在社会上混饭吃。这么些年以来，他跟着龚大鹏吃过香的、喝过辣的；也跟着龚大鹏挨过苦受过累甚至背过黑锅。做建筑这一行，黑白两道都要混得开，上下两头都得吃得香。龚大鹏作为公司老板，跟上头打交道多，而何宝是个社会人，解决下头的问题主要靠他实际在办。现在何宝死了，龚大鹏不仅仅是失去了一个亲人，更是失去了一条重要的臂膀，他如何不悲？如何不怒？

龚大鹏拉着徐艺一起瞻仰过了何宝的遗体，瞪着眼睛问徐艺："说吧，你准备怎么办？"

徐艺把头扭过去看着别处："人死不能复生，龚老板你得节哀。这何宝也是，怎么那么不小心？"

龚大鹏有点不耐烦了，说："我问你准备怎么办？"

徐艺想笑，又想这时候笑显得太没良心，便耐着性子道："龚老板，你这话什么意思？是他自己不小心摔下来的，跟我有什么关系？"

龚大鹏急了："怎么跟你没关系？你要不出那样的馊主意，何宝他爬到那楼上去干吗？去玩儿呀？"

徐艺转过头来说："龚老板，龚大鹏，你怎么说翻脸就翻脸了？"

龚大鹏说："我翻什么脸？我只是找你来说事。"

徐艺说："可我看你这架势，是想讹人。"

龚大鹏说："我讹什么人？我只是要你给个说法。"

徐艺说："我给你什么说法？人死了，我很同情。可我明确告诉你龚老板，何宝的事跟我徐艺没关系，一点关系都没有。"

龚大鹏说："什么？你想把责任推得一干二净是吧？那我问你，是谁给何宝一万块钱，让他找人去拍卖会场上闹事的？又是谁让他爬到胜利大厦上去挂标语的？你只要敢说不是你徐艺，老子就把你这些事全部给抖出来，老子看你还怎么在这个社会上混。"

徐艺冷笑道："这事你也有份，你抖出来，谁怕谁呀？"

龚大鹏也冷笑道："你怕不怕我我不知道，我是穿草鞋的，你是穿皮鞋的，你说谁怕谁？一条人命哪，你不想办法怎么解决，就想这样推得一干二净？"

徐艺说："行，你直说吧。你到底想干吗？"

龚大鹏说："何宝不能这么白死了。"

徐艺说："你什么意思？"

龚大鹏说："我的意思很清楚。这场拍卖会下来，何宝丢了一条命，你却能赚一两百万，你就这么白赚了？"

徐艺说："你到底什么意思呀？"

龚大鹏铁青着脸说："少装傻，破财消灾你不懂呀？"

徐艺笑了："原来你还是想讹人。哼，见过讹人的，没见过你这么讹人的。"

龚大鹏逼近一步说："我讹你？何宝死了，你还活着。死的人一文不值，你活着却风光无限，你不觉得你赚大了吗？你以为你一毛不拔能过得了这道坎儿？"

徐艺说："我再说一遍，他的死跟我一点关系都没有。谁能证明我给过他一万块钱？谁能证明我让他干这个干那个？"

龚大鹏指了指自己的鼻子："我。"

徐艺又笑了："你？你不是他叔吗？你的证明顶屁用！我还要告你，幕后指使何宝聚众堵塞交通、涉嫌扰乱公共秩序，按照中华人民共和国《刑法》第二百九十三条，可以判你五年以下有期徒刑，你知道吗？"

龚大鹏手指着徐艺："你……"

"话说回来，你要是有话好好说，说你没钱火化、没钱买墓地，让我出于人道主义考虑，赞助三万五万的，没问题。但你得好好地、客客气气地跟我说。"徐艺慢条斯理地说完，自顾自地在走廊的椅子上坐下，跷起了二郎腿。

龚大鹏愤愤地说："徐艺，你也太没有人性了！"

徐艺说："我要是给了钱就有人性了？"

龚大鹏咬牙切齿地说："这钱，你想出也得出，不想出也得出。何宝变成鬼了放过你，我一个大活人也不会放过你。"

徐艺说："得了龚老板，你也不想一辈子穿草鞋吧？你不是在追求张小洁吗？你不是想过一种有钱人上流社会的生活吗？你跟我较什么劲儿啊？大家伙该干吗干吗。"

龚大鹏说："徐艺，我可一直把你当朋友，你要这么不仁义，别怪老子对你不客气。"

徐艺说："你想怎么样？"

龚大鹏说："如果你不对何宝的补偿问题表个态，你信不信我把他的尸体扛到你公司里去？我不信你的拍卖公司还开得下去。"

徐艺起身拍了拍屁股："龚老板，看在你比我大十几岁的份儿上，我奉劝你一句话，不要动不动就威胁别人。没有谁是吓大的。我还有事，我先走了。"

龚大鹏一把扯住他："你想开溜？你也不问问老子的拳头答应不答应。"

徐艺一把挣脱了龚大鹏的拉扯，龚大鹏红了眼睛："你他妈的……"他右拳向徐艺的脸砸去，徐艺一闪，左脚下意识同时蹬出，正中龚大鹏的小腹。龚大鹏连退两步，坐在了地上。他捂着肚子，半晌才说得出话来："徐艺，你他妈的下手太狠了。"

徐艺生气地看着他说："打死你我都是正当防卫，不下手狠，倒在地上的可就是我了。我告诉你，我要不是手下留情，你早就给废了。我可是正儿八经练了几年跆拳道的，你是我朋友，我只是想让你冷静点。"

龚大鹏仍然嘴硬："倒退几年，你未必是我的对手。"

徐艺笑了，伸出手去拉他起来："你这样说，等于承认你输了。你想在上流社会混，别想靠拳头说话，得用脑子。"

龚大鹏说："还说呢，就是你的脑子用多了，才惹出了这些事端来。"

徐艺说："这能怪我吗？谁他妈想到会阴沟里翻船？"

龚大鹏说："别说那么多，你说，我们的事到底怎么办吧？"

徐艺说："算我倒霉，你借的那二十万，我不要了。"

龚大鹏说："你得再加……三十万。"

徐艺怒道："你还真敢狮子大开口呀？凭什么？"

龚大鹏说："凭何宝死了，你还活着。凭你一单业务就轻轻松松地赚了一两百万。凭你要是不贪心就什么事也没有。快点答应，免得我后悔。老子打不赢你，但如果老子下了决心一辈子缠着你，让你再也做不成这样的好事，我可做得到。"

"我可真他妈是秀才遇到兵，有理说不清。"徐艺无奈地摇摇头，他想了想，又说："好，我答应你。但在这件事上，你得自己一个人扛着。"

龚大鹏说："我一个人扛？怎么扛？"

徐艺说："对别人怎么说，你得听我的，哪怕是我让你背点黑锅。你别缠着我，也别到外面乱说话。只要你乖，我答应你的事，我保证兑现。你等着我的话。"

徐艺竟撇下龚大鹏扬长而去。

胡海洋的饭局散了，曾真回台里，张仲平也有事先走一步。张小洁扶着微醺的胡海洋出来，她体贴地对胡海洋说："胡总，您喝酒就别开车了，我替您打个车吧？"胡海洋说："好好好，不开了，不过不敢劳烦小张美女，我自己打车。"他走向路边，张小洁摇手跟他说再见。胡海洋忽然回过头说："还能再见吗？"张小洁一怔，说："胡总您什么意思？"胡海洋忙说："没什么意思，人生很多次要说再见，可是人生有很多人见过一次就没再见了，但也说再见，我是想，你我之间好像不属于后一种，我们还是要见的，对吗？"张小洁微笑说："当然，如果胡总有时间，我是非常愿意交上胡总您这样的朋友。"胡海洋说："你这话是真心的吗？"张小洁又是一怔，说："当然了，我说得不够真诚吗？"胡海洋笑笑说："真诚不是说出来的，是做出来的。"张小洁一脸疑惑地说："做出来的，怎么做啊？你教教我？"胡海洋说："那你要再次见到我，至少要把彼此的联系方式留给对方吧？"张小洁从怀里掏出他的名片说："我已经把您的联系方式牢记在心里了。"胡海洋说："那作为交换，你也应该把你的联系方式让我牢记一下吧？"张小洁歉然一笑说："对不起，我忘了随身带名片，我的电话号码是……"却见胡海洋直接一伸手："来，把它写在我手心吧？"

张小洁愣住了，说："这不合适吧？"

胡海洋说："有什么不合适？我要把你号码抓在手里，希望用这种方式把你也抓在手心。"

张小洁看着胡海洋，踌躇了一下，还是害羞地用笔在胡海洋手心里写下了自己的电话。

张仲平拎着水果去了侯昌平家。开门的是侯昌平，他把张仲平让到沙发上坐下，又到里屋跟老婆说了几句，这才出来。

张仲平关切地问："嫂子没什么事吧？怎么就从医院回来了？"

侯昌平说："没什么大碍，就是脚让砖头砸了一下，医院检查也没伤到筋骨，回来休息几天就好了。"

张仲平说："还是在医院多观察两天，要不要我找下关系……"

侯昌平摆了摆手，说："我听说，胜利大厦的拍卖出了点状况？"

张仲平说："有惊无险，可以说基本上正常。只不过……"

侯昌平问："怎么啦？"

张仲平说："又从胜利大厦楼上摔下来一个人，摔死了。"

侯昌平惊道："啊？都这样了，你还说有惊无险、基本上正常？"

张仲平说："问题是，这个摔下来的人跟胜利大厦几个当事方都没有关系，是他自己不小心摔下来的。"

"一条人命呀，怎么可能跟胜利大厦没有一点关系呢？死者家里还有什么人？会不会找我们法院闹事？"侯昌平神色凝重。

张仲平说："这个这个……不好说。按道理来讲，应该不会。在拍卖胜利大厦的事情上，法院完全是依法执行，并无任何过失和不当。"

侯昌平说："那这个人爬到胜利大厦上去干吗？他是疯子呀？"

张仲平说："这个……"

侯昌平说："仲平老弟呀，这件事情我看没那么简单，你我都要做好接受调查的思想准备。包括你那合作伙伴，什么公司呀？哦，时代阳光拍卖公司。我们要给公众一个满意的交代。"

张仲平连连点头，说："是是是。不过，话说回来，人死不能复生。在保证处理好后事的前提下，如果能大事化小、小事化了，其实对大家都有好处。"

侯昌平思索了一下说："你们先把情况了解清楚，再以两家拍卖公司的名义向法院写个书面报告。"

张仲平说："好的。其实，情况已经很清楚了，就是他自己不小心从楼上摔下来的。我完全可以对我的说法负法律责任，因为我们公司的彭经理正好把当时的情景用摄像机拍了下来。"

侯昌平看了他一下，眼里流露出些许肯定之意："哦，是这样。只要跟你们拍卖公司没关系，事情还好说一点。"

（四）

从侯昌平家出来，张仲平拨通了颜若水的电话，说想跟他见个面，关于拍卖会的事，请颜总一定要给他一个机会让他说明一下。颜若水那边停顿了好一阵，张仲平都在怀疑是不是手机信号不好，却听颜若水说："好吧，一个小时后老地方见。"

张仲平不知道，他打电话的这会儿，颜若水就在青瓷茶会所的包厢里。祁雨等颜若水放下电话，问道："胜利大厦这次仅仅以评估价七折拍出去，姐夫您单位里知道情况后，恐怕多少会有些闲话吧？"颜若水说："闲话当然不会没有，但没人敢当着我的面说。毕竟拍卖是通过正当合法的程序进行的，闲话也就不过是闲话而已。当然，我们最好还能有令人无话可说的解释。"祁雨点点头，又说："张仲平是个生意人，生意人是不肯吃亏的，他们总是盘算着用最小的成本获取最大的利益。胜利大厦这个项目做到现在，张仲平原来的期望值是被大打了折扣的，他会不会……"颜若水摇了摇手，说："张仲平这个人不简单，他绝不会只着眼于一次生意的得失。何况他并不是没有钱可挣。他这么急着来找我，除了向我解释胜利大厦的拍卖外，恐怕还有别的意图。"祁雨问："什么意图？"颜若水端起茶杯抿了一口，说："现在还不好说，不过，这个人办事向来有条不紊，讲究游戏规则，我倒是不担心他会对我有什么不利的打算。别急，等他来了以后看他怎么说。"

张仲平推开那扇熟悉的包厢门，见颜若水正低头一个人在围棋盘上研究手筋，连忙进去，说道："颜总好兴致。让您久等，仲平真是抱歉。"颜若水抬头看是他，忙招了招手说："坐吧，我也是刚到不久，在单位开完会就直接过来了。"张仲平又抱歉地笑笑说："让颜总费心了。"颜若水摆了摆手说："你我老朋友了，怎么今天这么客套了？"张仲平忙无声地笑笑，朝他点头致歉。这是胜利大厦拍卖会之后第一次见颜若水，心里还记得他那拂袖而去的样子，见了他这会儿的态度，这才稍加安心。

没想到颜若水还是提了提拍卖会的事，说："仲平呀，老实说，刚才单位开会，有人对这次胜利大厦以评估价七折的拍卖底价成交，可是颇有微词啊！这样子的拍卖，在张总做的生意里面是不是第一次？"

张仲平说："第一次拍卖就成交了，这在我做的生意里面也不多见。对于东方资产管理公司来说，能够尽快将资金回笼，也算是一个不错的结果吧。"

颜若水说："换句话说，张总对今天的拍卖成交价还是很满意的啰？"

张仲平笑笑说："不算满意，也不算不满意，就是一单正常的生意吧。"

颜若水说："可是，一回来，我就接到了好几个朋友的电话，都说卖得太贱了，怪我为什么没有通知他们。"

张仲平说："这个……很难说。我们在程序上是无懈可击的，至于说广告宣传的力度，确实不好说，如果再强一点、面再大一点，能够再网罗到一两个竞买人，也许情况就有点不一样。"

颜若水说："张总说得太轻描淡写了，那么多人在会场上闹事，不能说对竞买人的心理没有影响、没有压力吧？而你们居然事先没有一点察觉，有点说不过去。"

张仲平说："是是是，颜总批评得对。"

颜若水又问："我刚才听说还死了一个人？"

张仲平叹了一口气，默默地点了点头。

颜若水说："会不会涉及到你们拍卖公司？"

张仲平说："我来见您以前已向法院做了汇报，根据我们掌握的录像资料，可以证明他是自己失足从楼上摔下来的。"

颜若水说："问题是他为什么会爬到楼上去示威？这里面到底有什么前因后果？"

张仲平说："具体的情况还得调查。根据我们掌握的情况，死者跟胜利大厦的建筑商有关，是另外一个申请执行人龚大鹏的侄儿。"

颜若水将棋盘上的棋子一颗一颗收进棋盒，说："张总，你想过没有？这个事情可能会很复杂。在咱们这个社会，死人为大。这个龚大鹏会不会以此要挟法院，在财产分配上跟我们讨价还价？"

张仲平想了想，道："很难说呀。"

颜若水说："我看可能性很大。都说现在是官贪民腐，死的那个人，可是为龚大鹏提供了一颗好棋子。如果真是这样，我们都要被牵扯进来。你看，就两个申请执行人，如果他要的多，我们资产管理公司得到的就会少。如果我们公司的人因此心生不满，表面上也许不会说什么，但暗底下说不定就会怪我当初力推你们公司。"

张仲平再一次抱歉说："如果因此给颜总添了麻烦，我心里会很过意不去。"

颜若水说："也怪我，其实当初就该坚持让你们拍卖公司做主拍单位。那家什么时代阳光拍卖公司，我一向不看好，不过，既然他和你也是亲戚关系，我也就不好多说什么。"

张仲平感激地说："是是是，颜总总是能从大局出发。我谢谢了。今天这个买家很有实力，拍卖成交款很快就会付清，到时候……"

颜若水正端起茶杯喝水，似乎被呛着了，不停地咳嗽。张仲平忙扯了几张纸巾递过去，等颜若水咳嗽平息下来，他轻拍了一下自己的嘴，望着颜若水一笑："颜总，要不……我们还是换个轻松点的话题吧。"

颜若水点了点头："你说。"

张仲平紧盯着颜若水说："那尊青瓷莲花尊，我是越看越喜欢，我想在原来谈的价格的基础上，再加这个数——"他伸开自己的手掌，"不知道祁老板是否愿意？"

颜若水瞟了他一眼，也伸开自己的右手手掌，摇摇："多少？"

张仲平说："十位，五个十位。"

颜若水说："你跟别人一起收藏？"

张仲平说："不，我一个人。文物收藏嘛，本来就是最个人化、最私密性的行为。"

颜若水说："那……这一单算下来，你可就没赚什么钱了。"

张仲平笑嘻嘻地说："拍卖行业是一种服务行业，我最看中的就是能否可以继续为领导服务。"

颜若水头往后一仰，也笑了："哈哈，张总你可真是……大手笔。不过，张总的提议，我有点儿不懂。"

张仲平给颜若水的茶杯里续了茶，说："我听说香水河国营物资公司……"

颜若水看他没有继续说下去，把身子稍微往后一倾，问道："那又怎么样？"

张仲平笑着说："呵呵，其实，拍卖活动不宜搞什么人海战术，一家做，反而没那么磕磕绊绊。我想……先用这个数，为香水河国营物资公司的事，在颜总这儿挂个号。"

颜若水右手搭在椅子的扶手上，手指弹钢琴似的敲了一会儿，说道："我看，生意上的事，最好是一单归一单，别搅浑了。"

张仲平说："那好，我换个时间，让祁老板单独再给我推荐一两件东西。"

颜若水笑了笑说："党中央让我们别折腾，张总干吗这么着急？你就不能让自己先歇一会儿？"

张仲平说："惭愧。最近我不是在向祁老板学习收藏吗？搞收藏就是这样，心里惦记着一件东西，老是放不下。"

颜若水说："这人哪，见不得好东西，只要瞅上了，就渴望着占有，就想着把地上的花儿都摘完，把天上的麻雀都捉尽。这可是人性中的弱点呀！我常想，有能力挑八百斤，只挑五百斤六百斤不行吗？干吗非得要去挑一千斤呀？何必把自己搞得那么累呢？"见张仲平要插话，他伸手挡住了，说："我只是觉得，那事儿不急，等你把这件事处理完了以后……再说吧，啊？"

张仲平说："是呀是呀，人心不足蛇吞象。这做人，还真不要奢望拥有太多，这样，才会有一种平常的心态。可惜，我做不到颜总的那种境界，我就一俗人，好东西摆在你面前，弯弯腰就能得到，要我做视而不见状，也太难了。不过，颜总放心，我这人太多的私心杂念也没有，做事也懂得顺势而为，既不勉强自己，也不会为难朋友。之所以提刚才那个小小的要求，就是因为我把颜总当成了铁哥们儿。"

颜若水笑道："你呀！"

张仲平说："总之，我希望颜总给祁老板捎个话，千万把那一两件别人一看就动心的好东西，收藏严实了，可不要轻易示人。收藏么，你懂的。"

颜若水忍不住大笑："哈哈哈，我会转告的，请仲平放心。是呀，我们俩，谁跟谁呀？"

徐艺现在最担心的，就是接到周运年或者鲁冰打来的电话。

莫老板事先不愿意跟龚大鹏达成任何协议，拍卖会人虽到场，却莫名其妙地没有举牌，眼睁睁地错过了一次赚钱的机会。他感到背后似乎有一个影子在控制着莫老板，或者说，也在控制着他。这个影子是不是就是辛然的爸爸呢？他对自己到底是什么想法？他要是给自己打分不及格，那可就麻烦了。

至于鲁冰这边，虽然说他帮助自己拿到了这次拍卖会主拍的机会，但是，这种帮助是有限度的，也是有条件的，是他徐艺巧妙地利用周运年来施加影响的结果。如果这一次的拍卖会让他感到不满意，他今后对自己的帮助便会更加吝啬，他要是再去跟辛然他爸说些什么，那对自己就更不利了。

可徐艺知道，丑媳妇总是要见公婆的。周运年或者不会直接过问他的事，但鲁冰是这次拍卖会的委托法院方，一定会关注他的一举一动的。

果然，徐艺很快就接到了鲁冰的电话，让他赶紧去他办公室。

徐艺丢下手头的一切，不久便毕恭毕敬地站在了鲁冰面前，鲁冰半点也没有请他坐的表示，他埋在案卷里忙自己的事，完全把徐艺晾在了那里。徐艺尴尬地杵在那儿，见鲁冰杯子里茶水空了，忙端过来去续水。

"你放下！"鲁冰从案卷里抬起铁青着的脸，毫不客气地训斥道，"你看你干的事！给你争取了一个这么好的机会，干得这样乱七八糟的，你叫我怎么说你？"

"鲁叔叔您怎么说我都行。"徐艺唯唯诺诺地说。

"冲击拍卖会场、堵马路、死人，一场拍卖会，你来了一次三级跳，你也太能耐了。"

"鲁叔叔您尽可以骂我，但这笔账，不能算在我头上。"

"你好像还挺委屈？那你说，到底是怎么回事？"

"我也不知道是怎么回事，不过……"徐艺欲言又止。

"不过什么？把话说出来，别藏着掖着的。"

"我不知道事情是怎么起来的，但我知道事情是怎么平息下去的。"

"快点说！"鲁冰不耐烦地催促道。

"张总，我姨父，通过龚大鹏给每个闹事的人发了两百块钱。"

"哦？"

"其实，当时完全可以有另外一种处理方式，就是暂时不开拍卖会，把事情查清楚了再开。我跟他提过这个建议，结果被他骂了一顿。"

"你怀疑张仲平幕后操纵了这件事？"

"我可没这么说。"

"那你想说什么？"鲁冰盯着徐艺。

"3D拍卖公司在这件事上扮演了什么角色我不敢说。但这件事我不想闹大，辛然他爸当然也想早点平息这件事，这对大家都有好处。"

"是呀，周副市长想得对，稳定压倒一切，能够息事宁人当然是最好的。你做得到吗？"鲁冰听说周运年有这样的要求，自然非常支持。

"死者是龚大鹏的侄儿，除了龚大鹏已经没有了别的亲人，也许，给龚大鹏一点钱，他也不至于太乱来，毕竟，他们是无理取闹在先。"

"钱由谁来给？由法院给？"

"法院当然不会给也不能给，我建议从拍卖公司的佣金里面出，为这事，我愿意陪姨父一起吃点亏。"

鲁冰点了点头："一定要把善后处理好，宁肯少赚点钱，也千万别出什么乱子。"

徐艺赶紧说："明白。"

鲁冰又补充说："这事法院不便出面，一出面，性质就变了，好像法院就有了责任似的。你跟3D拍卖公司协商好。"徐艺连连点头，说："好的。"

张仲平用钥匙打开曾真家的门。他左手抱着一个现代艺术瓷花瓶，右手抱着一束花。曾真连忙跑过来把他手里的东西接过去。张仲平在门口换好拖鞋，走到沙发前瘫坐下来。

电视里正在播放一部冗长的韩剧。张仲平打量了一下四周，这个不大的空间已经完全变了样子，那些乱七八糟的照片、器材、文件资料都已清理干净，到处弥漫着一股家的味道。张仲平在心里感叹，爱情是能够彻底改变一个人的，尤其是女人。再强势的，或者说职业化程度再高的女性，在爱情的滋润下，都是乐于激发自己的本性，做一个幸福的小女人的。

曾真把花插花在花瓶里，洗完手回到房间，坐在沙发上，让张仲平把头枕在自己大腿上，替他按摩太阳穴。

"累了吧？"曾真揉着，轻声问道。

"是呀，好像感觉从来没这么累过。"张仲平半眯着眼睛，懒懒地回答。

"你要不要到床上去休息一会儿？"

"不用了，就这样躺几分钟吧。呀，真舒服。你累不累？"

"不累，这样子，我觉得你倒像是我的孩子了。这感觉有点奇怪，但我很享受。"

"母爱泛滥。"张仲平笑说。

"不行呀？"曾真嗔怪道。

"行行行。"张仲平眼皮重得不得了，随口答应。

"人要真能返老还童就好了。"曾真感叹了一句，低头再看，张仲平已经发出了轻微的鼾声。

曾真轻轻地梳理他的头发，怜爱地在他额头上亲了一下，伸手拿过遥控器，关上电视机。

张仲平的手机响起，他连忙起来接电话。"噢，覃村长，是你呀？什么？等着工程款？我知道，你别老催，我自有安排。"

张仲平挂了电话，使劲伸了一个懒腰。

曾真问："你赞助那个学校，真没跟她说呀？"

张仲平说："你是说唐雯？没有。"

曾真又问："为什么不跟她说？"

张仲平摇了摇头："也许，这不过是我的一个心结。"

曾真说："也就是说，你这样做更多的是为了纪念夏雨？"

张仲平说："可能吧！"

曾真说："你怕教授吃醋？"

张仲平想了想说："好像也不是。我只是觉得这事跟她好像没关系似的，开头也想过要告诉她，却一直不知道怎么开口。等到事情已经开始做了，再去说，又觉得别扭。"

曾真说："只是……我如果设身处地地替教授着想，要是知道你背着我做了这么一件大事，会有说不出的凄凉。"

张仲平转过头来看着她："凄凉？你怎么会替她觉得凄凉？"

曾真说："首先，那也是她留下青春记忆的地方，按照你跟她的关系，那也是她初恋的地方；其次，她会想不明白这事你为什么要瞒着她。你们现在还是……夫妻呀！"

张仲平说："她会这样想吗？"

曾真说："应该会。作为外人，通过这件事，我甚至无法评估你跟她之间的感情，我会猜测你们之间已经有了二心。"

张仲平一笑，说："有没有二心，你不知道呀？"

曾真说："别打岔。反正……我会觉得这事怪怪的。"

张仲平说："你做惯了记者，是不是养成了对什么事都要刨根问底的习惯？这不好。实际上，很多事情都是没有标准答案的，你也没必要想那么多。"

曾真说："都说女人念念不忘的是自己的第一个男人，而男人最珍惜的是自己最后的女人，你却似乎一直爱着夏雨？"

张仲平说："这也是一个没有标准答案的问题。"

曾真说："那你试着给个答案嘛。"

张仲平："什么答案？"

曾真说："我想知道你跟我在一起，是不是跟夏雨有关。我是不是沾了夏雨的光？"

张仲平沉默了好一会儿，说："也许是，也许不是。跟你在一起我有一种幸福的感觉，真的很舒服、很轻松、很享受。"

曾真说："是不是好像又回到了跟夏雨在一起的日子？"

张仲平说："你别揪住不放好不好？"

曾真说："没有呀，我只是怕成了人家的替代品。我不管什么夏雨不夏雨的，我一定要让你知道，我跟别人是不一样的。"

张仲平看着曾真的眼睛："你肯定跟别人不一样，跟你在一起，我真的有一种幸福的感觉，真的很舒服、很轻松、很享受。你得相信这一点。"

曾真也看着张仲平的眼睛："我相信。"

张仲平问："那……你是不是也有这种感觉？"

曾真说："让我想想吧！"

张仲平不满地说："还要想呀？"

曾真笑说："差不多吧。我也不知道。在这之前，我从来没有谈过恋爱，所以，没有比较。没有比较就没有发言权，是不是？"

张仲平捏了一下曾真那好看的鼻子："你这个家伙，是不是还想找人比较一下？"

曾真说："没有呀。女人跟男人不一样，一般的男人，总是吃着锅里的，想着碗里的，心里还惦记着别人盘子里的。女人的爱情则大多是集中型的，爱你就只有你。必须结束一段感情，才会有新的开始。"

张仲平严肃地说："今天中午看来是睡不成了，我得坐起来跟你讨论一下男女关系的问题了，我得为广大男同胞辩护。"

曾真说："躺下躺下，你辩不过的。事实胜于雄辩，你看看你自己，我知道的就有教授、夏雨，你说你是不是吃着碗里的，想着锅里的，心里还惦记着别人盘子里的？"

张仲平一时无语。

曾真说："怎么，你生气了？"

张仲平说："没有，只是觉得挺对不起你的。"

曾真说："跟你在一起是我自找的，我从来没有责怪过你呀！"

张仲平喉咙哽咽了一下，说："你真是一个……好孩子。"

曾真说："你得意了吧？最后一个问题，你……最近回到家里，怎么面对她？"

张仲平说："你指什么？"

曾真说："她……难道没发现你跟原来不一样了吗？"

张仲平说："好像没有吧。"

曾真说："怎么会？要么你太会伪装了，要么她太迟钝了。告诉我，你跟她在一起是什么样子的？"

张仲平感觉头大了："你也太八卦了吧？"

曾真扯了扯他的衣袖："说嘛说嘛。"

张仲平一脸视死如归的表情说："不！"

曾真不死心，又问："那……你还会不会经常对她说我爱你？你必须老老实实地回答这个问题。回答完这个问题就让你睡。你不准糊弄我。"

张仲平说："说真话，我已经不记得最近一次对唐雯说爱她是什么时候的事了，想一想，觉得挺对不起她的。"

曾真叹了一口气，说："你对不起这个、对不起那个，你这一辈子欠下的情债，怎么还得完？"

张仲平说："你是说，有些账我得赖是不是？"

曾真斜着眼睛看着他说："你想赖谁的账？"

张仲平忙说："不是不是，我是在问你，我是不是太自私了？"

曾真说："谁不自私呢？"

张仲平点头说："是呀，爱情都是自私的。"

两人一时都没说话。过了一会儿，曾真忽然又问："你爱不爱我？"

这可以说是女人最常考问男人的一道题了。张仲平看过一个笑话，说一个女人问自己的老公这个问题，老公立即回答说爱。结果女人给了他一耳光，说男人想都没想就回答，一定是口是心非，不真诚。第二次女人又问老公这个问题，男人故意认真考虑了半天，然后才说爱，那女人又大发雷霆，说男人想了半天才说爱，一定是自己都不确定。第三次女人还问老公这个问题，老公怯怯地问，你觉得呢？女人说，你是不是怕伤害我，所以不敢回答？老公哭了，说媳妇，我是怕你伤害我呀！

现在张仲平也被问到了这个几乎每个男人都会被问到的问题，他一时不知怎么回答，反问道："这是附加题吗？"

曾真说："你可以不回答。"

张仲平说："我当然要回答。我爱你。可是，我又老是忍不住要想，我有何德何能，怎么会有这种好的运气，能够有资格爱你？"

曾真咯咯笑了："还是别想了。相信这是真的就行了。仲平，你知道我的感受吗？跟你在一起，我越来越自然，你让我觉得做女人真好，我不知道我是不是爱你，但我觉得我更爱自己了，我似乎第一次发现生活原来这么美好。"

张仲平说："我能让你更爱你自己，我就感到很欣慰了。你爱不爱我，倒在其次。我希望你保持这种自我感觉良好的状态。"

曾真说："换一种说法，你希望我就这样被你哄骗下去？"

张仲平说："哄骗？这个词太恐怖了吧？"

曾真微笑着闭上眼睛，长叹了口气，说："仲平，你别紧张，我愿意被你哄骗。因为……因为我也很享受。"

这时，张仲平的手机又一次响起。他看一下手机，对着曾真嘘了一声，说："是她。"曾真小声问："教授？"张仲平点点头，接了电话："徐艺？他请我吃饭？不去，你今后少在我面前提他。行了行了，有什么事等我回家再说。"

张仲平挂机。曾真问："怎么啦，第一次看见你生这么大的气？"

张仲平说："哦，徐艺要请我和唐雯一起聚一聚，我不想去。"

曾真说："为什么？"

张仲平说："这次为了照顾他，我不仅一分钱没赚，还被他惹出了这么多麻烦，现在我一听他的名字就头大。"

曾真惊讶地说："这么大一个单子，一分钱都没赚，怎么可能呢？"

第十九章

（一）

"这么大一个单子，一分钱都没赚，怎么可能呢？"

同样的疑问也被唐雯提了出来。虽然很少过问公司的具体生意，可平时耳濡目染，唐雯对拍卖公司的赢利模式基本上还是清楚的。胜利大厦项目的价值张仲平也跟她提起过。一般情况下，唐雯对这些东西没有什么太清晰的概念，但这一次拍卖是外甥徐艺自立门户后与丈夫张仲平的第一次合作，在她心中便有了特殊的意义。

这些天来，她察觉到自己、张仲平、徐艺，原来亲如一家人的关系变得微妙起来，这两个在她生命中最重要的男人之间，包括他们跟自己之间，似乎都有了某种疏离。不，他们并没有对她怎么样。徐艺虽然离开了丈夫的公司，而且从家里搬了出去，可对自己的亲情并没减少，她相信这个从小跟自己长大的孩子的感情。至于徐艺对他的姨父——自己的丈夫，似乎也一直保持着应有的尊敬。男人嘛，希望能够在事业和生活上独立，这再正常不过，即便是自己的亲生儿子，翅膀硬了不也得放他去飞吗？而张仲平，自己深爱的丈夫，几十年风风雨雨两个人都走过来了，他从未放弃过对自己、对这个家庭，包括对徐艺的责任。她迷恋他、依赖他。他呢？他对自己的那份感情不仅没有变淡，反而越久越浓，越陈越香。是的，或许这样的词汇用在像她这样的中年高知女性身上显得有点矫情，但这就是她内心最真实的情感与判断。

可是，这种挥之不去的疏离感，究竟是从哪儿来的呢？唐雯这些天心中晃晃悠悠，总觉得有一种踩在棉花堆里的不踏实感。她希望这一次拍卖能够取得一个皆大欢喜的结果，这样，也许就能证明她潜意识中的一切担忧不过是一种可笑的自我心理暗示，从而彻底消除她的那种不踏实感。所以，当张仲平拒绝与徐艺吃饭，并说这次拍卖一塌糊涂、分文未赚的时候，唐雯的疑惑中夹杂着一股说不清道不明的恐惧情绪。那种踩在棉花堆里的不踏实感觉更加强烈了。

"怎么不可能？你是不是要我一五一十地算账给你听？"张仲平的语气，不但非常肯定地宣布了胜利大厦拍卖项目竹篮打水一场空的事实，而且明白地显示了他对自己辛辛苦苦做了半天却是这么个结果的不满和抱怨。

唐雯和缓地说道："你干吗发这么大的脾气？仲平，我们什么时候因为钱的事起过争执？我刚才问那句话，只是有点想不通而已。"

张仲平说："那还是要我算账给你听啰？"

唐雯说："你怎么这么不耐烦？就算这样，也不算什么过分的要求吧？"

"我不是不耐烦。"张仲平说，"好，我就满足你的要求。但我要事先声明：第一，我没发脾气，最多只能算有点情绪；第二，对这个问题，我其实挺矛盾。"

"矛盾？你矛盾什么？"

"作为夫妻，我是应该算账给你听，可我又不敢算账给你听。如果我不算账给你听，你会怀疑我把赚的钱弄到哪儿去了，你说不定还会怀疑我是不是在外面养了小三儿。可真要算账给你听，势必要涉及到我生意上的一些具体的人和事，我又怕造成你的心理负担。他们可是再三交代我，这种事情只能背靠背、单线联系。"

"什么叫背靠背、单线联系？你做生意怎么搞得像地下工作者似的？"

"很简单，现在社会上一下子冒出了那么多的有钱人，每一笔财富都能够放到阳光下展览吗？不能。生意，什么是生意？有人说生意就是活生生的交易，这样说也许太露骨。但生意的本质是交换和经营，做生意，就是有钱的出钱，有力的出力，有关系的出关系。出钱出力还好说，对于那些出了关系的人，他们就希望永远躲在幕后。为什么？因为关系的圈子，往往是围绕着权力的核心形成和运转的，当有人想以权谋私的时候，便必须保持它的私密性。明白了吧？"

"明白了，他们又要得利，又要保护自己，所以，你就得保护他们。"

"对，这是游戏规则。我只能这样做，我也愿意这样做，因为保护了他们，就是保护了我自己。所以，面对你的质疑，你知道我有多难了吧？"

"问题是，收入减支出不能等于或小于零，这应该是最起码的常识吧？成交额四千多万，佣金四百来万，你说你没赚一分钱，实在说不过去吧？还有，徐艺跟你一起做同一单生意，为什么他赚钱赚得乐呵呵的，你却没有赚到钱？"

"你又在提他，就是因为他，才弄得我这样的！"张仲平原本趋于理性的语气一下子又激烈起来。

唐雯愕然："这我就不明白了。"

张仲平说："好，听我慢慢跟你说。做生意要打点，这你承认吧？可是，别人却只认我不认徐艺，这意味着什么？就意味着该他付给别人的好处费，也得由我来付，我得付双份。我栽树，徐艺乘凉，这样说你明白了吗？"

唐雯又不是傻子，自然明白一碗汤一个人喝和两个人分着喝将会大不一样的道理，便点点头说："这道理我明白，而且，这事你能跟我说，还不能跟徐艺说，对吧？"

"对，不仅如此，我就是想跟他说，外面那些人也不会让我说。"

"外面那些人，怎么会这样？"

"怎么就不会这样？这个社会，有无私帮你不要回报的人吗？有，但不多。更多的情况，是桌面上做生意，桌子底下做交易。"

"这其实是我最担心的。生意能做，交易能做吗？"

"问题是，如果没有交易，可能就没有生意。你说我怎么办？从此以后金盆洗手吗？"

"这也逼人太甚了吧？外面那些人，怎么会这么黑？"

"黑吗？你可以说他黑，你也可以说这一切都很正常，因为拍卖委托权在他手上，他不想权力寻租才怪，相反，他如果没有赚钱的想法，我们的生意反而没那么好做。所以，我可不恨人家，我和他们可是一个愿打一个愿挨。让我恼火的是徐艺，公关费我替你付了也就算了，你倒是老老实实地做生意呀，他不，还贪心不足蛇吞象，无缘无故地惹出那么多事端。"

唐雯抢过话头说："你怎么知道节外生枝的就是徐艺？"

张仲平说："我当然不会冤枉他，我做生意多少年了，他做生意才多久？他玩的那点小聪明，我会不知道？"

唐雯只好说："如果真是这样，我觉得你倒应该多敲打敲打他，做人做事还是要老实本分才好。"

张仲平说："我敲打他？我怎么敲打他？他会听我的吗？他不会。他的心早就野了、大了。我可是跟你说过，我跟他的合作，这是第一次也是最后一次，以后他的事是他的事，我的事是我的事，别动不动就把我跟他搅到一块儿。"

唐雯说："不，仲平。听你这么一说，我是越来越害怕，这生意，咱们不能做了。"

张仲平说："吓着你了吧？你看看，我不想这样的。不过，话说回来，你也没有必要为我担惊受怕……"

唐雯着急地说："我怎么可能不担惊受怕呢？"

张仲平说："那怎么办？从此不做就行了吗？以前做的呢？要出事还不照样出事？生米可以煮成熟饭，熟饭能变成生米吗？做官做生意，很多情况下就是一条不归路。"

唐雯叹了一口气说："这就是所谓的原罪问题吗？你每天背着这样的思想包袱，该多难受？"

张仲平笑了笑："哪能天天想这事，那还不把人给逼疯了？唐雯我跟你说，不管是做官还是做生意，很多情况下，真的就是一条不归路。我不孤独，官场上、生意场上，我这种人多着呢。什么叫与人方便，自己方便？只要做的事不太出格、没有民愤，也没有人死死盯着你缠着你不放，一般来说，也就没什么事。虱多了不痒嘛！哈哈，这么多年，我……习惯了。"

唐雯的疑虑显然没有被完全消除，说："可是……"

张仲平打断了她："没什么可是不可是的。这个社会，比你想的要复杂得多，能不想，尽量别想。可有一点，你千万记住了，万一哪天检察院的找到你，问起公司的事，你一定要一问三不知。有些事，我一个人能扛、好扛，你要想帮忙，很可能帮倒忙……记住了吗？"

唐雯沉重地点了点头："嗯。"

张仲平长叹了一口气，说："从今天开始，你也别想着把我在外面做的一切事都搞清楚，我只能告诉你，我做的一切，都是为了你和小雨，为了这个家……记住了吗？"

唐雯说："嗯。对了，徐艺请你吃饭的事……"

张仲平再一次打断了她："行了，这事你别操心了，哼，他的饭可不是那么好吃的，我不想去。"

徐艺和辛然两个人等待用餐，气派的酒楼，宽敞的包厢，很大的圆桌，满桌子菜。显然，这不是两个小情侣约会吃烛光晚餐的场合。徐艺等的客人自然是张仲平，他托姨妈给他打了电话，约好了时间地点，唐雯倒是答应了。可现在，离约定的时间已经过了半个小时了，张仲平仍然半点消息都没有。

辛然问他要不要直接给张仲平打个电话，这样等下去毕竟不是个事。

徐艺脸上不自然地笑了笑，对辛然说："他不来？不来就不来。我请他，证明我的心意到了，来不来，那是他的事。辛然，把红酒开了，我们俩喝，自己给自己庆贺一下还不行呀？"

辛然说："吃水不忘挖井人，把你引入这一行的，毕竟是姨父，我还是觉得咱们也该多尊重他一点。要不就再等等吧？"

徐艺说："我不尊重他吗？尊重。可尊重是相互的呀，什么叫你敬我一尺，我敬你一丈？还不就是一个互相给面子、互相捧场的问题吗？其实，说来说去，姨父什么都好，就是胆子小，做事太谨慎。这也难怪，他毕竟是四五十岁的人了，已经没有什么激情了，我觉得他的黄金时代就要过去了。现在做什么都要有激情，包括做生意。"

辛然问："那你有什么打算？"

徐艺雄心万丈地挥了挥手说："首先，我要在近期做一次艺术品大拍。另外，据可靠消息，香水河国营物资公司巨额亏损，可能就要进入拍卖程序，公司有煤矿，光西郊公园旁边那块地就值两三个亿，那可是大买卖。我一定要把这一单业务拿下来。"

辛然也兴奋起来，说："是吗？那太好了！你真棒！还有呢？"

徐艺说："还有？噢，真的，你倒是早点跟你爸爸说呀，他那么多资源，贡献点出来嘛，他要是跟有关部门打打招呼，我们的业务会做不完的。"

辛然白了他一眼，说："我是说，你就没有想过我俩的事儿？"

徐艺仿佛从云端回到了地面似的，愣愣地望着辛然，又马上点头说："想啊，怎么不想？我不是让你去看房子了吗？你说，我们是在城中买个两百来平方米的复式楼，还是到郊外去买幢别墅？"

辛然问："你说呢？"

徐艺说："我的意思，先在城中买个一百来平方米的房子，等香水河国营物资公司的拍卖做完了，再到郊外去买幢别墅，怎么样？"

辛然嘟了嘟嘴："那首先，你得把那个玩意儿给我准备了吧？"

徐艺茫然问道："什么？"

辛然朝徐艺摇摇无名指。

徐艺反应过来说："噢，钻石婚戒？分分钟的事。"

辛然说："可别光说不练。"

徐艺诚挚地望着她说："辛然，我的意思是说，你爸爸跟江小璐马上就要结婚了吧？如果他们今年结，那我们就明年结。我们做晚辈的，总不能挤到他们前面去吧？就是排队也应该先轮到他们呀，你说呢？要不，先给你买个车吧，明天我就陪你去看。"

辛然高兴地说："真的？"斜过身子亲了徐艺一口，过去打开红酒，给徐艺和自己杯子里浅浅倒了一层，一碰说："为了我们的将来，干杯！"

（二）

吃过晚饭，丛林将碗筷收拾了，擦着手从厨房里出来，忽然对正坐在客厅沙发上看电视的华媚说："你的腿还可以吗？咱们到院子里散散步吧。"

听到丛林的话，华媚心里一愣。说实话，自打结婚以后，丛林忙于工作，连回家吃饭的时候都不多，更别提饭后两人能够悠闲地散散步、说说贴心话，享受一下谈恋爱时的那种浪漫了。而自己炒股不顺，后来又迷上了打麻将，丛林更是看自己鼻子不是鼻子、眼睛不是眼睛的，要么老是不回家，即使回家也是摔锅打盆的，没个好脸色。上次自己赌气跳楼不小心摔伤了腿，这一段时间在家里养着，丛林倒是转了性子似的对自己照顾得无微不至。

华媚鼻子一酸，连忙忍住了，她站起来让丛林轻轻扶着，温柔地笑了笑说："好呀，咱们散散步。"

初夏的凉风拂过身躯，令人有一种情人手指抚摸的兴奋战栗。华媚轻轻地挽着丛林的胳膊，在法院家属楼下的林荫小道上徜徉。远处音乐悠扬，是院里的中老年妇女们自发组织的集体舞蹈，树荫下有三五老头围观弈棋，偶尔有小孩打闹着从他们俩的身边跑过……一阵说不清道不明的花香传来，华媚深深地呼吸了一下，幽幽地说："丛林，你说我们有多久没在一起散过步了？"

丛林说："是呀，我忙你也忙。"

华媚半眯了眼睛，身体靠紧了丛林说："风吹到脸上，可真舒服，比家里的电风扇、空调舒服多了。今后，你得多陪我散散步。"

丛林点头说："没问题，只要我有空，只要你少打点牌。"

华媚嗔怪地看了他一眼说："看看，又来了。"

突然，一个黑影从树丛里窜出来，挡住了丛林、华媚的去路。

丛林本能地把华媚拉到身后，厉声问道："谁？你想干什么？"

那黑影问道："您是丛林法官吧？"丛林还没回答，他身后的华媚抢着说："他不是，你认错人了。"

丛林疑惑地打量他，终究光线太暗，看不真切。丛林回身对华媚摇了摇手，示意她别说话，然后回头对黑影冷静地说："我是丛林，你是谁？"黑影说："这包东西是给您的，您看了，一切就都清楚了。"说完他把一包东西塞给丛林，转身就跑。丛林反应过来，连忙追跑了几步，大声喊："喂，喂——"可黑影跑得很快，一会儿就消失在了黑暗之中。

丛林只好返身回来。华媚也凑拢过来看，问道："是什么呀？"

丛林看了看手中的东西，是一个被报纸一层一层包得严严实实的包裹。他正要打开，又马上停止了，对华媚说："走，回家再说。"

回到家里，丛林叮嘱华媚关好门，自己把那个用报纸包着的包裹完全打开，露出一大叠文字材料。他迫不及待地翻阅，华媚也拿起另外一叠材料漫不经心地看，撇了撇嘴说："你那么紧张，我还以为人家给你送钱来了呢！"

丛林一边看一边不满地回应："钱钱钱，这要是钱，够把这屋子炸翻了。"

华媚说："知道了，大清官。我看看，呀！举报的是……"

丛林立即"嘘"了一声，制止华媚往下说。他紧张地思考了一会儿，又将那包材料重新包裹严实，然后对华媚说："这个事你千万别对任何人说，我得马上去找刘副院长。"他拿起手机找到了号码："刘院长，我丛林，有个紧急的事想跟你单独汇报一下……要不在您办公室吧……好的，一会儿见。"

法院办公楼刘副院长办公室里，丛林和刘副院长挨着头，一起看完了那包材料。

刘副院长头仰了仰，靠在沙发上，半晌才问道："你准备怎么办？"

丛林说："这不特意跑来问你的意见吗？"

刘副院长又问："送这材料的是谁？"

丛林摇了摇头："不知道。"

刘副院长接着问："他为什么送给你？"

丛林还是摇了摇头："不知道。"

刘副院长说："这材料是复印件，我估计，送的人不止找了你一个人。"

丛林点点头说："是呀，人大、政协、检察院，甚至报社、电视台、网站，都可能送了。"

刘副院长看了他一眼说："如果上面所说的那些个单位，有一家管，还用得着你来管吗？"

丛林说："用不着。"

刘副院长又看了他一眼，说："如果上面所说的那些单位，没有一家管，你有必要来管吗？"

丛林回看了刘副院长一眼，说："我知道你想让我得出什么结论。是的，如果上面所说的那些个单位有一家管，便用不着我来管；如果上面所说的那些个单位，没有一家管，我有什么必要来管？我管得了吗？"

刘副院长说："所以，把这包东西收起来。你从来没有看到过这些东西，今天晚上，你也没来找过我。咱们该干什么干什么。"

丛林沉默了一下，说："其实，要查明真相并不难，举报材料上，遇难者姓名、住址，甚至身份证号码都有，几条人命呀！"

刘副院长加重了语气说："丛林，丛林！你就放心吧，这事，一定有人管，只是这人不应该是你。"

丛林说："刘副院长，那个送材料给我的人知道我的名字，这意味着什么？这意味着他对我寄予了希望，他并不觉得我不该管这件事，如果我……麻木不仁、置之不理，伤害的不仅是这个给我送材料的人，还有材料上列出来的那十几个人，还有他们十几个人后面的家庭，甚至还有这个社会对正义的最起码的期待。"

刘副院长点着了一根烟，吸了一口，说："丛林，师兄，你跑来征求我的意见，其实你自己早就拿定了主意，你想管，对不对？"

丛林目不转睛地注视着他说："对。"

"可你想过没有？你不过是中院民二庭一个小小的庭长，这件事经过立案了吗？没有。是上诉的二审案子吗？不是。这就是一包普通的举报材料，你怎么管？"刘副院长说。

"几条人命，涉及金额一千多万，你还说这是一包普通的举报材料？"丛林略带诧异地问。

"真实性呢？纪委、检察院，没少收到过这样的举报材料，查不查、怎么查，是他们的事。你是中院民二庭的庭长，这件事，它真的不归你管。"

丛林将打开的材料重新包起来，说："你要这样说，我就没有话说了。"

刘副院长亲切地看着他："本来嘛！再说了，你不知道被举报的这个人是谁吗？你不知道现在正把你列为副院长的考察对象吗？在这么关键的时刻，你怎么能掺和到这种事情里来？"

丛林回到家里，烦躁地将那包材料丢在餐桌上。

华媚问他："刘副院长怎么说？"见丛林不答腔，华媚又说："他肯定不想碰这个事，对吧？我看你也别去碰。你现在正在组织考察的关键时候，别在这个时候跟着别人瞎起哄。"

丛林瞪了华媚一眼："什么叫瞎起哄！"

华媚说："铁路公安，各管一段，这不是你管的事，你也管不了，知道吗？"

丛林不耐烦地说："行了，我知道。"

华媚说："知道就好。在这个节骨眼上，你可千万千万不要做什么节外生枝的事。"

周运年家的书房里，周运年站在江小璐身后，握着她的手，帮助她一起练习书法。字为四个颜楷：高洁清香。

江小璐这些天来有些云里雾里的，这么多年来似乎已经不太习惯与男人的身体贴得如此之近，周运年身体很好，肌肉条是条块是块，还总是散发出一种男人身体的气味，这些都使她微微沉醉。此刻，她的身体是软的，却努力地绷紧着，脸上红晕似隐似现，握笔的手甚至有些颤抖。

相反，她身后的周运年却显得气定神闲，握着江小璐的手也沉稳有力。待到"香"字的最后一横封口，周运年放开江小璐的手，说道："高洁清香，这四个字是对女人美好品性的最佳注解。小璐，你知道吗？这四个字就是你留给我的印象，就如出水莲花一般，姿态高洁而不高傲，清香宜人而不逼人。"江小璐赧颜一笑，周运年又说："一般人习字从颜楷入手较为恰当。颜楷是由篆书笔法入楷，是为中锋用笔的典范，其行笔雄健有力，笔力内含，落笔多藏锋，收笔多回锋，尤其起笔处圆笔多于方笔，横画轻，竖画重……"正说着，他搁在案几上的手机响了，周运年看了看屏幕上显示的号码，很陌生，他皱了皱眉，还是接了。里面响起一个陌生男人的话音："周副市长，你好啊！"

虽然大多数的电话都由自己的秘书接了，并择要向他报告，由他视情况进行处理，但周运年自己手里也有一部手机。知道这个号码的除了真正的亲人、朋友，以及重要的领导和心腹的部下外，极少有别人知道。当然，如今的官场，领导的手机号码要说完全不被某些善钻营的人打探到，那也很困难。周运年偶尔也能够接到一些陌生人的电话，基于跑官或者是跑项目的目的来跟他套近乎、献殷勤。周运年一般都是以礼相待，果断回绝。今天的这个陌生电话虽然打扰了他的雅兴，但他仍然将不快压在了心底，彬彬有礼地说道："你好，请问哪一位？"

陌生男人在电话里说："琴瑟和鸣，周副市长的小日子过得很滋润呀？香水河国营物资公司红旗煤矿那几条人命，这么快就被你忘得一干二净了？"

周运年心里一沉，他看了江小璐一眼，边接电话边离开书房。来到走廊，他压着嗓音问道："你到底是哪一位？"

陌生男人说："我是哪一位并不重要，有人给您发来了一封电子邮件，你最好现在打开电脑上网看一下。"

对方说完就挂了手机。

周运年愣了一下，回到书房，对江小璐说："小璐，你能不能帮我去买包烟？"

江小璐愕然说："你不是已经戒烟了吗？"

周运年说："我……瘾犯了，想抽。"

江小璐说："好不容易戒掉，还是别抽了吧？要不然，我去帮你沏壶茶？"

周运年说："那好，你快去。"他等江小璐离开，立即轻轻把书房门关上，然后打开电子邮箱，果然有一封来信，他越看越不安，越看越紧张。"嗡——"手边调到震动的手机又蜂鸣起来，吓了他一大跳，他拧眉看着手机，还是那个号码。他想了想，抓过手机按了通话键。

陌生男人说："邮件看了吧？"

周运年支吾道："没，还没有。"

陌生男人轻轻一笑："周副市长，您就别撒谎了，您走到窗户边，对面某间没开灯的房间里，正有人用高倍望远镜看着你呢！"

周运年走到窗前往外张望，却没有任何发现。他本能地拉上窗帘。

陌生男人说："窗帘可以很容易就拉上，邮件里说的那件事，您想抹掉，可就不会那么容易了吧？"

周运年沉住气，说："你想干什么？"

陌生男人说："我想干什么？我想跟您做一笔交易。"

周运年说："交易？什么交易？你到底是什么人？"

陌生男人说："我是什么人并不重要，倒是你必须告诉我，你觉得我的提议怎么样？"

周运年说："你以为我会跟一个躲在黑暗中偷窥的人谈条件吗？快告诉我你是谁，否则，我没有工夫跟你磨蹭。"

陌生男人说："你少跟我耍官威，你现在摸着胸口回答我，你的心是不是怦怦乱跳？今天我只是跟你打个招呼，等到明天，你再告诉我，你想不想破财消灾？"这话刚说完，对方便挂断了电话。

周运年对着电话"喂喂"叫了几声，只剩下一片忙音。他一屁股跌坐在椅子上，陷入了沉思。外面响起江小璐轻声的呼唤："运年，运年……"大概是她沏好茶给自己送过来，门却被自己从里面关上了，推不开。周运年立即起身关闭电脑，然后过去打开门，对着江小璐歉意地一笑："刚才不小心把门带上了。把茶给我，小心烫着你的手。"

江小璐将茶递给周运年，仔细看了看他，说道："运年，你是不是有什么心事？"

周运年端着热茶啜了一口，大概太烫了，嘴里吸溜了一声，说道："没有，没有啊！"

江小璐关心地说："真的吗？那……你是不是哪里不舒服？要不，你坐下，我来给你捏捏肩。"

周运年忙说："不不不，我没事，真的。"

江小璐说："还说没事。你脸色苍白，嘴唇铁青，我第一次见你这样。"

周运年一惊，说："哦，是吗？我是不是吓着你了？"

江小璐说："你这副样子，是有点让人害怕。"

周运年勉强笑了笑说:"今天上班事多,可能是有点累了。"

江小璐说:"是吧,那……你赶紧回卧室里躺下,睡一觉也许就好了。"

(三)

习习的凉风似乎消失了,已是深夜,空气中到处充满了燥热的气息。

卧室里,丛林背对着华媚躺着。他的眼睛睁得大大的,想着自己的心事。

华媚也没有睡着,翻来覆去地烙了一阵饼,她用脚踢了踢丛林,说:"你这副样子叫什么你知道吗?白板。"

丛林说:"什么白板?我看你是三句话不离老本行。"

华媚说:"喂,你很累呀?"

丛林说:"还好呀!"

华媚腻笑了一声说:"那……今天晚上是不是安排点活动?"

丛林说:"活动?什么活动?"

华媚转过身来,嗔怪地看着他说:"你看看你,真不知你这老公是怎么当的?我到外面打麻将经常是三缺一,咱们倒好,一缺一。"

丛林也转过身来说:"对不起对不起,我在想事。要不,你想怎么活动,我尽量配合……"

华媚赌气说:"我请客吃饭呀?我做文章呀?人家情绪刚好一点儿,被你弄得……算了算了,搞得我求你施舍似的,没意思。睡吧睡吧。"

丛林只好又转过背去。他怎么睡得着?今天他收到的材料,内容主要有两个:一是香水河国营物资公司上千名职工联合签名要求停止拍卖公司资产,具体来说就是西郊公园旁边的那块价值两三亿的土地。这块地抵押给了东方资产管理公司。欠债还钱天经地义,东方资产管理公司通过拍卖这块抵押的土地来回收资金,也是符合法律程序的。问题是,香水河国营物资公司将会因此破产倒闭,上千名职工将流离失所。二是材料举报了新上任的副市长周运年,把他牵扯到了香水河国营物资公司下属的红旗煤矿早些年发生的一起矿难事故中。

法院工作审执分离。审指审判,执指执行。丛林是民二庭庭长,负责案件的审理。就这件经济案件来说,丛林的审判工作自然是以事实为依据、以法律为准绳的，已经审理终结，他相信经得起时间的考验。也就是说，这事已经跟他没有关系了。剩下的工作将由鲁冰任局长的执行局负责。但丛林知道，一旦拍卖，买家如果拿那块土地来做房地产开发或转手倒卖，上千名职工就将失去工作，他们能拿到的安置费和拆迁补偿，很可能不够他们去买商品房和重新就业，他们其中的一大部分职工或将成为失业者。这势必给他们的生活带来极大困难，同时也会增加政府的负担。丛林在想，是否有一种办法，能够兼顾到东方资产管理公司和香水河国营物资公司上千名职工的利益？

至于第二个问题，就更不属于他的职权范围了。问题就出在他在和华媚散步的时候有人直呼其名把那包材料交给了他。

丛林有一种很朴素的信念，就是法律不外乎天理人情，如果判决的执行将影响到大量职工的就业与生计，就一定要慎之又慎，更何况，这里面还牵涉到官员的腐败和肮脏的交易？作为一名司法工作者，自己又怎么能够视而不见、听而不闻，无所作为呢？

这时候，华媚又转过身来，推了推他，说："不行不行，我的个妈耶，这念头一旦上来，不压一压，还真有点难受。喂，你真睡了呀？"

丛林回身说："啊？噢噢噢，没有没有……"

华媚不满地说："你老婆跟你说话，你怎么就这么心不在焉，在想什么呢？"

丛林说："没没没，没想什么。"

华媚说："最见不得你这副灵魂出窍的样子，你说，你是不是还在想那包东西的事？"

丛林说："是啊，上千人的出路和生计，这不是个小事。"

华媚说："啊？你想给这些人找工作？你快歇歇吧，我的工作你都找不到，你给谁找工作？这么多人的工作，你怎么找？"

丛林说："你懂什么！只要我能阻止香水河那块地的拍卖，这些人就能保住自己的工作。"

华媚说："哦，真的吗？如果是这样，那你就帮个忙吧，谁都不想丢了工作。"

丛林说："不是帮忙的问题，怎么说不明白呢，现在案子已经进入执行局了，归鲁冰管，已经不归我管了。"

"那你还纠结个啥？"华媚从床上一跃而起，说，"我的祖宗，你的毛病就是太爱管闲事，以为这地球离开了你就不转似的，我可告诉你，那个材料上牵涉到的人和事，跟天一样大，不是你这小绿豆芝麻官管得了的，你给我记住了，你这毛病要是再犯，我和你没完。"

丛林说："什么有完没完？你理解我一点、支持我一点行不行？这上千人的吃饭问题，我不管我良心过得去吗？"

华媚用手搂住了丛林的胳膊，说："丛林……我求求你了，这事儿你管不了，你官太小，你别给我、给珊珊、给咱们家惹事儿行不行？你就别瞎折腾了，咱们平平安安地过日子，行吗？"

丛林望着华媚眼巴巴的那副样子，心一软，把头一垂，说："行。不折腾，咱们平平安安地过日子。"

华媚说："要不是从楼上掉下去一回，我刚才就要和你急了，真是的。"

丛林将胳膊从华媚手里轻轻抽出来，背过身去，说："我知道我知道，华媚，我困了，睡吧。"

华媚不放心地继续叮嘱："别管闲事，听见没有……又装听不见。"

这个晚上，同样睡不着的还有周运年和江小璐。两个人并排躺在床上，眼睛却都直直地盯着天花板。

江小璐转头看了一眼周运年，终于忍不住问道："运年，你是不是有什么事情瞒着我？"

周运年说："没有呀，没有。真的没有。"

江小璐说："没有就好，不过，真要有什么事，别自己一个人扛，跟我说说。"

周运年轻轻地"嗯"了一声。

江小璐说："我不一定能帮上什么忙，但有些事情，一个人憋着难受，说出来，兴许会好受些。"

周运年左手摸到江小璐的右手，紧紧抓住，说："我知道，我真没事，真的。"

江小璐说："那，我们约好了明天到野外去拍婚纱照的，你没改变主意吧？"

周运年说："拍婚纱照呀？没有，没有呀！"

江小璐说："运年，虽然我们还没有扯结婚证，实际上，我已经把自己当成你的人了。你别嫌我啰唆，还是那句话，如果你真的遇到了什么为难的事，你完全可以直接跟我说，比如说，你突然觉得不想跟我结婚了？"

周运年转过头看着江小璐："不，怎么会？小璐，你怎么会这么想？"

江小璐说："我也不知道。跟你在一起以后，我就像船到了码头似的，感觉很踏实。我怕……"

周运年将她的手抓得更紧了："别怕，你有了着落，我才有着落，我不会让你再去漂泊的。时候不早了，快睡吧！"

江小璐幸福地叹了一口气，闭上了眼睛。

周运年却一直辗转反侧，无法入睡，过了一阵，他看了看身旁熟睡中的女人，轻轻呼唤道："小璐，小璐……"江小璐翻了一下身，继续睡觉。周运年蹑手蹑脚从床上爬起来，他没有开灯，摸黑朝书房走去。

刚才似乎在熟睡的江小璐却在黑暗中睁开了眼睛，侧耳倾听。

周运年进入书房，摸黑把门锁锁上，打开电脑。他到处找烟，终于找到了半包烟，开始一根接一根地抽着。电脑屏幕在他的脸上反射出幽蓝的荧光，给他增添了一种神秘的感觉。

卧室里的江小璐悄悄地起床，蹑手蹑脚地朝书房门口移过来，贴在门上偷听。

周运年掐灭了手中的烟头，拿起手机拨通了一个号码。他死劲压低了嗓音，以至于声音显得很沙哑："是我。你别说话，听我说。赶紧去查一查，有一股想刮倒红旗的风，是从哪儿来的？我跟你说，红旗不可能倒，得死扛着。"说完这句话，他便挂了机，将脸深埋进两只手掌里。

窗外，隐隐响起了轰隆隆的闷雷声，由稀而密，由远而近，逐渐演变成山崩地裂的声音。

一道耀眼的闪电划过窗前，瞬间将周运年的书房照得雪亮，暴露在亮光中的周运年的身影犹如鬼魅。周运年惊恐地抬起头看着窗外。亮光一闪而逝，书房又陷入一片黑暗之中。

"啪啪啪……"豆大的雨点猛烈地敲打着窗户。暴风雨终于来了。

周运年拧亮了桌上的台灯，他从抽屉里拿出一本厚厚的影集，里面的是辛然从小到大的照片。他一页一页地翻着，渐渐泪流满面。

门外似乎有些轻微的响动，周运年一惊，问道："谁？小璐，是你吗，小璐？"没有回答。他用纸巾把脸擦干净，起身开门，门外什么都没有。

他回到书房，把影集收好，关灯，又轻手轻脚地返回卧室。

江小璐仍然在酣睡。周运年轻轻吐了一口气，唤道："小璐，小璐……"江小璐没有应答，周运年从自己那边爬上床，闭上了眼睛。

爸爸，爸爸，哈哈哈……三四岁的小辛然发出银铃般的笑声，张开双臂向他跑来……还有前妻那熟悉的笑靥……三口之家在公园的草地上奔跑玩耍……一会儿，辛然似乎一下子长大不少，她的笑声却变成了哭声，先是号啕大哭，慢慢变成抽泣……她紧紧地攥着他的手，在一座新坟上献花。

"爸爸，妈妈会为什么抛下我们？她去了哪里？"

"你妈妈没有离开我们，她只是先去了天堂。"

"爸爸，天堂在哪里？你也带我去天堂吧，我要去找妈妈。"

"天堂离我们很远。"

"有多远？"

"很远很远。不过，我们都要去天堂，但不是现在，现在，你妈妈希望我们能够好好地活着。"

"妈妈是不是希望然然跟爸爸永远在一起？"

"是的。"

"那好吧，我们都要听妈妈的话，先好好地活着，然后一起去天堂找妈妈，好不好？"

"好。"

一会儿，辛然似乎又变成了大姑娘，跟他招手说再见，说要去找妈妈。不远处有一个男人在等着她。他大声叫着辛然，可是辛然似乎什么也没听见，走过去挽住那个男人的手，有说有笑地一起往远处走去。他拼命去追，可是明明看见他们就在前面，却怎么也追不上……

这时，他听见有一个女人的声音在叫"运年，运年……"，他难受地哼哼着，费劲地睁开了眼睛，看见江小璐的脸在他的上方，眼睛关切地注视着他。

周运年松弛了下来，说："抱歉，我做了一个噩梦，把你给吵醒了。"江小璐拿纸巾擦了擦他头上冒出的虚汗，躺下身子，把他的头揽在怀里，温柔地说："别给自己太大的压力，有事一定让我和你一起分担。"周运年呼吸着江小璐好闻的体香，喃喃道："没事，没事，不会有事的。"

（四）

太阳从城市的建筑群里升起，万道霞光刺穿了夜的阴霾。一场暴风雨的洗礼，也似乎将城市里肮脏、腥臭的气味清扫一空。

艳阳天，好日子。

西郊公园里，周运年与江小璐在摄影师的调度下拍婚纱照。摄影师一会儿让周运年的头往这边偏，一会儿又让他注意表情，要表露出幸福感……周运年笨拙地努力配合着，他心里苦笑，自己当领导干部多年，经常在各种镜头下按设定进行"摆拍"，按理说已经很适应了。可是不知道为什么，拍婚纱照纯粹是自个的事儿，他反倒不自然起来。倒是江小璐，今天的她可真美，不仅仅是因为穿了婚纱和各式华美的礼服，而是她的脸上一直洋溢着自然、幸福的笑容，这使得她全身似乎都被笼罩了一层圣洁的光晕，举手投足都那么风姿绰约，令人直想跪倒在她的裙裾下。

周运年正在感叹，手机突然响起来，他不顾正在拍摄，从裤子口袋里掏出手机，跑到一边去接电话。江小璐惊奇地望着他。摄影师只好停下来等待，他对江小璐说："你老公好忙呀！"江小璐说："他每天都这样。"摄影师又问道："他的表情怎么那么严肃呀？是领导干部吧？"江小璐无奈地望着摄影师一笑。

给周运年打电话的还是昨晚的那个陌生男人，他说："周副市长，昨天晚上睡得好吗？"

周运年强压着怒气，说："又是你。这跟你没关系。你给我听着，今天一整天，你不准再给我打电话，就是天塌下来，也等到明天再说。"

陌生男人说："周副市长，你这态度可不怎么样呀！我告诉你，与其派人去隐瞒这件事，不如跟我谈，我才是你的救世主。"

周运年说："想跟我谈可以，先告诉我你是谁。"

陌生男人说："这事可由不得你，你只要告诉我你愿不愿跟我做交易就行了。"

周运年"哼"了一声说："你也太幼稚了。"

陌生男人说："是我太幼稚了，还是你没有拿定主意？没关系，我会每隔两个小时给你来一个电话，至于接不接，你看着办。"

说完这话，对方又挂了机。

周运年使劲捏着手机，似乎是要从中挤出水来。他朝江小璐那边望了一眼，又走开几步，打了一个电话："昨天晚上跟你说的那件事，要不惜一切代价。你别给我打电话，我会跟你联系的。"说完他就挂了机，随后想了想，干脆把手机关了。

周运年转过身来时已经面带微笑，江小璐迎着他走过来问："你有急事？"

周运年挽住了她的手回到拍摄现场，说："放心吧，处理好了。从现在开始，我们进入角色，专心拍照。"

摄影师说："对，就应该这样。今天，应该成为你们俩最幸福的一天……之一。"

周运年点头："说得好。哇，这儿多美呀！小璐，你说是不是呀？"

江小璐说："嗯，是不错。不过，比这儿更美的地方还有很多，只不过，我们每天忙这忙那，把世上好多美好景致，都给忽略了。"

周运年说："今天上午，我们要好好享受一下。小伙子，抓紧时间，尽量多拍一些，拜托了。"

摄影师说："没问题。我们接着拍。新郎的手……能不能搂着新娘的腰……好的好的很好……"

市中级人民法院办公大楼。刘副院长走出电梯，不时地有同事停下来面带笑容地跟他打招呼，叫他刘院长。官场上的称谓，一般正院长不在，称呼副院长也就把"副"字给省略了。刘副院长矜持而礼貌地回应着一些具有相当级别的同僚的问候，对于那些低级办事人员的打招呼，他基本只是略略点点头，昂然正步走过。在官场上，别小瞧这打招呼的学问，什么时候要热情、什么时候要矜持、什么时候要冷淡、什么时候要熟视无睹，这都是有技巧的。对某些人不宜太远，远则容易脱离圈子乃至脱离组织；对某些人不宜太近，近则让人上头上脸，以为你亵玩可欺。

刘副院长开门进了自己的办公室。他放下包来的第一件事就是拿起桌上的座机打电话。电话通了，可响了半天却无人接听。他觉得奇怪，不禁皱了皱眉，自言自语道："这个丛林，怎么还没来办公室？"他又拨打了丛林的手机，竟然关机了。他想了想，又拨打另一个号码，电话通了。

他说："喂，嫂子，丛林在吗？什么，一早就出来了？他说今天出差？可是，今天没有他的出差任务呀！"

电话那头是华媚，她说："院里没有安排他出差？这个丛林，那他一定是管那件闲事去了。这个挨千刀的，他怎么能这样？！"

"嫂子，你先别着急。丛林昨天晚上找过我，我知道是怎么回事。"刘副院长安慰完了，又说，"嫂子，你听我说，这件事……我不想出面也不便出面，你赶紧跟丛林联系，不管用什么办法，一哭二闹三上吊，怎么都行，一定要让他先回来。好好好，先这样。"他放下电话，在办公桌前转圈，忽然一掌重重地拍在桌上，"胡闹！糊涂！"

这会儿，张仲平刚刚吃完早餐，在餐桌前悠闲地看着报纸，手机响了，他一边翻报纸，一边听电话："喂，华媚？没有呀，丛林没跟我联系呀，怎么啦？出什么事了？光天化日之下会死什么人？喂，你别哭，千万别着急，我这就给他打电话。"

张仲平挂断华媚的电话，立即拨打丛林的手机，里面却传出电脑提示音："您所拨叫的用户已关机。"

张仲平拿着手机愣了半天，然后给华媚回拨回去，问道："喂，华媚，丛林手机关了，到底出什么事了？"

华媚不说，只是拜托张仲平想办法尽快找到丛林，一有消息马上告诉她。

折腾了近一天，周运年与江小璐的婚纱照终于拍完收工。

周运年换下把人拘束得不行的礼服，无奈地摇了摇头。拍婚纱照是江小璐提的主意，他不好拂了她的意。现在的年轻人已经把结婚拍婚纱照当成了婚礼不可缺少的一部分，美其名曰这是一辈子的纪念。想当年，他跟辛然的妈妈结婚，到照相馆里照了一张合影就算数了，哪像现在，讲究什么内景外景，又是化妆又是换服装，搞得跟拍戏似的。可问题是，这样摆拍出来的所谓一辈子的纪念，就真的能使婚姻维持一辈子吗？现在的年轻人离婚的还少吗？当他们回头看看自己在各种美景下摆出来的甜蜜，他们的内心是惭愧呢，还是讽刺呢？

周运年看了看也是一脸疲惫的江小璐，不禁对自己刚才操的那份闲心哑然失笑。女人嘛，她们要求的浪漫和幸福其实是非常具体的。一朵花、一场电影、一顿烛光晚餐、一颗钻戒、一套华美的婚纱照、一场独具特色的婚礼、一辆可以载动幸福的汽车、一座可以让她自由布置的房子、一次让她记忆深刻的旅行……江小璐想拍的婚纱照，就是她对浪漫和幸福的一项具体要求而已，这个要求男人实在不应该觉得过分。

周运年掩饰住自己的身心疲惫，柔声对江小璐说："小璐，你给莫老板打个电话，让他办两件事，第一，在我们准备做新房的屋子里，安排一张大床，我们今天晚上就睡在那儿，好吗？"

江小璐说："好呀。还有呢？"

周运年说："你让他通知鲁冰、肖长根还有胡刚，我们今天晚上在那儿吃晚饭，你让他说是我请他们，让他们几个无论如何一定要来。"

江小璐说："好的。"

周运年又说："然后，你打电话给辛然，问她在哪儿，说我想见她。"

江小璐说："好的，让她叫上徐艺吗？"

周运年沉吟了一下："嗯……这样，别特意叮嘱她，随她自己的意思吧！"

江小璐说："好。"

周运年说："你到车里去打电话。我在这周围再走一圈。"他用遥控开门，把江小璐送上车，替她关门。江小璐坐进车里打电话，眼睛奇怪地看了周运年一眼。

江小璐打完电话，告诉周运年，辛然现在一个人在公司里，徐艺不在。周运年点点头说："我们现在就去辛然的公司。"

辛然见到周运年十分高兴，她亲热地挽着周运年的胳膊坐下，问道："爸爸，您今天怎么有空了？"

周运年说："请假了。刚刚去跟你江阿姨拍了一组婚纱照。想到你们的公司开业都这么久了，我也该来看看了，所以就来了。徐艺呢？"

辛然说："胜利大厦拍完以后有些啰唆事要处理，在外面呢。不过，我已经给他打电话了，应该快回来了。"

周运年说："好呀。嗯，你还没叫江阿姨呢！"

辛然略带腼腆地看着江小璐："江……阿姨，你好，我爸爸就拜托给你了。"

江小璐微笑着说："不客气，我们马上就是一家人了。"

周运年说："不是我们马上就是一家人了，而是已经是一家人了，我跟你们两个说，从今天开始，不管发生什么事儿，一家人，不准说两家话，必须互相照应。"

辛然说："爸爸，你就放心吧。"

江小璐也说："运年，我也请你放心。"

周运年欣慰地点点头："好，我会记住你们两个人的表态的。"

这时候，徐艺匆匆从外面进来，抱歉说："周叔叔、江阿姨，我不知道你们要来，所以，一大早就出去了。"

周运年说："没关系，我们也是偶尔想起要来看看的。这样，你们俩在外面聊，我跟徐艺在里屋说几句话。"徐艺疑惑地看了一眼辛然，见她也是一脸茫然，只好迟疑地跟着周运年进了办公室的里间。

辛然过来靠着江小璐坐着，叫道："江……阿姨。"江小璐拉起辛然的手说："辛然，你要是觉得别扭，就叫我小璐姐吧。"辛然摇头说："那不行，不能乱了辈分。开始可能会有点不习惯，慢慢就会好了，我爸爸这个人，其实挺好的。"江小璐说："是呀，是挺好的。"辛然说："你也挺好的，现在我知道了，我爸爸为什么这么多年没替我找后妈，原来那是因为他还没有碰到你，我真心祝福你俩幸福、白头到老。"江小璐说："谢谢你，辛然。怎么样，徐艺还不错吧？"辛然满脸幸福地说："不错，是个有远大抱负的好青年。"

两个人勾肩搭背促膝拉手说着悄悄话，辛然却一边说一边不时地盯着里屋门看。

在里屋，两个男人的谈话气氛却不像辛然想得那么严肃。徐艺有点诚惶诚恐地坐着，眼巴巴地看着周运年。周运年微微一笑，说："徐艺，你们从办公司到现在，我没帮上一点忙，你不怪我吧？"徐艺立即说："哪能呀，周叔叔？"周运年又说："我今后也帮不了你们。"徐艺点头道："我知道，我理解。您的政治生命，比我们赚几个钱重要。"周运年点点头说："你理解就好。今后有什么事，你可以跟辛然一起，去找我那几个战友。"

徐艺一愣，眼神里迸发出亮光，急促地说："啊？好的好的，这个……谢谢周叔叔。"

周运年摆了摆手，说："可有一样，你要是敢欺负辛然，他们可饶不了你。"

徐艺站了起来，激动地说："哪能呀，周叔叔？我怎么会欺负辛然？不会的，绝对不会的，您就放心吧，周叔叔。等忙完了这一阵，我就正式向辛然求婚，我外婆那天还说要来拜访您呢！"

周运年说："谢谢她老人家。我要跟你说的，就是这件事。来，让我们像男人式的握握手。"徐艺抢上一步紧紧握住周运年的手。周运年拍了拍他的肩膀，从里屋走出来，对辛然说："然然，爸爸要走了，来，抱抱爸爸。"

辛然有点害羞地叫道："爸爸。"

周运年哈哈一笑，说："怎么，是不是担心徐艺吃醋？不会吧，徐艺？"

徐艺嘿嘿笑着："哪里会？"

辛然撒娇说："我是担心江阿姨吃醋。"

江小璐笑着说："江阿姨更不会了。"

周运年说："那好，爸爸真的走了。"

徐艺说："吃了饭再走吧！"

周运年说："不了，我和江阿姨要赶到莫叔叔那儿去。"他抱了抱辛然，牵着江小璐的手离开了徐艺公司。

看着周运年和江小璐两人消失在电梯里，辛然纳闷地说："奇怪，我爸今天是怎么啦？"

徐艺说："怎么啦？"

辛然说："我爸爸平时不是这样的，他不是一个性情外露的人，总是很严肃。喂，他把你叫到里面面，都跟你说什么了？"

徐艺狡黠地一笑说："你爸爸说，世上唯小人与女子难养也。你爸爸还说，一天不打，上房揭瓦。"

辛然捶了他一下说："别闹，快说，我爸到底跟你说什么了？"

徐艺语气中略带兴奋："没说什么，只是让我对你好。不过，你爸是紧紧握着我的手说的。我觉得，要么，是你爸把你托付给我了；要么，是他准备介绍大业务给我们做了。"

辛然仰望着徐艺说："是吗？你肯定？"

（五）

大街上，周运年驾车，载着江小璐朝前开。

江小璐忽然说："运年，怎么半天没人给你打电话？你的手机是不是忘了开机了？"

周运年心不在焉，说："嗯？哦，没有呀，可能没电了。"

江小璐转过头，认真地看着他说："从昨天晚上开始到现在，你像换了一个人似的，到底发生什么事了？"

周运年一打轮，猛地刹车，将车停在了路边。他目光炯炯地直视着江小璐，说："小璐，是出了点事。"

江小璐说："啊？什么事？能跟我说吗？"

周运年说："我正在处理，这两天，我会找机会把一切全都告诉你，给我点时间，好吗？"

江小璐点了点头。

周运年说："现在，你待在车上别动，我去报亭买份报纸。"

江小璐说："你要买什么报纸？我帮你去买吧。"

周运年说："不用了，还是我自己去吧。"他下车，走到附近的报亭前，对摊主说："来份晨报，还有，一张手机卡。"他掏出自己的手机换了卡，然后开机，走到报亭背面打电话。

周运年说："是我。搞清楚没有？到底在刮什么风？"

一个男人的声音在电话里说："这阵风有点奇怪，东南风在刮，西北风也在刮。老大，很可能，这次刮的会是龙卷风。怎么办，老大？"

周运年皱眉说："慌什么？天塌下来，有高个子顶着。你那儿有什么动静？"

那男人说："矿上来了个法官，到处打听那件事。"

周运年问："法官？搞清楚他的来路没有？"

那男人说："省城来的，叫丛林，香水河市中院的。"

周运年又问："几个人？"

那男人回答："一个人。"

周运年说："一个人？法院正常办案起码得两个人，他怎么一个人来了？听我说，都说矿山的路是阴阳道，好进不好出，知道是怎么回事吗？"

那男人说："知道，进矿的时候是空车，出矿的时候装满了媒，所以总是一边平坦，一边坑坑洼洼的。"

周运年沉默了一会儿说："这种路是不是很容易出交通事故……这什么这？你又不是没干过这种事。"

周运年挂断电话，把身子和头抵靠在报亭墙壁上，闭上眼睛，长出了一口气。他稳了稳神，走回到车里，发动汽车离开。江小璐看了他一眼，说："运年，没事吧，你脸色有点不好。"周运年勉强笑了笑说："没事，今天拍照搞得有点累。"

华媚从一早起就一直在拨打丛林的手机，可一直都是关机状态。她越来越慌，直接跑到了张仲平家里，将丛林收到一份香水河国营物资公司职工的申诉材料，插手管闲事，可能下去调查了的事一五一十地跟张仲平和唐雯说了。

唐雯望一眼张仲平，担心地问："丛林这样只身下去搞调查，不会出什么事吧？"张仲平皱着眉头，望着唐雯摇了摇头，似在责怪她不该那样问，他知道，如果真像华媚说的，这个事情就小不了。那些利益的相关方面会千方百计地阻止丛林揭开盖子。唉，这个丛林，逞匹夫之勇，会给自己带来大麻烦的。

华媚早就忍不住哭了起来，说："我早就跟他说过，叫他别管闲事，可他就是不听。他们院里的刘副院长都不管，你说他一个小小的庭长去管什么？丛林这爱管闲事的毛病老改不了，领导会喜欢他吗？这次他要升不上去，这日子可还有什么盼头？这回他要再有个三长两短，你说……呜呜……"

张仲平说："现在丛林联系不上，到底是个什么情况我们也不知道。你也先别着急。如果他真像你说的去红旗煤矿搞调查了，我想办法找找那边公安的朋友，让他们出面去打听人的下落，这样，丛林在下面也可能安全一点。"

送走了华媚，张仲平在客厅里转着圈子，焦急地说："这个丛林，太冲动了，把自己搭进去了不说，还会坏了我的事。"

周运年和江小璐赶到野猪林野生动物园酒楼包房时，一大桌子人都在等着他们，面朝门口的主宾位空着，见他们两个进来，众人纷纷起立致意。周运年拉着江小璐往里走，自己先在主位坐了，回头招呼江小璐坐。江小璐略一迟疑，便也坐了。

莫老板说："老大，这房子没装修好，你就请我们几个战友吃饭，什么主题呀？是不是今天扯结婚证了？"

周运年说："这个……"

鲁冰说："是喜事，就得趁早办。我们几个的红包可都准备好了。"

周运年说："这个……好，不管今天是不是喝喜酒，你们几个的红包，拿出来拿出来，我要，我收下。可有句话，你们得帮我记到心里去。"

肖长根说："大哥你说。"

周运年说："别管我跟小璐扯没扯证，也不管以后发生什么事，从今天，从现在收你们红包这会儿开始，你们都得认她——江小璐，为你们的大嫂，有问题吗？"

胡刚说："有什么问题呀？当然没问题。你们说是不是呀？"

众人也都附和："是是是，没问题。"

周运年端起杯子站了起来："既然这样，小璐，请你站起来，我和小璐敬大家一杯。我会永远记着大家的话。端杯！"

大家纷纷举杯。周运年却没有和大家碰，他想一想，放下端起的杯子，从旁边拿起一瓶未开的酒，打开，与大家分开碰杯，然后一仰脖子，拿那瓶酒往喉咙里灌。

江小璐叫道："运年！"其他人也都惊讶地望着周运年。

刘副院长家的客厅里，一家人正在吃晚饭，可是华媚却坐在旁边的沙发上哭哭啼啼："刘院长，你一定得给我一个准信，丛林这一去，是不是会有人要害他？他还能活着回来吗？"

刘副院长说："嫂子，你可能想多了。"

华媚说："那他为什么关手机？他是不是已经被人害了？你说你说呀！"

刘副院长说："嫂子，这都是没影的事。你要我说，我怎么说？他的电话打不通，我们没有别的办法，只有等他的消息。"华媚又掩面哭泣起来。

刘副院长一脸的尴尬："嫂子，嫂子，你别哭，你别在这儿哭呀。唉，这个丛林……"

郊县矿山公路上，丛林深一脚浅一脚，艰难地在矿山公路上行走着。他今天一早下来，跑了很多地方，见了很多人。现在已经是夜晚了，他才拖着疲惫不堪的身躯往回赶。

后面一辆大货车亮着大灯开过来。丛林退到路边，朝货车招手。货车看似减速准备靠边停下，却突然加大马力朝丛林冲过来……

野猪林的聚餐已近尾声，桌上杯盘狼藉。周运年眼睛已经红了，喷着满嘴的酒气说："老莫，我们几个喝了多少？"

莫老板数了数，说："八瓶半。"

周运年大着舌头说："差差差不多了。我……不能白收你们的红包，得回礼。"

鲁冰说："不用不用。"

周运年说："那不行，做大哥的得有做大大哥的样子。其实，我也没没有什么东东西回赠给你们的。这样吧，我我我给大家每人写写一幅字，算是留留留个念念想。"

肖长根也喝得不少，打着酒嗝说："呃……这个创意好好好。"

周运年说："小璐，你把那半瓶酒酒酒拿上，你们几个别别别跟我争争争。"

胡刚也大着舌头说："难难得大哥这么高高高兴，我们怎么会跟大大大哥争争呢？"

周运年一拍桌子，大声道："好，起立，革命军人个个要牢记……预备唱。齐步走。"

大家起立，齐步走，一起唱："革命军人个个要牢记，三大纪律八项注意……"

一行人排着队走进周运年平时写字的画室内，早有服务员熟练地铺开宣纸研好墨。周运年接过江小璐递过来的一块热毛巾，擦了擦脸，又擦了擦手。莫老板随即递上他惯用的狼毫笔。周运年定了定神，挥笔蘸墨，奋笔疾书，却是"清正廉明"四个字。写好一幅，莫老板与胡刚两人小心翼翼地将它挪开，又铺上一层宣纸。周运年挥毫，竟又是"清正廉明"四个字。一连写了三幅字，都是"清正廉明"四个字。

周运年写罢，指着字说："这是鲁冰的，这是长根的……"

胡刚已经拿起一幅，说："这是我的。"

周运年哈哈一笑："没人跟你抢。怎怎怎么样？"

鲁冰说："好呀，明天我让他们裱了挂办公室。"

周运年摇头说："不不要挂办公室。老老老鲁呀，你酒酒酒量大，这会儿就数你最最最清清醒，千万别往办公室室里挂。这字，差，挂挂挂不出去。"

鲁冰说："字好呀，但我听大哥的，就不挂。"

莫老板说："还有我的呢？"

周运年说："我我我没忘记你，你你你是做生生意的，必须给你另另写一幅。小璐，把酒拿来。"他往后一退，跟跄了一步。江小璐扶住他说："运年，你不能再喝了。"

周运年一推她说："我能喝。你真真真要嫁给一个男人，就得看看看看他喝醉醉醉酒的样子，别怕哟！"

江小璐突然眼泪双流，她急忙背过了身去。周运年酒醉心里明，却已经看到了，他拉住了江小璐："你别别别哭，我跟你，就是一个缘、缘分，一个一个……那个命。真的，你别别哭，喝了这顿酒，我我我这一辈子，再不喝喝了，我我我保证。"

周运年从江小璐手里抢过酒瓶，咕噜一下把瓶里剩下的酒一口气喝完，瓶子随手往地上一扔，咣当一响。他大声说道："莫老板，我我我知道你们商人喜喜欢什么，财财财源滚滚滚。"说着就蘸墨写字，刚写一个财字，身子一晃，就要摔倒。江小璐和众人忙上前扶住。

江小璐着急地叫道："运年。"莫老板也连声呼唤："大哥大哥，快快快，快扶到房里去休息。"众人七手八脚地将周运年抬到他在野猪林野生动物园的准新房内，江小璐、莫老板扶周运年在大床上躺下。周运年已经完全不省人事，呼呼大睡。

莫老板擦了擦额头上的汗说："小璐你别担心，大哥这是醉了，我安排他们去做点醒酒汤。"

江小璐说："谢谢你了莫总。"

莫老板连连摇手说："什么话？"

鲁冰说："要不，我们也撤？大嫂，大哥就拜托了。"

肖长根和胡刚也纷纷说："拜托了拜托了。"

众人离开，屋子里一下子安静下来，只剩下周运年发出的微微的鼾声。

江小璐坐在床边，目光专注地望着周运年。这个自己认识时间并不算长的男人，现在已经成了她生命中最重要的一部分。她想起了自己的前夫，那是一个忠诚踏实的男人，对她和孩子都很好，可惜天不假年，抛下了她和孩子。她想起了张仲平，这是一个富有魅力的男人，他对自己和孩子照顾得无微不至，可是只是为了报兄弟的恩情。他真的对自己一点感觉都没有吗？而周运年，这个男人，他到底是谁？是，我知道，他是市里面的领导，手握重权，很多人在他面前点头哈腰。可他对我很好，跟他在一起，我很有安全感，可是，对他，我怎么觉得又熟悉又陌生？他怎么会用这种架势喝酒？从昨天到现在，到底发生了什么事？我这心里怎么老觉得慌兮兮的？老天保佑，要没事才好，他说过要把我妈和我儿子毛毛接过来一起住的，我苦了这么多年，是不是也该过过好日子了？

江小璐的思绪正漫无目的地飘移着，一阵轻轻的敲门声惊醒了她，她定定神，说声"请进"。莫老板推门进来，问："怎么样？"

江小璐看一眼周运年说："睡着呢！"

莫老板说："等他醒来，让他喝了这杯醒酒汤。"

江小璐说："好的。"

莫老板说："时间不早了，你也早点休息吧！"说完转身准备离开。

江小璐忽然说："等等莫总，我……能不能问你一句话？"

莫老板转过头来看着她："大嫂你说。"

江小璐说："运年……他常这样喝酒吗？"

莫老板想了想说："不，尽管有酒量，但他很少喝酒。大哥是个作风非常严谨的人。"

江小璐说："是吗？那他今天这是……"

莫老板说："你看不出来吗？他是高兴。我们也为他高兴。"

江小璐矜持地笑了，周运年这些战友的话应该是真的，他是高兴，因为娶她而高兴。她有理由相信，她的幸福生活马上就要开始了。

可是，他也承认是出了事，并答应过几天告诉她。那会是什么事呢？

张仲平躺在自己家的床上。唐雯躺在他旁边，已经悄无声息地睡着了。张仲平一向睡眠还不错，属于倒下就能睡着、但只要有事又能马上起身精神百倍地去战斗的那种。对于一个年近五十的男人来说，能够有这样的睡眠状态已经是上天的恩赐了。可今天他却难得地失眠了，丛林整整一天杳无音信，令他担心不已。

这个丛林，为什么老是喜欢做一些费力不讨好的事呢！香水河国营物资公司西郊公园旁边那块地的案子已经到了鲁冰的执行局，已经在委托评估事务所做评估，马上就要按程序进行拍卖了。自己已经在颜若水那里挂了号，只要按照以前的套路把各方面的关系做到位，这个拍卖案子自己就可以拿下。那可是一个价值两三个亿的案子，意味着他所得的利益将是两千万。两千万哪！做完这一笔，他可以几年都不用发愁了。不，也许他就可以退休了，再也不用那样疲于奔命了。说实话，他对这种行走在法律刀锋的边缘，不得不与某些肮脏的权力进行暗箱交易，对与利益各方尔虞我诈、虚与委蛇的生活有些厌倦了。可是，丛林的节外生枝却很可能让自己的这个美好愿望化为泡影。

这个丛林，他究竟在干什么？这时候，他搁在床头柜上的手机忽然响起，张仲平本能地一伸手将手机摁到静音，来不及看上面的来电显示，便偷偷下床跑到卫生间里去接电话。

唐雯其实并没有睡着，她一跃而起，支棱着耳朵倾听。张仲平在卫生间里只是匆匆地说了两句，便走了出来。唐雯急忙滑到被子里假装睡着。张仲平走到床边，俯下身子轻声呼唤唐雯。唐雯揉着眼睛醒来，应道："嗯。仲平，你怎么还没睡？"

张仲平说："唐雯，我现在得马上出去一趟。"

唐雯坐了起来，眨巴着眼睛问："怎么啦？这么晚了……"

张仲平一边穿衣服一边说："丛林回来了，说找我有急事。"

唐雯也起身准备穿衣服，说："什么事呀？我跟你一起去吧？"

张仲平制止了她："不用了。你在家好好休息吧！再说，我还不知道是什么事，我怕你去了，丛林不方便说话。"

唐雯只好说："那你去吧，早点去早点回。"

张仲平飞快地驱车赶到香水河沿岸风光带。他停好车，远远地看见靠近河岸的栏杆处有一个黑影。他走近前去，看清楚那个黑影正是丛林。

张仲平仔细打量了他一下说："丛林，你怎么搞得像个难民似的？到底出什么事了？"

丛林没有答话，而是张望了一下张仲平的身后，说："没人跟着你吧？"

张仲平说："没有。到底怎么啦？"

丛林说："说来话长，这一次，我算是死里逃生。"

张仲平紧张地说："啊？"

丛林扯了一把张仲平说："走，上你的车。我们去我办公室，那儿安全。到了那儿，我告诉你到底发生了什么事。"

已是深夜。市中级人民法院办公大楼黑魆魆的，没有一盏灯亮着。进大院门的时候，门岗认得是丛庭长，便放他们进来了。丛林一进自己的办公室，便将厚厚的窗帘全部拉上，却没有开日光灯，而是拧开了办公桌上的小台灯。

张仲平看着丛林忙活这一切，没有说话，直到丛林自己在他的对面坐下来，开口说道："昨天晚上，我收到了一包举报材料。举报对象是刚升到市里来不久的副市长周运年。"

张仲平惊讶地说："啊？"

丛林说："举报材料说，他在下面当县长时涉嫌三宗罪：第一，违反领导干部不能参与企业经营活动的规定，接受红旗煤矿百分之十六的干股，充当他们的保护伞；第二，瞒报当年红旗煤矿发生的重大矿难，据说那次矿难死了好几个人；第三，涉嫌受贿，包括今年周运年退出持有的干股红利，矿主总共给了他一千二百六十万现金。"

张仲平更吃了一惊："这么大的金额？"

丛林郑重地点了点头，说："本来，这事轮不到我管，可昨天晚上给我送材料的人，却直呼我的姓名，凭这一点，我就不能不管。"

张仲平说："你怎么管？"

丛林说："这就是我今天碰到的问题。我没有法院的介绍信，只有工作证。我先去了安监部门，他们要我去市委宣传部，市委宣传部说他们对这件事不知情。于是我去了矿上。我找到了矿长，他理直气壮地予以否认，我几乎要怀疑是不是真的有人在搞恶作剧，这个时候，你猜，发生了什么事？"

张仲平说："什么？"

丛林说："我被人追杀，差点被一辆大货车撞死……"

第二十章

（一）

江小璐打了一盆热水，将毛巾浸湿后再拧干，然后解开周运年的衬衣扣子，替他擦拭胸膛上的酒渍和秽物。周运年忽然大口大口地喘着粗气，江小璐用手抚摩着着他的胸膛说："运年，你是不是很难受？来，我扶你起来，把这醒酒汤喝了。运年……"

周运年眼睛闭着，将手一挥，嘟囔着说："走走走开！你你你是是谁呀？你你你要给我喝喝喝什么东西？"江小璐说："我是小璐。"周运年说："小路？什么小路？大路朝天你你你不走，偏偏走小小小路，我傻不傻呀我，我我我怎么这么傻呀，啊啊啊……"

他竟然号啕大哭起来。江小璐急得不知道怎么办才好，眼泪又流了下来，连声说："运年运年，你怎么啦运年？你心里头到底藏着什么事儿呀？"

周运年醉醺醺地哭闹了一阵，大概累了，又沉沉地睡去。江小璐拍照累了一天，又一直照顾醉酒的周运年到现在，实在有点支撑不住了。她望着喘着粗气的周运年，觉得又熟悉又陌生。这个将与自己度过下半生的男人，到底是个什么样人呢？

她给不出一个明确的答案。渐渐地，她觉得眼皮越来越沉重，捂着嘴连打了几个呵欠，好像声音太大了会把周运年吵醒似的，等到她实在扛不住了，便蜷伏在周运年身边睡着了。

丛林办公室里，丛林和张仲平的谈话仍在继续。

丛林说："就在千钧一发之际，我朝路边的大树后面一跳，躲开了朝我直撞过来的大货车。那辆大货车停下来后，很快从上面跳下了几个拿着刀棍的人。我马上意识到这是冲我来的，他们是想要我的命。我转身就跑，不是顺着公路跑，而是往旁边的山里跑。借着树丛的掩护好不容易才甩掉了他们。算我运气好，拦到一辆车回到了县城，又从县城打了个车回到了香水河市。"

听完丛林的危险经历，张仲平一脸的紧张这才慢慢松弛下来，他唏嘘了好一阵，这才问道："接下来你打算怎么办？"

丛林说："找你来，就是想跟你商量商量。"

张仲平不解地问："你跟我商量？你跟我商量什么？"

丛林说："你那个谁……叫什么？哦，曾真，她不是电视台的出镜记者吗？我想，这件事，也许只有利用媒体的力量，才可能名正言顺地去采访，去查清真相。"

张仲平说："丛林，有些情况，你……你可能还不知道。"

丛林说："什么情况？你快点说。"

张仲平说："周运年是辛然的爸爸。"

丛林一脸茫然："辛然？辛然是谁？"

张仲平说："辛然是徐艺的女朋友，准确地说，是他的未婚妻。"

丛林一愣，说："啊？是这样呀！"

张仲平点头"嗯"了一声。

丛林站起身来踱了两步，说："那……这件事，你是不能掺和进来。"

张仲平迟疑了一下，又说："我也不想曾真掺和进来。"

丛林问："又怎么啦？"

张仲平说："她是徐艺的大学同班同学，这个可以不管它。你刚才说你是死里逃生。曾真要去采访，是不是也有危险？目前，某些地方权势人物利用黑恶力量通缉记者、抓记者、打记者的事，可不少见。你知道吗，曾真是一个事业心非常强的人，她要是知道这件事，不查个水落石出，绝不会善罢甘休。可是，万一碰上你今天碰到的那些情况，或者我刚才讲的那些情况……不不不，丛林，我们可都是些平头老百姓，只想平平安安地过小日子。这件事，我劝你也放弃算了。"

丛林不满地说："你要我放弃？"

张仲平说："你自己心里很清楚，这件事不在你的职权范围以内，你为什么就不能多一事不如少一事呢？更何况，这件事还不一定是真的？"

丛林激动起来："如果不是真的，那些人为什么要追杀我？"

张仲平也站了起来，手按着丛林的肩膀让他坐："好好好，就算这件事是真的，这个社会，这种事儿还少吗？别人不管，你为什么要管？你管得过来吗？"

丛林说："仲平，你这个说法我不同意。这个社会是我们每个人的社会，不是东风压倒西风，就是西风压倒东风。对那些贪官污吏，只有像过街老鼠似的人人喊打，他们才没有藏身之地，社会风气才会一天天地好起来。相反，如果正不压邪，长此以往，你就是只想平平安安地过平头老百姓的小日子，你都做不到。"

张仲平一时语塞，半晌这才感叹道："丛林呀，你可真是一个十足的理想主义者。你太不了解这个社会了，权利权利，有权才有利。权力也许只是一小部分人的游戏，但在一个人人逐利的社会，为了利益，有多少人在不管青红皂白地趋炎附势？也许他们只恨自己没有当官，只恨自己的亲戚朋友没有一官半职，你呀，只要不做到跟他们同流合污，就行了。"

丛林说："张仲平，你在偷换概念，我说的是对那些贪官污吏，不是说对所有当官的、掌权者。"

张仲平笑了笑说："我才懒得跟你争呢。你喝水吗？给你倒点儿？"他见丛林把头扭到一边不理他，自己起身到饮水机那用纸杯接了两杯水，递了一杯给丛林。丛林接过，一饮而尽，自己又到饮水机那接了一杯，说："今天从中午到现在，我还水米未进呢。"

张仲平惊讶地说："啊？你真是不要命了。那咱们现在出去找地方吃点饭？"

丛林又喝了一杯水，摇了摇手说："仲平，还有个事我得提前给你打个招呼，香水河国营物资公司西郊公园旁边那块地，我要阻止它拍卖。"

张仲平睁大了眼睛说："丛林，你没事吧？你知道你有多讨厌吗？你这是在挡拍卖公司——而且很可能是我们 3D 公司的财路。丛林你搞清楚了，这事已经跟你没关系了，拍不拍卖，归鲁冰管。"

丛林点头说："我知道，我就是想问你，我要不要跟鲁冰去商量商量？"

张仲平说："你跟他怎么商量？你俩在竞争副院长一职，你上他下，他上你下，你们是竞争对手，怎么商量？执行工作做不好，将影响他的工作业绩。他的工作业绩不好，不就失去了跟你的竞争优势了吗？你跟他商量？他会认为你居心叵测。丛林，你什么脑子呀？"

丛林说："仲平，你这话说得有点偏了。我为什么不想让拍卖香水河国营物资公司那块地？因为这关系到上千名职工的切身利益。你是知道的，那块地就在西郊，目前咱们市的住宅区规划重点就在那边，这是一块让房地产商们垂涎三尺的风水宝地啊！一旦拍卖，我看十有八九会被用来做房地产开发，那些职工能拿到的安置费和拆迁补偿，很可能不够他们去买商品房、重新就业。最主要的是，他们其中的一大部分职工成为失业者，这将给他们今后的生活带来很大困难，政府也将背上一个沉重的包袱。"

张仲平说："你这是老生常谈，道理谁不明白？但这是你能管的事吗？你别忘了你只是一个管案件审理的小庭长。该管的事还很多，这件事是市长、副市长这个级别管的事。"

丛林："问题是材料递给我了，我怎么能不管？"

张仲平说："你……老同学，你听我说，你承认不承认你的官太小？"

丛林说："我承认，但我可以向上反映啊！"

张仲平说："没错，这事是要反映，但不是你丛林去反映，也用不着你去反映，该那些职工他们自己去反映。不对吗？"

丛林说："问题是，那些职工已经把材料递到了我手上，他们可不是把我当成一个小小的庭长，而是把我当成共产党的干部，既然我是共产党的干部，不管我的职务高低，那些职工把困难反映到我这儿，我要是推诿踢皮球，我还算个共产党员吗？我还算个人吗？"

张仲平心里直想笑，这丛林又不是在大会上做报告，用得着这么正气凛然、慷慨激昂吗？他发现自己没词了。他以前总是对自己的口才非常自信，无论是跟官场上的人还是商场上的人，也无论是跟男人还是女人，很少有他说不过的。这也是他能把各方面的关系维护得妥妥帖帖，自己的生意做得风生水起的原因之一。但是今天，他发现自己的口才到了丛林面前毫无用处。

到底是丛林太理想主义了，还是自己已经堕落成了一个唯利是图的商人？并不是丛林比他还能辩，而是因为他们两个人有着不同的话语谱系。

每个人都有自己的做人原则。张仲平经商之后慢慢地把自己变成了一个经济动物，为人处事总是习惯于进行利益权衡，简单地说，他学会了对很多事情的不在意。他也并不想随波逐流，也希望对那极少值得在意的东西在意得完全彻底和有尊严，只可惜后面的这种东西已经越来越少。

丛林却正相反，几十年过去了，他还像念大学那会儿一样，总是在坚持着自己的做人原则和道德信仰，而且总是拒绝拿来商量和讨价还价，他过得其实很累。可你改变不了他。

见丛林牛劲儿上来了，张仲平只好有些无奈地说："这……这根本就是两回事，这件事已经超过了你的职务边界。我刚才已经说过了，这事你真要管成了，等于我的生意就做不成了。你要管，要瞎折腾，你自个儿去管，自个儿去折腾，你别指望我会帮你。"

丛林怒道："张仲平，你怎么说这种话？是你的生意重要还是上千个职工的生计、生命重要？你还有没有一点点社会担当？"

张仲平头上直冒汗，急切地说道："丛林，你这不是胡搅蛮缠吗？我现在有点理解华媚了。你呀，你这是做的是卖白菜的生意，操的是卖白粉的心，你操得过来吗？"

丛林说："仲平，我怎么觉得你不是在劝我，而是在打你自己的算盘呢？哦，就为了你的生意，就为了赚你的那几个臭钱，你让我不顾老百姓的死活？"

张仲平说："唉呀，丛林，你这挨得上吗？鲁冰要拍卖香水河那块地难道不是依法拍卖？难道不是完全符合法律程序？我倒是要劝你，你真得好好处理法与情的关系。"

丛林说："你别将我的军，案子是我审的，我还不知道吗？我们当然要赋予法律至高无上的地位，但是，在具体的案件执行中，难道就没有一种更好的办法，既兼顾案件双方当事人的利益，又能为老百姓谋福利？"

张仲平说："你还别以为你说的我不懂，你说的理论上可以，实际操作很难，因为那块地可是做房地产开发的风水宝地，你要兼顾原厂职工的利益，除非……除非能够找到一个老板，还做原来的生意，还用原来的职工，可哪里有这样十全十美的好事？市场经济就是需要有些牺牲精神的。"

丛林冷冷地说："那也不能牺牲老百姓，你不要忘了，这是在共产党的土地上，我相信我们绝大多数领导干部的心，不会像你一样这么冰冰冷冷的，心里只装着钱钱钱！我终于相信，你呀，你已经没有信仰了，你已经变得太现实了。"

张仲平无奈道："丛林，不是我太现实，是你太理想主义了。"

丛林看着张仲平正色道："张仲平你听着，我这不是理想主义，是信仰。那个送材料给我的人知道我的名字，这意味着什么？这意味着他对我寄予了希望，他并不觉得我不该管这件事，如果我……麻木不仁、置之不理，伤害的不仅是这个给我送材料的人，还有材料上列出来的那上千个人，还有他们后面的上千个家庭，他们对党、对法院、对政府，充满信任和期待，每一个干部、每一个党员，都没有权利让他们失望，伤他们的心。"

如果不是因为太了解丛林，张仲平简直会把他当成一个疯子或惺惺作态的人，但他了解他，知道他所说即为所想，便做举手投降状，说："好，我尊重你的信仰，但你别忘了，信仰是要有牺牲的，我跟你丑话说到前头，在这么敏感的时期，如果你一意孤行，非要管不该你管的闲事，人家会说你揽权，会说你手伸得太长，那么，这次升副院长，你又会没戏。"

丛林说："没关系，即使我当不上副院长，该我做的事情，我还是要做。"

张仲平叹了口气，说："你这是抬杠。"

丛林说："仲平，这杠我就抬了，我不能通过一个商人的世俗眼光，乃至于阴暗的心理看待这个社会，我跟你有世界观方面的不同，没什么可谈的了。"说着便把头扭到了一边。

张仲平苦笑。两人面对面地坐着，沉默了差不多十来分钟，最后还是张仲平松口说："算了，这个事情不是我们两个在这里争得清的。你不是还没吃饭吗？人是铁，饭是钢，干革命工作也得吃饱肚子再干不是？我陪你下去吃点东西。"

丛林说："不想吃。我想在办公室再看看材料，静下心来想一想。"

张仲平说："那你也得回家吧？你回来告诉华媚了吗？"丛林摇头说还没有。张仲平批评说："你呀，也太没良心了。你知道吗？华媚知道你今天去干什么了，她一直在为你担心，今天她跑到我家里哭了半天。"丛林抬眼看了看张仲平，说："真的？"张仲平没好气地一把拉起他来，说："我干吗骗你？都这么晚了，赶紧回家！你是丛林，不是佐罗，更不要把自己弄得像堂吉诃德。"

唐雯躺在床上，却怎么也睡不着。她知道张仲平深夜出去是去见丛林，她当然也担心着丛林的安危。可是，仅仅就是这样吗？丛林既然跟张仲平联系了，那就证明他现在没事，两个大男人，又是在市里，应该不会有什么事的。可她的心似乎仍然是悬着的，为什么这样？她也想不明白。她频繁地躺下，又坐起，最后烦躁地打开了灯，到客厅里倒了一杯水，坐在了沙发上。她看着旁边案几上放着的电话机，迟疑了一下，拿起话筒拨号，可是号拨了一半，她又把电话挂了。她一口气将水喝完，走回到床边脸朝下扑倒在床上，反手拿着枕头将自己的后脑勺捂住，像要排除一切干扰似的努力睡觉。

城市的另一端，曾真同样没有睡觉。她在饮水机上接了一杯水，回到沙发坐下，抱着一个猪崽布娃娃看午夜档的一部韩剧。她随着剧情一会儿哭一会儿笑。一集结束插播广告，她拿起放在沙发扶手上的手机看了看，没有张仲平的电话，也没有他的短信。她看了看手机上的时间，已经是深夜一点多钟了。她叹了口气，点着猪崽布娃娃的鼻子说道："你这个没良心的。"她关了电视，拿着浴衣、浴巾去浴室，打开燃气热水器开始洗澡。

张仲平送丛林回家后，便开车往自己家里赶。深夜的大街上仍然灯火通明、流光溢彩。初夏的南方城市夜晚难以入眠，对于很多年轻人来说，多姿多彩的夜生活刚到高潮。张仲平将车开到一个十字路口，等着直行的红灯变绿。他拿出手机，打了"宝贝儿"三个字，犹豫了一下，又把它删除了。他拨电话，可是拨了一半，又停住了。

直行的红灯已经变绿，张仲平却视而不见，车子一动不动。排在后面的汽车已经不客气地按响了喇叭，刺耳的声音惊醒了张仲平，他稍一迟疑，使劲拍了一下方向盘，忽然往右猛打方向盘，变了车道疾驶而去。

（二）

曾真吹干了头发，关灯躺到了床上。她一闭上眼睛，满脑子就是张仲平。从昨天分开到现在也就十几个小时，她却觉得已经过去了一个世纪那么长。张仲平，张仲平，你这个坏蛋。你可以从这间房子里走出去后马上就变成另外一个角色，你可以从我的身边离开后马上就变换成另一种心情，可是，我做不到。都说男人比女人大气，比女人更能包容，因为他们的心里可以容纳下更多的人、更多的感情，可我们女人不行，至少我曾真不行，我的心里满满的都是你，只有你。是你把我变成了一个疯子、一个傻子；是你让我感受到了作为一个女人的幸福；是你改变了我的生活状态。

我什么都不要，不要名分、不要物质，我只要你。可是，这也只是个奢望，我甚至连你的二分之一也不能拥有。我越在你面前表现淡泊，我的内心就越孤独寂寞。

曾真叹了口气，翻身拿起枕头边的手机看了看，时间显示已经是深夜两点。依然没有张仲平的任何消息。她以前的睡眠很好，现在却要么难以入睡，要么便很容易从梦中突然惊醒。这就是为伊消得人憔悴吗？为了催眠，她的电脑里下载了很多她喜欢的歌，根据当时的心情调出来一遍又一遍地播放。

这一次，她选的是那英的那首经典老歌，她一边闭着眼睛聆听着，一边暗示自己放轻松、放轻松……面对他，依然牵挂，是我太傻太善良，我怎能记怨他，他给我太多，心酸浪漫啊！面对他，依然牵挂，左右为难地爱他，忘不了放不下，心酸的浪漫，说不清啊……面对他，依然牵挂，是我爱得太凄凉，连微笑都害怕，他给我浪漫，让我心酸啊！面对他，依然牵挂，心神不宁地为他，情愿一生都为他，心酸的浪漫，说不尽啊……

在那英略显沙哑而哀怨的嗓音的反复吟唱中，曾真终于渐渐睡去。

张仲平的车直接开到了曾真家的楼下。他熄了火，却并没有马上下车，而是降下了车窗，盯着曾真的窗户看。那里一片黑暗，看来曾真已经睡了。张仲平坐在车里足有十分钟，他从汽车脚垫下取出一把钥匙，锁好了车，径直上楼，打开了曾真的房门。

张仲平一进门，立即闻到了一股浓浓的液化气味道。他一边大叫着"曾真，曾真"，一边冲向卧室。曾真似乎已经昏睡过去。张仲平马上打开所有的门窗，又跑到厨房去关液化气，然后回到床边连声呼唤曾真，一边替她松解衣扣，做心脏体外按压。曾真微微睁了一下眼睛，哼了一声，又昏了过去。张仲平急忙抱起她跑到门外，用手机拨打了120。

张仲平家里，唐雯辗转反侧，仍然无法入睡。她拿起手机，犹豫再三，终于下决心打电话。张仲平的手机号码她拨到一半，想了想，删除了，紧接着拨打了华媚的电话："喂，华媚，我是唐雯呀，丛林回家了吗？回了呀？那……你问问他，仲平呢？哦哦哦，对不起，打扰了。"

华媚的回答顿时让唐雯坠入了无边无际的深渊之中。

医院留观室，曾真已经苏醒过来，正躺在病床上输液。张仲平握着她的手说："曾真，你可把我吓死了。家里液化气开关都是关着的，一定是哪儿的管子老化，漏气了。这太危险了。明天我就找人来看。你这么一个人住着，我实在是放心不下。"

曾真望着张仲平，眼里泪花闪闪，强忍着没有掉下来。她振作着笑了一下，吃力地说："没事，我习惯了一个人住。今天只是个意外。你别担心。"

张仲平手机响起。他看了一眼号码，又看了曾真一眼，走到外面去接电话。

不一会儿他进来，看着曾真欲言又止："曾真，我……"

曾真说："是她？"

张仲平点头说"嗯"。

曾真幽幽地说："那……你要走了？"

张仲平犹豫了一下，说："明天，我早点过来。"他俯下身子，在曾真额头上亲吻着。

曾真依依不舍地说："你……还是快点……走吧！不，你慢点，开车小心。"

唐雯听到了外面的动静，从床上坐了起来，她看了看墙上的挂钟，时针已经指向了凌晨五点。

张仲平轻手轻脚地开门进来，进到主卧，看见房间里开着灯，唐雯正坐在床上，他说："你不用等我，睡你的。"

唐雯说："回来了？怎么会去了这么久？"

张仲平脱了衣服上床，说："哦，把丛林送回家后，我去了别的地方。"

唐雯："怎么，又出事了？"

张仲平说："是的，大事。"

唐雯说："啊？什么大事？"

张仲平皱眉说："丛林告诉我，他已经决心要阻止香水河国营物资公司那块地的拍卖。我得赶紧想办法，找人商量这事呢。"

唐雯说："是吗？去哪儿商量了？和谁？"

张仲平淡淡地说："洗浴中心。"

唐雯盯了他一眼说："你们谈事的场合可真够奇怪的。"

张仲平一笑说："不懂了吧？只有在那儿，大家脱光了，才能坦诚相见，什么话都能敞开说。"

唐雯说："脱光了就可以什么话都说吗？你可没和我什么都说。"

听到这话张仲平乐了："老婆你……哈哈。"

唐雯白了他一眼："我就是举个例子，你别坏笑。你这人也是的，明知道你不在身边你老婆睡不着觉，也不来个电话。"

"这事真得怪我，我纠结呀！跟丛林分手以后，我想给你打电话，告诉你我会晚点回，可我不知道那会儿你睡觉没有。你要是好不容易睡着了，我这一来电话，不是反而把你吵醒了吗？"

他这话初听起来像是解释，实则是在替自己辩护。可不管怎么样，这话说得也不是一点都不合情合理。或者说，每当唐雯有所怀疑的时候，他只要能有一个稍微合情合理的解释，她都愿意百分之一百地相信他。

不相信他又怎么样呢？她能像她妈妈那样整天一门心思就放在老公身上吗？她怀疑了一辈子，跟他玩捉迷藏的游戏玩了一辈子，结果怎么样呢？结果不过是搞得两个人都身心疲惫心灰意懒形同陌路。妈妈离家出走到唐雯这里待了一个多月，老头子除了跟唐雯偷偷地打了两个电话，硬是犟着不理老太太，最后还是她自个儿扛不住，找个理由让张仲平把她护送回去了。

作为子女，在他们两个人的关系上，唐雯只有和稀泥的份儿，既不偏袒老爷子，也不迁就老太太。她却从中发现了中国式家庭的缩影——大家似乎只是在搭伙过日子，绝对的形式大于内心。

她却希望能够与张仲平相濡以沫一辈子。可是，为此，她就得时不时地装傻与忍让吗？不这样又怎么样？如果她把与他之间的窗户纸捅破，她是不是马上就会重蹈老太太的覆辙？

新的一天在鸟语花香中开始了，起码对周运年来说是这样。

他醒来，发现江小璐蜷伏在他的身边，一只胳膊耷拉在他胸口上。他使劲地闭一下眼睛，然后猛地睁开，好像这样可以减轻酒醉之后的头晕。他把江小璐的那只胳膊轻轻拿起，轻轻地亲一下，再把它轻轻地移开。他注视了江小璐的脸和睡姿好一会儿，这才轻轻地下床，轻轻地掩上门，来到外面。

新的一天真的开始了。晨光初露，鸟语花香，远处有野生动物的叫唤声，水塘里有鱼在游弋和蹦跳……

周运年走到鳄鱼池边，靠着栅栏，换上电话卡，开始拨打电话。

"还在睡觉？"

"是你？算你狠，你的手机居然关了整整十九个小时三十九分钟。"

"你少说废话。你到底是谁？究竟想干什么？"

"你永远不会知道我是谁。至于我想干什么，我已经跟你说得很清楚了，我想谋财。或者换一种说法，拿人钱财，替人消灾。"

"你有这个能力？"

"我既然能把你作奸犯科的事摸得一清二楚，你就得相信我有这个能力。"

"你怎么能做到拿人钱财，替人消灾？"

"这是我的事，你要是同意，我马上给你发一个银行账号过来，你先付二百万订金，事情摆平后，你再付六百万。怎么样，我没有你那么贪心吧？还给你留了六百多万。"

"我要是不同意呢？"

"别以为我是街头的小混混。如果你不乖乖地听话，前天晚上给你发的那封信，将在下午上班之前准时出现在省纪委书记、省检察院检察长的办公桌上，你知道那会是一种什么结果？一千二百六十万，够要你的脑袋了，想一想吧，亲爱的周副市长。"

"运年。"周运年听到有人呼喊，他扭头看见江小璐快步朝他走来，连忙挂断电话。

江小璐来到周运年身边，问："你怎么这么早就起来了？"

周运年说："是呀，醒了，能够这么自由地看看这个世界，多好呀！"

江小璐说："什么？你说什么？"

周运年说："我是说，有的人，连自由呼吸空气的权利都没有了。"

江小璐惊讶地说："运年……你怎么了，你怎么忽然说这样的话？"

周运年认真地看着她说："小璐，我想问你一句话，请你一定要说实话。你……是真的爱我吗？"

江小璐看了他一眼，低着头思考了一会儿，说："我……现在其实也不完全确定。但是，只要你给我时间，我想，我会的。"

这真是一个实在的女人。周运年苦笑了一下说："如果我告诉你，我已经没时间了，你会怎么样？"

江小璐迅速抬起头来望着他："你说什么？运年，你别吓我。"

周运年沉默了好一会儿，仿佛下定了决心，对江小璐说："不是吓你。

现在，我准备把一切都告诉你。你先到房里等我，我出去一下，很快就回来。"

江小璐担心地问："要不要我陪你一起去？"周运年摇了摇头，说："不用。"他走向自己的座驾，迅速驾车离开了。

江小璐坐在她和周运年的准新房里，忐忑不安地等待着。这两天来，她的心就一直没有落到实处。或者，应该说，这一段时间来，她对自己的生活总有一种不切实际的飘忽感。不，不对，她不是在做梦，她身边的每一个人，她所经历的每一件事分明又都是真实的。周运年，这个男人是爱她的，她能够实实在在地感受到。他虽然年纪比自己大了差不多二十岁，但成熟、稳重、有责任感。他没有不良嗜好，倒是思想深刻、作风谨慎、情趣高雅。昨天晚上的醉酒不过是他为了缓解压力的一次偶尔的放纵罢了。他是相当级别的领导干部，在生活上自然能够给自己和家人物质的满足和精神上的尊荣感。而且，已经年过五十的他身体健康，精力和二三十岁的年轻人相比也不遑多让，就连床第之事都让她满意与惊喜，让她像久旱的禾苗遇到了甘霖。对于自己这样已经年过三十，还上有老下有小的女人来说，能够找到这样一个男人做终生的依靠，老天爷真是对自己不薄。他的女儿辛然也能够真心地接受自己，他的部下和朋友也非常尊重自己，一口一个"嫂子"地叫着，那自己还在怀疑什么呢，还有什么可担心的呢？

没想到这两天他的表现却越来越奇怪，就在刚才还说出了那样一番令人心绪不宁的话。

她转头在梳妆台的镜子中打量自己。虽然经历了青年丧夫的沉重打击，虽然这些年来独自一人含辛茹苦地带孩子实在不易，但她仍然保养得很好——富有弹性的乌黑秀发，白皙娇嫩的肌肤，凹凸有致的身材。岁月的打磨不但没有在她身上留下沧桑的痕迹，反而给她增添了一股成熟女人的风韵。是的，镜子里的女人是美丽的、鲜活的。这样的女人难道没有权利去追求自己的幸福吗？

虽然，她还不能肯定自己对周运年的爱情是不是真实的。但是，对于一个已经年过三十的女人来说，爱情不应该是虚幻的、不切实际的，而应该是具体的、实实在在的。爱情只是生活的一部分，已经到了为它寻找一个归宿的阶段。是的，归宿，女人最终是要给自己找一个归宿的。张仲平显然不可能给她一个归宿，而周运年却能。她的爱只能在周运年这里，必须在周运年这里。正像她自己所说的，如果给她时间，她一定会确确实实、真真真正地爱他的。

可是，现在这样一个看上去很美的归宿，似乎也变得虚幻起来了。

一个小时过去了，又一个小时过去了。江小璐坐立不安，她想去找莫老板，希望自己心中的疑问能在他那里得到答案。但她忍住了，她隐隐感到这件事情攸关周运年的前程乃至于生死，这样的秘密也许他只能埋藏在自己心底，越少人知道越好。她想给周运年打电话，但也忍住了，周运年让她等，那她就应该耐心地等。周运年一定会给她一个答案的。

好在三个多小时后，周运年回来了。跟他一起进屋的，还有两个很大的、装得鼓鼓囊囊的蛇皮口袋。周运年满头大汗，好不容易才将两个大口袋挪进屋里。他关上门，并且将门反锁。

江小璐站起来惊讶地看着他。周运年走过来，按着江小璐的双肩让她坐在沙发上，然后把两个口袋底朝天倾倒在江小璐的脚边，那是一匝一匝一百元的大钞……

（三）

张仲平一手捧花一手拎着早餐，开门进入，曾真听到了响声，从床上爬起来，冲出来，吊住张仲平的脖子。

张仲平说："好了好了，你得注意休息，别太激动了。"

曾真撒娇说："就要就要。"

张仲平脖子上吊着曾真，费劲地挪到餐桌旁，一边将花和早餐放下，一边问道："告诉我，怎么这么快就从医院里跑出来了？"

曾真仍然不撒手，说："就是待不住呀！"

张仲平说："医院里让你出来呀？"

曾真说："唉呀，你别管医院了。我就想知道，怎么会那么神奇？你快说，昨天夜里你怎么会想到要上我这儿来的？你要是不来，或者再晚几分钟，我们可能就真的生死相隔了。"

张仲平说："快上床快上床。"

曾真附在张仲平的耳朵旁轻轻说："你……要我慰劳你呀？"

张仲平笑着拍了一下她的屁股，说："想什么哪？跟你说你得注意休息。"

曾真松开了张仲平的脖子。张仲平揽着她回到卧室躺下。曾真说："医生说我是轻度中毒，没什么后遗症。瞧，我这不好好的吗？你还没说呢，昨天晚上到底是怎么回事？那么晚了，你怎么还过来了？"

张仲平说："嗯……"

曾真说："嗯什么？是不是超级想我了？"

张仲平说："我也不知道，本来，我只想偷偷过来看上你一眼的，没想到碰到了那件事，好险呀，那么重的液化气味道，你自己闻不到吗？"

曾真摇头，又要爬起来亲张仲平。张仲平躲了一下："你安静一点，好好养养神行不行？"

曾真摇头说："不行。"

张仲平说："这下活蹦乱跳了？幸亏我来得及时，要不然，你就是捡回一条小命，也可能会成植物人。"

曾真说："这条小命是你捡回来的，你可要对它负责到底。"

张仲平说："好好好，但你得答应我，你自己可不能对它粗心大意，不负责任。"

"好，我答应你。"曾真满意地躺下。她出了一会儿神，又说："仲平，你知道我从医院里回来以后都在干什么吗？"

张仲平关注地看着她："你说呀！"

"我在哭，我使劲地哭，怎么也忍不住，我怎么也想不通，你怎么会在那个时候来看我，我只能解释这是上天冥冥之中的安排，然后，我做了一个决定……"

"什么决定？"

"你猜呀！"

"我猜不到。我想，你一定想亲自告诉我。"

"是的，我对自己说，从今天开始，我要好好儿地爱那个男人，直到他开始嫌弃我了，觉得我讨厌了，让我走开，到那时候，我才悄悄地离开。"

张仲平疼惜地看着曾真说："我怎么会嫌弃你？我怎么会讨厌你？"

曾真说："那谁知道呀？"

张仲平说："不，不会的。曾真，你知道吗？其实，充满感激的不应该是你，而应该是我，你让我的生活变得美妙了，你才是上天给我的珍宝。"

曾真甜蜜地一笑："嗯，这话真动听，继续说呀！"

张仲平认真地说："我是说，上天既然把你给了我，就会让我在冥冥之中保护你、呵护你，让你永远不受到伤害。"

曾真从床上爬了起来，一把抱住了张仲平，说："快点抱住我，把我箍到你肉里去，仲平，我爱你，我真的爱你。"

张仲平手机响起，他不理，紧紧拥抱曾真。手机断掉，又响起。

曾真扑哧一声笑了，说："谁这么顽强？不会是她……也有感应吧？"

张仲平说："别管它。"

曾真松开了他，说："你还是先接电话吧，免得它老分散我们的精力。"

张仲平无奈接起电话："喂，山洼，我的村长大人，我跟你说了别老催，等有了钱，我自然会弄过来的，好了，就这样。"他挂了机，把手机扔到床上。

曾真问："谁呀？"

张仲平说："覃山洼。整天像个催命鬼似的，烦都烦死了。"

曾真说："别烦了，烦又不能解决问题。"

张仲平说："我知道。"

曾真说："覃山洼找你要多少钱？"

张仲平说："二十万，说工地上等着用。本来，刚拍完胜利大厦，我是要给他打工程款的，谁知道……算了，不说这件事了。"

曾真说："看来，慈善家不是那么好当的，得有充足的经济实力。哦，对了，早先我就跟我舅约好了，今天我得去一趟擎天柱。"

张仲平不放心地说："你现在的任务应该是在家里休息。你舅要知道你昨晚发生的事情，也一定不让你过去的。"

曾真摇了摇头说："我真的没事了。让我休息我也睡不着，还是去吧！"

张仲平说："你是不是希望我陪你去？"

曾真眼睛里闪烁着亮光，满怀期冀地看着他："我当然希望。今天……你有没有事？"

张仲平苦笑了一下："我哪会没事？"

曾真眼里的亮光消失了，失望地说："那……还是算了吧。你要有事，就去办事。你要没事，就在这里好好地睡上一觉，昨天晚上你肯定没怎么睡。"

张仲平说："可是，非得今天去擎天柱吗？我担心你的身体。"

曾真说："没问题。现在，我只是头有一点点晕，一点点。也许，到山里呼吸点新鲜空气，对我反而有好处。"

张仲平点了点头，再一次抱歉地说："曾真，对不起。"

曾真亲了他嘴唇一下，说："傻瓜，干吗道歉？你别担心。哦，对了，要不要我帮你去看一看学校施工的情况？"

张仲平说："有什么看的？你别去了。"

曾真说："你不想让我帮你做点事呀？"

张仲平说："我是不想让你累着。你去擎天柱几天？"

曾真说："我也没什么计划。你想让我在那儿待几天？"

张仲平说："我……不知道。那儿的环境对你身体康复有好处，可是，我又想每天能够看到你。"

曾真说："你想看我，我偏不让你看。"

张仲平说："真的？"

曾真咯咯一笑："假的。你不准笑话我，其实，我也想每天都能够看到你。你这个讨厌鬼，你说，你怎么这么讨厌？"

张仲平胸口一热，仿佛一股气流堵在那里，让他说不出话来。"曾真。我……我……我……"

曾真睨了他一眼："说呀，怎么啦？不会是爱在心中口难开吧？"

张仲平笑了："哈哈，好像是有点儿。你知道吗？每天从家里出来，我第一个想到的，不是去公司，而是来你这儿。"

曾真微叹了口气："我也一样，我都不想上班了，我怕去上班以后，你来这儿碰不到我。其实，上班也一样，也满脑子都是你。讨厌，不该跟你说这些。"她忽然背过身去。

张仲平感动地呼唤道："曾真。"

曾真幽幽地说："你是不是很得意？"

张仲平承认说："是有那么一点儿，能得到你这么优秀的女孩子的青睐，说明我这个半老男人……该怎么说？风韵犹存还是宝刀不老？"

曾真扑哧笑出声来，她转过来两只手握成拳头捶打张仲平的胸膛，说："臭美臭美，我叫你臭美。"

野猪林野生动物园周运年和江小璐的准新房里，江小璐看着自己脚下一大堆百元大钞，简直傻眼了。她手足无措地问周运年："运年，你这是？"

周运年说："吓着你了吧？实际上，从接受了这笔钱开始，我也一直在担惊受怕中过日子。"他长吁了一口气，说："这块石头在我心里压了很长时间了，今天我就彻底说出来吧！"

"我在郊县任职十几年，先是主管工业的副县长，后来又当上了县长。郊县在我的手中，从一个落后的贫困县成为全国经济百强县。老实说，我的工作是卓有成效的，是对得起组织的。

　　"辛然的妈妈就是郊县人。改革开放初期，辛然的姥爷，也就是我的岳父，很早就做起了生意，成为了当地有名的富户。我那个时候还是部队里的一个穷士官，可辛然的妈妈不嫌弃我，跟我好上了，她们家在她的坚持下，也最终接纳了我。

　　"郊县是一个矿产大县，省内著名的大企业香水河国营物资公司就在那里拥有一个煤矿，叫红旗煤矿。我的岳父也在红旗煤矿的旁边投资开采了一个小煤矿，辛然的舅舅，也就是我的小舅子，高中毕业后就跟着我的岳父一起经营这个煤矿。后来我的岳父年纪大了，矿上主要的事务就由我的小舅子在打理。

　　"两个煤矿挨得很近，矛盾冲突时有发生。那个时候，我已经由部队转业到地方，后来因工作调动到郊县，先当县政府办公室主任，很快成为了郊县主管工矿业和抓安全生产的副县长，后来又当上了县长。红旗煤矿虽然是大矿，但辗转知道了我的背景后，在与我岳父的小煤矿的矛盾冲突中就采取了忍让的态度。可我的小舅子，不是一个省油的灯，打着我的旗号步步紧逼，蚕食国家的利益。我可以保证，当时的我并没有去给我的小舅子充当保护伞，但下面的人为了逢迎我而做一些对我的小舅子有利的事情，这样的情况也不能说没有。红旗煤矿抱着息事宁人的态度，找我的小舅子商量收购他的煤矿。当时国家也有文件要整顿私人乱挖乱采矿产资源的现象，我认为收购也是一个两全其美的事情，便同意了。

　　"收购的过程我就不说了。我只是原则性地表示同意，具体的事情都是下面的人在办的。后来收购兼并的面越来越大，好几家公私煤矿都被包揽了进去。有个时髦的词叫什么？资产重组。有一天，我的小舅子告诉我，收购完成了，他得到了一大笔钱，并且成为了红旗煤矿的董事。而我，居然也在红旗煤矿占有了百分之十六的干股。我想拒绝，可是木已成舟。如果我要翻脸的话，那么不但意味着跟我岳父一家决裂，而且会伤及一批在这中间得到利益的人，包括香水河国营物资公司和红旗煤矿的一些人。他们都是得利者，受到损失的只有国家的利益而已。他们都会起来与我为敌。而且，我想把自己摘干净也不行了，这样的情况下我怎么可能说得清楚呢？

"那几年，煤炭的价格一直在上涨。全国各地不管公私一哄而上，对矿产资源进行了疯狂的、过度性的开采，生产事故频发。国家对安全生产越来越重视，下了大力气进行整顿，尤其是私人的小煤窑、小煤矿。我小舅子的煤矿，名义上是被红旗煤矿收购了，实际上还在独立经营。他的小煤矿的安全生产的制度和设备一直跟不上，虽然我多次督促，可他总是置若罔闻。这一次，我下决心从他的煤矿开始整顿，责成他停产，并且遣散了他招募的大部分黑工。就在这个时候，我小舅子接了一个大订单，竟偷偷地挖开已经被我们封掉的洞口，非法开采，结果……结果发生了塌方，七个人，包括我的小舅子，全部被埋在了井下，无一生还。我的老岳父，当时身体不好，已经因为高血压而有轻微中风的现象。听到这个消息，脑溢血发作，也随即去世了。

"当我听到这个消息时，脑子一下子就炸了。国家对于安全事故的责任人会严厉追究责任，甚至会动用刑法。而对于负有监管责任的官员的处罚也毫不手软。我小舅子的这个煤矿名义上是属于红旗煤矿的，矿上的人找到我，希望将这起事故瞒报下来。发生事故的这个矿是我小舅子的，而我又在红旗煤矿占有百分之十六的干股，换句话说，我跟他们是一根绳子上的蚂蚱，一旦这个事情捅出去，那么我的政治生命不但就此走到头了，而且还会锒铛入狱。在这样的情况下，我只好做出了违背自己良心的选择。

"一下子失去了两个亲人，辛然的妈妈受不了，精神抑郁起来，差不多要疯了。她怪罪于我，说如果不是我所谓的大义灭亲、封矿、遣散矿工，她弟弟也用不着亲自带人下矿……还有一点，红旗煤矿私底下拿出了几十万块钱，我把它全部分给了其他死难矿工的家属，对此，她也无法理解……我们为此经常吵架，有一次，她竟然背着我吞服了过量的安眠药，抛弃我和辛然，永远地离开了这个世界。

"那个时候，辛然刚刚考上大学。过了几年，你知道，我因为政绩突出而被提拔为香水河市的副市长。在我离开前，私底下找了红旗煤矿和相关方面的一些人，声明要退掉这百分之十六的干股。没想到，他们给我送来了一大笔钱，说是股价等值的现金，这样算上这些年他们陆续分给我的所谓红利，我一共从他们那里拿了一千二百六十万。"

周运年说到这里，终于停了下来，他像是被抽掉了空气的充气玩偶一般，在椅子上瘫坐下来。

江小璐一直在张大着嘴巴紧张地听周运年诉说。他所说的事情太惊心动魄了，以至于江小璐忘了说话，忘了发问。直到周运年沉默下来，她才傻傻地问道："后来呢？"

周运年苦笑道："本来，一直是风平浪静的。可是，香水河国营物资公司亏损严重，不断变卖资产，底下的矛盾越来越激烈，包括红旗煤矿，职工们经常上访。一些人蠢蠢欲动，想要利用这些矛盾挑起事端，妄想对既得利益进行重新分配。我的这一千二百六十万，就是他们惦记着逼我吐出来的一大块肥肉。昨天，就在昨天，市中院一个叫丛林的法官还跑到矿里去调查了。"

江小璐问："那怎么办？"

周运年长叹道："天网恢恢，疏而不漏。命中注定，我逃不过这一劫。我将身败名裂，人财两空，除非……除非……"

江小璐紧张地问："除非怎么样？"

周运年沉吟许久，方才缓缓地说："除非，我死了。"

（四）

时代阳光拍卖公司徐艺办公室的墙上，徐艺正在指挥员工将一幅镶在镜框里的照片挂到墙上去。照片是徐艺与周运年等人的合影。他不断地发出左高右低或者右高左低的指令，直到感觉照片挂在了最顺眼的位置，才满意地点了点头，挥手让员工出去。

他小心地走近照片，用手指将照片上周运年脸上一个极小的污点揩掉。辛然走了进来，看了照片一眼，笑嘻嘻地问徐艺："董事长先生，今天的工作是怎么安排的呀？"

徐艺反手叉着腰，像领导做报告似的一挥手说："同志们，经过本董事长和特别助理辛然同志的共同努力，公司形势一片大好，是的，不是小好，是大好：首先，公司开业不久，我们已经取得了阶段性的胜利成果，其中，艺术品拍卖，不仅让我们取得了社会知名度和美誉度，而且还在中院入了围；刚刚结束的胜利大厦拍卖，又让我们完成了原始的资本积累。回顾过去，展望未来，我们一定要'宜将胜勇追穷寇，不可沽名学霸王'，要扎实工作，努力进取。至于说到下半年的主要任务，啊，这个这个，也就是一个中心两场拍卖会，一个中心就是公司必须以盈利为中心。两场拍卖会，一场是艺术品大拍，一场是香水河国营物资公司的那块地。大家对此有没有信心呀？"

辛然配合地鼓掌欢呼："有。现在，我代表董事长家属及全体员工，奖给董事长先生一个 kiss。"她上前抱着徐艺在他脸上啃了一口，说："艺哥，我觉得你这报告做得够帅。"

徐艺说："小意思。好了好了，正经说话。辛然，艺术品大拍，那是走市场的生意，好说。那块地呢？情况就复杂了。我们千万不能掉以轻心，我跟你说，我们要牢牢抓住颜若水和鲁冰叔叔这两个人，因为委托权很有可能就在他们两个人手上。"

辛然说："是吗？"

徐艺点了点头说："是的，先说颜若水。这个颜若水，简直就是拍卖公司的财神爷。我一直在想该用什么办法把他这个关攻下来。"

辛然说："你想清楚了吗？你准备怎么去攻他的关？"

徐艺说："我……正在做他的外围工作，我认为，攻下他是迟早的事。我们分一下工，这一次，我主攻颜若水，你得黏住鲁冰叔叔不放。"

"黏他？我怎么黏他呀？"辛然不明白。

"很简单，就是请他照顾我们的生意，他不是喜欢玩核桃吗？你看，这是我在北京专门替他买的，怎么样，漂亮吧？"

"漂亮。什么时候买的？"

"你以为我去北京就只是去陪你玩了？你看高跟鞋的时候，我就开始留意给鲁冰叔叔选核桃了，你现在就给他送去。"徐艺得意地说道。

"他不会不收吧？"辛然觉得这个事心里没底，虽然鲁冰是他爸爸的老部下，平时自己也是一口一个"叔叔"地叫着，但她印象中，爸爸是一个一身正气的领导，上梁正下梁就不会太歪。好几次爸爸在野猪林告诫自己的那几个老部下不要掉队，她是耳闻目睹了的。上次鲁冰调职，自己和徐艺想送个红包表示一下，结果差点下不来台。这次不会又是热脸贴个冷屁股吧？更何况，因为生意向鲁冰叔叔送钱送物，自己本来就觉得很别扭，这算是行贿吗？

徐艺鼓励她说："你当然要他一定收下。几千块钱的小玩意，他不会跟你较真的。他要是问你在忙什么，你就说我们在想香水河国营物资公司那块地的事。他要是不问，你也可以主动提。"

"艺哥，你原来不是不想让我管公司的事吗？我觉得，求鲁冰叔叔，我开不了口。"辛然皱着眉头说。

"辛然，你可千万不能这么想。我觉得，鲁冰叔叔巴不得你去求他呢！"

"为什么？"

"因为……因为他最近不是有事要求你爸爸吗？"

"你是说……"

徐艺截住了她的话："有些事心知肚明就可以了，别在嘴上说。要说，也只能反着说。"

"怎么反着说？"辛然睁着一双大眼睛问道。

徐艺一副恨铁不成钢的样子说道："辛然，你呀你……这样跟你说吧，你别管那么多，你只要记住，如果我们想拿下这单业务，就不能有丝毫的松懈。我估计，我姨父他肯定也盯上那块地了。他的生意嗅觉异于常人，而且人脉深厚、信息灵敏，总是能先人一步开始行动。我们得抓紧了。而且，除了他，还有其他的拍卖公司。辛然，这一次，可是一场恶仗呀！"说得辛然直点头。

徐艺对张仲平的估计是正确的。他此刻正在青瓷茶会所祁雨的办公室内和祁雨谈生意。

祁雨甩着手上的支票，微微笑着说："张总可真是痛快人。现在，我们算是钱货两清了，想问一下，那尊青瓷莲花尊，张总什么时候拿走呀？"

张仲平也微微一笑，他饶有兴致地打量着眼前这个女人：虽然保养得极好，但眼角若隐若现的鱼尾纹显示她的年龄至少在三十五岁以上了。眼窝有点深，下眼袋有一层淡淡的青黑，说明她是一个习惯于夜生活的女人。当然，她是美丽的，不仅美丽，而且有一股媚入骨髓的风情。这样的女人对男人是很有杀伤力的。

听了祁雨的问话，张仲平无所谓地一摆手说："先放你这里吧。另外，我听说，贵店新进了另外一件宝物？"

祁雨说："你指的是……"

"青釉四系罐。"

"哦，张总消息很灵通啊。颜总跟你说的？"祁雨眼中波光流转，脸上巧笑倩兮。

这时她的手机响了，她看了看号码，按了接听键。里面是徐艺的声音："祁老板，说话方便吗？小雨姐姐，我想见你呀，就现在呀！"

祁雨看了对面的张仲平一眼，对电话说："不行。我现在这里有客人，回头我给你电话吧。"她不等徐艺回答便挂了电话。

"颜总没跟你说？我可是把订金都带来了。"张仲平掏出另外一张银行支票交给祁雨。

"50 万？"祁雨接过支票。

张仲平点头："跟青瓷莲花尊相比，那件青釉四系罐，更是价值连城。"

祁雨笑了起来："哦，哈哈，张总看东西，总是不会走眼的。"

张仲平也笑："嗯，应该说，颜总看人，也总是不会走眼的。"

祁雨说："难怪你们两个那么惺惺相惜。您先喝茶，我去看颜总来了没有。"

那一头，徐艺手里拿着手机发愣。

祁雨匆匆挂断了他的电话，说明她正在跟别人谈正事，而且非常重要。最主要的是，这个事情说不定跟自己也有所冲突，所以祁雨才不想跟自己多聊，还直接谢绝了自己迫切想要见她的要求。

徐艺在办公室里来回踱步，他在想祁雨那边会是什么事。他当然知道祁雨和颜若水的关系，知道祁雨青瓷茶会所里的所谓"古玩交易"的秘密。目前，东方资产管理公司手里最大而且最重要的案子就是香水河国营物资公司的那块地。盯上这块肉的绝不止他这一家。他知道信息已经比很多人晚了。现在祁雨的对面，说不定就坐着他的一个同行，甚至，这个人很有可能就是他的姨父张仲平。

想到这里，他心里一下子火烧火燎起来。他想，跟颜若水的关系，无论如何自己都比不过张仲平。在玩一些道道上，他也承认自己不如张仲平。但他有一个优势是张仲平所不具有的，那就是他跟祁雨的关系。而祁雨是能对颜若水起到决定性影响的人，对这一点他深信不疑。徐艺想，这年头，谁跟谁的关系不是利字打头？谁跟谁的关系又能保持长久？张仲平之所以跟颜若水关系好，不就是因为利益的勾连吗？既然如此，那他徐艺不是同样能给颜若水带来利益，甚至可以比张仲平给得更多吗？只是因为自己跟颜若水的关系目前较为疏远，不得其门而入罢了。而祁雨恰恰是最好的一块敲门砖。只要搞定了祁雨，那就等于搞定了颜若水。

青瓷茶会所包厢内,张仲平和颜若水喝茶聊天,祁雨在一旁冲泡工夫茶。张仲平暗自揣摩,祁雨刚才从办公室来到包厢,不知道是不是已经把自己跟她谈的事儿全都一股脑儿地告诉了颜若水?当然,如果他俩不提,自己决不会主动去说,这是规矩。

颜若水说:"祁老板不是外人,张总,有些话我可直接说了。"

张仲平也正容道:"颜总请指教。"

颜若水说:"还是胜利大厦的事情,当初让那个徐艺进来,真是一个错误。"

听了颜若水这话,祁雨不禁一怔,她正手把茶壶往茶杯里斟茶水,一直到斟满溢出了,这才醒悟过来,手忙脚乱地抽了几张纸巾将茶几上的茶水擦干净。

颜若水奇怪地瞟了她一眼。

张仲平对着颜若水连连点头,说:"是是是。我当时也是想帮他一把,没想到,惹出那么大的麻烦。"

颜若水说:"他给你帮倒忙还是小事。你知道吗?现在,那个龚大鹏,天天找我们胡搅蛮缠。烦都烦死了。"

张仲平一愣,说:"他想干什么?"

颜若水说:"他不就是想在拍卖成交款上多分点钱吗?唉,好好的一件事,被徐艺搞得乱七八糟的。真是城门失火,殃及池鱼呀!都知道你跟他是亲戚,所以,这事,对你们公司也产生了重大的负面影响。"

张仲平尴尬地点点头:"我知道我知道。"

颜若水慢条斯理地说:"仲平呀,本来,我们之间的合作是没有问题的。可是,经过这件事,我怕……"

听了颜若水这说了半截又咽回肚子里的话,张仲平紧张起来,问道:"怎么啦?"

颜若水说:"如果我们公司别的副总对你们公司有了意见,我怕……事情不好摆平呀!"

张仲平说:"颜总的意思是……"

颜若水说:"我的意思是,你要想继续在我们那儿做生意,就得赶紧把修复工作做到前面。主要是改善几个副总对你们公司的印象。你把这个群众基础打好了,我在公司说话,也就灵了。"

张仲平说："谢谢颜总的提醒，太谢谢了。那个龚大鹏，我们已经给了他三十万，他还想干什么？不能贪得无厌吧？颜总放心，我找个机会敲打敲打他。"

颜若水点了点头说："你怎么做工作，不要跟我说，别搞得我们两个好像串通好了似的。"

张仲平说："明白明白，颜总放心。"

张仲平一直到开始与颜若水下棋的时候都没闹明白，祁雨到底跟他说了那五十万的事没有。

（五）

当周运年的口中说出了那个"死"字时，江小璐一时间呆住了。

怎么会这样？运年啊运年，从你嘴里吐露出来的，怎么会是这么可怕的事情？你怎么能死？你死了，我该怎么办？她忽然站起来冲到周运年的面前，大声喊道："不！你不能这么想。我们把钱交出去，我们不要这些钱。"

周运年摇了摇头说："交给谁？交给那个敲诈我、勒索我的家伙？天知道他是谁。一个不肯露面的家伙，你以为我会相信他真有本事替我把事情摆平？"

江小璐说："那我们就把钱交给组织。"

周运年苦笑道："交给组织？我担任领导干部多年我还不知道？组织对暴露出来的贪官污吏从来不会心慈手软，总是严惩不贷。为什么你知道吗？因为如果不这样做，就会亡党亡国。历朝历代的许多故事都证明了这一点。"

江小璐说："把钱交给了组织，不是可以算自首吗？"

周运年说："可以算。但是你想过没有？这可不是一点儿钱，是一千两百多万，这金额太大了，再怎么样，我也逃脱不了成为阶下囚的命运，那可不是人过的日子。与其那样，我不如自己了断，也还可以给自己保留最后一点点尊严。"

江小璐急得流出了眼泪，说："那……你怎么办？我又怎么办？"

周运年望着江小璐，眼睛里充满了怜惜，他说："我现在庆幸我们还没有正式结婚，因为只要我们还没有结婚，这件事就跟你没有关系。只要我死了，这件事情就很有可能到此为止，就会成为无头案。这钱……也就安全了。"

江小璐流着泪拼命摇头："不……"

周运年说："你听我把话说完。我曾想过委托老莫来处理这笔钱，我跟他相识相交了二三十年，他是我最信得过的朋友，但我曾在生意上给他帮过忙，虽然我跟他之间的关系是清白的，但他仍有可能被怀疑、被调查。我不能给他惹麻烦。"

江小璐问："那你为什么选择我？"

周运年柔声说："因为你是我最亲的人，虽然我们认识不久，但在我心目中，你是唯一值得我信赖和托付的人。我为官几十年，基本上是清正的，你不知道，要做到这一点，有多难。"

江小璐说："可是……"

周运年打断了她的话："可是，我还是被内心的贪婪给打败了。这笔钱，我一分钱都没有动，对我来说，它不是钱，而是随时能要我的命的炸弹。实际上，自从我拿了这笔钱之后，我就从来没有心神安宁过。为了它，我付出得太多了。不，我不能把它交出去，也不想把它交出去。我如果把它交了，我只会成为别人的笑柄，我的牺牲将一文不值。"

江小璐激动地说："可是，我们不能要钱不要命。"

周运年说："现在说这个话已经晚了。小璐你听我说，我已经想好了，这钱，你拿一半，另外一半，我想留给然然，但这件事情现在不能办，得让风头过去。所以，她的那一部分也由你先保管着。"

江小璐痛哭流涕："不，我不能让你死。我也不要这钱。"

周运年凄然道："一千多万，换我一条贱命，值得。最重要的是，与其生不如死，不如死得其所。"

江小璐说："不，你不能这样考虑问题，把钱交出去，一定能换回一条命。只要活着，就有希望。"

周运年说："有什么希望？这几十年，我都在当干部，不管官大官小，我只会干这个，除了干这个，我还能干什么？我什么都不能干，什么都不是。"

江小璐泪眼模糊地看着周运年说："原本我也不是图你的钱。你就是坐牢，我也等你。"

周运年着急起来。江小璐在他的印象中一直很善良、很柔弱、很善解人意，从不肯拂逆他的意思，却没想到在这样的时候她会如此倔强，如此坚持。是呀，她在丈夫死后独自带着孩子支撑到现在，内心的力量如果不够强大，她怎么可能做得到？可是，现在不是纠缠的时候，他周运年现在是在托付后事，在给自己所爱的亲人安排出路。他的时间已经不多了。

周运年抓住江小璐的双肩，使劲摇着："你还不明白吗？离开了我头上的帽子、屁股底下的位子，我就是个废人，跟这样的人厮守在一起，只会毁了你一生。不，你别劝我了，这事我已经决定了。我庆幸我遇到了你，你是一个多么好的女人，我死而无憾了。"

江小璐感动地看着周运年。如果说在今天之前，她对自己是否真的爱着周运年还不够确定的话，那么现在，她想自己是可以确定了。一个男人向你和盘托出了一切，包括他埋藏在心底的最隐私的罪恶，他是把自己当成最亲的亲人了。不管他做的那些事情是多么国法不容，但他用自己的生命来换取对自己下半辈子的安排，这种爱至少对她来说是无私的，这个男人至少在她眼里是伟大的。是的，这不仅仅是感激，不仅仅是依赖，而是爱，她爱他，就像他爱她一样。

江小璐擦了擦脸上的泪水，坚定地摇头："不，你不能死。你不能丢下我和辛然不管。周运年，你不能这么自私。"

周运年说："只要我死了，你们才会活得好好的，有钱、有尊严。为了这个，就是要我死两遍、死三遍，我也愿意。"

江小璐说："我不愿意。"

周运年说："事已至此，我别无选择。你也别无选择。"

江小璐抓住周运年的胳膊，恳切地说："当然有得选择。我们不要钱，要命。"

周运年生气地说："恰恰就是这些该死的钱要了我的命。我没有命消受，只有留给你和辛然。"

江小璐说："如果没有你，我和辛然要那么多钱干什么？"

周运年说："傻瓜，钱当然有用。小璐，我已经说得够清楚了，你怎么还不明白？这是没有回头路可以走的。你以为我不想活着？你以为我不想看着辛然快乐幸福？你以为我不想跟你一起过日子，甚至生个孩子？可是，这件事让我感到非常羞耻，我无法面对可能面临的一切。在这种情况下，死，反而成了最好的决定。你看，现在我很坦然。"

江小璐毫不退让，说："不，你说我是傻瓜，你才是傻瓜呢！我不要你的钱，辛然也不会要。你要是真为了我们两个好，你必须改变这个决定。"

周运年无可奈何地看着江小璐，他实在不知道该怎样说服她。墙上的挂钟滴滴答答地响着，周运年和江小璐谁也不说话，就这样对峙着。

这个时候，周运年手机响了起来，他看了一下号码，是辛然来的电话。

周运年按下了通话键，说："然然，怎么啦？爸爸没事，爸爸跟你江阿姨在一起。"

江小璐去抢电话，被周运年一把推开。他匆匆地对着电话说："好了，然然，爸爸挂电话了。"然后迅速按了结束键，回过头来问江小璐："小璐，你想干什么？"

江小璐说："这事不能由你一个人定，我要你把辛然叫来，我们一起商量。"

周运年说："不行！这事不能告诉然然。如果让她知道她的爸爸是个贪官，那会彻底毁了她的生活。好了，小璐，我之所以把这一切告诉你，是因为我相信你能像我一样理智。我的死，将是个意外，将换来你们有尊严、有体面的日子。"

江小璐大声说："不！"

周运年顿了一下，说："这样吧，要不然，我们折中一下。"

江小璐几乎是扑过去紧紧地抓住周运年的胳膊说："什么折中？你说你说，你快点说。"

周运年说："从这个门出去，向前走三百二十一步，是那个鳄鱼池，我跳下去。如果我能活着游过对岸，我就去自首。"

江小璐身体一颤说："不，你这是在哄小孩。面对那么凶残的鳄鱼，你怎么有可能游过对岸？这风险也太大了。"

周运年笑笑："人生本来就是一场赌博。"

江小璐乞求地望着他说："没有别的办法了吗？"

周运年肯定地说："这是我能向你做的唯一让步。"

江小璐叫道："不！你这样做，没有任何胜算的可能。"

周运年摇了摇头："那就没办法了。小璐，你要鼓励我。你知道吗？现在我对以前做的事感到非常后悔。是呀，要是当初我不动那个念头就好了。可是，生活中又有多少人面对如此巨大的诱惑时，还能做出正确的选择与判断呢？游过鳄鱼池，也算是我对命运的最后一次抗争，也是我能够自我救赎的唯一机会。好了好了，现在，你得抱抱我，给我信心和力量……"

他的手机又一次响起，他看一眼屏幕，接了电话。

一个男人的声音急促地说道："老大，那个法官，他逃跑了。"

周运年面无表情地说道："逃跑了就逃跑了吧，别再为这事烦我了。"他挂了机，张开双臂拥抱江小璐。"好了，小璐，笑一个，我要把你的笑，永远记在脑海里。"

江小璐终于忍不住号啕大哭起来，一把眼泪一把鼻涕地说："不，运年，你这样做于事无补，你不能这样……自私。"

周运年拍了拍她的肩膀，说："我可以。相对于屈辱地活着，死，反而是件容易的事。好了，你坐在这儿别动，五分钟以后再出来。"他把江小璐抓着他的两只手掰开，转身往门外走去。

"等等！"江小璐撕心裂肺般地叫了一声，叫得周运年怔在那儿，他回过头来，疑惑地望着她，她用手捋了一下额前的乱发，对周运年笑了笑，说："既然你要让鳄鱼池来决定你的命运，那么，就让我陪你一起去吧。"

周运年一愣，说："不，这是我自己犯下的错，就应该由我自己来承担，与你无关。"

江小璐平静地说："运年，如果你真的把我当成你的妻子，那么怎么能说你的事与我无关呢？你又为什么把这些事告诉我，把这些钱托付给我呢？你如果执意要从鳄鱼池跳下去，那么我一定会跟着你一起下去。"

"你……"周运年喉头哽塞着，再也说不下去了。

江小璐走过去，轻轻挽起周运年的胳膊，眼神坚定而执着地看着他说："如果我改变不了你的决定，那么，你也改变不了我的决定。"

周运年望着门外，青天如洗，远山如黛，一阵微风吹来，池边柳树婆娑起舞，耳边有鸟儿的清唱、野兽的低鸣。

多好的天气，多好的世界啊！他深深地呼吸了一下，干净的空气似乎将他胸中的浊息都排除出去了。他回过头来，对江小璐说："好吧，我不去了。你给我一些时间让我想想吧。"

江小璐舒了一口气。她蹲下来将地上所有的钞票都收回蛇皮袋子里，然后将两个蛇皮袋子放到了衣柜里，对周运年说："事情一定会有解决的办法的。记住，在我的心里，任何东西都比不过你的生命重要。即便你真的坐了牢，我也不会感到屈辱和羞耻，我相信辛然也是能够理解的。"

第二十一章

（一）

胡海洋在擎天柱自己的办公室内练习高尔夫推杆进洞技术。他一边推球，一边问站在一旁的曾真："最近都在忙些什么，怎么这么久才来擎天柱看舅舅？"曾真笑嘻嘻地说："忙工作呀，你不知道我们当记者的是人在江湖身不由己吗？"胡海洋笑着没吭声，待他收起球杆，这才仔细看了一眼曾真说："你的脸色怎么那么苍白？没休息好？我跟你说，工作别太拼了。这女人呀，工作要干好，嫁也要嫁得好。上次你妈打电话给我，让我劝你去国外。说如果说不动你，就替你在国内找个老公嫁了算了。你呀，年纪也不算小了，该考虑个人的问题了。怎么样，有目标了没有？"

曾真嘟着嘴说："我妈除了关心我嫁人，就没别的事可关心了。我为什么要嫁人呀？我觉得我一个人生活挺好的呀！"

胡海洋说："胡说，不嫁人，难道想当老处女呀？你妈要知道了，非气得她马上飞回来不可。怎么样，要不要我给你介绍几个青年才俊？"

曾真一撇嘴说："得了吧舅舅，我虽然很崇拜你，但我们的价值观不同。现在的所谓青年才俊水货太多，大多都是靠父荫的富二代或官二代。我接触过几个，幼稚得不行，还自以为是得很。要说呀，还是你们这一代人，靠自己双手打拼出来的天下，吃过苦，经过事，思想成熟，人情练达。"

胡海洋本来拿着一只高尔夫球在手里颠着，这时停了下来，弯腰把球放好，一杆推出去，正好进洞，似乎不经意地问："最近还和张仲平走得很近吗？"

曾真听着胡海洋的问话心里一慌，脸上似乎有点烧。她连忙强作镇定，装作没有听到他的话，说："好球。舅，你今天的精神状态好像很好呀！"

胡海洋见她有意回避，也不好再提这个话题，便说："是呀，这几天我一直很兴奋，我真没想到能以那么低的价格把胜利大厦拿下来。"

曾真说："听说差不多是成本价了。"

胡海洋说："对。最让我兴奋的是我赚了时间。像这样的项目，如果从征地开始，亲自报建、亲自施工，没有两年弄不下来，你说，我能不兴奋吗？"

曾真说："那祝贺您。您下一步有什么计划？"

胡海洋说："我想把保健酒的生产销售与擎天柱别墅项目一起打包，在资本市场上借壳上市。"

曾真问："借壳上市？什么是借壳上市？"

胡海洋说："借壳上市是指一间私人公司通过把资产注入一间市值较低的已上市公司，得到该公司一定程度的控股权，利用其上市公司地位，也就是借它这个壳，使母公司的资产得以上市，也就是孵出自己的蛋。"

曾真摇了摇头说："哦，这个我不懂，太专业了。"

胡海洋将球杆插回到套子里，接过曾真递过来的矿泉水喝了一口，说："这么跟你说吧，与一般企业相比，上市公司最大的优势是能在证券市场上大规模筹集资金，以此促进公司规模的快速增长。因此，上市公司的上市资格已成为一种'稀缺资源'，如果从头做起，则起码需要三到五年的时间，我可等不及。"

曾真说："现在呢？你准备怎么办？"

胡海洋说："我发现，那个张仲平还真是我的福星。他上次给我透露了一个消息，说香水河国营物资公司有块地要拍卖，我想把它买下来，进军省城房地产市场。如果有必要，也把那块地打到资产包里去，这样，我们借壳上市的把握就更大了。明白了吗？"

曾真说："还是不太明白。"

胡海洋回到大班台后，示意曾真坐在他的对面。他说："你也不用太明白。我今天叫你来，是想让你再帮舅舅做一回代言人。你既然替我的楼盘做了形象代言人，干脆连'擎天柱'酒的形象代言人也替我一起做了吧？"

曾真说："可是，那是男人喝的保健酒，我做形象代言人不合适吧？"

胡海洋说："任何一种好的产品都是有气质的，我们生产销售的'擎天柱'酒的气质是健康、时尚，跟你的形象很吻合，我看没什么不合适的，要不，就这么说定了？至于你的代言费，还是按原来的标准支付，怎么样？"

曾真想了想，说："舅舅你说了算。不过，上次楼盘的二十万代言费我现在可不可以领走？您能不能给我现金？其他的不用急，你以后打我卡上就好了。"

"拿现金不太安全，我让他们另外给你办张卡吧，你把身份证给他们。密码回头你自己设。"胡海洋拨通了财务部的电话，指示他们立刻去办。

曾真说："那好，一会儿吃过午饭，卡办好了我就走了。"

胡海洋问："你那么急着赶回去吗？"

曾真说："我还有点事要办。"

胡海洋说："那好吧，你注意安全。哦，另外，你要见到张仲平，跟他说一说，就说我这两天会去省城，办胜利大厦的过户手续。"

曾真说："好。"她跟胡海洋分手以后马上找到了覃山洼，在他陪伴下，到开户行把卡上的二十万全部转给了覃山洼。

覃山洼问曾真："张仲平真的那么忙吗？大半天时间都抽不出来，还要请你代转这笔钱？"

曾真揶揄说："对你来说，见到钱比见到他本人应该更开心吧？没关系，我来看我舅舅，顺便跑一趟罢了。"

覃山洼大笑："哈哈哈，不愧是记者，会说话，哎呀，有了这二十万，这教室就可以封顶了。你回去，一是替我谢谢张仲平，二是还得提醒他，要不了一个月，还得准备点钱。"

张仲平此时还在青瓷茶会所包厢里和颜若水下棋，棋局已到终盘，两个人正在清点目数。

"三目半，张总，这盘棋你赢了。"颜若水反复点了两遍，不甘心地说。

张仲平哈哈一笑说："承让。险胜而已。两三个月以来，我这可是第一次赢棋，不容易呀！"

颜若水也笑："不错不错，张总今天的状态不错。"他像忽然想起什么来了一拍额头，"唉呀，今天我们忘了下注了，怎么办？"

张仲平忙摇手道："没事没事，友谊第一，比赛第二，今天就当是友谊赛。"

颜若水说："那不行。这样吧，说了几次我来买单，你都不让，今天这单，一定我来买。"

张仲平说："还是我来吧……好好好，恭敬不如从命，这单，你来你来。唉呀，颜总，你呀，就是太认真了。"

颜若水说："不认真不行呀。什么事都如同儿戏，谁还跟你玩儿呀？是不是？"

张仲平说："那是那是。我听颜总的。"

颜若水按铃，服务员敲门进来。颜若水说声"买单"，他看了看服务员递来的消费单，然后从口袋里掏出钱包，几张百元大钞、几张零钞，一一点出来，交给服务员。服务员接过，清点了一下，说"正好"，转身离去。颜若水忽然想起，对着已走到包厢门口的服务员说："开票。"

接下来，颜若水端起茶盅，倒水洗手，洗完又仔仔细细地用餐巾纸擦拭两只手。张仲平看着颜若水慢条斯理地做着这些事，感叹道："我第一次发现颜总还有这么好的习惯。"

颜若水正色说道："我这个人从小就有洁癖，总觉得这钱呀，是世界上最肮脏的东西。能不碰，最好不碰。"

张仲平连连点头，说好习惯好习惯。刚说完，他的手机响了，张仲平接电话："什么？他们两个要到我们家里来吃便饭？"说这句话时，他眼睛征询意见似的望着颜若水，后者向外挥了挥手，示意他可以先走。张仲平仿佛得了指令，对着电话说："行行行，我马上回来。"他挂了机，抱歉地对颜若水说："颜总您看，家里要来客人了，吃饭就不能陪您了。"

颜若水说："没事没事，我正好要找祁雨说点家里的事。你先走你先走。"

祁雨正在办公室给徐艺打电话。那是因为徐艺给她发来了短信，说小雨姐姐再不接他的电话，他就只好自己上门来了。祁雨拨通了徐艺的电话，把他好好地抱怨了一通。颜若水推门进来的时候，她正在电话里对徐艺说："还老说你们公司的口碑不错，我看，都是你吹起来的，别人可不这么看。见面？先等等吧！"她眼瞥着悄悄走进办公室的颜若水，不耐烦地对着电话说："行了行了，我有事，一会儿再打给你。"说着直接挂了电话。

颜若水已经在她的对面的圆椅上坐了下来，问："谁呀？"

祁雨说："哦，一个朋友。"

颜若水问："男朋友？"

祁雨自嘲地笑了笑说："男朋友？我男朋友还不知道是在地球上还是在

月球上呢。不说这个了。姐夫，是这样，你来之前，张总把青瓷莲花尊的钱结清了，另外，又开了一张五十万的支票，说要买你早两天拿过来的那尊青釉四系罐。"

颜若水问："他看过东西了吗？"

祁雨摇头说没有。

颜若水微微一笑说："这个张仲平，人精。"他从祁雨手里接过支票，很认真地查验着，好像看是不是有假似的。

祁雨问："姐夫，这是怎么回事呀？"

颜若水有点惊讶地看了祁雨一眼，说："小雨，你怎么啦？以前，你从来不打听这些东西，你说你不需要知道里面的弯弯绕绕。"

祁雨脸一红说："哦，我……我只是随便问问。"

颜若水将支票收好，说："小雨，这几年真是有劳你了，委屈你了。"

祁雨摇头一笑说："我没觉得辛苦，也没觉得委屈呀！"

颜若水说："我心里清楚。你原来不是一直想办加拿大投资移民吗？等你把青釉四系罐卖给张仲平之后，就把这件事给办了吧。"

祁雨为难地说："姐夫，爸爸目前这种状况，我怎么走呀？"

颜若水说："我都想好了，你姐不是已经在那边了吗？让他们二老先过去探亲。爸爸的病，也好在那边治一治。"

听了颜若水的话，祁雨一时没有吭气。颜若水有点奇怪，说："小雨，你是不是有别的想法？"

祁雨说："姐夫，投资移民去加拿大是我以前的想法。现在，我的想法变了。我觉得，在国内做生意也挺好的。"

颜若水摇了摇头说："小雨，有些情况你不了解。国内做生意？国内能做什么生意？还不是……好了，小雨，我希望你能认认真真地考虑我刚才的建议。"

颜若水的话说得很轻，但意思很重，差不多就是替祁雨做了决定。祁雨以前从来没有拂逆过颜若水的任何意见。在她的心里，这个比自己大了十几岁的姐夫，比她的父亲祁家轩更有权威。她依赖他，甚至有点崇拜他。这种依赖和崇拜的情感里是否还夹杂着别的什么因素，她不是很清楚。或者说，她有过一些别的念头，可是只要这个念头一出现，就被自己惊慌地掐灭了，从来不敢让这个念头在心中生长开来。但是，正像那个如日中天的女生组合的一首歌中唱的那样，她这颗小星球，就是心甘情愿地在颜若水这个温柔的宇宙中转动。

她虽然有所犹豫，但她发现自己还是很难拒绝颜若水的安排："问题是，我走了，你怎么办？姐夫，你……你总得有个人照应吧？"

颜若水摆了摆手："我没事。你们如果都过去了，我没有了后顾之忧，有些事，可能还好办些。我有护照，只要有机会，我随时可以走人。"

祁雨感慨道："姐夫，你老在替别人考虑。你看，我姐走这么多年，你也就下点围棋，也没个别的爱好，不抽烟、不喝酒、不唱歌、不泡妞，我姐跟你，真是好福气。"

颜若水笑了笑："小雨，别这么说，你姐在外面，一个人带着孩子，坐移民监，其实也挺难的。这也是我想让你们统统都早点出去的原因，这样，大家也好有个照应。"

祁雨"嗯"了一声。她看着颜若水，对这个气质儒雅、内心精明的男人她是那么熟悉而亲近。父亲祁家轩是一个艺术气质浓郁的男人，平时沉醉于自己的书画中，常常还有点小孩子气，老实说，她们姐妹俩从父亲那儿得到的关怀比较少，在她们姐妹俩的潜意识中，父亲更像是一个朋友。反而是颜若水，沉稳大气、深具魄力，事业上又非常成功，这些些年来，在这个家里，他才是真正的主心骨、顶梁柱。祁雨不想走，因为她依恋他、舍不得他。她不知道离开了颜若水这棵大树，自己这根小小的藤蔓，还能够往哪里生长。

那个念头又一次在她的心中出现，这一次，她没有将它压下去，而是任它像田里的杂草一样疯长。她鼓足了勇气说："姐夫，有些话，我这做妹妹的，真不该说。可我一直憋着，憋得很难受。"

颜若水有些惊讶地看着她说："小雨，你有什么话就跟我说，别闷在心里头。"

祁雨期期艾艾地说："你……你真的就那么相信我姐？"

颜若水说："怎么啦？小雨，你怎么说这种话？什么意思呀？"

祁雨说："我听说，对于新移民来说，初到陌生社会，孤寂甚至恐惧是难免的。在这种情况之下，先出国的一方，往往会找人组成'临时夫妻'，搭伙过日子。"

颜若水一听便笑了，说："你姐不是那样的人。再说了，你又不是不知道，这些年，我……还有你，在国内这么劳累、辛苦、担惊受怕，不就是为了让她母子两个衣食无忧吗？不，你姐绝对不会做什么对不起我的事。"

祁雨垂下眼睛说："我当然希望这样。"

颜若水说："我相信你姐，你姐也相信我，做夫妻，相互信任是最基本的，可千万不能互相猜忌。"

祁雨一直把头低着，这时不甘心地抬起头来说："可是，你不觉得你太苦了自己吗？你刚才说，我姐她们在坐移民监，我看你也差不多。当一个人有点权、有点钱、有点闲，要他没想法，不去做傻事、蠢事、坏事，这也太难了。而你，却做到了。姐夫，你真是一个难得的好人。"

颜若水一笑，说："知道是傻事、蠢事、坏事，还去做，这种人根本就是低智商，根本就没资格在这个社会上混。我呀，是好人还是坏人，我自个儿都不知道，要说，恐怕只能说还稍微懂得自律一点而已。"

祁雨眼睛里闪烁着一种异样的光芒，她有点激动地说："姐夫，其实我……你知道吗？我一直好羡慕我姐，我老是忍不住想，我碰到的那些个男人，能有你一半，就好了。"

颜若水再次呵呵笑了："你呀，尽说些孩子气的话。刚才有句话，你说反了，找到你姐，才是我的福气。我有什么好呀？除了下下棋，其他一点业余爱好都没有，我是一个没有情趣的无聊的人。"

祁雨说："那……你觉得我跟我姐像吗？看着我，你……会不会……想到我姐呀？"

颜若水的笑容慢慢消失了，他目不转睛地盯着祁雨看了一会儿，看得她的脸上慢慢泅开了一片红晕，手指捻着衣角低下了头，这才说道："小雨，你跟你姐，都是家教很好的女人，都是好女人，又聪明又有内涵、又能干又美丽优雅。"

祁雨啜嚅着说："姐夫……"

颜若水说："嘘，别说了。小雨，有些念头，是只能深深地藏在心里头的，它永远不能见天日，只能在心里头悄悄绽放。明白吗？"

祁雨语无伦次地说："姐夫，你，我……"

颜若水语调平缓，但眼镜片后的目光凌厉，"小雨，我知道你要说什么，但我们不说。我们也不想那么多，你先办手续，等青釉四系罐的买卖一做完，你立即离开。"

（二）

张仲平接到的是唐雯的电话，他之所以不顾颜若水而去，是因为唐雯说要来他们家吃饭的两个人，是周运年和江小璐。

在唐雯看来，这是一次双方家长之间的会面，目的是为了两个晚辈——徐艺和周辛然的结合。她一早就从张仲平的嘴里知道了江小璐和周运年现在的关系。说起来，张仲平还算是他们俩的半个红娘呢！要不是张仲平让江小璐去徐艺的那场艺术品拍卖会举牌，他们俩也不可能认识。这让唐雯感到很欣慰，江小璐这个苦命的女人总算有了一个好归宿。当然，她欣慰的还不仅仅如此，这件事也彻底打消了她心底挥之不去的一丝疑虑：看来，张仲平和江小璐确实没有任何的暧昧关系。

要来他们家拜访的电话是江小璐打来的，她告诉唐雯说，这是周运年的主意。而且，这次拜访他们并没有告诉徐艺和辛然。

那么，这就算是带有家庭考察性质了啰，唐雯心里想。我们算是徐艺的父母吧，他们是想看看辛然嫁到我们家来，是不是会受委屈吧？嘿，唐雯不禁在心底微微冷笑了一下。不过，周运年毕竟是有相当级别的领导干部，唐雯对于他的来访感到有点慌，因此才急忙打电话把张仲平叫了回来。

这会儿的饭厅里，张仲平、唐雯、周运年、江小璐吃饭聊天，已接近尾声。

周运年端起茶杯站了起来，说："我已经戒酒了，来，让我以茶代酒，敬你们两口子。"

张仲平和唐雯也忙站起来，张仲平说："岂敢岂敢。"

周运年说："我不是随便说的。说起来，还真是缘分，这些年来，你们两口子，算是替我照料了两位家人，一位是我太太江小璐，一位，就是我的准女婿徐艺。"

江小璐也站了起来，端着茶杯说："对对对，我也要敬……嫂子，敬……张总，这些年，真是谢谢了。"

唐雯说："谈不上谢，这都是我们应该做的。"

张仲平说："既然是一家人，就不说两家话。"他端起茶一饮而尽，招呼周运年和江小璐说："来，吃菜吃菜。"

江小璐就近夹了一口辣椒炒肉吃了，赞叹说："嫂子真是上得厅堂入得厨房，嗯，这道菜可真好吃。"

唐雯说："是吗？仲平就是太忙了，不然呀，他炒的菜更好吃。"

江小璐瞥了张仲平一眼，说："那我们怕是没口福了。"

张仲平说："谁说的？下个礼拜，把徐艺、辛然叫上，我亲自下厨。只是，我怕你们希望越大，失望也越大。"

周运年点头说："我们是要多聚一聚。我呀，也有个拿手好菜，小葱拌豆腐。"

张仲平拍案道："小葱拌豆腐，清清白白。好，那我们就这么说定了？"

饭到终局，周运年对江小璐说："你不是有些家长里短的事要请教一下唐教授吗？你们女人聊你们的，我们两个大老爷们说说话。"张仲平一愣，说："对对对，我们男人聊的你们也不感兴趣，我们去书房聊。"

进入书房，张仲平给周运年泡了一杯茶。周运年示意他别忙活，说："虽然说女大不中留，但眼看着自己宠爱的女儿要出嫁，要跟另外一个小伙子结婚过日子，这心里头的感情，也还是蛮复杂的。"

张仲平点头附和说："那是，我也是一个女儿的父亲，有时候想起她长大了就会跟别的男人走了，心里就不是滋味。"

周运年呵呵笑了，说："是啊，主要是担心遇人不淑。"他斟酌了一下，又问道："唐教授对徐艺的感情，跟你还不一样。徐艺可是被你一手调教出来的，你说说，你觉得他这人，到底怎么样？"

张仲平沉吟："这个……"

周运年抱歉地说："是不是我这么问，有点太直接、太过分了？"

张仲平说："哪里哪里，你的心情我完全理解，哈哈，再过几年，我会面临和你一样的问题。"

周运年连连点头说："是呀是呀，所以，我希望你跟我说真话。"

张仲平想了想，说："徐艺嘛，本质上还是好的。说实话，他的能力是很不错的，只不过……只不过年轻人做事，有点年轻气盛，不讲章法。"

周运年若有所思地点了点头："年轻人嘛，有些毛病也是正常的。不过，人总是要变的。我们还是要用发展的眼光看问题呀，要让他不断朝好的方面发展，而把不好的苗头，彻底消灭在萌芽状态。这人哪，关键时刻，可不能走错路呀！"说完竟不由自主地叹了一口气。

张仲平并没有意识到什么，连忙附和道："对对对。整体上来说，应该没有什么大问题。"

周运年说："是呀，一步错步步错，可千万不能出问题呀！"他停了停，端起茶杯，又放下，继续说："徐艺现在算是自立门户了，但还是离不开你和唐教授的操心啊！辛然说你一直在背后帮助徐艺，我作为他的准岳父，得向你表示感谢啊！"

张仲平忙说："徐艺本来就是我跟唐雯一手拉扯大的，算是我们的孩子，我们做什么都是应该的，您不用太客气。"

周运年点点头，顿了一下，又说："我听辛然说，你是咱们省拍卖行业第一槌。你们拍卖行业可是暴利行业，全国这里那里的拍卖行，时常发生官商勾结、贪赃枉法的情况，你却一直做得顺风顺水、平平安安，不容易呀！"

张仲平感叹了一声，说："确实不容易。"

周运年看了他一眼，忽然说："说实话，你就没有碰到过向你索拿卡要的法官或干部？"

张仲平一愣，打了个哈哈，说："这个真没有。"

周运年微微一笑说："不是没有，而是你有高超的运作技巧吧？"

张仲平不想就这个问题深入谈论下去，尤其对象还是周运年这样的官员，他顾左右而言他道："做任何生意，都有赚钱、赔钱、持平三种情况，我嘛，运气好一点而已。"

周运年说："张总好像在回避我的问题。您不必把我当成什么领导干部，就把我当成亲戚好了。我也不是来查什么案子的。我其实想知道的是，在中国，不搞关系，不行贿受贿，到底能不能把生意做大做强？"

张仲平说："当然能，而且，周副市长您这是明知故问，因为您知道答案是肯定的。"

周运年说："哦？怎么讲？"

张仲平笑着说："因为，地球人都知道，我们党的干部，大部分是好的和比较好的，至于腐败分子，不过是极少数，而且，不管他们隐藏得多么巧、多么深，他们最终逃不过党纪国法的制裁，不是吗？"

周运年一愣，突然仰天大笑起来："哈哈哈，张总，仲平老弟，你真有意思，你真的很有意思呀！"

张仲平正要说话，忽然，他感到自己坐着的椅子猛地向前移动，似乎有人在后面推了一把似的。接着，他发现天花板上的吊灯也开始摇晃起来。他一时呆住了，不知道到底发生了什么事情，而周运年却很快反应过来，大吼一声："地震！快趴下，钻到桌子底下去。"他迅速把张仲平塞到了桌子底下，自己却几个箭步冲出书房，喊道："小璐，唐教授，地震了，快钻到饭桌下面去，快！"

徐艺从宾馆电梯里出来，朝右拐走向某间客房，他停下来，下意识地回头一望，按响门铃。门开了，祁雨把他让进来。

"那么着急和我见面，自己反而迟到了。"祁雨不满地说。她穿着一件吊带蕾丝睡衣，里面连胸罩都没有，鼓鼓囊囊的山峰呼之欲出。

徐艺笑着掏出一个精美的首饰盒，说："哦，对不起。我去免税商场给你买了一个小礼物。"

祁雨接过来打开，不禁眼睛一亮："哦，胸针？真漂亮。"

徐艺说："这可是世界顶级品牌，限量版的，跟法国巴黎同步上市。我给你戴上试试？"

祁雨扑过来亲了他一口，说："胸针回头试，现在……让我先试试你吧！"她媚笑着，牵着徐艺的手往床边走去。她是一个有血有肉的女人，颜若水对她的态度，既让她尊重，又让她遗憾与不满，她似乎有意要在徐艺身上弥补这种遗憾与不满。何况，徐艺有款有型，正是她喜欢的类型。更何况，她与徐艺在酒吧见面时曾被他对别的女人的一片痴情所打动过，二人有过一夜肌肤之亲。

徐艺却暗自得意地一笑。女人都是靠哄的，而且投入的力气不用太大，几句甜言蜜语、一件小而精致的礼物就足矣。即便对付祁雨这种见过世面的女人来说也不例外。他脱掉了自己的西装，正在解领带的时候，手机响了。他看看号码，犹豫着要不要接。

祁雨看了他一眼，问道："谁的电话？接呀。"

徐艺说："辛然，算了。我不想让她破坏了此时此刻我们之间亲切友好的气氛。"

祁雨白了他一眼："你这个人，也太没良心了吧？"

徐艺脱得只剩一条内裤，一下将祁雨扑倒在床上，鼻子顶着她的鼻子说道："那还不是为了你？"

祁雨哼了一声，说："别想用这种方式拍我的马屁。你今天可以用这种态度对待辛然，说不定，明天就会用同样的态度来对待我。"

徐艺的嘴在她雪白的脖颈上拱了一会儿，又转移到了她坚挺的双峰上，含混不清地说："怎么会呢？"

祁雨闭着眼睛"嗯嗯"地回应着，却说："怎么不会？"

徐艺抬起头来说："当然不会。你知道吗？对我来说，你跟别人完全不一样。"他说完，嘴唇开始寻找祁雨的嘴唇。

祁雨略略躲了一下，说："是吗？有什么不一样？"

徐艺说："这个……哪儿都不一样。尤其是这枚胸针，你觉得呢？"他开始强悍地侵略祁雨。

祁雨热烈地回应着。房间内一时只剩下了沉重的呼吸声。徐艺跃马扬鞭，任意驰骋。祁雨沉重的呼吸声变成了惊叫……

张仲平家里，周运年指挥江小璐和唐雯躲到了餐桌底下。江小璐伸出头来着急地对周运年说："运年，你别管我们了，你快自己找地方躲。"周运年正要往墙角去找一个支撑点，晃动却停止了。周运年等了一小会儿，见仍然没有晃动的迹象，忙招呼江小璐、唐雯、张仲平赶紧出来，跑到门外空地上去。

四个人跑到张仲平家的院子里，惊魂未定。小区里其他业主也有不少人跑了出来，大家议论纷纷，互相打听发生了什么事。周运年拿起手机走到一边，不断地拨打电话，发出各种各样的指令，也不时有电话打进来，跟他汇报什么的。过了好一会儿，他过来对张仲平和唐雯说："我刚刚得到确切消息，我省的南部山区刚刚发生了至少里氏 7.2 级以上的地震，详细的数据还在测算中。刚才我们感受到的震动就是受此次地震的影响。幸好省城离那边远，受到的影响微乎其微。刚才省委、市委都下了通知，要求能够联系上的副市级以上干部立即赶去一号大院开会。"他转过头来对江小璐说："小璐，你自己回野猪林，我得赶紧走了。"说完他跑过去发动了自己的汽车，疾驰而去。

江小璐也打了辆车离开了。唐雯心有余悸，不敢进屋，拉着张仲平坐在院子里聊天。

张仲平说："周运年这个人还行呀，大难临头，首先想到的是别人。"

唐雯也说："是呀，江小璐算是有了一个好归宿。"

张仲平想了想，却摇了摇头说："还不能轻易下结论。"他把刚才在书房里和周运年的对话简要跟唐雯说了，末了他说："我刚才一直在想地震之前他对我说的那番话，你说，他什么意思呀？"

唐雯说："很简单，他只是想通过你多了解了解拍卖行业的内幕，尤其是了解徐艺。因为徐艺的人品，关系到他女儿的幸福。"

张仲平听唐雯这么一说，便也点了点头："你说得有道理，我完全能理解。"

唐雯顿了一下，说："仲平，这段时间，徐艺似乎让你很窝心……你别辩解，我心里有感觉的。我就是忘了交代你了，你没对周副市长说什么吧？"

张仲平说："这还要你交代？我会说什么呀？我当然只会拣好的说，你以为我会那么傻呀？"

唐雯抱歉地说："是是是，算我白担心了。那……你觉得，丛林收到的那包举报材料又是怎么回事？周运年到底是个好官，还是一个贪官？"

张仲平思考了一会儿说："这个社会什么最复杂？人心、人性。好官贪官不是那么一目了然的。有的干部，也许一边忙得周末都不休息，也干正事也干实事，而且还干得不错，但另外一边，却可能在腐化堕落。其实，现在很多人都是双面的甚至多面的，都在挣扎。"

唐雯说："你是不是也在挣扎？"

张仲平心里立刻警惕，他呵呵一笑说："在呀，这不正挣扎着吗？我对周运年印象不错，想跟他成为朋友，可同时，我又有所顾忌。我在提防他，他似乎也在考察我们。我总觉得他话里有话，似乎……大有玄机，甚至……暗藏杀机。"

唐雯说："不会吧，仲平？你是不是想得太多了？你怕他抓行贿受贿抓到咱们家里来？不会吧？"

张仲平说："这个……谁也说不清呀。在没有摸清他的底细之前，我们只能见面只说三分话，不可全抛一片心。"

唐雯说："我最关心的，其实还是你跟徐艺的关系。"

张仲平叹了口气说："徐艺要走正道，什么事都没有。其实，周运年是好官还是贪官，对徐艺的影响力会非常大。他如果成了徐艺背后的力量，徐艺跟我对阵的格局，就会发生根本性的变化。徐艺守规矩还行，如果不守规矩，别说我跟他的关系，就是整个拍卖行业，恐怕都会进入多事之秋呀！"

唐雯不相信地说："有那么严重？"

张仲平点点头，说："真不好说。徐艺他翅膀硬了，我的话，他也是爱听不听呀！"

（三）

徐艺自顾自地穿衣服，祁雨赤裸着身子从后面抱着他的腰。

她叹息着说："你真棒，刚才，就像一次地震。"

徐艺说："刚才好像真是一次地震，不过，已经过去了。咱们俩……真是很有纪念意义呀，我会记一辈子的，你呢？"

祁雨说："别管一辈子了，管现在，没事了吧？"

徐艺说："没事了，应该是哪儿地震了，咱们这儿，是余震。"

祁雨对地震不怎么关心，她问徐艺："你想过结婚的事吗？"

徐艺站起来扣皮带，说："结婚？和谁？辛然？我得跟你说真话，我和辛然，应该就快结婚了。不过，爱情很难在婚姻关系中可持续发展，它是自由的，似乎更适合在野外生长。作为朋友，我得向你透露一点儿男人的秘密，准确地说，是成功男人的秘密。"

祁雨来了兴趣，她把徐艺的身子扳过来，让自己能够正面望着徐艺的脸，说："哦？"

徐艺一笑，拍拍她的脸说："聪明的女人不应该把成功的男人作为自己的结婚对象。"

祁雨不解地问："为什么？"

徐艺说："那是因为……一个男人的性能力跟他的成功程度成正比。不管是仕途正健的政客，还是会做生意的商人，都是肾上腺素分泌旺盛的好色之徒。这种人，心大、心野，总是在不断地掠夺资源，包括女性资源，而女性，也总是被他的光环或者拥有的权力与财富迷惑，心甘情愿地对他投怀送报，这种人，显然不适合做老公，因为他根本无法在婚姻关系中保持起码的忠诚，女人嫁给他，等于把自己变成了怨妇，你愿意吗？"

徐艺觉得自己爱情早就被曾真灭了，已经死翘翘了，他当然看重跟辛然的关系，但他对她的那种感情却绝对不是爱，他在跟祁雨在一起时，居然毫无对辛然的愧疚感就是证明。

祁雨听了他的话不禁笑了起来："关我什么事？倒是你，给你一根竿子，你倒是往上爬得挺欢。你是不是已经以成功人士自居了？你是不是以为你很行，是个女人都会缠着要嫁给你呀？"

徐艺说："这我可不敢。"

祁雨撇了一下嘴，说："我看你没什么不敢的。瞧你刚才那副得意样儿，你真觉得你自己很会做生意？"

徐艺笑嘻嘻地说："不敢不敢，真不敢。不过，总的来说，我最近手气还可以。"

祁雨白他一眼："小人得志。胜利大厦的拍卖确实让你赚了一笔小钱，你是不是很满足了？"

徐艺说："哪能呀？我正想着怎么样跟你一起大干一场呢！"

祁雨说："是吗？跟我一起大干一场？怎么干呀？"

徐艺说："你姐夫颜若水是东方资产管理公司的头儿，他手头有大把的东西需要拍卖，我们完全可以达成战略合作伙伴关系，你负责拿业务，我负责拍卖，不比你开那个什么青瓷茶会所强多了？"

祁雨圆睁着眼睛，说："徐艺，原来你跟我……你打的是这个主意？"

徐艺说："怎么啦？"

祁雨拿起一个枕头扔过去，叫道："穿好衣服赶紧滚蛋。"

徐艺接过枕头放到一边，他把脸凑近了祁雨问道："怎么啦？你变脸可真是比翻书还快。"

祁雨怒道："怪谁？你跟我在一起，原来真是为了这个？你……徐艺……好了好了，懒得跟你说了，滚蛋，记得下去把房费给结了，滚！"她飞起一脚朝徐艺踢去。

徐艺躲过，一笑说："好了，小雨姐姐，你打过了，不生气了哟！"

祁雨没好气地一笑，说："我才懒得跟你生气呢，你也配？"

徐艺说："是不配。所以，我才敢占小雨姐姐的便宜。不过，成绩大小我是做出来点了，姐姐不妨把我的话也说给颜总听听？"

祁雨瞪着眼睛看着他："什么话？"

徐艺穿上了西装外套，说："如果我们合作，我不但能够完全保证他的利益，而且将会非常安全，即使碰上地震也不怕。为什么呢？道理很简单，辛然的爸爸，也就是我未来的岳父，他一定会想方设法罩着我们。反过来，他也可以搞一场地震，把那些官商勾结的腐败分子、不法奸商都从地底下翻出来。"

祁雨懒懒地说："跟不跟我姐夫说，那要看我的心情。有句话送给你：狼，夹着尾巴，但走遍天下吃肉；狗，翘着尾巴，走遍天下吃屎。你自己琢磨吧！"

徐艺走过去亲了祁雨一下，笑眯眯地说："我不吃屎，也不想搅屎。要做成一件事，除了天时地利人和，还有很多不可预知的因素，可要把一件事搅黄，一根搅屎棍就够了。我可不想当那根搅屎棍。"

徐艺离开跟祁雨幽会的宾馆，回到公司。一路上他的心情都不错，祁雨刚才在床上的表现令他回味。这个女人，真是风骚入骨。当然，自己的表现也不赖，跟她正可谓棋逢对手，将遇良才。他一向认为男人的性表现对女人是最有杀伤力的。一旦在这方面令女人印象深刻，那么她就会甘愿臣服于男人脚下的。祁雨也不可能例外。其次，他相信祁雨虽然表面上对他发怒，回去后仍然会在她姐夫那里为他说话的。因为，这最符合他们的利益。给谁做不是做？那不如给他徐艺做。何况，他手里还有周运年这张"大王"。颜若水虽然不归周运年直管，可周运年毕竟是上级领导，他有一个很有分量的圈子，鲁冰就在这个圈子里。颜若水即便不顾忌周运年，也不得不顾忌周运年的那个圈子。

徐艺知道，做他们这种生意，有点像饿虎扑食，必须做到敏捷、威猛、凶狠，因为只有这样才能彻底打败竞争对手。如果说做生意跟饿虎扑食还有什么不同，那就是，做生意还必须充分调度最强大的社会资源。毫无疑问，周运年是他最重要的社会资源，他必须打好这张牌。

公司大门紧闭。徐艺掏钥匙开门进入。辛然正在办公室试鞋子，各种各样的鞋盒、红鞋子，这里那里丢得到处都是。

徐艺推开办公室的门，不知怎么进屋。他不满地说："你怎么把鞋子搬到这里来了？辛然，你要干什么？这是拍卖公司，不是鞋店。"

辛然说："怎么啦？"

徐艺火更大了："你说怎么啦？你看看这满屋的鞋子。幸亏进来的是我，如果是委托方，如果是客户，你让人家怎么看咱们公司？简直连个插足的地方都没有。"

辛然不高兴地说："插足？插什么足？第三者才插足呢，我打电话给你，你为什么不接？你不理我，我生气了，我把鞋子搬到这里来又怎么啦？"

徐艺叹了一口气，态度软了下来。对辛然，他只能假装生气以便让她听自己的摆布，可不能真生气，一是辛然太好了，二是她太骄了，把她惹火了，她也是可以不顾一切的，那就麻烦了。聪明的男人是绝对不能让女人给他惹麻烦的。想到这里，便招手道："辛然，你过来。"

辛然委屈地走过来。徐艺把她抱在怀里，说："我不接你电话，是因为我在工作，你呢？却总是像个孩子。"

辛然说："我本来就是孩子嘛，我愿意一辈子做你的孩子，做你的小女人，可你呢，老欺负我。"

徐艺说："我哪儿敢呀？要是那样，你爸还不随时把我给灭了？好好好，不说这个了。说吧，你去找过鲁冰叔叔了吧，他怎么说？"

辛然说："蛮好的呀，你送他核桃，他很喜欢，喏，这是他送给你的茶叶。"

徐艺一愣，说："怎么，他还给我回礼？"他顾不得这点小节，赶紧问辛然："那块地的事跟鲁冰叔叔说了没有？"

辛然说："我……说了呀，他让我们别着急，先等一等。"

事实上，鲁冰跟辛然说的原话是："你跟徐艺说，让他别那么急功近利，不能指望一口气吃成一个大胖子，做生意，得慢慢来，你们先停一停，先把内功练好，以后呀，有的是机会。"这话明显带着拒绝的味道。辛然怕徐艺着急，所以将鲁冰的很多话省略了。

徐艺琢磨着辛然的话，却忽然兴奋了起来："别着急，先等一等？有门呀，靠谱。"

辛然莫名其妙地问："怎么啦？"

徐艺说："鲁冰叔叔在看我们的行动。"

辛然说："看我们的行动？看我们的什么行动呀？"

徐艺神秘地一笑，说："晚上我们去江……江……嘿，我们怎么叫江小璐？总不能叫妈吧？"

辛然着急地说："哎呀，随便啦，快说，我们到底该怎么行动呀？"

徐艺道："我们去野生动物园那边吃晚饭吧，我们得替鲁冰在你爸爸耳朵边吹吹风。"

辛然说："得了吧，我爸最反感这个了。"

徐艺自信地说："是吗？不是。第一，他不会反感鲁冰，在鲁冰和丛林之间，你爸会倾向于谁？当然是鲁冰，你爸他是领导干部，也是坐轿子的人，轿子得有人抬吧？你爸不会让这差事落到外人头上的，请相信我的判断；第二，给鲁冰当说客的是谁呀？是你呀，你爸他一定会给你面子的。"

辛然问："为什么？"

徐艺说："你爸喜欢江小璐，他最担心什么？最担心你跟她闹别扭呀！如果我们把跟江小璐的关系，处得融融洽洽、和和美美的，你爸会怎么样？高兴还来不及呢，就别说给你面子了。"

辛然说："嗯，只要让我爸高兴，艺哥，我听你的。"

徐艺说："第一步，不管我们背后怎么称呼江小璐，当着她的面，一定要叫……妈，还是有点儿叫不出口，就叫江阿姨吧！"

辛然说："嗯，我爸也让我们这么叫。"

徐艺说："还有呢，江阿姨要是爱你爸，她最担心的是什么？也是你跟她闹别扭呀，因此，所以，她一定会帮你说话。想一想，是不是这个道理？"

辛然想了想，说："嗯，好像还真是这么一回事。"

徐艺兴奋地说："因此，所以，如果我们拿下了那块土地的拍卖业务，你，辛然，就是第一大功臣。"

祁雨回到青瓷茶会所，果然把跟徐艺的谈话都对颜若水说了。当然，祁雨可不敢说他们见面的地点是在宾馆的床上，而是在某间咖啡馆里。

颜若水把玩着手里温热细腻的云子，淡淡一笑，说："幼稚，太幼稚了。徐艺他以为他未来岳父是多大的官儿，不就一个小小的副市长吗？老实说，我已经听到了风声，这位堂堂的香水河市的副市长，恐怕马上也要遇到大地震了。到时候他自身都难保，还能罩得住谁？"

祁雨惊讶地说："你是说，这个周运年，自己屁股不干净，有人正在整他？"

颜若水摇了摇头："具体情况我知道的也不多。但这些事情不是你该管的，我也不想掺和。不过，小雨，我要劝你一句，这个徐艺行为太张扬了，你不能对这样的人抱有幻想。有些生意，必须谨慎谨慎再谨慎。小心驶得万年船，必须尽量少跟这种不知天高地厚的无知小儿打交道，你以为他会跟你在一条船上吗？不会，一有风吹草动，他会跑得比谁都快，而把你当替罪羊。"

祁雨若有所思地点了点头，说："我知道，可是，徐艺还说了另外一句话。"

颜若水说："什么话？"

祁雨说："他说，如果我们不合作，有人将会非常不安全，道理很简单，辛然的爸爸，也就是他未来的岳父，一定会想方设法抓出官商勾结的腐败分子、不法奸商。"

颜若水将手里的云子紧紧地捏住，说："他真这么说的？"

祁雨说："没错。他还说，要做成一件事，除了天时地利人和，还有很多不可预知的因素，可要把一件事搅黄，一根搅屎棍就够了。他希望大家不要把他当成搅屎棍。"

颜若水将手里的云子一把扔在茶几上，声音因愤怒而变得嘶哑："威胁，他这是明目张胆的威胁。这个徐艺，太不懂游戏规则了。简直……无耻。"

（四）

丛林坐在自己的办公室里，看着手中那包香水河国营物资公司职工的联名申诉材料毫无头绪。作为市中院民二庭的一个小庭长，他知道自己的权限所在。他没有对腐败案件的侦查权、传唤审问权，更不可能去查封什么资产，拘押什么人。对于申诉材料上面提到的事情，他只是下去浮光掠影地了解到了一些疑点而已，并没有掌握到什么充分的证据。只不过因为有人此地无银三百两地对他进行追杀，令他确信这个案子背后必定藏着许多污垢与惊天秘密。

这个案子，刘副院长已经明确表示不会去碰，也力阻他个人有所动作。今天上班，刘副院长还把他叫到办公室，不留情面地进行了批评，说他无组织、无纪律、不务正业……他当然据理力争，结果俩人闹得不欢而散。

周围的人，上至领导，下至亲朋好友，居然没有一个人支持他。难道，他真的只能一个人战斗吗？丛林痛苦地思考着。他相信，这个材料上面提到的事情那么大，纸总是包不住火的。党和政府对如此恶劣的腐败案和侵吞国家资产案，也绝不会姑息的。盖子总有被捅开的一天，他丛林虽然人微言轻，但也必须做点什么。

是的，他知道自己的权限所在，更知道自己的职责所在、良心所在。和他直接关联的，就是香水河国营物资公司西郊公园旁边那块地的案子。这个案子虽然已由他审结，并进入到拍卖程序，但毕竟还没有被拍卖。他只要从阻止这块地的拍卖入手，就能将这个案子摆在那里，不让那些国家蠹虫们把生米做成熟饭。香水河国营物资公司的职工们也就不会失去他们的生计。一旦整个事件被正式立案调查，那么有些人就跑不了。

想到这里，丛林不敢耽搁，立即到执行局办公室去找鲁冰。丛林早就认识鲁冰，但从鲁冰调到中院执行局起，除了吃过一次饭、平时见面点头打招呼外，两个人其实并没有什么太深的接触。尤其是俩人现在都是副院长的热门人选，关系就更为微妙了。见丛林主动来他办公室，鲁冰有点意外。他连忙热情地招呼丛林坐，并忙活着拿出自己珍藏的上等茶叶,给丛林泡茶。

丛林连连摇手，让鲁冰别客气。俩人寒暄了几句，丛林就迫不及待进入了正题。

"鲁局，香水河国营物资公司那块地拍卖的事，进展怎么样了？"

鲁冰一愣，这个案子是丛林审的他知道，但现在既然进入了拍卖程序，那就是自己的事儿了。现在丛林却要到他的一亩三分地里打探消息，这不能不令他疑窦丛生。他转动着手里的核桃，故作茫然地问："丛庭长，你这是……什么意思呀？"

丛林干脆单刀直入："我的意思是说，那块地，能不能不拍卖？"

鲁冰一皱眉，说："不拍卖？香水河国营物资公司最值钱的也就那块地了，不拍卖，它拿什么还东方资产管理公司的钱？"

丛林说："这我知道。不过……老鲁是这样，这块地关系到上千名职工的安置问题，必须维护公司职工的利益，能不能想想别的办法？"

鲁冰摸着日渐稀疏的头发想了一会儿，摇了摇头说："唉，丛庭长，我很理解你的心情。事实上，解决不好职工的安置问题，我心里也过意不去。可人家东方资产管理公司于理于法都是站得住脚的，他们追讨的，也是国家的利益呀！你是这个案子的主审法官，你是知道的，如果有别的办法，就不会走到这一步呀！"

这番话堂堂正正，也在情在理，丛林无话可说了，他只好问道："那……如果要拍卖，大概还有多长时间？"

鲁冰说："应该快了，东方资产管理公司那边天天在催。"

丛林说："哦，明白了，那我走了。"

鲁冰说："丛庭长这么忙啊？那好，不耽误您了，好走好走。"

丛林离开后，鲁冰关上门，他头靠在椅背上，手里仍然转着核桃，眼睛半闭不闭地养神。一会儿，他睁开眼睛，自言自语道："这个丛林，他到底想干什么呀？"

他庆幸自己很快便把丛林的话堵了回去，他可不能因为一个案子的不同处理方式而使自己陷于被动，如果在晋升副院长的关键时刻，他不得不向院领导乃至于市人大汇报、解释某个案子，那他可就麻烦了。

周运年的家里，周运年、江小璐，徐艺、辛然 4 个人在一起共进晚餐。

家常便饭吃起来很快，周运年很快就吃完了，他用纸巾擦了擦嘴，然后对徐艺说："徐艺呀，今天，我和你们江阿姨特意去拜访了你姨妈姨父。"

徐艺也放下了筷子，说："啊？我姨父，他没说我什么吧？"

周运年看了他一眼，说："怎么啦，你认为你姨父会说你什么吗？你好像有点紧张。"

徐艺忙说："不不不，我不是那个意思。我是姨妈姨父一手拉扯大的，他们两个，把我当亲儿子一样。我对他们呢，也是怀着一颗感恩的心。"

周运年说："那你，怎么会想到要从你姨父公司出来呢？"

徐艺说："这个……很大一部分原因，是因为我姨父太过完美了。"

周运年追问说："太过完美了？"

桌布底下，徐艺用脚轻轻碰了一下辛然，希望她帮忙抵挡一下，嘴里说道："是啊，他对我要求总是很高。"

辛然说："爸，艺哥只是不想长期活在他姨父的阴影之下，他想开创自己的一番事业，对吧，艺哥？"

徐艺连忙点头说："对对对。"

周运年说："严格地说，这也没什么不好。好吧，说点别的。"他站起来，脸变得严肃起来，郑重地说道："我要跟大家宣布一个消息。你们都知道，就在昨天我省南部发生了重大的地震灾害，现在全省全国都已经动员起来了，全力支援灾区抢险救援。省委、市委也已经召开了紧急会议，决定抽调一批干部奔赴灾区，直接参与抢险救灾工作。我已经主动报了名，明天收拾一下，我就会立即动身。"

其他三人都停止了吃饭，目瞪口呆地看着他。

江小璐忍不住说道："运年，你都已经五十多岁的人了……能不能换年轻点的人去？"

周运年微微一笑："怎么，小璐，你认为我老了吗？我什么时候在你面前表现得老不中用了？"

江小璐的脸不为人察觉地一红，说："不是，可是……"

周运年打断了她的话，意味深长地说："小璐，我一定要下去，要不然，我的良心会不安的。目前，全省的核心工作就在救灾，有些事只好暂时放一放，包括我们的婚礼。你放心，这次从灾区回来后，我会给你一个交代，也会给所有人一个交代的。"

周运年说这话的时候，走到江小璐身边，把两只大手压在了她的肩膀上。江小璐觉得被那两只大手压着的地方滚烫滚烫的，相比于徐艺和辛然，她更清楚周运年话中的意义与分量。

徐艺说："周叔叔，电视里说灾区现在余震不断，非常危险。您用不着亲赴灾区吧？再说，您婚期已近，也应该在家里料理一下啊！"

周运年不满地瞪他一眼说："你别说了。中央和省里那么多的领导都亲自下去了，我怎么能不下去？这个时候，是考虑我个人婚事的时候吗？"

辛然忙替徐艺解释说："爸，徐艺不是那个意思。我们都是关心你，怕您下去遇到危险。"

周运年说："然然，你别忘了爸爸是军人出身。你小的时候，爸爸就多次带领部队执行各种抢险救灾任务，爸爸可从来没有退缩过。好了好了，你们都不要说了。我决心已下，组织上也已经做出了安排，你们不用担心，我会好好照顾自己的。"

周运年要跳鳄鱼池被江小璐劝阻之后，这几天过得并不踏实，那个没有收到他钱的神秘人到底会怎么做？他不知道，却时刻担心着纪委、检察院的人会上门来把他带走。等到他报名参加灾区救援并被批准，一颗悬着的心，这才稍微平复下来。因为他知道，如果组织上真要对他采取措施，是不会给他这个机会以免节外生枝的。

胡海洋给张仲平打了电话，说他已到省城，问他有没有时间一起吃个饭。

张仲平连连答应，他也正好想跟胡海洋碰一碰头。关于香水河国营物资公司那块地，胡海洋是最有实力的买家。这一阵子他不就在为这事忙活吗？

吃饭地点在香水河船坊包厢，菜已上齐了。服务员领着张仲平进入包厢的时候，发现胡海洋、曾真两人正在说着什么

胡海洋忙起身招呼："张总，请坐请坐。"

张仲平一眼瞥见曾真，忙热情地走过去跟她握手："曾大记者？你也在呀？"

曾真笑靥如花："是呀，好久不见了。"

张仲平也是一脸的笑容："好久不见，好久不见。"

胡海洋说："都是熟人，大家别客气，坐下说话，坐下说话。"

张仲平坐在主宾位，拿起热毛巾一边擦脸擦手一边问道："胡总这次来省城是？"

胡海洋说："哦，两件事：第一，我想早点把胜利大厦的过户手续办了；第二，关于西郊公园那块地，想跟你一起策划策划。先说第一件事，我的钱都交完了，办过户手续没问题吧？"

张仲平说："没问题。不过，我受人之托，对胡总有一个小小的请求……"

胡海洋说："张总请讲。"

张仲平说："胜利大厦原来的建筑商叫龚大鹏，哦，对了，胡总在拍卖会之后见过他的。他想把剩下的工程继续做完，不知道胡总会不会给他这个机会？"

胡海洋问道："他这人怎么样？"

张仲平说："不怎么样，你找了他，今后可能会麻烦不断。"

曾真一脸意外地看着张仲平，说："那你还向我舅推荐他？"

胡海洋的脸上却仍然保持着微笑，说："是呀，张总，说说你的理由。"

张仲平说："理由有两点：第一，他对这个项目有感情，他想重新创业，一定会倾注他的全部心血，把这个项目做成他的品牌；第二，这个项目是非多多，已经死了两个人了，一般的建筑商可能不敢接手。你愿不愿意用他，就看你能不能控制得了他。"

胡海洋认真想了想，点头说："商人不是官人，与其跟他谈人品、谈道德，不如跟他讲利益、讲规矩。不管怎么样，你的推荐是负责任的，我愿意见他一面，详谈一次。"

张仲平说："那，不如现在就叫他来？"

胡海洋爽快地说："行。"

张仲平说："他如果来了，我先跟他单独说几句话，行吗？"

胡海洋开玩笑说："怎么，你想找他要回扣？"

张仲平笑着说："胡总太小看我了。我是想跟他提条件、讲利益、讲规矩，让他别老缠着东方资产管理公司了，既要向钱看，也要向前看。"

胡海洋也笑道："哈哈，你这样做，也算是替东方资产管理公司的头儿排忧解难了。"

张仲平说："胡总说得是，做生意，就得上半夜考虑自己，下半夜考虑别人。"

胡海洋点头赞赏道："嗯。张总，跟你做生意，两个字，爽气。"

张仲平说："胡总过奖了，行，我这就给他打电话。"他起身走到外面打电话，很快就回到座位上，说："龚大鹏马上就到。"

胡海洋说："要不要等他一起吃？不用呀？那好，我们开吃，张总还是不喝酒呀？"

张仲平说："是呀，算了吧。"

曾真还没吃上两口，她的手机响了，她放下筷子接电话："头儿，怎么样？批了吗？太好了，明天一早出发？行，我马上回家准备。"

张仲平诧异地看了她一眼，说："怎么啦？这么兴奋，彩票中奖了？"

胡海洋也问："是呀，怎么回事？"

曾真兴高采烈地说："这一次的大地震，我申请去采访，台里批准了。"

张仲平着急地说："啊？那儿余震不断，会不会有危险？"

胡海洋看了张仲平一眼。

张仲平又说："还有，你刚……你身体受得了吗？"

曾真摇头说："我没事。舅，张总，要不你们继续，我先回家收拾东西了。"

（五）

曾真走了。胡海洋和张仲平继续吃饭，等着龚大鹏过来。

胡海洋给张仲平倒了一杯茶，举起茶杯示意他碰一下，可张仲平不知道在想什么，竟好像没有看见似的。

胡海洋一笑，说："张总，这个龚大鹏说马上到，怎么现在还没过来？"

张仲平一愣说："啊？什么？"

胡海洋说："张总好像有点心不在焉啊！"

张仲平说："没事，你说龚大鹏是吧？应该快来了。胡总，你这外甥女有点革命青年的意思。这去地震灾区采访可不是什么好差事，你怎么也不阻止一下？”

胡海洋无奈地摇了摇头："唉，谁能管得了她？上次她还要我赞助她去伊拉克做战地记者呢！"

张仲平说："是吗？"

胡海洋似乎想说什么，终于什么也没有说。

很快，龚大鹏带着张小洁到了。他一进包厢，就快步走到胡海洋和张仲平的身边，伸出手略带讨好地跟他们握，嘴里不停地说着"感谢胡总，感谢张总。"张仲平说："龚老板你别太客气。"胡海洋看着龚大鹏身后的张小洁，眼睛一亮，说："张助理也大驾光临，胡某真是荣幸之至啊！"他主动伸出手来跟她握手。龚大鹏得意地说："跟胡总报告一下，小洁现在已经不是徐艺的助理了，她现在是我的特别助理。"胡海洋微微一怔，说："好好好，看来还是龚老板更有魅力，能够从徐总手里抢到这么漂亮的助理。"张小洁微笑着说："哪里，我只是一个打工的而已，是各位老总给我面子。还要感谢胡总能给我们龚老板这个机会，让他重新开始胜利大厦的工程项目。"胡海洋哈哈一笑，说："好说好说。"

关系到了位，生意就是水到渠成的事情。在胡海洋眼里，龚大鹏是属于真小人的那种。不过真小人总好过伪君子。真小人也有真小人的可爱。只要给了龚大鹏甜头，他倒也痛快，胡海洋讲的那些规矩都一一答应了。

生意谈拢了，各方都很高兴。龚大鹏端起酒杯站起来，拍着胸脯豪气地说："今后，我听两位大哥的，两位大哥要我干啥我就干啥，我先干了，两位大哥随意。"他一口将酒干掉，又转头对张小洁说："来，小洁，你也敬两位大哥一杯。"他看见张小洁端着红酒杯子站起来，不满地说："换白酒换白酒，敬白酒才心诚嘛！"张小洁只好换了个高脚杯，倒了半杯白酒。龚大鹏仍然不满意，说："满上满上，茶要浅，酒要满，这是规矩。"

张仲平说："龚老板，行了行了，什么白酒心诚？我可只能以茶代酒。"

胡海洋说："行行行，只要感情有，什么都是酒。这酒，我也干了。"他端起酒杯一饮而尽。张小洁见胡海洋干了，只好闭了闭气，猛地一口将白酒灌了下去。

酒一入喉，张小洁立即感觉到一阵火辣辣的灼烧感。她不敢吐出来，只好用餐巾纸捂住嘴强压着，脸上随即洇开了一片好看的红晕。胡海洋偷偷地看了她一眼，脚从桌布底下伸过去，试探了张小洁一下。张小洁面无表情，把脚挪开了。胡海洋嘴里跟张仲平说着话，脚第二次伸向张小洁。如此三次，两个人的脚终于勾搭在一起。但两个人的表情仍然故作正经。

张仲平借口上洗手间，起身到包厢外打电话："颜总，说话方便吗？给领导汇报点事儿。哦，是这样，龚大鹏的事搞定了，应该不会再找你们的麻烦了。没什么，这是我应该做的，好，挂了呀！"

曾真在家里收拾东西，电视里播放着大地震的新闻。张仲平开门进来。

曾真瞟他一眼，说："张总，好久不见了呀。"

张仲平从背后抱住她，笑道："你也不想你舅舅知道我们的关系吧。咱们以后呀，还得继续在他面前逢场作戏。"

曾真不答他的话，继续收拾自己的衣服往旅行箱里放。张仲平说："你还真的要去灾区啊？"

曾真："是呀，台里都定了，明天就动身。"

张仲平说："不，你不能去，你煤气中毒刚好，怎么着也要调养几天，怎么能经得起那种折腾？"

曾真说："我身体早没事了，你不用担心。"

张仲平着急地说："我怎么能不担心？那儿不断地有余震，吃饭喝水睡觉可能都成问题，你一个女孩子，干吗非得去那么危险的地方？"

曾真说："出现在灾难的第一现场，这是我们记者梦寐以求的事。你看，死了那么多人，作为记者，我们有责任告诉全国人民、告诉全世界，那儿到底发生了什么。"

张仲平说："这个是很重要，可是，我们可以让别人去呀！"

曾真说："我那些同事都抢着要去，我是争取了好久才争取到的，对我来说，这是个机会，也是一种使命。"

张仲平说："为什么不先跟我商量一下？"

曾真说："我一直跟我舅在一块儿，他很支持我呀！再说了，我相信你一定也会支持我的，不是吗？"

张仲平说："可是……"他不知道该怎么劝了，只好说："好吧，我知道你是一个固执的人，如果反对无效，就只有支持了。那……你要去多久？"

"现在还不知道。我估计，怎么着也得十天半个月吧？"

"这么久呀？"

"怎么啦？仲平，我们又不是生离死别，别搞得像大学生毕业分手似的多愁善感好不好？"

"你还别说，你突然要离开这么长时间，还真有点舍不得。你会不会想我？"

"仲平你怎么啦？还真多愁善感上了？不过，我喜欢你这样。你挺在乎我的，是不是？"曾真放下手里正在折叠的衣服，转身亲昵地拍了拍张仲平的脸蛋。

"那当然！那还用说？"

"可是，这一次我只是出差，哪天……我真要嫁人了，你怎么办？"

张仲平张大了嘴说："啊？"

"我跟你说真的哟，我从小就喜欢解放军叔叔，你看这些抗震救灾的部队官兵，为了抢救人民的生命财产，完全不顾自身安危，真的让人感动，是很容易被我爱上的哟！"

张仲平故作生气状，将曾真的两只胳膊箍得紧紧的，说："原来你是抱着这样的想法去的呀？我更不放心你去了。"

曾真挣开了他的拥抱，继续整理衣物，说："好了好了，跟你闹着玩的，我要是能够那么轻易地爱上一个人，就好了。"

张仲平说："也是哟，再说了，灾区可不是私奔的好地方，答应我，到了那儿，随时打电话给我。"

曾真说："随时打电话给你？这不可能吧？你要是在家里，她要是在你旁边，我说什么，你又说什么呀？你恐怕连电话都不敢接吧？"

张仲平沮丧地走到沙发那儿坐下，说："哎，也是呀。你看，你这一去，咱们不就生死两茫茫了吗？"

曾真说："好了好了，又来了。不过，仲平，你的表现虽然有点矫情，但我还是很高兴的，因为我知道你心里有我。仲平，你就放心吧。我爱你，我会想你的。"

这话对张仲平有着暂时的疗伤作用，他心情高兴了一些。他忽然又想起一个事来，问曾真道："哦，对了，我在来这儿的路上，接到了覃山洼的电话，他说你拿了二十万给他，怎么回事呀？"

曾真淡淡地说："你建学校不是差钱吗？我把从我舅那儿领的形象代言费给了他。"

张仲平问："为什么呀？"

曾真说："不为什么呀，就因为咱有钱呀！"

张仲平说："我知道你有钱，可是，那是我的事呀！"

曾真说："你的事我的事，要分那么清楚吗？"

张仲平说："不是，我的意思是说，我有能力把那学校建好。"

曾真说："这我知道。我也就替你出了一点点绵薄之力，别有心理负担哟！"

张仲平还想继续就这个话题讨论下去，曾真却觉得没有讨论这个事情的必要了，她说："好了好了，我要不知道你的事也就算了，我要没能力帮你也就算了，看到你为钱的事发愁，我怎么能袖手旁观呢？喂，你是不是怕我对你太好了，超过了夏雨在你心目中的位置呀？"

张仲平哭笑不得。女人的思维就是这么奇怪，绝对是属于无厘头的，完全可以从一件事情上毫无关联地跑到另外一件事情上。而且，在她们看来，这种无厘头的思维跳跃是审问男人、狠批他们灵魂的最有效方式。

张仲平只好说："这是两回事。"

曾真认真地看着他说："仲平，我爱你，我觉得我可以为你毫不犹豫地做一切事情，真的，我很庆幸逮着了这么一个机会。"张仲平再一次说不出话来。

曾真认真地问："你呢？你爱我吗？你会为我做什么呢？"

张仲平结结巴巴地说："曾真，我……你……你想让我为你……做什么？"

曾真看着张仲平窘迫的样子笑了："哈哈，我就随便问问，也没想让你替我做什么。我当然想过我们的关系，想过我们的前途。可是想不出结果。我这个人是这样，一般不在那些不知道答案的事情上浪费脑细胞。是呀，有什么可想的呢？有些人，命中注定是要相爱的，但并非命中注定朝朝暮暮在一起，所以，你尽可以放轻松一点，啊？"

张仲平苦笑了一下。要论口舌之利，曾真绝不逊于他张仲平。他一时不知道说什么好，只好坐在那里傻傻地看她收拾东西。

女人出门绝对是一项复杂的工程，出远门那就更加复杂了。一般衣服会带若干套，鞋会带若干双，因为不一样的场合随时要换。各式化妆品更是能装下半个箱子。其次还有各种各样千奇百怪男人想都想不到的小物件。

曾真收拾了很长时间，但还是有很多东西没装进去。她一瞥看见张仲平傻乎乎地坐在那里看着，便忍不住一笑，另起了一个话题问道："我舅相中的那块地，大概什么时候能拍卖？"

张仲平摇了摇头说："还不知道。"

曾真又问："你对拿下拍卖委托，大概有多大的把握？"

张仲平说："也不知道。像我们这种服务行业的生意，话语权完全掌握在委托方手里，不过，如果不出意外，我们公司拿到这单业务的可能性，还是很大的。"

曾真知道张仲平在做生意方面的能力，不担心地点了点头，说："嗯，我不在的时候，我舅生意上的事，就全靠你关照了。"

张仲平说："你说反了，是你舅关照我的生意。你舅可是真疼你，你不知道，你走以后，你舅恨不得把我吃了。"

曾真诧异地说："是吗？他是不是看出什么来了？他是不是把你吓着了？"

张仲平说："你舅知道你要去灾区的事，可我不知道呀，你乍一说，可把我吓坏了，可能一下子没忍住。至于你舅，他是明白人，又不好问我们到底是什么关系，也就没把我怎么样。"

曾真说："要是哪天他真知道了我们的关系呢？你觉得他会把你怎么样呢？"

张仲平说："这个……还真不知道。我这个人是这样，一般不在那些不知道答案的事情上浪费脑细胞。"

曾真拿起自己一件衣服套在他头上，娇嗔地说："你学我，你是鹦鹉呀？讨厌。"

第二十二章

（一）

从曾真家里依依不舍地出来，张仲平觉得有一种空落落的孤独感。他记得有个作家说过，孤独来源于爱，没有爱的人是不会感到孤独的。曾真只是要出去采访几天，自己内心里竟会翻涌着一种生离死别的感情，这是怎么啦？

他把车往回家的方向开，却并不想回去，就在上香水河大桥的时候打通了丛林的电话。他问丛林："在干吗？能不能出来聊聊？"丛林问他："什么事？"他说："没事，就想跟你聊聊。"

丛林还在办公室加班，他不想张仲平到他那儿，怕被人看到了不太好。他们约在了中院对面一个叫"小鸟咖啡屋"的地方见面。那个咖啡屋在一幢居民楼的顶层，是用一套带宽大露台的复式楼改的。

张仲平走进咖啡屋，丛林已在楼顶的露天卡座里等着了，周围没有别的客人，丛林正四处观看着。待张仲平走近，丛林问："怎么啦？我们的大忙人张总经理，今天怎么会有这样的闲情逸致呀？你是约我来看城市的万家灯火，还是一起仰望星空？"张仲平说："你别开玩笑了。就想找你聊聊天，不行呀？"丛林说："行，怎么不行？我只是听你的声音有点奇怪，现在又看到了你满脸苦大仇深的表情，说，碰到什么烦心事了？"

张仲平把丛林拉在卡座上坐了，四下看看，说："丛林，你说，如果……如果我跟唐雯……离婚，你……你觉得怎么样？"

丛林差点没从卡座上跳起来："什么？你疯了？你开玩笑吧？你怎么会突然产生这么愚蠢的念头？怎么啦？别告诉我曾真在逼你离婚，在逼你娶她？"

"没有，是我……是我觉得……"张仲平觉得自己有点语无伦次，干脆停下来，平静了一下自己的情绪，这才说："我刚从她那儿出来，她明天就要去灾区了，去报道地震的情况。我们要分开十来天，至少一个星期。我突然觉得，我是那么地爱她，一种很依恋、很柔软，同时微微撕裂的感觉，你知道吗？"

"不知道。你说……"丛林脖子一梗，斜视着他。

"我跟唐雯结婚二十多年了，这种感觉，从来没有过。你先别插嘴，听我说。这不是唐雯好不好的问题。她要真不好，倒好了。实际上，唐雯很好，至少没什么不好，可我说的是……我对曾真的那种感觉，你知道吗？那种感觉，真是很美好、很奇妙，我希望我能抓住这种感情，我甚至想跟她一起去地震灾区。"

"你跟她说了？"

"说什么？说跟唐雯离婚的事，还是跟她去地震灾区的事？没有，实际上，我什么都没跟她说。"

"行，这证明你还没有病入膏肓。你那卑鄙的小念头只是闪了一下。好吧，你先喘几口气，完了告诉我，把你迷得神魂颠倒的曾真，到底是个什么样的人。"

张仲平走了以后，曾真并没有马上睡觉，她在上网，一张一张地翻看电子相册，里面是她和张仲平出席胡海洋擎天柱房地产项目奠基礼时，在七仙女潭被人抓拍的照片。不愧是专职摄影，那一张又一张亲密照拍得那样自然、那么美，不禁让她心里荡漾着一丝甜甜的暖意，那是一种幸福的感觉，她觉得自己越来越爱张仲平了。她一点儿也没想到，他这会儿正与丛林谈论她。

张仲平说："好吧，我把一切都告诉你，首先，我得跟你说，她不是你想象中的那种女人，她也不会以任何理由要挟我、逼我跟唐雯离婚。我就是觉得我们是真心相爱，真心相爱的人就应该一起生活。"

"你们真心相爱？理由是什么？等等，不准拿相爱不需要任何理由这样的屁话来搪塞我。男人爱女人很好理解，因为男人是用下半身思考的动物。可是，让一个比你小了差不多二十来岁的小姑娘爱上你，我实在想不通。你帅吗？很一般嘛。你有钱吗？那她是爱你的人，还是爱你的钱呢？"丛林问道，就像做庭审调查似的。

"打住。到目前为止，我没给过她一分钱，我可以百分之一百地相信，曾真绝对不是冲着我的钱来的。因为这个世界上，比我有钱的人不知道有多少。还有一件事我没有告诉你，也没有跟唐雯说，我在擎天柱捐建了一所小学，有点超预算，曾真瞒着我，捐了二十万。"

"噢，这我倒没有想到。没想到她会这样，也没想到你原来还有这么大的魅力，能让一个女人为了你倒贴。好吧，你继续往下说。"

"相爱是一种感觉，有时候还真不好说。"

"你都要准备为了曾真跟唐雯离婚了，你连对曾真的感觉都说不出来，你连和曾真相爱的理由都说不出来，你脑子里进水了吧？"

"丛林，你怎么这么说我？"

"你要我怎么说你？表扬你？那你总得有值得我表扬的地方啊！这事说着玩儿也就算了呀，真是的，唐雯哪儿不好了？她哪儿对不起你了？"

"丛林，你不能这样问我问题，我当然知道，唐雯她没有什么不好，更没有哪儿对不起我。对于一个男人来说，最好的状态，就是家里红旗不倒，外面彩旗飘飘，可我面临的问题是什么，你知道吗？是愧疚感。在外面，跟曾真在一起，我觉得对不起唐雯；回到家里，和唐雯在一起，我又觉得对不起曾真；当我一个人独处的时候，想到这些事，我觉得她们两个我都对不起。可有时候，我又觉得最对不起的其实是我自己。唉，我都不知道该怎么办了？"

"内疚、纠结，这证明，你还没有坏到头上长疮、脚底流脓的程度，你还有救。我不懂什么情呀爱的，但我知道，当你爱上一个人的时候，你会觉得更爱生活，会觉得更爱这个社会，会愿意不仅为某一个人，而且愿意为更多人承担责任，奉献你的所有。这种爱情，我觉得，才是好的；相反，你如果为了爱某一个人，不惜伤害另外的人，为了这个人，你甚至愿意失掉整个世界，我认为，这不是爱情，是病态的、自私的、不道德的，最终也是不会有好结果的。"

服务员给他们送来了咖啡，张仲平拿起勺匙在里面烦躁地搅拌着。丛林等服务员走了之后继续说："我不怀疑你对曾真可能动了真情，但你可不能犯糊涂，发什么羊角风。你都差不多五十岁的人了，你瞎折腾什么呀？"

"你的意思是说，如果我再年轻一点，这种事就能做了？"张仲平问，往咖啡里倒了两包糖。

"我可没这么说。我是说，花无百日红，这人可是会变的。你怎么能保证曾真永远不会对你提要求、提条件？她也是一年一岁，你既然给不了她婚姻，你就必须尽快了断这段孽缘，你不能为了自己而耽误了人家。"

"问题是，如果她愿意就这样跟我在一起呢？别说我不想和她分开，就是我想，对她难道不是另外一种伤害吗？我可不愿意伤害她。"

"时间越久，伤害越深。因为你们的关系一开始就不合法。曾真再怎么好，她抢人家的丈夫就不对。合法的夫妻关系理所当然受到法律的保护。这就好比消费，唐雯买下了你这辆车子，她就拥有所有权和使用权。她在电影院买了票，她的那张位置就不能被别人随便侵占，配偶权也是一样，它是神圣不可侵犯的。"

"丛林，我是找你来谈心的，不是找你来进行法庭辩论的，你心平气和一点好不好？照你这么说，这人就不能离婚了？你不是也想过跟华媚离婚吗？我想和唐雯离婚，是因为我不想欺骗她，也不想欺骗我自己。我想过一种真实的生活。"

"你现在跟唐雯的关系怎么样？过不下去了吗？"

"问题就在这里。我跟唐雯的关系一直挺好的，如果我突然提出来要跟她离婚，对她来说，肯定就像晴天霹雳。我已经伤害了她，除非我离开曾真，否则，我就只能继续欺骗她。还有，让我和曾真分开是不可能的。丛林你也许不知道，当你真的爱上一个人的时候，那是一种什么滋味。我原来还没有特别的感觉，今天晚上，当她说她要去地震灾区采访的时候，我对她的感情一下子变了，应该说是……升华了。我为她的生命担心，我甚至担心再也见不到她了，正是在这种情况之下，我才明白了，她在我生活中，原来如此重要。"

"怎么会这样？"

"有一个原因，唐雯其实不是我的初恋。你记得吗？我跟你说过夏雨，她才是我的初恋，她就是因为泥石流失去生命的。曾真就像夏雨，她要去的地方，有余震，也有泥石流。丛林，我能爱上一个像夏雨一样的人，这是上帝对我的恩赐，如果我再失去她，不，丛林，这是我无法想象、没法承受的事情。别把我看成一个恶俗的人，我跟那些包二奶、搞婚外情的人，不一样。"

"是吗？有什么不一样？"

"起码，这二十多年里，我一直是个好丈夫。我一直认为，一个成功的男人不在于他拥有多少女人，而在于他曾经拒绝过多少女人，他应该专一、真诚、勇于承担家庭责任，我曾经有很多机会背叛唐雯，我没有。可是，这一次，情况真的有点不一样。知道别人是怎么形容这种情况的吗？老房子着火，没救。丛林，你往周围看看，现在还坚持着守妇道守夫道的，还有几个人？现在的夫妻要不出个轨什么的，出门都不好意思跟人打招呼。这个社会，让我不得不怀疑我以前的世界观。"

"得了，我看是你想放纵自己了，别动不动就往社会上扣屎盆子。"

"是吗？那请你低下你高贵的头颅，试着睁眼看看这个世界。你看，大街上车来车往，里面是些什么人？是单身汉吗？肯定不全是。他们去干吗？是赶着回家还是急匆匆地从家里出来？我敢打赌，其中超过百分之八十的人不是回家，他们是为了在外面追逐美女和金钱。"

"你什么意思？直接说。"

"我的意思是说，这些超过百分之八十的在外面追求美女和金钱的人，他们都是有家有室的。他们能够做到家里家外两头兼顾，其实我也能，可我不愿意，我要过一种真实的、没有欺骗的生活，前五十年我为别人，从今以后，我为自己活行不行？"

"你跟他们比，有什么本质上的区别？还不都是自己欲望的奴隶，都是行尸走肉。"

"你先别急着骂人，听我把话说完，你再看对面，远处，在那些熄了灯的房子里，在那些窗帘的后面，又有多少男女在苟合？那些准备上床的和正在上床的，他们都是夫妻吗？狗屁。不错，法律是保护合法的配偶权，可在人的欲望面前，它的力量显得多么虚弱；相反，婚外恋、婚外情、一夜情、包二奶、做小三，却无时无刻不在我们自己身上和我们周围的熟人、朋友身上上演。你敢说不是吗？"

"是呀，这个社会就是这个样子。不，这是一种道德的沦丧，他们那是在自甘堕落。你干吗要学他们？"

"道德？现在谁还讲道德？谁还在讲良心？丛林，跟曾真在一起之前，我挣扎过。我挣扎过很久。后来我放弃了。因为我发现，幸福的家庭和甜蜜的爱情，根本就不可能同时发生在一个男人和一个女人的关系之中。"

"于是，你就选择了在维护家庭稳定的情况下，尽情享受借来的爱、偷来的欢娱？"

"其实，我知道，我怎么可能跟唐雯离婚呢？离不离婚不是一道单项选择题，而是一道多项选择题。唐雯跟了我二十多年，她很好，没什么可指责的。我和她都能从婚姻关系中得到安全感，一种同舟共济的安全感，这一点，我比谁都清楚。但是，我同时迷恋于曾真给我的浪漫柔情、青春快乐和澎湃的生命激情。白玫瑰和红玫瑰，不是很多男人都想要的吗？不是很多男人都已经做到了左手白玫瑰，右手红玫瑰吗？"

"上帝只给了你两只手，你却想采尽地上所有的花，你却想抓尽天上所有的麻雀。仲平，你太贪心了。你这种侥幸心理，你这种什么都想要的心理，跟那些贪官还真有些相似，为了自己的那份非分之想，自以为手段高明、神不知鬼不觉，不惜铤而走险。可我跟你说，举头三尺有神明，你不会永远有那么好的运气的，你要继续这样玩平衡木、踩钢丝，总有一天会摔得头破血流的。"

"喂喂喂，你跑题了吧？贪官是公权私用、贪赃枉法，我这算什么？最多算生活作风问题，可是，这样的问题，除了家里的，谁管？那些贪官更绝，据说年龄在四十岁以上的男性官员，既不跟老婆离婚，也长期不跟老婆过性生活，还美其名曰'一不做二不休'。"

"仲平，你变了，你在放纵自己。一个人得有所为有所不为。一些事，哪怕是一些美好的事，你不去做，可能会暂时觉得残缺与遗憾，可能难以割舍，但从人的一生来看，也会有另外一种成就感，你牺牲的是自己的感官享受，成全的是别人的幸福。"

"照你这么说，幸福就得与欺骗和自我欺骗如影随形？不，丛林，你说的这种境界，已经接近于圣人了，我做不到这一点，当然，我也不会做伤害唐雯、伤害小雨的事，绝不会做。也许我太贪心了，只要是美好的东西，我都想要，我都要。"

"如果你打定了一条道上走到黑的决心，我还能说什么？俗话说，劝赌不劝嫖，你好自为之吧。休庭。说点别的吧！"

张仲平直到这时才醒悟过来，他找丛林谈他与曾真的感情是一个多么荒唐的错误，你怎么能指望从丛林那儿获得道义上的支持？丛林是一个活在自己世界里的人，也是一个正统的人、一个不开窍的人。奇怪的是，他跟丛林的辩论却让积郁在胸中的不良情绪得到了排遣，让他至少好受多了。也许，这就是朋友的作用吧？

临分别之前,张仲平跟丛林说了周运年今天到他们家里去的事。丛林问:"你觉得他怎么样?"张仲平说:"我觉得他人不错,真的。他的事你打算怎么办?还要继续追究下去?"丛林很敏感地问:"怎么啦?他请你来当说客了?"张仲平说:"那倒没有。只是我觉得,关于他的事,你能缓一缓吗?"丛林问他为什么?张仲平说:"有两个原因:一、他既然有可能成为徐艺的岳父,从私人感情上来说,我当然希望他平安无事;二、我希望利用曾真不在的这段时间,专心工作,拿下香水河国营物资公司的那块地,他要是出事了,说不定会牵扯到里面,拍卖的事便可能停下来。你不知道,上次东方资产管理公司抓人的事,就弄得很麻烦,再也不能让那样的事发生了。"丛林想了想说:"周运年要是有事,迟早会出问题。与其替他隐瞒,不如让他早点暴露。唉,其实我们两个在瞎操心,他这个级别的干部,有没有问题,动不动他,是上面的事。"张仲平说:"那你还跟着起什么哄?"丛林说:"我就是想知道事情的真相,这种事,一定要给社会一个明明白白的交代。"张仲平说:"你准备下一步怎么做?他明天去地震灾区抗震救灾。你能不能等到他回来再说?"丛林沉吟了一下说:"不行,明天上午我一上班就去见他。我觉得,早点搞清他的问题,对你的拍卖业务只有好处没有坏处。"

张仲平回到家里的时候,在书房里看书的唐雯迎了出来。他因为跟丛林谈了心思,面对唐雯时心里便有点发虚,不禁望着她笑了笑。唐雯倒奇怪了,问他怎么啦?是不是有什么话要跟她说?张仲平说:"哦,没事。你最近打电话回家没有?你爸你妈,还好吧?"唐雯说:"我妈回去以后来了几个电话,自然还是讲我爸的不是。他们两个,吵吵闹闹,一辈子的冤家。不过,我也没放在心里,我倒觉得,他们呀,真要离了谁,谁都不行。仲平,你本来要和我说的,不是这个吧?"张仲平说:"就是这个。没事,我也就问一下,关心一下。"唐雯说:"你呀,你好久没有像今天这样正眼看着我了。哦,对了,我做了银耳汤,我去跟你端来。"

张仲平望着唐雯的背影,一声轻叹。

(二)

丛珊一边吃着手里的油条豆浆一边进入了校门。她顺着校园内的围墙朝前走着,来到一截断墙处,见四下无人,把手里装豆浆的杯子往垃圾箱里一扔，竟迅速爬上围墙，纵身跳了下去。

背着书包准备上学的侯小平从这儿路过，正好看到这一幕，开口叫住了她。丛珊问他："干吗？怎么才来上学？"侯小平支支吾吾地说不出话来。丛珊说："你是不是迟到了？"侯小平仍然嘴里"我我我"地说不出话。丛珊有点不耐烦了，说："你我什么我？我早退你迟到，我不告诉你爸，你也不准告诉我爸，还有你爸，听见没有？"侯小平连忙点点头。

丛珊快速朝前面的网吧冲去。侯小平也急急忙忙地朝校园门口走去。就在这个时候，几个半大的小伙子从街对面过来，围住了侯小平。侯小平问："干什么？"其中一个瘦高瘦高的小伙子反问道："你说呢？"侯小平说："我……我不知道。"另外一个剃着光头的小伙子说："马上你就会知道。"第三个是个胖子，他用手指头戳了一下侯小平的脑袋，说："你算个好学生吗？课不上跑到外面泡马子？"侯小平说："她不是我马子。"光头小伙子说："不是？我们都看到了，你还不认账？"侯小平说："真不是，她爸跟我爸是一个单位的，我们只是认识。"胖子说："嚯，原来你们都是人民法官的子女呀。"瘦高瘦高的小伙问："昨天给你布置的家庭作业，你回去问过你老爸没有？他到底拿了别人多少好处费？那么替别人卖命？"侯小平说："我爸不会做那种事。"光头小伙子说："这么说你爸是好人啰？"胖子说："这么说刘虎他爸是坏人啰？"瘦高瘦高的小伙子说："你爸把刘虎他爸的厂子、房子，还有车子，都给拍卖了，你知道吗？"侯小平说："我爸的事我不知道。"光头小伙子说："你不知道？你不知道你可以问你爸呀？你问过没有？你没问？让你爸出来我们问行吗，小哥们儿？"侯小平说："我爸那是在工作。"瘦高瘦高的小伙子说："工作？工作就要搞得刘虎家破人亡、无家可归？"光头小伙子说："有句话叫父债子还你知道吗？你爸欠了刘虎他爸的，我们得找你。"侯小平本能地摇头。胖子说："摇什么头呀？你吃摇头丸了？傻子呀？要不要哥几个替你开开窍呀？"说着和瘦高瘦高的小伙子还有剃光头的小伙子一起轮番上阵，对侯小平推推搡搡，侯小平倒退着，脚底下被一块砖头一绊，竟摔倒在了地上，瘦高瘦高的小伙子顺势冲上去拿脚踹着侯小平。路人见状纷纷躲开。丛珊已经跑到了街对面的网吧门口，远远地朝这边看着。一辆警车经过，那几个半大小伙子一哄而散。

侯小平爬起来，他的衣服被撕扯乱了，右手手腕受了伤，有一块淤青，一碰便痛得面目变形。他把脸擦干净，快速地朝校园门口跑去。

丛林一大早就来到了市政府大院，周运年正要离开办公室赶车去地震灾区，被丛林堵住了。周运年把门关上，看了看墙上的挂钟，对丛林说，我只能给你十分钟时间，有什么事你快说。

丛林找周运年有两件事，第一件就是关于那包举报材料的事，他要周运年当面给他一个说法。

周运年沉吟片刻。

"我跟你有冤？"

"没冤。"

"我跟你有仇？"

"无仇。"

"我既然跟你无冤无仇，你为什么还要这么对我步步紧逼？"

"我没有逼你，只是想知道真相。"

"你想知道真相，可你采取的方式是不合法的，你不知道吗？"

"是的，我只是一个小小的法官，没有调查堂堂副市长的资格。可是，即便如此，我仍然没有打算放弃。"

"也就是说，你就是要死死地缠着我不放？"

"你可以这么理解。"

"你这个人可真是固执呀！好吧，我现在可以明确地告诉你，你的这份材料，我早就看到了，上面反映的问题，组织上早有定论。"

"是吗？既然如此，我想看看那些结论材料，可以吗？"

周运年说："丛庭长，我不明白你这样做的动机到底是什么。你的所作所为，表明你在政治上仍然很不成熟，需要我提醒你吗？干部的考查任命，可是每一秒钟都有可能发生变化的。现在，你们院里，马上就要对升任副院长的人选进行民主评议了，这个时候，你还有闲工夫管这件事呀？你就不怕惹火烧身？"丛林说："是呀，如果你真要对我打击报复，我升中院副院长的事，马上就会成为泡影。但是，如果我的行为，能够让一个贪官原形毕露，我认为值得。再说了，我不是一个人在战斗。"周运年说："你不是一个人在战斗？你，跟他们是一伙的？"丛林问："他们是谁？什么一伙的？"

周运年又看了看墙上挂钟的时间，说："现在有一股势力，希望我离开现在这个位置。你……是在替他们冲锋陷阵吗？不，似乎不像。我们不谈这个。你说你想看到一个贪官原形毕露？这确实是一个崇高的动机，可是，你难道就没有想过，我，完全可能是被冤枉、被陷害的？"丛林说："我想过，你如果真是一个贪污腐败分子，我就一定要扳倒你；你如果是被陷害的，我就要替你洗刷罪名。"周运年说："哦，是吗？"丛林说："是的。知道为什么吗？因为每一个干部的所作所为，都直接关系到老百姓对执政党的看法。如果查贪官能够查出一个党的好干部，这事就更有意义了，那会极大地增强老百姓对我们执政党的信心。至于我个人的得失，完全不用你替我考虑。"

周运年双手把脸捧住，过了半分钟，这才恢复常态，对丛林说："原来你是这么想的？好。在这之前，我并不想花多少工夫替自己辩解。因为……对于知道我的人，我无须辩解；对于不知道我的人，辩解只会让我变得小气与可笑。不过，既然你把这件事上升到了这样的高度，我也就不再把它看成个人私事了。现在，我马上就要去抗震救灾第一线了，我希望你能给我一点时间，我以一个有三十年党龄的普通党员的身份向你保证，如果……我……能活着回来，我愿意接受你……包括组织的质疑与质询。"

丛林说："行。"他犹豫了一下，还是跟周运年说了香水河国营物资公司的事。

周运年奇怪地看着他，好像不明白他刚才跟他的谈话是那么血雨腥风、剑拔弩张甚至势不两立，怎么能转眼心平气和地与他谈工作方面的事？他看还有两分钟时间，便问丛林找过管政法的马书记了吗？丛林说："找过了，但我觉得还是得跟你谈谈，因为你是市政府的分管领导。我觉得政府抓 GDP，跟关心民生问题是不矛盾的，更不能因为发展 GDP，而损害老百姓的利益。"周运年说："你说得对，但我刚到市里不久，具体的情况还不是很熟。而且，这件事情，主要还是民事案件的审理、执行问题。我有个战友，是你的同事，叫鲁冰。你去找他，你们俩先商量一个妥善的处理办法。"丛林问："鲁局是你的战友？哦，我已经找过他了。"周运年说："是吗？那他……什么意见？"丛林说："实际上，案子审判完了，到我这儿也就完了，没我什么事了，剩下的工作该归鲁局长管。"周运年问："怎么啦，他不管？"丛林说："不是不是，拍卖香水河国营物资公司那块地，就是鲁局管的事，我只是想看能不能采取一种别的方式……"

周运年座机响了，他接电话，说："马上就来。"显然，下面在催他。

周运年起身对丛林说："我马上得走了，你说的这个事，我再给鲁冰打个电话，让他找你商量，你看好吧？"丛林说："好吧。"

刚和周运年一起走出办公室，丛林的手机响了。他看了一下，便把电话按掉了。没想到手机再次响了起来。丛林对周运年说声"对不起"，背过脸去很快接了电话。周运年随口问什么事？丛林说："是我女儿的事，她……没事。"

"你也有个女儿？事情急吗？要不，你先去处理孩子的事，我们再约？"周运年朝两边走廊望望，见办公室的门大都关着，停下来，拉着丛林，小声说："等一等，我突然有了一个主意，你注册一个微博，把你收到的那份……关于我的举报材料，发到网上去。"

丛林简直不敢相信自己的耳朵，问："你的意思是？"

周运年说："你别管我是什么意思，我只对你提一个条件，如果你打算这样做，等我到了抗震救灾第一线之后再说，行吗？"

丛林望着周运年说："这我得想想。"

丛林赶到学校，与早已等在校门口的华媚会合，找到了赵老师。赵老师告诉他们，到今天，丛珊没来上学已经是第三天了。她说："丛珊让张小雨转给了我一张请假条，说她病了，要去医院看病。我觉得我有责任通知家长。"丛林和华媚忙问："张小雨知道她在哪儿吗？"赵老师说："给你们打电话之前我问过张小雨了，她也不知道。我估计，丛珊很可能……去网吧了。"

丛林吃了一惊："丛珊去网吧了？"

华媚说："她怎么还有时间去网吧？这不马上就要高考了吗？"

赵老师说："这只是我的猜测，不管怎么样，丛珊没生病，她在撒谎，当务之急就是咱们得赶紧把丛珊找到。"

丛林和华媚连忙称是，他们和赵老师走出校门的时候，赵老师告诉他们，她要离开这个学校了。华媚问为什么？赵老师说："你们真的不知道吗？我跟丛珊在课堂上闹矛盾的事，被人拍了视频，这些天正在网上疯传。"丛林说："啊？怎么会这样？这事是丛珊干的？网络的力量有这么厉害？"华媚说："等一等，前些天丛珊坐公共汽车的时候丢过一个钱包，她说里面有一个U盘，是不是别人捡了放在网上去的？"赵老师说："是丛珊干的还是别人干的，已经不重要了。学校很有压力，我也很有压力，没办法，我只能选择离开。"丛林说："赵老师，作为家长，我们从来没有责怪过你。"华媚说："是呀是呀，教育孩子，怎么做也不会错。"赵老师说："谢谢你们的理解，我的辞职报告已经被批准了，等把丛珊找到了，交给了你们，我就走人。反正我也想通了，这一辈子，包括下一辈子，我再也不会当什么狗屁老师了，这个社会，谁有资格教书育人？谁别说聪明多少、高尚多少、干净多少？"

丛林知道赵老师有情绪，但她后面的几句话还是让他感到了震惊。自己真的要把举报周运年的那些材料挂到网上去吗？是不是真的可能冤枉了周运年？

丛珊就在学校对面不远的网吧里被逮着了，丛林和华媚一左一右地把她夹在中间，押着她往学校门口走。

丛林去摸她的头，被她脑袋一偏躲过了。丛林问："怎么啦，珊珊？到底出什么事了？"丛珊说："没出什么事。"华媚说："没出什么事怎么泡到网吧里？"丛珊说："不想待在学校。"华媚说："不想待也得待，你不参加高考了？"丛珊说："我没说。"丛林说："既然要参加高考，就得抓紧时间复习。"华媚说："是呀，现在时间这么紧张，你怎么还有时间上网？"丛珊不耐烦地说："行了行了，你们别念了，我回学校就是了。"华媚说："那你还会不会跑出来？说呀！"丛珊固执地沉默着。丛林问道："珊珊，你得告诉我们，到底出什么事了，这样，爸爸妈妈才放心。"华媚说："是不是跟赵老师的事？"丛珊说："我叫你们别问了，我答应了回学校，你们还要怎么样？"丛林说："不是我们要怎么样，是我们得对你的前途负责。这样吧，你妈反正也没什么事，咱们在学校附近租个房子，她来陪你，行不行？"丛珊说："啊？你们是不是想把我关起来？"

华媚本来要把丛珊直接送到教室里交给新的班主任老师的，被丛林使了个眼色制止了，丛林觉得应该给丛珊留点面子，让她一个人回了学校。只剩下两个人后华媚说："这孩子，怎么这样？"丛林说："她根本就不愿意好好跟我们说话。我算是明白了，这做家长的，在孩子身上花的时间和精力越少，今后会越来越头疼。"华媚说："是呀是呀，我光顾着打牌了，对珊珊的事管得太少了。你也是的，整天不归家，在外面那么积极，要忙出个名堂来还好说，这次副院长要上不了，我看你怎么说。"丛林一听忍不住要发脾气，说："怎么说？我要当不了副院长怎么了？日子不过了？"丛林真要发脾气，华媚又怵了，说："你看你，我说你什么了？"丛林说："你这人怎么回事？说话老不着调，说孩子的事就说孩子的事，跟我当不当副院长有什么关系？"华媚说："你那么急干什么？我不是首先就在做自我批评吗？"丛林说："我看主要是你的责任，人家张仲平比我还忙，可你看人家唐雯，还不是把张小雨教育得好好的？"华媚最听不得丛林拿她跟别人比，而且是把自己比下去，便说："你说话才跑调了，都跑到别人家里去了。好了好了，我们不跟别人比，总之，再也不能让珊珊跑出去上网了，得赶紧想想办法。"丛林说："没别的办法，只能在附近租个房子，你反正没事，住过来，每天送她上学、接她放学，看她还有什么机会去上网。无论如何，也得先把高考之前这段日子熬过了再说。"

当天下午上班之前鲁冰就找到了丛林办公室，把他好一阵奚落，说："丛庭长你行呀，跑到我战友周副市长那儿，告我的状去了？"丛林见鲁冰误会了他，忙解释说："我没那个意思。第一，我不知道周副市长是你的战友；第二，周副市长是管商业、管企业的领导，我向他反映香水河国营物资公司的情况，是希望引起市委市政府的重视，妥善处理好上千名职工的安置问题。"鲁冰说："那照你的意思，是我不关心这些职工的安置问题？只有你忧国忧民？"丛林只好说自己绝没有那个意思。鲁冰说："可你已经在市领导那里给我造成了这种印象。丛庭长，院里马上就要搞民意测验了，我知道你想当这个副院长，你光明正大一点，别使用这种手段行不行？"说罢拂袖而去。

徐艺把那天和周运年、江小璐一起吃饭当成是周运年对自己的面试，在回他们出租房的路上，他问辛然："你爸对我的表现满不满意？"辛然反问他："你感觉怎么样？你觉得你面试通过了吗？"

徐艺说："我自我感觉良好，应该没有什么大问题吧？唯一有一点担心的是，不知道我姨父对你爸到底说了些什么。"

听了这话，辛然觉得有点奇怪，她说："你担心你姨父在我爸面前说你的不是？那怎么可能？不，那是绝对不会的。"

"我想也是，姨父应该不至于如此。我刚才那样说，只是在以小人之心度君子之腹。我太兴奋了，辛然你知道为什么吗？我跟你说，我们公司将迎来一个新的发展机遇，因为有你爸替我们保驾护航。"徐艺说。

"等等，我爸好像没对你说什么吧？"辛然抓着徐艺的胳膊问。

"这你就不懂了，有些话，说得做不得；有些事，做得说不得；还有一些事，根本不需要你说，就会有人替你去做。"

"你别跟我打谜语好不好，我有点听不懂耶。"

"你可是研究生毕业，学历比我高。你听不懂，证明在社会这所大学校里，你呀，刚上小学一年级。不过，我希望你小学永远不要毕业。知道为什么吗？因为社会很复杂，而我，希望你永远单纯。"

"你是希望我永远单纯，还是希望我永远傻乎乎的？"

"差不多，差不多。"

"徐艺，我看你是希望我永远弱智，好被你欺负吧？"

"我哪儿敢呀？要那样，别说你爸饶不了我，就是全国人民也不答应啊！"

"那你说，你准备什么时候娶我啊？"

"随时准备着，真的。辛然，你遇上我的时候，我是一个一无所有的穷小子，现在，在这么短的时间之内，我可以说什么都有了。这是怎么来的？你给我带来的呀！因此，所以，辛然，我不仅要娶你，还要让你给我生一大帮孩子，儿子女儿都要有，我要让你、让我们的孩子，过上衣食无忧、幸福美满的生活。"

"艺哥。"

"非常美好的宏伟蓝图是吧？对。但绝不是空想。为此，无论如何，我一定要拿到香水河国营物资公司那块地的拍卖业务，做完这一单，我们就结婚，我向你保证。"

徐艺又激动又兴奋的心情仅仅持续了不到三天。就在周运年下去抗震救灾的第二天，他又回到了省城，不过是被120急救车拉回来的。据陪同回来的工作人员说，周运年一到灾区便投入了紧张的抢险救灾工作，有条进县城的公路破坏得很厉害，救灾物资运不进去。那是一条盘山公路，悬崖峭壁，山上经常有滚石落下来，非常危险。周运年不听劝阻，在组织人员抢修的过程中，被一块山上滚下来的石头击中了头部。

与此同时，关于周运年贪赃枉法的帖子已经被挂到了网上，但不到一个小时便很快被删除了。

（三）

江小璐得知周运年受伤消息的那一瞬间差不多要崩溃了。她想撕心裂肺地痛哭一场，却发现自己连一滴眼泪水都流不下来。她怪自己真是太愚蠢了，如果她聪明一点，应该想到周运年报名去地震灾区时就已经抱了视死如归的决心。

周运年进手术室已经整整八个小时了，她守在手术室外面，水米未进。

一直陪着她的还有莫老板。莫老板是见证了她与周运年感情的一个人，她的伤心欲绝令他动容。

辛然和徐艺赶到时，奔到江小璐和莫老板跟前。辛然满脸泪痕，大半个身子吊在徐艺身上，好像只要失去他的支撑，她便会瘫倒在地上。徐艺显得很烦躁，有点坐立不安的样子，一个劲儿地问江小璐："这些天周叔叔跟你说了什么没有？"江小璐心里替周运年藏着那个天大的秘密，内心多少有点埋怨徐艺，怪他不该这个时候问她。是呀，现在最重要的是救人，是保住周运年的生命。有什么比这个更重要呢？

她因此摇了摇头。没想到辛然也跟着徐艺逼她，让她有什么快点说。江小璐征询似的看了看莫老板，把眼光落在辛然脸上，下了决心似的说："你爸爸对这件事早有预感，前两天，他跟我谈过一次，让我要有足够的思想准备。"辛然甩开徐艺，抓住江小璐的胳膊追问道："你快说，我爸到底跟你说了些什么？"江小璐说："辛然，你……应该比我更了解你爸爸。不管出多大的事，我相信你爸爸都是一个好人，你也要相信这一点。"辛然说："我当然相信我爸爸是个好人，可是，我爸爸到底对你说了些什么，你为什么不能告诉我，不能告诉我们？"莫老板把辛然拉开说："辛然，你别逼你江阿姨，现在你爸爸在做手术，只要能把他救过来，到底发生了什么事，不就一清二楚了吗？"

徐艺不可能沉得住气，因为对周运年来说，可能被灭失的不仅是他的身体、生命，还有可能是他的政治前途、政治生命。他把莫老板拉到一边问："莫叔叔，鲁冰叔叔怎么没来？您跟他联系了吗？他怎么说？"

"我和他通了一个电话，他当时旁边有人，说话不方便。还有，就是他今天可能会很忙，院里开会，搞提升副院长的民意测验，他是候选人之一。"莫老板看了看江小璐和辛然说，"网上那件事，我估计会很快传开，大家要沉住气，说话办事都要小心谨慎，一定要守到云开日出的那一天，特别是辛然，你一定要相信你爸爸。"

辛然忍不住又要哭，又想强忍着，江小璐心里发酸，过来想搂住她，却被她一把推开了："你别碰我，我不知道我爸是怎么看上你的，你前夫，

703

喝酒喝死了，我爸，刚跟你没几天就出了这些事，你……你这个丧门星。"

江小璐愣了一下，扬手打了辛然一巴掌。辛然说："啊，你居然敢打我？我爸从小到大从没打过我，你竟敢打我？你是不是真把你当我妈了？你不配。"江小璐惊愕地看着辛然，掩面哭着冲了出去。莫老板说："辛然，够了。你太任性了，你能不能冷静一点？你怎么能这样说你江阿姨？"

同样冷静不下来的还有徐艺，他没等周运年做完手术便冲回了办公室，一把把墙上与周运年的合影照片扯了下来，用脚狠狠地踩了一脚。辛然哭着看着徐艺："艺哥，你这是干什么？我爸爸不是那种人，你不要这样好不好？"

徐艺说："你爸爸是不是这种人没关系，但别标榜自己清正廉洁好不好？他在外面说惯了空话、假话、官话，回到家里还不能歇一歇？你说，他拿那种豪言壮语诓我们有什么意义？无风不起浪，网上删的帖子可能是谣言也可能是事实，你说，你爸要是丢下了我们，我们怎么办？我们怎么办呀？"

辛然说："艺哥，我爸他怎么你了？不管怎么样，他总归是我爸，你这个时候不想着怎样救我爸，倒说这种风言风语，有用吗？"

徐艺经过这一阵折腾，也算冷静了一点，他抹了一把自己的脸，叹了一口气说："辛然，不是我非说你爸不可，我的意思是说，他迟不出事早不出事，偏偏在我们拿香水河国营物资公司业务的关键时刻出事，这算什么？这算我们借他的船出海，他却把我们扔在了大海中央。你说，下一步，我们怎么办呀？"

辛然说："徐艺，你还有没有一点良心，我爸都这样了，你怎么还惦记着你那破生意？"

徐艺说："辛然你错了，越是这样，生意上的事越是得抓紧，因为，如果我们不拼命，只会被淹死，你懂吗？"

他不想跟辛然纠缠，急着要跟鲁冰见面。他心情忐忑地给鲁冰打了一个电话，没想到鲁冰很爽快地答应了见他。

见面的地点还是那家洗浴城，徐艺一见鲁冰一副沮丧的样子，那颗心又吊了起来。鲁冰问他周运年的情况怎么样了？徐艺不打算说网上的事，只说他刚从医院过来，周运年还在抢救。徐艺见鲁冰闭着眼睛在那儿养神没再追问，便朝他侧着身子，小心翼翼地说："鲁叔叔，今天的民意测验情况怎么样，不错吧？"

鲁冰说:"不错什么?你不知道?我们院里可是出了一个反腐败的大英雄。我比他整整少了五票。你真的不知道?我可听说了,把辛然她爸爸那些材料挂到网上去的,就是跟我争副院长位置的丛林。"

"啊?他……他怎么能这么做?"徐艺话里带着谴责。

"他当然有权力这么做,怪只怪,唉,人心叵测,没想到辛然的爸爸……而且偏偏是这个时候。"

"您也相信辛然他爸爸有问题?哦,我的意思是说,为了一个副院长,这个丛林也太狠了吧?不行,不能这么便宜了他。"

"徐艺,你要干吗?"

"我……我咽不下这口气。鲁叔叔,你说话,需要我干点什么?"

"我需要你干什么?我需要你什么都别干。"

"这次民意测验投票不会起决定作用吧?后面应该还有别的程序吧?"

"徐艺,你想干吗?我的事你就别管了,别给我添乱。你呀,太年轻了、太冲动了,做人做事,不能由着性子,得动脑子,明白吗?还有,以后呀,别不分场合鲁叔叔鲁叔叔地随便叫了,不知道的人,还以为我们有多特殊的关系似的,影响不好,你说呢?"

徐艺心里好一阵泛酸,嘴里却说:"是是是,鲁局批评得对,鲁叔叔,不是我随便叫的。"

鲁冰可能也觉得自己刚才的话有点重了,扭头看了一眼徐艺,说:"我没别的意思,我的意思是说,没必要让别人误解我们之间的关系。我们之间有特殊关系吗?没有。唉,有时候,人言就是可畏呀。你说呢?"

徐艺连忙说:"是是是,我知道,我理解。鲁……局长,其实,我今天请您,还有一事相求。前两天,辛然跟您说过……香水河国营物资公司那块地拍卖的事……"

鲁冰把腰从沙发上挺起来,转过身子正对着徐艺说:"打住。辛然她没跟我说过这事,就是说了,也没用。徐艺,你知道吗?那个丛林,到处活动,正等着拿这块地的拍卖做文章呢。得了得了,我也不想跟你说得太多了。你一个新公司,能把胜利大厦的案子做下来,已经很不错了,那还是我从你姨父嘴里巧取豪夺来的机会。你呢,把它做成什么样了?徐艺,我看你呀,还是先歇歇吧!"

徐艺回到办公室,把从鲁冰那儿受到的委屈一股脑儿发泄到了辛然头上。他问辛然："香水河国营物资公司那块地的事，你没跟鲁冰说？"辛然一时蒙了："我……"徐艺说："我什么我？你到底说了没有？"辛然"哇"的一声大哭了起来，徐艺更烦了，冲着辛然大声吼叫起来："好了，还没死人呢，你号什么号呀？"辛然愣在那儿，突然扑过来抱住徐艺："对不起，艺哥，真的对不起。"

徐艺的心一下子软了，他捧起辛然的脸，抽出面巾纸替她拭了拭脸上的泪水，叹口气道："唉，算了，其实，你说不说也没什么差别。辛然，你知道你爸的那些材料是被谁挂到网上去的吗？是丛林。"

辛然睁大眼睛望着徐艺："啊？他为什么要整我爸？我爸怎么得罪他了？"

"你爸刚调到市里不久，不可能与丛林结下什么冤仇。如果真是他，我想……我姨父可能也脱不了关系。"徐艺说。

"艺哥，你这消息是……听谁说的？"

"鲁冰。辛然，不管你信不信，反正，我有点儿信。知道为什么吗？如果你爸爸不出事，我拿下香水河国营物资公司那块地的拍卖委托，不要说百分之百，起码希望是很大的。这一点，我姨父心里应该非常清楚，我觉得，他是怕我跟他抢业务而且预计会输给我，才联合丛林在你爸爸背后放箭的。"

"如果真是这样，那江小璐也很可疑，他原来和张仲平的关系就不太正常。艺哥，你说你当时怎么不把他们俩的事情告诉我爸爸？"

"你爸爸对江小璐可是一见钟情。他当时有征求过我的意见吗？没有。再说了，他那么喜欢她，我们能说什么？"

"艺哥，我不想说这个了。"

"行，我最后说一句，关于丛林和我姨父联合起来对付你爸的事，我是宁可信其有，不可信其无。因为，能从中获利的就是我姨父。他获了利，又会回过头来帮助丛林。你看，现在的事情明摆着，我的力量已经大大地落在了姨父的后面。你爸靠不上了，我怎么办？我必须想奇招，多点出击，才能改变这种力量的对比，否则，就只有被动挨打的份儿。"

"不行，我得去找你姨父，我要当面问他，他为什么要这样做？"

"我劝你别去。去了也白去，你想呀，如果真是丛林和我姨父干的好事，你这样跑去质问他，他会认账吗？他死都不会认账的。"

"不管他认不认账，我都要找他问个明白。我这就去。"

辛然起身就往门外冲，徐艺一把抓住了他："你怎么这么蠢？真是蠢死了。你去找他，那还不把我扯进去？我姨父还不恨死我了？你呀，辛然，你叫我说你什么好呀？"

辛然忍不住又哭了起来，徐艺烦躁地在屋子里走来走去，说："你别哭了，行不行？"

辛然说："行，我忍着，我不哭。"徐艺鼻子一酸，再次把辛然拥在怀里。

辛然说："艺哥，你别凶我，自从我爸出事以后，你对我的态度有了大大的改变，你动不动就凶我。"徐艺自然不承认，说："我哪里有？至少，我也不想这样。好吧，辛然，让我们心平气和地谈一谈吧。先说你爸。说到你爸爸，你倒是仔细想一想，在你爸出事之前，他给过我们实际的帮助没有？没有。他甚至就怕咱们的生意跟他沾上边儿似的。虽然你爸爸没有给我们任何实际的帮助，可在这之前，他是有光环的。我有一种被他罩着的感觉，说话办事很有底气，起码，没有人敢藐视我们。现在，他这个样子，我们怎么办？日子不过了？生意不做了？可能吗？"

辛然抽泣着说："我知道。现在，你是我唯一的亲人，我们要好好地在一起。尤其是，你不能欺负我。要爱我疼我呵护我。"徐艺说："行了行了。"辛然说："你不能烦我，那会让我没有安全感。"徐艺说："安全感不是别人给你的，是自己努力争取的，好了好了，我们不讨论这个了，谈工作吧。辛然，你知道吗？我现在的压力非常大。别看我们刚赚了一点小钱，如果我们找不到靠山，拿不到新业务，公司分分钟可能垮掉。"

辛然不禁"啊"了一声，好像世界末日真的就要来了似的，她问徐艺需要她做什么？徐艺说："什么也不需要，相反，我只需要你放手，让我按照自己的意思去做事。"辛然紧张地说："放手？放手是什么意思？"徐艺说："哎呀，没什么意思。辛然，我现在每讲一句话，都要被你质疑，你都要刨根问底，我都要跟你解释大半天，谁受得了这个？好了好了，张小洁不是跟龚大鹏走了吗？我们得招人了。"辛然问招什么人？还是招那些白骨精？徐艺说："只要能替我赚钱，我不管她是白骨精还是黑骨精，我们要做大做强，总不能真的开夫妻店。我们是在开公司，是在做生意，不是过小日子，我们不可能事必亲躬，有些事就得由别人替我们去做。"

辛然问什么事？徐艺又不耐烦起来，说："什么事什么事？比如说跟外面的男人睡觉，你去吗？"辛然委屈地说："你干吗一下子又发起火来了？"

徐艺说："我烦，辛然，你年纪不小了，我做生意有压力，你要学会替我分担。"辛然噙着眼泪连连点头，说："我知道，我愿意。"

辛然说周运年出事以后徐艺的态度变了，他当然不同意，他觉得改变最大的反而是周运年的这些所谓的朋友、战友，尤其是鲁冰。最让他想不到的是，关于香水河国营物资公司那块地的事，被鲁冰一口回绝了，而且连半点商量的余地都没有。

徐艺想，张仲平也许没参与搞垮辛然他爸的事，但他跟丛林的梁子算是结下了。他知道今天鲁冰很郁闷，为什么？因为民意测验投票，丛林比他多了五票。他在想，鲁冰为什么跟他说话会那么不耐烦？那是因为我跟他关系不对等，我老是在求他，对他来说，我是一个麻烦，他一定希望我离他越远越好。在这种情况，我一味地热脸贴冷屁股，那不会有效果。但是，如果我在他升副院长的过程中帮了他的忙，而且是帮了他的大忙，情况会怎么样？那他就欠了我一个天大的人情，他就必须帮我。

实际上，徐艺一直在按这个思路运作。如果辛然她爸爸不出事，也许这忙不费吹灰之力就帮上了。现在，这事确实有些困难，但也不是毫无办法，比如说，他可以帮鲁冰干掉竞争对手——丛林。

徐艺把这想法跟辛然说了，辛然又是一惊："啊，什么？你要去杀人？徐艺，你可千万不要乱来呀。"

徐艺说："哎呀，我去杀什么人呀？我要的不是丛林的命，是他的政治生命，懂吗？他既然采取那种卑鄙的手段对你爸爸背后下手，我们难道不能用同样的手段来对付他？"

辛然说："可是，我有点不太明白。"

"你不用太明白。辛然，你得听我的，从现在开始，我们两条腿走路。你，还是要尽可能地黏着鲁冰，打感情牌，你爸爸和他毕竟是二十多年的战友、朋友，他不可能对你一下子撕破脸皮；我呢？专门帮他对付丛林。"

"艺哥，你不会出什么事吧？我担心你，别又搞得像拍胜利大厦似的。"

"别再提胜利大厦了。辛然，我们得向前看。前面是什么？就是香水河公司的那块地。哼，我这个人，是不会轻易放弃我想要的东西的，也从不自己吓唬自己。辛然，你爸爸如果还有思想和感情，不会希望你是这么一副无头苍蝇的样子、一副被意外击垮了的样子，你得打起精神来，我需要你的帮助。"

"艺哥，我听你的，你需要我做什么？"

"不管我姨父怎么对我，我都不想把跟他的关系搞僵，我都不会做什么对不起姨妈的事。这样，你去帮我看一看姨妈，修复一下我和姨父的关系，好不好？"

"好，你呢？你去干吗？"

"我要做的事情就多了。如果说你爸替我们打好了一个心理基础，现在，我们面临的现实，不是从零开始，而是从负数开始。但我不怕。我经常跟自己说，很多困难都是自己想出来的，真正做起来，也许困难不会那么多。再说了，一件事按照常规的方法去做也许很困难，如果按照非常规的方式去做呢？也许就能找到突破口。现在，我得去会会丛林。"

（四）

尽管在民主测验中比鲁冰多出了五票，丛林还是有些郁闷。不知道是从哪里刮来的风，市中院私底下都在传，周运年的那些举报材料是被他捅到网上去的，他真的被很多人当成了反贪官污吏的英雄。问题是这事真不是他干的，尽管周运年真的这样给他提过建议。

他曾经跟张仲平谈起过这件事，他说："我没想到周运年会建议我把举报他的材料在网上挂出来，当时我有一个直觉，就凭这一点，我就觉得他应该不是贪官，贪官没有他那样光明磊落。"

张仲平也认同这一点："当举报材料为真时他会害怕被别人知道，当举报材料为假时，他才会无所畏惧。"

丛林很快就知道了周运年在抗震前线身受重伤的事，这才想到事情可能没那么简单。他想到了另外一种可能性：周运年在将功赎罪或者说打算以死谢罪。他一定对当初的贪念抱有了深深的悔意。

许多人都没有真正的宗教信仰，他们逢庙必进，求神拜佛无不带着强烈的功利目的，或求富求贵，或求姻缘求子嗣，或求功名求平安，唯独很少忏悔赎罪。这使很多坏人恶人贪婪之人，只能一条道上走到黑。

即使这样，丛林仍然对周运年由衷地涌出一股异样的敬仰之情。他觉得，周运年勇于公开针对自己的举报材料，其实是在断自己的后路，同时也会让那些还在贪腐着的官员们坐立不安，因为这种做法一旦推广开来，那些屁股上不干不净的贪官，便很难逃脱公众的质疑与监督，从而失去藏身之所。

民主测验加上女儿的事还有周运年的事，弄得丛林身心俱疲，他把自己关在办公室里想小憩一会儿，不料外面一直有人敲门，敲得锲而不舍，好像知道他就躲在里面一样。丛林把门打开，发现敲门的是徐艺。

丛林不想放徐艺进来，一手扶着门框一手拉着门，问徐艺："你有什么事？"徐艺说："无事不登三宝殿，我真的有几句话要跟丛庭长私下里谈谈。"丛林无奈，只好让他进来，把他让到沙发上，让他有话快说。

徐艺说："到目前为止，我没有把丛庭长当外人。我来是想请你帮忙的。"

丛林说："请我帮忙？我能帮你什么忙？徐总，我们认识也不是一天两天了，有什么事，你直接说。"

"那我就实话实说了。丛庭长，香水河国营物资公司的案子你是主审法官，它在西郊公园旁边有块地最终要拍卖，这没错吧？"

"有可能被拍卖，也有可能不被拍卖。你来找我如果是为这件事，我可以跟你简单地解释一下，徐总是学法律的，应该非常清楚法院的基本分工。拍卖的事，属于执行局管，根本就不是我们庭里的事，因此，我恐怕帮不上你。"

"是帮不上，还是不愿意帮？你对 3D 拍卖公司是不是也是这个态度？我知道，丛庭长跟我姨父，可是大学同班同学，算是最贴心的朋友。"

"徐总，我可以非常明确地告诉你，我对 3D 拍卖公司也是这个态度。"

"也就是说，你不会在任何一个环节上帮你同学张仲平的忙，对吗？"

"对。"

"如果是这样，在你这里，时代阳光拍卖公司与 3D 拍卖公司，就在同一个起跑线上，他们有希望，我们也就有希望，对吗？"

"这个你应该去找执行局。"

"我自然会去找执行局，可我听说，丛庭长也想管执行局。实际上，我倒不是怕你帮 3D 拍卖公司的忙，相反，我还真希望你去帮 3D 拍卖公司的忙，只不过，你在帮 3D 拍卖公司忙的时候，能够顺便把我们时代阳光拍卖公司给捎上，我跟张总是亲戚，我愿意跟他有福同享、有难同当。"

"徐艺，我跟你说两点：第一，我跟执行局什么关系，与你无关，我无须向你汇报；第二，你跟张仲平什么关系我不管，我也管不着。我再次重申一下我的态度，我只想把自己分内的事情做好，没想到要特意帮助谁或者打压谁，更何况那块地拍卖的事根本就不归我管，徐总，你为这事来找我，是挑水找错了码头。"

"码头是不会找错的，不是有句话叫'条条道路通罗马'吗？"

"还有一句话，叫缘木求鱼。这事，你还真找错人了。"

"我并不这么看。"

"我不想和你争。好了，如果徐总找我就为这事，而我已经给了你很明确的回答，是不是可以……先就这样？"

"丛庭长这是在下逐客令？实际上，我来找你，还有另外一件更加重要的事情。你挂到网上去的那些举报材料的主人，副市长周运年，是我准岳父。说起来，我应该和你有不共戴天之仇。"

"信不信由你，那些举报材料根本就不是被我捅到网上去的。"

"丛庭长就不要谦虚了。我想说的是，周运年现在还在危重病房里抢救，他有没有问题，历史会给出公正的评价，倒是那些在其位还想往上爬一级的人，屁股上是否干净，反而值得怀疑。有些话我不便跟我姨父说，你可以转述给他，我知道他是怎么做生意的，你跟他，不是经常密谋一些事吗？"

"徐艺你胡说八道些什么？"

"丛庭长少安毋躁，我马上就要把心里想说的话说完了。还是香水河国营物资公司那块地的事，如果我们能够达成某种默契，或者说交易，周运年的事，就算是过去了……"

"徐艺，门在那儿，请你马上离开。"

"丛法官，丛庭长，未来的丛副院长，我希望你能尽快地冷静下来，并好好儿地想想我的建议。现在，我先告辞了。"

丛林气得够呛，很快打电话给张仲平说了徐艺找他的事。张仲平一听肺都气炸了，一个劲儿地骂徐艺混账。丛林倒冷静下来了，反过来劝他别着急，说："我打电话给你不是为了告状，我的意思是说，你要和他好好谈谈了。这孩子有些穷凶极恶了，别到时候弄出点什么事情来，对你造成伤害。"

张仲平说："我知道了，我一定好好和他谈谈，教训教训这小子。丛林，不好意思，恕我管教不严。"丛林笑了，说："但愿不是你给带坏的。"张仲平说："不管是不是，我是他姨父，子不教，姨父之过。"

张仲平说完挂了电话。他用拳猛地一击墙壁，疼得他直甩手。

辛然按照徐艺的意思约唐雯，唐雯倒先约了她，说要去医院看看周运年。

手术还算成功，医生告诉江小璐，周运年的命是保住了，但如果得不到很好的恢复，很可能会成为植物人。

唐雯和辛然见面以后一把抱住了辛然，说："孩子，我刚听说了你爸爸的事，你要挺住呀！好好好，你就先痛痛快快地哭一场吧！"辛然说："姨妈，他们都不让我哭，可我就想哭，啊啊啊……"

她们赶到医院的时候正好碰上市政府领导来探视情况，江小璐的心情本来已逐渐平稳下来，领导一问情况，忍不住又抽泣起来。辛然看到她那副样子，不禁心生愧疚之感，过去挽住了她的胳膊，不管怎么样，这个女人还是爱她爸爸的；否则，她与周运年还没有正式扯结婚证，碰到这种情况她完全可以不管不问，甚至一走了之。

待市政府领导走了，唐雯这才走进病房，免不了对江小璐说一些安慰的话，让她有什么困难尽管说。江小璐本来不是一个善谈的人，只反复说："你们放心，既然运年认了我这个妻子，我一定会尽到妻子的本分。"

唐雯要走，辛然送她下楼，在医院小花坛那儿，两个人停下了。唐雯见四周无人，对辛然说，今后一段时间，社会上关于你爸爸的各种传言都会有，你一定要学会面对现实。辛然说："我爸都已经这样了，还能怎么样呢？我现在最担心的是徐艺。"唐雯说："徐艺自己搞公司才几个月，就已经做了那么多业务，很不错了，你担心他什么？"辛然说："姨妈你不知道，徐艺什么都好，就是野心太大。姨父做拍卖做多久了？少说也有十年吧。徐艺却想一下子达到能和姨父平起平坐的程度。他最近，我……我……我怕他太心急了，会跟姨父……闹别扭。"唐雯说："是呀，我也有这样的担心。现在这个社会，世态炎凉、人情冷漠，为了钱，有些人甚至可以父子、兄弟、夫妻反目。他们在一个行业里做生意，我就怕因为生意上的事、钱的事，连亲情都不顾了。"

对此辛然也有体会，她爸爸的那些战友，除了莫叔叔，竟然连电话也没来一个。辛然倒是很理解他们，毕竟，她爸爸到底是大英雄还是大贪官还没有定论，鲁叔叔、肖叔叔他们作为官场中人，多少会有些顾忌。但在感情上，辛然还是很伤感。见唐雯这么说便很有感触，说："姨妈我也怕这个。

我剩下的亲人本来就不多，要是这样……"唐雯同情地搂了搂她，说："辛然我跟你的想法是一样的。我不希望他们之间闹误会、闹别扭。我也害怕他们之间闹误会、闹别扭，要真那样，手心手背都是肉，我和你可怎么办呢？不过，你放心，徐艺他只是求胜心切，缺少的是对生活、生意的平常心态，时间长了，也就好了。你姨父呢？他毕竟是徐艺的长辈，不会跟徐艺一般见识的。"辛然回抱着唐雯说："姨妈，这事可就全靠你了。"唐雯叹口气说："唉，早几天本来约好了的，等你爸爸从地震灾区回来，由你姨父亲自下厨，请你爸他们，请你和徐艺来家里聚一聚，没想到……这样，还有几天是你姨父的生日，你和徐艺一起过来。我呀，也会跟你姨父好好谈一谈，心里有什么疙瘩，趁早解开也就没事了。"

张仲平出门的时候跟唐雯说他今天会很忙，其实也没什么事。他一早便来到曾真家。他从花店里买了一大束花，把花瓶里的旧花换掉，洗了手，把自己斜摔在了床上。

曾真去地震灾区后两个人很少联系，他只能通过电视画面看到她风风火火到处采访的样子。空间距离却让他越来越想她，还老担心她的吃饭喝水睡觉甚至生命安全问题。这么多年以来，他哪里这样牵挂过一个人？现在，他躺在她的床上，抱着她的枕头使劲嗅着，好像闻到了她的体香。何止体香？她是把自己的气息全部留在了这间小屋里。张仲平躺在床上，回味着与曾真在一起的点点滴滴，只觉得自己一下子远离了尘世的喧嚣。

张仲平带着笑意不知不觉地睡着了，他是被颜若水的电话吵醒的。颜若水有一个习惯，很少在电话里谈事，哪怕只有三言两语，也希望当面说。

他们见面的地点还是在青瓷茶会所那间固定的包厢里。

颜若水问张仲平："我听说民二庭庭长丛林想阻止香水河国营物资公司那块地的拍卖？"张仲平点点头说："是呀！"颜若水说："这丛庭长，手伸得长了一点儿吧？关他什么事？"张仲平说："他呀，就那么一个人，心系劳苦大众，革命的理想主义者。"

颜若水摇摇头，为张仲平冲泡了一杯工夫茶，说："哦，对了，丛林不是你同学吗？他是你同学，总不能拆你的台吧？"张仲平说："我跟他虽然是大学同学，我生意上的事，他根本不沾边。"颜若水说："那不正好吗？真正的高手，利用的就是拥有的无形资产，正大光明地赚钱，进可攻，退可守，玩的就是现有政策的灰色地带，高智商。"张仲平一笑说："颜总这话我不明白。"

颜若水仰起头，把脖子左三圈右三圈地摇了摇说："丛林为什么反对拍卖那块地？除了你刚才讲的那个那个什么心系劳苦大众、革命的理想主义，我看还有一个原因，就是他跟鲁冰的关系。我觉得，丛林是在欺负鲁冰是新来的，让他不能顺利地执行这个案子。你这同学，在玩政治呢！"张仲平马上说："我觉得丛林不至于。"颜若水说："至于不至于我不管，你呀，别闲着，你还得去找找他，让他最好别管这件事。追回不良资产，我们每年可都是有任务的，他不让拍卖，于公，会影响我们完成这个任务；于私，不是也断了你们拍卖公司的财路吗？"张仲平说："那倒是。"

颜若水看了看表，跟张仲平说他还要去见几个朋友，得先走了。张仲平点头说："行，你先走，我过几分钟再下去。"

事有凑巧，颜若水匆匆从青瓷茶会出来的时候，徐艺正开车进入停车场，他刚把汽车熄火准备下车，连忙把身子缩了回去，他不想在这种情况下与颜若水打照面。

与鲁冰谈话不顺利，如果还不能把颜若水抓住抓紧，徐艺知道，他将彻底没戏。但对颜若水，不能强攻只能智取，他得先把祁雨伺候好了。

徐艺眼睛一扫，看到了张仲平的车子。他待在车里没动，把身子往座位上缩了缩。不一会儿，他看到张仲平也从青瓷茶会所出来了，很快就开车离开了。徐艺这才下车，迅速溜了进去。

徐艺直接去了祁雨办公室。准确地说，这次是祁雨打电话让他来的。徐艺一进门就把门轻轻关上了，凑近祁雨就要跟她亲热："我这次没迟到吧？怎么，是不是想我了？"

祁雨一把把他推开："别动，也不看看这是在哪儿？先谈正经事吧。你，帮我留心一下，看有没有人对这茶楼感兴趣，我想把这茶楼转让出去。"

徐艺略微有点吃惊，问："为什么？你不做生意了？"祁雨说："是的，我准备移民去加拿大。加拿大移民局的批准书下来了，过几天我去加拿大领事馆申请L1签证，如果顺利，我在国内待不了多久了。"徐艺问："你想把这茶楼委托我拍卖？"祁雨摇头说："不，我不想拍卖，能找个人悄悄地转让掉最好。"徐艺理解似的点点头，说："明白了。加拿大投资移民的事，还是不要张扬的好。"祁雨说："你别自作聪明。我的钱赚得干干净净的，有什么怕的？我是怕万一打拍卖公告，人家会以为我急着出手，影响了转让价格。"徐艺又点了点头说："有道理。顺便问一下，颜总，你姐夫，刚才是替你送投资移民批准书来的吗？"祁雨说："我的事跟他有什么关系？喂，你的好奇心能不能小一点儿？"徐艺嬉皮笑脸地一笑说："完全可以。再问一个问题，我姨父又是来干什么的？"祁雨说："不知道。因为我没见着他。好，轮到我问你了，你对去加拿大投资移民有没有兴趣？"

这问题问得有点意思，徐艺知道不能草率回答，想了想，决定还是说真话："我？我一穷小子，哪有资格呀？不过，我还是很好奇，你生意做得好好的，干吗要移民去加拿大？加拿大哪里有咱们中国好做生意？有个段子这样说美国，好山好水好无聊。加拿大也差不多吧？我听说，以咱们伟大祖国现在的这种市场状况，还有二三十年的生意好做，我可不想错过。"

祁雨说："等办了绿卡，不是一样可以回中国做生意吗？那时候我就是外商，说不定还可以跟你搞中外合资。"

"我一定能成为你的最佳拍档，我们的合作将是全方位的。"

徐艺边说边把手伸了过去，伸出中指，爬上祁雨搁在桌子上的那只手，轻轻地在她指缝间滑过，一双眼睛同时含情脉脉地望着她。祁雨被呵了痒，却忍着，对他娇羞地一瞥。

徐艺说："嗯，我上次给你的建议，你考虑得怎么样了？"

祁雨把手缩回来，娇喘一声："嘘，别在这里谈这事，我们去老地方。"

到了酒店客房，两个人正云雨着，徐艺的手机响了。他从祁雨的纠缠中挣脱出来，拿过床头柜上的手机，看一眼号码，朝祁雨竖起一根手指头，然后接了电话。

电话是辛然打来的，问他在哪里？在干什么？徐艺调匀呼吸说："我在见客户，在工作，在挣钱，你别有事没事给我打电话，有什么事等我回来再说。"说完便挂了机。

祁雨心里不爽，对重新爬到她身上的徐艺说："你工作的时候，能不能把那破手机给关了？"徐艺坏笑道："男人怎么能随便关机？那是经常要用的呀。来吧来吧，看我怎样对付你。"

偷情的男女被发现往往是因为低智商，或者说当男女一开始偷情，所有的精力都放在了对方身上而忽略了外人的眼睛，因此便容易露出破绽。总之，这一次徐艺的运气不好，他和祁雨从电梯里出来的时候，恰好被在大堂咖啡厅喝咖啡的颜若水看见了。

祁雨直接步出大堂，徐艺则来到总服务台，办理退房手续。

颜若水不露声色，仍然与客人交谈。直到看到徐艺也离开了大堂，这才朝旁边的几个朋友欠欠身，起身给祁雨打了个电话。他问她在哪儿，祁雨说："我在茶楼呀，有事吗，姐夫？"颜若水说："是这样，我有份材料不知道是不是忘在包厢里了，你帮我去看看，好的，我等你电话。"

颜若水当时没看错人，他望着刚从旋转门那儿消失的徐艺，脸色越来越难看。

张仲平从青瓷茶会所出来以后找了丛林。丛林仍然很固执，说："你别再磨我了，我知道你们为什么要拍卖西郊公园旁边那块地，不就是为了收佣金吗？可是，佣金一收，你们是乐呵了，香水河国营物资公司那上千名职工今后的生活怎么办？"张仲平说："这个与本案无关，拍卖那块地本来就是为了执行生效的法律文书，说得好听一点，你这是中间插一杠子。说得不好，你这是狗拿耗子多管闲事。"丛林说："你急了吧？还儒商呢，还不是为了一点蝇头小利便张口骂人？你说的道理我懂，我也知道这事儿不归我管，还引起了我和鲁冰之间的误会。可是，仲平呀，别说即使是拍卖也不一定轮到你们公司，就是归你们公司拍卖你赚了钱，香水河国营物资公司那些职工却流离失所，你忍心吗？你怎么就不能等一等，等我们想出一个万全之策？"

难得没有应酬，张仲平赶回家吃晚饭。唐雯跟他说了去看周运年的情况，免不了唏嘘一番。切入正题，唐雯说："我和辛然都担心你和徐艺的关系恶化下去。徐艺跟了我们这么多年，我们还不了解他吗？他人并不坏，可能只是太想早点发财了。"张仲平说："生意人争取机会没错，可是，君子爱财，取之有道，做人做事总得讲最起码的规矩，现在看来，徐艺在这方面是差了一点儿。"唐雯说："你说得对。你看这样好不好？过几天不是你生日吗？我把他和辛然请过来吃一顿饭，你再和他好好谈一次，行不行？"张仲平说："我没问题，你安排吧，你放心，我永远是他姨父。"

当天晚上颜若水便返回了青瓷茶会所。颜若水直截了当地说："小雨，下面的人跟我说，你跟徐艺出去了，说一说，你跟他……什么情况呀？"

祁雨脸一红，很快地掩饰了过去，说："哦，这些天，徐艺……他老在跟我套近乎，我知道他想干什么。他想跟我……跟我们做生意。"

颜若水眼睛并没有看祁雨，他不忍心从里面看到慌乱与掩饰，他一遍一遍地用水冲洗着茶具，说："跟我们做生意？小雨，我不知道你有多了解徐艺，你还记得周运年出事之前，他跟你说的那番话吗？小雨，听我一句话，徐艺跟我们不是一路人，我们能离他多远，就离他多远，行吗？"

祁雨说："姐夫，青瓷茶会所我已经经营了六七年，多少有了点感情，再过一段时间，我就要去加拿大了，我想把它卖个好价钱。徐艺说……他能帮我。"

"他能帮你？他凭什么帮你？他怎么帮你？"

"反正，他是这么说的。姐夫，这店是你帮我开起来的，可店里的生意和你的事，一直是分开的，对吧？"

"对。小雨，这么多年以来，我一直把你当成我的亲人，就像……就像我自己的亲妹妹一样，我从来没有分过你的和我的，我是不会让你吃亏的。你……不会连这一点都不相信姐夫我吧？"

"姐夫，你说到哪儿去了？我怎么会不相信姐夫呢？我没别的意思，就是想把这青瓷茶会所卖个好价钱。"

俗话说捉贼拿赃捉奸捉双，也许看着祁雨和徐艺双双从电梯口出来并不能说明什么问题。因为颜若水知道，那家酒店的三十八楼顶层还有一座茶楼，他们完全有可能在那儿谈什么事。但颜若水马上否定了这一点，首先，真那样，他们完全没必要装作互相之间不认识的样子，分手时各走各的连招呼都不打；其次，如果他们真是在上面喝茶，完全用不着到前台接待处买单。

颜若水觉得胸口一阵刺痛，又打电话把张仲平叫了过来，问他："你知道吗，徐艺想插手香水河国营物资公司的事？"张仲平倒是一点都不觉得奇怪，说："是拍卖公司都想。不过，凭他徐艺，好像自不量力了点。"

颜若水说："要做成一件事，除了天时地利人和，还有很多不可预知的因素，可要把一件事搅黄，一根搅屎棍就够了。张总，知道这话是谁说的吗？"

张仲平一愣，朝颜若水凑了凑，说："哦，我还真不知道。请问颜总，这是哪个名家的名言？"

颜若水望着张仲平，屈起右手中指在右边眉毛上搔了搔说："徐艺。"

张仲平眉毛一挑："徐艺？他这是威胁，他这是明目张胆地威胁。这个徐艺，太不懂游戏规则了。简直……无耻。"

颜若水仰着脖子哈哈大笑起来。张仲平问他笑什么？颜若水说："我笑是因为你的反应跟我当时的反应一模一样。"张仲平赔笑道:"那确实太有趣了。那……徐艺这话,是谁转告给颜总听的?"

颜若水说:"这个这个……我们别管徐艺了。下班之前,我们上级主管部门又在催今年处理不良资产的情况,香水河国营物资公司的案子是大头。你呀,恐怕还得跟你同学丛林多沟通沟通。毕竟,他阻止拍卖于情于法都说不过去嘛。"

张仲平说:"下午我跟他见了面,他本人也清楚这一点。我的意思,可以不用管他。如果颜总能给我下委托,我去找别的关系也名正言顺。"

颜若水说:"好的。还有一件事,可能也得请张总帮忙……"

颜若水把祁雨准备出国要处理青瓷茶会所的事讲了,他还说了一些话,张仲平听明白了,竟是想让他买下青瓷茶会所。听明白了却不敢相信,张仲平不禁把颜若水的话重复了一遍。

颜若水很明确地点点头,笑眯眯地望着张仲平说:"哎呀,仲平,在这个世界上,我觉得互相之间能够沟通无极限的,也就我们两个人了。"

张仲平还是有点没回过神来:"可是……青瓷茶会所与我们公司的业态,完全不沾边呀,再说了,我拿下以后怎么办?我又不懂行,没人经营呀!"

颜若水说:"张总,这些我都替你考虑过了。这些,不都是幌子吗?关键问题在于价格,张总放心,我是不会让你多花一分冤枉钱的。这事,你也别急着表态,要不,我们都先慢慢想一想?"

这番话,颜若水也跟祁雨说了,只是说得没这么透彻。祁雨可是冰雪聪明的一个人,转脸就给徐艺打了电话。她说:"关于委托你转让青瓷茶会所的事,我试着跟颜总谈了。他并没有明确表示反对,我觉得,你可以试着多跟他直接地、实质性地接触接触。"

徐艺不知道是真傻还是装傻,问她:"什么是实质性的接触呀?"

祁雨说:"徐总,你是明白人,不会连这个都不懂吧?好了,你慢慢想吧,就这样了。"

第二十三章

（一）

这天早晨，唐雯早早地在菜市场买了菜，回到家里，发现张仲平已经走了。她把买来的菜拎进厨房，开始忙碌起来。之后又从厨房来到客厅，打通了徐艺的电话，告诉他："今天是你姨父的生日，晚上你和辛然一起来家里聚一聚，下午我就不再提醒你了哟！"

这几天张仲平一直就在家里吃晚饭，加上前几天就和他说了请徐艺和辛然一起过来给他过生日的事，唐雯便没有特别提醒他。

张仲平一早就去了曾真家。他一边给花浇水一边打通了曾真的电话。她问他想不想她？他说："想，当然想了。我长这么大，第一次知道什么叫度日如年、什么叫惶惶不可终日、什么叫思念是一种很玄的东西。"他问她什么时候回？她说今天下午。他一下在屋子里跳了起来，说："太好了，我们一起吃晚饭，我要为你接风洗尘，曾真，我有好多话要跟你说，我爱你，宝贝儿。"

张仲平刚挂了电话，丛林的电话便打了进来，他说："上次华媚住院不是找你借了五万块钱吗？可能得缓一缓。"张仲平说："没事，不是说好了吗？你有钱就还，没钱就在我公司的账上挂着。"丛林说："现在看来只能这样了。"张仲平觉得丛林这个电话打得有点奇怪，自己从来没催过丛林那五万块钱的事，他怎么突然提这事了？他问丛林："下午有事吗？要不，我们到哪儿去喝喝茶？"丛林犹豫了一下说："好吧，你下午 4 点钟左右来院里接我。"

为了迎接曾真的到来，张仲平搞起了卫生。他已经想不起在自己家里和唐雯一起搞卫生是什么时候的事了。10 点钟左右，公司秘书小叶来了电话，说要往省拍卖行业协会上报优秀拍卖企业和优秀拍卖师的材料，需要他回公司签字。

张仲平离开曾真家不到半个小时，曾真就扛着两个大包进了家门，她注意到家里刚搞了卫生，鲜花刚浇过了水，不禁一笑。她故意没有告诉他她今天上午就会回来的事，今天是他的生日，她要准备一番，以便给他一个意外的惊喜。

她出去了一趟，又很快回来了，把一大堆东西搬进了屋里。她把电脑音乐打开，屋子里顿时音乐飞扬。

她在墙上砸着钉子，一不小心砸到了手指头上，疼得"嗷嗷"直叫。她简单地处理好伤口，又开始钉起钉子来。钉好以后，把一幅放大了的巨幅照片的易拉宝挂在了墙上，那张照片曾经出现在她的电脑上，是她和张仲平出席胡海洋擎天柱开工仪式时，在七仙女潭让人抓拍的合照。

曾真欣赏着照片，又把和他合照的另外一些照片贴到了客厅、卧室的墙上，这才把从超市里买来的东西往厨房里拿。

唐雯一直到下午仍在厨房里忙着，这时电话响了，她赶紧出来接了，原来是她们学院的工会主席打来的，告诉她她们家已经被评为学院里的"精神文明之家"了，还要向省里推荐，学院里准备了一些材料，已经发到她邮箱里了，让她有时间看看。

唐雯很谦虚地说："我们家很普通，又没有什么感人的事迹，我看还是算了吧？主席你还是找别的家庭吧，真的。"工会主席说："你上午请假了，这可是全院教职工民主评议的。"唐雯说："那你们也不能搞缺席审判呀！"工会主席说："这怎么能叫缺席审判？你们家确实不错嘛。"

唐雯仔细地想了一下，觉得工会主席的说法也不算夸张。至少，他们在外面的口碑是相当不错的。她准备在生日晚餐上再宣布这个好消息。

张仲平中午临时接待了省高级人民法院执行局的一拨朋友，等吃了饭洗了脚赶到市中院时正好下午四点。张仲平打电话让丛林下来，不久丛林便下来了。

丛林刚上车，唐雯便打通了他的电话，问他能不能早点回家？张仲平看了一眼丛林说："我正和丛林在一块儿呢，什么事呀？"唐雯说："前几天不是跟你说过了吗，今天是你生日，我在菜市场买了点菜，准备让徐艺和辛然一起来咱们家聚一聚。"张仲平说："我的生日不是还有几天吗？"唐雯说："今天是你的阳历生日。"张仲平说："我平时不都是过阴历生日的吗？今天晚上我已经做了别的安排呀，我看还是改过阴历生日算了。"

唐雯急切地说："上午我刚通知了徐艺和辛然，这会儿改时间不好吧？要不，你看看你那边的应酬能不能改个时间？"

张仲平再次看一眼丛林说："生意上的事得迁就别人。我们这些请客的人比被请的人要多得多，供求关系不平衡。请他们吃饭得提前几天预约，他们答应跟你一起吃饭是看得起你、给你面子。所以，我这边肯定改不了时间。"

唐雯说："那怎么办？你跟徐艺之间的误会，应该早点消除，千万别越闹越大啊！"

张仲平说："我知道我知道。我们请客的事是这样，客人答应你了，还不一定来，还得看他们临时有没有更重要的事。要不，就先这样，我这里还有好多事要处理，如果我抽得出时间，我一定回来，好吧？"

唐雯叹口气说："那好吧，有什么变化，你早点告诉我。"

张仲平挂了电话。丛林说："你别告诉我你是为了和我喝茶连自己的生日都不过了。"张仲平说："你以为你是谁呀？告诉你吧，曾真今天下午从地震灾区回来，我能不去见她吗？你知不知道什么叫小别胜新婚？"丛林说："我不猜就知道是这样。算了，我都懒得说你了。可我一直没想明白，你在外面都这样了，唐雯难道就真的一点感觉都没有？她平时也不是这么傻了吧唧的一个人啊？"张仲平说："唐雯一直在学校里待着，单纯。"丛林说："你却无耻地利用她的这种单纯。"张仲平说："哎呀你就别愤青了。什么叫丈夫？丈夫丈夫，一丈之夫。也许唐雯她是想明白了，我在外面的事，只要她不知道，对她来说就是不存在。我只要在她眼皮底下表现得好一点就行了。不然怎么办？真离婚啊？"丛林说："张仲平，瞧你这副嘴脸，还说我是愤青，都是被你这种人给闹的。"

这话刚说完，丛林接了一个电话。张仲平一看他语气神色全不对，忙问他怎么回事？丛林说："茶喝不成了，赶紧调头，送我去珊珊她们学校。"张仲平忙问怎么回事？丛林说："丛珊已经整整一个星期不在学校了。这个华媚，特意在学校旁边租了个房子，怎么连个人都看不住？真是……气死我了。"

等丛林赶到出租屋里，"啪啪"地把门叫开，里面竟是一桌麻将。华媚和其余三个人惊讶地望着闯进来的丛林和张仲平。

丛林问："珊珊呢？"华媚说："珊珊？珊珊不是在学校吗？"丛林说："在学校个屁，你他妈的除了打麻将还能干什么？我可告诉你，她已经整整一个星期没去学校了。"华媚吃了一惊，说："不会吧？怎么会？我可是天天在校门口送她接她。"丛林说："我刚从学校里来，老师亲口跟我说的，还能有假？"华媚真慌了，连说："怎么会这样？怎么会这样？"丛林说："你问我我问谁？到这里租房子，是让你看着珊珊，陪她复习的，你倒好，连个人都看不住。就知道打麻将打麻将，我让你打，我让你打。"丛林说着扬手掀翻了麻将桌。三个麻友一见这阵势，赶紧灰溜溜地溜走了。

出租屋里满地麻将，华媚哭哭啼啼地说："自从租了这间房以后，她每天都是早出晚归的，我负责为她做饭洗衣，哪里想到她会从学校里跑出去？她去学校了，我不打麻将我干吗？你你你……你一进来，不问青红皂白就掀桌子，你这不是打我的脸吗？你叫我今后在这儿怎么混？"

丛林说："你还想怎么混？要是珊珊考不上大学，怎么办？你想让她学你的样，就这样混一辈子？"

华媚说："好呀，姓丛的，你还真来劲了。你怎么什么事都往我身上赖？珊珊这样，能赖我一个人吗？这么多年下来，你在外面，该你管的事你管，不该你管的事你也争着管，你摸着良心说一说，你花在我们娘俩儿身上的时间和精力又有多少？你像个当老公的吗？你像个当爹的吗？"

张仲平赶紧插到两个人中间说："好了，丛林，你少说两句。还是先找到珊珊再说吧。"

丛林走在前面，想当然地去了上次逮着丛珊的那家网吧，却连丛珊的人影也没发现。他有点急了，立即安排华媚和张仲平一起，三个人沿着大街分别进入不同的网吧，拉网式寻找起来。

张仲平原来不知道，进网吧一看，竟然几乎全是痴迷上网的青少年，有些隔段里还有成双成对的少年情侣，一边上网一边卿卿我我。

丛林最先发现了丛珊。她躲在一家网吧最角落里，桌面上堆着方便面盒，正玩"劲舞团"玩得如痴如醉。丛林血往上涌，恨不得立即把丛珊从网吧里提溜出来。但在最后一刻还是忍住了，脸色阴沉地退出网吧，与张仲平、华媚会合，告诉他俩丛珊在里面。

华媚说："那你还不把她叫出来？"丛林说："不行，我们得先想好怎么跟她说。她现在还早出晚归、维护着自己上学的假象，要是把这层窗户纸捅破了，还不知道会怎么样。"张仲平觉得丛林说得有道理，是得考虑孩子的自尊心，千万不能让她破罐破摔。他想了想说："要不然，你们守在这儿，我去把小雨接来。先通过小雨做做珊珊的工作？"

丛林和华媚都觉得这是个好主意。丛林碰了一下张仲平说："有劳你了。"张仲平说："你这是什么话？"刚要转身离开，手机响了，他看了一下上面的号码，向丛林和华媚示意了一下，赶紧躲到一边接了电话。

电话正是曾真打来的，她告诉他自己已经到家了，问他在哪儿。张仲平说："是这样，有个新情况，有个很重要的客人，我请了好久，他一直没时间，巧了，他刚给我电话，说想今晚聚一聚。要不然，我陪朋友吃了饭马上过来，好不好？"曾真明显有些失望地说："啊……是这样啊？"张仲平说："要不……我看能不能让他换个时间？管他重要不重要呢！"

曾真马上说："不好吧？没事，你先和他吃饭，完了再过来，我等着。"张仲平赶紧说："对不起，宝贝儿，我……真的很爱你。"曾真说："你是见过善解人意的没见过这么善解人意的吧？好了好了，你先忙，我挂电话了。"张仲平觉得一股暖流从胸中掠过，说："行，晚上见，我尽量早点过来。"

张仲平接完电话来到等着她的丛林、华媚旁边，两个人都有点奇怪地看着他。张仲平视而不见，对他俩扬扬手说："我去接小雨了。"丛林说："你手头是不是有急事要处理？要不然，你还是先去忙你的吧？"张仲平："没事，我先去接小雨，还有时间。"

没想到张小雨被徐艺接走了。徐艺对替张仲平过生日非常重视。他对辛然说："我这心里头就没想明白，你说姨父他怎么老看我不顺眼？说我抢了他的生意，这个理由应该不能成立吧？全市这么多拍卖公司，怎么就盯着我不放呢？"

他内心里的真实想法没有和辛然说，鲁冰那么个态度，接近颜若水的工作还只做到外围，他这个时候哪里有与张仲平叫板、分庭抗礼的资格和实力？在张仲平面前，他必须韬光养晦、忍辱负重，如果有可能，他甚至还想沾他的光与他再联合拍卖一次。他并非要跟张仲平过不去，做公司，还不就是追求利益的最大化吗？

总之，他要利用这次帮姨父过生日的机会，好好修复一下两个人的关系，为此，他早早地与辛然去了一趟太平盛世购物中心为张仲平买了礼物，又主动到学校接了张小雨。

张仲平没接到张小雨只好跟唐雯打电话，把丛珊的情况说了。唐雯说："现在徐艺辛然和小雨都在家，你什么时候回呀？"张仲平说："我还得去找丛林。至于什么时候回来，现在还定不下来。不是跟你说我今天晚上要请客吗？哪有请人家的客，别人答应了，我主动推掉的？那不是把人家给得罪了吗？我说，今天这个生日，不过了行不行？要不，你们先吃饭，我忙完了再过来？"

唐雯说："为了你这生日我可是忙了一天了。帮你过生日，你这个寿星不在，像怎么一回事嘛！你要请的客人都是些什么人呀？要不然，你再去酒楼买几个菜，把你要请的客人叫到家里来，大家一起吃，怎么样？家宴家宴，现在可是招待客人的最高礼仪。"

张仲平说："那像什么话？不合规矩。我要请的那些客人，都得像大爷一样地供着、伺候着，他们才不会跑到你家里来呢，你以为他们稀罕吃你一顿饭呀？"

"可是，徐艺和辛然已经到了，你不露面，怕也不好吧？我怕你们之间旧的误会没消除，又添了新的误解。"唐雯担心地说。

"我知道我知道。哦，还有，丛林两口子的关系刚好一点，这不，为了珊珊的事，又吵翻了，我还得赶紧去打圆场。"张仲平说的这话倒是真的。

"他们一家子好办，你把他们一起叫到家里来就是了。"

"也没那么好办。现在丛林华媚忧心忡忡的，我真怕他们控制不了自己的情绪。在我们家里，他们可能会很尴尬。"

"那你先去他们那儿吧。不过，我觉得关键是你请的那拨客人，希望他们临时有什么别的安排才好。"

"希望如此。这样，我先去丛林他们那儿看。好好好，我挂电话了。"

张仲平把手机往副驾驶座位上一扔，准备发动车子，一抬头，看到了刚从校园里走出来的侯小平。侯小平刚出校园，原先那几个半大的孩子便围了过来，他很快又被打得趴在地上。

张仲平急忙跳下车，一边叫着一边朝那几个孩子冲过去。那几个孩子立马作鸟兽散。张仲平把侯小平扶起来，拍掉他衣服上的灰尘，问他："这是怎么回事？他们为什么打你？"

侯小平说："没怎么回事，男孩子嘛，打架是很正常的事，我想我能应付。张叔叔，你不准把这事告诉我爸爸。"

张仲平说："那你得告诉我，这到底是怎么回事？那么多人打你一个，而且把你打成这样，一定有原因，快告诉我。看你，都被打出鼻血了，我带你去医院。"

侯小平死活不同意，说他真没什么，他得早点回家，要不然，爸爸妈妈会担心的。张仲平说："你不告诉我原因，不把这件事处理了，他们明天还会纠缠你，还会打你。"侯小平说："这点小事我能应付，真的，张叔叔，你就放心吧。"

张仲平看了一下手机上的时间，说："我还有一件急事要处理，不能送你回家了，我帮你叫辆的士，你直接回家吧。"侯小平说："不用了，坐的士太贵了，我有公交车卡，可以直接坐回家，张叔叔再见。"说完，侯小平转身朝公交车站跑去，很快上了一辆车。

张仲平把车子停在路边，下车走到丛林、华媚旁边说："小雨被徐艺先接走了，今天是我的生日，唐雯邀请你们一家到我们家去吃个便饭。"丛林说："算了，等下抓丛珊的现行，还不知道会出什么状况。我们一家人这么别别扭扭的，别把你们家的快乐气氛破坏了。"华媚遇到事只知道烦躁，说："真是气死我了，这家伙怎么这么不争气。"

张仲平说："事情已经这样了，这个时候最需要的就是冷静，先营造一个轻松愉快的气氛，再好好跟她谈一谈。"他转向丛林说："要不然我和华媚在外面等，你先进去把她叫出来？"

丛林说好，转身就要进网吧，被华媚拦住了："等等，你想好怎么跟她说没有？"

丛林说："还没有呢。嘿，这叫什么事？明明是她不对，还得考虑照顾她的面子，真烦人。"

这个时候华媚还不忘数落丛林，说："你也知道烦人呀？这也到放学的时候了，每天我都到校门口接她，要不这样，你先回去，我还是去校门口等她去。"

张仲平说："这样最好，等丛珊自己回家以后，你们俩慢慢跟她谈，如果需要，再让小雨去你们家，怎么样？"

丛林和华媚直点头。他们谁也没想到，这时丛珊正准备从网吧里出来，她一眼就看到了丛林、华媚和张仲平，连忙缩了回去。

丛林让张仲平先去忙别的，张仲平让华媚先走，他跟丛林有几句话要说。待华媚走了，张仲平说："唐雯要在家里替我过生日，曾真那儿……我又不得不早点过去，你说我怎么办？"

"分身乏术了吧？曾真催你了？"丛林问。

"我跟她说晚上有个重要的客人，她倒是能理解，可她越这样，我越觉得对不起他。那种很依恋、很柔软，同时微微撕裂的感觉，又来了。我得尽快去见她。"

"张仲平，你什么时候才能明白，你该对不起的是唐雯？你们两个……偷情的人，那还不得忍着点儿？敢把事情做得那么理直气壮？好了好了，你别皱眉头，说吧，是不是想要我替你干吗？"

"是。我想了一下，攘外必先安内。我得先回家一趟，跟唐雯、徐艺、辛然还有小雨，打个照面，你呢，找个公用电话，给我家里打个电话，你就当是随便哪个法官，你姓吴，吴法官，反正你得及时把我叫出来。你注意了，你必须变着嗓子说话，千万不能让唐雯听出是你的声音。"

"你想让我给你打掩护、当帮凶？人民法官的名声就是被你这种人弄坏的。亏你想得出来。"

"就像你说的，我这会儿可真是分身无术了，不回家不好，不去曾真那儿也不行，你叫我怎么办？"

"我看你迟早会给累死的。"

"非常时期，特事特办。喏，我可得先走了，我快到家的时候会给你发信息，接到我的信息，你就打电话，这一边，你还得瞒着华媚，听见没有？我跟曾真，能瞒着唐雯，那是故事；哪天穿帮了，可就成事故了。谢了，哥们儿。"

（二）

还是当妈的细心。侯昌平的妻子觉得侯小平这两天好像有点不正常。他连续几天回来得都很晚，一回来就躲在自己的小屋子里，他以前从来不闩门，这几天一进屋就把门插上了，字也有好几天没练了。她一边在厨房里做饭一边问在客厅里看报纸的侯昌平："你说小平他不会是早恋了吧？"

侯昌平说："怎么会？在这方面他像我一样，开窍晚。再说了，这不是才开完家长会？小平各方面都不错，几次受到老师的表扬，应该没什么问题吧。"

他老婆说："可我觉得他这几天有点不正常，你看，这都什么时候了？

他还没回家。平时不早回来了吗？要不然，你下去接接他吧！"

侯昌平得令，马上下楼来到中院宿舍旁边的公共汽车站等待侯小平。公共汽车来了一趟又一趟，一批批乘客下来，就是没有侯小平。

马路上的路灯亮了，侯昌平还真有点急了，他穿过马路，上了去另外一个方向的公交车，他想去学校看看。

张仲平这时已经把车开进了自家小区，他开车入库，停好，坐在车上没动，锁好车，给曾真打了个电话，说："宝贝儿，实在对不起。我到吃饭地方了，你听我说，我只陪他们吃饭，完了马上赶到你那儿。对不起呀，宝贝儿。"曾真说："没事，你先忙吧，反正不管多晚我都等你。"

张仲平挂断电话，又给丛林发了一条信息。不等他回，便把手机的电板取下来，又立即装了上去，这才上楼回家。

张仲平进屋，坐在沙发上看电视的徐艺赶紧起身和他打招呼。徐艺出来自立门户之后，大家各忙各的，互相之间倒是经常听到对方的消息，实际见面的机会并不多。张仲平心里有事，让徐艺先坐，又问："怎么没见辛然呢？"徐艺说："辛然正在厨房里帮姨妈的忙。"

正说着唐雯从厨房里出来，问他："你的手机怎么打不通呀？"张仲平说："不会吧？什么时候？嗯，怎么关机了？这手机也不知道怎么回事，经常自动关机。"唐雯说："还是赶紧换一台吧，多误事呀。你人没到，电话倒追到家里来了，说你的手机无法接通。"张仲平问："谁呀？"唐雯说："有个姓吴的法官找你，他让你赶紧给跟他回个电话。"

张仲平说好好好。他一边假装重装电板，一边对徐艺、辛然点点头，进入书房，关上门。

不一会儿，张仲平从书房里出来，来到厨房，对唐雯说："对不起，我得走。今天晚上我约的就是这个吴法官，他开始答应来，后来又说没时间，这会儿又有时间了。我不能放人家的鸽子。"见唐雯面有难色，张仲平继续说："我知道你担心徐艺和辛然，他们又不是外人，也是做生意的，我跟他们当面解释一下，他们应该能理解。至于我跟徐艺之间的那点事儿，明天不是周末吗？我再专门找个时间和他谈。"

唐雯退而求其次，问他："能不能吃了蛋糕再走？"张仲平早已身在曹营心在汉，说："没时间了，正是下班的时候，路上堵得很，我请人家吃饭，得先到，尤其不能让人家等得太久。"唐雯又问："丛珊那边的情况怎么样了？"张仲平说："丛珊这些天根本就没去学校，一直在网吧里。嗯，小雨呢？哦，还在房间看书呀？这孩子，好样的，省心。哦，对了，等下丛林可能会来电话，到时候你带小雨去他家，不是中院宿舍，是学校旁边的那间出租屋，他们想让小雨跟丛珊谈一谈。要不，我跟小雨去说一下。"张仲平说着进了张小雨房间。

曾真双手托着腮，怔怔地看着桌子上摆放的生日蛋糕。她用一根手指头旋转着桌子上的手机，左三圈右三圈。她这才想起，回来以后忙这忙那，居然到现在还没有吃东西。

张仲平下到车库，刚把手机电板装上，电话就响了起来，正是曾真。她问他："刚才电话为什么不通？"张仲平说："刚才在地下车库，可能信号不太好。是这样，我刚跟客人见了面，把他们安顿好了，正往你那儿赶。你担心我会怠慢他们？不会吧？我想清楚了，我就是怠慢了他们，也不能惹你不高兴呀！你知道吗？我太想见到你了，真恨不得直接把车子开到你楼上去。"

安抚好了曾真，张仲平又给丛林打了个电话，对他表示感谢，又问珊珊情况怎么样了？丛林告诉她，珊珊根本没回学校，从网吧后门跑了。张仲平一时无语，他挂了丛林的电话，把手机住副驾驶座位上一扔，深深地叹了一口气。

到了曾真家门外，张仲平用钥匙却开不了门，门被反锁上了，张仲平只好用手叩门。曾真从里面把门打开，却只开了一条缝："听我的话，把眼睛闭起来。"

张仲平问："干吗？"

曾真说："等下你就知道了。听好了，没有我的命令不准睁开。"

张仲平把眼睛闭起来，曾真把手伸给他，牵着他的双手进了屋，她用脚把门砰地关上，又引导他慢慢地往房子中间走，嘴里喊着："向左……向右……抬脚……好啦，站着别动……好了，现在把你的眼睛睁开吧！"两个人手牵手站在客厅中间。

屋顶上吊着彩灯，地板上撒着玫瑰花花瓣，一圈排成心形的小红蜡烛，把他们圈在中间。张仲平不禁"啊"了一声。曾真说："啊什么呀？写诗呀？"张仲平说："不是不是，什么事呀，这么隆重？要隆重也应该是隆重的为你接风洗尘。"曾真说："你真的不知道今天是个好日子？祝你生日快乐。"

张仲平说："你也祝我生日快乐？你怎么知道今天是我的生日？"曾真

说："我是国家安全局的，你不知道呀？行了，别发呆了，你还真以为我是间谍呀？我看了你的身份证。我运气好，能从地震灾区赶回来给你过生日。怎么，你把自己的生日都给忘了？"张仲平说："哦，身份证上是我阳历生日，其实，我一直过的是阴历生日。"曾真说："没问题，阴历生日时再给你过一次，保证让你满意。"

张仲平笑了笑，感慨道："天天盼着过生日的只有两种人，一种是孩子，因为可以得到很多礼物，还有一种是老人，因为有机会和子女团聚。你希望我是老人还是孩子？"

曾真说："我只希望你快乐、开心。以后每年我都要给你过生日，每年都不一样，都要让你开开心心的，哦，当然不止是生日这一天，我要让我们的每一天都开开心心的。"

张仲平紧紧地抱着她说："谢谢你，宝贝儿，我这会儿很快乐，很开心。嗯，这照片是怎么回事？这不是在擎天柱七仙女溪吗？"

"是呀，我找人拍的。"

"你找人拍的？你舅公司的人？"

"我哪敢。我朋友，来，你看，这里还有。"

曾真把张仲平拉到卧室，里面挂了各种各样的两个人的合影，都是偷拍的。

"好看吗？"曾真问。

"好看。可是……"

"嘘，先别可是，从今天开始，我白天进屋就可以这样发感慨，哇，谁家的姑娘这么漂亮呀？到了晚上，我也可以放心睡觉，因为有你站在门口辟邪。瞧，你多丑呀，难看死了。小鬼小偷都会被你吓住。"

"不不不，这照片你……到底什么意思呀？"

"傻瓜，我的意思是说，每天我只要一睁开眼睛就能看到你，我会觉得你每时每刻都在我身边。"

"可是，你朋友……不就知道咱们的事了吗？"

"没关系，她是我死党，会替我保密的，怎么，你害怕了？"

"我是替你担心，你是电视台的记者，是公众人物，你不怕别人炒你的绯闻呀？"

"我才不怕呢！你还没告诉我呢，你怕不怕？说真话。算了算了，不逼你了。威逼之下，必生谎言，来，现在，你搂着我，让我们跳舞吧！"

"跳舞？"

"是呀，就像一首诗写的，让我们跳舞吧，像没有人在看一样。"

"你说的是阿尔弗雷德神父的诗吧？让我们跳舞吧，像没有人在看一样；让我们唱歌吧，像没有人在听一样；让我们相爱吧，像永远不会受伤一样；让我们工作吧，像不需要钱一样；让我们生活吧，像今天是世界末日一样……"

"哇，我爱死你了，你连这个也知道。"

"诗的主旨是告诉人们，要更加珍惜那些可以与别人共同度过的时光，不要等待，没有通往快乐的道路，因为快乐本身就是道路，是一段旅程，而不是终点。"

"是的，这也是我这次去地震灾区采访的最大感受，珍爱生命，珍惜身边相亲相爱的人。"

曾真深情地望着他，双眼既噙着泪花又满是欲望的火焰，张仲平只觉得一股暖流在浑身奔涌，抱着她狂吻起来，曾真回应着他，两个人急不可待地很快互相扒掉了对方身上所有的衣物……

下班高峰期还没有过去，公共汽车上拥挤不堪。侯昌平发现几个少年小偷正围着一个妇女行窃，那个妇女浑然不知。侯昌平使劲咳嗽，终于引起了她的注意，她捂着包躲开了。那几个小偷朝侯昌平围过来，其他乘客视而不见，有的更是朝车头车尾挪去，只把那伙人和侯昌平留在车子中间。

正是曾经欺负过侯小平的那几个半大小伙子。侯昌平一一正视着他们，他们似乎被镇住了，也不敢轻举妄动。侯昌平在校门口的公共汽车站下了车。那几个小伙子也尾随着下了车。

侯昌平很快发现被跟踪了。在一个拐角处，侯昌平突然回头堵住了他们："好了，站着别动。你们是这个学校的学生吗？"

长得又瘦又高的那位说："关你什么事？你是皮痒了吧？"

侯昌平说："你们偷东西被我看到了，就关我的事。"

脑袋剃得精光的小伙子说："你是谁呀？你以为你是谁呀？"

侯昌平说："我是谁不重要，小伙子，你们还年轻，人生的路还很长，学坏容易学好难，可一旦学坏，你们就会毁了自己的人生。"

胖胖的那位说："我们的人生关你屁事。"

侯昌平说："小伙子，不能这么说话。想一想，要是你们的父母知道你们在外面做这些事，该多么失望、多么伤心呀，你们应该好好儿读书。"

长得又瘦又高的那位说："你挺能说的嘛，你是易中天啊，还是于丹呀？"

脑袋剃得精光的小伙子说："少跟他啰唆。"

这时，胖胖的那位趁侯昌平不注意，悄悄绕到侯昌平身后，突然捡起一块红砖朝他头顶上拍去，侯昌平跟跄倒地。长得又瘦又高的那位问："你干吗？"胖胖的那位说："干吗？我认出他来了，拍卖我们家房子、车子的，就是他。"脑袋剃得精光的小伙子说："真的？你认准了？"胖胖的那位说："错不了。他就是烧成灰我也认得。"长得又瘦又高的那位说："可是，你下手太重了，他……好像死了。"胖胖的那位说："死……死了，不会吧？好像真的死了，呀，他怎么这么不经打？哥几个，快跑，快点离开这儿。"

这是一个没有寿星参加的生日宴，唐雯好像是自己做错了什么而觉得很对不起徐艺和辛然似的，对他们两个特别热情客气。这让徐艺内心里有点不是滋味，离开张仲平家后，他问辛然有没有发现今天的情况有点不正常？辛然问他指的是什么？徐艺说："我指的是姨父今天的表现，包括那个电话，我就不认识一个什么姓吴的法官。"辛然反驳说："你不认识并不代表没有这个人。"徐艺说："说得有理，可是，我在姨父公司工作了那么久，他认识的市中院和省高院的人，我基本上也都认识。如果是区法院的案子，一般都比较小，犯不着姨父亲自出马，连自己的生日都不过了。还有，姨父一般不会把家里的电话随便告诉别人，偏偏这个吴法官知道他家里的电话，而且他的手机正好又接不通，你觉得这正常吗？预感告诉我，他今天的行为举止有点不正常。"

唐雯其实也有同样的感觉，当张小雨和徐艺、辛然他们走后，她忍不住拿起座机电话查看了一下通话记录。按电话号码的组合规律，应该属于小雨他们学校附近，她好奇地把电话回拨了过去，通了，她说："请找一下吴法官。"里面一个女人说："谁是吴法官？这里是公用电话。"唐雯赶紧说："对不起。"把电话挂了，不禁陷入了沉思。

（三）

激情过后，曾真仍然紧紧地搂着张仲平。她真希望时光就这样静止了。这会儿她特别兴奋。有一种跑到哪里去疯去野、大吵大闹、彻底释放自己的强烈冲动。可她又想这样静静地与他肉贴肉、心贴心地待在一起。

张仲平一直安安静静地想着，突然肚子里咕咕地叫了起来，这才想起两个人都还没有吃东西。他问曾真："饿不饿？"她说："开始饿，现在不饿了。不过，红酒是要喝的，蛋糕也是要吃的，我还准备了燕麦饭，我们不能光要爱情，我们也要现实一点，对不对？"

曾真光溜溜地下床，打开电脑，屋子里立即响起"生日歌"的旋律。张仲平也爬起来，从后面轻轻地环抱着她，他把头轻轻地搁在她肩膀上，两只手柔软地轻抚着她那光洁如凝脂似的小腹。她先打开了一支法国原产普吉奥城堡百宝艺术红葡萄酒，又在生日蛋糕上插上了蜡烛。他看她做着这一切，既不说话也不帮她，好像他这会儿唯一的任务，就是亲密而熨贴地和她黏在一起。

曾真说："好了，现在，许个愿吧！"

张仲平松开曾真，双手合十，躬腰，许愿，和曾真一起把蜡烛吹灭，屋子里淡淡的青烟缭绕。

曾真问他："许了个什么愿？"张仲平朝她一笑说："我可以暂时不告诉你吗？我要把它先埋藏在心底里，让它生根发芽长叶开花结果……"

曾真点点头，似乎理解了他的用心，她把嘟着的嘴朝他伸过去，在他的嘴唇上嗑了一下，她让他等等，说："我给你准备了一份生日礼物。"

那是一对情侣表，曾真先给张仲平戴，然后又替自己戴上，把两只手腕凑在一块儿，欣赏着。问他喜欢吗？希望他一直戴着它。

曾真提议去热舞吧，她要把他的生日过得尽可能丰富多彩。张仲平说："好呀！"他很快穿好了衣服，又把窗户打开了，拧了一条湿毛巾，在空中飞舞着，驱散着蜡烛残留在空气中的气味。

热舞吧人头攒动，音乐震耳欲聋。舞台上模特儿在走猫步。歌手用尖锐的嗓音唱歌。张仲平和曾真紧紧地相拥着一起跳舞。

突然，张仲平意外地见到了一个长得极像丛珊的人，他停止了动作。曾真顺着他的眼光看，也看到了那个女孩子。曾真娇嗔地说："看什么看？没见过美女呀？"张仲平说："好像是丛珊。"

曾真说："丛珊？你还别说，是有点像。嗯，她不是要参加高考了吗？怎么会来这儿？"张仲平说："我先过去看看，等下再跟你说。"

张仲平独自向那个女孩靠近，但她转眼就消失了。曾真跟了过来，问他:"是不是看错人了?"

张仲平说:"不会,我得打电话给丛林。这孩子,她爸她妈正到处找她,都快急死了。"

那个女孩正是丛珊,她显然也发现了张仲平和曾真。她躲开了他俩,却并没有走远,而是先躲在阴暗处,死死地盯着他俩。张仲平和曾真来到热舞吧外面的大街上,掏出手机给丛林打了电话。

丛珊回避着他们,溜到街对面路边的电话亭,给张小雨打了电话,她知道张小雨已经磨得让她妈买了手机。

张小雨在教室里复习,她的手机调到震动,响了,一看是个陌生的号码便把它按掉。过一会儿,手机又响了,又被她再次按掉。到手机第三次响起的时候,她偷偷地看了坐在讲台上的新班主任,起身偷偷溜出了教室。

丛珊打来的电话让张小雨吃了一惊,她顾不上向老师请假,打了个的士,直奔热舞吧而去。

热舞吧外面,张仲平对曾真说,丛林两口子正往这儿赶,我得在这里等他们。

曾真自然听懂了他的潜台词,嘟哝道:"你希望我回避一下?"张仲平说:"你刚从地震灾区回来,是不是很累?"曾真说:"你是不是希望我说累?然后你再顺便说,要不然,你先回家休息吧?是不是?问题是,我不累。"张仲平说:"你是说你想留在这儿跳舞?"曾真说:"这里可是发生一夜情概率最高的地方,把我一个人丢在这儿,你放心呀?"张仲平说自然不放心。曾真说:"就是,仲平,我就想跟你在一块儿。"张仲平面露为难之色说:"可是……"曾真打断他说:"你别说了。讨厌。这个晚上,不可能就这么没了吧?"张仲平说:"丛林倒没什么,他那老婆,舌头特别长,跟唐雯关系还挺好的,我怕……"曾真说:"我不是主动提出来要求回避的吗?放心吧,该离开的时候我会闪的,你说,我是不是很乖?"张仲平说:"对不起,宝贝儿。"曾真说:"还知道对不起呀?算你的良心没有大大地坏了。等下,你还去我那儿吗?"张仲平说:"要是早就去,要是太晚了,就不去了。看明天吧。"曾真说:"明天是星期六,后天是星期天,你又要在家里待着,又有两天看不到你,好讨厌的。"张仲平说:"要不……你就在这里多待一会儿,丛林到了,会打我电话的,到时候你再走。"

曾真不禁张开双臂把张仲平紧紧地拥在怀里,她说:"不知道为什么,我今天晚上特别想跟你在一起。"张仲平说："我也是，我也想尽可能多地跟你待在一起。"曾真说："仲平你知道吗？我爱你，很爱很爱你。你也爱我，是不是？"张仲平说："是。"曾真说："那好吧，现在抱抱我……我还是先走吧，万一被丛林他老婆看到，会给你惹麻烦的，我可不想这样。"

张小雨已经比丛林他们先到了热舞吧。丛珊躲在热舞吧对面的电话亭后面，眼睛一直紧盯着大街，见张小雨下了的士，忙迎着她走去，两个人边说话边往热舞吧门口走去。

曾真已经松开了张仲平，和他一起朝热舞吧外面走去，就在这时候，他们碰上了来堵他俩的张小雨和丛珊。

张仲平猛地一惊，却很快镇静下来，抢前一步跟张小雨和丛珊打招呼，问她们怎么来了？曾真显然也有点慌乱，也问她们怎么也来跳舞了？没想到丛珊和张小雨把头一扭，对他们两个不予理睬。

曾真立即转向张仲平说："哦，张总，那就谢谢你了。我还有点事，先走了，再见。"张仲平配合着说："曾大记者，再见。"曾真说："小雨、珊珊，再见。"想不到丛珊、张小雨仍然不理睬她，她只好扬手打了一辆的士，乘车而去。

张仲平刚要对张小雨和丛珊说什么，却发现丛珊突然转身朝前跑去。张仲平喊她，让她别跑，刚要去追，这才发现丛林和华媚也已经到了热舞吧。

丛珊是因为见到了丛林、华媚才想着要跑的。丛林边喊着"珊珊"边朝丛珊追过去，华媚跟在后面。谁也没想到，一辆迎面开过来的电动车把丛林撞倒了。

华媚大叫一声朝丛林扑过去，她一边拉已被撞倒在地上的丛林，一边喊珊珊："你爸被车撞了，你还要跑到哪儿去？"

丛珊在前面不远的地方停下来，回头看着倒在地上的丛林，似乎在犹豫要不要过来。张仲平和张小雨急忙朝丛林跑过去。张小雨对丛珊叫道："珊珊！快过来看看你爸。"

华媚弯腰搀扶着丛林，丛林艰难地自己爬了起来，嘴里喊着丛珊。丛珊一扭头，又朝前跑去。撞了人的电动车司机见状，飞快地骑上车子跑了。

张小雨顾不了其他，把张仲平拉到一边，质问道："你今天没在家里过生日，就是为了跟这女的在一起？"

"说什么呢？当然不是。"张仲平做出一副理直气壮的样子。

"不是？那你对刚才的事，怎么解释？"

"我跟她在一起是谈生意，她舅是大老板，是我的客户。"

"是吗？为什么在热舞吧谈生意？这里是谈生意的地方吗？"

"因为……因为他舅是做酒生意的，热舞吧里不是卖酒吗？我们在考察市场。"

"她考察市场为什么要扯上你？你们到底是什么关系？张仲平，你麻烦了，这事儿，你是准备跟我解释还是准备跟我妈解释？"

"小雨，你怎么这么和爸爸说话？我刚才已经跟你说了，我们是在谈事。"

"在酒吧里边跳舞边谈事？张仲平，你哄小孩哪？"

见张小雨仍然用一副不依不饶的表情望着自己，张仲平知道，这件事情必须尽快在他与她之间解决，只有这样，才能不让唐雯知道一点消息、产生一点怀疑。他见刚才吼张小雨没有一点效果，便赶紧改换策略，尽可能用坦诚的目光望着张小雨撒谎说："实际上，去酒吧的不止是我跟曾记者两个人，还有另外两个人，曾真的舅舅胡总和他在法院工作的一位朋友。我们之所以被丛珊看到，是因为我先看到丛珊，让曾记者一起帮我去找她，这才被你们撞见的。如果我跟曾记者真有什么事，她会那么张扬吗？她早就躲开了。"

见张小雨不说话，张仲平继续说："小雨，大人的事情你不了解。曾记者的舅舅胡总是我们公司的一个大买家，可以这么说，我要想做成生意，就得求着他。还有，谈事什么地方都能谈。做生意，真正跟生意有关的话，没几句，关键是要把气氛和关系搞好。你以为我想来酒吧这种地方吗？可人家要来这儿，爸爸就得陪着，这事爸爸还不想告诉妈妈，因为怕妈妈误会。"

张小雨说："你要是心里没鬼，为什么不能跟妈妈说？"

张仲平耐着性子说："要放在平时，这事完全可以告诉你妈妈，可最近……不行，你妈这个年龄，猜忌多疑，干吗要拿一件捕风捉影的事去烦她呢？这事，你对爸爸的信任是最重要的。当然，如果你坚持要我跟妈妈说，也不怕妈妈误会爸爸，我们现在就回去和妈妈说。"

张小雨想了想说："不用了，我不想你们吵架。不过，你要发誓，你跟那个曾记者，真的真的没什么事。"

张仲平说："我发誓，我绝不会让你让你妈妈受到伤害。你不信，我现在就带你进去见曾真她舅。"

这话是冲口而出的，是他在虚张声势。见张小雨不嫌麻烦，真要跟他进去，张仲平倒心里发虚了，他脑子反应很快，立即改口说："不行，你不能进去，里面乌烟瘴气的，看到了不好。你如果真的不相信爸爸，你待在这儿别动，我进去把曾记者她舅叫出来，跟你打个招呼，行不行？"

　　张小雨点了点头。

　　这倒是真给张仲平出了个难题，也可以说这难题是他自找的。他不想伤害女儿，就一定要维护自己在她心目中的形象。只有她完全相信了他，才有可能真正瞒住唐雯。

　　可他怎么能在酒吧里把胡海洋找出来呢？

　　这倒不是难事，张小雨以前没见过胡海洋，从酒吧里找个与他年龄、体貌特征相仿的男人并不难。有个段子说，男人最爱去两个地方，一个是能挣钱的地方，一个是老婆不在的地方。为了家庭的稳定，说服这个男人临时当一下替身也不难，男人不就得互相打掩护吗？以后不让张小雨见到胡海洋就是了。

　　张仲平还真的从酒吧里拽出来了这样一个男人，他喝得显然有点多了，不过还是按张仲平的意思做了自我介绍，甚至还与张小雨握了握手。

　　这样折腾了一番，张小雨似乎有点相信了。张仲平暗自庆幸自己脑子好使，同时庆幸张小雨没有自己那么老奸巨猾。把那男人送回了酒吧，张仲平对张小雨说："小雨，你看到了吧？爸爸在外面做生意，劳心劳力，不容易啊！可为了你和你妈，我愿意，因为我是爱你妈妈的，也是爱你的。你必须相信，爸爸不是那种人，懂吗？"

　　张仲平这是在睁着眼睛说瞎话。也许不完全是瞎话，他不爱唐雯吗？他不爱张小雨吗？至少，无论如何，他必须彻底打消张小雨对他和曾真关系的怀疑，这是他的一种本能反应。

　　张小雨点点头说："我当然相信你不会在外面找外遇，你不会那么没良心。"

　　张仲平和张小雨很快和丛林两口子聚到了一块儿。丛林裤子膝盖处被摩擦出一个洞，腿有点瘸。大家都让他先去医院看一下。丛林说："没事。"他很懊悔怎么又让丛珊跑了。

　　张小雨说："丛叔叔，我觉得这样对丛珊围追堵截并不能从根本上解决问题，得想别的办法。"

张仲平问她："你有什么好主意？"张小雨说："我暂时也没有什么好主意。不过，与其想办法找到她，不如先联系上她。丛珊待会儿会去哪儿？应该还是会去网吧，但她知道咱们在找她，肯定会跑到很远很偏的地方去上网。咱们市里有多少家网吧？成千上万，谁知道她会去哪一家？如果是一家一家地找，不等于是大海捞针吗？我有她的QQ号码，只要她上QQ，我就能联系到她。如果能找到公安局的朋友，通过IP地址，就能找出她的准确位置。"

张仲平心头涌起一阵惊喜，欣赏地看了张小雨一眼——现在的小孩子，懂的东西实在是太多了。

丛林点点头说："那我们快去找一家网吧，起码得先知道她是安全的。"张小雨说："没那么快。丛珊刚从这儿跑掉，不会那么快进网吧的。我看您还是先把自己的伤处理一下吧。"华媚忍不住赞道："小雨，你怎么就这么懂事？"张小雨说："华阿姨，其实你们不知道，珊珊也是很优秀的。"

后来在网吧里，张小雨和丛珊聊上了，丛珊说："你让我爸我妈放心，我在江湖上有些恩怨没了，等了了，就回家回学校高考。"这话说得三个大人云里雾里的，丛林与华媚面面相觑，忙让张小雨问她是怎么回事，丛珊那边却隐身了。

丛林见时间不早了，便让张仲平和张小雨先回去。张仲平见一时也帮不上什么忙，便说："好的。"他和张小雨朝停车场的车子走过去，在张小雨绕到车头那边去开车门时，偷偷摘下左腕上的手表，揣到了汽车坐垫底下。

张仲平开车经过校园围墙外的大街时，看到很多人在围观，张仲平边按喇叭边缓慢地通过。张小雨从上车后便一直没有说话，一直扭头看着外面。张仲平问："出什么事了？"张小雨说："谁知道？中国人就喜欢看热闹。"

话音刚落，很快响起了110和120的鸣笛声。

（四）

回到自己家车库准备下车的时候，张小雨突然说："丛珊也许就是这阵子被心魔占领了，说不定哪天早上醒来就好了。"张仲平问："什么心魔？"张小雨说："我们每个人心中不都有一个心魔吗？就住在天使的隔壁，天使在睡觉的时候它就出来做坏事，让人整个儿就像疯了似的，我说得对吧，爸爸？"

张仲平心里有鬼，便觉得张小雨说的话似乎总在旁敲侧击，他伸手摸摸张小雨的头说:"你说得对,回家以后早点睡,明天不得一早去学校吗?我送你。"

唐雯有点奇怪张小雨怎么和张仲平一起回家了,不是应该在学校晚自习吗?张仲平抢着说是丛林请小雨去找丛珊的。这事他跟唐雯提过,她也就没多问。

张小雨说:"丛珊担心她爸爸妈妈不要她了,他们老是吵着闹着要离婚,你们想一想,他们真要离婚了,丛珊跟谁呀?"张仲平望了一眼张小雨,心里掠过一阵怪异的感觉,却不知道该说什么。唐雯说:"你仔细说说,丛珊到底怎么啦?"张小雨说:"珊珊所有的事情都是因为和赵老师的矛盾引起的,加上丛叔叔和华阿姨老别扭着,让她感受不到家庭的温暖、没有安全感、觉得生活特没有意思。她最近迷上玩'劲舞团'了,你们知道吗?玩'劲舞团'就像是一个江湖,里面的人会分成一派一派的,互相 PK,谁级别高就能称王称霸。"唐雯说:"什么称王称霸?有那么险恶吗?"张小雨说:"具体的事我也说不太清楚。反正好复杂的,珊珊身陷其中,既找到了安慰,又有点身不由己。"

张仲平说:"你们现在是学生,主要任务就是学习,哪里有那么多江湖?哪里有那么多身不由己?"张小雨说:"爸,你也不要以为我们什么都不知道,就那么好糊弄。人在江湖指的是有人的地方就有江湖,身不由己是指做人有时很无奈,有时要讲假话做违心的事,对不对?"

张仲平正斟酌着该怎么回答,唐雯抢过话头说:"你是不是讲假话做违心的事了?"张仲平忙对小雨说:"社会是复杂的,一两句话讲不清楚。我们不过是想告诉你,你要了解社会,需要好多时间和机会,至于这段时间,你只有一个任务,就是全心全意、一心一意备战高考,其他的什么都不要多想,也不要跟着瞎掺和,明白吗?"

唐雯见张小雨嘟着嘴,怕张仲平的话太重了,便说:"跟珊珊比,我们家小雨还是很懂事、很乖的。"张小雨说:"就是嘛,到目前为止,我的表现还是可以的,不过,今后怎么样,就不知道了,是不是呀,爸爸?"张仲平心又吊了起来,说:"你当然得一如既往的懂事和乖。"唐雯说:"小雨从小就没让我们操什么心。"张小雨说:"这话我爱听,妈妈,说说我小时候的事吧。"张仲平说:"要不你们娘儿俩先聊着,我先去洗澡了。"张小雨说:"干吗呀,爸爸?你就多坐一会儿吧,万一妈妈不记得了,你还可以补充嘛。"唐雯说："就是,我们一家三口难得有这样的机会,你就坐下来陪陪小雨吧!"张仲平只好在张小雨床上坐了下来。

张小雨说："现在开始说吧!嗯,从多小的时候说起呢?是不是又该从幼儿园的时候说起了?以前的事我还真不记得了。"唐雯想了想,看了一眼张仲平,说："今天可以从你出生的时候说起。"张仲平说："这得好好跟小雨说说,你妈是难产,从开始阵痛,到把你生下来,花了整整一天一夜,差不多四十八个小时。你妈可真是遭罪,疼得晕厥了好几次。"唐雯说:"你爸也是心急如焚,他一直坐在床边抓住我的手,后来医生、护士告诉我,我晕一次他就流一次眼泪。"张仲平说："哪有?我那会儿是感冒了,伤风感冒,鼻塞流眼泪。"张小雨说："爸你就别不好意思了,让妈妈说。"唐雯说："开始发作的时候我那个疼呀,抓着你爸的胳膊怎么也不肯松,把他的胳膊都掐出了好几道好深好深的指甲印。可我那会儿哪知道呀?一点儿不知道。你爸这傻瓜,也不叫,就让我抓,直到医生决定剖宫产,我被推进手术室,我的手才被医生护士强行掰开。"张小雨问："后来呢?"张仲平说："后来就把你生下来了呗。"张小雨说："所以,爸爸,你可要好好珍惜妈妈和我哦。"张仲平说："对对对,你说得太对了。你和你妈,是我心中的宝,一个是大宝一个是小宝,大宝天天见,小宝每周见。不过,今天已经太晚了,我看你还是早点睡吧!"

张小雨说："我不,我睡不着,咱们再聊聊嘛!"

唐雯破例没有反对,拉着小雨的手说："你提前两个星期出生,算早产,可难带了。三天两头闹病,那个时候你爸爸也还在学校工作,我俩工资都不高,房子又小,就一单间,也请不起保姆,你爷爷奶奶年岁大了,外公外婆那时还没退休,也帮不了什么忙,我们两个人带你,都不知道是怎么过来的。"

张小雨问："我爸替我洗过尿布没有?"

唐雯说："哪里只洗尿布?洗尿布,晚上冲牛奶、把屎把尿的,上医院打针,喂你吃药,买菜做饭,什么都干。"

张小雨说："难怪我爸炒的菜那么好吃,原来还有我一份功劳。"张仲平说："关你什么事儿呀?"张小雨说："不是我给你提供了下厨房锻炼的机会吗?"张仲平一笑说："其实,你妈更不容易。你身体好的时候还行,一旦生病,就整夜整夜地不睡觉,不停地哭、不停地闹。你妈为了能让我睡个好觉,就赶我到同事家里去借宿,我不忍心让她一个人带你,又实在熬不住，怎么办？为此还和你妈吵过架。唉，你是不知道，那时候连给喂你安眠药的念头都有了。"张小雨说："还好，没产生一把掐死我的邪恶念头。"

唐雯摸着小雨的头说："傻瓜，你爸疼都疼死你了，哪里会动这个念头？"

张仲平叹了一口气道："后来我下海，其中一个最大的原因，就是想多挣钱，让你和你妈过上好日子。"

张小雨说："你下海了，也赚钱了，是不是就像童话故事说的，我们从此过上了幸福的生活？"

张仲平想了想说："幸福是一种主观感觉，是一种心态。睡得着，想得开，拿得起，放得下，吃得下，拉得出，一个人要能做到这个样子，离幸福也就不远了。"他觉得这话对一个中学生来说可能有点老气横秋，便马上补充道，"当然，每个人对幸福的理解都不一样。我们可以听听你妈的意见。"

唐雯本来就有话要说，见被点将，便说："有时候付出就是一种幸福，比如说，爸爸妈妈辛勤工作，很大一部分是为了子女，子女出息了，他们也就觉得幸福了。"张仲平马上说："你妈说得对，可怜天下父母心呀！"唐雯说："小雨，你觉得自己幸福吗？"

张小雨歪着头想了想说："说实话，我真的很少有时间想这个问题，让我现在想想，嗯，我觉得还行吧。特别是跟珊珊比。我觉得，珊珊最近有点嫉妒我，好像有点……心理不平衡。"

张仲平迅速地与唐雯交换了一下眼神说："人有时候不快乐，有个主要的原因，就是跟人比较。小雨，爸爸最欣赏你的是什么你知道吗？那就是你有一种很阳光的心态。你要多帮助珊珊，让珊珊也跟着开心快乐。"

张小雨说："什么叫有一种很阳光的心态？爸爸，你是说我傻吧？总是很轻易地相信别人。"

张仲平很想说，这个社会很复杂，人也很复杂，你看到的东西不一定是真的，你没看到的东西不一定不存在。做人还是要越简单越好。想一想，这说法本身就够玄了，可以留给她今后去感悟。再说了，这话总有一点不打自招的意味，便罢了，只说："做人要有四种境界，一是把别人当自己，一是把自己当别人，三是把别人当别人，四是把自己当自己。相信别人并没有什么不好，只有自立的人、自信的人，才能敢于相信别人，才能善于相信别人，你妈妈就是这样。"

唐雯说："干吗拍起我的马屁来了？我是不是应该提高警惕了呢？"

张仲平赶紧说："没有没有，我心里就是这样想的呀！"张小雨说："那……妈妈你……觉得幸福吗？"唐雯想了想说："我……觉得也还行吧。"张小雨又问："爸爸你呢？"张仲平说："也还行。"

张小雨不禁大声嚷嚷起来："你们怎么回事呀？什么叫也还行？那不是凑凑合合的意思吗？"

张仲平一愣，好像被张小雨一句话揭开了某种生活的真实似的，他再次望唐雯一眼，马上一笑，说："谁先说还行的？不是你吗？我们可都是跟你学的。"

张小雨说："我吗？真是我先说的吗？哦，那只是我的口头禅罢了。"

唐雯说："说到这里，正好有个事向你们通报一下，我们家被学院工会推选为'精神文明之家'了。"张小雨问："什么是'精神文明之家'？"唐雯说："我没有参加会议，也搞不太清楚，大概跟过去的'五好家庭''模范家庭'类似，是精神文明建设的一个项目吧，听说还要推荐到省里去，说不定还要上电视呢。"

张仲平忍不住道："我们家……用不着出这种风头吧？"

唐雯说："不是我想出这种风头，是院里的老师要么夫妻离婚，要么婆媳关系紧张，选来选去，就选到我们家了。你可不要怪我，我后来一直在推辞，没推掉。"

张小雨说："我觉得挺好呀！妈妈相夫教子，爸爸下海经商，有钱了也没变坏。而且，你们两个人一直相亲相爱，相濡以沫，是可以堪称模范嘛。唐雯同学、张仲平同学，好好珍惜党和人民即将给你们的崇高荣誉吧！"

唐雯说："去去去，油腔滑调的，时间不早了，快去睡觉，明天还要去学校呢！"

张仲平唐雯与张小雨道声晚安，很快就进了自己的房间，两口子也各自洗洗准备睡了。张仲平先上床，唐雯说："徐艺和辛然给你买的生日礼物，我还没拿给你看呢，猜猜看，会是什么？"张仲平明显兴致不高，又不想被唐雯看出来，便望着她摇了摇头。唐雯已经把那礼品盒递到了张仲平手上，他打开一看，见是一对情侣表，而且跟曾真送给他的一模一样，心里一惊，嘴里却哈哈大笑起来。唐雯问他："笑什么？"张仲平说："徐艺脑子真好使，他给我送礼，还没忘记孝敬你。不过，小情人之间才兴送这个。知道为什么吗？因为这手表就像手铐，象征意义很明显，就是想把对方铐起来，不让他跑掉。"唐雯也笑了："这么说徐艺买这东西还真用了心思。那你说，他是希望你把我铐起来呢，还是希望我把你铐起来呢？"张仲平知道这问题不能随便回答，便说："他是希望我们不分彼此，永结同心。"唐雯点了点头说："为了不辜负他的希望，你我还得戴上它。"张仲平说："那当然那当然。"

唐雯戴上手表，把手伸到张仲平面前让他瞧瞧，脸上满是喜悦之色，嘴里却说："其实，我并不喜欢手表。因为它会提醒我，时间一分一秒地过去，再也不会回来，而我，也就在一分一秒地变老。"张仲平也把手表戴上试了试，说："你也太伤感了吧？谁能不变老呀？这是自然规律。"唐雯说："我知道这是自然规律，可女人往往比男人更难直面这个问题。"张仲平说："你怕什么呀？你是一个那么自立、自信的人，还怕我移情别恋呀？"唐雯说："谁知道你？你说这手表像手铐，可它能锁住什么？什么都锁不住。"

张仲平顺着唐雯说："你说得对，革命靠自觉，捆绑不成夫妻，好在你老公还算是一个自觉爱你、爱家的人。"唐雯斜他一眼道："是吗？"张仲平心里扑通一跳，壮起胆子迎着唐雯的目光，反问道："不是吗？你难道不相信？"唐雯说："我相信，或者说，我愿意相信。唉，据说年轻人和老年人的差别在于，前者向往未来，后者则是花很多时间回忆过去。我最近就老是回忆过去。"张仲平说："是不是呀？都回忆到什么时候了？是幼儿园的时候还是咱们下放的时候？"唐雯说："倒没有那么远，就是小雨两三岁、你刚刚下海的那会儿。"

张仲平把手表取下来，放在床头柜上，叹了一口气道："那几年日子过得苦，多亏了你呀。"唐雯说："是呀，你开始做钢材生意，几个朋友一起凑本钱，我们又没什么积蓄，只好找亲戚朋友借。还没开始赚钱，房地产调控开始了，钢材压货跌价，不值钱了，债主却开始上门了，那个惨劲儿，现在想起来真的都不知道怎么过来的。"张仲平说："我不敢待在家里，只好长期躲在外面。"唐雯说："可是，你能躲，我不能躲，我没有地方躲，我也不想躲。俗话说，跑得了和尚跑不了庙，我就是你的庙。如果连庙都没了，那些债主还不满世界找你呀？那时候拿命抵债的事、被债主逼得上吊跳楼的事，经常发生，甚至一只手多少钱、一条腿多少钱，都是明码标价的。你是不知道，那时晚上一有人敲门，我就紧张，浑身直哆嗦，怕呀，自己怕还怕吓着小雨。那时候，我还不到三十岁，可是，那三四年，我硬是没有买过一件新衣服。家里几乎没有一件电器，因为结婚时的彩电、冰箱、包括电风扇，都被人家搬走抵债了。"

唐雯这时已经上床，张仲平赶紧拿个大枕头塞在她后背，说："都怪我太爱折腾，也怪那个时候实在太穷了。"

唐雯说："那时候我到处上课，校内的课、校外的课都接，上午讲、下午讲，有时候晚上也讲，最多的时候一天讲十个小时，讲得嗓子冒烟，声音嘶哑，还不敢取巧偷懒，怕请人上课的单位不满意，系里不给我排课。到市里讲课我怎么去的？坐公共汽车我舍不得花那几毛钱的车费，只好自己骑单车。小雨没人带怎么办？只好寄存在张老师、杜老师家里，这里半天，那里半夜的。刚才我们说小雨乖，还真不是夸张。小家伙懂事得很，在别人家里一点都不哭。可是，别人拿着也是一件事儿呀！没办法，就经常不断地给他们买礼物。那个时候最苦是什么你知道吗，仲平？是不知道你在哪里。是死是活都不知道。那时装台电话要好几千块钱，还要找关系，哪里装得起？你又不敢给我写信，怕别人寻着邮戳找了去。哦，有天夜里我从市里讲课回来，突然下起了雨，那个雨大呀，街上几乎没有人，车倒是有，可车一过溅起一股水浪。单车哪里踩得动？只好推着走，一滑就摔倒了。我就这样走了两个多小时才回到家里。刚换完衣服，准备去接小雨，也巧了，你的电话打到了楼下刘老师家里。你还记得吗，刘老师，就是那个老婆去了美国的？你问我怎么样，我说好呀，还嘻嘻地跟你谈小雨有趣的事儿，可是，回到家里，等小雨睡着了，我却再也忍不住了，一个人独自哭了整整一夜。"

张仲平伸手搂了搂唐雯，接着又叹了一口气说："是呀是呀，那个时候日子是过得苦了些，好在已经过去了。"他像突然想起了什么似的一愣神，扭头望着唐雯说："嗯，不对呀，你今天这是唱的哪一出？我听着怎么像《红灯记》里面痛诉革命家史似的？"

唐雯在他胸前拱了拱说："傻瓜，特意说给你听的。仲平你不知道，我最近也不知道怎么了，老是焦躁不安。我老是忍不住想，你的生意做得也不小了，也赚了一些钱，我记得你说过一句话，说财富就像鱼肉，惹苍蝇。现在外面的小姑娘，花蝴蝶似的，其实就是苍蝇，她们会不会也叮你呀？"

张仲平说："她们可能是苍蝇，但你不能把我当臭鸡蛋吧？你就放心吧，在我眼里，管他什么样的花蝴蝶，都不如咱家的老蝴蝶。"

唐雯伏在张仲平胸前，轻轻一笑，抬起脸来说："你别油嘴滑舌，你越这样我越觉得你形迹可疑。社会上流行七年之痒之说，说男人对一个女人的兴趣最多只有 7 年，过后就是左手摸右手，毫无感觉。你对我是不是也这样呀？"

张仲平说："对有些人来是这样，对我们来说，应该不是这样吧？你掰着手指头算一算，我们都快有三四个七年了。要痒早就痒了，是不是？我告诉你，现在还流行一句话，说虽然是左手拉右手，可是砍断了还是会很痛。"

唐雯说："那也要看是谁，我们学院的曹教授，跟老婆离婚以后，倒是潇洒得很，三天两头换女朋友，而且是一个比一个年轻漂亮。我们都说他，你猜他怎么说？他说，我又不是熊猫，可以一辈子只吃竹子。偶尔换一下口味，可以保持生命的激情。"

张仲平说："我明白了，有个段子，说白天是教授，晚上是禽兽，说的就是你们学院的曹教授。我说，已经不早了，还是早点睡吧？喂，你老盯着我看干吗？"

唐雯说："我看你刚才说的那番话到底是从你嘴里说出来的，还是从心里说出来的。看你是不是口是心非。"

张仲平一边伸手关灯一边说："出之于口，发自于肺腑。难道你看不出来？"

唐雯一把抱紧了他，说："还真看不出来。"

（五）

香水河沿江风光带上很是热闹，有人在唱戏，有人在跳广场舞，更多的人在散步，其中不乏勾肩搭背的情侣。

曾真几乎是从酒吧一条街逃到香水河沿江风光带上来的，过了好久，她的心情才慢慢地平静下来，漫不经心漫无目的地朝前走着，不由得想起不知道谁说的那句话，越是人多的地方越是孤独。是的，她从来没有现在这么感到过孤独，脑子里满是张仲平。

她想避开车马喧嚣，在心中呵护属于两个人的世界。

她开门进到家里，开灯，首先映入眼帘的便是那张巨幅照片，她关上门，把头抵在门上，望着照片上的张仲平发呆。她知道，张小雨不会无缘无故地出现在酒吧一条街，自己的搪塞之辞敷衍得了她吗？她会不会纠缠着她爸爸不放？他又将怎样才能使他们俩在他女儿那里过关？唉，当初真不该提议去什么酒吧。

她多么希望自己的电话能够响起来，他告诉她，一切平安无事。是呀，他应该有这个本事。

可他为什么不给她报个平安呢？哪怕是躲在卫生间发个信息也好呀，他不会连这个机会都找不到吧？难道……曾真真不敢想下去，却又不能不想。她觉得自己实在忍不住了，拿出手机拨了他的电话，手机接通，等里面刚"嘟"地响了一声，她又飞快地把通话键摁了。是呀，他如果不方便打电话，一定也不方便接电话，她不能给他乱上加乱。

曾真叹了一口气，进到卧室，打开电脑上网看电剧，她希望能够挑到一部好剧让时间快快地过去。她把手机放在右手边，希望悦耳的彩铃声能够随时响起。

命中注定，今天晚上对曾真来说将极不平静。她一直没有等到张仲平的电话与信息，心里却老是回想着她送给他那块情侣表时的情景：她问他，怎么，你不喜欢呀？不想戴呀？他说，不是，我是说，我……怎么跟她解释？

她说，你是老江湖了，这点事儿，难不倒你吧？你知道吗，我只想你和我不在一起的时候，见物如见人，分分秒秒都能想到我。

她说的是心里话，女人真要爱上一个男人，她其实是不想他离开她的视线的，她会非常在意他爱她是不是也像她爱他那么痴情、那么热烈。恋爱中的女人，总是心甘情愿地、不可抑制地把她的爱人当成自己生活的全部。

男人却不是这样，有出息的男人总是野心勃勃的，他们眼光向外，一门心思总是想着不断地拓展自己的地盘与疆域，只有在身心疲惫、需要安慰时才会想到女人。曾真理解张仲平，可久久没有他的消息，还是有些失落。

已经很晚了。曾真挑的那些电视剧根本让她入不了戏，她觉得又累又困，关了电脑，蜷伏在床上，竟慢慢地睡着了。她的手里仍然拿着手机，她仍然希望张仲平会给她来电话或发信息。

迷糊间，曾真被一阵窸窸窣窣的响声惊醒了，她猛地起身一看，只见客厅阳台的窗户被轻轻地推开，露出了一颗戴着丝袜的男人头。

她惊吓得差点大叫起来，本能地用手捂着了自己的嘴，她的心怦怦直跳，同时却异常冷静。她悄悄地起床，在桌子上摸到了平时那把用来剪花枝的剪刀，把它紧紧地握在手里，绕到桌子后面站定。

就这工夫，那个丝袜男已经从窗户里爬了进来，噔地一下跳到屋子里。他背着一个双肩背包，在黑暗中努力地睁大眼睛，看着房间里的一切。

曾真大喝一声"别动"，同时把对着客厅的台灯拧亮了。

她躲在台灯后面，高高地扬起手里的剪刀，指着前面完全暴露在灯光下的一个矮个子男人。那家伙倒被吓了一跳，不禁往后一退。

"我早就发现你了，刚才我只要拼命叫喊，你一惊，说不定已经掉到楼下去了。知道吗？我算是已经救了你一命。"

丝袜男从腰间拔出一把砍刀，直冲着曾真，他那举着刀的手却在发抖："你别喊，你只要不报警，我不想杀你。"他的声音也在发抖，是那种正处在变声期的嘎嘎的嗓音，显然，他是个半大的孩子。

这让曾真有点吃惊，她更加镇定了："你还是个孩子？你为什么要这样？"

"我要钱，我要上网。"那男孩说。看不到他的表情，但在他脸上嘴的位置，像有个小黑洞似的，从里面朝外面冒着声音。

"可你知道入室抢劫是什么罪吗？是重罪。我只要一喊，你就跑不了了。"曾真说。

"你别乱来……我不杀你，也会毁你的容。我是监狱里放出来的惯犯，你别动……"

"我不动，你也别动。你的腿在抖，你最好退到墙边上，靠墙站着。"

"你少废话，赶紧把钱给我，拿了钱我就走。"

"等等，你父母不在了吗？你没有家人了吗？为什么他们不给你钱？"

"我父母不让我上网，还打我。我跟你说这些干吗？你少废话，再不给钱我会忍不住对你动刀子，我会杀了你。我不是孩子，我杀过好多人。"

"你杀过好多人？你是在游戏里杀人吧？你听着，我只要喊一声你就完了。但你放心，我不会喊，知道为什么吗？因为你就个是孩子，而且，我也认不出你的样子。可如果你被抓了，你就成为罪犯，你会把自己一辈子给毁了。你把刀放下，走出去，你还是好人，好孩子……"

"姐姐，我我我只想弄点钱。"

"我知道，门就在你旁边。如果你想做好人，你得从大门堂堂正正地走出去，如果你想成罪犯，你现在就可以杀我，毁我的容。但我保证你跑不了。

两条路,你来选。至于钱,我有,但我一分都不会给你。我为什么不给你钱?因为那是纵容你犯罪。给你钱你还会花完,花完了你还会去偷去抢,到时候谁也不知道会发生什么。小弟弟,你得明白,钱得自己去挣,不能靠偷靠抢。偷钱抢钱,你可以侥幸成功一次两次,但总有一次会失手,一失手你就会被抓住,你就得去坐牢,你这辈子就毁了。我看你是个孩子,才跟你说这些,我不想让你成为罪犯。"

"算了吧,你这样说是为了稳住我,我只要一走,你就会马上报警。"

"你不相信我?你得相信我。告诉你吧,我是记者,我刚从地震灾区回来,我看见了好多好多的死人,那么多的尸体,其中,还有像你这么大的孩子,他们的尸体排列在我面前,我的心都碎了。比起那些人,我们都是幸运的,是不是?你放心,我连你的脸都没看见。你只要走出这扇门,我还有必要报警吗?我就是报警,没等我的电话打完,你早就可以溜得无影无踪。我跟你说这些话,完全因为你还是个孩子。你刚才叫我姐,那你就听姐一句劝,你不要上网了,好好学习,争取做一个对社会有用的人。你不能一时糊涂,为了一点钱去蹲监狱。"

"姐姐……我害怕……我想相信你……可是,我心里真的很害怕,我怕……"

"只有好人、善良的人才会感到害怕。你感到害怕,证明你是一个善良的好孩子。我相信你是一时糊涂才做这件事的。没关系,只要去向爸爸妈妈认个错,以后不泡在网吧里,你还是一个好孩子。"

"我真的很害怕。"

"别怕,你害怕其实是因为你手里有刀,你心里不想杀人,所以,你听姐姐的话,只要把刀放下,你就不怕了……真的,来,把刀放下……我会信守诺言,永远不会报警。"

男孩犹豫着,突然把那把砍刀扔到地上,好像那是一条蛇似的。

"很好。"曾真鼓励地说,"现在,你把门打开,从门口走出去,别让你的父母为你担心,好吗?"

男孩梦游似的拼命点头:"好……我现在已经后悔了,我真的后悔了。"

"我知道。你现在转身,打开门,从门口走出去。"曾真说。

男孩走到门口,突然回头,深深地给曾真鞠了一躬,像以前的学生对先生一样,然后转身跑了出去。

曾真扑到门前，锁好门，靠在门上，紧张地喘着粗气。

一口恶气从心底里翻上来，弄得她直想呕吐。她冲到卫生间，抱着抽水马桶，却什么也没有呕出来。有些事情发生的时候不害怕，等到发生之后回想起来才会心惊肉跳，她现在就是这样。刚才她那么镇静，现在却像筛糠似的发抖。

她回到卧室，抓过手机，很快地按了一下重拨键。电话通了，她像突然想起了什么似的，又把电话摁掉，并把它狠狠地摔到了床上。紧接着，她把自己也狠狠地摔到了床上，慢慢地缩成一团，终于歇斯底里地大哭了起来。

那个被接通了的电话自然是打给张仲平的。

巧的是，唐雯那会儿刚好进了卫生间。张仲平心里一惊，掏出手机一看，上面有两个未接电话，都是曾真的，他赶紧把那电话删除了。

他实在想不出曾真为什么这么晚了还要给他打电话。

出了什么事？能出什么事？这家伙，怎么能这么不懂事？可是，万一她要真有什么事呢？也许我刚才应该接她的电话？也许我应该打个电话问她一下？

张仲平看着卫生间的门，拿出手机又犹豫了。是呀，唐雯随时可能从洗手间里出来，你怎么向她解释？那不等于没事找事吗？

但他毕竟还是不放心，很快拨了曾真的电话："胡总你好，我已经回到家了，已经睡了，我们明天再联系吧！"不等曾真说一句话，他便把电话挂掉，删掉她的号码，拨了胡海洋的手机，并把声音调到最小，等到通了，胡海洋在里面喂了好几声，他这才把电话挂了，并且关了机。

两口子终于睡下了。张仲平在右，唐雯在左。他习惯朝右侧卧，唐雯也朝右侧卧。不是他搂着她，而是她搂着他，表面上看，倒好像他需要她的呵护保护似的。实际上是她依赖他离不开他，常常把他挤到床的最外面。

几十年以来，他已经习惯了这样的睡姿。今天晚上，他却感到有点别扭。他老惦记着曾真的那个电话，直到传来唐雯轻柔的鼾声，他还没有睡着。

张仲平是被一阵急促的拍门声惊醒了。张小雨一边拍门一边嚷着要他赶快起来送她去学校。张仲平边翻滚着下床边说："糟了，我睡过头了，忘了送小雨上学的事。"唐雯用右胳膊肘撑着自己的身子，说："你别那么宠她，让她自己坐车去吧！"

张仲平昨天晚上就盘算好了，他得找机会离开家，以便早点和曾真联

748

系，便对唐雯说："那不行，昨天我都答应她了，不能食言。"

唐雯利索地下床穿衣，说："那行，我跟你一起去。"张仲平急了，说："不要不要。"唐雯人已经快进卫生间了，这话让她停在了门口，好奇地望着他说："怎么啦？"张仲平"哦"了一声说："我是说，昨天睡得太晚了，你可以多睡一会儿，然后，再安心安逸地看你的书。"

唐雯说："平时我有的是时间看书，周末还是得多陪陪家人。昨天你生日没过好，我挺过意不去的。我今天干脆给自己放一天假，好好陪你一天。要不，我们一起去看场电影？"

"我哪有时间看电影呀？再说，你为什么要特意陪我一整天呀？"张仲平问道。

"老婆陪自己的老公还要理由吗？"唐雯反问道。

"不是不是，我是觉得你这么郑重其事的，有点奇怪。"

"奇怪吗？这有什么奇怪的？怎么，你今天有事呀？"

"哦，是呀是呀，昨天，擎天柱的胡总来了，我得去见他。"

"这也太早了吧？现在当老板的，哪个不是上午十一二点才起床？等你约了他以后再说吧。我们两个人好久没有单独在一起过周末了，你见胡总之前，就让我陪你吧。嗯，瞅你这神情，你好像不乐意？"

"哪有？我是怕影响你看书学习。"

"我也得劳逸结合呀！好了，这事就这么定了，你要是不想我陪，你今天就把其他的事儿都挪一挪，好好儿陪我，行吗？"

"我陪你还是你陪我，不是一样吗？"

"是一样。我们今天就耗在一起了。"

张仲平心里那个烦躁呀，却又不能有丝毫的表现。他感觉自己被裹挟了，却找不到解脱的办法。而且，他接下来将面临两个问题：第一，他说胡海洋来了省城并且要见他，自然是撒谎，他怎么才能在唐雯那儿自圆其说？第二，他一直牵挂着曾真半夜的那个电话，他怎样才能找到机会避开唐雯与曾真见上一面或者通上话？

他把手机打开，希望能有一个跟公司业务有关的电话打过来。张仲平把手里拎着的垃圾扔进垃圾箱，和唐雯双双朝车库走去。张小雨早就拿着他的车钥匙进到了车里，并且打开了车载音响，里面正好在放刘若英的歌《为爱痴狂》："想要问问你敢不敢，像你说过那样的爱我，想要问问你敢不敢，像我这样为爱痴狂……"

等张仲平和唐雯上了车，坐在他旁边的张小雨说："没想到老爸你还挺时髦的，喜欢听刘若英的歌。"张仲平说："刘若英都红了好多年了，听她的不能算时尚，只能算品位。"张小雨说："品位不错，这碟是谁买的？"张仲平说："当然是我自己买的，难道是你妈妈给我买的呀？"唐雯说："你说我不时尚是吧？我觉得就蔡琴的歌好听，等下买张碟送你。"

张小雨回头看着唐雯，把音响关了，说："爸，妈，我给你们出道题目，看你们谁先答出来。"

自从昨天晚上张小雨发现他跟曾真在一起之后，张仲平对她便有了一丝顾忌，听她这么说，便扭头看了一眼她的脸色，这才说："说吧说吧，什么问题？"张小雨说："你们谁能告诉我，黑牛跟乌鸦有什么区别？"唐雯说："这是什么问题？"张小雨说："这是一个脑筋急转弯的问题，没有标准答案，但可以看出你们回答问题的智商与情商。"张仲平略为放心，忙抢先说："黑牛有两只角，乌鸦没有。"唐雯也不甘示弱，说："乌鸦能在天上飞，黑牛别想飞上天。"张仲平说："乌鸦可以骑在黑牛身上，黑牛却不能骑在乌鸦身上。"唐雯说："乌鸦个小，黑牛个大。"

张小雨叹了一口气说："哎，你们就这个水平呀，现在我知道你们的女儿为什么会那么聪明了。不是遗传，是变异。这种脑筋急转弯的问题，怎么怪怎么猜，讲究的是两个字——创意。"

张仲平的手机突然响起来，张仲平似乎没有反应，故意装作没听见。他心里在想，只要不是曾真的电话，他就能够找个机会光明正大地脱身。

张小雨忍不住提醒他："爸，你的手机响了，你怎么不接呀？"

张仲平说："哦，开车不能接电话，你……帮我接一下吧。"这是张仲平耍的小心机，来电话的如果真是曾真，见是张小雨接的电话，自然会是另外一套说辞。

张小雨拿起电话接了："喂……喂……哪一位？请说话呀！"

坐在后排的唐雯早已把大半个身子伸到了前面的驾驶室里，忙问："谁呀？"

张小雨说："不知道，一个女的，在电话里哭。爸爸，还是你自己接吧，要不，我给你按免提？"

张仲平一颗心早已悬了起来，只好硬着头皮说："行。"

（六）

张仲平无论如何也没有想到，打来电话的竟然是侯昌平的老婆，而她说的事更是一下子让他全身发软——侯昌平死了。

张仲平喉头发紧，赶紧把车停在了马路边上。

唐雯问："侯昌平是谁啊？"张仲平说："管胜利大厦拍卖的那个法官。"唐雯问："什么病啊？怎么这么快就死了？"张仲平摇了摇头。唐雯问："刚才打电话的是谁呀？他老婆？他老婆……为什么打电话给你呀？"张仲平说："我怎么知道？她说侯昌平临死的时候提到了我，希望我赶紧到她家里去一趟。"唐雯说："送完小雨，我跟你一起去吧。"张仲平说："不行，你不能跟我去。侯昌平的老婆从来没有见过你，你跟我去，人家也会觉得怪怪的，可能会说话不方便。我觉得你不如去丛林家，看看丛珊的事情怎么样了，好吧？"

唐雯扭头望着他，好像这样可以搞清楚他说的是不是真话，她叹口气道："好吧，人死不能复生，你劝他们节哀。"

"这个不用你教。我给你打个招呼，他们家生活很困难，我会跟侯昌平的妻子说，他儿子侯小平上中学、上大学，都由我们来负担，你不会有意见吧？"

"当然不会。经济上面的事，你让她一定放心。"

"我知道。谢谢你，老婆。"

张仲平敲门走进侯昌平家的时候，侯妻和侯小平都在，两个人都是一副悲悲戚戚的表情。侯妻望着张仲平，突然眼泪双流，侯小平则小声地劝慰着她。

张仲平问他们到底是怎么回事？侯妻忍不住又哭起来。侯小平告诉张仲平，他爸爸是被人打死的，被人用板砖拍了脑袋，死在了他们学校围墙外面。张仲平惊讶极了，忙问："是什么时候的事？"侯小平哽咽着说："就是昨天晚上。"张仲平问："是什么人下的毒手？怎么会这样？为什么呀？"侯妻强忍着泪水摇了摇头说："老侯现在还在医院里，听说还要做法医鉴定。我们已经报案了，至于凶手能不能抓到……"侯妻再也忍不住了，又哭了起来。

张仲平呆立在屋子中央，有点手足无措，不知道该怎么劝慰悲痛欲绝的母子俩。他突然想起昨天晚上和张小雨开车经过中学围墙外面，慢慢从围观的人群外面开过的情景，难道那就是侯昌平被板砖拍死的现场？

张仲平一把搂过侯小平，不停地在他头上抚摸着。侯小平强忍着悲痛，用衣袖抹了一把脸上的眼泪，抽着鼻子说："那些人怎么这么毒呀？也不知道是不是我爸在工作的时候，得罪了什么人。"张仲平说："老侯在哪个医院，我得去看看他。"侯妻也抽着鼻子说："不用了，你去也看不到。"

张仲平等他们母子两个慢慢平静了，忙从口袋里拿出一个装了一叠钱的信封，轻轻地放在茶几上。侯妻见状忙把那信封拿在手里，说："不用了，张总，我找你来，就是为了钱的事。老侯临死的时候……跟我说，让我把上个月你送的那份分红派息的保单还给你。"说着侯妻进到屋里，又很快出来，手里拿着那份保单和刚才那个信封，要把它们都还给张仲平。

张仲平说："不。那件事都已经过去了，况且，老侯他都已经……不，你拿着，没事的，没事的。"

侯妻说："我不能拿。这是老侯闭眼之前交代我做的一件事，也是他这一辈子最后叮嘱我做的一件事，我怎么能违背他的意思？"

张仲平说："不，不，不。我不会接的，你拿着，我向你保证，不会有事。再说，我跟老侯的关系，那可是干干净净的，这钱，它也是干干净净的。"

"干干净净，干干净净。"侯妻不断地重复着那个词，"你说是干干净净的，老侯是不是也是这么想的？人死了，我收了这份保单，我知道不会有事，可是，张总，我得听老侯的话，你也得听他的话。就让他干干净净地走，好吗？算我求你，行吗？"

她的声音那么低、那么弱，却把张仲平完全彻底地震住了，一时不知该怎么说、怎么做。

侯小平扯着张仲平的衣角说："张叔叔，您别跟我妈争了，没用的，你就把它收回去吧！"

侯妻说："张总，你就把它收回去吧，就算是满足一下老侯最后的心愿，行吗？要不然，你刚才拿的信封，我收，好吧？我最多只能做这种让步。我把它当作你对老侯寄托的哀思。"

张仲平接过那个信封，突然夺门而出，蹭蹭地跑着下了楼梯，快速地冲到了法院宿舍楼下停车场里自己的车上。他双手捧着自己的脸，侯昌平的音容笑貌犹在眼前，这么一个生龙活虎的人、一个好人，怎么说死就死了呢？

他再次想到了昨天晚上和侯小平碰面的事。如果他当时坚持把侯小平送回家或者哪怕是坚持替侯小平叫辆的士回家，事情是不是可能会是另外一个样子？侯昌平是不是就可以躲过一劫？

让他心里堵得慌的，还有侯昌平老婆说的那些话。这个世界没有谁会跟钱过不去？但不可否认，确实有些人，在认认真真地分辨拿到的钱到底干净不干净。

这样过了好一会儿，张仲平这才慢慢地平静下来，他抬手看了看手腕上手表的时间，整个人这才回到了现实中。他掏出汽车座垫下的手表，跟手腕上的表对比着，取下手里的表，戴上曾真那块。又把曾真的取下，戴上唐雯那块，曾真那块被放到了那个装保单的资料袋里。

张仲平用右手里拿着的那份保单敲击着手里的方向盘，掏出手机，发现手机里已有好几条信息，都是曾真发来的，几条信息都没有一个字。他想了想，很快就开车离开了。

张仲平刚把曾真的房门打开，曾真便猛地扑到了他身上，她把他搂得那么紧，好像他会突然转身逃掉似的，张仲平回应着她，用嘴唇寻找着她的嘴唇，却发现她早已泪流满面。

张仲平一惊，忙问："怎么啦？"

经他这么一问，曾真"哇"的一声哭了，用小拳头使劲擂着张仲平的胸脯说："你知道吗？昨天夜里我差点被人杀死，我们差点生死两隔，你知道吗？你知道吗？"

张仲平惊讶地看着曾真，他的心情刚刚从侯昌平的意外之死中平复下来，又一下子被推到了另一个波峰。

他紧紧地搂着她，相拥着来到了床上。曾真躺在张仲平怀里，给他讲了昨天夜里的经历，她说："等那孩子走了之后，我才感到害怕。因为，他当时完全可能因为害怕而杀人。他走后，我一夜没睡。我在想，我要是死了，我都没能见你一面，我会死不瞑目的。要死，我只能死在你怀里。"

张仲平不停地吻着她："你给我打电话，是不是就是这事？"

曾真说："你指哪一个？我给你打了两个电话，都是刚一接通就被我摁掉了。第一个电话，我想知道你是怎么跟张小雨解释的，因为怕你不方便，所以没敢等你接。第二个电话，是在那小男孩走了以后，你知道那会儿我有多后怕、有多想你吗？"

张仲平真是羞愧难当。他那会儿在家里，唐雯在身边，他只能侥幸地以为曾真不会有什么事，所以只能用那种方式给曾真报平安。问题是，他就是知道曾真真有什么事，他又能毅然决然地抛开唐雯，来到曾真身边吗？他会吗？他能吗？

曾真说："平时也是这样。你想不想我我不知道，可我想你呀！我想你的时候，我就想给你打电话，也没什么事，就想听听你的声音，就想知道你那会儿在干什么。可是，常常是电话拨到一半儿，或者信息发到一半，我突然惊醒，不得不停下来，打消给你打电话的念头，或者把信息删掉。因为我知道，你在家里不方便接我的电话，打电话发信息，只会给你惹麻烦。我想你，却不得不拼命忍着，仲平，那是一种什么滋味，你知道吗？"张仲平一声叹息。

曾真继续说："谁没有寂寞的时候？谁没有孤单的时候？谁没有烦躁的时候？谁没有就想找个人说话的时候？这种时候，也是我最想念你的时候，我就希望你在我身边，能够陪我说话，哪怕是跟我吵架，也好。可是你不在。这种时候，我甚至会怨你、恨你，可我最怨最恨的，还是我自己。我不知道我为什么要爱你，爱这样一个连我自个儿的喜怒哀乐都不能理直气壮表达的人。我对自己生气的时候，我甚至恨不得把手机砸得稀巴烂。可是，对你的怨恨总是一下子就过去了，我会马上拿起摔出去的手机，赶紧开机，或者上好电板，生怕这个时候会漏接了你的电话。"

张仲平又是一声叹息，顺手从桌子上抽出几张面巾纸，帮曾真擦眼泪。他突然鼓足勇气说："曾真你知道吗？如果昨晚你要是出什么事，我的心会碎的。我有罪，我知道我一直没给过你什么，我口口声声说爱你，却没有尽到一个爱你的人应该承担的责任，给你的东西对你来说都是虚幻的。不，我应该天天陪着你，让你没有孤单、没有寂寞，在你危险的时候，可以为你挡风遮雨。"

"可是……你做不到，你真的做不到。"曾真捧着张仲平的脸说，"我也没有要求你做到。你做不到，可你有这份心思，你让我知道你担心我、你心里有我，我……我就心满意足了。"

在亲密的人之间，人们所说的话往往是对方想听的，而不一定是自己真心所想的，这倒不是因为说话的人要有意欺瞒什么，而是因为她或者他太希望让对方幸福快乐了。曾真何尝不需要他陪着她？是呀，谁又会没有寂寞、没有孤单的时候？可是，她太清楚了，他是别人的老公，不是她想差遣他干什么他就能干什么的。她不能太贪心，在自己想念他的时候10次能有一两次见到他，就已经很不错了。她刚从地震灾区回来，那里有很多人已经是想念他们的亲人们却永远见不到了。

　　"仲平，你能理解我的这种感受吗？我爱你，也许一生一世都会爱你，但你不属于我，至少不完全属于我，我们这样真的挺好，真的。任何时候，我都不会对你要求什么，我要努力做到不给你添麻烦，因为我已经比那些在地震中死去的人幸运多了。"

　　张仲平被深深地感动了，他搂过她，呢喃地说："对不起，真的对不起。曾真，你给我实在太多了，我……我亏欠你，不，我不能这样永远亏欠你。我要我要……"

　　张仲平本来要说我要离婚娶你，可后面几个字像卡住了喉咙似的，怎么也说不出来。曾真及时地用舌头堵住了他的嘴，他激动万分，开始了深入持久地扎实工作。

　　就像卡准了时间似的，他们刚吭哧吭哧像蒸汽机车似的进站停靠完毕，张仲平的手机响了，来电话的自然是唐雯。张仲平起床，走到窗户边上去接电话。她问他在那儿，他说他在医院。她问他医生怎么会那么安静？他说我在医院太平间，能不安静吗？

　　张仲平这话一出口就觉得太不合适了，忙把内心里的烦躁情绪压下去，说他这会儿在看侯昌平，问清了她在丛林家，说他过会儿就过去。

　　打完电话，张仲平发现曾真早已悄悄溜到卫生间吐开了。他赶紧进去站在她旁边，用一只手在她背上来回抚摸着，曾真一把打开那只手，问他为什么要说自己在那么一个地方。张仲平只好把侯昌平的事说了。

　　张仲平说："侯昌平他不该死，他比谁都有资格在这个世界上好好地活着，而我……本来是有两次机会可以救他的，可我没有。曾真你知道我这心里……是什么滋味吗？堵得慌，特别难受。"曾真倒是很快把情绪调整了过来，说："你也别太自责了，也许，这就是他的命。"

　　张仲平深深地叹了一口气说："还有一点，我曾经给他送过一件东西，就是给他老婆和孩子买的那种分红派息的保险，他临死的时候，居然非让他的家属还给我不可。曾真你知道吗？这真比抽我嘴巴还难受，我只想表达对他的敬意，他却嫌……嫌弃我的钱不干净，会玷污他的名声。我不怪他，因为这正是我尊重他的原因之一。可我也想替自己辩解呀，我想告诉他，我挣的钱是干净的。可是，他人死了，我找谁去说？"

　　曾真无法用言辞安慰他，只是从后面一把抱住了他。张仲平说他还真得去一趟医院，他想去看侯昌平最后一眼。曾真说："好吧，我跟你一起去。"张仲平说："你去干吗？"曾真说："我要去采访侯昌平。"张仲平说："他人都死了，你怎么采访？而且，现在还没破案，不会让随便什么人进太平间的。"曾真说："你能进去，我为什么不能进去？等等……"曾真这时已穿戴停当，她拉着张仲平的胳膊说："看到你对她撒谎，看到你这样东跑西颠的，我难受。刚才她给你打电话，很明显已经起疑心了，你快去她那儿，别让她太难受。我建议你别去医院了，我估计你真的看不到他。我去，我以记者的身份去调查，顺便到公安局看看有没有什么新闻线索。我还要跟同事们商量一下，看能不能替侯昌平做一期节目。有的人活着，却已经死了；有的人死了，却仍然活着。我们这个社会，太需要弘扬善良和正义的力量了。"

　　张仲平想了想，觉得曾真说得不无道理。两个地方不在一个方向，曾真说她打的走，催他快走，在他临出门时又把他叫住了，说："你等等，把这个带给小雨。"

　　"什么？"张仲平问。

　　"美国的纪念邮票，我爸帮我攒的。"

　　"小雨正怀疑我们的关系，你这不等于告诉她，我们这是要讨好她？封她的嘴？"

　　"笨，你干吗要说是我送的？"

　　"噢。那……我走了……曾真，别对我太好。"

　　"我愿意。"

　　两个人无言地对视着，最后张仲平抱了抱她，离开了她的房间。

　　曾真突然发现张仲平遗忘在桌子上的文件袋，开门追出去，电梯已经下行了。曾真回到屋里，打开文件袋，发现了那块表和那份保单，不禁面露疑惑之色。

张仲平刚出电梯便接到了胡海洋的电话，他说他来省城了，"昨天晚上的电话是怎么回事？"张仲平说："可能是不小心碰到了拨号键，对不起。"胡海洋说没关系，说他希望能够见个面，不知是否方便？张仲平犹豫了一下，说："我跟太太在外面有点事，让她一起来行不行？"胡海洋说："没问题，我定好地方后马上通知你。"

就在张仲平一刻不停地这里那里到处奔忙的时候，徐艺也没闲着，他反复考虑，决定加大对颜若水的公关力度。

这会儿，他正在关得严严实实的办公室里，把一叠一叠钞票塞到两个旅行袋里。辛然在一边着急地看着，忍不住劝道："艺哥，你这样做不行，我反对。"

徐艺说："反对无效，我不相信这世界上还会有人不喜欢钱。我相信只要肯花钱就一定能逢山开路，遇水架桥。再说了，如果我们不做不试，怎么知道不行？"

"那……我跟你一起去。"辛然几乎是央求道。

"你真是多事，这种事，怎么能两个人一起去？"徐艺有点不耐烦了。

"我就要去。万一有什么事，我也好替你担着。"

"能有什么事？我要你担什么？啊？"

"我不管，要么都不去，要么一起去。"

"好好好，一起去一起去，你真是烦人。说好了，你只能待在车上，不准下来。"

很快，徐艺开车到了青瓷茶会所，他已经让祁雨约好了颜若水。

颜若水坐在祁雨办公桌前，看着从门外进来的徐艺。他带来了两个装得满满的旅行袋，一进屋，便把身后的门关上了。他把其中一只旅行袋放在办公桌上，哗啦一声拉开旅行袋的拉链，露出满袋子一捆一捆的钞票。

颜若水只在徐艺拉开旅行袋拉链时从座位上略略欠了欠身，说："祁雨说你要见我，要给我送点东西，就是这个？"

徐艺说："是。不过，祁雨她并不知道，我没跟她说那么多。"

"你车上还有一个人吧？是跟你一起来的女朋友辛然吧？你也没跟她说？"

"是的。"

"这件事，你知我知？"

"是呀是呀。"

颜若水咧嘴一笑，朝上竖起食指："那是什么？"

"您指的是天花板？"徐艺试着回答。

"上面呢？"

"是天。下面，是地。这里，除了你和我，还有天和地。可是，这天和地，它们什么都不会说。"

"人在做，天在看。还要它们说什么？"

"颜总……"

"徐总，徐艺，你什么都不用说。你应该知道，我原来在银行工作，见过钱，见过很多很多钱，我对不属于我的这些玩意儿，没什么兴趣。"

"它属于你。"

"是吗？那是我没把话说清楚，还是你没听明白？把拉链拉上，拎着它们，从哪儿来，到哪儿去。"

"颜总……"

"你没听懂我的话？"颜若水起身打开办公室的门，伸出大半个身子，朝外面喊着："祁老板，送客。"

祁雨很快出现在办公室里，她分别看了看颜若水和徐艺，想说什么，被颜若水挥手制止了。颜若水面对墙壁，背对着他们两个人，一副拒人千里之外的架势。

徐艺与祁雨交换着眼色，祁雨冲他无声地摇了摇头。

徐艺没办法，拎着两个旅行袋，从青瓷茶会所里走出来，垂头丧气地上了车。

辛然早已从车内把门替他打开了，问他怎么啦？徐艺说："叫你别跟着，你非得跟着。看，事情办砸了吧？"

辛然委屈地说："这事你怎么能怪我？"

徐艺说："不是我要怪你，是……好好好，我不跟你争。这个颜若水，也他妈的太假正经了吧？"

"我已经跟你说了，这种送钱的方式不行。现在都什么时候了？直接拿钱砸人，这种方法太老土了。"辛然说。

"要送钱给别人，必须先跟这人把关系搞熟，这我知道。可是，谁给我这个时间？时间不等人哪。"徐艺说。

"关键的问题是，颜若水如果收了你的钱，你和他之间的关系，就成了权钱交易。你送钱给他是行贿，他要收你的钱，就是受贿。"

"这还要你说吗？这有什么可说的？谁不是这么做生意的？"

"问题是，你要让他收你的钱，除非他觉得跟你打交道非常安全。或者，他已经帮了你的忙，你拿钱感谢他。在事情八字没有一撇的情况下，你想让他先拿你的钱，完全不可能，你以为你的钱很大张呀？"

"大不大张也是两百万，他真的就不动心？他怎么可能就不动心呢？我还是觉得，你不该跟着来。依我看，他只是不想让太多的人知道罢了。"

"你看你，绕来绕去，你又怪到我头上来了。我在车上根本没出来，他哪会知道我跟着来了？"

"他还就知道，好了好了，不说这个了。钱都送不出去，真是烦躁。"

"我还想说，我觉得，最主要的原因还是颜若水对你有戒心，你们的关系还没有到直接给他钱的分儿上。说得直接点儿，他似乎对你很不感兴趣。"

"是吗？何以见得？"

"女人的直觉。总之，我觉得颜若水不是一个能够随便拿一两百万砸倒的人。"

"问题是，如果我和他不能事先达成默契，我们想要拿到香水河国营物资公司西郊那块土地的拍卖业务，会很难。这么大的案子，必须里应外合。"

"可是，我真不想你用这种方式做生意，太危险了。"

"那你告诉我，还有什么更好的方式？"

"我们可以先歇一歇，好好地想想这个问题。"

"您歇别人可不会歇，你不送钱，不搞权钱交易，别人可不会那么规矩。再说了，你爸爸躺在床上一动不动，我们不早点把钱赚足了，今后怎么办？不，辛然，我的想法与你相反，我总觉得不是送不送钱的问题，而是我们送钱的时间、地点、方式出了问题。不行，我得问问祁雨，再摸摸颜若水的底。"

"别那么急，我看，咱们还是先把这件事放一放，想一想艺术品大拍的事，好吗？"

"这两件事可以同时做，互相之间没有什么影响。哦，对了，我们不是新招了一个小美女吗？叫什么？孙娜？对。要不，你通知她马上来公司。"

"现在？干吗那么急？"

"我必须抓紧时间赶紧把颜若水彻底搞定。我倒要看看，他能牛哄哄到什么时候。"

（七）

刚才，祁雨只把徐艺送到了大门口。

望着他的背影，她心里翻涌起一股异样的感情。经常有人大包小包地往她这儿拎东西，大都是一些假的多真的少的所谓"古董"。徐艺那两个袋子里装的，可是实实在在的人民币。

她很快返回了办公室，对颜若水说："姐夫，你是不是对人家太不客气了？"

颜若水说："没骂他就算客气的了。送钱拉我下水，给我送牢饭，我能对他客气吗？小雨，我倒是觉得，你……交朋友，要谨慎。这种人，哼！我真没想到他是这种水平。"

"我不是怪你没收他的钱，我只是说，你没必要给他脸色，让他下不了台。"

"他自找的。这小子，做事也太欠考虑了，现在哪里还有用这种方式送钱的？真是一点技术含量都没有。他这么玩，迟早会把自己和别人都玩死。"

"有那么可怕？"

"那是当然的。祁雨我跟你说，如果我今天拿了他的钱，说不定，明天就有可能被检察院逮进去，你愿意我冒这种风险吗？我想你不会。小雨，徐艺胆子太大、水平太低。我看你还是少跟他来往的好。"

"如果今天这事，发生在我跟他之间，我们都是做生意的，应该就没什么问题了吧？"

"还是会有问题。徐艺是周运年的准女婿，周运年的事这才刚刚开始，不会这么快平息，还会发酵，现在，大家对他可是避之唯恐不及，谁知道还会查出什么问题？如果我们跟徐艺纠缠不清，如果那些办案人员顺藤摸瓜摸到我们这儿……不，小雨，我们犯不着犯这种低级错误。小雨，我们有什么必要惹这种麻烦？这赚钱的事，不能着急，不能勉强。不知道怎么搞的，我就是看着徐艺不顺眼，明明一身嫩毛都还没脱干净，还愣充老江湖。"

"姐夫，我还是觉得你对他有很深的成见？他到底怎么得罪你了？"

"他……小雨，你怎么这么固执？这不是得不得罪我的问题，我就是看不惯他做事的做派。他和张仲平一起做胜利大厦拍卖业务的事，你知道呀，多好的生意，被他弄得一团糟。徐艺最大的毛病是不讲规则，或者说不讲潜规则。该他赚的钱要赚，不该他赚的钱也要赚，典型的小事精明，大事糊涂，一根甘蔗从头吃到尾。这种人，我怕他早晚要出事。小雨，你记住一点，像我坐的这个位置，可以给人带来丰厚的利润，很多人在琢磨着怎么把我拖下水，所以，我是宁可没有朋友，也不能交错朋友。你明白吗？"

"我明白。你要交的朋友，必须是张仲平那样的人。"

"张仲平……也是过客。"

"姐夫，我不是非要跟徐艺做生意不可，我只是在想，既然我都快要移民了，他又在挖空心思要跟我们合作，态度还是很端正的。至于他水平低，不懂道上的规矩，我们可以教他呀，我们……为什么不一鱼两吃呢？"

"一鱼两吃？说说看。"

"你不出面，我把青瓷茶会所整个儿打包卖给徐艺。"

"你是说，这里面的青瓷，全部交给他，由他做一次专场拍卖？"

"不，让他先买断整个青瓷茶会所。我出国以后这里没人打理，就会荒掉。如果徐艺出得起价，我们何不卖给他？你不觉得这是一个很好的主意吗？"

"你接着说……"

"具体来说是这样，青瓷茶会所的卖价将由两部分组成：一部分，是青瓷茶会所本身的价格；另外一部分，是徐艺准备送给你的钱。"

"小雨……"

"姐夫你听我把话说完，这将是绝对安全的。为什么？既然这里的瓷器不好鉴定到底是真是假，那么，它们到底值多少钱，也就谁也说不清楚。价格可以由我们来开，徐艺会让咱们说了算。"

"徐艺会吗？他还没傻到那个程度。"

"他当然不是傻子。但他会心甘情愿地掏大钱买青瓷茶会所，因为作为回报，你得把香水河公司西郊公园的那块地委托给他拍卖。而关于这一点，你只要给他承诺就可以了。"

"承诺？你让我给他承诺？"

"要不……我代替你……给他承诺？他，似乎很相信我。"

颜若水盯着祁雨看了好一会儿，突然一笑："小雨，这段时间，你长进不少呀！"

祁雨娇羞地瞥了他一眼："姐夫是不是早就想到了？"

颜若水说："话说到这个份儿上，不妨都告诉你，我跟张仲平谈的，就是这种模式。不过，这种事只能和张仲平操作，和徐艺绝对不行。"

祁雨心里还是想帮徐艺的，见颜若水这么说，忙问："为什么？"

颜若水说："一是人不行，二是钱不够。你觉得徐艺能拿出这么多钱吗？我看够呛，可张仲平就没问题，明白了吗？"

见颜若水一直盯着自己，祁雨只好点了点头。过了一会儿，又似乎有些不甘心，便说："张仲平确实是一个不错的合作伙伴，他的缺点是老谋深算、不见兔子不撒鹰。"

"不，这不是缺点，是优点，他们那种生意，只有稳重才能求生存。西郊公园那块地，涉及金额那么大，不稳重行吗？"

"也是，同样的事，你要跟徐艺一说，他张口就会答应。"

"是吗？"

"初生牛犊不怕虎，徐艺既然那么急功近利，我们……其实可以不管他怎么弄到钱，为什么不给他一个机会呢？不是说只要项目好，钱会滚滚而来吗？"

颜若水低头沉吟了一会儿，这才抬头望着祁雨说："小雨，你是不是对徐艺……有那么一点意思？"

祁雨矢口否认道："没有。我只是觉得，这事，我们没必要在张仲平一棵树上吊死，万一他那边出点别的状况，我们不就白白地错过这次机会了吗？姐夫，你觉得呢？"

颜若水点点头，又摇摇头，说："先等一等，让徐艺多碰几次壁，等他急得像热锅上的蚂蚁、没头苍蝇的时候，再说。"

祁雨问："为什么要这样？"

颜若水说："想让人灭亡，先让他疯狂。"

祁雨一惊，脱口问道："怎么，你……要灭了他？"

颜若水一笑："灭了他？我说了吗？这个世界上谁也灭不了谁，除了他自己。你就放心吧！"颜若水最后一句话忍着没有说出口，是的，徐艺，有些事，你他妈的真不该做。

丛林一大早就去电脑城买了一台台式电脑，装好电脑才知道要想上网必须先开通网线，或者通过无线网卡上网。开通网线倒是挺快的，正折腾着，唐雯来了。

负责安装网线的师傅很快就走了，丛林与华媚围着唐雯，听她讲一些上网的基本知识，他们最关心的还是丛珊上网没有。

唐雯告诉他们，既然已经知道了丛珊的QQ号码，如果丛珊上网了，这里的小企鹅就会一闪一闪的。但也不一定，如果丛珊刻意不想暴露行踪，她可能会"潜水"，那么，小企鹅就始终是灰色。

华媚问什么是潜水？会不会有危险？丛林说，潜水就是潜伏，就是做地下工作，倒是没危险。华媚叹了一口气说："这是珊珊第一次夜里不回家，也不知道这个小祖宗昨天在哪里过的夜，遇没遇见坏人，真急死人了。"丛林扭过头问华媚："珊珊她身上有多少钱？"华媚说："我哪儿知道？应该没多少。"丛林说："钱花完了她总得回家吧？"唐雯安慰道："你俩也别太着急，小孩不懂事的时候像发蒙一样的，要是懂起事来，也像是电打了似的，很快就好了，别着急啊！"

丛林一个劲儿地在屋子里转圈儿，说："不着急不着急，可这家伙，到底去了哪儿呢？"唐雯说："肯定在网吧里。别的危险应该不会有，你们就别胡思乱想了。"丛林说："是呀，华媚你这一着急，我都跟着你蒙了，都被你搞得心里慌慌的了。"

丛林口袋里的手机响起，连忙掏出来接电话。来电话的是刘副院长。他问丛林有没有时间，说想和他聊聊。丛林说："这会儿我可能没时间，家里出了点事。"说着就把电话给挂了。

华媚忙问什么事？丛林说："刘副院长想让我到他办公室去一趟，想跟我商量商量选副院长的事。"华媚说："那你赶快去呀。"丛林说："去什么呀？珊珊没找到，我哪里有那个心思？"华媚说："这是关系到你前途命运的事，你怎么能这么不认真？刘副院长主动给你打电话，你这个态度，人家会怎么想？做人不能这个样子的。"丛林说："找不到丛珊我不放心。"华媚说："你早干什么去了？快去。这电话要是别人听了得蹦起来，你就是根木头，怪不得你升不了官。你别傻了好不好？唐雯，你看这个人。"唐雯说："华媚说得对，你还是先去吧，这里有我们盯着。等有了珊珊的消息，我们先稳住，然后给你打电话，你再回来。总比两头耽误了好吧？"丛林说："那好吧！唐雯，你给姗姗留言，就说爸爸给她买了电脑，让她一定要回家。"

丛林很快赶到了刘副院长办公室，轻轻敲门进去了。

刘副院长替丛林泡了一杯茶，顺便把门关上了。他说："这会儿就我们师兄弟两个，你的事，我们得好好合计合计。"丛林说："真是有劳刘副院长费心了。"

刘副院长把丛林让在沙发上坐了，说："这里没别人，你就别刘副院长刘副院长的了。丛林呀，你这庭长当得可有年头了，我心里不是滋味。你的表现，有目共睹，你的口碑也不错，这次民主测验对你很有利，一定要抓住机会。唯一能让人说的，就是家庭关系处理得不是很好，怎么样？最近跟华媚的关系还好吧？"

丛林说："最近还好还好。"

两个人便东一句西一句地聊开了。

从青瓷茶会所回来的路上，徐艺一直有点垂头丧气，似乎还没有从颜若水的打击中回过神来。辛然倒是一直在给他打气，说小财辛苦大财命，与其钻到西郊公园那块土地拍卖的死胡同里出不来，不如一心一意先把艺术品大拍的事情做好。

两个人刚回到公司不久，门铃便响了。徐艺以为是孙娜来了，让辛然赶快去开门，没想到来的竟然是鲁冰。鲁冰说："我在你们楼下办点事，顺便上来看看，没想到你们还真在办公室。"

自从周运年躺在医院病床上后，徐艺感觉与鲁冰的关系降到了冰点，没想到他今天会主动来公司，便赶紧起身迎接鲁冰，兴奋得脸都有点红了："鲁叔叔……哦，鲁局，您怎么不先来个电话？"

鲁冰说："临时想起来看看的，在忙什么？"

徐艺说："瞎忙，辛然，赶紧给鲁局鲁叔叔泡茶。"

鲁冰说："不忙不忙，辛然，你这会儿没事吧？"

辛然说："没事。鲁叔叔，您有什么吩咐？"

鲁冰说："那你能不能到下面报刊亭去帮我买几份报纸和杂志？"

辛然说："好，鲁叔叔你要什么报纸和杂志？"

鲁冰说："嗯……就是那种奇闻轶事、古今传奇什么的，只要故事性强、吸引人，瞎编乱造的都行。"

辛然说："鲁叔叔……你怎么会对这种东西感兴趣？"

徐艺来到辛然身边，一只手放在她背上，暗暗地使使劲，说："去吧去吧。自己看着办就行了，多挑一会儿。"

辛然一走，鲁冰便坐在了徐艺的大班椅上，徐艺则恭恭敬敬站在他旁边。

鲁冰说："徐艺呀，知道我为什么把辛然支走吗？"

徐艺说："鲁局您说。"

"院里选拔副院长民主测评的事上次跟你说过，你是局外人，我想听听你的意见。"

鲁冰玩核桃已经有些上瘾了，他把两颗核桃在手掌里玩得哗啦啦直响，嘴里慢声慢气地说，眼睛却并不看徐艺一眼。徐艺却很感动，要知道，那对核桃正是他送给鲁冰的。鲁冰话音刚落他便赶紧说："鲁局的事就是我的事，我这不是刚把胜利大厦的业务做完吗？钱已经到账了，我给您准备了一点，这种时候，是最花钱的。"说着，拉出刚塞到大班椅下面的那个旅行袋，提着往桌面上一搁。

"徐艺，说什么呢？"鲁冰边说边把那两颗核桃往桌子上一拍。

"鲁局，我说的可是真心话，我可从来没把您当外人。"徐艺说。

"我也是。但你会错我的意了。我不是来找你借钱的。我要钱干吗？你是要我去上面买官、拉关系？还是到下面搞贿选拉选票？不，这种事我不能干，我坚决不会干，还有一点，徐艺你得记住，在我和你的关系上，在经济方面，一定要清清白白，你明白吗？你鲁叔叔不是那种人。以前不是，现在不是，将来也不是。"

"我明白。"

"你不明白。我跟你说这件事，有两个原因：第一，你是辛然的男朋友、未婚夫，我不把辛然当外人，也就不把你当外人；第二，你人灵活，脑袋瓜子好使，能想出一些别人想不出的好主意。最重要的是，你是局外人，你明白了吗？"

"我明白了。"

"你明白了？那你说说看。"

"事情很简单，你与丛林狭路相逢，他上，您就上不了，如果他上不了，这位置，就是您的了。"

"说下去。"

"还用说吗？鲁局……哦，鲁叔叔有什么吩咐，尽管说。"

"我对你不会有任何吩咐，我不会让你去做任何事。"

"您只要不阻止我就行。您就是想阻止我，也办不到，谁叫我是局外人呢？"

鲁冰站起来，把一只手重重地搭在徐艺肩上："徐艺，希望我没有看错你。"

"我相信您的眼光。"徐艺挺了挺胸说。

"行，我走了，辛然没上来吧？"

"还没有。"

"所以……"

"所以，这事她一点也不知道。永远不知道。"

鲁冰再一次把一只手重重地搭在徐艺肩上："好好对待辛然，我走了。"

"你不要辛然给您买的报纸、杂志了吗？"

"先搁你这儿，好好看看吧！"

辛然手里拿着报纸、杂志走进徐艺办公室的时候，鲁冰已经走了，徐艺独自在那儿整理艺术品大拍的资料。

"嗯，鲁叔叔呢？他走了？他不要这些报纸、杂志了？哦，我明白了。他只是想把我支开。嗯，你们都说了些什么？"

"他让我早点娶你。"

"真的？"

"我干吗骗你？骗你有财发呀？哦，对了，辛然你知道吗？鲁冰，你鲁叔叔，又允许我叫他鲁叔叔了。"

"哦？"

"你这就打电话给孙娜，问她到哪儿了，让她别坐公共汽车了，赶紧打的过来。"

"你怎么这么着急了？"

"两件事，第一，我得把这摊子事交给你和她来做，我得把自己的时间空出来。辛然你知道吗？山重水复疑无路，柳暗花明又一村。西郊公园那块土地拍卖的事，有谱了。"

"是吗？鲁叔叔跟你说的？"

"不，他什么也没跟我说。"

"那你兴奋什么？"

"我兴奋了吗？没有吧？不，我很镇静，也很淡定。"

"你找孙娜的第二件事呢？"

"特殊任务。所以，暂时不能让你知道。"

"徐艺，你搞什么鬼？"

"我没搞鬼，一切都是为了挣钱，一切都是为了你和我。辛然，我答应你，只要能拿下这一单业务，我们马上结婚。"

第二十四章

（一）

孙娜敲门进来了。徐艺和辛然同时一惊——因为穿的是一身宽松的休闲服，她比照片上、比上次初试时似乎还要好看，简直可以用魅力四射来形容。而且，她的嘴也很甜，一笑两个深深的酒窝，竟有那么一点回眸一笑百媚生的韵味。

徐艺看得有些呆了。过了好几秒钟，才站起来咳嗽一声，对辛然说他想单独跟孙小姐谈一会儿。辛然疑惑地看了他一眼，挤出一丝笑说："好吧。你是想让我去买报纸、杂志，还是去打酱油？"徐艺知道辛然对他不放心，便用手在她肩膀上拍了拍，摇头说："都不用，你就在外面办公室等我，我希望能很快与孙小姐谈好她的工作。"

辛然跟孙娜打了个招呼，转身离开了徐艺办公室。徐艺离开坐着的大班椅，把办公室的门关上，围着孙娜转了一个圈儿，上下打量着她。

孙娜毫无惧色，对视着他，甚至朝他扬了下眉，挤了下眼睛。

徐艺站在她对面，把两只手插在自己口袋里，说："孙小姐，你身材高挑，面容姣好，尤其是眼神，真是勾魂夺魄、非常迷人。"

孙娜说："谢谢。这不是我参加复试的主要原因吧？"

徐艺说："至少是主要原因之一。你很想得到这份工作吗？"

孙娜说："想。"

徐艺说："有多想？"

孙娜向徐艺竖起一根手指头，调皮地一笑："一毛钱。"

"一毛钱？"徐艺问道。

"一毛钱就是十分，徐总问我多想得到这份工作，我的回答是，十分想。嘿嘿。"孙娜对着徐艺扑闪了几下她那迷人的眼睛。

"真的？"

"真的。"

"是不是真的，我们马上就见分晓，现在，请你把身上的衣服全部脱了。"

"什么？"孙娜的声音一下子就变了，她不相信似的睁大了眼睛望着徐艺。

"你听懂了我的话，只是不敢相信你自己的耳朵。"徐艺盯着她说，"我的普通话够标准，因此，所以，我不想重复我的命令。但我可以告诉，你想在江湖上混，必须彻底解放天性，必须不顾尊严，必须不讲道德廉耻，因为只有这样，你才有可能成功……"他扬起手腕，看着上面的手表说："你还有十五秒钟的时间，十五、十四、十三、十二、十一……"

门外，辛然正把耳朵紧紧贴在门上听着，但是很显然，她听不真切。

门内，当徐艺倒数到还剩下最后五秒钟的时候，孙娜真的开始脱衣服了，并且很快脱得只剩下了文胸与内裤。

"好，很好。你的表观让我非常满意。你是学影视表演的，对你来说，这不是什么难事。"徐艺回到大班椅上坐下，拿起桌子上的一支铅笔，夹在手指间转动着，眼睛望着孙娜说："好了，现在，你把脱下来的衣服，一件一件地穿回去。我告诉你，你只要在社会上成功了，你就拥有了尊严与别人的敬仰，为了这个结果，过程什么的，都是浮云。你同意吗？"

"这不重要，重要的是……"孙娜很快穿戴停当，她也直视着徐艺的眼睛说，"我想知道，是不是从现在开始，我已经获得了这份工作？"

"是的。我们接下来要讨论的问题，是你愿意做什么样的具体工作？还是……只要我安排的任何工作，你都愿意去做？"

"在回答这个问题之前，我们得先讨论一下……薪酬。"

"很好，孙娜，我不喜欢绕弯子。我很高兴地看到，你也有这样的好习惯。很好，非常好。现在我告诉你，你的第一份工作，是去跟一个男人上床。"

"脱衣服与跟一个男人上床，是性质完全不同的两件事。徐总，我没走错地方吧？你这不是拍卖公司，而是……那种洗浴桑拿中心？"

"当然不是，因此，所以，我只会派你去跟一个男人上床，而不是跟很多很多的男人上床。你跟性工作者的根本区别在于，你不能找这个男人要钱，你的钱由我来付，我是说除了固定工资以外，我还可以给你发劳务费。"

"也就是说，这项工作如果做得好，就像是……一夜情？"

"你真是太聪明了。而且，这个男人非常优秀，而我支付的劳务费，将会大大地超过你的想象，足以让你觉得……动心，怎么样？"

孙娜似乎在犹豫。

"这件事对我来说比较急，用一句老话来说，时间就是金钱。"徐艺不容她犹豫，他再次站了起来，望着孙娜说，"因此，所以，你得及时回答我的问题，你可以不答应，这样，我可以另请高明。"

"是呀，否则，你也不会在周末把我叫过来。"孙娜似乎低头咬了一下嘴唇，马上又抬起头来与徐艺对视着，"我想问一下，你怎么知道这个男人……是否愿意跟一个陌生的女孩子……嗯……上床？"

"不知道。这是你的问题。我看了你的简历，你是学表演的，你长得很漂亮，很美，很有男人喜欢的那种……艺术气质或者说骚劲儿。你大学刚毕业，今年刚满二十一岁，对吧？"

"对。"

"顺便问一下，你是处女吗？"

"哈哈，徐总开什么玩笑？你也太小看我了。"

"我没工夫跟你开玩笑。我的意思是说，你是成年人，有些问题不用我来教。"

"是吗？你确定？"孙娜挑逗地看着徐艺，朝他挤挤眼睛。她甚至走上前来，用手指戳了一下徐艺的胸脯。

徐艺一躲，手指间快速转动的那支铅笔掉到了地上："好了好了，对我就不用施展你的艺术魅力了。"

孙娜优雅地弯下身子捡起那支铅笔，把它递给徐艺，等徐艺伸手去接时，她又把手一缩，一扭腰肢，朝后退了两三步，说："有句话真是说得不错。"

"哪句话？"徐艺问。

"女孩变坏就有钱。你们这些臭男人，真是没有一个好东西。"她说，把手里的那支铅笔扔到了徐艺前面的大班台上。

"好了好了，我们没有时间讨论这么高深的哲学问题。关于你工作的事，你是现在给我答复，还是想好了给我电话？"

"这取决于你的开价。"

"你要多少？"

"你准备付多少？"

徐艺知道，在讨价还价的问题上，一般是谁开价谁被动，但他顾不了那么多了，朝孙娜伸出一只手，左右一翻。

"多少？"孙娜问。

"五千。"徐艺说，"你自己刚才已经说过，你已经不是处女了。"

孙娜摇头。

"好吧，一万。"徐艺说。

孙娜摇头。

"两万，底价。不同意，你走人。"徐艺说。

"成交。"孙娜说，"我不会长期在你公司工作，做完这一单，我可能立马走人。怎么样？"

"这个问题以后再说，我们可以实行双向选择，你可以炒我，我也可以炒你，随时。"

"好。谈操作性问题，是你介绍我认识他，还是我自己去认识他？"

"你自己想办法。"

"那你得先付一半预付款。"

"没问题。我喜欢与跟我讨价还价的人做生意。我有一个预感，我觉得没有看错你。不过，我给你的时间不多。"

"多久？"

"三天。"

"三天？"

"对于像你这样长相靓丽、聪明机灵的女孩子来说，足够了。当然，为了证明你出色地完成了任务，事后，你得向我提供一件小小的东西。"

"你说的是视频资料？"

"你可以稍微做点后期制作，把自己的脸打上马赛克。"

"那个男人的就不用那么麻烦了。"

"太对了。而且必须能够让我认出，就是那个男人。"徐艺打开抽屉，从里面拿出三样东西 —— 一张男人的照片、一叠人民币和一个小小的器材，递给孙娜说，"这是我替你准备的目标照片、预付款和针孔摄像机。"

孙娜接过，举着那个小小的针孔摄像机说："我听说，使用这个玩意儿，是非法的。"

"对，如果你不小心被逮着了的话。"

"那我就只好把你供出来，除非你能……用奖金堵住我的嘴，我听说，重赏之下必有勇夫。我还听说，重赏之下也必有淫妇。这个，我懂的，你也懂的，不是吗？"

"闭嘴。我要求你坚决杜绝这种情况的出现，否则，你会死得很难看。"

孙娜不禁一颤。

"你害怕了？"徐艺咧嘴一笑说，"你不应该感到害怕，你应该知道，我们做任何一件事情，都是风险与机会并存的。我欣赏你的美貌，相信你的演技，但我完全不知道你的职业操守。我也在赌。你看，这事挺公平。不是吗？现在，你可以走了。"

"不，我还有最后一个问题。"孙娜说。

"你说。"

"外面的辛然，是你的女朋友吧？"

"未婚妻。"

"她不可能不爱你，可是，她真不幸。"

"同意你前面一句话。后面一句话，我不觉得，她也不觉得。记住，孙娜同学，你是上舞台，人生舞台，不是上战场，更不是上刑场。"徐艺边说边起身递给孙娜一张名片，顺便拍了拍她的脸蛋，说，"当你对你的任务感到畏难的时候，不妨把它当成是一次表演。请在第一时间给我电话，我等着你凯旋而归，耶。"

曾真就要出门的时候接到了胡海洋的电话，他告诉她自己来了省城，让她一起吃饭。曾真本想拒绝，却顺口问了一句"还有谁？"胡海洋说："还有张仲平和他太太。"鬼使神差，曾真竟一口答应下来。她打电话给同事说了侯昌平的事，让他们先去跟一下，回到屋里准备重新收拾一下去赴胡海洋的饭局。

她一直很兴奋，一种夹杂了莫名期待与小小恐慌的兴奋。她在一个很偶然的情况下在街上抓拍过唐雯，唐雯跟文具店小售货员理论的照片还被放大了挂在她墙上过。跟张仲平在一起后，她更是对与唐雯有关的信息敏感有加，她已经在想象中把唐雯描绘过了一百遍一千遍：她应该是一个知性的中年女人，她应该优雅而有涵养。她不知道这种描绘有多大程度的准确性，但她急切地想知道与自己所爱的男人共同生活了二三十年的那个女人到底是个什么样子。

电脑里一直在播放刘若英的《为爱痴狂》："想要问问你敢不敢，像你说过那样的爱我，想要问问你敢不敢，像我这样为爱痴狂……"

只要一想到唐雯，曾真内心里便经常会有一种内疚感和罪恶感，她其实是害怕与唐雯直接面对的，因为对方的存在将实实在在地提醒她：自己对男女感情的那种追求，不过是一个自私自利的偷窃行为，因为你爱上的男人是别人的老公。她明白她为什么一遍又一遍地放那首歌了，那是希望通过夸耀所谓痴狂的爱情来消弭自己内心的罪恶感。

她一边在梳妆台前化妆，换不同的衣服，一边忍不住给栏目组的同事打电话，问跟踪侯昌平的事有什么困难没有？她希望说有，这样，虽然她已经答应了胡海洋，却有了一个临阵脱逃的理由与借口。可同事明确地告诉她："没什么困难，你不是刚从地震第一线回来吗？好好休息吧！"

她换了无数套不同的衣服，都觉得不合适。她在梳妆台前把妆卸掉，仍然恢复到平时的样子。她拿出张仲平忘了拿的资料袋，从里面拿出那块男式表，仔细看着，戴在另外一只手腕上，然后把两只手腕并放在一起欣赏。想一想，还是把那块男式表取下放入了资料袋内。

她自己也不想戴表了，取下左腕上的表，带上一副上次去湖南凤凰玩买的银手镯，仔细打量着。在房子里以略为夸张的小女生动作迈几步，又褪下腕上的工艺首饰，戴上手表，在镜子前面照照，带上相机，终于离开了家。

在这之前，张仲平从丛林家里接了唐雯，按照胡海洋提供的地址进了酒楼包厢。他们来早了，说好要做东的胡海洋还没到。服务员问他总共有几位客人？张仲平并不知道，他猜想胡海洋主动约他谈事，应该不会叫别的人，加他们两口子应该就是三位。

服务员问他是不是现在点菜？张仲平想，胡海洋来省城，自己应该尽地主之谊，便想自作主张把菜点了，等下抢着买单就是，便让服务员推荐一下他们的招牌菜。

服务员说："我们这儿的招牌菜是水煮活鱼。"

唐雯吃惊不小，说："水煮活鱼怎么个煮法呀？太残酷了吧？"

张仲平笑道："哦，你放心，她说的水煮活鱼不是用锅子直接煮活蹦乱跳的活鱼，而是先把活鱼养在池子里，临时捞起来宰杀，再下锅煮。行，来一份。"

听张仲平这么一解释，唐雯便有点惭愧地说："我整天躲在书斋里，真是两耳不闻窗外事，未能与时俱进。这样不行呀，今后我得多跟着你在外面跑跑。"

张仲平说："你累不累？"

唐雯脸皮一厚，半真半假地撒娇道："跟你在一起就不累。最主要的是，我不想远远地落后于这个时代。就像刚才这个问题，要是当着你的客人的面问，不是会让你很没面子吗？人家还以为你老婆是个傻子。"

"此言差矣，我反而觉得有面子。因为女人无才便是德，你真要当着客人的面问这个问题，恰恰证明你天真可爱。"张仲平说。

"张仲平，有你这么损老婆的吗？你以为我还是二十来岁的小姑娘呀，我这一大把年纪了，还那么无知，别人还以为我是老女人装纯情。"

"哪里呀？在我心目中，你一直就这么天真可爱、美丽温柔，都几十年如一日了。"

"你今天是怎么啦？无事三分笑，非奸即盗，说，今天上午在外面做什么好事了？"

"做好事不留名，这可是我们应该学习的雷锋精神，所以我不会告诉你，你要想知道，你得赶紧给我买个日记本，以后把做过的好事都记在日记本里。"

听了这话，连等着他们点菜的服务员都忍不住"嘿嘿"乐了。张仲平问她："笑什么？"服务员忙先道了歉，说："我觉得你们两口子说话好有意思的。"唐雯说："你听他贫，好了好了，继续点菜吧！"

就在张仲平和唐雯头挨着头，一边点菜一边窃窃私语的时候，曾真在另外一个服务员的引导下，进入了酒楼包厢。张仲平慌忙站起来道："曾真？"

（二）

曾真没想到会看到他们两个那么亲密，忙镇静道："张总，你好。这位是……张太太吧？"

张仲平说："哦哦哦，正是正是。来来来，我给你们介绍一下，这位正是贱内，唐雯，大学教授……"

773

唐雯缓缓起身，先看一眼张仲平，再定定地看着曾真，不卑不亢地更正道："副教授。"

张仲平一笑："对，目前是副教授，马上就要升教授了。这位是曾真，电视台记者。"

曾真迎着唐雯的目光，努力让自己面带微笑地说："久仰久仰。"

唐雯说："哪里哪里，应该是我久仰久仰才对。"

最尴尬的应该是张仲平，他没想到胡海洋会把曾真叫来一起吃饭。但他知道，自己可不能表现出丝毫的不自然，便赶紧道："坐吧坐吧，曾真你坐。"

没想到唐雯抢话道："应该是我先坐，这样，我才好继续对曾大记者久仰久仰啊！"

张仲平不知道该说什么才好，只好含糊地"哦哦"了几声。

曾真一笑，说："张太太真是太会说话了，那，您先请。"

唐雯说："开玩笑开玩笑，你请你请。"

张仲平说："都坐吧都坐吧！"

唐雯也没有想到会在这种情况下遇见曾真，但既然不期不遇，便似乎并不想那么快结束与曾真暗藏玄机的交锋，她继续望着曾真说："我说久仰，可不是虚伪的客套。你看，我们一家三口，已经有两个人认识你了，而且，似乎还都跟你发生了或多或少的故事，我耳朵边、脑子里，可是经常被你骚扰呀！"

这话有点言重了，张仲平飞快地偷看一眼曾真，想知道她会不会因此而生气或难堪。

曾真倒是大方一笑："您要这么说，那我得向您道歉。其实，我跟您先生还有您女儿，认识的缘分稍微早你一点而已。现在，咱们也认识了，说不定还会直接骚扰您。怎么说呢？现在的记者，好像还真是一个令人讨厌的角色，人们不总是说要防火防盗防记者吗？我得代表记者请您多多包涵。怎么样，我们要不要握握手？"

唐雯说："应该应该。"便大大方方地向曾真伸出手。

两手相握，两个人手腕上竟戴着一模一样的两块手表。唐雯不禁有些惊讶，扭头看着张仲平。这时，胡海洋推开包厢的门进来，正好看到这一幕，他叫道："哇，你们两个认识了？"

唐雯把头转向胡海洋："曾大记者是您的……"

"外甥女，我让她来蹭饭的。"胡海洋答道。

"哦，欢迎欢迎。"唐雯答道，这才把曾真的手松开。她坐下来，转向张仲平说："仲平，这么重要的客人，你应该提前告诉我，我怎么着也该好好收拾一下，来个闪亮登场吧？"

张仲平早就把和胡海洋一起吃饭的事告诉了唐雯，她这么说指的显然是与曾真见面的事。张仲平一时性急地说："我没想到……曾真会来。"

曾真自嘲地一笑："看来蹭饭的人总是不受欢迎呀，没关系，你们可以把我当成是……空气。"

唐雯虽面带微笑，说出的话却有点不依不饶："空气可是无处不在的呀！"

胡海洋赶紧打圆场说："对不起唐教授，这事怪我没给张总打招呼。我这外甥女，野惯了。今天带她来，两个目的：一呢，是让她见见你，学学什么叫知书达理；二呢，就是让您对她面试一下，你们大学里要有合适的年轻人，也好给她介绍一个。"

曾真对胡海洋嘟噜着嘴说："舅，你这胳膊肘可有点儿外拐，你这是想把我给卖了呀？张总，别在一边不吱声，你给评评理，有这么当舅的吗？"

张仲平今天似乎完全失掉了平时的应急能力与幽默风趣，嘴里只有"哦哦"的份儿。

唐雯倒像是来了精神，她对曾真说："嗯，你还别说，你舅还有你，真要信得过我，我没准真有能耐成就一段好姻缘，就不知道曾真大记者有什么特殊的要求？"

曾真本来就是一个心高气傲的主，见唐雯那么积极主动，心里不觉好笑，说："我有什么特殊的要求？不，我连要求都没有，只要是个公的就行。"

唐雯却像没听懂她话里的情绪似的说："哎哟，这要求可就高了，有些男的看起来是公的，可还真不是男子汉。"

曾真豁出去了似的说道："这里有两个标本。我从小崇拜我舅，如果唐副教授能够找到一个像我舅这样的，我真的会对你感激不尽。还有一个标本，就是张总，对张总你应该最有发言权，你觉得他像不像……男子汉？"

胡海洋把曾真喝住道："你这话可有点没大没小了。好了好了，你们两个也别你一句我一句地飚台词了，拍电视剧呀？别搞得我们连嘴都插不上呀。张总，今天是周末，开戒喝点儿？"

张仲平说："不啦不啦，等下咱们还得谈正经事呢！"

菜很快就上来了，四个人一边吃饭，一边聊天。

唐雯今天的话似乎特别多，她对胡海洋说："胡总，我们虽然是第二次见面，可我有个问题想问，却不知道合不合适？"

胡海洋说："唐教授别客气，有什么话你尽管问。"

唐雯说："据仲平说，你的公司非常有实力，应该已经赚了很多钱了。我不明白，你为什么还要那么辛辛苦苦呢？"

胡海洋很快看张仲平一眼，不明就里地一笑。张仲平也很快回望了胡海洋一眼，赔着一笑。两个人的眼神交流没有逃过曾真的眼睛。昨天夜里张仲平以打给胡海洋的名义给她打电话时是个什么状况，她并不知道，自然不敢插嘴。她看看张仲平，又看看胡海洋，竖着耳朵，想知道唐雯下面会说什么话。

唐雯说："哦，我的意思是说，古人说知足常乐。我的问题是，挣钱真的那么重要吗？你们男人难道就不能把脚步放慢一点？难道就不能怀着一颗平常心，一边做事业，一边享受平凡而简单的生活？"

曾真这下忍不住了，插嘴道："这个问题问得好。在很多女人眼里，男人要没有事业心，叫没出息。可有事业心的男人，总是野心勃勃，自以为负有多么崇高、舍我其谁的使命。岂不知他在完成这些使命的过程中，往往忽略了他身边的人。相对来说，女人就简单多了，她一生甚至可以只有一个野心，就是在骨子里把爱视为人生最重大的事情，她忍受寂寞，历经磨难，都是为了找寻那个她愿意钟爱一生的男人。"

唐雯偏着头看着曾真，等她把话说完了之后停了好几秒钟，这才说："曾大记者可真是出口成章呀，我得说你说得真好，说出了女人的心声。可是，这样的男人，真的值得女人全心全意地去爱他吗？"

曾真并没有因为受到唐雯的表扬而忘乎所以，她说："唐副教授比我年纪大，生活阅历比我丰富，应该更有资格回答这个问题吧？"

胡海洋说："哎呀，你们两个都跑题了，现在男人的事业心，没那么崇高，往俗里说，不过就是升官发财。这可是一条不归路，男人要上了这条道，等于上了一个永远停不下来的磨盘。使命？男人的所谓'使命'，不过源于他毫无止境的占有欲，或者说，源于他的劣根性，比如说贪婪与恐惧。回到唐教授的问题上来，男人为什么要那么辛辛苦苦呢？因为他命贱，对吧，张总？"

张仲平笑一笑，似乎觉得这个问题不值得回答，或者说一下子没想好该怎么回答。

曾真问胡海洋："舅，你刚才说到贪婪与恐惧，那是什么意思？"

唐雯说："贪婪是一种过分的欲望，所谓'欲壑难填'，所谓'人心不足蛇吞象'，由此引发一系列的恶性案件，这还能理解。说到恐惧嘛，字面的意思是极度的害怕，可是，它怎么也会是人的最主要的劣根性呢？"

曾真说："舅，你的意思是不是说，一个什么事情都前怕狼后怕虎的人，是一个无所作为的人？一个这也怕出错那也怕出乱子的社会，是一个无所作为、没有活力也没有发展前途的社会？"

胡海洋说："可以这么引申。还有，就是人正因为有了对未来、对不确定性的恐惧，才会拼命地、变态地去占有某些东西，以为那些东西可以给他带来安全感。比如刚才说到的挣钱问题，这个社会谁会嫌钱多？谁不认为钱越多越好？关键的问题是要搞清楚，挣什么钱、怎样挣钱和怎样花钱。再比如男女关系，据说男人总是渴望妻妾成群的。可是，从心理学的角度去分析，花心男人不仅感情脆弱，还可能存在着一定的人格缺陷。他们花心是因为他们缺乏掌握一种深入密切、牢固稳定的两性关系的能力，所以只好用不断更换新对象所获得的新鲜感来抚慰情感上的空虚和脆弱。这不就回到贪婪的路上去了吗？因为恐惧所以贪婪。"

曾真说："哇，舅，原来你这么能说呀？而且，还貌似很有道理。"

唐雯说："张仲平同学，你半天没说话了，在想什么呢？"

张仲平说："没想什么呀，在听你们说话呢！"

唐雯说："那你说说，你是不是一个感情脆弱的人？"

张仲平说："我？几十年都过来了，你还不知道我感情脆弱不脆弱呀？"

唐雯说："关键的问题是分寸感的把握，做什么事都不能太过分，对不对？"

张仲平说："那当然。"

曾真说："话是这么说，可是人的欲望是很复杂的呀，谁能真正成为自己欲望的主人？恐怕只有圣人了。"

张仲平说："是呀，每个人都有不由自主的时候，也有无可奈何的时候。"

唐雯说："这我可不同意，什么叫不由自主？还不是拿不由自主作为自己屈从于某种欲望的借口？"

张仲平一笑，并不想反驳唐雯。恰在这个时候他的手机响了。他看了看上面的号码，起身走到包厢门口，准备到外面去接电话，想想又在门口停住，直接接了电话。

电话是丛林打来的，他告诉张仲平丛姗已经回家了。问他什么时候有时间，想跟他聊聊刘副院长找他的事。张仲平说："好的，有时间我给你打电话。"

张仲平打电话的时候，唐雯一直扭头看着他，曾真则一边低头吃菜，一边用眼睛的余光瞟视着他们两个人。

等张仲平接完电话回到座位上，胡海洋对唐雯说："教授，不好意思，等下吃完了饭，我可能还得替张总向你请会儿假，我跟他有点事还要谈一下，怎么样，占用你老公周末的时间，教授没意见吧？"

唐雯笑道："敢情我在胡总眼里那么霸道呀？你问他自己，我们家是不是最民主了？我几乎就不怎么管他，就不知道这种无为而治的搞法到底对不对？曾真，你是女孩子，你觉得呢？"

曾真说："我？怎么说呢？都说绝对的权力引起绝对的腐败，你对他不加管束，还真是危险。如果我是你，嗯，我会把他管得严严实实的。"

唐雯眼睛一亮道："哦？你有什么好办法？"

曾真倒笑了："唐副教授该不会是病笃乱投医吧？我刚才是在开玩笑，我一个嫁不出去的老姑娘，哪有什么驭夫的经验之谈？这玩笑开大了。"

唐雯也笑了："也是呀！是你的，就是你的；不是你的，就不是你的。你争你抢、你绞尽脑汁、你费尽心机，都没有用。"

曾真点头道："是呀，感情就像沙子，越是紧握，越容易失去。"

唐雯又道："只要我们努力了、珍惜了，便问心无愧。其他的，就只能交给命运了。"

曾真说："我刚才还说我舅的口才好，其实，唐副教授的口才，才真正叫好。跟你比，我觉得自己真的好幼稚。我好羡慕你的知性。"

唐雯说："是吗？你的意思该不是说我老气横秋了吧？我可真是羡慕你的青春靓丽呀！"

无酒不成宴席。因为没喝酒，这顿饭便吃得比较快。

张仲平抢着买了单，从酒楼出来的时候，硬是被胡海洋让着和唐雯一起走在了他和曾真的前面。

张仲平径直走向自己的车子。唐雯想拉他的手，被他看似无意地甩掉了。他快步走到车子跟前，替唐雯把车门拉开了。曾真怔怔地看着他的那一套动作，竟忘了跟他和唐雯道别。

胡海洋和张仲平约好了，张仲平先送唐雯回家，然后两个人再找个地方喝茶或者洗脚。

在张仲平开车回家的路上，唐雯忍不住问他说："我刚才拉你的手，你为什么把我手甩开？"张仲平只好装傻说："有吗？没有吧？"

吃饭的时候，唐雯和曾真虽不叫针锋相对，至少叫暗中较劲儿。这让张仲平心里有点不是滋味，两个都是自己的女人，他不知道心里的天平该偏向哪一边，而最重要的是，他既怕胡海洋看出端倪，更怕唐雯看出他与曾真有关系的蛛丝马迹。

唐雯把头一直偏向窗外，突然重重地叹了一口气，道："我终于见到她了。电视里还不觉得，面对面在一起，你不觉得她长得很像一个人吗？"

张仲平只好继续装傻，说："谁呀？谁长得像大猩猩了？你还是我？"

"你别打岔，我说的是曾真。她长得像夏雨，太像了，你不觉得吗？"唐雯把头回过来，紧盯着他说。

"觉得。"张仲平知道回避不了，干脆直接说。

"说呀？"

"说什么？"

"曾真长得像夏雨，对此，难道你没话可说？你已经忘了夏雨了吗？"

"我确实已经忘了，可你一提，我又想起来了。"

"嚯，你怪我提了？她老是在你面前晃来晃去，就不能让你想起夏雨？"

"唐雯，你今天是怎么啦？我跟你说，曾真没有在我面前晃来晃去。我认识她是不错，她是徐艺的同学，因为胜利大厦的事，还有丛珊和小雨的事，我曾经找过她，后来因为跟胡总的关系，又见过她几次面，这就是我跟她的全部关系，怎么啦？你还想知道什么？"

"干吗呀？我这不跟你聊天吗？干吗像在法庭上自我辩护似的？你这么大的情绪，正常吗？你跟她，不会真有什么问题吧？"

"懒得跟你说。"

"嘿嘿，张仲平，你还真来劲儿了。我第一次跟你出来，就有这么多事，要是你不在我眼皮底下，还不知道怎么样呢！"

见唐雯真当一回事，张仲平觉得不能跟她硬着来，得以柔克刚，他拿右手捅了捅她的左胳膊道："你呀，这是典型的疑人偷斧。我跟她——曾真，就是纯粹的朋友关系，不，朋友关系都谈不上，就一熟人。你要相信我的说法，什么事儿都没有，你要不相信，就免不了疑心生暗鬼，自己把自己弄得难受。可我不希望你为这种八竿子打不着的事难受。因为你难受我会更难受。"

"是吗？"唐雯似乎有点不吃他这一套。

"是的，我们夫妻都几十年了，我什么时候做过对不起你的事？"

"我也纳闷，都说男人有钱就变坏，你怎么就没变坏呢？这是一个奇迹吗？还是你太会演戏了？"

"我没变坏你不爽是吧？那要不要我变坏给你看看？"这话很重，张仲平说的时候却是嬉皮笑脸的。

"好你个张仲平，你还真不能变坏了。你要真变坏了，还赖我，敢情你变坏是我逼的。"唐雯娇嗔道。

"就是。"

"就是什么？这事还有一说呢，说吧，她手里戴的那块表是怎么回事？"

（三）

在胡海洋车上，他也在追问曾真同一个问题。

曾真真后悔没戴那副银手镯，见胡海洋问起，却也只能理直气壮地替自己辩护，她说："我为什么就不能跟她买一样的手表？她为什么就不能跟我买一样的手表？这不过是个巧合罢了，就像撞衫一样，舅，这不值得大惊小怪吧？你想说什么？"

胡海洋说："我想说……我是怕你跟张仲平纠缠不清。你今天也看到了，他老婆——唐雯、唐副教授，是很优秀的人，可不是个软柿子。"

"今天你特意安排我和她见面，就是为了让我见识这个？"曾真问。

"曾真，即使在男人看来，张仲平也是很优秀的。你跟他交往不少，我是怕你犯糊涂。有些事，是真不能做的。我是过来人，我跟你说，有妇之夫就像是一本精装书，装帧精美、内涵丰富。可是，这本书，越精彩、越吸引人、越让人感动，越危险。因为他已经属于别人，你要想据为己有，别人不会答应，甚至会找你拼命。我这可不是吓唬你。"

曾真倒抽了一口冷气，硬着头皮说："舅，我跟张仲平的关系，不是你想象的那种，这点你尽管放心。不过，我倒是愿意就这个话题跟你好好聊聊。假如，我是说假如，一个像我这样的女孩子，死心塌地爱上了一个已婚男人呢？如果爱情非常霸道地要替她做主呢？她该怎么办？"

"爱情？爱情与婚姻从来就是两回事，爱情是激情的、浪漫的，婚姻是理性的、是现实的。人们最常犯的两个错误：一是拿爱情的幻想对待婚姻；一是拿处理婚姻的方式对待爱情。在现在这个社会，爱情从来都不是空中楼阁，不可能仅仅是两个人之间的事。"

"是呀，在现在这个社会，爱情不是生活必需品，而是奢侈品。它似乎唾手可得，其实遥不可及。"

"换一种说法，这不是一个适合爱情生长的年代。这个社会最不缺的就是赝品、仿品、山寨版的替代品，真正的爱情找不到，貌似爱情的东西随处可见。"

"那，什么才是真正的爱情呢？"

"真正的爱情是裹着蜂蜜的毒药，既甜美又可怕，它只在一个人的生命中出现一次，那是一种病，杀伤力很强，足以把人搞死。如果一个人没有被搞死，将获得终身免疫能力，再也体会不到什么爱情。"

"有那么可怕？"

"舅是最疼你的人，我会骗你吗？真儿，我跟你说，因为爱情而把小命搭上，没必要，完全没必要。你该结婚了，不是因为爱情，而是因为条件相当。"

"可我不想随便找个人凑合着过日子，不，舅，那样我会很不甘心。对于跟我结婚的对象，也会很不公平。"

"真儿，生活的真谛，不是你想要什么，就非得要得到什么，而是你不能要什么，便能把这件事从从容容地放下。真儿，你是女孩子，女孩子的力量与魅力，不在于强悍，而在于柔软，能够像水一样顺势而为、随机应变。真儿，舅不想你在感情上受到伤害。"

"舅，你说得有道理，问题是，哪个女孩子能做到这样？除非……除非她心如止水，已经失去了爱的能力。"

"你这样可真让我担心，不，你不能这么飘来飘去了。你爸你妈快从美国回来了，要不然，你还是干脆去美国得了。"

"我干吗去美国？我才不呢！舅，我的事，你可不准跟我爸我妈胡说八道哟！"

在另外一辆车上，张仲平和唐雯谈话也还没有完，但张仲平内心里已经明显地有些不耐烦了，还只能小心翼翼地隐忍着，对唐雯赔着小心说："我说我们能不能不讨论这些无聊的问题了？在你眼里，我可能是块宝；在别人眼里，我不过是棵草，真不知道你有什么好担心的。你就放心吧，我的老婆大人，世界上的大多数男人都是坏的和比较坏的，但你老公，我，张仲平，还是好的和比较好的，为什么呢？因为你好呀，你是贤妻良母呀！要不然，你们学院会把咱们家评为'精神文明之家'？这都是你的功劳。"

唐雯明明知道张仲平可能在给自己灌迷魂汤，却也想把心情转换得好一点，便接过他的话说："哦，对了，说到'精神文明之家'的事，学院昨天告诉我，说最近电视台还会安排一次采访，到时候你也得参加。"

张仲平说："我？我就算了吧！"

唐雯又要急了："怎么能算了？什么是家？起码得有老婆有老公吧？怎么能让我一个人唱独角戏？那能和谐到哪里去？又能精神文明到哪里去？"

张仲平想想也是，便点头应允，只是说他最近太忙了，希望能提前告诉他。

车子很快驶进了张仲平家的小区，唐雯下车之前问他什么时候回来？张仲平看了一下手腕上的表说："不知道，可能得晚一点。胡总对香水河国营物资公司那块地感兴趣，我们得商量一下操作细节。"

张仲平这是在撒谎，西郊公园那块土地拍卖是块肥肉，也是他下半年的业务重点，但从程序上来讲还早呢，远没有到急着与胡海洋商量操作细节的地步。

张仲平撇开唐雯自然是想与曾真单独腻在一块儿，他觉得自己真的已经越来越迷恋她，他甚至觉得她举手投足乃至说话的声音都越来越像夏雨了，特别是她那边说边笑时的神韵，总是让他回味无穷，让他时时地体会到一种既虚幻又现实的甜蜜之感。

他急切地想见曾真还有一个原因，就是唐雯的那些话似乎句句都在含沙射影，他很怕曾真受到伤害，她是一个令他怜惜的女人，如果真有来自于他老婆的伤害，而他又不能及时安抚，那他便无异于帮凶。

他想给胡海洋打电话请个假，理由是家里突然有点事脱不开身。这借口有点冒险，胡海洋完全可能想个小办法就能从唐雯那儿试探出他是否在撒谎。当然，胡海洋这样做的可能性不是很大，因为当他试探出他是否在撒谎的同时，会加深唐雯对自己老公的怀疑，他的行为便会显得不那么光明磊落。他应该不会那样做。

但胡海洋是个精明的人，不可能看不出他与曾真之间超越常态的关系，他不跟自己打招呼便把曾真叫来一起吃饭就大有文章，也许他也在观察他与曾真。看来，以后在他面前还得把两个人的关系隐藏得更深一点。

张仲平先给曾真打了一个电话，刚接通就挂了。曾真要是方便，会很快把电话回拨过来，要是不方便，只当是他不小心碰着了手机发射键，他们之间这点默契还是有的。

曾真果然很快给他打来了电话，开玩笑说是不是他已经把尾巴甩掉了？张仲平问她在哪儿？知道胡海洋把她送到楼下便回酒店之后，他说："行，我直接上你那儿。"

他找了个借口，把跟胡海洋见面的事挪到了周一白天。待和曾真见面之后，两个人说的还是唐雯。

曾真问："你知道我见她是什么感觉吗？"不等张仲平回答，她接着说："去见她之前，我其实很犹豫、很紧张，我又想看看她到底是个什么样的人，又怕见她，怕在她面前露了馅。刚见到她的时候，我是硬撑着的，心里想，我既不能表现得很心虚，又不能输给她。可时间一长，我竟然觉得跟她谈话其实很自然。真的，我不知道是她太有亲和力了，还是我骨子里没有把她当敌人。这真是很奇怪。我甚至有一个感觉，觉得我跟她应该很谈得来，怎么会这样？这不正常呀！"

听了这话，张仲平心里的一块石头算是落了地，他没皮没脸地说："这很好呀，阶级姐妹是一家嘛。"

"你别讨厌，好好听我说话。你知道吗？有一阵子，我不是不想说话了吗？其实，我是想骂你。"曾真说。

"你想骂我？你想骂我什么？"

"我是想骂你，你可真不是东西，老婆这么优秀，还到外面拈花惹草、惹是生非。"

"这个……也要怪你太有魅力了。"

"我舅一直在怀疑我们之间的关系，只是，他没抓到什么把柄。你说，要是万一唐教授，或者我舅，真的知道了我们的事，那可怎么办呀？啊？"

"坦白从宽，牢底坐穿；抗拒从严，回家过年。只要我们小心谨慎，他们永远也不会知道。"

"可是，纸是包不住火的呀！"

"谁说的？我告诉你，纸是可以包住火的，比如说灯笼。纸不仅能包住火，还能在天上飞，比如说孔明灯。"

张仲平总是很会讲这些歪道理，曾真理论不过他，只好扬起拳头打他，说他讨厌。过了一会儿她说："她怎么会也有那么一块手表？"

张仲平说："哦，徐艺送给我的生日礼物，给她也送了一块，算是情侣表。"

曾真感慨道："嚯，没想到徐艺、辛然跟我这么默契。你倒是好了，这下可以光明正大地戴表了。可她，不是要怀疑我们了吗？"

张仲平叹了口气道："这是肯定的，她确实在问这个问题。"

"你是怎么回答的？"曾真问。

"我能怎么回答？我说，她为什么就不能跟我们买一样的手表？徐艺和辛然为什么就不能跟她买一样的手表？这不过是个巧合罢了。"

"我舅也问过我这个问题，我也是这么回答的。"

"那证明我们也太有默契了。"

"不，我不应该去吃那顿饭的，要去也不应该戴表去。见到她以后，我的心情很复杂。她有过错吗？没有。她是一个无辜的人。可我……可我们，却在她心窝窝上捅刀子。她没有感觉吗？不，她不可能那么迟钝。她有感觉吗？却仍然对我们笑脸相迎。仲平，我……我们，是不是太残忍了？是不是太不是东西了？"

张仲平很认真地想了想说："人都是自私的，人的自私自利并非必然伤害到别人。追求快乐与幸福是人的本能，在追求快乐与幸福的过程中，也不是必然伤害到别人不可。对于唐雯来说，她不知道的事也就是不存在的事，我们只要努力做到不穿帮不露马脚就行了。"

这套说辞显然说服不了曾真，却也不知道该如何反驳。她同时想起了胡海洋跟她说过的那番话，如果爱情与婚姻是两回事，那么，她要是只找他索要爱情而不要婚姻，他们是否就能与唐雯井水河水两不犯了呢？

这是一个没有标准答案的问题，曾真觉得纠缠其中只会搞得大家都很郁闷。不如把它抛给时间与生活本身，让它们最终给出回答。

曾真接着把栏目组同事反馈回来的与侯昌平有关的信息跟张仲平说了，

她的那些同事都觉得可以通过媒体的力量去调查事实的真相。侯昌平虽然只是一个普通的法官，却生活得很真实，朴实中那种闪闪发光的东西，反而是这个浮躁的社会所稀缺的。现在大家都玩微博，但微博的世界是个鱼龙混杂的世界，是很多有负面情绪人的情绪宣泄处，长期沉溺其间是很容易把人弄得很郁闷的，社会需要一种真实而光明的榜样。张仲平觉得这个创意不错，马上表示赞同。

曾真吊着他的脖子，半真半假地说："你不是有话想对侯昌平说吗？要不要我给你搞搞潜规则，让你在节目里露个小脸？"

张仲平反应很快，忙说："那可不行，这样，我跟侯昌平的关系，不就世人皆知了吗？"

"那有什么关系？你跟他是正常的人情往来，不是吗？"曾真说。

"当然是正常的人情往来，可别人可不一定这么想。在他们眼里，我可能就成了拉拢腐蚀人民好法官的奸商。我的原则是，低调做人，高调做事，决不出这种风头。你干吗不说话？干吗这样看着我？"

"我看你说的是不是真心话，我看你像不像一奸商呀！"

"我像奸商？不会吧？"

"不跟你开玩笑，还真有点像。问你一个比较严肃的问题，如果你碰到的不是侯昌平，而是另外一个人，你……会为了生意，向人家行贿吗？"

张仲平手机响，看了曾真一眼，接通电话："哦哦哦，快了快了，就回来。"

曾真笑道："是她？你们配合蛮默契呀，一到关键时刻，她就来电话。"

张仲平说："是不是呀？"

曾真说："是，仲平，我爱你，看到你这样疲于奔命、两头掩饰的样子，我很心疼。有时候，我会莫名其妙地觉得我这心窝窝里，有一团小火苗，老想往外一蹿一蹿的。我知道我这样做没理由，是犯贱，可我就是忍不住。"

张仲平赶紧安抚道："对不起，宝贝儿，都是我不好。"

曾真说："不是你好不好的问题。我知道你挺难的，实际上，你这样一说，我的心就软了。仲平，你得千万记着，我不要我们之间出现……这种虚情假意的客套。有时候，我要是忍不住对你发脾气，拿话刺激你，那也是因为爱你，你知道吗？"

"我知道。"

"刚才我问你的那个问题，才是我最关心的。我真的很想知道你在外面是怎么做生意的，会不会有危险。等一等，你别急着回答，我也不会逼着你回答。当你……觉得完全能够跟我说真心话的时候，再给我一个答复，好吗？"

张仲平乘势紧紧地抱住了曾真，他已经暗下决心，决不会把自己在外面做生意的事告诉她，他爱她，完全没必要让她为他担惊受怕。

给张仲平刚打完电话唐雯便后悔了，她怪自己怎么会那么忍不住。

她强迫自己在书房里认真看书，却怎么也看不进去，不禁有些烦躁地把书扔得远远的。

曾真长得实在太像夏雨了，唐雯知道张仲平是一个用情很深的男人，这么多年以来，两口子一直避免谈论夏雨就是一个很好的证明。是的，夏雨是他的初恋，他们有过刻骨铭心的感情，他不可能忘了夏雨，只可能把她供奉在内心深处最隐秘的角落。

谁会想到在他的生活中会出现了一个长得几乎与夏雨一模一样的女孩子？谁会想到这个长得几乎与夏雨一模一样的女孩子还老是在他面前晃来晃去？谁能保证他不会把对夏雨的一腔柔情转移到曾真身上？他是个男人。而且只是个男人。

这段时间以来，曾真与他关联在一起的资讯实在是太多了。那些资讯具有一种似是而非的、暧昧的气质，似乎可以做不同的解读与诠释，正因为这样，这种情况深深地腐蚀着她的内心。

就比如说她们两个人手上戴着的那两块一模一样的手表，只是巧合还是伤人利器？

唐雯坐在沙发上，盯着座机。又起身回到书桌边，拿起一本书，却发现连书都拿倒了。她再次坐在沙发上，很快拿起话筒。她稳定了一下自己的情绪，很快拨通了徐艺的手机号码。

（四）

颜若水是一个交友极其谨慎的人，信奉宁缺毋滥的原则，其结果是他的朋友真的屈指可数。对此，他并不觉得遗憾。除了下围棋，他并没有别的什么爱好。他工作很忙，每到周末，就躲在青瓷茶会所那间固定的包厢里，喝喝茶、看看书、下下棋，日子过得清心寡欲而安逸。

这一天，颜若水睡了个懒觉。他开车进入青瓷茶会所停车场，泊好车，熄火，解开安全带，开门，动作娴熟一气呵成。

没想到会听到"咣当"一声脆响。他赶紧下车，只见一只艺术花瓶早已跌落在地上，上面散落着几只鸢尾花。在车头前面站着一个身材颀长、面容娇好的女孩子，正用一双扑闪扑闪的大眼睛略带委屈地看着他。

她是孙娜。他不小心撞到了她，打碎了她手里的花瓶。颜若水带着孙娜进了青瓷茶会所，让她挑选货架上的东西，祁雨陪在一边向她推荐着，孙娜眼泪汪汪的，似乎只知道一个劲儿地摇头。

颜若水笑道："你要我赔你一件一模一样的瓷瓶，那你知道不知道，那瓷瓶是在哪儿买的？"孙娜摇摇头。

颜若水说："你刚才说你是替朋友给别人送去的，那你能不能问问你朋友是在哪里买的？"孙娜还是摇摇头。

颜若水说："那行，要不这样吧，我今天正好没事，我们到瓷器城一家一家去找。"

祁雨见他这么说，忍不住要表示异议，被颜若水制止了，他带着孙娜很快离开了青瓷茶会所。祁雨待在某间能够看见停车场的包厢里，看着颜若水和孙娜双双上车离去，不经意地叹了一口气。

那是一只艺术花瓶。工艺花瓶是批量生产的，很容易找到替代品。艺术花瓶却不一样，从理论上来说，它是独一无二的。

颜若水不想把两个人的关系搞得太沉闷，到了车上以后便有一句没一句地和她聊天，问她："大学毕业没有？找到工作了吗？"

孙娜说："没有。现在工作好难找的。"颜若水说："现在我们是同病相怜。"孙娜奇怪地望着他，说："你也要找工作呀？"

颜若水说："不是，是找那只花瓶呀，你非得要我找到跟那只打破的花瓶一模一样的东西，你知道这事有多难吗？就像大海捞针，而且捞的正好是你掉的那根针。"

孙娜说："我也不想为难你，可是，那只花瓶不是我的，是别人的，你要是不能赔我，我就不能赔人家，我可怎么办呢？"

"你先别着急，等到了瓷器城再说。"颜若水像长者似的顺手轻轻拍了拍孙娜的肩膀说，"不过，小妹，你得有思想准备，我们可能真的找不到和那只打破的花瓶一模一样的，我们可能得想别的办法。"

"那只花瓶是我朋友的姐姐结婚用的，如果我们找不到另外一只一模一样的，我们就只能告诉她那只被打破了，对我朋友的姐姐来说，这会不会很不吉利呀？"孙娜明显带着哭腔说，"我朋友会骂死我的。"

"你先别哭你先别哭哟，其实，这事要看从哪个角度来讲，你知道什么叫'打发打发'吗？说的是打破了东西，反而会兴旺发达。还有一句话，叫不破不立，这可都是好词儿。"

"这些借口好是好，最终的结果是害得我得罪朋友。不，我……我真的不好意思、也没有勇气跟她说。"

"可是，你我都知道，那只花瓶确实已经打破了。你想过没有，就是我们找到了与那只一模一样的瓷瓶，不也是替代品吗？那样，等于是你有意骗她，这事儿是不是更严重呢？"

"那怎么办？那怎么办呀？"

"我看啊，还不如跟她实话实说，真诚地道个歉，再找一个补偿的办法。你问她那花瓶什么价，我双倍、五倍、十倍地赔她。"

"不。我本来朋友就不多，我怕她会骂死我。"

"喂喂喂，你别哭呀，事情没那么严重，应该总有解决的办法。"

实际上，颜若水不仅没有一点烦躁的情绪，反而心情很愉快。孙娜小清新的打扮，那副楚楚动人的样子，不禁让他心生怜爱。他甚至没来由地想到了老婆和孩子出国以后自己这几年的生活。毫无疑问，他的心思全在他们身上，连小姨子祁雨对他的关爱与体贴，都可以做到视而不见。可突然之间，他觉得那生活太波澜不惊了，简直可以说是一潭死水。

你是不是要小小地放纵一下自己呢？颜若水被自己的想法吓了一跳。

连续逛了几家瓷器店，仍然没有找到能够令孙娜满意、能够以假乱真的。

孙娜说："据说这花瓶是他们的定情之物，却被我打破了，怎么办？怎么办啊？"

颜若水根本没想到推敲孙娜说法的逻辑性，反而一个劲儿地劝她："你稳住你稳住，千万别再流自来水哟，这样吧，我跟你说个故事，看对你有没有启发。"

孙娜说："人家都这样了，你还有心思说故事？"

颜若水说："那怎么办？我们这样，用不着到明天，会双双死在车里。我们死了倒没什么，我怕会把破案的警察叔叔吓一跳，因为他们经过尸体解剖发现，我们是怎么死的你知道吗？是愁死的。"

孙娜扑哧一声笑了，说："讨厌。"竟扬起粉拳擂了颜若水两下。过了一会儿又问："你要说什么故事呀？"

那一拳给了颜若水一种异样的感觉，作为一个生理正常的男人，他那沉睡良久的性意识居然被唤醒了，他觉得这小姑娘太有意思了，简直是上天给他送来的一个礼物。他扭头看了她一眼，发现她也正仰着头眯缝着眼睛看着他。颜若水很想伸出手拉拉她的手，想想还是忍住了，他说："故事是这样的，一个年轻人爱上了一个姑娘，最后这个姑娘成了他的未婚妻。姑娘要过生日了，年轻人想要送件礼物，他来到商店，看了一会儿钻石，又看了一会儿珠宝……但它们都太贵了。突然，年轻人看见了一个瓷瓶，这个瓷瓶是如此光洁美丽，以至于年轻人觉得把它送给未婚妻实在太合适了。但是，它依旧很贵。年轻人看了很久，终于引起了经理的注意。听了他的情况，经理很同情。他指着身边一大堆碎花瓶片说，这样吧，我叫人把这些碎片给你送去，再让这个人进门时装作失手跌落的样子，不就行了吗？年轻人想了想，同意了。到了女孩生日那天，年轻人很紧张。果然有个伙计送来了一个盒子，但他进门时却跌倒在了地上，手里的盒子被摔出老远。所有的客人都把目光集中到那个盒子上，拆开一看，你猜怎么样？"

孙娜说："是些碎了的瓷片，但是，每一片碎片都是分开包装好的。"

颜若水问："你听过这个笑话？"

孙娜反问："它是笑话吗？"

颜若水噎了一下似的一怔："当然是。不过，我对你要刮目相看，你明明听过这个笑话，却还耐着性子让我讲下去，你太不简单了。我要送你一个礼物，花瓶就算了，请你在钻石和珠宝之间选一样，怎么样？"

他们去了省城最高档、最豪华的太平盛世购物商城，回到地下车库颜若水车上之后，孙娜在座位上扭动着屁股，朝他斜坐着问："颜总，你动不动就给女孩子送礼物吗？"

"怎么会？实际上，我这个人是很内向的，你难道看不出来吗？"颜若水说。

"还真没看出。"孙娜一笑。

孙娜怎么也没想到颜若水会花三万八千六百元为自己买一条白金项链，推拒说："这不合适。"

颜若水打开首饰盒说："合不合适，戴上才知道，来，我帮你。"

孙娜扭捏地躲闪着，最终还是被颜若水逮住了。他把她朝自己身边拉了拉，让她把头低下去，把那条项链戴在了她那白净细嫩的脖子上。

颜若水伸手在孙娜脸蛋儿上捏了捏，说："我真的是一个很内向的人。我平时一年说的话加在一块儿还没有今天的多，真的。我不知道今天是怎么啦，也许是因为碰到了你吧。"

"是吗？"孙娜瞥了他一眼，脸颊竟绯红了，也不知是因为羞涩还是被他刚才用手捏的。

"是呀，我甚至都没有怀疑，你是不是碰瓷的。"

"你……这么说，不就是在怀疑吗？"

"不。即使你真是碰瓷的，即使你真的在敲诈我，我也甘愿上当。不管怎么样，你的花瓶，是由于我的过失打碎的，我一定得买个礼物送给你。"

"不，我只要那只花瓶，你的礼物，我是怎么也不会要的。我要把它取下来还给你。"

"为什么？"

"我妈妈说，女孩子是不能随便要男人的东西的。她说，男人之所以愿意为你花钱，是因为想从你身上得到更多。"

"你妈妈说得对。听妈妈话的孩子，都是好孩子，也都是傻孩子。"

"啊？为什么又是好孩子，又是傻孩子呀？"

"因为，如果连妈妈的话都不听，那也太不乖了。可是，如果妈妈的每句话都听，也太没有自己的主见了。"

"颜总，你这话好深奥哟！"

"是吗？那你说说，我想从你身上得到什么？"

"我不知道，颜总，我很傻、很单纯的。"

"是吗？"

"是呀。而且，不管是钻石还是珠宝，对于像我们这种刚认识几个小时的关系来说，太贵重了，我们又不熟。"

"不熟没关系，要不，我们先去找个地方吧？"

"干吗？"

"让我们互相之间先熟悉熟悉。"

"颜总，你什么意思呀？"

"你说呢？"

"我真的很傻、很单纯的，你是不是坏人呀？"

"好人坏人最好分了，因为有个地方写了字，你要不要看看？"

颜若水直接把车子开到了天都国际会所酒店地下停车场，他从钱包里掏出一千块钱，让孙娜用她的身份证去开一间房，弄好以后再打电话给他。

孙娜不肯接钱，颜若水抓过她的手，把那钱硬塞到她手里，伏在她身上替她把右边的车门打开，一把把她推下了车。

孙娜进房间以后完全变成了另外一个人。她迅速行动起来，从包里拿出针孔摄像机，把它藏在电视机下面，让它正对着房间里的双人大床。

她从不同的角度看着那个针孔摄像机，以判断是否会很容易被人发现。做完这一切，她拍了拍自己的胸脯，匀了匀自己的呼吸，用座机打通了颜若水的电话，告诉了他房间号码。

颜若水很快就上来了，他把门撞上，用背抵着门，望着斜坐在大床上的孙娜。

他把门反锁上，一步一步地走近孙娜，把手轻轻地按在了她头上："接下来什么节目？"

孙娜伸出双臂搂住了他的腰，从下往上看着他："你不是说你身上写了字吗？人家想看看你到底是好人还是坏人嘛。"

颜若水伸出一根手指头钩住她的下巴颏儿，让她的脸完全平仰起来："小笨蛋，这个世界上没有好人和坏人，只有男人和女人。"

"那……你是男人吗？"

"你说呢？"

"人家哪儿知道呀？"

"你马上就会知道。去，先去洗洗吧！"

"你陪我。"

"算了，我不习惯。"

"那……我先去了。"

孙娜扭着腰肢进了浴室，一件一件地往外扔着衣服。很快，浴室里传来洗澡的声音。

颜若水很从容地坐在沙发上，抬头望着天花板。他突然灵光一现，想起了孙娜进浴室前的眼光——那眼光曾经扫视了一下搁在茶几上的小手提袋。

颜若水走过去，用一根手指头轻轻地拨开小手提袋，斜着眼睛朝里面看。他用两根手指头轻轻地夹出了一张名片，然后是一张照片。那是徐艺的名片。那张照片的男人，竟正是自己。

颜若水用手指头转动着徐艺的名片，轻轻一笑："好你个徐艺，你想跟我玩儿？"

（五）

颜若水回到青瓷茶会所以后，自然遭到了祁雨的盘问。她亲自下厨为他做了一盘青椒炒河虾，装作不经意的样子，问他那个小姑娘是谁。

颜若水让自己的目光在祁雨脸上停留了好几秒钟，这才说："一个碰瓷的，不值一提。"他夸了夸河虾的味道，继续道："小雨，我一直在想你的提议，是呀，如果我们真能把青瓷茶会所卖个大价钱，为什么要拒绝徐艺呢？"

"对呀！"祁雨兴奋得一扭腰，又马上意识到了什么似的，很快把头略微一垂。她根本没想到，此时在颜若水脑子里盘旋的念头——恨不得把徐艺一下子玩死。

"如果我们把它卖给徐艺，你说说看，向他开什么价比较合适？"

"姐夫，这得问你呀！房子是租的，里面的东西，值不了多少钱。和张仲平一样，徐艺要的其实不是青瓷茶会所，而是香水河国营物资公司西郊公园旁边那块土地的拍卖委托。"

"说价格。"

"我是这样想的，张仲平为了买那尊青釉四系罐，已经付了五十万定金了。他是一个老江湖，已经替我们算过账了，如果按百分之十算定金，张仲平买下青瓷茶会所的心理价位，大概在五六百万左右，我想，我们可以向徐艺开价……八百万。"祁雨怕颜若水不同意，故意在她替张仲平匡算的心理价位上涨了两百来万。

"嗯，有道理。不过，你始终得牢牢记住，向徐艺开价的，不是我，不是我们，是你。明白吗？"

"我知道。"

"可是，小雨，你想过没有？一件东西只能卖一次，如果我们把它卖给了张仲平，就不能卖给徐艺；如果我们把它卖给了徐艺，就不能卖给张仲平。现在，你好好想一想，我们应该怎么办？"

"谁说一件东西只能卖一次？有很多事情，是我们想做却不敢去做的。其实，有时候，咬咬牙、跺跺脚，做了也就做了。你说呢，姐夫？"

"你生意上的事由你做主。但我可以给你一个建议，为了自我保护，你跟他谈价时，偷偷录上音，免得他赖账。再重复一下，你只跟他谈青瓷茶会所转让的事，你嘴里，千万不要出现香水河国营物资公司几个字，还有我们公司的名字，也不能出现，明白了吗？"

"明白了。"

周一一上班张仲平便去了鲁冰办公室，向他打听香水河国营物资公司的情况。

鲁冰和张仲平是老关系，后来夹杂了徐艺，两个人的关系才变得有点微妙起来，张仲平觉得他说话没有原来那么坦诚了，多少有点打官腔。

鲁冰先是很客气地替他泡了一杯茶，这才说："是的，香水河国营物资公司的案子马上就要进行拍卖了。我本来要打电话告诉你的，可我后来一想，丛林不是你同学吗，他应该早就把情况跟你说了吧？"张仲平要插话，被鲁冰伸手制止了，他继续说："可是，已经在中院入围的拍卖机构，就有十二家，比如你们3D公司、徐艺的时代阳光拍卖公司，都是。具体由哪一家来做，我们正在研究当中，会尽快出台新政策。放心，我们会本着公平、公正、公开的原则，选拔今后每一单业务的拍卖公司。"

这话不仅等于什么都没说，还把丛林扯了进来。张仲平知道鲁冰正与丛林竞争副院长的岗位，自然会对他有所提防，他还不好怎么解释，只好说："通过制度建设确实可以保证大家在一个公开的平台上进行竞争，也能够有效地防止暗箱操作。我向鲁局表个态，我一定支持鲁局的改革。"

鲁冰点头说："你们3D公司是拍卖行业的明星企业，你能有这个态度，真是太好了。张总你是不知道，就是这么一点点小小的改革，都很费劲呀！你是知道的，现在能把业务做到中级人民法院来的拍卖公司，都不是吃素的，都有背景、有后台、有能耐。"

"鲁局能顶住压力，不容易。"张仲平恰到好处地拍了拍马屁。

"是呀，现在执行局的工作难做呀，有时候甚至还要冒生命危险。前两天死的侯昌平，不就暴尸街头了吗？"

"我听说侯哥是被人拍砖拍死的，凶手抓到了吗？"

"抓到了。几个小混混，侯昌平以前办过一宗拍卖案子，当事人的儿子牵的头。算是打击报复。"

"那……这样说起来，侯昌平应该算因公殉职吧？"

"当然应该算。我们局里正在整材料，我们希望民政部门能够追认侯昌平为烈士。"

"这样最好。侯法官一生清贫，他死了，他老婆和孩子的日子会过得很艰难，组织上是应该多照顾一下。"

"嗯，你对他们家的情况怎么这么了解？哦，对了，胜利大厦的案子是他委托给你们做的。"

"准确的表述应该是，他是那件案子的承办法官。"

"对对对。"

就在这个时候，鲁冰的座机响了起来，他跟张仲平打了个手势，开始接电话。张仲平则知趣地走到窗边，欣赏外面的风景。直到鲁冰打完电话，这才转过身来，走近鲁冰说："鲁局这么忙，要不，我先告辞了？"

鲁冰说："没办法，周一的事情实在太多了。请张总相信，在拍卖委托方面，我们一定会出于公心。"

张仲平说："我完全相信。哦，另外，今天晚上，鲁局是不是能赏光一起吃个便饭？"

鲁冰说："吃饭就算了。刚才我打电话张总也听到了，也是请吃饭的，也被我推掉了。你们的饭难吃呀，你看，入围中院的拍卖公司总共有十二家，如果你请我去了，别的公司请我，我去不去？这样，每家吃一顿饭，就要一个多星期，浪费时间是小事，关键是没有意义，张总是明白人，把你们公司的材料准备好，好好接受挑选吧！"

张仲平说："好好好。那……我先告辞了？"

鲁冰对张仲平表面上的客气还是要维持的，不仅跟他握了手，还把他亲自送到了电梯口。他回到办公室，掩上门，用座机打通了徐艺的电话，约好了在老地方见面。

他们说好的老地方就是中院附近的洗浴中心，徐艺和鲁冰在那排柜子前面脱衣服时，见周围没人，忙问鲁冰找他有什么指示？鲁冰皱了皱眉头，说："你那么急干吗？等进了桑拿房再说。"

上午基本上没什么客人，鲁冰和徐艺一起进桑拿房以后，便把张仲平找他的事说了。

徐艺很快揣摩了一下鲁冰的意思，试探着说："鲁叔叔坐在局长的位置上，当然不可能不讲规矩。不过，我姨父说过一句话，他说，规矩定得越多越细，可以利用的漏洞与机会反而越多。"

鲁冰"哼"了一声，不知道是受不了桑拿房里面的高温还是别的什么意思。徐艺见鲁冰并没有制止他，便继续说："想一想，他这话说得还真有道理。有时候，一些表面上看起来很严密的东西，私底下的操作空间反而更大。"

鲁冰咳嗽了一阵说："徐艺，我跟你说过很多次，我现在再跟你说一次，不要跟我讨论私底下的事。在我这里，此路不通。"

徐艺朝鲁冰发出声音的地方望去，里面热气弥漫，只能看到一个模糊的影子，他连声说是，见鲁冰没再吱声，又说："其实，我姨父那话的意思无非是说，可以把私底下的操作掩藏在照章办事、符合程序的外衣之下。"

"这话听起来还是很别扭。"鲁冰说。

"是是是，其实，我要表达的意思是说，规矩是人定的，办法是人想的。在同样的规矩之下，你把事情办成了，不违规、不犯法，还光明正大地照顾了朋友关系，那才叫牛。"

"嗯，有点意思了。"

"具体怎么做，还要请鲁叔叔指点。"

"指点什么？我跟你见面，就是专门来听你的意见的。你不觉得，你跟别人已经很不一样了吗？他们跟你根本就不在一个起跑线上。"

"是呀是呀，别的不说，在这种敏感时期，谁请得动您？鲁叔叔的好处，我全记在心上呢！"

"别说虚的，说实的。徐艺呀，香水河国营物资公司的案子是块肥肉，标的太大，涉及面太广，一着不慎，你我就会满盘皆输呀。"

"但也不能久拖。生意场上的事千变万化，就怕夜长梦多。"

"具体怎么操作，你有什么好的想法没有？"

"我……目前主要在做东方资产管理公司的工作。"

"这恰恰就是我担心的。你把眼光盯在东方资产管理公司上，你姨父、别的拍卖公司也都会。你的优势在哪里？恕我直言，在东方资产管理公司，你不仅没有优势，反而有劣势。据我所知，颜若水对你的印象就很一般。"

"这个我知道。我还知道，即使做通了他们的工作，也只能算做好了外围的准备工作。拍卖委托书最后还是在法院执行局，在鲁叔叔您手上。如果能够把东方资产管理公司绕过去，我是求之不得的。"

"幻想，不切实际的幻想，徐艺，我明确告诉你，这是不可能的。现在可不像以前了。以前呀，你们拍卖公司从承办法官手里直接拿委托，就像是从水桶里捉鱼。"

"水桶里捉鱼？"

"成语叫瓮中捉鳖，一个意思。承办法官提了一个装鱼的水桶放到你们面前，让你们伸手去把它捉出来。那时的拍卖真是太容易赚钱了。"

"嗯，您还别说，真是这么一回事。可惜，这种好日子我没赶上，可惜呀！"

"没什么可惜的。相反，这就是有些地方的执行法官出问题的根本原因，法官利用手里的权力，让自己亲手指定的拍卖公司赚钱，赚了钱的拍卖公司，能不投我以桃，报之以李？这种运作方式，不出问题才怪呢！"

桑拿房气温太高，鲁冰很快就受不了啦，连着去了外面好几次，徐艺抢在他前面替他拿来了矿泉水和冰毛巾，又让在不远处伺候着的服务生过来，把桑拿房的温度往低调了好几度。

等重新进了桑拿房之后，徐艺接过话题说："其实，出不出问题，完全是法官和拍卖公司老板之间的事，处理得好，没人知道。"

鲁冰透过蒸汽看过来，说："什么叫没人知道？若要人不知，除非己莫为。你呀，这想法不对头，很危险。难道你认为某个法官只要水桶里有了鱼，就老往一个固定的拍卖公司提是合适的吗？"

徐艺已经打定了主意要利用这个机会跟鲁冰把话谈透，再不用藏着掖着，便说："如果鲁叔叔问的是合不合法，我倒是可以很响亮地回答，答案是肯定的，合法。为什么呢？因为法律并没有明文规定这个法官只能把这只装鱼的水桶往哪儿提，换一种方式来说，也没有明文禁止这个法官将这只水桶往哪儿提。"

"对。但是，我问的不是合不合法的问题，而是合不合适的问题。合不合适比合不合法情况要复杂得多。现在我们再深入地探讨一下，假如有许多拍卖公司都知道有了一只装了一条大鱼的水桶，这只水桶仍然控制在那个法官手里，这个法官还敢不敢把这只水桶往原来那个拍卖公司提呢？"

鲁冰以问作答。

"从现有的规章制度来讲,这个法官把那只水桶随便往哪家拍卖公司提,可以由他自己决定,自由裁量。"

"不,不对,这叫霸王硬上弓。我主持制定的新规则,就是要剥夺或削减法官个人在这方面的所谓自由裁量权。权力如果过于集中在个人手上,是会很容易用来以权谋私的,最终会伤及到滥用权力的人。法律,是社会正义的底线,只有阳光执法,才能真正取信于社会,取信于当事人。在这种背景之下,你如果觉得生意不好做,只能证明一点,你的公司太没有竞争力了。"

"我们公司当然不会以一己私利与某个法官搞权力寻租,那不等于杀鸡取卵吗?我们这点觉悟还是有的,而且,其他公司都在那儿看着,做人做事自然不能太出格。说到公司的竞争力,就不好说了,我们这种服务行业的公司,主要靠的还是关系……"

"这个我理解,中国社会就是关系社会,不可能不讲感情。否则,你的事我完全可以不管。但你也得千万记住了:第一,任何时候、任何情况下,我都不会跟你发生任何经济关系;第二,我不会跟你搞什么私底下不私底下,我主持出台的新制度,就是为了反对公权私用,倡导阳光执法。一句话,我希望大家做事讲法律、讲规矩。如果没有共同遵守的规矩,我们每个人追求个人利益追求天堂般幸福的过程,将把人间变成地狱……"

"鲁叔叔,我完全同意你的说法。没有规矩,不成方圆。什么是规矩?规矩就是制度设计。回到具体的问题上来,如果我们把从水桶里捉鱼的游戏,设计得更复杂一点、更完善一点呢?让它既合法又合适,使它看起来无可挑剔、完美无缺、简直天衣无缝呢?"

"说。"

"鲁叔叔,你让辛然买的那些杂志我看了,很有启发呀!你听我把话说完,什么地方铁板一块,那会连阳光也照不进去,事情也就没法做,很快就会变成一潭死水,就别说打开工作的局面了。但是,如果我们在遵循公平、公正、公开原则的前提下,能把游戏规则设计好,既不违反您所主持制定的新的规章制度,又能给我们公司留条缝,您会反对吗?"

"不违反新的规章制度,你还能找到缝隙钻进来,徐艺,你有这个本事吗?"

"老实说,我个人的能力很有限,很多事情还得向鲁叔叔您请教。"好像不经意间，徐艺把对鲁冰的称呼从你变成了您，对他来说，谈话进入了关键时刻。

"向我请教？向我请教什么？有话你快点说。"鲁冰把一条冰毛巾敷在脸上，催徐艺快说。

"有句话讲得好，如果不能制定规则，就得适应规则。我们还是拿您的比如来说，我在想，如果这只水桶不由您拎着往我们公司提呢？"

"怎么说？"

"我是说，如果我们先把这条大鱼放到水塘里去，让大家都来钓，而最后仍然由我们公司来钓着呢？让别的拍卖公司有参加钓鱼的权利，不让他们有钓到那条鱼的可能性。"

"你们那些同行，没有哪一个是吃素的，鱼都放回水塘了，它还会只上你这只钩？或者说你还有本事抢在别人前面把它钓上来？"

"我的意思并不是真的撒手放鱼，放回去之前它是带了鱼钩、鱼线的，只是没有让它浮出水面。到时候，您只要宣布钓鱼比赛开始，我们公司再做一个往上拉的动作就可以了。"

"说具体一点儿。"

"你们执行局可以先招个标，按照收取拍卖佣金的多少，先初选三到五家拍卖公司。然后，让这几家拍卖公司一起刊登联合拍卖公告，谁最先找到买家，这单业务就归谁。"

"你怎么保证你能进入第一轮？"

"很简单，我保证我收的佣金会是最低的。"

"多少？"

"零。"

"零？这不是涉嫌不正当竞争吗？此其一。第二，你们拍卖公司向买卖双方收取佣金，舍弃了委托人的佣金，还可以从买受人那儿收到佣金，也算是赚大了。可是，你能想到这一点，别人难道想不到？"

"那就只有赌了。"

"赌？"

"五分努力，五分运气。凡事尽心尽力，结果交给上帝。"

"你后面的建议，我倒是很欣赏——先找买家，打时间差。"

"这是我姨父张仲平惯用的伎俩。一手拿业务，一手找买家，两手抓，两手都要硬。这是他屡试不爽的套路。"

"怎么，你已经找到买家了？"

"还没有。但如果鲁叔叔先给我一个星期的时间，也许就有可能赶在别的拍卖公司之前把那条大鱼钓上来。"

"你有多大的把握？"

"一半对一半。"

"还是一个字，赌？"

"对。"

"就像你预计的那样，你最大的竞争对手，可能会是你姨父张仲平。你们这些做生意的，老说商场如战场，真有那么残酷吗？战场上讲的是你死我活，生意场上，按照我这个局外人的看法，你既不能把谁搞死，你也没必要把谁搞死，相反，只有让对手活着，你才可以活得更好。"

"问题是，我姨父未必会把我看成他的竞争对手。"

"你是不是让他不爽了？"

"从我内心里来讲，我从来没有冒犯他的意思。不过，他内心怎么想的，我就不知道了。我曾经一次一次动过跟他一起联合拍卖的念头，可是，自从拍卖胜利大厦之后，他就摆出一副井水河水两不犯的架势，好像生怕我占了他的便宜似的。所以，鲁叔叔，这一战，我是逼上梁山啊，我跟他遭遇，只能险中求胜。"

听了这话，鲁冰半天没有吭声，直到离开桑拿房时，这才没头没尾地说了一句："我和丛林那事儿，院里马上就要公示了。"

徐艺马上接口道："鲁叔叔您就放心吧，我知道该怎么做。"

头儿来到曾真他们栏目组，说："这个星期有个采访任务，你们谁去一下？"大家七嘴八舌地互相打趣，问是采访杀人犯还是贪污犯？最次也得是查地沟油和拆迁伤人之类的吧？头儿说："都不是，是采访一个'精神文明之家'。大家一听都推，说这事呀，轮到廖平凡了，让他去吧。头儿说："我说你们怎么回事？碰到天灾人祸就像打了鸡血似的，碰到道德模范反而提不起精神来了？我跟你们说，榜样的力量是无穷的，把榜样树立好了，功不可没呀！这两口子，女的是大学教授，男的在外面做生意，几十年如一日，那是夫唱妇随、相濡以沫、举案齐眉、和和美美……"

曾真不等头儿说完便说："大家别推了，我去。"

张仲平从鲁冰办公室出来之后便给胡海洋打了个电话，没想到他昨天夜里因为公司别墅项目的事赶回擎天柱了。他问："西郊那块土地的事情况怎么样了？"张仲平说："法院正委托评估机构做评估，马上就要进入拍卖程序了，如果胡总下了决心，继续做我们的买家，等于我们3D公司拥有了实打实的客户资源，拿下这单业务的把握就更大了。"胡海洋说："在商场上交朋友不容易，我们之前已经有了两次合作，都非常愉快，应该算知根知底的朋友了。所以，张总尽管放心，如果客户资源可以成为一张牌，我这张牌随你打。如果需要我做什么工作，张总也尽管说。"张仲平对他表示感谢，说："我这会儿正在中院，正在跟老大谈这事儿呢，等有了新情况，会第一时间向胡总汇报。"

张仲平知道必须先稳住胡海洋，他说"老大"的时候其实玩弄了一个小技巧，法院里头头脑脑很多，他可以指承办法官，也可以指执行局局长，甚至可以指院长、副院长。他这样说倒也不算撒谎，他知道鲁冰在应付他，但他毕竟用五十万在颜若水那儿挂上了号。现在法院的拍卖委托已经跟以前有了很大的不同，案件当事人的意见占有很重要的分量，不管怎么样，凭着他与颜若水的关系与利益上的关联，他拿下这单业务还是比较有希望的。胡海洋在上次胜利大厦的拍卖中占了很大的便宜，一直很信任他，他不能辜负了这种信任，得时不时地给他一些进展顺利的信息。

上午没什么事，张仲平没打电话直接去了曾真那儿，发现她已经去电视台上班了，他在楼下找了家安装防盗网的经营部，量好尺寸，谈好价格，决定替曾真把家里的几扇窗户都装上隐形的防盗网，他不能允许小偷入室的事再发生。

正犹豫着要不要去菜市场买点菜，他接到了唐雯打来的电话，她问他在干吗？说："曾真到我们家来了，你最好马上回来。"

张仲平吃了一惊，不知道曾真跑到他家里去干什么？方寸大乱之下竟给丛林打了电话，让他赶紧给自己出出主意。丛林没想到曾真竟会那么嚣张，同时却有点小小的幸灾乐祸，说："我怎么对你说的，上床容易下床难，现在惹出麻烦来了吧？你打算怎么办？"张仲平说："你废什么话？我这不找你讨主意吗？赶紧给我想个上中下三种对策，我正往家里赶呢！"丛林说："这种事我可是一点经验都没有，我帮不了你，你好自为之吧！"

第二十五章

（一）

唐雯当时开门见是曾真也是吃了一惊，她快速地上下看了曾真一眼，礼貌地笑了笑说："没想到采访我们家的，会是你。"

相比于昨天的蹭饭者身份，今天的曾真显然自信了很多，她也对着唐雯笑了笑说："是我主动要求的，不瞒您说，这类节目很难做到有新意和吸引力，不过，我这个人老想着挑战自我，总想在常规节目上寻求突破。我想，我们已经算是熟人了，如果我们能够敞开心扉，说不定真的能做出一期感人至深、催人泪下的节目来，您觉得呢？"

唐雯抿嘴一笑，摇了摇头说："感人至深、催人泪下，惊天地而泣鬼神，这些词也许可以用到神话爱情故事上，现实生活中的家庭故事要能有这一出，我怕里面的男一号女一号都会受不了。家庭生活，其实也就是搭伙过日子，它最难能可贵的是互相之间的信任、宽容与坚持，它最大的敌人是日常生活的慵散与互相之间的厌倦。给你十天半个月或者说一年半载，你很容易做到浪漫甜蜜，时间久了，还会吗？"

唐雯一上来就是长篇大论，搞得曾真有点招架不住，只好一笑，心里却想着该怎样化被动为主动，而不至于老是被唐雯牵着鼻子走。

唐雯的本意也不是让曾真回答刚才的问题，这时早已帮她从冰箱里拿了一瓶小雨喝的酸奶，递给她，问："今天不是正式采访吧？"

曾真把酸奶拿在手里，十个手指不停地转动着它，回答说："不是，否则会带摄像师过来。我今天单独来，是因为我看了你们学院上报的材料，还想做一些前期的文案工作。"

唐雯的目光很自然地扫了一眼曾真的两只手，望着她问："你想了解什么呢？"

"和谐家庭背后的秘密。"曾真迎着唐雯的目光回答，她顺手把那瓶酸奶放到了茶几上。

"和谐家庭背后的秘密？"唐雯的眉毛微微一挑，重复着曾真的话。

"是呀，虽然你们学院上报的材料已经很扎实、很丰富了，虽然你刚才开宗明义，谈了对爱情与婚姻的理解，但我有一个感觉，我……说出来您不会生气吧？"

"怎么会？你说吧。"

"我觉得那材料有点儿不真实，我也觉得您刚才说的话的外面似乎包裹了一层什么东西。不，我的意思并不是说你们学院上报的材料是虚构的、是编造的，而是说它把你们夫妻间的关系描写得过于完美，或者说，有点拔高。这不是我想要的，哦，对不起，我的意思是说，这可能不是我的观众想要的。"

"那么，你的观众都想要一些什么呢？"

"换一种话说，你是否认为你和仲平……和张仲平的关系，真的就像材料上所说的那么完美与和谐呢？"

曾真猛地醒悟，她犯了一个致命的口误。而唐雯显然已经敏感地抓住了她的口误，只见她那双好看的杏眼猛的一下睁圆了，正目光炯炯地盯着她。曾真只好硬着头皮迎着，很努力地一笑，问："对不起，是不是我的问题过于尖锐了一点？"

"不。"唐雯很快地回答。

"那是什么？"

"我只是在想你刚才那个小小的口误。你称张仲平为仲平……"

"哦，对不起，就像你所说的，那仅仅是个口误。"

"是吗？那好，既然你不想过多解释，我也就不在这个地方纠缠了。作为条件，我想先问你一个私人问题，可以吗？"

"可以，你问吧。"

"你为什么一直没找男朋友，我说的是……可以结婚的那种。"

"你为什么问这个问题？"

"便于我们之间更加平等地对话。"

"哦？你这么想？有点儿意思。"

"为什么？"

"啊？"

"你不是在打马虎眼吧？我在等你回答我的问题呢。我的问题是，你为什么不去找一个可以托付终生的男人呢？"

"托付终生的男人？这个，好像是你们'60后'的想法吧？我们的想法是……怎么说呢？如果结婚真有你刚才说的那么多麻烦，又怕日常生活的慵散，又怕互相之间的厌倦，那为什么要结婚呢？也就是说，在我们这一代人或者下一代人眼里，婚姻不过是一种可要可不要的形式。小结一下，对于你的问题，我的回答如下，即使我找到了一个可以托付终生的男人，我也不一定要老想着非要嫁给他不可。"

"为什么？婚姻不应该是爱情的归宿吗？现在网上不是说，不以结婚为目的的谈恋爱都是耍流氓吗？"

"老话说，婚姻是爱情的坟墓，许多家庭的悲剧都源于不听老人之言，以为他们的爱情足够强大，可以不走向坟墓，而是可以进入天堂。所以，现在网上还有另外一种说法——不以一起慢慢变老为目的的恋爱才是耍流氓，既然婚姻是爱情的天敌，我们为什么一定要把它捆绑在一块儿？至少，对于我来说，我宁愿为了爱情而不要婚姻。"

"你……这是一种宣言吗？"

"不，我只能告诉你，我的情况有点复杂。"

"有多复杂？是因为他没有资格娶你，还是因为你在他眼里不够优秀而让他下不了最后的决心？"

"这好像是个伪命题。我没逼他非要娶我不可，我也不是非要嫁给他不可。道理很简单，我跟你明说了吧，他是别人的老公。"

唐雯心里一沉，不禁别过脸去，但她很快又回过脸来，而且让脸上仍然挂着微笑："你可真够坦率的。"

"是呀，跟我的采访对象，我总是希望自己能够以诚相待。"

"谢谢你对我的尊重。可是，你没发现你也有点自相矛盾吗？你舍弃婚姻，似乎是出于无奈？"

"哦，我刚才在瞎诌，其实，未婚女人与已婚女人，对婚姻的看法是完全不同的。不错，大部分未婚女人还是想结婚的，就像大部分已婚女人都想保住自己的婚姻一样——不管它已经多么不尽如人意，甚至不管它已经多么百孔千疮。至于我，我也是个俗人，如果能碰上一个真的能托付终生的男人，我又怎么能不想通过婚姻的方式与他长相厮守？只是，我想我能让自己沉住气，因为我会一遍又一遍地对自己说，真要做到这一点，你得先把自己变成钻石，当你成了钻石，你还用猴急地操心非把自己卖掉不可吗？”

唐雯定定地望着曾真，稍微有点夸张地笑了，摇摇头。

“你笑什么？我是不是说了什么傻话？我是不是太自恋、太自大了？”曾真很敏感地问。

“没有。我只是在想，这是暂时的。”

“你指什么？”

“指你刚才说的话，还有你现在的这种状态。你说你爱上了别人的老公，你觉得你……你们，能熬多久呢？”

“这我倒没有认真想过。喂，等一等，我们的角色好像有点不对。不是应该我问你问题吗？”

“你的意思是我们角色互换、我喧宾夺主了？那可就罪该万死了，我就最讨厌搞不清自己的身份、老喜欢喧宾夺主的人了，曾真你呢？”

这话一字一句落在曾真耳朵里，却让她的心像被揪了似的发痛。这与其怪唐雯，不如说是自找的，因为她表现得似乎太咄咄逼人了。

曾真心里很清楚，她和唐雯的谈话看似平静祥和，却是暗流汹涌。聪明的女人在摸不清对方的底细之前，是不会先轻易亮出自己的底牌的，因为那会是一种很愚蠢的做法，会让对方看轻自己甚至嘲笑自己的愚笨和幼稚，会让对方在一个不留神间便占据上风，以至于让自己难有翻身的机会。想到这里，曾真莞尔一笑，接过唐雯刚刚的话头说道：“是呀，我也讨厌这样的人。我是记者，我没有选择采访对象的权力。不过，你真够犀利的，我想我还是认输吧？”

“呀，我们之间有输赢之争吗？”唐雯问，她期待地望着曾真，且看她怎么回答。

曾真自然感到唐雯在给她挖坑，便小心翼翼地避开了，说：“哦，我的意思是说，一般情况下，总是我提问别人回答。可这一会儿，我好像成了你的研究对象。”

"怎么，有点不习惯？"曾真没掉到坑里去却让唐雯轻松了，她继续问道。

"也不是，只是觉得……嗯，有点怪怪的，其实倒也没有。哦，我的意思是说，要不然，关于我的问题，我们就到此为止好吗？"曾真只能反攻为守了。

唐雯出于礼貌，只能说："好。"

曾真进一步反守为攻，轻轻巧巧地又把话题转移到了唐雯身上："哦，是这样，我有一个可能有点过分的请求，可以说吗？"

唐雯心里有点打鼓，不知道会是什么请求，不过她也没有让这种担心表现在脸上，而是装作很大方的说："可以，你说吧！"

曾真说："我想看看你们家的私人衣柜。"

这请求不说过分也有点奇怪。这是唐雯第一次听到这样的请求，而且是出自一个第一次到她家拜访的算不上太熟的人之嘴。她不知道曾真想干吗，问道："你想看看我们家的私人衣柜？你是想看外面还是看里面？"

"当然是里面。"

"为什么？"

"我开始就说了呀，我想了解和谐家庭背后真正的秘密。"

"你们做记者的可真奇怪，似乎总想窥探别人的隐私。我先问你一个问题，你每做一个节目，都要如此用功、如此费劲吗？"

"也不一定。"

"那……我是在被你当成特殊情况对待啰？"唐雯看着曾真。

"也可以这么说。你知道，对于一个未婚女孩子来说，一个幸福美满的家庭，自然能引起她的兴趣。她会不由自主地希望自己也有这样的好运气。"

其实，曾真这话只是把专指改成了泛指，如果要按她内心真实的想法说出来，那应该是这样：对于一个爱上了你丈夫的未婚女孩子来说，你们看似幸福美满的家庭，自然能引起她的兴趣。她会不由自主地想要窥探你们婚姻的真实面目，甚至想，如果这个家庭的女主人换成她，会不会更幸福更美满呢？

当然，这话，打死曾真她也不敢说出来。

唐雯当然也只能是就话说话，哪里就想得到曾真的那些心里话？她像是在一间闷闷的房子里憋久了、突然跑到打开的窗户跟前出了一口气似的说："说心里话，我并不觉得自己的家庭有多么幸福美满。"

"哦？"这让曾真有些意外，没想到会听到这样的心里话。

"但我知道，一对夫妻如果能白头偕老，至少有一个共同点，那就是对对方的尊重。"唐雯接着说。

"可是，人是有感情的动物。有时候，感情是不受人控制的。"

"但人更应该有理性。不错，人是有感情的动物，但如果让感情泛滥，只会害人害己。其实，任何东西都得适度、适量。适量是药，过度是毒，你觉得呢？"

曾真心虚，感觉这话像是有所指，无力再辩论下去，笑了笑，说："我？对此好像还没什么发言权。"

"是吗？"唐雯占了上风，忍不住乘胜追击，继续反问道。

正在曾真想着该如何回答的时候，门外响起的钥匙开门声救了她的场，唐雯和曾真同时扭头朝门口望去，唐雯说："应该是我老公回来了，等下你可以和他好好谈一谈。"

曾真暗自庆幸张仲平回来的真是时候，在心里好好地表扬了他一下，却扬手看了看表说："哦，今天可能没有时间了。等一下我还得去一趟擎天柱。"

曾真说的是真话，不过，如果她不去擎天柱，她也会编个理由推掉唐雯的提议，因为她不确定她和张仲平能在唐雯的监视下很正常地谈话，她承认自己没有这个定力，她想张仲平应该也不会愿意。不，这事太滑稽了。

"你今天要去擎天柱？"唐雯随口问道。

"是呀，我舅的公司在那儿。我在帮他做点事情。"曾真回答。

张仲平开门进来，一眼就看到了朝他看着的唐雯和曾真，他完全没有搞清楚这是个什么状况，甚至不知道要不要打招呼，要怎么打招呼。唐雯看张仲平一脸傻愣，迎上前去接过他手里的公文包，说："怎么啦？你是不认识我，还是不认识曾真？"

"你们这是……"张仲平心里还在忐忑着。

曾真偷偷在心里笑着张仲平的傻愣样，一边解围道："我来采访你太太，我们谈得很投机。我没说错吧，唐副教授？"

唐雯亲热地拉着张仲平到沙发上坐下，说："没错。"

张仲平被唐雯拉着，感到有些尴尬，不时拿眼角偷瞄曾真的反应，怕她吃醋，怕她不高兴，怕她受刺激。坐下之后，他不动声色地稍稍起了身，装作拉扯衣服，然后稍稍与唐雯拉开了一点距离重又坐下，曾真坐在对面，偷偷地笑了笑，那一笑被张仲平尽收眼底，他也极轻微地对曾真眨了眨右眼，然后又极快地瞪了她一眼，责怪她怎么弄出这么个尴尬局面来。曾真不理他的责怪，飞来个白眼给他。张仲平不敢再造次，严肃地正襟危坐，仿佛他才是一个陌生的拜访者。两个人眉目传情的时候，唐雯去书房给张仲平拿杯子倒水去了，完全没有察觉到他们刚刚的小动作。

唐雯一边倒水一边吩咐张仲平："你别傻坐着，领曾真去看看我们家的衣柜。"

"看衣柜？"张仲平一头雾水，望着唐雯又望望曾真。

唐雯说："是呀！"

张仲平问："为什么啊？"

唐雯看着曾真说："你可以问曾真，是她要看的。我也觉得她的好奇心……嗯，有点独特。"

张仲平的出现，早让曾真士气大减，有那么一瞬间她都想尽快离开这儿了。是的，她高估了自己的承受能力，她还是不能忍受张仲平和唐雯以恩爱夫妻的形象出现在她的面前。这一刻，她感觉自己是那么渺小甚至卑鄙，她在仰望着唐雯的幸福，仰望着张仲平光明正大拥着的另一个女人，同时鄙夷着自己在他们夫妻间扮演的角色是多么不光彩、是多么伤人伤己，想到这里，她的情绪一下低沉了下来。她说："如果不方便，就算了。"

曾真的情绪变化，只有张仲平感应到了，却不好说什么。唐雯倒是因为张仲平的出现而感觉士气高涨，她对张仲平显得比平时要更加亲热，原因不言而喻，她需要在自己的假想敌面前，把妻子的角色演得尽善尽美。张仲平呢？除了当好唐雯的配角，接受她的那种亲热，似乎别无选择，尽管他可能在心里替曾真心疼着。

唐雯走过来把水搁在茶几上，挽着张仲平的手臂，把他轻轻地推了推，说："没什么，仲平，别愣着了，带曾记者去主卧的衣帽间参观参观吧，我去厨房做饭了。"

自己挑起来的事头，不好再反悔，曾真说："女主人都同意了，请带路吧，张总。"

张仲平松开唐雯挽着的手，带着曾真进了主卧，他朝门外看了一眼，压低了声音说："你来这儿干什么？"

离了唐雯的视线，和张仲平独处，曾真的机灵劲儿又回来了，她小声说："你紧张什么，我来采访，没事的。"

"你搞什么鬼？"

曾真不理他，提高声音说："张总，你的衣服真不少啊，你很喜欢穿衬衣吗？"

张仲平没办法，只能提高了声音配合道："啊，是啊，职业习惯，每天生意往来、商务应酬，穿正式一点好。"说完又赶紧小声说："采访换个人来不就行了呀？"

曾真小声说："利用职务之便，多了解一点你太太。"然后又用正常的声音说："你们家好像缺少一张结婚照吧？"

张仲平又爱又气地看着曾真，说："我们结婚的时候不兴那个。"

"那后来也没想着要补照一张？"

"没有。"张仲平一边回答一边做状要敲曾真的头。

曾真躲闪开，调皮地小声问道："喂，你好像很紧张？"说着，她伸手想去抓住张仲平，张仲平迅速地一扭身躲开了，朝门口望了望，又拿食指在空中点了点曾真的鼻子。他拉开唐雯的衣柜，朝门口说道："这是我太太的柜子，你也可以看一看。"

衣柜里的衣服悬挂和叠放得整整齐齐。曾真随意地扫了两眼，嗔怪地看着张仲平，说："可以了，关上吧。"

唐雯悄无声息地出现在主卧门口，笑着问道："怎么样？"

张仲平和曾真都一惊，曾真回转身，脸上带着标准的职业微笑，说："嗯，不错。衣柜是女人的领地，最能体现主人的个性。唐教授应该是一个有条理而内敛的人，非常讲究秩序感，我说得没错吧？"见唐雯只是一笑，曾真继续说，"我知道为什么张总总是干干净净、衣着得体地出现在外面了。那是因为他有一个好太太。"

唐雯谦虚道："过奖过奖。"

"可是，唐教授……"

"嘘，"唐雯打断曾真，纠正道，"是唐副教授。"

曾真笑笑，接着说："唐副教授，张总不仅是商界的成功人士，而且还很儒雅，有风度。你再把他收拾得这么体面，难道就不怕别的小姑娘把他抢走吗？"

唐雯盯着曾真，说："将心比心，你会跟我抢吗？"

张仲平在一边站着，神情紧张，又不敢贸然插话，他不知道这两个女人的暗战还要持续多久。

曾真说："我？外面的世界很精彩，不止我一个女孩子吧？我的观点代表不了大众。"

唐雯说："外面的世界不是也很无奈吗？曾真，等你结了婚，也许就会有体会，这也算做老婆的一个两难选择吧，老公穿衣打扮，是老婆个性与审美观的体现，老公如果穿着邋遢，脏了吧唧的，不是他的错，是他老婆没尽到起码的关心、体贴的责任。到时候，她老公要出轨，又多了一个理由。"

曾真似有似无地点点头说："所以，宁可光鲜着被人抢走，也不能给男人找出轨的借口？"

唐雯笑道："至于他会不会被人抢走，我倒不担心。银行有钱吗？当然有，可银行要是担心被抢，干脆就不用开门了。有抢银行的没有呢？也有。但那都是些利令智昏的亡命之徒，一旦被抓住，会死得很难看，你说呢？"

曾真不得不在心里再次佩服唐雯的犀利，由衷地说道："哈哈，有人说我犀利，我看你比我还犀利啊！"

"犀利吗？"

"真够犀利的。"

（二）

两个女人的唇枪舌剑，句句惊心，让张仲平后背直冒冷汗，生怕她们说出点什么来，弄得局面无法收拾，他正愣着的时候，唐雯推了推他，道："仲平，你别傻站着作壁上观了，你也说说话呀？你是不是也觉得我很犀利？"

张仲平连声说，还好还好。他只想赶快结束这场对话，中庸之道是最好的了，不偏不倚，免生事端。

唐雯嗔怪道："什么叫还好还好，你今天是怎么了？好像有点儿不在状态，咱们这可是在接受曾真的采访。"说话间，唐雯无意地碰到了张仲平的手，张仲平条件反射似的吸了口气，把手躲开，唐雯反而执拗地抓住他的手。

曾真有些不自然地把目光移开，说道："张总，唐副教授，今天就不多打扰了，我有事先走，正式采访的时间，我再跟你们约吧！"

唐雯抬起头，手依旧握着张仲平的手没松开，说："没问题。仲平，要不，你代表我送送客人吧？"

"不用了，两位再见。"说着，曾真转身往楼下走去。

张仲平和唐雯与她一一道别。等曾真下楼离开，唐雯轻轻把门关上，问张仲平："还出去吗？"

张仲平没反应过来，"啊"了一声。唐雯说："我是问你今天还要不要去公司？要不然，留在家里吃饭吧！"张仲平点头说："好。"唐雯撑开手掌在张仲平眼前晃了晃说："你没事吧？"张仲平头往后微微一闪，推开唐雯的手说："没事呀，怎么啦？"

唐雯说："我怎么老觉得你一副心神不宁的样子？你真没事？"

张仲平为了掩饰心里的慌乱，起身往外走去，边走边对唐雯说："我能有什么事？你去做饭吧，我去书房待一会儿。"

唐雯起身，看着张仲平走进书房，她略微迟疑了一下，想再说什么，终究还是没有说出口，到厨房继续做饭去了。

张仲平等唐雯离开，蹑手蹑脚地把书房的门关上，走到窗边，轻轻撩开窗帘向窗外看去，窗外是曾真骑着自行车快速离去的背影，他久久地看着，一直目送她消失在视线之外。

祁雨给徐艺打电话的时候，辛然正好在阳台晾衣服，徐艺把电视的声音开大了些，然后压低了嗓门接电话，祁雨约他，老地方，不见不散。徐艺挂了电话，跟辛然说龚大鹏约他谈事，他去去就回。

祁雨和徐艺电话里说的老地方，是酒店的客房，俩人见面自然先是云雨一番，小憩过后，祁雨跑到浴室里去泡澡，徐艺光着屁股追了进去。

"香水河国营物资公司的案子怎么样了？有进展吗？"

"徐艺，你记住了，我和你能讨论的只有青瓷茶会所转让的问题。我要告诉你的是，我没想到青瓷茶会所那么抢手，我打电话约你是想告诉你，就在昨天，你又冒出来了一个强有力的竞争对手。"

徐艺低下头，轻轻吻了吻祁雨的香肩，问："谁？"

祁雨说："你用脚趾都能猜到。"

"我姨父？"

祁雨看他一眼，点点头，用眼神肯定了他的回答。

徐艺忙问："他出什么价？"

祁雨看着徐艺，从沐浴液制造出来的泡沫中优雅地竖起一根手指头。

"八百万？！"徐艺小声惊呼道。

祁雨再次点头。

徐艺朝祁雨躬着腰说："我要求你给我同等条件下的优先购买权。甚至，我保证，在他出价的基础上，比他多出……"徐艺咬了咬牙，竖起两根手指，说："二百万。"

祁雨用挑逗的眼神看着徐艺，说："也就是说，你志在必得？"

徐艺说："你完全可以这么理解。"

张仲平目送曾真走远，他坐回到沙发边，仰头靠着，望着天花板发呆。

手机突然响起，他本能地看了一眼书房门，才快速地从口袋里掏出手机。

电话是覃山洼打来的，说工地上出了安全事故，几个工人从脚手架上摔了下来，现在正在医院里抢救，让他无论如何赶紧过去一趟。张仲平说："行，马上就过来。"

他起身刚要出门，突然又停住了。他想了想，还是给胡海洋打了个电话。胡海洋已经到了擎天柱，张仲平说他一会儿也会去擎天柱，要是方便的话，他想约胡海洋见个面，胡海洋答应了，让他过去了再联系。

张仲平从书房里出来进了厨房，让唐雯别做他的饭了，他马上得出去。唐雯停下手里的活，有些不悦，问去哪儿？张仲平说，擎天柱。

唐雯皱皱眉，说："去擎天柱？"

"对，我去找胡总。"

"胡总不是来省城了吗？你们不是刚见过面了吗？"

"对，但他今天一早就回擎天柱了，出了点新情况，我必须马上见到他。"

唐雯一再追问道："什么新情况？"

张仲平说："我现在得马上走，回来再告诉你。"

说完不等唐雯再开口，就转身出了门。

唐雯走进书房，站在刚刚张仲平站立的窗边，撩开窗帘，看张仲平小跑着坐进车里，驾车离去。她突然想，刚刚张仲平在书房，一定也是站在这里看着曾真离开的，是不是他们在刚刚的那一小会儿，又约好了再见面？唐雯使劲拽着手里的窗帘，哗啦一声，整张窗帘被唐雯拉扯了下来，瘫了一地。

唐雯走到沙发边，坐下，像刚刚张仲平那样仰望着天花板发呆。

突然，她站起来，冲到书桌前，恼怒地把桌子上所有的东西全部横扫在地，歇斯底里地哭喊道："张仲平，你……你们，你们两个也太欺负人了吧……"

她无力地顺着桌沿滑下，抱着双膝，蜷缩着坐在了地上，一种无助、心痛和恐惧的感觉如潮水般涌进她的心里，她想忍着不哭，却哪里忍得住？泪水奔涌而出，很快便把她那张脸打得湿漉漉的……

不知坐了多久，唐雯的思维渐渐清醒，她站起来，走到客厅去，给徐艺打了个电话。她让徐艺马上开车去擎天柱，追上张仲平，看他是不是和曾真在一起。

徐艺挂了电话，冲正在厨房做饭的辛然说了声"有要紧事"，就急匆匆地走了。辛然从厨房里追喊着出来想问个究竟，也只追到了房门关上的砰的一声响，早不见了徐艺的人影。

张仲平匆忙出门，一上车，想想还是给曾真打了个电话。他跟她说擎天柱工地上出了点事，他赶着过去，问曾真能不能陪他去一趟。曾真说她刚回家来放自行车，完了准备去长途汽车站坐车去擎天柱，说她约了舅舅有事要谈。张仲平说："那好，你在家等着，我马上过来接你。"

曾真一上车就问张仲平："你去擎天柱的事，跟她说了？"

"说了呀。"

"完了！"曾真着急道。

"怎么了？"

"你没回家之前，我也跟她说了今天要去擎天柱。"

张仲平也止不住紧张了："啊？是吗？"

"是呀。我们两个同时去擎天柱，会不会引起她的怀疑？"

"她当然会怀疑，你以为她会那么迟钝呀？"张仲平的心里隐隐不安起来。

曾真着急得左右不是，一个劲地问："怎么办才好？"张仲平掩饰着自己的不安，反过来安慰曾真道："还能怎么办？说出的话泼出去的水，怎么收得回来？没事，我办完了事，就赶回来。大不了，把建学校的事告诉她。"

"你这样来回奔波不是太辛苦了吗？要不，我来开车？"

"不要。"张仲平专注地盯着前方，加快车速，不再多话。

曾真看张仲平严肃的样子，也忍不住怪自己嘴快，没事跟唐雯说这个干吗。她坐在一边偷瞄了张仲平好一会儿，终于忍不住，还是小心翼翼地开了口："喂，别装酷了，跟我说说话，告诉我，你……是不是很怕她？"

张仲平沉默了一会儿，开口说："不是怕她，是……曾真我跟你说，是内疚，我知道这话不该跟你说，我突然觉得，她……有点可怜，真的。"说这话时，张仲平不敢看曾真，在一个女人面前去疼惜另一个女人，是件有点危险的事，可张仲平还是说了，他希望曾真可以理解。

徐艺在下楼的那一瞬间，脑子里突然闪现出一个念头，他必须赶在张仲平之前到达擎天柱，布置好一切，一旦他的计划得逞，张仲平将会被他轻易击溃。

想到这儿，徐艺的脸上浮现出一丝不易察觉的笑容。他跑下楼，先去公司拿了两件东西，然后开了车狂飙，一路按着喇叭超车。进入擎天柱景区后，路两旁开始不断出现胡海洋公司的楼盘广告牌，徐艺看着广告画面上笑得甜美而幸福的曾真，再一想到曾真当初一定是因为张仲平才拒绝他的，心里对他们的怨恨就更加深一分。他在心里发誓，要让他们死得很难看，尤其张仲平。

徐艺直奔他曾和唐雯去过的那家酒店，他一边往前台快步走去，一边本能地回头打量了一下大堂四周，找到接待员，问有没有房间。接待员上电脑查了查，说还有五间房。徐艺早想好了对策，说："这样，我把五间房全包了，如果后面还有房间出来，我也全包了。但我有个条件……"

接待员说："您说。"

徐艺问："等下我有两个朋友要来，你只能把他们安排在我指定的房间里，可以吗？"

"可以呀！"

"可是，我又不想让他们知道，你能帮助我吗？"

"我有点不明白。"接待员看着徐艺。

"我的意思是说，我需要你把我已经包下的这间……308 号房，开给我那两个朋友。"

"那……你的朋友一定会来吗？"

其实徐艺也不确定，他只能说："应该会来。"

"房费您付？"

"不，他们付。"

"他们如果不来呢？"这位接待员办事还挺周全，锲而不舍地追问。

"如果不来，房费我付。"

接待员总算是绕明白了，她把他们的这段对话整理了一下，用自己的语言复述给徐艺听："明白了，你想让你的朋友住我们宾馆的308号房，可是，你又不想让他们知道这是你的安排，对吗？"

徐艺对着接待员伸出个大拇指，说"对。这是我的定金，没问题了，对吧？"

"OK！没有问题了。"

徐艺说："我有两个问题，你得替我完成，第一，你得问他们叫什么名字，以确保这间房不会被别人拿走。"

接待员递上纸和笔，说："请告诉我你朋友的名字。"

徐艺写上张仲平和曾真的名字，把纸笔交还给接待员。

接待员很机灵地问："您的第二个问题呢？"

"第二，我想先上楼看看房间。"

"好的。你交完押金后，我让楼层服务员带你去房间。"

徐艺拿着房卡朝电梯走去，本能地，他再一次转身朝大堂的入口处看了一下，一切正常，这才进了电梯。

徐艺进了房间，迅速地布置好了一切，然后下楼来把自己的车停到了酒店地下停车场的角落里，再在酒店门口包了一辆计程车在酒店外的停车场守着，手里拿着他来之前去公司拿的长焦相机。

徐艺猜对了，张仲平和曾真真的到了这家酒店。他们在停车场停好车，向酒店大堂走去。徐艺躲在出租车的副驾驶座里，张仲平和曾真经过时，他竭力地把身子往下缩着，不让他们发现自己，直到他们双双步入大堂，这才坐起来，探着身子朝酒店里看去。

一边的出租车司机看着徐艺这怪异的举动，估摸着是来抓现场的，猥琐地笑道："你老婆？"

徐艺瞪了他一眼："少废话。"

大堂里，张仲平正在服务台前开房，曾真坐在大堂右侧的沙发上翻看着什么杂志。

徐艺探头探脑地下了车，借助各种遮挡物，悄悄靠近张仲平和曾真，手里的长焦镜头也一刻不松懈地对准了他们。

一会儿，张仲平朝曾真走过去说："你真幸运，还有最后一间房。"

曾真得意地说："我说先来开房没错吧？"

"没错！"张仲平疼爱地看着曾真，把她从沙发上拉起来，往电梯间走去。

曾真由着张仲平拉着她，跟在他后面，说："你累了，稍微休息一下吧！"

"好啊！"

"你今天非得回去吗？"

"要想不穿帮，就得回去。不是我啰唆，你真不该去找她。哦，对了，你还没跟我说呢，你干吗去见她？"

曾真撒着娇说："就是想多了解她。"

"去找她也就罢了，谁让你说要来擎天柱的？"张仲平佯装生气地数落着曾真，语气里却是任谁都听得出的疼爱。

曾真也配合着张仲平的数落，装得可怜兮兮地说："好啦，我已经受到惩罚了。"

张仲平奇怪道："惩罚？什么惩罚？"

电梯到了，曾真拉着张仲平进了电梯，歪在他身上说："惩罚就是今天晚上不能和你在一起。你不是一定要赶回去吗？你知道吗？我有时候真的恨死你了。讨厌讨厌讨厌。"曾真说着，抓起张仲平的胳膊，张口就准备咬，张仲平哈哈笑着，猛地把手一抽，搂住曾真飞快地在她脸上啄了一口。曾真气得哇哇乱叫。

出了电梯，俩人停止了打闹，规规矩矩在走廊里找到房间。张仲平开门，站在门口90度鞠躬，左手背在身后，右手向前一伸，极绅士地把曾真请进了房内，转身自己进房，用背把门靠上，一手反锁了房门，一手拉过走在他前面的曾真，紧紧地搂在怀里，曾真本已点燃的激情瞬间升腾到沸点，她忘情地闭上眼睛，抬头用嘴唇寻找着张仲平的嘴唇，两个人纵情地亲吻着，忘了天地，忘了日月星辰。张仲平搂着曾真，一点点地挪移到房间中央的大圆床边，张仲平抱起曾真，把她摔在床上，然后扑了过去……

电视机下面，徐艺事先安装的针孔摄影机把这一切全都收入了镜头。

就在徐艺急匆匆地离开不久，辛然接到了唐雯打来的电话，唐雯声音虚弱而无力，把辛然吓了一跳，忙问她怎么啦？唐雯说："我让徐艺去擎天柱了，他走了吧？"辛然说："已经走了。"唐雯说："那行，我突然觉得胸口疼，似乎哪儿都不舒服。你赶紧过来，陪我去趟医院。"

辛然拿起包就出了门，打车到了唐雯家，只见她一脸苍白地靠在沙发上，额头上因为疼痛冒出些细密的汗珠，双手却是冰凉的。辛然哪敢拖延，赶紧搀扶着唐雯上了正在楼下等候的计程车，直往医院里赶去。

医生详细问诊过后，开了一系列的检查单子，递给辛然，让她先去交费检查。

辛然搀着唐雯在医院上上下下折腾了两三个小时，总算是把所有检查项目都做完了，取了其中一些结果回到医生那里。医生仔细看过后，神情有些凝重，抬头问唐雯："你平时觉得有什么地方不舒服吗？"

唐雯摇了摇头，表示没有，医生又转而问辛然："你是她什么人？"辛然说："算是亲戚吧！"

唐雯一听这话，当下就觉得情况可能不太好，她有些紧张地问道："怎么啦，医生？有什么情况，你可以直接跟我说。"

医生从几张结果单中抽出一张，看了看说："嗯，是这样，你的胸痛应为暂时性缺血缺氧所引起的发作性胸部不适，引起的原因应为劳累、情绪激动，或者受寒啦，等等，属于一种不稳定性心绞痛。"

"啊，那……发展下去，最坏的结果是什么？"唐雯问。

"最坏的结果，是引起心脏病发作，心脏猝死。"

"啊？"唐雯倒吸一口凉气，低声惊呼。

医生看着她继续说道："这种病，常在体力劳累、情绪激动，比如，发怒、焦急、过度兴奋呀等情况下容易诱发，平时要特别注意。"

唐雯机械地点点头，"嗯嗯"应着。

医生又抽出另一张检查结果，摆到唐雯的面前，说："另外一个问题是，你的子宫里面，发现了一个肌瘤。"

"子宫肌瘤？"唐雯不敢相信地问道，身体不由自主地往前倾，似乎凑得近点便会听得更清楚一点。尽管她看不懂结果单上那些复杂的英文指数和医学专用术语，她还是直勾勾地把眼睛盯在那张结果单上，希望姓名那一栏上，不是她的名字。她当然希望这个消息只是因为医院的疏忽，导致医生和她开了一个玩笑，但事实上，姓名栏上明明白白地打印着"唐雯"

两个字。

医生看着唐雯，安慰道："你别紧张，一般来说，子宫肌瘤属于妇科常见良性肿瘤，癌变概率很小。不过……"

"怎么样？"辛然抢着问道。

"根据你的年龄情况，我建议最好能够做一个切片检查。"

（三）

张仲平和曾真在房间里温存过后，跟覃山洼联系上了，他们买了些水果、营养品之类的东西，直接去了擎天柱镇医院。病床上躺着的两位民工，一个伤着了头和腿，一个伤着了胳膊、腰和肋骨，所幸都还没有生命危险，也不至于残疾，只是得费些日子慢慢治疗。张仲平恳切地安抚着他们，说："你们放心，我们会尽全力救治的，你俩就安心养伤好了。"

乡下人纯朴，有了张仲平这话，也就不提这样那样的要求，想着只要能养好了伤，还能挣钱养家就行，也都躺在床上忍着痛，费力地点点头，算是谢谢城里大老板的好心。

出了病院，覃山洼送他们俩去停车场，张仲平问："怎么会这样？"

覃山洼挠了挠后脑勺说："平时建房也没见出事，谁知道怎么就叫咱们给碰上了。"

张仲平又问当初进场施工前都买了工伤保险没。覃山洼两手一摊说："乡下人，也不兴这个呀！"张仲平说："那就意味着，他们所有的费用都得我们来承担。这不行，从现在开始，工伤保险、建筑监理方面的手续都得办，可不能再出什么事了。"覃山洼说："行，关键得看你的后续资金什么时候到位。"张仲平说："我会抓紧，走，我们现在去工地上看看。"

覃山洼回头往镇医院的大门里望了望，说："那，他们这住院费、医疗费怎么办？"

张仲平很干脆地说："你去交，算在我头上。另外，他们家里要有什么困难，也要尽量照顾好，千万别把一件好事办砸了。"

覃山洼感激地点点头，应声说道："嗯。仲平，我不说什么了，我代表娃儿们，先感谢你。"

张仲平抬了抬手，不让覃山洼再说这些。三个人上了车，往工地走去。

徐艺租的那辆的士远远地跟在后面。

曾真跟在覃山洼和张仲平后面一起进了工地，事故现场散落的脚手架上，星星点点地粘着些血迹。覃山洼停下来，跟张仲平复述着事发时的情况。张仲平说想上二楼看看，覃山洼给他指了个入口，说他腿脚不便，就不陪着上去了。张仲平看了一眼曾真的小高跟鞋，说你也别去了，到外面等着我。曾真哪肯啊，记者出身的，凡事都爱亲自上阵探个究竟，更何况这是跟自己有关的事。她不理张仲平的反对，执意要一起上去，抢先一步迈到楼梯间要往上走，一个不小心，楼梯上的小石块让她身子一歪，险些摔倒。张仲平喊着"小心"，一个健步冲上去，从后面接住了她，疼惜地看了看曾真的脚，确信她没有伤着，这才小心扶着她，一块儿上去了。覃山洼站在原地，看着这两人的情形，无奈地摇摇头，转身出了工地，找了块树荫蹲下，点上烟，耐心地在那儿候着。

张仲平和曾真到二楼工地上四处察看了一下，下来跟覃山洼交代了哪些地方需要加强安全防范、哪些地方要加强施工，覃山洼频频点头，掏出随身带着的小本一一记上。三人上车离开。

车开出不远，覃山洼发现一直停在工地不远处的出租车有点奇怪，好像一路上都在跟着他们，他忍不住扭头望了几眼，曾真也从后视镜里看到了那辆车，记者的敏感让她觉得也有点不对劲。

她问张仲平："有没有发觉，我们被人跟踪了？"张仲平一直专注着开车，没注意这些。听了曾真这话便想试试那车，他加速，那出租车也跟着加速，他减速，那出租车也跟着慢了下来。张仲平说："真好像是冲着咱们来的，行，我得会会那车里的人，你们坐稳了。"路窄车子调不了头，他突然挂倒挡疾速倒车，直朝那辆的士倒逼过去。徐艺惊得赶紧往下缩着身子，急喊司机避开。正好前面岔道，那车便开上岔道跑了。张仲平还要去追，覃山洼说："别追了，前面还有好几条岔道，你追不上了。"

张仲平只得停车，朝方向盘上猛地一拍，一脸疑色地说："会是谁呢？记住车牌了吗？"

曾真分析说："我注意过了，前后车牌都用光碟遮住了。看来，车里的人早有准备，而且，应该是熟人。"

覃山洼看了看曾真，又看看张仲平，说："仲平，是不是唐雯找人来盯你的梢了？"

曾真心里一惊，真觉得不是没有这个可能。张仲平却一口否定："你别胡说八道，唐雯怎么会干这种事？"心里却在想，这会是什么人呢？他们想干什么？

把覃山洼送到家，张仲平刚把车掉头，曾真就搂着他的手臂倒在了他的肩上。相爱的人总是不愿意放过任何一个可以亲密接触的机会，哪怕只是最简单的拉手，或者一个眼神的传递。曾真和张仲平的爱情是见不得光的，所以，他们会更珍惜这独处的每一分钟。张仲平溺爱地低头看了看曾真，低头轻吻了一下她的发丝，腾出左手轻轻在她脸上摩挲着，车里的空气顿时变得静谧而甜美。

两人享受了片刻的温存，曾真仰头看着张仲平，说："仲平，你公司的资金最近是不是有点紧张？"

"是，徐艺操蛋，胜利大厦那么大的案子做下来，几乎没赚钱，现在，公司又在争取香水河国营物资公司的案子……"提到徐艺，张仲平就无名火起。

"要花很多钱吗？"

"哦，也不是，但必要的公关费用还是要准备的，唉，现在做生意，没办法。"

曾真坐直了身子，靠回到副驾驶座的椅背上，说："要不然，这建学校的事，让我来做，你看好不好？"

"不不不，还是我来想办法。"张仲平不想让曾真操这份心，他觉得男人生意上的事，必须得自己扛着，再难也不能让女人来担担子。

"建筑施工方面的事，建建停停不太好，得快点建起来。而且，如果赶在下学期开学，还得花钱，课桌、椅子、黑板，对了，如果想一步到位，教室里最好配电脑、开通网线，这可又是一笔不小的开支呀！"

张仲平点点头道："我知道。"

"我还能在我舅那儿领十多万，要不，你先拿着用？"

"不，不用。还是我来想办法。我刚才已经叮嘱覃山洼，让他千万别在你舅那儿提我们的事。"停了一会儿，张仲平又说，"曾真，这事有点不对头。前前后后，我已经在里面花了大几十万，加上你的二十万，怎么还只是做到这个样子？我知道这是一件好事，可我，这会儿，突然感到……有点力不从心，有点心力交瘁。我不知道这是为什么。"

曾真握住张仲平抓着方向盘的手，心疼地说："仲平，也许，你只是有点累了，你需要好好休息了。"

张仲平做了一个深呼吸，转头看了看曾真，说："是呀，你说得没错，我可能真的需要好好休息了。"他看着曾真，努力挤出微笑的时候似乎都不无疲惫。曾真越发地疼惜在心，柔声问道："那你……今天不回省城行不行？"

"这个……"张仲平有些犹豫了，一来是真累了，二来也是真想多和曾真在一起待着。

曾真又倒过身子来，靠在了张仲平的肩上，说："仲平，我的意思是说，不管你遇到什么困难，我都愿意跟你一起面对。你的事，就是我的事。"

张仲平侧着脸低下头，用脸颊蹭了蹭曾真的头顶，感动尽在不言中。

突然，曾真坐起身来，满脸欣喜地指着远处喊："哇，好漂亮。"

好在张仲平已经习惯了曾真孩子气的咋咋呼呼，否则，一定得被她喊得吓一跳。他放慢车速，张望着，问她："又发现了什么新大陆？"

曾真摇着张仲平的手臂，说："你没看到吗？仲平，那边山坡上的花儿，好美啊！仲平你快停下来，我要去采花。"

车停下，曾真拉着张仲平催促他快点下车，陪她一块去采花。张仲平摇头笑着，对于曾真的任何要求，他好像从来都没法拒绝，甚至会很享受这种感觉，尤其是这样撒着娇的不管不顾。他怜爱着她，感觉自己好像也年轻了许多，他觉得对曾真的爱，甚至掺杂了一些父爱的成分在里面，才会让他对曾真如此这般的宽容与娇宠。

曾真松开张仲平的手，一个人往山坡上跑去，年轻曼妙的背影在山野间跳跃舞动，是那样的青春靓丽。张仲平不由得想起了夏雨，渐渐地，他仿佛看到夏雨的背影也在不远处跳跃着，和曾真的背影重叠在了一起。山坡上，曾真遇到了一个小姑娘，手里握着的鲜花像是刚刚采来的，小姑娘看着曾真一路笑着跑上来，竟有些看呆了，她在这个村子里，好像还没见过大人会这么疯的，疯得像个小姑娘，可又那么好看。曾真友好地朝她笑了笑，小姑娘也笑了，羞涩的、纯朴的笑容，张仲平在不远处站住，欣赏着两个女孩美丽的邂逅。

小姑娘把手上握着的那把花递给曾真，不说话，只笑。曾真接过，说了声"谢谢"。小姑娘仍是笑而不语。曾真蹲下来，问她："你怎么没去上学？"小姑娘说："学校垮了，没地方上学。不过，我妈妈说，有个伯伯正在花钱帮我们建学校，我们很快就能上学了。"

曾真回过头去，与张仲平相视一笑，显然，小姑娘细细小小的声音，张仲平也听到了。

小姑娘犹豫着慢慢伸出手去，说："阿姨，你笑起来好漂亮、好美。我能摸摸你吗？"

曾真点点头，抓住小姑娘的手，放在了自己脸上，小姑娘轻轻地摸了摸，又害羞地笑笑，说："真像电视里的仙女。"说完，松开曾真的手跑开了。

曾真站起来，一直看着小姑娘的背影消失在山脚的拐弯处。张仲平走过来，曾真把花儿举到张仲平面前："香不香？"

张仲平点点头："香。"

"美不美？"

张仲平点点头："嗯，美。花美，人更美。真像电视里的仙女。"

曾真一脸灿烂地笑着，轻捶了张仲平一下，说讨厌。那神情，真是不胜娇羞。

曾真弯下腰，继续采着山花说："仲平，你说，喜欢花儿，是不是人的天性？知道刚才我为什么那么兴奋吗？因为昨天晚上，我做梦梦见花儿了，好大一片鲜花，就像我们现在看到的一样。真的，仲平，你知道吗？每每看到鲜花或是长势很好的植物，我的心情就会莫名地激动、欣喜。从小，我就爱养些花花草草的，我甚至一直希望自己开个花店，哪怕是生意不好我也不担心，因为，只要看着那些鲜活娇嫩的生命，就够了，就幸福了。"

张仲平用耳朵、用眼神、用心灵感受着曾真的美丽与善良，由衷地说："宝贝儿，我觉得你是花仙子变的。真的。"

曾真呵呵地笑了，又朝着远处烂漫的山花跑去。

辛然扶着唐雯从医院出来，一路安慰着说应该没事儿的，让唐雯别担心。唐雯勉强地笑笑说："但愿没事。"辛然犹豫地问："今天来看病的事，要不要告诉姨父？"唐雯想了想说："还是先别说吧。他这段时间事情也挺多的，我不想分他的心。"辛然打心眼里觉得姨妈太伟大了，这么大的事，居然自己一个人扛着。她想也许她有她的苦衷，她有她的顾虑吧，辛然不再多说什么，打了辆的士送唐雯回家了。

服侍唐雯吃了药，把她安顿上床，辛然就乖巧地坐在床边陪着唐雯聊天，希望能帮唐雯驱散些因为病痛带来的身体不适和忧郁，聊着聊着，还是聊到了病情上。唐雯说她有个学生的妈妈是省人民医院的妇产科主任，过几天，想再去找她做个仔细的检查。等确诊了，再告诉张仲平。辛然说好啊，哪天去，约好了一定通知她一声，她陪唐雯一块去。唐雯感激地拍拍辛然的说："不用那么兴师动众的，我自己去就是了。"

两人正聊着，辛然的手机在客厅响起，她让唐雯先歇会儿，转身退到客厅去接电话。来电话的是徐艺，他问辛然在哪儿，辛然说在姨妈家，然后大概说了一下姨妈生病上医院的事，说这会儿刚回家歇着呢。徐艺说："那你把姨妈安顿好了，一会儿回家吧，我有很重要的事要跟你说。"辛然应下，挂电话，正准备回房间跟唐雯告辞，门外响起急促的敲门声，唐雯在房间里大声说道："辛然，是不是有人在敲我们家的门？你去看看。"

辛然打开门，是华媚。华媚一把推开辛然，熟门熟路地往里冲着，不停地往各个屋张望着，嚷嚷道："我找唐教授，她……她在吗？"

辛然追上前来说："我姨妈在卧室。她病了，你等一等，我去帮你看看。"

华媚不等辛然去通报，径直冲进了唐雯的卧室，一进门，见着了唐雯，"哇"的一声就哭天喊地地哭开了："唐教授，你说你说，我这命怎么这么苦呀，啊……哇哇哇……"

张仲平陪曾真采了花，准备回酒店。曾真坐在车上，欣赏着手里的花儿。她挑出一朵最大的、黄灿灿的花，往张仲平头上比画了一下，调皮地说："仲平，我把这朵花儿给你戴好不好？"

张仲平系好安全带，拿手挡了挡，说："别闹。"

"不，我要嘛。"曾真使着小孩子性子，撒着娇说。

张仲平拍拍曾真的手说："好了好了，乖乖，我们得走了。"

曾真不依不饶地噘着嘴说："给你戴上花儿就走，你呀，干吗板着那张脸呀？"

张仲平扭动钥匙，把车发动，突然地转过脸来，夸张地咧着嘴，冲曾真嘿嘿傻笑，曾真小小一惊，旋即一阵粉拳砸过去，说："讨厌，吓死人了。"

张仲平握住曾真的手，轻轻地搂了搂她，说："好了，别闹了。我本来想和你舅舅见一面的，可能没时间了，我得给他打个电话。"

曾真安静下来，说："你今天一定要回去吗？"

"是的，来的时候不就说好了吗？我现在送你去宾馆。"张仲平松开手刹，车子向前行驶，朝酒店开去。

快到酒店的时候，张仲平手机响，他看了看来电显示，望着曾真，无奈地说："她的电话。"

"谁？教授？"

"嗯。"

"接呀！"

张仲平把手机递给曾真，说："你帮我按免提。"

曾真接过电话，轻轻按下免提，仿佛按重了，电话那头的唐雯会知道她和张仲平在一起似的，很快，电话里传来唐雯的声音："仲平，你还在擎天柱？"

"是呀。"

"说话方便吗？"

张仲平看了看曾真说："没事，你说吧。"

曾真握着张仲平的手机，眼睛却看着前方，另一只手悄悄放进包里，把自己的手机调成了静音。

"你暂时不要回来。你千万不要回来。最好先把手机关了。"电话里，唐雯的声音有些虚弱，更有些慌乱，张仲平连声问怎么了。唐雯说："丛林出事了，被市检察院叫去了，听说和一家拍卖公司有关，现在情况还不明朗，我怕跟你有关。你听我的话，千万别急着回来，赶紧把手机关了啊？"

张仲平连连应着，然后挂电话关机。

曾真看张仲平很紧张的样子，忙问出什么事了。张仲平说："市检察院的人把丛林叫去'喝茶'了，具体情况还不清楚，他老婆现在在我家，她也说不清楚。只听说……听说……跟某个拍卖公司有关。唐雯担心是我，她希望我在没有得到确切消息之前，千万不要回去。"

曾真问："那……丛林出事……是不是真的跟你有关系？"

张仲平肯定地说："我不知道他出了什么事，但如果真的跟我有关，我可以百分之一百二十地保证，他就绝对不会有事。"

"真的？"

"我跟他什么关系，我自己还不清楚吗？看来，没时间去见你舅了。我得赶紧回去捞人。"张仲平加快了车速。

曾真想了想说："我跟你一起回去吧，我有个同学叫马鸣，就在市检察院工作，我可以去找他打听打听情况。"

　　张仲平说："好吧，我们快点走。"

　　唐雯放下电话，犹豫片刻，终于从书房里出来。华媚还坐在客厅里哭哭啼啼的，唐雯走到她身边坐下，思忖着该如何开口。刚才给张仲平打的那个电话，是唐雯经过激烈思想斗争之后做出的决定。曾真和张仲平同时去擎天柱，正是诱发她心绞痛的原因，因为，她不知道他们两个人会背着她干什么。可是，当丛林出事，张仲平可能面临着某种风险的时候，作为妻子，她冒出的第一个念头，就是必须保护他，而她除了让他留在那儿，别无选择。她同时知道，尽管这样做，可能有点对不起丛林和华媚。

　　还没等唐雯开口，华媚抓住唐雯的手，说："怎么样？张总怎么说？"

　　"他……手机关了，打不通。"唐雯很少撒谎，她说这话时根本就不敢看华媚。

　　"啊，怎么会这样？唐教授，你说我怎么这么命苦呀？组织上刚刚开始考虑他当副院长的事，怎么突然会被检察院叫去了呢？"华媚又哭上了。

　　唐雯拿了纸巾递给华媚，说："你先稳住，这不还不知道究竟是怎么一回事吗？也许就是一个误会，解释清楚也就没事了，我们得相信组织。"

　　华媚撂了撂鼻涕，仍旧把纸捏在手里，说："可是，我心里在不停地打鼓，谁能保证他真没事？"

　　唐雯说："华媚，丛林可是你老公，他有没有事，你会不知道？"

　　这话让华媚不爱听了，好像她有多不关心自己的老公似的，她立马就不哭了，把刚刚撂鼻涕的纸巾扔到旁边的垃圾桶里，反驳道："男人在外面的事儿，我们知道多少呀？我一直就奇怪，他这就那么不喜欢回这个家？你说，他在外面有没有养小三儿呀？"

　　唐雯一下就想到了现在和曾真一起待在擎天柱的张仲平，她压着性子说："你别胡思乱想好不好？"这话与其说是劝华媚，倒不如说是在劝她自己。是的，她一直在纠结，她觉得，如果张仲平真的与曾真有关系，他不是应该把自己的行踪瞒着她吗？怎么会在曾真跟她说要去擎天柱后还告诉他也要去那儿呢？

　　其实，哪个女人又愿意相信自己的老公在外面养小三呢，华媚顿了顿，说："那……他这些年可没往家里拿过多少钱，你说，他那些钱都花哪儿去了呀？"

唐雯哪能知道这事，她注视着华媚，无言地摇了摇头。

（四）

徐艺催促着出租车司机从岔路逃走，又抄近道先回了酒店，他得赶在张仲平和曾真回酒店之前到房间把事先装在那儿的针孔摄像机取回来。取了摄像机，他到前台去退回了押金和身份证，又再三叮嘱了接待员，别跟任何人透露他来酒店的事，就当没见过他。

徐艺取了自己的车，很快就上了回省城的高速，又经过曾真代言的广告牌时，他盯着广告上曾真的笑脸，不由放慢车速。想起刚才偷拍的那些镜头里她和张仲平亲热的样子，徐艺怒火中烧，一拳砸在了方向盘上，汽车喇叭被砸响了，他顺势长按喇叭，一路疾驰回了家。

辛然给华媚倒上茶就跟唐雯告辞回了家。

没过多久，徐艺就脸色铁青地进了门，辛然迎上去接过他手里的长焦相机，问："你脸色怎么这么难看？怎么啦？"

徐艺点着辛然接过去的相机说："我姨父，张仲平，他欺负我姨妈，他……他也太不是东西了。你自己看吧！"

辛然不解地看了看徐艺，坐到书桌前，打开相机，里面的照片顿时让辛然目瞪口呆，她抬头看着徐艺，满脸的难以置信："姨父？曾真？他们……他们真的……"

徐艺咬着牙说："这算什么？还有更加不堪入目的。"说着走过去，把针孔摄像机里的内容拷进电脑，里面全是张仲平和曾真的激情床戏，辛然没好意思多看，啪的一声关上了视频。

徐艺一把抱住了辛然，声音哽咽着说："辛然，姨妈可是我在这个世界上最亲最亲的亲人，她就像我妈一样，我怎么能忍受张仲平这么欺负她？你说你说呀！"

辛然的眼泪也不禁哗哗地流了下来："艺哥，还有更惨的，真是祸不单行，姨妈身体出了问题，心绞痛，还有，刚查出……子宫肌瘤。"

徐艺惊呼，抓着辛然的手臂问："子宫肌瘤？良性的还是恶性的？"

"现在还不知道，还得做进一步的检查，但愿是良性的。可是，姨妈一旦知道姨父跟曾真的事，一旦看到这些东西，她会崩溃的，她一定会崩溃的。"

"也就是说，现在无论如何不能让姨妈知道这件事。可是，姨妈就是怀疑姨父和曾真的关系，才让我去擎天柱的，她在等我的消息，我该怎么对姨妈说呀？辛然，我要见到你，就是想和你商量这事。"

辛然看着桌上的相机说："你不能把真相告诉姨妈，只能跟她说假话。你就说……你就说你没碰上他们。"

"问题是，如果姨妈交代给我的任务完不成，她会不会让别的什么人继续去做这件事呀？现在所谓的私家侦探满大街都是。随便找张报纸，就能找到几十家所谓的调查公司，一样马上就会掌握他俩偷情的证据。"

辛然点点头说："因此，我们得想个万全之策。"

徐艺双手握拳，愤愤地说："不，我绝不允许张仲平欺负姨妈，我要去找他，要让他明白，姨妈娘家不是没人，他不能欺人太甚。"

"可是，你这样去找他，你跟他的关系，不就彻底玩完儿了吗？"辛然怕徐艺一时冲动做出什么不妥的事来。

"那怎么办？哦，对了，姨妈现在怎么样了？她一个人在家？"

"她吃了药，躺了会儿，看上去好点了。哦，我走的时候家里来了一位客人，是姨父大学同学的老婆，说她老公被检察院的人叫去'喝茶'了。"

"你说的是丛林？"

辛然很快地回忆了一下，说："对对对，嗯？你怎么知道？"

徐艺没吭声，嘴角掠过一丝不经意的笑。

张仲平和曾真去酒店取了简单的行李，退房，也火急火燎地开着车，在回城的高速上狂飙。

车在市检察院大门口停下，张仲平熄了火，钥匙也不拔，留曾真一个人在车里，就准备进去找丛林。曾真急忙下车，拦住他，看了眼门口的警卫，把张仲平拉到一边，小声说："你干吗？你不能去。"

张仲平把曾真的手扒开说："我当然得去，不是说丛林的事跟拍卖公司有关吗？如果这家拍卖公司真是指我们，我可以替他洗脱嫌疑。"

"可是，万一不是你们公司呢？或者，你要是与别的法官、别的干部不清不白呢？那你不是自投罗网吗？"

张仲平急了，说："我……我跟谁不清不白了？没有，绝对没有。"

曾真打断张仲平道："有还是没有不由你说了算。好了，现在不是你自我辩解的时候。我现在去找马鸣，于公，我是记者，有采访权；于私，我们是同学，就是逼，也要逼他给我透露点消息。"

张仲平想了两秒钟，觉得曾真说的算是权宜之计，便说："那好，我在这里给其他同学打电话，看他们有没有办法。"

"不行，你千万别这样做。在事情还没弄清楚之前，找的人越多越复杂，消息扩散得越广，反而越不好办。我先把情况摸清楚，如果需要动用上层的关系，我再去找人。现在，你把手机打开，一边在车上休息，一边等我的消息。"曾真这会儿的思路异常清晰，她早已感觉到张仲平的紧张，所以，在来的路上，她已经想好了该怎么做。张仲平找不出反对的理由，听话地上了车。

华媚平时也没什么社交圈子，麻将桌上的朋友那都算不上真朋友，真有什么事了，那是一个也用不上的，事一出，她能想到的帮得上忙的也就只有张仲平了。更何况丛林这事不是还说与一家拍卖公司有关吗？不管这公司是不是张仲平的3D拍卖公司，找他总是能打听到最靠谱的消息的。

谁能想到唐雯说张仲平关机了，联系不上。华媚这下真没了主意，不知该怎么办好，待在唐雯家也没有打算离开的意思，一直哭哭啼啼地坐在沙发上，还时不时叨叨两句，一会儿骂丛林不干好事，一会儿又担心丛林别出什么大事。

唐雯后来又进书房打了几个电话，不是打给张仲平，而是打给她的同学和学生们，想托他们找找关系，看能不能打听到一些情况，也算是对华媚刚才说谎的心理补偿。唐雯是心善之人，如果这事与张仲平无关，她是愿意豁出去帮助丛林和华媚的。

打完电话，唐雯忍着病痛仍旧回到沙发上坐下，劝慰华媚道："你也别太着急上火了，也许这事就是别人在陷害他。查清了，也就没事了。"

"别人陷害他？别人为什么要陷害他？"华媚一时茫无头绪，只知道重复唐雯的问话。

"你想啊，他们院里这会儿不是在搞民主评议吗？先给丛林弄点什么事出来，坏了他的口碑，就有可能让他升不成，至于是不是查无实据，到底有没有事，别人才不管呢！"

"啊？谁会这么缺德？"

"最有可能的，就是丛林的竞争对手。"

"他的竞争对手是谁？唉，一碰到他的事，我就两眼一抹黑。管他是谁，哪天让我知道了，我去扒他们家的祖坟。"

唐雯也是胡乱地编着话劝慰华媚，哪曾想到华媚竟当了真，越说越激动，吓得唐雯赶紧打住，说："你先别激动，还是得先找关系捞人。"

华媚没脑子，人家说什么就是什么。唐雯把话一转，她也跟着转了，上面的话头子就忘了，说："我找了刘副院长，可他像躲瘟神似的躲着我。张总应该有些关系吧？他怎么会关机呢？他现在开机没有？"

说到张仲平，唐雯难免有点心虚，说："我不知道，华媚你别着急，我已经在发动我的同学和早年毕业的学生找关系了，看能不能找到里面的人问一问，先搞清楚到底是怎么一回事吧！"她怕华媚再追问张仲平的事，又拿起电话给刚刚那些个同学和学生打电话催问消息，华媚起身上了趟厕所，回来焦急地盯着唐雯，很希望电话里传来点什么可靠的消息。

几通电话以后，唐雯放下话筒，对着华媚无奈地摇了摇头。唐雯又拿起电话簿，准备再找人问问，华媚拦下，说："你先歇会儿吧，都打了十几个电话了。"

唐雯有些歉意地看着华媚说："也怪我，平时跟社会交往太少了，以前同学往来的不多，教的学生吧，没有一个是在公检法系统工作的，这种事，找不对人不行，哎，真不知从哪儿下手。"

"我怎么就这么命苦哇？"华媚说着眼眶子又红了。

唐雯赶紧劝道："别着急别着急，要不，我们还是耐心地等一等吧！"

颜若水坐在祁雨办公桌对面的沙发上，手里把玩着茶几上的小摆设，是个仿青瓷的工艺茶叶罐，虽是个工厂批量生产的日常物件，倒也小巧精致，惹人喜欢。

看祁雨合上账本，停下了手里的活，颜若水放下茶叶罐，问祁雨："公司马上就要开会讨论香水河公司西郊公园那块地的事了，徐艺那儿，有什么动静没有？"

"他应该在筹钱吧！"祁雨起身，把账本锁进身后的档案柜里。

"筹得怎么样了？"

"不知道，要不要我打个电话问问？"

颜若水站起来，扯了扯衣服，准备回公司，说："这个……是你自己的事，抓紧一点。"

颜若水一走，祁雨就给徐艺打了个电话过去，徐艺正和辛然讨论姨父家的家事，拿起手机，先看了看来电显示，又飞快地看一眼辛然，然后大声地接电话："祁老板呀，你好呀！有什么事吗？哦……哦……哦，我这里没什么变化，我会抓紧的，谢谢祁老板呀，谢谢呀，祁老板。"

祁雨在电话那头感到好笑，徐艺这么大声地一口一个"祁老板"，就是想告诉她边上有人，不方便暧昧，其实她本来也没打算跟他挑逗煽情，确实是只打算说正事来着，说完就挂了电话。

徐艺这头也挂了电话，辛然隐隐觉得徐艺这电话接得有些不正常，可又说不上哪儿不对劲，忍不住问："谁呀？怎么回事？"

徐艺屁股一抬，坐到大班桌上，他的情绪很快从对唐雯的同情上转到了生意经上，他说："哦，是青瓷茶会所的祁老板，这事我正要跟你商量呢！是这样，祁老板要移民去加拿大了，她要把青瓷茶会所打包转让给我，开价一千万。"

"打包转让给你？你想接过来？可这跟我们的拍卖生意一点也不沾边呀！"

"表面上看起来不搭界的东西，背后却有很多文章。具体来说是这样，我如果能先拿出一千万，我就很快能赚到两千万，前提是，我必须找到购买香水河公司西郊那块土地的人。"

"不是说青瓷茶会所吗？怎么又变成香水河公司西郊那块土地了？"辛然不解地问。

"你呀，可真是笨。因为这个祁老板是东方资产管理公司总经理颜若水的小姨子，明白了吗？我现在明白那天颜若水为什么不收我的钱了：第一，他是嫌少；第二，他是怕不安全。"

辛然恍然大悟道："这下我弄明白了，就是你负责买她的青瓷茶会所，她负责给你拿香水河公司那块土地的拍卖业务，对吧？"

"对！"徐艺点头，冲辛然打了个响指，以示对她顿悟的表扬。

"你先垫一千万，然后回本一千万，再赚两千万？"

"对。这是乐观的估计，保守估计，赚一千万。"徐艺再次点点头。

辛然却摇头说："不对。"

"怎么不对了？"

辛然正色道："这是关联交易，变相行贿，只是做得比较隐蔽罢了。"

徐艺不屑道："怎么又来了？真是妇人之见。"

"什么叫妇人之见？"

徐艺从大班桌上跳下来，走到辛然面前说："我告诉你什么叫妇人之见，你是只知其一，不知其二。第一，投资一千万，转手赚两千万，哪怕是一千万，这种事情谁都会抢着干。第二，我买下她的茶会所、还有里面的那批青瓷，违法吗？不违法。我按照《拍卖法》的要求从事香水河公司那块土地的拍卖违法吗？也不违法。两桩合法的生意，不贪赃、不枉法，又不损害第三者的利益，会有什么事呀？退一万步来讲，就算行贿又怎么啦？这个社会，不给别人好处，别人会无缘无故地帮你？你是他爹呀还是他妈呀？再说了，即使行贿，也还有个是否被发现的问题吧。这个社会，从来都是撑死胆大的，饿死胆小的。又再说了，即使我行贿他受贿，即使被抓住了，罪名谁轻谁重？"

辛然却不理会他这一套长篇大论，说："徐艺，你我都是学法律的，你应该知道，行贿受贿是一种对合犯罪，当然是一样重。"

徐艺继续说："对，理论上是这样。可在具体的司法实践中却往往不是这样，往往是对贪赃枉法的公务员严惩不贷，而对那些行贿者网开一面。"

辛然反驳道："可是这样做是违背法律精神的。"

徐艺不以为然道："但却是一种潜规则，一种具有普遍适用性的潜规则。何况，我并不认为这是行贿，我是退一万步说的。"

"可是……"看着徐艺理直气壮的样子，辛然一时无话可辩。

徐艺握住辛然的双肩说："辛然，没有什么可是。你爸都那样了，我们已经失掉了所有有用的社会资源，只剩下拿钱买路这一条路了。如果我不这样做，我百分之九十九点九拿不到这单业务。对此，我有十分清醒的认识，我希望你也这样。"

理论上辛然辩不过徐艺了，她又想到实际的问题："即使是这样，我们也没法筹到别人要的一千万。"

徐艺松开辛然的肩膀，若有所思地点头道："这倒是个问题。是呀，这个问题，必须首先解决。"

（五）

张仲平听曾真的话待在了车内。他把空调打开，把椅子放平，又打开一点点天窗透气，准备小憩一会儿。可他躺下以后，却辗转反侧怎么都无法入睡。

很快，曾真已经进去差不多一个小时了，却一个电话也没有打过来，他不知道丛林现在的情形到底怎么样了。他看了看仪表台上的小石英钟，已经快下午四点半了。张仲平坐在车里，无聊又焦急地盯着这面小石英钟，小石英钟上没有秒针，这让张仲平越发地感觉到时间仿佛停滞了。

将近三个小时过去了，天窗上露出的那一小块天色已经暗了下来，检察院门口的路灯和商铺的霓虹灯也陆续亮起。就在张仲平因为疲倦将要昏昏睡去的时候，曾真过来了，她敲了敲车窗，张仲平一个翻身，赶紧起来，开了车门让曾真上来。

"怎么样？"张仲平焦急地问。

"一大堆似是而非的事情。但其中有一件五万块钱的事，还真与你有关。"曾真说。

"啊？什么呀？"

"说你为拿到胜利大厦的拍卖业务，给他送过五万块钱。"

"扯淡！那五万块钱是我借给他的呀，当时她老婆从楼上摔下来，受了伤，要住院，临时找我借的。"

"你有什么证据？"

"他打了借条，借条还挂在我们公司账上呢！"

"好，那你马上去取了借条送过来。快！"

曾真下车，返身又进了检察院，继续找马鸣打听更进一步的情况，顺便要把丛林向张仲平借钱这事跟他说说，看是否会有所转机。

张仲平坐正了，发动车子，径直去了金会计家，接上她以后，便直奔公司。

到了公司，张仲平和金会计一起在财务室翻找着已经装订好的会计凭证。打借条的时间不久，金会计很快就找到了丛林写的那张借条，拿给张仲平看，问是不是这张？张仲平看了看，连声说是，让赶紧拆下来复印，他得连原件复印件一起带走。突然，张仲平又好像想起些什么，问道："金会计，问你一件事，除了你和我，还有谁知道这五万块钱的事？"

金会计稍稍想了下说："公司里面，应该没有人知道。"

"那公司外面的人呢？"

金会计有点紧张，怕张仲平质疑她的职业操守，连忙解释道："哦，我刚才说得不准确，我的意思是说，应该没有人从我这里看到过这张借条。怎么啦，张总，出什么事了？"

"哦……没什么。"

"那……张总，要没什么事，我先走了？"

"好呀！你打的走，公司报销。"金会计正要走，张仲平又叫住她，"对了，最近鲁冰局长和你联系过吗？"

"没有呀，怎么啦？"

"没什么，你先回去吧！"张仲平挥挥手，出了财务室。

金会计应着，跟出来，锁了门，走到电梯间等电梯，她仔细想了想刚刚和张仲平的对话，觉得自己好像没有哪不对，不对劲的是张仲平，可她一时又想不明白究竟是怎么回事，她摇了摇头，掏出手机，翻出了鲁冰的电话号码。

天完全黑了，唐雯打开灯，问华媚："华媚，你饿不饿？要不，我去把剩菜剩饭热了，将就吃点儿？"

华媚愁着脸说："我是吃不下，我这心里头呀……哎。要不，你去给自己弄点吃的吧，对不起了，唐雯。"

唐雯本来是往厨房走的，听华媚这么说，又转回来说："我也不想吃。要不，你先坐一下，我去书房处理点事？"

华媚点点头，继续愁眉苦脸地坐在沙发上唉声叹气。

唐雯进了书房，轻轻把门掩上，拨通了胡海洋的电话："喂，胡总吗？您好您好，我是唐雯，您朋友张仲平的老婆，您还记得吗？对对对，您现在说话方便吗？噢，是这样，今天下午我老公去擎天柱找你了，可他手机打不通，我有点儿事找他，您能帮我叫他一下吗？噢噢噢，谢谢谢谢，好的好的。"

胡海洋告诉她，张仲平是打电话给说要来擎天柱，可他并没有来找自己。他反问唐雯："你确定张总在擎天柱没有别的事吗？"

唐雯支支吾吾地说："我不知道，要不，我再跟他联系吧！"

她挂断电话，颓然地跌坐在椅子上。

张仲平去找借条的时候，曾真给她外公打了个电话，把丛林的事简明扼要地说了，拜托外公能不能找他以前的老部下过问一下这件事，关照关照。老头子说党培养一个干部不容易，可不能冤枉了好人，便爽快地答应了。待张仲平把那张借条送过去，丛林被误解的事情很快就说清楚了。张仲平和曾真一起把他接出了检察院。

丛林一边走，一边由衷地说："谢谢两位，太谢谢了。"

张仲平如释重负，搂着丛林的肩膀说："别谢我，要谢，你得谢曾真，是她救了你。"

曾真在一旁客气道："谢什么？打铁还靠本身硬。他们说了，本来也就是找你问问话，了解了解情况的。"

丛林有些无可奈何地说："真无聊，要是我没有被列为副院长的候选人，就根本不会有今天的事。"

曾真说："这事发生了也好，可以充分证明你的清白。"

张仲平附和道："是呀，而且早发生比晚发生好，这样我们还有时间组织反击。"

丛林摇了摇头，叹口气道："恐怕没那么简单，他们叫我来谈话，本来就不是一件什么事，说穿了也就是了解情况，现在情况弄清楚了，你是让他们给你平反昭雪呢，还是开全院大会澄清呢？都不会，可是，关于我被检察院叫来问话的事，却会以小道消息的方式传得满天飞，糟糕的是，我还不能对每个人都去解释。这一招，狠毒呀！"

张仲平说："在这种情况下，只有一个办法，积极主动争取当上副院长，只有当上了副院长，一切谣言就会不攻自破。我们都快五十岁的人了，该不惑了。"

这话曾真不爱听，她可从来没觉得张仲平不年轻了，她打断他的话说："别那么老气横秋的行不行？五十岁的人怎么啦？新生活才刚刚开始。丛法官，别听他的，得振作起来，根本不要把这当回事。"

丛林呵呵笑着说："好好好，你俩也别争了，不管怎么样，谢谢两位了。"

几个人上了车，张仲平提醒道："赶紧给华媚打个电话，报个平安吧！"

丛林这才想起华媚指不定在家着急成什么样了，他赶紧掏出手机，开机，打电话："华媚……哦，唐雯，华媚在你们家？是的，出来了，没事了。是的。我跟仲平在一起。你们吃饭没有？找个地方吃饭吧。压惊？压什么惊？只是辛苦你跟仲平了。行，你跟华媚说，我们过一会儿来接你们。"

挂了电话，丛林跟张仲平说："华媚在你家，刚刚上洗手间，唐雯帮她接的手机。"

曾真让张仲平先把她送回家。丛林挽留，说一起吃饭吧，又以为曾真是嫌他夹在中间不方便，便说："要不然，仲平，我们分头行动吧！"

张仲平说："怎么分头行动？你刚才打电话不是唐雯接的吗？你不是已经告诉了她，你跟我在一起吗？"

丛林一拍脑门说："嘿，你看我，一下子没醒过神来。"

曾真无奈地笑笑说："没事，你们把我送回去吧，我今天还真有点累了。"

丛林一个劲儿地道歉说："对不起，曾大记者，要不然，我改天请你？"

曾真客气道："再说吧！"

张仲平心疼曾真，心里想跟她在一起多待会儿，再说今天这事也确实是多亏了她，现在让她一个人饿着肚子回家，他哪里舍得，可丛林电话里已经跟唐雯报到了，他只好说："这么晚了，你没吃东西怎么行？要不，我们先陪你吃点东西再送你回家吧！"

曾真明白张仲平的心，不想让他两头为难，懂事地望了张仲平一眼，说："算了，这会儿我什么都不想吃。我好困，只想早点儿回家休息。"

丛林在旁边，张仲平不好再说什么，在心里心疼着、感激着曾真。

几家欢喜几家愁。丛林一行欢欢喜喜地出了检察院，徐艺却是恼羞成怒。

丛林的事一查清，马鸣就打电话给徐艺，责怪他瞎举报，害得他们差点冤枉好人，幸亏曾真及时找来了证据，才算是还了丛法官一个清白。

徐艺电话里哼哼哈哈地敷衍着，说改日请马鸣喝酒。挂了电话，他把手上的文件夹使劲儿摔到地上，在心里盘算新的对策，现在，张仲平是他心里最大的敌人。徐艺思前想后，还是给鲁冰打了个电话，说想约他见个面。鲁冰说："好，正好我也有事要找你，你到沿江风光带的广场边等我吧，我一会儿过来。"

香水河的沿江风光带，徐艺的车和鲁冰的车一前一后停在马路边。徐艺让辛然在车里坐着，他一个人下车，坐进了鲁冰的车里。

徐艺车门还没关上，就说："他出来了，被曾真弄出来的，没想到他的屁股还真干净。"

鲁冰说："屁股干净的人多了，社会没你想的那么脏、那么黑。"

"哼！"

"你哼什么？我问你，你怎么能拿张仲平和丛林的关系说事呢？你这不是一下子就把自己给暴露了吗？"原来鲁冰早就接到了金会计的电话，这才有此一说。

"我……我是真的没想到他还能出来啊！"

"你以为一封举报信就能把他搞定？你也太弱智了吧？"

"大意了大意了。"徐艺也在心里埋怨着自己。

鲁冰小声骂道："你知道你这事办得多没水平吗？你不仅把自己给暴露了，还把我也扯了进来。"

徐艺疑问："怎么会呢？"

鲁冰瞪着他，怒声说："怎么不会？你不知道，金会计是我老婆的亲戚，张仲平已经盘问过她了。你呀，真不知道该怎么说你。"

徐艺嘟哝着，挠挠脑袋说："我当时就想着帮你了，没想那么多。"

鲁冰真是恨铁不成钢："你想帮我？你想帮我也不是这样帮的。张仲平可不傻，他一旦怀疑我在暗中帮你，你的事还办得成吗？你做事怎么这么不动脑子？"

徐艺一个劲儿地道歉："对不起，对不起，我……可能太心急了，也太草率了。"

"这种事情，既要想结果，还得想过程，而且越想得周密越好。"

"是是是。"

"你看你，一件这么小的事情都办不好，搞得乱七八糟的。叫我怎么说你才好？徐艺啊徐艺，我是真的是想帮你，可你，什么时候才会让我放心啊？"

徐艺除了说"是是是"，再不敢有什么解释。

鲁冰看教训得也差不多了，说："行了……就这样吧！"

徐艺小心地问道："那……现在怎么办？"

鲁冰不解地问道："什么怎么办？"

"我是说香水河公司那块地的事。"

鲁冰本想结束这次会面，让徐艺下车走人的，想到周运年的关系，忍不住又多说了几句，就当是给徐艺上堂课："你做事把格局弄大一点行不行？一单业务只是一单业务，再怎么大也就是一单业务。做事之前先得做人。在这方面，你真的还得多下功夫。"

徐艺脖子一缩，嘴里又是一连串的"是是是"。

鲁冰接着说："做事得有势，要顺势而为，不能勉强。势在哪里？往往在具体的业务之外，你呢，一定得明白功夫在'事'外的道理，别那么猴急猴急地乱搞一通。"

"是是是。"

"很多事情，只有把外围工作做足了，才能水到渠成，你明白了吗？"

"是是是。"

"是什么？"鲁冰看着徐艺这不争气的样子，心里就来气。

徐艺像小学生课堂做答一样，说："是得把外围的工作做足了。"

"怎么做？"

徐艺懵懵懂懂的，跟着说："是呀，怎么做？"

鲁冰心里的火一蹿一蹿的，自顾自地把车发动了，看都懒得再看徐艺一眼，说："你下车吧，自个儿想明白了以后再找我。"

徐艺偷偷瞄了一眼鲁冰，脸色铁青，他战战兢兢地问道："那……我先下了？"

"下吧下吧。"

徐艺打开车门，灰溜溜地下来，还没站稳，鲁冰的车呼的一声就开走了，把徐艺吓了个好歹，连连拍着胸口上了自己的车。

辛然问："鲁叔叔走了？"

"嗯。"

"他怎么不等我下来打个招呼就走了？"

徐艺说："我怎么知道？"

辛然不解地追问道："徐艺，到底怎么了？"

辛然不问还好，这一问，可把徐艺刚才的憋屈全问成了火。丛林的事，徐艺偷鸡不成蚀把米，好心想着能拍拍鲁冰的马屁，却不成想拍在了马腿上，无端端地在鲁冰那儿受了顿指责，心里正不爽。可这么没面子的事，他不想让辛然知道，自然而然地就想表现出点男人雄风，来证明自己的存在感，他冲着辛然大声喊道："别整天怎么啦怎么啦，我也不知道怎么啦。"

辛然莫名其妙，怎么好端端地出去说几句话，回来就冲她发脾气，自己是周运年宠着长大的，哪里受得了这个，说："你干吗冲我发脾气？"

徐艺看看辛然的委屈样儿，也觉得自己可能有点过了，便降低了声调，无奈地说："我不知道，我不知道，我很烦，我很烦。"

辛然看徐艺这样，以为是生意上的事让他压力太大，也就不再计较，拍了拍他的手，说："走吧，回家去。"

车上，徐艺想起孙娜的事，问辛然联系上她没有。

辛然说："一直都联系不上，她是不是拿着你预付的工资跑了啊？"

徐艺说："谁知道。照理来说，我是不会看错人的。"

"你真不该给她先付工资。"辛然有些埋怨，一万块钱就这么不见了，谁不心疼啊？

徐艺刚接受完鲁冰的教育，这会儿又有模有样儿地给辛然上起了课："你也是，这是什么社会？又要马儿跑，又要马儿不吃草，可能吗？"

辛然想想说："也是。这人怎么这么不靠谱？你给她的到底是什么任务呀？"

徐艺说："我跟你说了，该你知道的我会让你知道，不该让你知道的，你就不要刨根问底。我这样做都是为了保护你，我这么一片苦心，你怎么就不明白？"

"你给我最好的保护，就是让我和你同呼吸共命运，除此之外，你还有什么更好的办法保护我？那些不该让我知道的事，是不是就是不好的事？是不是就是搞潜规则的事？是不是就是有风险危险的事？如果是这样，我是无论如何不能让你去做的。你明白吗，徐艺？"

徐艺没明白，怎么一眨眼的工夫又变成辛然在给他上课了，他今天已经听得太多了，他不想总处在一个不懂事的小学生的位子，让别人教育来教育去。他冲着辛然说："我不明白。辛然，你别跟我讲大道理。这就是我跟你在世界观、价值观上的差异，我们现在还不是夫妻，就是将来成了夫妻，要避免矛盾，也只有一个办法。"

辛然问："什么办法？"

徐艺摆出一副大丈夫的姿态说："办法就是我们得在事业上分开，我做我的拍卖生意，你做点别的。我姨父姨妈就是这种模式，姨父生意上的事，姨妈从来不过问。如果我们把青瓷茶会所盘下来了，你可以去管那一摊子。

鲁冰这人反复无常，现在看来，我们反而应该紧紧抱住颜若水的大腿……"

　　辛然不等他说完，打断道："徐艺你等一等，我什么时候跟你说我要开茶坊了？再说了，姨妈什么事都不管未必是好事，姨父跟曾真不就……那样了？"

　　徐艺不以为然地说："这是两码事，别往一块扯。"

　　张仲平拗不过曾真，又碍着丛林的面子，加之还有唐雯和华媚在家里等着他们，只好先把她送回家。车到楼下，曾真拿着下午在山坡上采的花下了车，有一枝遗落在了座位上，谁也没注意到。

　　张仲平也下了车，走到曾真身边说："我送你上楼吧！"他很想尽可能为曾真多做点什么，以弥补他由于今天不能再陪她而产生的愧疚。

　　曾真明白他的心思，说："算了，我没那么娇气，你快点和丛林一起去见她们吧！"

　　张仲平张开双臂搂了搂曾真说："对不起，宝贝儿。"曾真笑着说："别这么说，别搞得这么悲壮，丛林看到了不好，你快点走吧。"张仲平还是不放心，又叮嘱道："冰箱里有菜，你要是饿了，就自己动手做点吃的吧。"曾真在心里笑张仲平婆婆妈妈的，却又觉得很窝心，说："你放心吧！"说完和丛林扬手道别，转身上楼，不再给张仲平唠叨的机会。张仲平站在车子边上，目送曾真上楼，直到她房间的灯亮起，这才上车，掉头回家。

　　张仲平回到家，接了唐雯和华媚，丛林说找家大的酒楼，这事辛苦张仲平和唐雯了，得好好感谢感谢他们俩口子。张仲平和唐雯都推脱，说没什么大不了的事，大家都是老朋友，也不在乎这一顿两顿的，今天大家都累了，就近找个小吃店，简单吃点就行了，吃完大家都各自回家早点休息。

　　丛林也就不再勉强，直说下次，下次带上小雨和丛珊一起，两家人好好聚聚，他做东。张仲平爽快地答应了。

　　四个人在丛林家附近的小吃店简单吃了点炒面、蒸饺什么的，填饱了肚子就算完事。从小吃店出来，丛林说："我们走路回家，仲平，你也回家休息休息吧！"

　　张仲平说："我送唐雯回家，我没时间休息了，得回公司处理点事。"

　　四个人在街口一一道别，张仲平和唐雯站在街口目送丛林和华媚离开。

　　看华媚挽着丛林，唐雯忍不住感叹："说不定坏事变好事，你看，他俩的关系倒是贴近了，你是不知道，今天把华媚急的，一直哭个不停。糟糠之妻呀！"

张仲平没接话，替唐雯打开车门，说："上车吧！"

唐雯上了车，发现座位上曾真遗落下的那枝花，心头一紧，把花藏在了腿边，不动声色地说道："嗯，你和胡总的事谈得怎么样了？"

张仲平说："我……没有去见他。"

"你以见他为理由急急地赶去擎天柱，却又不去见他？仲平，你在擎天柱还有别的事？"

"对。"

"什么事呀？"

对于说谎，张仲平早已是驾轻就熟，他知道虚实参半的谎话是最难被拆穿的，在唐雯开始第一句盘问的时候，他就已经飞快地在脑子里把今天发生的所有事情过了一遍，然后又飞快地想好了哪些话可以实、哪些话应该虚。比如，前面他说没见胡海洋是实话，接下来这句就该来虚的了，他很镇静地说："生意上的事。"

"什么生意上的事啊？"唐雯追问道，她觉得自己的力气几乎就要消耗殆尽了。

张仲平太知道说谎得讲究气场的道理了，不能因为知道自己在说谎，就心里发虚，表现出怯懦，得在心理上战胜自己，把谎话说得连自己都认为是真话，这样才能让对方相信自己。说谎大多是临场发挥，开头的路线一般是由对方领着走，可张仲平认为，一个高明的说谎者，是完全可以在中途改变路线，变成由自己领头，最终把对方领到自己想要达到的目的地的。所以，气场一定要足，得让对方觉得，你这么盘问我是不正确的。

张仲平看了唐雯一眼说："怎么啦，唐雯？我们以前不是说好了吗，你主内，我主外，我生意上的事你不管不问。"

唐雯右手放在腿边，用力地掐着那枝花，头抵着靠枕，以强弩之末般的力气说："本来我是可以不管不问，不过，通过丛林这件事，我有了一个想法。"

"什么想法？你说说看。"张仲平应对自如的表情一如从前。他其实也在权衡，是不是把捐建小学校的事跟唐雯说了算了，虽然那也可能惹她生气，但却能有效掩盖他与曾真的真实关系。

可唐雯这会儿却是越来越窝火，她极力隐忍着，尽可能心平气和地说："你看，华媚也不了解丛林在外面的情况，真出个什么事情，只能在家里干着急，连找个人都找不到。要是……要是万一你也出个什么事怎么办？"

张仲平连声"呸呸呸"，说："我能出什么事？"唐雯的说法突然让他觉得很恼火。

唐雯说："我当然不希望你出事，可是，你多少也得让我心里踏实一点吧？张仲平，我可是你老婆。你想让我放心其实很简单，只要跟我说真话就行了。你现在告诉我，你，到底为什么去擎天柱？"

唐雯从来没有这么穷追不舍地逼问过张仲平，从来都是刚一起头，就让张仲平巧舌如簧地把话题给转移了，常常是不了了之。今天，她本来也知道曾真会去擎天柱，傻子都能联想到他们俩会在一起，可事实上，他们又真不是约好了一块去的，是真的凑巧碰到一块儿的，可这些，说出来，唐雯会信吗？不信，他又说出来干吗呢？

张仲平第一次被唐雯诘问到无语。

唐雯不依不饶："怎么啦？你听见我说话没有？"

张仲平刚刚还自信满满的说谎理论，在这一刻突然失效了，他只能选择最后的招术——沉默。

张仲平越是不说话，唐雯就越肯定自己的猜测，猜测他一定是跟曾真在一起。她越肯定，心里就越难受，两手不由自主地想要捏紧成拳，痛，右手捏着的那枝花杆上的刺扎进了她的手指，十指连心，这花是他和曾真在外面偷欢落下的花，这刺扎进了唐雯的手指，更扎进了唐雯的心里。她只觉得心里又开始发闷，有些呼吸困难，她不想再看张仲平那张带着面具的嘴脸，说："如果只是生意上的事，你有什么不能说的？看来你还真是有难言之隐呀！停车！"

张仲平没法再保持沉默了，说："你要干吗？"

唐雯扭过头，不想让他看见自己眼里的泪光，她极力克制着声调说："我要下车。我想一个人走一走。你对我的问题置之不理，留我在车上干什么？靠边停车，让我下去，你再不停车，我就自个儿跳了。"

张仲平第一次见到唐雯这样生气，他突然发现，他竟然只有对她撒谎的经验，而没有应对她生气的经验，是唐雯太好欺负了吗？有那么一瞬，张仲平的心里闪出对唐雯的愧疚，可他现在一心只想着马上去见曾真，他想去她家做饭给她吃，他知道，曾真一定会什么也不吃地躺在沙发上想他。于是，他那一丝丝的愧疚马上又被他的不耐烦给掩饰了过去，他转头瞪了唐雯一眼，说："你干什么？你今天是怎么啦？你到底要干什么？"

唐雯转过脸来，不再克制自己，喊着："我干什么？我不干什么，我只想跟你好好儿说几句话，我只想说听你说说真话，哪怕是一句真话，也行。"

"可这会儿我不想说，你让我清静清静行不行？"张仲平不由得也提高了声调。

"你是不想说，还是没想好怎么说？"

"我已经跟你说了，这会儿，我只想清静清静。"

唐雯的眼泪再也控制不住地掉下来，她放弃了争吵，她明白张仲平不会跟她说实话了，她沉下声音说："那好，你靠边停车让我下去，你一个人好好地清静清静。"

张仲平不理解唐雯的眼泪，仍旧说着戳心窝子的话："唐雯，你今天到底怎么啦？是不是华媚对你嚼舌头了？你是不是有病呀？"

唐雯顿时泪如雨下，二三十年来，这是张仲平第一次怀着怨恨说这种恶狠狠的话。我怎么啦还是你怎么啦？张仲平，你是不是恶魔附体了？她想骂他，却发现自己连骂人的力气都没有了。她气若游丝地说话，又像是自言自语地说："是的，我有病，我是有病，绝症，也许，我死了，你就清静了。"

正遇上红灯，张仲平停下车来。唐雯眼神空洞地看着前方，打开车门，说："我下去。"

张仲平没想到唐雯真会下车，喊声"唐雯"，用手去拉却没来得及拉住，唐雯已经下了车，她走到车子前面，把手里那枝几乎要被她捏出水来的花用力地摔到了挡风玻璃上。

绿灯亮了，张仲平看着那枝花，千思万绪，他朝着前方大声地喊着唐雯，唐雯充耳不闻，匆匆地朝前走着，很快消失在了地下通道的入口处。

张仲平的车后排起了长龙，后面的车拼命按着喇叭，张仲平无奈，随车流继续前行，艰难地转到了右转车道……

第二十六章

（一）

  曾真回到家里，觉得自己的骨头像散了架似的，她洗漱完毕刚躺在床上，胡海洋的电话就打了进来，问她："说好来擎天柱怎么没来？"曾真说："我今天过去了，后来有点急事又回来了，所以没来得及去看你。"胡海洋那边停了一下，问她是不是和张仲平一块来的？曾真知道事情瞒不过，便说："是呀，怎么啦？"胡海洋又问："那你们也是一起回去的？"曾真说："是呀，又怎么啦？"胡海洋支吾了半天，说："没什么，见面再说，你早点睡吧！"

  曾真却再也睡不着了。

  徐艺和辛然就要睡觉的时候，外面有人敲门，徐艺不知道这么晚了还有谁会上门来，觉得奇怪，打开门一看，却是唐雯。

  徐艺早已打好了主意，他在擎天柱了解掌握的张仲平与曾真的情况必须先瞒着唐雯，见她一脸憔悴地出现在面前，更加觉得自己这个决定是对的。

  待唐雯与辛然互相之间打过了招呼，徐艺背着唐雯给辛然使了个眼色，辛然马上领悟，找个借口进里屋回避了。

  徐艺笑笑说："姨妈，我回来得比较晚，怕打扰你休息，所以也就没给你回话。当然，主要原因是我觉得他们之间有点问题，想明天找个机会当面告诉你。"唐雯脸色变了变，马上又恢复了平静，让徐艺告诉她。

  徐艺去拿桌子上的相机，本能地把旁边的 U 盘塞到抽屉里，唐雯斜眼看着他这个动作。

  徐艺翻着被他处理过的相机让唐雯看，故意装着严肃的样子说："他们两个人下高速后直接去了擎天柱镇医院，没过多久就出来了，出来的时候是三个人，那人应该是当地人，脚有点不方便。看，就是他。"唐雯认出那个人是覃山洼，问："然后呢？"徐艺说："然后，他们一起去了一处建筑工地，后来据我了解到，那儿是在建小学，你看，这是他们两个在工地上的样子，姨父还扶着曾真呢！"唐雯说："再然后呢？"徐艺说："再然后，他们就匆匆忙忙地回省城了。姨妈你不知道，我差点被他们发现。我留在那儿问了一下当地人，他们告诉我，那所学校是姨父投资捐建的，姨妈，这么大的事姨父没告诉你吗？我觉得这里面有问题，你得好好问问他。"

唐雯却早已释然了。她说："徐艺你辛苦了，关于这件事情，你就当什么都没发生过。我估计你跟辛然也说了吧？说了就说了。但是，跟你姨父就别说了，过些天，我再好好审审他。"

张仲平没找到唐雯，正郁闷和烦躁着，却接到了江小璐的电话，说她想见他，必须见他，一刻也不能等了。张仲平问她："有什么事吗？能不能在电话里说？"江小璐说："不行，这话只能当面跟你说，你要是不方便，你跟嫂子一起来吧，我在病房里等你。"

江小璐能找到周运年，张仲平曾经为她感到很庆幸。他暗中也为自己庆幸，毕竟，他为江小璐和她孩子承担的那份责任终于有人替他分担了。没想到的是，她还没过上一天真正的好日子，周运年便出了那样的事。张仲平本来就是一个不太会拒绝别人的人，虽然时间已经不早了，他还是开车去了周运年的单间病房。

张仲平完全没有想到，江小璐跟他说的事竟然是周运年的那笔一千多万的巨款。她说，自从周运年跟她说过这件事后，她已经连续很多天没有睡过一个安稳觉了，常常深更半夜醒来便再也睡不着。原来以为钱是人人都爱的好东西，没想到它现在成为了让她睡不着觉的恶魔。一个人想睡觉、要睡觉，却就是睡不着，你不知道这事有多难受多痛苦。

张仲平问她："你打算怎么办？"

江小璐说："最简单的办法就是等运年醒过来以后由他自己决定，可我怕熬不到那一天就会被它折磨疯折磨死。张总你知道吗？一千多万现金，堆在屋子里有半间呢！我一个没见过什么世面的女人，哪里受得了这个？你帮我想一想，这么多年了，运年怎么没动一分钱？他为什么偏偏要把这件事告诉我呀？"

张仲平看了看在病榻上睡得沉沉的周运年，突然产生了一个奇怪的念头，他没有回答她的问题，而是双目直视着她，小声说："感谢你对我的信任，现在屋子里就我们两个人，对不起，我是说周副市长压根儿听不到我们在说什么。你现在告诉我，你想过他可能……永远也醒不过来的事吗？"

江小璐低下头，小声说："想过。"

"不，我的意思是说，你有没有希望过，他……永远也醒不过来？"张仲平追问道。

"不，我怎么会那样？我要是那样想，那我还算是人吗？张总，你可能不理解，这个男人对我来说的意义。"江小璐噌的一声站起来，直望着张仲平，似乎很奇怪他怎么会问这个问题。

"那你都想到了哪些处理方式呢？我指的是那笔钱。"

"我一直在想，运年受伤，我睡不着觉，是不是都是那笔钱给闹的？那笔钱是好几个人的命换来的，它会不会有什么妖魔鬼怪附体呀？这些天，我一直在问运年，你是不是想让我把它交上去？可他，既不点头也不摇头。张总，你是我最尊重最信任的人，你说，他这是什么意思呀？"

"你是说，你想的第一个念头，就是把它交上去？"

"是，如果这样能够让运年好起来，能够让我睡个囫囵觉，我真愿意把它交上去，越快越好，你相信我说的话吗？"

"我相信。小璐，你是一个多么好、多么好的女人，你应该睡个好觉，你应该有更美好、更美好的生活，我想……这可能也是周副市长的意思吧？现在，我想抱抱你，行吗？"

张仲平从医院里开车回家的时候，已经是疲惫到了极点。他多次打电话给唐雯，她都没接，他不知道她从车上冲下去之后去了哪里。本来一直认为自己挺能对付的，没想到这一次会在唐雯那儿突然卡壳。他这一卡壳不要紧，唐雯可是怀疑上了，怎么办？不，不能让唐雯怀疑，必须彻底消除她的疑虑。他心里很清楚，对他来说，稳定压倒一切。为此，他必须再一次向唐雯撒谎，而且必须撒得理直气壮。张仲平下车，步履沉稳。

张仲平开门回到家里，却发现唐雯好好地躺在床上。他强打起精神，冲她嘻嘻一笑说："对不起，唐雯，都是我不好。不过，你也要知道，被人怀疑是很委屈的，你必须相信我。"唐雯说："你倒是让我相信呀？"张仲平说："我知道你在怀疑我跟曾真的关系，是的，我是跟她一起去了擎天柱。是的，我是跟她一起回来的。实际上，我去之前就已经告诉你了。你想一想，如果我跟她真有什么关系,我会那么傻吗?我随便撒个谎,不就圆过去了吗?"唐雯说:"你这话开始在车上时为什么不说?"张仲平说:"我刚才不是说了吗?被人怀疑是很委屈的,你总得允许我偶尔也发发脾气吧?"唐雯说:"你有什么脾气可发的?"张仲平说:"我开了那么久的车,为救丛林到处找人,我不累呀?我累,我不想说话,行不行呀?"唐雯说:"现在想说了?"张仲平说:"不说行吗?说跳车就跳车,你要有个三长两短,我怎么办?小雨怎么办?你爸爸妈妈怎么办?"唐雯说:"现在知道关心人了?"张仲平说:"你倒是说说,我什么时候不关心你了?我这不正低三下四地跟你赔不是吗?喂喂喂,有个大概就行了哟。"唐雯说:"我才懒得管你这些事呢,你以为我吃饱了没事干呀?你什么时候把我放在眼里了?"张仲平说:"没放在眼里,起码放在心里了吧?"唐雯说:"我看你也就剩一张嘴了,油腔滑调的。你什么时候真听过我的话?不是叫你把手机关了千万别回来吗?"

张仲平知道,唐雯一开始关心他,她自己的情绪就算是过去了。他更加软着声音说:"我知道你是牵挂我,可丛林的事我能不管吗?你还别说,今天这事,还多亏了曾真。"唐雯:"她怎么成大功臣啦?"张仲平说:"你别对她有什么成见好不好?我跟她刚到擎天柱不久,正要给她舅打电话,你的电话先进来了。你想呀,我跟胡总的事再重要,能比得上这个?曾真为什么跟我一起回来?是应我的请求,因为她有个同学在市检察院工作。事实证明,在捞丛林的过程中,她起了很大的作用,你说,在这种时候,你还怀疑人家,我能没脾气吗?"

"我说什么了,张仲平?你就这么护着她?"唐雯问。

"你还没说什么?你只差问我曾真是不是我的情人了。我跟你说她不是,她是一个很优秀的女孩子,她会看中我什么?钱?我是赚了点小钱,但我赚的钱几乎全部交给你了。再说了,她有钱,她不差钱,她自己有钱,她舅也有钱,她舅的钱比我不知道多多少倍,可能是十倍,也可能是一百倍。还有她爸她妈,都在美国,她爸做国际贸易,她妈是美国一个很大的私立医院的主任医师,她这样的家庭背景,会看中我什么?她凭什么做我的情人、做我的小三儿呀?"张仲平猜测唐雯一定没有抓到他跟曾真之间关系的把柄,便稍微提高了一点声音说。

"那……座位上的那支花是怎么回事?"

"噢,那支花呀,是她在去擎天柱的路上采的野花,那又能说明什么问题呢？"

"你们倒是够浪漫的呀。怎么不见你给我也采一把呀？我看你是嫌家花不如野花香吧！"

"唐雯，那花儿不是我采的，是她自个儿采的。她一小姑娘，喜欢花，看到了去采一把，不是很正常吗？真跟我没关系。"

"张仲平，你就编吧，你欺负我没抓住你们的把柄，你趁这工夫把故事编完整了，是不是？"

"是什么啊？你呀，平时挺聪明的一个人，这会儿怎么犯糊涂了。我跟你说，这花儿，恰恰证明我跟她没事，否则，我能不把现场打扫得干干净净？"

"不是有个成语叫百密一疏吗？"

"还有个成语叫疑心生暗鬼。我说你呀，累不累呀？好了好了。你就别再误会我了。唐雯我跟你说，我张仲平，爱这个家、爱你、爱小雨，我是一个有责任心的男人，我会努力做一个有道德、有理想的合法公民的。你们学院为什么评咱们家为'精神文明之家'？当然，这个功劳主要在你。可军功章里，不是也有我一小半儿吗？"

唐雯一直在等张仲平跟她提在擎天柱建小学的事，那样，她可能会真的彻底原谅他。但他的口风却始终紧得很。他自己不提，她也不好说，因为那等于承认派人跟踪张仲平的就是自己。唐雯心里一直很矛盾、很纠结，她既想知道张仲平跟曾真之间关系的真相，同时又害怕知道他们真的做了对不起自己的事。唐雯一直在问自己，如果真是那样，自己能承受吗？自己是不是应该睁一只眼闭一只眼、自己欺骗自己呢？

不管怎么样，对于唐雯来说，一场感情的暴风雨总算是过去了。对张仲平来说，事情却远非那么简单，他必须搞清楚，丛林这样的人怎么会被检察院调查呢？

在单位的工作例会上，颜若水主要讲了怎样处理香水河国营物资公司不良资产的事，他向大家通报说："上个月案子已经审理终结了，我们也已经在市中级人民法院执行局办理了执行立案。香水河国营物资公司的债务官司很多，贷款担保、关联交易，麻烦一大堆，案件相当复杂，责任也很重大。所幸的是到目前为止情况对我们还是非常有利的，我们是唯一的申请执行人。为了避免节外生枝，我们要密切配合法院，督促法院尽快进入拍卖程序。为了减少不必要的中间环节，这件案子由我来直接负责，大家看看有什么意见？"

大家自然没什么意见。颜若水说："进入拍卖程序以后，委托给哪个拍卖公司是最关键的，我已经和中院执行局的鲁冰局长交换过意见，他会充分尊重我们的意见，由我们和香水河国营物资公司两家一起来确定拍卖公司，鉴于香水河国营物资公司目前的情况，几乎没人管事，所以，我们的话语权还是非常强的，应该基本上具有掌控能力。我们两家拟了一个候选拍卖公司的名单，我念一下，大家要是没有什么意见，我们就报给法院了。"大家自然也没什么意见。

两个小时以后，徐艺接到了祁雨的电话，让他有时间去一趟。徐艺答应马上就到。辛然要跟着去。徐艺说："你别去了，你得赶紧把艺术品大拍的拍品准备好，争取下个星期就打拍卖公告。再说了，跟这些人谈生意，他们不希望有第三者在场。上次给颜若水送钱，他知道你去了，硬是没收，这就是个教训。"辛然说："我也不是非去不可，我主要是怕你在外面像姨父那样，你不会吧？"徐艺说："我怎么会？当然不会，来来来，抱一抱我就走。"

祁雨给徐艺的电话是颜若水让打的，等她挂了机，他说："小雨，我得再问你一次，你真的认为徐艺是购买青瓷茶会所的最佳人选吗？我那一边，可是马上要动起来了。"祁雨说："他是不是最佳人选，就看他能不能凑到钱。"颜若水说："还是那句话，这事你做主，钱的事，逼急一点。我先去包厢，等你的消息。"

徐艺没多久就到了，他直接来到祁雨办公室，把门一关上就想过来和她亲热。他似乎完全忘掉了对辛然的保证。这男人哪，都是对着红旗发誓，说我坐船都头晕，更何况是脚踏两条船？可出了海，见着彩旗了，那是恨不得能条条船上都插满彩旗，迎风招展。在这一点上，男人就不如女人，女人要干一件事，大都会专心致志。祁雨就把凑过来的徐艺一巴掌推开了，说："你坐好，中午……你可能会接到通知，让你明天上午去东方资产管理公司开会，讨论那个案子的拍卖委托问题。我说的是可能。"徐艺点头说："谢谢亲爱的小雨姐姐。"祁雨说："现在谢稍微早了一点儿。而且，这事跟我没关系，我关心的是，你想盘下我这会所，你的资金在哪儿？这我也可以不管，但我关心你的资金什么时候到位。"徐艺问："你要求什么时候？"

祁雨说："当然越快越好。明天上午参加会议的拍卖公司有五家，这是第一轮，然后根据招商的情况再考虑一下别的因素，最后会筛选掉四家，只定一家。"徐艺问："我们公司最后胜出有多大的把握？"祁雨说："这得问你呀。你呀，挺灵活的一个人，干吗问这么愚蠢的问题？哦，我关心的是，关于你购买这会所的资金问题，你什么时候给我一个准信？"徐艺说："我尽快。"

一大早，张仲平便先去了曾真那儿。曾真告诉他："我昨天夜里一宿没睡，一直在想丛林的事。马鸣给我看了那封举报信，里面还举报了另外一个人，你都想不到是谁，竟是死了的侯昌平。"张仲平一听竟蒙了，同时一丝不祥的预感掠上心头，他一下子想到了那个写举报信的人，却强迫自己不要那样去想。

曾真却把他的心思点破了，她说："不管是丛林还是侯昌平，都跟你有关。我简直不敢相信，徐艺他会干这种事。"

张仲平被击垮了似的垂下头，伸出一只手在头顶上的空气中划拉着，让曾真别说了。曾真说："我可能还得把话说完，凭直觉，我觉得昨天在擎天柱跟踪我们的，可能也是他。"张仲平无语。

曾真说："关于后面那件事，我拿不准的是，到底是徐艺自个儿与你作对，还是受……她的派遣。我这样说，你不生气吧？"

张仲平说："她昨天发现了你落在座位上的一支花，一度非常生气。后来回家我跟她解释了好一通，她的情绪才好起来。我在想，如果是他派徐艺去监视我们的，徐艺不会不把情况跟她说吧？她会那么平静吗？"这次轮到曾真不说话了，她偷偷地轻叹了一口气。

张仲平回到办公室，只见小叶正在指挥字画店的小工往墙上挂他上次在青瓷茶会所买的那副刘墉的对联。小工们刚走，金会计敲门进来了。

"有事吗？"张仲平问。

金会计看看门外，关上门后说："张总，昨天晚上我一夜没睡好。我想，我不能让你怀疑我，丛林借钱的事，我真的没有对任何人说过。不过，我想起来了，你把丛林的借条给我的那天，徐艺来过财务室。"

张仲平回想了一下道："对，我也想起来了，是有这回事，你是说，徐艺看到了那张借条？"

"我不能肯定，我只是想向你表明，我是清白的。"

"哦，我相信你。"

张仲平抬手，指着刚挂上的那副对联，对金会计说道："看到这幅字没有？岂能尽如人意，但求无愧于心。人在社会中生活，难免不如意，难免有委屈，对得起自个儿的良心，足矣。放心吧，安心工作。"

（二）

现在最让徐艺头疼的是得赶快凑钱，而且是一大笔钱。他知道，张仲平开公司赚的钱都交给了唐雯，这么多年下来，除了固定资产，赚的现金应该不会低于一两千万，从姨妈那儿借钱是他的选择之一，关键在于该怎么说服她而又不让张仲平知道。他知道这事挺难的，但不试一下又不甘心。

唐雯课不多，一般都在家里宅着，徐艺估计张仲平已经不在家的时候特意去了一趟，想先探听一下虚实。

唐雯精神还好，没等徐艺开口，她倒跟他说了另外一件事，竟然是要张罗着给曾真介绍男朋友。

这让徐艺不知道说什么才好，只觉得姨妈真是可怜，为了保卫自己的婚姻竟然使出了围魏救赵之计。他想着唐雯不明就里的善良，一心疼，差点忍不住流下泪来，心里却更加憎恨张仲平不是东西，他甚至想直接去找他，让他对姨妈好一点。

徐艺始终没敢对唐雯说借钱的事，只附和她说，你这么关心曾真，她一定会很领情的。他不想在唐雯那儿耽误太多的时间，心里盘算着怎样从别的地方弄到钱。他急冲冲地赶到办公室对辛然说："然然，我要跟你说一件特别严肃的事。"辛然被他的表情吓坏了，催着他快说。徐艺说："我厌倦了，不想再跟你做男朋友了。"有一秒钟，辛然觉得自己的心脏几乎停止了跳动，说："徐艺，你什么意思呀？"徐艺说："我的意思是说，我想做你的老公，咱们结婚吧，辛然，请你嫁给我，好吗？"辛然说："徐艺，艺哥，你哪句话是真的，你……你该不会是把这就当作是求婚吧？"她既兴奋，又有些遗憾地说："你就准备这样把我给娶了？你要是真心真意求婚，总得，总得……是不是？"徐艺说："我知道，我得准备准备，我得买钻戒，手捧玫瑰花，还得在你面前单膝下跪。可是，这不是非常时期吗？我只能一切从简，日后再补了，行不行呀？"辛然说："那为什么要这么着急呀？是救火呀还是怕我嫁不出去呀？"徐艺说："都不是。有两个原因，在我们乡下，如果家里有什么事不顺，就会让适龄青年赶紧结婚，这叫冲喜。你爸爸现在这样子，我想在他面前举行一个简短的仪式，乞求老天爷保佑他早点清醒过来。"

辛然瞬间泪花闪闪，感到一种甜蜜的晕眩，连忙点头。

徐艺继续说："还有一点，辛然你知道吗？姨妈姨父这件事给我的刺激太大了，这个世界上难道就没有相敬如宾、相濡以沫的爱情吗？辛然，我是一个孤儿，一直渴望家庭的温暖。我们既然在一起了，我应该尽早用婚姻的方式表示对你的不离不弃，我要把我的命运和你的命运紧紧地联系在一起。辛然，我鄙视我姨父，我是一个有责任心的男人，我一定保护你、呵护你，让你一辈子都不受委屈，让你一辈子都甜蜜幸福。辛然，我爱你，嫁给我吧，我们现在就去领结婚证。"

在去民政局扯结婚证的路上，因为一路堵车，辛然慢慢冷静下来了。她挽住徐艺的胳膊说："艺哥，我突然觉得有点害怕，我害怕结婚，我害怕你会像姨父欺骗姨妈那样地欺骗我。"徐艺伸手摸摸她的头发说："你真是一个傻孩子，我怎么会？辛然，你还要我说多少次？好吧，我再次对天发誓，如果我徐艺做出对不起你的事，就让老天爷劈了我。"辛然说："那你……还去找姨父吗？"徐艺说："当然要。我要把那U盘给他，我要告诉他，若要人不知，除非己莫为。他跟曾真的事，别以为别人不知道，起码我一清二楚。除非他想亲自毁了这个家，否则，必须悬崖勒马，至少，得收敛一点。我是一个有情有义有正义感的人，我绝不允许他这么欺负姨妈。"

两个人很快就领到了结婚证，一起往外走的时候，辛然再一次感到一阵一阵的甜蜜涌上心头，她说："艺哥，从现在开始，我们就是合法夫妻了。让我们自己给自己祝福一下吧，我们一定要互敬互爱、白头偕老。"徐艺说："没错，还有早生贵子。辛然，我保证，要不了多久，我就要让你住在本城最大最漂亮的别墅里。辛然说："艺哥，我要的地方没那么大。"她戳着徐艺的心窝继续说："只要你这儿有我就行了。我告诉你，只能有我，不能有别人，一丝一毫都不能有，记住了吗？"

徐艺说："我记住了。"他突然蹲下来，抱起辛然朝前跑去，辛然快乐地大声笑着，让徐艺把她放下来。徐艺突然站住了。原来曾真已经站在了他们面前，徐艺连忙放下辛然。

曾真来民政局是为了了解侯昌平被追认为烈士的情况，她恭喜了两位之后向辛然替徐艺请了一会儿假，说她想单独跟徐艺说几句话。等辛然上了徐艺停在停车场的车，曾真说："徐艺，我没想到会在这儿碰到你，也没想到今天是你大喜的日子，你知道，我是一个藏不住话的人，我就问你一句话，希望你如实回答，举报丛林和侯昌平的匿名信，真是你写的吗？"

"怎么？马鸣对你说什么了？"徐艺惊道。

"也就是说，真是你写的了？"

"我写什么了？曾真，我讨厌你跟我说话的这种语气，你有什么资格对我这么咄咄逼人？"

"因为做人最起码的道德良心。"

"做人最起码的道德良心？你有吗？你有你就不会去伤害像我姨妈那样的人。干吗用那么无辜的眼神看着我？你是无辜的吗？跟我谈起码的道德良心？我看还是等你想清楚了什么是做人最起码的道德良心之后，再来质问我吧！今天是我大喜的日子，我不想让任何一个人扫了我的兴。对不起，我还有事，先走了。"

辛然在车上，紧贴着窗户朝徐艺、曾真那边看，直到看到徐艺满脸通红地快步过来，上了车。辛然说："怎么啦老公？你脸怎么这么红？你们吵架了？为什么？"

曾真肺都气炸了，在民政局办公楼外面的台阶上，一会儿坐在台阶上，一会儿又站起来。徐艺的话，等于间接证实了她和张仲平的猜测，诬告丛林和侯昌平的是徐艺，到擎天柱跟踪他们的也是徐艺。她立即把这消息告诉了张仲平。

徐艺把车开动以后说："我没工夫管曾真的事，然然，现在，我得跟你谈一谈另外一件至关紧要的事。香水河国营物资公司那块地的拍卖业务，原来丛林一直在阻挠，现在障碍排除了，马上就要启动了。"辛然说："巧了，我也一直在想这事。艺哥，这单业务，我看咱们还是别参加了。你看，咱们公司注册不到半年，能这样已经很不错了。发展是硬道理,硬发展没道理。我还是那句话，生意慢慢做，稳打稳扎，没必要冒那么大的风险。"徐艺说："风险？有什么风险？辛然，我告诉你，这香饽饽已经到我嘴边了，我只要凑到一千万，马上就把这件事变成铁板钉钉。"辛然说："让我觉得有风险的，恰恰就是这一千万。"徐艺说："你就放心吧。我不是已经跟你说了吗？

这一千万，不是送人，是向别人买东西。青瓷茶会所，多有品位？还有里面那些古玩，只要倒一次手，马上变两千万。辛然我跟你说，这种机会，不是每个人、每个时候都能碰到的。这单生意做下来至少可以让我们少奋斗二十年。"辛然说："徐艺，这话听起来就像天上掉馅饼，美事。太美了。可是，越是这样，越要保持清醒的头脑。"

徐艺一笑说："我头脑清醒得很，没谱的事儿，我能去干吗？然然，你就放心吧！"辛然叹了一口气道："艺哥，老公，看着你的心思、你的欲望一天天大起来，我怎么能放心？"徐艺说："这有什么？不过是水往低处流、人往高处走罢了。然然你听我说，如果有了两千万，我就能让你住上本城最好的房子，顶级别墅，你不是喜欢栀子花吗？我会在我们的私家花园里全部种上栀子花，春天到了，那些花洁白怒放，空气中到处是花的清香。我还要你给我生一大群孩子，有儿子也有女儿，爸爸妈妈整天叫个不停，喂，想象一下，想象一下，啊？"辛然看了他一眼娇嗔地说："我是一只大母猪还是大母狗啊，我一窝能生那么多孩子吗？一听就知道你在忽悠我。"徐艺说："我没忽悠你，我真这么想的，真的。我是个孤儿，这一辈子，我就想儿孙满堂，不说享尽荣华富贵，起码要享尽家庭温暖。"辛然说："家庭温暖也是我想要的。可是，老公，家庭温暖跟钱没有直接的关系。能够顺顺当当地做生意当然好了，但这不能超出我们的能力。一千万，我们去哪儿去弄这么多钱呀？"徐艺说："这就是我要跟你讨论的问题。我有这么几个方面的考虑：第一，我们这不是马上就要做艺术品大拍了吗？我可以跟祁老板讨论一下，看能不能把那批青瓷先拿来拍了。"辛然问："能行吗？"徐艺说："应该可以吧。大不了，先付一部分定金给她；第二，我想……我想把你爸爸留给你的那套房子给卖了。"

辛然惊愕道："什么？徐艺，你说什么？"徐艺说："然然，我们拍了胜利大厦，佣金有两百多万。可这哪儿够呀？我思来想去，只能把你爸留给你的那套房子卖了，我估计，也值两百来万。"辛然说："不，那可是我爸留给我的唯一家产，你居然想把它卖了？你有没有良心啊，你猴急猴急地想和我结婚，原来打的是这个主意呀？！"徐艺说："然然，你瞎说什么？我跟你结婚当然不是因为这个，那是因为我爱你，我如果仅仅是为了筹钱，犯不着跟你结婚。你呢？你现在已经是我的妻子了，你是不是应该全心全意地支持我的事业呀？我卖房子又不是为了去赌博，又不是为了去贩毒，而是为了去做生意。"

辛然说："可是，你这生意做得……怎么跟姨父的不一样？"徐艺说："别提那个恶心的家伙。你是不是怀疑我说的这一切？你是不是不相信我买下了青瓷茶会所，我就能拿到香水河国营物资公司那块地的拍卖业务？好，我马上证明给你看，我先打电话给祁老板，说我马上可以打两百万的定金，不出半个小时，我就会接到东方资产管理公司的电话，通知我作为初选合格的五家拍卖公司之一，于明天上午去他们公司开会，你信不信？不信我们来打个赌。"

徐艺赢了。徐艺踌躇满志地说："你信了吧？辛然，你爸那房子也是新买的，又不是什么故居，我们就把它卖了，好吧？"

辛然说："那……还有八百万呢？"

"我们可以去找江小璐……别急，你听我把话说完，找江小璐其实是找你爸爸。是这样，我替你爸爸算了一笔账，他在下面当县长书记有十年了吧？除了工资奖金，光是逢年过节、生日、住院，他每年该收多少礼金红包？按每人五千元，每年一百人算，他这方面的收入就有五百万。"

"五百万？我爸哪有这么多钱？他要有这笔钱，我怎么一点都不知道？"

"别说这五百万，前不久网上举报材料说的一千多万，我认为也不是空穴来风，它一定存在。至于你为什么不知道，这就是你爸爸高明的地方，如果钱让你知道，或者干脆放在你这儿，迟早会让检察院冻结搜走。现在，你爸这种状况，检察院应该不会采取什么措施。那笔钱既然不在你手上，就一定在江小璐手上，我们正好趁这机会把这笔钱弄到手。"

张仲平跟唐雯说话变得小心翼翼了。他权衡半天，决定还是把徐艺写匿名举报信的事情告诉唐雯，没想到唐雯根本就无法接受，她说："写举报信的如果真是徐艺，那他也太可怕了。"张仲平说："不是可怕，是可恶。为了生意，他可以排挤我，对我恶意中伤，但他不应该陷害无辜，特别是，他连死掉了的侯昌平都不肯放过，真让我内心里冰凉冰凉的。"

唐雯不禁摇头叹息道："这徐艺怎么会这样？"张仲平说："不过，他这样做也没什么奇怪的，就是为了那单生意。徐艺诬告丛林，摆明了是为了帮鲁冰，替他打掉竞争对方，对此，鲁冰一定会投桃还李，你看吧，在香水河国营物资公司那块地的拍卖业务上，鲁冰一定会拼了命帮他。"唐雯一个劲儿地摇头说："如果你不揭穿徐艺，对你将大为不利；如果揭穿徐艺，却可能使你们两人交恶，甚至两败俱伤，你怎么办？"张仲平说："我还不知道该怎么办。如果由着我的脾气，我真恨不得好好揍他一顿。"唐雯说："如果真是这样，我帮你一起揍他，可不能让他这么混账下去。可是，你确定你没弄错？"张仲平不想暴露消息来源，只说八九不离十。唐雯说："那不行，得百分之一百地确定。"张仲平说："所以，我还得先跟他谈一谈。如果真是他，我一定得好好地抽他一顿。"

唐雯告诉张仲平，徐艺上午来了电话，说他已经和辛然领了结婚证，要请我们聚一聚，吃个饭。张仲平说："什么？徐艺结婚了？他怎么突然结婚了？他什么时候请我们？我得在这之前跟他谈一次，免得吃饭的时候闹不愉快。"唐雯说："他说就这几天。人要走正道，如果背后告黑状的真是他，得赶快把他拉回来。"张仲平说："行，我尽早跟他联系。"

接下来，唐雯说了要替曾真介绍男朋友的事，张仲平好半天才回过神来，问她这是操的哪门子心？唐雯说："你忘了？上次一起吃饭，她舅可是托付过我。"张仲平笑笑，不再说什么，怕言多必失。

还有一点张仲平也没有想到，颜若水把初定的拍卖公司名单报到市中院执行局后，他和徐艺两家公司的初选资格差点被鲁冰毙掉。原因是，鲁冰认为他们两家公司前不久刚做了胜利大厦的拍卖业务，入围初选名单，对其他拍卖公司显失公平。只是因为颜若水力保，说这是他们公司与香水河国营物资公司共同的选择，这才留了下来。

鲁冰对徐艺真是失望至极。丛林被检察院叫去问话的小道消息在市中院不胫而走。鲁冰如芒在背，总觉得别人在背后指指点点与猜测，说他是匿名举报信的主谋。他以一整夜的不眠为代价，做了一个艰难的决定——放弃副院长岗位的竞争，觉得唯有这样才能洗清自己。

第二天上午，张仲平和徐艺双双参加了在东方资产管理公司会议室召开的初选入围拍卖公司工作会议，会议由鲁冰主持，他说关于选拔拍卖公司的事，他们局里已经开会研究过了，决定把最终的选择权交给东方资产管理公司和香水河国营物资公司，这完全符合当事人双方自愿原则。两家公司的牵头工作由颜若水同志负责。具体怎么个搞法，由大家讨论。

颜若水最后做总结性发言，说选拔工作必须遵循公平、公正、公开原则，主要看拍卖公司的招商能力，谁最先找到意向买家，并让竞买人打拍卖保证金，谁就最先进入第二轮。这是硬指标。从现在开始，大家八仙过海，各显神通吧！

散会以后，张仲平叫住了徐艺，他想让徐艺亲口承认匿名举报信的事。徐艺自然不想承认，后来被张仲平的盛气凌人惹火了，长期被压抑的情绪终于爆发了出来。

徐艺说："你跟我谈做人做生意的规矩？如果是在以前，我一定会洗耳恭听你对我的谆谆教诲。可是，从昨天开始，我不会了。我甚至不再敬仰你、不再尊敬你，我鄙视你。知道为什么吗？你不该肆无忌惮地欺负姨妈，在我心目中，姨妈是比我亲妈还要亲的亲人。"

张仲平多少有些心虚，问："徐艺，你说什么？"

"你别跟我装糊涂。你曾经说过，人无敬畏之心，必定胆大妄为；你说过做人要有最起码的道德底线。可你自己呢？你有敬畏之心吗？你有最起码的道德底线吗？你没有。你说的是一套，做的完全是另外一套。你跑来跟我谈怎样做生意、怎样做人？我看你是跟曾真约好了吧？昨天上午，我刚领结婚证没五分钟，曾真就劈头盖脸地指责了我。现在，你又对我兴师问罪，我真有点想不通，我就想问你们一句，凭你们两个，有什么资格跟我谈这些所谓的仁义道德？"徐艺斜视着张仲平说。

"徐艺，你到底什么意思？你反啦你？"张仲平就想刺激他，以便弄清楚他都抓到了他与曾真的哪些把柄。

"你应该很清楚我的意思。长期以来，你就像一座大山似的耸立在我面前，在你面前，我一直处于一种心理弱势状态。现在我告诉你，这种情况，已经一去不复返了。不错，我是你的晚辈，你和姨妈可以说是我的再生父母。我欠姨妈的，我永远记着。我欠你的……我还欠你的吗？不，我已经不欠你的了，从今天开始，请别在我面前颐指气使了，行吗？"

"行。我只问你一句话，丛林的事情到底是不是你干的……说啊？为什么这样？你为什么要这样？"

徐艺掩饰着心虚，昂着头说："为了公平。"

张仲平嗤之以鼻，说："公平？你说为了公平？你无中生有告黑状是为了公平？你对死去的侯昌平泼脏水也是为了公平？徐艺，做人是要有底线的，你把自己当成了一根搅屎棍，别人只会对你敬而远之，你这么下去还怎么在这个行业里混？"

徐艺很讨厌被张仲平这么居高临下的教训，他现在好歹也是堂堂时代阳光拍卖公司的老总，跟张仲平应该算是平起平坐的。还有，就是他现在觉得张仲平根本就没有资格教训他、对他指手画脚，便冷笑一声说："我怎么混你关心过吗？我知道，你心里不爽了。你为什么要护着丛林？因为他是你同学，如果他当上副院长，对你将来的生意有利。你为什么要护着侯昌平？因为你怕被牵扯出你跟他之间的肮脏交易。"

徐艺话音未落，张仲平早已怒不可遏，挥手给了他一记耳光。

徐艺惊呆了，瞪着张仲平说："你……你竟然敢打我？"

张仲平说："没错，我就是要打这你个不知好歹的小人。你怎么说我我都认了，但你要对丛林和侯昌平栽赃，我绝不允许。"

徐艺捂着脸说："好呀，张仲平我告诉你，过去的恩恩怨怨随你这巴掌了啦，从此以后，你我各奔东西，你别怪我对你不客气。"

张仲平恨铁不成钢，越说越激动："徐艺，如果你执迷不悟，我还得打你，我打你是轻的，徐艺你是人吗？这些人谁对不起你？你为什么会这么不知廉耻？"

"我不知廉耻？我做这一切，都是报复你，如果这些人倒霉，只能说是你害的。"徐艺叫嚣着。

"报复我？我怎么你了？你和抢生意我说过你吗？没有。你出去单干惹祸了让我给你擦屁股，我说过你吗？也没有。我告诉你，徐艺，如果不是为了你姨妈，我早就和你翻脸了。"

徐艺冷笑道："哼，张仲平，我也告诉你，如果我不是为了我姨妈，我也早就和你翻脸了。张仲平，别以为我不敢还手。我也早就想打你了，因为你不是什么好鸟。我告诉你，你和曾真的破事，你骗得了我姨妈，却骗不了我，你搞婚外情，你以为天衣无缝，做梦！你大概不会想到，你们的丑事，我还替你在我姨妈那儿瞒着呢！就凭这一点，你就得对我千恩万谢。如果你惹我不高兴，我随时可以把U盘里的东西传到网上，让你身败名裂。别以为我在威胁你，这东西你拿去，你可以关起门来慢慢欣赏，等你看完了，我看你还能不能这么嚣张？"

徐艺把从口袋里掏出来的那个U盘故意扔到张仲平脚下。

张仲平一惊，上去一步拉住徐艺道："等等，你是说到擎天柱跟踪我的也是你？"

徐艺说："我不仅跟踪你，我还要和你抢生意，那块地的拍卖业务，我做定了。以后跟我说话，别再一副正人君子的口气了，对我客气点儿。"

张仲平心存侥幸，料想U盘里面不过拍了一些他与曾真的室外照片，便冷笑道："徐艺，你也给我听好了，我不是一个怕威胁的人，你如果非得用这种下三滥的方式跟我抢生意，那我也告诉你，我绝不让你做成。"

徐艺冷笑道："是吗？你还是先看了你跟曾真的艳照门之后再唱高调吧！"说完，他拨开张仲平抓住他胳膊的那只手，返身上车，扬长而去。

（三）

唐雯真的去电视台找曾真了。

接了门卫的电话，曾真下来接唐雯，说带她进去参观参观。唐雯说："不用了，我来找你，也就简单说几句话，不会耽误太长时间。"

"没关系，我们这里有个粉丝楼，要不，我们去喝杯咖啡？"曾真心里其实有点发虚，根本不知道唐雯来找她所为何事，没办法，只能硬撑着。

唐雯说："不了，我还有别的事，是这样，仲平把你们的事情和我说了。"

曾真一惊，不知道张仲平跟她说了什么，内心里埋怨他怎么不跟自己通个气，只好小心问道："我们的……什么事情？"

唐雯笑道："你就别瞒着了，其实我没有那么小气，我觉得他在擎天柱捐建小学的事，完全可以告诉我，害得你还背着我这么长时间一直在帮助和支持他。这事既然说开了，以后缺钱的事情，我和仲平来解决，你就不用太操心了。"

曾真悄悄松了口气，说："没关系，献爱心也是我自愿的。就这事？"

唐雯说："我要给你介绍男朋友的事，仲平没和你说吗？"

曾真说："没有啊！"

唐雯从包里拿出一张照片递给曾真，说："你没忘记你舅对我的托付吧？我可是上心了。看，这是我同事，人很好，出国留学回来，素质很高，家境情况也不错，算是高富帅吧。你要是没意见，我让他约你？"

这事太滑稽了，曾真打断唐雯道："你真把这件事当回事了？我不是跟你说，我已经有了一个可以托付的男人了吗？"

唐雯笑着用过来人的口吻说道："如果真的能托付，你就嫁给他了。我是女人，我了解女人。你一定有很多苦衷没和我说出来。我也不方便问，我就是出于对你的好感和感激之情，才张罗这件事的。如果你觉得我多余，请别见怪，好吗？"

话说到这个份儿上，曾真倒不好拒绝了。她不还得在唐雯面前掩饰吗？她一边在心里埋怨唐雯有些多管闲事，一边应承下来说："那就请他在方便的时候约我一下，希望我不至于让他失望。"

她心里的意思却是让他失望透顶才好呢，这叫什么事呀？

咖啡厅里客人不多，若有若无的音乐声和浓郁的咖啡香在这个光线不明的空间里，混合得均匀而自然，每一个角落都充斥着浪漫与恬淡。

这个地点是唐雯帮着挑的，时间是她那同事与曾真约的。两个人面对面地坐着，像进行商务谈判似的都把腰板挺得笔直。

如果不是她要的拿铁咖啡提神，曾真估计自己说不定会睡着。坐在她对面的那位戴眼镜的小伙子，从坐下来以后就没说过一句话，只是一直保持着一种木讷的微笑看着曾真，让人感觉挺傻的。曾真忍不住想，难道唐雯真的觉得这么两个人能够在一个屋檐下共同生活几十年？她是不是真的相信了我信口开河的那句话——只要是公的就成？

想到这里，曾真忍不住笑了出来，这越发让对面戴眼镜的小伙子紧张，有些手足无措的意思。

曾真觉得再这么干坐着纯属浪费生命，于是开口道："听说你姓问？"

对面戴眼镜的小伙连声答道："对。问，问题的问，学问的问。"

曾真忍着被他那滑稽样逗笑的冲动，说："有这个姓？"

"是呀，这个姓很少见的。绝对是稀有品种。"

"确实是稀有品种。哦，听说你是博士？"

"对。"这问题让眼镜小伙很自豪的。

"是海归还是土鳖？"

问博士憨憨笑道："你说话真幽默。"

"幽默？我问你这话不是为了幽默，而是向你了解情况。你的同事唐雯副教授教导我说，门当户对有助于家庭的稳定，所以，我们必须客观地、全面地了解对方的情况，当然，如果我们之间的第一印象还可以的话。"曾真故作一本正经状，心里一直在盘算着怎么着把这问博士给打发了。

问博士也一本正经地说："没问题。你想了解什么，就尽管问吧！不过，在问问题之前，我有一个小小的要求。"

"你说。"

"我能换个位置吗？"

曾真环顾了一下四周，问："你想换到哪儿去？"

问博士壮起胆子说："跟你坐在一起。"

"为什么？"曾真有点警惕了，她原来报道过女孩子相亲遭遇色狼的事。

问博士有点害羞地说："因为我不敢坐在你对面，你的眼睛好像带电似的，晃得我的眼睛都睁不开了。"

曾真一时有点哭笑不得，说："你可真会伪装呀，刚才还以为你很木讷呢，没想到你也挺幽默的，怎么会找不到女朋友？"

问博士搓了搓手，带着点学究的口吻说："这个问题是个伪问题，确切地说，不是找不到女朋友，是找不到我喜欢的女朋友，换一种说法，我和你认识得太晚了。"说着，就伸手过来想握住曾真的手，曾真吓得赶紧把手缩了回来，连声说道："等等等等，你的同事唐副教授还教导我说，女孩子应该矜持，其实我觉得男孩子也应该矜持。如果初次见面就一副情不自禁的样子，是要被扣分的。"

问博士有点尴尬地讪笑道："这不能怪我，只能怪你。因为你太漂亮了、太有气质了。"

曾真嫣然一笑，算是对他的赞美礼貌性地回报。

问博士看得眼睛都痴了，厚厚的镜片后面，两眼发光，他用那对发光的小眼睛盯着曾真说："你可真迷人。"

曾真越来越觉得这个问博士太没创意了，她突然想尽快结束这场约会，一分钟都不想多待，她说："是吗？那都是一些表面上的东西，你想知道我内在的东西吗？"

问博士的眼睛继续放着光，急切地说道："求知若渴。"

曾真在心里又把他轻蔑了一次，竟动了一个恶作剧的念头，她微笑着看他说："在我告诉你内容之前，希望你有足够的思想准备。"

问博士兴致盎然，道："你说吧。"

曾真喝了口咖啡，正色道："在我的子宫里面，正孕育着一个将近两个月的孩子，除了我自己，没人知道他爸爸是谁，你愿意不劳而获，替一个现成的孩子当爸爸吗？一拖二，嗯？"

问博士眼里的光芒瞬间消失，语结道："你……曾小姐，你真会开玩笑。"

曾真说："我没有开玩笑，是真的。顺便说一下，来相亲不是我的意思，是你的同事唐雯的安排。她对我真是太关心了。怎么样，现在你有点儿坐立不安了吧？"

问博士面子上有些挂不住了，硬撑着道："我……无所谓。"

曾真说："你无所谓？那你能做我孩子的父亲吗？"

问博士有些招架不住了，支吾道："这个……这个倒是没有思想准备。"

曾真忍住笑，起身拿包说："这就对了，其实我们都没做好思想准备，那我们是继续在这儿聊天，还是就此分开？我要上洗手间了，为了避免逃单之嫌，我们还是先把账结了吧。AA制怎么样？"说完，曾真从包里拿出五十元摆在桌上，扬长而去，留下问博士坐在那里目瞪口呆，半天没缓过神来。

出了咖啡厅的门，曾真再也憋不住了，一个人站在街边笑出了声，笑完又自我打量了一番，自言自语地说道："这么不经吓，还博士呢，我这身材，像怀孕两个月的样子吗？什么眼光呀，真是。"

周运年的病房里，桌上摆着一束娇艳欲滴的玫瑰，窗玻璃上贴着一对红红的大喜字。

江小璐问徐艺，你不是说要请你姨妈和你姨父吗？他们怎么没来？

当徐艺觉得从唐雯那儿可能很难借到钱的时候，他并不希望张仲平在婚礼上出现，他很担心张仲平和江小璐见面之后，两个人会谈到一点什么。因为他现在已经与张仲平处在了一种竞争状态，他还要从江小璐那儿筹钱。如果江小璐答应给他钱，无疑在帮他而对张仲平不利；反过来，则会对张仲平有利而让自己极其被动。不，如果筹不到钱，他很可能会寸步难行。

刚才跟张仲平见面的时候，他故意夸张了自己的情绪，有意把那U盘抛给了他，就是希望他能夹起尾巴做人，别把他徐艺惹恼了；否则，那后果同样很严重。

为了不让张仲平出席他的婚礼，他甚至放弃了正式邀请唐雯，心里打定主意，等自己从江小璐那里拿到钱后再好好宴请她不迟。等他生意做成了，他还要奉献给辛然一个隆重的、盛大的、充满创意的浪漫婚礼。

徐艺心里斗志昂扬，忙催促江小璐早点把婚礼仪式办了算了。

江小璐站在病床前陪着周运年，徐艺和辛然站在病床的另一头给江小璐和周运年鞠躬，鞠完躬，两人异口同声朝江小璐喊了一声"妈"。

　　江小璐喜极而泣，她俯下身来，看着周运年，说："运年，你听见了吗？孩子们结婚了。"

　　江小璐把他们俩的结婚证放在周运年的手中，说："运年，我知道你能感觉到，这是徐艺和辛然的结婚证，你有了正式的女婿了，你高兴吧？咱们这个家一定会好起来，你也一定会早日恢复健康。"

　　周运年的眼角流出泪来，江小璐帮周运年擦拭掉，对徐艺说："徐艺，你不是从来没喊过爸爸吗？来，趴在爸爸耳边，痛快地喊一声爸爸。我觉得，你爸爸心里什么都明白。"

　　徐艺轻轻地走到周运年身边，俯下身来，握着周运年的手，动情地说道："爸爸……爸爸……我是徐艺……你放心，我一定会照顾好辛然，我一定会像亲儿子一样对待妈妈，你放心，好好养病，啊？"徐艺说得动情，自己都被感动了，也被这种有家有室的温情所感动，泪湿眼眶。

　　江小璐搂着辛然，无不动容。

　　"然然，好好对徐艺，好好对待姨父姨妈，一家人，就要团结，就要好好过日子，啊？"江小璐替辛然擦去眼泪，柔声叮嘱着。

　　徐艺走过来，对江小璐说："妈，你放心，过去我不懂事，今天成家了，我终于明白亲人的重要，我会好好珍惜辛然，我也会好好珍惜我们这个家。"

　　江小璐欣慰地点点头，拉着辛然的手交到徐艺的手上，说："徐艺，家，永远是你的后院，你记住，只有亲人才是最真实的。"

　　江小璐转身从包里拿出事先准备好的丝绒礼盒递给辛然，道："辛然，妈送给你的新婚礼物。"

　　辛然接过，问这是什么呀？江小璐笑笑，说打开来看看呀！

　　辛然高兴地打开盒子，惊呼："哇，黑珍珠项链？！"

　　江小璐看着辛然高兴的样子，笑道："我觉得很衬你的皮肤，怎么样？喜欢吗？"

　　"当然喜欢，可是，这太贵重了。"

　　"然然，妈妈就你这一个女儿，你结婚了，有了归宿，就把这个礼物当成我和你爸爸给你的祝福，好吗？"

　　辛然看着江小璐，又转头望望徐艺，感动无语，点点头，合上盒子，谢谢江小璐。

　　这也许是世界上最简陋的婚礼了，但却感人至深。至少，现场的四个人都被感动着，除了躺在病床上的周运年。

　　婚礼过后，江小璐把收音机打开放在周运年的耳边，收听电台里的新闻播报。这是主任医师的建议，他说对于这类病人，可以尝试通过听觉催醒治疗的方法来帮助唤醒，让病人多听一些他感兴趣的话题和声音，对他的康复是很有帮助的。所以江小璐每天都会准点给他播放新闻广播，还会给他讲一些她与周运年还有辛然的旧事，她比任何人都更期盼着周运年早点醒过来。

　　等江小璐拿着温热的毛巾给周运年擦洗过了全身，徐艺和辛然围着坐在床沿上的江小璐和躺在床上的周运年坐了下来。

　　徐艺有点讨好地对江小璐笑笑说："妈，我们现在是一家人了，一家人不说两家话，这半年以来，我和辛然的公司不仅在竞争激励的拍卖行业中站稳了脚跟，完成了原始的资本积累，而且，现在更是面临着一个前所未有的发展机遇，我觉得，所有这些成绩的取得，都与爸爸和您默默地支持有着密不可分的关系。"

　　江小璐连忙说："徐艺你快别这么说，全是你们能干，我可没做什么事。"

　　徐艺再次对江小璐笑笑说："妈，刚才您也说了，家永远是我们的后院，现在爸这个样子，您就是我们的主心骨。我刚才说公司发展机遇很好是不错，但机遇与挑战总是并存的。我和辛然现在就遇到了一个很大的挑战、很大的难题，迫切需要得到您的支持与帮助。"

　　"是吗？"江小璐在床上挪了挪屁股，看了周运年一眼，伸手握住了辛然的手，望着徐艺说，"你说说看，只要我能做到的，我一定会支持和帮助你们。"

　　辛然把手腕一翻，反过来握住了江小璐的手，她说："我们怎么可能向您提您力所不能及的要求呢？这件事您肯定能做到，您先答应我们，我们才说。"

　　"是吗？你肯定我能够做到？那好，我答应你们。"江小璐爽快地说。

　　她压根儿没想到，他们向她提出的问题是要钱，而且高达八百万，江小璐一下子就蒙了。

　　跟张仲平谈话的第二天，她就把那笔钱交给了省纪委。她当时对张仲平说的全是心里话，她恨不得早点把那笔钱甩出去，如果周运年真的有错、真的有罪，她希望那笔钱能够减轻他的错、减轻他的罪。她希望周运年能够早点醒过来，早点恢复健康，他可以不再当官，她要的是他这个人，一个爱她的男人。

她完全没有想到，徐艺和辛然会惦记着给周运年带来了巨大厄运的那笔肮脏的钱。她一下子甩开辛然的手，痛苦地垂下了头，不停地摇着。

徐艺和辛然交换了一下眼神，也是感到失望之极。是呀，这人呀，不管嘴里说得多么煽情、多么天花乱坠，但只要一碰到钱的问题，就可能是另外一副嘴脸、另外一个态度。

徐艺口舌发干，从椅子上站起来，朝江小璐移近小半步，尽可能态度诚恳地说："妈，怪我刚才没有把话说清楚，我和辛然不是为了和您分家产，爸爸现在这个样子，我们要是那样，那我们还算是人吗？我们不是找您要钱，是借，是临时使用。公司的事……我们一下子没有办法一五一十跟您说清楚，但这笔钱，我们最多只用一个月，完了我们就还给您，按银行利息……按十倍于银行的利息还给您，我和辛然以人格向您担保，在爸爸面前向您发誓。"

"问题是……我哪里来的那笔钱？你爸爸他哪里有那笔钱呀？"江小璐不想跟他们说得太多，也不能说得太多，只能这样一口咬定。因为省纪委的同志跟她再三交代，这个案子很复杂，周运年同志目前又是这么一个状况，一定要保守秘密。

"网上不都传疯了吗？"徐艺问。

"网上的事能信吗？那帖子……后来不是被删了吗？"江小璐说。

"哼，现在这个社会您还不知道吗？宣布什么是谣言，那什么就是真的。"徐艺说。

"徐艺，你怎么能这么想你爸爸？哪天他要是醒来，知道你曾经这样想过他，你知道他该多么伤心吗？啊？"江小璐说这话时虽然底气不足，却也真是又急又气，眼泪都差点流出来了。

徐艺瞥了一眼江小璐的表情，心里也有点拿不准了——她是太会表演了，还是那笔钱本来就子虚乌有？周运年真的是被人陷害的？

他当然不甘心就这么轻易地被打发了。他再次看了辛然一眼，对江小璐说："一年清知府，十万雪花银。就算爸爸真是被人陷害的，真没有这笔钱，他是一个清官，那他这十来年当县长当书记，光人情往来，也有五六百万吧？你把那笔钱先借给我们用用也可以。"

"也没有。我跟你爸认识时间不长，我看中的是他这个人，不是他的职务与金钱，他也从来没有说过他有五六百万的存款。"江小璐说。

徐艺心里一紧，知道今天是遇到铁公鸡了，看来江小璐是准备一毛不拔呀！可笑的是，当初为了讨好周运年，他还极力撮合他们来着。徐艺瞥一眼辛然，意思是你别干坐着，也帮我说说话。

说实话，辛然也并不知道周运年有多少家底，她一直受他的宠爱，从来没有为钱的事发过愁。但现在的情况有点不一样，徐艺是一头拿定了主意就再也不回头的犟驴，她既然没有能力说服他先悠着点儿，就只能反过头来竭尽全力帮助他。谁让自己爱他呢？谁让自己是他的新婚妻子呢？她与他可是命运共同体呀！

她突然有点讨厌江小璐了，周运年刚受伤时她就觉得江小璐是丧门星，这才跟她爸在一起多久，就大权独揽，针插不进、水泼不进了？要是她妈还活着，要是她爸没给她找这么个后妈，事情哪里会这么复杂？想到这里，辛然不禁失声痛哭起来。

这倒把徐艺和江小璐吓了一跳，两个人忙问她这是怎么啦？

辛然被两个人劝得更伤心了，又哭了好一阵，这才慢慢止住。徐艺不停地给她递纸巾，抱着她的肩膀，等着她把自己雨打梨花似的一张脸收拾干净了，且看她说出一番什么话来。

"江小璐，我可是刚叫你妈来着，我是真情实意叫你妈的。现在看来我还是错了，这亲妈和后妈还真是不一样呀！"辛然说到这里，不禁又悲悲戚戚起来。

江小璐听了这话心里怪不是滋味的，她本来就是一个不善言辞的人，却又不得不说点什么，忙讷讷地说："然然，你怎么这么说妈？不能呀！"

辛然说："我没说你什么，我只是感慨我命不好，一是我妈那么早就抛下我走了，二是我爸怎么会鬼迷心窍那么快就替我娶了你做我的后妈。如果我妈还在，如果我只需要向我爸一个人求点什么事，我不说他们会砸锅卖铁地支持我帮助我，起码，他们能拿出来的，绝不会含糊。"

辛然这话字字句句像锥子似的戳在江小璐的心尖尖上，她真是有苦说不出，可她要真不说话，又怕被辛然理解成默认了，忙说："然然，你真冤枉妈了，你们两个说的那两笔钱，真的没有，我可以跟你们发毒誓。"

辛然嘴角一抽，似在冷笑。江小璐正好看到，哪里受得了这个，竟转身扑倒周运年身上，使劲地摇晃着他，带着哭腔说："运年，这俩孩子在说什么你听到了吗？你醒醒，你快醒醒，你自己跟他们说，你没钱，你是真的没钱呀！"

辛然上去把江小璐拉开说："你这样摇我爸爸干什么？你真要帮我们，有的是办法。你别装糊涂，我现在正式通知你，我要把我爸留给我的那套房子给卖了。你如果真希望我爸早点醒过来，你如果还指望我跟徐艺今后还会在我爸面前给你留点面子，你就替我想想办法。徐艺，我们走。"

江小璐赶紧抓住辛然："然然，话没说清楚你不能走。"

辛然说："不走可以，说吧，我们要借钱要卖房的事，你怎么安排？"

江小璐说："然然，你听我慢慢说，那是你的房子。那是你爸爸留给你的，这都没问题。我不会跟你争这房子的，只是……我不同意你把它卖掉。"

辛然说："既然是我的，我就有权力把它卖掉。"

江小璐说："可是，我跟你爸爸在那所房子里生活过，每一件家具、每一件陈设，那床、那桌子、那椅子，都有着我和你爸爸共同生活的记忆。我只要闭上眼睛，就能真切地感觉到你爸爸那种生龙活虎的样子，你如果把它卖了，我怎么办？"

辛然答应留下来，以为江小璐会让步，没想到她说出这么一番话来，便生气道："你这人怎么这么固执？你不能总这么只顾你自己吧？"

江小璐说："不是的，然然，我相信你爸爸总有苏醒过来的一天，我相信你爸爸一定会像我一样，不会同意卖掉它。"

徐艺在辛然与江小璐针锋相对时反而在作壁上观，见两个女人一时争不出什么名堂，便以和事佬的身份插在她们中间，先转向江小璐说："妈，今天是我跟辛然大喜的日子，也是我们今天第一次管您叫妈的日子，我不希望我们在今天便反目成仇，从此再也不叫您妈。我们的困难是实实在在的，也只有您能解决。您对爸爸的感情我们也看到了，我们也很感动，这样吧，可能是这个要求我们提得太突然，让您在感情上一时接受不了。没关系，您先好好考虑一下，完了我们再好好商量看怎么办。八百万确实是个大数字，可再大它不也是家事吗？如果家里人彼此都替别人多想想，那坎儿不就迈过去了吗？再说了，我们又不是把它扔到水里，是做生意赚钱，您要是觉得资金回报太低，我们再商量，啊？"

江小璐说："不是的徐艺……"

徐艺说："我知道我知道，妈，是这样，我和辛然还有点事，先走。您呢？也先考虑考虑，完了尽快给我们一个答复，好吧？"

（四）

张仲平直到徐艺把车开得完全不见踪影之后这才弯腰捡起那个 U 盘。他一路开着车，不时地看一眼扔在副驾驶座位上的那个小东西，心里七上八下的。

他曾经给自己定下过规矩，必须公私分明。公是公司生意的事，私是家庭生活的事。可现在，这两码事似乎已经像一团乱麻似的纠缠到了一起。

徐艺的表现几乎改变了他对人性的看法，才多久的时间呀？他与唐雯亲手带大的徐艺怎么变成这样了？为了争名夺利，他显然已经把他在路上遇到的阻碍当成了他最大的敌人，为了达到自己的目的，他已经完全不择手段了。

他知道唐雯一直就在怀疑他与曾真的关系，去擎天柱他只告诉了她，徐艺去了擎天柱便只有一个解释——他受到了唐雯的派遣。想到唐雯会派人跟踪监视自己，他也有说不出的伤心难过，却也无可奈何，毕竟，他留下了太多的蛛丝马迹让她怀疑。

张仲平又不由自主地看了一眼那个 U 盘，不知道里面到底是些什么东西。他不知道唐雯派人跟踪监视自己到底多久了，他一直以为纸是可以包住火的。听了徐艺的话，他心里没底了，不知道这个 U 盘落到唐雯手里之后，会不会引发一场万劫不复的灾难。

张仲平在香水河风光带边上停了车。他下车，倚着江堤的栏杆，远眺江面往来的船只，想让自己的情绪平静下来。他知道，水载舟，还得没有浅滩，没有暗礁，没有风暴，舵手辨方向，才能顺风顺水一路畅行。水要覆舟，却要简单得多，一个浪头，或者一块暗礁，只要一个条件都有可能船翻水淹。现在，一向左右逢源如鱼得水一帆风顺的张仲平遇上了徐艺这块暗礁，他在想，该如何才能化险为夷呢？

张仲平回到办公室，把门关紧，在电脑上打开了那个 U 盘。张仲平完全蒙了，顿时有一种天昏地暗的感觉。他把脸埋进掌心里，仿佛这样就可以像鸵鸟一样，不用再面对现实。

难怪徐艺做了那么龌龊的事还能那么理直气壮，那是因为在他眼里，你曾经人模狗样的张仲平，并不见得比他更干净。一个男人可以有婚外情，但一个男人有了婚外情还在老婆面前秀恩爱，这个男人可就太可耻了，你张仲平伤害的可是他徐艺的姨妈。还有，U盘上跟你激情做爱的曾真，还是他多年的暗恋对象。

张仲平有一种临近崩溃的感觉，他觉得就在不经意间，被徐艺彻底地打败了。

唐雯安排好曾真相亲的事之后便去了医院，今天是医院约好取结果的日子。

说不出是什么原因，唐雯不想在拿到结果之前让张仲平知道自己生病的事，这些天他实在太忙了。她想，那也许就是个良性肿瘤，有什么必要闹得一家人人心惶惶的呢？她也想过最糟糕的情况，就是那肿瘤是恶性的，那她就更不敢告诉张仲平了。她得等自己慢慢接受那个可怕的结果、知道该如何面对的时候，再找一个恰当的时机告诉他。

总之，这几天她所经历的心理煎熬是前所未有的，心理的惶恐和紧张一天天越积越深，她既盼着早一天拿到结果，是好是坏给个明白，不用再悬着心；又盼着结果永远不要出来，这样就永远也不会有知道自己身患绝症的那一天。

她毕竟是女人，好几次，她想告诉张仲平，话到嘴边又咽了下去，

真是怕什么来什么，唐雯在病理检查室拿到了切片检查的结果——她的子宫肌瘤是恶性的，她得了癌症。

她双腿发软来到专家门诊，医生说："你得尽快安排住院做手术，如果好的话，维持几年不成问题的。嗯，你怎么一个人来的？你家属呢？"

唐雯道："我老公最近事情特别多，我不想他分心，回去我跟他商量吧！"

医生也不便再说什么，点头表示理解。

出了门诊大楼，唐雯竭力隐忍着的伤心再也憋不住了，终于爆发了出来，她找了一棵树扶着，慢慢地滑落到地上，失声痛哭。周围过往的人群越来越多地朝她投来好奇的目光，唐雯觉察到了，止住哭声，起身离开。

她的手机响了。她见前面有一张水泥凳，慢慢地移过去，感觉自己坐稳了，这才接了电话。

电话是问博士打来的，曾真走了以后，他在咖啡厅里呆坐了半晌，感觉到像是被耍了。他想，这事儿打哪儿来还得归哪儿去，他得把这姑娘退回到唐雯那儿去。

问博士在电话里激动地说："唐教授，真是太谢谢你了。怎么啦？你可真是给我介绍了一个千里挑一的好姑娘。我跟你说吧，她要找的不是老公，而是孩子他爸。怎么回事？你去问她自己吧！"

唐雯头脑里本来就像钻进了一大群蜜蜂似的嗡嗡作响，根本没听清问博士语速极快的诘问，直到挂了电话好久，这才慢慢回过神来。这下不要紧，她惊呆了，握着手机，一语不发：怀孕两个月？孩子他爸？他是谁？

唐雯眼神空洞地看着前方，前方是一堵墙，墙上的旧迹裂缝像一张扭曲怪异的网，网住了所有的伤痛和打击，幻化成一个怪兽朝她迎面扑来，她浑身颤抖，巨大的恐慌从四面袭来，觉得自己马上就要被吞噬，她大脑里一片空白，内心如死一般沉寂，痛苦地闭上了眼睛。

不知道过了多久，唐雯才觉得自己慢慢地恢复了一点元气。周运年也住在这家医院，她来的时候就计划好了，等拿了结果就去看看他。她不想改变这个计划。

周运年的病房就在三楼，医院里四楼以下不让乘电梯，唐雯爬到二楼实在没力气了，便趴在窗户边想休息一下。

巧的是，这时徐艺正拉着辛然从周运年病房里出来。他边走边说："我还有最后一招，直接找张仲平借钱，因为他绝对不敢把他与曾真的艳照门拿给姨妈看……"

两个人匆匆下楼走了，根本没发现那个趴在窗户上的女人正是他们的姨妈，徐艺更想不到的是，他说的那几句话，对唐雯真是又一次的五雷轰顶。

徐艺带着两百万的转账支票来找祁雨。

一进门，徐艺就把文件包往祁雨的办公桌上一放，说小雨姐姐，我可是把预付款给你带来了。祁雨接过支票一看，问："怎么才两百万？不是说好第一次得先付总价的一半，五百万吗？"徐艺赔着笑脸说："这两百万是我拍卖胜利大厦后的全部利润，我今天来，就是特意请小雨姐姐先通融通融。"

祁雨说："徐艺，徐总，照道理来讲，我们关系很特殊，也很不错，这通融嘛也不是不可以，可总得有个限度，不能我要五百万的定金，你一家伙给我打个四折吧？而且，我最怕的，就是没有金刚钻还敢揽瓷器活儿的人。"

徐艺已经想好了怎么回答，他朝祁雨挤了挤眼睛说："没有金刚钻先揽瓷器活，再转包或者拿项目融资，不是更英明的一种手段吗？"

祁雨坐在大班椅上，优雅地左右转着，说："徐艺，你可别跟我开玩笑哦，我可告诉过你，在你之前，本来已经有了一个买家，人家在八字还没一撇时就打了定金。"

"你说的不就是张仲平吗？"

"知道就好。这机会可是我帮你从他手上争取过来的，你可别抱着我摔跤啊！"

徐艺走到祁雨旁边，停住她转动的椅子，凑近祁雨的脸说："我愿意抱着你，但不是为了摔跤。你担心的事情根本不可能发生。亲爱的小雨姐姐，我向你保证，后续资金要不了多久，就会到账。你要不放心，我还有另外一个办法。我马上就要举办艺术品大拍了，你挑一批东西让我去拍卖，拍卖成交款一分不少的全给你，算我付的后续资金，怎么样？"

祁雨推开徐艺，盯着他，想了想，说让她考虑考虑。

祁雨还是先收下了徐艺送来的两百万定金，她让颜若水有时间就到会所来一趟，颜若水知道，一定是有什么电话里不方便说的事。这点让颜若水很满意，因为他曾经交代过，小心驶得万年船，这年头越是高科技的东西，越是靠不住。

颜若水抽中午休息的时间来了青瓷茶会所，祁雨把徐艺说的那个方案跟颜若水说了，颜若水不免担心，说："这徐艺也太没实力了，我可是再三提醒你，徐艺他靠谱吗？还有你那批东西，怎么能上拍卖会呢？群众的眼睛是雪亮的，那批收藏家的眼睛，可是贼亮的呀！"

祁雨说："姐夫，这你就放心吧，真正懂收藏的我现在还没见过几个，大部分是半拉子充内行。再说了，我们圈内可有句话，叫世人买假不买真。"

颜若水还是有些担心说："我是怕拍卖……假东西，买家会找麻烦，可不能节外生枝呀！"

祁雨说道："可他毕竟打了两百万的定金呀！"

颜若水思虑了一下，说："那行，反正，你得盯紧了他。"

张仲平好久才缓过神来，他打电话给曾真，让她不管在干什么，赶紧回家去，他要马上与她见面。说完，他就把手机关了，直接去了曾真那儿。

曾真一看那U盘也蒙了，一个劲儿地问徐艺怎么能这样？他是怎么拍到的？

这就是男人与女人在思维方式上的差别。张仲平觉得曾真提的这两个问题不需要再考虑，现在只需要考虑一个问题：我们怎么办？

曾真无限哀怨地望着他，无措地摇了摇头。

她那样子真是令张仲平心疼，他叹了一口气说："迟早，徐艺会把这U盘交给她。"

曾真心疼地看着张仲平，伸开双臂抱住他说："你告诉我该怎么做？要不然，我去和她解释一下。或者，让她狠狠地打我一顿？"

张仲平抬起头看着曾真说："我怎么会让你去做这种事？曾真，你知道吗？刚才来的路上，我甚至在想，要是唐雯这个时候出个车祸什么的……多好。"

曾真捂住他的嘴，阻止道："张仲平，你说什么？你疯了？"

张仲平拿开曾真的手，握在他的掌心里，痛苦地说："不是疯，是罪恶的无耻念头。因为……这意味着上帝在眷恋她，把她收了回去，这样，她就能够免受我的伤害。她只要看到这个，她就会疯，她一定会崩溃。我……我……我该怎么办？"

曾真忧郁地望着张仲平，说："仲平……错的不是你，是我，是我让你背负这么沉重的心理负担，我们已经在尽力不伤害任何人，但是，没用，一切的一切，都没用，那不过是我们在自欺欺人，我们的开始，就已经注定是伤害，只是这伤害一直被我们小心地隐藏着，现在，隐藏不住了，我们无法面对，却不得不面对。无论如何，她没错，是我们错了。为了把对她的伤害降到最小最低，如果可以，我……我愿意把这伤害从她身上转移给我。是的，仲平，没有办法了，我爱你，让我退出吧，退出这场注定没有结局的爱恋……"

曾真已是泪如泉涌，张仲平反而更紧地抱紧了她说："曾真，快别这么说了。我爱你，我怎么能舍得你痛苦？我又怎么舍得离开你？我把自己关在办公室关了三个小时，我做了一个决定……"

"什么？你快说。"

"我累了，我不想再对唐雯撒谎了，我希望我们每个人都能够生活在真实的状态之中。我得告诉她，我爱上你了。我得让我自己看一看，在没有谎言、没有欺骗的情况下，我到底要什么？"

曾真说："不不不，仲平，你……你不能跟她说。"

张仲平说："为什么不能？难道……难道离婚是死罪吗？"

曾真说："不不不，仲平，我爱你，但是我……我不能破坏你的家庭，否则，那我成什么人了，啊？"

"可是，离婚，对唐雯来说，未必是一个最坏的选择。"

"不，仲平，我不知道我们的相遇是对还是错，也许单单对于我们的爱情来说，是对的，可对于唐雯和你的家庭来说，却一定是错的，在她面前，我们已经错了，我们应该对她抱有愧疚，尽量地不要再给她正面的伤害，如果因为我而让你们离婚，我会背负更重的精神负担，对我来说，未必是一个最好的选择。"

"可是……"张仲平心急地想要说服曾真。

曾真说："仲平，等一等，等一等呀！你现在正处在情绪冲动状态，你最需要的，是静静地休息一会儿，哪怕是一小会儿，仲平，你知道吗？看到你这个样子，我心疼你，我真的非常心疼……"

张仲平摇着头，痛苦地说道："没用的，徐艺心中的恶已经被释放出来了，他已经向我证明，他什么都做得出来。什么叫欲壑难填？并不是沟壑太深，而是追逐欲望的念头太强烈，利令智昏，看不清方向。现在的徐艺正是迷失在沟壑中的人。其实，我又何尝不是这样？哪个人不自私？哪个人肯放弃自己拥有的快乐与幸福？唐雯早晚会知道一切，真相一点点地暴露，谎言一天天地升级，我实在是受不了，受不了了。我前半生一直在替别人考虑、在替别人活，从现在开始，我要理直气壮地为自己活，曾真，跟我在一起，请赐予我力量，好吗？"

"好，好的，仲平，我的爱人，你要我做什么我都愿意。可是，可是，她……唐雯，怎么？她有错吗？"

"她没错。可是，这么多人离婚了，我为什么就不能？"

"你当然能。可是，你是一个铁石心肠的人吗？你是一个无情无义的人吗？你不是。当你离了婚，当有关她生活凄然的种种信息传到你这里来的时候，你能心如止水吗？我们的快乐与幸福能不打折扣吗？能不蒙上阴影吗？"

"我……"

张仲平在曾真那儿百般挣扎纠结的时候，他心里那个罪恶无耻的念头差一点就真的成为了现实。

唐雯没有勇气也没有力气去看周运年了。她从医院出来，漫无目的地在大街上游荡着，精神恍惚。癌症、医生、张仲平、徐艺、唐雯、怀孕、问博士……这一天她所经历的所有片段拥堵在脑子里，挤得快要爆炸了。

她跟随着人潮过马路，红灯亮了，身后的人都停下来等候，只有她毫无察觉，继续地向前走，一辆计程车冲过来，一个急刹把唐雯惊住，司机从车窗探出头来大骂道："找死呀？找死去跳香水河呀，别害人。"

她走到香水河大桥上，桥上车来车往，川流不息，仿佛全世界的人都在忙碌，只有她，不知道该干什么才好。她在桥中站定，扶着栏杆，看桥下滚滚而逝的江水，久久凝视……

第二十七章

（一）

　　江小璐呆坐在沙发上，看着曾经注满温馨甜蜜的房子，现在空落落得像是一个大笼子，剩下自己这只飞不走的家雀无所依靠，目光所及的每一件家什都能勾起她与周运年之间的美好回忆，江小璐无声落泪，却在心里一遍又一遍地默念，希望周运年能尽早地康复回家，她想，有他在，再大的难题都能迎刃而解。可现在，她只能一个人独自去面对，那种无力感是从未有过的。

　　江小璐沉思良久，打定主意，抹了抹眼泪，稳定情绪以后开始拨电话，电话是打给她妈妈的，她努力微笑着用轻松的口吻说："妈，毛毛还好吗？妈，运年出国考察去了，我想接你和毛毛来我这住一段时间，你先收拾东西，我派车来接你们。噢，对了，妈，咱们家那老房子……要拆迁呀？能补多少钱？两百万？好呀好呀？什么时候能拆呀？啊，还得一两年呀，那……妈……如果……如果我们现在把它卖掉，能卖多少钱？什么？也就二三十万？怎么差别这么大啊？妈……那再说吧！"

　　挂了电话，江小璐出门就近找了家房产中介公司，她想仔细问问自己在城里的那套老房子究竟能卖多少钱，中介公司大概问了下情况，说是有些年头的小区了，又是个二手房，平常那小区同样面积的房子出手最多也就五十来万，具体价钱得看了房才好仔细评估。可是，就是卖五十万又怎么样？离辛然他们要的数那还差着十万八千里呢，江小璐一脸愁色，临走，她还是拿了一张二手房的出售表，要了个电话，说再想想，回头有需要了再来。

张仲平从曾真那儿直接去了青瓷茶会所，他在停车场里停好车，刚走了两步，回头看到徐艺的车子也停在场里，一秒钟的思考过后，他返回去，重新把车发动，停进了地下车库。他不想跟徐艺打照面。

没错，徐艺也来了青瓷茶会所，这会儿正在祁雨的办公室里耍着贫嘴。在这里他已经很不把自己当外人了，已经提前进入了青瓷茶会所老板的角色，他用一个很舒服的姿势把自己摆在目前还算是祁雨的办公室的沙发里。整墙的货架基本上已经空了，地上摊满的大大小小各式纸箱子里，有章没序地装着各种物件。

这场景，难免让祁雨生出些感慨，轻叹了一口气，说用心经营了五六年的茶会所，转眼间就成了这副样子，真是有些不舍。

徐艺说："我一直纳闷，你生意做得好好的，干吗非去加拿大不可呀？"

"一言难尽，算了，不说这个了。希望今后能在加拿大见到你。"祁雨这话半真半假，真的是这事对徐艺来说不仅是一言难尽，根本就是一个字都不可言；假的是她哪里会希望今后在加拿大见到他，她希望的是这辈子都不要再见到他。

徐艺自然是听不出这真真假假来，还正儿八经地回着话："别别别，我是不会去加拿大的，还是希望在这儿见到你。"

祁雨打趣说："捡了便宜，开心吧？"

徐艺说："不是捡便宜，是双赢，所以，你我都开心，要不，我们再去开次房，庆贺一下？"说话间，徐艺轻佻的眼神看着祁雨，对祁雨伸出手去，示意她坐到他身边来。

祁雨一个转身，不理会他的邀请，蹲下身来背对着徐艺开始整理地上那一堆纸箱子。祁雨说："做生意和做爱，必须分开，这是我的原则。再说了，你以前没结婚，可以乱搞；现在结婚了，不一样了，别辜负了人家辛然。徐艺，你得规矩点儿。"

徐艺从鼻腔里发出两声极其不屑的哼哼，说："规矩？怎么满世界的人都跟我谈规矩？我问你，亲爱的祁雨小姐，这个世界上哪个规矩人发了财的？哪个规矩人能把日子过得滋滋润润的？"

祁雨站起身来，拍了拍手上的灰尘，指着刚刚被她一溜儿码到墙边的纸箱，说："你小子别贫了，叫人把这些东西赶紧弄走吧，你再磨磨蹭蹭的，我要么反悔，要么加你一百万。"

张仲平在进颜若水包厢之前，站在门外仔细听了听，确定徐艺没在里面，这才敲了门，应声进去。进去之后第一句话就问颜若水："怎么，徐艺也在这儿？"

颜若水放下手里的棋谱，故作惊讶地说："哎哟，张总脸色不好，你碰到他了？"

张仲平说："没有，我看见他的车了。"

颜若水暗松一口气，说："哦，徐艺不是要做艺术品大拍了吗？祁雨委托他拍卖点东西。"

张仲平总感觉应该不是这么简单的事，他料定这事一定有什么蹊跷，质疑道："哦？是吗？"

颜若水站起来，笑着拍了拍张仲平的肩膀，示意他坐下，然后给他沏茶，说干吗这副吃惊的样子？张仲平也觉得自己刚才的反应可能是有点过了，不过事情到了最后的关键时刻，就好比已经看到钱在自己脚边摆着，只差弯个腰去捡了，这个时候要冒出个旁人来先捡了去，那是任谁也不会答应的。可这钱最后是不是摆在他张仲平的脚边，还得是颜若水说了算，所以还得是顺着他去。

张仲平支吾道："不是，我是说……"

颜若水一只手给张仲平递过茶去，另一只手摆了摆打断张仲平，说："放心，我们之间的约定没有改变。看到没有，这尊青瓷四系罐，将出现在下个星期徐艺的拍卖会上，就看你的了。"

张仲平顺着颜若水的目光朝旁边的博古架看去，青瓷四系罐安安稳稳地摆放其上，隐隐地泛着一层青光，张仲平像被那层青光蛊惑了，看得出了神。

颜若水连声喊着"张总张总"，张仲平这才回过神来"嗯"了一声，颜若水问他想什么，张仲平也是随口打着哈哈，说没什么。

颜若水看张仲平今天像是有点心神不宁的样子，难免担心，怕误事，便想再探探他的底，紧紧他的口，颜若水道："张总，我们好久没有单独见过面了，我们之间的事，你没有忘记吧？"

张仲平说："没有没有，怎么会忘记呢？"

颜若水说："我倒有点忘了，我们之间曾经是怎么说来的？"

"祁雨的这个会所，将由我转让过来。在这之前，这件青瓷四系罐，将出现在徐艺的艺术品拍卖会上，而我，将花五百万左右的价格买下它，我说得没错吧？"张仲平其实比颜若水更怕出纰漏，他也想趁早把明白话说在前头，免生变故。

颜若水点点头说："没错。"

话既然已经说开了，索性就一说到底，也落个心安，张仲平这样想着，就又开口说："颜总，有个小问题，不知当问不当问？"

颜若水喝完茶，放下杯子，做了个谦让的手势："请说。"

张仲平说："徐艺跟祁雨的生意，与我跟祁雨的生意，不冲突吧？"

这话一出，颜若水心里就猛地紧了一下，没想到张仲平嗅觉这么灵敏，他吃不准张仲平到底是从哪里得到了一些什么样的信息，又或者这仅仅只是他的一种猜测。这问题他不敢马虎对待，更不敢随便乱答，他试探着反问张仲平问这话是什么意思，试图再从张仲平的回答里得到一些信息来供他判断。

张仲平其实也吃不准徐艺在这件事上的斤两，现在颜若水这么精明的人居然用一种装糊涂的反问来回答他的问题，张仲平打从在停车场里看见徐艺的车起就开始有的疑惑，越来越深了，他心里明白，如果要回答颜若水的话，这话轻不得重不得，既不能让他感觉出自己对他和祁雨的不信任，又要让他明白自己不是那么好糊弄的，为这事，张仲平可以说是倾尽了心力，容不得有半点闪失。他很小心地措辞道："我的意思是说，祁雨，祁老板，她……不会两边下注吧？"

商场上的交锋最激烈的不是真金白银上的嘴枪舌战，而是心理上的博弈，所谓"知己知彼，百战百胜"。其实这话的精髓是要知道对方对自己最有利的信息，同时也要隐藏好对自己最不利的信息，这就取决于双方在较量时的心理博弈，要张弛有道、虚实相生，要表现出精明，又要装得出糊涂，话里藏话，拿话套话。

颜若水从张仲平的这种小心和语气里，听得出张仲平应该还只是处在一种猜疑的阶段，他暗自放下悬着的心，先前因为紧张而直立的身子，这会儿又靠回到椅背上，又打起了太极，笑张仲平太多虑了。

话赶话，已经说到了点子上，张仲平哪里肯放松，继续紧追道："颜总不要怪我多虑，实在是这两件事有太多的相似之处。"

颜若水哈哈大笑起来，笑得张仲平一头雾水，问他笑什么？颜若水说：

"你们的生意当然有相似之处，不都是青瓷买卖吗？"

张仲平知道颜若水这是揣着明白装糊涂，也不戳穿他，继续认真地说："我问的当然不是这个。"

见张仲平不吃他这套，颜若水也适可而止，收起玩笑，正经道："我知道，放心，张总在我心目中的地位是唯一的，至于别人，入不了我的法眼，张总千万不要多虑。我会在徐艺的艺术品拍卖会结束之后，把对你们公司的拍卖推荐函亲自交到你手上。"

张仲平说："应该是拍卖会之前吧？"

颜若水摇了摇头，哈哈笑道："要不然，就在会场上，怎么样？我忘了，你们生意人，最讲究一手交钱、一手交货。"

在颜若水那儿吃了定心丸，张仲平回到公司便去了财务部，问金会计账上还有多少钱，金会计说还有五六百万，张仲平心里有了个底，说："行，这笔钱暂时不要动，我等着做点别的事。"

回到自己的办公室，张仲平用座机给胡海洋打了个电话，告诉胡海洋他这边是万事俱备，只欠东风了，就等着胡总一句话。胡海洋估摸着时机也差不多了，也是时候再见见面谈下一步的事情了，便说明天一早就过来，要张仲平等着他，见面详谈。

目标一步步接近，一切都朝着张仲平理想的方向发展着。挂断胡海洋的电话，张仲平长长地舒了口气，进到里间想躺下眯一会儿，却哪里睡得着？那个问过自己一万遍的问题又钻了出来，你真的要和唐雯离婚吗？

胡海洋在办公室看电视，他的"擎天柱"酒已经抢占了电视台黄金时段的广告时间，每晚坐在电视机前看着自己一手创立的品牌在电视上被广而告之，这种成就感让他很是受用。

秘书小苏在门外敲门，胡海洋盯着电视，应了声"请进"。

门打开，跟着小苏一起进来的还有唐雯。唐雯叫了声胡总，胡海洋这才把目光从电视上移到门的方向，看到唐雯，胡海洋立即起身，连声招呼道："哎呀，唐教授，稀客稀客。您怎么来了？就一个人呀？还没吃饭吧？走走走，我们去吃饭，小苏，你先打个电话，在老院子订个包厢。"

小苏应着退出了办公室。

唐雯说："不着急。吃饭不吃饭对我来说都一样的。"

胡海洋只当唐雯这是客气，哪里听得出这是话里有话，于是越发热情地说道："那可不一样，您是贵客，今天我得好好招待您。"说着，眼神又朝门口扫了扫，像是门外还有人没进来，问道"嗯，真的就您一个人吗？"

唐雯说："是呀！"

胡海洋说："刚才张总还和我通过电话，他没说您要来。"

唐雯说："我没跟他说。"

胡海洋打趣道："跟他玩失踪呀？"

唐雯附和着，微微笑了笑，说："不是不是，只不过是一时兴起，就来了。"

胡海洋说："是吗？好呀好呀，那……您是来郊游，还是来探亲？"

唐雯收起她那勉强挤出来的微笑，盯着胡海洋，神情严肃地说："都不是，其实，我是专程来看胡总的。"

看着唐雯的神情，胡海洋这才隐隐感到唐雯这趟来得不简单，一定是为什么要事而来，只不过他跟唐雯算不上很熟，便不好主动问起，仍旧是继续客气地寒暄道："专程来看我的？那我太荣幸了。您怎么不先来个电话？我可是一个满世界跑的人，不打招呼能碰上，可真不容易。"

唐雯说："我跟自己打了个赌，就看能不能碰上你。"

胡海洋说："哦？看来，您的擎天柱之行，还挺有讲究啊！"

唐雯点头说："也可以这么说。"

胡海洋终于还是问了："我开始有点儿好奇了。您从省城专程来看我，一定有非常重要的事吧？"

（二）

张仲平下定决心回家跟唐雯摊牌。

在他跟曾真说出离婚的话之前，他心里其实从来没有真正动过这样的念头，可徐艺闹了这一出，他知道，这一次，纸是无论如何也包不住火了。离婚的话一出口，离婚仿佛就成了自然而然的事了。

大奔的车灯划破黑暗，随车轮穿过这城市的夜晚，光束与夜幕交织成明灭的画面，显得迷乱而慌张。张仲平一边开车，一边预演着他回家后面对唐雯的情景。

那应该有很多种可能。唐雯以为他在开玩笑？唐雯然后惊呆了？唐雯接着愤怒了、伤心欲绝了、崩溃了？或者冷静得可怕？甚至，为你和曾真的爱情感动？

他最没有想到的是，此刻唐雯正坐在胡海洋的办公室里，跟他说他和曾真的事，或者说，她正在找胡海洋告他和曾真的状。

秘书小苏敲门进来，说包厢已经订好，随时可以过去了，胡海洋用征询的眼光看着唐雯，还未及开口邀请，唐雯说："不着急，先说事吧！"胡海洋不再坚持，吩咐秘书沏上茶来，没什么事就可以下班回家了。

胡海洋请唐雯在沙发上坐下，礼貌地看着她，静等她开口。唐雯一直盯着茶杯上空氤氲上升的热气，像是在整理思路，少倾才开口："我想先请你看点东西。"

"什么？"

唐雯没直接回答，她从包里拿出病历本递给胡海洋。

胡海洋接过，看了看封面，有些惊讶："病历？你的病历？"

"打开看看吧！"唐雯说。

胡海洋有些犹豫地翻开病历，又看了一眼唐雯，从她的脸上胡海洋看不出任何他想要的答案，于是只能是从病历里去找了。这一看便吃惊不小，他瞪大了眼睛看着唐雯，几乎从沙发上站起来惊呼道："什么？你得了……宫颈癌？"

唐雯料到每个人知道后都会是这种反应，她平静地说："是。"

胡海洋诧异于唐雯的平静，更诧异的是她为什么要这么大老远地跑来给他看这本病历？他问张仲平知不知道她来擎天柱了。唐雯说她这次来，就没打算要告诉张仲平，而且，也不希望胡海洋告诉张仲平她来的事。

胡海洋不解地追问："哦？那，他是不是已经知道了你生病的事？"

唐雯说："这会儿还不知道。"

胡海洋想，这么重要的事，她连自己的丈夫都不说，反而跑这么远来告诉他这么一个不相熟的人，必定是有什么难言的苦衷，或者有事相托。撇开他与张仲平之间的关系不说，单就一个身患绝症的女人如此这般，他也不该坐视不管。胡海洋身子往前倾了倾，很真诚地说："你希望我做什么？我一定尽我最大的能力去做。"

唐雯说："人之将死，其言也善，如果我说的话有什么过分的地方，你千万不要往心里去。"

"没事，你快点说吧！"胡海洋的眼神里透着鼓励。

"曾真真是你的外甥女吗？"

"是呀，我亲姐姐的女儿，她怎么啦？"

"她非常优秀。我和她见过几次，她甚至还去过我家，我甚至还张罗着为她介绍对象。真的，她非常优秀，可是，有些情况……我想还是应该早点让你知道。"

胡海洋疑惑地看着唐雯，不知道唐雯的癌症与曾真之间会有什么联系，他隐忍着一丝不安，试探着问："什么情况？"

"她跟我丈夫的关系。"唐雯看着胡海洋，似乎希望着能从他的表情里获知些什么。

张仲平回到家，屋里一片漆黑，开灯，屋里没人，朝房间喊了两声"唐雯"，没人应，他又去书房看了看，所有房间都找了个遍，唐雯不在家。张仲平偷偷地舒了口气，一路上的紧张情绪一下子松懈了一大半。其实刚刚一路上，张仲平根本就没想好要如何开口，毕竟，如果不是因为徐艺跟他玩阴招，他也从没想过要跟唐雯提离婚这事儿，这事彻头彻尾都是他张仲平的错，而他现在还要厚颜无耻地来跟唐雯谈离婚，说难听点就是现代陈世美。现在，唐雯不在家，似乎又给了他缓冲的余地，让他可以再好好整理一下混乱的思绪。

张仲平有点奇怪唐雯这个时间怎么会不在家，他拨了唐雯的手机，听到的是关机的提示音。他没去深究唐雯不在家和手机关机的原因，因为"离婚"的念头已经把他的脑子搞乱了，已经占据了他的全部思维。他把自己重重地摔到沙发里，像是瘫软了一般，盯着茶几上唐雯的茶杯，在心里说："唐雯，但愿你回来的时候，我还能保持和你提出离婚的勇气。"

在胡海洋的办公室里，唐雯把所有她看到的和她能想象到的有关曾真与张仲平之间的事，全部向胡海洋说了。胡海洋一直安静地听完，眉头却是越聚越紧，他多么希望他听到的这一切都只是唐雯的一个玩笑，一篇杜撰之文。可唐雯很严肃地强调，作为女人，我不会拿自己老公的这种事情开玩笑。我来，是希望你能明白，我需要点时间，仅此而已，结果是她的，给我留点过程就行。说完唐雯低下头，抹了抹眼泪，不再看胡海洋，现在她已经完全以一个受伤者、一个弱者的姿态坐在一个算是陌生的男人面前了，她不想再用更多的窘态去换取同情，她的自尊心不允许她这样。

胡海洋不得不相信，这事是千真万确的了。如果说作为男人他其实也难免有妻妾成群的隐秘梦想的话，那么，当一个女人无所保留地把她遭受的心灵创伤袒露在他面前时，他不得不为张仲平的无耻感到愤怒，他不得不为唐雯的遭遇感到同情，他也不得不为曾真的痴情感到痛心。他喉节滚动着对唐雯说："你放心，我去找曾真，我会给你一个交代的。"

　　张仲平久等唐雯不回，心里的锐气一点一点消失，同时觉得有点饥肠辘辘。他去厨房下了碗面条，稀里哗啦地吃完，把碗筷随手扔到洗碗槽里，仍旧坐回到了沙发上。墙上的挂钟已经指向了晚上七点半，平常这个时间唐雯是一定在家里的，今天是怎么了？

　　张仲平不免有些担心起来，再拨唐雯的电话，还是关机，唐雯上哪儿去了呢？张仲平在心里奇怪道。打开电视，把频道换了两个圈，竟没有一个感兴趣的节目，或者说他根本就没有心思看电视，随便停在一个频道上，目光却是穿透过电视屏幕的，完全不知道里面播的是什么。

　　就这么对着电视发了阵呆，他突然想了起华媚，给丛林打了电话过去，丛林说华媚在家，唐雯今天也没和华媚联系过。挂断电话，张仲平的心里越发不安起来，再看一眼墙上的钟，却已经过了八点十五分了。

　　张仲平再也坐不住了，他想徐艺可能已经来找过唐雯了，已经把 U 盘给她看过了，那唐雯会不会因此大受刺激，做出什么疯狂的举动来呢？张仲平一刻也等不下去了，起身关上电视，把遥控器扔到沙发上，就出门找唐雯去了。

　　张仲平想先找到徐艺，确定他是否已经找过唐雯。他径直来到艺术品拍卖会场，明天就是拍卖会预展了，他猜徐艺现在应该在会场做最后的布置。

　　张仲平黑沉着脸，径直往艺术品拍卖会场里冲，门口的两个保安拦住他不让进，说展厅里晚上一律不让进出的。张仲平把那两人推开，朝里面正在布置的辛然喊了两声，辛然闻声小跑过来，张仲平急急地问道："你姨妈在吗？"

　　辛然问："怎么了？"

　　张仲平说："她不见了。徐艺呢？"

　　辛然说："他不在，姨父你别着急，我现在就给徐艺打电话，问问情况。"说完，辛然走到一边给徐艺打电话，片刻后回来说："徐艺没和姨妈见过面，他打过电话，可姨妈关机了，没联系上。"

张仲平看在辛然这儿也问不出什么，转身要走，却又被辛然叫住："等等，姨父，姨妈生病了，您知道吗？"

"生病了？我不知道啊，怎么回事？"张仲平转过身来问辛然。

"她查出得了子宫肌瘤，她还不让我告诉您，医生让她做进一步检查，以便确诊是不是……"辛然越说声音越小，她不知道这话是说对了还是说错了，最后就干脆打住不再往下说了。

"什么？"张仲平心头一紧，他逼近辛然，想听得更真切一点。

辛然越发像是做错事、说错话的孩子一样，硬着头皮小声接着说道："恶性肿瘤，也就是癌症。"

辛然微小的声音还是像晴天霹雳般在张仲平的脑子里炸开了，他猛地抓住辛然的双臂，几乎是喊着从嗓子里蹦出的声音："什么？快告诉我，哪家医院？"

辛然被张仲平那张有些狰狞的脸吓到了，机械地答道："省人民医院。"

张仲平脑子里嗡嗡作响，前一刻还充满脑子的"离婚"二字早被辛然这几句话给轰退得无影无踪，此刻他只想马上见到唐雯。他松开辛然说："我得去医院找她。"声音有些颤抖。辛然说："这时候医生早都下班了，只有看急诊的，姨妈应该不会在那儿了。"张仲平说："那我也得去找今天上班的医生了解情况。"转身便往外走去，辛然看张仲平心神大乱的样子，不放心，在背后喊着要陪他一块儿去，张仲平头也没回，说了声"不用了"，便消失在了门口。

胡海洋想到唐雯还没吃晚饭，便招呼着要带她去老院子吃饭，唐雯谢过，说："我哪里还吃得下饭？"胡海洋说："不行，我不能让你饿着。你的事情，我们共同面对。我会和曾真谈，我甚至也会和张仲平谈，你放心，我千方百计也要让他们分开。"

唐雯抿了抿嘴，艰难地挤出一丝微笑说："你让他们别心急，等我……那个了，他们在一起，也不迟，求他们至少给我一点时间。"

这话再次真切地刺痛了胡海洋心灵中最柔软的那一部分，他叹口气说："你这么说我很难受，作为长辈，我一定阻止曾真。张仲平是你的丈夫，你有权利不让任何人夺走。"

唐雯摇摇头，再次挤出一个微笑："谢谢你，你还得答应我一个要求，关于我的病，不要告诉仲平，也不要告诉……曾真。"

胡海洋被唐雯的真诚与善良感动着，很真诚地点头答应了。

张仲平从医院出来，觉得两腿发软而不敢开车。他一路步履沉重地走到了香水河的沿江风光带。江风拂柳，人群欢笑，对于别人来说，这是一个多么甜蜜而美好的夏夜。张仲平趴到河边的栏杆上，看着白天还因为汛期而黄汤泛滥的河水，此刻却显得黑亮而静谧，宽宽的水面被路灯映照着，波光粼粼的倒成了风景，原来夜色真的可以掩饰很多东西，原本浑浊的都可以被看成是锦缎。张仲平想，这河水多像他现在的生活，明明浑浊不堪，却自以为如锦似绣般流彩。

刚才在医院，他费尽周折才找关系从病案室调出唐雯的病案，医生不无惋惜地说："她做的是子宫颈刮片细胞学检查，很不幸，她得的是宫颈癌。宫颈癌是妇科最常见的恶性肿瘤之一，如果到了中晚期，治愈率很低……"后面，医生还说了一些安慰话，张仲平却已经完全听不见了，他甚至记不清自己有没有对医生道声谢，就机械般地转身走了。

香水河的水依旧不管不顾地奔涌而逝。张仲平从异常混乱的大脑里，一张张拣出他与唐雯的生活剪影，泪水缓缓流下……

唐雯坐在胡海洋回城的车里，因为疲倦已经沉沉睡去，脸上的泪痕在迎面而来的车灯的闪映下，透着让人心疼的酸楚。胡海洋尽量平稳地开着车，生怕惊醒到她。对于唐雯，他有种说不出的愧疚与自责，虽然她的伤害不是他亲手造成的，可曾真是他的外甥女，间接地让他觉得他应该对唐雯充满歉疚。其实，曾真和张仲平的事他不是没有看出过端倪，如果他及早地制止和扼杀掉那个苗头，何至于出现现在这样的局面？只是他当初真以为像曾真说的那样，一切都只是他的猜想。现在，猜想变成了现实，变成了摆在唐雯面前不得不面对的现实，变成了张仲平、曾真还有他，还有好多人都不得不面对的现实。不管怎么样，他一定得说服曾真退出这场错爱，那么，对张仲平呢？今后将怎样相处？

车速渐渐慢下来，马上就要过收费站了。唐雯醒了，胡海洋关切地问："累坏了吧？"

"还好，快进城了吗？"

"对，你再睡一会儿吧！"

"哪里睡得着？脑袋里一直嗡嗡作响。"唐雯摇摇头，调整了一下坐姿，坐得更端正了一些。

胡海洋重重地呼了口气道："这种事，既然已经发生了，都得理性面对，冷静处理。"

唐雯说："我没想到我会这么失败。"

胡海洋说："你没什么可自责的。"

"不。我很自责，一定是我平时对他的关心体贴太少了。"唐雯转过身子来，看着胡海洋说，"今天，我出来的时候就没跟他说，他要是回家看不到我，也不知道他会不会担心。你说他会不会担心？"

胡海洋说："要不，你给他打个电话？"

唐雯想想说："算了，你还是先送我回家吧！"她心里想的是，张仲平这会儿说不定正和曾真在一起，而完全没有想到她，一切不过只是她在这儿的一厢情愿罢了。

夜深了，江风渐渐凉了，一个冷战把张仲平从回忆拉回到现实中，他又拨了唐雯的手机，还是关机。

他的担心一秒一分地在加剧，他又拨通了唐雯娘家的电话。是唐雯他妈妈接的，问他有事吗，竟完全没意识到女婿深夜致电会有什么不妥。张仲平知道唐雯这是没回娘家，也没跟娘家说过生病的事，他强打精神应付了几句，说家里一切都挺好的，只是突然想起老人们了，这才打个电话问候一下，没事没事。

挂了电话，张仲平又想起了小雨，人在最难过痛苦的时候一定是最先想到自己最亲最近的人，哪怕唐雯就真是一时想不开，要做什么傻事，她也一定会放不下最疼爱的女儿，至少会去学校看看她。想到这儿，张仲平快步走到路边，打了个车去医院取车，他想去学校看看小雨，或许能碰到唐雯，或者，从小雨那儿得到一些唐雯的消息。

张仲平赶到学校的时候，小雨正好下晚自习。

"小雨，复习累不累？"张仲平尽量让自己看上去很轻松，只当是一次很平常的探望。小雨很机灵的，他不想让她疑心什么。

"还好，就是要背的东西太多了。"

"丛珊还好吧？"

"挺好的，每天都很用功，像换了个人似的，不，是又成为原来的丛珊了。"

"你们都别太累了。不过就是一次高考嘛，别看得那么严重。哦，对了，你妈今天跟你联系了吗？"张仲平装作很随意的样子问道。

"没有呀。怎么啦？我妈怎么啦？"

"没什么，我只是随便问问，周末你回不回家？"张仲平再次装作若无其事的样子把话题引开了。

小雨撇了撇嘴说："我是想回家，可还有最后一次模拟考试，我觉得还有好多东西没背。"

张仲平拍了拍小雨的脸，说："你得放轻松，这样吧，我回去看你妈在不在……我是说，我跟你妈先商量一下，看明天是不是接你回家。"

小雨说："真的呀？爸，你太好了。你是不是要亲自下厨慰劳我呀？"

张仲平用柔软的眼光看着小雨，太多唐雯的影子在他们的宝贝女儿身上延续着，他怕内心紧绷的情绪控制不住而有所流露，不敢再多逗留，便点点头，心虚地说道："那好，我走了？"

小雨说："好吧！"

张仲平转身离开，张小雨站在原地目送他的背影，一丝丝疑惑刚在眉头聚拢，丛珊过来拉她回寝室，两个女生一闹腾，那一点疑惑就被笑声挤走了。

（三）

所有张仲平能想到的、有可能找到唐雯的地方他都找过了，电话也打过了，还是一无所获。他只能回家等，车到楼下，他仰头望上去，家里的窗户仍然是黑的，没有原来每次回家时习以为常的灯光透出来。

张仲平回到家，疲惫不堪地坐到沙发上，墙上的挂钟指向深夜十二点，张仲平的心已经从最开始的担忧慢慢深化成了恐慌，他不知道唐雯现在在哪儿，不知道徐艺有没有找过她，如果她已经看过了U盘里的内容，再加上癌症的重击，她将如何承受？连她最至亲至爱的父母、女儿都没有一点她的消息，她会去了哪里呢？你这个丈夫是多么不称职，居然在这样的时候还打算跟她谈离婚，你是多么浑蛋和无耻。

张仲平的内心从未如此愧疚和恐慌过。

电话突然响起，张仲平飞快地抓起电话，脱口而出："唐雯！"

"是我，丛林。"电话是丛林打来的，他也在关心唐雯有没有回家。

"哦……是你呀，丛林，我还以为是唐雯呢，对，还没有回来。她……

得了癌症，不是她跟我说的，我一直还没见着她，我刚从医院回来，找熟人查了她的病历档案，丛林，唐雯……唐雯她要死了。她怎么会得癌症？她才40多岁，她怎么能……就要死了呀？丛林，我是不是太不是东西了？这些年，我在外面做生意，把家当旅馆似的，也就回来睡睡觉，我的时间都用来干吗了？陪别人吃喝玩乐了，就为了赚那几个钱，我耗了多少时间、精力和心思？可是，我在唐雯身上又花了多少时间、精力和心思？没有，一点都没有。我不记得什么时候陪她逛过街，我不记得什么时候跟她一起进过厨房，我甚至不记得什么时候陪她好好地聊过天、说过话。我现在在家里，这是我的家，可我回家以后却把身边的人当成是空气，我太不懂得珍惜了。丛林，丛林，你在听吗？噢，现在唐雯得了癌症，要不了多久，她就要死了，知道这个消息的时候，你知道我什么心情吗？就像一只无形的手伸到我的胸腔里，把我的五脏六腑全都掏空了似的，我突然有一种万念俱灰的感觉，是的，就是万念俱灰。我甚至恨不得得癌症的不是她，而是我。我才知道，原来我是爱她的，是的，我爱她，爱这个陪了我二十多年的女人，丛林，你明白我的意思吗？我爱唐雯，我才知道我最亲爱的人是她，可是，她却要死了，她却要离开我、离开小雨了，唐雯要离开这个世界了，不，丛林，我不相信这是真的。"

张仲平声泪俱下，与其说是说给丛林听，不如说是对他自己心灵的忏悔，深切、悲痛。张仲平说得激动，稍稍一转身，蓦然发现唐雯已站在门口，也是泪流满面。张仲平扔下电话，朝唐雯扑过去，紧紧地把她搂在怀里，两个人相拥而泣。

此时的曾真却完全是另外一种心境。她是个夜猫子，这会儿正坐在电脑前看她与张仲平的合影，时而笑，时而沉思，每一张照片都能勾起她当时的回忆。很多个独自的夜晚，曾真都是这么度过的，翻看一张张照片、想念一段段往事，看着照片里的张仲平，想象着他也存在于她的空间里，在与她一起笑、一起拥抱、一起欢爱。

今天，他已经正式说了要回家去和她离婚的事，她不鼓励他，甚至一直在阻止他，可在内心深处，这何尝不是她的期盼？

门外响起敲门声，用力的带着情绪的敲门声，曾真想该不是张仲平来了吧？他这么快就给她带惊喜来了？便高声说："喂，是你吗？"胡海洋用同样带着情绪的声音应了答，让曾真赶紧开门。曾真听出了声音，可这大半夜的，舅舅突然到访，这是从未有过的事，而且听语气也不大对劲，曾真关上电脑，赶紧起身开门。胡海洋进门一抬头，迎面就看到了墙上曾真和张仲平的巨幅合影，他原来还准备了好几套台词，以便套出曾真的真话。现在却是完全没了必要——唐雯跟他说的一切都是事实了。胡海洋厌恶地冲上前，一拳打在照片上张仲平的脸上，咬牙切齿地吐出三个字："张仲平！"心里的愤怒积聚到恨不得将他碎尸万段。

曾真站在门口，明白她和张仲平的事已经是瞒不住了，看胡海洋这架式，一定是刚刚知道，正在气头上。尽管舅舅总拿她当孩子，可她已经是成年人了，对于自己的一言一行，她能够自负其责。更何况她与张仲平也许就要走上婚姻的阳光大道了，她希望得到亲人的祝福。这也是她在胡海洋深夜上门时没有把照片藏起来的原因。

曾真把胡海洋请到沙发上坐下，安静地看着胡海洋，等待他发问，她打算告诉胡海洋他想知道的所有关于她和张仲平的事。胡海洋坐下来看着曾真，却不知道要打哪儿说起，这外甥女是自己从小疼着爱着呵护着长大的，家里长辈中，就跟他最亲，他也一直拿她当自己的女儿看，现在突然成为世人口中最被鄙夷的小三，不仅夺人之美，现在还未婚先孕伤及自身，想着当初姐姐嘱托他一定照看好曾真，他也满口应承并一直悉心照看着。现在，现在闹成这样，胡海洋是又心痛又恨铁不成钢，真是打也不是、骂也不是。

看到胡海洋半天不吭声，曾真倒憋不住了，问："舅，你到底想说什么啊？"

胡海洋说："把孩子打掉呀！"

胡海洋这没头没脑的话让曾真是又好气又好笑，说："舅，谁告诉你我怀孕了？我不过……我不过跟唐雯介绍的那个对象开了个玩笑，你们就当真了？你们这些人怎么见着风就是雨呀？也太没幽默感了吧？等等，这事……你是从哪儿知道的？"

胡海洋疑惑地看着曾真，道："你先等等，怀孕的事，你真的……只是开玩笑？曾真，你怎么能开这种玩笑？"

"我不是想让那个人死心嘛！"曾真笑道。

"你真的没怀孕？"胡海洋追问。

曾真把右手举到脑袋边上做发誓状，一字一顿地说道："舅，我、真、的、没、怀、孕。"

胡海洋暗暗地松了口气，他突然又意识到曾真并没有否认她和张仲平的关系，这么说，他们是真的做了对不起唐雯的事了，仅仅只是没有怀孕而已。放下对曾真身体的担心，胡海洋对张仲平的愤恨又提上心来，看着曾真这一脸的纯洁无辜，他怕出言不慎又会伤到这个小祖宗。而且他答应过唐雯，不能把她生病的事、跑到擎天柱去找他的事告诉曾真和张仲平。他想，这事，还得找张仲平来解决。

唐雯是在电话响起的那一刻进门的，电话铃声掩过了她开门的声音。她看着张仲平紧张地接电话，听着他声泪俱下地在电话里对丛林哭诉，她以为不再爱她的丈夫原来还是那么深爱着她，她以为把心掏给了另一个女人的丈夫，原来还是全心全意地惦着她，那一刻，她甚至有点庆幸，庆幸这一场恶疾换回了丈夫的爱。

张仲平也在庆幸，庆幸他还没来得及对唐雯说出离婚的事，如果说了，他无法想象唐雯的崩溃，那会彻底将她击垮，也许，她还用不着等到被病魔吞噬的那一天，就已经被他和命运的无情给击倒，而他，张仲平，将永远背负上谋杀发妻的罪名，他无疑将因此悔恨终生。

太多的心力交瘁及之后的身心放松，已让唐雯沉沉地睡去。张仲平搂着已经熟睡的妻子，心痛自责得无以复加，眼泪禁不住地流过眼角，他在心里说，老婆，你放心，我会陪在你的身边，一直陪着，直到永远。

第二天。张仲平家的院子里很久没有这么热闹过了，张仲平忙着支烤炉、生火，唐雯和小雨在一旁的条桌前忙着准备各种食物饮料。这是张仲平的主意，他一早去学校接了小雨，然后奔超市买了一大堆食物和烧烤用具，他想一家人好好地过个家庭日，重温曾经温馨的家庭气息。

张小雨一边铺摆着各样食物，一边还不忘时不时地往嘴里塞点吃的，唐雯看着小雨的俏皮样儿，打心眼里的疼爱从眼神里流淌出来。小雨边嚼着香肠边说："爸，妈，你们越是故作轻松我越是紧张，还不如让我回去背几道历史题呢！"

张仲平抬头看看小雨，笑笑说："我们可不是故作轻松，你看，天气多好，你难道不觉得这是一种享受吗？"

"可我心里老惦记着高考的事。"

唐雯轻轻搂着女儿，说："小雨，学习努力是好的，可也要张弛有度，要以平常的心态来对待，有些事情越紧张越容易出错。"

张仲平也赶紧接口道:"你妈说得对。你长这么大,我也没有好好地陪过你,现在开始你必须彻底忘了高考这回事,好吗?"

张小雨点点头,依偎在唐雯身上,看看张仲平,又转头看看唐雯,幸福地笑着。

胡海洋一觉醒来已经是上午十点,曾真已经做好了早餐在等他一起吃。胡海洋没吃,洗漱完拿起车钥匙就出门,曾真知道他是要去干吗,追出来拉着胡海洋说:"舅舅,你凭什么要找人家,是我爱上了他,不是他的错,你回来。"

胡海洋转过头说:"放手,我告诉你曾真,你在我这儿就是孩子,可他张仲平不是,这事已经发生,而且是错误地发生了,我必须找他,更正这个错误。"说完甩开曾真的手,进了电梯。曾真无可奈何地转身回房,想给张仲平打电话报个信,意外的是,张仲平手机关机。曾真一时没了主意,急慌慌地却又不知道该怎么办,只能是坐在沙发上发呆,听天由命了。

张仲平一家三口在院子里说说笑笑,烤得多,吃得少,都是享受个过程了。小雨进屋去拿纸巾了,唐雯端了杯橙汁递给张仲平,在他身边坐下,靠在他肩膀上,说:"回想一下,咱们家好久没这么相处了。"

张仲平说:"是啊,等小雨高考结束,我们出国,周游世界,好好放松一下。"

唐雯说:"仲平,你说,我要是不在了,你能照顾好小雨吗?"

张仲平握着唐雯的手说:"你不会不在的,我已经联系了北京的医院,马上给你复查,我有一个感觉,你呀,可能被误诊了,真的。"

唐雯微笑着,在心里细细体味着张仲平回归的关爱,看小雨进了院子,两人都闭了嘴,不再谈这个话题。唐雯起身去接纸巾,张仲平顺势扭了扭头,就看到胡海洋在院墙外站着,连忙起身招呼,胡海洋也不理会张仲平的热情,只朝院子里的唐雯点了点头,算是跟她打了招呼,转而对张仲平说:"张总,我有点事情要和你谈谈。"

张仲平一边往里面迎着,一边说:"好好好,走,到家里坐坐,坐着谈。"

胡海洋说:"不用了,我们到外面走走。"说完转身往小区花园走去,张仲平有点奇怪胡海洋今天的严肃,严肃得有点不近人情,他朝唐雯挥挥手,跟着胡海洋去了。

等离开张仲平家的视线,胡海洋转过身来对张仲平说:"你准备好了吗？"

张仲平说："你是说香水河公司那块地拍卖的事？"

胡海洋两只拳头捏得紧紧的，说："不是。"

"不是？那你指什么？"

"打架。"

"打架？和谁打架？"张仲平已经明显感觉到胡海洋今天的不对劲，可他想不出是为什么。

胡海洋瞪着张仲平，声音从牙缝里挤出来："我和你。"

张仲平越发不解了，问："为什么？"胡海洋说："因为你让曾真怀孕了。"张仲平来不及想这误会怎么这么快就传到了胡海洋的耳朵里，只说这是子虚乌有的事，全是胡海洋在这儿瞎扯。

胡海洋冲上前，怒气冲冲道："我瞎扯还是你瞎扯，我再郑重其事地问你一次，曾真是不是怀了你的孩子？"

张仲平退开一步低声喊道："你胡说八道什么？我跟曾真……不，她怎么会怀孕？真是没有的事。"

胡海洋说："张仲平，你别跟我玩猫腻。你要是个男人你就得承认。"

张仲平说："我跟你玩什么猫腻？我承认什么呀？"

"张仲平，既然你明知道自己负不起这个责任，就不该让事情走到这一步。"

"胡总，兄弟，你听我说……"

胡海洋手一抬，打断张仲平，说："我不是你的兄弟，我现在就想揍你。"

张仲平也来了脾气，说："如果这样能解决问题，我愿意奉陪。"胡海洋说："好啊，你还和我装爷儿们，去你的吧！"说话间，一个勾拳朝张仲平挥过来，张仲平躲闪，趔趄着倒在地上，胡海洋扑上去，两人在草地上厮打起来。

唐雯看着胡海洋和张仲平一直消失在视线，刚刚还明媚的心情又有些阴郁起来，不知道胡海洋今天来找张仲平，是为生意还是为他和曾真的事。小雨把烤好的食物递给唐雯，唐雯回过神，拉小雨坐回到桌子前，问："小雨，是爸爸对你好，还是妈妈对你好？"

小雨拿手拈了块烤牛肉塞到嘴里说："妈，你这问题问的，爸爸不用对我好，他只要对你好，你对我好，咱家就能好。"

唐雯笑着轻轻打了小雨一下，说："这孩子，说话一套套的，和你爸爸一个德行。"

小雨擦了擦手，很认真地说："妈，我爸爸其实挺优秀的，我心里挺崇拜他的。"

"是吧？那妈妈呢？"

小雨有点夸张地从上到下打量了一下唐雯，然后故作正经地说："妈妈你吧……怎么说呢？你是女人中的极品。"

唐雯说："是吗？极品怎么说？"

"极品就是极品呗。冰清玉洁、温文尔雅，我爸爸这么多年对你这么好，其实是你做得好。"

"你呀，谁都不得罪。快吃吧……"唐雯把盘子挪到小雨面前，又说，"小雨，考上大学你就要离开这个城市了，到时候你会想妈妈吗？"

小雨放下刚拿起的叉子，转过身，正对着唐雯，用很大人的口吻说："考上大学你和爸爸到我的城市里买套房子，陪着我读书，我可不能离开你们太久，我会不习惯的。"

这话让唐雯悲上心头，她拥有的这么美好的生活、这么相亲相爱的家人，都将不再拥有，她马上就要孤零零地一个人离开这个世界，那么多的不舍、那么多的眷顾，叫她如何放得下。她拉着小雨的手，欲言又止，泪湿了眼眶。

小雨不懂唐雯这短短一瞬间的情绪变化，紧张地说："妈，你哭了？"

唐雯赶紧收敛起情绪，拿手背印了印眼眶，说："没有啊，烟熏着了。"
小雨说："得了吧，你就是感动了，是不是舍不得我离开你啊？"

唐雯顺着小雨的话说："是啊，你这么乖，妈妈怎么舍得离开你。"

小雨靠进唐雯的怀里，仰头看着天空，无限憧憬地说："所以，我就让爸爸陪着你，到我大学附近买房子住，等我将来出国，你们就陪着我出国，我们一家人，永远不分开，把所有人都羡慕死。"

多么美好啊！唐雯想，如果可以，谁会忍心去击碎一个孩子如此美好的愿景？可是，她怕将来某一天，她突然死去，小雨会承受不了那突如其来的伤痛。她想要不要提前给小雨一些心理暗示，让她在失去妈妈的那一天，能够更坚强一点。唐雯忍着刀割般的心痛，用尽量平和的语气说："妈妈爸爸早晚要和你分开的，因为我们要死在你前面，你想过吗？"

小雨说："那不行，你们要死了，我就自杀。"

唐雯再也忍不住了，她松开小雨，端起空盘子往厨房走去，小雨不明就里，还在后面哈哈笑着说："妈，你别装了，我知道你又被我感动了，是吧？"

唐雯走进厨房，眼泪喷涌而出，她拼命捂着嘴，怕小雨听到她的哭声。唐雯无力地靠着墙，顺着墙壁一点一点地滑下去，蜷缩着蹲坐在墙角……

张仲平和胡海洋各自发泄着心中的情绪，扭打了好一阵，终于停了下来，并肩仰躺在草地上。

张仲平说："你以为我不痛苦？我痛苦，可是，都已经这样了，你让我怎么办？"

胡海洋说："别再伤害她。"

张仲平知道胡海洋指的是曾真。他不提她的名字，她的模样早在张仲平的眼前浮现，他说："我从来没有想过要伤害她，从来没有想过。"

"可实际上你已经伤害她了。你不仅已经伤害到她了，还将伤害到你的家人、你老婆、你女儿，再这么走下去，会怎么样？会怎么样?！"胡海洋又激动起来。

张仲平坐起来，无力地说："你说得对，这是我无法承受的。尤其，我不能欺负、欺骗一个临死的人。"

胡海洋也跟着翻身坐起来，他瞪着张仲平，惊讶道："怎么？你……已经知道了？"

张仲平点点头。胡海洋觉得该安慰他两句，可一想到曾真的事，话一出口就转了方向，说："那……怎么样对待曾真，就不用我说了吧？"

张仲平再点头，说："我知道。"胡海洋站起身来，整了整衣服，说："香水河公司那块地拍卖的事，你不用找我了，我就当从来没有认识过你。"

这让张仲平很意外，他没想到这事会影响到生意上的事，他噌地站起来，追问说："怎么，你放弃了？"

胡海洋说："那是我的事，跟你没关系。现在，我一看到你就恶心，你你你走吧走吧。"

（四）

时代阳光拍卖公司的艺术品拍卖展厅里，来参观预展的人稀稀拉拉。辛然看这情形，之前的激情被打消掉一大半，隐隐有些担心，她把这担心跟徐艺说了，徐艺说："艺术品拍卖会又不是菜市场，不可能来很多人。我现在担心的不是这个，而是香水河那一单的竞买人。现在我们一只脚已经迈到门槛里面来了，只要找到竞买人，我们立马就能赚两千万。"辛然说："我一想到这事儿心里就慌慌的，老觉得哪儿不对劲。"徐艺用力搂了搂辛然的肩膀，说："对于一个马上就能赚两千万的人的老婆来说，你那种慌慌的感觉，也可以叫兴奋与激动。好了，你在这儿盯着，我去联络竞买人。"说完转身出了展厅，留下辛然一个人在会场盯着。

徐艺第一个想到的买家就是胡海洋。

胡海洋刚把车开出张仲平家的小区，就接到了徐艺的电话，说想约他谈谈香水河公司那块地拍卖的事，看是他去擎天柱还是请胡海洋来省城。

胡海洋正为了刚才一时冲动斩断了与张仲平的合作关系而有些后悔。这单生意他盯很久了，可以说志在必得，现在到最后收关的时候了，因为曾真这事，他毅然放弃了与张仲平的合作。但是这单生意他却是没有打算放弃的，只是，一时之间要再找个靠谱的合作人也不是说有就有的事。徐艺在这当口儿找上门了，真是太及时了。胡海洋说他现在就在省城，随时可以见面。徐艺说："那太好了，不如请胡总现在就到我的艺术品拍卖会场来吧，顺便看看有什么入得了您法眼的玩物，也可以拍两件回去当是添点雅趣了。"

挂了电话徐艺就站到酒店门口候着了，他想着，一定得把胡海洋给伺候好了，这可是能让他赚得盆满钵满的正主。他本来也是抱着试试看的心理给胡海洋打这个电话的，没想到他这么快就答应了见面，这说明了什么？这说明有戏呀！生意从来都是谈成的，这见了面就有了百分之五十的成功希望，再要好好谈，成功的概率就会更大，徐艺越想越激动。

不到半小时，胡海洋就到了，热情地招呼过后，徐艺毕恭毕敬地走在胡海洋的侧后方半步，保持着让人感觉舒适的社交距离，用标准的手势指引胡海洋进了拍卖会的展厅里。

徐艺陪着胡海洋在展厅里慢慢地闲散地参观着，谦恭地说："胡总能来我真是太高兴了，胡总是对字画感兴趣还是对古玩瓷器感兴趣？"

胡海洋停下来，侧过脸去，打量了一下徐艺，道："老实说，都不感兴趣。你不是说要跟我谈谈香水河那块地拍卖的事吗？说呀！"

徐艺说："关于这件事，我想你的老朋友——张仲平，肯定跟你说了。

你知道，我们拍卖公司做生意赚的不是差价，而是佣金，而佣金收多收少，是可以协商的。我有个建议，不知当讲不当讲？"

胡海洋抬了抬下颚，让徐艺接着往下说。徐艺看了下四周，压底嗓门说不管张仲平向胡海洋收多少佣金，他都可以在那个基础上，下浮百分之五十。

胡海洋心下微微一震，却没表现在脸上，说："打五折？你为了从你姨父那儿抢生意，不惜如此折价？"

徐艺更正道："不是从他那儿抢生意，是跟另外四家竞争。当然，这里面也包括他。现在大家都在争取客源，佣金打折是一个很常规、很光明正大的手段。所幸的是，我也认识胡总，希望胡总能再给我一次机会。"

胡海洋看着徐艺，正琢磨着要怎么来回应徐艺，手机突然响起短消息提示音。他看完短信，推说有要事先走，香水河的事他回去考虑后再联系，转身离开了拍卖会展厅。

短信是唐雯发来的，约胡海洋在咖啡馆见面。胡海洋赶到咖啡馆的时候，唐雯刚等他坐下便说："你打了仲平？"

胡海洋愣了半秒钟，说："是，但是，唐教授，我不得不告诉你，张仲平和曾真，真的没事，曾真怀孕的事情是假的，她已经以人格向我做了担保。而且，根据我了解的情况，他们之间……其实还没发生……发展到那一步，你明白我的意思吗？"

唐雯说："你是说他们……还没有实实在在地在一起？胡总，你知道吗？对我来说，他们……有没有……性关系，不重要。重要的是，他们……他们相爱是真的。"

胡海洋一时语塞。从他内心里来说，他还是想护着曾真的，不想让这孩子成为丑闻中的主角。他顿了顿说："这件事，不管怎么样，我觉得责任还是在张仲平。"

唐雯说："爱情的责任，是最不好界定的。算了，我来找你，是要告诉你，请帮我转告曾真，我不会怪她，但希望她能给我点时间，我的时间……真的不多了。"说完，唐雯站起来，看了看胡海洋，连句再见也没能吐出来，噙着泪花走了。

胡海洋看着唐雯的背影，深深叹息。

侯昌平事件的采访带子终于被审批通过可以播出了，曾真一组的同事都为这事感到高兴。他们一起凑在电脑前看预播，看到追悼会那段的时候，曾真和同事们虽然都已经在现场被感动过了，这会儿都还是忍不住再次流下了眼泪，负责剪辑的女孩说："曾真，我从来没想到，对一个普通法官进行的深度采访，竟然会这么震撼。"

曾真擦了擦眼泪说："所以，我们《都市时间》未来的定位就要这样，永远弘扬那些看似平凡却又伟大的人和事。"

同事说："没错，这样的节目，收视率也不会差。曾真，这次多亏了你，要不是你锲而不舍地坚持，就不会有这个节目。"

曾真淡淡地笑笑说："那有什么，我们的工作，就是还世界一个真相，当然，是真善美的真相。"

带子播完了，同事们都散开来各忙各的，曾真坐在电脑前怅然若失，她想，谁又可以还我一个真善美的爱情国度呢？那儿应该没有伤害、没有痛苦、没有纠葛……

自从知道唐雯病情的那晚开始，张仲平就一直陪在唐雯的身边，寸步不离，公司的事都改由电话遥控了。张仲平陪唐雯到医院复诊，医生交代的各种注意事项，张仲平牢牢地在心里记着，不住地点头。

回家的车上，唐雯不时扭过头来看张仲平，张仲平回望过来，就看到唐雯正笑着，张仲平好奇，问："怎么啦？"唐雯笑说："没什么。"张仲平说："不会真没什么吧？唐雯，有什么话，你就说吧。"

唐雯说："我想说的是，如果我没得病，你还会这么对我，该多好。"

张仲平心里一阵酸楚，愧疚地握住唐雯的手说："老婆，别说了，我就是这么对你一辈子，我都会觉得对不起你。"

唐雯轻叹一声说："你千万不能这样想。最让我觉得遗憾的是，我可能要走到你前面，不能陪你慢慢变老。仲平，万一我不在了，你怎么办？"

张仲平很快地转过脸来，给了唐雯一个鼓励的微笑，道："别说傻话，我们要有信心。医生不是也说了吗？除了手术、药物治疗，精神状态也很重要。"

唐雯深呼吸，努力调整着情绪说："也是呀，既然留给我的时间不多了，我特别希望我们能彼此珍惜，过好每一天。"

张仲平说："嗯，我也这么想。"

唐雯小心地、试探地说："给我一点时间,给我们家一点时间,我要你⋯⋯没有任何杂念地、不受任何打扰地,好好地爱我半年、几个月,好吗?"

这话让张仲平再度感到心酸,他用力握了握唐雯的手,希望手心的温度能传递给唐雯更多的温暖和信心:"唐雯,我答应你,你放心,我一定要倾其所有,尽其所能,治好你的病,相信我。"

唐雯就像是真的感应到了那种带着温度的传递,动情地说道:"我相信你。仲平,你知道吗?这一辈子,我做得最正确的事情,就是嫁给了你。我真的很幸运。"

张仲平说:"感到幸运的应该是我。这些年,你为这个家付出得太多了。相反,我的表现太差了,有时候,我都觉得自己太不像话了,我得请求你原谅。"

"仲平,求你别这么说。不管你在外面做了什么,有你这番话,我知足了。"唐雯的眼中已经有泪光闪动。

张仲平感动无语。此时此刻、此景此情,他不知道要用什么样的语言来表达他对唐雯爱恋和愧疚。

唐雯挽住张仲平的手臂,靠在他的肩膀上,说:"什么都别说了,好吗?"

张仲平答应着好,却突然想起了曾真,曾真最爱在他开车的时候这样挽着他的胳膊,靠在他肩膀上腻歪了。张仲平有些不自然地抽出手臂,紧紧地搂住了唐雯的肩⋯⋯

短信声音响起的时候,张仲平正在肿瘤网上查资料,电脑边还码着一大堆医疗书刊。张仲平拿起手机查看短信,是曾真,问"你在哪儿呀?"张仲平紧握手机,仰头望向天花板,长长地叹息一声,他删掉短信,放下手机,继续沉下心来查资料。

曾真坐在沙发上发呆,脑子里如果去掉张仲平的身影就只剩一片空白,她就在这样的煎熬中一分一秒地数着时间,度日如年。她忘了要吃饭、忘了要喝水,只是不停地重复着手机开屏关屏的动作,她在等张仲平的消息——离婚的消息。不离婚也行,她又没逼他,是他自己主动说的。他说过会给她电话的,一天过去了,竟音信全无,仿佛张仲平一下子从她的世界里消失了似的。

她有一种被掏空的感觉,心里空落落的,像是孤单的一个人被抛在了荒芜之中。她编了很多次短信,说我想你了。删了。事情谈得怎么样了?

删了。吃过了吗？删了。为什么不给我电话？删了。你在干吗？删了……不停地编，不停地删，最后一次，她终于发出去了，她甚至不确定是她真的决定要发，还是只是不小心触到了发送键，她甚至在短信发送的那一刻猛按过取消键，想阻止短信的发送，可哪里还来得及？一瞬的工夫短信就发出去了。

现在，她唯一能做的，就只有等待张仲平的回信，一分钟过去了，她想他应该收到了，马上就会回过来。十分钟过去了，没回，她想他刚刚一定是手机没在身边，现在应该看到了，马上就会回过来，半个小时过去了，依然没回，曾真再也坚持不住，拨通了张仲平的电话。

电话猛地响起，张仲平像是被惊了一下，拿起一看，是曾真，他没接，看着曾真的名字一直亮在手机屏上，直到铃声断掉。手机再响，执拗地在张仲平的手里微微震动着，他仿佛能感应到曾真此刻的心也如这手机，震颤无助。终于，电话安静下来，张仲平盯着手机，他想如果再一次响起，他是接还是不接。

唐雯进来，双手搭在张仲平的肩上，说："你在电脑前都呆了大半天了，起来活动活动吧！"

"好，你去帮我泡杯茶来。"说着，张仲平放下手机，把桌上的茶杯递给唐雯。

唐雯应着，端了茶杯转身出来，转身的时候，看了一眼摆在桌上的手机，眼里闪过一抹忧郁。

唐雯一出去，张仲平马上拿起手机飞快地发了一条信息，然后关掉了手机。张仲平仰靠在椅背上，紧闭双眼，眉头深锁……

短信提示音响起，是曾真为张仲平专设的铃声，打开信息："我们不能见面了，时间会很长，原谅我，或者……忘了我。"

曾真反反复复地读着这句简短的话，她不知道连小学生都能读懂的这十几个字到底是什么意思。她无力地垂下手臂，任手机滑落到沙发上，突然从心底里翻涌出来的酸楚令她怅然若失，她想哭，似乎又哭不出来。

唐雯端茶进来，张仲平正对着电脑发呆，她轻轻放下茶杯，在他身后为他按摩双肩，张仲平一惊，连忙起身，把唐雯让到电脑前坐下，说："我看了不少资料，我觉得我们真的应该去北京复查一下。"

"去北京复查？"

"是呀，省人民医院代表的是省级水平，北京的医院代表的是国家级水平，万一这里误诊了呢？"

唐雯没多想，说："行，一切都听你的。"

张仲平看着唐雯日渐憔悴的样子，很是心痛，他拉起她的手说："而且，我们得快点去。即使确诊，北京的专家也一定能够制订出最佳的治疗方案。"

"可是，你那件事呢？"唐雯想起他最近一直在忙的那块地拍卖的事。

"哪件事？"

"生意上的事啊！"

张仲平摆了摆手道："别提生意了，如果人不在了，赚再多的钱，又有什么用？"

唐雯说："我听你的。不过，我想明天去一趟擎天柱。你能陪我吗？"

张仲平拍拍唐雯的手说："当然。不会有任何事情比这个更重要。"

就在这个时候，唐雯搁在客厅里的手机响了，她拍拍张仲平的肩膀，起身出去，顺带把书房门掩上了。

那个电话真像是天堂打来的，唐雯根本无法相信，竟一连问了3遍。3遍她都得到了同样的答复：她就诊的医院肿瘤科告诉她，他们弄错了，她那肿瘤是良性的，一个并不太大的手术就能解决。

挂上电话，唐雯长吁了一口气。上帝呀，你真是跟我开了一个天大的玩笑。可是，这是一个多么美好的玩笑啊！

她冲到阳台上，仰头看着晴朗的天空，只觉得天空是那么的蓝，白云是那么的白。她转身向书房走去，她要把这消息尽快地告诉张仲平。可是，在书房门口，她突然犹豫了……

（五）

预展的这几天，辛然和徐艺很少回公司，整天都待在拍卖展厅了。

辛然把徐艺拉到一边，小声说："我粗略的统计了一下，三天时间，来看预展的，不到一百人，艺哥，我有点担心。"

徐艺却不以为然地说："有什么担心的？艺术品拍卖就像赌博，不到最后一刻不知道输赢。人不在多，能有两三个大买家，我们就赢了。如果实在不行，我们还有一条路可以走，找江小璐借钱。"

辛然面露难色："可是……"她现在很怵徐艺跟她提找钱的事，她其实不想再去逼江小璐了，从内心里，她并不是真想把爸爸留给她的房子卖了。她希望最好能努力通过正常的途径解决钱的问题，她突然想起张仲平也爱收藏，于是转了话题，说："对了，你姨父不是喜欢搞收藏吗？你不是说以前别的拍卖公司做艺术品拍卖，他都要去捧场，还多多少少会买一点东西吗？这一次，他怎么连我们的展览都没有来看？你说，我们要不要邀请他来看一看？"

徐艺说："他不会来的，他在和我斗法，对他，别指望了。"

辛然说："还是打个电话吧，请不请他是我们的事，来不来是他的事。我觉得，你跟他的关系，没必要搞得像仇人似的，那件事吧，你也有做得不妥当的地方。"

徐艺想到钱的分儿上，甩甩头说："好吧好吧，你去打电话吧！"

辛然走到一边给张仲平打电话，有些失望地走回来说："关机了。"徐艺："我就知道，我说得没错吧？最后，还得从江小璐那想办法。"

辛然没再说话，轻叹一口气，走开去接待来参观的人。

江小璐又来到之前那家房产中介，是房介经纪小马约她来的。

江小璐说："小马，你跟那个买家说，能不能再多出一点？"

小马说："只能这么多了，不错了。"

"这么好的房子才四十八万块，太便宜了。"

"就这样，买家还犹豫呢！"

江小璐让这话一激，有些急了，略微想了想，说："行，你让他别犹豫了，卖了吧！"之后，江小璐嘱托小马把手续的事帮她都办妥了，再三交代，一定催买家尽早一次性付款，她等着钱急用。

张仲平去了趟公司，安排和处理了这两天压下的事，准备陪唐雯去擎天柱。

唐雯的病彻底击垮了张仲平，回家的路上，他一路都在想，他真的不能再与曾真纠缠了，因为那无异于在唐雯胸口上捅刀子。他想给她打个电话，却实在不知道该怎么说。他只能闪了，心里对她说着对不起。

岂止这样，他现在对生意上的事，也是心灰意冷。他一直联系的胡海洋不肯再跟他合作了，他丝毫没有再找买家的兴趣，他心里想的，是怎样陪伴唐雯走过生命的最后一段里程。

张仲平收拾好心情，不再去想曾真和生意上的事，只想着一心一意地陪着唐雯去擎天柱散心。

　　唐雯在车上眯了会儿，醒来时看到高速公路上的路牌提示，还有三十公里就是擎天柱的出口了。

　　唐雯看着路牌上的"擎天柱"三个字，想起许多往事。她问张仲平，每次到擎天柱来，会不会想起她？

　　"你说谁？"

　　"我说的是……夏雨。"

　　张仲平伸手在唐雯肩膀上搂了搂，又望着她摇了摇头，却不知道该说什么才好。其实，这些年，他们之间几乎没有提起过夏雨，张仲平不知道唐雯突然提起来是想要表达什么。

　　唐雯说："没关系，你可以经常想她的，你老婆我活人的醋都不吃，更不会吃夏雨的醋。"

　　张仲平不想继续这个话题："我们别谈这个，行吗？"

　　唐雯扭头看了看张仲平，说："行行行。嗯，你最近见过她吗？"

　　张仲平知道她说的是曾真，可还是重复了刚才的问话："你说谁？"

　　唐雯说："我说的是……曾真。"

　　"哦哦哦……没有。怎么啦？"虽然是真的没再见过曾真了，可张仲平还是表现出不自然来。因为，怎么说呢？每当夜深人静的时候，他都会抑制不住地想起她。

　　"她上次不是说要正式采访我们吗？怎么再也没有消息了？"唐雯问道。

　　"我怎么知道？"张仲平突然有了一点不耐烦。

　　"干吗这么不耐烦？"

　　"我们不是说好了来擎天柱好好看看、好好玩玩的吗？采访的事儿什么的，就先别想了，行吗？"张仲平意识到自己情绪的变化，语气马上缓和下来。

　　唐雯也不再追问，说："行，我听你的。"

　　一时，车厢里突然就沉寂下来，张仲平打开电台，试图用音乐来缓和一下车内紧张尴尬的气氛，唐雯扭头看窗外，两人一路无语。

　　到了擎天柱，唐雯提议先到张仲平捐建的那所小学去看看，回头再找酒店安顿。

　　工地上工人们都在赶工，热火朝天地，希望能赶在下一个新学期开学前让孩子们搬进来。张仲平小心地搀扶着唐雯，绕着工地外围四处看了看。看完，在工地西头的树下找了块阴凉的地方，张仲平让唐雯坐下歇歇。

唐雯说："其实这件事你真该早点跟我说。也不会有这么多麻烦。"

张仲平说："是我不好，我怕你不理解。"

唐雯仰头看着已经封顶的校舍说："我怎么能不理解？要知道，我跟你一样，在这里下放了两三年。再说了，我们真的没必要留那么多钱。有句话是谁说的？子女没出息，留钱干什么？子女有出息，留钱干什么？我们不能代替他们生活，不如拿钱做一点有益于别人的事。我们这就去找覃山洼，看他还要多少钱，我马上给他打过来，争取在下学期开学前把学校建好，你说呢？"

张仲平憨笑着："我听你的。"

唐雯瞧他这样子，也扑哧一笑道："你呀，没做贼怎么也心虚，夏雨是我们共同的朋友。不是吗？"

张仲平低下头，对着唐雯做认错状："是，老婆，我错了。"

唐雯扶着张仲平的手，站起身来，拍了拍屁股，说："其实，我有时候也想她，仲平，能不能就把这个学校叫夏雨希望小学？对夏雨也是个纪念。"

张仲平有些难以置信地看着唐雯，说不出是感动还是什么。唐雯嗔笑说："看我干什么？"

张仲平连连点头说："好好好，一切都听老婆的。"他停了一下，又说："要不然，叫雨雯希望小学也不错，你觉得呢？"

唐雯一怔。他这是安排我的后事呀？她不便说什么，摇摇头，往路边走去，不经意地轻叹了一声。

唐雯的沉默却让张仲平一下子醒悟了，却不好怎么解释。一时心里百感交集，他收收神，追上唐雯，一把搂住了她。

时代阳光拍卖公司的艺术品拍卖会如期举行，到场竞拍的人稀稀拉拉散坐在台下，台上拍卖师越发卖力地吆喝，竭力想把现场的气氛闹腾起来。

拍卖这回事就是要有气氛，全靠拍卖师用语言挑拨出竞争的激情，竞拍的人一多，场子闹起来了，人就容易头脑发热，一来二往地多举上几次牌，那拍卖价噌噌地就上去了，流拍的东西也就少了。可今天这场子来的人太少了，实在是有点冷清，就连凑人气看热闹的都不多，任拍卖师怎么卖力吆喝，举牌的始终就那么三两个人。

礼仪小姐抬上来一幅画匾，拍卖师在一旁开始详细讲解："下面这幅画，是花鸟画大师李苦禅先生的作品……"

拍品早已经过半了，徐艺站在台侧，看着下面的竞买者，似乎都兴趣不大，徐艺的表情越来越难看。

颜若水坐在最后一排，相对台上不断更新的拍品，他似乎对台下坐着的人更感兴趣，可是，他几次环顾四周，都没有见到他想见的人。颜若水拿出夹在拍卖图录中的一只信封，在手里把玩了一会儿，起身走到会场外的走廊里，给张仲平打了个电话。

这时，张仲平正搂着唐雯离开小学工地，电话响起，他从口袋里掏出手机，唐雯紧张地盯着他，问："谁呀？"

张仲平没接，把手机直接递给唐雯看，是颜若水。

"为什么不接？"

"懒得接。"说完，张仲平把手机重又放回了口袋里。

颜若水没能联系上张仲平，他想也许是张仲平为了保险起见，委派了什么生面孔来。颜若水回到会场，继续坐下，静观事态发展。

终于，两个礼仪小姐小心翼翼地捧出了拍卖图录上重量级的拍品，正是青瓷茶会所的那尊青釉四系罐。

拍卖师开始介绍拍品："现在拍卖第五十八号拍品，青釉四系罐。起拍价一百二十万，有应价的吗？有没有应价？"台下没有任何动静，稍作停顿，拍卖师继续喝："一百二十万第一次，一百二十万第二次，一百二十万第三次，没有人应价，流拍。"

台下竞拍人纷纷交头接耳，议论起来，前面所有的拍品，起拍价最高的也没有超过五十万，而且还流拍了，现在这尊青釉四系罐也算不上是什么有背景的名品，而且真假难辨，起拍价还这么高，谁敢举牌啊？

颜若水把手里的信封重又夹回到图录中，脸色阴沉。

拍卖师开始介绍另一件拍品："第五十九号拍品，青瓷鸟食罐，起拍价……"

颜若水最后扫了一眼会场，仍然没有张仲平的影子，他知道，这是被张仲平狠狠地摆了一道，只是他想不出为什么会这样，他不想再继续待下去，起身离开了会场。

天青水蓝的擎天柱，风和日丽。

覃山洼自荐做导游，一定要带唐雯到处去看看，唐雯再三婉拒，说这片土地还依稀有着当年熟悉的模样，她想和张仲平单独走走，再看一看这里的山山水水，重拾当年青春的回忆。覃山洼不再坚持，一瘸一拐地先走了。

张仲平陪着唐雯，去每一处她想去的地方，山水之间，曾经的青涩与热烈均被他们一点点记起，在心中激荡起相同或不相同的回忆。

拍卖会结束了，用惨淡收场来形容真是很贴切。辛然和公司新招聘的廖会计在一旁核对账目，徐艺垂头丧气地坐在台边，连一点上前打听的意思都没有。成交数屈指可数，账目很快就对清了，廖会计把账本、资料收拾好先回公司去了。辛然把廖会计送到门口，道别，然后关上会议室的大门，坐回到徐艺身边。

"扣掉我们自己安排的人举牌买回来的，总共成交三十六万二千元，还不知道那些举牌的人会不会来结账。"辛然跟徐艺说。

徐艺惊呼："不会这么惨吧？有没有弄错啊？"他知道这次拍卖会成交不理想，却没想到会是这么不理想。

辛然说："不会错，我和廖会计反复核对了三遍。"

徐艺摇着头，依旧难以置信："太惨了，还不如上次小拍的零头，怎么会这样？"

"买家来得太少了。他们反映，这次大拍的拍品还不如上一次小拍的。真假难辨，尤其是那批瓷器。"

"怎么可能？祁雨再三向我保证，这批瓷器，都是真的，大部分都有鉴定机构的证书。"

辛然说："你怎么就那么相信她？瓷器能做假，鉴定机构的证书就不能做假吗？"

徐艺心烦地挥了挥手，道："好了，别说了。一场拍卖会不成功，这说明不了什么问题。现在我最担心的，是不能让香水河那块地的事脱节。这可是一环套一环的事。"

辛然问："怎么个套法？"

徐艺说："胡海洋不是已经答应做我的竞买人了吗？如果这几天能再凑到两三百万，就能把颜若水手里的拍卖推荐信换过来。"

辛然像是突然想起来，说："颜若水今天亲自来了。"

"是吗。"

"可中途又走了吧？"

"是呀，他一定是对拍卖的情况不满意。"

辛然仔细回想着颜若水当时的各种表现，说："好像是。"

"但不管怎么样，如果我能把祁雨要的后续款付上，就等于两千万已经放到了我脚边，我只要弯弯腰就能捡到。现在的问题是，我到哪里去弄这笔钱？"徐艺眯缝着的眼睛里又透出狼一样的光芒，他盯着脚下空荡荡的地板，又想到了找江小璐卖房的事上："一套商品房，她干吗死抱住它不放？她是不是有别的企图？不行，我们得追她紧点。"

拍卖会以后，颜若水又给张仲平打过两次电话，还是通了无人接听。这三个未接电话告诉他，张仲平那儿出状况了，他打退堂鼓了。

颜若水搞不清张仲平怎么会在如此关键的时刻跟他玩人间蒸发的游戏。他知道徐艺开拍卖会的时间，拍卖会图录还是他颜若水亲自交给他的。再说了，做生意的人是不可能离开手机的，他一定接到了自己的电话，只是不想跟自己说话罢了。这是最令颜若水生气的，平时都是张仲平仰承鼻息，什么时候需要自己揣摩他的心思了？

这一切本来可以说都谋划得天衣无缝了，临要上阵他张仲平却当了逃兵。对于这样的失信之事，颜若水是绝对不能允许的，他不能被张仲平牵着鼻子走，更想不出有什么理由可以让张仲平在这件事上失约，一两千万啊，眼见着就摆到他的脚边了，他居然说消失就消失了，这事真是令人匪夷所思。幸亏祁雨跟徐艺的那条线还连着。徐艺刚回到公司就接到了祁雨的电话，不用问，仍然是催钱的事。他极力招架着对祁雨说："亲爱的小雨姐姐，你别催我了好吗？我的姑奶奶，我知道你要出国了，可你也知道，这次艺术品大拍砸了，砸得很厉害。但我答应的事情决不食言。什么，把八百万一次性付了？小雨姐姐，祁老板……你不能这样坐地起价吧？我知道，我知道，行，你再多给我几天时间，我一定把这笔钱凑齐，我已经有两百万在你手上了，你怕什么呀？我又不会跑。哦，对了，既然是这样，交钱的时候，我一定要拿到拍卖推荐函，我们一手交钱一手交货。"徐艺挂断电话，长长地吐了一口气。

祁雨是在青瓷茶会所颜若水那间专用的包厢里给徐艺打电话的，她挂了电话对颜若水说："他要拍卖推荐函。"

颜若水似乎正是在用心研究着棋谱，嘴上却极快地回应道："给他做一张。"

"做一张？怎么做呀？"祁雨未免有些吃惊地问道。

"火车站到处是刻假章的。"

"行不行呀？姐夫，你们公司就不能把那块地的拍卖业务真的给他做吗？"

颜若水放下棋谱，抬起头来说："我没说不让他做，他的一千万当然不能白花，但是，只能先给他假的拍卖推荐信。"

"为什么呀？"祁雨不解道。

"因为这家伙太喜欢耍小聪明了，我不相信他。他要是老老实实的，我就睁一只眼闭一只眼，他要是敢耍花招，我就告他伪造公文，让他鸡飞蛋打。"

"会不会有问题啊？"虽然颜若水一向老谋深算，从没出过差错，可这事太大，祁雨有些担心。

"能有什么问题啊？"颜若水对自己极为自负。

"他不会把这件事捅出来吗？"

颜若水不屑地笑了两声，道："赚了钱乐不死他？他干吗要把这件事捅出来呢？"

"可……可他要是没赚到钱呢？"

"那就只能怪他命不好了。"颜若水说这话有点狠，说完他又拿起棋谱在棋盘上摆开了。

"姐夫，你是不是有点害怕了？"

颜若水伸手制止祁雨再往下说，他抬眼看祁雨道："有些事情只要迈出一只脚，另外一只脚就得跟着往前迈。你放心吧，不会有事的。一切都在掌握之中。"

祁雨不再过多疑虑，只说："只要你说服了自己就好，姐夫，我相信你。"

颜若水点点头说："你们一到加拿大，马上切断与国内的所有联系。现在，我们分下工，你继续催徐艺的后续款，我得再找机会跟张仲平沟通沟通，我倒要看看他葫芦里卖的到底是什么药。"

徐艺好不容易在电话里拖着祁雨再宽限几天，他必须在这宝贵的几天里凑到这笔钱，他和辛然正商量着得再去找找江小璐，说服她把房子卖了。没想到，江小璐竟然主动约他们去医院周运年的病房里拿钱。

辛然一进门，江小璐就把她拉到一边说："辛然，你们要的钱，凑到了。"

辛然高兴得几乎跳起来："真的？妈，你真是太好了。"

徐艺凑过来，一把接过江小璐递来的支票看了看，低声喊道："啊，怎么才八十万？妈，你搞清楚了，我爸那套房子，应该值两百多万，你就卖了八十万？"

江小璐解释道："不是，我是把自己的房子和乡下老家的房子给卖了。"

辛然说："妈，你对我爸的这份感情，我们理解，甚至很为你感动，不过，我们同时觉得您要把房子留下来的理由很孩子气，完全没必要。我们确实是在生意上遇到了一个迈不过去的坎，否则，也不会这么逼你。"

"可是我……"江小璐原以为徐艺和辛然会被她的这番举动所感动，道谢，她甚至都想好了要怎么回应他们的道谢，她会由衷地说那是她应该做的，他们都是一家人。可现在，他们却是如此不领情，还对她苦苦相逼，她真不知如何是好。江小璐为难地支吾着，竟说不出一句完整的话来。

辛然拉着江小璐的手说："我和徐艺这可是在求你呀！你就是铁石心肠，也该软和软和了吧？"

徐艺的话更是强硬："妈，你该不会是想乘人之危，霸占那套房子吧？"

"徐艺，你怎么能这样说？"江小璐又急又气，她想不到自己掏心掏肺地对这两个孩子，把自家的房子全卖了来帮助他们，最后却落下几句这样的狠话，不禁心生酸楚。

辛然忽视着江小璐心痛的神情，一味地说着怎么说不重要，关键的问题是得把房子卖掉，现在能救急的，不是怎么说，而是钱。

江小璐一时无语，内心无助彷徨，过了良久，说："我再想想办法吧！"

徐艺拉着辛然带着八十万的支票走了。

江小璐一直注意到徐艺和辛然也就在进门的时候看了周运年一眼，走之前竟然连招呼也没有跟他打一个。江小璐实在撑不住了，不禁伏在周运年床头，抓住他的手啜泣起来："这就是世道人心吗？怎么会这样？运年，你什么时候醒过来呀？"

从擎天柱回来，唐雯的心情似乎好了很多，她劝张仲平不必总待在家里陪她，公司的生意要紧，催他回公司上班。张仲平看唐雯的状态的确是好了许多，公司的事也是搁置得久了点，于是再三叮嘱了唐雯好生休息、按时吃药之类的话，便回了公司。

回到公司张仲平简单召开了一个例会，把该处理的都处理了，该安排的都安排了下去。回到办公室，半躺在办公椅上，正欣赏着对面墙上挂着的那副对联，办公室座机响了起来，张仲平坐起来看了看号码，拿起了话筒："颜总，不好意思不好意思，家里出了点事，我换个时间约您？好，好的。"

放下电话，张仲平陷入了沉思中。在擎天柱不接颜若水的电话有两个原因：一是唐雯的病搞得他心灰意冷，觉得在死亡面前钱财都是假的，犯不着对姓颜的那样奴颜婢膝，他知道自己跟人家的交易很隐蔽，但不合法却是肯定的，为了钱，真的值得去冒那种风险吗？二是当时他被胡海洋拒绝了，就像下棋似的没了后手。

现在呢？随着唐雯的心情慢慢平复，他觉得生活还得继续，生意也还得做，有什么必要把跟颜若水的关系搞僵呢？胡海洋走了，还可以找别的买家呀！

哭是解决不了问题的，江小璐望着病床上动弹不得的周运年，低声道："运年，你都看到了，孩子们现在正在误会我，可是我让孩子们再这么误会下去，这个家就完了，我不想让这个家就这么完了，运年，我相信你一定会好起来，我要帮他们一次，行吗？"

周运年眼角有泪，被握着的手指竟微微地动了动，江小璐看着周运年的眼神，明白他是不想她去求人的，她拍着周运年的手背，说：好了好了，我知道你是不想我求人，我不求人，不求。"

徐艺一出门就跟辛然说，这点钱根本就不够，我们必须再给江小璐一点压力。一出门，辛然刚才端着的那些架势一下就松垮了下来，她说："可是，艺哥，我一想到这件事心里就怦怦地跳个不停，我们……能不能不这么折腾？不这么做生意呀？要是……要是……万一……砸了，我们可怎么办呀？"

"别说不吉利的话，辛然，开弓没有回头箭，要是钱那么好挣，满大街还有穷人吗？什么叫富贵险中求？什么叫刀口舔血？不承担一点风险，哪里能获得超常的回报？"

"可是，我真的怕出事，怕出大事。"

徐艺用力握了握辛然的手，不再说什么，心里却仍是在盘算着怎样让江小璐出手相救，他知道，辛然只是在私底下这么叨叨着，真正面对江小璐，她还是会帮着自己说话的。他得好好利用辛然这颗棋。

胡海洋已经明确地回绝了张仲平，可张仲平知道，胡海洋肯定还是会在香水河那个项目上出手的。胡海洋回绝他，便会去找别的拍卖公司，胡海洋认识徐艺，那么他另找的这家拍卖公司很有可能就是徐艺的时代阳光拍卖公司，只要胡海洋找到了徐艺，或者徐艺找到了胡海洋，那他张仲平，就极有可能要输给徐艺了。张仲平在办公室里踱来踱去，他想，输给徐艺，这是他无论如何也不能接受的，他要想办法寻求突围，扭转局势。

突然，他想到了一个人。这个人的关系他已经建立和维护很多年了，却一直没有用过。搞得人家老问他需要什么帮助？他每次都说不需要。现在到了关键时刻，该用到这个秘密武器了。张仲平知道，只要他肯出面，市中院和东方资产管理公司的事，都能帮他搞定。

莫老板今天特地来医院看周运年了，他见江小璐一副悲悲戚戚的样子便说："嫂子，这些天真是为难你了。你这样愁眉苦脸的，我看在眼里真是很揪心。我是运年二十多年的战友，你要是相信我，就把你的心事告诉我，好吗？或许，我能和你一起想办法。"

"莫老板，我来你这儿上班，是运年安排的，他出事了，你没赶我走，我已经很感激了，我怎么还敢给你添麻烦？"江小璐由衷地说道。

"嫂子，你这是什么话？你太不了解我和运年的关系了，我跟他是生死与共的战友，不管他什么时候醒来，他都是我的战友，你是他的妻子，就是我的嫂子，你有事、有困难，不告诉我，你这是陷我于不义，你会让我做不起人，如果有一天我跟运年见面了，我怎么跟他交代啊？！"

江小璐一时感动，眼泪就溃了堤，未语泪先流。莫老板知道她这是憋屈太久了，需要宣泄，他递过去纸巾，默默地看着。

江小璐擦擦眼泪道："莫老板，我确实被压垮了。不仅仅是运年的病。而是……而是辛然和徐艺一直在逼我，找我借钱，要我答应卖掉运年在城里的那套房子，那套房子我不想卖，它是我跟运年感情的一个见证，可我，又不能不帮辛然，跟你一样，如果我不能把辛然照顾好，如果有一天，我跟运年见面了，我也没法跟他交代。"

"你别哭，你把事情原委全部告诉我。"

"他们要做生意，缺一笔钱，缺一笔很大很大的钱。"江小璐愁眉深锁。

"多少？"莫老板问。

"八百万。"

莫老板惊呼："八百万？什么生意？"

现在，也只有莫老板能帮着出出主意了，江小璐就一五一十地把事情都说了出来。莫老板越听神色越凝重，他劝慰了江小璐几句，要她先不要着急卖房子，他会帮她想办法。

江小璐走后，莫老板又把她的话反复琢磨了几遍，越想越觉得不对劲，他思虑过后，给张仲平打了个电话，说是想登门拜访，要向他讨教一个问题。

张仲平正要出门去见他刚刚想到的那个人，突然接到了莫老板的电话，这多少让他有些意外，因为他们之间仅仅是一面之缘，完全谈不上深交，甚至连朋友都算不上。不过，以他的思维，透过几层人物关系，他马上就联想到莫老板找他应该是与徐艺有关。而与徐艺有关的事，他不能不关心，便请莫老板现在就来他办公室。

两个人很快就见面了。都是生意人，说话也就开门见山了。莫老板道："张总，今天专程过来，就一个问题要问你，你们做拍卖生意的成本是不是很高呀？"

张仲平道："我有点不明白莫老板问这话的意思，正常情况下，拍卖公司的经营成本并不太高。也就人员工资、办公费用、招商广告费用、税收等几项。"

莫老板继续问道："那……不正常的情况下呢？"

张仲平留了一个心眼，笑道："这个……莫老板给我出了一个难题，因为不正常的生意，我宁愿不做，所以，我也就不知道不正常的运作成本。"

莫老板直截了当地告诉张仲平，他来找他，是因为最近辛然和徐艺在找江小璐借钱，她都快被他们两个逼疯了。他想帮江小璐，但必须先搞清楚这笔是否是用在正途上，拍卖的事，他不太懂，只能来请教张仲平。

张仲平问："徐艺找江小璐借钱？借多少？"

"八百万。"

张仲平听了心头一惊，他立刻制止道："八百万？千万不能借给他，千万不能！"

第二十八章

（一）

开车去找徐艺的路上，张仲平的思维也如同飞转的车轮在高速运转。从莫老板那儿听到徐艺借钱的事开始，他突然一下子明白了徐艺究竟要干什么。八百万，那曾经是他与颜若水谈定的总交易价格。徐艺趁着唐雯生病，他疏于生意的这会儿工夫，已经取代了他与颜若水曾经的交易地位。让张仲平奇怪的是，当他自己身在其中的时候，居然懵懵懂懂地不畏风险，或者自以为能够控制风险，现在他身在局外，却一下子看清了事情的本质。原来他还想通过打败徐艺给他一个教训，现在不禁本能地替徐艺捏了一把汗，他不能眼睁睁地看着他和唐雯一手带大的徐艺自毁前程，他必须阻止他，阻止这一桩疯狂的甚至带有毁灭性的交易。是的，必须阻止他。这是张仲平此刻心里唯一的最强烈的念头。

"徐艺徐艺……"张仲平一边叫着一边裹着了一阵风似的从门外冲了进来。一贯沉稳的张仲平有如此表现，让徐艺惊愕地从办公椅上站了起来，一时没摸清这是刮的哪阵风。

"你……"徐艺诧异的话还没有来得及说出口，张仲平便已经打断了他："徐艺，你在找江小璐借钱？"

徐艺来不及思考张仲平是从哪里知道的这个消息，本能地回了一句："怎么啦？"

"你借钱是为了买下祁雨的青瓷茶会所？"

张仲平的问话，句句命中要害，这让徐艺很是不悦，感觉自己私下里运作了这么久的事，让张仲平一下揭了底，一时面子上有点挂不住，同时也觉得张仲平未免管得太宽了些。于是，不耐烦的表情便明白白地挂在了脸上。他坐回到办公椅上，端起茶杯，慢悠悠地喝了口茶，这才抬眼看了看张仲平，继而又把目光转到桌上摆着的那本拍卖图录上，拿在手里漫无目的地随手翻动着，然后不紧不慢地回敬张仲平："姨父，张总，我记得我们可是有言在先，从此以后，咱们井水不犯河水。"

张仲平耐着性子看着徐艺摆的这些谱，想着他来这里的目的是为了要救人出火海，心里的那点不快也就强压了下去，他在徐艺对面的椅子上坐下，语气也渐渐平和下来："没关系，徐艺你认不认我这个姨父都没有关系，但是，如果你找江小璐借钱真的是为了买下青瓷茶会所，那可不行，你……必须停下来。"

"为什么？"徐艺挑起眉头看着张仲平，刚刚不耐烦的神情里又多了一丝疑问。

张仲平说："因为……我跟颜若水有过交易。"

"你跟他有过交易，我就不能有？"徐艺一时弄不清张仲平此行的目的，他打定主意不能主动地从言语中再透出什么信息给张仲平，他决定以反问的形式与他对话，以守为攻。

"对！"张仲平斩钉截铁地回答。张仲平的语气再次让徐艺感到不快。

"这就奇怪了，你跟他的交易做不成，难道还不允许别人跟他做交易？张总，你不能太霸道了吧？"徐艺丢开手里的拍卖图册，站起身来，正眼看着张仲平。

看着眼前这张年轻的脸和这脸上写满的少年意气，张仲平觉得是那样的熟悉又陌生。他不禁想到了当年的自己，刚出道时也是这样年轻气盛，容不得半点阻挠他前进的力量，唯一不同的是，那时的他并不是完全的意气用事，他更懂得要如何进退有度，把持舍得。张仲平收回思绪，看着徐艺说："并不是我不能和他做交易，而是我主动放弃了，因为……这里面有巨大的风险。"

徐艺冷笑了两声道："风险？什么风险？我看你是看不得我赚钱吧？"

"徐艺，你难道就不明白，你真的是在往火坑里跳？"张仲平又有些控制不住地激动起来，说话间，手掌在大班桌上用力地拍了拍。

"求求你，你就让我往火坑里跳吧。我粉身碎骨，我化成烟化成灰，那不是更称你的心意吗？不就没人给你添乱了吗？"徐艺继续摆出一副怨恨张仲平狗拿耗子多管闲事的样子，心想这不是吃不到葡萄说葡萄酸吗？我会因为你这三言两语就放弃掉这就要到嘴的肥肉？我徐艺的荣华富贵已经触手可及，谁也别想挡我的道，别说你是我姨父，就是天皇老子也不行。

张仲平看徐艺这般模样，真是有点痛心疾首的感觉，但他仍然耐着性子说："徐艺你想一想，颜若水他什么时候对你感过兴趣？人家真是在做套子让你往里面钻，你就听我这一次，好不好？"

"没有永恒的朋友，只有永恒的利益，再说了，颜若水是不是对我感兴趣，这事真的跟你没关系，嗯哼？"徐艺说着反而坐下了，头一偏，明显有了下逐客令的意思。

张仲平知道，徐艺这是油盐不进了，他也知道，这么大块肥肉眼见着挂到嘴边了，谁会舍得给推开呢？他还知道，再在这儿跟他磨嘴皮子工夫，是一点用处也没有了，于是也起了身："徐艺，你……好好好，你现在是听不进我的话，行，我什么都不说了。我知道你恨不得杀了我。不过你还是得给我听明白了，你要正正当当地做生意，我不阻拦你。但是，你要想通过买下青瓷茶会所的方式换取颜若水手里的拍卖业务，我决不会听之任之。我一定会用我自己的方式让你做不成。"说完转身离去。

辛然站在门口，手里端着给张仲平泡的茶，听了他们谈话的内容，不知道该不该进来，就一直在门口杵着。看张仲平对她视而不见地离开，一直强压在心里的不安又浮了上来，她走过来放下茶杯，略带焦虑地摇着徐艺的胳膊问："怎么回事？怎么回事？这到底是怎么回事啊？"

徐艺也被张仲平最后的那句话给怔住了，心里隐隐地有些不安起来，不过这种不安很快被辛然给摇走了，他定定神，愤愤地说："胡海洋不理他，跑我这儿来了。他急了，他真急了，我怕他会狗急跳墙。辛然，我们得赶紧行动起来。快快快，我们赶快去江小璐那儿。"

徐艺拉着辛然火急火燎地奔到医院，他知道江小璐准在那儿。

颜若水在青瓷茶会所祁雨的办公室里焦躁地走来走去，祁雨看着他，眼神里不乏疑惑，姐夫一向是一切尽在掌握之中的气定神闲，今天这状况，还是头一回看见，她忍不住有些担心，问道："姐夫，你今天是怎么了？"

祁雨的话音落下两三秒钟后，颜若水才像是突然恍过神来似的问道："啊？什么？你是说我？不不不，别管我，管你，小雨，不能再拖了，你得赶快走。"

"走？去哪儿？"祁雨越发疑惑了，不解地看着颜若水。

颜若水说："去加拿大！"

颜若水焦躁不安的口吻让祁雨的心猛地紧了一下，她预感一定有什么大事要发生了，一再追问颜若水到底怎么啦？

颜若水打断祁雨的追问，只说让她尽快离开，越快越好。他不想祁雨再在这件事情里搅和了，只想在他还能掌控一些局面的时候，尽快把身边的事都妥善安排好，把损失或者说伤害降到最低。

没想到祁雨的执拗性子犯了，她说："不，你要不把话说清楚，我绝不走。"

都说有些事不知道比知道的好，无知有时候也是一种保护。可颜若水也深知祁雨的性格，凡事不弄个清清楚楚明明白白，又岂会听任安排？想想，还是都摊开来说了，也好让她知道事态的严重性，于是便把昨天财务部高部长被检察院的人请去协助调查的事简单地给她说了一二。

到底也是大户人家出身，经过一些事，见过大阵势的人，祁雨并没有表现出很吃惊的样子，只问："你是担心检察院的这把火会烧到你身上？"

颜若水说："对，高部长知道的事情太多了，如果检察院通过他调查我，会找到很多蛛丝马迹，所以，我希望你赶紧订机票。现在就订。"

祁雨表面平静，心里还是感到了事态的严重，没再多说什么，只问机票订一张还是两张。

颜若水说："一张。我估计走不了，趁着调查还没开始，你赶紧走。"

"我走了，你怎么办？好多生意是我经手的，我走了，事情会对你不利。"祁雨不想留下姐夫一个人担担子，她不忍心。

颜若水看着祁雨咧嘴一笑，故作轻松道："检察院不是傻子，能盯上我，就不会冤枉你？别傻了，侥幸心理是会害死人的，趁现在还没出事，赶紧离开，剩下的事情我一个人对付。"

这么多年以来，颜若水不是不懂祁雨对他的那种特殊的情愫，只是他一直在装聋作哑。在内心深处，他对她何尝没有一份难以割舍的比亲情更多些爱惜的模糊感情？但他从来没有想过要越雷池一步，因为他太清楚了，他不是她能托付终生的人，与其面临一副不可收拾的感情残局，不如一开始便压抑下那份孽缘。他把对她的非分之想，演变成对她的呵护与帮助，就想带着她多挣点钱，让她生活得更好些。可现在看来，就连这个也是一个错误的决定，因为她赚的每一笔大钱，都不可避免地与自己有关，他必须在山雨欲来之前，让她安全撤离，也只有这样，才算对祁家、对自己有个交代。

祁雨明白，姐夫这是打定了主意要让她先走了，他打定了的主意是最难违背的，只得默许答应了。她起身把门关紧，然后和颜若水一起开始整理和毁灭证据。把所有对他们不利的文件材料、单据一份不落地都清理出来，作假的作假，销毁的销毁。

祁雨手上的活儿没停，心里却一直在琢磨着这事，她说："这事是我和徐艺间的合作，查到我这儿需要时间，除非他们把账户冻结，但没有证据银行是不会轻易冻结账户的，等他们发现了证据，我已经带着钱到了国外等你了。风声一过，你就办旅游签证出去，我在加拿大等你。"

颜若水把祁雨清理出来的一些单据一张张往火盆里放，嘴上应着："先别设计得那么好，徐艺的钱给了多少了？"

祁雨说："给了五分之一，还有八百万没到。"

颜若水说："催，今天就要，否则，就别做了。"

祁雨说："我知道，可是……"

这真是一个艰难的决定，八百万，不是一个小数目。但看着颜若水一副决绝的样子，祁雨把后面的话生生地咽了回去。

鱼上钩是因为鱼抗拒不了那香甜的诱饵。人也一样，他们之所以容易沦为金钱和利益的奴隶，是因为在他们认为有利可图的时候，把智商降到了和鱼一样的水平，什么风险、什么人性统统都抛在了脑后，即使是站在悬崖边摇摇欲坠，也要拼死摘了悬崖边的那株仙草，想着哪怕是摔下去了，还能靠着仙草起死回生。

颜若水思忖了一会儿，强调说："侥幸心理害死了很多人，那些吃大亏的人往往是因为占小便宜。我们不能这样，不管能不能拿到徐艺的钱，明天就走。"

事情到了这个地步，祁雨对颜若水更是言听计从了，她边应着颜若水的话，边拿起手机开始拨徐艺的号码。

颜若水知道她在打电话给徐艺，便未阻止她，他站起来，拍拍身上沾着的纸灰，又把窗户打开透气，这才往外走去，说："我在包厢里等你消息，你赶紧办吧！"

张仲平从徐艺那儿出来以后便直奔青瓷茶会而来，他知道在这儿一定能见着颜若水。他径直来到颜若水专用的那间包厢，不出所料，颜若水果然在，正闲情逸致地一个人摆弄着茶具，自斟自饮。

张仲平也不寒暄招呼，更没有什么开场白，扫了一眼博古架，把那尊青瓷莲花尊从博古架上拿了下来，重重地搁在了颜若水面前的茶几上。那架势、那力度，让人感觉这青瓷莲花尊甚至比此刻颜若水手里端着的茶杯还要低廉百倍，全然没有了那日在拍卖会场上的百万身价。

张仲平说："我就知道你在这儿。这尊青瓷莲花尊，跟拍卖胜利大厦有关，我为它付了一百八十六万，颜总，我没说错吧？"

颜若水听得张仲平这番没头没尾的话，心里不禁有些打鼓，却一时没弄清他的意思。他端正了身子，努力表现出不惊不慌的从容，看了看被张仲平重重搁下的青瓷莲花尊，又抬头看了眼张仲平，没吭声，把手里的茶一饮而尽，这才放下茶杯，等着张仲平接下来的戏码。

张仲平说："颜总你怎么不说话？你说，是不是？"

颜若水说："是。怎么啦，仲平？"

张仲平接着再把他之前看中的那个青釉四系罐从博古架上拿下来，摆在青瓷莲花尊的边上，接着说："这尊青釉四系罐，与将要拍卖的香水河国营物资公司西郊公园旁边的那块地有关，为此，我已经付了五十万定金，颜总你说是不是？"

颜若水有些丈二和尚摸不着头脑了，他搞不懂张仲平今天这唱的是哪一出，他仰望着张仲平，把手伸在空中往下压了压，说："你坐下你坐下，我们俩可是同志加兄弟，有什么话，别云里雾里地跟我绕了，直接说，啊！"

张仲平在颜若水对面的沙发上坐下来，直视着颜若水道："直接说就是，颜总，你们跟徐艺之间的交易，必须马上停下来。"

颜若水听了这话一愣，很快做出一副轻松的样子，打着哈哈说："哦，张总为这事呀，好说好说，实际上，我们正等着张总这句话呢。现在情况紧急，哦，我是说，你知道，马上就要定拍卖公司了，你有什么想法，直接说，啊！"

张仲平说："好，那我再问你，一女能嫁二夫吗？同样一件东西能卖两次吗？"

颜若水到底也是场面上混的人，看张仲平这咄咄逼人的架势，心知今天是有点来者不善的意思，脸上却也不显山不露水地应答自如："不能。那不乱套了吗？"

张仲平再逼问:"那……你让祁雨把青瓷茶会所卖给徐艺,又把青釉四系罐卖给我,是怎么一回事?"

颜若水给张仲平递过一杯茶,道:"仲平老弟,你怎么会问这么幼稚的问题?因为……因为转让给徐艺的茶会所和会所的物品中间,没有包含这件东西呀!"

张仲平接过茶没有喝,随手搁在了茶几上,接着与颜若水理论,说:"徐艺他吃饱了撑的呀?他干吗要花那么大一笔钱买下青瓷茶会所?"

颜若水对于张仲平今天这副不恭不敬的样子,很是不习惯,越发感觉张仲平今天跟他玩的这路数有些离谱了,完全不像他张仲平平时的言行举止。不过,窗户纸既然已经捅破了,再要之乎者也地玩深奥未免显得有些矫情了,颜若水便说:"这个……这个,仲平,张总,我们明人不说暗话。这事还得怪你。"

张仲平说:"怎么,这事还怪到我头上来了?"

颜若水说:"你忘了?按照我们的约定,这件东西,应该出现在徐艺的艺术品拍卖会上,对不对?对吧。它出现了吗?出现了。它出现的同时,有个人应该出现在那儿,并以五百六十万买下它。结果,那个人出现了吗?没出现。这个失信没出现在拍卖会上的人是谁?不就是你张总吗?仲平,不应该是你向我兴师问罪,而应该是你向我解释,这,到底是怎么一回事呀?"

"哦,对不起。我没参加那场拍卖会是因为情况特殊,我老婆病了,不是一般的病,是癌症。"张仲平说这话时,神情黯然,低垂下头,一双手抱拳撑在额头上。只有张仲平自己心里清楚,那后半句话他是带着真情实感说的,唐雯的病现在是他心头最大的痛,每想及此,他都会感觉心在抽搐。

"呀,真的?"张仲平的话着实让颜若水惊了一下,立即在心里把从拍卖会那天起对张仲平的各种不解和责怪减轻了一大半,他甚至觉得自己一下子理解了张仲平这些天的奇怪之举。

张仲平苦笑着摇了摇头,说:"真的,这几天我心力交瘁,吃不下饭、睡不着觉,脑子乱得一塌糊涂。我差不多都忘了我们的约定,不好意思,颜总,我们……具体是怎么约定的?"

虽说是谅解了许多,可在颜若水眼里,张仲平毕竟是个做事一向稳扎稳打的人。颜若水也就是看中他这一点,才敢与他深交,做这么大的买卖。

可现在这么大的事他居然说是给忘了，这实在让颜若水觉得难以置信，他禁不住问张仲平是不是在开玩笑？

张仲平说："我什么时候敢跟你颜总开玩笑？"

颜若水想想也是，就接了张仲平刚才的问话答道："说的也是。你是一个有情有义的人。这种事，放在谁身上，都会方寸大乱。没关系，既然张总问起，我可以提醒你一下，我们的约定是这样，你负责买下这件东西，我负责把香水河国营物资公司那块地的拍卖业务推荐信交到你手上，并负责让你最终成为拍卖人……"

张仲平像是恍然大悟般拍了拍脑门，连声说"是是是"，继而又说："那……徐艺跟你……和祁老板的交易又是怎么一回事？"

话到关键时刻，颜若水又打起马虎眼来："这个……啊，是这样，你一直按兵不动，我们不知道你葫芦里到底卖的是什么药。张总，这做生意，最讲究的就是公平交易。不存在谁求着谁的问题。真要说到求不求的，倒是你应该求着……哦，我的意思是说，你也知道，拍卖公司可不止你一家。跟你的生意做不成，难道还不允许我……嗯，祁雨……跟徐艺做生意？"颜若水一番解释下来，明摆着就是想把他这一脚踏两船的伎俩全说成是你张仲平违约在先造成的。

张仲平倒也不跟他计较那么多，接着问："我就想知道，你、你和祁老板，是怎么跟徐艺做生意的？"

颜若水对张仲平今天的表现很是反感，心想，你张仲平今天这是怎么回事，一副打破砂锅问到底的架势？再说了，这生意场上的规矩你真不懂？你只管扫自家门前雪，管他人瓦上霜干吗？当然，事情没到最后定局，颜若水也不想跟张仲平把关系闹僵，也许最后与祁雨合作的还会是张仲平。想到这里，便继续跟他打着太极："哦，跟你的条件差不多，大同小异。"

张仲平今天是带着极其明确的目的性来的，他的目的就是要阻止颜若水，或者说阻止祁雨和徐艺之间的交易，所以，他根本不会像以前那样，什么话都顺着颜若水，句句话暗藏玄机，一副天机不可泄露的样子，个中意思全凭揣摩。今天，他就是要把话说透说穿。

张仲平说："按照我和颜总的约定，这种生意，必须是排他性的。我做，没徐艺什么事儿；徐艺做，没我什么事儿。对吧？"

颜若水以为张仲平这是要把徐艺挤走，是来履行之前的约定了，也就应了他的话,说:"没错。"因为在颜若水心里,跟张仲平合作一直是他的初衷,也可以说是最佳选择。反正现在徐艺的钱也不确定能不能到位,张仲平如果能赶在徐艺前面把钱付了,那是再好不过的,这样,祁雨就能拿着钱趁早离开了。至于他自己,他想,这事几乎已经暴露了,他收谁的钱结局都是一样,不如早一天让祁雨落袋为安,多捞一个是一个。

张仲平说:"那好,你马上给徐艺打电话,告诉他,你们之间的交易取消了。他已经交给你们的钱,你们会一分不少地退给他。"

颜若水看着张仲平,一拍茶几说:"早就等着你这句话了。走,我们去祁雨那儿,我让祁雨当着你的面,给徐艺打电话。"

(二)

徐艺和辛然赶到医院,没想到江小璐不在,只有一个新招的护理员在那儿照看着周运年。她告诉她们,江小璐去野生动物园了。

自从周运年住院以来,一直是江小璐照顾着,辛然开始还来得勤一点,后来见无法跟周运年交流,慢慢便来得少了,似乎已经习惯了把这一摊子事交给江小璐。今天没给她打招呼闯过来却没见到她,这让辛然心里有点不舒服。

辛然围着护理员问这问那让徐艺有点不耐烦,把她拉着下楼上车,出城往野生动物园方向开去。

一路上徐艺都在想刚才张仲平说的那些话,他只觉得那些话逆耳却不认为是忠言。他认为张仲平之所以那么气急败坏,完全是因为自己抢了他的生意,他没捞到任何好处。

张仲平越是这样,徐艺就越是要做成这单生意,让天下人都看看他徐艺是多么有能耐。张仲平的表现激发了他的斗志,使他下定了必须打败张仲平的决心,因为就像武侠小说里写的那样,只有打败了高手,才能成为高手中的高手。

人性就是这么贪婪,而且贪婪的程度往往与面对的利益大小成正比,尤其是当你面对既得利益时,那种被欲望激发出的动力,是任何外在力量都难以阻挡的。此时的徐艺正是如此。

徐艺对辛然说:"现在我们是箭在弦上,不得不发。你知道吗?这一次我们与祁雨的合作一旦成功，我们就将替代张仲平在颜若水心中的位置。颜若水是什么人？他可是摇钱树，这棵树会让我们财源滚滚。"

辛然一路上也在想着刚才徐艺和张仲平的那番对话。那种不安仍然在心里久久徘徊，并且越来越厉害。她忍不住又抓住徐艺的手说："艺哥，我一直有一个很不好的预感，我觉得你对姨父的误解太深了；相反，你太相信祁雨他们了，你是不是该冷静地想想姨父说的那些话呢？"

徐艺这会儿哪还能听进这些话，他劝辛然说："你别傻了，如果颜若水是张仲平说的那样，为什么他们关系还那么好？张仲平就是担心我抢了他的关系，在中国，关系就是生产力，关系就是商业机会。哎呀，我跟你说这些你不懂，你也不一定要懂。现在我们最重要任务的就是筹钱，钱一到位，我们就坐收渔利了。"

"可是……可是那么大一个数字，万一，万一……"辛然的担心全摆在脸上，却不知道要怎么劝说徐艺才好。

徐艺用力握着方向盘，仿佛这样可以给他增加更多的动力和信心，他全然没有感觉到辛然的担心，或者他感觉到了，却又马上给忽略掉了。他飞快地瞥了一眼辛然道："没有万一。我可以告诉你，姨父所有的钱都是这么赚到的，他无非就是把自己的利益和关系绑在了一起，这样既能有福同享，也能有难同当，只不过是利益共享的时候，让那些个手段更隐蔽了一些而已。"

正说着，徐艺的手机响了，他松开辛然握着的手，拿手机看了看，是祁雨，他赶紧接听："喂，祁老板……没问题啊？我正在集中资金呢，放心吧！"

徐艺放下手机，说："看见没，这就开始催了，人家在等着看我们的表现呢。"辛然说："你刚才应该告诉他，我们还没有找到钱。"

徐艺说："这能说吗？不能让他们觉得我们没有实力，胡海洋被我拉过来了，祁雨成了我的内线，我跟她里应外合，香水河公司那块地的拍卖业务，铁板钉钉已经是我的了。"

"就算是这样，钱呢？"辛然一紧张，两只手就不自觉地揪着衣角。

徐艺倒是一副成竹在胸的样子，挥了挥手说："其实我已经想好了，莫老板很有钱，挪用一下不是问题。我觉得，你的能量还没有发挥到极致，这件事还得你去办。"

"我？"辛然瞪大了眼睛看着徐艺，用食指朝自己胸口指着，脸上写满惊讶和为难。

徐艺正要继续做辛然的思想工作，鼓励她发挥她的光和热，或者更直接一点说，就是借用辛然的爸爸周运年的光和热，去把钱借到手，这是徐艺现在至关重要的一步棋，没有钱，万事莫谈。他还没来得及组织好语言开口，电话又响了，还是祁雨。

车内安静，辛然能听到电话那头祁雨的声音，她提醒徐艺，今天是交齐定金的最后期限。徐艺忙不迭地说，我知道我知道，很快很快……

祁雨说："有件事我得告诉你，把这单业务从3D公司拿过来可不容易。我呢，已经买好了明天去加拿大的机票，过了今天，我可是不等你了……你等会儿，电话别挂。"

徐艺拿着电话继续听着——那边好像是有人进了祁雨办公室，是的，没错，徐艺听到了颜若水的声音："祁雨，张总对我们有意见了。"

祁雨问："是吗？张总，你这是？"

颜若水说："张总希望你取消与徐艺之间的交易，对吧，张总？"

张仲平说："对，我的意思是说……"

徐艺竖起耳朵，对方却已经挂断了电话。他把怒气积攒到拳头上，一拳砸在方向盘上，一声闷响，把一旁的辛然吓得不轻。

辛然没有听到电话那头那三个人的对话，只得惶惶地问徐艺怎么了？徐艺阴沉着脸，眉头紧锁。看来张仲平一从他那儿出去便去找颜若水了，而且显然已经说服了颜若水终止祁雨与他之间的交易。现在，在青瓷茶会所祁雨的办公室里，他一定正巧舌如簧地在说服祁雨。徐艺像是在回答辛然，又像是在自言自语地说："张仲平开始背后捅刀子了，看来胡海洋的事情真的把他急疯了。"

说曹操曹操就到。刚提到胡海洋，胡海洋的电话就打过来了，徐艺接通电话直接问胡海洋到了省城没有。

那头，胡海洋也在开着车，说："到是到了，但是，我想了想，觉得报名的事还是等一等比较好，不要那么急吧？"

徐艺一听这话更急了。张仲平很可能已经把祁雨那边的事给搅黄了，他不能再让胡海洋这头出任何岔子。胡海洋说要等一等报名，意味着他有可能去找别的拍卖公司，他们之间好不容易建立起来的合作关系，便有可能泡汤。

上了钩的大鱼哪有让它再脱钩跑了的道理？他跟胡海洋说他马上就要见到颜若水了，希望他能稍等他一下，继续保持他们之间已经谈好的合作意向。

徐艺强调这对他们双方都非常重要，他急切地说："胡总，为了我们的合作，我已经私下里和颜若水达成了协议，这个项目肯定非你莫属，请你一定要相信我。"

"对不起，我可能真的不能和你合作了，我还是觉得张仲平的公司更专业、更规范，比你靠谱。这话我本来可以不跟你说的，但明人不做暗事，希望你能理解。"说完，不等徐艺说话就收线挂了电话。

胡海洋的电话让徐艺的心凉到谷底，他把手里的方向盘猛地往右边一打，一脚急刹，车在路边停了下来。徐艺把头一个劲儿地在方向盘上磕着，嘴里嘟囔着"完了完了，全完了全完了"。辛然被徐艺这突如其来的动作吓坏了，不知道一路上这几通电话究竟都说了些什么，让徐艺如此备受打击，她怯怯地问道："艺哥，你怎么了？"

徐艺抬起头，看着辛然说道："你知道吗？胡海洋也变卦了，不想与我合作。肯定是曾真在帮张仲平。张仲平，你这是在把我往死路上逼啊！"

说这话时，徐艺语气里全然没有了刚才的愤怒、焦躁，倒像是元气一下子散尽了似的。这让辛然好一阵心疼，她拉起徐艺的手放在自己的掌心里握着，期望这样可以安抚他，她说："艺哥你别急，没有胡海洋，我们……我们可以和莫叔叔谈，他不是也对那块地感兴趣吗？"

徐艺像没听到辛然说什么似的，一把抽出被她握着的手，竟趴在她肩头哭了起来："辛然，我怎么这么命苦啊？我不想活了，我真的不想活了。"

刚刚还六神无主、慌乱不安的辛然见徐艺这样，早已是痛到了心尖尖上，她捧着徐艺的脸，一个劲儿地安慰着他，让他千万别着急，办法总比困难多。

徐艺把头摇得像拨浪鼓，哭着说："没有办法了，真的没有办法了。辛然，你说我从小没有父母，我姨父对我还这样。现在终于有了一个家，可你爸爸又这样，我好心好意给你爸爸找了个老婆，也对我不好。我原以为我有了一个家，就会有人帮我，可我现在还是孤身奋斗，我要一个人奋斗到什么时候啊？我交给人家的定金，那可是我辛辛苦苦赚的钱，如果我后面的钱凑不到，那钱就要赔进去。如果那样，我们这日子可怎么过呀？辛然，老婆，宝贝儿，我干吗要这样？我是为了你、为了我们的幸福才这样的。可这么简单的要求，老天爷都不答应我，老天爷，你对我不公啊……"徐艺越说越动情，仿佛自己真是天底下最不幸的人，情绪也越发地控制不住，不禁号啕大哭起来。

女人在男人面前总是甘愿娇小，甚至愚钝，不是因为她们就真的娇小或愚钝，而是她们愿意让自己心爱的男人显得更高大能干，足以让自己仰视。因为这是可以同时满足男人与女人的虚荣心的，所以女人也就常常心甘情愿地隐藏自己的强大与能耐。一旦男人遇到挫折伤害时，她们内心的小宇宙会瞬间爆发出无限的爱和力量，女人天生的母性和不忍看着爱人受苦受难的痛惜之情，就会喷薄而出，她们会尽一切力量去安抚和帮助自己心爱的男人，成为打倒一切困难的奥特曼。

此时的辛然就是这样，就在一瞬间，她俨然就成了奥特曼的化身，她那娇柔的面庞上散发出一种坚强与力量的光芒，她反过来用力握住徐艺的肩头，定定地看着徐艺说："老公，别哭，振作起来，我现在就去找江小璐，我一定把钱给你找回来，我让莫叔叔来当买家，他有钱，他有的是钱。"

徐艺继续地哭丧着脸，不住地摇头，说："他们不会借的，不会的……"

"会的，你刚才不是说靠我吗？我来和他们说，别哭了，走，和我一起去找他们。"辛然坚定地说着，把心里的不安早抛到了九霄云外。

辛然的话就像一剂强心针，似乎真的让徐艺强打起了精神。他抬眼看着辛然说："老婆，真的能行吗？你有把握？"

辛然说："能行，老公，我们一起加油！"

徐艺说："好，老婆，一切都靠你了，时间来不及了，我们分头行动。你去找钱，我去搞定颜若水。"

辛然用力地点点头，让徐艺下车，说她去找江小璐，就是以死相逼也要把钱拿到，让徐艺等她的好消息。那神情，大有壮士断腕之悲壮。

徐艺也点点头，亲了辛然一下，叮嘱她小心驾驶，便下了车。

目送辛然驾车离去，徐艺在心里默默地对辛然说了声"对不起"，他知道，刚才要不是他急中生智，声泪俱下地上演这一出苦情戏，辛然一定不会这么坚定地去帮他找钱。而没有钱，那他就连最后一点胜算的机会都没有了。他在心里暗暗发誓，只要这事成了，他徐艺飞黄腾达了，一定要一辈子对辛然好。

徐艺很快抹了抹脸，恨声说道："张仲平，你等着！你跟我玩阴的，我会比你更阴。"

说这话时，徐艺眼睛里竟透出两道狼一样的光芒。

他是要去找祁雨、找颜若水，但在这之前，他还要办另外一件事。

他拨通了唐雯的电话："姨妈，你在哪儿？好，我送个东西给你，马上……您等着我。"

挂断电话，他急急地打了个车往张仲平家去了。他在心里默念着：对不起了姨妈，是张仲平逼得我无路可走了。要恨，你就恨他吧！

此时的张仲平已经深深地松了一口气。因为从某种程度上来说，他算是已经阻止了祁雨与徐艺的交易。

颜若水和张仲平一起回到包厢里的时候心情也是轻松的。他以为，他满足了张仲平条件，现在应该要谈到最实质的问题了。他待张仲平坐定，便对他搓着大拇指和食指，问他带东西来了没有。张仲平装糊涂，问什么东西？颜若水笑笑，说就是世界上最肮脏，也是我颜某人最讨厌的那个、那个、那个东西……钱。你带来了吗？

张仲平摇头道："没有。"

颜若水说："没有？那……你跟祁雨的手续，什么时候办？"

张仲平耸耸肩，反问道："什么手续？"

颜若水有些沉不住气了，张仲平揣着明白装糊涂，这不是在拿他当猴耍吗？

他把这意思讲了出来。张仲平一听便哈哈大笑起来，好一阵才止住笑说："颜总，我不是一直在你面前曲意逢迎、奴颜婢膝吗？你什么时候担心我要你了？你不是一直道貌岸然，视钱财如粪土吗？你今天怎么忍不住谈钱啦？"

颜若水强压住怒气，低喝一声"张总！张仲平，你到底要干什么？你什么意思？"

张仲平起身，把桌上的青瓷莲花尊拿起来，手臂一扬把手一松，没等颜若水反应过来，一声脆响，一分钟前还标着几百万身价的青瓷莲花尊便一下子支离破碎了。颜若水目瞪口呆地看着一地青瓷碎片，隐隐感觉不妙，似乎一切的一切，都将在那一声脆响中破碎。

张仲平对那一地狼藉不屑一顾，他逼视着颜若水说："我什么意思？我今天来，是为了跟你做个了断。颜若水，我张仲平，从今天开始，不跟你玩了。我不仅不跟你玩，而且我也绝不允许你用同样的手法跟徐艺玩。"

颜若水有些招架不住这场面了，说："张仲平，你怎么……你怎么把青瓷莲花尊给砸了？你是不是疯了？"

张仲平说："我疯了？不，我没疯，我以前疯过，就像坐上了疯狂的过山车，想停都停不下来，脑子里除了金钱、财富，没有别的东西，为了获得它们，我甚至不惜与你狼狈为奸、打伙求财，还自以为手段高明、技巧娴熟；可是，举头三尺有神明，人在做、天在看，我们骗得了别人一时半会儿，我们能把别人永远地骗下去吗？我们骗得了自己吗？颜总，我老婆生病这些天，我想明白了很多事情，其中有一条，就是金钱财富不应该成为我们追逐的终极目标，更不能为了它不择手段、违法乱纪。生活，才是我们真正值得追求的，不是吗？"

颜若水像是没有听懂张仲平这一番慷慨激昂的陈词，眼前发生的这一切是他千想万想也没想到过的局面，他不明白他一直谋划得天衣无缝的事情怎么会在短短几天之内势头急转直下。颜若水看着张仲平就像看着一个外星人。对，在他眼里，张仲平完全变成了一个陌生人，他忍不住问道："你……你都在说些什么呀？你今天这是怎么了？吃什么药了？"

张仲平说："你是不是很奇怪我对你说这些？颜总，我告诉你，我没吃药。我现在比什么时候都清醒。如果你真的曾经把我当成是你的朋友、你的兄弟，听我一句劝，我们一起回头吧！从此以后，光明磊落、堂堂正正地做人做事，行吗？"

颜若水硬撑着一笑："一起回头？我好好的，回什么头呀？你你你今天这是……"

张仲平嘴角扯了扯，算是还给颜若水一个微笑："颜总，你别装糊涂。我在说什么你一清二楚。我希望你回头，但我不会强迫你，我也强迫不了你。可有一条，你要一条道走到黑，那是你的事，但你必须放过徐艺。这是我对你的请求，也是对你的要求。"

"徐艺？徐艺跟我有什么关系？那是……那是他跟祁雨之间的事。而且，而且，事情不是已经被你搅黄了吗？"颜若水已经恨得咬牙切齿了，但他的涵养仍然让他隐忍着。

"那好，现在我们再去找祁雨，让她把徐艺的钱退回去。"张仲平说着起身，拉着颜若水的手就要往外走。颜若水甩开张仲平的手说："张仲平，我看你真是疯了。你要走哪条道，那是你的事，我……祁雨跟徐艺的生意，光明正大、合理合法，就不劳你操心了，行吗？"

张仲平仰天长笑，从口袋里掏出手机举到颜若水面前道："不行。一向谨小慎微、滴水不漏的颜总，难道你就没想到，我会把我们今天的一番话用这手机录下来？你……祁雨，跟徐艺的生意，是不是光明正大、合理合法，不由你说了算，你敢跟我去检察院吗？我把这段录音放给他们听，由他们说，你们之间的生意，是不是光明正大、合理合法，行吗？"

颜若水顿时呆若木鸡，一时失语，指着张仲平，嘴巴一张一合，却终究没有说出一句完整的话来……

张仲平按下手机上的录音停止键，把手机收回到口袋里，他走到门边，又回过头来望着颜若水说："颜总，你是不是想说我这是在逼你？对，我是在逼你。以前，我们一起玩，可都是由你制定游戏规则。我总是仰仗你的鼻息，在你面前连半个屁都不敢放。这一次，你必须听我的。"

说完这句话，张仲平拉开门，扬长而去。

（三）

张仲平回到车里，仰头靠在驾驶座上，久久没有把车发动，刚才与颜若水一役没有硝烟却是两败俱伤：颜若水输了气数，输了金钱，输了前程；张仲平输了生财之道，输了亲情。可不管如何输，他并不后悔，因为他别无选择，这是他所能想到的搭救徐艺的唯一办法。他相信，徐艺在明白这一切以后，会谅解他的。即便不谅解，他也能对自己问心无愧，对唐雯有所交代了。

张仲平坐直了身子，双手覆在脸上用力搓了搓，深吸一口气，拧动钥匙把车发动，驶出了青瓷茶会所的停车场。

他把车开到曾真楼下，停好了车。从垫脚板下面掏出曾真给他的那把钥匙，举在眼前看着，然后抬头朝曾真的房子望上去。

张仲平没用那把钥匙开门，而是用屈着的指关节敲了敲门。十几秒钟以后，他看到门上的猫眼暗了一下，紧接着门开了，曾真一把把他拉进来，像以前好多次一样，紧紧地搂抱着他的腰，来了一次法式长吻。随后，她依偎在他的怀里，喃喃地说着："你终于来了，你知道，你不在的时候，时间过得多慢吗？"

这温软的身子一扑进张仲平的怀里，他的心早就跟着一起软了，他何尝不觉得见不到曾真的日子度日如年？他何尝不想与曾真分分秒秒地厮守在一起？他多想告诉她，这些天他对她的思念早已漫延进他的每一条血管，流淌不息？他不能说的是，这些天他面对唐雯时，那种内心的愧疚和想要寻求自我救赎的心情又有如嗜血的小虫，钻进他的每一条血管里吸噬着他饱含相思的血液，折磨得他痛痒难耐。

张仲平用双手环抱着曾真，他低下头，用下巴轻轻地蹭着她的头发，有那么一瞬，他多么想让时间就此停止，世界就此天崩地裂，末日来临，那样，他就不用纠结了，他与曾真就能实现他们曾无数次在心里对彼此许下的心愿了。作为一个将近五十岁的男人，他居然会想到以一种最绝决而凄美的死亡方式，与自己的心上人永远在一起，这让他感动得心中一麻，差点掉下泪来。

可是，那一瞬一闪即过，闪回到现实中，张仲平知道，他再也不能从他怀里的这个他深爱着，同样也深爱着他的女人心里索求一丁点的爱，他要不起，更不敢要，这个他爱入骨髓的女人将成为他今生最后一段爱情，这段爱短暂却炽烈，这段爱铭心却不得善果善终，他知道他已经不能再拥有她，不能再拥有这段至真的美好了。对于曾真，他只能放手，只可以放手。他也不可以再对曾真有任何一丝情感的表露，他要让她和他一起断了这个念想。

是的，从得知唐雯病情的那一刻起，他就决定了今后的日子他必须只属于唐雯一个人，他要把从前亏欠她的加倍地补偿给她，不论是时间还是感情，所有的一切，只要他能给的，他都会毫无保留地双手奉上，只求她最后的日子能过得舒心快乐，这样，他内心里的负罪感才有可能减轻。

张仲平狠狠心，拉开曾真的双臂，躲闪开她眼中的似水柔情，只似看非看地盯着她的眉心，天哪，那眉头是那样的深锁，看得张仲平又是一阵揪心的痛。他只好再把目光移开，穿过曾真，看着她的衣领，没有表情的衣领，这样他才能冷静下来，认真地跟她说他想要告诉她的事。他说他今天过来是要跟她谈一件很重要的事情，并且坦白地告诉她，自己并不是一个好的生意人，他和东方资产管理公司总经理颜若水之间，存在着某种超过正常合作的关系。

曾真早已感觉到张仲平今天有些心思凝重,听了他的话,立即反应过来,可还是略带质疑地惊讶了一声:"你是行贿者,他是受贿者,只是,你们采取了更一种文雅、隐蔽的方式?"

张仲平点点头。他扳着她的肩头,望着她的眼睛说:"曾真,你知道吗?和你在一起的这些日子,终于让我发现,这些年我的自信、智商、经验、技巧乃至法律知识,完全用在剑走偏锋、瞒天过海上了。我的生活充满了谎言,我的谎言在保护我的同时,也保护了颜若水。我没想到颜若水也会用谎言来欺骗我。其实,他怎么就不会欺骗我?我是他什么人呀?我预感到,颜若水的贪婪,加上徐艺的执迷不悟,一定会出大事,我必须站出来阻止他,否则,徐艺会陷入火坑,而我必须救徐艺。他毕竟是唐雯的外甥,我不能看着他自取灭亡、走向毁灭。"

"你知道你这样做意味着什么吗?"曾真眼睛一眨不眨地看着他。

"知道,我会引火烧身,我会被判刑,会在监狱里度过我的余生。"张仲平一字一句地说。

曾真目瞪口呆地看着张仲平,难以置信却不得不相信他所说的这一切都是真的,她再一次抱住了他,眼泪像断了线的珠子似的唰唰地掉下来,她哭着说:"仲平,一定要这么做吗?"

曾真的哭泣和她颤抖的身躯让张仲平心疼不已,他张开双臂,想要回应给她一个更有力的拥抱,可是手臂在空中划了半圈,在即将要贴近她身体的那一刻又突然停顿了下来,就那样定定地让它们停在半空中,张仲平狠狠地在内心抹去那些纠结和心疼,用坚定的语气告诉她,他已经没有时间犹豫了,他已经下定了决心,从现在开始,如果还有明天,他要坦坦荡荡做人、踏踏实实做生意。

"你恨我吗?"他问她。

"恨你?为什么?"她反问他。

"因为,我不是一个好人,我是一个无耻的浑蛋。"他回答道。

"那我呢?我爱上了一个无耻的浑蛋,那我还是好人吗?"她再次反问他。

不等他回答,她短暂地一笑,主动松开了他,两眼正对着他的眼睛,像是要把他看进自己的心里去,她在想,眼前这个男人能把这些秘密告诉她，证明他是多么爱她、信任她，她已经真正成为了他最深的牵挂。她想对他说，仲平，你放心，不论发生什么，我都会支持你，我都会……永远等你。

可是，话到嘴边，她却怎么也说出口，不争气的眼泪却又一次默默地涌了出来，一滴滴流进了张仲平的心里……他疼惜地用手指慢慢抹去她脸上的泪水，不知该如何去安慰她，此时此刻，任何言语都会显得苍白无力，这一对错爱的人，就这样相看无语，心里却都是隐痛不止……

还是张仲平打破了这须臾的宁静，他拿出一个纸袋递给曾真，说这里面是他能够整理出来的资料，要曾真帮忙转交给她的同学马鸣。

曾真接过纸袋，神情凝重地点点头。

徐艺去见唐雯就是为了把那U盘交给她。他匆匆地来又匆匆地走了，可他说的那番话的每一个字都像箭似的直射她的心胸。徐艺说："姨妈，您从小教导我说，撒谎的孩子不是一个好孩子，可我上次就骗了您。我……真的不忍心让您看到张仲平的丑恶嘴脸，我怕伤害了您。可我，如果不跟您说真话，我怕您受到更大的伤害。姨妈，您能理解我的心情吗？您会怨我恨我吗？我多么希望这里面的东西是假的，可是……可是……这才是姨父与曾真交往的真相。姨妈，您帮我问一下……姨父，他真的要亲手毁了这个家吗？"

U盘从她手里滑到了桌子上，吊在尾巴上的一根绳子，使它乍一看真像一条蛇。她怔怔地坐在电脑前，不知道该不该拿起那U盘把它插进电脑。她把它插进去了，犹豫片刻又把它拔了出来。徐艺的话在她耳边惊雷滚滚。她是不是要让暴风雨来得更猛烈一些？是。她再一次把U盘插上去。可是，那更猛烈一些的暴风雨将会摧毁一些什么样的东西？不。不。她一声叹息，再一次用颤抖的手把它拔了出来。她放下U盘，双手捂着脸，泪水慢慢地从指缝流淌出来。

开车去野生动物园的辛然就像一个决绝的女战士，她两眼直视前方，眼神里透着无比的坚定，轻声自语道："老公，别急，我一定把钱给你找到。"这话像是说给自己加油打气，又像是说给徐艺听，希望他不要担心。

江小璐和莫老板正在野生动物园鳄鱼池边聊着工作上的事，远远地看见辛然朝他们这边跑来，江小璐迎上去问她怎么一个人来了，徐艺呢？辛然没答她的话，急着性子就把要钱的事跟江小璐和莫老板说了，她拉着江小璐的手说："妈，我不是在逼你，是在求你，你赶紧把房子卖了吧，徐艺他需要这笔钱，否则，他会急疯的。"

江小璐说："辛然，我只能卖我的房子，你爸爸的房子别说你爸爸不同意，就是他同意我也不能把钱给你，张仲平特意嘱咐过我，不能把钱给你们，不能那样做生意。"

辛然急忙说："张仲平？他是你什么人？你怎么那么听他的话？"她转而求救于莫老板："莫叔叔，你没听见她在说什么吗？如果你是我爸爸，听了她这番话，你会是什么感觉？"

莫老板说："辛然，我也见过张仲平了，我也认为张仲平说得有道理。"

江小璐和莫老板的态度，是辛然始料未及的，她松开江小璐的手，说："莫叔叔，你摸着你的胸口说句真心话，如果我爸爸没出事，你会这样吗？江阿姨她是做了一点事，可那点钱，还不够打发叫花子的。江阿姨，江小璐，我跟徐艺要的是卖我爸留给我的那套房子的钱，你要真爱我爸爸就不会让我对你这样苦苦哀求……你们为什么只听张仲平的，不听我的？如果我今天拿不到这笔钱，徐艺……徐艺已经交给人家的两百万，就等于扔到了水里。"

莫老板说："辛然，没有你们这么做生意的，真是幼稚、愚蠢。"

辛然说："不，莫叔叔，他们都是这么做生意的，包括你们信任的那个张仲平。"

江小璐为难了，不知如何是好，支吾着："可是……"

辛然的脑子里又闪现出刚刚在车上的那一幕——她信誓旦旦地答应了徐艺，她就是以死相逼也要把钱拿到，她要徐艺等她的好消息。可现在，如果她拿不到钱，她无法想象徐艺会有多失望，刚才在车上徐艺那绝望的神情，她只要想起来就会心疼万分，她真怕他被逼得走投无路会做出什么傻事来。辛然不敢再往深里想，她把心一横，一下子跨到了鳄鱼池的栏杆上，指着江小璐大声说道："江小璐，你不要再磨蹭了，你到底给还是不给，你要是不给，我我我……我就当着莫叔叔的面,跳到这池里去,让鳄鱼吃了我。"

辛然突如其来的举动把江小璐和莫老板吓得惊慌失措，江小璐急得眼泪唰地就掉了下来，她想过去把辛然拉下来，又怕失手把她给推下去，只好一个劲儿地喊道："辛然，你干什么？你……你……你快下来。"

戏码演上了，哪还停得下来？以前在电影里看这场景也多了，很容易上手，辛然依葫芦画瓢地继续演着，她故意摇晃着身子说："你不答应，我绝不下来，而且、而且、而且我真的会跳下去，我喊到三、二、一……"

江小璐哪经得住这惊吓？辛然要真有个好歹，她就是陪上自己的性命也没法给周运年一个交代啊！她手足无措地喊着："辛然，你等等！"然后一把抓住莫老板的手臂，哀求道："莫老板，我求求你，这个时候只有你能救我，只有你能救辛然。"

莫老板着急是真着急，可是这么大的事儿，而且是明知不可为的事，他怎敢轻率答应。不是他舍不得钱，是这钱拿出去不会救命，反而要命。他试图再劝劝，希望能说服辛然和江小璐，他对江小璐说："小璐，把钱给他们，不是帮他们，是害他们，甚至……甚至还会害到周运年。"

江小璐说："不，现在管不了那么多了，你看辛然她……莫老板，我用十年、二十年，一辈子的工资作抵押，你把钱借给我，好吗？好不好？我……我……我给你跪下了。"说着，江小璐真的就扑通一声跪在了莫老板面前。

莫老板被江小璐这一军将得一时间不知如何是好，那边是老首长的女儿在鳄鱼池边以死相逼，这边是老首长的妻子跪地苦求，他知道他别无选择了，边伸手去拉起江小璐，边说："嫂子，你这是干吗？辛然，你听我说，这本来是你们家的家务事，我不好过多干涉，可你既然这么以死相逼，我又怎能看着不管？你下来，你要多少钱，我给。"

张仲平走了以后颜若水仍一直杵在那儿，他怔怔地看着被张仲平摔了一地的青瓷碎片，良久，蹲下身去，从地上捡起一片，端详着，喃喃自语道："多好的东西，说砸就砸了……张仲平，你太狠了，你还想别人把你当朋友、当兄弟？有你这样算计朋友、算计兄弟的吗？有吗？没有！你他妈的到底是什么人呀……"颜若水摇着头，缓缓起身，颓然地在椅子上坐下，头沉沉地埋在双掌之间，看不见他的表情。

祁雨也没料到事情会突然变成这样，她想不出什么有力的劝慰，只说事已至此，想得再多也无用。颜若水抬起头来说："我又怎么能不想？他，张仲平，他不仅污辱了我的智商，还践踏了我的尊严。"

祁雨无力地安慰着："没事，没事，一切都会过去的。"

此刻的颜若水有一种被掏空了的感觉，他说："什么叫没事？什么叫有事？祁雨，你说我……是不是一个软弱可欺，又愚蠢又无能的大笨蛋？"

祁雨看着瞬间被打击得如此不堪的颜若水，不禁心痛万分，她急切地替他分辩说："姐夫，你怎么会是这样的人？你当然不是，在我心里，你是世界上最棒最好的男人，一直是。"

"我是世界上最棒最好的男人？不不不，不，我不是，我甚至连一个正常的男人都算不上。但我，爱你姐，爱我们的孩子。我还爱……我还爱……是的，我还爱你……"颜若水的话让祁雨一直对他深埋的爱再也无法控制，她情不自禁地抱住颜若水，吻住了他，曾经压抑在心里的激情喷薄而出。

但她竟然没有得到颜若水的丝毫反应。他木然地慢慢地推开祁雨，像是一直游走在自己的内心世界里，好像他的心理防线已全然崩溃。他突然捶打着办公桌哭喊道："我，我是不是太爱你们了？我为什么要这么爱你们？为什么呀？"祁雨抱着颜若水，温柔地抚摸着他的头、他的脸。颜若水早已是泪流满面，他不再推开祁雨，像个受尽委屈的孩子偎在她的胸前，一任泪水静静流淌。

时间似乎静止了。服务员在外面轻轻地敲门，轻轻地喊着祁总。祁雨看了颜若水一眼，犹豫着要不要应答。颜若水抽出纸巾擦了把脸，坐正了身子，对祁雨点了点。祁雨走到门边问服务员什么事？服务员说："徐总来了，说要找颜总。"颜若水和祁雨对视一眼，让她先去看看。

徐艺已经等在祁雨的办公室里了，祁雨进门之后飞快地看了他一眼，问道："你还来干什么？"

徐艺道："我来找颜总。祁老板，小雨姐姐，颜总呢？颜总在哪儿？"

祁雨镇静下来，说："有什么话，你和我说。"

徐艺知道，跟祁雨说了，也就等于是和颜若水说了，他正声道："祁雨，不要听张仲平胡说八道。我，才是你们最好的合作伙伴。"

看来，徐艺还不知道这里发生的一切，祁雨更加镇静了，她甚至对着徐艺笑了一下，说："我一直这么觉得。可是，徐总，你的……钱呢？"

徐艺说："应该能在一个小时内搞定，真的，我不是开玩笑。可是，我必须和颜总见面，有些话，我们要当面说清楚。"

门被推开了，颜若水悄无声息地进来，显然，他已经在门外听到了徐艺刚才说的话，他接过徐艺的话道："徐艺，你不用担心，你还差八百万，只要钱一到，我随时给你拍卖推荐函，你的时间已经不多了。"

徐艺忙不迭地点头哈腰："谢谢颜总，谢谢，很快很快，您在这儿等我，我到外面打个电话，马上回来。"边说边退着走出了祁雨的办公室。

张仲平也有一种被掏空了的感觉。从曾真家出来，他像梦游似的上了车，又漫无目的地把车往前开着，等他停下来的时候，才发现是停在了自家楼下。

是的，潜意识中，他已经决定了，他要把跟曾真说的一切，全部告诉唐雯。

想着马上要面对唐雯，张仲平的心情更加复杂，步履更加蹒跚。但他已别无选择。他在门口调整了一下情绪，在打开家门的那一瞬间，他希望唐雯看到的是轻松、愉悦的自己。

张仲平一进门，唐雯就把U盘举在张仲平面前，问："仲平，这是什么？"

张仲平有些意外，但马上又感到是在意料之中，他很平静地说，这应该是徐艺要给你看的东西，他曾经在擎天柱跟踪过我。

唐雯纠结挣扎良久，始终没有勇气打开那个U盘。她在等着张仲平回来。她想过他可能会做出的无数种反应：惊慌失措？解释抵赖？只是独独没有想到会是现在这样的平静。

倒是他的平静让唐雯有些无措了，她定了定神说："徐艺说，这里面的东西，会像9·11双子塔坍塌一样令人恐怖。所以，我没敢看。你告诉我，它……真的有那么恐怖吗？"

张仲平说："可能有，可能没有，你还没看吗？那你还是看了再说吧！"

面对张仲平如此的坦诚，唐雯在心里庆幸她没有看，现在，她比哪一刻都愿意相信张仲平所说的，可是，泪水却还是从她的眼眶里沁出来又慢慢地从她脸颊上滑落了，她说："我不看了，你能不能先告诉我，这里面到底是些什么乱七八糟的东西？它真的有那么大的杀伤力吗？"

张仲平还是那句话："我无法回答，唐雯，如果你真感兴趣，你可以自己去看。"他明白，这个坎儿只能让唐雯自己去跨过，他帮不了她。

唐雯说："徐艺要我问你，说你是不是要亲手毁了咱们这个家。"

张仲平说："能不能毁了这个家，也在于你。"

唐雯对张仲平报以信任的眼神说："我知道，所以我当时就反驳了徐艺，我说一个U盘，毁灭不了任何东西。"

唐雯如此表现，让张仲平意外又惭愧，他觉得他配不上这种信任，他避开她的眼光，轻声说："你……真是这么想的？真是这么说的？"

唐雯点点头，也是轻声地说："对，家庭或坚如磐石、自成堡垒，或脆如玻璃、弱如一张薄纸，到底怎么样，完全取决于两个人是否共同需要、是否愿意共同维护。"

这话字字句句敲打在张仲平心头，他自知理亏，无言以对。

唐雯继续说："家庭是人的居所，不是猪圈，也不是狗窝。不管男人女人，只要是人，一撇一捺，就要互相依靠、互相支撑。"

张仲平越听越自责，他唤了声唐雯，想要说点什么，却被唐雯给打断了："你听我把话说完。徐艺的话说得更狠，他说这个U盘，能帮我了解你真实而丑陋的面目。我骂了他，我告诉他，我和你姨父在同一屋檐下生活了20多年，一口锅里吃饭、一张床上睡觉，我用不着通过这个U盘来了解你姨父。"

张仲平早已被唐雯一席话震得无地自容，他动情地说："唐雯，你真的从来就没想过，我可能欺骗你吗？"

唐雯说："想过，但我不愿意相信。你，张仲平，真的会忍心欺骗我吗？不，我不相信。你不会欺骗我，是吧？仲平，说话。"

张仲平此时的心里真是五味杂陈，面对唐雯这般的胸怀广阔，他曾经对唐雯有过的那些车祸、离婚的念头是多么阴暗无耻，他张仲平今生何其有幸，能同时拥有两个这么深爱他的女人？他何其心痛，竟同时伤害着这两个女人？他又是何其无奈，必须要辜负她们中的一个？

这一切，都不是他的初衷。虽然张仲平已经决定了要离开曾真，可是，这是他的选择，而他还必须要面对唐雯的选择，如果唐雯选择不要他，他没有任何申辩的理由。

张仲平深深地呼吸了一下，像是做了一个艰难的决定，对唐雯说："老婆，该有的都会有，该来的也会来。我有很多话要跟你说，可是，在我说话之前，你必须先看看U盘里的东西。我先出去几分钟，等你先看了U盘，再决定听不听我说的话，好吗？"

他在问她，却又不等她回答便走出了书房。他把门拉上，然后把头紧紧地依靠在书房门外的墙上，再也挪不动脚步。良久，他仰起头，长长地吐了口气，站在门外等待着唐雯的选择，或者说宣判。

门内，唐雯又何尝不是心如乱麻，她刚刚说的那一番话并不是事先就打好腹稿的，只能说是心里很多种想法念头之一，其实她并没有最后决定到底要不要看这个 U 盘里的内容，如果张仲平刚才给予她的回应是狡辩、是阻止，甚至是对曾真的袒护，她想她是不会说出那番话的。现在，张仲平出去了，他是要给她一个选择的机会，选择一个人去固守她心中执念的从一而终的婚姻观，去唾弃背叛；还是选择为了家庭，去包容和原谅一个还爱着她的男人一时冲动犯下的错，继续牵手走下去。唐雯的心紧紧地揪着，一阵紧似一阵的疼痛。

那个 U 盘一直被唐雯握在手里，握紧又松开，松开又握紧，她摇着头，始终没有把它插到电脑上去，忽然，她的目光落到了桌边放着的榔头上，那还是好久以前书桌上凸出来了一个钉子尖尖，张仲平拿榔头敲好后忘了收回到工具箱里的。唐雯像是在一瞬间做出了决定，她放下手里的 U 盘，拿起榔头，朝 U 盘用力砸去。

张仲平听到里面传来叮叮砰砰的敲砸声，紧张地破门而入，眼前的一切让他惊呆了，他怔怔在看着唐雯，又看了看桌上那一堆碎片。

唐雯把那堆碎片都扒拉到手掌里再放到张仲平的手里，说："这么危险的东西，我还是把它毁了吧，你帮我扔进马桶冲走吧！"

张仲平低头看着唐雯，道："老婆，为什么不看看？哪怕就一眼。"

唐雯说："不……仲平，我只能相信你，让这么恐怖的东西从马桶里冲走吧。"

张仲平也从兜里掏出一个 U 盘，说："我这里还有一个。也是徐艺给我的。其实，他不给你，我也要给你看的。老婆，有些事藏在心里，是冲不走的，我不想被内疚压得太久，必须面对，虽然这对你和我，可能是一道迈不过去的坎。"

唐雯泪眼婆娑地看着张仲平说："仲平，你不觉得我面对的已经够多了吗？"

张仲平心痛地一把将唐雯扑抱在怀里，忍不住哽咽起来。两个人紧紧地拥抱着，一任泪水打湿彼此的肩膀。

不知过了多久，张仲平松开了唐雯，抽出书桌上的面巾纸擦干了两人脸上的泪痕。他注视着唐雯哭红的眼睛，用一种柔软到近乎要融化心灵的声音对唐雯说："唐雯，我不想辜负你的信任。我要把和曾真之间发生的一切，一五一十地全都告诉你。然后，我将请求得到你的宽恕。"

唐雯眼眶又红了，她动情地低声唤道："仲平。"

张仲平搂着唐雯的手稍稍用了用力，像是给自己鼓励，也像是给唐雯以面对现实的勇气，说："是的，我必须告诉你我和曾真的全部，因为，我跟她的一切，已经过去了。"

（四）

辛然坐在银行贵宾室的真皮沙发上，随手翻着贵宾室提供的金融杂志，脸上的神情是轻松和略带着一些骄傲的，一想到一会儿见到徐艺，就能受到他对她的夸赞，心里头不禁美滋滋的。

银行的服务专员恭恭敬敬地走到辛然面前，向前略略欠身，双手递上回单道："小姐，您的转账业务已经办好，这是回单。"脸上的微笑和说话的语气打着标准的职业化印记，给人感觉是遥远的亲切、生硬的温柔。当然，此刻的辛然完全感受不到这些，她紧紧握着这张救命的回单，点头谢过服务专员，便转身往外走去。

坐进车里，辛然把回单拿在手里又仔细地看了好几遍，直到确定这一切都是真的，她才笑着自言自语一人分饰两角道："艺哥，刚才可真是紧张刺激，我是不是很棒啊？"然后，又学着徐艺的腔调，说："嗯，不错，然然，我爱你。"

辛然一个人坐在车里傻乐完了，便拿起手机给徐艺打电话报喜。

这时，徐艺、祁雨和颜若水都在祁雨的办公室里等着，三个人各怀心思，表情不一。徐艺故作成竹在胸状，内心里却掩饰不住他的担忧，因为他刚才给辛然打了好几个电话，她都一直没有接，他不知道辛然那儿的情况怎么样了，到底能不能从江小璐和莫老板那里拿到钱。

祁雨站在窗前也是不言不语，心里却是分分秒秒地盼着这钱真能马上入账，那样，她就能带着这笔钱远走高飞，结束在国内这种人不人、鬼不鬼的日子。

颜若水坐在祁雨的办公椅上，仰头靠着，看不出他脸上有任何的表情，像是在闭目养神，实际上，他心里何尝不是在风起云涌？当然，他不后悔，作为一个老成持重的成年人，他完全知道自己在做什么。

徐艺的手机响起，三个人都同时把目光聚集到徐艺的手机上。

徐艺接通电话："真的？好好，太好了！"脸上瞬时神采奕奕。他挂断电话，告诉祁雨和颜若水，钱到了。

颜若水和祁雨暗暗地松了口气。

香水河风光带堤内有一块十来公里长的冲积地带，这里生长着成片成片的芦苇，这里曾经是唐雯最喜欢散步的地方，她喜欢看风吹芦苇的波浪，此起彼伏，漫天飞絮洋洋洒洒，好像能把人的思绪带到无尽的远方。

唐雯约了曾真在这片芦苇地里见面。

她先到了，还是那片金黄的芦苇，心情却不再像以往那样简单了，倒像是现在这片芦苇，风吹千层浪，一波未平一波又起。

张仲平在书房和她说了他与曾真的一切，他说，我不知道你会不会原谅我，但我必须告诉你，因为……不管怎么样，我是真的出轨了，我这心里头，的的确确曾经不分昼夜地装着另外一个女人……

张仲平的坦白让唐雯感触很深，不论他曾经犯过怎样的错，现在，他回来了，带着他的心一起回来了，她已经彻彻底底地原谅了他，但是，她却不能原谅她自己了，因为，她对他，也有一个天大的秘密。

她也想像他一样坦白，让他们的感情回到曾经的简单和信任。可在那一刻，她突然失掉了勇气。

她约曾真来这儿的目的，竟是要曾真帮她坦白。

曾真从远处走来，唐雯远远地看着，像是第一次看见她似的那样打量着她。她得承认，她是那么年轻漂亮，举手投足、容貌姿态都像极了夏雨，难怪张仲平要为她心动。可是，奇怪的是，她从一开始就不讨厌她，甚至有些喜欢她，哪怕是她之前怀疑她的时候，更哪怕是她现在知道了她和张仲平的一切的时候，她好像都从没真的讨厌过她。

曾真走近，唐雯浅浅地扯了扯嘴角，算是微笑了，招呼道："来了？"

曾真也浅浅地回了个微笑，说："来了。"

只有她们自己心里明白，这浅浅的微笑，用了她们多大的力气和真诚。

简单地招呼完，两个人都没再看对方，都把目光移向了面前的这一片芦苇地，静静地看着花絮在江风里起舞，纷纷乱乱。

还是唐雯先开口，打破了这种有些尴尬的安静："他把你们的一切，都跟我说了。"

曾真说："他跟我也说了。"语气平静得竟像是在讲别人的故事。

唐雯有点诧异她的平静，侧过身来，看着眼前这张年轻漂亮的脸，说道："曾真，我本来想在电话里和你谈的，我打消了这个念头，决定约你到这来见面谈，必须这样……"

曾真也转过身来，暗暗地深吸了一口气，像是做好了一切心理准备的样子，看着唐雯，眼睛里写满真诚地说："你说吧，我已经准备好了。"

之前在心里想了很久的话，到嘴边了还是乱了章法，唐雯说得有些支吾："我想……我想告诉你的是……我的病。"

曾真说："不用说了，仲平……"曾真马上意识到说错话了，连忙改口，"张总他……已经告诉我了……"说完尴尬地看着唐雯，两个人都笑了笑。

唐雯说："我们还是都叫仲平吧，因为本来就是一个人。"曾真说："好吧。仲平告诉我，说你得了宫颈癌。"

唐雯点了点头，说："确切地说，是我宫颈里是长了一个肿瘤，是良性的。"

曾真惊讶得一时无语。

唐雯又把脸转向那一片金黄的芦苇，不再看曾真，她平静地说："不是我有意欺骗，是老天爷跟我开了一个玩笑：没想到世上竟然有这么巧的事，同一天同一时刻去拿病检报告的还有一个叫唐雯的，她把我的化验单拿走了，把她的留给了我。一样的名字，一样的病，一样是子宫上长了肿瘤，只不过，她是恶性，而我，是良性。"

一种微麻的感觉迅速传遍曾真全身，她问："你是什么时候知道这个误会的？仲平……知道了吗？"

唐雯不想回答曾真的第一个问题，她摇了摇头说："到目前为止，这事……我只告诉了你。"

"为什么告诉我？为什么只告诉了我？"曾真告诫自己千万不要哭出来。

"因为你是我的情敌……但我并不恨你，这一点你舅舅可以证明。"唐雯仍然淡淡地说。

"我舅舅？"曾真越来越有些疑惑了，她不明白唐雯约她来到底是什么目的。

"是的，当我知道自己要离开这个世界的时候，我找过你舅舅，想通过他求你给我点时间，等我死去，我会把仲平托付给你，因为我爱他，我也爱他的全部，我也希望他幸福。"唐雯再次侧过身来，看着曾真说，"你知道这种感受吗？当死亡临近我的时候，我相信你们是相爱的，我也相信你们相爱的初衷不是为了要伤害和摧毁什么，我甚至相信你为了不伤害我，做过很多努力，就像我们曾经谈到的，人是有理智的。你的理智已经超过了你的年龄，仲平他爱你是有道理的。"

"可是，你错了。我在做那些努力的时候，恨过你。是仲平一直在帮我努力化解这种恨意，你在他心里的位置……一直没有变过。"

"我理解，正是因为这一点，我更加相信你们的爱是真诚的、善良的，我也更加欣赏仲平，我爱了他二十多年，我没爱错。我了解他的一切，他额头上的每一道皱纹，他笑起来坏坏的样子，他晚上睡觉磨牙打鼾的声音，他肠胃不好，经常拉肚子，还有脂肪肝，还经常放屁，你知不知道他放的屁有多臭？还有……他老撒谎，一些无伤大雅的谎言，他以为我不知道。我哪里会不知道？懒得揭穿他罢了。是呀，有时候，他就像一个孩子，可他伤起人来……也够狠的。这些……所有这些，我都无法忘记，甚至我知道自己要死的那一刻，我对仲平竟然有种不放心。"

曾真对张仲平的一切又何尝不是了然于心，唐雯每说一处，曾真就想到一处，由衷地就接了唐雯的话茬儿："我明白，他这人是挺让人讨厌的。"

唐雯说："是吧？所以，当我知道自己还能活下去的时候，我突然意识到，我不能失去他，失去他比失去生命还要难过。这些天，他小心翼翼地呵护着我，好像我随时都会死掉似的，看着他这个样子，我又温暖又心酸。我是女人，当然希望自己爱的男人，一辈子都能对自己小心呵护，关怀倍至。可我总是忍不住要想，他陪在我身边的时候，他的心有一半在你那儿、他是不是在想你。这种想法，我想你可能也会有。"

曾真一时语塞，捋了捋头发掩饰着一丝尴尬。

唐雯接着说："这种想法像魔鬼一样弄得我不得安宁，再看他，便总觉得他一副身在曹营心在汉的样子，似乎总是不在状态，魂不守舍。不，这不是我希望的夫妻关系，正常的夫妻关系，不应该是这样子的。我在想一个问题，难道从此以后，我就以一个假的癌症病人的名义，跟他生活在一起吗？这是一种真实的生活吗？他会快乐吗？我又会快乐吗？"

唐雯越说越动情，眼眶有些湿润。曾真张张嘴，想说点什么来安慰或者缓解一下她的这种情绪。唐雯则扬了扬手，示意先别打断她，让她继续说下去，她说："不，只要一想到他可能不快乐，我的心便没法平静、没法舒坦，我也不会快乐。我要的，不是一个在眼前晃晃荡荡的躯壳。我要的是真真切切爱我的老公。当他把和你的一切全都告诉我之后，曾真你知道我是什么心情吗？五味杂陈。这里面当然有醋意，但更多的是一种感动，我知道，他这是在追求一种真实的、坦荡的生活。我也要，因为这也正是我需要的。所以，我一定得把我对他的欺骗告诉他，哪怕他生气也好，不理我也好，我都得告诉他。谁能保证自己从不做坏事呢？做了坏事，改了，就是好人。对不对？可是，我……面对他的时候，实在没有勇气，实在没有。他要是一生气离家出走了，怎么办？可是，如果我不告诉他，这个谎言要是被他揭穿了，后果岂不是更加严重？思来想去，我想到了你，你希望你能替我把真相告诉他。而且……而且……我要说的是，当他知道真相以后，他可以重新选择，如果……如果他真的那么……那么……爱你，你们真的那么……那么相爱，我……我……我甚至愿意活着成全你们，我……决定放手。"

　　说到这儿，唐雯早已是哭得稀里哗啦，曾真也一直陪着掉泪，她实在忍不住，张开双臂，给了唐雯一个温暖的拥抱。

　　曾真泣不成声地说："对不起，真的对不起。我实在是不想爱他，我实在是不该爱他，我抗拒过，我挣扎过，可是，我还是没有控制住自己。我爱他，不是为了追求快乐。实际上，当我爱上他之后，我一点儿也不快乐。反而感到哀怨、无助，甚至……软弱无力。那种偷偷摸摸、提心吊胆的感觉，常常让我觉得自己真不是个东西，贱，太贱了。当我第一次见到你之后，我便时时感到你在用一双略带哀怨、无助，同时犀利得可以看穿人的五脏六腑的眼睛在看着我。我不是没有想过要离开他。我想，我想过很多次，真的，我真的很多次想过要离开他。现在，那张弄错了的医疗诊断书，让你体验到了生命的意义，对我来说，又何尝不是如此？我曾经与死亡近在咫尺，在地震灾区，我不仅体验到了对死亡的恐惧，更领会了人们对生命的渴望，那么真实，那么顽强……这段时间，我痛过，所以想保护自己；我哭过，所以知道心痛是什么感觉；我傻过，却仍然不知道适时地坚持与放弃；我爱过，才知道人生有怎样的折磨，自己是多么脆弱。我不明白，生活真的需要那么多无谓的执着吗？爱真的就那么不能割舍吗？放手……放手……放手是不是反而会给爱一条生路呢？"

　　唐雯松开曾真的拥抱，拉着她的手，脸上的线条柔软而温情，两双带泪的眼睛相互对望，竟满是真诚与互相施予的同情。

唐雯说："曾真，我知道，你真的是一个好女孩。难怪……难怪他那么爱你。"

曾真想努力克制不再哭泣，吸了吸鼻子说："可我永远不是一个好妻子，我永远代替不了你，永远不会。你放心，你交给我的任务，我一定会用我自己的方式，帮你完成。相信我。"

曾真骑着那辆山地车穿行在人潮车流中，内心里安静得似乎听不到任何一丝尘世的喧嚣。

张仲平把他跟曾真的事告诉了唐雯之后便离开了家，他要在失去人身自由之前，把他能想到的一些事情都尽可能妥帖地安顿好。

张仲平先是去了侯昌平的家，敲了半天门没人应，他掏出钱包，把里面厚厚的一叠钞票装在信封里，从门缝下面塞了进去。

他接着又去了小雨的学校，把大包小包的零食和水果交给了她，先说了些让她放轻松，别太有压力，正常应考之类的话，然后告诉她，他最近可能要去趟美国，要不要帮她带点美国的纪念邮票回来？小雨笑呵呵地说："好呀，但你得答应我，不要迷恋西方腐朽没落的生活方式，起码……得先让我去考察一下再说吧？"张仲平朋友式地拍了拍张小雨的肩膀，大声说："这个没问题。行了，你回教室吧！"张小雨笑着跑开了。张仲平站在校门口，对着小雨的背影挥手告别，看着她一路跑远，在心里说"对不起了，孩子"。

张仲平又到了曾真家，是曾真打电话约他来的，说有话要对他说，语气凝重得让他又心疼又忐忑，不知道她会要说什么。

曾真把张仲平迎进门，第一次没有像从前那样扑进他的怀里，而是转身把他让进了屋里，请他在沙发上坐下，那认真的神情让张仲平心中的忐忑越发加深了。

曾真说："你和她都说了？"张仲平知道她问的是他跟唐雯坦白他们之间的事，说："是的，都说了。"曾真说："她还好吧？"张仲平不知道她问的是唐雯的情绪还是身体，也含糊地回答："应该还好吧。"说完就有些冷场了，两个人都一时无语，空气中弥漫着一种紧张无措的拘束。

曾真把手放在了张仲平的手上，说："仲平，我曾经问过你，如果我有一天不见了，你会不会难过？"

张仲平说："会。"

曾真的手微微震颤了一下，问："你会找我吗？"

张仲平一直低着头突然抬起来，眼中有泪光在闪，却不摇头也不点头。

曾真明白了，心痛地说："不会……因为你得陪着她……"

张仲平难过地握着曾真的手，亲吻着，心里深深的歉疚无法用语言表达。

曾真悠悠地说着："记得……我们在擎天柱那一天……你偷偷地亲了我的手，我醒了，但是我没动，我默默地看着你离开。现在你又在亲我的手，可这次，不是你要离开，是我。"

张仲平抬头看着曾真，惊讶地道："你说什么？"

曾真流着泪说："仲平，我想离开这座城市，离开你。"

张仲平眼里的泪再也无法控制地滴落下来，落在他们相握的指缝间，滚烫，他说："是呀，真的要结束了。真的，是不是？"

曾真擦了擦脸上的眼泪，轻声说："是，但是我爱你。"

张仲平问："你真的想好了吗？"曾真点点头。

张仲平看着曾真，那小小的娇柔的脸庞，泪痕依稀。曾经，她的生活是多么快乐、多么自由自在，却因为他的闯入，有了万般纠结，万般痛苦。张仲平知道他无力挽留什么，也没有资格、没有权利去留住曾真，既然分手是他们必然的结局，何不尊重曾真的意愿？如果离开可以让她生活得开心，回到从前的自由自在，他会真心地为她感到高兴。张仲平缓缓地点了点头，肯定了曾真的决定。

瞬时，曾真别过头去，她不再想让他看到自己泪如雨下的脸。

（五）

辛然让司机把计程车停在了青瓷茶会所对面的马路，付了钱下了车，便开始给徐艺打电话，问他银行转账单的传真件收到没有？徐艺说收到了。辛然说钱已经转了，你让祁老板把拍卖推荐信给你呀！徐艺说我知道怎么做的，他问辛然在哪儿？辛然俏皮地笑了笑说："我呀……我这会儿还在银行这儿啊，离你们那儿还远着呢，我挂电话了啊？"

说完，辛然真的挂断电话，她抑制不住内心的喜悦：怎么样艺哥？你是不是觉得我很棒？这还不够，我还要给你意外的惊喜，知道什么叫意外的惊喜吗？就是你的辛然妹妹，大大的功臣，突然出现在你面前，好像仙女下凡尘。

辛然想象着一会儿见到徐艺的惊喜场面，竟有点乐不可支，她哼着歌儿，快乐地走进了青瓷茶会所。

青瓷茶会所祁雨的办公室里，徐艺挂了辛然的电话，跟祁雨说："八百万，电子转账，这笔钱应该已经在你的账上了，我要的东西呢？"祁雨说："颜总早就替你准备好了，看，这是什么？"说着，祁雨扬了扬手上的拍卖推荐函。徐艺把拍卖推荐函一把夺过来，狠狠地亲吻了一下，这一张薄纸可真把他折腾死了。

他把这张纸捏在手里翻来覆去仔细地看着，生怕哪里不对。祁雨不露痕迹轻蔑地笑了笑，揶揄徐艺说："看什么看，难道还有假吗？"徐艺说："我怎么会担心有假？我最最亲爱的小雨姐姐会欺骗我吗？小雨姐姐的姐夫、能够在江湖上呼风唤雨的颜大总经理会弄虚作假吗？不，不会，我不会那么低智商吧？"

祁雨哼了一声，懒得再多看一眼徐艺那小人得志的样儿。她转过身，准备坐回到办公椅上，没想到徐艺却一把拉住了她的手说："我真是太兴奋、太激动了。为了庆祝我们阶段性的胜利，我们是不是应该抱一抱？"

祁雨甩开他的手说："徐艺，你有点出息好不好？你这不是兴奋，不是激动，是太紧张了吧？是太得意忘形了吧？"

徐艺现在是真的得意得忘了形，全然没觉察出祁雨对他的厌弃和不耐烦，或者说，他根本就不在乎她的厌弃和不耐烦，现在，他完全陶醉在自以为是的胜利的喜悦之中，他说："甭管它是什么，拥抱都是消除紧张或得意忘形的最好方式。"祁雨推脱说："这可是经营场所。"徐艺说："经营场所怎么啦？经营场所还不让人亲热了？从现在开始，这是我的地盘了，我的地盘我做主，来吧来吧。"祁雨推搡着让他别闹了，徐艺哪里肯听，一个劲地拉着祁雨，噘着嘴就往祁雨脸上凑去，还喃喃地说："要嘛要嘛，让我们好好庆祝一下嘛。"祁雨一心只想着赶紧离开，不能误了大事，用力推着徐艺，说："真的别闹了，我要走了。"徐艺说："就因为你要走了，所以我更要抱抱你，我要把你的气味永远留在我记忆里，我现在的状态很好，我很亢奋，我发誓，这一次，我一定要让你飘飘欲仙……"说着就吻上了祁雨的嘴唇，开始拉扯祁雨的衣服，让她的嘴和身体都无法再反驳和抗拒他。

徐艺毕竟是祁雨心仪的男人，再加上八百万的进账足以让人头脑发蒙，祁雨在徐艺如火的激情的撩拨下，竟也半推半就地渐渐进入了状态。

两个人撕扯着，缠绵拥吻，干柴烈火的架势，全然忘了这是大白天的办公室里，更没有发觉辛然正轻轻地推开那扇虚掩着的门，从门缝里看到了这一切。

辛然脸上喜悦的笑容就像是被速冻了一样，来不及收敛，就那样冰凉僵硬地挂在了脸上，只感觉天旋地转，她心里为自己和徐艺建造的天堂花园轰然倒塌，脑子里一片空白。

江小璐处理完野生动物园那边的事便赶到了医院，她躬身在周运年的床边，和护理员一起给他擦洗身子，她怕他得褥疮。

江小璐每天早晚都会拿温水给他擦擦身子，翻翻身，全身按摩一下。一套做下来，难免是有些累的。她趴在他的枕边，眼睛一直没有离开过他的脸，只希望哪一刻，他能奇迹般地醒来。

奇迹真的出现了，周运年的眼睫毛突然动了动，然后竟睁开了眼睛，嘴里吐出含糊不清的声音，江小璐忙把耳朵凑近他的嘴唇，她听清了，他在嘟囔着喊"然然"。

江小璐惊讶地看着周运年，半秒钟的工夫，她反应过来，周运年醒了！她大声地喊着："运年……运年……大夫……大夫……"

大夫们闻声冲进来，医生、护士进进出出好一阵忙碌。

东方资产管理公司的会议室内，长长的会议桌上，这一边坐着张仲平、徐艺及另外几家拍卖公司的老总。那一边坐着东方资产管理公司的李副总、香水河国营物资公司的卞副总及东方资产管理公司部分工作人员和市中院执行局的两名法官。

鲁冰坐在会议桌正中的主席位上。徐艺从他进来时便寻求着与他进行眼神交流，他倒好，只用空洞的眼神打量了他一眼便不再看他。鲁冰的表现让徐艺心里发虚，他低头看了看手表，奇怪已经到了开会的时间，颜若水怎么还没来。

颜若水的秘书小余进了会议室，他走到李副总旁边，附在他耳旁说了几句什么，李副总在余秘书走后又附在鲁冰耳旁说了几句，鲁冰便坐直了身子，端起面前的茶杯喝了口茶，清清嗓子，旁边的人知道这是会议要开始了，也都侧过脸，把注意力集中到了鲁冰身上。鲁冰说："好了，大家都到齐了，我先说两句，颜总有事来不了，所以，临时决定会议由我来主持，今天的议题大家都清楚，就是宣布一下香水河项目竞拍的结果，下面，请东方资产管理公司的李副总经理，直接宣布第一轮入围的拍卖公司名单。"

李副总向大家欠了欠身，打开面前的文件夹说："好，经过我公司认真的研究，也经过市中级人民法院执行局的同意，香水河国营物资公司西郊公园旁边土地拍卖项目招商工作已经顺利结束，经多方磋商，原先决定由一家拍卖公司拍卖，后确定由四家拍卖公司共同拍卖。但是，由于3D拍卖公司因为自身原因宣布主动放弃，所以，最后确定了三家拍卖公司，他们是成功拍卖公司、顺利拍卖公司、大雅拍卖公司。宣布完毕。"

话音一落，众人都鼓掌祝贺。徐艺却完全蒙了。他腾地站起来，扬着双手制止众人的鼓掌，他嚷嚷道："等等，你们是不是搞错了？我们时代阳光公司不是主拍单位吗？我们有东方资产管理公司的拍卖推荐函，据我所知，拿到拍卖推荐函的，我们是唯一的一家，为什么我们反而落选了啊？！"

鲁冰说："你们时代阳光公司之所以落选，因为你们提供的拍卖推荐函是伪造的。"

李副总说："对，关于伪造公文的事，我们公司正在考虑报案。"

徐艺不禁目瞪口呆，他望望李副总，又望望鲁冰，好像他们刚刚说的话是火星话，完全听不懂，他声嘶力竭地叫道："不可能，拍卖推荐函是颜总亲自交到我手里的，怎么会有假？颜总在哪儿？我去把他找来，你们等着。"徐艺说着就往会议室门口冲去。张仲平赶紧起身跟在后面追赶，让他先冷静一下。徐艺哪里肯听，三两步就冲出了会议室。

徐艺冲到颜若水办公室，只见他们公司的员工正神态诡异地议论着什么。余秘书知道徐艺在找颜总，让他赶紧去地下车库。徐艺直奔电梯而去，一路下到了停车场。他还真的这里看见了颜若水，不过是被两个高个子左右夹着塞进了检察院的车里。车子很快启动了，徐艺在后面狂奔着，歇斯底里地喊着："颜若水……我要杀了你……"

检察院的车子带着尖锐的刹车声一个急转弯出了停车场，徐艺气喘吁吁地站住，双手撑着膝盖，看着它绝尘而去。他沮丧至极，慌忙掏出手机拨打祁雨的电话，却是关机。他愤愤地按断电话，又给辛然打过去，辛然的手机也已关了。

徐艺慌了神，急忙朝自己的车子跑去，刚要上车，鲁冰冲了过来，拦在他前面说："徐艺……你爸爸醒了，你快和辛然去医院。你爸爸要见辛然……你还愣着干什么？"

徐艺精神恍惚地说："辛然？辛然不见了，别着急，我马上去找，我马上去找……"

他挣脱鲁冰，拉开车门，发动汽车疾驰而去。鲁冰在后面喊道："怎么回事？辛然她怎么了？"

徐艺抱着一丝希望来到青瓷茶会所，却已是大门紧锁。他使劲拍门大喊祁雨开门，里面半点动静都没有。他不甘心，再打祁雨的电话，还是关机，他只得开着车悻悻离去。

医生给周运年做了一系列的检查，确认他已经清醒，各项生理指标都在朝正常状态恢复。江小璐不禁喜极而泣。鲁冰赶到的时候，莫老板和肖长根两位战友都到了，分别与周运年打了打招呼，握了握手。之后三个人来到病房外面的走廊上，却是神色凝重。

肖长根说："据可靠消息，省纪委、省检察院也在等着老首长苏醒过来，他在经济上的一些问题，恐怕还得跟组织上交待清楚。幸亏江小璐把钱交了，看能不能算是自首，争取组织内部纪律处理。"鲁冰说："对对对，嫂子这件事做得好，在帮助省纪委、省检察院查处香水河国营物资公司一案上，算是替老首长立了一功。"莫老板说："还有，老首长在抗震救灾中算是冲锋在前的英雄，既有苦劳也有功劳，组织上处理他的问题时，是不是也应该考虑到这些因素？"鲁冰摸了一把自己的脸说："一个是纪委检察院管的事，一个是组织部门宣传部门管的事，不好说呀！"肖长根说："是呀，如果不好好运作一下，会该怎么样就怎么样。"

莫老板说："别在这儿说这事了，换个时间地点我们再好好合计一下，这几件事下来，我觉得嫂子真不错。"大家都点头。鲁冰说："对了，刚才这事，先别告诉她，能瞒多久就瞒多久。"

病床上的周运年还是一直在重复叫着辛然，江小璐柔声说："然然和徐艺正忙着，鲁局长已经通知了他们，应该马上就到了。"

这是鲁冰有苦说不出的另外一个问题，他把江小璐拉到一边，说："然然好像不见了。"江小璐忙问怎么回事？鲁冰说："徐艺没拿到香水河公司那块地的拍卖业务，情绪有点失控。是他告诉我然然不见了的。"

听了这话，莫老板与江小璐对视了一眼，几乎是异口同声地问："那徐艺的钱会退回来吗？"鲁冰问什么钱？江小璐说："徐艺为了拿到这笔业务，从老莫那儿拿了八百万。"鲁冰一听头都大了，惊呼道："谁说拿业务要这么多钱啊？等等，徐艺从颜若水那里拿了一张假的拍卖推荐函，可今天颜若水被抓了，他该不会是把钱……糟糕，徐艺……上当了。"

江小璐急了，说："啊？怎么办？得赶紧去找辛然，得赶紧去找。"

肖长根有事先走了。江小璐和莫老板、鲁冰一起焦急地四处找辛然，辛然的电话一直关着，打徐艺的电话，却是通了无人接听。江小璐急得眼泪都出来了，周运年刚醒，家里就出了这么大的事，她真不知道该怎么跟他交代，他要是再受点什么刺激，有个三长两短的……江小璐不敢再往下想，马上央求莫老板开车去徐艺家看看。

徐艺正在银行查账，他想截留辛然转的那笔款，可银行工作人员告诉他，没有底单或公司执照、银行开户证明，他们无法为他提供咨询服务户。

辛然，你在哪里呀？徐艺疯了似的跑出银行，边跑边打着电话。徐艺轮番打祁雨和辛然的电话，关机关机，一直是关机。

徐艺家的门虚掩着，江小璐跟跄着冲进去，嘴里喊着辛然，辛然……突然，江小璐的呼喊戛然而止，她被眼前的这一切惊呆了：床上、地上、桌子上，满房子都是凌乱的红皮鞋，辛然呆呆地坐在地上，她拿起一只红皮鞋，朝天花板上扔着，"咣当"一声，红皮鞋落在地板上。她又拿起一只红皮鞋，又朝天花板上扔去，"咣当"一声，红皮鞋又落在地板上。她脸上带着木然的微笑，嘴里呢喃着说："飘飘欲仙飘飘欲仙……"

江小璐扑过去，一把抱住辛然说："然然，孩子，你这是怎么了？"

辛然面露恐惧地想要躲开江小璐，连声音都在颤抖着："别动我，别动我……"

"然然，你这到底是怎么了？"江小璐看着辛然这样子，心都要碎了，她不知道是谁把她伤成这样子。她紧紧地抱着辛然说："然然……你爸爸醒了，你爸爸要见你……你爸爸……真的醒了。走，我们这就去见你爸爸。"

辛然慢慢地把眼神转了过来，有些茫然地看着江小璐，突然嘿嘿傻笑起来。

鲁冰和莫老板见状忙过来将辛然搀扶起来，一行人正要出门，徐艺"老婆、老婆"地喊着冲了进来，看到一屋子的人，一下子愣住了。鲁冰早已冲上前来，一把抓住了他的衣领，厉声质问道："你究竟把辛然怎么了？"徐艺躲开鲁冰的眼神，朝江小璐望去，说："妈……辛然她……这是怎么啦？"江小璐说："你问我，我问谁？辛然不是拿着支票去找你了吗？你把她怎么啦？"

　　这时辛然看到了徐艺，她走上前来，两眼呆滞地望着他，伸出两只手抚摸着他的脸，她嘻嘻笑着，两只手从他脸上滑落，突然用力把自己的上衣撕扯掉了，一把抱住徐艺叫着："飘飘欲仙飘飘欲仙……"

　　江小璐疯了似的冲上去把徐艺推开，再一次把辛然紧紧地搂在怀里。鲁冰和莫老板瞪了徐艺一眼，拥着两个女人离开了。

　　徐艺打算跟着，刚迈了两步，突然膝盖发软，扑通一声瘫坐在了地板上。

　　张仲平没有追到徐艺，却接到了曾真发来的信息，打开一看，却没有一个字，甚至连一个标点符号都没有。

　　他挣扎着要不要给她打电话或者发信息？

　　他努力控制住了，他一边期待着她再次给她发信息过来，一边开着车朝她住的地方而去。他不知道自己要干吗，只是告诫自己要冷静要平心静气。

　　张仲平把车开到曾真小区的时候，曾真和胡海洋正在往车上搬行李，他缓缓地停了车，远远地坐在车里看过去，不确定要不要下车，要不要走过去。他突然明白了她那个信息的意思，她是在与他进行无言的告别，或者，她希望他来送送他。

　　他多么想下车，冲过去，把曾真紧紧地抱住，抱进自己的怀里，嵌进自己的心里、肉里，让她成为自己身体和心灵的一部分，从此永不分离，他这样想着，仿佛就又感觉到了曾真那熟悉的、温热的身体。

　　可是，他又不敢下车，他怕他一下车，就会再一次疯狂，他会不放她走，会用尽所有他能想到的方法把她留下来。她会留下来吗？她留下来了又会怎么样呢？

　　张仲平的左手一直抠着车门的把手上，却不敢把车门打开，他就那样挣扎着僵坐在车里，看着曾真来来回回地搬着东西，想象他们曾经度过了无数快乐时光的小窝此刻已空空如也，就连小窝里最让他珍爱的宝贝曾真也即将离去，一种心被掏空的痛楚席卷而来，痛彻心扉。

行李都装好了，胡海洋关好后备箱，坐到驾驶座上，曾真转身又进了楼道，下来的时候手里抱着一只花瓶，花瓶里是一束凋谢枯萎的玫瑰花，张仲平认得，那是他最后一次送给曾真的花，他的脑海里又闪现出那天曾真收到鲜花时的场景——她一手接过花，兴奋地扑到张仲平的怀里，一手搂住他的脖子，在他脸上狠狠地啄了一下，然后，她把自己的两只小脚踩在张仲平的大脚上，让他一步步把她运到了床上……

张仲平用力甩了甩头，想甩掉这甜蜜却刺痛的回忆。可是，哪里又能轻易甩掉，他和曾真的一点一滴都如版画一般，一幕一幕深深地刻进了心里，永难磨灭。

曾真抱着花瓶上了车，她摇下车窗，探出头，无限留恋地看了看楼上那扇已经紧闭的窗户，那里面，关着她和他曾经的爱情，曾经鲜活的，却正在逝去的爱情。胡海洋不忍再看着曾真这样伤感，把车子发动了，曾真摇上车窗，戴上墨镜，告别这伤心的小窝，车窗关上的那一瞬，她从后视镜里瞥见了远处那辆再熟悉不过的车，曾真没有回头，墨镜后，流下两行滚烫的泪……

张仲平双手紧紧地抓住方向盘，流泪看着这一切，看着曾真的一举一动，他懂她的心思，她带走那瓶凋零的玫瑰花，是不舍；她抬头仰望他们曾一起厮守温情的小窝，是不舍；她做出离开的决定，对他和唐雯是一种成全，对自己，更是不舍。

张仲平的视线早已被泪水模糊，他朝着渐行渐远的车子伸出手去，似乎想要抓住什么，最后却缓缓地、无力地垂下，重重地落在方向盘上，碰响了喇叭，长鸣似呜咽，似乎在悼念这一段告别尘世的情缘。

徐艺木然地坐在地板上。他转着头，环视着一屋子的红皮鞋，转着转着，他感觉整个世界都变成了红色，像鲜血一样刺目惊心的红色。巨大的恐惧在心里慢慢升腾，他感觉浑身发冷，开始颤抖，开始无力支撑，一下子瘫坐在地上，坐在这一堆红皮鞋里，神情萧索，像一个等待末日宣判的绝症患者。

不知道过了多久，他摸出手机，拨出了那个再熟悉不过的号码。

电话很快就通了，徐艺哽咽着说："对不起，姨妈，你是最疼爱我的人，也是我最疼爱的人，也是我最对不起的人。姨妈，我打电话是想告诉你，我不想活了，我要去另外一个世界。再见了，亲爱的姨妈。"

唐雯完全蒙了，忙问徐艺怎么回事？这会儿在哪里？

徐艺刚才那几句好像耗尽了自己的精力，他也不想回答唐雯的询问，把手机往天花板上一扔，随它落在地板上摔成几瓣，然后，他用两只手掌往地板上一撑，直起身子，摇摇晃晃地走出了家门。

（六）

张仲平爬上胜利大厦三十八层顶楼时，真有点两腿发软气喘嘘嘘的感觉。幸好，他看到了楼顶边上的徐艺。他一接到唐雯的电话便本能地猜测到徐艺会来这里，果然，他在楼下看到了徐艺的车子。

徐艺站在楼顶边缘，头上是灰蒙蒙的天，脚底是灰蒙蒙的水泥预制板，再往下，是人民路如织的车流人流，微风吹拂，一切显得那么安静。

张仲平爬到楼顶的动静惊动了徐艺，他回过头来，用一种完全陌生、完全木然的眼神望着张仲平。

张仲平已经不那么喘了，他用两只手撑在膝盖上，从下往上看着徐艺，说："徐艺，你果然在这儿，你要干什么？"

徐艺懒洋洋地说："我是该叫你姨父还是该叫你张仲平？你可真够狠，看我的笑话来了是吧？你应该让曾真也来呀，来个现场直播，你不就可以在电视上缅怀一下死去的亲人了吗？"

"说什么呢徐艺？我接到了你姨妈的电话，她说你可能要做傻事、蠢事，我就猜想你可能来这儿了。你姨妈也在往这儿赶。我一路上就在想，一个聪明人要做傻事、蠢事，别人是没办法劝的。不，我来不是为了阻止你干什么，我来是向你认错的。"

"向我认错？张仲平，我都是一个要死的人了，你还用得着跟我玩虚的？"

"我是真的来向你认错的，作为你的长辈，长期以来，我只告诉你应该如何去赢，但忘了告诉你，如果输了，该怎样站起来。你先下来，我们先聊聊。"

"站起来？我怎么可能站起来？我要是有你那么聪明、那么老奸巨猾、那么心狠手辣，我能有今天？我能有现在？张仲平，你很清楚，我已经下不来了，因为所有这一切，都是你逼的，都是你。"

"徐艺，你如果恨我，你现在完全可以下来骂我打我，但我必须要和你说清楚，我没逼你。香水河项目我都主动放弃了，我逼你干吗？如果你非要说我在逼你，我也没有逼你去死，我是在逼你走正道。"

"张仲平，胜者为王败者寇，我输了，就是输了，我认账。正道？什么是歪门邪道？什么是光明正道？我都是一个要死的人了，你跟我说这种道貌岸然的屁话，有意思吗？我只恨我没有赢你，我只恨我自己没有本事，我只恨我自己运气太差了。不过你来了也好，我就让你看看我是怎么死的，我要让你的良心、让你的灵魂，永世不得安宁。当然，我很怀疑，张仲平，我亲爱的姨父，你有良心吗？你有灵魂吗？你没有。如果你还有一丁点儿良心，如果你还有一丁点儿灵魂，你就不会对我这么苦苦相逼，把我逼上绝路。你现在是不是很开心？你现在是不是很得意？"

"哈哈，我当然开心，因为有个人常常给我找麻烦添乱，给我挖坑设陷阱，让我不胜其烦。还有，这个人一直在损害我的形象，一直在破坏我的朋友关系，而现在，这个人就要死了，从此我就可以清静了，我能不开心吗？我当然称心如意了。可是你这个王八蛋却忘了，这个曾经搞得我焦头烂额的人——你，却是我的亲人、我的外甥。徐艺，有本事你先下来，咱们爷儿俩从头到尾，当面锣对面鼓地都摆出来，看看到底是谁逼着谁？你风华正茂、来日方长，可你平时是怎么对我的？是我逼你？我要是一着不慎，只要下一手臭棋，今天，被逼得走投无路去跳楼的，可就是我。现在，你摸着良心问问自己，从你在这楼顶上跟左达打赌赢那五十万开始，你背着我搞了多少小动作，又做了多少对不起我的事？你把我当成是把你带大的姨父了吗？回答我。"

"我承认，我是做过一些不那么光明磊落的事，可我做那些事还是你逼的。算了，我不跟你计较了。事到如今，争论谁是谁非，还有什么意义呢？我突然想明白了，人连命都没有了，还争什么抢什么呢？所以，早晚都是一死，何不干脆利落点，反正要报复你，这种方式是最简单有效的。我要以我的死，让你一辈子良心受到谴责。"

"是吗？你那么肯定我会为一个聪明人做的最愚蠢的傻事，而受到一辈子的良心谴责？不，徐艺，你想清楚了。跳楼可不是摔跤，摔跤可以爬起来，跳楼，可不行。你这一跳下去，可就再也爬不起来了，你会像左达一样，头脑开裂，七窍流血。当然啦，跳楼是多么简单、多么爽气的事呀，可我觉得，你要真想报复我还有更好的方式，一走了之不是输上加输吗？太没创意了。你不如先下来，不是说君子报仇十年不晚吗？我等你十年。你打败我，证明给我看，证明给所有关心你爱护你的人看。"

"关心我？爱护我？这个世界谁他妈的关心别人爱护别人？谁他妈的关心我爱护我？"

"你姨妈！你个没良心的，你姨妈不关心你吗？你姨妈把你养大，现在她要死了，你不想着怎么照顾她，尽点孝道，居然还恬不知耻地说没人对你好，没人关心你，然后就想一走了之，不负责任地忘记你姨妈为你做过的一切，你还是人吗？"

"张仲平，你没有资格也没有权利骂我，你是人吗？我姨妈，那是多好的女人？对。她是这个世界上唯一关心我、爱护我、疼我的人。可你，你没资格提她。你伤透了她的心。你欺骗她，你背叛她，可姨妈呢？还在袒护你，还在包容你，你说得没错，是你应该没脸活着，你应该跳下去，你应该在姨妈面前以死谢罪。"

"说得好，说得痛快，精彩，太精彩了。你可以把我对你做的一切统统忘了，我不在乎，我不计较。我只问你，你都把我说成是这样一个一无是处的无耻浑蛋了，我都还苟且地活着，你干吗去死呀？至于吗？我不明白你有什么理由去死，真的，徐艺，你能给我说说吗？"

"因为……这个世界不接受失败者，而我，彻头彻尾地失败了。"

"这个世界是谁？是胜利大厦？是香水河那块地的拍卖？还是下一个更大的项目？徐艺你怎么就不明白？这个世界不是这些东西，这些东西是身外之物，生不带来，死不带去。你如果把这些看得那么重要，当成你生命的全部，你会很容易被这些东西压垮，你早晚会崩塌。你知道左达是怎么死的？那是因为他开发了胜利大厦还嫌赚得不够，还想用更短的时间赚多更的钱，这才迷上了赌博，他是被自己的欲望与贪婪打败了。你现在也感到被打败了，怪谁？要怪也只能怪你自己。你不觉得这段时间你已被赌性与贪婪完全控制了吗？你太想拿下香水河项目了。每个人做事都有成与不成两种结果，你从来没有想过如果做不成，自己该怎么面对。你拿下香水河项目就算赢了吗？你不是亲眼看见颜若水的下场了吗？我还真希望你能拿下那个项目，这样，至少你连跳楼的机会都没有，因为你会和颜若水一起，戴着手铐脚镣在监狱里待着，那才是生不如死呢！"

"别跟我提香水河。张仲平，如果不是你，我不会输得这么惨。我承认，没有你，可能我也会输，但我不会那么想赢。你是我姨父，我从小爸妈就死了，我在你家，寄人篱下，没有背景、没有关系、没有尊严。我不能老这样。我要赚钱我要发财，因为我只有赚了钱发了财，才能改变命运，拥有一切。我依靠你，我把你当成是一座山，我把你当成一个学习的榜样，我把你当作父亲，可你呢？你都教给了我一些什么东西？其实你才是一个十恶不赦的小人，在感情上，你吃着锅里的想着碗里的心里还惦着别人盘子里的；在生意上，你对权力对关系顶礼膜拜、坑蒙拐骗、厚颜无耻、无所不用其极，这就是你给我树立的好榜样，我事事处处学你，想继承你的衣钵，可我这会儿明白了，其实该死的不是我，是你。你他妈才不配活在这个世界上。"

"没错，徐艺，你骂我这些话，真的让我很开心，因为这足以证明你还有一点是非观念，证明你还有救。你说你曾经把我当父亲，我难道不是一样把你当儿子？你骂我骂得对，因为我也曾经被欲望与贪婪控制。我也有生存的压力，我也有发财的梦想。但有一点你得明白，我一直把你当儿子，你却时常把我当对手当敌人。你摸着良心问问，你看是不是这样？我对你不好吗？只不过是我原来对你的好你看懂了，现在你看不懂了。我还要和你说说香水河的事。我虽然不知道检察院盯上了颜若水，但我跟他交往那么长时间，他的所作所为我能不知道吗？他用一张推荐函勾引我们两个围着他团团转，这不让你害怕吗？我为什么逼着他让你退出，我是不想让你成为他疯狂的牺牲品、他高空坠落的陪葬品。我对颜若水的判断错了吗？没错，你不是眼睁睁地看着他被抓了吗？你说，我是在帮你还是在害你？如果连这个问题都想不清楚，你还摆出一副叫天不应叫地地不灵的姿态，我看是你才是又蠢又无耻。"

"现在说这些还有什么用啊？整整一千万，一千万，被祁雨那婊子带着去了加拿大，弄得我家破人亡，还有……还有辛然，她……她……她也不要我了，所有的叔叔都不会放过我，我就是一个傻瓜、一个笨蛋、一个一文不值的低能儿，我连这么简单的谎言都不能识破，我还活着干什么？"

"徐艺，人这一生是会面临很多谎言，是会有很多不如意，会经历痛苦、欺骗、悲伤、愤怒，为什么会这样？那是因为我们的内心不够强大，我们的眼睛盯着黑暗，心里想着黑暗，就算没有黑夜，我们还是会不开心。其实，我们应该学学向日葵，身子小不要紧，脑袋永远对着阳光，那我们就看不见不开心，就用不着去逃避，就会充满生活的渴望。徐艺，你是不知道，这些天，我也在经受煎熬，我也在反省自己。我为什么要那么急功近利？为什么要撒那么多谎？我自己开心吗？我并不开心，反而越来越浮躁、越来越不可理喻，简直不像个人。我在问自己，为什么我们不能让追逐的脚步慢下来？让躁动的心沉静下来？我同时也在想你，你这次是摔了一跤，摔得还很惨，但你最大的资本是年轻，只要你振作起来，真正搞清楚什么才是你值得穷尽一生去追求的东西，你会发现，在我们的人性中，总有善良的种子与力量，总有对真诚的渴望，也就总有美好和光明。这种真、善、美，才是我们生活中需要的温暖与希望。徐艺，你得给自己一点时间，试着这么想一想，行吗？"

"不，你别说了，你就是你，我就是我，我是什么人？我是什么东西？左达说我的未来比他的还可怕，我不是没想过，我那样做，到底是为了要什么。但现在说什么都晚了，就像有个人从一百米的楼上往下跳，前九十九米，都以为自己是在飞。可是，只剩下最后一米了，你说他该怎么办？他又能怎么办？"

"不，徐艺，对你来说，还没到要命的时候。你千万不要这么想，上帝创造了这个世界，是让我们为了爱活着，可魔鬼把世界变成了钱，让我们为了欲望和贪婪去死，所以才有那么多欺骗、那么多无奈，但有一点，上帝还给了人一个宽容的心。无论发生什么，只要你有足够的勇气去面对，就能得到宽恕。就像你姨妈，你说我的事情她一点不怀疑吗？不是，她告诉我你半夜拉着她去擎天柱抓我的现行，她还告诉我她让你去擎天柱盯我的梢，这些不都是怀疑我吗？可是，在最关键时刻，你给她的U盘她连看都没看，为什么？因为她内心里坚守的那份爱，战胜了她的怀疑，爱让她的内心变得无比强大，大到可以原谅我所做的一切。"

徐艺被怔住了，张仲平说那番话时是心平气和的，而他曾经希望给姨妈的那个U盘成为摧毁张仲平的核武器，哪怕它所到之处寸草不生——同时摧毁姨妈的感情世界精神世界乃至于她所拥有的现实生活中的一切。自己真是太丧心病狂了，是的，无耻得没有脸面再活在这个世界上。

姨妈，我对不起你，真的对不起你。

他还对不起辛然。她疯了，在那一刻，他知道了她是多么爱他，爱他有多深。徐艺喃喃地说："然然……是我毁了你对我的爱，我辜负了你、伤害了你，我根本没脸再活在这个世界上。"

张仲平说："徐艺，我不知道你对然然做了什么，但我相信，只要她真心爱你，只要你真心悔改，只要你给她时间，很多事情是可以释然的。可是，你只要纵身一跳，你的失败，你的一切就画上了句号，你就没有给任何人原谅你的机会，我和你姨妈只能得到别人对你的鄙视与不屑。最爱你的姨妈等着你，请你回到她身边，让一切重新开始，好吗？"

"让一切重新开始？不，我赌得太大了，我输得太惨了。我问你我还能怎么活？回到你们家里去，还是满大街去捡垃圾？姨父，我真是鬼迷心窍，我真是害人害己，我……是一个地地道道的无耻浑蛋。"

"只要你愿意，我和你姨妈都会欢迎你回家。徐艺，一个真正的男人，是没人能打败你的，只有你自己。只要你不背叛自己的生命，你就仍然还有东山再起的机会。想想左达吧，他也是从这里跳下去的。他的最大错误，甚至不是赌博，输掉亿万家产，而是从这里跳了下去。你曾经在这楼顶上赢过他，现在，你要赢的是你自己。徐艺，事情是很糟糕，但没有你想的那么坏，我已经把颜若水和祁雨的账号通过曾真交给了你的同学马鸣，他们的账号已经被冻结，你的钱还在他的账上。"

"什么，你说什么？"

"我还没有说完，辛然从莫老板手里借的钱，打到祁雨卡上了，但祁雨并没有逃脱得了，也已经被检察院扣留了，目前正在协助调查。"

"你撒谎，你又在撒谎，你还在撒谎，因为这不可能。"

"我没骗你，莫老板的钱是能追回来的，只是时间问题。"

"可是，你这么做……等于承认你和颜若水之间存在利益交换关系，你早晚会出事的。"

"没错，我会被抓……这也是时间问题。这也是我主动放弃香水河项目的原因之一。"

"你是说你将自投罗网？姨父，你为什么要这么做？"

"你肯叫我姨父了？这太好了。我告诉你为什么：第一，是为了颜若水，这个人太贪婪，穷凶极恶，罪孽深重，而且不知悔改，他应该受到惩罚；第二，是为了你和你姨妈，你姨妈养你带你这么多年，就是养着带着一条狗也有感情了吧？我知道你是一时糊涂鬼迷了心窍，迷路的人跑得越快越可怕，但你还年轻，还有改正错误重新开始的机会；第三，是为了我自己，我想背叛以前的自己，我想让以前的生活归零，重新开始一种正常的、健康的生活。是的，我要悔过自新。"

"可是，姨父，你难道一点都不害怕吗？"

"怎么会不害怕？但我一想到从此以后能够踏踏实实做事，坦坦荡荡做人，我就什么也不怕了，我们这个家就有了希望，所以，我把自己送进监狱，就是为了埋葬过去，开始新的未来。"

徐艺疑惑地望着他。

张仲平的手机发出接收信息的响声。他看了徐艺一眼，掏出手机，想看看到底是谁发来的。他先看看徐艺，见他似乎已经平静下来了，这才看了看手机信息。

是曾真。

曾真说："仲平，你收到这条信息的时候，我已经离开你在去地震灾区的路上了。跟你相识到现在，我觉得我已经过了一辈子，我已经体验了一辈子的痛苦与快乐。我只想告诉你，在这些日子里，无论是痛苦、忧伤，还是快乐、幸福，都与你有关，甚至都是你给我的，你让我的生命如夏花般灿烂，谢谢你，我的爱人。我不知道我们这一辈子是否还能相见，但我会把我从你那儿得到的爱，奉献给地震灾区的孩子们。上次从灾区回来，我一直跟那里的孩子们保持着联系，我不敢说，我有多少爱可以奉献给他们，但我希望，即使他们缺胳膊少腿，我也能帮助他们健康成长，一起找寻答案。如果我能让自己心里的这一份爱，变成无数份爱，也许，这个世界，终究会阳光一些、美好一些吧？这是我理解的生命的意义。另外，我要告诉你一个好消息，你太太唐教授的病理报告，我已经通过网络传给我在美国的妈妈，她和同事们会诊的结果是，她的肿瘤是良性的，你可以放心了，恭喜你们。再见了，仲平，我的爱人……"

张仲平眼里顿时噙满了泪水，脸上却露出了笑容。

张仲平对徐艺说："徐艺，你快下来，你姨妈没事了，她的病是误诊。你下来，我们一家人，重新开始生活。现在，让我们爷儿俩回家吧，今天我开戒，喝酒，我们一边喝酒，一边敞开了好好聊聊，来，下来。"

张仲平和徐艺同时听到了从楼梯口发出的响声，他们知道，应该是唐雯上来了。

徐艺身体一颤。

"姨父，如果你早点这么做，早点这么教导我，该多好呀！你的一番话，消除了我对你的怨恨，我理解你了，真的。现在，我内心里是透亮透亮的，甚至有一种解脱感。"

"那太好了，你下来。"

"不，我的意思是说，如果我在这个时候离开这个世界，我会是幸福的，我就不用去面对我亲手种下的恶果了，对吧？"

"徐艺，你……说什么？"

"死是容易的，不是吗？它起码能帮我解决面对我最亲爱的姨妈，将如何无地自容的问题，对吗？"

"不对。"

一种铺天盖地的恐惧突然掠过张仲平心头，他快速地向站在大楼边缘的徐艺扑去。

"站住，别动。张仲平，你只是我姨父，不是救世主。你这讨厌的老家伙，我可真是爱你。可你……知道什么叫视死如归吗？我现在做给你看。谢谢你把我拉扯大，谢谢你终于让我懂得了人生的道理。如果我从这儿跳下去，我能保证我死的时候是幸福的、快乐的。可是，如果我从楼梯口跟随着你们走下去，我就不能保证了，我同样不能保证的是我会不会走原来的老路，会不会更贪婪、更无耻。谢谢你们爱我。但我……还是决定跟你们再见，因为，死是消除空虚的一种最直接的方式。是的，空虚，极度的空虚，这种感觉真奇妙，就像刚从噩梦中醒来一样。我不想做噩梦了。姨父、姨妈、辛然，我爱你们。"

"徐艺……"

唐雯气喘吁吁地爬上了楼顶，看到张仲平趴到楼顶边缘上，便喊了他一声。张仲平回过头来，四目相对。

唐雯问："徐艺呢？我听到他说话了。徐艺去哪儿啦？他怎么啦？仲平，你把徐艺怎么啦？啊？"

2007 年 11 月 19 日第一稿，湖南，长沙
2012 年 5 月 21 日第 N 次改毕，湖南，长沙
2023 年 6 月 27 日再一次改毕，湖南，长沙

人骂我
我笑
人笑我
我笑我
也笑我
庚子三月

社会关系篇

→ 了解一个人最简单的方式，就是跟他做一笔生意。一个人对利益的态度，会在做生意的过程中暴露无遗，嘴里说得天花乱坠没用。

→ 与人交往第一印象太重要了，你做的某一件事，说过的某一句话，甚至一颦一笑一个眼神，都可能不经意间给别人留下特殊的印像，以后，你想改变别人对你的印像，可能需要做一百件别的事，时间则需要几年甚至一辈子。更要命的是，你以为自己已经脱胎换骨重新做人，在别人眼里，不过是换汤不换药，骨子里还是那副德行。

→ 你在请人吃饭搞活动的时候，忽然来了电话，问你在干吗，你是绝对应该含糊其词的。因为被你请的人，需要你保持这种私密性，这就像不成文法一样不可违抗。不要有事无事总把跟谁谁的关系如何挂在嘴上，你知道别人会怎么想？你以为你跟某某好，某某就跟你好吗？某某跟另外的人也许更好呢？别把事情人为地搞复杂了。

→ 你跟人交往不仅不能出事，跟你交往的人，也得选择好，在别的地方也不能出事，否则就会把你牵扯进去。对别人的保护太重要了，因为你在保护别人的同时，也在保护自己。反过来说也是一样，你保护了自己，同时也就保护了朋友。

→ 一个行业被越来越多的人关注，很快就会发展起来，也很快就会乱起来。

→ 介绍人的作用也就是把你领进门，怎样建立关系还得靠自己。如果事事都以为或者希望介绍人能帮你办，那这关系不可能建立起来，事也不可能办得成。

→ 花同样多的钱，送的礼不一样，效果完全不一样。在一个不太昂贵的礼物类别里挑选顶尖价格的礼物，和在比较昂贵的礼物类别里挑选比较便宜的，对于接受礼物的人来说，心理感受是不一样的。

→ 给别人送礼，特别要考虑的就是别人的喜欢和需要。要是不喜欢，钱等于白花了。如果你送的东西，正好是他想买又舍不得自己花钱买的就最好了。收礼的人那份心情真正是花钱买不到的，你再求他办事就容易了。所以送礼就是送心情。否则，你到商场随便抱一大堆东西往人家家里去，钱花了，别人不一定领你的情。

→ 送礼其中一项奥妙就是给收礼的人一个接受的理由，比如说没有花钱，而是购物时商场派送的奖品。这样，授受之间便有了一种玩笑与随意的意思。东西不管值多少钱，既然送的人没有花钱，收的人也就没有必要那么认真，当玩儿似的就行了。

→ 一般来说，不要直接去向你关系对象的上司献殷勤。可以装作不经意地征询一下你关系对象的意见，如果他与自己的上司还没有达到利益共同体的程度，会表示反对，这种反对可能不是直接的，而是反问你是否必要，这么做会不会节外生枝，那你就不必多言，心领神会即可。不要觉得这么问上一句是多此一举，问上一句，表明你已经想到了那一层，某些方面的心意也就到了。至于该不该做什么事，则由你的关系对象看着办。

→ 做生意，你得先跟对方成为哥们儿，如果你俩成了哥们儿，事情就好办了。他会像做自己的事情一样，把一切关系替你摆平。

→ 生意不是一个人做的，生意要大家一起做，业务哪家同行公司不能做？人家凭什么要给你？世界上没有无缘无故的爱，也没有无缘无故的恨，更没有无缘无故的获得，获得与付出总是成正比的。

→ 有些许诺，说得伸缩性大一点，笼统一点为好。要学会点到为止，这样你跟你的关系对象彼此才能够没有任何心理负担地接受。因为事情的变数还很大，谁也不知道这中间会出现什么别的状况，话就不能说得太满、太死，否则，你对他拍胸脯，他有可能会认为你俗，好像就是冲着你的许诺才办事似的，反而会弄得大家很尴尬和没有余地。

→ 如果你有多个需要交往的关系对象，而他们之间又存在矛盾或竞争关系，那么对于他们在你面前发的牢骚、骂的娘，你不要表现得太在意，也不要随便地附和。跟每个人保持着等距离外交是最好的。这是一个是非圈子，深入其中就难免牵扯出许多的利害，关系也就复杂了起来。走得近了，就成了帮派，走得远了，又生嫌隙。如果在一个错误的时间和地点，跟一个错误的人，哪怕只讲了一句错误的话，说不定就把另外一个什么人给得罪了。你得罪了人还知道，人家又不会当着你的面来解释，来找你求证，只会默默地记在心里。可是，在有机会拿到业务的时候，你就等着瞧吧！你只会眼睁睁地看着别人拿走。你以为很有把握的事情，永远差那么一点点火候。

→ 跟那些半熟不半熟的重要关系户联系，一般选择上午十点到十点半之间比较合适。太早了，对方要安排一天的工作、处理手头的要务，接了你的电话只会随便应付几句；太晚了，对方可能已经接受了别人的邀请，你想接下来与他共进午餐，只会被谢绝。

→ 有些东西不是一个送还是不送、拿还是不拿的问题，而是一个怎么送、怎么拿以及由谁送、由谁拿的问题。

→ 跟关系对象熟到什么话都能说了以后，你就要尽量少上他的办公室。彼此关系好，大家心知肚明就行了，没有必要搞得生怕别人不知道。有些单位，你一个做生意的有事无事窜来窜去，总是不太好。你跟他的关系越密切，越要避嫌。如果非得上班的时间见面，最好是在他单位附近找个私密一些的地方。

→ 谎言有两种，一种是彻头彻尾的谎言，通篇只有撒谎者的勇气，没有一句真话。这种谎言没有任何技术含量，一戳就破；一种是真假参半的谎言，以枝蔓之真掩饰实质内容之假，既使遭到质疑也可以把对方引到对自己有利的所谓真凭实据上去，从而打消对自己的质疑。

→ 永远不要掺和你关系对象的个人秘密，这是他们自己的事。他们可能因为心血来潮或者因为喝了一点酒而忍不住向你一吐为快。这是完全可能的，谁都不是圣人，谁都有感情脆弱需要宣泄的时候。可是，等到他们清醒过来以后，又说不定会因为自己嘴巴不牢而后悔和迁怒于人。因为人一旦把自己的秘密告诉了别人，就等于暴露了自己的短处。他可能会这样看问题，既然你已经知道了他的私人恩怨、隐情，那么值得防备的也就包括你了。谁知道你会不会把他的那些鸡零狗碎的事情给抖出来？

→ 上司也要处理好和下级的关系，工作毕竟是他们在做，如果越俎代庖，那帮家伙可能会动不动就给你撂担子。现在上司也不好当，得上面有人拉，下面有人抬，否则，你就会被吊在半空中被人忽悠。

腰是不会撒谎的 不服老就得学会自己给自己撑腰

庚子初夏浮生

→ 生意是谈成的，事情搞僵了，对谁都没有好处。商场上的事，没有必要把弦绷得那么紧。如果能够稳赚一百块钱，谁不赚？可是，谁又敢说这一百块钱就已经赚定了？与其去冒一分钱都赚不到的风险，不如稳稳当当地赚五十块算了。不战而胜为上，看起来好像是让利了，其实是双赢。

→ 权力和财富一样，总是处在一种不确定的流动状态。财富不是永恒的，权力也不是永恒的，谁能保证你所依附的那个人可以永恒地拥有那个对你有利的位置呢？你依附的人，总有调动、退休、倒台、下台的时候，即使他上升了，换上了另外一个人，他对这个人的话语权能否继续保持？恐怕逐步消失的可能性更大一些。因为这个新上来的人，也像一个新的树枝，有他自身成长起来的树干和发展出来的枝丫。

→ 你靠什么建立和维持与某一个关键人物的密切关系呢？这种密切关系究竟是单方面的依赖，还是双方相辅相成的？如果是前者，你在心理上就永远处在一种对人摇尾乞怜的状态。如果是后者，情况反而更加糟糕，因为你们是你中有我我中有你的，可是你又无法全方位地介入他的前途，你无法预计和掌握他自身的安危，因为你只是他的一个侧面、一个层面、一个点，是他错综复杂的关系网中的一个小小的结，而一旦他那一方在别的侧面、别的层面、别的网结上出问题，你就不能不受到牵扯，你的业务你的事业，就完全有可能跟着玩完儿。

→　一个成熟的商人就是一个善于变通的人，要能够根据瞬息的变化改变自己的思路和策略。

→　财富是最能控制他人的硬通货，权力则是最能控制他人的软鞭子。

→　做生意也像谈恋爱，积极主动的一方表面上看起来好像在掌握事态的方向与进程，其实不然，因为这是两个人的事，被追求的一方，反而可以按兵不动，见机行事，以守为攻，变被动为主动。

→　中国商人的悲哀和无奈，就在于表面上的莺歌燕舞，掩盖不住骨头里缺钙的软弱。你要想轻舞飞扬，就必须有所依附。

→　最隐秘、保险的游戏规则是：让你的竞争者都有参加"钓鱼"的权利，却不让他们有钓到那条鱼的可能性。你的鱼放出去是带着鱼钩鱼线的，只是不要让它浮出水面。当钓鱼比赛正式宣布开始时，你要做的只是一个往上拉的动作而已。当然，为了不让其他的鱼上了别人的钓钩，事先还可以先清一下鱼塘，将别的鱼拢在一边游不过来。

→　要把陌生人做成熟人，最经济实用的办法，就是找到这个人的熟人或上司，由他牵线搭桥。因为，你要找的那个人可以不搭理你，却不可能不给自己的熟人或上司面子。

→ 现在是市场经济，什么是市场经济？市场经济就是利润摊薄的经济。别想着钱都要自己赚，钱是赚不完的，大家一起赚，反而稳当。

→ 所有的人都是喜欢被奉承的，不喜欢的只是奉承的方式。换一种说法，你恭维的是关系对象本人，而不是他所处的位置派生出来的附加值，这就等于给足了面子。面子是什么东西，值多少钱？很难说得清楚，但有一点可以肯定，人们对于给自己面子的人，总会不由自主地心生好感。你的上司或你想建立关系的人并不缺乏高帽子，但他平时得到的那些赞扬或者恭维，往往太直白，太肉麻，而且还往往跟他的身份有关。这时候，你的夸奖应该注重于属于他个人技能或本领的方面，比如他的字写得好，他鉴赏艺术的水平颇高，等等。

→ 如果不能制定规则，就得适应规则，更要学会使用规则。规则越多，漏洞也就越多。表面看起来很严密，其实操作的空间反而更大。而且最大的好处，就是可以把私下操作的痕迹掩藏在照章办事符合程序的说法之下。事情是人办的，只要还是那些人，问题就大不到哪里去。就是换人也不要紧，换的又不会是外星人，怕什么呢？

→ 做生意其实很简单，第一是找对人，第二是看你要他办的事他能不能办，以及他办完之后能得到什么利益。最好的办法就是让你要求的人与你要办的事情，在利益上达成共同体，让大家在一条船上，这样，当你的事成了他的事，他办起事来就会积极主动，因为他为你办事的时候，等于是在为自己服务。

→ 一个人可以争取到权力，也可以被剥夺权力，但权力永远需要被尊重。权力是个马蜂窝，捅它的人永远当不了英雄，不被马蜂蜇就算最大的幸运。当然，敢于捅马蜂窝的人也可能博得一时的喝彩，但那种虚名，能给你带来什么？你以为自己在仗义执言，在别人眼里，你不过是连堂·吉诃德都不如的傻瓜蛋。

→ 只要耐心把铺垫工作做好，真正谈生意的时间要不了几分钟。

→ 请人喝酒不要把自己灌醉，也不要把别人往醉里灌，能够有七分醉意就行了。三分醉意，大家会矜持，等于没打开局面；五分醉，大家会讲狠斗气，万一掌控不好，就会适得其反，犯方向性的错误；七分醉，正是喝得要高不高、似醉非醉的时候，大脑意识一模糊，大家就不分彼此了，就可以相互勾肩搭背、称兄道弟了。你自己不管喝多少酒，也要保持清醒的头脑，时刻不忘对客人夸赞，而且要不卑不亢，让人很舒服。举个很简单的例子，你要能察觉身边最重要的客人会动筷子夹什么菜，然后动手移动转盘，把那道菜转到他面前，而如果客人夹了一块鸡肉，你应该等上几分钟便为他递上一根牙签，以供客人剔剔牙缝。

→ 解决问题最好的办法就是不去想怎么解决问题，因为能不能构成问题，还得看关系。关系不到位，到处都得磕磕绊绊，关系一顺，哪里都能畅通无阻。另外，也不要以为关系越复杂事情越难办，有时候，关系错综复杂有错综复杂的好处，有些事，做了就做了，没有人特意去捅破那层窗户纸。

→ 你想要别人帮你，你得先给别人创造帮助你的条件，让别人帮助你的时候能够理直气壮，能够有摆到台面上说的理由。

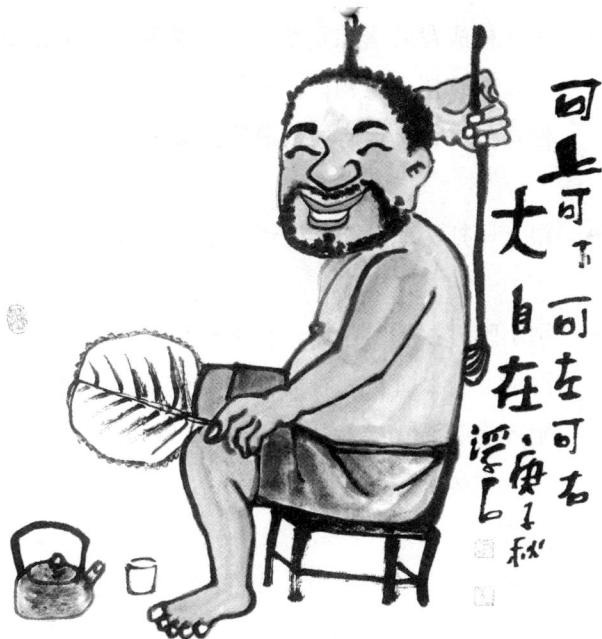

→ 从经济学的角度来考虑，如果大家争着拍一个人的马屁，那些拍马屁的人的成本，只会水涨船高。也许你可以做一个小小的逆向思维：如果大家只知道一味地拍马屁，也许你拿根马刺扎它一下，反而可以收到意想不到的效果。或者说，你抬轿子的时候，不一定从始至终都讲究四平八稳，你也可以故意颠一颠坐在轿子里的人，让他觉得自己的安全度、舒适度跟你有关，因此最好也能给你一些小利，以显示对你的重视。要特别注意的是，这一招不到万不得已不要轻易使用，而且一定要把握好分寸。千万不能太强势，不能让轿子里的人误认为你在对他进行威胁。只能让他觉得你是一个偶尔哭闹的孩子，而且你的要求并不高，一颗糖果就能给打发了。经常哭闹行吗？那你得到的可能就不是糖果，而是耳光，你能滚多远他就希望你滚多远。

→ 一个人的话语权是由他的社会地位决定的，而一个人的社会地位又往往取决于他手中的权力。

→ 涉及到根本利益的任何一件事情，都存在至少两方相互博弈的力量，并由此构成背后错综复杂的人际关系，但无论事情多么错综复杂，总存在那么一个核心人物，以及他所持的核心的倾向性意见。这个核心的倾向性意见，将决定博弈的最终结果。

→ 跟上司打交道，能不说话尽量不说话，但笑容一定不能没有。

→ 别小瞧打招呼的学问，什么时候要热情，什么时候要矜持，什么时候要冷淡，什么时候要视若无睹，这都是有技巧的。对某些人不宜太远，远则容易脱离圈子乃至脱离组织；对某些人不宜太近，近则让人上头上脸，以为你褒玩可欺。

男女｜关系篇

→ 如果一个男人经常说爱你想你，他可能在骗你，也可能是真心话，毕竟没有人强迫他非这么说不可。不管那个男人是你老公还是男朋友，对付他的最佳方式便是把他当孩子，因为孩子才又可爱又调皮，把他当孩子并不是对他一味娇惯，那只会把他培养成以自我为中心、蛮不讲理的小霸王，而是要恩威并施，让他对你既畏惧又依恋。总之，纵容与管制都只能让男人误入歧途。好男人是宠出来的，你必须对他有持续的耐心让他自错自纠。有出息的男人很难做到对你事事处处温柔体贴，对此你得有宽厚的胸怀。他可能很难做到每时每刻对你嘘寒问暖；他可能常常忽略你的一些暗示与不快，甚至让你失望得恨不得咬掉他的一块肉。但请你相信，大多数男人是知道好歹的。所谓母腹有儿，儿心有娘，他爱你有他的方式。

→ 男人在两种场合讲的话特别不靠谱，一个是在喝酒之后，一个是在上床之前。你只能当他是放屁，你非要听，也只能反着听。

→ 没有一个女人会嫌弃自己老公送的礼物太多了，太贵了，她嘴里也许会唠叨，说你花了冤枉钱，但她心里一定会感觉到非常幸福。

→ 男人真是一种奇怪和脆弱的动物，他们太要面子，苦撑死撑也要把自己弄得风风光光，但骨子里到底是一条龙还是一条虫，只要一上床便无法掩饰。换一种说法，男人的性能力跟他的自我满意程度成正比，他要是心事重重，你就不能指望他会有良好的临床表现。偏偏这种时候男人的自尊心最强，如果你流露出一丝一毫失望，你可能就会伤到他的心坎和骨髓，没准他会记恨你一辈子。

→ 夫妻关系是什么？说穿了就是一男一女搭伙过日子。也像两个人组建的有限责任公司，谁的实力和势力大，谁就是董事长。公司要可持续发展，稳定是最重要的。而在一个老公占相对优势的家庭里，稳定的基础是女方不要闹事。怎样才能让女方不闹事呢？要么，你就要把相对的优势变成绝对的强权，我说一就是一，我说二你不要说三。要么，你就得每时每刻给她安全感，让她觉得跟你在一起不知道有多么幸福甜蜜。

→ 陷入爱情的两个人，可以说是完全不理性的，既不具有数学家的头脑，也不具有商人的精明，倒像孩子似的随性贪玩。两个一起玩耍的孩子是最容易起冲突的，吵架斗殴成为常事，但也最容易找到忍让、迁就、变通、和解之道，除非他们从此不想继续他们之间的游戏。游戏之所以能继续，大概总是需要两个人此起彼伏、不分胜负、乐此不疲，而要保持这种有趣的状态不仅需要了解自己，还要了解对方。爱情与道德审判无关，但与相互之间的信任有关。爱情像水，水至清无鱼，适当的怀疑可以把水搅浑，适合养鱼，但绝对的怀疑会让鱼缺氧窒息，将不会给爱情留下任何生存的空间。

→ 当我们爱一个人时，常犯的错误有两个，一是过分美化他，二是过分期望他。这也是让我们对他或者她失望的两个根本原因，其实我们都是吃五谷杂粮有七情六欲会拉屎放屁的人，长久的感情一定要有宽恕容纳之心，我们不能把对爱情的所有幻想让某一个人去独自承担。因为我们要求别人做到的，自己都不一定能做到。爱情是个娇生惯养的孩子，我们应该容忍它的乖戾与自私自利。

→ 很多女人因为一次（而且往往是第一次）爱情挫败而迁怒所有的男人，并且从此以后不再相信爱情。这是一种"一朝被蛇咬，十年怕井绳"的心态。就像一个旅游的人只去了一个地方，就以为已经领略了世界上所有的奇异风光，或者从此关上心门宅在家里，再也不愿意去探索、尝试、冒险。其实，爱情是人类感情中最复杂的一种，很少有人能有那么好的运气，经

过一次就能完全理解它的真谛。这种要求就像想通过打一次架就能成为武林高手。爱情是个奇妙的东西，之所以复杂，完全是因为它属于现在时，必须通过两个人当下的互动才能产生与发展，而且不同的相爱对象一定会呈现完全不同的面貌，总是新奇而美妙。享受爱情的一种最简单方式就是不要把前一次失败的爱情带入到新的关系之中。谈情说爱是一个不断发现自我、完善自我的过程。

→ 不结婚的人才谈情说爱，打算结婚的人只会谈婚论嫁，更多地考虑条件合适不合适。

→ 在一般的情况下，一个女人如果觉得男人待她很好，或者说至少她没有感觉到什么不好，再退一步，只要她觉得日子还过得去，她就只会关心现在，而不会再想方设法回到遥远的过去，此其一。其二，女人比男人更容易原谅自己。这也许是因为女人胸怀更宽广，性格更坚韧，也可能恰恰相反，是因为她们更脆弱更娇柔。因为如果她不能够原谅自己，或者不能忘掉过去，根本就无法承受生活给予她的压力。而如果连自己都能原谅，原谅别人就更容易做到了。

→ 没有完美的男人和女人，但年轻男女偏要追求完美，这是他们最常犯的错误之一。经过三段不成功的感情足以让女人对天下所有的男人失望，其结果是她找的伴侣越找越差。不是男人真的一个不如一个，而是她对男人的苛求赶跑了本来愿意善待她的男人。男女愉悦相处的秘密是包容对方的缺陷，是建立在互信、互谅之上的互动。男人也会对女人失望，但男人即使对一百个女人失望，当他对一百零一个女人发起进攻时，仍然相信下一个是最美好的。

→ 夫妻之间的事本来就不是什么对与错那么简单的，与其枉费口舌争论是非，不如模糊概念求得相安无事。

→ 女人可爱不可爱，跟聪明不聪明没有必然联系。相反，很多男人似乎更喜欢跟傻乎乎的女人交往，因为花瓶一样的女人，更能给他们充分展示自己的机会，也会让他们更放心。

头上没几根毛的人理发时最难剃

2021年1月2日第一幅

青瓷作者溪石左作